朗文英文核心字彙

Wordsmith
A Handbook
7000 English Core Words 精裝版

陳明華/總編著　方巨琴・謝美子・黃雯娟/協力編著

ALWAYS LEARNING　　　PEARSON

目錄

序言 .... *ii*

體例說明 .... *iv*

詞性代號說明 .... *vii*

A *1*

B *39*

C *75*

D *143*

E *185*

F *213*

G *249*

H *273*

I *301*

J *327*

K *333*

L *341*

M *367*

N *401*

O *415*

P *433*

Q *491*

R *495*

S *533*

T *629*

U *671*

V *679*

W *691*

X *713*

Y *715*

Z *719*

附錄〈分類字彙表〉......... *721*

序言

　　學英文需要具備多少字彙量才能應付一般性的聽說讀寫？Len Fox (1987) 認為至少要有七千個單字，而中研院一位院士曾經將一般英文書籍使用到的字彙輸入電腦，再篩選出最常見的單字，很巧的也是七千個。同樣的，大學考試中心頒布的高中生所需認識英文字彙表，也大概是這個數目。大考中心將字彙分成六級，每一級 1080 個單字，六級總共是 6480 個單字。本書就是依照這個字彙表，外加兩、三百個單字而成。這些外加的單字，都是常見於英文報章雜誌上的字彙。可以這麼說：若要閱讀一般性的英文讀物、表達日常生活的活動與想法，或者參加大學入學考試、全民英檢，甚至托福考試等，這七千個單字應該足以應付，說它是「核心字彙」亦不為過。

　　本書將這七千字按字母順序排列，以利查閱。有別一般工具書的特色在於：一般字典是將每一單字的各種定義及片語全部收錄在同一詞目下；而本書則強調「學習功能」。何謂學習功能？我們都知道，一般人在記憶生字時，不可能將字典內所有的內容全部影印在腦子裡儲存，一定會先篩選資料，只記常用或有需要的部分。這就是本書的目的。編者將某一單字的核心意義 (core meaning) 挑選出來，學習者只要專注於這些最常用的、最基本的定義，再輔以完整的例句，就可以輕易掌握單字的意義與使用方法。例句裡特別強調該單字與其他單字的自然結合，也就是「搭配詞」(collocation) 的使用。讓讀者知道學習單字要從上下文中來記憶比較容易，也比較有意義。譬如說 access，不要光知道它的中文意思是「進入」，要去讀它的例句。在例句中本書告訴讀者 access 這個字的動詞用 gain，而 access 後的介系詞用 to。讀者應該記的是 gain access to，而非單純的只背 access。又如學 horrible 這個形容詞，要知道它和不同的字結合會有不同的意義：a horrible shriek (恐怖的尖叫)、a horrible man (讓人倒胃口的男人)、a horrible feeling (不愉快的感覺)。要記整個片語，而非單一的字彙，如此才容易掌握單字的完整意義。

　　除了「搭配詞」，本書並加入同義字及反義字。一般書籍列入同義字時往往不求精確，這樣只會誤導讀者。例如有些書將 foster 列為 adopt 的同義字，事實上這兩個字意義並不相同：adopt 是指收養的小孩具有法律繼承權，而 foster 則是指短暫的收養，並沒有繼承權。因此本書在 adopt 這個字下就不會標示任何同義字，因爲沒有全等的字。除了講究字義的確實性，我們更要求這些同義字的用法也要相同。譬如說 admit 的同義字是 confess，那麼，不僅它們的原義 (denotation) 相同，它們的文法搭配 (grammatical collocation) 也要相同，這兩個動詞都有及物和不及物的詞性，當作不及物動詞時它們所接的介系詞都是 to，也就是說本書所列的同義字在語意及語法上是可以互相替代的。

前面所提到本書強調「學習功能」，意思就是要像老師在課堂上解析單字之前，先幫學生篩選、整理、歸納單字的資料，再以很精簡、確實、中肯的方式呈現給學生一樣，學生只要去消化記憶這些精練過的資訊就可以了。

其次，本書也收集與某一單字有關的片語，即所謂的片語動詞 (phrasal verbs)，這些片語動詞共有九百個左右，是閱讀、考試時出現機率最高者。每一片語動詞也搭配了精簡的例句，以說明片語動詞的用法，同時並標示同／反義片語動詞。這些片語動詞和單字在例句中皆以套色字體呈現，它們的中文釋意也加以套色，以利對應，讓學習者了解單字在句子中的中文釋意會受上下文影響，而可能有不同的說法。

另外，本書還就某些相關的詞類變化做補充，可幫助學習者擴充字彙，這些衍生字雖有些不屬於核心字彙，但學習者可藉它們字根的變化，多認識一些相關字。

本書書末附有〈分類字彙表〉，共二十類，例如衣物、食物、交通工具、職業等，可作爲參考。其中新增的構詞，詳述各種英文造新詞的規則。舉凡複合詞、詞性轉移、合併、縮寫字、借字、字首、字尾等皆給與實例佐證。

最後，本版特別製作 MP3 有聲光碟加深記憶和發音，希望可以更提升英文學習效果。

體例說明

一、詞目

本書的詞彙全部按字母依序排列。單字旁註明音標，接著是中文釋意、詞性、同義字或反義字；之後是英文例句和中文解釋，該單字和其中文釋意都以套色處理，容易一目了然。如果有一個以上釋意，會以①②等畫圈的數字區分。例如：

本詞　　　　　　　　　　　　　　　　　音標

abide /əˈbaɪd/
　　　　　　　　　　　　　　　　　　同義字
第一釋意　→　①容忍 *(vt)* = *endure, put up with, tolerate, bear*
錄音　→　◀I can't **abide** such rudeness.◀────例句①
　　　　　我無法容忍如此粗魯的舉止。
第二釋意　→　②遵守 *(vi)* = *comply (with)*
　　　　　You should **abide** by traffic rules.◀────例句②
　　　　　你應該遵守交通規則。
　衍生字 *abiding (adj)* 持久不變的

二、詞性和代號

詞性按慣用的 *vi, vt, adj, C* 等斜體英語標記表示，請參閱〈詞性代號說明〉。例如：

accumulation /əˌkjumjəˈleʃən/
累積 *(C)* ◀────────────詞性
◀Wisdom is an **accumulation** of
experience and knowledge.
智慧是經驗和知識的累積。

accuracy /ˈækjərəsɪ/
　　　　　　　　　　　　　　　　　詞性
精確 *(U)* = *precision, exactness*
◀The missiles can be aimed with
pinpoint **accuracy**.
飛彈可以瞄準至非常精確的程度。

三、片語動詞

單字相關的片語動詞則以加框、套色醒目的方式處理,方便閱讀。在中文釋意旁註明其詞性、同義詞、反義詞等,並有例句幫助記憶。例如:

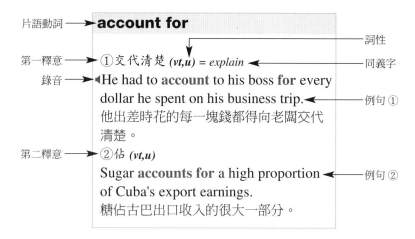

片語動詞 ── **account for**

詞性

第一釋意 ── ①交代清楚 *(vt,u)* = *explain* ── 同義字

錄音 ── ◀He had to **account** to his boss **for** every dollar he spent on his business trip. ── 例句①
他出差時花的每一塊錢都得向老闆交代清楚。

第二釋意 ── ②佔 *(vt,u)*
Sugar **accounts for** a high proportion of Cuba's export earnings. ── 例句②
糖佔古巴出口收入的很大一部分。

四、特殊字

同尾字、同首字、相關字、衍生字和比較等特殊字,則分別在單字最後,以 ◣相關字 、 ◣同尾字 、 ◣衍生字 等標示提醒讀者,同時註明其中文釋意,衍生字另會標出詞性。例如:

attain /ə'ten/

獲得 *(vt)* = *achieve*
◀More women are **attaining** high positions in business, especially in advertising and publishing.
更多的女性在商界,尤其是廣告和出版業中獲得高級職位。

詞性

特殊字① ── ◣衍生字 *attainable (adj)* 可獲得的
特殊字② ── ◣同尾字 retain (保留)。contain (包含)。detain (拘留)。entertain (娛樂)。obtain (獲得)。pertain (關於)。sustain (支撐)。maintain (維持)。

中文釋意

五、動詞變化

　　單字的詞性若是動詞，並屬不規則動詞，將在音標之後，依序加註動詞的過去式 (pt) 和過去分詞 (pp)。例如：

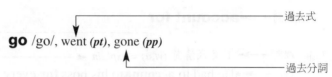

過去式

go /go/, went *(pt)*, gone *(pp)*

過去分詞

①走，去，離去 *(vi)* = *leave*；⇔ *stay*

◀He wanted to **go**, but she wanted to stay.
他想走了，但她要留下來。

②成為，變成 *(vi)* = *become*

He **went** blind at a young age.
他年紀尚小時就變成雙目失明了。

詞性代號說明

　　所有的單字、片語、動詞都附有詞性,顯示單字和動詞片語在句中的用法,下面是詞性記號說明:

一、單字部分

adj	形容詞		pl	複數形
adv	副詞		prep	介系詞
art	冠詞		pron	代名詞
aux	助動詞		rel pron	關係代名詞
C	可數名詞		S	名詞,常用單數形
conj	連接詞		U	不可數名詞
det	限定詞		vt	及物動詞
interj	感嘆詞		vi	不及物動詞
interrog det	疑問限定詞		=	同義字
P	名詞,常用複數形		⇔	反義字

　　以上詞性可以合併使用,如果某一單字有 (C),又有 (adj),表示它既能當可數名詞,也能當形容詞。

二、片語動詞部分

vi	不及物片語動詞
vt,s	可分離片語動詞
vt,u	不可分離片語動詞
=	同義字
⇔	反義字

A

A HANDBOOK
7000 English Core Words

A

◎ MP3-A1

abandon /ə'bændən/
①遺棄 *(vt)* = *desert, forsake*
◀ Sam **abandoned** his wife and children.
山姆遺棄了妻子和兒女。
②放棄 *(vt)* = *give up*
Jack **abandoned** all hope of finding his dog.
傑克放棄了找到那條狗的一切希望。

abbreviate /ə'brivɪˌet/
縮略 *(vt)*
◀ "Acquired Immune Deficiency Syndrome" is usually abbreviated to "AIDS".
"Acquired Immune Deficiency Syndrome" (後天性免疫不全症候群) 通常都縮略爲 "AIDS" (愛滋病)。

abbreviation /əˌbrivɪ'eʃən/
縮略語 *(C)*
◀ "IT" is the written **abbreviation** of "information technology".
"IT" 是 "information technology" (資訊科技) 的縮略語。

abdomen /æb'domən/
腹 (部) *(C)* = *belly*
◀ Tina is complaining of pain in the **abdomen**.
蒂娜訴說她腹痛。

abide /ə'baɪd/
①容忍 *(vt)* = *endure, put up with, tolerate, bear*
◀ I can't **abide** such rudeness.
我無法容忍如此粗魯的舉止。
②遵守 *(vi)* = *comply (with)*
You should **abide** by traffic rules.
你應該遵守交通規則。
✎衍生字 *abiding (adj)* 持久不變的

ability /ə'bɪlətɪ/
能力 *(U)* = *capacity, capability*；⇔ *inability*
◀ Jane has the **ability** to solve the problem.
珍有能力解決這個問題。

able /'ebl̩/
①能幹的 *(adj)* = *competent, qualified*
◀ Jack is a more **able** teacher than I am.
與我相比，傑克是個更爲能幹的老師。
②有能力的 *(adj)* = *capable (of)* ⇔ *unable*
I was **able** to do only five questions in the exam.
在考試中我只能做出五道題目。
✎衍生字 *enable (vt)* 使能夠；*disable (vt)* 使殘廢

abnormal /æb'nɔrml̩/
反常的 *(adj)* ⇔ *normal*
◀ It is **abnormal** for a boy to be interested in dolls.
一個男孩如果對洋娃娃感興趣的話是反常的。
✎衍生字 *norm (C)* 標準

aboard /ə'bord/
機上 *(adv)* = *on board*
◀ The plane crashed, killing all 100 people **aboard**.
飛機失事，機上一百名乘客全部遇難。

abolish /ə'bɑlɪʃ/
廢除 *(vt)* = *put an end to, abrogate*
◀ The president planned to **abolish** the death penalty.
總統打算廢除死刑。
✎衍生字 *abolition (U)* 廢除

aboriginal /ˌæbə'rɪdʒənl̩/
土著的 *(adj)* = *indigenous*
◀ **Aboriginal** culture should be preserved.
土著文化應得到保存。
✎衍生字 *aborigine (C)* 土著

abortion /ə'bɔrʃən/
流產手術 *(C)*
◀ A doctor is not allowed to perform an **abortion** on a teenager without her parents' approval.
未得到家長同意，醫生不得給青少年做流產手術。
✎衍生字 *abort (vt)* 使墮胎；*abortive (adj)* 流產的

abound /ə'baʊnd/
很多 *(vi)*
◀ Rumors **abound** about her affair with her boss.
有關她與老闆有風流韻事的傳聞很多。

about /ə'baʊt/

①有關 (prep)

◀ I am going to write a book **about** English grammar.

我將寫一本有關英文的文法書。

②大約 (adv)

We left the farm at **about** ten o'clock .

大約十點我們離開農場。

above /ə'bʌv/

①(位置) 在…之上 (prep) ⇔ below

◀ Raise your arms **above** your head.

把手臂舉起到你頭上。

②以上 (adv)

Children aged 12 and **above** are not allowed in the pool.

十二歲及十二歲以上的小孩不可進入這泳池裡。

abroad /ə'brɔd/

(到)國外 (adv) = overseas

◀ I am going **abroad** for my holidays.

我打算去國外度假。

abrupt /ə'brʌpt/

突然的 (adj) = sudden, unexpected

◀ The peace talks came to an **abrupt** end.

和平談判突然結束了。

✎衍生字 abruptly (adv) 突然地

✎同尾字 disrupt (使混亂)。interrupt (打斷)。erupt (噴出火焰)。bankrupt (破產的；破產者)。corrupt (腐敗的；使腐敗)。

absence /'æbsn̩s/

缺席 (U) ⇔ presence

◀ The old professor didn't notice Andy's **absence** from class.

老教授沒有注意到安迪缺課。

absent /'æbsn̩t/

缺席的 (adj) ⇔ present

◀ Two students were **absent** from class yesterday.

昨天有兩名學生缺席。

absent-minded /'æbsn̩t,maɪndɪd/

心不在焉的 (adj)

◀ I am getting more **absent-minded** as I get older.

我年歲增長後變得愈來愈心不在焉了。

✎衍生字 absent-mindedness (U) 心不在焉

absolute /'æbsə,lut/

絕對的 (adj) = complete

◀ Mr. White is a man of **absolute** honesty.

懷特先生是個絕對誠實的人。

✎衍生字 absolutely (adv) 絕對地

absorb /əb'sɔrb/

①吸(水) (vt)

◀ He used a piece of cloth to **absorb** the water on the floor.

他用一塊布來吸地板上的水。

✎衍生字 absorption (U) 吸收

②全神貫注 (vt)

I was **absorbed** in painting and didn't hear you call.

我全神貫注地畫畫，所以沒有聽見你的喊聲。

abstract /'æbstrækt/

①抽象的 (adj) ⇔ concrete, tangible

◀ Beauty is **abstract** but a woman is not.

美是抽象的，但女人卻不是抽象的。

✎衍生字 abstraction (C,U) 抽象觀念

②摘要 (C) = summary

An **abstract** of my speech will be handed out to each student.

我演講的摘要將發給每個學生。

absurd /əb'sɝd/

可笑的 (adj) = foolish, ridiculous

◀ Tim looks **absurd** in that coat!

提姆穿上那件外套看上去真可笑！

✎衍生字 absurdity (C,U) 荒謬

abundance /ə'bʌndəns/

足夠 (U)

◀ You make sure that at the party there is food and drink in **abundance**.

確定聚會上有足夠的食物和飲料。

abundant /ə'bʌndənt/

①豐富的 (adj) = rich

◀ Taiwan is **abundant** in fruits.

台灣有豐富的水果。

②豐富的 (adj) = plentiful

Iraq has an **abundant** supply of oil.

伊拉克有豐富的儲油量。

✎同尾字 redundant (多餘的)。

A

abuse /ə'bjuz/

濫用 *(vt)*

◀ Once a person gains power, he tends to **abuse** it.

人一旦擁有了權力就難免會濫用它。

衍生字 abuse (U) 濫用

同尾字 use (使用)。misuse (誤用，虐待)。disuse (廢止)。

academic /ˌækə'dɛmɪk/

學術的 *(adj)*

◀ This program is designed to raise **academic** standards.

這項計畫旨在提高學術水準。

academy /ə'kædəmɪ/

學院 *(C)*

◀ Mark taught at a military **academy**.

馬克過去在一所軍事學院任教過。

accelerate /æk'sɛləˌret/

① 加速 *(vi)* ⇔ decelerate

◀ The car **accelerated**.

汽車加速行駛。

② 加快 *(vt)* = hasten, quicken, speed up

This medicine can **accelerate** heartbeat.

這種藥物能加快心跳。

○ MP3-A2

acceleration /ækˌsɛlə'reʃən/

加快 *(S)*

◀ There is an **acceleration** in the decline of the coal industry.

採煤業的衰落速度加快了。

accent /'æksɛnt/

口音 *(C)*

◀ Tina speaks English with a strong French **accent**.

蒂娜說英語帶有濃重的法國口音。

accept /ək'sɛpt/

接受 *(vt)*

◀ My teacher won't **accept** my reasons for being late.

我的老師不接受我遲到的理由。

acceptable /ək'sɛptəbḷ/

可接受的 *(adj)* = tolerable

◀ Smoking is no longer considered socially **acceptable**.

吸煙已不爲社會所接受。

acceptance /ək'sɛptəns/

錄取 *(U)*

◀ One week after applying for the job I received a letter of **acceptance**.

我應試這分工作一週後收到了錄取通知。

access /'æksɛs/

進入 *(U)*

◀ The police managed to gain **access** to the building through an upstairs window.

警察設法從一扇樓上的窗戶進入了大樓。

同尾字 recess (休息時間)。process (過程)。excess (過量)。

accessible /æk'sɛsəbḷ/

平易的 *(adj)* = approachable；⇔ inaccessible

◀ A boss should be **accessible** to his staff.

老闆應與員工平易相處。

accessory /ək'sɛsərɪ/

附件 *(C)*

◀ The roof rack and radio are examples of car **accessories**.

車頂行李架和收音機都屬於汽車附件。

accident /'æksədənt/

事故 *(C)*

◀ They had a bad/slight **accident** during their trip.

途中他們發生了一次嚴重 / 輕微事故。

accidental /ˌæksə'dɛntḷ/

碰巧的 *(adj)*

◀ It was **accidental** that they were both wearing the same skirt.

她倆碰巧穿相同的裙子。

acclaim /ə'klem/

① 稱讚 *(vt)* = praise

◀ The herbal medicine was a much-**acclaimed** panacea.

草藥是頗受稱讚的靈丹妙藥。

② 讚揚 *(U)* = approval

His paper received great **acclaim** in the symposium.

他的論文在研討會上受到高度讚揚。

✒同尾字 claim (聲稱)。proclaim (宣告)。declaim (慷慨陳詞)。reclaim (要求收回)。disclaim (否認)。exclaim (驚叫)。

accommodate /əˈkɑməˌdet/

① 容納 *(vt)* = hold

◀ This hotel can **accommodate** 500 guests.

這家飯店可容納五百名客人。

② 順應 *(vt)* = take account of

We must be flexible enough to **accommodate** changes in the market.

我們必須隨機應變以順應市場的變化。

③ 適應 *(vt)* = adapt, adjust

You should soon **accommodate** yourself to the new environment

你會很快適應新環境的。

accommodation /əˌkɑməˈdeʃən/

住宿 *(U)*

◀ The travel agent will fix up/arrange our **accommodation**.

旅行社會給我們安排住宿。

accompany /əˈkʌmpənɪ/

① 陪同 *(vt)*

◀ Children under 12 must be **accompanied** by an adult.

十二歲以下兒童須有成年人陪同。

② 伴隨，帶有 *(vt)*

Heavy rains **accompanied** by high winds make driving difficult.

暴雨夾著強風給駕駛帶來困難。

accomplish /əˈkɑmplɪʃ/

完成 *(vt)* = achieve, attain

◀ We have **accomplished** our goal of raising one million dollars.

我們已完成籌款一百萬元的目標。

✒衍生字 *accomplishment (C,U)* 完成

accord /əˈkɔrd/

① 一致 *(vi)* = correspond (with), be consistent (with)；⇔ be contrary (to)

◀ What you have just said does not **accord** with what you told us last week.

你剛才講的與上週告訴我們的不一致。

② 受到 *(vt)* = give

On their return, the basketball players were **accorded** a hero's welcome.

籃球隊員們回來時受到了英雄凱旋般的歡迎。

③ 協議 *(C)*

Both Israel and Palestine balked at signing a peace **accord**.

以色列和巴勒斯坦雙方都在簽訂和平協議一事上畏縮不前。

✒同尾字 cord (繩子)。record (記錄)。discord (不和)。concord (調和)。

✒相關字 pact (協定)。contract (契約)。treaty (條約)。compact (協議)。agreement (合同)。covenant (契約)。convention (公約)。

accordance /əˈkɔrdn̩s/

按照 *(U)*

◀ In **accordance** with your wishes, I dropped out of the race.

依你的心願，我退出了比賽。

accordingly /əˈkɔrdɪŋlɪ/

① 相應地 *(adv)*

◀ If you work extra hours, you will be paid **accordingly**.

如果你加班，就會得到相應的加班費。

② 因此 *(adv)* = therefore

She asked me to leave, and **accordingly** I did.

她叫我離開，因此我就照辦了。

account /əˈkaʊnt/

① 敘述 *(C)* = description, report

◀ Please give us a detailed **account** of what happened.

請把發生的事跟我們做個詳細的敘述。

② 帳戶 *(C)*

You are required to open an **account** in Taipei Bank, and your salary will be paid directly into it.

你需要在台北銀行開個帳戶。你的薪水將直接匯入你的戶頭。

③ 解釋 *(vi)*

He couldn't **account** for the fact that he took money.

他無法解釋偷錢這個事實。

A

account for

① 交代清楚 (vt,u) = explain

◀ He had to **account** to his boss **for** every dollar he spent on his business trip.
他出差時花的每一塊錢都得向老闆交代清楚。

② 佔 (vt,u)

Sugar **accounts for** a high proportion of Cuba's export earnings.
糖佔古巴出口收入的很大一部分。

accountable /əˈkaʊntəbl̩/

負責的 (adj) = responsible, answerable

◀ You must be **accountable** for your decision.
你必須對自己的決定負責。

accountant /əˈkaʊntənt/

會計師 (C) (請參閱附錄 "職業")

◀ An **accountant's** duty is to keep or check financial accounts.
會計師的職責是記帳或查帳。

accounting /əˈkaʊntɪŋ/

記帳 (U)

◀ Sherry is good at **accounting**.
雪莉擅長記帳。

accumulate /əˈkjʊmjəˌlet/

① 積下 (vt) = amass

◀ Jack has **accumulated** a huge debt from gambling.
傑克因賭博而積下巨額欠款。

② 堆積 (vi) = build up

Dirt and dust have **accumulated** in the corners of the old house.
老房子的角角落落裡積滿塵灰。

accumulation /əˌkjumjəˈleʃən/

累積 (C)

◀ Wisdom is an **accumulation** of experience and knowledge.
智慧是經驗和知識的累積。

accuracy /ˈækjərəsɪ/

精確 (U) = precision, exactness

◀ The missiles can be aimed with pinpoint **accuracy**.
飛彈可以瞄準至非常精確的程度。

accurate /ˈækjərət/

精確的 (adj) = correct, precise ; ⇔ inaccurate

◀ His account of what happened is **accurate** in every detail.
他對所發生的事作的描述在每個細節上都很精確。

accusation /ˌækjəˈzeʃən/

指控 (C)

◀ It is wrong to make wild **accusations** against your boss.
胡亂指控你的老闆是不對的。

accuse /əˈkjuz/

指控 (vt) = charge (sb with sth), indict (sb for sth)

◀ Jane was **accused** of taking bribes.
珍被指控收取賄賂。

◥同尾字 excuse (原諒)。

accustom /əˈkʌstəm/

讓…習慣 (vt) = inure

◀ You have to **accustom** yourself to your new job.
你得讓自己習慣做你的新工作。

I am not **accustomed** to going to bed so early.
我不習慣這麼早就上床。

🔘 MP3-A3

ace /es/

① A 牌 (C)

◀ Here is an **ace** of spades/hearts/diamonds/clubs.
這是張黑桃 / 紅桃 / 方塊 / 梅花 A 牌。

② 高手 (C)

Betty is an **ace** at tennis/chess.
貝蒂是個網球 / 象棋高手。

ache /ek/

① 痛 (vi)

◀ My head is **aching**, and I have a pain in my lower back and in a tooth. In other words, I am **aching** all over.
我頭痛，背的下半部也疼，牙齒也疼。換句話說，我是渾身上下都在痛。

②痛 (*C*) = *pain*

Shirley has got a bit of an **ache** in her back.
雪莉的背上有點痛。

achieve /əˈtʃiv/

①獲得 (*vt*) = *gain*

◀ We have **achieved** excellent sales this year.
今年我們獲得了優異的銷售成績。

②完成 (*vt*) = *finish*

If you don't work harder, you will never **achieve** anything.
假如你不更努力工作，你永遠不能完成任何事。

achievement /əˈtʃivmənt/

成就 (*U*) = *accomplishment*

◀ I felt a great sense of **achievement** when I finished that book.
寫完那本書後，我感到一種巨大的成就感。

acid /ˈæsɪd/

①酸 (*C,U*)

◀ The **acid** burnt a hole in the blanket.
酸把這毯子燒了個洞。

②酸的 (*adj*)

This juice has an **acid** taste.
這果汁有個酸味兒。

acknowledge /əkˈnɑlɪdʒ/

①承認 (*vt*) = *admit, confess, concede*

◀ Jill **acknowledged** her mistake.
吉兒承認了錯誤。

②公認 (*vt*)

Mr. Liang is widely **acknowledged** as an authority on Shakespeare.
梁先生是眾所公認的莎士比亞作品的權威。

acknowledgement /əkˈnɑlɪdʒmənt/

①表彰 (*U*) = *recognition*

◀ A special award was given to Mr. Lee in **acknowledgement** of his contribution to the country.
為了表彰李先生對國家的貢獻，授予了他一分特殊的獎賞。

②承認 (*U,C*)

I have never heard any **acknowledgement** from Alice that she messed the kitchen up.
愛麗絲把廚房弄成一團糟，可我還沒聽她承認。

acne /ˈækni/

粉刺 (*U*)

◀ Teenagers are prone to suffer from **acne**.
青少年都免不了要長惱人的粉刺。

acquaint /əˈkwent/

了解 (*vt*) = *familiarize*

◀ She always takes the trouble to **acquaint** herself with her students' interests.
她總是費心的去了解學生的利益。

acquaintance /əˈkwentəns/

懂得 (*U*)

◀ I have some **acquaintance** with French.
我懂得一點法語。

acquire /əˈkwaɪr/

取得 (*vt*) = *get, gain, obtain*

◀ I have **acquired** four tickets for the concert.
我取得了四張音樂會的票。

✎同尾字 require (要求)。
　　　　 inquire (詢問)。

acquisition /ˌækwəˈzɪʃən/

①設備 (*C*)

◀ The money will be spent on **acquisitions** for the laboratory.
這筆款子將花在為實驗室添置設備上。

✎衍生字 acquire (vt) 取得，得到；acquisitive (adj) 貪得無厭的

②習得 (*U*)

I am interested in first language **acquisition**.
我對第一語言習得感興趣。

✎同尾字 inquisition (探究)。
　　　　 requisition (請求；徵收)。

acre /ˈekɚ/

英畝 (*C*)

◀ The total area of my uncle's farm measures a little more than five **acres**.
我伯父的農場總面積大約五英畝多。

across /əˈkrɔs/

①寬 (*adv*)

◀ The room is ten feet **across**.
這個房間十呎寬。

A

②從一邊到另一邊 *(prep)*
I helped the old woman **across** the road.
我扶這位老婦人過馬路。

act /ækt/
①採取行動 *(vi)* = do something
◀ The police must **act** before more people are killed on that road.
警方必須採取行動，免得更多的人死在那條路上。
②舉動 *(vi)* = behave
Betty is **acting** strangely these days.
這幾天貝蒂的舉動有點古怪。
③演出 *(vt)*
Tim will **act** the part of Hamlet.
提姆將演出哈姆雷特這個角色。
④行為 *(C)*
Stealing is a foolish **act**.
偷竊是愚蠢的行為。

act on
①對…產生作用 *(vt,u)* = have an effect on
◀The drug doesn't take long to **act on** the nerve centers.
這種藥不需很長時間就能對神經中樞產生作用。
②根據 *(vt,u)*
Acting on a tip-off, the police arrested the robbers.
警方根據密報逮捕了劫匪。

act out
付諸行動 *(vt,s)* = play out
◀Amy seized any chance to **act out** her fantasies.
艾咪抓住任何機會把她的怪念頭付諸行動。

act up
①出問題 *(vi)*
◀My washing machine has been **acting up** again.
我的洗衣機又出問題了。
②調皮搗蛋 *(vi)*
These children have been **acting up** all morning.
這些孩子整個早上都在調皮搗蛋。

action /'ækʃən/
①實施 *(U)*
◀It is time to put the plan into **action**.
現在是該把計畫付諸實施的時候了。
②行動 *(C)*
Actions speak louder than words.
行動勝於空談。

active /'æktɪv/
活力充沛的 *(adj)* = vigorous, energetic
◀Mr. White is **active** for his age.
懷特先生這個年紀了，依然是活力充沛。
衍生字 *activate (vt)* 起動

activist /'æktɪvɪst/
積極分子 *(C)*
◀Greenpeace **activists** staged a demonstration against the construction of another nuclear power plant.
綠色和平運動的積極分子為反對修建另一座核電廠組織了一次示威遊行。

activity /æk'tɪvətɪ/
①活動 *(C)*
◀My after-school **activities** are jogging and swimming.
我的課外活動是慢跑和游泳。
衍生字 *activist (C)* 積極分子
②活動 *(U)*
There has been a lot of **activity** in this school today.
今天這所學校舉行了許多活動。

actor /'æktə/
演員 *(C)* (請參閱附錄 "職業")
◀He trained as an **actor**.
他受訓當演員。

actress /'æktrɪs/
女演員 *(C)* (請參閱附錄 "職業")
◀Miss Lee is a famous **actress**.
李小姐是個著名的女演員。

actual /'æktʃuəl/
實際的 *(adj)* = real
◀The **actual** cost is a lot higher than Beth said.
實際費用比貝絲所說的要高得多。

acute /ə'kjut/

①劇烈的 **(adj)** = severe, intense

◀ Jack suffers **acute** pain in his back.

傑克受背部劇痛的折磨。

②敏銳的 **(adj)** = keen, sharp

Tina has an **acute** sense of smell.

蒂娜有敏銳的嗅覺。

③急性的 **(adj)** ⇔ chronic

Chris has an **acute** attack of hepatitis.

克莉絲患了急性肝炎。

adapt /ə'dæpt/

①改裝 **(vt)**

◀ He **adapted** an old car engine to fit his boat.

他把一台舊汽車引擎改裝到他的小汽艇上。

◣衍生字 adaptation **(U)** 改造，適應

②適應 **(vi)** = adjust

Tim can't **adapt** to the idea of having a woman as his boss.

提姆不能適應讓一個女性來做他的頂頭上司。

◣衍生字 adaptable **(adj)** 適應性強的

adaptability **(U)** 適應性

adaptation /ˌædəp'teʃən/

①適應 **(U)**

◀ The students' **adaptation** to the new school was easy and quick.

學生在新學校不知不覺很快就適應了。

②改編本 **(C)**

The movie is an **adaptation** of a novel.

這部影片是小說改編本。

add /æd/

添加 **(vt)** ⇔ subtract (sth from sth)

◀ **Add** a few more names to the list.

在名單上再添加幾個名字。

◣衍生字 addition **(C,U)** 增加；additive **(C)** 添加物

add to

增加 **(vt,u)** = increase

◀The rise in oil prices has **added to** our problems.

油價上漲增加了我們的困難。

add up

加起來 **(vt,s)** = reckon/figure/count up

◀**Add up** these numbers and tell me the answer.

把這些數字加起來，告訴我答案。

add up to

加起來 **(vt,u)** = amount/come to

◀The bill **added up to** $250.

帳單加起來是二百五十元。

MP3-A4

addict /'ædɪkt/

對…上癮的人，迷上…的人 **(C)**

◀ Bob is a television **addict**.

鮑勃是個電視迷。

◣同尾字 indict (控告)。predict (預測)。edict (敕令)。verdict (判決)。contradict (反駁；矛盾)。interdict (禁令)。

addicted /ə'dɪktɪd/

①上癮的 **(adj)**

◀ He became **addicted** to drugs/alcohol/gambling.

他吸毒／酗酒／賭博上了癮。

②迷上了…的 **(adj)**

He is hopelessly **addicted** to television.

他無法自拔地迷上了看電視。

addiction /ə'dɪkʃən/

上癮 **(C,U)**

◀ There is a growing problem of drug **addiction** among young people.

青年人吸毒成癮的問題日增。

◣衍生字 addictive **(adj)** 上癮的

addition /ə'dɪʃən/

①增加之人或物 **(C)**

◀ A newly born child is often called an **addition** to the family.

嬰兒剛出生經常被說成是家裡添丁了。

②加 **(U)** ⇔ subtraction

John has begun to learn **addition** and subtraction.

約翰已經開始學加和減了。

A

We won a holiday, in **addition** to the prize money.
除了獎金，我們還賺了一個假期。

additional /əˈdɪʃənl̩/
另外的 *(adj)* = extra
◀ An **additional** charge is made for heavy parcels.
超重的包裹要另外收費。

address /əˈdrɛs/
①寫給 *(vt)*
◀ The letter is **addressed** to you.
這封信是寫給你的。
②演說 *(vt)* = speak to
Mr. White was invited to **address** the crowd.
懷特先生受邀向群眾演說。
③地址 *(C)*
You can send the letter to my Paris **address**.
你可以把信寫至我在巴黎的地址。
④演講 *(C)* = speech
Mr. White delivered an opening **address**.
懷特先生致了開幕詞。

adequate /ˈædəkwɪt/
①勝任 *(adj)* = suitable (for), fit (for)
◀ Jim is not **adequate** to the job.
吉姆不能勝任這工作。
②足夠的 *(adj)* = enough
This meal is **adequate** for two.
這分餐點夠兩人食用。
➤衍生字 *inadequate (adj)* 不足的

adhere /ədˈhɪr/
堅持 *(vi)* = stick/cleave (to), stand (by)
◀ We **adhere** to the principle that men and women are created equal.
我們堅持這樣的原則，即人人生來平等。

adjust /əˈdʒʌst/
①調節 *(vt)* = regulate
◀ I **adjusted** the color on the TV by turning this knob.
我轉動這個旋鈕來調節電視的色彩。
②適應 *(vi,vt)* = adapt
Harry **adjusted** (himself) very quickly to the climate of this country.
哈利很快就適應了這個國家的氣候。
➤衍生字 *adjustable (adj)* 可調整的

adjustment /əˈdʒʌstmənt/
調整 *(C)*
◀ I made a few minor **adjustments** to my original plan.
我對原計畫作了一些小小的調整。

administer /ədˈmɪnəstəʳ/
①管理 *(vt)* = manage, run, govern
◀ The school has been badly **administered**.
該校管理無方。
②給 *(vt)*
The doctor **administered** several aspirin for my headache.
醫生給我幾顆阿斯匹靈治頭痛。
➤衍生字 *administrator (C)* 行政人員，管理人

administration /ədˌmɪnəˈstreʃən/
①管理 *(U)*
◀ Tim lacks experience in **administration**, so he cannot run the department.
提姆缺少管理經驗，因此他無法經營那個部門。
②政府 *(C)*
The Reagan **administration** saw the end of communism in the Soviet Union.
雷根政府目睹了蘇聯共產主義的終結。

administrative /ədˈmɪnəˌstretɪv/
管理的 *(adj)*
◀ Jason took an **administrative** job.
傑生接受了一分管理工作。

admirable /ˈædmərəbl̩/
極好的 *(adj)* = laudable, excellent
◀ You have done an **admirable** job.
你的工作做得好極了。

admiral /ˈædmərəl/
海軍上將 *(C)*
◀ **Admiral** Nelson defeated the combined French and Spanish fleets.
納爾遜海軍上將擊潰法國和西班牙聯合艦隊。

admiration /ˌædməˈreʃən/
沉醉 *(U)*
◀ He was lost in **admiration** for the beautiful scenery.
那美妙的景色使他沉醉。

A

admire /əd'maɪr/

①欽佩 *(vt)*

◀ I **admire** her for her courage.

我欽佩她的勇氣。

✎衍生字 *admirer (C)* 仰慕者

②欣賞 *(vt)*

We stopped halfway up the hill to **admire** the view.

我們止步在半山腰欣賞景物。

admission /əd'mɪʃən/

①承認 *(C)* = *confession*

◀ Chris is a bad driver, by/on her own **admission**.

克莉絲自己承認是個蹩腳的司機。

②允許加入 *(U)* = *admittance*

I have gotten **admission** to the club.

我已得到允許加入該俱樂部。

admit /əd'mɪt/

①承認 *(vt,vi)* = *confess*

◀ That boy **admitted** (to) cheating on the exam.

那個男孩自己承認考試時作弊。

②送入 *(vt)* = *let/allow in*

He was **admitted** to hospital.

他被送入醫院。

adolescence /ˌædl̩'ɛsn̩s/

青春期 *(U)*

◀ Everyone will go through **adolescence**.

每個人都會經歷青春期。

adolescent /ˌædl̩'ɛsn̩t/

①孩子氣的 *(adj)* = *juvenile*

◀ **Adolescent** behavior is not acceptable in an adult.

成年人表現出孩子氣的行為就不能為別人所接受了。

②青少年 *(C)*

Adolescents face a great deal of peer pressure.

青少年面對來自同儕的巨大壓力。

adopt /ə'dɑpt/

①採取 *(vt)*

◀ The police **adopted** a hands-off attitude to gambling.

警方對賭博採取不干涉態度。

②收養 *(vt)*

King was **adopted** when he was only two years old.

金恩年僅兩歲時就被人收養了。

✎衍生字 *adoption (C,U)* 採取，收養；*adoptive (adj)* 收養的

adore /ə'dor/

①深愛 *(vt)* = *love very much*

◀ Serena **adores** her children.

莎雷娜深愛自己的孩子們。

②非常喜歡 *(vt)*

Paul **adores** going to the movies.

保羅非常喜歡看電影。

adult /ə'dʌlt/

①成年人 *(C)* = *grown-up*；⇔ *minor*

◀ This film is for **adults** only.

這部影片僅供成年人觀看。

②成人的 *(adj)*

Children should take half the **adult** dose.

兒童宜用成年人劑量的一半。

adulthood /ə'dʌlthʊd/

成年 *(U)* ⇔ *childhood*

◀ A child will reach **adulthood** at the age of twenty.

孩子長到二十歲就算成年了。

✎衍生字 *adult (adj)* 成人的；*adult (C)* 成年人

advance /əd'væns/

①進展 *(C)* = *development*

◀ Recent **advances** in cloning have raised several ethical questions.

複製 (動物) 技術的最新進展引發了一些倫理問題。

②推進 *(vi)* ⇔ *retreat*

Iraq's forces were **advancing** on the neighboring country.

伊拉克軍隊當時正向鄰國推進。

✎衍生字 *advancement (U)* 改進，進步

advanced /əd'vænst/

進階的 *(adj)* ⇔ *elementary*

◀ I took a course in **Advanced** Computer Studies.

我選了一門進階電腦研究課程。

A

advantage /əd'væntɪdʒ/
優勢 (C) = edge；⇔ disadvantage
◀ His teaching experience gave him a big **advantage** over me.
他的教學經歷使他比我具有更大的優勢。

◯ MP3-A5

adventure /əd'vɛntʃɚ/
奇遇 (C)
◀ This book is about my exciting **adventures** in the Himalayas.
這本書寫的是我在喜馬拉雅山經歷的種種激動人心的奇遇。
衍生字 adventurer (C) 冒險家；adventurous (adj) 喜歡冒險的

advertise /'ædvɚ‚taɪz/
做廣告 (vt) = promote
◀ There is a big poster **advertising** a new camera.
有一張爲一種新型照相機做廣告的大型海報。
衍生字 advertiser (C) 廣告商

advertisement /‚ædvɚ'taɪzmənt/
廣告 (C)
◀ We put an **advertisement** in the local newspapers.
我們在當地的一些報紙上登了一則廣告。
衍生字 advertising (U) 廣告業

advice /əd'vaɪs/
忠告 (U)
◀ Acting on my teacher's **advice**, I have decided to give up gambling.
我遵照老師的忠告，決定戒賭。

advise /əd'vaɪz/
①勸告 (vt) = counsel
◀ I **advised** her to stay until the rain let up.
我勸她等到雨小些再走。
②建議 (vi)
My mother **advised** against taking up with that guy.
我母親建議不要與那傢伙交往。

adviser /əd'vaɪzɚ/
顧問 (C) = advisor, consultant
◀ He serves as a special **adviser** to the mayor.
他擔任市長的特別顧問。

advocate /'ædvə‚ket/
主張 (vt) = support
◀ Some businessmen **advocate** cutting interest rates.
一些商人主張降低利率。
衍生字 advocate (C) 提倡者

affair /ə'fɛr/
事件 (C)
◀ The Watergate **affair** brought down the Nixon administration.
水門事件使尼克森政府垮台了。

affect /ə'fɛkt/
影響 (vt) = influence
◀ A change in climate may **affect** our health.
氣候的變化可能會影響到我們的健康。

affection /ə'fɛkʃən/
愛 (S,U) = fondness
◀ Andy has a deep **affection** for his daughter.
安迪深愛自己的女兒。
同尾字 infection (傳染)。perfection (完美)。confection (甜食)、defection (叛變)。

affectionate /ə'fɛkʃənɪt/
有感情的 (adj) = attached
◀ He is very **affectionate** to his daughter.
他對女兒很有感情。

affirm /ə'fɝm/
鄭重聲明 (vt) = assert, declare
◀ Jim **affirmed** that he was telling the truth.
吉姆鄭重聲明他說的是實話。
衍生字 affirmative (adj) 肯定的
同尾字 firm (堅定的)。confirm (證實)。infirm (虛弱的)。

afford /ə'ford/
承擔 (vt)
◀ I cannot **afford** to lose such an important customer.
失去這樣一位重要的顧客，我可承擔不起。
衍生字 affordable (adj) 負擔得起的

afraid /ə'fred/
害怕的 (adj) = fearful, scared, frightened
◀ There is no need to be **afraid** of barking dogs.
不必害怕吠叫的狗。

A

after /ˈæftə/
① 在⋯之後 *(prep)* ⇔ before
◀ We'll leave **after** lunch.
我們吃完午餐之後就走。
② 之後 *(conj)* ⇔ before
She started the job shortly **after** she left school.
她畢業之後不久即開始做這分工作。

afternoon /ˌæftəˈnun/
下午 *(C)*
◀ She goes there two **afternoons** a week.
她一週兩個下午到那裡。

afterward(s) /ˈæftəwəd(z)/
之後 *(adv)* ⇔ beforehand
◀ Let's go to the movie first and eat **afterwards**.
我們先看電影，之後再吃飯。

again /əˈgɛn/
再，又 *(adv)*
◀ You should start **again** from the beginning.
你應該從頭再來一遍。

against /əˈgɛnst/
① 倚靠著 *(prep)*
◀ She is leaning **against** the wall.
她倚牆而立。
② 反對 *(prep)* ⇔ for
I am strongly **against** the idea.
我很反對這個想法。

age /edʒ/
① 變老 *(vi)*
◀ After his son's death, he **aged** quickly.
兒子死後，他老得很快。
衍生字 *aged (adj)* 有⋯之年歲的，很老的
② 使⋯變老 *(vt)*
The illness has **aged** him.
這場病使他變老了。
③ 蒼老 *(U)*
Her face was wrinkled with **age**.
她的臉因蒼老而起皺。
④ 年齡 *(C)*
There are dozens of boys here, all different **ages**.
這兒有幾十個男孩，年齡完全不同。

agency /ˈedʒənsɪ/
代理商 *(C)*
◀ The company's **agency** opened its business in Taipei last week.
上星期，這家公司在台北的代理商開始營業。

agenda /əˈdʒɛndə/
議程 *(C)*
◀ Educational reforms are high/low on the **agenda**.
教育改革是要討論的重要 / 不重要議程。

agent /ˈedʒənt/
代理商 *(C)*
◀ Our **agent** in Taipei deals with all our business there.
我們在台北的代理商負責處理那裡的全部業務。

aggression /əˈgrɛʃən/
侵略 *(U)*
◀ Iraq once committed armed **aggression** against Kuwait, but its naked **aggression** was repelled by the U.S.
伊拉克曾對科威特進行武裝侵略，但其赤裸裸的侵略行徑遭到美國的反擊。
同尾字 progression (前進)。digression (偏離主題)。transgression (逾矩)。retrogression (退化)。

aggressive /əˈgrɛsɪv/
① 好鬥的 *(adj)* = belligerent, bellicose
◀ Bob's **aggressive** behavior often causes problems.
鮑勃的好鬥行為常招來麻煩。
② 有進取心的 *(adj)* = boldly assertive
John is **aggressive**, so he can get ahead in his job.
約翰有進取心，因而能在工作中步步上進。
同尾字 progressive (進步的)。regressive (退步的)。retrogressive (退化的)。

agitate /ˈædʒəˌtet/
焦慮不安 *(vt)*
◀ Jane became **agitated** when she was asked about her past.
珍被問到她過去就焦慮不安。
衍生字 agitation (U) 焦慮不安

ago /ə'go/

之前 *(adv)*

◀ He died a long time **ago**.
他很早之前就過世了。

agony /'ægənɪ/

痛苦 *(U)* = distress, pain

◀ Mary lay in **agony** waiting for her doctor to come.
瑪莉非常痛苦地躺著等醫生來。

◈衍生字 *agonize (vi)* 苦惱

agree /ə'gri/

同意 *(vi)* = concur

◀ I **agree** with you on this movie. It is terrific.
我同意你對這部影片的看法，真是棒極了。

◈衍生字 *agreeable (adj)* 宜人的

---

agree with

與 (…的健康) 相宜 *(vt,u)*

◀I love steak, but unfortunately it doesn't **agree with** me.
我喜歡吃牛排，遺憾的是吃了會不舒服。

🔵 MP3-A6

agreeable /ə'griəbl̩/

①宜人的 *(adj)* = pleasant

◀ I found an **agreeable** spot for camping.
我找到了一塊宜人的野營地。

②同意的 *(adj)* = acceptable

Any deal to be clinched must be **agreeable** to everyone involved.
任何一項要簽署的協議必須每個簽協人都同意。

agreement /ə'grimənt/

①一致的意見 *(U)*

◀ The two sides finally reached **agreement**.
雙方最終取得了一致的意見。

②合同 *(C)* = contract, compact

After signing an **agreement**, you cannot break it.
合同簽好之後，你就不能違約了。

agricultural /ˌægrɪ'kʌltʃərəl/

農業的 *(adj)*

◀ Most of the country's **agricultural** products are exported to the U.S.
該國大部分農業的產品出口到美國。

◈衍生字 *agriculture (U)* 農業

◈同首字 *agrarian* (土地的；農民的)。 agribusiness (農務)。 agrology (土壤學)。 agronomy (農耕學)。 agronomist (農學家)。

agriculture /'ægrɪˌkʌltʃɚ/

農業 *(U)*

◀ The country's **agriculture** is suffering as a result of the flood.
由於水災的緣故，該國的農業遭受了損失。

◈衍生字 *agricultural (adj)* 農業的

ahead /ə'hɛd/

前面 *(adv)*

◀ He went **ahead** of the others.
他走在其他人前面。

AI /ˌe'aɪ/

人工智慧 *(U)* artificial intelligence

◀ Sam is an **AI** (artificial intelligence) researcher.
山姆是人工智慧的研究員。

aid /ed/

①藉助 *(U)* = help

◀ I watch birds with the **aid** of a telescope.
我藉助一架望遠鏡來觀鳥。

②輔助性工具 *(C)*

A dictionary is an indispensable **aid** in learning a new language.
學習一種新語言時，字典是不可或缺的輔助性工具。

③提供援助 *(vt)* = assist

Thank you for **aiding** us in our chemistry experiment.
感謝您對我們的化學實驗提供援助。

AIDS /edz/

愛滋病 *(U)*

◀ Is there a cure for **AIDS**？
有治愛滋病的藥嗎？

aim /em/

①瞄準 *(vt)* = direct, level, point

◀ Jassy **aimed** his gun at the bird in the tree.
傑西舉槍向樹上那隻鳥瞄準。

②立志 *(vi)* = aspire

I **aim** to be a successful businessman.
我立志要成爲成功的商人。
③瞄準 *(U)*
Jassy took **aim** at the bird in the tree.
傑西瞄準了樹上那隻鳥。
④目的 *(C)* = intention
I flew to New York with the **aim** of seeing my sister.
我乘飛機去紐約目的是看我姐姐。

air /ɛr/
空氣 *(U)*
◀ Let's go out for a breath of fresh **air**.
我們出去呼吸一下新鮮空氣吧。

air-conditioner /'ɛrkən'dɪʃənɚ/
冷氣機 *(C)*
◀ We use **air-conditioners** to control the temperature of the air in our office.
我們用冷氣機控制辦公室的空氣溫度。

aircraft /'ɛr,kræft/
飛機 *(C)* (請參閱附錄 "交通工具")
◀ The **aircraft** had 120 passengers on board.
該飛機載有一百二十位乘客。

airline /'ɛr,laɪn/
航空公司 *(C)*
◀ The **airline** has decided to lower its fares.
這家航空公司已經決定降低機票價格。

airmail /'ɛr,mel/
航空信 *(U)*
◀ I sent the letter by **airmail**.
我用航空寄這封信。

airplane /'ɛr,plen/
飛機 *(C)* (請參閱附錄 "交通工具")
◀ The **airplane** is about to take off.
飛機即將起飛。

airport /'ɛr,port/
機場 *(C)*
◀ Our plane will land at the Chiang Kai-shek **Airport**.
我們飛機將降落在中正機場。

airtight /'ɛr'taɪt/
密封的 *(adj)*
◀ Store food in an **airtight** container; otherwise, it will go bad easily.
把食物貯存在密封的容器內，不然很快就會變質。

airway /'ɛr,we/
①肺氣道 *(C)*
◀ The doctor checked my **airway**.
醫生檢查了我的肺氣道。
②航空公司 *(C)* = airline
British **Airways** made big losses last year.
英國航空公司去年出現巨額虧損。

aisle /aɪl/
通道 *(C)*
◀ Instant noodles are in the next **aisle**.
速食麵陳列在隔壁通道的貨架上。

alarm /ə'lɑrm/
①警報 *(C)*
◀ Some teachers have sounded/raised the **alarm** about the danger of smoking.
有些教師已經就吸煙的危險性發出警報。
②驚恐 *(U)* = fear, anxiety
The news of foot-and-mouth disease caused widespread public **alarm**.
有關口蹄疫的消息給公眾帶來了普遍的驚恐。
③感到恐慌 *(vt)*
Parents are **alarmed** by the dramatic increase in campus crime.
家長們對校園中犯罪率的急劇上升感到恐慌。
衍生字 alarming (adj) 驚人的；alarmist (C) 杞憂者

album /'ælbəm/
①專輯唱片 *(C)*
◀ The band's latest **album** is selling very well.
該樂團最新推出的專輯唱片銷售很好。
②相簿 *(C)*
Please put all the photos in the **album**.
請將所有相片放入相簿。

alcohol /'ælkə,hɔl/
酒，酒精 *(U)*
◀ It would be better for you to keep off **alcohol**.
你最好是滴酒別沾。

📖相關字 liquor (烈性酒)。spirits (烈性酒)。wine (葡萄酒)。booze (酒)。

alcoholic /ˌælkəˈhɔlɪk/

①酒醉的 *(adj)*

◀ They left the restaurant in an **alcoholic** haze.
他們醉眼朦朧地離開了飯店。

②酗酒成癮者 *(C)*

An **alcoholic** is often in a state of permanent depression.
酗酒成癮者常常陷入持續的沮喪狀態中。

📖同尾字 workaholic (工作狂)。chocaholic (嗜愛巧克力者)。

alert /əˈlɝt/

①警覺的 *(adj) = watchful (for)*

◀ You should be **alert** to every possible danger.
你應該對每一個可能發生的危險都保持警覺。

②保持戒備 (狀態) *(S)*

Be on the **alert** for pickpockets on the bus.
在公共汽車上須謹防扒手。

③提醒…保持警覺 *(vt) = awaken*

Doctors often **alert** the public to the dangers of smoking.
醫生們經常提醒公眾對吸煙的危害性保持警覺。

algebra /ˈældʒəbrə/

代數 *(U)*

◀ Business and industry rely on **algebra** to help solve many problems.
商業和工業依賴代數解決很多問題。

alien /ˈelɪən/

①截然不同的 *(adj) = contrary*

◀ Your ideas are quite **alien** to my way of thinking.
你的觀念與我的思路截然不同。

②異國的 *(adj) = foreign*

I am interested in **alien** customs/cultures.
我對異國的風俗 / 文化感興趣。

③外僑 *(C) = foreigner*

Since the terrorist attack, illegal **aliens** have been hunted down and deported.
自從恐怖分子襲擊後,非法居留的外僑被搜出並遭送出境。

alienate /ˈeljənˌet/

①使疏遠 (不和) *(vt)*

◀ By raising taxes, the president **alienated** many voters.
總統的提高稅收政策使許多選民不再支持而疏遠了他。

②脫離 *(vt)*

Students who are **alienated** from normal school life are likely to be led astray.
脫離正常學校生活的學生很有可能會走入歧途。

alienation /ˌeljənˈeʃən/

疏離 *(U)*

◀ A newcomer to the city often feels a sense of **alienation**.
城市裡的新來乍到者常會感到一種疏離感。

alike /əˈlaɪk/

①相像的 *(adj) = similar* ; ⇔ *different*

◀ The two sisters look **alike**.
這兩姐妹看起來相像。

②同樣都 *(adv)*

I learned a lot from teachers and students **alike**.
我從老師和學生那裡都學到了許多東西。

③相似的 *(adv) = in a similar way*

The two sisters were dressed **alike**.
這兩姐妹穿著相似。

alive /əˈlaɪv/

①活的 *(adj)*

◀ Several people were buried **alive** during that earthquake.
那次地震有好幾個人被活埋了。

📖衍生字 *live (vi)* 住,生活 ; *life (U,C)* 生命,生活

②活躍的 *(adj)*

The meeting really came **alive** when Jason stood up to make his speech.
傑生站起來發言時,會議的氣氛真正開始活躍起來了。

📖衍生字 *lifeless (adj)* 死的,無生命的

🔊 MP3-A7

all /ɔl/

①全部 *(adv/adj/pron)*

◀ A friend to **all** is a friend to none.
人盡可友的人,不是真正朋友。

A

②所有 *(adj)*

All good things must come to an end.
所有美好的事物總會結束。

allegation /ˌælə'geʃən/

指控 *(C)*

◀ If the **allegations** against him prove correct, he will face a criminal charge.
假如對他的指控證明是正確的，他將面臨犯罪起訴。

allege /ə'lɛdʒ/

指控 *(vt)*

◀ He is **alleged** to have passed on secret information to the enemy.
他被指控向敵人傳送機密情報。

allergic /ə'lɝdʒɪk/

過敏的 *(adj)*

◀ Some people are **allergic** to pollen.
有些人對花粉過敏。

allergy /'ælɚdʒɪ/

過敏 *(C)*

◀ I suffer from an **allergy** to seafood.
我對海鮮過敏。

alleviate /ə'livɪˌet/

減輕 *(vt) = ease, relieve*

◀ We tried to **alleviate** the pain/boredom by singing songs.
我們試圖以唱歌來減輕痛苦／打發無聊。

✎衍生字 *alleviation (U)* 緩和

alley /'ælɪ/

巷弄 *(C)*

◀ We explored twisting **alleys** which eventually led us to an old temple.
我們順著蜿蜒的小巷探訪，最後到了一座老廟。

✎相關字 請參見 lane。

alliance /ə'laɪəns/

同盟 *(C) = league*

◀ Several Eastern European countries have entered into a defensive **alliance** with NATO
幾個東歐國家已加入了與北大西洋公約組織共同攜手的防禦同盟。

alligator /'æləˌgetɚ/

鱷魚 *(C) = crocodile*

◀ **Alligators** resemble lizards in their shape, but they have thicker bodies and tails than most lizards.
鱷魚形狀很像蜥蜴，但身體和尾巴比大部分的蜥蜴還粗。

allocate /'æləˌket/

撥出 *(vt) = earmark, set aside*

◀ Ten million dollars have been **allocated** for building a new school in this area.
已撥出一千萬元在該地區建造一所新學校。

✎衍生字 *allocation (U,C)* 撥給，配給
✎同尾字 locate (找出位置)。dislocate (脫臼)。relocate (遷移)。

allow /ə'lau/

允許 *(vt) = permit*

◀ My parents won't **allow** me to stay out after 10 p.m.
我父母不許我晚上十點以後逗留在外。

✎衍生字 *allowable (adj)* 可允許的

allow for

顧及，考慮 *(vt,u) = take...into account*

◀ The cost of building a house will be $3 million, which **allows for** the 3% inflation.
一棟房子的造價是三百萬元，包括百分之三的通貨膨脹在內。

allowance /ə'lauəns/

零用錢 *(C) = pocket money*

◀ My father gives me an **allowance** of $1,000 a month.
我父親一個月給我一千元零用錢。

ally /'ælaɪ/

①結盟 *(vt) = align*

◀ A small country tends to **ally** itself with a stronger power.
小國一般都會與一強國結盟。

②盟國 *(C)*

The US fought against Iraq with the help of its European **allies**.
美國在其歐洲盟國的協助下與伊拉克作戰。

A

almost /ˈɔlˌmost/
差點，幾乎 (adv)
◀ I **almost** dropped the glass.
我差點把玻璃杯掉到地上。

alone /əˈlon/
①單獨的 (adj)
◀ The temple stands **alone** on the hill.
這座廟宇孤零零的座落在小山上。
✎衍生字 lone (adj) 孤獨無伴的，lonely (adj) 寂寞的
②自己 (adv)
The child made a toy all **alone**.
這孩子自己做了個玩具。

along /əˈlɔŋ/
①沿著 (prep)
◀ We walked **along** the road.
我們沿著馬路而走。
②向前 (adv)
She walked **along**, singing happily.
她快樂地唱著歌走向前。

alongside /əˈlɔŋˈsaɪd/
與…並排，靠…的旁邊 (prep)
◀ Britain fought **alongside** America during
World War II.
第二次世界大戰中，英國與美國並肩作戰。

aloud /əˈlaʊd/
出聲地，大聲地 (adv) ⇔ silently
◀ My father asked me to read the poem **aloud**.
我父親叫我朗讀這首詩。

alphabet /ˈælfəˌbɛt/
字母 (C)
◀ There are 26 letters in the English **alphabet**.
英文字母表中有二十六個字母。
✎衍生字 alphabetical (adj) 依字母順序的

already /ɔlˈrɛdɪ/
已經 (adv)
◀ He has **already** left.
他已經離開了。

also /ˈɔlso/
而且 (adv)
◀ The weather is not only cold but **also** wet.
天氣不僅冷，而且潮濕。

alter /ˈɔltɚ/
修改 (vt) = change
◀ The coat has to be **altered**; it is too large.
外套要修改一下，太大了。

alteration /ˌɔltɚˈreʃən/
①改動 (C) = change
◀ I am planning to make a few **alterations** to
my house.
我正打算把自己的住房作些改動。
②修改 (U)
My coat needs **alteration**.
我的外套需要修改。

alternate /ˈɔltɚˌnɪt/
①間隔的 (adj)
◀ I work on **alternate** Saturdays.
我隔週六工作。
②交替 (vi) /ˈɔltɚˌnet/
The weather **alternates** between rain and
sunshine.
天氣晴雨交替。

alternative /ɔlˈtɜnətɪv/
①另外的 (adj)
◀ They went by the **alternative** road.
他們另選了一條路走了。
✎衍生字 alternatively (adv) 另外的
②代替物 (C) = substitute (for)
The only **alternative** to being captured is to
die fighting.
除了當俘虜外，唯一的選擇就是戰死了。

although /ɔlˈðo/
雖然 (conj)
◀ **Although** my car is old, it still runs very well.
我的車子雖然舊了，仍然跑得很好。

altitude /ˈæltəˌtjud/
高度 (C) = elevation
◀ The plane is flying at an **altitude** of 50,000 feet.
飛機正飛在五萬英尺高空。
✎同尾字 attitude (態度)。aptitude (才能；性向)。latitude
(緯度)。multitude (大量)。platitude (老生長談
)。rectitude (正直)。fortitude (堅韌)。gratitude
(感激)。certitude (確定)。longitude (經度)。
magnitude (巨大)。ineptitude (笨拙)。
vicissitudes (個人狀況；興衰)。

altogether /ˌɔltəˈgɛðɚ/

完全 (*adv*) = completely

◀ I don't **altogether** agree with you.
我的看法和你不完全一致。

aluminum /əˈlumɪnəm/

鋁 (*U*)

◀ I bought an **aluminum** frying pan yesterday.
我昨天買了一個鋁質煎鍋。

◎ MP3-A8

always /ˈɔlwez/

總是 (*adv*)

◀ The sun **always** sets in the west.
太陽總是從西方落下。

amateur /ˈæməˌtʃur/

業餘的 (*adj*) ⇔ professional

◀ Only **amateur** photographers can compete in the contest.
只有業餘攝影愛好者才可參加這次比賽。

✎衍生字 amateur (*C*) 業餘愛好者

amaze /əˈmez/

使…大為吃驚 (*vt*) = astonish, surprise,

◀ It **amazed** me to find out how quickly the children learned to swim.
看到兒童學游泳進步如此神速，真使我大為吃驚。

amazed /əˈmezd/

感到吃驚 (*adj*) = surprised, astonished

◀ I was **amazed** at how quickly the children learned to swim.
兒童學游泳進步這麼快，我真感到吃驚。

amazement /əˈmezmənt/

吃驚 (*U*) = astonishment, surprise

◀ To my **amazement**, Peter came first.
令我吃驚的是，彼得居然得了第一名。

ambassador /æmˈbæsədɚ/

大使 (*C*)

◀ He was the American **ambassador** to France.
他是美國駐法國大使。

✎相關字 embassy (大使館)。

ambiguity /ˌæmbɪˈgjuətɪ/

①意義含糊 (*U*) = vagueness

◀ In order to avoid **ambiguity**, you should write clearly.
為避免意義含糊，你寫作時應明白清晰。

②意義含糊不清之處 (*C*)

You should clear up **ambiguities** in your writing.
你應去除寫作中那些意義含糊不清之處。

ambiguous /æmˈbɪgjuəs/

不明確的 (*adj*) = vague, equivocal；⇔ obvious

◀ She takes an **ambiguous** attitude toward abortion.
她對墮胎問題的態度不明確。

ambition /æmˈbɪʃən/

志向 (*C*) = dream

◀ I have at last achieved my lifetime **ambition** of practicing as a lawyer.
我終於實現了我的人生志向，那就是當一個律師。

ambitious /æmˈbɪʃəs/

雄心勃勃的 (*adj*)

◀ He is **ambitious** for a higher position.
他雄心勃勃要謀求高位。

ambulance /ˈæmbjələns/

救護車 (*C*)

◀ Jack passed out suddenly and was taken by **ambulance** to the nearest hospital.
傑克忽然昏厥過去，被救護車送到最近的一家醫院。

ambush /ˈæmbuʃ/

①埋伏 (*U*)

◀ Several masked men were lying in **ambush** for the police chief.
幾個蒙面人埋伏等警察局長出現。

②伏擊 (*vt*)

Several masked men **ambushed** the police chief.
幾個蒙面人伏擊了警察局長。

A

A

amend /ə'mɛnd/
修改 (vt) = revise
◀ The constitution has been **amended** several times.
憲法已幾經修改。
✎同尾字 mend (修理)。commend (稱讚)。recommend (推荐)。

amendment /ə'mɛndmənt/
修正 (C)
◀ Congressmen have made several **amendments** to the constitution.
國會議員們已將憲法作了幾處修正。

amiable /'emɪəbḷ/
和藹可親的 (adj) = friendly
◀ The taxi driver is an **amiable** middle-aged man.
計程車司機是位和藹可親的中年人。

amid /ə'mɪd/
在…當中 (prep) = amidst, among
◀ He didn't feel at ease **amid** so many people.
在這麼多人當中，他覺得不自在。

among /ə'mʌŋ/
在…中 (prep)
◀ That child was soon lost **among** the crowd.
那小孩很快地消失在人群中。

amount /ə'maʊnt/
數量 (C)
◀ A considerable **amount** of money was spent on education.
大量的金錢花在教育上。

amount to
總共 (vt,u) = add up to, come to
◀ My savings **amount to** over $1,000.
我的存款一共超過一千元。

ample /'æmpḷ/
充足的 (adj) = sufficient
◀ The students were given **ample** time to prepare for the exam.
學生有充足的時間準備考試。

amplify /'æmplə,faɪ/
放大 (vt)
◀ The sounds of the guitar were **amplified** and sent through the speakers.
吉他的樂聲被放大並通過擴音器播出。

amuse /ə'mjuz/
取樂 (vt) = entertain
◀ The children **amused** themselves by playing bridge.
這些孩子們打橋牌取樂。

amused /ə'mjuzd/
感到好笑的 (adj) = delighted
◀ The students were greatly **amused** to hear about the actor falling off the stage.
聽到那男演員從舞台上跌下去的事，學生們都感到非常好笑。
✎衍生字 amusing (adj) 好笑的

amusement /ə'mjuzmənt/
① 逗樂，開心 (U) = enjoyment, delight
◀ To the children's **amusement**, their teacher sat on the wet paint.
看到自己的老師坐在未乾的油漆上，孩子們都被逗樂了。
② 娛樂活動 (C) = pastime
Amusements such as baseball games can keep boys out of mischief.
棒球之類的娛樂活動可以使男孩子們無暇搗蛋。

analogy /ə'nælədʒɪ/
類比 (C) = comparison
◀ Our teacher drew an **analogy** between life and the candle.
我們的老師將生命和蠟燭作了個類比。
✎衍生字 analogous (adj) 類似的

analysis /ə'næləsɪs/
化驗，分析 (C)
◀ Cheryle made a thorough **analysis** of the food.
雪洛對該食物進行了詳盡的化驗。

analyst /'ænḷɪst/
化驗員 (C)
◀ King is a food **analyst**.
金是個食品化驗員。
✎衍生字 analyze (vt) 分析；analysis (C) 分析

A

analytic(al) /ˌænlˈɪtɪk(l̩)/
分析的 *(adj)*
◀ We adopted an **analytic** approach to grammar.
我們對文法採用分析的方法。

analyze /ˈænl̩aɪz/
分析 *(vt)* = examine
◀ Cheryle **analyzed** the food and found it had been contaminated.
雪洛把食物作了分析，發現該食物遭汙染了。

ancestor /ˈænsɛstɚ/
祖先 *(C)* = forebear；⇔ descendent
◀ Her **ancestors** came from Ireland.
她的祖先是愛爾蘭人。

◉ MP3-A9

anchor /ˈæŋkɚ/
①拋錨停泊 *(vi)*
◀ Several ships **anchored** in the harbor.
幾艘船拋錨停泊在港灣。
②主持 *(vt)*
Julia **anchored** the evening news.
茱莉亞擔任夜間新聞主持人。
③錨 *(C)*
We dropped/cast (the) **anchor** a few yards offshore.
我們在岸邊數碼處拋錨。
④精神支柱 *(C)*
In times of distress my mother is my **anchor**.
在痛苦憂傷的時候，我母親成了我的精神支柱。
⑤主播 *(C)*
An **anchor** reads the news on TV.
一名主播在電視上播報新聞。

ancient /ˈenʃənt/
古代的 *(adj)* ⇔ modern
◀ I took a course in **ancient** history.
我修了一門古代史課程。
　　相關字 medieval (中古時代的)。
　　　　　prehistoric (史前時代)。

anecdote /ˈænɪkˌdot/
軼事趣聞 *(C)*
◀ I like to read **anecdotes**.
我喜歡讀軼事趣聞。

angel /ˈendʒəl/
天使，可人兒 *(C)*
◀ You are an **angel** to bring an umbrella for me.
你是個可人兒，給我帶來這把傘。

anger /ˈæŋgɚ/
怒氣 *(U)* = resentment
◀ Johnson had had a bad day at work and vented his **anger** on his family.
強生一天工作不順心，就將怒氣發洩到家人身上。
　　衍生字 angry *(adj)* 生氣的

angle /ˈæŋgl̩/
角度 *(C)*
◀ I took pictures of the pagoda from several different **angles**.
我從不同的角度給這座寶塔拍照。
A bigot never looks at an event from another **angle**.
偏執的人從來就不會換個角度來看待事物。

angry /ˈæŋgrɪ/
生氣的 *(adj)* = furious
◀ Winnie was **angry** with Joe for standing her up.
溫妮對喬的失約感到非常生氣。

animal /ˈænəməl/
動物 *(C)* (請參閱附錄 "動物")
◀ The panda is a furry **animal**.
貓熊是毛絨絨的動物。

animate /ˈænəˌmet/
①使有生氣 *(vt)*
◀ Laughter **animated** Cindy's face for a moment.
開顏一笑使辛蒂的臉上一時有了生氣。
　　衍生字 animation (U) 生氣，興奮
②活的 *(adj)* /ˈænəmɪt/ ⇔ inanimate
The seabed is full of **animate** objects that grow out of the sand.
海底有著許多從沙堆裡長出的活的生物。

ankle /ˈæŋkl̩/
腳踝 *(C)*
◀ I have sprained my **ankle**. That is why I am limping along.
我把腳踝扭傷了，所以走起路來一瘸一拐地。

anniversary /ˌænəˈvɝsərɪ/

週年紀念日 (C)

◀My wife and I celebrated our wedding **anniversary** by going out to a fancy restaurant.
我妻子和我爲了慶祝我們結婚週年紀念日，就去了一家豪華飯館。

announce /əˈnaʊns/

宣布 (vt) = declare

◀Everyone was silent as the teacher **announced** the winner of the speech contest.
老師在宣布演講比賽優勝者的時候，每個人都屏息靜氣。

✎同尾字 denounce (譴責)。pronounce (發音，宣告)。renounce (聲明放棄)。

announcement /əˈnaʊnsmənt/

通告 (C) = declaration

◀The president will make an important **announcement** this evening.
今晚總裁將發布重要通告。

annoy /əˈnɔɪ/

懊惱 (vt) = irritate

◀It **annoyed** me to think how much time we had wasted.
想到我們已浪費了好多時間，我就覺得很懊惱。

✎衍生字 annoyance (U,C) 煩惱，困擾

annoyance /əˈnɔɪəns/

①惱怒 (U) = irritation

◀"Go away!" Maggie replied with **annoyance**.
"走開！" 瑪姬惱怒地回答道。

②惱人的事 (C) = nuisance

The noisy traffic is a continual **annoyance**.
交通噪音是令人不斷感到煩惱的事。

✎衍生字 annoy (vt) 使煩惱

annual /ˈænjʊəl/

每年的，一年一次的 (adj) = yearly

◀My **annual** income is about $1million.
我的年收入大約一百萬元。

✎衍生字 annually (adv) 每年地；annuity (C) 年金；annual (C) 一年生植物，年鑑

anonymous /əˈnɑnəməs/

匿名的，不具名的 (adj)

◀The blood donor wishes to remain **anonymous**.
捐血者希望匿名。

✎衍生字 anonymity (U) 匿名，無名

another /əˈnʌðɚ/

另一個 (pron)

◀He finished his apple and asked for **another**.
他吃完了他的蘋果，又再要求另一個。

answer /ˈænsɚ/

①答覆 (C)

◀My teacher gave no **answer** to my question.
老師對我的問題沒有任何答覆。

②回答 (vt) = reply/respond to

I must **answer** these questions as soon as possible.
我必須盡快回答這些問題。

---

answer back

頂嘴 (vi;vt,s)

◀Don't **answer** (your parents) **back**; it is impolite.
不要 (跟你父母) 頂嘴，那是不禮貌的。

---

answer for

對…負責 (vt,u) = be responsible for

◀I will **answer for** her safety.
我將對她的安全負責。

---

ant /ænt/

螞蟻 (C) (請參閱附錄 "動物")

◀You seem to have **ants** in your pants.
你褲子內似乎有螞蟻 (你似乎很興奮 / 精力充沛而無法安靜坐著)。

Antarctic /æntˈɑrktɪk/

①南極的 (S) ⇔ Arctic

◀The **Antarctic** is the most southern part of the world.
南極處於世界的最南端。

②南極的 (adj)

We went on an **Antarctic** expedition last year.
去年我們去南極探險了一次。

A

antenna /æn'tɛnə/
① 天線 *(C)*
◀ I installed an **antenna** on my roof to receive TV signals.
我在屋頂上安裝了一根天線來接收電視信號。
② 觸角 *(C)*
Mr. Church is famous for his acute political **antenna**.
丘池先生以其極其敏銳的政治觸覺聞名。

anthem /'ænθəm/
聖歌，頌歌 *(C)*
◀ The band began to play the national **anthem**.
樂隊開始奏國歌。

antibiotic /ˌæntɪbaɪ'ɑtɪk/
抗生素 *(C)*
◀ Many scientists have voiced concern about the abuse of **antibiotics**.
許多科學家表示對濫用抗生素的擔憂。

antibody /'æntɪˌbɑdɪ/
抗體 *(C)*
◀ The body can produce **antibodies** to fight diseases.
人體能夠產生抗體來抵抗許多疾病。

anticipate /æn'tɪsəˌpet/
① 預料 *(vt)* = expect
◀ It is **anticipated** that share prices will fall after the terrorist attack.
我們預料當恐怖分子發動攻擊後股票價格就會下滑。
② 料到 *(vt)* = foresee
I didn't **anticipate** having to do the cooking and laundry myself!
我可沒料到竟然會自己做飯洗衣服！
✎同尾字 participate (參加)。

anticipation /ænˌtɪsə'peʃən/
預料 *(U)* = expectation
◀ We secured the doors and windows with locks and bars in **anticipation** of the typhoon.
我們預料有颱風，就把門窗都牢靠地鎖好栓牢了。

antique /æn'tik/
① 古董 *(C)*
◀ He established his own business dealing in **antiques**.
他創下一分事業，專做古董生意。
② 古董的 *(adj)*
This **antique** table costs ten thousand dollars.
這張古玩桌子價值一萬美金。

🔘 MP3-A10

antonym /'æntəˌnɪm/
反義詞 *(C)* ⇔ synonym
◀ "War" is the **antonym** of "peace".
"戰爭" 是 "和平" 的反義詞。
✎同尾字 pseudonym (假名)。homonym (同音同形異義詞)。acronym (首字母縮略詞)。synonym (同義詞)。

anxiety /æŋ'zaɪətɪ/
① 焦急 *(U)* = unease
◀ We waited with great **anxiety** for more news about the fire.
我們焦急萬分地等待有關這次火災的進一步消息。
② 焦慮 *(C)* = worry
Her sick child is a great **anxiety** to her.
她那生病的孩子帶給她極大的焦慮。

anxious /'æŋkʃəs/
① 擔心 *(adj)* = concerned, worried
◀ I am **anxious** about losing my job.
我很擔心會失去工作。
② 急於 *(adj)* = eager
I am **anxious** to please Doris.
我急於使陶樂斯感到高興。

any /'ɛnɪ/
任何一個 *(adj/adv/pron)*
◀ Do you take **any** money with you?
你身上有帶錢嗎？

anyhow /'ɛnɪˌhau/
不管怎樣還是 *(adv)* = anyway, in spite of that
◀ Connie told me not to buy the dress, but I bought it **anyhow**.
康妮告訴我別買那件衣服，可是我還是買下了。

A

anyway /ˈɛnɪˌwe/

不管怎樣還是 *(adv)* = *anyhow*

◀ This idea probably won't work, but you can try it **anyway**.

這個想法或許沒用，但無論如何你可以試一下。

apart /əˈpɑrt/

分開 *(adv)*

◀ Jean was standing a little **apart** from the others.

珍站立在與其他人稍稍分開的地方。

apartment /əˈpɑrtmənt/

公寓 *(C)*

◀ The **apartment** building was pulled down to make room for a hotel.

為了騰出地方來建一座旅館，就把這棟公寓大樓拆除了。

ape /ep/

猿類 *(C)* (請參閱附錄 "動物")

◀ **Apes** have the ability to learn language.

猿有學習語言的能力。

apologize /əˈpɑləˌdʒaɪz/

道歉 *(vi)*

◀ I **apologized** to you for stepping on your foot.

我踩了你的腳，向你道歉。

✎衍生字 *apologetic (adj)* 道歉的；*apologist (C)* 辯護者

apology /əˈpɑlədʒɪ/

道歉 *(C)*

◀ I made an **apology** for what I had said, but she wouldn't accept it.

我為自己說過的話表示道歉，可是她不肯接受。

apparent /əˈpærənt/

顯而易見的 *(adj)* = *clear, obvious, evident, noticeable*

◀ Her anger at the way she had been treated was **apparent** to everyone.

她對自己受到的待遇感到憤怒，這一點顯而易見，大家都看出來了。

appeal /əˈpil/

① 吸引 *(vi)*

◀ Popular music **appeals** especially to teenagers.

流行音樂特別吸引十來歲的孩子。

✎衍生字 *appealing (adj)* 打動人心的

② 要求 *(vi)*

Our teacher **appealed** to us to study hard.

我們老師要求我們努力學習。

③ 吸引力 *(U)* = *attraction*

Stories of that sort have lost their **appeal** for teenagers.

那種故事對青少年已失去了吸引力。

④ 懇求 *(C)* = *request*

His **appeal** for help went unanswered.

他懇求得到幫助但未獲回音。

---

appeal for

呼籲 *(vt,u)* = *make a request for*

◀ The president is **appealing for** solidarity in the face of the economic crisis.

總統呼籲大家面對經濟危機要團結起來。

---

appeal to

① 呼籲 *(vt,u)* = *ask*

◀ The president is **appealing to** his people to fight against terrorism.

總統呼籲人民對抗恐怖主義。

② 吸引 *(vt,u)* = *attract*

Classical music doesn't seem to **appeal to** teenagers.

古典音樂似乎不合青少年的口味。

③ 向…上訴 *(vt,u)*

The defendant has decided to **appeal to** the High Court.

被告已經決定向高等法院提出上訴。

---

appear /əˈpɪr/

① 出現 *(vi)* = *come into view*；⇔ *disappear*

◀ A ship **appeared** on the horizon.

一艘輪船出現在地平線上。

② 看上去好像 *(vi)* = *seem*

Audrey **appeared** to be sleeping, but in fact she was wide awake.

奧黛麗看上去好像是睡著了，其實她完全醒著。

appearance /əˈpɪrəns/

① 出現，露面 *(C)*

◀ Tina has made a number of **appearances** on television.

蒂娜已經在電視上露面好幾次了。

② 外觀，樣子 *(U)*

I tried to give the **appearance** of being interested in her boring speech.

對她乏味的演講我盡量做出感興趣的樣子。

appetite /'æpə͵taɪt/

食慾 (U)

◀ If you eat sweets before dinner, you will spoil your **appetite**.

如果你在正餐前吃糖果，就會破壞壞食慾。

✎衍生字 *appetizing (adj)* 增進食慾的；*appetizer (C)* 開胃菜

applaud /ə'plɔd/

① 鼓掌 *(vt)* = *give sb a big hand*

◀ The audience rose to **applaud** the performer.

觀眾起立對表演者報以掌聲。

② 稱讚 *(vt)* = *praise, laud*

I **applauded** Ted for having the courage to say no to his boss.

我對泰德表示讚賞，因爲他有勇氣對老闆說 "不"。

applause /ə'plɔz/

掌聲 (U)

◀ The audience gave the speaker a big round of **applause**.

聽眾們對演講人報以全場熱烈的掌聲。

apple /'æpl̩/

蘋果 (C) (請參閱附錄 "水果")

◀ Your neighbor's **apples** are the sweetest.

鄰居的蘋果最香甜。

appliance /ə'plaɪəns/

電器器具 (C)

◀ Washing machines and refrigerators are electrical **appliances**.

洗衣機和電冰箱都是電器器具。

applicable /'æplɪkəbl̩/

適用的 *(adj)*

◀ The income tax law is not **applicable** to people who live at or below the poverty line.

所得稅條款對在貧困線或更低生活水準的人們是不適用的。

✎衍生字 *apply (vt)* 應徵，應用；*application (U)* 申請；*applicant (C)* 應徵的人

applicant /'æpləkənt/

應徵的人 (C)

◀ We had 36 **applicants** for the job.

這分工作有三十六個來應徵的人。

application /͵æplə'keʃən/

① 申請 (C)

◀ Joey has written ten **applications** for jobs, but hasn't gotten a single reply.

喬伊總共寫了十分求職申請，但至今音訊全無。

② 應用 (C) = *use*

A computer has a wide range of **applications** for teaching.

電腦在教學領域具有廣泛的應用。

③ 應用 (U)

Tell me about the **application** of this theory to actual practice.

告訴我這個理論如何應用在實際中。

apply /ə'plaɪ/

① 應徵 *(vi)*

◀ I will **apply** to IBM for the post of marketing manager.

我打算到IBM應徵行銷經理一職。

② 適用 *(vi)*

The new traffic rules do not **apply** to the countryside.

新的交通規則不適用於鄉下。

③ 應用 *(vt)*

This method can be **applied** to solving several mathematical problems.

這一方法可應用在解好幾種數學題。

✎衍生字 *applicable (adj)* 適用的

appoint /ə'pɔɪnt/

任命 *(vt)* = *designate*

◀ They **appointed** him (as) chairman.

他們任命他爲主席。

✎衍生字 *appointee (C)* 受任命的人

appointment /ə'pɔɪntmənt/

① 約見 (C)

◀ Can I make an **appointment** to see Mr. White?

我可以約見懷特先生嗎？

② 任命 (U) = *designation*

We were all surprised at the **appointment** of Charles as manager.

我們對查理被任命爲經理都大感意外。

A

appreciate /ə'priʃɪˌet/
①感激 (*vt*) = be grateful for
◀ I would **appreciate** it if you would keep quiet.
假如你能保持安靜我將不勝感激。
②賞識 (*vt*) = recognize
Sally's abilities are not fully **appreciated** by her boss.
莎莉的能力未能充分得到老闆的賞識。
③升值 (*vi*) ⇔ depreciate
Houses will **appreciate** in value.
房價將升值。

appreciation /əˌpriʃɪ'eʃən/
感謝 (*U*) = gratitude
◀ I'd like to express my **appreciation** for your help.
對您的幫助我表示由衷的感謝。

◎ MP3-A11

apprentice /ə'prɛntɪs/
學徒 (*C*)
◀ Al works as an **apprentice** chef.
愛爾以學徒的身分在做廚師工作。

approach /ə'protʃ/
①靠近 (*vi*) = come near
◀ When I **approached**, the bird flew away.
當我靠近時,那鳥就飛走了。
②走近 (*vt*) = come close to
A boy **approached** me, asking for a handout.
一個男孩走近來向我索討施捨物。
✎衍生字 approachable (*adj*) 容易親近的
③來臨 (*U*) = coming
The **approach** of summer brings hot weather.
夏天即將來臨,天氣變得炎熱。
④方法 (*C*) = method
We should take a new **approach** to solving the problem.
我們還得另謀解決難題的新招。

appropriate /ə'proprɪt/
適合的 (*adj*) = suitable;⇔ inappropriate
◀ Her dress is **appropriate** for the dinner party.
她的這件衣服很適合在晚宴上穿著。
✎衍生字 appropriateness (*U*) 適合

approval /ə'pruvl/
①認可 (*U*) = acceptance
◀ My plan has won the **approval** of the board.
我的計畫得到董事會的認可。
②同意 (*U*) = consent
The school needs parental **approval** before it allows students to go on field trips.
學校在讓學生進行校外教學前,先要徵得家長們的同意。

approve /ə'pruv/
①贊成 (*vi*) ⇔ disapprove
◀ I don't **approve** of smoking in the office.
我不贊成在辦公室裡吸煙。
②批准 (*vt*) = ratify
The school has **approved** the plan for a field trip.
校方批准了校外教學的計畫。

approximate /ə'prɑksəmɪt/
①大約 (*adj*)
◀ The **approximate** cost of a computer is now twenty thousand NT dollars.
現在一台電腦的價格大約在台幣二萬元左右。
②大致相當 (*vt*) /ə'prɑksəˌmet/ = be close to
The nursery gives the children food that **approximates** what they would eat in their homes.
托兒所給兒童吃的食物與他們在家裡吃的大致相當。

April /'eprəl/
四月 (*C,U*)
◀ The new supermarket is due to open on **April** 1st.
那家超級市場預定在四月一日開幕。

apron /'eprən/
圍裙 (*C*)
◀ Sherry wore an **apron**.
雪莉穿著一條圍裙。

apt /æpt/
①可能的 (*adj*) = likely
◀ If your kitchen is clean, you're less **apt** to attract cockroaches.
假如你的廚房很整潔,就不大可能引來蟑螂。

②易於…的 *(adj)* = inclined
Some of the staff are **apt** to work overtime.
有些員工常常會加班。

aptitude /ˈæptɪˌtjud/
天賦 *(C)*
◀ Tina seems to have a real **aptitude** for music.
蒂娜看來真具有很高的音樂天賦。
✎同尾字 請參見 altitude。

aquarium /əˈkwɛrɪəm/
水族館、水族箱 *(C)* (請參閱附錄 "容器")
◀ There is a shark swimming around in the **aquarium**.
有一條鯊魚在水族箱裡游來游去。
✎同首字 aquatic (水生的)。aquatel (水上旅館)。

arch /ɑrtʃ/
拱起 *(vt)*
◀ The dog **arched** its back in anger and showed its teeth.
那條狗氣得拱起背露出牙齒。
✎衍生字 arch *(C)* 拱門

architect /ˈɑrkəˌtɛkt/
①建築師 *(C)* (請參閱附錄 "職業")
◀ **Architects** develop detailed plans of their ideas for building projects.
建築師為建築的案子勾勒他們詳細的計畫。
②設計師 *(C)*
Some people regard Mr. Lee is the **architect** of Taiwan's democratization.
有些人認為李先生是台灣政治民主化的設計師。

architecture /ˈɑrkəˌtɛktʃɚ/
①建築學 *(U)* (請參閱附錄 "學科")
◀ I studied **architecture** in university.
我在大學時學的是建築。
②建築風格 *(U)*
I like the **architecture** of ancient Greece.
我喜歡古希臘的建築風格。

Arctic /ˈɑrktɪk/
①北極區 *(S)* ⇔ Antarctic
◀ The **Arctic** is the large area surrounding the North Pole.
北極區是環繞北極的一大片地區。

②北極的 *(adj)*
It is very cold in the **arctic** region.
北極地區極為寒冷。

area /ˈɛrɪə/
地區 *(C)* = region
◀ I find the people in this **area** very friendly.
我覺得這個地區的人非常友善。

arena /əˈrinə/
①壇 (界) *(C)*
◀ In the political **arena** foul play is the rule.
在政壇 (界) 上流行的是不擇手段。
②競技場 *(C)*
When the bull was led into the **arena**, the bullfighter was on full alert.
牛被引進競技場時，鬥牛士全神戒備。

argue /ˈɑrgju/
①爭吵 *(vi)* = quarrel, wrangle, dispute
◀ John often **argues** with his friends over/about money.
約翰常為了錢的事與朋友們爭吵。
②辯論 *(vt)* = debate
We **argued** the pros and cons of co-education.
我們就男女同校教育的利弊進行辯論。

argue back
反駁 *(vi)*
◀ Whenever Peter voices an opinion, his wife **argues back**.
彼得每次提出一個看法，他妻子都要反駁。

argument /ˈɑrgjəmənt/
爭吵 *(C)* = dispute
◀ They got into an **argument** about money.
他們為錢的事爭吵起來。
✎衍生字 argumentative *(adj)* 好爭辯的

arise /əˈraɪz/, arose *(pt)*, arisen *(pp)*
出現 *(vi)* = happen, appear
◀ Some difficulties have **arisen**.
困難出現了。

arise from
因…引起 *(vt,u)* = spring/stem/result from
◀ The accident **arose from** drunken driving.
這起事故是酒後駕車引起的。

A

arithmetic /əˈrɪθmə͵tɪk/
算術 (U)
◀ I have worked out an **arithmetic** problem.
我解出了一道算術難題。

arm /ɑrm/
① 準備 (vt)
◀ Billy **armed** himself with a pistol/the facts
before he went to the meeting.
比利去參加會議前準備好了一把手槍 / 一些事
實依據。
② 手臂 (C) (請參閱附錄 "身體")
I grabbed him by the **arm**.
我抓住他手臂。

armchair /ˈɑrm͵tʃɛr/
扶手椅 (C) (請參閱附錄 "家具")
◀ I looked down upon **armchair** critics.
我鄙視那些坐在扶手椅上亂批評的人。

armed /ɑrmd/
① 有…裝備的 (adj)
◀ The fort was heavily **armed**.
這座堡壘被裝備得森嚴壁壘。
② 準備 (adj)
I went to the meeting **armed** with all the facts
I could find.
我去參加會議時已準備好所有能到手的事實依
據。

armor /ˈɑrmɚ/
盔甲 (U)
◀ The actor wore a suit of **armor**.
那演員身披一套盔甲。

arms /ɑrmz/
武器 (P) = weapons
◀ We must take up **arms** in defense of our
country.
我們必須拿起武器保衛國家。

army /ˈɑrmɪ/
陸軍 (C)
◀ I have decided to join the **army**.
我已決定去從軍。
📝相關字 navy (海軍)。air force (空軍)。the Marines (海
軍陸戰隊)。military police (憲兵)。paratroops
(傘兵隊)。

around /əˈraʊnd/
① 圍著 (prep)
◀ We sat **around** the table.
我們圍著桌子坐。
② 到處 (adv)
I like to travel **around**.
我喜歡到處旅行。

🔵 MP3-A12

arouse /əˈraʊz/
① 鬧醒 (vt) = rouse, wake
◀ The children's shouts **aroused** me from my
deep sleep.
孩子們的叫喊聲將我從沉睡中鬧醒。
② 引起 (vt) = excite, kindle
Her idea **aroused** my interest.
她的想法引起了我的興趣。

arrange /əˈrendʒ/
① 排列 (vt)
◀ The books are **arranged** on the shelves in
alphabetical order.
這些書按字母順序排列在書架上。
② 安排 (vt) = fix up
Can you **arrange** a meeting with Mr. Brown?
你能安排與布朗先生的會面嗎?
③ 安排 (vi)
I have **arranged** for a doctor to see you.
我已安排了醫生來為你看病。
④ 約好 (vi)
I have **arranged** with her to meet at the
restaurant.
我已跟她約好在餐館見面。

arrangement /əˈrendʒmənt/
① 準備 (C) = preparation, plan
◀ I must make **arrangements** for my daughter's
wedding.
我該為女兒的婚禮作準備了。
② 協議 (U) = agreement
I have come to some **arrangement** with the
landlord.
我已經與房東達成了一些協議。

arrest /əˈrɛst/
① 逮捕,拘捕 (vt) = nab, apprehend
◀ That man was **arrested** for robbery.
那名男子因搶劫而被捕。

②逮捕 *(U)*

That man was put under **arrest**.

那男子被捕了。

arrival /ə'raɪvl̩/

抵達 *(U)* ⇔ *departure*

◀ That man was rushed to hospital but was dead on **arrival**.

那位男士被急速送往醫院，但在抵達醫院時已經死亡。

arrive /ə'raɪv/

抵達 *(vi)* ⇔ *depart (for)*

◀ Alice should be **arriving** in Taipei about now.

愛麗絲此刻應該已抵達台北了。

arrogant /'ærəgənt/

傲慢無禮 *(adj)* = *conceited, haughty*

◀ That guy is **arrogant** towards anyone he meets.

那傢伙對所有遇到的人都傲慢無禮。

✎衍生字 *arrogance (U)* 傲慢

arrow /'æro/

箭 *(C)*

◀ He shot/aimed an **arrow** at a fox.

他對著狐狸射出 / 瞄準一箭。

✎相關字 bow (弓)。

art /ɑrt/

藝術 *(U)*

◀ Bob likes to collect works of **art**.

鮑勃喜愛收集藝術品。

artery /'ɑrtərɪ/

動脈 *(C)*

◀ If your **arteries** are blocked, your blood cannot be carried to various parts of your body.

如果你的動脈堵塞，那麼血液就無法輸送到身體各部位。

✎相關字 vein (靜脈)。capillary (微血管)。

article /'ɑrtɪkl̩/

①件 *(C)*

◀ Some of our wedding presents were **articles** of clothing.

我們收到的結婚禮物中，有幾件是衣服。

②文章 *(C)*

I read the **article** in today's newspaper.

我讀了今天報紙上那篇文章。

articulate /ɑr'tɪkjəlɪt/

①口齒伶俐的 *(adj)*

◀ Tony is unusually **articulate** for a six-year-old.

東尼才六歲的年齡，口齒可伶俐得非同尋常。

②清楚表達 *(vt)* /ɑr'tɪkjə,let/ = *enunciate*

Billy struggled to **articulate** his thoughts and feelings, but instead he continued stuttering.

比利竭力想清楚表達出自己的思想感情，但還是因口吃無法如願。

✎衍生字 *articulation (U)* 發音，咬字

✎同尾字 speculate (臆測)。circulate (循環；流傳)。calculate (計算)。

artifact /'ɑrtɪ,fækt/

手工藝品 *(C)*

▶ Betty likes to collect ancient **artifacts**.

貝蒂喜歡收集古代的手工藝品。

artificial /,ɑrtə'fɪʃəl/

人造的 *(adj)* = *man-made, synthetic*；⇔ *natural*

◀ The dress is made of **artificial** silk.

這件洋裝是人造絲做的。

artist /'ɑrtɪst/

藝術家 *(C)* (請參閱附錄 "職業")

◀ An **artist** produces things that people do not need to have.

藝術家製造人們不需要擁有的東西。

✎衍生字 art (U) 藝術；artistic (adj) 藝術的

artistic /ɑr'tɪstɪk/

藝術的 *(adj)*

◀ The food was presented in an **artistic** way.

這個食品做得具有藝術品味。

as /əz/

①擔任 *(prep)*

◀ He works **as** a mechanic.

他擔任技工的工作。

②因為 *(conj)*

As it rained, I was late.

因為下雨，我遲到了。

A

ascend /ə'sɛnd/

往上行 **(vi)** = go up, rise；⇔ descend

◀ The air becomes thinner as we **ascend**.
我們往上行時空氣變稀薄了。

📝衍生字 ascendant (adj) 上升的，日益強大的；ascent (C,U) 上升，攀登

📝同尾字 descend (下降)。transcend (超越)。condescend (降格相容)。

ascertain /ˌæsɚ'ten/

查明 **(vt)** = find out

◀ The murder is shrouded in mystery. It is hard to **ascertain** the facts.
這宗謀殺案被蒙上一層神祕的面紗。很難查明事實真相。

ash /æʃ/

灰燼 **(U)** = ashes

◀ The wooden hut burnt to **ashes**.
那間小木屋燒成了灰燼。

ashamed /ə'ʃemd/

感到羞愧的 **(adj)**

◀ I am **ashamed** of having cheated on the test.
我為自己在考試時作弊而深感羞愧。

📝相關字 shameful (指人的行為，可恥的)。shameless (指人，令人可恥的)。

ashes /'æʃɪz/

骨灰 **(P)**

◀ His **ashes** were scattered over the sea.
他的骨灰被撒在海裡。

aside /ə'saɪd/

一邊 **(adv)**

◀ I stepped **aside** to let the geese pass.
我站到一邊讓那群鵝通過。

ask /æsk/

① 問起 **(vi)** = inquire

◀ My mother **asked** about my new job.
母親向我問起我這分新工作的情況。

② 要 **(vt,vi)**

Jenice **asked** (me) for a drink.
珍妮斯 (向我) 要了杯飲料。

ask after

問起 **(vt,u)** = inquire after

◀ Miss Wang often **asks after** you in her letters.
王小姐經常在信中問起你。

ask for

① 要求 **(vt,u)** = request

◀ The workers are **asking for** a pay raise.
工人在要求加工資。

② 找 **(vt,u)** = inquire for

There is a girl at the door, **asking for** you.
門口有個女孩找你。

asleep /ə'slip/

睡著的 **(adj)** ⇔ (wide) awake

◀ The baby was sound **asleep**.
嬰兒睡得很熟。

aspect /'æspɛkt/

方面 **(C)** = side

◀ We discussed several **aspects** of the traffic problem.
我們就交通問題的幾個方面進行了討論。

aspiration /ˌæspə'reʃən/

志向，熱望，抱負 **(C)** = ambition

◀ Ann has **aspirations** to become a musician.
安非常渴望成為一名音樂家。

aspire /ə'spaɪr/

有志於，追求，渴望 **(vi)** = long, aim

◀ Gary **aspires** to be managing director.
蓋瑞有志成為一名總經理。

📝衍生字 aspiring (adj) 胸懷大志的

📝同尾字 inspire (激勵)。conspire (密謀)。perspire (流汗)。respire (呼吸)。transpire (泄漏)。expire (到期)。spire (渦捲；尖頂)。

🔊 MP3-A13

aspirin /'æspərɪn/

阿斯匹靈 **(C)**

◀ Take a couple of **aspirin(s)** for your headache.
吃兩片阿斯匹靈，治治你的頭痛。

ass /æs/

驢 *(C)*

◀ An **ass** is related to a horse, but it is smaller and has long ears.

驢與馬有相關性，但較小，耳朵長。

assassinate /əˈsæsn̩ˌet/

刺殺 *(vt)*

◀ In 1948, Gandhi was violently **assassinated** on his way to a prayer meeting.

一九四八年甘地在去禱告會的途中被野蠻地刺殺身亡。

✎衍生字 *assassin (C)* 刺客，暗殺者；*assassination (U,C)* 行刺，刺殺

assault /əˈsɔlt/

①毆打 *(U)*

◀ That man served ten years in prison for criminal **assault**.

那名男子犯了刑事毆打罪被判十年監禁。

②攻擊，襲擊 *(C)* = *attack, raid, onslaught*

Our troops carried out an all-out **assault** on the enemy position.

我軍向敵方陣地發起全線攻擊。

③攻擊，襲擊 *(vt)* = *attack*

When the police were gearing up to put down the riot, the demonstrators started to **assault** them.

正當警察嚴陣以待準備鎮壓暴亂時，示威者開始向他們發起攻擊。

assemble /əˈsɛmbl̩/

①集合 *(vi)* = *gather*

◀ We all **assembled** in the hall to see the play.

我們都集合在大禮堂裡看戲。

②召集起來 *(vt)* = *bring together*

Please **assemble** all the workers for the meeting.

請把全體工人召集起來開會。

③裝配 *(vt)* = *put together*

The model airplane is difficult to **assemble**.

這架模型飛機很難裝配起來。

assembly /əˈsɛmblɪ/

集會 *(U)* = *a meeting*

◀ School **assembly** will begin at 8 o'clock.

全校集會將於八點開始。

assent /əˈsɛnt/

①同意 *(U)* = *consent, blessing*

◀ My boss has given his **assent** to my project.

我的老闆已經對我的方案表示同意。

②同意 *(vi)* = *agree, accede, consent*

My boss has **assented** to my project/proposal/plan.

我的老闆已同意我的方案 / 提議 / 計畫。

✎同尾字 resent (憎惡)。dissent (不同意)。present (出席)。consent (同意)。absent (缺席)。

assert /əˈsɜt/

①顯示自己的權力 (權威、地位等) *(vt)*

◀ The new director tried to **assert** his power/authority over his staff.

新上任的主管試圖對手下的員工顯示威風。

✎衍生字 *assertive (adj)* 斷言的，肯定的

②宣稱，堅稱 *(vt)* = *claim*

The suspect **asserted** that he was innocent.

那嫌疑犯堅稱他的清白。

✎衍生字 *assertion (C,U)* 主張

✎同尾字 desert (沙漠；丟棄)。insert (插入)。dessert (甜點)。

assess /əˈsɛs/

①估價 *(vt)* = *estimate*

◀ The real estate agent **assessed** my house at NT$ 6 million.

房地產經紀人估價我的房子值台幣六百萬元。

②評估 *(vt)*

The panel is **assessing** whether the old castle is worth preserving.

評審團正在評估這棟古堡是否值得保存。

assessment /əˈsɛsmənt/

評估 *(C)* = *estimate*

◀ You should make a careful **assessment** of the risks involved in the stock market. Otherwise, your money will be tied up in shares.

你應當仔細地對投入股市的各種風險作出估計，不然的話你的資金就會被股票套牢。

asset /ˈæsɛt/

①資產 *(C)* ⇔ *liability*

◀ Her **assets** include shares in ACER and an apartment in Taipei.

她的資產包括宏碁電腦的股票和台北的一間公寓。

A

②寶貴的人材 *(C)*
Bill is an **asset** to our baseball team.
比爾是我們棒球隊的一寶。

assign /ə'saɪn/

分配 *(vt) = allot*

◀ My teacher **assigned** me the job of looking after the new students.
老師分配給我的工作是照料這些新來的學生。

assignment /ə'saɪnmənt/

任務 *(C) = duty*

◀ I am going to Paris on a special **assignment** for my company.
我要去巴黎完成公司的一項特別任務。

assist /ə'sɪst/

協助 *(vt)*

◀ We should **assist** the police in hunting down the robber.
我們理應協助警方搜捕搶劫犯。

✎同尾字 insist (堅持)。persist (堅持)。resist (抗拒)。consist (由…組成)。desist (停止)。

assistance /ə'sɪstəns/

幫助 *(U) = help*

◀ I was given some **assistance** in finishing my work.
我在完成工作的過程中得到一些幫助。

assistant /ə'sɪstənt/

助理 *(C)*

◀ Sherry is an **assistant** to my boss.
雪莉擔任我們老闆助理。

associate /ə'soʃɪˌet/

①聯想 *(vt) = connect ⇔ dissociate*

◀ I always **associate** lilacs with spring.
我總愛把紫丁香與春天聯想在一起。

②來往 *(vt) = link*

Mr. King is **associated** with the ruling party.
金恩先生與執政黨之間有來往。

③交往 *(vi) = mix*

I have told you not to **associate** with that guy. He is a crook.
我告訴過你不要跟那傢伙交往，他是個騙子。

association /əˌsosɪ'eʃən/

①協會 *(C) = organization*

◀ Paul set up/formed an **association** to help poor people.
保羅創建了一個協會幫助窮人。

②協同 *(U) = partnership, cooperation*

Parents are working in **association** with the school.
家長協同校方工作。

assume /ə'sjum/

①猜想 *(vt) = think, suppose*

◀ Your light wasn't on, so I **assumed** that you were out.
你房間裡的燈關著，所以我猜想你是出去了。

②承擔起 *(vt) = shoulder, take on*

I **assume** responsibility for fixing the bicycle.
我承擔起修理自行車的任務。

✎同尾字 請參見 presume。

assumption /ə'sʌmpʃən/

假定 *(C) = presumption, supposition*

◀ Let's work on the **assumption** that the law will be passed.
我們假定這條法律會被通過。

✎衍生字 *assume (vt)* 猜想，承擔起

✎同尾字 presumption (假定)。consumption (消耗)。resumption (重新開始)。subsumption (包含)。

assurance /ə'ʃurəns/

①保證 *(C) = promise*

◀ They have given me their **assurance** that the work will be finished by the agreed date.
他們向我保證這項工作會如期完成。

②自信 *(U) = confidence*

Carol lacks **assurance** in front of her class.
卡洛在全班同學面前缺乏自信。

assure /ə'ʃur/

保證 *(vt) = convince*

◀ Dick **assured** me of his ability to work out the answer.
狄克向我保證他有能力解出答案。

asthma /'æzmə/

哮喘病 *(U)*

◀ Julia was seized with a severe **asthma** attack.
茱莉亞忽然感到一陣嚴重的哮喘病發作。

astonish /əˈstɑnɪʃ/

大為吃驚 *(vt)* = *surprise*

◀ I was **astonished** to learn that Jill finished off her liquor with one large gulp.
看到吉兒把酒一大口喝下我大為吃驚。

astonishment /əˈstɑnɪʃmənt/

大為驚訝 *(U)* = *surprise*

◀ To our **astonishment**, John won the election.
讓我們大為驚訝的是約翰竟然在競選中勝出。

astray /əˈstre/

歧途 *(adv)*

◀ Parents are worried that their children will be led **astray** if they live alone.
為人父母的總擔心自己的孩子單獨生活的話會被人引入歧途。

✎衍生字 *stray (adj)* 走失的，流浪的

astronaut /ˈæstrəˌnɔt/

太空人 *(C)* (請參閱附錄 "職業")

◀ **Astronauts** are weightless in space.
太空人在太空中是無重量的。

astronomer /əˈstrɑnəmɚ/

天文學家 *(C)*

◀ Some **astronomers** use the principles of physics and mathematics to determine the nature of the universe.
有些天文學家利用物理學和數學的原理來決定宇宙的本質。

✎相關字 *astrologer* (占星家)。*astronaut* (太空人)。

astronomy /əˈstrɑnəmɪ/

天文學 *(U)*

◀ **Astronomy** is one of the oldest sciences.
天文學是最古老科學的一種。

✎衍生字 *astronomical (adj)* 天體的，天文 (學) 的
✎相關字 *astrology* (占星術)。*astrophysics* (天體物理學)。

asylum /əˈsaɪləm/

庇護 *(U)*

◀ Several Chinese dissidents applied for/sought political **asylum** in America.
幾名中國的異議分子在美國請求政治庇護。

◉ MP3-A14

athlete /ˈæθlit/

運動員 *(C)* (請參閱附錄 "職業")

◀ Any **athlete** who is found taking drugs will be suspended from the race.
被發現吸毒的運動員，不准參加比賽。

✎相關字 *spectator* (觀賽者)。

athletic /æθˈlɛtɪk/

強健靈敏的 *(adj)*

◀ Amy is a tall, slim, and **athletic** girl.
艾咪是一個身材高挑修長，強健靈敏的女孩子。

atmosphere /ˈætməsˌfɪr/

① 氣氛 *(S)*

◀ The **atmosphere** at home has been really pleasant since you came back.
自從你回來後，家裡的氣氛就一直非常愉快。

② 空氣 *(S)*

The **atmosphere** was full of dust.
空氣裡充滿了塵埃。

✎同尾字 請參見 *hemisphere*。

atomic /əˈtɑmɪk/

原子的 *(adj)*

◀ America once dropped two **atomic** bombs on the Japanese soil.
美國曾經投擲兩顆原子彈在日本國土上。

✎衍生字 *atom (C)* 原子

attach /əˈtætʃ/

附上，貼上 *(vt)* = *fasten* ; ⇔ *detach (~from~)*

◀ Please **attach** a photograph to your application form.
請在你的申請表上附一張照片。

attachment /əˈtætʃmənt/

① 深愛 *(C)* = *fondness (for)*

◀ Sandy has formed a strong **attachment** to her baby.
珊蒂深愛她的小孩。

② 附件 *(C)* = *accessory*

I bought a vacuum cleaner with a special **attachment** for dusting books.
我買了一台真空吸塵器，它配有一個專用來清除書籍灰塵的附件。

attack /ə'tæk/

①襲擊 *(vt)* = assault

◀ Bobby was **attacked** as he got out of his car.
鮑比從車裡出來時遭到襲擊。

②攻擊 *(vi)*

The enemy might **attack** at midnight.
敵人可能在午夜攻擊。

③襲擊 *(U)* = assault

The town came under **attack** on Christmas Eve.
該城鎮在聖誕節前夕受到襲擊。

attain /ə'ten/

獲得 *(vt)* = achieve

◀ More women are **attaining** high positions in business, especially in advertising and publishing.
更多的女性在商界，尤其是廣告和出版業中獲得高級職位。

✎衍生字 *attainable (adj)* 可獲得的

✎同尾字 retain (保留)。contain (包含)。detain (拘留)。entertain (娛樂)。obtain (獲得)。pertain (關於)。sustain (支撐)。maintain (維持)。

attainment /ə'tenmənt/

獲得 *(U)*

◀ Tests are one of the ways of measuring the **attainment** of knowledge in the classroom.
考試是測驗課堂上知識的獲得的方法之一。

attempt /ə'tɛmpt/

①試圖 *(vt)* = try

◀ She **attempted** to account for losing the game.
她試圖解釋比賽失利的原因。

②企圖 *(C)*

He made several **attempts** to run away.
他好幾次企圖逃走。

attend /ə'tɛnd/

①參加 *(vt)* = be present at

◀ More than fifty people **attended** the meeting.
有五十多人參加了會議。

②照料 *(vt)* = look after

Mr. Green was constantly **attended** by a good doctor.
格林先生有一個好醫生經常在照料他。

③注意 *(vi)* = give attention (to)

You should have **attended** to what was being said.
你應該注意聽講的。

✎同尾字 請參見 contend。

---

attend to

①專心，注意 *(vt,u)* = pay attention to

◀ Are you **attending to** what I am saying?
你在注意聽我說話嗎？

②照顧 *(vt,u)* = take care of

I must have someone **attend to** the baby/shop for a few minutes while I am away.
我要出去，必須找個人照顧一會兒小孩 / 店。

---

attendance /ə'tɛndəns/

出席 *(U)*

◀ **Attendance** in class has fallen off recently.
上課出席數近來減少了。

✎衍生字 *attend (vt,vi)* 出席，參加

attendant /ə'tɛndənt/

①服務員 *(C)*

◀ Gear works as a flight/museum **attendant**.
基爾的職業是機上 / 博物館服務員。

②隨之而來的 *(adj)* = concomitant

We enjoy high-speed travel, but we also have to expose ourselves to its **attendant** dangers.
我們享受著高速旅行的便利，但也置身於隨之而來的危險之中。

attention /ə'tɛnʃən/

注意 *(U)* = heed

◀ You should pay **attention** to your manners.
你應該注意你的禮節。

attic /'ætɪk/

閣樓 *(C)*

◀ I came across these old photos in the **attic**.
我在閣樓上無意間發現了這些老照片。

attitude /'ætə,tjud/

態度 *(C)*

◀ Brian takes a friendly **attitude** to/towards strangers.
布萊恩對陌生人態度很友善。

✎同尾字 請參見 altitude。

attract /ə'trækt/

引起 (vt) = draw ⇔ distract

◀ His teachings have **attracted** a lot of attention.
他的學說引起了廣泛的注意。

✎同尾字 請參見 detract。

attraction /ə'trækʃən/

①吸引力 (U) = appeal

◀ The idea of shopping via the Internet has/holds little **attraction** for me.
上網購物的觀念對我沒有什麼吸引力。

②吸引人之物 (C)

Lake Green is one of the biggest tourist **attractions** in this country.
格林湖是該國最富吸引力的旅遊景點之一。

attractive /ə'træktɪv/

漂亮的 (adj) = charming

◀ Paula is an **attractive** young woman.
寶拉是個漂亮的年輕女子。

attributable /ə'trɪbjʊtəbḷ/

歸因於 (adj)

◀ The drop in the birth rate is partly **attributable** to the widespread use of condoms and contraceptives.
出生率下降部分應歸因於廣泛地使用了保險套和避孕藥。

attribute /ə'trɪbjʊt/

①歸因於 (vt) = ascribe, owe, impute

◀ He **attributed** his success to good luck.
他將自己的成功歸因於運氣好。

②特質 (C) /'ætrə͵bjʊt/ = quality

You can count honesty and patience among his many **attributes**.
他眾多的良好特質中包括誠實和耐心。

✎同尾字 tribute (貢物)。contribute (貢獻)。distribute (分配)。

auction /'ɔkʃən/

①拍賣 (U)

◀ They put some rare antiques up for **auction**.
他們把一些希罕的古董拿去拍賣。

②拍賣會 (C)

They held an **auction** of paintings.
他們舉辦了一次畫作拍賣會。

③拍賣 (vt)

I have decided to **auction** my old furniture off.
我已決定把舊家具拍賣掉。

audible /'ɔdəbḷ/

聽得見的 (adj) ⇔ inaudible

◀ Her voice was barely **audible**.
她的聲音幾乎聽不見。

audience /'ɔdɪəns/

觀眾 (C)

◀ Cartoons usually attract a younger **audience**.
卡通片通常能吸引年紀小的觀眾。

✎同首字 audible (可聽得見的)。audiovisual (視聽的)。auditorium (禮堂)。audition (試聽)。

auditorium /͵ɔdə'torɪəm/

禮堂 (C)

◀ The **auditorium** can hold one thousand people.
禮堂能容納一千人。

✎同尾字 aquarium (水族館)。gymnasium (室內體育館)。stadium (體育館)。sanatorium (療養院)。crematorium (火葬場)。

August /'ɔgəst/

八月 (C,U)

◀ My birthday is in **August**.
我生日在八月。

aunt /ænt/

姑媽，伯母等 (C) (請參閱附錄 "親屬")

◀ I visited my **aunt** yesterday.
我昨天去看我姑媽。

authentic /ɔ'θɛntɪk/

真實的 (adj) = accurate

◀ The author gives an **authentic** account of life in the inner city.
該作者對市中心的生活作了真實的描寫。

✎衍生字 authenticity (U) 真實性

author /'ɔθɚ/

作家 (C) (請參閱附錄 "職業")

◀ An **author** is entitled to get a royalty of ten to fifteen percent.
作者可獲得百分之十到百分之十五的版稅。

A

◉ MP3-A15

authority /ə'θɔrətɪ/

權威 (U) = control

◀ Kent enjoys exercising his **authority** over his staff.
肯特喜歡對員工展現權威。

authorize /'ɔθə,raɪz/

授權 (vt) = empower

◀ I am not **authorized** to sign checks for the company.
我沒有被授權代表公司簽署支票。

✎衍生字 *author (C)* 作者；*authority (U,C)* 權威；
authoritarian (C) 獨裁主義者；*authoritative (adj)*
權威的，官方的，當局的

autobiography /,ɔtəbaɪ'ɑgrəfɪ/

自傳 (C)

◀ Have you read the **autobiography** of Moris Chang?
你讀過張忠謀自傳嗎？

autograph /'ɔtə,græf/

簽名 (C) = signature

◀ I went backstage and asked for the singer's **autograph**.
我到後台，要求那位歌手的簽名。

automatic /,ɔtə'mætɪk/

自動的 (adj)

◀ The refrigerator has an **automatic** temperature control.
這台電冰箱設有自動溫控裝置。

automobile /'ɔtəmə,bil/

汽車 (C) (請參閱附錄 "交通工具")

◀ The **automobile** industry is thriving.
汽車業正欣欣向榮。

autonomy /ɔ'tɑnəmɪ/

自治權 (U)

◀ The Kurds are seeking greater **autonomy**, but the Turkish government won't grant it.
庫爾德人要爭取更大的自治權，但土耳其政府卻不同意。

✎衍生字 *autonomous (adj)* 自治的
✎同首字 autobiography (自傳)。automatic (自動的)。
automobile (汽車)。autocracy (獨裁政治)。

autumn /'ɔtəm/

秋天 (U,C) = fall

◀ The leaves turn brown in **autumn**.
秋天葉子變成棕色的。

auxiliary /ɔg'zɪljərɪ/

①輔助人員 (C)

◀ The hospital needs a nursing **auxiliary**.
這家醫院需要一名輔助護理人員。

②備用的，輔助的 (adj) = secondary, additional
I bought a boat with an **auxiliary** engine.
我買了一艘小艇，配備了一台備用引擎。

avail /ə'vel/

①利用 (vt)

◀ **Avail** yourself of every chance to exercise.
你要利用一切機會進行鍛鍊。

✎衍生字 *available (adj)* 可用的，可獲得的
②功效，好處 (U)

We have searched high and low for my key, but it is to no **avail**.
我們到處尋找我的鑰匙，但就是找不到 (毫無功效)。

available /ə'veləbl/

可獲得的，找得到的 (adj) ⇔ unavailable

◀ Those shoes are not **available** in your size.
這雙鞋子沒有你要的尺碼。

avarice /'ævərɪs/

貪婪 (U) = greed

◀ **Avarice** is the root of all evil.
貪婪乃萬惡之源。

✎衍生字 *avaricious (adj)* 貪婪的，貪財的

avenge /ə'vɛndʒ/

復仇 (vt)

◀ Hamlet vowed to **avenge** his father's death.
哈姆雷特發誓要為父王的死復仇。

✎同尾字 revenge (報復)。

avenue /'ævə,nju/

①途徑 (方法) (C) = means, way

◀ We need to explore every **avenue** that is open to us.
我們要探尋所有可能的途徑 (方法)。

②大街/林蔭大道 (C)

Ren Ai Road is a tree-lined **avenue**.
仁愛路是一條林蔭大道。
　相關字 請參見 lane。

average /'ævərɪdʒ/

①平均水平 **(U,C)** = norm **(C)**

◀ Vivian's school work is well above/below **average**.
薇薇安的學習成績遠在平均水平之上 / 之下。

②普通的 **(adj)** = ordinary

It wasn't a great film, just **average**.
這部影片算不上傑作，普通而已。

averse /ə'vɝs/

反對的 **(adj)**

◀ I don't smoke much, but I'm not **averse** to the occasional puffs on a cigarette.
我不大抽煙，但也不反對偶而抽上幾口。

　同尾字 verse (韻文)。converse (交談；相反的)。reverse (顛倒)。inverse (倒置)。perverse (違背事理的)。universe (宇宙)。diverse(各種不同的)。traverse (橫越)。transverse (橫向的)。adverse (不利的)。

aversion /ə'vɝʒən/

討厭 **(S)**

◀ Mary has an **aversion** to snakes.
瑪莉很討厭蛇。

　同尾字 diversion (轉向)。conversion (轉變)。version (譯文；版本)。

avert /ə'vɝt/

避免 **(vt)** = prevent

◀ The accident could have been **averted** if the driver had listened to me.
假如那個司機早聽了我的話，事故本可以避免的。

　同尾字 divert (轉移)。pervert (帶壞)。convert (轉變)。invert (倒置)。subvert (顛覆)。revert (回復)。introvert (內向的人)。extrovert (外向的人)。controvert (駁斥)。

aviation /ˌevɪ'eʃən/

航空 **(U)**

◀ **Aviation** safety has been stepped up since the September 11th terrorist attacks.
自 "九一一" 恐怖分子襲擊事件後，航空安全已更趨嚴格。

avoid /ə'vɔɪd/

避免 **(vt)** = stop oneself from

◀ **Avoid** drinking tea or coffee while taking this medicine.
服用該藥期間避免喝茶和咖啡。

awe /ɔ/

驚嘆 **(U)** = wonder

◀ The beauty of the cathedral filled them with **awe**.
大教堂的美使他們驚嘆不已。

await /ə'wet/

等候 **(vt)** = wait for

◀ I am **awaiting** your reply.
我等候您的賜覆。

awake /ə'wek/, awoke (pt), awoken (pp)

①睡不著的 **(adj)** ⇔ asleep

◀ I lay **awake** for hours thinking about her.
我躺在床上睡不著，一連幾個小時想著她。

②醒來 **(vi)** = wake up

I **awoke** to the noise of firecrackers.
我被爆竹聲吵醒了。

③意識到 **(vi)** = awaken, wake up

I finally **awoke** to the danger of smoking.
最後我意識到吸煙的危害性。

④吵醒 **(vt)** = awaken

Their shouts **awoke** the baby.
他們的叫喊聲把嬰孩吵醒了。

⑤喚醒 **(vt)**

This song **awoke** old memories.
這首歌曲喚醒了舊時記憶。

awaken /ə'wekən/

①意識到 **(vi)** = awake

◀ People are **awakening** to the fact that cigarettes can kill.
人們正逐漸意識到香煙是能致人於死地的。

②吵醒 **(vt)** = awake

The baby was **awakened** by their shouts.
嬰兒被他們的叫喊聲吵醒了。

③使…意識到 **(vt)**

We have to **awaken** the textbook writers to the needs of our students.
我們要讓教材編寫者們意識到我們學生的需要。

A

award /ə'wɔrd/

①獎 **(C)**

◀ The **award** for this year's writer went to Mr. Hall.

本年度作家獎的得主是霍爾先生。

②獲頒 **(vt)** = confer (sth on sb)

Mr. Lee was **awarded** the Nobel Prize.

李先生獲頒諾貝爾獎。

aware /ə'wɛr/

明白的，知道的 **(adj)** = conscious

◀ He is fully **aware** of the danger of taking drugs.

他很清楚吸毒的危害性。

衍生字 awareness **(U)** 知道，明白

away /ə'we/

出外 **(adv)**

◀ They are **away** on holiday.

他們出外度假。

awe /ɔ/

驚嘆 **(U)** = wonder

◀ The beauty of the cathedral filled them with **awe**.

大教堂的美使他們驚嘆不已。

awesome /'ɔsəm/

①妙極了 **(adj)** = extremely good

◀ That concert was **awesome**!

那場音樂會妙極了！

②驚人的 **(adj)**

We are all under the spell of the **awesome** beauty of the lake.

我們全都被那座湖的驚人之美鎮住了。

awful /'ɔful/

①糟糕的 **(adj)** = bad, unpleasant

◀ This soup tastes **awful**!

這湯太難吃了 (遭透了)！

②很不好的 **(adj)** = ill

You look **awful**—what's the matter with you?

你看起來很不好──出什麼事了？

③讓人難受的 **(adj)** = terrible, bad

It was **awful** to see her in such pain.

看到她這麼疼痛真讓人難受。

awhile /ə'hwaɪl/

片刻 **(adv)**

◀ Stay **awhile**. My wife is coming back in a few minutes.

稍等片刻，我妻子一會兒就回來。

awkward /'ɔkwəd/

笨拙的 **(adj)** = clumsy；⇔ adept

◀ I am rather **awkward** with my hands.

我的手很笨拙。

ax /æks/

①斧頭 **(C)** (請參閱附錄 "工具") = axe

◀ I used an **ax** to chop the old tree down.

我用斧頭砍下這顆老樹。

②裁掉 **(vt)**

With the economic downturn, ten percent of the workforce in this company will be **axed**.

由於經濟不景氣，這家公司百分之十的人員將被裁掉。

B

A HANDBOOK
7000 English Core Words

B

◎ MP3-B1

baby /'bebɪ/

嬰兒 (C)

◀ Mandy had a **baby** boy last week.
曼蒂上星期生了個小男嬰。

✎相關字 infant (還未能走路的嬰兒)。toddler (一至二歲的小孩)。

babysit /'bebɪˌsɪt/

看小孩 (vi)

◀ Sandy often **babysits** for us when we are away on holiday.
我們外出度假時，珊蒂經常替我們看小孩。

✎衍生字 baby-sitter (c) 保姆

bachelor /'bætʃələ/

①單身漢 (C)

◀ Bob is over 40 and still a **bachelor**.
鮑勃已四十多歲但仍是個單身漢。

✎相關字 spinster (老處女)。singles (單身群)。

②學士學位 (C)

He has a **Bachelor** of Arts/Science/Engineering and is now working on a master's degree.
他有文／理／工學士學位，現在正攻讀碩士學位。

back /bæk/

①背 (C)

◀ She was carrying her baby on her **back**.
她背上背著嬰兒。

②回原處 (adv)

Put the book **back** on the shelf.
把書放回書架上。

③後面的 (adj)

They are playing in the **back** yard.
他們正在後院玩。

back away

①後退 (vi) = draw back, retreat

◀ We slowly **backed away** from the snake.
我們慢慢地往後退，離開蛇。

②退縮 (vi) = draw back, retreat

I **backed away** from the plan to build a new villa when I found out how much it would cost.
我得知造一棟別墅需要多少錢後便退縮了，取消了造一棟新別墅的計畫。

back down

認輸 (vi) = beat a retreat, back off

◀ John **backed down** when he saw how big the other guy was.
約翰看到另一個傢伙的塊頭時就認輸了。

back off

①往後退 (vi) = back away

◀ **Back off** a little, you're too close.
往後退一點，你們靠得太近了。

②離遠點 (vi) ⇔ move forward

Back off! I don't need your advice.
離遠點！我不需要你的建議。

back out

倒車 (vi)

◀ The alley is too narrow to turn around, you'll have to **back out**.
這條巷子太窄了，不能調頭，你只能倒車出去。

back out of

食言 (vt,u) = go back on, renege on

◀ Bob agreed to give me a lift back to Taipei, but he **backed out of** the promise at the last minute.
鮑勃答應過載我去台北，可是他在最後一分鐘食言了。

back up

①後退 (vi) = move backwards

◀ **Back up** a little so they can get by.
往後退一點，讓他們過去。

②證明 (vt,s) = support

I have evidence on video to **back up** my claim that Jane went to bed with a married man.
我有錄影帶可以證明我說的話——珍和一個有婦之夫上床了。

backbone /'bæk'bon/

①脊骨 (C) = spine

◀ The actor damaged his **backbone** in a crash, and it left him paralyzed from the waist down.
男演員在一次撞車事故中斷了脊骨，使他腰以下癱瘓了。

② 支柱 *(C)*

The sugar industry forms the **backbone** of Cuba's economy.

製糖業成爲古巴經濟的支柱。

③ 骨氣 *(U)* = *courage, determination*

Show some **backbone**—stand up for your rights!

拿出點骨氣來——挺身去維護你的權利吧！

background /'bæk͵graʊnd/

背景 *(C)*

◄ The pagoda forms a **background** to this picture of the family.

這張家庭照的背景是一座寶塔。

backpack /'bæk͵pæk/

① 背包 *(C)* (請參閱附錄 "容器")

◄ Students like to carry **backpacks**.

學生喜歡背背包。

② 背著背包 *(vi)*

I am planning to go **backpacking** around the island.

我正準備背著背包環島旅行。

backward /'bækwəd/

① 落後的 *(adj)* = *underdeveloped*

◄ Some **backward** parts of this country still have no tap water.

這個國家有一些落後的地區還沒有自來水。

② 向後的 *(adj)*

She left without a **backward** glance.

她沒有一點回顧的走掉了。

③ 向後地 *(adv)* = *backwards* ; ⇔ *forward(s)*

Tim jumped **backward** to avoid the oncoming motorcycle.

提姆向後一跳，躲開了衝過來的摩托車。

bacon /'bekən/

培根，燻豬肉 *(U)* (請參閱附錄 "食物")

◄ I want **bacon** for breakfast.

我早餐要培根。

bacteria /bæk'tɪrɪə/

細菌 *(P)*

◄ **Bacteria** are very small living things, some of which can cause illness.

細菌是微生物，有些細菌會致病。

bad /bæd/

差勁的 *(adj)* = *dishonorable*

◄ It was **bad** of him to change his mind after he had made a decision.

他作出決定後又改變主意，真是太差勁了。

✎衍生字 *badly (adv)* 差勁地

badge /bædʒ/

徽章 *(C)*

◄ The police officer showed me his **badge**.

警察向我出示了他的徽章。

badminton /'bædmɪntən/

羽毛球 *(U)* (請參閱附錄 "運動")

◄ We use rackets to hit a shuttlecock in **badminton**.

在羽毛球運動中，我們用球拍拍打羽毛球。

bag /bæg/

袋子 *(C)* (請參閱附錄 "容器")

◄ A beggar's **bags** are bottomless.

乞丐的錢袋是無底洞 (窮起來不怕錢多)。

baggage /'bægɪdʒ/

行李 *(U)* = *luggage*

◄ Have you seen your **baggage** through customs?

你辦好行李過關的手續了嗎？

bait /bet/

餌 *(C)*

◄ The shop uses coupons as a **bait** to attract new customers.

這家商店用優待券作餌招來新顧客。

bake /bek/

① 烘，烤 *(vt)*

◄ I am **baking** a cake for my daughter.

我在爲女兒烘製蛋糕。

② 烘製 *(vi)*

The bread is **baking**.

麵包正在烘製。

✎相關字 請參見 cook。

bakery /'bekərɪ/

麵包店 *(C)*

◄ The bread in that **bakery** is stale.

那家麵包店的麵包不新鮮。

B

balance /'bæləns/

①平衡 (S) ⇔ imbalance

◀ I lost my **balance** and fell off my bike.
我失去平衡從自行車上摔了下來。

②使⋯平衡 (vt)

That man **balanced** a spinning ball on his fingertip.
那個男子讓指尖托住一個旋轉的球，使其保持平衡。

③保持平衡 (vi)

When you learn to ride a bike, you must learn to **balance**.
你學騎自行車就得學會保持平衡。

balcony /'bælkənɪ/

陽台 (C) (請參閱附錄 "房子")

◀ We can see the sea from our **balcony**.
我們可以從陽台看見大海。

bald /bɔld/

禿頭 (adj)

◀ He is going **bald**.
他快禿頭了。

ball /bɔl/

球 (C)

◀ The children were kicking a **ball** around the garden.
孩子們在花園裡踢球。

ballet /'bæle/

芭蕾舞 (U)

◀ She has studied **ballet** for several years.
她已經學芭蕾舞好幾年了。

balloon /bə'lun/

氣球 (C)

◀ A lot of brightly-colored **balloons** went up in the air.
許多色彩鮮艷的氣球飛上了天空。

ballot /'bælət/

無記名投票，選票 (C)

◀ We're holding a **ballot** to decide the chairmanship. Every member is entitled to cast a **ballot**.
我們在用無記名投票方式來選主席一職。每個成員都有權投票。

bamboo /bæm'bu/

竹，竹子 (C,U) (請參閱附錄 "植物")

◀ We built a **bamboo** fence around our house.
我們在房子四周築了竹籬笆。

🔘 MP3-B2

ban /bæn/

①禁止 (C)

◀ The United Nations has imposed a global **ban** on nuclear testing.
聯合國在全球範圍內禁止核試驗。

②禁止 (vt) = forbid, prohibit

The school **bans** the students from gambling on campus.
該校禁止學生在校園內賭博。

banana /bə'nænə/

香蕉 (C) (請參閱附錄 "水果")

◀ He slipped on a **banana** peel.
他在香蕉皮上滑一跤。

band /bænd/

①繫物的帶子，箍帶 (C)

◀ She tied her hair back with a rubber **band**.
她用一根橡皮圈 (筋) 將頭髮往後紮住。

②樂團 (C)

The rock **band** is made up of five singers.
這個搖滾樂團是由五名歌手組成的。

bandage /'bændɪdʒ/

繃帶 (C)

◀ The nurse tied a **bandage** around my sprained ankle.
護士用繃帶將我扭到的腳踝綁起來。

bandit /'bændɪt/

匪徒 (C)

◀ We were robbed by some **bandits** in the mountains.
我們在山上遭一夥匪徒搶劫了。

bandwagon /'bænd͵wægən/

因一時得勢而吸引人的運動 (C)

◀ Many companies have now jumped on the environmental **bandwagon**.
許多公司都趕上環境保護的潮流。

bang /bæŋ/

①撞擊 *(vt)*

◀ He fell and **banged** his knee.
他摔倒，撞到了膝蓋。

②撞擊 *(C)*

He fell and got a **bang** on the knee.
他摔倒，膝蓋撞到地上。

bank /bæŋk/

①銀行 *(C)*

◀ She works at a **bank**.
她在一家銀行工作。

②河堤 *(C)*

The river overflowed its **banks**.
河水溢出河堤了。

banker /'bæŋkɚ/

銀行家 *(C)* (請參閱附錄 "職業")

◀ My father is a **banker**.
我父親是銀行家。

bankrupt /'bæŋkrʌpt/

破產 *(adj)* = *broke*

◀ I am not surprised Jack went **bankrupt**,
considering the sort of risk he was taking.
想想傑克冒的那種風險，他後來破產我也就不
感到吃驚了。

banner /'bænɚ/

旗幟 *(C)*

◀ In his political campaigns many of his
supporters wave his election **banners** and
chant catchy slogans.
在他的政治宣傳活動中，他的許多支持者都揮
舞他的競選旗幟並高呼朗朗上口的口號。

banquet /'bæŋkwɪt/

宴會 *(C)*

◀ We held/arranged a farewell **banquet** for Mr.
White.
我們為懷特先生舉行了送別宴會。

bar /bɑr/

①禁止 *(vt)* = *prohibit*

◀ Tourists are **barred** from taking pictures
inside the museum.
博物館內禁止遊客照相。

②塊 *(C)*

I bought a **bar** of soap/chocolate/iron/gold.
我買了一塊 (條) 肥皂 / 巧克力 / 鐵 / 金子。

③鐵條 *(C)*

There are **bars** across the windows of the
house.
這棟房子的窗上都裝有鐵條。

barbarian /bɑr'bɛrɪən/

野蠻人 *(C)*

◀ The boys are acting up and behaving like
barbarians!
男孩子們在調皮搗蛋，行為就像野蠻人！

barbaric /bɑr'bærɪk/

野蠻的 *(adj)* = *brutal, cruel*

◀ Bomb attacks are a **barbaric** act of terrorism.
炸彈攻擊是恐怖主義的野蠻行為。

barbecue /'bɑrbɪ,kju/

①烤肉 *(C)*

◀ They had a **barbecue** on the beach.
他們在海灘上烤肉。

②烤 *(vt)*

Eileen is barbecuing chicken.
愛玲在烤雞肉。

✎相關字 請參見 cook。

barber /'bɑrbɚ/

理髮師 *(C)* (請參閱附錄 "職業")

◀ He ran a **barber** shop.
他經營一家理髮店。

✎相關字 hairdresser (美髮師)。

bare /bɛr/

①赤裸的 *(adj)*

◀ Don't go out in your **bare** feet.
不要赤著腳到外面去。

②露出 *(vt)*

The dog **bared** its teeth and growled.
那條狗露出牙咆哮起來。

barefoot /'bɛr,fʊt/

赤腳 *(adv)*

◀ We walked **barefoot** on the beach.
我們赤腳在沙灘上行走。

B

barely /'bɛrlɪ/

幾乎不 *(adv)* = hardly, scarcely

◀ I could **barely** stay awake.
我睏得幾乎撐不住了。

bargain /'bɑrgɪn/

①協議 *(C)* = agreement

◀ We have made a **bargain** that Brenda will cook, and Chris will wash the dishes.
我們達成協議了，白朗黛做飯，克莉絲負責洗碗盤。

②廉價品 *(C)*

This dress is a real **bargain** at such a low price.
這件衣服價錢這麼低，真是合算。

③討價還價 *(vi)* = haggle, negotiate

Cindy is still **bargaining** with that salesman over the price of the microwave oven.
辛蒂還在和那男推銷員為微波爐的價錢討價還價。

bark /bɑrk/

吠叫 *(vi)*

◀ The dog always **barks** at strangers.
這狗總是對陌生人吠叫。

barn /bɑrn/

穀倉，牲口棚 *(C)*

◀ They are building a new cow **barn**.
他們在建造一間新的牛舍。

barometer /bə'rɑmətɚ/

氣壓計 *(C)*

◀ The **barometer** is steady; it neither rises nor falls sharply.
氣壓計很穩定，沒有大幅度的升降。

⊿相關字 thermometer (溫度計)。speedometer (汽車的速率計)。

barrel /'bærəl/

圓木桶 *(C)* (請參閱附錄 "容器")

◀ Oil prices have shot up by one dollar a **barrel**.
油價一桶已經大漲一塊美金。

barren /'bærən/

貧瘠的 *(adj)* ⇔ fertile

◀ Plants cannot grow on **barren** land.
植物在貧瘠的土地上無法生長。

barricade /ˌbærə'ked/

①路障 *(C)*

◀ The villagers put up a **barricade**, but later on it was taken down by the police.
村民們設置了路障，但後來被警察拆除了。

②設路障 *(vt)* = block, obstruct

The workers **barricaded** all the entrances to the factory.
工人們在進廠的所有入口處都設了路障。

barrier /'bærɪɚ/

①柵欄，關卡，障礙物 *(C)* = barricade

◀ The police put up **barriers**, but all the same the football fans broke through them.
警方設置了屏障，但足球迷們依然衝破障礙跑了進來。

②障礙 *(C)* = obstacle

Being unable to speak English well is a **barrier** to his success.
英語說不好是他成功道路上的障礙。

base /bes/

①基礎，底部 *(S)*

◀ The temple is built on a **base** of solid rock.
該廟宇建在一片堅固的石基上。

②根據 *(vt)*

The film is **based** on a novel by Hemingway.
這部影片是根據海明威的小說改編的。

baseball /'bes,bɔl/

棒球 *(U)* (請參閱附錄 "運動")

◀ I like to play **baseball**.
我喜歡打棒球。

basement /'besmənt/

地下室 *(C)* (請參閱附錄 "房子")

◀ We keep our wine in the **basement**.
我們把酒存放在地下室。

bash /bæʃ/

①撞傷 *(vt)* = hit

◀ He **bashed** his knee against the door.
他的膝蓋在門上撞傷了。

②抵毀 *(vt)* = criticize

The French, very conscious of its past glory, tend to **bash** America's supremacy.
對昔日的榮耀念念不忘的法國人總要抵毀美國的霸權。

③猛擊 *(S)* = *blow*

I gave that guy a **bash** on the nose.
我對準那傢伙的鼻子猛擊一拳。

🔵 MP3-B3

basic /ˈbesɪk/

基本的 *(adj)* = *elementary*

◀ My knowledge of English grammar is pretty **basic**.
我對英文文法只有基本的認識。

basin /ˈbesn̩/

盆 *(C)* (請參閱附錄 "容器")

◀ There is a wash **basin** in the room.
房間裡有一個洗臉盆。

basis /ˈbesɪs/

依據 *(C)*

◀ You should make a conclusion on the **basis** of facts.
你下結論應以事實爲依據。

📝衍生字 *bases (pl)* 依據

basket /ˈbæskɪt/

籃子 *(C)* (請參閱附錄 "容器")

◀ Don't put all your eggs in one **basket**.
不要將所有的蛋放在同一個籃子中 (勿孤注一擲)。

basketball /ˈbæskɪtˌbɔl/

籃球 *(U)* (請參閱附錄 "運動")

◀ They are playing in the **basketball** court.
他們在籃球場打球。

bass /bes/

男低音 *(U)*

◀ Joe used to sing **bass**.
喬以前唱男低音。

bat /bæt/

①蝙蝠 *(C)* (請參閱附錄 "動物")

◀ A **bat** is a nocturnal creature.
蝙蝠是夜行生物。

②球棒 *(C)*

He hit the thief with a **bat**.
他用球棒打那個小偷。

📝衍生字 *batter (c)* 打擊手

batch /bætʃ/

一批 *(C)*

◀ The first **batch** of student compositions was due in.
第一批學生的作文交上來了。

bath /bæθ/

洗澡 *(C)*

◀ You should take a **bath** before you go to bed.
你上床以前該去洗個澡。

bathe /beð/

①游泳 *(vi)* = *swim*

◀ A lot of people are **bathing** in the sea.
許多人在海裡游泳。

②幫⋯洗澡 *(vt)* = *give a bath to*

I am **bathing** the baby.
我正在幫嬰兒洗澡。

bathroom /ˈbæθˌrum/

浴室 *(C)* (請參閱附錄 "房子")

◀ I'm going to the **bathroom**.
我要去浴室。

batter /ˈbætɚ/

①沖擊 *(vi)* = *hit (vt)*

◀ Waves were **battering** against the rocks.
浪頭沖擊在岩石上。

②麵糊 *(U)*

Add potato chips to the pancake **batter**.
將馬鈴薯片加入麵糊中。

③打擊手 *(C)* ⇔ *pitcher*

The **batter** hit the ball with his left hand.
打擊手用左手打球。

battery /ˈbætɚɪ/

電瓶 (池) *(C)*

◀ My car won't start because the **battery** has gone flat.
我的汽車發動不起來，因爲電瓶 (池) 沒電了。

battle /ˈbætl̩/

①戰役 *(C)* = *fight, combat*

◀ We lost the **battle** but won the war.
我們打輸了那次戰役，但贏得了整個戰爭。

②奮鬥 *(vi)* = *strive*

Women have been **battling** for equal rights.
婦女一直在爲爭取平等的權力而奮鬥。

bay /be/

海灣 (C)

◀ The village overlooks a little **bay**.
這個村子俯瞰一個小海灣。

bazaar /bə'zɑr/

①義賣會 (C)

◀ The church held a charity **bazaar** to raise money for orphans.
教會舉辦了一次慈善義賣會爲孤兒募捐。

②市場 (C)

Sam is a vendor in the open-air **bazaar**.
山姆是這個露天市場的小販。

beach /bitʃ/

海濱 (C)

◀ They went down to the **beach** for a swim.
他們去海濱游泳。

bead /bid/

珠子 (C)

◀ Jane was wearing a string of green **beads** around her neck.
珍脖子上戴著一串綠色的珠子。

beak /bik/

喙 (C)

◀ A hen pecks with its **beak**.
母雞用喙啄食。

beam /bim/

①光束 (C) = ray

◀ A **beam** of light peeped through the curtains.
一道光線透過簾子射進來。

②喜色，微笑 (C) = bright smile

Jane said with a **beam** of delight/satisfaction.
珍高興地 / 滿意地笑著說道。

③橫樑 (C)

The old house has big, thick wooden **beams**.
這棟老房子的橫樑又大又粗。

✎相關字 pillar (柱子)。column (圓柱)。

④面帶微笑，笑 (vi,vt)

That man **beamed** (a cheerful welcome) as he opened the door.
那人開門時面帶微笑 (笑臉相迎)。

⑤向…廣播 (vt) = send out

The news was **beamed** to Japan by satellite.
新聞是透過人造衛星向日本廣播的。

bean /bin/

豆類 (C) (請參閱附錄 "蔬菜")

◀ I am wondering who has spilt the **beans**.
我想知道誰把豆子撒出來 (洩漏祕密)。

bear /bɛr/, bore *(pt)*, borne *(pp)*

①承受 (vt) = support, sustain

◀ The chair won't **bear** your weight.
這把椅子承受不了你的體重。

②忍住 (vt) = stand, endure

He **bore** the pain as long as he could.
他盡力忍住疼痛。

③忍受 (vt) = endure, abide, stand

I can't **bear** being kept waiting.
讓我一直等我可無法忍受。

④熊 (C) (請參閱附錄 "動物")

I saw a mother **bear** and her cubs in the zoo.
我在動物園看到了一隻母熊和他的小熊。

---

bear down

擊敗 (vt,s)

◀ The president's strong will finally **bore down** all opposition/his opponents.
總統的堅強意志終於擊敗了所有的反對派 / 他的對手。

---

bear out

證明 (vt,s) = confirm, prove

◀ Research **bears out** the claim that smoking can cause lung cancer.
調查研究證明了吸煙會引起肺癌的說法。

---

beard /bɪrd/

鬍鬚 (C)

◀ Bob is growing a **beard**.
鮑勃留起了鬍鬚。

✎相關字 moustache (嘴唇上面的髭鬚)。whiskers (頰鬚)。

beast /bist/

野獸 (C)

◀ The lion is often regarded as the king of **beasts**.
獅子常被稱爲萬獸之王。

beat /bit/, beat *(pt)*, beaten *(pp)*

①揍 (vt) = hit

◀ Joe was **beaten** black and blue for stealing money.
喬因偷錢被揍得青一塊紫一塊。

②贏 *(vt)* = defeat

Jack **beat** me at tennis.

傑克打網球贏了我。

③敲打 *(vi)*

The rain was **beating** against the windows.

雨滴正敲打著窗戶。

④跳動 *(vi)*

My heart was **beating** with excitement.

我的心由於興奮而跳得厲害。

---

beat down

①使 (某人) 把價格壓低到 *(vt,s)* = knock down

◀$350 was the sale price for this coat, but I **beat** the salesperson **down** to $300.

這件衣服售價三百五十元，不過我壓到了三百元。

②烤炙；傾盆而下…落在 *(vi)*

The sun/rain **beat down** on the land.

烈日烤炙土地 / 大雨傾盆而下，落在地上。

---

beat off

把…趕走 *(vt,s)* = drive back

◀I managed to **beat off** the dog and ran away.

我好不容易把狗趕走，逃了開去。

---

beat up

痛打 *(vt,s)* = do over, bash up

◀Chris's boyfriend went crazy and **beat** her **up**.

克莉絲的男友發瘋了，把她痛打了一頓。

---

beautiful /'bjutəfəl/

漂亮的 *(adj)* = pretty

◀What a **beautiful** house you have!

你的房子多漂亮啊！

beautify /'bjutə,faɪ/

美化 *(vt)*

◀Green parks **beautify** the city.

綠色的公園美化了城市。

◯ MP3-B4

beauty /'bjutɪ/

①美麗 *(U)*

◀We had not been prepared for the **beauty** of the scenery.

我們未曾料到這裡的景色會如此秀美。

②美人 *(C)*

Ellen is a great **beauty**.

愛倫是個大美人。

because /bɪ'kɔz/

因為 *(conj)*

◀She got the job **because** she speaks English very well.

她因為英文說得好而得到這個工作。

beckon /'bɛkən/

①示意 *(vi)*

◀Cheryl **beckoned** to the waitress to bring her a menu.

雪洛向女侍示意給一分菜單。

②招手 *(vt)*

Ted **beckoned** me to join him.

泰德招手讓我和他一起玩。

become /bɪ'kʌm/, became *(pt)*, become *(pp)*

變得 *(vi)*

◀It **became** clear that Tina was lying.

事情變得很清楚了：蒂娜撒了謊。

---

become of

到底怎麼樣 *(vt,u)* = happen to

◀Whatever **became of** Jane's ring?

珍的戒指到底怎麼了？

---

bed /bɛd/

床 *(C)* (請參閱附錄 "家具")

◀As you make your **bed**, so you must lie on it.

自己做的床自己躺 (自作自受)。

bedroom /'bɛd,rum/

臥室 *(C)* (請參閱附錄 "房子")

◀My **bedroom** is on the third floor.

我的臥室在三樓。

bee /bi/

蜜蜂 *(C)* (請參閱附錄 "動物")

◀The **bee** sucks honey out of the bitterest flowers.

蜜蜂是從最苦的花朵中吸取花蜜 (苦盡才能甘來)。

beef /bif/

牛肉 *(U)* (請參閱附錄 "食物")

◀ We had roast **beef** for dinner.
我們晚餐吃烤牛肉。

---

beef up

加強 *(vt,s)* = strengthen, improve

◀ Security around the airports has been **beefed up** since the terrorist attack.
自從發生恐怖襲擊之後,機場的保安工作加強了。

---

beer /bɪr/

啤酒 *(U)* (請參閱附錄 "飲料")

◀ Life isn't all **beer** and skittles.
人生並非全是啤酒和撞柱戲 (吃喝玩樂)。

beetle /bitḷ/

甲蟲 *(C)* (請參閱附錄 "動物")

◀ I saw a **beetle** crawling on the branch.
我看見一隻甲蟲在樹枝上爬。

before /bɪˈfor/

① 在⋯前 *(prep)* ⇔ after

◀ I usually take a bath **before** dinner.
我通常在吃晚飯前洗澡。

② 在⋯前 *(conj)* ⇔ after

I usually take a shower **before** I go on a date.
我在赴約會前通常會沖個澡。

beforehand /bɪˈforˌhænd/

事先 *(adv)* ⇔ afterwards

◀ You should never eat food without washing your hands **beforehand**.
你應該每次吃東西前都要先洗手。

beg /bɛg/

(乞)討 *(vt, vi)*

◀ That boy **begged** (for) money from the people at the subway station.
那個男孩在地鐵站向來往行人 (乞) 討錢。

---

beg off

推辭 *(vi)*

◀ I was invited for a drink, but a headache made me **beg off**.
有人請我喝一杯,可是我因為頭痛推辭了。

---

beggar /ˈbɛgɚ/

乞丐 *(C)*

◀ Henry posed as a **beggar**.
亨利裝扮成乞丐。

begin /bɪˈgɪn/, began *(pt)*, begun *(pp)*

① 開始 *(vi)* = start

◀ His boss is **beginning** to wonder if he is the right person to do the job.
他的老闆開始懷疑他是否適合做這分工作。

② 開始 *(vt)*

Wayne **began** his speech with a joke.
韋恩講了個笑話開場。

beginner /bɪˈgɪnɚ/

生手 *(C)* = novice;⇔ old-timer, old hand

◀ I am a real **beginner** at tennis.
打網球我可完全是生手。

behalf /bɪˈhæf/

代表 *(U)*

◀ Mrs. Lee attended my wedding ceremony on **behalf** of her husband.
李太太代表她先生前來參加我的婚禮。

behave /bɪˈhev/

表現得 *(vi)* = act

◀ The football players **behaved** like beasts.
這些足球運動員表現得真像一群野獸。

behavior /bɪˈhevjɚ/

行為,舉止 *(U)*

◀ Roger is always on his best **behavior** when his teacher is there.
老師在的時候,羅傑總是拿出自己的最佳表現。

behind /bɪˈhaɪnd/

① 在⋯之後 *(prep)*

◀ That boy ran out from **behind** a tree.
那男孩從樹後跑出來。

② 在後 *(adv)*

A truck is following close **behind**.
一部卡車緊隨在後。

belated /bɪˈletɪd/

來得 (太) 遲的 *(adj)*

◀ Nora sent me a **belated** birthday card.
蘿拉寄給我一張遲到的生日賀卡。

belief /bɪˈlif/

①相信 (U)

◀ Your story is beyond **belief**.
你說的故事讓人難以相信。

②信念 (C) = idea, creed

He holds the **belief** that all men are created equal.
他抱持這樣的信念，即人人生而平等。

believable /bɪˈlivəbl/

可信的 (adj) ⇔ unbelievable

◀ I found her explanation **believable**.
我認為她的解釋是可信的。

believe /bɪˈliv/

①相信 (vt)

◀ I don't **believe** a word he says.
他說的話我一個字都不信。

②相信 (vt) = trust, take sb at his word

Do you **believe** me?
你相信我嗎？

③認為 (vt) = think, consider

I **believe** that swimming is good for your health.
我認為游泳對健康有益。

④信仰 (vi)

Do you **believe** in God?
你相信上帝的存在嗎？

bell /bɛl/

鈴聲 (C)

◀ The **bell** rang for school to start.
鈴聲一響學校開始上課。

belly /ˈbɛlɪ/

肚子 (C) (請參閱附錄 "身體") = abdomen

◀ The boy was lying on his **belly**.
那男孩肚子朝下趴著。

belong /bəˈlɔŋ/

屬於 (vi)

◀ The book **belongs** to me.
這本書屬於我的。

belongings /bəˈlɔŋɪŋz/

所有物，財物 (P)

◀ Pan packed his **belongings** into a suitcase and left.

潘把個人物品裝進手提箱內後離去了。

beloved /bɪˈlʌvɪd/

深愛的 (adj)

◀ When Dina was in America, she missed her **beloved** husband and children.
黛娜在美國時很想念深愛的丈夫和孩子們。

🔘 MP3-B5

below /bəˈlo/

①下面的 (adv) ⇔ above

◀ Chris lives on the third floor; I live on the floor **below**.
克莉絲住在三樓，而我住在她下面一層。

②以下 (prep) ⇔ above

Those who are **below** the age of 18 cannot drive.
十八歲以下的人不得開車。

belt /bɛlt/

皮帶 (C)

◀ Fasten/Loosen your **belt**!
繫上／鬆開你的皮帶！

bench /bɛntʃ/

長凳 (C) (請參閱附錄 "家具")

◀ That boy sprawled on a park **bench**.
那男孩四肢張開躺在公園的長凳上。

bend /bɛnd/, bent (pt), bent (pp)

①彎屈 (vt)

◀ Joe cannot touch his toes without **bending** his knees.
喬必須屈膝才碰得到自己的腳趾。

②彎屈 (vi) ⇔ straighten up

I **bent** down to pick up the book from the floor.
我彎下身子去拾起地板上的那本書。

beneath /bɪˈniθ/

①在…下 (prep)

◀ The fishing boat sank **beneath** the waves.
那漁船沈沒在波濤下。

②下面 (adv)

I looked down from the hot-air balloon at the fields spread out **beneath**.
我從熱氣球上俯瞰下面一片片的土地。

B

beneficial /ˌbɛnəˈfɪʃəl/

有益的 *(adj)*

◀ A well-balanced diet is **beneficial** to health.
均衡的飲食有益健康。

📝同首字 benefit (利益)。benefactor (施主)。beneficiary (受益人)。 beneficent (慈善的)。benefaction (恩惠)。benevolent (慈悲的)。benediction (祝福)。

benefit /ˈbɛnəfɪt/

①好處 *(U)*

◀ There might be some **benefit** in putting off the meeting to next week.
會議延到下週舉行可能比較好。

②受益 *(vi)* = profit

We will stand to **benefit** most from the fall in interest rates.
利率降低，我們受益最大。

③使受益 *(vt)* = help

The fall in interest rates will **benefit** businessmen.
利率下降使商人受益。

berry /ˈbɛrɪ/

漿果，莓 *(C)* (請參閱附錄 "水果")

◀ We used to pick **berries** in the fields.
我們以前常在田野裡採漿果。

beside /bɪˈsaɪd/

在…旁邊 *(prep)*

◀ The school is located **beside** a river.
這所學校座落在一條河流旁邊。

besides /bɪˈsaɪdz/

①除了…還有 *(prep)* = in addition to

◀ Five of us passed **besides** Mary.
除了瑪莉外我們還有五個人及格。

②再說，而且 *(adv)* = moreover, furthermore

I don't want to go shopping; **besides**, I am tired.
我不要去購物，再說我累了。

besiege /bɪˈsidʒ/

圍攻，圍困 *(vt)*

◀ The town was **besieged** for two months before it was occupied.
該鎮在圍困了兩個月後被佔領了。

📝衍生字 siege (U,C) 包圍，圍攻

best /bɛst/

good 和 well 的最高級 *(adj, adv)*

◀ The **best** fish swims near the bottom.
最好的魚游溪底。

bet /bɛt/, bet/betted *(pt)*, bet/betted *(pp)*

①押賭 *(vi,vt)*

◀ I **bet** ($1,000) on the white horse, but it came in last.
我在那匹白馬身上押賭 (一千元)，結果牠跑倒數第一。

②賭注 *(C)*

I put a **bet** on the white horse to win the race, but I lost the bet.
我在那匹白馬身上押了賭，指望能贏得比賽，結果賭輸了。

betray /bɪˈtre/

①背叛 *(vt)* = sell out

◀ A soldier would rather die than **betray** his country.
戰士將寧死而不背叛祖國。

📝衍生字 betrayal (C,U) 背叛，出賣

②暴露 *(vt)* = show

Jean's voice **betrayed** her nervousness.
珍的聲音暴露了她的緊張不安。

better /ˈbɛtɚ/

good 和 well 的比較級 *(adj, adv)*

◀ A teacher is **better** than two books.
一位良師勝於兩本好書。

between /bəˈtwin/

①在…之間 *(prep)*

◀ Helen often eats **between** meals.
海倫經常在兩餐之間吃零食。

②中間 *(adv)*

I eat breakfast and dinner but nothing in **between**.
我吃早晚餐但這中間我不吃任何東西。

beverage /ˈbɛvrɪdʒ/

飲料 *(C)* = drink

◀ They do not sell alcoholic **beverages** to teenagers.
他們不出售含酒精的飲料給青少年。

beware /bɪ'wɛr/
當心 *(vi)*
◀ **Beware** of the dog!
當心狗！

bewilder /bɪ'wɪldɚ/
迷糊 *(vt) = perplex, confuse, puzzle, baffle*
◀ I was totally **bewildered** by the variety of goods.
我被五花八門的貨物搞迷糊了。

beyond /bɪ'jɑnd/
① 在 (向)⋯的那一邊 *(prep)*
◀ What lies **beyond** the mountains?
山過去那一邊是什麼?
② 在 /往更遠處 *(adv)*
We went as far as the river but not **beyond**.
我們到河邊但未過河那邊。

bias /'baɪəs/
偏見 *(C) = prejudice*
◀ Some people have a deep-rooted **bias** against the disabled.
有些人對殘疾人抱有很深的偏見。

biased /'baɪəst/
有偏見的 *(adj) = prejudiced*
◀ This newspaper is **biased** in favor of the opposition party.
該報傾向於支持反對黨。

bible /'baɪbl̩/
① 聖經 *(C)*
◀ The sentence is quoted from the **Bible**.
這個句子引自聖經。
② 必讀的經典 *(C)*
This book has always been a **bible** for medical students.
這本書是歷來醫科學生必讀的經典。

bicycle /'baɪsɪkl̩/
腳踏車 *(C)* (請參閱附錄 "交通工具") *= bike*
◀ I can ride a **bicycle**.
我會騎腳踏車。

bid /bɪd/, bid *(pt)*, bid *(pp)*
① 報價 *(C)*

◀ The company made/accepted the lowest **bid** for the project.
對該項目公司出了 / 接受了最低的報價。
② 努力 *(C) = attempt, effort*
The customers made a desperate **bid** to escape from the fire.
顧客們拚命努力地想逃離火災。
③ 出價 *(vt)*
James **bid** $150,000 for an antique chair.
詹姆斯出價十五萬元競買一把古董椅。
✎衍生字 *bidder (C)* 出賣者，投標者
④ 投標 *(vi)*
Five construction companies were invited to **bid** for the contract.
五家建築公司受到邀請進行投標爭取承包合同。

big /bɪg/
大的 *(adj)*
◀ There is a **big** increase in oil prices.
油價大漲。

bill /bɪl/
① 帳單 *(C) = check*
◀ The **bill** for the dinner came to $300.
那頓晚飯的帳單金額總共是三百元。
② 法案 *(C)*
The **bill** became law last week.
該法案於上週成為法律。
③ 鈔票 *(C) = note*
My sister slipped that waitress a one-hundred-dollar **bill** to get us a good table.
我姐姐悄悄塞給那女侍一張百元鈔票，讓她給我們一張好桌位。

billion /'bɪljən/
十億 *(C)*
◀ The company has lost **billions** of dollars.
這家公司已經損失好幾十億元了。

bind /baɪnd/, bound *(pt)*, bound *(pp)*
捆綁 *(vt) = tie*
◀ Henry was **bound** hand and foot.
亨利被人連手帶腳給捆了起來。

bingo /'bɪngo/
賓果遊戲 *(U)*
◀ I don't like to play **bingo**.
我不喜歡賓果遊戲。

binoculars /baɪˈnɑkjələ˞z/

望遠鏡 *(C)*

◀ I adjusted my **binoculars** on the deer and watched it through them.
我對那頭鹿調整了望遠鏡的焦距，通過鏡片觀察牠。

📝同首字 bifocal (雙焦點透鏡)。bilingual (兩種語言的)。bicycle (腳踏車)。biennial (兩年一次的)。bigamy (重婚)。bisect (分成兩半)。biannual (一年兩次)。

biochemistry /ˌbaɪoˈkɛmɪstrɪ/

生化學 *(U)*

◀ **Biochemistry** is the study of the chemical processes that take place in all living things.
生化學是研究發生在生物體內的化學過程。

📝衍生字 *biochemist (C)* 生化學家

🎙 MP3-B6

biography /baɪˈɑgrəfɪ/

傳記 *(C)*

◀ He wrote a famous **biography** of the president.
他寫了一本有關總統的著名傳記。

biological /ˌbaɪəˈlɑdʒɪkl̩/

生物的 *(adj)*

◀ Eating is a **biological** necessity, and so is making love.
飲食是一種生理需要，做愛也如此。

📝同首字 biography (傳記)。biosphere (生物圈)。biotechnology (生物工程)。

biology /baɪˈɑlədʒɪ/

生物學 *(U)* (請參閱附錄 "學科")

◀ This book deals with marine **biology**.
這本書討論海洋生物學。

bird /bɝd/

鳥 *(C)* (請參閱附錄 "動物")

◀ The early **bird** catches the worm.
早起的鳥有蟲吃。

birth /bɝθ/

①出生人數 *(C)*

◀ Last year there were more deaths than **births**.
去年的死亡人數高於出生人數。

②出生 *(U)*

Lisa gave **birth** to a fine healthy baby last night.
昨晚麗莎生了個漂亮健康的孩子。

biscuit /ˈbɪskɪt/

餅乾 *(C)* (請參閱附錄 "食物") = *cookie*

◀ I bought a packet of chocolate **biscuits**.
我買了一包巧克力餅乾。

bit /bɪt/

一小片 *(C)* = *piece*

◀ The floor is covered in **bits** of paper.
地板上覆蓋著碎紙片。

bite /baɪt/, bit *(pt)*, bitten *(pp)*

①咬 *(vt)*

◀ The dog **bit** a hole in Hillary's skirt.
那條狗在希拉蕊的裙子上咬出個洞。

②咬 *(vi)*

That dog **bit** into the pizza.
那條狗咬住披薩餅。

③咬了一口 *(C)*

Perry took a **bite** out of the apple.
裴瑞咬了一口蘋果。

📝相關字 chew (咀嚼)。gnaw (不停地啃)。nibble (一點一點地咬)。munch (用力地咀嚼)。

bitter /ˈbɪtə˞/

有苦味的，苦的 *(adj)*

◀ The wine tastes **bitter**.
這酒有苦味。

📝衍生字 *bitterness (U)；bitterly (adv)*

📝相關字 sweet (甜的)。sour (酸的)。salt (鹹的)。hot (辣的)。pungent (刺鼻辛辣的)。spicy (辛辣的)。

bizarre /bɪˈzɑr/

古怪的 *(adj)* = *weird, eccentric, queer, odd*

◀ I was amused by his **bizarre** behavior.
我覺得他的古怪行為很有趣。

black /blæk/

①黑色 *(adj)* (請參閱附錄 "顏色")

◀ The devil is not so **black** as he is painted.
魔鬼並不如人所說的那麼壞。

②黑色 *(C,U)*

Black will take no other hue.
黑色不能調配成其他顏色。

black out

① 暈過去 *(vi) = faint, pass out*
◀ Sharon **blacked out** while she was jogging.
雪倫在慢跑的時候暈過去了。

② 塗掉 *(vt,s)*
The poster for the game tells where it will take place, but the date has been **blacked out**.
球賽的海報上寫了比賽的地點，但是日期給人塗掉了。

③ 熄滅 *(vt,s)*
The stage was **blacked out** to hide a change of scenery.
舞台燈光熄滅了，不讓人看到布景的轉換。

④ 新聞封鎖 *(vt,s)*
Reports of the dictator's death were **blacked out** for 36 hours.
獨裁者去世的報導被封鎖了三十六個小時。

blackboard /'blæk,bord/

黑板 *(C)*
◀ The teacher wrote some English words on the **blackboard**.
老師在黑板上寫了幾個英文單字。

blacksmith /'blæk,smɪθ/

鐵匠 *(C)*
◀ **Blacksmiths** are rarely seen today.
當今很難看到鐵匠。
✎相關字 goldsmith (金匠)。locksmith (鎖匠)。gunsmith (造槍工人)。wordsmith (文字匠)。

blade /bled/

① 葉片 *(C)*
◀ The **blades** of grass were wet with dew.
草葉被露水打濕了。

② 刀片 *(C)*
The **blade** needs sharpening.
這刀片需要磨一磨。
✎相關字 1. blade (葉片)。stem (莖)。stalk (葉柄)。
2. sword (劍)。blade (刀刃)。saber (軍刀)。sheath (鞘)。scabbard (鞘)。hilt (劍柄)。

blame /blem/

① 責怪 *(vt)*
◀ He **blamed** me for being late.
他責怪我遲到了。

② (對壞事所應負的)責任 *(U) = responsibility*
The police officer put/laid the **blame** for the accident on the bus driver.
警官將車禍的責任歸咎於公車司機。

blank /blæŋk/

① 空白的 *(adj)*
◀ Please write your name in the **blank** space at the top of the page.
請把你的姓名填寫在這一頁上端的空白處。

② 茫然的 *(adj) = empty, expressionless*
She gave me a **blank** look.
她茫然的看了我一眼。

blanket /'blæŋkɪt/

毯子 *(C)*
◀ I covered my knees with a **blanket**.
我用毯子蓋在我膝蓋上。

blast /blæst/

① 大聲鳴響 *(vi) = blare*
◀ I cannot study with music **blasting** from the radio.
收音機裡的音樂這麼響，我無法學習。

② 炸，爆破 *(vt)*
Workers had to **blast** a tunnel through the mountain to build the railway.
工人們得從山裡炸出一條隧道來修建鐵路。

③ 爆炸 *(C) = explosion*
Twelve people were injured in the bomb **blast**.
炸彈爆炸使十二個人受傷。

blast off

① 炸掉 *(vt,s)*
◀ The bomb **blasted** the roof **off**.
炸彈炸掉了屋頂。

② 發射升空 *(vi) = lift off*
The space ship will **blast off** at two o'clock.
太空船將於二時整發射升空。

blaze /blez/

① 冒起大火 *(vi) = burn*
◀ The warehouse **blazed** suddenly and burned down in half an hour.
倉庫忽然冒起大火來，半小時後燒毀了。
✎衍生字 ablaze *(adj)* 猛烈燃燒的

②通明 *(vi)* = shine
The Christmas tree is **blazing** with lights.
聖誕樹上燈火通明。
③大火 *(C)* = conflagration
Fire fighters are searching for the cause of the **blaze**.
消防員在尋找大火的原因。
④光輝，閃耀，豔麗 *(C)* = burst
The ocean is sparkling in a **blaze** of sunshine.
海洋閃耀五彩繽紛的陽光。

bleach /blitʃ/
①漂白 *(vt)*
◀ Flour is said to be **bleached** artificially.
麵粉據說經由人工漂白過。
②變白 *(vt)*
Bleached bones lay on the hot sands of the desert.
炙熱的沙漠上橫著白骨。
③曬白 *(vi)*
Bones of animals are **bleaching** on the hot sands of the desert.
動物的遺骸在灼熱的沙漠上被曬得發白。
④漂白劑 *(U)*
My trousers were so dirty that I had to use **bleach** on them.
我的褲子太髒了必須用漂白劑來洗。

bleak /blik/
①暗淡的 *(adj)* = gloomy；⇔ bright
◀ With prices falling, the future/outlook/prospect seems **bleak** for the sugar industry.
隨著價格下跌，製糖業前景暗淡。
②荒涼的 *(adj)* = desolate
The statue stands on a **bleak** hillside.
雕像立在荒涼的山坡上。
③陰沉沉的 *(adj)*
They departed for America on a **bleak** November day.
他們在陰沉沉的十一月的某一天去了美國。

bleed /blid/, bled *(pt)*, bled *(pp)*
流血 *(vi)*
◀ She was **bleeding** from a cut on her leg.
她腿上被割了一下流血了。
📝衍生字 blood *(U)* 血液，血

blend /blɛnd/
攪拌 *(vt)* = mix
◀ **Blend** the sugar, flour, and eggs together.
把糖、麵粉和蛋攪拌在一起。

bless /blɛs/
(老天/上帝)保佑，賜福 *(vt)* ⇔ curse
◀ My father has always been **blessed** with good health.
托老天福我爸爸的身體一直很好。

blessing /ˈblɛsɪŋ/
①福(氣) *(C)* = favor
◀ The **blessing** of the Lord be upon you.
願主賜福於您。
②同意 *(U)* = approval
My teacher has given her **blessing** to the plan.
我的老師已同意了這個方案。

blind /blaɪnd/
①失明的 *(adj)*
◀ He is **blind** in one eye.
他的一隻眼睛失明了。
📝衍生字 blindness *(U)* 盲目，失明
②盲目的 *(adj)*
Is love **blind**?
愛情是盲目的嗎?

blink /blɪŋk/
眨眼睛 *(vi, vt)*
◀ He **blinked** (his eyes) as the bright light shone on him.
亮光照到他的臉，他直眨(眼睛)。

blizzard /ˈblɪzɚd/
暴風雪 *(C)*
◀ We rode out the **blizzard**.
我們的船平安度過了暴風雪。

block /blɑk/
①堵住 *(vt)* = obstruct
◀ Something must be **blocking** the pipe.
一定有什麼東西堵住了管道。
②塊 *(C)*
The floor was made of wooden **blocks**.
地板是由木塊拼成的。
③街區 *(C)*
The post office is two **blocks** from here.
郵局離這裡有兩個街區遠。

blockade /blɑˈked/
封鎖 *(C)*
◀ Israel imposed a **blockade** on Palestine.
以色列對巴勒斯坦實施了封鎖。

◉ MP3-B7

blond /blɑnd/
金髮的 *(adj)*
◀ Ryan was a good-looking kid—**blond** with blue eyes and a serious face.
雷恩是個漂亮的小孩子——長一頭金髮，藍眼睛，還有一張一本正經的臉。

blonde /blɑnd/
金髮女 *(C)*
◀ Diana was a beautiful **blonde**—photogenic and easygoing.
黛安娜是個美麗的金髮女——很上相，性格也隨和。

blood /blʌd/
血 *(U)*
◀ His face is covered in **blood**.
他滿臉是血。
✎衍生字 *bleed (vi)* 流血；*bloodless (adj)* 不流血的，沒有暴力的

bloody /ˈblʌdɪ/
血腥的 *(adj)* ⇔ *bloodless*
◀ They got into a **bloody** fight.
他們進行了一場血戰。

bloom /blum/
① 盛開 *(vi)* = *blossom, flower*
◀ The roses are **blooming** in the garden.
花園裡玫瑰花盛開。
② 盛開 *(U)* = *blossom*
The roses are in full **bloom**.
玫瑰花盛開著。

blot /blɑt/
① 汙漬 *(C)* = *stain*
◀ Jack's homework was badly written and covered in ink **blots**.
傑克的家庭作業寫得一塌糊塗，滿紙墨漬。
② 瑕疵 *(C)* = *eyesore*
The tall chimney is a **blot** on the landscape.
那高聳的煙囪成了景緻中的瑕疵。

③ 吸乾 *(vt)*
Blot your wet face with a soft towel, but don't rub it.
用一塊軟毛巾吸乾你臉上的水，但別用擦的。
④ 弄髒 *(vt)*
My son **blotted** his sweater with ink spots.
我兒子把毛衣弄髒了，上面弄了很多墨水漬。

blouse /blaʊs/
女用襯衫 *(C)* (請參閱附錄 "衣物")
◀ She is wearing a yellow **blouse**.
她穿著一件黃襯衫。

blow /blo/, blew *(pt)*, blown *(pp)*
① 吹 *(vi)*
◀ The wind is **blowing** hard.
風兒勁吹。
I **blew** on my tea to cool it down.
我把茶吹涼。
② 颳 *(vt)*
The strong wind **blew** my hat off.
強風颳走了我的帽子。
③ 吹去 *(vt)*
I **blew** the dust off the dictionary.
我吹去辭典上面的灰塵。
④ 重擊 *(C)*
They came to **blows** with each other.
他們相互毆打起來。

---

blow out
① 吹滅 *(vt,s)* = *put out*
◀ Before you leave, make sure you **blow** the candle **out**.
你走之前一定要把蠟燭吹滅。
② 爆裂 *(vt,s)*
The heat **blew out** the tire.
高溫使輪胎爆裂了。
③ 爆裂 *(vi)*
The tire **blew out** as I was driving home.
我開車回家途中輪胎爆裂了。
④ 吹滅 *(vi)*
A candle can **blow out** in the wind.
蠟燭在風中會吹滅。

B

blow over
平息 *(vi)*

◀ There was a typhoon this morning, but it has
blown over.
今天早上有颱風，不過現在已經平息了。

blow up
① 爆炸 *(vi)* = explode
◀ A chemical factory **blew up** in central
Taiwan.
台灣中部地區一家化工廠發生了爆炸。
② 大發雷霆 *(vi)* = be angry (with)
Jane will **blow up** at you when she finds her
best bracelet broken.
珍發現她最好的手鐲弄壞時，會對你大發雷霆
的。
③ 落空 *(vi)* = fail
Her plan to rob the old woman **blew up** in
her face.
她要打劫那位老婦人的計畫，當著她的面落空
了。
④ 炸掉 *(vt,s)* = explode
The workers **blew up** the bridge.
工人們把橋炸掉了。
⑤ 破壞 *(vt,s)*
He'll soon **blow up** our plan.
他不久就會破壞我們的計畫。
⑥ 充上氣 *(vt,s)*
Help me **blow up** the plastic balls/tires.
幫我把這些塑膠球／輪胎充上氣。
⑦ 放大 *(vt,s)* = enlarge
Can you have the photo **blown up** for me?
你可否幫我把這張照片放大？
⑧ 誇大 *(vt,s)* = exaggerate
Reporters tend to **blow up** a minor
disagreement out of all proportion.
記者喜好極力誇大小的爭執。

blue /blu/
藍色 *(adj)* (請參閱附錄 "顏色")
◀ He is wearing a dark **blue** coat.
他穿著一件深藍色的外套。

blueprint /'blu͵prɪnt/
藍圖 *(C)* = scheme
◀ They are drawing up a **blueprint** for health
care reform.
他們正為保健體制改革規畫藍圖。

blues /bluz/
憂鬱 *(C)*
◀ Betty got the **blues** when she broke off the
relationship with Mathew.
貝蒂與馬修的關係告吹後心情憂鬱。

blunder /'blʌndɚ/
① 犯了愚蠢的差錯 *(vi)*
◀ I have **blundered** in my handling of the
business affairs and made a great loss.
我在處理業務時犯了愚蠢的差錯，造成了重大
損失。
② 失誤 *(C)* = boner
Mr. Hall made a terrible political **blunder** and
was forced to bow out.
霍爾先生犯了可怕的政治失誤，只得被迫退
出。
✎ 相關字 lapse (小錯誤)。

blunt /blʌnt/
① 鈍的 *(adj)* = dull；⇔ sharp
◀ This **blunt** knife needs to be sharpened.
這把鈍刀要磨一磨了。
② 魯莽的 *(adj)*
His **blunt** remark annoyed the audience.
他魯莽的話語使聽眾惱怒。
③ 遲鈍，減弱，弄鈍 *(vt)* = weaken
The spice has **blunted** my senses.
這香料遲鈍了我的感覺。

bluntly /'blʌntlɪ/
不客氣地 *(adv)*
◀ To put it **bluntly**, you're failing the class.
不客氣地講，這門課你要考不及格了。

blur /blɚ/
① 模糊 *(vt)* = obscure
◀ Tears **blurred** my vision.
淚水模糊了我的視線。
✎ 衍生字 *blurry (adj)* 模糊的

②模糊不清 *(vt,vi)*

Differences between art and pornography seem to have (been) **blurred**.
藝術與色情之間的界線似乎已模糊不清了。

③模糊不清 *(C)*

Everything is a **blur** when I get my contact lens out.
我把隱形眼鏡摘下後一切都模糊不清了。

blush /blʌʃ/

臉紅 *(vi)*

◀ Sonia **blushed** with shame when she was caught stealing.
桑妮偷竊被捉住，羞得她面紅耳赤。

board /bord/

①布告牌 *(C)*

▶ Pin the notice up on the **board**.
把通知釘到布告牌上。

②登上 (船或公共交通工具) *(vi,vt)*

Passengers are asked to **board** (the plane) half an hour before departure time.
乘客被要求在起飛前半小時登機。

boast /bost/

誇耀 *(vi)* = *brag*

◀ She is always **boasting** about how beautiful her daughter is.
她老是誇耀自己的女兒如何如何漂亮。

boat /bot/

船 *(C)* (請參閱附錄 "交通工具")

◀ The water that bears the **boat** is the same that swallows it up.
水能載舟，亦能覆舟。

bodily /'badlɪ/

①身體的 *(adj)*

◀ Many **bodily** changes occur during adolescence.
青少年時期身體上會發生許多變化。

②身體 *(adv)*

The sleepy girl was present **bodily** but not mentally.
那昏昏欲睡的女孩身體在心不在。

body /'badɪ/

身體 *(C)* (請參閱附錄 "身體")

◀ Happy indeed is he who has a sound mind in a sound **body**.
快樂來自於健全的身心。

bodyguard /'badɪ,gard/

保鏢 *(C)*

◀ The prime minister escaped with minor cuts and bruises, but his two **bodyguards** were killed in the ambush.
首相在這次伏擊中僅受了些輕傷，但他的兩名保鏢卻喪了命。

bog /bag/

纏住 *(vt)*

◀ Terry often gets **bogged** down in details, so it is hard to cut a deal with him.
泰利常被細節纏住，因此很難跟他做成交易。

bog down

①陷進泥裡 *(vt,s)*

◀ The car got **bogged down**, and couldn't move.
汽車陷進泥裡動不了了。

②卡住 *(vt,s)*

The talks with the workers got **bogged down** on the question of the pay raise.
與工人之間的談判在加薪問題上卡住了。

boil /bɔɪl/

①沸騰 *(vi)* ⇔ *freeze*

◀ Water **boils** at 100℃ and freezes at 0℃.
水在一百度時沸騰，零度時結冰。

②煮 *(vt)*

Do you want your egg **boiled** or fried?
你要雞蛋煮了吃還是煎了吃？

相關字 請參見 cook。

boil down to

歸結起來 *(vt,u)* = *come down to*

◀ It all **boils down to** how much money you can pay for the computer.
問題歸結起來就是這電腦你可以付多少錢。

bold /bold/

大膽的 *(adj)* = *brave*

◀ It was a **bold** move on her part.
她此舉真大膽。

bolt /bolt/

①逃跑 *(vi)*

◀ We often close/shut the stable door after the horse has **bolted**.
我們經常在馬逃跑後才把馬廄的門關起來 (亡羊補牢)。

②逃跑 *(S)*

The suspect made a **bolt** for the door.
嫌疑犯奪門而逃。

bomb /bɑm/

炸彈 *(C)*

◀ Someone planted a time **bomb** in the station.
有人在車站安放了一顆定時炸彈。

○ MP3-B8

bombard /bɑmˈbɑrd/

①轟擊 *(vt)*

◀ The city was heavily **bombarded** from all sides.
城市遭到來自四面八方的猛烈轟擊。

📝衍生字 *bombardment (S,U)* 砲擊，轟擊

②質問 *(vt)*

The president was continually **bombarded** with questions in the press conference.
在記者招待會上，總統不斷地受到質問。

bond /bɑnd/

關係 *(C) = relationship*

◀ There is a close **bond** between her and me.
我和她之間關係密切。

bondage /ˈbɑndɪdʒ/

奴役，束縛 *(U)*

◀ They held the boy in **bondage**.
他們奴役那男孩。

bone /bon/

骨頭 *(C)*

◀ Paul broke a **bone** in his arm and the doctor set it.
保羅手臂上斷了一根骨頭，醫生給接上了。

---

bone up on

死K *(vt,u)*

◀I should **bone up on** my grammar before the test.
考試前我應該死K文法。

---

bonus /ˈbonəs/

①獎金 *(C)*

◀ I received a $1000 **bonus** for the customers I had signed up.
我因與一些客戶簽下了合同而得到了一千元的獎金。

②額外令人滿意的事 *(C)*

The fact that my house is so close to my office is a **bonus**.
我那房子離我辦公室這麼近是讓我額外滿意的事。

bony /ˈbonɪ/

瘦骨如柴的 *(adj)*

◀ That old man stretched out his **bony** hands.
那老人伸出瘦骨如柴的手。

book /bʊk/

①書 *(C)*

◀ Open your **book** to page ten.
把書翻到第十頁。

②預訂 *(vt) = reserve*

I have **booked** a table in that restaurant.
我在那家餐館預訂了一張桌子。

bookcase /ˈbʊkˌkes/

書架 *(C)* (請參閱附錄 "家具")

◀ The **bookcases** in this library overflowed with books.
這個圖書館的書架塞滿了書。

boom /bum/

①繁榮 *(C)* ⇔ *slump*

◀ The building **boom** started in the 80s.
建築業的繁榮始於八○年代。

②隆隆聲 *(S)*

I can hear the distant **boom** of the guns.
我聽得見遠處隆隆的砲聲。

③隆隆作響 *(vi)*

Lightning flashed and thunder **boomed** and crashed.
電閃過後，雷聲隆隆作響。

④興隆 *(vi) = flourish*

Business is **booming** and consumers are going on a shopping spree.
生意興隆，顧客們正瘋狂採購。

B

boost /bust/

①增加 *(vt)* = increase

◀ The new facility will help **boost** sugar production.

新設備會有助於增加糖的產量。

②增強 *(vt)* = bolster；⇔ undermine

This success has **boosted** my confidence/ego.

這次勝利增強了我的自信心 / 自我。

③增強 *(C)*

Passing the entrance exam gave a real **boost** to my confidence.

通過考試大大地增強了我的信心。

boot /but/

長統靴子 *(C)* (請參閱附錄 "衣物")

◀ He bent down to lace up his **boots**.

他彎下腰繫緊長統靴子。

booth /buθ/

小間，亭 *(C)*

◀ One police officer stands guard at the telephone/polling **booth**.

一名警察站在電話 / 投票亭邊守護。

border /'bɔrdə/

①邊境 *(C)*

◀ Many Mexican people are trying to cross the **border** into America to find jobs.

許多墨西哥人試圖越過邊境到美國去找工作。

②與…毗鄰 *(vi)*

The theme park **borders** on a river.

主題公園與一條河毗鄰。

③近乎，幾乎到了 *(vi)*

Their excitement **bordered** on hysteria.

他們激動的情形幾乎到了歇斯底里的地步。

bore /bor/

①使 (人) 厭煩 *(vt)*

◀ That woman **bored** us all to death by talking for hours about her husband and son.

那女人一連幾小時大談她的丈夫和兒子，我們都快給她煩死了。

②令人厭煩的人 *(C)*

That woman is such a **bore**.

那女人眞是令人厭煩的人。

bored /bord/

厭煩的 *(adj)* = fed up (with)

◀ I am **bored** with my work.

我對目前的工作感到厭煩了。

boredom /'bordəm/

無聊 *(U)*

◀ With nothing to do, we are going crazy with **boredom**.

因爲無事可做，我們無聊得快瘋了。

boring /'borɪŋ/

無聊的 *(adj)* = dull, tedious

◀ His story is deadly **boring**.

他講的故事無聊至極。

born /bɔrn/

出生的 *(adj)*

◀ He was **born** with a silver spoon in his mouth.

他出生在富貴之家。

borrow /'baro/

①借入 *(vt)* ⇔ lend (sth to sb)

◀ I **borrowed** some money from my brother.

我向弟弟借了點錢。

②借貸 *(vi)*

You should not **borrow** heavily from the bank.

你不該向銀行借貸巨款。

bosom /'buzəm/

胸部 *(C)* = chest

◀ Mary held her baby to her **bosom**.

瑪莉將嬰兒抱在胸前。

boss /bɔs/

①老闆 *(C)*

◀ You must do it my way; after all, I am the **boss** here.

你必須照我說的去做，畢竟我是這裡的老闆。

衍生字 bossy *(adj)* 好發號施令的

②發號施令，呼來喝去 *(vt)* = order

Don't **boss** me about/around.

別對我吆五喝六的。

botany /'bɑtŋɪ/

植物學 (U)

◀ I majored in **botany** in university.
大學我主修植物學。

✎衍生字 *botanical (adj)* 植物 (學) 的；*botanist (C)* 植物學家
✎相關字 biology (生物學)。zoology (動物學)。

both /boθ/

① 兩者 (pron)

◀ When a father helps a son, **both** smile; but when a son must help his father, both cry.
當爸爸幫助兒子，皆大歡喜；當兒子必須幫助爸爸，相擁而泣。

② 兩者 (adj)

You cannot burn the candle at **both** ends.
蠟燭不能兩頭燒。

bother /'baðɚ/

打擾 (vt) = annoy

◀ Does it **bother** you that I have been playing the piano here?
我在這裡彈鋼琴打擾你了嗎？

✎衍生字 *bothersome (adj)* 討厭的，惹人厭的

bottle /'batl̩/

瓶子 (C) (請參閱附錄 "容器")

◀ My boss cracked open a **bottle** of champagne.
我的老闆打開一瓶香檳。

bottom /'batəm/

① 底部 (C)

◀ I finally found my pen at the **bottom** of my bag.
我終於在提包底部找到了我的鋼筆。

② 基層 (S) ⇔ top

She started at the **bottom** and worked her way up to become general manager of the company.
她基層做起，一路做到公司的總經理。

boulevard /'bolə,vɑrd/

大道 (C)

◀ Traffic was very heavy on Sunset **Boulevard** this morning.
今早夕陽大道交通很擁擠。

✎相關字 avenue (林蔭大道)。freeway (高速公路)。
highway (公路)。street (馬路)。road (街道)。
lane (巷)。alley (弄)。drive (私用車道)。
path/trail (小徑)。track (小徑)。

bounce /bauns/

彈回 (vi) = rebound

◀ The ball hit the wall and **bounced** off it.
球擊到牆上又彈開了。

bound /baund/

① 肯定 (adj) = sure, certain

◀ Vincent is **bound** to win.
文生肯定能贏。

② 前往…的 (adj) = destined

The plane which is **bound** for Tokyo has just left.
前往東京的飛機剛剛開走。

③ 負有義務的 (adj)

You are **bound** by the contract to complete the book by the end of this month.
根據合約，你必須在本月底前完成這本書。

④ 與…接壤 (vt)

The neighborhood is **bounded** on the right by a hill.
這一住宅區右邊與一小山接壤。

boundary /'baundərɪ/

① 分界 (C)

◀ The river forms/marks a natural **boundary** between the two towns.
這條河形成 / 標誌出兩鎮之間的自然分界。

② 範圍 (C)

It seems that we can continue to push back the **boundaries** of human knowledge.
看來我們還能繼續擴展人類知識的範圍。

boundless /'baundlɪs/

無限的 (adj) ⇔ limited

◀ Kevin shows **boundless** enthusiasm for football.
凱文對足球表現出無限的熱情。

◎ MP3-B9

bounds /baundz/

限度 (pl) = limits

◀ Your spending must be kept within the reasonable **bounds**; otherwise, you will go broke.
你的花費必須要保持一個合理的限度，不然就要入不敷出了。

bountiful /'bauntəfəl/

大量的 *(C)* = plentiful

◀ We had a **bountiful** harvest of peanuts.
我們獲得了花生大豐收。

bounty /'bauntɪ/

賞金 *(C)* = reward

◀ The police offered a **bounty** of one million dollars for the capture of the serial killer.
警方提供一百萬元的賞金捉拿連續殺人犯。

bouquet /bu'ke/

一束花 *(C)* = bunch

◀ Paul sent his girlfriend a big **bouquet** of roses on Valentine's Day.
保羅在情人節送給女友一大束玫瑰花。

bout /baut/

一陣，一次，一回，一場，一番 *(C)*

◀ Sherry suffered from a **bout** of depression / flu.
雪莉被一陣沮喪 / 一場流行性感冒所折磨。

bow /bau/

①鞠躬 *(vi)*

◀ Students are required to **bow** (down) to their teachers.
按要求學生須向老師鞠躬。

②屈服 *(vi)*

I won't **bow** to authority.
我不願屈服於權威。

③鞠躬 *(C)*

He made a **bow** and left.
他鞠了一躬後離開。

④弓 *(C)* /bo/

He drew a **bow** in order to shoot an arrow.
他拉開弓準備放箭。

bow out

退出 *(vi)*

◀Mr. Church **bowed out** of the presidential race.
丘池先生退出了總統競選。

bow to

屈服於 *(vt, u)* = yield to

◀Congress may **bow to** public pressure and cut their own salaries.
國會可能會屈服於公眾的壓力，給自己減薪。

bowel /'bauəl/

腸 *(C)*

◀ Empty your **bowels** before you have a check-up.
做檢查前務必清腸。

bowl /bol/

碗 *(C)* (請參閱附錄 "容器")

◀ I ate a **bowl** of rice.
我吃了一碗飯。

bowling /'bolɪŋ/

保齡球 *(U)* (請參閱附錄 "運動")

◀ In a **bowling** game each bowler rolls the ball.
保齡球賽中，每個球員滾動保齡球。

box /baks/

①盒子 *(C)* (請參閱附錄 "容器")

◀ Forgiveness from the heart is better than a **box** of gold.
寬恕之心比一箱黃金還貴重。

②拳擊 *(vi)*

I used to **box** when I was in college.
我讀大學的時候練過拳擊。

✎衍生字 boxing *(U)* 拳擊

boy /bɔɪ/

男生 *(C)* ⇔ girl

◀ There is a new **boy** in our class.
我們班上有一新來的男生。

boycott /'bɔɪˌkat/

①抵制 *(vt)*

◀ We have decided to **boycott** Korean products/ the meeting/the election.
我們已決定抵制韓國的產品 / 會議 / 選舉。

②抵制 *(C)*

The government has lifted the **boycott** of imported beef.
政府已取消對進口牛肉的抵制。

boyhood /'bɔɪˌhud/

孩提 *(U)* ⇔ girlhood

◀ This movie evokes my **boyhood** memories.
這部電影喚起我孩提時代的記憶。

bra /brɑ/

胸罩 (C) (請參閱附錄 "衣物")

◀ Underneath her blouse Amy was wearing a bra.
襯衫內，艾咪穿了胸罩。

brace /bres/

① 準備應付 (vt) = prepare

◀ The islanders were told to brace themselves for a super typhoon.
島上居民接到通知說要準備應付一場超級颱風。

② 支撐物 (C)

Paul had to wear a neck brace after the accident.
保羅在那次意外之後必須戴著頸子支撐物。

bracelet /'breslɪt/

手鐲 (C)

◀ Chris wears a bracelet around her wrist.
克莉絲手腕帶了一個手鐲。

braid /bred/

辮子 (C)

◀ Betty wears her hair in braids.
貝蒂把頭髮編成辮子。

相關字 bun (髮髻)。bangs (劉海)。pigtails (辮子)。ponytail (馬尾巴)。

brain /bren/

腦部 (C)

◀ The doctor found a tumor in Harvey's brain.
醫生在哈威的腦部發現了腫瘤。

衍生字 brains (pl) 智能

brake /brek/

煞車 (C)

◀ I stepped hard on the brakes to let an old man cross the street.
我緊急煞車讓一位老人穿過街道。

branch /bræntʃ/

樹枝 (C)

◀ I saw several monkeys swinging from the branches.
我看到幾隻猴子在樹枝上盪來盪去。

brand /brænd/

品牌 (C)

◀ My favorite brand of toothpaste is "Darlie".
我最偏愛的是牙膏品牌是 "黑人牙膏"。

brass /bræs/

黃銅 (U)

◀ The knob is made of brass.
這個門鈕是用黃銅做的。

brave /brev/

勇敢的 (adj) = courageous

◀ It was very brave of you to jump into the river to save the boy.
你跳入河中救那男孩的行為真是勇敢極了。

bravery /'brevərɪ/

勇敢 (U) = courage

◀ Kent showed great bravery in the face of danger.
肯特面對危險表現得非常勇敢。

bread /brɛd/

麵包 (U) (請參閱附錄 "食物")

◀ I ate a piece/slice/loaf of bread.
我吃了一塊 / 片 / 條麵包。

breadth /brɛdθ/

① 廣博 (U, S)

◀ Dr. Brown shows an astonishing breadth of knowledge.
布朗博士展示出驚人的廣博知識。

衍生字 broad (adj) 寬的；broaden (vi, vt) 加寬

② 寬度 (U)

The river is 20 meters in breadth.
這條河流寬二十米。

🔘 MP3-B10

break /'brek/, broke (pt), broken (pp)

① 打碎 (vi)

◀ I dropped my glass and it broke.
我的玻璃杯掉在地上打碎了。

② 折斷 (vt)

George broke a branch off a tree.
喬治從樹上折了根樹枝。

③ 休息 (C) = rest

I feel tired; I need to take a break.
我累了，需要休息一下。

break away

逃脫 *(vi)* = escape, break loose

◀The robber **broke away** from the policemen.
劫匪從警察手中逃脫。

break down

①拋錨 *(vi)*

◀A car **broke down** in the middle of the intersection and caused a traffic jam.
一輛汽車在十字路口中央拋錨，造成交通堵塞。

②破裂 *(vi)* = collapse

The peace talks **broke down** completely, and the two opposing parties took up arms again.
和平會談徹底破裂，對立雙方再起干戈。

③感情失控 *(vi)*

Amy **broke down** several times during the funeral.
葬禮上艾咪幾次感情失控。

④分解 *(vt,s)*

Food is **broken down** into useful substances in the stomach.
食物在胃中分解成有用的物質。

break even

不盈不虧 *(vi)*

◀If you make an investment in the stock market, you are lucky when you **break even**.
如果你投資股票市場，能做到不盈不虧就算走運了。

break in

①闖進來 *(vi)* = burst in

◀A burglar **broke in** through that window and stole all the money.
小偷從那扇窗闖進來，偷走了所有的錢。

②插嘴 *(vi)* = cut / chip in

While I was talking on the phone, Bill **broke in**.
我在打電話的時候，比爾插了進來。

break in on

打斷 *(vt,u)* = burst in on, interrupt

◀The honk **broke in on** my dreams.
汽車喇叭聲打斷了我的美夢。

break off

①中斷 *(vi)*

◀The peace talks **broke off** without any agreement being reached.
和談突然中斷，沒有達成任何協定。

②斷絕 *(vt,s)* = sever

Taiwan has **broken off** diplomatic relations with South Korea.
台灣斷絕了與南韓的外交關係。

break out

①發生，爆發 *(vi)* = begin suddenly

◀Last night a fire **broke out** on the top floor of the hotel.
昨晚旅館頂樓起火了。

②逃出 *(vi)* = escape (from)

Three convicts **broke out** of prison this morning.
今天早上有三名罪犯逃獄。

break through

①打破 *(vt,u)*

◀It's difficult to **break through** cultural differences and meet people in a new country.
在一個新的國家，打破文化差異和人交往是很難的。

②突破 *(vi)*

Scientists have **broken through** in their attempt to find the makeup of genes.
科學家們在發現基因構成的嘗試中有了新的突破。

B

break up
①解體 *(vt,s)*
◀Some conglomerates are being **broken up** to become more flexible and competitive.
一些聯合企業集團正在解體，以便變得更加靈活，更具有競爭力。
②解散 *(vi) = split up*
The Beatles **broke up** in 1970. After the breakup, all the Beatles performed as soloists or led their own groups.
一九七○年 "披頭四" 樂隊解散，解散後所有成員不是獨唱就是組團帶隊。

breakdown /'brek,daʊn/
①拋錨 *(C) = mechanical failure*
◀My car had a **breakdown** on my way home.
我回家路上汽車拋錨了。
②破裂 *(C) = collapse*
After the **breakdown** of the peace talks, both sides took up arms against each other again.
和平談判破裂後，雙方重新拿起武器向對方攻擊。
③崩潰 *(C) = collapse*
Sally suffered a nervous **breakdown**.
莎莉患有精神崩潰。

breakfast /'brɛkfəst/
早餐 *(U)*
◀I like bread and butter for **breakfast**.
我喜歡奶油麵包當早餐。

breakthrough /'brek,θru/
突破 *(C)*
◀Scientists have made/achieved an important **breakthrough** in the treatment of stomach ulcers.
科學家在治療胃潰瘍方面取得了重大突破。

breakup /'brek,ʌp/
解體 *(C)*
◀The cold war ended after the **breakup** of the Soviet Union.
隨著蘇聯的解體冷戰也就結束了。

breast /brɛst/
乳房 *(C) (請參閱附錄 "身體")*

◀Mary is feeding her baby at the **breast**.
瑪莉正餵嬰兒母乳。

breath /brɛθ/
氣息，呼吸 *(C)*
◀I paused for a few minutes to get my **breath** back.
我稍停了幾分鐘以便喘口氣。

breathe /brið/
①呼吸 *(vi) = respire*
◀I tried to calm down by **breathing** deeply.
我深呼吸，試圖讓自己平靜下來。
②呼吸 *(vt)*
It is good to **breathe** fresh country air.
呼吸新鮮的鄉間空氣可有好處了。

breed /brid/, bred *(pt)*, bred *(pp)*
①繁殖 *(vi) = reproduce*
◀Rats can **breed** every six weeks.
老鼠每六週就能繁殖一次。
②種 *(C) = kind*
This is a new **breed** of rose.
這是一種新品種玫瑰花。

breeze /briz/
微風 *(C)*
◀The flags are flapping in the **breeze**.
旗幟在微風吹拂下飄動。
📎相關字 請參見 wind。

brew /bru/
①沖泡 *(vt)*
◀I will **brew** some tea/coffee for you.
我給你沖泡些茶 / 咖啡。
②釀製 *(vt)*
This beer has been **brewed** using a special method.
這種啤酒是用一種特殊方法釀製的。
③醞釀 *(vi) = develop*
There's trouble/a storm **brewing**.
一場麻煩 / 風暴正在醞釀之中。
④泡 *(vi)*
Let the tea **brew** for three more minutes before you pour it.
讓茶再泡三分鐘然後倒出來。

⑤釀造物的種類或量 *(C)*

I like a good strong **brew** of tea.
我喜歡喝一杯濃茶。

bribe /braɪb/

①賄賂 *(C)*

◀ Several legislators were accused of taking **bribes**.
幾名立委被控收受賄賂。

✎衍生字 *bribery (U)* 行賄或受賄之行為

②賄賂 *(vt) = buy off*

Businessmen sometimes have to **bribe** officials to approve their business ventures.
商人為了使自己的企業投資得到批准，有時得賄賂官員。

brick /brɪk/

磚頭 *(C)*

◀ Many workers are laying **bricks** in the sun.
許多工人在太陽下砌磚頭。

bride /braɪd/

新娘 *(C)*

◀ The **bride** wore a beautiful evening gown.
那新娘穿著件漂亮的晚禮服。

✎相關字 bride-to-be (即將當新娘的女人)。
bridegroom (新郎)。bridesmaid (女儐相)。
best man (男儐相)。

bridge /brɪdʒ/

①橋 *(C)*

◀ A new **bridge** will be built over the river to connect the two towns.
這條河上將建一座新的橋，把兩邊的鎮連接起來。

②縮小 *(vt) = fill*

We should find ways to **bridge** the gap between the haves and have-nots.
我們應該想辦法縮小貧富差異。

brief /brif/

①簡短的 *(adj) = short*

◀ Your speech should be **brief** and to the point.
你的發言應該簡短扼要。

②簡述 *(vt)*

The officer **briefed** his men on the dangerous mission they were going to undertake.
那官員對下屬簡述將要著手進行的危險任務。

briefcase /ˈbrifˌkes/

公事包 *(C)*

◀ The security guards checked everyone's **briefcase**.
安全人員檢查每個人的公事包。

✎相關字 purse (女用錢包)。suitcase (手提箱)。
trunk (大衣箱)。backpack (背包)。

briefing /ˈbrifɪŋ/

簡報 *(C)*

◀ Before we hit the road, we were given a thorough **briefing** on the traffic conditions.
我們出發前聽取了對交通狀況的全面簡報。

bright /braɪt/

①明亮的 *(adj) = brilliant*

◀ We are enjoying the **bright** sunshine.
我們在享受明媚的陽光。

②聰明的 *(adj) = clever*

She came up with a **bright** idea.
她想到一個聰明的主意。

③色彩明亮的 *(adj)*

Jane is dressed in **bright** red.
珍穿鮮紅色的衣服。

④愉快有活力的 *(adj)*

Amy has a **bright** smile on her face.
艾咪臉上有愉快的微笑。

brilliant /ˈbrɪljənt/

①明亮的 *(adj) = very bright*

◀ The sun is shining in a **brilliant** blue sky.
太陽在明媚的藍天上照耀著。

②出色的 *(adj) = intelligent*

Nora is a **brilliant** writer.
蘿拉是個出色的作家。

🔘 MP3-B11

bring /brɪŋ/, brought *(pt)*, brought *(pp)*
帶來 *(vt)*

◀ My aunt **brought** some toys for us last week.
上個星期我姑姑給我們帶來了一些玩具。

---

bring about

導致 *(vt,s) = give rise to (vt,u)*, lead to *(vt,u)*

◀Computers have **brought about** many changes in the workforce.
電腦給勞動力帶來了許多變化。

bring around

①把⋯引到 *(vt,s)*

◀Ginny tried to **bring** the conversation **around** to the subject of abortion.

基尼試圖把話題引到墮胎的主題上。

②使⋯甦醒 *(vt,s)* = *bring sb to*

We managed to **bring** Tim **around** with ice-water.

我們好不容易用冰水使提姆甦醒過來。

③使⋯接受 *(vt,s)*

I finally **brought** Tom **around** to my point of view.

我終於使湯姆接受了我的觀點。

bring back

①恢復 *(vt,s)* = *restore*

◀With the murder rate rising, many countries have voted to **bring back** the death penalty.

隨著兇殺案發生率的上升,許多國家都投票支持恢復死刑。

②喚起了 *(vt,s)* = *evoke*

The sad movie **brought back** memories of my school days.

這部悲傷的電影喚起了我對學生時代的回憶。

bring down

①使⋯穩定下來 *(vt,s)* ⇔ *push up*

◀The government is taking action to **bring** inflation **down**.

政府正採取措施使通貨膨脹穩定下來。

②顛覆 *(vt,s)* = *topple*

Some diehards are plotting to **bring** the new government **down**.

一些頑固分子正在密謀顛覆新政府。

③把手臂或工具迅速放下 *(vt,s)*

He **brought down** his arms/bow.

他放下他的手臂 / 弓。

④射下飛機或鳥類 *(vt,s)*

A plane/bird was **brought down**.

有一架飛機 / 一隻鳥類被射下來。

bring forward

①提前 *(vt,s)* ⇔ *put off, push back*

◀We have to **bring** the examination **forward** to Monday because the new year comes earlier than usual.

我們不得不把考試提前到周一,因爲今年新年比往年早。

②提出 *(vt,s)* = *propose, present*

The mayor **brought forward** a plan to raise bus fares.

市長提出了上調公共汽車票價的計畫。

③拿出 *(vt,s)* = *provide*

No evidence has been **brought forward** against King, who was alleged to have taken kickbacks.

沒有人拿出對金恩不利的證據,雖然他被指控收受回扣。

bring home to

讓⋯認識到 *(vt,s)* = *drive home to*

◀Can you **bring** it **home to** your son that if he messes around next term, he will flunk out of college.

請你讓你兒子認識到,如果他下學期再鬼混,就會退學。

bring in

賺進 *(vt,u)* = *rake in*

◀Her new album has **brought in** at least two million dollars.

她新的專輯至少賺進了兩百萬元。

bring off

圓滿完成 *(vt,s)* = *succeed in (vt,u), carry/pull off*

◀She'll get a promotion if she **brings off** the deal.

她如果把這筆生意做下來就能得到升遷。

bring on

引起 *(vt,s)* = *cause*

◀Her illness was **brought on** by drinking too much.

她的病是飲酒過度引起的。

bring out

①生產 (vt,s) = produce

◀Ford is **bringing out** a new model for young people.

福特正在生產一款年輕人使用的新車。

②使…發揮出來 (vt,s) = call forth

Becoming a father has **brought out** the best in Jack.

傑克當了父親，使他身上最好的優點都發揮出來了。

bring through

使…轉危為安 (vt,s) = pull/carry through

◀Jane was very ill, and her doctor tried to **bring** her **through**, but to no avail.

珍病得很重，醫生試圖使她轉危為安，但是沒有用。

bring to

使甦醒 (vt,s) = bring sb around

◀Ice-water **brought** Chris **to**.

冰水使克莉絲甦醒過來。

bring up

①把…撫養 (vt,s) = rear, raise

◀Jane **brought up** her two children by herself.

珍一個人把兩個孩子撫養長大。

②提出來 (vt,s) = introduce, raise

I will **bring up** this issue for discussion at the next meeting

我將在下次會議上，把這個問題提出來討論。

③吐 (vt,s) = vomit, throw up

Joe **brought up** what he had eaten.

喬把剛吃的東西全吐出來了。

brink /brɪŋk/

邊緣 (C) = edge, verge

◀The company has run up huge debts and are teetering on the **brink** of bankruptcy.

公司欠下巨額債款，正處在破產的邊緣。

brisk /brɪsk/

①輕捷的 (adj) = quick

◀Paul tends to walk at a **brisk** pace.

保羅總是步履輕捷。

②興隆的 (adj) = busy

Business was **brisk** last year.

去年生意興隆。

③清爽的 (adj) = cold

A **brisk** breeze blew over the lake.

一陣清爽的微風吹過湖面。

broad /brɔd/

寬的 (adj) = wide；⇔ narrow

◀A **broad** river snaked through the city.

一條大河曲曲彎彎流過這座城市。

broadcast /'brɔdˌkæst/

broadcast (pt), broadcast (pp)

①轉播 (vt) = send out

◀The game will be **broadcast** live on Channel 16.

這場比賽將在十六頻道上作實況轉播。

②播送節目 (vi)

CNN **broadcasts** to all parts of the world.

(美國)有線新聞電視網向世界各地播送節目。

③廣播節目 (C)

This is a live/recorded **broadcast**.

這是實況／錄音的廣播節目。

broaden /'brɔdn̩/

①拓寬 (vt)

◀Traveling can **broaden** your mind/horizons/outlook.

旅行能拓寬你的心胸／眼界／觀點。

衍生字 broad (adj) 寬的

②變寬 (vi)

This river/road **broadens** out here.

這條河／路在這裡開始變寬。

衍生字 breadth (C, U) 寬度

brochure /bro'ʃʊr/

手冊 (C)

◀A woman is handing out travel **brochures** at the gate.

一位女士在門口發放旅行手冊。

broil /brɔɪl/

烤 (vt) = grill

◀We **broiled** the chicken rather than fried it.

我們把雞烤了吃，而不是油炸。

B

broke /brok/

破產的，一文不名的 *(adj)* = bankrupt

◀ That man is flat **broke**.
那人一文不名了。

bronze /brɑnz/

①銅 *(U)*

◀ The Statue of Liberty was cast in **bronze**.
自由女神像是銅鑄的。

②晒成了古銅色 *(vt)*

Sandy's body was **bronzed** by the searing sun.
珊蒂的胴體被烈日曬成了古銅色。

brooch /brotʃ/

胸針 *(C)*

◀ Amy fastened a **brooch** on her blouse.
艾咪在她的襯衫別了一根胸針。

brood /brud/

①想，憂思 *(vi)* = dwell

◀ Don't just sit there **brooding** on your failure.
不要單是坐在那裡老想你的失敗。

②孵蛋 *(vi)*

This hen is **brooding**.
這母雞在孵蛋。

✎衍生字 brood *(C)* 一窩 (雛鳥)

brook /bruk/

小溪 *(C)*

◀ There is a **brook** in front of my house.
我家門前有一條小溪。

✎相關字 river (江河)。stream (溪流；小河)。brook (小溪)。torrent (急流)。creek (小河；小溪)。

broom /brum/

掃帚 *(C)* (請參閱附錄 "工具")

◀ A new **broom** sweeps clean.
新掃帚掃起來很乾淨 (新官上任三把火)。

broth /brɔθ/

湯 *(U)* = soup

◀ I would like beef/chicken/clear **broth**.
我要牛肉 / 雞 / 清湯。

brother /'brʌðɚ/

兄弟 *(C)* (請參閱附錄 "親屬")

◀ He is my elder/younger **brother**.
他是我哥哥 / 弟弟。

brotherhood /'brʌðɚˌhud/

同胞之愛 *(U)*

◀ Mr. Lincoln devoted his life to promoting peace and **brotherhood**.
林肯先生畢生致力於促進和平與同胞之愛。

brown /braun/

棕色 *(adj, C)* (請參閱附錄 "顏色")

◀ He was as **brown** as a berry after three days in the sun.
曬了三天太陽，他變得漿果般的棕色。

browse /brauz/

①瀏覽 *(vi)* = thumb, skim, leaf

◀ I was **browsing** through the catalog, and I found this CD.
我瀏覽目錄時，發現了這張光碟。

②吃草 *(vi)*

Several cows are **browsing** in the fields.
有幾隻母牛在田野裡吃草。

③瀏覽 *(S)*

We went for a **browse** around a boutique.
我們去逛了精品店。

🔘 MP3-B12

bruise /bruz/

①瘀青 *(C)*

◀ James's face was covered in bumps and **bruises**.
詹姆斯臉上滿是腫塊瘀青。

②擦傷 *(vt)*

He fell off his bicycle and **bruised** his knee.
他從自行車上摔下來，擦傷了膝蓋。

brunch /brʌntʃ/

早午餐 *(C,U)* (breakfast + lunch)

◀ I had coffee and two slices of pizza for my **brunch**.
我喝了咖啡、吃了兩片披薩，當作早午餐。

brush /brʌʃ/

①刷 *(vt)*

◀ You should **brush** your teeth and hair after getting up.
你起床後應該刷牙梳頭。

✎相關字 brush (用刷子刷)。sweep (用掃把掃)。dust (用布或撢子拂拭灰塵)。scrub (用刷子刷洗)。wipe (用濕布擦拭)。mop (用拖把拖)。

②刷 *(C)*

You should give your coat a quick **brush**.
你應把外套稍微刷一下。

③刷子 *(C)* (請參閱附錄 "工具")

A great calligrapher isn't choosy about his **brushes**.
偉大的書法家不挑剔他的毛筆 (技巧好的人不會怨工具差)。

brush aside/away

充耳不聞 *(vt,s)* = *sweep aside, ignore*

◀He simply **brushed aside** his wife's objections to his plan for an investment in the stock market.
他對妻子反對他投資股票市場的意見充耳不聞。

brush off

避開 *(vt,s)* = *ignore*

◀Joe calmly **brushed off** our questions about his health.
喬鎮定地避開了我們就他身體狀況所提出的問題。

brush up

溫習 *(vt,s)* = *polish/furbish up*

◀I have to **brush up** my English before I go to America.
我去美國之前，得好好溫習一下英語。

brutal /'brutl̩/

野蠻的 *(adj)* = *cruel*

◀The **brutal** attack caused hundreds of deaths.
這場野蠻襲擊造成數百人死亡。

brute /brut/

野蠻人 *(C)*

◀Keep away from that guy. He is just a big **brute**.
別去理那傢伙，他完全是個野蠻人。

✎衍生字 *brutality (U)* 殘酷，不人道，無情

bubble /'bʌbl̩/

泡泡 *(C)*

◀Chris is blowing **bubbles** through a straw.
克莉絲在用吸管吹泡泡玩。

✎相關字 foam (水沫，泡沫)。

bucket /'bʌkɪt/

桶子 *(C)* (請參閱附錄 "容器") = *pail*

◀Joe carried a **bucket** of water.
喬扛著一桶水。

buckle /'bʌkl̩/

①扣緊 *(vt)* = *fasten*；⇔ *unbuckle*

◀Simon **buckled** up his belt.
賽門扣緊皮帶。

②彎曲 *(vi)* = *bend*

I felt dizzy and my knees began to **buckle**.
我感到眩暈，膝蓋就彎曲了。

③扣子 *(C)*

William fastened the **buckle** on his briefcase.
威廉扣緊了公文包上的扣子。

buckle up

繫好安全帶 *(vi;vt,s)* = *fasten a seat belt*

◀**Buckle up** (your belt) before you hit the road.
上路之前要繫好安全帶。

bud /bʌd/

花蕾 *(C)*

◀The roses have come into **bud**.
玫瑰已長出花蕾。

budget /'bʌdʒɪt/

①做預算 *(vt)*

◀You should **budget** your money and time carefully.
你應該好好把錢和時間做個預算。

②制定預算 *(vi)*

Jill **budgeted** for buying a new house.
吉兒為購置一棟新住宅而制定預算。

③預算 *(C)*

It is important to balance your **budget**.
保持預算平衡是很重要的。

buffalo /'bʌflo/

水牛 *(C)* (請參閱附錄 "動物")

◀Several **buffalos** are grazing in the field.
幾頭水牛在田野吃草。

buffet /bu'fe/

自助餐 *(C)*

◀We had a **buffet** lunch.
中午我們吃了自助餐。

B

bug /bʌg/

①小蟲子 (C) (請參閱附錄 "動物")

◀ Before going through the woods, you had better have bug repellent all over you.
進入樹林前，你好擦拭驅蟲藥。

Sam has gotten/caught a flu bug.
山姆已經得了流行病毒。

I am wondering who has planted the bug in my office.
我想知道誰在我辦公室裝設竊聽器。

There might be a bug in the software.
這個軟體可能有病毒。

②裝竊聽器 (vt)

His office was bugged.
他的辦公室被裝了竊聽器。

build /bɪld/, built (pt), built (pp)

建造 (vt) = construct, erect, put up

◀ They built a sand castle on the beach.
他們在海灘上造了一座沙堡。

---

build up

①增強 (vt,s) = increase, develop

◀ You can build up your strength/muscles by jogging.
慢跑可以增強你的體力 / 肌肉。

②聚集 (vi) = increase, develop, gather

The clouds are building up.
雲在聚集。

---

building /'bɪldɪŋ/

建築物 (C)

◀ This skyscraper is the tallest building in this city.
這棟摩天大樓是該城最高的建築物。

bulb /bʌlb/

①球莖 (C)

◀ Roots grow from the bottom of the bulb.
根從球莖的底部長出來。

②燈泡 (C)

I need a 100 watt bulb.
我需要一個一百瓦的燈泡。

bulk /bʌlk/

大部分 (U)

◀ The bulk of the debt has already been paid.
債款中的大部分已償還。

bulky /'bʌlkɪ/

很大的 (adj)

◀ I received a bulky parcel.
我收到一件很大的包裹。

bull /bʊl/

公牛 (C) (請參閱附錄 "動物")

◀ That man charged at us like a bull.
那個人像一頭公牛，衝向我們。

bullet /'bʊlɪt/

子彈 (C)

◀ Peter fired rubber bullets at the birds.
彼得對著鳥發射橡膠子彈。

bulletin /'bʊlətɪn/

快報 (C)

◀ We will be bringing you news bulletins throughout the night.
我們將通宵為您播送新聞快報。

bully /'bʊlɪ/

威逼 (vt) = bulldoze

◀ That rough guy often bullies schoolboys into stealing money.
那粗野的傢伙常常威逼學童去偷錢。

📝衍生字 bully (C) 欺凌弱小者

bump /bʌmp/

①撞 (vi)

◀ The two buses bumped into each other.
兩輛巴士撞到了一起。

②撞 (vt) = hit

I bumped my head on the wall.
我把頭撞到牆上了。

③腫塊 (C)

John got a bump on his head.
約翰頭上有一腫塊。

---

bump into

不期而遇 (vt,u) = run into, come across

◀ Guess who I bumped into this afternoon?
你猜今天下午我碰到誰了？

---

bumpy /'bʌmpɪ/

崎嶇不平的 (adj) ⇔ smooth

◀ The bus is running on a bumpy road
公共汽車行駛在崎嶇不平的路面上。

📝衍生字 bump (C) 腫塊

B

bun /bʌn/

① 圓髮髻 *(C)*

◀ Karen wears her hair in a bun.
凱倫把頭髮盤成個髻。

✎相關字 請參見 braid。

② 小圓麵包 *(C)*

I had three buns and a cup of soybean milk for breakfast.
我早餐吃了三個小圓麵包和一杯豆漿。

bunch /bʌntʃ/

串 *(C)*

◀ There is a bunch of bananas in the tree.
樹上有一串香蕉。

🔘 MP3-B13

bundle /'bʌndl̩/

一捆 *(C)*

◀ I tied up my few belongings into a bundle.
我把僅有的幾件東西紮成一捆。

burden /'bɝdn̩/

① 負擔 *(C)*

◀ He has become a burden on his family.
他已成為家中的負擔。

✎衍生字 *burdensome (adj)* 麻煩的，沉重的

② 添煩憂 *(vt)*

I hate to burden my parents with my problems.
我可不願意因我的問題給父母添煩憂。

bureau /'bjʊro/

局 *(C)*

◀ I work for the Information Bureau.
我在情報局工作。

bureaucracy /bjʊ'rɑkrəsɪ/

① 官僚 *(C)*

◀ The bureaucracy must be cut down and held accountable for any decision it makes.
官僚必須減少，並得為所作的決策負全責。

✎衍生字 *bureau (C)* 局；*bureaucrat (C)* 官僚主義者；
bureaucratic (adj) 官僚作風的

② 繁文縟節 *(U)*

I hate the paperwork and bureaucracy in the government.
我痛恨政府的文書工作和繁文縟節。

burglar /'bɝglə/

夜賊 *(C)*

◀ A burglar broke into our office last night.
昨晚有夜賊闖入我們的辦公室。

burial /'bɛrɪəl/

葬禮 *(C)*

◀ My father's burial took place at ten o'clock.
我父親的葬禮於十點開始。

✎衍生字 *bury (vt)* 埋葬

✎相關字 cremation (火葬)。a burial at sea (海葬)。

burly /'bɝlɪ/

魁梧的 *(adj)* = stout, stocky, bulky, sturdy

◀ I saw a burly figure squeeze his way into a crowded bus.
我看見一魁梧的身影擠進擁擠的公共汽車裡。

burn /bɝn/, burnt/burned *(pt)*, burnt/burned *(pp)*

① 燒焦 *(vi)*

◀ I can smell something burning upstairs.
我聞到樓上有什麼東西燒焦了。

② 燒 *(vt)*

The wooden house was burnt to ashes.
這棟木屋被燒成了灰燼。

---

burn down

燒成了灰燼 *(vi;vt,s)* = burn up

◀ The warehouse (was) burned down and only ashes were left.
倉庫被燒成了灰燼。

---

burn off

消耗掉 *(vt,s)*

◀ I will go for a swim to burn off a few calories.
我要去游泳，消耗掉一些熱量。

---

burn out

體力徹底消耗完了 *(vt,s)* = tire/knock out

◀ Tina was completely burned out after the climb to the top of the hill.
蒂娜爬到山頂後，體力徹底消耗完了。

burn up

讓…生氣 *(vt,s)* = tick off

◀ The way she treats the child really **burns me up**.
她對待這個孩子的方式實在讓我生氣。

burst /bɜst/, burst *(pt)*, burst *(pp)*

① 爆破 *(vi)*
◀ The balloon **burst** in my face.
汽球在我當面爆破了。
② 決口，脹裂 *(vt)*
After one week of rain, the river **burst** its banks.
下了一週的雨，這條河決堤了。

burst in on

衝進 *(vt,u)* = break in on

◀ Chris **burst in on** the meeting with the news that a plane was hijacked.
克莉絲衝進會場，帶來消息說有架飛機被劫持了。

burst into

① 闖進 *(vt, u)* = break into
◀ No one knows who **burst into** the office.
沒有人知道誰闖進了辦公室。
② 突然…起來 *(vt, u)*
Jane **burst into** tears/laughter/song.
珍突然哭 / 笑 / 唱起來。

burst out

① 突然…起來 *(vi)* = start suddenly
◀ They all suddenly **burst out** laughing.
他們全都突然大笑起來。
② 衝出來 *(vi)* = storm out
Jack **burst out** in a huff.
傑克一氣之下衝出來了。

bury /ˈbɛrɪ/

埋 *(vt)*
◀ You should not **bury** your head in the sand.
你不應該像鴕鳥一樣把頭埋進沙裡逃避困難。

bus /bʌs/

公車，巴士 *(C)* (請參閱附錄 "交通工具")

◀ They got on/off the **bus**.
他們上 / 下公車。

bush /bʊʃ/

矮樹叢 *(C)*
◀ The ground near the river is covered with thick **bushes**.
河邊那片地上長滿了茂密的矮樹叢。

business /ˈbɪznɪs/

① 生意 *(C)*
◀ I run a small **business** in the town.
我在鎮上經營小生意。
② 商業，買賣 *(U)*
Pat wants to go into **business** when she leaves school.
佩特想畢業後去經商。

busy /ˈbɪzɪ/

忙碌的 *(adj)*
◀ My teacher was too **busy** working to notice me entering the office.
我的老師正忙於工作，所以沒有注意到我進入辦公室。

but /bət/

① 但 *(conj)*
◀ He is rich **but** not very happy.
他有錢但不怎麼快樂。
② 除了 *(prep)* = except
He does nothing **but** eat and sleep.
他除了吃睡無所事事。

butcher /ˈbʊtʃɚ/

① 肉販 *(C)*
◀ The **butcher** cut up the pork for me.
肉販替我切割肉片。
相關字 butchery (屠宰業)。a butcher's (shop) (肉商)。a slaughterhouse/abattoir (屠宰場)。
② (血腥) 屠殺 *(vt)*
Many innocent civilians were **butchered** by warlords during the civil war.
許多無辜的平民在內戰期間遭軍閥們的血腥屠殺。
相關字 slaughter (屠殺)。massacre (大屠殺)。slay (殘殺)。assassinate (暗殺)。annihilate (殲滅)。

butter /'bʌtɚ/

奶油 *(U)* (請參閱附錄 "食物")

◀ Don't quarrel with your bread and **butter**.
不要挑剔自己的麵包和奶油 (不要自絕生路)。

butterfly /'bʌtɚ‚flaɪ/

蝴蝶 *(C)* (請參閱附錄 "動物")

◀ Jane always gets/has **butterflies** in her
stomach before an exam.
珍考試前胃裡總是有蝴蝶 (感覺很緊張)。

button /'bʌtn̩/

①扣子 *(C)*

◀ One of the **buttons** has come off my shirt.
我襯衫上掉了一粒扣子。

②按鈕 *(C)*

If you press the **button**, the bell will ring.
你按按鈕的話，鈴就會響的。

③扣起來 *(vt)*

Button (up) your coat. It is cold outside.
把上衣扣起來，外邊挺冷的。

buy /baɪ/, bought *(pt)*, bought *(pp)*

①買 *(vt)* = *purchase*

◀ I **bought** the car for five hundred thousand
dollars.
我花了五十萬元買了這輛車。

②合算的買賣 *(C)*

That shirt is a good **buy**.
那件襯衫買得真合算。

---

buy off

收買 *(vt,s)* = *bribe*

◀Some civil servants are easy to **buy off**.
有些公務員很好收買。

---

buy out

買下…的全部產權 *(vt,s)*

◀Mr. Hall has **bought out** all his partners.
霍爾先生把他所有股東的股權全買下來了。

---

buy up

全買下來 *(vt,s)*

◀Afraid of running short, Tim **bought up** as
much milk as he could.
提姆生怕不夠用，就盡量把店裡所有的牛奶買
下來。

---

buzz /bʌz/

①嗡嗡地叫 *(vi)*

◀ A bee is **buzzing** above the flowers.
一隻蜜蜂在花朵上嗡嗡的叫。

②嗡嗡聲 *(C)*

I heard the **buzz** of a bee.
我聽到蜜蜂的嗡嗡聲。

byte /baɪt/

字元 *(C)*

◀ The file was as big as 45,000 **bytes**.
這個檔案多達四萬五千個字元。

B

A HANDBOOK
7000 English Core Words

🔊 MP3-C1

cab /kæb/

計程車 (C) (請參閱附錄 "工具") = taxi

◀ I hailed/took a **cab**.
我叫 / 搭計程車。

cabbage /'kæbɪdʒ/

高麗菜 (C,U) (請參閱附錄 "蔬菜")

◀ My **cabbages** didn't grow well this year.
我種的高麗菜今年生長不好。

cabin /'kæbɪn/

小屋 (C)

◀ That man lives in a log **cabin** in the mountains.
那人住在山上一棟小木屋裡。

cabinet /'kæbənɪt/

櫥子 (C)

◀ I keep my books in the **cabinet**.
我把書存放在櫥子裡。

cable /'kebḷ/

電纜 (C) = wire

◀ This **cable** connects the printer and the computer.
這根電纜將印表機和電腦連接起來。

cactus /'kæktəs/

仙人掌 (C)

◀ The roots of **cactuses** grow close to the surface to collect as much water as possible for storage.
仙人掌的根生長在貼近地面處，以便於盡量貯存水分。

café /kə'fe/

咖啡館 (C)

◀ I had a chat with Amy in the **café**.
我在咖啡館和艾咪閒聊。

cafeteria /ˌkæfə'tɪrɪə/

自助餐廳 (C)

◀ I often have my lunch in that **cafeteria**.
我經常在那家自助餐廳吃午餐。

caffeine /'kæfiɪn/

咖啡因 (U)

◀ When taken in large amounts, **caffeine** causes nervousness and loss of sleep.
咖啡因如果攝入量很大，會引起緊張和失眠。

cage /kedʒ/

籠子 (C)

◀ Some animals will not breed if they are kept in **cages**.
有些動物被關在籠子裡就不會繁殖了。

cake /kek/

蛋糕 (C)

◀ Christine is baking a **cake**.
克麗絲汀正在烤蛋糕。

calcium /'kælsɪəm/

鈣 (U)

◀ **Calcium** is vital for the growth and maintenance of the bones and teeth, and it helps the blood to clot and the muscles to contract.
鈣對於骨骼和牙齒的生長和維護是必不可少的，它還有助於血液凝固及肌肉的收縮。

calculate /'kælkjə,let/

估算 (vt) = figure out, reckon

◀ I used a computer to **calculate** the cost of building a new house.
我用電腦來估算建造一所新房子的費用。

calculation /ˌkælkjə'leʃən/

估算 (C)

◀ He made a rough **calculation** of the cost.
他對成本作了粗略的估算。

calculator /'kælkjə,letɚ/

計算機 (C)

◀ My mother bought me a pocket **calculator**.
我媽給我買了個袖珍計算機。

calendar /'kæləndɚ/

日曆 (C)

◀ According to the **calendar**, the Lantern Festival falls on a Saturday this year.
從日曆上看，今年的元宵節是在星期六。

calf /kæf/

牛犢 (C)

◀ A **calf** is a young bull.
牛犢就是幼小的牛。

call /kɔl/

①呼叫聲 (C) = shout

◀ Can you hear a call for help?
你聽見呼救聲嗎？

②電話 (C)

Please ask him to return my call when he gets home.
他到家時，請讓他給我回個電話。

③大聲呼叫 (vi) = cry

I heard someone calling out for help.
我聽到有人在大聲呼救。

④打電話 (vt) = telephone

I called you this afternoon, but you were out.
今天下午我給你打過電話，但你出去了。

call at

拜訪 (vt,u) = visit

◀ I called at Jill's office when I was passing.
我經過吉兒的辦公室時進去了一下。

call down

罵 (vt,s) = dress down, tell off, scold

◀ My mother called me down for breaking the window.
母親因為我打破了窗子罵了我一頓。

call for

要求 (vt, u) = demand

◀ The president is calling for an investigation into the political scandal.
總統要求對這起政治醜聞進行調查。

call forth

喚起 (vt,s) = bring out

◀ Adversity can call forth a person's best qualities.
逆境可以使一個人最好的品格顯示出來。

call in

調集 (vt,s)

◀ The mayor called in the police to put down the riots.
市長調集警察來平息暴亂。

call off

①取消 (vt,s) = cancel

◀ The game had to be called off because of bad weather.
因為天氣不好，比賽不得不取消。

②把…叫開 (vt,s)

Your dog is barking at me. Please call it off.
你的狗朝我吠叫，請把牠叫開。

call on

①請求 (vt,u) = ask

◀ The American president called on both sides to return to the negotiating table.
美國總統請求雙方回到談判桌上來。

②拜訪 (vt,u) = visit

I called on my uncle yesterday.
我昨天拜訪了我叔叔。

call up

給…打個電話 (vt,s) = telephone

◀ Call Amy up and see if she wants to come for dinner.
給艾咪打個電話，問她是不是要來吃晚飯。

calligraphy /kəˈlɪɡrəfɪ/

書法 (U)

◀ Calligraphy developed into an art form more than 2,000 years ago in China.
書法在中國二千年前就已演化為一種藝術形式了。

calm /kɑm/

①平靜的 (adj) = peaceful, quiet

◀ The streets are calm again after last night's celebration.
昨晚的慶祝過後，街道又平靜下來了。

②使平靜下來 (vt) = soothe

I tried to calm my baby by gently stroking him.
我輕柔地撫摸嬰兒，設法讓他平靜下來。

③冷靜 (U)

When the lights went out suddenly, my teacher appealed for calm.
燈突然熄了，老師要求大家保持冷靜。

C

C

calorie /'kælərɪ/
卡路里 (C)
◀ You should exercise to burn off the **calories**.
你應該運動來燃耗掉卡路里。

camel /'kæml̩/
駱駝 (C) (請參閱附錄 "動物")
◀ **Camels** are often used in deserts for carrying people or things.
沙漠中，駱駝經常用來運送人或物。

camera /'kæmərə/
照相機 (C)
◀ I am loading a film into the **camera**.
我正在將底片裝進照相機中。

camp /kæmp/
①營地 (C,U)
◀ We pitched our **camp** on the beach, but later on, we had to break **camp** because there was a storm coming.
我們在海灘邊紮營，但後來起了暴風雨，我們只得拔營離開。
②紮營 (vi)
We **camped** near the mountaintop.
我們在離山頂不遠處紮下營帳。

◎ MP3-C2

campaign /kæm'pen/
①運動 (C)
◀ We launched a **campaign** against smoking.
我們展開了一場戒煙運動。
②進行…運動 (vi)
They are **campaigning** for/against abortion.
他們在進行一場支持 / 反墮胎運動。

campus /'kæmpəs/
校園 (C,U)
◀ Most of the students in the private school live on **campus**.
這所私校所有的學生都住在校園內。

can /kən; kæn/
①能 (aux)
◀ Dave believes that money **can** buy everything, including love.
大衛相信金錢能買到任何東西，包括愛情。

②罐 (C)
Joe opened a **can** of beer.
喬開了一罐啤酒。
③裝罐 (vt)
The beer is **canned** in this factory.
啤酒是在這家工廠裝罐的。

canal /kə'næl/
運河 (C)
◀ It took five years to build/construct/dig the **canal**.
建造 / 挖這條運河花了五年時間。

canary /kə'nɛrɪ/
金絲雀 (C)
◀ People keep **canaries** for their beautiful songs and because they make cheerful companions.
人們愛養金絲雀是因為牠們能唱出美妙的歌聲，並充當人們的愉快伙伴。

cancel /'kænsl̩/
取消 (vt) = call off
◀ We **canceled** our trip to Japan owing to the bad weather.
因為天氣不好，我們取消了日本之行。

cancel out
抵消 (vt,s)
◀Tim's carelessness **canceled out** his innovation.
提姆的粗心大意抵消了他的創新能力。

cancer /'kænsə/
癌 (U)
◀ Joe has got lung **cancer** and he knows he has one foot in the grave.
喬患了肺癌，他知道自己已是一隻腳踏進墳墓了。
✎衍生字 *cancerous (adj)* 癌的

candidate /'kændə,det/
應考人，候選人 (C)
◀ There are five **candidates** for the job of sales manager.
共有五個應考人應徵業務經理一職。
✎衍生字 *candidacy (C,U)* 候選人資格

candle /'kændl̩/

蠟燭 *(C)*

◀ You should not burn the **candle** at both ends.
你不要蠟燭兩頭燃燒 (不要過度消耗精力)。

candy /'kændɪ/

糖果 *(C,U)* (請參閱附錄 "食物")

◀ Would you like a piece of **candy**?
你要一塊糖果嗎？

cane /ken/

①藤 *(U)*

◀ **Cane** chairs cost a lot more than wooden chairs.
藤椅比木頭椅貴很多。

②柺杖 *(C)*

My father hit the burglar with a **cane**.
我父親用柺杖打小偷。

cannon /'kænən/

大砲 *(C)*

◀ We aimed a **cannon** at an enemy fort and fired it.
我們將大砲瞄準敵人的要塞然後開火。

canoe /kə'nu/

獨木舟 *(C)* (請參閱附錄 "交通工具")

◀ They are paddling a **canoe**.
他們正划著獨木舟。

canvas /'kænvəs/

①油畫 *(C)*

◀ Betty showed me her **canvases**.
貝蒂給我看了她的油畫。

②帆布 *(U)*

That man carried a **canvas** bag.
那人提個帆布包。

canyon /'kænjən/

峽谷 *(C)*

◀ The Grand **Canyon** is a tourist attraction.
大峽谷是觀光勝地。

cap /kæp/

帽子 *(C)* (請參閱附錄 "衣物")

◀ He put on his baseball/shower/swimming **cap** and went out.
他戴上棒球 / 浴 / 游泳帽出去了。

capability /ˌkepə'bɪlətɪ/

能力 *(C)* = ability, capacity

◀ Bob has the **capability** to translate Chinese into French.
鮑勃能把中文譯成法文。

capable /'kepəbl̩/

有能力的 *(adj)* = able (to+V)

◀ Tina is **capable** of playing the piano very well.
蒂娜能彈一手好鋼琴。

capacity /kə'pæsətɪ/

①容納量 *(S,U)*

◀ The seating **capacity** of the classroom is 50.
這教室的座位容納量是五十個人。

②能力 *(C,U)* = ability

Cathy has a great **capacity** to remember facts.
凱西的記憶能力非常強。

cape /kep/

披肩，斗篷 *(C)* (請參閱附錄 "衣物")

◀ Lulu wore a **cape**.
露露披著披肩。

capital /'kæpətl̩/

①首都 *(C)*

◀ Tokyo is the **capital** of Japan.
東京是日本的首都。

②資金 *(U,S)*

Jack set up shop with a **capital** of one million dollars.
傑克以一百萬元的資金開了一家商店。

✎衍生字 *capitalism (U)* 資本主義；*capitalist (C)* 資本家

③大寫字母 *(C)*

The word AIDS is printed in **capitals**.
AIDS (愛滋病) 一詞是用大寫字母書寫的。

capitalize /'kæpətl̩ˌaɪz/

①利用 *(vi)*

◀ I **capitalize** on every chance to perfect my writing skills.
我充分利用每一個機會來磨鍊我的寫作技巧。

②用大寫字母書寫 *(vi)*

Please **capitalize** your name.
請用大寫書寫你的名字。

capsule /'kæpsl̩/

膠囊 *(C)*

◀ Medicine is taken either in tablet or in **capsule** form.

口服藥要嘛做成藥片，要嘛製成膠囊。

captain /'kæptən/

船長 *(C)* (請參閱附錄 "職業")

◀ The **captain** welcomed us aboard with open arms.

船長敞開雙臂歡迎我們上船。

caption /'kæpʃən/

標題 *(C)*

◀ Underneath the picture was a **caption** that said, "The Golden Bridge".

圖片下面有一行標題寫道："金光大橋"。

captive /'kæptɪv/

①被俘虜的 *(adj)*

◀ An American fighter was shot down, and its pilot was held **captive**.

一架美軍戰鬥機被擊落，駕駛員被俘虜。

⇲衍生字 *capture (vt)* 捕獲，俘虜

②俘虜 *(C)* ⇔ *captor*

It is against international law to kill **captives**.

殺死俘虜是違反國際公約的。

captivity /kæp'tɪvəti/

囚禁 *(U)*

◀ People become depressed and hopeless when kept in **captivity**.

被囚禁的人會變得沮喪和絕望。

capture /'kæptʃɚ/

俘虜 *(vt)*

◀ A fighter was shot down and its pilots were thought to have been **captured**.

一架戰鬥機被擊落，駕駛員據信已被俘虜。

car /kɑr/

小客車 *(C)* (請參閱附錄 "交通工具")

◀ He parked/drove his **car**.

他停 / 開車。

carbohydrate /ˌkɑrbo'haɪdret/

碳水化合物 *(C)*

◀ **Carbohydrates** include all sugars and starches. They are the main source of energy for animals and plants.

碳水化合物含有多種糖和澱粉，是動、植物的主要能量來源。

carbon /'kɑrbən/

碳 *(U)*

◀ **Carbon** makes up less than 0.03 percent of the earth's crust; however, without carbon, life would be impossible.

碳佔地殼不到百分之零點零三；然而沒有碳，就沒有生命。

🔊 MP3-C3

card /kɑrd/

①牌 *(C)*

◀ You should first shuffle the **cards** before you deal them to each player.

發牌之前應該先洗牌。

②卡片 *(C)*

I received a birthday **card** from Helen.

我收到海倫寄來的生日卡片。

cardboard /'kɑrd,bord/

紙板 *(U)*

◀ The children are playing with a toy house made out of **cardboard**.

孩子們在玩紙板做的玩具房屋。

care /kɛr/

①保養 *(U)*

◀ Holly gave me some advice on skin **care**.

荷莉對皮膚保養給我提了些建議。

②小心 *(U)*

Hold this glass with **care**. It is delicate.

小心拿好這個玻璃杯，它很容易破裂。

③在乎 *(vi,vt)*

I don't **care** (about) what people think.

我對別人的想法並不在乎。

---

care about

關心，在乎 *(vt,u)*

◀The only thing I **care about** is my reputation.

我唯一關心的是我的名譽。

care for

① 照料 (vt,u) = look after, take care of

◀ Angie **cared for** her father after his stroke.
父親中風後。安吉照料他。

② 要 (vt,u) = like

Would you **care for** a cup of coffee?
你要來杯咖啡嗎？

career /kə'rɪr/

事業 (C)

◀ He entered on a **career** in teaching.
他投身於教育事業。

carefree /'kɛr‚fri/

無憂無慮的 (adj)

◀ We sunbathed in **carefree** comfort at the beach.
我們在海灘邊無憂無慮地曬日光浴。

careful /'kɛrfəl/

謹慎的，小心的 (adj)

◀ Be **careful** with your money. It's hard to come by.
你花錢要慎重一些。賺錢可不容易呀。

careless /'kɛrlɪs/

不小心的 (adj)

◀ It was very **careless** of you to knock the cup off the table.
你把桌上的杯子打翻在地上，真是太不小心了。

caress /kə'rɛs/

① 愛撫 (vt) = stroke

◀ The mother lovingly **caressed** her baby's cheek.
母親愛撫她嬰兒的臉龐。

② 撫摸 (C)

Tom melted under the warmth of Candy's **caresses**.
湯姆在凱蒂熱情的撫摸下陶醉了。

caretaker /'kɛr‚tekə/

大廈管理員 (C) = janitor

◀ Mr. Smith worked as a **caretaker** after he retired.
退休後，史密斯先生去當大廈管理員。

cargo /'kɑrgo/

貨物 (C) = goods

◀ We watched the **cargo** being unloaded.
我們看著貨物卸下來。

carnation /kɑr'neʃən/

康乃馨 (C) (請參閱附錄 "植物")

◀ The **carnation** may bloom throughout the year.
康乃馨全年可開花。

carnival /'kɑrnəvḷ/

嘉年華會 (C)

◀ A **carnival** is held on the eve of New Year's Day.
嘉年華會在除夕舉行。

carol /'kærəl/

頌歌 (C)

◀ "Silent Night" is a famous Christmas **carol**.
〈平安夜〉是一首著名的聖誕頌歌。

carp /kɑrp/

① 找碴，挑剔 (vi)

◀ At home, she never stops **carping** at her husband; in the office, she is always **carping** about her work.
她在家時不停地對丈夫找碴，到了辦公室又不停地對工作挑剔。

② 鯉魚 (C)

A **carp** is a large edible fish that lives in a river or a lake.
鯉魚是可食用的魚生長在河流或湖泊。

carpenter /'kɑrpəntə/

木匠 (C) (請參閱附錄 "職業")

◀ You're wasted as a **carpenter**.
你當木匠是浪費人才。

carpet /'kɑrpɪt/

地毯 (C)

◀ We have fitted a **carpet** in our living room.
我們已在客廳鋪上地毯。

carriage /'kærɪdʒ/

私人馬車 (C) (請參閱附錄 "交通工具")

◀ We went into town in a borrowed **carriage**.
我們租了一輛私人馬車進城。

C

carrier /ˈkærɪɚ/

①航空公司 (C)

◀ Eva Airlines is one of Taiwan's biggest
international **carriers**.
長榮航空公司是台灣最大的國際航空公司之一。

②病媒 (C)

We use insecticide to kill off the **carriers** of
disease such as mosquitoes.
我們使用殺蟲劑來滅絕像蚊子這種的病媒。

③航空母艦 (C) (請參閱附錄 "交通工具")

Fighters can land on an aircraft **carrier**.
戰鬥機可降落在航空母艦上。

carrot /ˈkærət/

紅蘿蔔 (C) (請參閱附錄 "蔬菜")

◀ My boss holds out the **carrot** and the stick.
我的老闆提供紅蘿蔔與棍子 (恩威並施)。

carry /ˈkærɪ/

揹，扛，提，拿，帶 (vt)

◀ Mark **carried** his backpack on his back.
馬克肩負著背包。

carry along

把…感動 (vt,s) = carry away

◀ His pep talk **carried** every one of us **along**.
他那番鼓舞人心的講話把我們每一個人都感動
了。

carry away

失去控制 (vt,s)

◀ Sherry tends to get **carried away** and goes
on a shopping spree.
雪莉總是會失去控制狂買一通。

carry off

成功地應付 (vt,s) = bring off, pull off

◀ I am wondering how Sam managed to **carry
off** the task of repairing the car.
我不知道山姆是怎樣把修車這個任務應付過來
的。

carry on

繼續 (vi) = go on, continue

◀ **Carry on** (with your work), or you will be
punished.
繼續做 (你的工作)，不然就會受到懲罰。

carry out

執行 (vt,s) = do

◀ I am **carrying out** a survey on attitudes to
my new product.
我正在就人們對我新產品的反應做調查。

carry through

①堅持到底 (vt,s) = complete, finish

◀ Once I start a project, I always **carry it
through**.
我一旦開始一個新計畫，總是要堅持到底。

②度過 (vt,s) = bring through, pull through

Her sense of humor **carried** her **through** the
financial crisis.
她的幽默感使她度過了金融危機。

carry through on

兌現，實行 (vt,u) = finish, complete

◀ The president was praised for **carrying
through on** promised political reforms.
總統因兌現了政治改革的諾言而為人所稱道。

cart /kɑrt/

馬車，手推車 (C) (請參閱附錄 "交通工具")

◀ Don't put the **cart** before the horse.
不把把馬車放在馬前 (本末倒置)。

carton /ˈkɑrtn̩/

盒 (C)

◀ I drank a **carton** of milk this morning.
今早我喝了一盒牛奶。

cartoon /kɑrˈtun/

卡通 (C)

◀ Children like to watch **cartoons**.
小孩喜歡看卡通片。

衍生字 cartoonist 漫畫家

🔘 MP3-C4

carve /kɑrv/

雕，刻 (vt) = cut, sculpture

◀ I **carved** the wood into the shape of a lion.
我將這塊木頭刻成獅子的形狀。

衍生字 carver (C) 雕刻者，切肉的大刀子

carve out

獲得，找到，創造，開闢 *(vt,s)*

◀ She has **carved out** a niche/place/career for herself in the competitive world of advertising.
她在競爭激烈的廣告界爲自己找了個合適的位置 / 謀了個職位 / 創了一分事業。

case /kes/

情形 *(C)*

◀ They won't offer me 20 percent off the price. In that **case**, I won't buy the bike.
他們不願意給我百分之二十的折扣。若是這樣的情形，我就不買那輛腳踏車了。

cash /kæʃ/

現金 *(U)*

◀ You can pay either in **cash** or by check.
你可以用現金付款或者支票也行。

cash in

兌成現金 *(vt,s)* = exchange sth for money

◀ I have decided to **cash in** my insurance policy early even though I might incur losses.
我已決定退保，雖然這樣做我會遭受損失。

cash in on

利用 *(vt,u)* = take advantage of

◀ Brooks always **cashes in on** my generosity.
布魯克斯總是利用我的慷慨大方。

cashier /kæˈʃɪr/

出納員 *(C)*

◀ I asked the **cashier** whether she could break a one-hundred-dollar bill for me.
我問出納員是否她能換我一張百元的零錢。

cassette /kəˈsɛt/

卡式錄音帶 *(C)*

◀ Can I borrow your old Beatles **cassette**?
我可以跟你借那捲老的 "披頭四" 的錄音帶嗎？

cast /kæst/, cast *(pt)*, cast *(pp)*

撒 *(vt)* = throw

◀ The old man **cast** his net into the sea, hoping to bring back a big catch of fish.
老人將漁網撒入海中，期望能撈到滿滿一網魚。

cast aside

拋棄 *(vt,s)* = get rid of

◀ When he took over the position of chairman, he **cast aside** his mentor and his policy.
他接過主席的位置之後，就拋棄了他的導師和他的政策。

cast off

① 拋棄 *(vt,s)* = cast aside

◀ Jane **cast off** her former boyfriend and married a rich businessman.
珍拋棄她以前的男友，嫁給了一個富商。

② 擺脫 *(vt,s)* = fling/shake/throw off

We finally **cast off** the strains and stresses of city life.
我們終於擺脫了城市生活的緊張與壓力。

castle /ˈkæsl̩/

城堡 *(C)*

◀ It is said that the **castle** is haunted.
據說該城堡鬧鬼。

casual /ˈkæʒʊəl/

① 漫不經心的 *(adj)* = indifferent

◀ His **casual** attitude toward work really annoys me.
他對待工作的那種漫不經心的態度真讓我惱火。

② 偶然的 *(adj)* = unexpected

We had a **casual** meeting at the station.
我們在車站偶然相遇。

casualty /ˈkæʒʊəltɪ/

傷亡人數 *(C)*

◀ The enemy suffered heavy **casualties** in that battle.
敵人在那場戰鬥中傷亡慘重。

cat /kæt/

貓 *(C)* (請參閱附錄 "動物")

◀ Going to law is losing a cow for the sake of a **cat**.
打官司就像爲了貓而損失一頭牛 (即因小失大)。

catalog /ˈkætl̩ˌɔg/

目錄 *(C)*

◀ I got this copy of the exhibition **catalog** for free.
我免費得到這本展覽目錄。

C

catastrophe /kə'tæstrəfɪ/

災難 (C) = disaster, calamity

◀ The explosion of the oil field caused an environmental **catastrophe**.
油田爆炸造成嚴重的環境災難。

✎衍生字 catastrophic (adj) 災難的

catch /kætʃ/, caught (pt), caught (pp)

接住 (vt) = get hold of

◀ I threw a frisbee to my dog, and it **caught** the frisbee in its mouth.
我朝我的狗拋出飛盤，牠用嘴將飛盤接住了。

---

catch on

① 懂 (vi) = latch on

◀Please speak slowly. I can hardly **catch on** (to your joke).
請你說慢點兒，我幾乎聽不懂 (你的笑話)。

② 流行 (vi)= become popular

Online shopping has **caught on**.
網上購物流行起來了。

---

catch up with

跟上 (vt,u)

= come up with, keep up with, come level with

◀Taiwan has spent a lot of money trying to **catch up with** America in information technology.
台灣花了大錢試圖跟上美國的資訊科技。

---

categorical /ˌkætə'gɔrɪkl̩/

斷然的 (adj) = definite

◀ Sam issued a **categorical** denial that he had had an affair with his secretary.
山姆斷然否認他和自己的祕書有染。

✎衍生字 categorically (adv) 斷然地

categorize /'kætəgəˌraɪz/

歸類 (vt) = classify

◀ I hated to be **categorized** as a busybody.
我不喜歡被歸入愛多管閒事者一類。

category /'kætəˌgɔrɪ/

類型 (C)

◀ Human beings fall into three **categories**: those who are toiled to death, those who are worried to death, and those who are bored to death. — Churchill

人可以分成三類：苦幹到死的，擔心而死的，還有悶悶致死的。——邱吉爾

cater /'ketə/

① 承辦 (vt)

◀ We solicited bids for **catering** the New Year's Eve party.
我們設法獲得承辦新年除夕夜的宴會。

② 承包 (vi)

The restaurant will **cater** at the banquet.
將由這家飯店承包宴會。

③ 迎合 (vi) = pander

Many television programs are meant to **cater** to the public taste for sentimental plays.
許多電視節目有意去迎合公眾對多愁善感類戲劇的口味。

caterpillar /'kætəˌpɪlə/

毛毛蟲 (C) (請參閱附錄 "動物")

◀ It may take as long as a week for all the **caterpillars** to make their chrysalises.
毛毛蟲變成蛹可能需要一星期那麼久。

✎相關字 chrysalis (蛹)。cocoon (繭)。larva (蝴蝶的幼蟲)。

cathedral /kə'θidrəl/

大教堂 (C)

◀ France is the home of some of the most magnificent **cathedrals**.
法國是金璧輝煌大教堂的大本營。

cattle /'kætl̩/

牛 (P) (請參閱附錄 "動物")

◀ Mr. Lee raises a herd/head of **cattle** on his farm.
李先生在他的農場上飼養一群 / 頭牛。

cause /kɔz/

① 原因 (C) = reason (for)

◀ Drunken driving was the **cause** of the accident.
酒醉後駕車是造成交通事故的原因。

② 理由 (U)

Tim got a bump on his head, but the doctor said that there was no **cause** for worry.
提姆頭上撞了個腫塊，但醫生說沒有擔憂的理由。

③ 造成 (vt) = lead to, bring about

The heavy rain **caused** a traffic jam.
大雨造成了交通堵塞。

caution /ˈkɔʃən/
①謹慎小心 *(U)* = *prudence*
◀ You must exercise **caution** changing a fuse.
換保險絲時你得謹慎小心。
②告誡 *(vt)* = *warn*
We put up a sign **cautioning** tourists against swimming in this lake.
我們豎起一塊牌子，告誡遊客不要在這湖裡游泳。

cautious /ˈkɔʃəs/
審慎的 *(adj)* = *wary (of)*
◀ I am **cautious** about/of making a promise.
我審慎的作出承諾。

cavalry /ˈkævl̩rɪ/
騎兵隊 *(U)*
◀ **Cavalry** played an important part from ancient times until the early 1990s.
騎兵隊從古代一直到一九九〇年代初期扮演重要角色。

cave /kev/
洞穴 *(C)*
◀ We groped our way in the dark **cave**.
我們在黑暗的洞穴中摸索前進。

cave in
①坍塌 *(vi)* = *fall down, collapse*
◀The roof of the house **caved in** suddenly.
屋頂突然坍塌了。
②屈服 *(vi)*= *yield (to), give in (to), give way (to)*
I doubt our boss will **cave in** to the demand for a pay raise.
我懷疑老闆是否會讓步給我們加薪。

🔘 MP3-C5

cavity /ˈkævətɪ/
洞 *(C)*
◀ The dentist filled the **cavity**.
牙醫將齲齒洞補上了。
Some birds nest in tree **cavities**.
有些鳥在樹洞中築巢。

CD /ˌsiˈdi/
光碟 *(C)* compact disk
◀ He is playing a **CD**.
他正在播放光碟。

cease /sis/
停止 *(vt)* = *stop (+V-ing)*
◀ Jerry never **ceases** to amaze me.
傑瑞的所作所為不停地讓我吃驚。

ceiling /ˈsilɪŋ/
天花板 *(C)*
◀ A lamp was suspended from the **ceiling** above us.
一盞燈垂掛在我們頭上的天花板。

celebrate /ˈsɛləˌbret/
慶祝 *(vt,vi)*
◀ We **celebrated** (the new year) with a party.
我們舉辦一個派對來慶祝 (新年)。

celebration /ˌsɛləˈbreʃən/
①慶賀 *(U)*
◀ We threw a party in **celebration** of our father's birthday.
為了慶賀爸爸的生日，我們舉辦了一個派對。
②慶祝活動 *(C)*
The **celebrations** went on late into the night.
慶祝活動一直延續至深夜。

celebrity /səˈlɛbrətɪ/
①名流 *(C)*
◀ Numerous **celebrities** attended the funeral.
無數名流參加了葬禮。
②名聲 *(U)*
Mark achieved **celebrity** as an actor.
馬克演戲出了名。

celery /ˈsɛlərɪ/
芹菜 *(U)* (請參閱附錄 "蔬菜")
◀ She needs a stick of **celery**.
她需要一根芹菜。

cell /sɛl/
細胞 *(C)*
◀ Each animal or plant is made up of millions of **cells**.
每一種動植物都是由千百萬細胞組成的。

cell phone /ˈsɛlˌfon/
手機 *(C)* = *cellular phone, mobile phone*
◀ I use a **cell phone** to contact my children.
我用手機聯絡我的小孩。

cellar /ˈsɛlɚ/

地窖 (C) = basement

◀ Peter went down into the **cellar** without permission.
彼得不經同意就去了地窖。

cello /ˈtʃɛlo/

大提琴 (C)

◀ Linda plays the **cello** well.
琳達大提琴拉得很好。

衍生字 cellist (C) 大提琴演奏者

Celsius /ˈsɛlsɪəs/

攝氏 (U) = Centigrade

◀ The temperature went up to 34 degrees **Celsius**.
氣溫上升至攝氏三十四度。

相關字 Fahrenheit (華氏)。

cement /səˈmɛnt/

水泥 (U)

◀ I mixed **cement** with sand and water and used it to join bricks together.
我把水泥與沙子和水一起攪拌後用來黏合磚塊。

cemetery /ˈsɛməˌtɛrɪ/

公墓 (C)

◀ Mr. Wang was buried in a **cemetery**.
王先生葬在公墓裡。

相關字 churchyard (教堂墓地)。graveyard (公墓)。

cent /sɛnt/

分 (C)

◀ I bought the dictionary for fifty dollars and ninety five **cents**.
我用五十元九角五分買了這本字典。

center /ˈsɛntɚ/

① 中心位置 (C)

◀ Though Taipei is Taiwan's capital, it is not at the **center** of the country.
雖然台北是台灣的首都，但卻不在其中心位置。

② 中心 (C)

New York is a **center** of commerce.
紐約是一商業中心。

centimeter /ˈsɛntəˌmitɚ/

公分 (C)

◀ The stream is 150 **centimeters** across.
這條小溪寬一百五十公分。

相關字 請參見 kilometer。

central /ˈsɛntrəl/

中部的，中央的 (adj)

◀ We live in **central** Taiwan.
我們居住在台灣中部。

century /ˈsɛntʃərɪ/

世紀 (C)

◀ This school was built at the turn of the **century**.
這所學校建於本世紀初上世紀末之交替時期。

cereal /ˈsɪrɪəl/

穀類植物 (C)

◀ Wheat and oats are **cereals**.
小麥和燕麥是穀類植物。

ceremony /ˈsɛrəˌmonɪ/

典禮 (C)

◀ Mr. Jordon was invited to make a speech at the opening **ceremony**.
喬登先生應邀在開幕典禮上講話。

衍生字 ceremonious (adj) 客套的，隆重的；
ceremonial (adj) 禮儀的，儀式的

certain /ˈsɝtn̩/

確定的 (adj) = sure

◀ I am **certain** that you can get good service there.
我可以確定你在那裡會得到良好的服務。

certainty /ˈsɝtn̩tɪ/

確定 (U)

◀ There is no **certainty** that the investigation into the murder will be wrapped up this month.
對謀殺案的調查到本月底能否結案還無法確定。

衍生字 ascertain (vt) 確定，查明，弄清

certificate /sɚˈtɪfəkɪt/

證書 (C)

◀ If you are delivered of a baby in a hospital, the hospital is supposed to issue a birth **certificate** to you.
如果你在醫院生了個嬰兒，那麼那家醫院就應該發給你一分出生證明。

相關字 license (執照)。diploma (文憑)。

certify /'sɝtə‚faɪ/

①證明 *(vt)* = declare

◀Sign your name at the bottom of the legal paper to **certify** that the statement is correct.
在法律文件底下簽名，以此證明以上陳述準確無誤。

②頒發合格證書 *(vt)*

I was **certified** as a doctor in 1978.
我在一九七八年取得行醫資格證書。

chain /tʃen/

①項鍊 *(C)*

◀Tina always wears a gold **chain** around her neck and a gold ring on her finger.
蒂娜總是在脖子上掛一條金項鍊，手指上帶個金戒指。

②連鎖店 *(C)*

Mr. White owns a **chain** of fast-food restaurants.
懷特先生擁有多家速食連鎖店。

chair /tʃɛr/

椅子 *(C)* (請參閱附錄 "家具")

◀For want of a wise man, a fool is set in the **chair**.
沒有賢才，蠢人當政。

chairman /'tʃɛrmən/

主席 *(C)*

◀We have elected a new **chairman** of the committee.
我們已經選出了委員會的主席。

✎衍生字 *chair (C,vt)* 椅子，主持會議；*chairwoman (C)* 女主席，女議長；*chairperson (C)* 主席，議長

chalk /tʃɔk/

粉筆 *(U)*

◀The teacher wrote on the blackboard with a piece of **chalk**.
老師用一支粉筆在黑板寫字。

challenge /'tʃælɪndʒ/

①挑戰 *(C)*

◀I accepted David's **challenge** to swim across the lake.
我接受了大衛的挑戰，游泳到湖的對岸。

✎衍生字 *challenging (adj)* 富有挑戰性的

②挑戰 *(vt)* = dare

David **challenged** me to swim across the river.
大衛向我挑戰，游泳到河的對岸。

③質疑 *(vt)* = question

I **challenged** the truth of her story.
我質疑她說話的真實性。

⊙ MP3-C6

chamber /'tʃembɚ/

室，房間 *(C)*

◀Many Jews were killed in gas **chambers** during World War II.
第二次世界大戰期間，許多猶太人死在煤氣室內。

champagne /ʃæm'pen/

香檳酒 *(U)*

◀The **champagne** corks will be popping tonight as we celebrate our landslide victory in the election.
為慶賀我們在選舉中大獲全勝，今晚要打開香檳酒瓶蓋。

champion /'tʃæmpɪən/

冠軍 *(C)* = winner

◀He is a tennis **champion**.
他是網球冠軍。

championship /'tʃæmpɪən‚ʃɪp/

冠軍 *(C)*

◀I am certain that James will win the **championship**.
我敢肯定詹姆斯會獲得冠軍。

chance /tʃæns/

機會 *(C)* = opportunity

◀I never miss any **chance** of learning English.
我從不放棄任何一個學習英語的機會。

---

chance on

碰巧遇到 *(vt,u)* = happen on, come across, run into

◀I **chanced on/upon** an old friend of mine yesterday.
昨天我碰巧遇到了一位老朋友。

---

change /tʃendʒ/

①改變 *(vt)* = alter

◀Once Betty makes up her mind, it is difficult to **change** it.
貝蒂一旦下了決心就很難改變。

②變化 *(vi)* = alter

The town hasn't **changed** much since the last time I was there.

自上次我去過之後，那鎮上沒有發生多大變化。

③變化 *(C)*

There was a sudden **change** in the weather.

天氣突變。

④變化 *(U)*

Language is subject to **change**.

語言總是在變化的。

changeable /'tʃendʒəbl/

變化無常的 *(adj)*

◀ Jeff has a **changeable** temper.

傑夫的脾氣變化無常。

channel /'tʃænl/

①海峽 *(C)*

◀ Some people have swum across the English **Channel**.

有些人游過了英吉利海峽。

②頻道 *(C)*

We watched the show on **Channel** 15.

我們在十五頻道收看了這一演出。

chant /tʃænt/

①呼喊 *(vt)*

◀ The demonstrators waved posters and **chanted** slogans in unison.

示威者揮舞標語牌並齊聲反覆呼喊口號。

②高呼 *(vi)*

We **chanted** and sang in the parade.

我們遊行時齊聲高呼口號並唱歌。

③高呼 *(C)*

Nelson took up/sang the crowd's **chant** of "UN for Taiwan".

納爾遜加入群眾，高呼 "聯合國支持台灣" 的口號。

chaos /'keas/

混亂 *(U)*

◀ The bus drivers' strike threw the whole city into **chaos**.

公車司機的罷工使整個城市陷入一片混亂之中。

◎衍生字 *chaotic (adj)* 混亂的

chapter /'tʃæptə/

章 *(C)*

◀ Read the contents of this book and find out what is dealt with in each **chapter**.

讀一讀該書的目錄並弄清楚每一章的內容。

◎相關字 unit (單元)。chapter (章)。section (節)。paragraph (段落)。

character /'kærıktə/

①品格 *(U)* = integrity

◀ He is a man of real **character**.

他具有非凡的品格。

②性格 *(C)* = nature

The two sisters look alike but have different **characters**.

這姐妹倆看起來長得很像但性格大不相同。

③角色 *(C)*

I don't like the leading **character** in this novel.

我不喜歡這部小說的主要角色。

characteristic /ˌkærıktə'rıstık/

①特質 *(C)* = attribute, quality, trait

◀ Being aggressive is one of the **characteristics** of a successful salesperson.

有衝勁是一個成功推銷員的特質之一。

②特有的，典型的 *(adj)* = typical

It's **characteristic** of Pat that she takes everything easy.

佩特的特點是輕鬆看待每件事情。

characterize /'kærıktəˌraız/

①是…的特徵 *(vt)* = typify

◀ Bright colors **characterize** Karen's paintings.

鮮明的色彩是凱倫畫作的特徵。

②描繪 *(vt)*

He was **characterized** as a born actor.

他被描繪成一個天生的演員。

charcoal /'tʃarˌkol/

炭筆 *(U)*

◀ The sketch was drawn in **charcoal**.

這幅素描是炭筆畫的。

charge /tʃardʒ/

①費用 *(C)*

◀ The dinner is 200 dollars, including a 10% service **charge**.

這晚餐花去二百元，包括百分之十的服務費。

②控告 *(C)* = accusation
The police brought a **charge** of robbery against that man.
警方控告他犯有搶劫罪。
③收費 *(vt)*
How much do you **charge** for a room for a night?
房間一晚的收費是多少？
④控告 *(vt)* = accuse (sb of sth)
That man was **charged** with stealing money.
那人被控偷錢。

chariot /ˈtʃærɪət/
馬拉雙輪戰車 *(C)*
◀ In ancient times warriors used **chariots** in battles.
古代戰士使用馬拉雙輪戰車作戰。

charitable /ˈtʃærətəbl̩/
慈悲的 *(adj)* = sympathetic
◀ Try to be a little more **charitable** to/towards the poor boy.
對這可憐的男孩發發慈悲吧。

charity /ˈtʃærətɪ/
①救濟 *(U)*
◀ These children live on **charity**.
這些孩子靠救濟過活。
②慈善團體 *(C)*
Many **charities** sent aid to the flood victims.
許多慈善團體都為這場水災的受害者提供援助。

charm /tʃɑrm/
魅力 *(U)* = attraction, glamor
◀ Michelle is a girl of great **charm**.
蜜雪兒是個很有魅力的女孩子。

charming /ˈtʃɑrmɪŋ/
迷人的 *(adj)* = attractive, glamorous
◀ Michelle flashed a **charming** smile at me.
蜜雪兒向我投來迷人的一笑。

chart /tʃɑrt/
圖表 *(C)*
◀ Can you make a **chart** showing the rise and fall in the price of oil?
你能繪製一張反映石油價格起落的圖表嗎？

chase /tʃes/
①追逐 *(C)*
◀ The movie ended with a long car **chase**.
該影片在長時間的追車鏡頭中結束。
②追 *(vt)* = pursue
We **chased** a thief down the street.
我們在街上追著一名小偷。
③追 *(vi)*
Chase after Sharon and ask her to get some sugar while she is at the grocery.
去追上雪倫，叫她上雜貨店時順便買些糖。

chat /tʃæt/
①閒聊 *(C)* = conversation, talk
◀ I had a **chat** about our vacation with my friend.
我和朋友閒聊了我們的假期。
②閒聊 *(vi)* = talk
We **chatted** about what we had been doing since we last met.
我們聊起自上次見面後在做些什麼。

chatter /ˈtʃætɚ/
①喋喋不休 *(U)*
◀ The idle **chatter** in the office annoys me a lot.
辦公室裡無聊的喋喋不休真讓我厭煩。
②聊天 *(vi)*
Tina has been **chattering** to her boyfriend on the phone for ages.
蒂娜在電話裡已經和她男朋友聊了老半天了。
③咯咯打顫 *(vi)*
My teeth were **chattering** with the cold.
我凍得牙齒咯咯打顫。

cheap /tʃip/
便宜的 *(adj)* = inexpensive；⇔ expensive
◀ My car is economical on gas, so it is **cheap** to run.
我的車很省油，所以開車費用很便宜。

cheat /tʃit/
①騙 *(vt)* = defraud
◀ The salesman **cheated** me (out) of my money.
那個推銷員騙了我的錢。
②作弊 *(vi)*
He was caught **cheating** at cards/on the test.
他在玩紙牌／考試時作弊，當場被捉住。

C

check /tʃɛk/

①檢查 *(vt)*

◀ Before you leave, **check** that the lights are off.
你離開之前要檢查一下燈是否都關掉了。

②核對 *(vi)*

Sue read her paper through, **checking** for spelling mistakes.
蘇把試卷從頭到尾看了一遍以核對是否有拼寫錯誤。

③查核 *(C)*

You should keep a careful **check** on how much you have spent.
你應該仔細查核一下你已經用了多少錢。

④支票 *(C)*

Adam made out a **check** to me and told me that I could cash it in five days.
亞當開給我一張支票並告訴我可在五天內兌現。

check in

①寄存 *(vt,s)*

◀ You can **check** your baggage **in** at the desk.
你可以在服務台寄存行李。

②登記入住 *(vi)* = book in ⇔ check out (of)

We **checked in** at the reception desk.
我們在櫃台登記入住。

check into

住進 *(vt,u)*

◀ We **checked into** the Grand Hotel.
我們住進了圓山大飯店。

check off

打勾 *(vt,s)* = cross off

◀ **Check** their names **off** (the list) as the students arrive.
學生到時逐一在名單上打勾。

check on

問一問 *(vt,u)* = find out

◀ I'll **check on** whether it will rain on Sunday.
我來問一下星期天是否下雨。

check out

①查證，核實 *(vt,s)*

◀ I have to **check out** Robert's story with the other boys because he tends to tell lies.
我得問問其他男孩羅伯特說的話是不是真的，因為他老是撒謊。

②查看 *(vt,s)*

While I was packing my bags, my father was **checking out** the bathroom.
我在打包時，父親在查看浴室。

③結帳離開 *(vi)* = book out ; ⇔ check in

We must **check out** (of the hotel) before 8 o'clock.
我們必須在八點之前結帳離開 (旅館)。

check over

檢查 *(vt,s)* = examine, look/go/read over

◀ Can you **check over** my paper for spelling mistakes?
你能幫我檢查一下我論文中的拼寫錯誤嗎？

check up on

①核實 *(vt,u)* = examine

◀ **Check up on** the facts before you write your report.
你寫報告之前先核實一下情況。

②調查 *(vt,u)* = investigate

The police are **checking up on** the man.
警方在調查他。

🔘 MP3-C7

checkbook /'tʃɛk,bʊk/

支票簿 *(C)*

◀ I lost my **checkbook**.
我丟了我的支票簿。

check-in /'tʃɛk,ɪn/

①手續登記 (處) *(S)* ⇔ check-out

◀ Make sure you are at the **check-in** counter by six o'clock.
你一定要在六點前來手續登記處。

②登記手續 *(U)*

The **check-in** process took half an hour.
登記手續需要半小時。

checkup /ˈtʃɛkˌʌp/

　檢查 *(C)*

◀ I went to my doctor for a regular **checkup**.
我去醫生那裡作例行檢查。

cheek /tʃik/

　面頰 *(C)* (請參閱附錄 "身體")

◀ Tears rolled down her **cheeks**.
淚水順著她的臉頰流下來。

cheer /tʃɪr/

　①歡呼 *(vi)* = applaud

◀ The audience **cheered** as the speaker arrived.
演講者到達時聽眾們歡呼起來。

　②喝采 *(vt)*

Miss Owen was **cheered** by her fans as she walked out of the hotel.
歐文小姐走出飯店時，受到崇拜者的喝采。

　③歡呼 *(C)*

Please give three **cheers** for the winner.
請為優勝者歡呼三次。

---

cheer on

喝采加油 *(vt,s)* = cheer/root for *(vt,u)*

◀ We went to the sports meet to **cheer** our baseball team **on**.
我們到運動會上為自己的棒球隊喝采加油。

---

cheer up

①讓…高興起來 *(vt,s)* = brace/perk/buck/pep up

◀ I tried to **cheer** her **up** by taking her out to see a movie.
我帶她去看電影，試圖讓她高興起來。

②振作起來 *(vi)* = brace/perk/buck up

Cheer up, things will take a turn for the better.
振作點，情況會好起來的。

---

cheerful /ˈtʃɪrfəl/

　愉快的 *(adj)* = happy

◀ Miss Dion gave a **cheerful** wave of her hand to her fans.
迪翁小姐愉快的朝歌迷們揮了揮手。

cheese /tʃiz/

　乳酪 *(U)* (請參閱附錄 "食物")

◀ I ate a piece of **cheese**.
我吃了一片乳酪。

chef /ʃɛf/

　主廚 *(C)*

◀ Jack is a **chef** in a five-star hotel.
傑克是一家五星級飯店的主廚。

chemical /ˈkɛmɪkl̩/

　①化學藥品 *(C)*

◀ We should keep dangerous **chemicals** out of the reach of children.
我們應該把危險的化學藥品放在孩子們拿不到的地方。

　②化學的 *(adj)*

The **chemical** plant produces rubber.
該化學工廠生產橡膠。

chemist /ˈkɛmɪst/

　化學家 *(C)*

◀ Dr. Lee is a distinguished **chemist**.
李博士是著名的化學家。

chemistry /ˈkɛmɪstrɪ/

　化學 *(U)* (請參閱附錄 "學科")

◀ Dr. Church is a professor of **chemistry**.
丘池博士是化學教授。

cherish /ˈtʃɛrɪʃ/

　①珍惜 *(vt)* = treasure

◀ You should **cherish** the friendship between you and Linda.
你應該要珍惜和琳達之間的友誼。

　②懷著 *(vt)*

I have long **cherished** the hope that I might one day take over from Mr. Bush.
我心中長期以來一直懷著一個希望，有一天我能接管布希先生的工作。

cherry /ˈtʃɛrɪ/

　櫻桃 *(C)* (請參閱附錄 "水果")

◀ There are bunches of **cherries** in the tree.
樹上有一串串的櫻桃。

chess /tʃɛs/

　棋 *(U)*

◀ We played a game of **chess**.
我們下了一盤棋。

chest /tʃɛst/
胸部 (C) (請參閱附錄 "身體")
◀ My heart was pounding in my **chest**.
我的心臟在胸部猛烈跳動。

chestnut /'tʃɛsnət/
栗子 (C)
◀ We roasted **chestnuts** yesterday.
我們昨天烤栗子。

chew /tʃu/
①咀嚼 (vi)
◀ I saw a dog **chewing** on a bone.
我看見一條狗在咀嚼一塊骨頭。
②嚼 (vt)
Chew the pill until it breaks into pieces.
將藥片嚼碎。
◢相關字 請參見 bite。

chicken /'tʃɪkɪn/
①雞 (C) (請參閱附錄 "動物")
◀ Count one's **chickens** before they are hatched.
蛋孵化之前,就計算小雞 (打如意算盤)。
②雞肉 (U) (請參閱附錄 "食物")
Fried **chicken** is not good for health.
炸雞肉不利健康。

chief /tʃif/
①局長 (C)
◀ The **chief** of police was charged with taking bribes.
警察局長被控受賄。
②主要的 (adj) = primary
Oil is one of the **chief** exports of Iraq.
石油是伊拉克主要的出口商品之一。

child /tʃaɪld/
孩童 (C)
◀ As a **child**, I liked to play hide-and-seek.
孩童時代,我喜歡玩捉迷藏。
◢衍生字 children (pl) 孩子們;childlike (adj) 天真無邪的

childhood /'tʃaɪld,hʊd/
童年 (S,U)
◀ Tina had a happy **childhood** in the country.
蒂娜在鄉村度過了一個愉快的童年。

childish /'tʃaɪldɪʃ/
幼稚的 (adj)

◀ It was very **childish** of you to get angry about something so unimportant.
你為這種無關緊要的事發脾氣真是太幼稚了。

chili /'tʃɪlɪ/
①辣椒 (C)
◀ **Chilies** have a very hot, spicy taste.
辣椒味道又辛又辣。
②辣椒粉 (U)
Sherry put a lot of **chili** in the soup.
雪莉放了很多辣椒粉在湯裡。

chilly /'tʃɪlɪ/
①寒冷的 (adj) = cold
◀ It soon became **chilly** when the sun set.
太陽落山後很快就寒氣襲人了。
◢衍生字 chill (C,S) 寒氣
②冷淡的 (adj) = unfriendly, cool
He got a **chilly** welcome.
他到達時受到冷淡的接待。

chime /tʃaɪm/
① (鐘聲)響起 (vi) = ring
◀ The bell **chimed** on Christmas morning.
聖誕節早晨響起了鐘聲。
②與···一致 (vi)
Your views on education **chimes** completely with mine.
你對教育的看法與我完全一致。
③敲 (vt)
The clock **chimed** ten.
時鐘敲十點了。
④鐘聲,鈴聲 (C)
Can you hear the **chime** of the doorbell?
你聽得見門鈴響嗎?

chimney /'tʃɪmnɪ/
煙囪 (C)
◀ The **chimney** poured smoke into the air.
煙囪將煙排到空中。

chimpanzee /,tʃɪmpæn'zi/
黑猩猩 (C)
◀ Scientists use **chimpanzees** in medical research because they have many similarities to human beings.
科學家用黑猩猩做醫學研究,因為牠們跟人很相似。

🔘 MP3-C8

chin /tʃɪn/
下巴 *(C)* (請參閱附錄 "身體")
◀ Keep your **chin** up.
抬起你的下巴 (振作起來)。

chip /tʃɪp/
小片，碎片 *(C)*
◀ Among all the snacks, I like potato **chips** most.
在所有的零食當中，我最喜歡馬鈴薯片。

chip in
插嘴，插話 *(vi)* = break/cut in
◀ While we were talking, Julia **chipped in** with a joke.
我們談話時，茱莉亞插進一則笑話。

chirp /tʃɜp/
吱喳 *(vi)*
◀ I heard some birds **chirping** in the tree.
我聽到幾隻鳥在樹上吱喳叫著。

chocolate /'tʃɔkəlɪt/
巧克力 *(C,U)* (請參閱附錄 "食物")
◀ Amy gave me a bar of **chocolate**.
艾咪給我一條巧克力糖。

choice /tʃɔɪs/
①選擇 *(C)*
◀ You must make/take your **choice**. You can't have both.
你必須作出選擇。不能兩個都要。
✎衍生字 choose *(vt)* 選擇
②上等的 *(adj)* = top-quality
They sell only **choice** fruit.
他們只出售上等的水果。

choir /kwaɪr/
①合唱團 *(C)*
◀ The school formed a **choir** with Bella as its choirmaster.
學校組織了一個合唱團，由貝拉擔任指揮。
②唱詩班 *(C)*
Forty students sang in the **choir**.
有四十名學生在唱詩班裡合唱。

choke /tʃok/
①噎住 *(vi)*
◀ That child **choked** on a fish bone.
那孩子被一根魚刺噎住了。
②嗆 *(vt)*
I was **choked** by the smoke.
我被煙嗆了一下。

cholesterol /kə'lɛstə,rol/
膽固醇 *(U)*
◀ High levels of **cholesterol** have been linked to heart disease.
高膽固醇與心臟病早已有關連。

choose /tʃuz/, chose *(pt)*, chosen *(pp)*
①選擇 *(vi)*
◀ I have to **choose** between getting a job and going on studying.
我得在找工作和繼續求學之間作出選擇。
②選擇 *(vt)*
I **chose** an apple over an orange.
我選了蘋果而不要柳丁。

choosy /'tʃuzɪ/
挑剔的 *(adj)* = fussy, picky
◀ She is very **choosy** about food and clothing.
她對衣食很挑剔。

chop /tʃɑp/
①砍 *(vt)* = cut, hew
◀ Chad **chopped** a branch off the tree.
查德從樹上砍下一根樹枝。
②砍 *(vi)*
Tony has been **chopping** away at the tree for one hour, but it is still standing.
東尼砍樹已砍了一個小時，但那棵樹依然立在那裡。
③帶骨的肉塊，(羊 / 豬) 排 *(C)*
We are having pork **chops** for lunch.
我們午餐吃豬排。

chopsticks /'tʃɑp,stɪks/
筷子 *(P)*
◀ I use **chopsticks** to lift food to my mouth.
我用筷子夾食物到口中。

C

chord /kɔrd/
①和弦 (C)
◀ I can play a few **chords** on the guitar.
我能在吉他上彈出幾組和弦。
②心弦 (C)
Her story struck a **chord** in her readers' hearts.
她的故事撥動了讀者的心弦。

chore /tʃor/
家庭雜事 (C)
◀ More and more men are willing to do household **chores** such as cleaning, cooking, and shopping.
愈來愈多的男士願意做些家務事，如打掃、燒飯和購物之類。

chorus /ˈkorəs/
①合唱曲 (C)
◀ We sang the **chorus** in the music class.
我們在音樂課上唱起合唱曲。
②齊聲 (U)
We answered the question in **chorus**.
我們齊聲回答問題。

chronic /ˈkrɑnɪk/
慢性的 (adj) ⇔ acute
◀ Mr. Johnson has been suffering from **chronic** back pain.
強生先生一直受慢性背疼的折磨。

chubby /ˈtʃʌbɪ/
胖嘟嘟的 (adj)
◀ The baby has a **chubby** face.
那嬰兒長著胖嘟嘟的圓臉。
📎相關字 fat (胖的)。plump (豐滿的)。obese (肥胖的)。

chuckle /ˈtʃʌkl̩/
①輕輕一笑 (C)
◀ Jack gave a **chuckle** in response to my question about his affair.
我問到傑克他的風流韻事時，他輕輕一笑。
②輕聲笑 (vi)
We are **chuckling** about her joke.
我們都被她的笑話逗得輕聲笑了起來。

chunk /tʃʌŋk/
一大塊 (C)

◀ Winnie broke off a large **chunk** of bread.
溫妮掰了一大塊麵包。

church /tʃɝtʃ/
教堂 (C)
◀ There is a small **church** nearby.
附近有一個小教堂。
📎衍生字 churchgoer (C) 常去教堂做禮拜的人

cigarette /ˌsɪgəˈrɛt/
香煙，煙 (C)
◀ That woman in the corner lit her **cigarette** and puffed **cigarette** smoke in Simon's face.
角落裡的那個女人點起香煙，並把煙霧吐向賽門的臉上。

circle /ˈsɝkl̩/
①圓圈 (C)
◀ The children stood in a **circle**.
孩子們站成一圈。
📎衍生字 circular (adj) 圓形的
②盤旋 (vi)
A helicopter is **circling** overhead.
一架直升機在上空盤旋。
③盤旋 (vt)
An airplane is **circling** the airport.
一架飛機在機場上空盤旋。
📎相關字 circumference (圓周)。diameter (直徑)。radius (半徑)。semicircle (半圓)。

circuit /ˈsɝkɪt/
①電路 (C)
◀ Break a **circuit** before you change a fuse.
更換保險絲之前先切斷電路。
②一圈，環行一周 (C)
We made/did a **circuit** of the lake.
我們繞湖走了一圈。

circular /ˈsɝkjələ/
①圓的 (adj) = round
◀ I bought a **circular** table.
我買了一張圓桌。
②廣告，傳單 (C)
Did you see the **circular** of the new department store?
你看到那家新的百貨公司的廣告嗎？

circulate /'sɝkjəˌlet/

①循環 (vi) = get about, spread

◄ Blood **circulates** around the body.
血液在體內循環。

②流傳 (vi)

The news of the earthquake quickly **circulated** around the world.
地震的消息很快就傳遍全世界。

③散布 (vt) = spread

I will find out who has been **circulating** these rumors about me.
我要查出是誰在散布這些有關我的謠言。

circulation /ˌsɝkjəˈleʃən/

① (血液) 循環 (U)

◄ I have got very bad/poor/good **circulation**.
我的血液循環很糟 / 差 / 好。

②流傳 (U)

The news has been in **circulation** for some time.
這新聞已流傳了一段時間。

circumstance /'sɝkəmˌstæns/

情況 (C)

◄ We should avoid jumping to conclusions before we know all the **circumstances**.
在把所有情況都弄清楚之前，我們不要匆忙下結論。

circus /'sɝkəs/

馬戲團表演 (C)

◄ We went to the **circus** yesterday.
昨天我們去看馬戲團表演了。

cite /saɪt/

引用 (vt) = quote

◄ Jerry **cited** a passage from the Bible to end his speech.
傑瑞從聖經中引用了一段話結束了他的演講。

✎同尾字 incite (煽動)。excite (使興奮)。recite (朗讀)。

citizen /'sɪtəzn̩/

公民 (C)

◄ Anyone who has lived in America for several years can become a US **citizen**.
任何在美國居住了幾年的人都能成為美國公民。

city /'sɪtɪ/

城市 (C)

◄ She works in the **city** but lives in the country.
她在城裡工作，但住在鄉村。

◉ MP3-C9

civic /'sɪvɪk/

公民的 (adj)

◄ It is your **civic** duty to vote in the mayoral election.
在市長選舉中投票是你身為公民的義務。

✎衍生字 civics (U) 公民 (學) 科

civil /'sɪvl̩/

民間的 (adj)

◄ **Civil** strife broke out after a police officer shot a vendor dead.
警察射殺死一小販後，民間衝突就爆發了。

✎衍生字 civility (U) 禮貌的行為

civilian /səˈvɪljən/

①平民 (C)

◄ The town was heavily bombed, and many innocent **civilians** were killed.
該鎮遭到猛烈轟炸，許多無辜的平民死於非命。

②文官的，文人的 (adj) ⇔ military

After many years of military rule, a **civilian** government was eventually set up.
經過多年的軍人統治後，終於成立了文官政府。

civilization /ˌsɪvl̩əˈzeʃən/

文明 (U,C)

◄ Do you know the birthplace of the Chinese **civilization**?
你知道哪兒是中國文明的發祥地嗎？

✎衍生字 civil (adj) 文明的，有禮貌的

civilize /'sɪvl̩ˌaɪz/

使有教養 (vt)

◄ Some people think that girls in a coeducational school provide a **civilizing** influence, preventing fights and rough behavior.
一些人認為在男女同校的學校裡，女孩子們產生了教化的影響力，從而防止打架和粗魯行為的發生。

civilized /'sɪvḷˌaɪzd/

文明的 *(adj)* ⇔ *barbaric*

◀ Such things as slandering are not allowed to happen in a **civilized** society.
造謠中傷之類的醜事在文明社會是不允許發生的。

claim /klem/

①宣稱 *(vt)* = *declare*

◀ Mike **claimed** that the company had gone bankrupt.
麥克宣稱他的公司已破產了。

②認領 *(vt)* = *ask for*

If no one **claims** the lost watch, this child who found it can keep it.
假如沒人來認領這隻遺失的手錶，那麼撿到錶的孩子就可把它拿走。

③說法 *(C)* = *statement*

I don't accept the **claim** that oil prices have been cut.
我不相信石油價格已下降的說法。

④聲稱 *(U)*

He laid **claim** to the land.
他聲稱擁有這塊土地的所有權。

clam /klæm/

蛤蜊 *(C)*

◀ **Clams** live on the bottoms of oceans, lakes and streams.
蛤蜊生長在海洋、湖泊和溪流底部。

clamp /klæmp/

①搗住 *(vt)*

◀ She **clamped** her hand over the child's mouth.
她將手搗住孩子的嘴。

②夾鉗 *(C)*

We use a **clamp** to fasten things.
我們使用夾鉗夾緊東西。

clan /klæn/

氏族 *(C)*

◀ The two **clans** dominate the local politics and are always competing for power.
這兩大氏族左右了當地的政治，並無休無止地相互爭權奪利。

clap /klæp/

鼓掌 *(vi,vt)*

◀ They were **clapping** (their hands) to the music.
他們隨著音樂的節拍鼓起掌來。

clarify /'klærəˌfaɪ/

澄清 *(vt)* = *illuminate*

◀ **Clarify** your point by giving more details.
請再多舉些例子把你的論點講清楚。

clarity /'klærətɪ/

清楚 *(U)* = *lucidity*

◀ Tell your story with simple **clarity**.
簡單清楚地講一講你的故事。

clash /klæʃ/

①衝突 *(C)* = *conflict*

◀ There was a **clash** between the police and the angry farmers.
憤怒的農民和警察發生了衝突。

②衝突 *(vi)* = *fight*

The police **clashed** with the angry farmers.
警察與憤怒的農民衝突了起來。

clasp /klæsp/

①緊緊地抱 *(vt)* = *grasp*

◀ The mother **clasped** her baby to her bosom/in her arms.
母親將嬰兒緊緊地抱在懷裡。

②扣子 *(C)*

I use a **clasp** to fasten my bag.
我用了一個扣子來繫緊我的包包。

③緊握 *(S)*

She gave my hand a warm **clasp**.
她熱情地緊握我的手。

class /klæs/

①階級 *(C)*

◀ She comes from the lower/middle/upper/working **class**.
她來自下層 / 中產 / 上層 / 勞動階級。

②班級 *(C)*

There are forty-five students in my **class**.
我班上有四十五個學生。

③歸類為 *(vt)* = *consider, categorize*

Cokes are **classed** as soft drinks.
可口可樂被歸類為 (不含酒精的) 軟性飲料。

classic /'klæsɪk/

①經典之作 (C)

◀ Dickens' novels are among the great **classics** of English literature.
狄更斯的小說是英國文學中偉大的經典之作。

②典型的 (adj) = typical

This is one of the **classic** mistakes that students often make.
這是學生常犯的典型錯誤之一。

③最佳的 (adj)

Oliver Twist is Dickens' **classic** story of nineteenth- century England.
《孤雛淚》是狄更斯描寫十九世紀英格蘭的最佳作品。

classical /'klæsɪkl̩/

古典的 (adj)

◀ I prefer **classical** music to pop music.
我喜愛古典音樂勝過流行音樂。

classification /ˌklæsəfəˈkeʃən/

①分類 (C) = category

◀ Each book is given a **classification** according to its content.
每一本書都按內容進行分類。

②分類 (U)

What we have to do now is **classification** of the data.
現在我們要做的事情是將資料分類。

classify /'klæsəˌfaɪ/

歸類 (vt) = categorize

◀ Seahorses are **classified** as fish.
海馬被歸為魚類。

clause /klɔz/

①條款 (C)

◀ You can add a **clause** to a contract or delete one from it before it is signed.
你在簽下合同之前可以添加或者刪去某一條款。

②子句 (C)

A relative **clause** begins with a wh-word.
關係子句由一個wh字開頭。

claw /klɔ/

爪子 (C)

◀ Her cat used its **claws** to tear the sofa.
她養的那隻貓用爪子撕扯沙發。

clay /kle/

黏土 (U)

◀ **Clay** is soft and sticky when wet but becomes hard when dry. It is used to make pots and bricks.
黏土濕的時候又軟又黏，乾了之後變得很堅硬，可用來製作罐子和磚塊。

clean /klin/

①清潔的 (adj) ⇔ dirty

◀ Keep your hands **clean**.
請保持雙手清潔。

②擦乾淨 (vt)

Please **clean** the marks off the wall.
請把牆上的汙跡擦乾淨。

clean out

①打掃 (vt,s) = clear out

◀We generally make it a rule to **clean out** the garage on Saturday.
我們通常在星期六打掃車庫，這已經成規矩了。

②洗劫一空 (vt,s)= clear out

Two armed men **cleaned out** the convenience store at the corner of First Street and Main Street.
兩名持槍男子把第一街和梅因街拐角上的那家便利店洗劫一空。

clean up

收拾乾淨 (vt,s) = clear up

◀**Clean up** your room—it's a mess!
把你的房間收拾乾淨——亂七八糟的！

cleanse /klɛnz/

清潔 (vt)

◀ The nurse **cleansed** my wound with warm water.
護士用溫水給我清潔傷口。

clear /klɪr/

①晴朗無雲的 (adj) = cloudless；⇔ cloudy, sullen

◀ The sun is shining out of a **clear** sky.
太陽在晴空照耀。

②變晴朗 (vi) ⇔ cloud (over)

After the heavy rain, the sky **cleared** (up).
大雨過後，天空晴朗了。

C

③收走 (vt)

Please **clear** the dinner plates away.
請把菜盤收走。

clear off

①滾開 (vi) = go away

◀ **"Clear off!"** shouted the old man to the trespasser.
"滾開！" 老人朝那擅自進來的人喊道。

②散 (vi)= clear away, disappear

The mist has **cleared off**, and the sky is clear now.
現在霧散了，天空晴朗了。

③收拾 (vi;vt,s)

Please help me **clear** (the dishes) **off** (the table).
請幫我收拾 (盤子) 一下。

④償還 (vt,s) = pay

Jim still cannot **clear off** the money he owes me.
吉姆還是不能把他欠我的錢還給我。

clear out

清理 (vt,s) = clean out

◀ I need to **clear out** my drawers.
我需要把我的抽屜清理一下。

clear up

①放晴 (vi)

◀ According to the weather forecast, the weather will **clear up** tomorrow.
天氣預報說明天天氣會放晴。

②解開 (vt,s) = unravel, straighten out

The police still cannot **clear up** the mystery of the woman's death.
警方仍然解不開這位女子的死亡之謎。

clearance /'klɪrəns/

①清倉大拍賣 (C)

◀ The department store had a **clearance** last Sunday.
上個週日那家百貨公司進行了清倉大拍賣。

②清除 (U)

The school has begun **clearance** of the abandoned bicycles.
該校開始清除掉那些被丟棄的自行車。

⊙ MP3-C10

clench /klɛntʃ/

握緊，咬緊 (vt)

◀ David **clenched** his fists/teeth and yelled out, "Go away!"
大衛握緊了拳頭 / 咬緊牙關大吼道："滾開！"。

clerk /klɜk/

職員 (C) (請參閱附錄 "職業")

◀ The **clerks** in that shop are very polite.
那家商店的店員很有禮貌。

clever /'klɛvɚ/

①聰明的 (adj) = intelligent, smart

◀ Sandy is the **cleverest** girl of the three sisters.
珊蒂是三姐妹中最聰明的。

②靈巧的 (adj) = skillful；⇔ awkward

Cathy is **clever** with her hands.
凱西的雙手很靈巧。

click /klɪk/

①咔嗒 (C)

◀ At the **click** of a mouse, it becomes easy for us to send a message to anyone.
滑鼠只要咔嗒一聲，我們輕而易舉就把信息發給別人了。

②拍打 (vt)

Jim **clicked** his fingers again and again.
吉姆一下又一下地拍打著響指。

③咔嗒一聲 (vi)

The door **clicked** shut behind me.
門在我身後咔嗒一聲關上了。

client /'klaɪənt/

客戶 (C)

◀ An important **client** will meet me this afternoon.
今天下午有一個重要的客戶來見我。

cliff /klɪf/

懸崖 (C)

◀ We looked over the edge of the **cliff** at the sea below.
我們在懸崖邊上俯視下方的大海。

climate /'klaɪmɪt/

氣候 (C)

◀ Kaohsiung has a hot and dry **climate**.
高雄的氣候又熱又乾燥。

✎衍生字 *climatic (adj)* 氣候的

climax /'klaɪmæks/

高潮 *(C)*

◀ The film reaches its **climax** when an exciting car chase begins.
當激烈的追車場面開始後，影片達到了高潮。

✎衍生字 *climactic (adj)* 高潮的

climb /klaɪm/

①爬 *(vt)*

◀ I used to **climb** the hill at weekends.
我過去常在週末爬那座小山。

②爬 *(vi)*

Tony **climbed** out of bed to answer the telephone.
東尼從床上爬下來接電話。

clinch /klɪntʃ/

辛苦贏得 *(vt)*

◀ Brazil scores twice in the last fifteen minutes to **clinch** the championship/contest.
巴西隊在最後十五分鐘內踢進兩球辛苦贏得冠軍 / 比賽。

cling /klɪŋ/, clung *(pt)*, clung *(pp)*

緊挨著 *(vi)*

◀ The girl **clung** to her mother when crossing the street.
這女孩在穿過街道時緊挨著母親。

cling to

①緊緊抓住 *(vt,u)* = *hold tight to*

◀ I **clung to** the cliff, so I wouldn't fall down.
我緊緊抓住懸崖以免掉下去。

②堅持 *(vt,u)* = *adhere/cleave to*

I **cling to** the hope that his health will take a turn for the better.
我堅持抱著這樣的希望——他的身體會好起來。

clinic /'klɪnɪk/

診所 *(C)*

◀ I went to an eye/dental **clinic** yesterday.
昨天我去了眼科 / 牙科診所。

clinical /'klɪnɪkl̩/

臨床的 *(adj)*

◀ Before a drug can be prescribed for patients, it must undergo a number of **clinical** trials.
一種新藥物在用於病人之前都必須要經過一系列的臨床試驗。

clip /klɪp/

①迴紋針 *(C)*

◀ I fastened the papers together with a **clip**.
我用一個迴紋針把這些紙夾住。

②剪下 *(vt)* = *cut*

I showed Karen an ad which I had **clipped** out of today's newspaper.
我把從今天報紙上剪下的一則廣告給凱倫看。

clock /klɑk/

鐘 *(C)*

◀ I set my alarm **clock** for 7:30.
我把鬧鐘定時在七點三十分。

clock in/out

打卡上班 / 打卡下班 *(vi)* = *punch in/out*

◀ I **clocked in** at 8:00, and **clocked out** at 5:00.
我八點鐘打卡上班，五點鐘打卡下班。

clockwise /'klɑkˌwaɪz/

①順時鐘方向 *(adv)* ⇔ *counterclockwise*

◀ Screw the lid on **clockwise**.
把蓋子順時鐘方向擰上。

②順時鐘方向的 *(adj)*

Screw the lid on in a **clockwise** direction.
把蓋子按順時鐘方向擰上。

✎同尾字 street-wise (圓滑世故得能在城市街頭混得開的)。crosswise (交叉的)。media-wise (善於玩弄媒體的)。publicity-wise (善於打知名度的)。penny-wise (一毛不拔的)。weather-wise (擅長預測天氣的)。

clog /klɑg/

堵塞 *(vt)* = *jam*

◀ The road is said to be **clogged** with traffic. We had better turn around.
據說路上有交通堵塞，我們最好轉回去。

clone /klon/

① 無性繁殖 (vt)

◀ Scientists have successfully **cloned** a sheep.
科學家們已成功地複製了一頭綿羊。

② 翻版 (C)

Brenda is a bit of a Diana **clone**.
白朗黛有點像是黛安娜的翻版。

close /kloz/

① 閉合 (vt) = shut ; ⇔ open

◀ The baby **closed** her eyes and soon fell asleep.
嬰兒閉上了眼睛,很快就入睡了。

② 關 (vi) = shut

The door **closed** behind me as I went out.
我出去時,門在我身後關上了。

③ 靠近的 (adj) /klos/ = near

The post office is **close** to my home.
郵局離我家很近。

④ 靠近 (adv) /klos/ = near

The water is boiling. Don't come too **close**!
水開了,別靠得太近。

---

close down

關閉 (vt,s) = shut down, close/shut up

◀With the demand for coffee subsiding,
several producers are having to **close down**
their factories.
由於咖啡的需求量下降,幾個生產商不得不關
閉工廠。

---

close in

降臨,逼近 (vi) = get closer (to)

◀Darkness/The enemy was **closing in** (on the
town).
夜幕降臨 (這座小鎮) / 敵人正在 (向小鎮) 逼
近。

---

closet /'klɑzɪt/

櫥,櫥櫃 (C) (請參閱附錄 "家具")

◀ Mr. Johnson is courageous enough to come
out of the **closet**.
強生先生很有勇氣從櫥櫃走出來 (宣布是同性戀
者)。

closure /'kloʒɚ/

結束 (U) = shutdown ; ⇔ opening

◀ With business dropping off, Mr. Smith decided
to close down his factory, but his workers got
angry at its **closure**.
因為生意清淡,史密斯先生決定要關閉工廠,但
工人們卻為工廠結束一事感到憤怒。

cloth /klɔθ/

① 布 (C)

◀ Clean the windows with a soft **cloth**.
用塊柔軟的布擦擦窗子。

② 布料 (U)

Julia needs several yards of **cloth** to make a
dress.
茱莉亞需要幾碼布料做一件衣服。

clothe /kloð/

穿著衣服 (vt) = dress

◀ The kids were fast asleep, still fully **clothed**.
小孩們熟睡了,身上還穿著衣服。

clothes /kloz/

衣服,服裝 (P)

◀ We depend on our parents for **clothes** and
food.
我們衣食靠父母。

clothing /'kloðɪŋ/

衣服 (U)

◀ We wear light **clothing** in summer.
夏天我們穿輕便衣服。

cloud /klaud/

雲 (C)

◀ Dark **clouds** gathered overhead.
天空烏雲集結。

cloudy /'klaudɪ/

陰雲密布的 (adj) ⇔ clear

◀ It looks pretty **cloudy** today.
今天天氣看上去陰雲密布。

clover /'klovɚ/

苜蓿 (U)

◀ **Clover** is often grown as food for cattle.
苜蓿時常種來當牛的食物。

🔊 MP3-C11

clown /klaʊn/
小丑 *(C)* (請參閱附錄 "職業")
◀ Sam likes to play the **clown**.
山姆愛扮小丑。

club /klʌb/
社團，俱樂部 *(C)*
◀ I joined the school's chess **club**.
我參加了學校的西洋棋社。

clue /klu/
線索 *(C)*
◀ The police are searching for **clues** to the whereabouts of the missing girl.
警方在尋找失蹤女孩下落的有關線索。

clumsy /'klʌmzɪ/
笨拙的 *(adj)* = *awkward*
◀ Joe made a **clumsy** attempt to catch the ball.
喬伊用一個笨拙的動作想接住球。

cluster /'klʌstɚ/
①圍聚 *(vi)* = *assemble*
◀ All my family **clustered** around the television, watching the football game.
我們全家人團聚在電視機前觀看足球賽。
②一串，一群 *(C)*
There is a **cluster** of banks on Nan Chang Street.
南昌街上有一串(排)銀行。

clutch /klʌtʃ/
①抓緊 *(vt)* = *grasp*
◀ Judy **clutched** her purse elbowing her way through the crowd.
茱蒂抓緊錢包推擠著穿過人群。
②抓住 *(vi)* = *seize*
A drowning person will **clutch** desperately at any straw that he or she might reach for.
溺水者會不顧一切地抓住任何一根手能及的救命稻草。

coach /kotʃ/
①大型遊覽車 *(C)* (請參閱附錄 "交通工具")
◀ We are going to London on a **coach**.
我們將搭大型遊覽車到倫敦。

②教練 *(C)* (請參閱附錄 "職業")
Paul is a tennis/swimming **coach**.
保羅是網球 / 游泳教練。

coal /kol/
煤 *(U)*
◀ Please put more **coal** on the fire.
請在火上再加上一些煤。

coarse /kors/
粗糙的 *(adj)* = *rough*；⇔ *smooth*
◀ The **coarse** cloth was made from linen.
這塊粗糙的布料是亞麻布製的。

coast /kost/
海岸 *(C)*
◀ The ship sank ten miles off the eastern **coast** of Taiwan.
那艘船在離台灣東海岸十英里處沉沒。

coastline /'kost,laɪn/
海岸線 *(C)*
◀ Looking out the window of the tourist bus, I saw the rocky/rugged/jagged/crooked **coastline**.
從遊覽車的窗口望出去，我看到了多岩石/崎嶇/鋸齒狀/彎曲的海岸線。

coat /kot/
外套，大衣 *(C)* (請參閱附錄 "衣物")
◀ Cut your **coat** according to your cloth.
根據你布的長度來裁做外套 (量力而為)。

cockroach /'kak,rotʃ/
蟑螂 *(C)* (請參閱附錄 "動物")
◀ **Cockroaches** are most active at night.
夜晚蟑螂最活躍。

cocktail /'kak,tel/
雞尾酒 *(C)* (請參閱附錄 "飲料")
◀ Sam is sipping/drinking champagne **cocktails** in the cocktail lounge.
山姆在酒吧間啜飲香檳雞尾酒。

coconut /'kokənət/
椰子 *(C)* (請參閱附錄 "水果")
◀ Paul climbed up a tree for a **coconut**.
保羅爬到樹上摘一個椰子。

cocoon /kə'kun/
繭 (C)
◀ The moth is spinning/making a **cocoon**.
蛾正在織繭。

code /kod/
密碼 (C)
◀ Their messages were sent in **code**, but we have broken their **code**.
他們用密碼來發送信息,但我們已經破解了他們的密碼。

coffee /'kɔfɪ/
①咖啡 (U) (請參閱附錄 "飲料")
◀ They are chatting over **coffee**.
他們喝咖啡閒聊。
②咖啡一杯 (C)
I want a **coffee**.
我要一杯咖啡。

coffin /'kɔfɪn/
棺材 (C) = casket
◀ They were lowering a **coffin** into a grave.
他們在把一架棺材放入墓地。

coherent /ko'hɪrənt/
有連貫性的 (adj) = consistent
◀ His speech provided a **coherent** argument for a massive cut in public spending.
他的發言為大幅度削減公共開支提供了一套有連貫性的論據。
⚲衍生字 coherence (U) 符合,連貫性
⚲同尾字 inherent (固有的)。adherent (支持者)。

coil /kɔɪl/
①盤繞 (vi,vt)
◀ I found a snake **coiling** (itself) around a branch of the tree.
我發現了一條蛇盤繞在一根樹枝上。
②一圈 (C)
Coils of rope/cable/barbed wire lay scattered all over the floor.
地板上到處是一圈圈繩子 / 電纜 / 帶刺鐵絲。

coin /kɔɪn/
硬幣 (U,C)
◀ They paid me in **coin**, so I had **coins** for the ticket machine.
他們付給我硬幣,這樣我就可用硬幣在售票機上購票了。

coincide /ˌkoɪn'saɪd/
恰巧 (vi)
◀ The school's 100th anniversary happened to **coincide** with my birthday.
學校的一百週年紀念日恰巧與我的生日是同一天。

coincidence /ko'ɪnsɪdəns/
①巧合 (U)
◀ It was pure/sheer **coincidence** that Jenny and I were seated together in the meeting.
珍妮和我在開會時坐在一起純粹是巧合。
②巧事 (C)
What a **coincidence**! We ended up in the same hotel.
多麼巧的事!我們結果都住了同一家飯店。
⚲衍生字 coincident (adj) 同時發生的;
　　　　coincidental (adj) 巧合的

coke /kok/
可樂 (C,U) (請參閱附錄 "飲料")
◀ Would you like some **coke**?
你要可樂嗎?

cold /kold/
①寒冷的 (adj)
◀ It's getting **cold**.
天涼了。
②感冒 (C)
I have got a bad **cold**.
我得了重感冒。
②寒冷 (U)
They went out in the **cold**.
他們在寒冷中出門。

collaborate /kə'læbəˌret/
合作 (vi)
◀ I **collaborated** on this new book with Christine.
我同克莉斯汀合作了這本書。
⚲同尾字 elaborate (詳述)。corroborate (證實)。

collaboration /kəˌlæbə'reʃən/
合作 (U) = cooperation
◀ We work in **collaboration** with Mr. Johnson.
我們與強生先生攜手合作。

collapse /kə'læps/

塌陷 *(vi)* = *cave in, fall down*

◀ The roof **collapsed** under the weight of the snow.
屋頂在積雪的重壓下塌陷了。

collar /'kɑlə/

衣領 *(C)*

◀ Jim turned up his **collar** against the wind.
吉姆把衣領翻起來擋風。

colleague /'kɑlig/

同事 *(C)*

◀ Miss Smith often plays one **colleague** off against another.
史密斯小姐常常挑撥同事關係。

collect /kə'lɛkt/

①收集 *(vt)* = *gather*

◀ Some people **collect** coins.
有些人收集硬幣。

②聚集 *(vi)* = *gather, assemble*

A lot of movie fans **collected** outside the hotel, waiting for the movie star to show up.
許多影迷聚集在旅館外面，等待那位影星露面。

collection /kə'lɛkʃn/

①作品集 *(C)*

◀ My new book is a **collection** of short plays.
我的新書是一本短劇集。

②領取 *(U)*

I have to make arrangements for the **collection** of my baggage from the station.
我得安排去火車站取行李的事。

collective /kə'lɛktɪv/

集體的 *(adj)*

◀ It was a **collective** decision to raise taxes.
提高稅收是集體的決定。

🔍同尾字 selective (選擇性的)。
        elective (選舉的；選修的)。

collector /kə'lɛktə/

收藏家 *(C)*

◀ David is a stamp/coin/antique **collector**.
大衛是郵票 / 錢幣 / 古玩收藏家。

🔘 MP3-C12

college /'kɑlɪdʒ/

學院 *(C,U)*

◀ Jean went to art/nursing **college**.
珍上了藝術 / 護理學院。

collide /kə'laɪd/

①相撞 *(vi)*

◀ Two boats **collided** in the rough seas, but fortunately no one was injured.
兩艘船在風浪洶湧的海面上相撞，但幸運的是無人受傷。

②起衝突 *(vi)* = *clash*

The mayor **collided** with some city councilors over his budget plans.
市長與一些市議員在預算計畫上起了衝突。

collision /kə'lɪʒən/

相撞 *(C)* = *crash*

◀ I pulled over to avoid a head-on **collision**.
我靠到邊上，避免了一場迎面相撞。

colloquial /kɔ'lokwɪəl/

通俗語的 *(adj)*

◀ Her stumbling attempts at **colloquial** Chinese amused me.
她那結結巴巴想說通俗中文的做法引我發笑。

colonel /'kɜnl̩/

上校 *(C)*

◀ **Colonel** Yin's murder is still shrouded in mystery.
尹上校命案仍然是謎。

colonial /kə'lonɪəl/

殖民的 *(adj)*

◀ France was once a major **colonial** power.
法國曾是個殖民大國。

colony /'kɑlənɪ/

殖民地 *(C)*

◀ We spent the day visiting a former French **colony** in Africa.
我們花了一天時間去參觀了非洲過去一塊法國殖民地。

🔍衍生字 *colonize (vt)* 開拓 (某地) 成殖民地；
       colonist (C) 殖民地開拓者

C

color /ˈkʌlə/
① 彩色 *(U)*
◀ The book is printed in full **color**.
這本書是全彩色印刷的。
② 顏色 *(C)*
I would prefer a lighter **color**.
我寧願選擇較淡一些的顏色。

colorful /ˈkʌləˌfəl/
① 色彩艷麗的 *(adj)*
◀ The bird has **colorful** wings.
這隻鳥長著色彩艷麗的翅膀。
衍生字 *colorless (adj)* 無色的；*colored (adj)* 有顏色的
② 多彩多姿的 *(adj)*
I am interested in her **colorful** career as a stewardess.
我對她當一名空姐多彩多姿的職業生涯很感興趣。

column /ˈkɑləm/
① 柱子 *(C)* (請參見 beam)
◀ The roof of the cathedral was held up by a row of stone **columns**.
大教堂的屋頂是由一排石柱子頂起來。
② 報紙或雜誌的欄或專欄 *(C)*
Each page of this newspaper has three **columns** of text.
這分報紙每一頁有三欄正文。
I like to read the financial **column**.
我喜歡讀財金專欄。

columnist /ˈkɑləmnɪst/
專欄作家 *(C)*
◀ Mr. White is a **columnist** for an evening newspaper.
懷特先生是一家晚報的專欄作家。
衍生字 *column (C)* 專欄

comb /kom/
① 梳子 *(C)*
◀ Susan arranged her hair more neatly by using a **comb**.
蘇珊用梳子將頭梳理得愈加整齊了。
② 梳 *(vt)*
Comb your hair before you go out.
出門之前先把頭髮梳一下。

combat /ˈkɑmbæt/
① 戰鬥 *(U)*
◀ Our troops engaged in **combat** with the enemy forces.
我們的部隊正與敵軍進行戰鬥。
② 戰鬥 *(vt)* = *fight against*
We **combated** the enemy on the border.
我們在邊境上與敵人戰鬥。
衍生字 *combatant (C)* 鬥士，戰士；
combative (adj) 好鬥的
③ 對抗 *(vt)* = *fight*
The government resolved to **combat** AIDS /inflation/terrorism.
政府決心要向愛滋病 / 通貨膨脹 / 恐怖主義開戰。

combination /ˌkɑmbəˈneʃən/
① 結合 *(U)*
◀ Use of the drug in **combination** with diet changes will help you lose weight.
服藥與改變飲食相結合將有助於減肥。
② 組合 *(C)*
Working as a team, we can be a winning **combination**.
我們携手工作，定能成爲一對成功的組合。

combine /kəmˈbaɪn/
① 兼具，兼備 *(vt)*
◀ I find it difficult to **combine** having a career with looking after children.
我覺得既要擁有事業又得帶孩子眞的很難。
② 聯合起來 *(vi)* = *join together, unite*
They **combined** against me.
他們聯合起來反對我。

come /kʌm/, came *(pt)*, come *(pp)*
來 *(vi)* ⇔ *go*
◀ Chris **came** through the door.
克莉絲從門裡出來了。

come about
實現 *(vi)* = *happen*
◀ Peace can only **come about** if the two sides are willing to meet each other halfway.
只有雙方願意互相讓步，和平才能實現。

come across

①偶然發現 (*vt,u*) = *meet by chance, run/bump into*

◀I **came across** this old photo in my drawer.
我在抽屜裡偶然發現了這張老照片。

②被聽懂 (*vi*) = *be understood*

Did your message **come across**?
你的意思被聽懂了嗎？

③看來是 (*vi*) = *come over*

His folksy manners **come across** as simple-minded.
他的草根行徑看來是天真的。

come apart

碎裂 (*vi*) = *break up, fall to pieces*

◀The glass **came apart** in my hands.
杯子在我手中碎裂了。

come around

①改變主意 (*vi*)

◀Chris finally **came around** and decided to give me a hand.
克莉絲終於改變主意，決定幫我一把。

②恢復了知覺 (*vi*)= *come to*

The man **came around** when we splashed water on his face.
我們在那人臉上灑些水後，他就恢復了知覺。

come by

①得到 (*vt,u*) = *obtain*

◀Money is hard to **come by** right now.
眼下錢很難得到。

②過來 (*vi*) = *drop by/in, stop by*

You can **come by** anytime you are in town.
不管你什麼時候到鎮上都可以過來。

come down

倒塌 (*vi*) = *be torn down*

◀The run-down building has **come down**.
那棟破落的樓已經倒塌了。

come down on

嚴懲 (*vt,u*) = *tell off, slap/call/dress down* (*vt,s*)

◀The police **come down** hard **on** anyone who is caught running red lights.
警方對任何闖紅燈的人都加以嚴懲。

come down to

問題在於 (*vt,u*) = *boil down to*

◀It **comes down to** this: How much will you charge for the house?
問題在於：這棟房子你要價多少？

come/go down with

得病 (*vt,u*) = *be infected with*

◀I am afraid I'm **coming down with** the flu.
我恐怕是得流行性感冒了。

come forward

①站出來 (*vi*)

◀Several witnesses **came forward** with information about the robbery.
有幾個證人站出來提供了這次搶劫案的消息。

②提出來討論 (*vi*)

The issue of the pay raise will **come forward** at the meeting.
加薪問題將在會議上提出來討論。

come off

①成功 (*vi*) = *succeed, go off*

◀The attempt to rescue the hostages **came off**.
解救人質的行動成功了。

②舉行 (*vi*) = *take place*

The opening ceremony **came off** as planned.
開幕式按計畫舉行了。

come on

①亮 (*vi*) ⇔ *go off*

◀The lights suddenly **came on** in the theater.
劇院裡的燈突然亮了。

②過來 (*vi*)

Come on. I'll show you how to operate the air conditioner.
來，我來教你怎麼開冷氣機。

③好了 (*vi*)

Come on, it's not that hard. Give it a try.
好了，沒那麼難，試一試吧。

④得了 (*vi*)

Oh, **come on**, don't lie to me!
噢，得了，別對我撒謊！

C

C

come out

① 出版 *(vi)* = be published, become available

◀A new edition of the dictionary will **come out** next month.

這本詞典的新版將於下月出版。

② 傳出來 *(vi)*= become known

The news **came out** that Mr. Yiu had been designated to take over the position of premier.

消息傳出來說，游先生已被指定繼任行政院長一職。

③ 沖洗 *(vi)*

The photos **came out** clearly/well.

這些照片洗得很清楚 / 好。

come out with

突然說出 *(vt,u)*

◀James **came out with** a really stupid remark about abortion.

詹姆斯突然說出一句關於墮胎方面的蠢話。

come over

看來是 *(vi)* = come across

◀My boss **comes over** as a forgiving man.

我老闆看來是個肯寬恕人的人。

come through

① 安然渡過 *(vt,u)*

◀The pagoda **came through** the earthquake without much damage.

寶塔在地震中保全了下來，沒有遭到很大破壞。

② 熬過來 *(vi)*

They **came through** unharmed.

他們熬過來了，沒有受到絲毫傷害。

come to

① 恢復知覺 *(vi)* = come around；⇔ pass out

◀The boy fainted in the glaring sun, but he **came to** when we splashed drops of water on his face.

那男孩在烈日下暈倒了，不過我們在他臉上灑了幾滴水後，他就恢復了知覺。

② 一共 *(vt,u)* = add up to, amount to

The bill **comes to** $30, ma'am.

帳單一共是三十元，夫人。

come up

出現 *(vi)* = occur

◀A problem may **come up** unexpectedly in a conversation.

交談中，問題可能會料想不到地出現。

come up to

達到 *(vt,u)*

◀Your work **came up to** my expectations/standard.

你的工作達到了我的期望 / 標準。

come up with

想出 *(vt,u)* = think of

◀I couldn't **come up with** a good excuse for standing her up.

我想不出對她失約的好藉口。

🔘 MP3-C13

comedian /kə'midɪən/

喜劇演員 *(C)* ⇔ tragedian

◀A good **comedian** can get his audience laughing.

一個優秀的喜劇演員應該能夠逗觀眾開懷大笑。

comedy /'kɑmədɪ/

① 喜劇 *(U)* ⇔ tragedy

◀Larry is an actor with a gift for **comedy**.

賴瑞是一位具有喜劇天賦的演員。

✎衍生字 comic (adj) 喜劇的；comical (adj) 滑稽的

② 喜劇 *(C)*

I like Shakespeare's **comedies**.

我喜歡莎士比亞的喜劇。

comet /'kɑmɪt/

彗星 *(C)*

◀Halley's **Comet** is going to come back in 2061.

哈雷彗星在二○六一年會再回來。

comfort /'kʌmfɚt/

① 舒適 *(U)* ⇔ discomfort

◀We live in **comfort**.

我們過得很舒適。

② 安慰 *(vt)* = console

Pauline often **comforts** me when I feel blue.

我情緒不佳時，寶琳常常來安慰我。

comfortable /'kʌmfɚtəbl̩/

自在的 (adj)

◀ Sit down and make yourself comfortable.
請隨便坐，讓自己自在一點。

comic /'kɑmɪk/

喜劇的 (adj) ⇔ tragic

◀ Mr. Brown is a comic actor.
布朗先生是一位喜劇演員。

comics /'kɑmɪks/

漫畫 (P)

◀ I like to read the comics.
我喜歡看漫畫。

command /kə'mænd/

①命令 (C) = order

◀ A general gives a command and his men
must carry it out.
將軍下達命令，部下就必須執行。

②命令 (vt) = order

He commanded his men to advance.
他命令部下往前進。

commander /kə'mændɚ/

指揮官 (C)

◀ Mr. White serves as the commander of the
unit.
懷特先生擔任該部隊的指揮官。

commemorate /kə'mɛmə,ret/

紀念 (vt)

◀ The memorial was put up to commemorate
those who were killed in the February 28
Incident.
這次紀念活動是為紀念 "二二八事件" 的死難者
而舉辦的。

commence /kə'mɛns/

①開始 (vi) = begin

◀ A meeting often commences with a reading
of the record of the last meeting.
會議常常以宣讀上次會議的紀錄開始。
＼衍生字 commencement (U,C) 開始，畢業典禮
②開始 (vt) = begin

We will commence the ceremony at nine
o'clock.
我們九點鐘典禮開始。

commend /kə'mɛnd/

讚揚 (vt) = praise

◀ That firefighter risked his life to save the boy
from fire and was highly commended for his
bravery.
那位救火員冒著生命危險去火中營救男孩，其
勇敢行為受到了高度讚揚。
＼衍生字 commendable (adj) 值得稱讚的
＼同尾字 請參見 amend。

C

comment /'kɑmɛnt/

①評語 (C) = remark

◀ My teacher made a few useful comments
about/on my writing.
我的老師對我的作文給了一些有益的評語。
②評論 (vi) = remark

I am afraid I cannot comment on the accident.
對此意外事件我恐怕無法置評。
③發表意見 (vt) = remark

Tina commented that *Titanic* was a good
movie.
蒂娜發表意見說《鐵達尼》是一部好電影。

commentary /'kɑmən,tɛrɪ/

解說 (C)

◀ We asked Mr. Smith to give a commentary
on the baseball game.
我們請史密斯先生就這場棒球賽做解說。
＼衍生字 commentate (vi) 下評論

commentator /'kɑmən,tetɚ/

評論員 (C)

◀ Mr. Smith is an experienced news/radio/TV
commentator.
史密斯先生是位經驗豐富的新聞 / 廣播 / 電視
評論員。

commerce /'kɑmɝs/

商業，商務 (U) = business, trade

◀ I have decided to go into commerce after I
leave school.
我決定畢業後進入商界工作。

commercial /kə'mɝʃəl/

①賺錢的 (adj)

◀ This movie is a huge commercial success.
這部影片是非常賺錢的。

②商業廣告 (C)

There are too many **commercials** on TV these days.

近來電視節目中充斥著商業廣告。

commission /kə'mɪʃən/

①委託 (vt)

◀ The TV station **commissioned** a playwright to write a new play.

這家電視台委託一位劇作家寫一部新劇。

②佣金 (C)

You can charge/take a 15% **commission** on the sales you make.

你可以在銷售額中提取百分之十五的佣金。

③委員會 (C)

A **commission** was set up/appointed to investigate the human-trafficking.

成立了 / 任命了一個委員會來調查販賣人口案。

📝同尾字 mission (任務)。admission (允許進入)。
permission (許可)。emission (散發)。
submission (屈服；呈送)。remission (縮短刑期)。omission (省略)。intermission (中場休息)。transmission (傳播)。

commit /kə'mɪt/

①犯 (罪) (vt)

◀ He was accused of a murder which he never **committed**.

他被指控他並沒有犯的謀殺罪。

②奉獻於 (vt) = devote, dedicate

Mr. Williams **committed** himself/his whole life to music.

威廉斯先生將一生奉獻於音樂事業。

commitment /kə'mɪtmənt/

①許諾 (C) = promise

◀ My boss made a **commitment** to equal pay and opportunities.

我的老闆許諾保證大家同工同酬，機會均等。

②奉獻精神 (U) = devotion

Paul shows/displays his **commitment** to work.

保羅顯示了對工作的奉獻精神。

committee /kə'mɪtɪ/

委員會 (C)

◀ We have set up a **committee** to look into the cause of the fire.

我們成立了一個委員會，專門來調查這次火災的起因。

commodity /kə'madətɪ/

商品 (C) = merchandise (U)

◀ Mr. Brown trades in industrial/agricultural/household **commodities**.

布朗先生經營工業 / 農業 / 家用商品。

common /'kamən/

①常見的 (adj) = usual；⇔ uncommon

◀ It is very **common** for teenagers to use cellular phones.

青少年使用行動電話是很常見的。

②共同的 (adj) = shared

We share a **common** belief that human beings are created equal.

我們擁有共同的信念，即人是生而平等的。

commonplace /'kamən,ples/

①家常便飯的 (adj) = ordinary；⇔ unusual

◀ It is **commonplace** for Beth to travel abroad.

貝絲去國外旅行是家常便飯。

②常見不怪的事 (C,U)

Intermarriage between different races is now a **commonplace** in our society.

異族通婚如今在我們社會裡也是常見不怪的事了。

communicate /kə'mjunə,ket/

①溝通 (vi) = interact

◀ Bob is a shy boy who cannot **communicate** with other people very well.

鮑勃是個靦腆的男孩，不太善於和別人溝通。

②表達 (vt) = express, convey

Andy can **communicate** his ideas to his boss very clearly.

安迪能向他的老闆很清晰地表達自己的想法。

communication /kə,mjunə'keʃən/

通訊 (U)

◀ There was a breakdown in **communication**.

通訊癱瘓了。

communicative /kə'mjunə,ketɪv/

①健談的 (adj)

◀ Sue is not very **communicative**, which puts her at a disadvantage.

蘇不太健談，這對她很不利。

②溝通的

This book is intended to develop students' **communicative** skills.

這本書旨在發展學生的溝通技巧。

communism /'kɑmju͵nɪzəm/

共產主義 *(U)*

◀ The collapse of **communism** in Eastern Europe changed the political landscape.

東歐共產主義的瓦解改變了政治的局面。

communist /'kɑmju͵nɪst/

共產黨員 *(C)*

◀ The number of **communists** is decreasing.

共產黨員的人數逐漸減少。

community /kə'mjunətɪ/

社區 *(C)*

◀ Mr. White has done a lot for the black **community**.

懷特先生為黑人社區做了很多事。

commute /kə'mjut/

①通勤 *(vi)*

◀ I **commute** from the suburbs to the city every day.

我每天通勤於郊區和市區。

②減輕 *(vt)*

The serial killer's death sentence was **commuted** to life imprisonment.

連續殺人犯的死刑被減輕為無期徒刑。

✎同尾字 mute (緘默的)。permute (重新排列)。

◉ MP3-C14

commuter /kə'mjutɚ/

通勤乘客 *(C)*

◀ The train is crowded with home-going **commuters**.

火車上擠滿了回家去的通勤乘客。

compact /'kɑmpækt/

①協議 *(C)* = *agreement*

◀ We made a **compact** with our rival companies not to wage a price war.

我們與相競爭的公司達成協議不打價格戰。

✎相關字 請參見 accord。

②結實緊密 *(adj)*

Knead the dough harder so that it becomes **compact**.

用力揉麵櫚使它結實緊密。

③袖珍的 *(adj)* = *small*

There is a brisk demand for **compact** cameras.

袖珍照相機很搶手。

✎同尾字 pact (協定)。impact (衝擊)。

companion /kəm'pænjən/

夥伴 *(C)*

◀ I offered to go with Jamie as a traveling **companion**.

我自告奮勇地提出做潔咪的旅行夥伴。

companionship /kəm'pænjənʃɪp/

友情 *(U)*

◀ I miss the **companionship** of Linda.

我很懷念與琳達的友情。

company /'kʌmpənɪ/

①公司 *(C)* = *firm*

◀ They formed a new **company**.

他們組建了一個新公司。

②作伴 *(U)*

I was grateful for your **company** on the long journey up to Taipei.

我很感激你在去台北的漫長旅途中與我作伴。

✎衍生字 *accompany (vt)* 陪伴

comparable /'kɑmpərəbl̩/

可相比的 *(adj)*

◀ Your story is hardly **comparable** with James's.

你的故事不能和詹姆斯的相比。

comparative /kəm'pærətɪv/

相比而言的，相當的，相對的 *(adj)* = *relative*

◀ After a lifetime of hardship, her last few years were spent in **comparative** comfort.

經過大半輩子的苦難生活，她生命中的最後幾年還算過得比較舒適。

compare /kəm'pɛr/

①比較 *(vt)*

◀ **Compare** this picture with that one, and tell me what you think.

把這幅畫與那幅比較一下，然後跟我說說你的看法。

C

②比喻 *(vt)*

Life is often **compared** to a journey.
人生常被比喻爲一段旅程。

comparison /kəm'pærəsn̩/

①比較 *(C)*

◀ Can you make/draw a **comparison** between a house and a home?
你能將 "house" 和 "home" 作個比較嗎？

②比較 *(U)*

My shoes don't stand/bear **comparison** with yours.
我的鞋子無法和你的相比。

compass /'kʌmpəs/

①羅盤 *(C)*

◀ If you want to sail in the sea, you must be able to read a **compass**.
如果你要航海，就必須會看懂羅盤。

②圓規 *(P)*

I bought a new pair of **compasses**.
我買一隻新圓規。

✎同尾字 encompass (包括)。surpass (超越)。
underpass (地下道)。overpass (天橋)。

compassion /kəm'pæʃən/

同情心 *(U)* = sympathy, pity

◀ We should show **compassion** for the poor.
我們對窮苦人應表示同情心。

✎同尾字 passion (激情)。

compassionate /kəm'pæʃənɪt/

有同情心的 *(adj)* = sympathetic

◀ We should be **compassionate** towards the poor.
我們對窮苦人應有同情心。

✎同尾字 dispassionate (不受情緒影響的)。

compatible /kəm'pætəbl̩/

相容並存的 *(adj)* ⇔ incompatible

◀ Islamic traditions and teachings are not **compatible** with the values of modern western societies.
伊斯蘭傳統和教義與現代西方社會的價值觀不能相容並存。

compel /kəm'pɛl/

強迫 *(vt)* = force

◀ Some students hate to be **compelled** to take part in a parade.
有些學生討厭被強迫去參加遊行。

✎同尾字 dispel (驅散)。impel (驅使)。repel (逐退)。
expel (驅逐)。propel (推進)。

compensate /'kɑmpən,set/

①彌補 *(vi)* = make up

◀ My enthusiasm more than **compensates** for my lack of experience.
我的熱情足可彌補經驗的不足。

②賠償 *(vt)*

The oil company apologized for the oil spill and agreed to **compensate** the fishermen for their loss of earnings.
石油公司對溢油事故表示歉意並同意賠償漁民的經濟損失。

compensation /,kɑmpən'seʃən/

賠償 *(U)* = damages

◀ The employer must pay **compensation** to his workers for injuries at work.
雇主對工作受傷的工人必須支付賠償金。

✎相關字 reparations (戰敗國的戰爭賠款)。alimony (贍養費)。hush money (遮羞費)。

compete /kəm'pit/

競爭 *(vi)* = vie

◀ Cindy always **competes** with her sister for their mother's attention.
辛蒂總是同她姐姐爭著吸引母親的注意力。

competence /'kɑmpətəns/

能力 *(U)* = capability

◀ He has the **competence** to deal with the financial crisis.
他有能力應付金融危機。

competent /'kɑmpətənt/

有能力的 *(adj)* = capable；⇔ incompetent

◀ Joseph is highly **competent** in his field.
約瑟在自己的領域內能力高強。

competition /,kɑmpə'tɪʃən/

比賽，競爭 *(C)* = contest

◀ Carl went in for/entered a **competition** for the championship.
卡爾參加了冠軍錦標賽。

competitive /kəmˈpɛtətɪv/
①競爭激烈的 *(adj)*
◀ The entrance examination is very **competitive**.
入學考試競爭得異常激烈。
②便宜的 (具有競爭力的)*(adj)*
I always shop at that store because its prices are very **competitive**.
我總是在那家商店購物，因爲它標的價格很便宜 (具有競爭力)。

competitor /kəmˈpɛtətɚ/
參賽者 *(C)* = contender, rival, contestant
◀ There are 20 **competitors** in the race.
這場比賽有二十名參賽者參加。

compile /kəmˈpaɪl/
編纂 *(vt)*
◀ We **compiled** this dictionary from various sources.
我們準備了大量資料編纂了這本詞典。
📝衍生字 compilation *(U)* 編纂(指行爲)；*(C)* 匯編而成的書、報或雜誌

complain /kəmˈplen/
抱怨 *(vi)* = gripe, grumble
◀ That woman is always **complaining** to me about her job.
那位女士老是向我抱怨她的工作。

complaint /kəmˈplent/
抱怨 *(C)*
◀ They made a **complaint** about the noise from our party.
他們抱怨我們聚會太吵鬧。

complement /ˈkɑmpləmənt/
①相輔相成，補足 *(vt)*
◀ Susan's business skill **complements** her husband's inventiveness.
蘇珊的經營技巧與丈夫的創造性相輔相成。
②補充 *(C)*
Susan's business skill makes an excellent **complement** to her husband's inventiveness.
蘇珊的經營技巧對丈夫的創造性是極好的補充。
📝同尾字 implement (實施)。supplement (補充)。

complementary /ˌkɑmpləˈmɛntərɪ/
相得益彰的 *(adj)*
◀ Good writing skills have to be **complementary** to good content.
好的寫作技巧必得與好的內容結合才相得益彰。
📝同尾字 supplementary (補遺的)。

complete /kəmˈplit/
①完整的 *(adj)* ⇔ partial
◀ No visit to Taipei would be **complete** without a tour of the National Palace Museum.
到了台北而不去遊覽國立故宮博物院的話，那麼旅行就不算完整。
②完成 *(vt)* = finish
It took me two years to **complete** this book.
完成這本書花去我兩年的時間。

complex /kəmˈplɛks/
複雜的 *(adj)* = complicated
◀ How the brain works is a highly **complex** problem.
大腦的運作是一個異常複雜的難題。

complexion /kəmˈplɛkʃən/
膚色 *(C)*
◀ Ava has a pale/dark/good/sallow **complexion**.
艾娃的膚色蒼白 / 黝黑 / 姣好 / 灰黃。

🔘 MP3-C15

complexity /kəmˈplɛksɪtɪ/
複雜 *(U)*
◀ I was amazed at the sheer **complexity** of the human mind.
我爲人性的複雜而感到驚訝。

complicate /ˈkɑmpləˌket/
使複雜化 *(vt)* ⇔ simplify
◀ A lack of communication would only **complicate** matters.
缺乏溝通只會使事態複雜化。

complicated /ˈkɑmpləˌketɪd/
複雜的 *(adj)* = complex, intricate ; ⇔ simple
◀ This problem is too **complicated** to sort out.
這個問題太複雜了，難以解決。

C

complication /ˌkɑmpləˈkeʃən/

①麻煩之事 *(C)*

◀ A further **complication** was Sherry's refusal to eat meat and fish. She is a vegetarian.
更麻煩的是雪莉不吃肉和魚，她是個素食者。

②併發症 *(P)*

He suffered **complications** after taking too many different kinds of medicine.
他吃了太多不同的藥，而出現併發症。

📝同尾字 duplication (複製)。replication (複製)。
implication (暗示)。supplication (哀求)。
triplication (作成三分)。

compliment /ˈkɑmpləmənt/

①讚美，讚美之辭 *(C)*

◀ Louis always pays Jane **compliments**, and she never forgets to return his **compliments**.
路易斯老是在讚美珍，她也從不忘記回報幾句讚美之辭。

②稱讚 *(vt)*

John **complimented** Helen on her new dress.
約翰稱讚海倫的新衣服好看。

📝衍生字 *complimentary (adj)* 表示讚美的，免費贈送的

comply /kəmˈplaɪ/

遵守 *(vi)* = conform (to)

◀ We must **comply** with the law.
我們必須遵守法律。

📝衍生字 *compliance (U)* 服從，遵守；*compliant (adj)* 服從的，百依百順的

📝同尾字 ply (計程車司機兜客)。imply (暗示)。reply (回覆)。supply (供應)。apply (應用；申請)。

component /kəmˈponənt/

零件 *(C)*

◀ The factory which used to supply electronic **components** for us has been shut down.
過去提供我們電子零件的那家工廠已經關閉了。

📝相關字 part (零件)。element (元素)。ingredient (配料)。constituent (成分)。

📝同尾字 opponent (反對者)。proponent (支持者)。exponent (倡導者)。

compose /kəmˈpoz/

作曲 *(vt)* = create, write

◀ The piece of music was **composed** for the violin.
這首樂曲是為小提琴而作的。

composer /kəmˈpozɚ/

作曲者 *(C)* (請參閱附錄 "職業")

◀ Tchaikovsky was the **composer** of *Swan Lake*.
柴可夫斯基是《天鵝湖》的作曲者。

composition /ˌkɑmpəˈzɪʃən/

①作曲 *(U)*

◀ Michelle played a piece of music of her own **composition**.
蜜雪兒演奏了一首她自己譜的樂曲。

②成分 *(U)* = make-up

I am analyzing the chemical **composition** of the drug.
我正在分析這種藥品的化學成分。

③作文 *(C)* = essay

I am writing a **composition** for English class.
我在寫一篇英文課的作文。

composure /kəmˈpoʒɚ/

鎮定 *(U)* = aplomb, self-possession

◀ Ted retained/recovered/lost his **composure** in a difficult situation.
泰德在困境中保持 / 恢復 / 失去鎮定。

📝同尾字 exposure (暴露)。

compound /ˈkɑmpaʊnd/

①化合物 *(C)* ⇔ element

◀ Water is a **compound** of hydrogen and oxygen.
水是氫和氧的化合物。

②複合的 *(adj)*

A **compound** noun such as "travel agent" is made up of two or more words.
像 "travel agent (旅行社)" 這種複合名詞是由二或三個字組合而成。

③加重 *(vt)* /kɑmˈpaʊnd/

Rex's misery is **compounded** by the fact that his father is seriously ill in the hospital.
雷克斯的父親患重病住院，這更加重了雷克斯的苦難。

📝同尾字 pound (磅；搗碎)。impound (扣押)。expound (解釋)。propound (提出問題供考慮)。

comprehend /ˌkɑmprɪˈhɛnd/

理解 *(vt)* = understand

◀ I fail to **comprehend** how Magician David can fly.

我不能理解魔術師大衛是怎麼飛起來的。

✎同尾字 apprehend (拘押)。reprehend (譴責)。

comprehensible /ˌkɑmprɪˈhɛnsəbl̩/

充分理解的 *(adj)* ⇔ *incomprehensible*

◀ The book offers an easily **comprehensible** explanation of the big bang theory.

這本書對大爆炸理論做了一個使人容易充分理解的解釋。

✎同尾字 reprehensible (應受譴責的)。

comprehension /ˌkɑmprɪˈhɛnʃən/

理解 *(U)*

◀ How the miner could survive the explosion was beyond everyone's **comprehension**.

礦工如何在爆炸中死裡逃生，讓所有人都感到無法理解。

✎同尾字 apprehension (憂慮)。

comprehensive /ˌkɑmprɪˈhɛnsɪv/

全面的 *(adj)= thorough*

◀ CNN gave the terrorist attacks **comprehensive** coverage in the evening news.

美國有線電視新聞網在夜間新聞裡對恐怖分子的襲擊作了全面報導。

✎同尾字 apprehensive (焦慮的)。

compress /kəmˈprɛs/

①壓 *(vt)*

◀ The machine **compresses** cans into pieces of metal.

這台機器將罐頭壓成金屬片。

✎衍生字 *compressor (C)* 壓縮機；*compression (U)* 壓縮

②壓縮 *(vt)*

What would normally have been a one-year training course has to be **compressed** into two weeks.

通常需要一年的訓練課程只得壓縮至兩星期。

✎衍生字 *compressible (adj)* 壓縮的

③敷布 *(C)* /ˈkɑmprɛs/

To stop blood from flowing out, apply a cold **compress** to the wound of your limb.

要止住血，可將一塊冷敷布蓋在肢體的傷口。

✎同尾字 press (壓)。impress (使獲得深刻印象)。express (表達)。suppress (鎮壓)。oppress (壓迫)。depress (使沮喪)。repress (抑制)。

comprise /kəmˈpraɪz/

由⋯組成 *(vt) = consist of*

◀ The apartment **comprises** 3 bedrooms, a kitchen, a dining room, and a living room.

這間公寓包括三間臥室、一間廚房、一間飯廳及一間起居室。

compromise /ˈkɑmprəˌmaɪz/

①讓步，妥協 *(vi)*

◀ We finally **compromised** on a price for the apartment, and a deal was clinched.

最後我們對那間公寓的價格作讓步，就成交了。

②以折衷、妥協辦法解決 *(vt)*

Most people will **compromise** their principles/ beliefs and grab any chance of making money.

大多數人會為了抓住任何賺錢的機會而違背自己的原則／信仰。

③折衷方案 *(C)*

After three hours of negotiation, they finally worked out/reached/rejected a **compromise**.

經過三個小時的談判，他們最終想出／達成／否定了折衷方案。

compulsion /kəmˈpʌlʃən/

①衝動 *(C) = impulse*

◀ I felt a sudden/moral **compulsion** to blow the whistle on that vicious woman.

我突感一陣／道義上的衝動要揭發那邪惡的女人。

②強迫 *(U)*

I was under **compulsion** to sign the contract.

我被迫簽下了那份合約。

✎同尾字 impulsion (衝動)。repulsion (厭惡)。

compulsive /kʌmˈpʌlsɪv/

上癮的 *(adj)*

◀ A **compulsive** spender/gambler/drinker/liar often suffers emotional trauma.

一名上癮的消費者／賭徒／酒鬼／撒謊者常常患有情緒創傷。

✎同尾字 impulsive (衝動的)。repulsive (令人厭惡的)。

compulsory /kəmˈpʌlsərɪ/

義務的 *(adj) = obligatory*；⇔ *voluntary*

◀ In Taiwan, education is **compulsory** between the ages of 6 and 15.

在台灣，六至十五歲的孩子要接受義務教育。

compute /kəm'pjut/

計算 *(vt)* = calculate

◀ I **computed** my losses at $14,000.
我計算我的損失是一萬四千元。

✎同尾字 dispute (爭論；駁斥)。repute (名聲)。impute (歸咎於)。

computer /kəm'pjutɚ/

電腦 *(C)*

◀ We use a **computer** to do our accounts.
我們用電腦來作帳。

computerize /kəm'pjutəˌraɪz/

電腦化 *(vt)*

◀ The checkout system in all supermarkets has been **computerized**.
所有超級市場的結帳系統都已電腦化。

comrade /'kɑmræd/

同志 *(C)*

◀ We laid a wreath at the tomb of each of our fallen **comrades**.
我們在每一位犧牲的同志墓前獻上花圈。

✎衍生字 comradeship (U) 同志情誼

conceal /kən'sil/

隱瞞 *(vt)* = hide；⇔ disclose, reveal

◀ I **conceal** nothing from my wife.
我對妻子毫無隱瞞。

concede /kən'sid/

①承認 *(vt)* = admit

◀ The opposition party leaders still nurse hatred, unwilling to **concede** defeat.
反對黨領袖仍心存芥蒂，不肯認輸。

②割讓 *(vt)*= cede

The government of the Ching Dynasty **conceded** this island to Japan in 1895.
清朝政府於一八九五年將本島割讓與日本。

✎同尾字 cede (轉讓)。precede (先於…發生)。recede (後退)。secede (脫離)。accede (同意)。intercede (說情)。

conceit /kən'sit/

自負 *(U)* = arrogance；⇔ modesty

◀ That woman is full of **conceit**.
那女人很自負。

conceited /kən'sitɪd/

自負的 *(adj)* = arrogant, haughty；⇔ modest

◀ A **conceited** person sometimes lacks self-confidence.
一個自負的人有時是缺乏自信心。

🔊 MP3-C16

conceivable /kən'sivəbḷ/

可想到的 *(adj)* = imaginable；⇔ unthinkable

◀ Taylor tried every **conceivable** way of getting the lid off the garbage can, but in vain.
泰勒用盡每一個可想到的辦法要打開垃圾箱蓋，但不成功。

conceive /kən'siv/

①想出 *(vt)* = think up/out

◀ Rick **conceived** the new idea/plan.
瑞克想出這新點子／計畫。

②懷孕 *(vt)*

Rita's first child was **conceived** before her marriage.
麗塔的頭一胎孩子是未婚先孕的。

③想 *(vi)*

I would never **conceive** of using tin cans and milk cartons to build a castle.
我永遠想不出可以用罐頭和牛奶紙盒來搭一個城堡。

④懷孕 *(vi)* = become pregnant

Ruby is unable to **conceive**.
露比不能懷孕。

✎同尾字 deceive (欺騙)。receive (接受)。perceive (發覺)。

concentrate /'kɑnsṇˌtret/

①專心 *(vi)* = focus

◀ I cannot **concentrate** on my work when it is hot.
天太熱的話我就無法專心工作。

②專心致力 *(vt)* = focus

You should **concentrate** your attention on your work.
你應該專心致力地工作。

concentration /ˌkɑnsn̩'treʃən/

注意力 *(U)* = attention

◀ Don't disturb my **concentration** when I am working.

我在工作的時候別來分散我的注意力。

concept /'kɑnsɛpt/

概念 *(C)* = idea

◀ I have no **concept** of how difficult being a teacher is.

對當一名教師會遇到多少困難我沒有什麼概念。

conception /kən'sɛpʃən/

①概念 *(C)*

◀ I have a clear/vague **conception** of how large the lake is.

我有一個很清楚／模糊的概念知道那湖有多大。

✎衍生字 conceptual (adj) 概念的

②懷孕 *(U)* ⇔ contraception

She wished she could have prevented the **conception**.

她真希望能不懷孕就好了。

✎同尾字 inception (初期)。reception (接待)。deception (欺騙)。perception (知覺)。exception (例外)。interception (攔截)。

concession /kən'sɛʃən/

①讓步 *(C)*

◀ The prime minister won't make any **concessions** to strikers.

首相不肯對罷工者作出讓步。

②特許，許可 *(C)*

The oil company has received/won the **concession** to explore for oil off the coast of this island.

該石油公司獲准在該島沿海進行石油探勘。

✎同尾字 cession (轉讓)。recession (經濟衰退)。procession (遊行隊伍)。intercession (說情)。

concise /kən'saɪs/

簡潔 *(adj)* = succinct

◀ Your writing should be **concise**, precise, and to the point.

寫作時你應力求簡潔，準確並切中要點。

✎同尾字 precise (精確的)。incise (切)。exercise (運動)。excise (切除；消費稅)。circumcise (割包皮)。

concern /kən'sɜn/

①關心 *(U)*

◀ That woman showed little **concern** for her son's safety.

那位婦女一點都不關心她兒子的安全。

②與⋯有關 *(vt)* = be about

This story **concerns** a student who loved his teacher.

這則故事有關一個學生愛上他老師的事。

concerned /kən'sɜnd/

①擔心 *(adj)* = worried, anxious

◀ I am very **concerned** about your safety.

我很擔心你的安全。

②關於 *(adj)*

This story is **concerned** with a runaway boy.

這故事是關於一個逃家的孩子。

concert /'kɑnsɜt/

音樂會 *(C)*

◀ We went to a rock **concert** last week.

上星期我們去聽了一場搖滾音樂會。

conclude /kən'klud/

①結束 *(vt)* = end

◀ The priest **concluded** his sermon with a prayer.

牧師用一段祈禱文結束了講道。

②下結論 *(vt)* = infer

I **conclude** from your comment that you are strongly against smoking.

我可以從你發表的意見中下結論，你是極力反對吸煙的。

✎同尾字 include (包括)。exclude (排除)。preclude (阻止)。

conclusion /kən'kluʒən/

結論 *(C)*

◀ Laura came to the **conclusion** that the accident had been caused by human error.

蘿拉得出結論說這次事故係人為失誤所致。

concrete /'kɑnkrit/

具體的 *(adj)* = tangible；⇔ abstract

◀ I need something a bit more **concrete** than an apology from you.

你光給個道歉還不夠，我需要些更具體的東西。

condemn /kənˈdɛm/

①判刑 *(vt)* = sentence

◀ The murderer was **condemned** to death.
殺人犯被判處極刑。

②使…陷於 *(vt)* = doom

Having a baby **condemned** Debby to a life of bitterness.
嬰兒的出生使黛比的生活陷於痛苦的境況。

③譴責 *(vt)* = denounce

The threat to take this island by force is **condemned** as naked aggression.
用武力奪取這座島嶼的威脅被譴責爲赤裸裸的挑釁行徑。

✎衍生字 condemnation (U,C) 譴責

condense /kənˈdɛns/

①濃縮 *(vt)* = compress

◀ You should **condense** your paper into a short passage.
你應把論文濃縮成短短一個段落。

②凝結 *(vi)* ⇔ evaporate

Steam **condensed** on the bathroom tiles.
蒸汽凝結在浴室的瓷磚上。

condition /kənˈdɪʃən/

①情況 *(U)*

◀ The building is in good/bad **condition**.
這棟建築物情況良好 / 不佳。

②規定 *(C)*

We have to set/lay down **conditions** for allowing people to have a barbecue in the park.
對允許遊客在公園裡烤肉一事我們得作些規定。

✎衍生字 conditional (adj) 附有 (先決) 條件的

conduct /kʌnˈdʌkt/

①進行 *(vt)* = carry out

◀ We **conducted** a survey/experiment/inquiry/ missile test.
我們進行了一次調查 / 試驗 / 調查 / 導彈測試。

②傳導 *(vt)*= transmit

Plastic won't **conduct** electricity, but iron will.
塑膠不導電，但鐵能導電。

③指揮 *(vt)*

The orchestra is going on a concert tour, and it is **conducted** by Mr. Chang.

該樂團正在巡迴演出，由張先生任指揮。

④行爲 *(vt)*

Public figures are expected to **conduct** themselves decently.
公眾人物應行爲有方。

✎同尾字 product (產品)。induct (吸引爲會員)。deduct (扣除)。abduct (誘拐)。

conductor /kənˈdʌktɚ/

樂隊的指揮，車掌 *(C)* (請參閱附錄 "職業")

◀ When the **conductor** raised his baton, the band prepared themselves to play music.
當指揮舉起指揮棒，樂隊就準備演奏。

cone /kon/

(圓錐)筒 *(C)*

◀ I would like an ice-cream **cone**.
我想吃一個冰淇淋甜筒。

confer /kənˈfɚ/

①交換意見 *(vi)* = consult

◀ The president will **confer** with his advisors before he makes any decision.
總統在做任何決策之前，都會與顧問們交換意見。

②授與 *(vt)* = bestow

An honorary degree was **conferred** on Mr. Lin by the university in recognition of his contribution to his country.
該大學因林先生對國家所作的貢獻而授與他榮譽學位。

✎同尾字 refer (提到)。defer (延緩)。prefer (較喜歡)。infer (推論)。transfer (轉乘)。offer (提供)。differ (不同)。proffer (拿出)。wafer (薄脆餅)。suffer (遭受)。

conference /ˈkɑnfərəns/

討論會 *(C)* = meeting

◀ We were holding a **conference** on birth control.
我們舉行了一次有關節育的討論會。

confess /kənˈfɛs/

供認 *(vi,vt)* = admit

◀ That man **confessed** (to) setting the house on fire.
那人供認放火燒了房子。

🔍同尾字 profess (聲言)。

confession /kənˈfɛʃən/

供狀 *(C)*

◀ The defendant made/withdrew a forced **confession**.
被告被迫作出 / 撤回供狀。
🔍同尾字 profession (專業)。

confide /kənˈfaɪd/

吐露 (祕密) *(vt)*

◀ My lips have been sealed. Now you can **confide** your secret to me.
我保證不漏半點風聲。現在你對我說出祕密吧。
🔍衍生字 confidant (C) 密友

confidence /ˈkɑnfədəns/

自信 *(U)* = self-assurance；⇔ diffidence

◀ Brian speaks with **confidence**.
布萊恩發言時很自信。

confident /ˈkɑnfədənt/

確信；有信心的 *(adj)* ⇔ diffident (about)

◀ I am **confident** of my success.
我確信自己會成功。

confidential /ˌkɑnfəˈdɛnʃəl/

保密的 *(adj)* ⇔ public

◀ Teachers are required to keep students' records completely **confidential**.
要求教師對學生的紀錄要絕對保密。

confine /kənˈfaɪn/

限制 *(vt)* = restrict, limit

◀ Try to **confine** yourself to spending $100 a day.
你要盡量把每天的開銷限制到一百元以內。

confirm /kənˈfɝm/

確認 *(vt)* = prove

◀ Can you **confirm** that Marie is still at home?
你確認瑪莉還在家嗎？

⊙ MP3-C17

confiscate /ˈkɑnfɪsˌket/

沒收 *(vt)* = seize

◀ Mrs. Smith was accused of embezzlement and her property was **confiscated**.
史密斯太太被控挪用公款，她的財產被沒收了。

conflict /ˈkɑnflɪkt/

①衝突 *(U)* = disagreement

◀ Joe often comes into **conflict** with his colleagues.
喬常常與同事發生衝突。

②衝突 *(C)* = argument

I have resolved the **conflicts** over who should own the land.
我已將土地所有權的衝突解決了。

③不一致 *(vi)* = clash

What she says often **conflicts** with what she does.
她常常言行不一致。

conform /kənˈfɔrm/

遵守 *(vi)* = comply (with)

◀ We must **conform** to the rules/law.
我們必須遵守規則 / 法律。
🔍衍生字 conformity (U) 遵從
🔍同尾字 form (形式)。reform (改革)。deform (使成畸形)。inform (通知)。perform (表演，執行)。transform (變形)。uniform (制服)。

confront /kənˈfrʌnt/

面對，正視 *(vt)* = face

◀ Sooner or later you will have to **confront** your problems.
遲早你得面對你的問題的。

confrontation /ˌkɑnfrʌnˈteʃən/

對抗 *(C)* = face-off

◀ We cannot risk another **confrontation** with our boss.
我們不能再與老闆對抗了，這太冒險。

confuse /kənˈfjuz/

搞混 *(vt)* = mix up

◀ I am always **confusing** oranges with tangerines.
我總是把柳橙和橘子搞混。

confusion /kənˈfjuʒən/

混亂，眾說紛紜 *(U)*

◀ There is a lot of **confusion** about/over the new rule.
對這項新法律真是眾說紛紜。

congested /kənˈdʒɛstɪd/

擁擠的 *(adj)*

◀ The railroad station was heavily **congested**.
火車站非常擁擠。

✎同尾字 digest (消化)。suggest (建議)。ingest (攝取)。

congestion /kənˈdʒɛstʃən/

阻塞 *(U)*

◀ Dr. Wu has come up with a clever way to relieve nasal/traffic **congestion**.
吳博士想出一種巧妙的治療鼻塞 / 交通堵塞的方法。

✎同尾字 digestion (消化)。suggestion (建議)。ingestion (攝取)。

congratulate /kənˈɡrætʃəˌlet/

祝賀 *(vt)*

◀ I **congratulated** Alan on having come first in the exam.
我祝賀艾倫考試得了第一名。

congratulations /kənˌɡrætʃəˈleʃənz/

恭喜 *(C)*

◀ **Congratulations** on passing the entrance examination.
恭喜順利通過入學考試。

congress /ˈkɑŋɡrəs/

國會 *(C)*

◀ This matter will be brought up for discussion in the **congress**.
此事將在國會上提出來討論。

connect /kəˈnɛkt/

連接 *(vt)* = associate

◀ The police tried to **connect** that man with the murder, but in vain.
警方試圖找出這次謀殺事件與那名男子的關係，但未能成功。

connection /kəˈnɛkʃən/

關連 *(C)* = link

◀ There is a strong **connection** between smoking and lung cancer.
吸煙與肺癌之間有很密切的關連。

conquer /ˈkɑŋkɚ/

攻佔 (征服) *(vt)* ⇔ defeat

◀ Germany **conquered** most of the European countries during World War II.
第二次世界大戰期間，德國攻佔 (征服) 了大部分歐洲國家。

✎衍生字 conqueror (C) 征服者

conquest /ˈkɑŋkwɛst/

①征服 *(U)*

◀ Religious fanatics are keen on the **conquest** of the world by a single dogmatic creed.
宗教狂熱分子熱衷於用一僵死的教條來征服整個世界。

②佔領地 *(C)*

In the early 20th century when nationalism was running high, colonial powers such as Britain and France were forced to return their **conquests** in Asia and Africa.
二十世紀初當民族主義情緒高漲之際，英國和法國等殖民強國被迫歸還在亞洲和非洲的佔領地。

✎同尾字 quest (探索)。request (請求)。

conscience /ˈkɑnʃəns/

良心 *(C)*

◀ I had a bad **conscience** about cheating.
我作弊後感到良心不安。

conscientious /ˌkɑnʃɪˈɛnʃəs/

盡責的，本著良心的 *(adj)*

◀ Mr. Right always acts according to conscience; therefore, we expect him to make a **conscientious** decision.
賴特先生向來都依良心行事，所以我們期待他作出盡責的決定。

conscious /ˈkɑnʃəs/

有感覺的 *(adj)* = aware

◀ Tom wasn't **conscious** of having stepped on my toes.
湯姆沒有感覺踩到了我的腳趾。

consciousness /ˈkɑnʃəsnɪs/

知覺 *(U)*

◀ Jimmy lost his **consciousness**, but regained it soon.
吉米失去知覺，但很快就甦醒了過來。

C

consensus /kənˈsɛnsəs/

共識 (S,U)

◀ The G7 reached a **consensus** on the fight against terrorism.
七國集團就打擊恐怖主義達成共識。

consent /kənˈsɛnt/

① 同意 (vi) = agree, assent, approve (of)

◀ Serena's parents wouldn't **consent** to the marriage, but she decided to marry Mark regardless.
莎雷娜的雙親不同意她的婚姻，但她不顧反對，決定與馬克結婚。

② 准許，同意 (U) = blessing

My father gave his **consent** to the marriage, but my mother refused/withheld her **consent**.
我父親對婚姻表示准許，但我母親不肯同意。

✎同尾字 請參見 assent。

consequence /ˈkɑnsəˌkwɛns/

結果 (C) = result

◀ As a **consequence** of his laziness, he was kicked out of school.
懶惰的結果，他被退學了。

consequent /ˈkɑnsəˌkwɛnt/

由…所致的 (adj)

◀ The flood was **consequent** on the heavy rain.
洪水由大雨所致。

✎衍生字 consequently (adv) 因此，所以

conservation /ˌkɑnsəˈveʃən/

保存 (U)

◀ Mr. Wang devoted his life to wildlife/forest/soil/water/energy **conservation**.
王先生將畢生奉獻給野生動物／森林／土壤／水／能源保存。

✎衍生字 conservative (adj)
✎同尾字 preservation (保存)。observation (觀察)。reservation (保留)。

conservative /kənˈsɝvətɪv/

保守的 (adj) ⇔ liberal

◀ My parents take a very **conservative** attitude to marriage.
我父母對於婚姻的態度非常保守。

conserve /kənˈsɝv/

保存 (vt)

◀ We have to **conserve** the environment for future generations.
我們要為將來的子孫後代保存好環境。

You had better **conserve** your strength for the race.
你最好為比賽保存好體力。

✎同尾字 serve (服務)。preserve (保存)。reserve (保留)。deserve (應得)。observe (觀察)。

consider /kənˈsɪdɚ/

考慮 (vt) = think about

◀ Mr. White is **considering** running for president.
懷特先生在考慮參加總統競選。

considerable /kənˈsɪdərəbl̩/

可觀的 (adj) = large

◀ A **considerable** amount of money has been spent on education.
在教育上花費了一筆可觀的資金。

considerate /kənˈsɪdərɪt/

周到的 (adj) = thoughtful

◀ It was very **considerate** of you to bring me food.
你帶吃的東西給我，想得真周到。

consideration /kənˌsɪdəˈreʃən/

考慮 (U) = regard

◀ Mark never shows any **consideration** for the feelings of others.
馬克從不考慮別人的感情。

consign /kənˈsaɪn/

託付 (vt)

◀ The girl was **consigned** to the care of her aunt.
這女孩被託付給她姑媽照顧。

✎同尾字 sign (記號)。design (設計)。resign (辭職)。assign (指派)。countersign (連署)。ensign (軍旗)。

consist /kənˈsɪst/

① 在於 (vi) = lie (in)

◀ Success **consists** largely in hard work.
成功在很大程度上在於努力工作。

C

② 由…組成 (vi) = comprise, be composed of

The United States **consists** of 50 states.

美國由五十個州組成。

◈同尾字 請參見 assist。

◉ MP3-C18

consistent /kən'sɪstənt/

與…一致的 (adj) = compatible

◀ His story is not **consistent** with facts.

他說的事與事實不一致。

consolation /ˌkɑnsə'leʃən/

安慰 (U)

◀ It was some **consolation** for me to know that everyone else found the training course difficult too.

當了解到每個人都覺得訓練課程太難時，對我是些許安慰。

console /kən'sol/

安慰 (vt) = comfort

◀ I tried to **console** Candy on the loss of her beloved father.

凱蒂失去她深愛的父親，我去安慰她一下。

conspiracy /kən'spɪrəsɪ/

陰謀 (C) = plot

◀ They hatched/uncovered/crushed a **conspiracy** to bring down the government.

他們謀畫 / 發現 / 粉碎一次推翻政府的陰謀。

conspire /kən'spaɪr/

密謀 (vi) = plot

◀ The old guard **conspired** against the newly-elected president.

前朝保守派密謀反對新當選的總統。

◈衍生字 conspirator (C) 共謀者

◈同尾字 請參見 aspire。

constant /'kɑnstənt/

① (持續) 不斷的 (adj) = repeated, continual

◀ Rose is in **constant** pain.

蘿絲一直受到疼痛的折磨。

② 穩定的 (adj) = fixed, steady

Jessy drove at a **constant** speed.

潔西以穩定的速度開車。

◈同尾字 instant (立即的)。distant (遠方的)。

constituent /kən'stɪtʃʊənt/

① 成分 (C)

◀ The subject and the verb are the major **constituents** of a sentence.

主詞及動詞是句子的主要成分。

◈相關字 請參見 component。

② 組成的 (adj)

The EU is planning to enlarge its **constituent** members.

歐洲聯盟正計畫增加其成員國。

constitute /'kɑnstəˌtjut/

組成 (vt) = form, make up

◀ Forty students **constitute** a class.

四十名學生組成一個班級。

constitution /ˌkɑnstə'tjuʃən/

① 體格 (S) = physique

◀ He has a strong/weak **constitution**.

他的體格很強壯 / 很虛弱。

② 憲法 (C)

This country adopted a written **constitution**.

該國採用成文的憲法。

constitutional /ˌkɑnstə'tjuʃənḷ/

憲法的 (adj)

◀ If the conspiracy to bring down the president only one month after he was voted into office had come off, it would have set off a **constitutional** crisis.

如果密謀推翻剛當選上任僅一個月的總統的陰謀得逞，將有可能引起憲法危機。

constrain /kən'stren/

① 克制 (vt) = restrain, repress, hold back

◀ I **constrained** my impulse to tell her my secret.

我克制住把祕密告訴她的衝動。

② 束縛 (vt)

I felt **constrained** by bureaucracy and red tape.

我感到被官僚主義和繁文縟節所束縛。

◈同尾字 strain (拉傷；壓力)。restrain (抑制)。

constraint /kən'strent/

限定 (C)

◀ The city government imposed/placed/put a **constraint** on burial service.

市政府對喪葬儀式作了限定。

📝同尾字 restraint (抑制)。

construct /kən'strʌkt/

建造 (vt) = build；⇔ destroy

◀ They have decided to **construct** a bridge to connect the two towns.

他們決定建造一座橋來連接兩個城鎮。

construction /kən'strʌkʃən/

興建 (U) ⇔ destruction

◀ There are three new restaurants under **construction**.

三家新飯店正在興建。

constructive /kən'strʌktɪv/

積極的 (adj) = positive；⇔ destructive

◀ Adam takes a very **constructive** attitude toward work.

亞當對待工作採取非常積極的態度。

consult /kən'sʌlt/

①求診 (vt)

◀ I have **consulted** a doctor about my headache.

我求診醫生看我的頭痛。

②商量 (vi) = confer

Before I can accept your offer, I must **consult** with my parents.

我接受你幫助之前，先得與父母商量一下。

consultant /kən'sʌltənt/

顧問 (C) = adviser

◀ I am a **consultant** to a software firm.

我在一家軟體公司擔任顧問。

consultation /ˌkɑnsʌl'teʃən/

①釋疑解惑 (U)

◀ A teacher is supposed to be always available for **consultation**.

教師理應隨時釋疑解惑。

②診察 (C)

The nurse has arranged a follow-up **consultation**.

護士已安排好一次追蹤診察。

consume /kən'sum/

①吃 (vt) = eat

◀ You should **consume** less fat to lose weight.

你應該少吃脂肪類食品以減輕體重。

②消耗 (vt)

That car **consumes** a lot of gasoline.

那部車子很耗油。

📝同尾字 請參見 presume。

consumer /kən'sumɚ/

消費者 (C)

◀ The price increases in oil will be passed on to **consumers**.

油價上漲的部分將被轉嫁到消費者身上。

consumption /kʌn'sʌmpʃən/

①食用 (U)

◀ Some people think raw meat and sea food are unfit for human **consumption**.

有人認爲生肉與生海鮮不適合人類食用。

②消耗 (U)

The fuel **consumption** of this car is very high.

這部車子很耗油。

📝同尾字 請參見 assumption。

contact /'kɑntækt/

①聯絡 (U) = touch

◀ Have you kept in **contact** with any of your former girlfriends?

你還與以前的任何一個女朋友保持聯絡嗎？

②聯繫 (vt) = reach

You can **contact** me on this phone number.

你可用這個電話號碼和我聯繫。

contagious /kən'tedʒəs/

①傳染的 (adj)

◀ Chicken pox is highly **contagious**.

水痘很容易傳染。

📝衍生字 contagion (C,U) 接觸傳染

📝比較 infectious (傳染性的)，此字用於經由空氣傳染的。而contagious是指經由接觸傳染的。

②相互感染的 (adj) = catching

Yawning/Laughter is **contagious**.

打哈欠 / 笑是會相互感染的。

contain /kən'ten/

①裝 (vt) = hold

◀ Each pack **contains** twenty cigarettes.

每盒煙內裝二十支煙。

②控制 (vt) = hold back

He could hardly **contain** his anger.

他難以控制住自己的怒氣。

📝同尾字 請參見 detain。

container /kən'tenɚ/
①容器 (C) (請參閱附錄 "容器")
◀ I keep ice cream in a sealed plastic **container**.
我把冰淇淋保存在封起來的塑膠容器中。
②貨櫃 (C) (請參閱附錄 "交通工具")
He owns several **container** ships.
他擁有幾艘貨櫃船。

contaminate /kən'tæmə,net/
汙染 (vt) = pollute
◀ The river has been **contaminated** with waste.
這條河已遭廢料汙染了。
✎衍生字 contamination (U) 汙染
✎同尾字 terminate (終止)。eliminate (淘汰)。

contemplate /'kɑntəm,plet/
考慮 (vt) = think about
◀ I have never **contemplated** retiring early.
我從未考慮過要提早退休。

contemplation /,kɑntəm'pleʃən/
沉思 (U)
◀ Cindy was lost in **contemplation** when I entered her room.
我進入辛蒂的屋子時,她正想得出神。

contemporary /kən'tɛmpə,rɛrɪ/
①同時代人 (C)
◀ Deng Li-chuan was much admired for her soppy songs by her **contemporaries**.
鄧麗君以擅唱感傷歌曲而深受同時代人的喜愛。
②當代的 (adj)
Mr. Liang is going to give a lecture on **contemporary** music/art/dance.
梁先生將舉辦一次當代音樂 / 藝術 / 舞蹈講座。

contempt /kən'tɛmpt/
看不起 (U) = scorn;⇔ esteem, respect
◀ I held that bigmouth in **contempt**.
我看不起那個多嘴的傢伙。
✎同尾字 tempt (誘使)。attempt (試圖)。

contemptuous /kən'tɛmptʃʊəs/
蔑視的 (adj) = scornful
◀ Neal is openly **contemptuous** of that busybody.

尼爾不加掩飾地對那好管閒事者表示蔑視。
✎衍生字 contemptible (adj) 可輕視的

contend /kən'tɛnd/
①競奪 (vi) = compete
◀ Linda is **contending** with Sherry for the championship.
琳達與雪莉競奪冠軍。
✎衍生字 contender (C) 競爭者
②聲稱 (vt) = claim
Mr. Johnson **contended** that interest rates are too high.
強生先生聲稱利率太高了。
✎同尾字 tend (有…傾向)。pretend (假裝)。portend (預示)。extend (延伸)。intend (打算)。attend (參加)。

🔊 MP3-C19

content /kən'tɛnt/
①滿意的 (adj) = satisfied
◀ Annie seems **content** with her new life.
安妮看起來對自己的新生活感到滿意。
②甘心 (vt)
I have never **contented** myself with coming second.
我決不甘心於屈居第二。
③含量 (S) /'kɑntɛnt/
You should eat a lot more food with a high fiber **content**.
你應該多吃些高纖維含量的食物。
④內容 (U) /'kɑntɛnt/
I like the **content** of his writing, but I don't like the style.
我喜歡他寫的內容,但不喜歡那種寫作風格。

contention /kən'tɛnʃən/
①論點 (C) = argument
◀ I refuted/rebutted the **contention** that guns do not kill, but people do.
我反駁了 "槍無罪,罪在人" 的論點。
✎衍生字 contentious (adj) 引起爭論的
②爭論 (U)
The issue of abortion is a great source of **contention** in America.
墮胎問題在美國是引發激烈爭論的話題。
✎同尾字 detention (拘留)。intention (意圖)。retention (保留)。

contentment /kən'tɛntmənt/

滿意 (U)

◀ When she learned that she had passed the driving test, she gave a sigh of **contentment**.

當她知道自己通過了駕照考試時，滿意地舒了口氣。

✎衍生字 contented (adj) 滿意的

contest /'kɑntɛst/

①比賽 (C) = competition

◀ I entered a **contest** for the championship.

我參加了冠軍比賽。

②爭取，角逐 (vt) /kən'tɛst/

I have decided to **contest** the prize.

我決心要爭得獎。

✎同尾字 test (測驗)。protest (抗議)。detest (憎惡)。

contestant /kən'tɛstənt/

選手 (C) = competitor

◀ One hundred **contestants** took part in the chess competition.

一百名選手參加了棋賽。

context /'kɑntɛkst/

上下文 (C)

◀ You should try to guess the meaning of a word from the **context**.

你應該盡量從上下文中找出詞義。

continent /'kɑntənənt/

大陸 (C)

◀ I am going for a holiday on the European **continent**.

我打算去歐洲大陸度假。

continental /ˌkɑntə'nɛntḷ/

大陸性的 (adj)

◀ This country has a **continental** climate.

這個國家屬於大陸性氣候。

continual /kən'tɪnjʊəl/

連續的，頻頻的 (adj) = constant

◀ I am tired of her **continual** complaints.

我對她沒完沒了的抱怨感到厭煩。

continue /kən'tɪnju/

①繼續 (vi) = carry on, go on

◀ I will **continue** with my studies.

我將繼續學業。

②繼續 (vt)

The story will be **continued** tomorrow.

故事明天繼續講。

continuity /ˌkɑntə'nuətɪ/

不間斷 (U)

◀ The mayor must ensure/maintain **continuity** of water supplies.

市長必須確保水供應不間斷。

continuous /kən'tɪnjʊəs/

不斷的 (adj) = ceaseless

◀ The plant needs a **continuous** supply of fresh water.

這棵植物需要不斷地為它提供淡水。

contract /'kɑntrækt/

①合約 (C) = agreement

◀ They have won the **contract** for the new airport.

他們爭取到了修建新機場的合約。

②收縮 (vi) /kən'trækt/ ⇔ expand

Iron **contracts** as it becomes cool.

鐵冷卻時會收縮。

③訂定…合約 (vi) /kən'trækt/

We **contracted** with local workers to build the station.

我們與當地的工人訂定建造車站的合約。

✎同尾字 請參見 detract。

contractor /kən'træktɚ/

承包商 (C)

◀ We farm out the spare parts to local **contractors**.

我們把零部件包給當地的承包商。

contradict /ˌkɑntrə'dɪkt/

①否認 (vt)

◀ That woman is just **contradicting** herself/everything she said yesterday.

那女人恰恰在否認她自己／她昨天所說的一切。

②與…矛盾 (vt)

Your statement **contradicted** David's.

你的陳述與大衛的陳述互相矛盾。

✎同尾字 請參見 addict。

contradiction /ˌkɑntrə'dɪkʃən/

互相矛盾 (U)

◀ What you do is in direct **contradiction** to the beliefs you claim to hold.
你的所作所爲與你自稱的信仰完全互相矛盾。

contradictory /ˌkɑntrə'dɪktərɪ/
互相矛盾的 (adj) ⇔ compatible/consistent (with)
◀ Your account of the accident is **contradictory** to hers.
你對意外事故的陳述與那女士說的相矛盾。

contrary /'kɑntrɛrɪ/
①相反 (S) = opposite
◀ They say Nina is shy, but I believe the **contrary**.
他們都說妮娜很害羞，但我卻認爲正好相反。
②相反的 (adj)
Contrary to my advice, Paul entered on a career in teaching.
正好與我的勸告相反，保羅去找了分教書的工作。

contrast /'kɑntræst/
對比 (C)
◀ This year's high profits make a striking **contrast** with last year's big losses.
今年的高利潤與去年的嚴重虧損形成了鮮明的對比。

contribute /kən'trɪbjut/
①捐 (vt) = donate
◀ He **contributed** $5,000 to the orphanage.
他捐了五千元給孤兒院。
②造成 (…原因) (vi) = lead (to), result (in)
Carelessness might have **contributed** to the accident.
粗心大意可能是造成這起事故的原因。
③貢獻 (vi)
Every player contributed to the victory.
每一位選手對這次的勝利都有貢獻。
◣同尾字 請參見 attribute。

contribution /ˌkɑntrə'bjuʃən/
貢獻 (C)
◀ Michael made an important **contribution** to his team's success.
麥可爲自己球隊的勝利作出了重大貢獻。
◣同尾字 distribution (分配)。retribution (懲罰)。

control /kən'trol/
①控制 (vt)
◀ If you can't **control** your dog, you should put it on a leash.
假如你不能控制你那條狗，就該把牠用皮帶繫住。
②控制 (U)
Mr. Rider doesn't have any **control** over his children.
萊德先生完全控制不了自己的孩子們。

controversial /ˌkɑntrə'vɚʃəl/
爭議的 (adj) = contentious
◀ A highly **controversial** plan to build a fourth nuclear power plant on this island set off a nasty political struggle.
有極大爭議的在該島修建第四座核電廠的計畫引發了嚴重的政治鬥爭。

controversy /'kɑntrə,vɚsɪ/
爭論 (C) = dispute
◀ The proposal to abolish the joint entrance examination stirred up a heated **controversy**.
取消入學聯考的提議引起了激烈的爭論。

convenience /kən'vinjəns/
方便 (U)
◀ I like the **convenience** of living near my work.
我喜歡住在離上班近的地方，這樣很方便。

convenient /kən'vinjənt/
方便的 (adj)
◀ It is more **convenient** for me to pay by credit card than in cash.
我覺得用信用卡付款比用現金更方便。

convention /kən'vɛnʃən/
慣例 (C,U)
◀ It is a matter of **convention** that a bride should wear a white dress.
新娘子要穿白色禮服，這是慣例。
◣相關字 habit (習慣)。custom (習俗)、tradition (傳統)。

conventional /kən'vɛnʃənḷ/
傳統的 (adj) = traditional
◀ More and more people are turning away from **conventional** medicine to herbal medicine.
愈來愈多的人放棄傳統醫術而採用草藥療法。

converge /kən'vɚdʒ/

匯流 *(vi)* ⇔ *diverge*

◀ The Keelung River and the Xin-dien River **converge** here to form the Tamsui River.
基隆河與新店溪在此匯流成淡水河。

✎衍生字 *convergence (U)* 匯流

conversation /ˌkɑnvɚ'seʃən/

談話 *(C)* = *talk*

◀ Bob is having a **conversation** with a strange man.
鮑勃正和一個陌生男子談話。

converse /kən'vɝs/

①交談 *(vi)* = *talk*

◀ It is difficult to **converse** with a person who has no sense of humor.
與沒有幽默感的人交談是很難的。

②相反的 *(adj)* = *opposite*

King considers that *Titanic* is a good movie, but I hold the **converse** opinion.
金恩認爲《鐵達尼號》是一部好影片，但我的看法正相反。

③相反詞 *(S)* /'kɑnvɝs/ = *opposite*

"Black" is the **converse** of "white".
"黑" 是 "白" 的相反詞。

✎同尾字 請參見 averse。

conversely /kən'vɚslɪ/

相反地 *(adv)*

◀ The advertisement was intended to promote the product; **conversely**, it damaged the manufacturer's reputation.
該廣告原想促銷產品，但事與願違，它卻毀掉了廠商名聲。

🔘 MP3-C20

conversion /kən'vɚʃən/

信仰的改變 *(U)*

◀ Laura's **conversion** from Buddhism to the Catholic faith came as a surprise to me.
蘿拉由佛教改信了天主教著實讓我吃了一驚。

✎同尾字 請參見 aversion。

convert /kən'vɚt/

轉化 *(vt)* = *change*

◀ I am going to **convert** water into ice.
我要把水轉化成冰。

✎同尾字 請參見 avert。

convey /kən've/

①運送 *(vt)* = *carry*

◀ Your baggage will be **conveyed** from the station to your hotel.
你的行李將從車站送到下榻的旅館。

②表達 *(vt)* = *communicate*

We **conveyed** our anger to the shopkeeper for the salesman's bad manners.
店員沒禮貌，我們向店老闆表達憤怒之意。

convict /kən'vɪkt/

①判罪 *(vt)* ⇔ *acquit*

◀ The taxi driver was **convicted** of rape and attempted murder.
該計程車司機被判強姦罪與殺人未遂罪。

②囚犯 *(C)* /'kɑnvɪkt/ = *inmate, prisoner*

The police finally hunted down the escaped **convict** after a long chase.
警方經過長途追捕，最終搜捕到了逃跑的囚犯。

✎同尾字 evict (驅逐)。

conviction /kən'vɪkʃən/

①判決 *(C)* ⇔ *acquittal*

◀ The high court overturned the **conviction**.
高等法院推翻了這一判決。

②信念 *(C)* = *belief*

I expressed my firm **conviction** that television was harmful to family life.
我表示了自己的堅定信念，即電視對家庭生活是有害的。

✎同尾字 eviction (驅逐)。

convince /kən'vɪns/

使…相信 *(vt)* = *persuade*

◀ I finally **convinced** the police that I had been elsewhere at the time of the crime.
我終於使警方相信案發時我在別的地方。

✎衍生字 *convincing (adj)* 令人相信的

cook /kʊk/

①廚師 *(C)* (請參閱附錄 "職業")

◀ Too many **cooks** spoil the broth.
太多廚師弄壞一鍋肉湯 (人多手雜敗事)。

②煮熟 *(vt)*

Do you want your tomatoes **cooked** or raw?
你要把番茄煮熟吃還是生吃？

③烹飪 *(vi)*

I have learned to **cook**.

我學會烹飪了。

④煮 *(vi)*

The chicken must **cook** for at least one and a half hours.

這些雞肉至少要煮一個半小時。

📝相關字 bake (在烤爐中烤麵包或餅)。roast (在烤爐中烤肉)。broil/grill (直接用火在鐵網上燒烤)。 toast (直接用火在鐵網上烘烤麵包)。boil (水煮)。stew (燉)。fry (油炸)。simmer (溫火慢煮)。steam (蒸)。 braise (燜)。

cook up

編造 *(vt,s)* = make/think up, invent

◀Sherry will **cook up** any excuse not to do homework.

雪莉為了不做家庭作業什麼理由都編得出來。

cooker /ˈkukə/

鍋具 *(C)* (請參閱附錄 "工具")

◀Food can be cooked quickly in a pressure **cooker**.

壓力鍋煮食物很快熟。

cookie /ˈkukɪ/

餅乾 *(C)* (請參閱附錄 "食物")

◀I drank a glass of milk and ate several **cookies** for my breakfast.

我喝一杯牛奶吃幾塊餅乾當早餐。

cool /kul/

①涼爽的 *(adj)*

◀A **cool** breeze is blowing off the sea.

涼爽的微風從海邊吹來。

②鎮定的 *(adj)* = calm

If you should get lost in the mountains, keep **cool**.

萬一你在山中迷路了，須保持鎮定。

③冷淡的 *(adj)* = unfriendly, indifferent

She seemed rather **cool** towards Billy.

她對比利的態度似乎很冷淡。

cool down/off

平靜 *(vi)* = calm down

◀The long walk home helped me **cool down**.

回家走了一段路使我平靜下來。

cooperate /koˈɑpəˌret/

合作 *(vi)* = collaborate

◀Jack **cooperated** with Tom to build the model plane.

傑克與湯姆合作組裝那架模型飛機。

cooperation /koˌɑpəˈreʃən/

合作 *(U)* = collaboration

◀We are going to work in **cooperation** with them.

我們打算與他們合作。

cooperative /koˈɑpəˌretɪv/

合作的 *(adj)* ⇔ uncooperative

◀I have always found him very **cooperative**.

我一直覺得他非常合作。

coordinate /koˈɔrdn̩ˌet/

協調 *(vt)*

◀Rick is **coordinating** a campaign to foster public awareness of environmental protection.

瑞克在協調一次宣傳活動以促進公眾的環境保護意識。

📝衍生字 coordination (U) 協調；coordinator (C) 協調者

cope /kop/

處理 *(vi)* = deal

◀Angela can **cope** very well with all this work.

安琪拉能很好地處理所有這些工作。

copper /ˈkɑpɚ/

銅 *(U)*

◀The pipe is made of **copper**.

這水管是由銅做成的。

copy /ˈkɑpɪ/

①複印 *(C)*

◀I have made a **copy** of this letter.

我把這封信複印了一分。

②本 *(C)*

I haven't got my **copy** of the *Economist*.

我沒有收到我訂的那本《經濟學人》。

③複製 *(vt)*

Could you **copy** this tape for me?

你能將這錄音帶複製一分給我嗎？

④仿製 *(vt)* = imitate

They **copy** their shoes from those produced by Nike.

他們按耐吉公司生產的鞋樣進行仿製。

copyright /'kɑpɪˌraɪt/
版權 (C)
◀ The publisher applies for/owns/registers/ claims/secures/infringes the **copyright** of this book.
出版商申請 / 擁有 / 註冊 / 聲稱擁有 / 獲取 / 侵犯該書的版權。

coral /'kɑrəl/
①珊瑚 (U)
◀ Susan has an elaborate necklace of pink **coral**.
蘇珊有一條精緻的粉紅色珊瑚項鍊。
②珊瑚 (C)
Sea fan **corals** are known for their bright colors.
海裡的扇形珊瑚以色彩艷麗聞名。
✎相關字 jade (玉)。agate (瑪瑙)。crystal (水晶)。pearl (珍珠)。amber (琥珀)。

cord /kɔrd/
繩子 (C,U)
◀ I tied the cardboard box shut with a piece of **cord**.
我用一根繩子把硬紙板盒綁緊了。

cordial /'kɔrdʒəl/
熱忱的 (adj) = warm
◀ We got a **cordial** reception.
我們受到了熱忱的接待。

core /kor/
①核 (C)
◀ I cut out the **core** of the pear and found the pear had been rotten to the **core**.
我切除了梨子的核，然後發現那梨子已爛到核裡了。
②核心 (C) = nitty-gritty
Let's get to the **core** of the issue.
讓我們觸及問題的核心。

cork /kɔrk/
瓶塞 (C)
◀ I used a corkscrew to get the **cork** out of the bottle.
找用一把開瓶塞器取出了瓶塞。

corn /kɔrn/
玉米 (U) (請參閱附錄 "蔬菜")
◀ We ate French fries and **corn** bread.
我們吃薯條和玉米麵包。

corner /'kɔrnə/
轉角處，角落 (C)
◀ There is a newsstand at the **corner** of the street.
在街角處有個書報攤。

corporate /'kɔrpərɪt/
公司的 (adj)
◀ The **corporate** executive was alleged to have cooked the books.
公司主管據說做了假帳。

corporation /ˌkɔrpə'reʃən/
公司 (C)
◀ Mark used to work for a multinational **corporation**, but now he has set up shop himself.
馬克曾為一家跨國公司做事，現在他自己開店了。
✎相關字 firm (公司行號)。company (公司)。consortium (財團)。conglomerate (企業集團)。subsidiary (附屬公司)。

corps /kor/
特種部隊 (C)
◀ I once served in the medical/marine/army/ air **corps**.
我曾經在醫療 / 海軍 / 陸軍 / 空軍特種部隊服役。

corpse /kɔrps/
屍體 (C)
◀ They are laying out/burying/identifying her **corpse**.
他們在殮葬 / 埋葬 / 辨認她的屍體。
✎相關字 body (屍體)。carcass (動物屍體)。cadaver (人的屍體)。

correct /kə'rɛkt/
①正確的 (adj) = right
◀ Put a " ∨ " in the box before the **correct** answer.
請在正確答案前的格子裡打個 " ∨ "。

②批改 *(vt)*
I have spent two hours **correcting** my students' examination papers.
我花了兩個小時批改學生的考卷。

MP3-C21

correspond /ˌkɔrəˈspɑnd/
①符合 *(vi) = agree*
◂ The name on the paper doesn't **correspond** with the name on your ID card.
考卷上的姓名與你身分證上的不符。
②通信 *(vi)*
Tina and I have been **corresponding** with each other for several years.
蒂娜和我相互通信已有多年。

correspondence /ˌkɔrəˈspɑndəns/
①通訊，聯繫 *(U)*
◂ My **correspondence** with her was limited to a few commercial letters. Now we have broken off **correspondence** since she got married and quit her job.
我同她的通訊僅限於幾封商業信函，自從她結婚並辭去工作後，現在我們已斷了聯繫。
②關係 *(C) = relationship*
There is a close **correspondence** between sounds and letters in English.
英語中的發音與字母之間有緊密的關係。

correspondent /ˌkɔrəˈspɑndənt/
通訊員 *(C)*
◂ Our **correspondent** in America sent this report about the terrorist attacks.
我們在美國的通訊員發來這篇關於恐怖分子襲擊的報導。
相關字 reporter (記者)。journalist (新聞記者)。newscaster (新聞播音員)。anchorperson (主播)。

corridor /ˈkɔrədɚ/
通道，走廊 *(C)*
◂ She hurried down the winding/narrow/long **corridor**.
她急急走向彎曲的 / 狹小的 / 長長的通道。

corrode /kəˈrod/
①腐蝕 *(vi)*
◂ The iron bars across the windows have **corroded**.
橫跨窗戶的鐵條已腐蝕了。
衍生字 *corrosive (adj)* 腐蝕性的；*corrosion (U)* 腐蝕
②腐蝕 *(vt)*
Salt water and acid can **corrode** iron.
鹽水和酸能腐蝕鐵。
同尾字 erode (水、風等的侵蝕)。

corrupt /kəˈrʌpt/
①腐化 *(vt)*
◂ Young civil servants tend to be **corrupted** by senior officials.
年輕的公務員往往被資深官員腐化。
②貪汙的 *(adj)*
Corrupt practices such as taking bribes are widespread.
收取賄賂之類的貪汙行徑觸目皆是。
同尾字 請參見 abrupt。

corruption /kəˈrʌpʃən/
腐敗 *(U)*
◂ The fight against **corruption** proves to be an uphill battle. In fact, it is a no-win situation.
反腐敗之戰顯得異常艱難。事實上，此戰形勢已呈敗局。

cosmetic /kɑzˈmɛtɪk/
①表面上的 *(adj) = superficial*；⇔ *drastic*
◂ The education bureaucrats only made a few **cosmetic** changes to the current education system.
教育界的官僚只是對現行教育體制作了些裝門面的改革。
②美容的，整容的 *(adj)*
Helen is on a diet for **cosmetic** reasons rather than for health reasons. She even underwent **cosmetic** surgery.
海倫是為了美容而非健康才節食的。她甚至去做了整容手術。

cosmetics /kɑzˈmɛtɪks/
化妝品 *(P) = make-up*
◂ Chris put on/took off **cosmetics**.
克莉絲塗上 / 卸去化妝品。

cosmopolitan /ˌkɑzməˈpɑlətn̩/

①沒有偏見的 *(adj)*

◀ Mark is a globetrotter and has a **cosmopolitan** outlook on life.
馬克是個環球旅行者，對生活具有一種沒有民族偏見的看法。

②來自世界各地的，世界性的 *(adj)*

New York is a very **cosmopolitan** city.
紐約是一個世界性的都市。

✎同音字 cosmology (宇宙論)。cosmogony (天體演化學說)。cosmonaut (蘇聯的太空人)。cosmos (宇宙)。cosmopolitan (四海為家的人)。

cost /kɔst/

①花費 *(vt)*

◀ It will **cost** you less to take a bus than to drive.
乘坐公共汽車比開車花費較少。

②費用 *(C)*

Medical care **costs** keep rising.
醫療費用不斷上漲。

costly /ˈkɔstlɪ/

很花錢的 *(adj)* = expensive；⇔ cheap

◀ This car is very **costly** to run.
這輛車開起來很花錢。

costume /ˈkɑstjum/

服裝 *(U)*

◀ They are all dressed in traditional **costume**.
他們都穿上傳統服裝。

cottage /ˈkɑtɪdʒ/

小屋 *(C)*

◀ They live in a little **cottage** in the country.
他們住在鄉間一棟小屋裡。

cotton /ˈkɑtn̩/

棉布 *(U)*

◀ **Cotton** is more comfortable to wear than nylon.
棉布穿起來比尼龍布更舒適些。

couch /kautʃ/

長沙發，躺椅 *(C)* (請參閱附錄 "家具")

◀ Feeling ill, I lay down on the **couch**.
因為不舒服，我躺在長沙發上。

cough /kɔf/

①咳嗽 *(vi)*

◀ I have been **coughing** and sneezing all day. I am afraid I have caught a cold.
我一整天都在咳嗽打噴嚏，恐怕我感冒了。

②咳 *(vt)*

We got worried when Helen started **coughing** up blood.
當海倫咳出血來時，我們都擔心起來。

③咳嗽 *(C)*

Helen had a bad/terrible **cough** all last night.
昨晚一整夜海倫咳嗽得很厲害 / 嚇人。

cough up

支付 *(vt,s)* = provide

◀ My father won't **cough up** any money for a television set.
父親是不會出一分錢來買電視機的。

council /ˈkaunsl̩/

議會 *(C)*

◀ This matter is being discussed in the city **council**.
市議會上正在討論此事。

✎衍生字 councillor *(C)* 市議員

counsel /ˈkaunsl̩/

①建議 *(vt)* = advise

◀ My lawyer **counseled** me to settle the labor dispute out of court.
我的律師建議我在法庭外解決勞動爭議。

②輔導 *(vt)*

This unit was set up to **counsel** people with marital problems.
這個單位成立是為了輔導婚姻有問題的人。

counselor /ˈkaunsl̩ɚ/

輔導老師 *(C)*

◀ You can see the school **counselor** to help you.
你可以去見見學校的輔導老師以尋求幫助。

count /kaunt/

①數 *(vt)* = calculate

◀ I **counted** the chickens and found that three were missing.
我把小雞數了一下，發現少了三隻。

✎衍生字 countable *(adj)* 可數的

C

②數 *(vi)*

Count up to three and then jump.

數到三就跳。

③計票數 *(C)*

The final **count** showed that Kay had won by 30 votes to 15.

最後的計票數顯示凱以三十票對十五票獲勝。

count down

倒數計時 *(vi)*

◀Okay, get ready to **count down** to midnight.

好了，準備開始倒數計時，數到子夜。

count in

把…算進去 *(vt,s)* ⇔ *count out*

◀If you're going swimming, **count** me **in**.

如果你們要去游泳，把我也算進去。

count on

依靠 *(vt,u)* = *depend/rely/bank/lean on*

◀You can always **count on** me to help.

你什麼時候都可以靠我來幫忙。

count out

別把…算進去 *(vt,s)* ⇔ *count in*

◀If you are going for a ride in the freezing weather, **count** me **out**.

如果你們要在大冷天出去兜風，就別把我算進去。

count up

加起來 *(vt,s)* = *add/reckon/ figure up*

◀**Count up** all your money and see if you have enough for a computer.

把你所有的錢加起來看看是否夠買一台電腦。

counter /'kaʊntɚ/

①櫃台 *(C)*

◀Please pay at the **counter**.

請到櫃台上付帳。

②相反地 *(adv)*

What he does often runs **counter** to everything he has been taught.

他的行為與他所接受的全部教育都背道而馳。

③反駁，反擊 *(vt,vi)*

He was accused of lining his pocket, but he **countered** (this charge) with the claim that he had a clean record.

他被人指控中飽私囊，但他以向來為人清白加以反駁 (指控)。

counterclockwise /ˌkaʊntɚˈklɑkˌwaɪz/

逆時針方向 *(adv)* ⇔ *clockwise*

◀To remove the lid, turn it **counterclockwise**.

要開蓋子的話，把它向逆時針方向旋。

counterfeit /'kaʊntɚˌfɪt/

①假的 *(adj)* = *forged*

◀**Counterfeit** money won't stand close examination.

假鈔經不起仔細辨認。

②偽造 *(vt)* = *forge*

That man stood accused of **counterfeiting** money.

那名男子被指控偽造錢幣。

③仿製品 *(C)* = *fake*

A skillful/crude **counterfeit** is not worth buying.

技術精湛的 / 粗劣的仿製品不值一買。

⟋同音字 forfeit (喪失)。surfeit (過量)。

counterpart /'kaʊntɚˌpart/

兩方面地位職務相當的人物 *(C)*

◀Our defense minister is discussing the arms sale with his American **counterpart**.

我們的國防部長正與他美國的對手討論武器買賣事項。

⟋同首字 counterattack (反擊)。countermeasures (對策)。counterbalance (平衡力；抵消)。counterintelligence (反間諜活動)。

countless /'kaʊntlɪs/

無數的 *(adj)* = *numerous*

◀I spent **countless** days in the laboratory, trying to achieve a medical breakthrough.

我在實驗室內花了無數時日，想要獲得一項醫學上的突破。

⟋衍生字 count (vt) 計算

country /'kʌntrɪ/

①國家 *(C)* = *nation*

◀The company has branches in ten **countries**.

這家公司在十個國家設有分公司。

②鄉下 *(S)* = *countryside*

They are on vacation in the **country**.

他們在鄉下度假。

③鄉間的 *(adj)*

I enjoy breathing in clean **country** air.

我喜歡呼吸鄉間的清新空氣。

countryside /ˈkʌntrɪˌsaɪd/

鄉間 *(U)*

◀ The tall buildings have spoilt our beautiful **countryside**.

這些高樓破壞了我們美麗的鄉間景緻。

○ MP3-C22

county /ˈkaʊntɪ/

縣 *(C)*

◀ Do you know what the largest **county** in Taiwan is?

你知道在台灣哪個縣最大嗎？

couple /ˈkʌpḷ/

①幾個，一些 *(C)*

◀ I will see you in a **couple** of minutes.

幾分鐘之後我就來看你了。

②夫婦 *(C)*

Young married **couples** were invited to listen to the speech.

年輕夫婦都被請去聽演講。

coupon /ˈkupɑn/

優惠券 *(C)*

◀ You are entitled to redeem this **coupon** for $50 off your next purchase.

你下次買東西時，可以用這張優惠券抵去五十元。

courage /ˈkɝɪdʒ/

勇氣 *(U)* = *guts, nerve*

◀ I don't have the **courage** to tell her what I think of her.

我沒勇氣告訴她我對她的看法。

✎衍生字 *encourage (vt)* 鼓勵；*discourage (vt)* 使氣餒

courageous /kəˈredʒəs/

勇敢 *(adj)* = *brave*

◀ It was **courageous** of you to rise up against that guy.

你敢於挺身反抗那傢伙，眞夠勇敢。

course /kors/

①課 *(C)* = *class*

◀ I am taking an evening **course** in English.

我在參加一門晚上的英語課。

②航向 *(U)* = *route*

The plane changed **course** to avoid the typhoon.

飛機改變了航向以避開颱風。

court /kort/

①場地 *(C)*

◀ The players came out onto the tennis **court**.

選手們從裡面出來到了網球場上。

②法院 *(U,C)*

I have decided to take that guy to **court**.

我決定要把那傢伙送上法院。

courteous /ˈkɝtɪəs/

彬彬有禮，禮貌的 *(adj)* = *polite* ；⇦ *rude, impolite*

◀ A **courteous** person always gives a **courteous** reply.

彬彬有禮之人總給人禮貌的回答。

courtesy /ˈkɝtəsɪ/

①禮貌 *(U)* = *politeness, civility*

◀ He didn't even have the **courtesy** to say "I am sorry."

他連說聲 "對不起" 的起碼禮貌都沒有。

②禮貌 *(C)*

As a **courtesy** to my teacher, I accepted the invitation to the party.

出於對我老師的禮貌，我接受了宴會邀請。

courtyard /ˈkortˌjɑrd/

庭院 *(C)*

◀ We walked through the arch and into the **courtyard**.

我們步行穿過拱門進入庭院。

cousin /ˈkʌzṇ/

堂 / 表兄弟姐妹 *(C)* (請參閱附錄 "親屬")

◀ Some of my distant **cousins** came to my father's funeral.

一些遠方的表 / 堂兄弟姊妹來參加我父親的喪禮。

cover /ˈkʌvɚ/

①遮住 *(vt)*

◀ Betty **covered** her eyes with a cloth.

貝蒂用一塊布遮住自己的雙眼。

②被子 (C)

It is very cold tonight. Could you put another **cover** on the bed?

今晚很冷，你能在床上加條被子嗎？

cover for

幫…遮掩 (vt,u)

◀Go ahead and take a walk, I'll **cover for** you until you return.

去吧！散散步。我會幫你遮掩直到你回來。

cover up

掩蓋 (vt,s) = hush up

◀The legislator was reported to have taken bribes, and tried to **cover up** the scandal.

有報導說這位立法委員收受賄賂，並試圖掩蓋這起醜聞。

coverage /'kʌvərɪdʒ/

報導 (U)

◀ The bedroom video scandal received wide/extensive/full **coverage**.

臥室錄影醜聞被作了廣泛的 / 大量的 / 全面的報導。

covet /'kʌvɪt/

覬覦 (vt) = long for, desire

◀ Sam has long **coveted** the position of marketing manager.

山姆早就覬覦銷售經理一職了。

covetous /'kʌvətəs/

貪婪的 (adj) = envious

◀ Serena began to cast **covetous** eyes on her aunt's property.

莎雷娜開始將貪婪的目光投向她姑媽的財產。

cow /kaʊ/

母牛 (C) (請參閱附錄 "動物")

◀ You a lady, I a lady, who will milk the **cow**?

妳是淑女，我是淑女，誰來擠母牛的奶？

（每個人都以為自己身分不同，不願幹粗活，那麼大家沒飯吃。）

coward /'kaʊəd/

懦夫 (C)

◀ Peter is very much afraid of death; thus, he is thought of as a **coward**.

彼得很怕死，因此被人看作是個懦夫。

cowardice /'kaʊədɪs/

膽怯 (U)

◀ Wayne showed/demonstrated **cowardice** in the face of danger.

維恩在面對危險時顯出了膽怯。

cowardly /'kaʊədlɪ/

懦弱的 (adj) = craven

◀ It was **cowardly** of the terrorists to kill innocent civilians.

恐怖分子濫殺無辜平民乃是懦夫行為。

cowboy /'kaʊˌbɔɪ/

牛仔 (C) (請參閱附錄 "職業")

◀ **Cowboys** have to work hard on a ranch.

牛仔必須在牧場辛勞工作。

cozy /'kozɪ/

溫馨舒適的 (adj)

◀ The rooms in this hotel have a **cozy**, homelike atmosphere.

這家旅館的房間有一種溫馨舒適的家庭氣氛。

　衍生字 coziness (U) 安逸舒適

crab /kræb/

蟹 (C) (請參閱附錄 "動物")

◀ We used to catch **crabs** on the beach.

我們以前在這個沙灘上抓螃蟹。

crack /kræk/

①裂縫 (C)

◀ These **cracks** on the wall are from last year's earthquake.

牆上的這些裂縫是去年的地震留下的。

②弄裂 (vt)

You have **cracked** the glass, but fortunately you haven't broken it.

你把玻璃杯弄裂了，幸虧沒有把它打碎。

③碎裂 (vi)

The ice **cracked** under my weight.

冰承受不了我的體重而碎裂了。

crack down on

打擊 (vt,u) = clamp down on

◀Police are **cracking down on** drug trafficking and organized crime.

警方正在打擊毒品走私和組織犯罪。

cracker /'krækə/

薄脆餅乾 *(C)*

◀ I don't eat **crackers**. They don't agree with me.
我不吃薄脆餅乾。吃了讓我不舒服。

cradle /'kredl/

搖籃 *(C)*

◀ Jane rocked the **cradle** to quieten the child.
珍搖搖籃使孩子安靜下來。

craft /kræft/

工藝 *(C) = art*

◀ I learned the **craft** of knitting.
我學會了編織工藝。

cram /kræm/

填塞 *(vt) = crowd, pack*

◀ They were all **crammed** into a small car.
他們全被塞進一輛小車裡。

cramp /kræmp/

①抽筋 *(U)*

◀ I woke up with **cramp** in my right leg.
我右腿抽筋痛醒過來。

②抽筋 *(C)*

I got a **cramp** and had to stop swimming.
我抽筋了，只好停下不游了。

crane /kren/

①起重機 *(C)*

◀ They used a **crane** to lift the piano into the hall.
他們用一台起重機把鋼琴吊進大廳。

②鶴 *(C)* (請參閱附錄 "動物")

A **crane** is a water bird with very long legs.
鶴是長腿的水鳥。

🔘 MP3-C23

crash /kræʃ/

①撞毀 *(C)*

◀ Three people were killed in the train **crash**.
在這次火車撞毀事故中有三人死亡。

②撞上 *(vi)*

The truck **crashed** straight into the car ahead of it.
貨車直接撞上前面那輛小汽車。

③撞毀 *(vt)*

Danny **crashed** his car yesterday; fortunately, he was not hurt.
丹尼昨晚撞毀了他的汽車；幸運的是他本人未受傷。

crater /'kretə/

坑洞 *(C)*

◀ There are a lot of **craters** on the moon.
月球表面有許多坑洞。

crave /krev/

渴望 *(vt) = itch/ long/yearn for*

◀ Jane **craves** attention/peace and quiet.
珍渴望獲得關注 / 和平與安寧。

craving /'krevɪŋ/

渴望 *(C) = desire*

◀ I felt/had a strong **craving** for a cup of coffee.
我很想喝一杯咖啡。

crawl /krɔl/

爬 *(vi) = creep*

◀ There is a caterpillar **crawling** on your sleeve.
有隻毛毛蟲在你袖子上爬。

crayon /'kreən/

蠟筆 *(C)*

◀ The children used **crayons** to draw pictures.
孩子們用蠟筆畫圖。

craze /krez/

時尚 *(C) = enthusiasm*

◀ The **craze** for the computer game swept the country.
玩電腦遊戲的時尚風靡該國。

crazy /'krezɪ/

①瘋狂的 *(adj) = mad, foolish*

◀ You must be **crazy** to go out in the rain without a coat.
下雨天不穿外套就出去，你一定瘋了。

②著了迷 *(adj) = enthusiastic*

Linda is **crazy** about skiing.
琳達對滑雪著了迷。

③發瘋 *(adj) = angry, annoyed*

Clear off! You are driving me **crazy**!
快走開！你快讓我發瘋了。

creak /krik/

①嘎吱作響 *(vi)*

◀ The door **creaked** open in the dark, which scared me a lot.
黑暗中，門嘎吱一聲開了，嚇了我一大跳。

②嘎吱一聲 *(C)*

The door opened with a **creak**.

門吱呀一聲開了。

✎衍生字 *creaky (adj)* 嘎吱作響的

cream /krim/

①奶精 *(U)*

◄ Do you take **cream** and sugar in your coffee?

你的咖啡要加奶精和糖嗎?

②藥膏,乳霜 *(C,U)*

Kelly put some of this **cream** on her sunburn.

凱莉在曬傷處塗了些這種藥膏。

create /krɪˈet/

創造,營造 *(vt)* = *produce*

◄ Angela is brilliant at **creating** a friendly atmosphere.

安琪拉在營造友善的氣氛上很有一套。

✎衍生字 *creator (C)* 創造者

creation /krɪˈeʃən/

①創立 *(U)* = *establishment*

◄ I have been with this company since its **creation** in 1988.

自一九八八年公司成立以來,我一直在這家公司工作。

②創作作品 *(C)*

The fashion designer is showing her latest **creations**.

這位時裝設計師正在展示她設計的最新創作。

creative /krɪˈetɪv/

富創造力的 *(adj)* = *imaginative, inventive*

◄ Mr. Norton is a very **creative** writer.

諾頓先生是一位很富創造力的作家。

creativity /ˌkrieˈtɪvətɪ/

創造力 *(U)*

◄ Allowed to use their **creativity**, children can paint very well.

兒童的創造力一旦得以發揮,就能畫得非常出色。

creature /ˈkritʃɚ/

動物,生物 *(C)*

◄ The panda is a lovely **creature**.

熊貓是一種可愛的動物。

credence /ˈkridn̩s/

相信 *(U)*

◄ The tape gives/lends **credence** to the rumor that the former councilor went to bed with another married man.

錄音帶證實了前議員與另一個已婚男子同床的傳聞。

credibility /ˌkrɛdəˈbɪlətɪ/

信譽 *(U)*

◄ The latest sex scandal has damaged her **credibility** as a pure angel. It is hard to restore it.

最近的性醜聞毀掉了她那純潔天使的信譽,再也難以恢復了。

credible /ˈkrɛdəbl̩/

誠信的,確鑿可靠的 *(adj)* = *trustworthy (sb)*, = *convincing (sth)*

◄ A **credible** scholar can give a **credible** explanation of his theory.

一個誠信的學者能對其理論給出確鑿可靠的解釋。

credit /ˈkrɛdɪt/

①讚揚 *(U)* = *praise*

◄ Kevin was given no **credit** for all the extra work he had done.

凱文做了些額外工作,但未能因此獲得讚揚。

②信用 *(U)*

Her **credit** is good. You can trust her.

她的信用很好,你可以相信她。

③賒帳 *(U)*

I bought this refrigerator on **credit**.

我賒帳購買了這台冰箱。

creed /krid/

教條 *(C)*

◄ Mr. Johnson adheres to his political/religious **creed**.

強生先生堅守其政治 / 宗教教條。

✎相關字 tenet (教義)。dogma (教條)。credo (信條)。doctrine (教條)。belief (信念)。

creep /krip/, crept *(pt)*, crept *(pp)*

①躡手躡腳地爬 *(vi)* = *sneak*

◄ Tom **crept** upstairs, trying not to wake up his parents.

湯姆躡手躡腳地爬上樓梯,以免吵醒父母。

②悄悄爬到 *(vi)* = *crawl*

The boy **crept** under the bed to hide.
那男孩悄悄爬到床底下躲了起來。

crew /kru/

機組人員 *(C)*

◀ None of the passengers and **crew** were killed in the accident.
這次事故中乘客和機組人員無一死亡。

crib /krɪb/

小兒床 *(C)* = *cot*

◀ The baby fell asleep in her **crib**.
嬰兒在小兒床上睡著了。

cricket /ˈkrɪkɪt/

①板球 *(U)* (請參閱附錄 "運動")

◀ I don't play **cricket**.
我不打板球。

②蟋蟀 *(C)* (請參閱附錄 "動物")

Outside, the **crickets** chirped monotonously.
外面，蟋蟀單調地叫著。

crime /kraɪm/

①罪行 *(C)*

◀ That man has committed a number of **crimes** but he is still at large.
那人已犯下數樁罪行，但依然逍遙法外。

②犯罪 *(U)*

It is difficult to wipe out **crime**.
要杜絕犯罪並非易事。

criminal /ˈkrɪmənl̩/

①罪犯 *(C)*

◀ **Criminals** must be sent to prison.
罪犯必須關起來。

②犯罪的 *(adj)*

The man doesn't have a **criminal** record.
那男子沒有犯罪紀錄。

cripple /ˈkrɪpl̩/

使…殘廢 *(vt)* = *disable*

◀ The car crash **crippled** James for life.
汽車撞毀事故使詹姆斯終身殘廢。

crisis /ˈkraɪsɪs/

危機 *(C)*

◀ We rode out a financial **crisis**.
我們安然度過了金融危機。

✎衍生字 *crises (pl)* 危機

criterion /kraɪˈtɪrɪən/

標準 *(C)* = *standard*

◀ We should establish a **criterion** for judging our staff and ask them to meet/satisfy it.
我們應該定出一個衡量員工的標準，並要求員工達到這個標準。

✎衍生字 *criteria (pl)* 標準

critic /ˈkrɪtɪk/

評論員 *(C)* = *reviewer*

◀ Miss Peterson is a literary **critic** for the new magazine.
彼得森小姐是該新雜誌的文學評論員。

critical /ˈkrɪtɪkl̩/

①危急的 *(adj)* = *serious*

◀ John was hit by a car and was in **critical** condition.
約翰被汽車撞了一下，情況很危急。

②挑剔的 *(adj)* = *fussy (about)*

Alan is highly **critical** of everything he eats.
艾倫對每樣吃的東西都很挑剔。

③批判性的 *(adj)*

Mr. Robbins made a **critical** analysis of the novel.
羅賓斯先生對那部小說進行了批判性評析。

④至關緊要的 *(adj)* = *important*

The next few days will be **critical** for my future.
以後的幾天對我的將來是至關緊要的。

criticism /ˈkrɪtɪˌsɪzəm/

批評 *(U)*

◀ Johnson often offers constructive **criticism**.
強生常提出建設性的批評。

criticize /ˈkrɪtəˌsaɪz/

批評 *(vt)* = *blame*

◀ The firemen were **criticized** for failing to put the fire out.
消防員因未能將火熄滅而受到批評。

C

crocodile /'krɑkə,daɪl/

鱷魚 (C) (請參閱附錄 "動物")

◀ Linda shed **crocodile** tears when she learned that Betty, her rival in love, had been injured in the car crash.

琳達聽到她的情敵貝蒂在車禍中受傷時，灑了幾滴虛情假意的鱷魚淚。

✎相關字 alligator (短吻鱷)。

◎ MP3-C24

crook /krʊk/

①惡棍 (C)

◀ I won't have anything to do with them—they are a bunch of **crooks**.

我絕不同他們打交道——這是一幫惡棍。

②彎鉤的手杖 (C)

That old man hit me on the head with his **crook**.

那老頭用他有彎鉤的手杖敲打我的頭。

③使彎曲 (vt) = bend

He **crooked** his finger, signaling me to walk in his direction.

他彎彎手指頭，示意我朝他的方向走。

crooked /'krʊkɪd/

①彎曲的 (adj) = curved；⇔ straight

◀ It is dangerous to drive on a narrow, **crooked** road.

在狹窄彎曲的路上駕車是危險的。

②不誠實的，不正當的 (adj) = dishonest

I won't strike/make any **crooked** deal with that **crooked** businessman.

我可不願意同那個不誠實的生意人做不正當的交易。

crop /krɑp/

農作物 (C)

◀ The land is good for growing **crops**.

這塊土地很適合種植農作物。

crop up

冒出來 (vi) = arise, come up

◀Several problems **cropped up** soon after the two companies merged together.

兩家公司合併後不久，就有一些問題冒出來。

cross /krɔs/

穿越 (vi,vt)

◀ Watch out for cars when you are **crossing** (the road).

穿越馬路時，要注意來往車輛。

cross off/out

①劃掉 (vt,s)

◀My teacher **crossed off /out** several incorrect words in my composition.

老師把我作文中用得不當的幾個單詞劃掉了。

②刪除 (vt,s)

His name has been **crossed off** the guest list.

他的名字已從客人名單上刪除了。

③刪掉 (vt,s)

I **crossed** the last line **out** of my paper.

我把我論文中的最後一行刪掉了。

crossing /'krɔsɪŋ/

交叉口 / 人行道 (C)

◀ Cars must slow down as they approach the **crossing**.

汽車開至交叉口 / 人行道時必須降低速度。

crouch /krautʃ/

蹲 (vi)

◀ I **crouched** down to untie my shoelaces.

我蹲下身解鞋帶。

✎相關字 squat (蹲坐)。crouch (蹲伏)。

crow /kro/

烏鴉 (C) (請參閱附錄 "動物")

◀ A **crow** perched on the branch.

一隻烏鴉棲息在樹枝上。

crowd /kraud/

①人群 (C)

◀ A big **crowd** gathered to watch the firemen fighting the fire.

一大群人聚集著看消防員救火。

②擠滿 (vt)

The street was **crowded** with shoppers.

街上擠滿了購物的人潮。

③擠進 (vi)

They all **crowded** into the small room.

他們悉數擠進了那個小房間。

C

crowd out

擠出去 *(vt,s)* = force out

◀ Big supermarkets have been **crowding out** mom-and-pop stores.
大型超市已經把傳統雜貨店擠出去了。

crown /kraʊn/

王冠 *(C)*

◀ They put a **crown** on the winner's head.
他們將一頂王冠戴到獲勝者的頭上。

crucial /'kruʃəl/

至為重要的 *(adj)* = essential

◀ It is **crucial** that national security (should) be ensured.
國家安全須得保障，這一點至為重要。

crude /krud/

①粗俗的 *(adj)* = vulgar

◀ It was rude of him to tell such **crude** jokes.
眞粗野，竟講這種粗俗的笑話。

②簡陋的 *(adj)* ⇔ sophisticated

Thousands of years ago, people used stone to make **crude** tools.
遠古時代的人們用石塊製成簡陋的工具。

③簡略的 *(adj)* = rough

First I made a **crude** sketch of the lake and then I painted it.
我先把湖畫成一張簡略的草圖，然後給它著色。

④天然的，粗製的 *(adj)*

Iran produced thousands of barrels of **crude** oil each day.
伊朗每天生產成千上萬桶原油。

cruel /'kruəl/

殘忍的 *(adj)* = unkind

◀ Don't be **cruel** to stray dogs.
對流浪狗不要那麼殘忍。

✎衍生字 *cruelty (U,C)* 殘忍

cruise /kruz/

①巡遊 *(vi)*

◀ We **cruised** at 30 miles per hour on the lake.
我們以每小時三十英里的速度在湖面上乘船巡遊。

✎衍生字 *cruiser (C)* 遊艇

②巡航 *(C)*

We went on/took a **cruise** in the Mediterranean.
我們在地中海上巡航。

crumb /krʌm/

麵包屑 *(C)*

◀ Brush/Sweep the **crumbs** off the table.
把桌上的麵包屑擦掉。

crumble /'krʌmbl̩/

崩塌 *(vi)* = fall down

◀ The condemned building **crumbled** into rubble in the earthquake.
危樓在地震中崩塌成一堆廢墟。

crunch /krʌntʃ/

①嘎吱作響地咬 *(vi)*

◀ The dog is **crunching** on a bone.
那狗在嘎吱作響地咬一塊骨頭。

✎衍生字 *crunchy (adj)* 嘎吱作響的

②嘎吱作響 *(vi)*

The frozen snow **crunched** under my feet.
冰雪在我腳底下嘎吱作響。

③ (嘎吱的) 響聲 *(C)*

I heard a terrible **crunch** of footsteps.
我聽到一陣可怕的巨大腳步聲。

crush /krʌʃ/

砸壞，壓扁 *(vt)*

◀ A rock fell on top of the bus and **crushed** it.
一塊岩石落到公共汽車頂上，把車給砸壞了。

crust /krʌst/

麵包皮 *(C)*

◀ When making sandwiches, we usually cut **crusts** off.
我們做三明治時通常要切去麵包皮。

✎衍生字 *crusty (adj)* 皮脆的

crutch /krʌtʃ/

拐杖 *(C)*

◀ When she broke her leg, she had to walk on **crutches**.
她腿斷時，必須靠拐杖走路。

cry /kraɪ/

①喊叫 *(vi)*

◀ That girl is **crying** for help.
那女孩在叫救命。

②哭泣 *(vt)*
Julie **cried** tears of joy.
茱莉流下了快樂的淚水。

crystal /'krɪstḷ/
水晶 *(C)*
◀ **Crystals** glitter while diamonds sparkle.
水晶亮晶晶，鑽石光閃爍。
➘相關字 請參見 coral。

cub /kʌb/
幼獸 *(C)*
◀ I saw a lion and her **cubs** in the zoo.
我在動物園看到一頭母獅子和幾頭牠生的幼獅。

cube /kjub/
①小方塊 *(C)*
◀ Jessica cut the tofu into small **cubes**.
潔西嘉把豆腐切成小方塊。
➘相關字 sphere (球體)。cylinder (圓柱體)。cone (圓錐體)。pyramid (角錐體)。
②立方 *(C)*
The **cube** of 3 (3^3) is 27.
三的立方是二十七。

cucumber /'kjukʌmbɚ/
小黃瓜 *(C,U)* (請參閱附錄 "蔬菜")
◀ Speaking of eating raw vegetables, I like **cucumbers** more than carrots.
提到生吃蔬菜，我喜歡小黃瓜勝過紅蘿蔔。

cue /kju/
信號 *(C)*
◀ The food shortage is a **cue** for prices to rise again.
食品短缺是物價又要上漲的信號。

cuisine /kwɪ'zin/
①烹飪 *(U)*
◀ I have a preference for Chinese **cuisine**.
我偏愛中式烹飪。
②菜肴 *(U)*
I enjoyed the delicious **cuisine** in that restaurant.
我很愛吃那家飯店的美味菜肴。

cultivate /'kʌltə,vet/
①耕種 *(vt)* = plow

◀ They **cultivate** land to grow vegetables.
他們耕地種些蔬菜。
②種 *(vt)* = grow, raise
We have to **cultivate** more rice.
我們得多種稻米。
③修習，培養 *(vt)* = develop
Cindy has **cultivated** a knowledge of art/music.
辛蒂已修習了相當的藝術／音樂知識。

cultural /'kʌltʃərəl/
文化的 *(adj)*
◀ Carol is a girl of **cultural** interests.
卡蘿是個對文化藝術很感興趣的女孩。

culture /'kʌltʃɚ/
①文化 *(C)*
◀ I am interested in the **culture** of ancient Greece.
我對古希臘文化有興趣。
②文化，教養 *(U)*
Sherry is a girl of **culture** and taste.
雪莉是個既有教養又有品味的女孩子。

cumulative /'kjumjə,letɪv/
累計的 *(adj)*
◀ It is hard to estimate the **cumulative** process/damage/sales/effects/interest.
很難估計累計的過程／損壞／銷售／效果／利息。

🔘 MP3-C25

cunning /'kʌnɪŋ/
狡猾的 *(adj)* = sly, slick, wily
◀ That guy is as **cunning** as a fox.
那個傢伙狡猾如狐狸。

cup /kʌp/
杯子 *(C)* (請參閱附錄 "容器")
◀ Classical music just isn't my **cup** of tea—I prefer popular music.
古典音樂不是我喜歡的 (不是我的那杯茶)，我喜歡流行音樂。

cupboard /'kʌbɚd/
櫥櫃 *(C)* (請參閱附錄 "家具")
◀ There is salt in the **cupboard**.
櫥櫃裡有鹽。

curb /kɜ˞b/

①遏止 *(vt)* = control

◀ We should **curb** spending/waste/crime/drug trafficking/the spread of dengue fever.
我們應遏止消費 / 浪費 / 犯罪 / 販毒 / 登革熱的傳播。

②控制 *(C)*

He is trying to keep a **curb** on his temper/feelings/anger/extravagance/enthusiasm.
他努力想控制住自己的脾氣 / 感情 / 怒氣 / 奢侈 / 熱情。

③人行道路緣 *(C)*

I almost tripped on the **curb**.
我差點在人行道路緣絆倒。

cure /kjʊr/

①治療的藥物 *(C)*

◀ There is no **cure** for AIDS.
現在沒有治療愛滋病的藥物。

②治療 *(vt)*

Aspirin will **cure** you of your headache.
阿斯匹靈能治你的頭痛。

✎衍生字 *curable (adj)* 可醫好的；
incurable (adj) 不能醫好的

curiosity /ˌkjʊrɪˈɑsətɪ/

好奇 *(U)*

◀ I am burning with **curiosity** to know how old that woman is.
我對那女人的年齡感到極為好奇。

curious /ˈkjʊrɪəs/

好奇的 *(adj)*

◀ I am **curious** about how old that woman is.
我很好奇的想知道那女人有多大年紀了。

curl /kɜ˞l/

①鬈起來 *(vt)*

◀ Karla likes to **curl** her hair instead of leaving it straight.
卡拉喜歡把她的頭髮鬈起來，而不是讓它留直。

②蜷曲 *(vi)*

The cat **curled** into a ball.
那隻貓蜷蜷曲成一個圓球狀。

③縷 *(C)*

A **curl** of smoke rose from the chimney.
一縷炊煙自煙囪升起。

currency /ˈkɜ˞ənsɪ/

①貨幣 *(C)*

◀ Euro is a single European **currency**.
歐元是單一的歐洲貨幣。

②風行 *(U)*

Democracy enjoys wide **currency** now while communism has been swept into the history dustbin.
現在民主政體廣泛的風行，而共產主義已被掃進歷史垃圾箱。

current /ˈkɜ˞ənt/

①水流 *(C)*

◀ Be careful! There is a strong **current** in the river.
小心，河裡有急流。

②潮流 *(C)*

To build another dam seems to go against the **current** of public opinion.
修建水壩似乎與公眾輿論的潮流相悖。

③現時的 *(adj)* = present

This idiom is no longer in **current** use.
該成語現在已不再使用。

✎衍生字 *currently (adv)* 目前，現今

curriculum /kəˈrɪkjələm/

課程 *(C)*

◀ They are drawing up/designing a university/basic/core **curriculum**.
他們正在規畫 / 設計一套大學 / 基礎 / 核心課程。

✎衍生字 *curricula (pl)* 課程

curry /ˈkɜ˞ɪ/

①咖哩 *(C,U)*

◀ I would like a chicken **curry**.
我要咖哩雞。

②討好 *(vt)*

Susan won promotion by **currying** favor with her boss.
蘇珊靠討好老闆而得到提升。

curse /kɜ˞s/

①咒 *(C)* – *nuisance* ; ◐ *blessing (for)*

◀ That witch put a **curse** on the old man.
女巫對那老人詛了個咒。

②禍害 *(C)*

Rabbits can be a **curse** to gardeners.
野兔對園丁而言是一大禍害。

③咒罵 *(vi,vt)*

I heard you **cursing** (at) the garbage collector.
我聽見你在咒罵那個收垃圾工人。

curtain /'kɝtṇ/

窗簾 *(C)*

◀ The sun is shining brightly. Can you draw/pull the **curtains**?
艷陽高照，你能否把窗簾拉上？

curve /kɝv/

①彎曲 *(C)*

◀ The truck drove fast, following the **curve** of the road.
貨車沿著彎彎曲曲的公路高速行駛。

②呈弧線 (飛) *(vi)*

A ball **curved** through the air.
球在空中呈弧線飛過。

cushion /'kuʃən/

靠墊 *(C)*

◀ Mary lay down on the bed with a **cushion** under her head.
瑪莉在頭下面墊了個靠墊躺在床上。

custody /'kʌstədɪ/

①監護權 *(U)* = *guardianship*

◀ In most divorce cases, the judge will decide which parent should be awarded **custody** of the children.
在大多數離婚案中，得由法官來決定父母中哪一方得到孩子的監護權。

②拘留 *(U)*

That singer made a scene at the airport and was finally taken into **custody**.
那個歌手在機場大吵大鬧，結果被拘留。

custom /'kʌstəm/

習俗 *(C)*

◀ It is the **custom** to dye eggs at Easter.
復活節時把雞蛋染上色彩是一種習俗。

customary /'kʌstəmˌɛrɪ/

習慣的 *(adj)* = *usual*

◀ It is **customary** for me to take a walk after dinner.
我習慣飯後散步。

✎衍生字 *accustom (vt)* 使習慣

customer /'kʌstəmɚ/

顧客 *(C)*

◀ The new shop across the road has taken away most of our **customers**.
對街新開的商店拉走我們大部分的顧客。

customs /'kʌstəmz/

①海關 *(P)*

◀ After the September 11th terrorist attacks, passengers are often stopped at **customs** and questioned by **customs** officers.
"九一一" 恐怖分子襲擊事件後，旅客常常在海關被攔下，受到海關官員的詢問。

②關稅 *(P)*

You have to pay **customs** duty on goods you take into or out of a country.
你攜帶物品出入一國時得付關稅。

cut /kʌt/, cut *(pt)*, cut *(pp)*

①切 *(vt)*

◀ I use a knife to **cut** the cheese into cubes.
我用一把刀把乳酪切成小方塊。

②割 *(C)*

I got a **cut** on my hand.
我的手被割了一下。

cut across

超越 *(vt,u)*

◀The voting **cut across** the usual ethnic and political divisions.
這次投票超越了一般的種族和黨派界線。

cut back on

削減 *(vt,u)* = *reduce*

◀With the economic downturn, people are attempting to **cut back on** living expenses.
由於經濟衰退，人們正在設法削減生活開支。

cut down on

減少 *(vt,u)* = *reduce*

◀Rick is trying to **cut down on** his smoking and drinking.
瑞克正設法少抽煙，少喝酒。

cut in

①打斷 *(vi)* = break/burst/chime /chip in

◀It is impolite to **cut in** on other people's conversations.

打斷別人說話是不禮貌的。

②超車搶道 *(vi)*

I was driving along the country road when a truck **cut in** (on me), forcing me to slow down.

我正在鄉間的路上行駛，這時一輛卡車突然搶到我面前，迫使我放慢車速。

cut into

①插進話來 *(vt,u)* = break into,interrupt

◀When I was talking on the phone, my child **cut into** the conversation with demands for candy.

我正在打電話，孩子突然插進話來要糖吃。

②動用 *(vt,u)*

I won't **cut into** my savings to pay for the stereo.

我不會動用我的存款去買音響。

(be) cut out for

適合 *(vt,u)* = be suited for

◀I don't think you are **cut out for** country life.

我認為你不適合過鄉村生活。

cute /kjut/

可愛的 *(adj)* = lovely

◀ The panda is **cute**.

熊貓很可愛。

cycle /'saɪkl̩/

周期 *(C)* = circle

◀ Do you know the life **cycle** of a plant?

你了解一株植物的生命周期嗎？

C

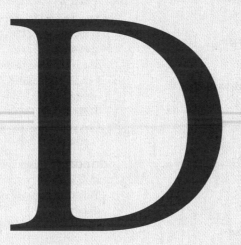

A HANDBOOK
7000 English Core Words

◉ MP3-D1

daddy /ˈdædɪ/

爸爸、爹 *(C)* (請參閱附錄 "親屬") = *dad*

◀ **Daddy**, can I go swimming?
爸，我可以去游泳嗎？

daffodil /ˈdæfədɪl/

黃水仙 *(C)*

◀ **Daffodils** bloom in the early spring.
黃水仙在早春的時候開花。

daily /ˈdelɪ/

① 每天的 *(adj)*

◀ I am paid on a **daily** basis.
我的工作按日計酬。

② 每天 *(adv)* = *every day*

She comes to see me twice **daily**.
她每天來看我兩次。

dairy /ˈdɛrɪ/

乳品廠 *(C)*

◀ Bob worked in a **dairy**.
鮑勃在一家乳品廠工作。

dam /dæm/

水壩 *(C)*

◀ The **dam** is going to burst.
水壩馬上就要決口了。

✎相關字 dike (土堤)。 reservoir (水庫)。

damage /ˈdæmɪdʒ/

① 損傷 *(U)*

◀ The accident did a lot of **damage** to the car.
小汽車在這次事故中受到嚴重損傷。

② 損壞 *(vt)*

The bridge was **damaged** by the earthquake.
橋樑因地震遭到損壞。

damn /dæm/

(常用於詛咒) *(vt)*

◀ **Damn** you!
你這混蛋！

damp /dæmp/

① 潮濕的 *(adj)* = *wet*

◀ I use a **damp** cloth to clean the bed.
我用一塊濕布擦床。

② 弄濕 *(vt)* = *dampen*

I **damped** the cloth and wiped the desk.
我把布弄濕後用它來擦書桌。

damp(en) down

澆，減弱 *(vt,s)*

◀ The serious defeat has **dampened down** my enthusiasm for politics.
這次重挫給我的政治熱情澆了一盆冷水。

dance /dæns/

① 跳舞 *(C)*

◀ May I have the next **dance**?
能和我跳下一支舞嗎？

② 跳舞 *(vi)*

She is **dancing** to the music.
她正隨著樂曲翩翩起舞。

✎衍生字 *dancer (C)* 舞蹈家

③ 跳 (某種舞) *(vt)*

Can you **dance** the waltz?
你會跳華爾茲舞嗎？

dandruff /ˈdændrəf/

頭皮屑 *(U)*

◀ This shampoo will stop you from getting **dandruff**.
這種洗髮乳能抑制頭皮屑生長。

danger /ˈdendʒɚ/

① 危害 *(C)* = *hazard*

◀ Smoking is a **danger** to health.
吸煙危害健康。

② 危險 *(U)* = *peril*

Playing in the street may put you in **danger**.
(你) 在街上玩耍會造成危險。

dangerous /ˈdendʒərəs/

危險的 *(adj)* = *risky, hazardous*

◀ It is **dangerous** to play in the street.
在街上玩是很危險的。

dare /dɛr/

① 敢於 *(vi)*

◀ None of us **dared** (to) approach that beast.
我們當中沒有人敢接近那頭野獸。

② 向⋯挑戰 *(vt)* = *challenge*

Jack **dared** me to jump off the bridge into the river.
傑克向我挑戰說敢不敢從橋上跳進河裡。

dark /dɑrk/

①暗的 *(adj)* = light

◀ It is getting **dark**: evening is coming.
天色漸暗，夜晚降臨。

②深色的 *(adj)* ⇔ bright

Jane wore a **dark** dress.
珍穿了一件深色的衣服。

③黑暗 *(U)* = darkness

He cannot see well in the **dark**.
他在黑暗中看不清。

darling /'dɑrlɪŋ/

①寶貝 *(C)*

◀ My three-year-old daughter is a little **darling**.
我那三歲的女兒可真是個寶貝。

②寶貝的 *(adj)* = beloved

My **darling** daughter is learning to speak.
我那寶貝女兒在牙牙學語。

dart /dɑrt/

①飛快跑走，急衝 *(vi)*

◀ At the sight of a police officer, the vendors **darted** off.
小攤販們一看見來了一名警察就飛快跑走了。

②飛鏢 *(C)*

I threw a **dart** at the blackboard.
我朝向黑板投擲一隻飛鏢。

dash /dæʃ/

①衝 *(S)* = rush

◀ Jack made a **dash** for the door when the fire broke out.
起火時傑克向門口衝去。

②衝 *(vi)* = rush

He **dashed** in breathlessly.
他氣喘吁吁地衝了進來。

③猛撞，沖擊 *(vt)* = hit

Strong winds **dashed** the fishing boat against the rocks.
強勁的大風把漁船吹撞到岩石上。

④使破滅 *(vt)* = destroy

Hopes of peace were **dashed** as another fight broke out.
戰事又起，和平的希望就此破滅了。

data /'detə/

資料 *(U,P)* = facts, information

◀ The **data** is/are being analyzed.
資料正在進行分析。

date /det/

①約會 *(vi)* = go out (together)

◀ They have been **dating** for a long time.
他們約會已有一段很長的時間了。

②日期 *(C)*

We have set a **date** for our next meeting.
我們已敲定下次會議的日期。

daughter /'dɔtɚ/

女兒 *(C)* (請參閱附錄 "親屬")

◀ A son is a son till you get him a wife, But a **daughter** is a **daughter** the rest of your life.
兒子娶妻後就不是兒子，女兒嫁了還是女兒。

dawn /dɔn/

黎明 *(U)* ⇔ dusk

◀ **Dawn** is breaking. We must set off.
黎明拂曉，我們得出發了。

---

dawn on

忽然明白，突然領悟 *(vt,u)*

◀ It suddenly **dawned on** me that advertising is not suitable for me.
我忽然想明白了，廣告業這分工作不適合我。

---

day /de/

①天 *(C)*

◀ There are seven **days** in a week.
一週有七天。

②白天 *(U)* ⇔ night

We work by **day** and sleep by night.
我們白天工作晚上睡覺。

daybreak /'de,brek/

拂曉 *(U)* = dawn

◀ We departed for the village at **daybreak** and arrived at dusk.
我們拂曉起身向村子出發，黃昏時到達。

daydream /'de,drim/

①白日夢 *(C)*

◀ Beth was lost in **daydreams**.
貝絲沈迷在白日夢中。

②做白日夢 *(vi)*

Beth sat in the library, **daydreaming** about being a rock star.
貝絲坐在圖書館裡，做著當搖滾明星的白日夢。

dazzle /'dæzḷ/

①使眼花 *(vt)*

◀ I was **dazzled** by the headlights of a car in the alley.
我被小巷裡一輛汽車的車頭燈光照花了眼。

✎衍生字 *dazzling (adj)* 耀眼的，燦爛的

②使眼花繚亂 *(vt)*

The audience was **dazzled** by the singer's good looks and glamour.
觀眾們被那位歌手的美貌和魅力弄得眼花繚亂。

dead /dɛd/

死的 *(adj)* ⇔ *alive*

◀ He was shot in the heart and fell **dead**.
他被射中心臟，倒地死亡。

✎衍生字 *die (vi)* 死亡

deadline /'dɛd,laɪn/

截止日期 *(C)*

◀ Can you meet the **deadline** for sending in your paper?
你來得及趕在截止日期前交出論文嗎？

deadly /'dɛdlɪ/

①致命的 *(adj)* = *lethal*

◀ The father, whose son raped and killed a school teacher, felt ashamed and tried to commit suicide by swallowing **deadly** poison.
那個父親因兒子強姦並殺害了一名教師而深感羞愧，於是想吞下致命毒藥自殺。

②非常 *(adv)* = *very, extremely*

Her speech is **deadly** serious/boring.
她的講演極為嚴肅 / 乏味。

deaf /dɛf/

聾的 *(adj)*

◀ When you speak to Mr. White, you have to shout because he is nearly **deaf**.
懷特先生的耳朵幾乎聾了，你得扯著嗓子同他說話。

✎衍生字 *deafness (U)* 耳聾

deafen /'dɛfən/

使聾 *(vt)*

◀ We were **deafened** by the roar of the airplane.
我們被飛機的吼嘯聲震聾了耳朵。

✎衍生字 *deafening (adj)* 震耳欲聾的

🔘 MP3-D2

deal /dil/, dealt *(pt)*, dealt *(pp)*

①發牌 *(vt)* = *give out*

◀ I **dealt** (out) five cards to each player.
我給每個玩牌的人發了五張牌。

②處理 *(vi)* = *cope*

Don't worry about your luggage; I will **deal** with it.
你不必擔心行李的事，我會處理的。

③協議 *(C)* = *agreement*

We have made a **deal** with our boss on overtime.
我們與老闆就加班的事達成一個協議。

deal in

做生意 *(vt,u)* = *trade in*

◀ Jack went into a business **dealing in** fire-fighting equipment.
傑克做起了消防器材生意。

deal with

處理 *(vt,u)* = *cope/grapple with, tackle*

◀ There are many difficulties to be **dealt with**.
有許多問題等待處理。

dealer /'dilɚ/

商人 *(C)* = *trader*

◀ Gary has carved out a very successful career as a car **dealer**.
蓋瑞已開闢出成功之業，成了一名汽車商。

dear /dɪr/

①珍貴的 *(adj)* = *precious*

◀ Cathy has lost everything that is **dear** to her.
凱西失去了所有珍貴之物。

②親愛的 *(C)* (用以稱呼極熟悉的人)

Did you have a good time, **dear**?
親愛的，你過得開心嗎？

death /dεθ/

①死亡 (C)

◀ Mr. Brown died a natural/violent **death**.
布朗先生係自然死亡 / 遭橫暴慘死。

②死亡 (U)

Don't work/drink yourself to **death**.
別把自己給累死 / 喝酒醉死。

debate /dɪ'bet/

①辯論 (C)

◀ We held a **debate** on/about abortion.
我們就墮胎議題展開了辯論。

②辯論 (vi)

They are **debating** on/about abortion.
他們對墮胎議題展開辯論。

✎衍生字 *debatable (adj)* 有爭議的

③討論 (vt)

They are **debating** whether to cut interest rates.
他們正在討論是否要降低利率。

debt /dεt/

①債務 (C)

◀ Have you paid all your **debts**?
你把債務都還清了嗎？

②債 (U)

Jason is careless with his money, so it is not surprising that he has run into **debt**.
傑森花起錢來粗心大意，因此他負了債也就不足為奇了。

decade /'dεked/

十年 (C)

◀ I have lived here for **decades**.
我在這裡已住了幾十年。

decay /dɪ'ke/

①腐爛 (vi) = decompose, rot

◀ The meat and vegetables are already starting to **decay**.
肉和蔬菜已開始腐爛。

②蛀壞 (vt)

Sugar can **decay** our teeth.
糖會蛀壞我們的牙齒。

③蛀蝕部分 (U)

The dentist used a drill to remove the tooth **decay**.
牙醫用鑽子磨去牙齒中的蛀蝕部分。

④朽爛 (U)

The old building has fallen into **decay**.
這老房子已經朽爛。

deceive /dɪ'siv/

騙 (vt) = fool

◀ They **deceived** me into marrying that woman.
他們騙我娶了那個女人。

✎衍生字 *deception (U,C)* 欺騙

December /dɪ'sεmbɚ/

十二月 (C,U)

◀ It is cold in **December**.
十二月很冷。

decent /'disn̩t/

①相當不錯的 (adj) = satisfactory

◀ My family earns a **decent** living by working hard.
我家靠辛勤工作掙得一分相當不錯的生活。

✎衍生字 *decency (U)* 體面，禮節

②合禮的 (adj)

Decent citizens won't litter.
守禮的市民可不會亂丟雜物。

✎同尾字 cent (分錢)。percent (百分比)。recent (最近)。
descent (下降)。ascent (上升)。

decide /dɪ'saɪd/

①決定 (vt) = make up one's mind

◀ I have **decided** to buy this car.
我已決定買這輛小汽車。

②決定 (vi)

After seeing all the candidates, I have **decided** on this woman.
面試過所有應徵者之後，我決定錄用這位女士。

decision /dɪ'sɪʒən/

決定 (C)

◀ We will make/reach/take a **decision** as soon as possible.
我們會盡快作出決定。

decisive /dɪ'saɪsɪv/

決定性的 (adj)

◀ The ruling party won a **decisive** election victory.
執政黨在大選中獲得決定性勝利。

✎同尾字 incisive (尖刻的)。

D

deck /dɛk/

甲板 *(C)*

◀ Their cabin is on the lower **deck**.
他們的艙房在下層甲板。

declaration /ˌdɛklə'reʃən/

宣稱 *(C)* = announcement

◀ Peter made a **declaration** of love.
彼得宣稱自己戀愛了。

declare /dɪ'klɛr/

宣布 *(vt)* = announce

◀ The chairman **declared** that the meeting was closed.
主席宣布會議結束。

decline /dɪ'klaɪn/

①降低 *(vi)* = fall

◀ Food prices are expected to **decline** after our country is admitted to the WTO.
我國加入世界貿易組織之後，食品價格可望降低。

②推辭，婉拒 *(vi,vt)* = refuse；⇔ accept

I was invited for a drink at a pub, but I **declined** (the invitation).
我受邀到一家酒吧喝酒，但我推辭掉了。

③下降 *(S)* = decrease

There is a sharp **decline** in prices/population.
價格 / 人口急劇下降。

④下滑 *(U)*

Business went into **decline** after the September 11 terrorist attacks.
"九一一" 恐怖分子襲擊後生意下滑了。

📝同尾字 incline (使傾斜)。recline (倚靠)。

decorate /'dɛkəˌret/

裝飾 *(vt)* = adorn, ornament

◀ We **decorated** the tree with colored lights and balloons.
我們用彩燈和氣球來裝點這棵樹。

decoration /ˌdɛkə'reʃən/

①裝潢 *(U)*

◀ We will finish the **decoration** of the house in three hours.
我們將在三個小時內完成這房子的裝潢工作。

②裝飾物 *(C)* = ornament

Cake **decorations** include candles and icing.
蛋糕的裝飾包括插上蠟燭和塗上糖霜。

decrease /dɪ'kris/

①下降，減少 *(vi)* ⇔ increase

◀ Our sales are **decreasing**.
我們的銷售業績在下降。

②縮減，減少 *(vt)* = reduce

With prices going up, we should **decrease** spending.
物價上漲了，所以我們要縮減開支。

③下降 *(C)* = decline；⇔ increase

There has been a sharp **decrease** in the birth rate.
出生率在急劇下降。

dedicate /'dɛdəˌket/

①奉獻，獻給 *(vt)*

◀ I would like to **dedicate** this book to my parents.
我要把此書獻給我父母親。

②獻身於，致力於 *(vt)* = devote

Mr. Liu **dedicated** himself/his life to teaching.
劉先生將畢生貢獻給了教育事業。

📝同尾字 predicate (根據)。indicate (暗示)。eradicate (根絕)。syndicate (企業集團)。abdicate (遜位)。

dedication /ˌdɛdə'keʃən/

奉獻 *(U)* = devotion

◀ Mr. Liu showed single-minded **dedication** to teaching.
劉先生專心致力於爲教育事業作奉獻。

deed /did/

行為，行動 *(C)* = action

◀ It will pay to do good **deeds**.
做好事是值得的。

deem /dim/

認為 *(vt)*

◀ We should take whatever action we **deem** necessary/appropriate to curb the spread of dengue fever.
我們將採取一切我們認爲必要的 / 恰當的措施以遏止登革熱的散布。

deep /dip/

①深的 (*adj*) ⇔ *shallow*
◀ There is a **deep** hole in the ground.
地上有個深洞。
✎衍生字 *depth (C,U)* 深，深度
②深深地 (*adv*)
I pushed a stick **deep** down into the mud.
我把手杖深深地插入泥地。
✎衍生字 *deeply (adv)* 深深地，非常地

deepen /'dipən/

①變深 (*vi*)
◀ My sorrow/love **deepened** as I looked back on my school days.
回顧自己的學生時代，我的傷悲 / 愛意加深了。
②加重 (*vi*)
The financial crisis is bound to **deepen** if no drastic measures are taken to defuse it.
假如不採取緊急措施來緩和金融危機，那麼危機就肯定會加重。
③加深 (*vt*)
The island-wide tour is intended to **deepen** young people's understanding of the land where they were born.
環島旅行旨在加深青年人對自己出生地的了解。

deer /dɪr/

鹿 (C) (請參閱附錄 "動物")
◀ She is like a **deer** caught in headlights.
她像是被前燈所困的鹿 (驚慌不知所措)。

defeat /dɪ'fit/

①輸，失敗 (*U,C*)
◀ Though Adam lost the game, he wouldn't admit **defeat**.
雖然亞當輸了比賽，但他並不認輸。
②擊敗 (*vt*) = *beat*
We **defeated** them by two goals to one in Saturday's match.
在星期六的比賽中我們以二比一擊敗了他們。

defect /'dɪfɛkt/

①瑕疵，缺點 (C) = *fault, flaw*
◀ All the television sets are tested for **defects** before they leave the factory.
所有電視機出廠前都要被檢驗是否有瑕疵。
✎衍生字 *defective (adj)* 有缺陷的

②叛逃，變節 (*vi*) /dɪ'fɛkt/
Mr. Lin **defected** to China twenty years ago when he was stationed in Kin Men.
林先生二十年前駐紮在金門島時，叛逃到中國大陸去了。
✎衍生字 *defection (C,U)* 變節；*defector (C)* 變節者
✎同尾字 infect (感染)。perfect (完美的)。affect (影響)。effect (影響)。

defend /dɪ'fɛnd/

防衛 (*vt*) = *protect, guard*
◀ I picked up a stick to **defend** myself against the dog's attack.
我撿起一根棍子來防衛這條狗的攻擊。

defense /dɪ'fɛns/

防衛 (*U*) = *protection, defence (BrE)*
◀ I carry a stick for **defense** against dogs.
我帶著木棍以防衛狗的攻擊。

defensible /dɪ'fɛnsəbl̩/

能防禦的，能辯解的 (*adj*)
◀ Our town/behavior is quite **defensible**.
我們的城鎮完全能守得住 / 行為可以辯解。

🔘 MP3-D3

defensive /dɪ'fɛnsɪv/

防禦性的 (*adj*) ⇔ *offensive*
◀ America sells only **defensive** weapons to Taiwan.
美國只出售防禦性武器給台灣。

defer /dɪ'fɝ/

①延期 (*vt*) = *delay, postpone*
◀ We **deferred** our departure/making a decision until next week.
我們延期至下一週才離開 / 作出決定。
②尊重 (*vi*)
We **defer** to specialists/their expertise.
我們尊重專家 / 他們的專業知識。
✎同尾字 請參見 confer。

deficiency /dɪ'fɪʃənsɪ/

缺乏 (*C,U*)
◀ Meg suffered from (a) vitamin **deficiency**.
梅格患了維生素缺乏症。
✎同尾字 efficiency (效率)。proficiency (精通)。sufficiency (充足)。

D

deficient /dɪˈfɪʃənt/

缺乏的 *(adj)* = *lacking*

◄ Betty is **deficient** in experience/skill.
貝蒂缺乏經驗／技巧。

◥同尾字 sufficient (足夠的)。efficient (有效率的)。
proficient (精通的)。

deficit /ˈdɛfəsɪt/

赤字 *(C)* ⇔ *surplus*

◄ We have run a **deficit** of 5.2% of GDP.
我們的赤字爲國民經濟生產總值的百分之五點
二。

define /dɪˈfaɪn/

給…下定義 *(vt)*

◄ Words such as "celery" are difficult to **define**.
像 "芹菜" 這樣的詞是很難下定義的。

definite /ˈdɛfənɪt/

明確的 *(adj)* = *clear-cut*

◄ I hope you can give me a **definite** answer by
Friday.
我希望你在星期五之前給我個明確的答覆。

definition /ˌdɛfəˈnɪʃən/

定義 *(C)* = *meaning*

◄ Can you give a **definition** of the word
"beauty"?
你能給 "美麗" 這個詞下定義嗎？

degrade /dɪˈgred/

貶低 *(vt)* = *debase*

◄ You only **degrade** yourself by exchanging
angry words with a woman.
你去和一女人惡語相罵恰恰在自貶人格。

degree /dɪˈgri/

程度 *(C)*

◄ A teacher should be able to deal with
students with different **degrees** of ability.
一名教師應能夠應付各種能力程度不同的學
生。

delay /dɪˈle/

①延遲 *(vt)* = *put off*

◄ I am afraid I have to **delay** sending out the
goods until after the Lantern Festival.
我恐怕得延遲到元宵節以後再發出這批貨了。

②耽誤 *(U)*

We should set out for the station, without
delay.
我們應該立刻出發去火車站，不得耽誤。

③耽擱 *(C)*

Delays may occur as a result of the heavy
traffic.
交通流量過大可能會使得時間耽擱。

delegate /ˈdɛləˌget/

①代表 *(C)*

◄ Two hundred **delegates** from one hundred
countries attended the conference on AIDS.
來自一百個國家的二百名代表出席了愛滋病研
討會。

②授權 *(vi)*

A leader should learn when to **delegate**;
otherwise, he will be worn out.
作爲一名領導理應學會何時該授權，不然的話
會累死人的。

③指派 *(vt)* = *devolve*

What a boss has to do is set a policy and
delegate tasks to his workers.
老闆要做的是定下政策，並把任務指派給手下
的工人們去做。

◥同尾字 relegate (貶降)。

delegation /ˌdɛləˈgeʃən/

①代表團 *(C)*

◄ A **delegation** from the US was sent to this
country to monitor its general election.
從美國派來一代表團到這個國家來觀察該國的
大選。

②委派 *(U)* = *devolution*

The mayors and magistrates are calling for the
delegation of authority to local government.
各市市長和縣長呼籲將權力委派至地方政府。

◥同尾字 relegation (降級)。

delete /dɪˈlit/

刪除 *(vt)* = *drop*

◄ His name has been **deleted** from the list.
他的名字從名單上刪除了。

deletion /dɪˈliʃən/

刪除 *(C)*

◄ I have to make a few **deletions**.
我只得刪除一些內容。

deliberate /dɪˈlɪbərɪt/

①故意的 *(adj)* = *intentional*

◀The car crash proved to be a **deliberate** attempt to murder the prosecutor rather than an accident.

這次車禍被查實爲故意企圖殺害檢察官而非意外。

②從容的 *(adj)*

He walked with a **deliberate** step.

他從容地走著。

③商議 *(vi)* /dɪˈlɪbəˌret/ = *ponder*

We met to **deliberate** about/on a solution to the water shortage.

我們聚集起來商議一個解決缺水的辦法。

✎衍生字 *deliberation (U)* 審議，研究

delicate /ˈdɛləkət/

易碎的 *(adj)* = *fragile*

◀Don't drop those wine glasses—they are very **delicate**.

別把那些玻璃酒杯掉到地上，這東西可是易碎的。

✎衍生字 *delicacy (U,C)* 精緻，美味食品

delicious /dɪˈlɪʃəs/

美味的 *(adj)*

◀What a **delicious** smell!

這味可眞好聞。(這味道可眞香啊！)

delight /dɪˈlaɪt/

①愉快 *(U)* = *pleasure, satisfaction*

◀I take **delight** in reading novels.

看小說對我是一種享受。

②使快樂 *(vt)* = *please*

We were **delighted** with King's jokes about himself.

金拿自己開的那些玩笑把我們都逗樂了。

delightful /dɪˈlaɪtfəl/

愉快的 *(adj)* = *pleasant*

◀We had a **delightful** time at the party.

我們在聚會上過得很愉快。

delinquent /dɪˈlɪŋkwənt/

①少年犯 *(C)*

◀Juvenile **delinquents** should be punished for their misbehavior.

少年犯理應爲其不良行爲受罰。

✎衍生字 *delinquency (U,C)* 不法行爲

②違法的 *(adj)*

I am interested in the causes of **delinquent** behavior among young people.

我對年輕人違法行爲的起因頗有興趣。

deliver /dɪˈlɪvɚ/

遞送 *(vt)*

◀Tom once earned a living by **delivering** newspapers.

湯姆曾靠送報來掙錢過活。

delivery /dɪˈlɪvərɪ/

①遞送 *(C)*

◀Mail **deliveries** are at 10 am and 5 pm.

郵遞時間是上午十點和下午五點。

②送貨 *(U)*

Pizza Hut offers free **delivery** for any pizza over $200.

必勝客爲二百元以上的訂貨提供免費送貨的服務。

demand /dɪˈmænd/

①要求 *(vt)* = *ask*

◀I **demanded** that all the facts be made public.

我要求將一切事實公諸於衆。

②要求 *(C)*

Our boss has agreed to our **demand** for a 5% pay raise.

我們老闆同意了我們增加百分之五工資的要求。

democracy /dəˈmɑkrəsɪ/

①民主 *(U)*

◀We will fight for freedom and **democracy**.

我們要爲自由和民主而戰鬥。

②民主國家 *(C)*

Great Britain and the USA are **democracies**.

英國和美國是民主國家。

democrat /ˈdɛməˌkræt/

民主人士，民主黨黨員 *(C)*

◀Several **democrats** were voted out of office in the last election.

上次選舉中有幾個民主黨人士落選。

✎衍生字 *democratize (vt)* 民主化

✎同首字 democracy (人口學)。democracy (民主)。demagogue (群眾煽動家)。

democratic /ˌdɛməˈkrætɪk/

民主的 *(adj)*

◀ The country is run in a **democratic** way.
該國以民主的方式。(該國施行民主的制度)
✎衍生字 *democrat (C)* 民主人士

demonstrate /ˈdɛmənˌstret/

①示範 *(vt) = show*

◀ My teacher **demonstrated** the correct way to use the computer.
我的老師示範了使用電腦的正確方法。
②遊行示威 *(vi)*
The workers are **demonstrating** for a pay increase.
工人們為提高工資正在舉行遊行示威。

demonstration /ˌdɛmənˈstreʃən/

①示範 *(C) = display*

◀ My teacher gave us a **demonstration** of the computer to show how it worked.
我的老師向我們示範了電腦的運用原理。
②遊行示威 *(C)*
They held/staged a **demonstration** against a cut in pay.
他們舉行示威以抗議工資削減。

denial /dɪˈnaɪəl/

否認 *(C)* ⇔ *admission*

◀ Mr. Smith issued a firm **denial** of the rumor that his company has gotten into the red.
史密斯先生對關於他的公司陷入赤字的謠傳表示斷然否認。
✎衍生字 *deny (vt)* 否認

denounce /dɪˈnaʊns/

指責 *(vt) = condemn*

◀ We **denounced** the plan to build another temple as a waste of money.
我們指責修造另一座廟宇的計畫是浪費錢財。
✎同尾字 announce (宣布)。renounce (聲明放棄)。
pronounce (發音)。

dense /dɛns/

密集的，茂密的 *(adj) = thick*

◀ The forest is so **dense** that we cannot walk through it.
樹林過於茂密，我們都無法穿越。

density /ˈdɛnsətɪ/

密度稠密 *(S,U)*

◀ Taiwan has a very high population **density**.
台灣的人口密度很高。

🔘 MP3-D4

dental /ˈdɛntl̩/

牙齒的，牙科的 *(adj)*

◀ We can use a fluoride toothpaste and **dental** floss to fight **dental** decay.
我們可使用氟化物牙膏和牙線來防止蛀牙。
✎衍生字 *dentistry (U)* 牙科醫術

dentist /ˈdɛntɪst/

牙醫 *(C)* (請參閱附錄 "職業")

◀ I'm going to the **dentist** to have my teeth filled.
我要去找牙醫補牙齒。
✎衍生字 *dental (adj)* 牙齒的；*dentistry (U)* 牙醫業

deny /dɪˈnaɪ/

①否認 *(vt) = refuse to admit*

◀ Ted **denied** cheating on the test.
泰德否認自己考試時作弊。
②剝奪，拒絕給予 *(vt) = refuse*
No one can **deny** the poor the chance of going to college.
任何人都不能剝奪窮人上大學的權利。

depart /dɪˈpɑrt/

出發 *(vi) = set out, leave*；⇔ *arrive (at/in)*

◀ The train will **depart** for Tainan.
這列火車將出發開往台南。

department /dɪˈpɑrtmənt/

部門 *(C)*

◀ She is the head of the company's sales **department**.
她是公司的銷售部門主管。

departure /dɪˈpɑrtʃɚ/

①啟程 *(U)* ⇔ *arrival*

◀ It is time that you took your **departure**.
你該啟程了。
②啟程 *(C)*
There are three **departures** a day for Japan.
啟程開往日本的飛機一天有三班。

depend /dɪˈpɛnd/

憑靠 *(vi)* = rely, count

◄ We are **depending** on you to win/winning the game.

我們得靠你來贏這場比賽了。

✎衍生字 *dependable (adj)* 可靠的

dependent /dɪˈpɛndənt/

依賴的 *(adj)* ⇔ *independent (of)*

◄ The country is heavily **dependent** on coffee exports.

該國主要依賴咖啡出口。

✎衍生字 *dependence (U)* 依賴

depict /dɪˈpɪkt/

描寫 *(vt)* = portray, describe

◄ The politician is **depicted** as a crook in this novel.

在這本小說中那個政客被描寫成無賴。

deposit /dɪˈpɑzɪt/

存放 *(vt)*

◄ I would like to **deposit** $1million in my savings account.

我想在儲蓄帳戶內存入一百萬元。

depress /dɪˈprɛs/

使沮喪 *(vt)* = sadden

◄ The news that Jenny killed herself **depressed** me.

珍妮自殺的消息使我感到沮喪。

depressed /dɪˈprɛst/

沮喪的 *(adj)* = miserable

◄ I am feeling **depressed**.

我感到沮喪。

depression /dɪˈprɛʃən/

①憂鬱症 *(U)*

◄ Sandy suffers from **depression**.

珊蒂患了憂鬱症。

②經濟大蕭條 *(C)* = recession

All signs pointed to a **depression**.

所有跡象都表明經濟出現大蕭條。

deprive /dɪˈpraɪv/

剝奪 *(vt)* = strip

◄ People in communist countries are **deprived** of their civil rights.

共產國家中的人民被剝奪了公民權。

✎衍生字 *deprivation (C)* 剝奪

depth /dɛpθ/

①深，深度 *(S)*

◄ The lake has a **depth** of 45 feet.

湖深四十五英尺。

✎衍生字 *deep (adj)* 深的

②深度 *(U)*

What is the **depth** of this lake?

這個湖有多深？

deputy /ˈdɛpjətɪ/

副手，代理人 *(C)*

◄ When my boss went abroad, his **deputy** took charge.

我的老闆出國時，由他的副手負責。

derive /dəˈraɪv/

得到 *(vt)* = get

◄ I **derive** great satisfaction from my children.

我從子女身上得到巨大的樂趣。

descend /dɪˈsɛnd/

①下來 *(vi)* ⇔ *ascend*

◄ The singer **descended** slowly from the stage.

歌手慢慢從台上下來。

②下來 *(vt)*

Mr. Bond **descended** the stairs and shook hands with each guest.

龐德先生從樓梯上下來，與每一位客人握手。

✎同尾字 請參見 ascend。

descendant /dɪˈsɛndənt/

後裔 *(C)* ⇔ *ancestor, forefather, forebear*

◄ Mr. Kung, aged 89, is said to be a direct **descendant** of Confucius.

孔先生高齡八十九，據說是孔子的直係後裔。

✎相關字 *progeny (後裔)。offspring (後代)。descent (後裔)。*

descent /dɪˈsɛnt/

①降落 *(U)* ⇔ *ascent*

◄ Passengers are supposed to buckle their seat belts prior to **descent**.

飛機降落前乘客們應該扣好安全帶。

②出身，門第 *(U)* = origin

Eva and her husband are Japanese by **descent**. They are of Japanese **descent**.

伊娃和她丈夫是日本人後裔。他們的祖籍是日本。

describe /dɪ'skraɪb/

描述 (vt) = portray

◀ Tim is **described** as an honest man.
提姆被描述爲誠實的人。
◣同尾字 請參考 subscribe。

description /dɪ'skrɪpʃən/

①描述 (C) = account

◀ The writer gives a good **description** of life in the city.
該作者對城市生活作了美好的描述。
②形容 (U)
Her speech was boring beyond **description**.
她的演講乏味得無法形容。

descriptive /dɪ'skrɪptɪv/

描寫的 (adj)

◀ This magazine is full of **descriptive** passages and there are few pictures in it.
這本雜誌中都是描寫性文章，幾乎沒有圖片。
◣同尾字 prescriptive (規定的)。

desert /'dɛzət/

①沙漠 (C)

◀ Few plants can be seen in a **desert**.
在沙漠中很少見得到植物。
②遺棄 (vt) /dɪ'zɜt/ = abandon
Amy's boyfriend **deserted** her when he found out that she was having a baby.
艾咪的男友發現她懷孕之後就將她遺棄了。

deserve /dɪ'zɜv/

應得 (vt)

◀ You **deserved** to win for running ahead of the others.
你跑在別人前面，理當贏。
◣衍生字 deserving (adj) 應受支持的

design /dɪ'zaɪn/

①設計，設計圖 (C)

◀ He has completed a **design** for the new library.
他完成了這座新圖書館的設計。
②設計 (vt)
Tina **designs** dresses for a famous singer.
蒂娜爲一位著名歌手設計服裝。

designate /'dɛzɪg,net/

①任命 (vt) = appoint

◀ Osmond has been **designated** to take over the position of managing director.
奧斯蒙被任命接任總經理一職。
◣衍生字 designation (U) 任命
②指定 (vt)
I am going to **designate** this room as my study.
我打算將這間屋子指定用作我的書房。
③候任的 (adj) /'dɛzɪgnɪt/
General Teng is the president **designate**/elect.
滕格將軍是候任 / 當選總統。

designer /dɪ'zaɪnə/

設計師 (C) (請參閱附錄 "職業")

◀ Mr. White is much in demand as a dress/ fashion/web/program/software/system/ curriculum/interior **designer**.
懷特先生是炙手可熱的服裝 / 時裝 / 網頁 / 程式 / 軟體 / 系統 / 課程 / 室內設計師。
◣衍生字 design (vt) 設計；(C,U) 設計

desire /dɪ'zaɪr/

①慾望 (C) = wish

◀ Bob has a strong **desire** for power.
鮑勃有強烈的權力慾望。
◣衍生字 desirable (adj) 稱心的，可取的
②渴望 (U)
He was filled with **desire** for Joan.
他內心充滿著想得到瓊安的渴望。
③盼望 (vt)
I **desire** you to come at once.
我盼望你立即來。

desk /dɛsk/

書桌 (C) (請參閱附錄 "家具")

◀ She is sitting at the check-in **desk**.
她坐在 (旅館、機場等) 登記處。

despair /dɪ'spɛr/

①絕望 (U) = hopelessness

◀ He was driven to **despair**.
他陷入絕望。
②對…絕望 (vi)
He **despaired** of passing the driving test.
他對通過駕駛考試絕望了。

desperate /'dɛspərɪt/

①迫切的 *(adj)*

◀ Karen is **desperate** for money.
凱倫迫切的需要錢。

②絕望的 *(adj)*

Joe had been out of work for over a year and was getting **desperate**.
喬失業已一年多，所以愈來愈絕望了。

🅞 MP3-D5

despise /dɪ'spaɪz/

鄙視 *(vt)* = *look down upon*；⇔ *respect*

◀ I **despise** those who talk big but do little.
我看不起那種只講大話不會做事的人。

despite /dɪ'spaɪt/

儘管 *(prep)* = *in spite of, for all*

◀ **Despite** the weather, we will still be having a picnic tomorrow.
儘管天氣不好，明天我們還是要舉行野餐會。

dessert /dɪ'zɝt/

甜點 *(U)*

◀ What have we got for **dessert**?
我們吃點什麼甜點呢？

destination /ˌdɛstə'neʃən/

目的地 *(C)*

◀ After three days of traveling, we finally arrived at our **destination**.
經過三天旅程，我們終於抵達了目的地。

destined /'dɛstɪnd/

①注定的，命定的 *(adj)* = *fated*

◀ They were **destined** never to meet again.
他們注定永不再見。

②開往…的 *(adj)* = *bound*

The ship/plane is **destined** for New York.
這艘船／架飛機開往紐約。

destiny /'dɛstənɪ/

命運 *(U)* = *fate*

◀ Yien Hwei resigned himself to poverty and accepted his **destiny** without complaint.
顏回安於清貧，聽天樂命。

destroy /dɪ'strɔɪ/

摧毀 *(vt)* = *ruin*

◀ The building was completely **destroyed** by the fire.
這棟建築在火災中被徹底摧毀了。

destruction /dɪ'strʌkʃən/

破壞，毀滅 *(U)*

◀ The fire caused widespread **destruction**.
這次火災造成了大面積的破壞。

destructive /dɪ'strʌktɪv/

毀滅性的 *(adj)* ⇔ *constructive*

◀ Drugs can have a **destructive** effect on people.
毒品會對人體造成毀滅性的傷害。

detach /dɪ'tætʃ/

拆開 *(vt)* ⇔ *attach (...to...)*

◀ You can **detach** the application form from the pamphlet and fill it out. Then mail it to us.
你可將小冊子上的申請表撕下填好，然後寄給我們。

detail /'ditel/

①細節 *(C)* = *particulars*

◀ The full **details** of the agreement will be made public.
協議的所有細節都將被公開。

②詳盡 *(U)*

The paper goes into great **detail** on how animals can be cloned.
這張報紙把複製動物作了詳盡的介紹。

detailed /'diteld/

詳細的 *(adj)* = *thorough*

◀ Lucy gave me a **detailed** account of her trip.
露西向我詳細敘述了她的旅行經歷。

detain /dɪ'ten/

拘留 *(vt)*

◀ Police **detained** the suspect and questioned her about the missing $1 million.
警方拘留了疑犯並盤問她失蹤的百萬元的下落。

衍生字 *detainee (C)* 被拘留者；*detention (U)* 拘留，扣押

同尾字 contain (包含)。sustain (支撐)。maintain (維持)。retain (保留)。attain (達成)。entertain (娛樂)。obtain (獲得)。pertain (有關)。

detect /dɪˈtɛkt/

偵測 **(vt)** = notice, find out

◀ The airplane was **detected** by radar.
這架飛機被雷達偵測到了。

detective /dɪˈtɛktɪv/

偵探 **(C)** (請參閱附錄 "職業")

◀ Andy employed a private **detective** to
investigate his father's death.
安迪聘請一位私家偵探調查他父親的死亡。

✎衍生字 *detect (vt)* 發現

✎搭配詞 **detective** novels/fiction/stories (偵探小說)。

deter /dɪˈtɝ/

阻嚇 **(vt)** = discourage

◀ The shop installed a video camera to **deter**
customers from shoplifting.
那家商店安裝了一架攝影機來阻嚇顧客的偷竊
行為。

✎衍生字 *deterrent (c)* 制止物

✎同尾字 inter (埋葬)。counter (反對；櫃台)。

detergent /dɪˈtɝdʒənt/

清潔劑 **(C,U)** (請參閱附錄 "工具")

◀ I don't use dishwasher **detergent** to wash
dishes.
我不用洗碗機清潔劑洗碗。

✎搭配詞 laundry **detergent** (洗衣劑)。

deteriorate /dɪˈtɪrɪəˌret/

惡化 **(vi)** = worsen；⇔ improve

◀ Mr. Wang's condition **deteriorated** rapidly,
and his doctor didn't think he could last out
another week.
王先生的病情迅速惡化，醫生認為他撐不過一
個星期。

✎衍生字 *deterioration (U)* 變壞

determination /dɪˌtɝməˈneʃən/

決心 **(U)** = resolve

◀ Jack has shown great **determination** to learn
to drive.
傑克表現出想學會駕車的堅定決心。

determine /dɪˈtɝmɪn/

①確定 **(vt)** = find out

◀ We need to **determine** where the ship has
sunk.
我們需要確定船隻沉沒的地點。

②決定 **(vt)** = decide

The number of incoming students will
determine the size of the classes.
新生人數的多少將決定班級的大小。

determined /dɪˈtɝmɪnd/

決意的 **(adj)**

◀ He is **determined** to become a lawyer.
他決心成為一名律師。

detour /ˈditʊr/

繞道 **(C)**

◀ During the rush hour, we usually make/take a
detour to avoid the downtown area.
交通高峰時我們通常都繞道避開市中心地區。

✎同尾字 tour (旅遊)。contour (外形輪廓)。

detract /dɪˈtrækt/

減損 **(vi)**

◀ Several mistakes in your book are not going to
detract from its value/worth/merit/excellence.
你的書中有幾處錯誤無減損於它的價值 / 優點
/ 優異。

✎衍生字 *detraction (U)* 貶抑；*detractor (C)* 誣衊者

✎同尾字 tract (土地一大片)。attract (吸引)。contract (契
約；收縮)。retract (收回聲明)。distract (分
心)。extract (摘錄)。protract (拖延)。subtract
(減去)。

devalue /diˈvælju/

貶低 **(vt)** = undervalue

◀ His works were not recognized and often
devalued when he was still alive.
他的作品未得世人賞識，在他生前還常遭人貶
低。

develop /dɪˈvɛləp/

①研發 **(vt)**

◀ We are **developing** new approaches to growing
rice.
我們正在研發種植水稻的新方法。

②發展 **(vi)**

Their friendship has **developed** into love.
他倆的友誼演變成了愛情。

development /dɪˈvɛləpmənt/

①發展 **(C)**

◀ We will be keeping you informed of the latest
developments in the trial.
我們會讓你及時了解審訊的最新發展。

② 發育 (U)

Vitamins and minerals are necessary for a child's growth and **development**.
維生素和礦物質是兒童生長發育的必需品。

device /dɪ'vaɪs/

設備 (C)

◀ We have many labor-saving **devices** such as washing machines and dishwashers.
我們有許多省力的設備，如洗衣機和洗碗碟機。

📎相關字 device (任何可用於工作的人造器具)。gadget (小器具，如削皮機)。appliance (家用電器)。instrument (與精確或困難的工作相關，如各種樂器)。tool (手握工具，如鐵鎚)。

devil /'dɛvl̩/

魔鬼 (C)

◀ That child was said to be possessed by **devils**.
據說那孩子身上附了鬼魂。

📎衍生字 devilish (adj) 邪惡的

devise /dɪ'vaɪz/

想出，策畫 (vt) = invent

◀ We have **devised** a way of keeping costs down.
我們想出了一個降低成本的辦法。

devote /dɪ'vot/

致力於 (vt) = dedicate, commit

◀ Jim has **devoted** his life to finding a cure for cancer.
吉姆畢生致力於尋找治療癌症的方法。

devoted /dɪ'votɪd/

熱愛的 (adj) = dedicated, committed

◀ Bob is **devoted** to his children and work.
鮑勃熱愛自己的孩子和工作。

devotion /dɪ'voʃən/

奉獻 (U)

◀ His **devotion** to his work cannot be questioned.
他對工作的奉獻是毋庸置疑的。

devour /dɪ'vaʊr/

① 吞食 (vt)

◀ The kids **devoured** their noodles with great joy as if they had been starved for a long time.
小孩子們興高采烈地吞食麵條，好像挨餓很久的樣子。

📎相關字 gobble (狼吞虎嚥)。gulp (狼吞虎嚥)。swallow (吞)。guzzle (大吃大喝)。gorge (狼吞虎嚥)。feast (大吃大喝)。

② 吞噬 (vt) = destroy

◀ A huge area of the forest has been **devoured** by the fire.
很大一片面積的森林被大火吞噬了。

🔘 MP3-D6

dew /dju/

露水 (U)

◀ The small drops of **dew** hung like white beads from the tips of the corn blades, sparkling in the morning sunlight.
微小的露水珠像白色的珠子一般掛在玉米葉尖上，在清晨的陽光下閃耀。

📎衍生字 dewy (adj) 為露水沾溼的，水汪汪的

diabetes /ˌdaɪə'bitɪs/

糖尿病 (U)

◀ Those who have **diabetes** tend to feel thirsty and hungry.
糖尿病患者常會感覺口渴和饑餓。

📎衍生字 diabetic (adj,C) 糖尿病的，糖尿病患者

diagnose /ˌdaɪəg'nos/

診斷 (vt)

◀ The doctor **diagnosed** Irene's illness as a mild form of diabetes.
醫生診斷愛琳的病為輕度的糖尿病。

He was **diagnosed** with diabetes.
他被診斷有糖尿病。

📎衍生字 diagnostic (adj) 診斷的

diagnosis /ˌdaɪəg'nosɪs/

診斷 (C)

◀ A doctor often makes/confirms a **diagnosis** by testing blood and urine.
醫生常常通過驗血和尿液來作 / 確定診斷。

📎衍生字 diagnoses (pl) 診斷
📎相關字 prognosis (醫生對病情的預測)。

diagram /'daɪəˌgræm/

圖解，圖表 (C)

◀ My teacher drew a **diagram** of the human body.
我的老師畫了一張人體圖解。

📎相關字 chart (圖表)。picture (圖畫)。illustration (插圖)。graph (曲線圖表)。

D

dial /'daɪəl/

①撥 *(vt)*

◀ I'm sorry. I must have **dialed** the wrong number.

對不起，我一定是撥錯號碼了。

②撥 *(vi)*

Put in the money before **dialing**.

先投幣，再撥號。

dialect /'daɪəlɛkt/

方言 *(C)*

◀ Rick can speak a local/regional **dialect** of Chinese.

瑞克會講一種中文的方言。

✎相關字 language (語言)。idiolect (個人語型)。mother tongue (母語)。

dialog /'daɪə‚lɑg/

①對白 *(U)* = dialogue *(BrE)*

◀ There is a lot of **dialog** and not much action in this play.

這齣戲裡對白很多，動作表演則不多。

②對話 *(U)*

We need **dialog** in order to achieve peace.

為了取得和平我們需要對話。

✎比 較 monolog (獨白)。epilog (結語)。

diameter /daɪˈæmətɚ/

直徑 *(C)*

◀ Mark drew a circle ten centimeters in **diameter**.

馬克畫了一個直徑為十厘米的圓圈。

✎相關字 radius (半徑)。circumference (圓周)。arc (弧線)。chord (弦)。circle (圓圈)。

diamond /'daɪəmənd/

鑽石 *(C,U)*

◀ Michelle wears a **diamond** ring on her finger.

蜜雪兒在手指上戴了一枚鑽石戒指。

diaper /'daɪəpɚ/

尿布 *(C)*

◀ Can you change **diapers** for a baby?

你能為嬰兒換一下尿布嗎？

diary /'daɪərɪ/

日記 *(C)* = journal

◀ I used to keep a **diary** while I was traveling.

過去我在旅行時總會記日記。

dice /daɪs/

骰子 *(C)*

◀ We threw/rolled the **dice** to decide who won.

我們擲骰子來定勝負。

✎衍生字 dice (pl) 骰子

dictate /'dɪktet/

①口述 *(vi,vt)*

◀ My teacher **dictated** (a passage) (to us), and we took it down.

我老師口述 (了一段) (給我們聽)，我們把它記下來。

②規定 *(vt)* = stipulate

The law/custom **dictates** that a couple should not live together before they get married.

法律／習俗規定一對男女在結婚之前不該同居。

✎同首字 diction (措辭)。dictionary (字典)。dictum (斷言)。dictator (獨裁者)。

dictation /dɪkˈteʃən/

①筆錄 *(U)*

◀ My task is to take **dictation**.

我的任務是作筆錄。

②聽寫 *(C)*

I hate doing English **dictations**.

我很討厭做英語聽寫。

dictator /dˈɪktetɚ/

獨裁者 *(C)*

◀ When the hated **dictator** died, his son took over and continued the reign of terror.

那萬惡的獨裁者死後，他的兒子接了班，繼續恐怖統治。

✎衍生字 dictatorial (adj) 獨裁的；dictatorship (C,U) 獨裁統治

✎相關字 authoritarian (獨裁者)。autocrat (獨裁者)。despot (暴君)。tyrant (暴君)。

dictionary /'dɪkʃən‚ɛrɪ/

詞典，字典 *(C)*

◀ Consult a **dictionary** if you don't know any word.

你如果遇到不認識的詞可以去查查詞典。

die /daɪ/

死亡 *(vi)* = pass away

◀ That woman **died** in her sleep.

那女人在睡眠中去世。

✎衍生字 death (U) 死亡

die away

逐漸消失 *(vi)* = *fade away/out*

◀ The sound of the music **died away** and an absolute silence closed in upon us.
音樂聲逐漸消失,死一般的寂靜向我們逼來。

die down

漸漸平息 *(vi)* = *die away,abate, subside*; ⇔ *pick up*

◀ The wind finally **died down** and the rain let up.
風終於漸漸平息,雨也小了。

die for

非常想 *(vt,u)* = *crave for*

◀ I am **dying for** a cup of coffee.
我非常想喝杯咖啡。

die off

(一群生物) 相繼死去 *(vi)* = *die one by one*

◀ The pigs are all **dying off** from foot-and-mouth disease.
這些豬都一隻隻地死於口蹄疫。

die out

滅絕 *(vi)* = *become extinct*

◀ Dinosaurs **died out** millions of years ago.
恐龍幾百萬年前就已經滅絕了。

diet /ˈdaɪət/

①節制飲食 *(C)*

◀ Tony's doctor advised him to go on a **diet** to lose weight.
東尼的醫生建議他用節制飲食來減肥。

②節食 *(vi)*

Bonnie is **dieting**; she won't have fried chicken.
邦妮正在節食,她不會要吃炸雞的。

differ /ˈdɪfɚ/

不同於 *(vi)*

◀ His car **differs** from mine in color.
他那輛汽車的顏色和我的不一樣。

difference /ˈdɪfərəns/

不同之處 *(C)* ⇔ *similarity*

◀ There are many **differences** between your car and mine.
你的汽車和我的有許多不同之處。

different /ˈdɪfərənt/

不同的 *(adj)* ⇔ *similar (to), the same (as)*

◀ The two cats are quite **different** from each other.
這兩隻貓很不相同。

differentiate /ˌdɪfəˈrɛnʃɪˌet/

區別 *(vt)* = *distinguish, tell*

◀ It is the call that **differentiates** a wolf from its cousin, the dog.
狼嚎聲使得牠與狗有所區別。

difficult /ˈdɪfəˌkʌlt/

困難的 *(adj)* = *hard*; ⇔ *easy*

◀ I find it **difficult** to learn French.
我覺得法語很難學。

difficulty /ˈdɪfəˌkʌltɪ/

①困難 *(U)* = *trouble*

◀ I have **difficulty** in learning English.
我英語學得很吃力。

②困境 *(C)*

I once got into financial **difficulties**.
有一次我在資金上陷入了困境。

dig /dɪg/, dug *(pt)*, dug *(pp)*

①挖 *(vt)*

◀ I **dug** my bike out of the snow.
我把自行車從雪堆中挖了出來。

②挖掘 *(vi)*

They are **digging** for gold.
他們在挖掘金子。

dig in

站穩腳跟 *(vt,s)*

◀ You must **dig** yourself **in** as soon as possible when you start a new job.
你開始新的一分工作以後就必須盡快站穩腳跟。

dig out

套出真相 *(vt,s)*

◀ The police are trying hard to **dig** the truth **out** of the suspect.
警方正在努力從嫌疑犯口中套出真相。

D

dig up

① 設法想出 *(vt,s)*

◀ Tim can always manage to **dig up** a fresh idea. He is quite innovative.
提姆總是能設法想出新的點子，他很有辦法。

② 湊足 *(vt,s)* = collect

We finally **dug up** enough money for a computer.
我們終於湊足了買電腦的錢。

◉ MP3-D7

D

digest /daɪˈdʒɛst/

① 消化 *(vi)*

◀ Meat doesn't **digest** easily.
肉不易消化。

② 消化 *(vt)*

I don't **digest** meat very well.
我的腸胃不大能消化肉食。

digestion /dəˈdʒɛstʃən/

① 消化 *(C)*

◀ Judy has a good/weak **digestion**.
茱蒂消化良好 / 不良。

◤衍生字 *digestive (adj)* 幫助消化的

② 消化 *(U)*

Bananas can aid **digestion**.
香蕉有助於消化。

digital /ˈdɪdʒətl̩/

數字顯示的，數位的 *(adj)*

◀ The **digital** clock costs $500.
這台數字顯示電子鐘售價是五百元。

dignity /ˈdɪgnətɪ/

尊嚴 *(U)* = honor

◀ She died with **dignity**.
她死得很有尊嚴。

dilemma /dəˈlɛmə/

左右為難 *(C)* = predicament

◀ I am in a **dilemma** as to whether to get married or not.
我正進退兩難，不知該結婚還是不結為好。

diligence /ˈdɪlədʒəns/

用功 *(U)*

◀ Jackson shows great **diligence** in his schoolwork.
傑克遜做作業非常用功。

diligent /ˈdɪlədʒənt/

勤勉的 *(adj)*

◀ They made a **diligent** search for the dog.
他們認真地查尋狗的下落。

dilute /dɪˈlut/

稀釋 *(vt)* = water down

◀ Nina **diluted** the orange juice with ice water.
妮娜用冰水來稀釋柳橙汁。

dim /dɪm/

昏暗的 *(adj)* ⇔ bright

◀ The living room was lit by one **dim** light bulb.
一只昏暗的燈泡照著起居室。

dime /daɪm/

(美國和加拿大的) 十分鑄幣，一角硬幣 *(C)*

◀ Jack has spent every **dime** on that woman. He is now penniless.
傑克把每角錢都花在那女人上。現在他一文不名了。

dimension /dəˈmɛnʃən/

① (長、寬、高的) 尺寸 *(C)*

◀ Can you measure the **dimensions** of the cupboard?
你能量一下櫥櫃的尺寸嗎？

◤衍生字 *dimensional (adj)* 空間的

② 空間 *(C)*

Time is called the fourth **dimension**.
時間被稱為第四度空間。

diminish /dəˈmɪnɪʃ/

① 減少 *(vi)* = decrease

◀ Natural resources have been **diminishing** over the years.
自然資源年復一年在減少。

② 降低 *(vt)*

The election defeat really **diminished** Mr. White's enthusiasm for politics.
競選失利大大降低了懷特先生在政治方面的熱情。

③貶低 *(vt)* = belittle, devalue

His political rivals are trying hard to **diminish** his achievements.
他的政敵正竭力貶低他的成就。

dine /daɪn/
用餐 *(vi)* = eat
◀ We **dined** at Pizza Hut.
我們在必勝客用餐。

dinner /'dɪnɚ/
①晚飯 *(U)* = supper
◀ I was cooking **dinner** when you called.
你來電話時我正在做晚飯。
②正餐 *(C)*
The children don't have to pay for their school **dinners**.
孩子們在學校用餐是免費的。

dinosaur /'daɪnə,sɔr/
恐龍 *(C)* (請參閱附錄 "動物")
◀ **Dinosaurs** died out millions of years ago.
恐龍幾百萬年前就死光了。

dip /dɪp/
①浸 *(vt)* = immerse
◀ **Dip** your hands into the water.
把你的雙手浸入水中。
②下沉 *(vi)* = sink
The sun **dipped** below the horizon.
太陽落到地平線下了。

diploma /dɪ'ploumə/
畢業文憑 *(C)* = certificate
◀ Alison has a **diploma** in chemistry.
艾莉森擁有化學專業的文憑。

diplomacy /dɪ'plouməsɪ/
外交 *(U)*
◀ Both China and Taiwan rely on dollar **diplomacy** to edge each other out.
中國和台灣都依仗金元外交來排擠對方。

diplomat /'dɪplə,mæt/
外交官，有手腕的人 *(C)*
◀ His ambition is to be a career **diplomat**.
他的抱負是成為一名職業外交官。

diplomatic /,dɪplə'mætɪk/
外交上的 *(adj)*
◀ Taiwan is working hard to win **diplomatic** recognition.
台灣努力爭取外交上的承認。

direct /də'rɛkt/
①直接的 *(adj)* = blunt, straight
◀ They won't give a **direct** answer to her question.
他們不會直接回答她的問題。
　衍生字 directly *(adv)* 直接地
②指揮，督導 *(vt)*
A policeman stood in the middle of the road, **directing** the traffic.
一名警察站在路當中指揮交通。
③導演 *(vt)*
Who **directed** that film?
那部影片是誰導演的？
④直接地 *(adv)* = straight
The next flight doesn't go **direct** to New York; It goes by way of Seattle.
下一個航班不直接飛往紐約，它要轉道西雅圖。

direction /də'rɛkʃən/
①指導 *(U)* = guidance
◀ The test was carried out under Mr. Wang's **direction**.
這次測試是在王先生的指導下進行的。
②使用說明 *(P)* = instructions
Follow the **directions** on the bottle.
請遵照瓶子上的使用說明。
③方向 *(C)*
He drove off in the **direction** of the Palace Museum.
他朝著故宮博物院的方向駛去。

director /də'rɛktɚ/
①導演 *(C)*
◀ He is the **director** of the movie.
他是這部影片的導演。
②董事 *(C)*
His father is on the board of **directors**.
他父親是董事會的成員。

directory /də'rɛktərɪ/
號碼簿 *(C)*

◀ I found out your telephone number in the telephone **directory**.
我在電話號碼簿上查到你的電話號碼。

dirt /dɝt/
汙物 (U)

◀ Wash the **dirt** off your knees.
把膝蓋上的汙泥洗掉。

dirty /'dɝtɪ/
① 髒的 *(adj)* = *unclean, soiled*；⇔ *clean*

◀ Put the **dirty** clothes in the washing machine.
將髒衣物放進洗衣機。

② 下流的 *(adj)* = *obscene*

They enjoy telling **dirty** jokes.
他們喜歡講下流笑話。

disability /ˌdɪsə'bɪlətɪ/
① 缺陷，殘疾 *(C)* = *handicap*

◀ A special course is offered to those with sight/hearing/speech **disabilities**.
為視力／聽力／說話有缺陷者舉辦了一門特別課程。

② 傷殘 *(U)*

The hospital helps the disabled to cope with their **disability**.
這家醫院幫助殘疾人克服傷殘。

✎比　較 inability (無能力)。

disable /dɪs'ebl̩/
使殘廢 *(vt)* = *cripple*

◀ He was **disabled** after a car crash.
他在一次撞車後殘廢了。

✎比　較 enable (使能夠)。

disadvantage /ˌdɪsəd'væntɪdʒ/
① 缺點 *(C)* = *drawback, shortcoming*

◀ One of the main **disadvantages** of the car is that it uses a large amount of fuel.
這輛汽車的一大缺點是耗油量太大。

② 不利的因素 *(U)* ⇔ *advantage*

His height will be very much to his **disadvantage** if he wants to be a boxer.
他要想成為拳擊運動員的話，身高會成為很不利的因素。

disagree /ˌdɪsə'gri/
不同意 *(vi)* ⇔ *agree*

◀ I strongly **disagree** with you over what should be done.
在該採取什麼措施這一點上，我絕不同意你的觀點。

disagreement /ˌdɪsə'grimənt/
① 意見相左 *(U)* ⇔ *agreement*

◀ I am in total **disagreement** with him over this.
在這一點上我和他的意見完全相左。

② 不和 *(C)*

John and I have had a few **disagreements** lately.
我和約翰近來有些不和。

disappear /ˌdɪsə'pɪr/
消失 *(vi)* = *vanish*；⇔ *appear*

◀ The moon **disappeared** behind a cloud.
月亮躲到一片雲背後不見了。

◉ MP3-D8

disappoint /ˌdɪsə'pɔɪnt/
使失望 *(vt)* = *let (sb) down*

◀ I'm sorry to **disappoint** you, but I can't promise you anything.
很抱歉讓你失望了，但我無法對你作出任何保證。

✎衍生字 *disappointment (C,U)* 失望

disappointed /ˌdɪsə'pɔɪntɪd/
感到失望的 *(adj)*

◀ He was very **disappointed** at/about losing the contest.
比賽的失利讓他深感失望。

My father will be **disappointed** in/with me if I fail the exam.
假如我考試失利的話，老爸會失望的。

disappointing /ˌdɪsə'pɔɪntɪŋ/
令人失望的 *(adj)* = *dissatisfying*

◀ What a **disappointing** game it is!
多麼令人失望的一場比賽！

disapprove /ˌdɪsə'pruv/
不同意 *(vi)* ⇔ *approve*

◀ I strongly **disapprove** of a teacher imposing his own ideas on his students.
我強烈反對老師把自己的觀點強加給學生。

✎衍生字 *disapproval (U)* 不同意；*disapproving (adj)* 不同
意的

✎同尾字 prove (證明)。approve (贊成)。reprove (責罵)。
improve (改進)。

disarm /dɪsˈɑrm/

解除武裝 *(vt)* ⇔ *(re)arm*

◀ Rwanda's president has offered to pull his
soldiers out of Congo on condition that the
Hutu rebels are **disarmed**.
盧旺達總統答應只要胡圖族暴亂分子解除武裝，
他就把軍隊撤出剛果。

✎衍生字 *disarmament (U)* 解除武裝

disaster /dɪˈzæstɚ/

① 災難 *(U)* = *misfortune*

◀ Everything went smoothly, and then suddenly
disaster struck.
一切都進行得很順利，然後突然間災難發生了。

② 災難 *(C)* = *catastrophe, calamity, tragedy*

The plane crash was the worst **disaster** we
have ever had.
這次飛機失事是我們所遇到的最為嚴重的災難。

disastrous /dɪzˈæstrəs/

毀滅性的 *(adj)* = *catastrophic*

◀ Oil leaks will have a **disastrous** effect on
ecology.
石油泄漏會對自然生態造成毀滅性影響。

disband /dɪsˈbænd/

解散 *(vi,vt)* = *break up*

◀ The baseball club (was) **disbanded** for lack of
money.
棒球俱樂部因缺乏資金而告解散。

disbelief /ˌdɪsbəˈlif/

不信，疑惑 *(C)* ⇔ *belief*

◀ Jim stared in **disbelief**, shocked by the car
wreck.
吉姆疑惑地睜大眼睛看，為汽車撞毀事故感到
震驚。

✎衍生字 *believe (vi,vt)* 相信；*disbelieve (vi,vt)* 不相信

discard /dɪsˈkɑrd/

丟棄 *(vt)* = *get rid of, throw away, dispose of*

◀ Don't **discard** the coat; it looks good on you.
別把這件外衣丟掉，你穿著很好看的。

discharge /dɪsˈtʃɑrdʒ/

① 允許 (某人) 離開 *(vt)*

◀ He was **discharged** from the army/hospital
last week.
他上週退伍 / 出院了。

② 排放 *(vt)*

Industrial waste is **discharged** into the river,
causing fish to die.
工業廢料被排放到河裡，造成魚類死亡。

③ 離開 *(U)*

Sam went to work after his **discharge** from
the hospital.
山姆出院後就去上班了。

④ 排放 *(U)*

We should make a concerted attempt to stop the
discharge of industrial waste into the river.
我們應共同努力來阻止工業廢料排放入河。

disciple /dɪˈsaɪpl̩/

門徒 *(C)* = *follower, adherent*

◀ Confucius and his **disciples** traveled from
kingdom to kingdom, seeking public office.
孔子及其門徒周遊列國謀求公職。

disciplinary /ˈdɪsəplɪnˌɛrɪ/

紀律上的 *(adj)*

◀ The party leadership have decided to take
disciplinary action against the disobedient
members.
該黨領袖決定對違紀黨員採取紀律措施。

discipline /ˈdɪsəplɪn/

① 紀律 *(U)* = *order, control*

◀ The young teacher can't keep **discipline** in the
classroom.
這位年輕教師無法維持好課堂紀律。

② 懲罰 *(U)* = *punishment*

The naughty boy needs **discipline**!
這頑皮的男孩子需要懲罰一下。

③ 訓練 *(vt)* = *train*

I've **disciplined** myself to do some jogging
every day.
我嚴格要求自己每天進行一定量的慢跑運動。

④ 懲罰 *(vt)* = *punish*

The naughty boy should be severely
disciplined.
這頑皮的男孩應該好好地接受懲罰。

D

disclaim /dɪsˈklem/

否認 (vt) = disavow；⇔ claim

◀ The rebels **disclaimed** all responsibility for the car bombing.
叛亂者否認對汽車爆炸負有責任。
同尾字 請參見 acclaim。

disclose /dɪsˈkloz/

透露 (vt) = reveal, divulge；⇔ conceal

◀ Mr. Robin was accused of **disclosing** classified information to the enemy.
羅賓先生被控向敵方透露機密情報。
同尾字 close (關閉)。enclose (把…圍起來；附寄)。foreclose (取消贖取權)。

disclosure /dɪsˈkloʒɚ/

公開，揭發 (U)

◀ People called for public **disclosure** of the committee's findings about the arms dealings.
民眾要求委員會公開軍火交易的內幕。
同尾字 closure (終止)。enclosure (包圍；附寄)。foreclosure (取消贖取權)。

discomfort /dɪsˈkʌmfɚt/

不舒服 (U) = soreness；⇔ comfort

◀ Jack still suffers some **discomfort** from his injury.
傑克仍然受傷痛的折磨。

disconnect /ˌdɪskəˈnɛkt/

切斷 (vt) = cut off

◀ They've **disconnected** our electricity because we didn't pay the bill.
我們沒繳電費，所以他們就把電源給切斷了。
衍生字 disconnected (adj) 思緒不連貫的；disconnection (C,U) 切斷

discotheque /ˌdɪskəˈtɛk/

迪斯可舞 (廳) (C) = disco

◀ I made a rare outing to a local **discotheque** last night and had a very good time there.
我昨晚難得到當地一家迪斯可舞廳，玩得很愉快。

discount /ˈdɪskaʊnt/

①折扣 (C) = reduction

◀ The staff at the shop get a **discount** of twenty percent.
商店職工享受八折的折扣優惠。

②打折扣 (vt) = dismiss

You can **discount** what she says—she is a liar.
你對她的話要打個折——她是個騙子。

discourage /dɪsˈkɝɪdʒ/

①使沮喪 (vt) = dishearten；⇔ encourage

◀ If you lose the game, don't let it **discourage** you/ don't be **discouraged**.
假如你比賽輸了，可別因此而覺得沮喪。
衍生字 discouragement (C,U) 沮喪

②阻止 (vt) = deter

The bad weather **discouraged** them from going on a picnic.
惡劣的天氣使他們不能野餐。

discover /dɪˈskʌvɚ/

①發現 (vt)

◀ Columbus **discovered** America in 1492.
哥倫布在一四九二年發現了美洲。

②查明 (vt) = find out, realize

He soon **discovered** the truth.
很快他就查明了真相。

discovery /dɪˈskʌvərɪ/

發現 (C) = finding

◀ The physicist has made several important **discoveries**.
這位物理學家已作出數項重要的發現。

discreet /dɪˈskrit/

謹慎的 (adj) = circumspect, cautious；⇔ indiscreet

◀ The teacher is very **discreet** in discussing his students' mistakes.
該教師在談到學生的過失時，措辭極為謹慎。
衍生字 discretion (U) 謹慎，慎重
比較 discrete (各別的)。

discriminate /dɪˈskrɪməˌnet/

歧視，區分 (vi)

◀ People tend to **discriminate** against the disabled.
人們常會歧視殘疾人。
同尾字 incriminate (牽連)。indiscriminate (不加區別)。

discrimination /dɪˌskrɪməˈneʃən/

歧視 (U)

◀ They suffer racial/sex/religious/age **discrimination**.
他們遭到種族/性別/宗教/年齡歧視。

discuss /dɪ'skʌs/

討論 (vt) = talk over

◀ Pam **discussed** her plans with her father.
潘和父親一起討論自己的計畫。

discussion /dɪ'skʌʃən/

①討論 (C)

◀ Why don't we hold a **discussion** about your plan?
我們就你的計畫舉行一次討論吧，怎麼樣？

②討論 (U)

The new plan is still under **discussion**.
新的計畫還在討論中。

disease /dɪ'ziz/

疾病 (C) = illness

◀ He contracted a rare **disease** of the liver.
他患了一種罕見的肝病。

disgrace /dɪs'gres/

①恥辱 (U) = dishonor

◀ Susan faced total public **disgrace** after the affair with her boss came to light.
蘇珊與自己老闆的婚外情被披露後，在公眾面前徹底名譽掃地了。

②使丟臉 (vt)

Linda became emotional and **disgraced** herself at the meeting.
在會上琳達變得情緒衝動起來，弄得自己很丟臉。

disgraceful /dɪs'gresfəl/

丟臉的 (adj) = ignominious

◀ It is **disgraceful** that a person gets drunk and makes a scene at a party.
在聚會時喝醉鬧事是丟臉的。

disguise /dɪs'gaɪz/

①偽裝 (C)

◀ Kevin grew a beard as a **disguise**.
凱文留了鬍子作偽裝。

②裝扮 (vt)

He escaped by **disguising** himself as a woman.
他裝扮成女人逃跑了。

③掩飾，隱瞞 (vt) = hide

I couldn't **disguise** my disappointment.
我無法掩飾失望之情。

disgust /dɪs'gʌst/

①厭惡 (U)

◀ I left the meeting in **disgust** on account of their conversation.
會議上他們的對話讓我感到厭惡，於是我就走了。

②令人厭惡 (vt) = sicken

It **disgusts** me to see him picking his nose in public.
看到他當眾摳鼻孔真使我噁心。

disgusting /dɪs'gʌstɪŋ/

噁心的 (adj) = sickening

◀ What a **disgusting** drink! I dare not drink it.
這飲料真噁心！我不敢喝它。

◉ MP3-D9

dish /dɪʃ/

①盤子 (C)

◀ Do you have a bigger **dish** for the fish?
你有沒有大些的盤子盛這條魚？

②菜 (C)

This is an unusual **dish** of fish cooked with ketchup.
這道加了番茄醬的菜真是不同凡響。

---

dish out

①端上 (vt,s)

◀Mom **dished out** fried chicken.
媽媽端上了炸雞塊。

②分發 (vt,s) = give/hand out, dispense

The government **dished out** relief supplies to the victims of the earthquake.
政府向地震災民分發救濟品。

---

dishonest /dɪs'ɑnɪst/

不誠實的 (adj)

◀ It was **dishonest** of her to lie to us about her job.
她對我們所說的她那分工作是假的，真是不老實。

衍生字 dishonesty (U) 不誠實

disk /dɪsk/

磁碟片 (C) = disc

◀ You can download the article in your **disk**.
你可以把這篇文章下載到磁片上。

D

dislike /dɪsˈlaɪk/

①不喜歡 *(vt)* = hate

◀ I **dislike** having to get up so early.
我不喜歡起得這麼早。

②討厭 *(S)*

I have a **dislike** for cats.
我討厭貓。

dismantle /dɪsˈmæntl̩/

拆卸 *(vt)* = take apart；⇔ assemble

◀ The worker **dismantled** the old car.
工人拆卸那輛舊車。

dismay /dɪsˈme/

①驚恐 *(U)* = alarm

◀ To my **dismay**, I flunked math again.
讓我驚恐的是我的數學又沒及格。

②使焦慮 *(vt)* = appall

It **dismayed** me that share prices continued
tumbling.
股票價格持續下跌真讓我焦慮。

dismiss /dɪsˈmɪs/

①開除，解散 *(vt)* = remove, discharge

◀ If he's late again, he'll be **dismissed** from his job.
如果他再遲到的話就要被開除了。

✎衍生字 *dismissal (U)* 開除，解散

②認為…不值得重視或考慮 *(vt)* = discount

I just laughed and **dismissed** the idea as
impossible.
我笑了笑，認為那主意是行不通的。

disorder /dɪsˈɔrdɚ/

雜亂 *(U)* = confusion；⇔ order

◀ His room was in a state of complete **disorder**.
他的屋子雜亂不堪。

disparate /ˈdɪspərɪt/

完全不同的 *(adj)* = different

◀ It took me one hour to assemble the **disparate**
parts.
我花了一個小時才把各不相同的部分裝配起來。

✎同尾字 separate (分開)。

disparity /dɪsˈpærətɪ/

不同，懸殊 *(C,U)* ⇔ parity

◀ There is a wide **disparity** between the rates of
pay for executives and workers.
高階主管與員工之間的工資比率相差懸殊。

dispatch /dɪˈspætʃ/

派遣 *(vt)*

◀ Mr. White was **dispatched** to Germany to
cover the flood news.
懷特先生被派遣到德國去報導有關洪水的新聞。

dispel /dɪˈspɛl/

消除 *(vt)*

◀ Our boss is attempting to **dispel** our fears/
doubts/worries.
我們老闆設法消除我們的恐懼感 / 懷疑 / 擔憂。

✎同尾字 請參見 compel。

dispensable /dɪˈspɛnsəbl̩/

非必要的，可有可無的 *(adj)* ⇔ indispensable

◀ Administrative staff are now considered
dispensable in times of the economic downturn.
如今正值經濟不景氣的時候，行政管理人員就
被認為非必要的了。

dispense /dɪˈspɛns/

分發，分配 *(vt)* = give out

◀ The relief workers are **dispensing** food to the
earthquake victims.
救援人員正在向地震災民分發食品。

✎衍生字 *dispensary (C)* 醫院配藥處；*dispensation (U)* 特
許，分配，施予

---

dispense with

沒有…也行 *(vt,u)* = do/manage/go without

◀ I think we can **dispense with** a computer/
secretary.
我想我們沒有電腦 / 祕書也行。

---

disperse /dɪˈspɝs/

①驅散 *(vt)*

◀ The riot police used tear gas to **disperse** the
demonstrators.
鎮暴警察使用催淚瓦斯來驅散示威群眾。

②散開 *(vi)* = scatter

The crowd/clouds **dispersed** as quickly as
they had gathered.
人群 / 雲霧散開時和聚集時同樣地迅速。

✎衍生字 *dispersal (U)* 消散，驅散

displace /dɪsˈples/

①迫使離開 *(vt)*

◄ Hundreds of villagers were **displaced** by the flood.
幾百個村民被洪水趕離了家園。
↘衍生字 *displacement (U)* 撤換，取代
② 取代 *(vt) = supplant*

Letters have been **displaced** by e-mail as a major communication medium.
電子郵件已取代了傳統信件而成為主要的通信媒介。
↘同尾字 place (地方；放置)。replace (代替)。misplace (誤放)。

display /dɪ'sple/
① 陳列 *(U) = exhibition*
◄ His works were on **display** in the museum.
他的作品陳列在博物館。
② 展現 *(vt) = show*

She **displayed** her sincerity by showing up.
她親臨現場展現自己的誠意。

displease /dɪs'pliz/
使生氣 *(vt) = annoy*；⇔ *please*
◄ The students' rude behavior **displeases** me greatly.
學生們的無禮舉止讓我很生氣。

disposable /dɪ'spozəbl̩/
拋棄式的 *(adj)*
◄ **Disposable** diapers/plates/syringes are now widely used.
拋棄式尿布 / 盤子 / 注射器現已廣泛的使用。

disposal /dɪ'spozl̩/
處理，清除 *(U)*
◄ The safe **disposal** of nuclear/radioactive waste poses a problem for the whole world.
如何妥善處理核 / 放射性廢料在全世界都算是個難題。

dispose /dɪ'spoz/
處理，清除 *(vi)*
◄ We have to **dispose** of the old furniture.
我們得把舊家具處理掉。
↘同尾字 pose (擺姿態)。expose (暴露)。suppose (假想)。repose (休息)。impose (強加於)。depose (罷黜)。compose (作曲)。propose (建議)。decompose (分解)。oppose (反對)。presuppose (預先假設)。transpose (調換)。interpose (使介入)。

> ## dispose of
> 處理掉 *(vt,u) = get rid of, discard*
> ◄ We must **dispose of** the used syringes.
> 我們必須把用過的注射器處理掉。

disposition /dɪspə'zɪʃən/
性情 *(C) = temperament*
◄ Sam has a cheerful **disposition**.
山姆有個開朗的性情。

dispute /dɪ'spjut/
① 爭論，對⋯表示懷疑 *(vt) = question*
◄ There is no **disputing** the importance of birth control.
控制出生率的重要性是不容置疑的。
② 爭執 *(U) = argument*

The workers were in **dispute** with their employer over pay.
勞資雙方就工資問題發生爭執。
↘同尾字 impute (歸因於)。compute (計算)。repute (名聲)。

disregard /dɪsrɪ'gard/
① 不顧 *(vt) = ignore*
◄ A selfish person tends to **disregard** other people's feelings.
一個自私的人總是不顧及他人的感情。
② 無視，漠視 *(U,S) = indifference (to)*；⇔ *respect*

The bus driver showed a total **disregard** for the passengers' safety by talking away on the mobile phone.
這個公車司機全不顧及乘客的安全，打手機聊天不止。

disrupt /dɪs'rʌpt/
擾亂 *(vt) – disturb*
◄ An accident/strike **disrupted** railway/transport services.
一場事故 / 罷工擾亂了鐵路 / 交通運輸。
↘衍生字 *disruption (C,U)* 擾亂
↘同尾字 請參見 abrupt。

dissent /dɪ'sɛnt/
① 持不同意見 *(vi)*
◄ Many intellectuals were sent to prison for **dissenting** from the dictator's political views.
許多知識分子因與獨裁者持不同意見被關入監獄。

D

②異議 (U) = disagreement

In an authoritarian country, political/
religious **dissent** was not tolerated.
在獨裁國家裡是不允許存在政治 / 宗教異議的。
✎同尾字 請參見 assent。

dissident /'dɪsədənt/

異議分子 (C)

◀ Many political **dissidents** seek refuge in
America.
許多政治異議分子都到美國尋求庇護。

dissolve /dɪ'zɑlv/

①溶解 (vi)

◀ Salt can **dissolve** in water.
鹽可在水中溶解。
✎衍生字 dissolution (U) 分解，解除

②溶解 (vt)

You can **dissolve** sugar in water.
你能把糖溶解在水裡。

③解散 (vt)

The president **dissolved** Congress and called a
general election.
總統解散了議會並宣布舉行大選。
✎同尾字 solve (解決)。resolve (解決，決心)。absolve
(開脫罪責)。

◎ MP3-D10

dissuade /dɪ'swed/

勸阻 (vt) ⇔ persuade (...to)

◀ I tried to **dissuade** my students from smoking,
but to no avail.
我試圖勸阻學生別吸煙但沒有用。
✎衍生字 dissuasion (U) 勸阻

distance /'dɪstəns/

①距離 (U)

◀ My office is within walking **distance** of my
house.
我的辦公室離我家不遠，幾步路的距離就到了。

②疏遠 (S)

There has been a great **distance** between
Mary and me since our quarrel.
我和瑪莉自吵架後關係已很疏遠了。

③遠離 (vt) = dissociate

You should **distance** yourself from bad
company.
你應該遠離不好的朋友。

distant /'dɪstənt/

①遙遠的，久遠的 (adj)

◀ The station is five miles **distant** from the
village.
火車站離村莊有五英里路遠。

②疏遠的，冷淡的 (adj) = indifferent, lukewarm

I don't like his **distant** manner.
我不喜歡他那種冷淡的態度。

distinct /dɪ'stɪŋkt/

①截然不同的 (adj) = different

◀ Those two ideas are **distinct** from each other.
那兩種觀點截然不同。

②明顯的 (adj) = noticeable

There's a **distinct** smell of burning in the air.
空氣中有股明顯的焚燒氣味。

distinction /dɪ'stɪŋkʃən/

①區別 (C) = difference

◀ Can you make a **distinction** between serious
and popular literature?
你能否說出嚴肅文學和通俗文學之間的區別？

②卓越 (U) = eminence

He is a writer of real **distinction**.
他是位卓然超群的作家。

distinctive /dɪ'stɪŋktɪv/

與眾不同的 (adj) = peculiar

◀ Sam has a very **distinctive** way of speaking.
山姆說話的風格與眾不同。
✎同尾字 instinctive (直覺的)。

distinguish /dɪ'stɪŋgwɪʃ/

①辨別 (vt) = tell, differentiate

◀ Some people can't **distinguish** right from
wrong.
有些人分不清是非。

②使具有特色 (vt) = characterize

Giraffes are **distinguished** by their long
necks.
長頸鹿的特點是脖子很長。

distinguished /dɪ'stɪŋgwɪʃt/

傑出的 (adj) = eminent, outstanding

◀ Dr. Lee is a **distinguished** scholar for his
scientific achievements.
李博士以其科學的成就而成為傑出的學者。

D

distort /dɪsˈtɔrt/

歪曲，曲解 *(vt)* = *twist*

◀ Some reporters have a tendency to **distort** facts and their opinions are often colored by prejudice.

有些記者傾向於歪曲事實，反映出的觀點帶上了偏見的色彩。

✎衍生字 *distortion (C,U)* 歪曲

✎同尾字 retort (反駁)。extort (勒索)。contort (扭曲)。

distract /dɪˈstrækt/

使分心 *(vt)* = *divert*

◀ The shouts outside **distracted** our attention from work.

外面的高呼聲分散了我們的工作注意力。

✎同尾字 請參見 detract。

distraction /dɪˈstrækʃən/

①分心 *(U)*

◀ I need to study without interruption or **distraction**.

我需要在學習時不被打斷或分心。

②使人分心的事 *(C)*

Political leaders tend to use war as a **distraction** from domestic discontent.

政治領袖常愛用戰爭來分散國內人民的不滿情緒。

distress /dɪˈstrɛs/

①憂傷 *(U)* = *anxiety, anguish*

◀ He suffered great **distress** when he learned that his father was seriously ill.

他聽說父親病重的消息後內心極為憂傷。

②苦難 *(U)* = *hardship, tribulation*

The government is trying hard to relieve the widespread **distress** caused by the earthquake.

政府竭盡全力來減輕地震帶來的波及面很廣的苦難。

distressed /dɪˈstrɛst/

苦惱的 *(adj)*

◀ Jane was deeply **distressed** by the news about her son.

珍被兒子的事弄得深感苦惱。

distribute /dɪˈstrɪbjut/

①分發 *(vt)* = *give*

◀ At the closing ceremony, the prizes were **distributed** to the winners.

在閉幕式上，向優勝者頒發獎牌。

②播，撒 *(vt)* = *spread out*

The farmer **distributed** seed over the whole field evenly and quickly.

農夫在整塊田裡又勻又快地播種。

distribution /ˌdɪstrəˈbjuʃən/

分布 *(U)*

◀ The **distribution** of some animals has changed in the last century.

上一世紀，有些動物的分布範圍起了變化。

district /ˈdɪstrɪkt/

區 *(C)* = *area, region*

◀ They live in an old **district** of the city.

他們居住在老城區內。

distrust /dɪsˈtrʌst/

①不信任，猜忌 *(U)* = *mistrust*；⇔ *trust*

◀ The two party leaders view each other with considerable **distrust**, so it is difficult for them to field a common candidate in the mayoral election.

兩個政黨領袖相互間深懷猜忌，因此他們不可能在市長選舉中派出共同的候選人。

②不信任 *(vt)*

I **distrust** a smooth-tongued person.

我不信任油嘴滑舌的人。

distrustful /dɪsˈtrʌstfəl/

不信任的 *(adj)* = *suspicious*

◀ I am **distrustful** of that guy/his promise.

我不信任那傢伙 / 他的許諾。

disturb /dɪˈstɝb/

打擾 *(vt)* = *interrupt*

◀ Don't **disturb** Gill; she's studying for an important test.

別去打擾吉兒，她正在為一次重要的測驗作準備。

disturbance /dɪˈstɝbəns/

①干擾 *(C)*

◀ The noise of the traffic causes a **disturbance** to my peaceful life.

交通噪音給我平靜的生活造成干擾。

②干擾 *(U)*

A library is an ideal place where you can work without **disturbance**.

圖書館是個理想的場所，你可在那裡可不受干擾的工作。

ditch /dɪtʃ/

水溝 *(C)*

◀ I dropped my car key into the drainage **ditch**.

我把汽車鑰匙掉到排水溝裡了。

dive /daɪv/

①跳水 *(vi) = plunge*

◀ The boy **dived** into the swimming pool.

那男孩跳水入游泳池。

②跳水 *(C) = plunge*

She made a graceful **dive** into the pool.

她作了個優美的跳水動作潛入池內。

diverge /dəˈvɝdʒ/

①分叉 *(vi)* ⇔ *converge*

◀ The path **diverges** from the highway and leads up the hill.

這條小道從公路分叉通向山丘。

📝衍生字 *divergence (C,U)* 分歧

②分歧 *(vi) = differ*

Their views **diverged** so greatly that they could hardly find any common ground as a basis for agreement.

他們的觀點分歧太大以至於很難取得一致的共同點。

diverse /dəˈvɝs/

各種不同的 *(adj) = varied, various*

◀ Living in the city will inevitably put you in touch with people from **diverse** cultures.

住在城市必然使你接觸到各種文化背景的人。

📝同尾字 verse (詩)。averse (反對)。converse (交談)。reverse (倒置)。universe (宇宙)。inverse (相反的)。traverse (橫貫)。adverse (不利的)。perverse (違背情理的)。transverse (橫向的)。

diversify /dəˈvɝsəˌfaɪ/

①多方面發展 *(vt)*

◀ In order to survive, we must **diversify** our skills/interests.

為了求生存，我們必須多方面發展技術 / 興趣。

②變多元化 *(vi)*

Some publishers are **diversifying** into the multimedia market.

有些出版商正在開拓多媒體市場。

diversion /dəˈvɝʒən/

①消遣 *(C) = pastime*

◀ Climbing mountains is always a pleasant **diversion**.

爬山總是一項怡人的消遣。

②轉移 *(C)*

The massive **diversion** of public money into his own real estate cost him his bid for presidency.

大量公款轉入他的不動產一事使他競選總統的努力泡湯了。

📝同尾字 conversion (改變)。inversion (倒置)。aversion (厭惡)。reversion (回復)。subversion (顛覆)。perversion (偏差的性行為)。

diversity /dəˈvɝsətɪ/

①多樣化 *(U)*

◀ It is urgent that we take measures to protect biological **diversity**.

採取措施保護生物多樣化是我們急迫的任務。

②多種不同 *(S) = variety*

The **diversity** of opinion aired at the conference about the educational system made it a worthwhile event.

大會之所以卓有成效是因為與會人士對教育制度發表了多種不同的意見。

📝同尾字 adversity (逆境)。university (大學)。perversity (乖僻)。

divert /dəˈvɝt/

轉移 *(vt)*

◀ He was accused of **diverting** public money into his own real estate in America.

他被控將公共資金轉移到自己在美國的不動產上。

📝同尾字 pervert (帶壞)。convert (轉變)。invert (使倒置)。subvert (顛覆)。avert (避免)。revert (回復)。introvert (內向的人)。extrovert (外向的人)。

divide /dəˈvaɪd/

①分，分成 *(vt) = separate*

◀ The teacher **divided** the class into four groups.

老師把全班分成四個組。

②除 *(vt)*

18 **divided** by 3 is 6.

十八除以三等於六。

③差異 *(C)* = *difference*

Can you tell me the **divide** between the two political systems?

你能否給我解釋一下這兩種政治制度之間的差異？

divine /dəˈvaɪn/

①超凡的，上帝的 *(adj)* ⇔ *human*

◀ It is said that he possesses **divine** powers.

據說他擁有超凡的能力。

②極好的 *(adj)* = *wonderful*

The dish was simply **divine**!

這道菜真是好吃極了！

division /dəˈvɪʒən/

①分界線，分開 *(C)*

◀ The street forms a **division** between the old and new parts of the city.

這條街形成了該城新舊城區的分界線。

②除法運算 *(U)*

Mary is learning to do **division**.

瑪莉在學做除法運算。

divorce /dəˈvɔrs/

①離婚 *(U)*

◀ Their marriage finally ended in **divorce**.

他們的婚姻以離婚告終。

②離婚 *(C)*

There is an increase in the number of **divorces**.

離婚人數增加了。

③離婚 *(vt)*

Helen **divorced** her husband after years of unhappiness.

海倫在熬過多年的不幸生活後與丈夫離了婚。

🔘 MP3-D11

dizzy /ˈdɪzɪ/

頭暈目眩的 *(adj)* = *giddy*

◀ We danced around in circles until we became **dizzy**.

我們轉著圈子跳舞直至頭暈目眩。

DJ /ˌdiˈdʒe/

流行音樂唱片節目主持人 *(C)* disc jockey

◀ He is a famous **DJ** (disc jockey) and hosts a popular program.

他是著名的DJ，主持一個很受歡迎的節目。

do /du/, did *(pt)*, done *(pp)*

①助動詞，與另一動詞連用，構成疑問句或否定句，第三人稱、單數、現在式時為does *(aux)*

◀ He **doesn't** know where I live.

他不知道我的住處。

②做 *(vt)*

All I can **do** now is wait and see.

此時我所能做的也就是等著瞧。

D

do away with

處理掉 *(vt,u)* = *get rid of, discard*

◀ I have decided to **do away with** my old clothes.

我已決定把我的舊衣服處理掉。

do down

欺騙 *(vt,s)* = *cheat, defeat, get the better of*

◀ That salesgirl **did** me **down** when she sold the car to me.

那個售貨小姐賣那輛車給我時騙了我。

do in

①使筋疲力竭 *(vt,s)* = *tire/wear out*

◀ That tough climb **did** me **in**.

那次艱難的登山運動把我累壞了。

②殺死 *(vt,s)* = *do away with, kill, murder*

That guy was suspected of **doing in** the woman whom he cohabited with.

那傢伙涉嫌殺死與他同居的女人。

do over

重做 *(vt,s)* = *do again*

◀ If the mayor doesn't like the design for the new stadium, we must **do** it **over**.

如果市長不喜歡新體育館的設計，那麼我們就必須重新設計。

do up

①扣上，拉起 (vt,s) ⇔ undo
◀Chris **did** her buttons/zip **up** on her dress and went out.
克莉絲扣上洋裝的扣子 / 拉起洋裝的拉鏈，走了出去。
②把…紮好 (vt,s) = tie up
Please **do** the parcel **up** for me.
請你幫我把包裹紮好。
③打扮 (vt,s) = dress up
Amy has **done** herself **up** for her wedding ceremony.
艾咪已打扮好了，準備舉行婚禮。
④修繕，修補 (vt,s) = repair
I am afraid I have to **do up** my old house/trousers.
我恐怕得把我的舊房子修一下 / 把我的舊褲子補一下。

do with

①放置 (vt,u) 在疑問句中與 what 連用
◀What have you **done with** the iron? I want to iron my shirt.
你把熨斗放哪兒了？我想燙一燙我的襯衫。
②打發時間 (vt,u) = spend time
What are you planning to **do with** yourself after you retire?
你打算退休後怎麼打發時間？
③與…有關係 (vt,u)
I want nothing to **do with** the party for Sue.
我不想參與為蘇舉行的派對。
④用 (vt,u) = find a use for
I don't know what to **do with** the computer. I am quite at a loss.
我不知道怎麼用電腦，完全手足無措。

do without

沒有…也行 (vt,u) = go/live/manage without
◀It's almost impossible to **do without** a car in America.
在美國沒有車幾乎寸步難行。

dock /dɑk/

①碼頭 (C)
◀A crowd was waiting at the **dock** to greet us.
人群等在碼頭上迎接我們。
②停泊碼頭 (vi)
The ship is scheduled to **dock** in about half an hour.
船按預定時間將於半小時內靠碼頭。

doctor /'dɑktɚ/

醫生 (C)
◀You should see/consult a **doctor** about your stomachache.
你該請醫生診治一下你的胃痛。

doctrine /'dɑktrɪn/

教條 (C)
◀Contraceptives have swept away many of the old **doctrines** of virginity.
避孕藥已將許多古老的關於處女貞潔的教條蕩滌得一乾二淨。
✎衍生字 *indoctrinate (vt)* 灌輸
✎相關字 請參見 creed。

document /'dɑkjəmənt/

①文件 (C)
◀Let me see all the legal **documents**.
讓我把所有的法律文件都過目一下。
②記錄 (vt)
The history of that period is very well **documented**.
那段歷史記錄得很完備。

documentary /ˌdɑkjə'mɛntərɪ/

①紀錄影片 (C)
◀We watched a **documentary** about the September 21 earthquake.
我們看了一部講述 "九二一大地震" 的紀錄影片。
②紀錄的 (adj)
I am interested in **documentary** films.
我愛看紀錄片。

dodge /dɑdʒ/

①躲開 (vt) = avoid
◀We **dodged** the falling rock and escaped unhurt.
我們躲開了掉下的石塊，沒被砸傷。

②迴避 *(vt)*

She cleverly **dodged** all the difficult questions.
她巧妙地迴避了所有的難題。

dog /dɔg/

狗 *(C)* (請參閱附錄 "動物")

◀ An old **dog** cannot learn new tricks.
老狗學不出新把戲。

doll /dɑl/

①玩具娃娃 *(C)*

◀ My mother bought a Barbie **Doll** for me.
我媽媽給我買了一個芭比娃娃。

②可愛娃娃 *(C)*

My baby girl is really a little **doll**.
我的小女兒真是個小可愛娃娃。

dollar /'dɑlɚ/

元 *(C)* = *buck*

◀ This coat costs 80 **dollars**.
這件外套八十元。

dolphin /'dɑlfɪn/

海豚 *(C)* (請參閱附錄 "動物")

◀ **Dolphins** are among the most intelligent
animals, along with chimpanzees.
海豚和黑猩猩並列最聰明的動物。

domain /do'men/

①範圍 *(C)*

◀ Engineering is really outside my **domain**.
工程學的確超出了我的知識範圍。

②領地 *(C)*

The laboratory is my **domain**; I can deny you
access to it.
這個實驗室是我的領地，我可以不讓你進去。

dome /dom/

圓頂 *(C)*

◀ I can see the **dome** of the mountain in the
distance over there.
我在那邊可以看到山的圓頂。

domestic /də'mɛstɪk/

①家庭的 *(adj)* = *family, household*

◀ I hope her **domestic** problems won't affect
her work.
我希望她的家庭問題不會影響她的工作。

②國內的 *(adj)* ⇔ *international*

It's a **domestic** flight from Taipei to
Kaohsiung.
從台北飛往高雄的是國內航班。

dominant /'dɑmənənt/

首要的 *(adj)* = *powerful, prominent*

◀ Sadat was a **dominant** figure in Egypt's
politics.
沙達特是埃及政界的首要人物。

dominate /'dɑmə,net/

操縱 *(vi,vt)* = *control (vt)*

◀ She likes to **dominate** (other people).
她喜歡操縱別人。

donate /'donet/

捐贈 *(vt)* ⇔ *receive*

◀ Last year we **donated** ten thousand dollars to
charities.
去年我們捐贈了一萬元給慈善機構。

donation /do'neʃən/

捐贈 *(C)* = *contribution*

◀ We made a **donation** to the orphanage.
我們向那家孤兒院作了捐贈。

donkey /'dɑŋkɪ/

驢 *(C)* (請參閱附錄 "動物")

◀ That woman can talk the hind legs off a
donkey.
那女人能講到驢子的後腿都掉下來 (講不停)。

donor /'donɚ/

捐贈者 *(C)* ⇔ *recipient*

◀ Funding for the orphanage has come mostly
from **donors**.
孤兒院的基金大多來自捐贈者。

doom /dum/

①劫數，厄運 *(U)* = *fate*

◀ Thousands of soldiers met their **doom** when
they landed on the beaches of Normandy in
1944.
一九四四年成千上萬的士兵登上諾曼底灘頭時
就命定要歸天了。

D

D

②注定 *(vt)*

The central planning system was eventually **doomed** to collapse/failure.

中央政府計畫體系最終注定要垮台／失敗。

③命中注定 *(vt) = fated, destined*

He was **doomed** to be killed in the car crash.

他命中注定要死於車禍。

door /dɔr/

門 *(C)*

◀ Will you answer the **door**, please?

你去開一下門，好嗎？

doorstep /'dɔr,stɛp/

台階 *(C)*

◀ There are several footprints left on the **doorstep**.

門外台階上留有幾個腳印。

doorway /'dɔr,we/

門口 *(C)*

◀ I looked up and saw Nancy standing in the **doorway**.

我抬眼一看，見南西正站在門口。

○ MP3-D12

dormitory /'dɔrmə,tɔrɪ/

宿舍 *(C) = dorm*

◀ She lives in the school **dormitory**.

她住在學校的宿舍裡。

dosage /'dosɪdʒ/

劑量 *(C)*

◀ Read the directions before taking the medicine. Do not exceed the recommended **dosage**.

服藥前先讀一讀用藥須知，可別超過劑量。

dose /dos/

①藥物的一次服用量，劑 *(C)*

◀ Take one **dose** of this cough syrup four times a day.

這種咳嗽藥水每次服一劑，一日四次。

②給…服藥 *(vi)*

She **dosed** up her daughter with cough syrup.

她給女兒服用了咳嗽糖漿。

dot /dɑt/

①點，小圓點 *(C) = point*

◀ She watched the train until it was only a **dot** in the distance.

她目送火車遠去，直至遙遙地成了一個黑點。

②(星星點點地) 遍布 *(vt)*

The company now has over 100 stores **dotted** about the island.

這家公司現在有一百多家商店遍布在島上。

double /'dʌbl/

①雙重的 *(adj) = two*

◀ You shouldn't treat your children with **double** standards.

你不該對自己的孩子厚此薄彼，採用雙重標準。

②兩倍的 *(adj) = twice*

Her weight is **double** what it was ten years ago.

她的體重是十年前的兩倍。

③對摺 *(adv)*

Please fold the towel **double**.

請把毛巾對摺起來。

④兩倍 *(C)*

Ten is the **double** of five.

十是五的兩倍。

⑤兩倍 *(vt)*

The house has **doubled** in value since I bought it five years ago.

這房價比我五年前買下的時候增了一倍。

doubt /daʊt/

①懷疑 *(vt) = question*

◀ I **doubt** his sincerity.

我懷疑他的真誠。

②不大相信 *(vt)*

I **doubt** that she's telling the truth.

我不相信她講了真話。

③懷疑 *(U)*

The new fact cast **doubt** on his honesty.

這項新事實使人對他的誠實產生了懷疑。

doubtful /'daʊtfəl/

不確定的 *(adj) = uncertain*

◀ I'm **doubtful** about whether to go or not.

我不肯定去或不去。

衍生字 *doubtless (adv)* 很可能地

dough /do/

生麵糰 *(U)*

◀ I need some bread **dough**.
我需要一些作麵包的生麵糰。

doughnut /'donət/

甜甜圈 *(C)* (請參閱附錄 "食物")

◀ **Doughnuts** are cooked in hot fat.
甜甜圈是在高溫脂肪中煮成的。

dove /dʌv/

鴿子 *(C)* (請參閱附錄 "動物")

◀ A **dove** is a symbol of peace.
鴿子象徵和平。

down /daʊn/

①向下 *(prep)*

◀ They walked **down** the hill.
他們向山下走去。

②朝下 *(adv)*

The woman bent **down** to kiss the little girl.
那位婦女彎下腰吻了那小女孩。

③羽絨 *(U)*

You need a **down** coat; it's very cold in winter there.
你需要一件羽絨外套，那裡的冬天非常冷。

download /ˌdaʊn'lod/

下載 *(vt)* = *copy*

◀ You can **download** this game for free into your computer.
你可以把這個遊戲免費下載到你的電腦上。

downstairs /'daʊn'stɛrz/

①樓下 *(adv)*

◀ Is anybody **downstairs**?
樓下有人嗎？

②樓下的 *(adj)*

He's in the **downstairs** sitting room now.
現在他在樓下客廳裡。

downtown /'daʊn'taʊn/

市中心 *(adv)*

◀ I'm going **downtown** this afternoon.
今天下午我要去市中心。

downward /'daʊnwɚd/

向下的 *(adj)* ⇔ *upward*

◀ Oil prices continued their **downward** trend, which upset the oil producers.
油價繼續下滑，使石油產商擔憂。

downwards /'daʊnwɚdz/

向下 *(adv)* ⇔ *upwards*

◀ The economy is expected to be revised **downwards**.
經濟預期向下調整。

doze /doz/

①打盹兒 *(vi)*

◀ The lecture was so boring that many people **dozed** off in the middle of it.
演講很枯燥，中間有許多人都打起盹兒來。

②小睡 *(S)* = *nod, nap*

He's in the habit of having a **doze** after lunch.
他習慣在午飯後打個盹。

D

---

doze off

睡著了 *(vi)* = *fall asleep, drop/nod off*

◀Tim **dozed off** in the middle of the speech and began to snore.
提姆聽演講聽到睡著了，打起鼾來。

---

dozen /'dʌzn̩/

一打 *(det)*

◀ I bought a **dozen** eggs.
我買了一打蛋。

draft /dræft/

①草稿 *(C)*

◀ I've made a rough **draft** of my report, but it still needs a lot of work.
我已經寫完報告的草稿，但還有許多地方需要加工。

②徵兵 *(the+s)* = *conscription (U)*

He left for America so that he could avoid the **draft**.
他離開前往美國，這樣就可以逃避兵役。

③草擬 *(vt)* = *draw up*

You'd better **draft** your speech for next Monday.
你最好為下星期一的演講擬個草稿。

drag /dræg/

①拖，拉，扯，拽 *(vt)* = *pull*

◀ The boy was **dragged** away by his mother.
那男孩子被他母親拖走了。

②拖地而行 *(vi)*

Her long skirt **dragged** along on the floor.
她的長裙席地拖過。

drag down

讓…氣餒 *(vt,s)* = pull down

◀ The failure **dragged** me **down**.
這次失敗讓我氣餒。

drag on

(沒完沒了地) 拖延 *(vi)* = continue

◀ The meeting **dragged on** all morning.
會議拖了整整一上午。

drag out

(使)持續過久，(使)拖延 *(vt,s)* = spin out

◀ My teacher **dragged** his lecture **out** for one
and a half hours.
我的老師把課拖了一個半小時。

dragon /ˈdrægən/

龍 *(C)* (請參閱附錄 "動物")

◀ It is said that a **dragon** could breathe fire.
據說龍能吐火。

dragonfly /ˈdrægənˌflaɪ/

蜻蜓 *(C)* (請參閱附錄 "動物")

◀ We caught **dragonflies** when we were still
very young.
我們小時捉蜻蜓。

drain /dren/

①流掉 *(vi)*

◀ The bath-water has **drained** away.
浴缸裡的水已經排走。

②排走 *(vt)*

David **drained** the water from the sink.
大衛把水從洗滌槽排走。

③排水管 *(C)*

If you pour the tea leaves down the **drain**, it
will be blocked.
如果你把茶葉倒入排水管，管子會堵塞的。

drain away

①排進 *(vi)*

◀ Rainwater can **drain away** into the earth.
雨水排進土中。

②褪去 *(vi)*

The color **drained away** from her face.
紅潤的顏色從她臉上褪去。

③耗盡 *(vi)*

Her strength/wealth has **drained away**.
她的力氣 / 財富已耗盡。

drainage /ˈdrenɪdʒ/

排水 *(U)*

◀ The **drainage** system in this city has collapsed
because of the heavy rain.
這城市的排水系統因大雨而癱瘓。

☜衍生字 *drain (vt.vi.C)* 排水，排水管

drama /ˈdræmə/

①戲劇 *(C)* = play

◀ I like historical **dramas**.
我喜歡看歷史劇。

②戲劇 *(U)*

Lisa attended a **drama** school.
麗莎在一所戲劇學院就讀。

dramatic /drəˈmætɪk/

①誇張的 *(adj)*

◀ His **dramatic** performance was disgusting.
他誇張做作的舉動令人反感。

☜衍生字 *dramatize (vt,vi)* 戲劇化

②戲劇性的 *(adj)* = striking

Some **dramatic** changes are taking place in
Eastern Europe.
東歐正在發生一些戲劇性的變化。

🔘 MP3-D13

drape /drep/

覆蓋 *(vt)*

◀ The coffin in which Mr. Smith lay was
draped in the national flag.
史密斯先生的靈柩上覆蓋著國旗。

☜衍生字 *drapes (P)* 窗簾

drastic /ˈdræstɪk/

激烈的 *(adj)*

◀ The police should take **drastic** action to curb crime.
警方應採取激烈措施來遏止犯罪。

draw /drɔ/, drew *(pt)*, drawn *(pp)*

① 畫 *(vt)*

◀ Who **drew** the circles on the wall?
牆壁上的這些圈圈是誰畫的？

✎衍生字 *drawing (U,C)* 繪圖

② 引起 *(vt)* = *attract*

His shout **drew** the attention of the police.
他的叫喊聲引起了警察的注意。

③ 拉上 *(vt)* = *pull*

Tina **drew** the covers around her and curled up in bed.
蒂娜拉上毯子蓋住全身，蜷縮在床上。

④ 抽籤 *(vi)*

Let's **draw** for who will do the cooking.
我們抽籤決定誰來煮飯。

⑤ 平手 *(C)* = *tie*

The game ended in a **draw**.
比賽的結果是平手。

draw back

往後退 *(vi)* = *move backwards/ away, fall back*

◀ The boy **drew back** in terror as the dog barked at him.
狗朝他叫，男孩就害怕地往後退。

draw in

① 降臨 *(vi)* = *become dark*

◀ The evening is **drawing in**.
夜幕降臨。

② 變短 *(vi)* = *become shorter*；⇔ *draw out*

The days are **drawing in** as winter is approaching.
冬天來了，白天變短了。

③ 開到路邊 *(vi)* = *pull in/over/off*；⇔ *draw out*

All the cars and buses **drew in** to let the fire trucks pass.
所有的小汽車和公共汽車都開到路邊，讓消防車通過。

④ 扯進 *(vt,s)*

I refused to be **drawn in** during the argument.
我不願意被扯進這場爭吵。

draw on

① 利用 *(vt,u)* = *make use of*

◀ A good teacher **draws on** his own expertise and experience.
好的老師善於發揮自己的專業知識和經驗。

② 快要來 *(vi)* = *come near, draw near/close*

Summer vacation is **drawing on**.
暑假快要來了。

draw out

① 拖延 *(vt,s)* = *spin/drag out*

◀ They **drew out** the meeting for another hour.
他們把會議又拖延了一個小時。

② 變長 *(vi)* ⇔ *draw in*

The days are **drawing out** when spring is coming.
春天來了，白天變長了。

③ 駛出 *(vi)* = *put out*；⇔ *draw/pull in*

The train is **drawing out** of the station.
火車正駛出車站。

draw up

① 草擬 *(vt,s)* = *draft*

◀ We have **drawn up** a contract/plan/list.
我們已經草擬了一分合同／計畫／名單。

② 停了下來 *(vi)* = *stop*

A taxi **drew up** just as I stepped out of the train station.
我走出火車站的時候，一輛計程車駛來停了下來。

drawback /'drɔˌbæk/

缺點 *(C)* = *disadvantage*

◀ One **drawback** of this air conditioner is the high cost.
這種空調的缺點之一是價格昂貴。

drawer /'drɔɚ/

抽屜 *(C)*

◀ The car key is in my desk **drawer**.
汽車鑰匙在我書桌的抽屜裡。

dread /drɛd/

① 恐懼 *(U)*

◀ He lived in **dread** of being caught.
他害怕被人抓住，於是生活在恐懼之中。

②害怕 *(vt) = fear*

Don't worry. He's just **dreading** this exam.

別擔心，他只是害怕這次考試而已。

dreadful /'drɛdfəl/

可怕的 *(adj) = terrible*

◀ Did you hear of the **dreadful** news of the accident?

你聽說過這件意外事故的可怕消息嗎？

dream /drim/

①夢 *(C)*

◀ I had a strange **dream** about my sister last night.

昨晚我做了一個奇怪的夢，夢見了我姐姐。

◥衍生字 *dreamer (C)* 夢想家

②夢想 *(C)*

It is my **dream** to travel around the world someday.

我有個夢想，就是有朝一日去環遊世界。

◥衍生字 *dreamlike (adj)* 似在夢中的，如夢的，虛幻的

③做夢 *(vt)*

That night I **dreamed** a strange dream.

那天夜裡我做了一個奇怪的夢。

◥衍生字 *dreamy (adj)* (人) 成天做白日夢的

④想 *(vi)*

Little did I **dream** of meeting him in person.

我從未想到過會面對面地見到他。

dream up

想出 *(vt,s) = make/think up*

◀ Who **dreamed up** this crazy idea?

是誰出的這個怪主意？

dreary /'drɪərɪ/

①沉悶的 *(adj) = dull*

◀ Owen is always complaining that he is leading a **dreary** life.

歐文老是抱怨自己生活沉悶。

②陰沉的 *(adj) = gloomy, bleak*

It is a **dreary** winter's day.

這是冬天裡一個陰沉的日子。

dress /drɛs/

①洋裝 *(C)*

◀ What **dress** should I wear for the party?

我該穿哪件衣服去參加晚會呢？

②穿著 *(vt)*

She was **dressed** in black today.

今天她穿著黑色的衣服。

③給…加調味品 *(vt)*

She **dressed** the salad with olive oil and vinegar.

她在沙拉中拌進橄欖油和醋。

dress down

①穿得簡簡單單 *(vi)* ⇔ *dress up*

◀ We **dressed down** to visit the refugees.

我們穿得簡簡單單地去探望難民。

②訓斥 *(vt,s) = scold, call down, tell off*

My teacher **dressed** me **down** for being late for school.

老師訓斥我上學遲到了。

dress up

盛裝 *(vi)* ⇔ *dress down*

◀ Tina **dressed up** to go to the party.

蒂娜盛裝去參加舞會。

dresser /'drɛsɚ/

梳妝台 *(C)*

◀ The mirror on the **dresser** is broken.

梳妝台上的鏡子破了。

dressing /'drɛsɪŋ/

醬料 *(U)*

◀ There is too much garlic **dressing** on this salad.

沙拉上有太多的大蒜醬料。

drift /drɪft/

①漂流 *(vi) = float*

◀ The little boat **drifted** out to the sea.

小舟漂往大海。

②堆積 *(vi)*

The snow was **drifting** in piles.

雪堆積成堆。

◥衍生字 *drift (C,U)* 堆積物

drill /drɪl/

①鑽子 *(C)*

◀ It's a dentist's **drill**.

這是一把牙科醫生用的鑽子。

②演習 *(C)*

There will be a fire **drill** tomorrow morning.

明天早晨將舉行一次防火演習。

③鑽 *(vt)*

He is **drilling** a hole in the wall.

他在往牆上鑽洞。

drink /'drɪŋk/, drank *(pt)*, drunk *(pp)*

①喝 *(vt)*

◀ Don't **drink** yourself into unconsciousness.

喝酒別喝得稀里糊塗的。

②飲料 *(C)*

Do you have any soft **drinks**?

你有軟性飲料 (無酒精飲料) 嗎？

---

drink in

①欣賞 *(vt,s)* = admire

◀We sat on the river bank, **drinking in** the beautiful view.

我們坐在河岸上欣賞美麗的景色。

②聽信 *(vt,s)*

Many voters tend to **drink in** a demagogue's brazen lies.

許多選民都易於聽信煽動家無恥的謊言。

---

drip /drɪp/

①滴水 *(vi)* = dribble

◀ Water is **dripping** down from the faucet.

水龍頭在滴水。

②滴水聲 *(S,U)*；水滴 *(C)*

There were **drips** of blood on the floor.

地板上有血滴。

drive /draɪv/, drove *(pt)*, driven *(pp)*

①驅車旅行，兜風 *(C)* =ride

◀ Let's go for a **drive** along the beach.

我們駕車去海邊兜兜風吧。

②運動 *(C)* = campaign

They will hold a big anti-smoking **drive** next week.

下週他們將舉行一次大規模反吸煙運動。

③動力 *(U)* = initiative

He won't succeed because he lacks **drive**.

他缺乏動力，所以不可能成功。

④開車，載送 *(vt)*

Can you **drive** me to the airport?

你開車送我去機場，行嗎？

✎衍生字 *driver (C)* 駕駛者

⑤逼迫 *(vt)*

The terrible noise is **driving** me crazy.

這可怕的噪音真要逼得我發瘋。

---

drive at

意指 *(vt,u)* = get at, mean

◀What on earth is that guy **driving at**?

那傢伙到底是什麼意思？

---

drive away at

賣力地做 *(vt,u)* = hammer away at, work hard at

◀Tony is in his office, **driving away** at a pile of work.

東尼在自己的辦公室裡賣力地做一堆活。

---

driveway /'draɪvˌwe/

私用車道 *(C)*

◀ My car was parked on the **driveway**.

我的車停在私用車道上。

drizzle /'drɪzl/

①下毛毛細雨 *(vi)*

◀ It was **drizzling** when we started off for the lake.

我們出發去湖邊時天正下毛毛細雨。

②毛毛細雨 *(S,U)*

A light **drizzle** had started by the time we set out on a trip.

我們出發去旅行時天已下起毛毛細雨。

✎相關字 rain (雨)。shower (陣雨)。downpour (傾盆大雨)。storm (暴風雨)。

drop /drɑp/

①滴 *(C)*

◀ There isn't a **drop** of rain outside.

外面一滴雨都沒下。

②下降 *(S)* = decline, fall

There will be a big **drop** in temperature tomorrow.

明天的氣溫將大幅度下降。

③使落下 *(vt)*

He **dropped** the glass and broke it.

他摔落玻璃杯，杯子破了。

④減弱 *(vt) = lower*

She **dropped** her voice to a whisper.
她把嗓音壓低到耳語的程度。

⑤放棄 *(vt) = cancel*

We have to **drop** the plan for a new swimming pool for lack of money.
由於缺乏經費，我們只得放棄了新建一個游泳池的計畫。

⑥落下 *(vi) = fall*

They **dropped** to their knees before the king.
在國王面前他們雙膝跪下。

D

drop by

進來坐坐 *(vi) = stop by/in/off*

◀**Drop by** when you are passing.
你路過時進來坐坐。

drop in

順便去看 *(vi) = look in (on)*

◀I **dropped in** on Sherry when I was in town.
我進城的時候順便去看了一下雪莉。

drop off

①讓…下車 *(vt,s)*

◀Can you **drop** me **off** at the train station? Thanks for the ride.
你在火車站讓我下車好嗎？謝謝你讓我搭便車。

②減少 *(vi)*

    = drop away, fall away/off ; ⇔ *pick up, take off*

Business has been **dropping off**.
生意每況愈下。

③睡著 *(vi) = doze/nod off*

I **dropped off** to sleep on the bus.
我在公共汽車上睡著了。

drop out

退出 *(vi)* ⇔ *drop in*

◀Bob sprained his ankle and it forced him to **drop out** of the race.
鮑勃扭了腳踝，被迫退出比賽。

🔘 MP3-D14

drought /draʊt/

旱災 *(C)*

◀We suffered the worst **drought** in fifty years.
我們遭受到五十年最嚴重的旱災。

✎相關字 flood (水災)。deluge (大洪水)。

drown /draʊn/

①淹死 *(vi)*

◀She fell from a bridge and **drowned**.
她從橋上掉進河裡淹死了。

②溺斃 *(vt)*

She tried to **drown** herself in the lake.
她想跳進湖裡溺斃自己。

drown out

①趕出 *(vt,s) = flood out*

◀Many people were **drowned out** when the river burst its banks.
河堤決口，許多人被趕出家園。

②蓋過，淹沒 *(vt,s)*

Jeers and catcalls from the audience **drowned out** the politician's speech.
觀眾的譏笑和倒彩，淹沒了這位政客的演講。

drowsy /'draʊzɪ/

昏昏欲睡的 *(adj) = sleepy*

◀The medicine makes me **drowsy**.
這種藥讓我昏昏欲睡。

✎衍生字 *drowsiness (U)* 昏昏欲睡

drug /drʌg/

①藥 *(C) = medicine*

◀They are trying to develop new **drugs** for AIDS.
他們正在試製治療愛滋病的新藥。

②上了麻藥 *(vt)*

They **drugged** her to kill the pain.
他們給她上了麻藥止痛。

✎衍生字 *drugstore (C)* 藥房

drum /drʌm/

①打鼓 *(C)*

◀My brother plays the **drum** in the band.
我弟弟在樂隊裡打鼓。

✎衍生字 *drummer (C)* 鼓手

②敲打 *(vi)*

He **drummed** on the desk with his fingers.
他用手指敲打著書桌。

drum up

竭力爭取 *(vt,s)* = *try to obtain*

◀ We are **drumming up** support for the "anti-smoking" campaign.

我們正在竭力爭取人們支持「反吸煙」運動。

drunk /drʌŋk/

酒醉的 *(adj)*

◀ He was dead **drunk**.

他已酩酊大醉。

✎衍生字 *drunk (C)* 酒鬼；*drunkard (C)* 酒鬼；*drunken (adj)* 酒醉的

dry /draɪ/

①乾的 *(adj)* ⇔ *wet*

◀ The paint isn't **dry** yet—don't lean against it.

油漆未乾,別倚靠在上面。

②枯燥乏味的 *(adj)* = *boring, dull*

The novel was as **dry** as dust.

這部小說非常枯燥乏味。

③擦乾 *(vt)* ⇔ *damp(en)*

Dry your hands with this towel.

用這塊毛巾擦乾你的手。

④變乾 *(vi)*

These clothes will soon **dry** out in the sun.

在外面的陽光下這些衣服很快就會乾透了。

✎衍生字 *dryer/drier (C)* 烘乾機

dry out

①使‥乾涸 *(vt,s)* = *dry up/off*

◀ The extreme heat has **dried** the brook **out**.

酷熱使小溪乾涸了。

②戒酒 *(vi)* = *sober up*

Some people go to alcohol recovery centers to **dry out**.

有些人到戒酒所去戒酒。

dry up

用完;枯竭 *(vi)*

◀ His research project was canceled when the money/his powers of invention **dried up**.

錢用完後 / 他的創造力枯竭後,他的研究計畫就取消了。

dual /ˈdjuəl/

雙重的 *(adj)*

◀ Anyone who has **dual** nationality is not allowed to run for office.

擁有雙重國籍者不能參加公職競選。

✎同音字 duplicate (複製)。duo (二重唱,成雙)。duel (決鬥)。duet (二重奏)。duopoly (二家公司獨占)。duplex (二層公寓房)。duologue (對話劇)。

dubious /ˈdjubɪəs/

①猶豫不決的 *(adj)* = *doubtful*

◀ I am a bit **dubious** about the idea of buying another apartment at this juncture.

我對在這一時刻再買一間公寓的想法仍有點猶豫不決。

②可疑的 *(adj)*

Her motive for becoming friendly to me sounds highly **dubious** to me.

她想和我友好相處的動機聽起來相當可疑。

duck /dʌk/

①鴨 *(C)* (請參閱附錄 "動物")

◀ He took to driving like a **duck** to water.

他學開車就像鴨子學游泳 (輕而易舉)。

②低 *(vi,vt)*

He **ducked** (his head) behind the wall.

他低下頭躲在牆後。

duckling /ˈdʌklɪŋ/

小鴨 *(C)* (請參閱附錄 "動物")

◀ Betty is an ugly **duckling**.

貝蒂是一隻醜小鴨。

due /dju/

①預期的,該發生的 *(adj)*

◀ The next train to Taipei is **due** at 11 o'clock.

去台北的下一班火車於十一點到站。

②應歸於的 *(adj)*

Her success is entirely **due** to hard work.

她的成功完全都由於辛勤努力。

dull /dʌl/

①晦暗的 *(adj)* = *dim*

◀ The day began to become gray and **dull**.

天色開始變得灰暗沉悶。

②沉悶的 *(adj)* = *uninteresting, boring*

His speech is as **dull** as ditchwater.

他的講演非常沉悶乏味。

③愚鈍的 *(adj)* = *stupid*

That guy has a **dull** mind.

那個傢伙心智愚鈍。

dumb /dʌm/

①啞的，說不出話來的 *(adj)* = speechless

◀ The bad news struck him **dumb**.
這不幸的消息驚得他說不出話來。

②傻乎乎的 *(adj)* = stupid, foolish

That was a **dumb** thing to do.
做那種事情真是太傻了。

dump /dʌmp/

傾倒，堆放 *(vt)* = discard

◀ Don't **dump** the bags in the doorway.
別把袋子都堆放在門口。

✎衍生字 dump (C) 垃圾場

dumpling /'dʌmplɪŋ/

餃子 *(C)* (請參閱附錄 "食物")

◀ We ate **dumplings** for lunch.
我們午餐吃餃子。

durable /'djʊrəbl̩/

持久的 *(adj)* = long-lasting

◀ Can there be a **durable** peace between the two nations?
這兩個國家間能長期保持和平嗎？

duration /djʊ'reʃən/

期間 *(U)* = period

◀ They'll stay on the farm for the **duration** of the whole summer.
他們整個夏季期間都將待在農場。

during /'djʊrɪŋ/

在…期間 *(prep)*

◀ I met him **during** my short stay in America.
我是在美國的短暫逗留期間遇到他的。

dusk /dʌsk/

黃昏 *(U)* ⇔ dawn

◀ The street lights go on at **dusk** and go off at dawn.
街燈在黃昏時分開亮，黎明時關閉。

dust /dʌst/

①灰塵 *(U)*

◀ There was a layer of **dust** on all of the furniture.
這套家具上積了一層灰塵。

✎衍生字 dusty (adj) 佈滿灰塵的

②除去灰塵 *(vt)*

Don't forget to **dust** the windowsill.
別忘了把窗台上的灰塵擦掉。

dust off

①撢去 *(vt,s)*

◀ She **dusted** the dirt and soot **off** (her coat).
她撢去 (外套上的) 灰塵和煤煙。

②溫習 *(vt,s)*

I am **dusting off** my school textbooks and preparing for the entrance examination.
我正在溫習課本，準備入學考試。

duty /'djutɪ/

①責任 *(U)* = responsibility

◀ I did it purely out of a sense of **duty**.
我做那件事純粹是出於責任感。

②關稅 *(C)*

You need to pay the customs **duties** on the goods you bring into that country.
你帶進那個國家的商品是要繳關稅的。

✎衍生字 dutiful (adj) 守本分的

DVD /ˌdi vi 'di/

數位影音光碟 *(C)* digital video disk

◀ If there is any flaw in this **DVD** (digital video disk) player, you can return it within a week.
如果這台數位影音光碟機有瑕疵，一星期內可以退還。

✎相關字 CD (compact disk)。
VCD (video compact disk)。

dwarf /dwɔrf/

矮人，侏儒 *(C)* = pygmy；⇔ giant

◀ Have you ever read the fairy tale "Snow White and Seven **Dwarfs**"?
你讀過〈白雪公主和七矮人〉這個童話故事嗎？

dwell /dwɛl/

居住 *(vi)* = live, reside

◀ They **dwell** at the foot of the hill.
他們居住在山腳下。

✎衍生字 dwelling (C) 住所

dwell on

老是想著 *(vt,u)*

◀ There's no sense in **dwelling on** the past.
老想著過去是沒有意義的。

dwindle /'dwɪndl̩/

逐漸減少 **(vi)** = decrease, decline

◀ Her savings/profits have been **dwindling** in the past two years.

她的儲蓄 / 利潤在過去的二年裡已逐漸減少了。

✎衍生字 dwindling (adj) 日益減少的

dye /daɪ/

染色 **(vt)**

◀ She **dyed** her hair blond.

她把頭髮染成金黃色。

✎衍生字 dye (C,U) 染料

dynamic /daɪ'næmɪk/

有活力的 **(adj)** = robust；⇔ static

◀ Southeast Asia was once the most **dynamic** economic region in the world.

東南亞曾是世界上最有活力的經濟區域。

dynamite /'daɪnə,maɪt/

①黃色炸藥 **(U)**

◀ The bridge was blown up with **dynamite**.

橋被黃色炸藥炸毀了。

②炸毀 **(vt)** = blow up

The rebels **dynamited** the bridge.

叛亂者炸毀了這座橋樑。

dynasty /'daɪnəstɪ/

朝代 **(C)**

◀ Lee Pou was a very famous poet in the Tang **dynasty**.

李白是唐朝著名大詩人。

D

E

A HANDBOOK
7000 English Core Words

MP3-E1

each /itʃ/

①每個 (**adj**)

◀ **Each** boy and **each** girl had a prize.
每個男孩和女孩都得到一分獎品。

②各個 (**adv**)

The tickets are 20 dollars **each**.
每張票二十元。

③每個 (**pron**)

I cut the cake into four pieces and gave one to **each** of the children.
我把蛋糕切成四塊,每個孩子給一塊。

eager /'igɚ/

熱切的 (**adj**) = anxious

◀ She is **eager** for you to meet her friends.
她熱切希望你見見她的朋友。

eagle /'igl/

鷹 (**C**) (請參閱附錄 "動物")

◀ **Eagles** do not catch flies.
老鷹不捕食蒼蠅 (大雞不吃細米)。

ear /ɪr/

①耳朵 (**C**)

◀ Don't shout into my **ear**; I can hear you clearly.
別對著我的耳朵大叫,我聽得一清二楚。

②靈敏的聽力 (**S**)

He's got a good **ear** for music.
他對音樂很有鑑賞力。

early /'ɝlɪ/

①早的 (**adj**)

◀ She used to go jogging in the **early** morning.
她以前總是一大早去慢跑的。

②早 (**adv**)

Tarry always arrives **early**.
泰利總是到得很早。

earn /ɝn/

①賺 (錢) (**vt**) = make

◀ How does he **earn** his living?
他靠什麼賺錢過活?

②贏得 (**vt**) = win, gain

He has **earned** our respect through his bravery.
他以勇敢贏得我們的尊敬。

earnest /'ɝnɪst/

①認真的 (**adj**) = serious

◀ He was very **earnest** about studying abroad.
他對出國留學這件事很認真。

②真心實意,誠懇 (**U**)

I was in **earnest** when I said that I wanted to marry her.
我說要娶她是真心實意的。

earnings /'ɝnɪŋz/

薪水,工資 (**P**) = income

◀ He has spent all his **earnings**.
他把賺的錢全花光了。

earphone /'ɪrˌfon/

耳機 (**P**)

◀ Winnie put on a pair of **earphones**.
溫妮戴了一副耳機。

earth /ɝθ/

①地球 (**S**)

◀ They returned safe and sound from space to (the) **Earth**.
他們安然無恙地從太空返回地球。

✎衍生字 earthly (adj) 人間的,塵世的

②土 (**U**)

The building company was prosecuted for illegally dumping **earth**.
營造工程公司因非法棄土被起訴。

✎衍生字 earthy (adj) 泥土的

earthquake /'ɝθˌkwek/

地震 (**C**) = quake

◀ Several towns were totally destroyed by the **earthquake**.
好幾座城鎮在這次地震中徹底被毀。

ease /iz/

①容易 (**U**)

◀ He won the election with **ease**.
他輕易地在競選中獲勝。

✎衍生字 easy (adj) 容易的;easily (adv) 容易地

②自在,悠閒 (**U**)

She always feels ill at **ease** in a mini-skirt.
她穿迷你裙時總是感到不自在。

③減輕 (**vt**) = relieve

The medicine will **ease** your pain a little.
這藥會稍稍減輕你的痛苦。

④和緩 *(vi)* = abate, let up

When the storm **eases** a little, we'll be able to go out.

等暴風雨和緩一些我們就可以出去了。

ease off/up

①減弱 *(vi)* = slacken off, let up

◀The rain/pain/danger is starting to **ease off/up**.

雨開始小了／痛開始減輕了／危險開始降低了。

②放鬆 *(vi)* = slacken off, let up, relax

Now that I have finished my paper, I can **ease off/up**.

我已寫完了論文，可以放鬆了。

ease out

排擠出去 *(vt,s)* = relieve sb of

◀James was **eased out** as general manager to make way for Mr. Johnson.

詹姆斯從總經理的位置上被排擠出去，讓位給強生先生。

east /ist/

①東邊的 *(adj)* = eastern

◀It's a small town on the **east** part of the island.

那個小城鎮位於島的東部。

②朝東 *(adv)*

My bedroom faces **east**, so I get the morning sun.

我的臥室朝東，所以我能見到旭日。

③東方 *(U)*

The sun always rises in the **east**.

太陽總是從東方升起。

✎相關字 west (西)。south (南)。north (北)。

easy /'izɪ/

①容易的 *(adj)* = simple

◀The test was **easy**.

這個考試很容易。

②安逸的，舒適的 *(adj)* = comfortable

He has retired now and leads a very **easy** life.

他現在退休了，日子過得非常安逸。

③悠閒地 *(adv)* = lightly

The doctor told me to take things **easy** and stop worrying so much.

醫生讓我放鬆一點，不要太緊張。

eat /it/, ate *(pt)*, eaten *(pp)*

①吃 *(vt)*

◀You'll get ill if you don't **eat** anything.

如果你什麼都不吃，會生病的。

②吃 *(vi)*

Have you **eaten**?

你吃過了嗎？

eat away

①腐蝕 *(vt,s)* = destroy gradually

◀The acid has **eaten away** the iron bars.

酸已經腐蝕了鐵棒。

②吃個不停 *(vi)* = eat continuously

The children were **eating away** the whole evening.

孩子們整個晚上都吃個不停。

eat away at

慢慢鏽蝕 *(vt,u)* = destroy gradually

◀Rust has **eaten away at** the metal frame.

這個金屬框已被慢慢鏽蝕了。

eat into

①耗費 *(vt,u)*

◀All these traveling expenses are really **eating into** my savings.

全部的旅行開支快要把我的積蓄花光了。

②腐蝕 *(vt,u)*

This acid has **eaten into** the surface of the metal.

酸已經腐蝕了金屬的表面。

eat up

①吃完 *(vt,s)* = finish eating

◀**Eat up** your lunch.

把你的午飯吃完。

②用量很大 *(vt,s)* = use a lot of

This air-conditioner **eats up** electricity.

這空調耗電很大。

③受(某種情緒)煎熬，折磨 *(vt,s)*

Jane was **eaten up** with jealousy and greed.

珍的心中充滿了嫉妒和貪心。

E

eavesdrop /'ivz͵drɑp/

有意偷聽 *(vi)* = listen in

◀ I suspect that my room is bugged and someone is **eavesdropping** on my conversations.
我懷疑我的房間裝了竊聽器，有人在偷聽我的談話。

✎比　較 overhear (無意間偷聽到)。

ebb /ɛb/

① 退落 *(S)* ⇔ *flow*

◀ The tide is on the **ebb**.
潮水正在退落。

② 退潮 *(vi)* = go out；⇔ come in

We sat on the riverbank watching the tide **ebbing**.
我們坐在河岸邊看退潮。

③ 消退 *(vi)* = fade

Sam's enthusiasm for football began to **ebb** away.
山姆對足球的熱情開始消退。

eccentric /ɪk'sɛntrɪk/

① 奇異的 *(adj)* = weird

◀ Nowadays young people like to wear **eccentric** clothes and dye their hair.
如今的年輕人愛穿奇裝異服染頭髮。

✎衍生字 eccentricity (U) 古怪行為

② 怪人 *(C)* = weirdo, crackpot, freak

Mike is regarded as something of an **eccentric**.
麥克被人認為是個怪人。

echo /'ɛko/

① 回聲 *(C)*

◀ You'll hear an **echo** if you shout in a big empty hall.
如果你在空蕩的大廳裡喊叫，就可以聽見回聲。

② 回盪 *(vi)*

The valley **echoed** with her cry.
她的哭聲在山谷回盪。

eclipse /ɪ'klɪps/

① (日、月的) 蝕 *(C)*

◀ Total/Partial/Lunar/Solar **eclipses** can be seen each year from various places on the earth.
每年在全球各地都可看見全 / 偏 / 月 / 日蝕。

② 遮擋 *(vt)*

The moon was totally **eclipsed** by the earth.
在地球的遮擋下發生月全蝕了。

ecology /ɪ'kɑlədʒɪ/

生態環境，生態學 *(U)*

◀ Building a new dam is sure to change the **ecology** of the area where the dam is to be erected.
建造一座新壩肯定會改變建壩處的生態環境。

✎衍生字 ecological (adj) 生態的；ecologist (C) 生態學家

✎同首字 economy (經濟)。ecosystem (生態系統)。
economics (經濟學)。ecotourism (生態之旅)。

economic /͵ikə'nɑmɪk/

經濟的 *(adj)*

◀ Our county is in a bad **economic** state now.
我們那個縣如今經濟的狀況很糟。

✎衍生字 economy (U) 經濟

economical /͵ikə'nɑmɪkḷ/

節儉的 *(adj)* = frugal；⇔ wasteful

◀ My mother is **economical** of/with her money.
我母親用錢是很節儉的。

economics /͵ikə'nɑmɪks/

經濟學 *(U)* (請參閱附錄 "學科")

◀ I majored in **economics** in university.
大學時，我主修經濟學。

🎧 MP3-E2

economist /ɪ'kɑnəmɪst/

經濟學家 *(C)*

◀ Dr. Johnson is a very famous **economist** worldwide.
強生博士是國際上十分知名的經濟學家。

economy /ɪ'kɑnəmɪ/

① 節約 *(U)* = frugality

◀ We should practice **economy**.
我們應該力行節約。

✎衍生字 economize (vi) 節省

② 經濟，經濟情況 *(C)*

Most of the countries in that region have unstable **economies**.
那一地區的大多數國家的經濟不穩定。

ecstasy /ˈɛkstəsɪ/
欣喜若狂 (U)
◀ The victory threw the whole team into **ecstasy**.
勝利使全隊欣喜若狂。
✎衍生字 *ecstatic (adj)* 狂喜的

edge /ɛdʒ/
邊緣 (S) = *verge, brink*
◀ Don't stand too close to the **edge** of the cliff.
別站得離懸崖邊緣太靠近。
The company is on the **edge** of bankruptcy.
這家公司正處在破產的邊緣。

> **edge out**
> 小勝 (vt,s) = *defeat by a small margin*
> ◀ Jim **edged** his rival **out** in the race.
> 吉姆在比賽中小勝了對手。

> **edge up**
> 漸漸上漲 (vi)
> ◀ Share prices **edged up** by 15% over the year.
> 過去一年股價漸漸上漲了百分之十五。

edgy /ˈɛdʒɪ/
心神不寧的 (adj) = *nervous, on edge*
◀ The students have been very **edgy** about the test results.
學生們心神不寧的等待考試結果。

edible /ˈɛdəbl̩/
可以吃的 (adj) ⇔ *inedible*
◀ Some mushrooms are **edible**; others are poisonous.
有些蘑菇可以食用，有些有毒。

edit /ˈɛdɪt/
編輯 (vt)
◀ He **edits** an English magazine.
他在編輯一分英文雜誌。
✎衍生字 *editorial (adj)* 編輯的

edition /ɪˈdɪʃən/
版，版本 (C)
◀ This is the fifth **edition** of this dictionary.
這是該詞典的第五版。

editor /ˈɛdɪtə/
編輯 (C)
◀ He is one of the **editors** of the newspaper.
他是該報的編輯之一。

editorial /ˌɛdəˈtorɪəl/
社論 (C)
◀ Bob writes **editorials** for that newspaper.
鮑勃為那家報紙寫社論。

educate /ˈɛdʒəˌket/
教育 (vt)
◀ He was born in Hong Kong but **educated** in England.
他出生在香港，但在英國受教育。

educated /ˈɛdʒəˌketɪd/
受過教育的 (adj)
◀ My grandma is a well-**educated** woman.
我祖母是位受過良好教育的女性。

education /ˌɛdʒəˈkeʃən/
教育，學業 (U)
◀ She completed her **education** in America.
她在美國完成學業。
✎衍生字 *educational (adj)* 教育的

eel /il/
鰻魚 (C)
◀ That boy wriggled like an **eel** to get free.
那男孩像鰻魚般扭動著想要掙脫開去。

effect /əˈfɛkt/
①作用，影響 (C)
◀ One of the side **effects** of this medicine is that you will feel sleepy.
這種藥的副作用之一就是讓你覺得昏昏欲睡。
②生效 (U)
The new law will take **effect** on Sep.1.
新法律將於九月一日起生效。

effective /əˈfɛktɪv/
有效的 (adj) ⇔ *ineffective*
◀ Is there any **effective** treatment for hair loss?
治療脫髮有何有效的辦法嗎？

E

efficient /ə'fɪʃənt/

效率高的 *(adj)* ⇔ *inefficient*

◀ Karen is a very **efficient** secretary.
凱倫是位工作效率很高的祕書。

≧衍生字 *efficiency (U)* 效率

effort /'ɛfət/

① 努力 *(C)* = *attempt*

◀ You'll get nowhere if you don't make **efforts**.
假如你不肯努力，那是沒有出路的。

② 力氣 *(U)* = *endeavor*

She can lift the heavy suitcase without much **effort**.
她能不費力地提起手提箱。

e.g. /i'dʒi/

例如 *(abbrev)* = *for example*

◀ You must avoid fast foods, **e.g.** fried chicken, hamburgers and French fries.
你必須避免速食食物，例如：炸雞、漢堡和薯條。

egg /ɛg/

蛋 *(C)*

◀ The hen laid two **eggs** today.
今天母雞生了兩個蛋。

It's wise of you not to have put all your **eggs** in one basket.
你沒有將所有的蛋放在同一個籃子裡 (孤注一擲) 的作法真是明智。

egg on

慫恿 *(vt,s)* = *goad/spur on*

◀ He wouldn't have jumped into the river if people hadn't **egged** him **on** to do so.
要不是有人慫恿，他是不會跳進河裡的。

ego /'igo/

自尊，自我 *(C)*

◀ The victory was really a boost for my **ego**.
這一勝利對我的自尊是一大鼓舞。

≧衍生字 *egotistical (adj)* 自我吹噓的；*egoist (C)* 自高自大的人

either /'iðə/

① 兩者中任何一個 *(adj)*

◀ There are trees on **either** side of the street.
街道的任一邊都有樹。

② 兩者中任何一樣 *(pron)*

We have coffee and tea—you can have **either**.
我們有咖啡和茶，你喝任何一樣都行。

③ 或是…或是 *(conj)*

You have to be **either** on his side or on my side.
你要嘛站在他一邊，要嘛站到我一邊來。

④ (用於否定句) 也 *(adv)*

He can't swim, and I can't, **either**.
他不會游泳，我也不會。

elaborate /ɪ'læbəret/

① 詳細說明 *(vi)* = *expand*

◀ After you present your main idea, you should give examples to **elaborate** on it.
你在陳述了中心思想之後，應舉例加以詳細說明。

≧衍生字 *elaboration (U)* 詳細說明

② 精美的 *(adj)* /ɪ'læbərɪt/

The blanket has an **elaborate** pattern of flowers.
毯子上有精美的花卉圖案。

≧同尾字 collaborate (合作)。

elapse /ɪ'læps/

(時間) 流逝 *(vi)* = *pass*

◀ Several years have **elapsed** since we graduated from the university.
我們大學畢業後，已流逝了好幾年光陰。

≧同尾字 lapse (小過失)。relapse (故態復萌)。collapse (崩潰；倒塌)。

elastic /ɪ'læstɪk/

有彈性的 *(adj)* = *flexible*

◀ Is this swimsuit made of **elastic** material?
這件泳衣是彈性的質料做的嗎？

≧衍生字 *elastic (U)* 橡皮圈，鬆緊帶

elbow /'ɛl,bo/

① 手肘 *(C)*

◀ Don't put your **elbows** on the table while eating.
吃飯時別把手肘支在桌子上。

② 用肘擠 *(vt)*

He **elbowed** his way through the crowd.
他從人群中擠過去。

🔘 MP3-E3

elder /ˈɛldɚ/
①較年長的 *(adj)*
◀ Ted is my **elder** brother.
泰德是我的長兄。
②長輩，長者 *(C)*
We should respect our **elders**.
我們應尊敬長輩。

elderly /ˈɛldɚlɪ/
上了年紀的 *(adj)* = *old*
◀ My grandmother is rather **elderly** now; she can't walk fast.
如今我祖母上了年紀，她走不快了。

elect /ɪˈlɛkt/
選舉，推選 *(vt)* = *choose*
◀ We **elected** him as class leader.
我們選他當班長。
✎衍生字 *elect (adj)* 當選而尚未就任的

election /ɪˈlɛkʃən/
選舉 *(C)*
◀ The next presidential **election** will be held four years later.
下一屆總統選舉將於四年後舉行。

electric /ɪˈlɛktrɪk/
①用電的 *(adj)*
◀ We bought a new **electric** fan last week.
我們上週買了一台新電扇。
✎衍生字 *electrician (C)* 電工
②熱烈的，令人興奮的 *(adj)* = *exciting*
The atmosphere at the party was **electric**.
聚會的氣氛非常熱烈。

electricity /ɪˌlɛkˈtrɪsətɪ/
電 *(U)*
◀ The **electricity** was off when the strong earthquake occurred.
強烈的地震發生時就斷電了。
✎衍生字 *electrical (adj)* 與電有關的；*electrify (vt)* 電氣化

electron /ɪˈlɛktrɑn/
電子 *(C)*
◀ Sir Joseph J. Thomson, a British physicist, discovered the **electron** in 1897.
英國物理學家約瑟夫・湯姆森，在一八九七年發現電子。
✎相關字 *electronics (電子學)*。*electronic (電子的)*。*neutron (中子)*。*proton (質子)*。

electronic /ɪˌlɛkˈtrɑnɪk/
電子的 *(adj)*
◀ I enjoy **electronic** music a lot.
我很喜歡聽電子音樂。

electronics /ɪˌlɛkˈtrɑnɪks/
電子學 *(U)* (請參閱附錄 "學科")
◀ I am studying **electronics**.
我正在讀電子學。

elegant /ˈɛləgənt/
高雅的，優雅的 *(adj)* = *graceful, stylish*
◀ My mother is an **elegant** woman.
我母親是位高雅的女人。
✎衍生字 *elegance (U)* 優雅，高雅

element /ˈɛləmənt/
①元素 *(C)*
◀ Both hydrogen and oxygen are **elements**, but water is not.
氫和氧都是元素，但水卻不是。
✎衍生字 *elemental (adj)* 自然力的
②因素 *(C)* = *factor*
One of the key **elements** of this plan is time.
這項計畫的關鍵因素之一就是時間。

elementary /ˌɛləˈmɛntərɪ/
簡單的，初步的 *(adj)* = *easy, simple*
◀ Don't be nervous. My question is **elementary**.
別緊張，我的問題很簡單。

elephant /ˈɛləfənt/
象 *(C)* (請參閱附錄 "動物")
◀ The airport is regarded as a white **elephant**.
那飛機場被認為是白色大象 (大而無當)。

elevate /ˈɛləˌvet/
①晉升 *(vt)* = *promote*；⇔ *demote*
◀ Sam was **elevated** to the position of general manager.
山姆晉升至總經理一職。
②提高，鼓舞 *(vt)* = *lift, raise*；⇔ *dampen*
The beautiful scenery really **elevated** our spirits.
美麗的景色確實鼓舞了我們的精神。

E

③抬高 (vt) = raise, lift；⇔ lower
Elevate your leg and put an ice pack on the swelling part of your foot.
抬起腿，在足部腫起處放上冰袋。
✎衍生字 *elevation (U)* 晉升，提高

elevator /ˈɛləˌvetə/
電梯 (C) = lift
◀ You can take the **elevator** over there to the 23rd floor.
你可搭乘那邊的電梯到二十三樓。

elicit /ɪˈlɪsɪt/
引出 (vt)
◀ I often **elicit** valuable information from my customers by chatting with them.
我常常在與顧客的交談中獲取有價值的訊息。
✎同尾字 solicit (懇求)。illicit (非法的)。

eligible /ˈɛlɪdʒəbl̩/
有資格的 (adj)
◀ Anyone over the age of 18 is **eligible** to drive a car.
任何年滿十八歲的人都有資格駕車。
✎衍生字 *eligibility (U)* 有資格

eliminate /ɪˈlɪməˌnet/
淘汰 (vt) = remove
◀ Their team was **eliminated** from the competition in the first round.
他們的球隊在首輪比賽中就被淘汰。
✎衍生字 *elimination (U)* 淘汰

elite /ɪˈlit/
精英 (C)
◀ Politics in France is controlled by a small privileged **elite**.
在法國，政治是由一小撮特權精英所控制的。
✎衍生字 *elitist (adj,C)* 精英的；*elitism (U)* 精英統治論

eloquence /ˈɛləkwəns/
能言善道 (U)
◀ The crowd was impressed by the politician's **eloquence**.
群眾被那位政客的能言善道所折服。

eloquent /ˈɛləkwənt/
雄辯的 (adj) = expressive, persuasive

◀ The president made an **eloquent** appeal for unity.
總統作了一次滔滔雄辯的演說，呼籲大家團結起來。

else /ɛls/
其他的 (adv)
◀ Is there anything **else** I can do for you?
還有其他的事是我能為你做的嗎？

elsewhere /ˈɛlsˌhwɛr/
別處 (adv)
◀ He was dissatisfied with the sales manager and decided to take the business **elsewhere**.
他對銷售經理不滿，因此決定到別處買貨。

e-mail/email /ˈiˌmel/
①電子郵件 (U) = electronic mail
◀ I often contact her by **email**.
我時常與她用電子郵件聯絡。
②用電子郵件傳 (vt)
I'll **email** you my script.
我將把腳本用電子郵件傳給你。

embargo /ɪmˈbɑrgo/
①禁運 (C)
◀ This country has imposed/lifted an **embargo** on rice exports.
該國對稻米出口實行 / 解除禁運。
②禁止通商 (vt)
America has **embargoed** Cuba for decades.
美國禁止與古巴通商已有幾十年了。

embark /ɪmˈbɑrk/
①著手，開始 (vi) ⇔ disembark
◀ Jim is **embarking** on a new career.
吉姆正著手一項新的事業。
②登上 (船) (vi)
We **embarked** on a cargo ship.
我們登上一艘貨輪。

embarrass /ɪmˈbærəs/
①使尷尬 (vt)
◀ I felt **embarrassed** by the joke he played on me.
他對我開的玩笑使我覺得很尷尬。

②令人尷尬 *(vt)*

It was **embarrassing** to admit mistakes in public.

公開承認錯誤是令人尷尬的。

✎衍生字 *embarrassment (U)* 尷尬

embassy /'ɛmbəsɪ/

大使館 *(C)*

◄ He took shelter in the American **Embassy** in France.

他在美國駐法國大使館內避難。

✎衍生字 *ambassador (C)* 大使

embrace /ɪmˈbres/

①擁抱 *(vt)*

◄ Betty **embraced** her two-year-old son tenderly.

貝蒂溫柔地擁抱她兩歲的兒子。

②信奉 *(vt)* = adopt

Since the September 11 terrorist attacks, people who **embrace** the Muslim faith have come under suspicion.

自 "九一一" 恐怖分子襲擊後，信奉回教的人遭到懷疑。

emerge /ɪˈmɝdʒ/

①出現 *(vi)* = appear

◄ The moon **emerged** from behind the clouds.

月亮從雲朵背後出現。

②露出真相 *(vi)*

It later **emerged** that the accident resulted from drunken driving.

後來情況明朗了，事故是由酒醉駕車引起的。

✎衍生字 *emergence (U)* 出現；*emergent (adj)* 新興的

◉ MP3-E4

emergency /ɪˈmɝdʒənsɪ/

緊急情況 *(C)*

◄ Call me if there is an **emergency**.

有緊急情況就打電話給我。

emigrant /ˈɛməgrənt/

(移居外國) 移民 *(C)* ⇔ immigrant

◄ Most **emigrants** to Germany are poor and unskilled workers.

大部分進入德國的移民都是窮困且沒有專門技術的工人。

✎相關字 migrant (移棲動物)。

emigrate /ˈɛməˌgret/

移居外國 *(vi)* ⇔ immigrate

◄ They plan to **emigrate** to Canada.

他們計畫移居加拿大。

✎相關字 migrate (鳥魚移居)。immigrate (移入)。transmigrate (靈魂轉世)。

emigration /ˌɛməˈgreʃən/

移居外國 *(C)* ⇔ immigration

◄ The civil war caused a mass **emigration** of refugees to the neighboring country.

內戰導致大批難民移居到鄰國。

✎相關字 transmigration (投胎)。migration (移棲)。immigration (移入)。

emission /ɪˈmɪʃən/

排放 *(C)*

◄ Japan has agreed to cut **emissions** of CFCs.

日本已同意減少氟氯碳化合物的排放。

emit /ɪˈmɪt/

散發 *(vt)* = send out

◄ Nearly everything can **emit** smell, heat, light, or sound.

幾乎每件東西都可能散發味道、熱、光、或聲音。

emotion /ɪˈmoʃən/

情緒 *(C)* = feelings

◄ She really showed her **emotions**.

她的確是真情流露。

emotional /ɪˈmoʃənl/

激動的 *(adj)* ⇔ unemotional

◄ The girl appeared very **emotional** when we left.

我們離開時，那女孩顯得很激動。

✎衍生字 *emotionally (adv)* 激動地

emperor /ˈɛmpərɚ/

皇帝 *(C)* = ruler

◄ Was Chin Shi Huang Ti a great **emperor** in the Chinese history?

秦始皇是中國歷史上一個偉大的皇帝嗎？

✎衍生字 *empress (C)* 女皇，皇后

emphasis /ˈɛmfəsɪs/

強調，重視 *(C,U)* = stress

◀ Our English teacher put great **emphasis** on reading and writing skills.
我們的英文老師非常重視閱讀和寫作技巧。
📝衍生字 emphases (pl) 強調，重視

emphasize /'ɛmfə,saɪz/

強調 (vt) = stress
◀ The chairman **emphasized** the need for unity.
主席強調團結的必要性。

emphatic /ɪm'fætɪk/

看重的 (adj)
◀ My parents are **emphatic** about the value of love.
我父母很看重愛的價值。

empire /'ɛmpaɪr/

帝國 (C)
◀ The British **Empire** once covered large parts of the world.
大英帝國的領地曾經遍及世界的大部分地方。

employ /ɪm'plɔɪ/

① 雇用 (vt) = hire；⇔ fire, sack
◀ The factory **employs** about 800 workers.
這家工廠雇用了約八百個工人。
② 採用 (vt) = use
He **employed** several teaching methods in his teaching.
他在教學過程中採用了幾種不同的教學方法。

employee /ɪm'plɔɪi/

員工 (C)
◀ My father is a government **employee**.
我父親是一名政府員工 (公務員)。

employer /ɪm'plɔɪɚ/

雇主 (C)
◀ He is a very good **employer**, caring for his employees a lot.
他是位很好的雇主，對員工們很關心。

employment /ɪm'plɔɪmənt/

雇用，就業 (U) ⇔ unemployment
◀ The number of people out of **employment** is growing.
失業人數在增加中。

empty /'ɛmptɪ/

① 空的 (adj) ⇔ full
◀ Don't drink on an **empty** stomach.
別空腹喝酒。
② 空泛的 (adj) = insincere
It's meaningless to make **empty** promises.
許空泛的諾言是沒有意義的。
③ 清空 (vt)
I **emptied** the rubbish into a plastic bag and took it out.
我清空垃圾到一個塑膠袋裡拿了出去。

> ### empty out
> 清理 (vt,s)
> ◀ I found the gold ring when I was **emptying out** the drawer.
> 我在清理抽屜的時候發現了這枚戒指。

enable /ɪn'ebl̩/

使能夠 (vt)
◀ The dictionary will **enable** you to understand more slang.
本詞典將使你得以理解更多的俚語。

enact /ɪn'ækt/

制定 (vt) = pass；⇔ rescind, revoke
◀ National laws are **enacted** by a parliament, applied by judges and enforced by policemen.
國家的法律由國會制定，通過法官加以施行，並由警察強制執行。
📝衍生字 enactment (U,C) 制定

enchant /ɪn'tʃænt/

使著迷 (vt) = charm
◀ I was **enchanted** by the singing of the children.
這些小孩的歌聲讓我著迷。
📝衍生字 enchantment (U) 著迷

enclose /ɪn'kloz/

① 圍 (vt) = surround
◀ The garden is **enclosed** by a high fence.
花園被一圈高高的籬笆圍了起來。
② 附寄 (vt)
Don't **enclose** any cash in your letter.
你別在信內附寄現金。

enclosure /ɪnˈkloʒɚ/

①圈地 *(C)*

◀ There is a special **enclosure** where you can look at the pandas in the zoo.

你可在動物園裡的專用圈地上觀賞熊貓。

②圈佔 *(U)*

The **enclosure** of the land means that a new building is going to be put up there.

這塊地被圈佔意味一棟新建築將在那裡造起來。

encounter /ɪnˈkaʊntɚ/

①遇到 *(vt)* = meet, run into

◀ I **encountered** an old friend unexpectedly this morning.

今天早晨我意外地遇到一位老朋友。

②邂逅 *(C)* = meeting

I liked her on our first **encounter**.

我們首次邂逅時，我就喜歡上她了。

encourage /ɪnˈkɝɪdʒ/

鼓勵 *(vt)* = inspire；⇔ discourage

◀ She **encouraged** me to apply for the scholarship.

她鼓勵我去申請這分獎學金。

✎衍生字 *encouragement (C,U)* 鼓勵

encyclopedia /ɪnˌsaɪkləˈpidɪə/

百科全書 *(C)*

◀ A general **encyclopedia** includes information on topics in every field of knowledge.

一般百科全書包含了每個知識領域的所有主題。

end /ɛnd/

①盡頭 *(C)*

◀ Walk to the **end** of the hallway and then turn left.

走到走廊盡頭然後向左轉。

②結束 *(C)* ⇔ beginning

They got married at the **end** of the story.

故事的最後他們結婚了。

③目標 *(C)* = aim, purpose

They want to buy a house and are saving money to that **end**.

他們要買一棟房子，並在為實現這一目標存錢。

④結束 *(vi)* = finish

The party didn't **end** until midnight.

宴會直到午夜才結束。

⑤結束 *(vt)* ⇔ begin

How will you **end** this story?

你準備如何結束這個故事。

✎衍生字 *ending (C)* 結局

end up

最後，(成為) *(vi)* = wind up

◀ Whenever we eat out, I always **end up** footing the bill.

每次我們出去吃飯，最後總是我買單。

endanger /ɪnˈdendʒɚ/

危及 *(vt)* = imperil, jeopardize

◀ Drunken driving **endangers** lives.

酒醉駕車會危及生命安全。

✎衍生字 *danger (C,U)* 危險

endear /ɪnˈdɪr/

使人愛 *(vt)*

◀ Craig's sense of humor **endears** him to everyone he meets.

克萊格的幽默感使得他人見人愛。

◉ MP3-E5

endeavor /ɪnˈdɛvɚ/

努力 *(vi)* = strive

◀ Jude always **endeavors** to please everyone, but in vain.

裘德總是努力取悅每一個人，但勞而無功。

endless /ˈɛndlɪs/

永無休止的 *(adj)* = continuous, ceaseless

◀ I was fed up with her **endless** complaining.

我對她沒完沒了的牢騷話厭煩極了。

endurance /ɪnˈdjʊrəns/

耐力 *(U)* = stamina

◀ The climb up to the peak of the mountain really tested my **endurance**.

爬到山頂的確考驗了我的耐力。

✎衍生字 *endure (vt)*

E

endure /ɪnˈdjʊr/

容忍 **(vt)** = bear

◀ I can't **endure** to see him suffer like that.
我不忍心眼看他如此受罪。

✎衍生字 *enduring (adj)* 持久的

enemy /ˈɛnəmɪ/

敵人 **(C)** ⇔ *friend*

◀ He was so aggressive as to make a lot of **enemies**.
他太咄咄逼人以致樹敵很多。

energetic /ˌɛnɚˈdʒɛtɪk/

精力旺盛的 **(adj)** = vigorous

◀ He's an **energetic** basketball player.
他是個精力旺盛的籃球運動員。

energy /ˈɛnədʒɪ/

①精力 **(U)** = vigor, vitality

◀ She came back full of **energy**.
她精力飽滿地回來了。

②能源 **(U)**

He made good use of solar **energy** to produce electricity.
他充分利用太陽能來發電。

enforce /ɪnˈfors/

執行 **(vt)** = apply, implement

◀ The traffic laws should be **enforced** more strictly.
交通法規應更嚴格地加以執行。

✎衍生字 *enforcement (U)* 加強，執行

engage /ɪnˈgedʒ/

①雇用 **(vt)** = employ

◀ I've **engaged** a secretary as my assistant.
我雇用了一名祕書當助手。

✎衍生字 *engagement (C)* 約定

②從事 **(vi)**

I won't **engage** in business affairs.
我將不會從事商務。

---

engage with

和···交戰 **(vt,u)**

◀ We **engaged with** our enemy at dusk.
我們在黃昏時分和敵人交戰。

---

engaged /ɪnˈgedʒd/

①已訂婚的 **(adj)**

◀ Mary was **engaged** to a lawyer.
瑪莉與一名律師訂婚。

✎衍生字 *engagement (C)* 訂婚

②忙著 **(adj)** = busy

I'll be **engaged** the whole day tomorrow.
明天一整天我都排滿了活動。

engine /ˈɛndʒən/

①引擎 **(C)**

◀ The **engine** of the car works well.
這輛汽車的引擎運轉良好。

②車 **(C)**

Three fire **engines** came and the fire was put out in 30 minutes.
來了三輛消防車，三十分鐘後火災被撲滅了。

engineer /ˌɛndʒəˈnɪr/

工程師 **(C)**

◀ My father is a mechanical **engineer**.
我父親是一位機械工程師。

✎衍生字 *engineering (U)* 工程學

English /ˈɪŋglɪʃ/

①英國籍的 **(adj)**

◀ His father is **English**.
他父親是英國人。

✎衍生字 *England (U)* 英國

②英語 **(U)**

She speaks **English** very well.
她英語講得非常好。

engross /ɪnˈgros/

使全神貫注 **(vt)** = absorb

◀ He was **engrossed** in his work and forgot the time.
他全神貫注於工作以至把時間都忘了。

✎衍生字 *engrossing (adj)* 全神貫注的

enhance /ɪnˈhæns/

提高，增加，美化 **(vt)**

◀ Paul is keen to **enhance** his reputation/power/influence/appearance.
保羅熱衷提高自己的名聲／權力／影響／外表。

✎衍生字 *enhancement (U,C)* 提高，增高，美化

就如肥料使土壤肥沃一樣，教育豐富你的生活。
✎衍生字 *enrichment (U)* 肥沃

enjoy /ɪn'dʒɔɪ/

喜歡 *(vt)* = like

◀ I **enjoy** going to the movies.
我喜歡去看電影。
✎衍生字 *enjoyment (C,U)* 樂趣；*enjoyable (adj)* 愉快的

enlarge /ɪn'lɑrdʒ/

擴大 *(vt)* = enrich

◀ I **enlarged** my vocabulary by reading a lot.
我透過大量閱讀來擴大詞彙量。

enlighten /ɪn'laɪtn̩/

①開導 *(vt)* = instruct

◀ I don't know how to operate this washing machine. Can you **enlighten** me?
我不知道怎麼操作這台洗衣機。你能開導一下嗎？

②啟發 *(vt)*

His speech **enlightened** me.
他的演講啟發了我。
✎衍生字 *enlightenment (U)* 啟發

enormous /ɪ'nɔrməs/

龐大的 *(adj)* = large

◀ It'll cost an **enormous** sum of money to buy that big house.
買那棟大房子要花一大筆錢。

enormously /ɪ'nɔrməslɪ/

極大地 *(adv)* = extremely

◀ Her house is **enormously** big with 14 rooms.
她的房子超大，有十四個房間。

enough /ə'nʌf/

①足夠的 *(adj)* = sufficient

◀ Are there **enough** peaches for everyone?
有足夠的桃子供大家吃嗎？

②足夠 *(adv)*

He is tall **enough** to touch the ceiling.
他個子高得能夠摸到屋頂。

③足夠 *(pron)*

I've had **enough** of your nonsense.
我已經受夠了你的胡說八道。

enrich /ɪn'rɪtʃ/

使肥沃；豐富 *(vt)* = fertilize, improve

◀ As a fertilizer **enriches** the soil, so will education **enrich** your life.

enroll /ɪn'rol/

①報名 *(vt)*

◀ There are eighty-five students **enrolled** in linguistics class.
語言學班有八十五名學生報名。

②註冊 *(vt)*

About 1,000 new students are **enrolled** in that university each year.
每年約有一千名新生註冊上那所大學。
✎衍生字 *enrollment (C,U)* 註冊

③註冊 *(vi)*

I **enrolled** in college in 1999.
我是一九九九年註冊上大學的。

ensure /ɪn'ʃʊr/

確定 *(vt)*

◀ Please **ensure** that all the lights are turned off before you leave the office.
離開辦公室前，請確定所有的燈都關掉。
✎衍生字 *sure (adj)* 確定的
✎同尾字 sure (確定的)。assure (保證)。insure (保險)。

enter /'ɛntɚ/

①進入 *(vt,vi)*

◀ You should knock on the door before you **enter** (my room).
你進 (我房間) 來之前應該先敲門。
✎衍生字 *entrance (C,U)* 進入，入口處；*entry (U)* 進入，詞條

②進入 *(vt)*

He **entered** politics at an early age.
他年紀輕輕就進入政界了。

enterprise /'ɛntɚ͵praɪz/

①企業 *(C)*

◀ State-owned **enterprises** should be privatized in order to achieve efficiency and offer good services.
國營企業應當私有化，以便提高效率並提供優質服務。
✎衍生字 *enterprising (adj)* 有事業心的

②事業心 *(U)*

We need people full of **enterprise** and creativity.
我們需要充滿事業心與創造力的人材。

E

entertain /ˌɛntəˈten/

①娛樂 *(vt)* = amuse

◀ She entertained us with a folk song.
她唱了首民謠來娛樂我們。

✎衍生字 *entertainment (C,U)* 娛樂；
entertainer (C) 演藝人員

②招待 *(vt)*

We're entertaining our relatives this evening.
今晚我們要招待親戚。

enthusiasm /ɪnˈθjuzɪˌæzəm/

熱情 *(U)* = zeal

◀ He showed great enthusiasm for his work.
他對工作表現出極大的熱情。

✎衍生字 *enthusiast (C)* 熱心者

enthusiastic /ɪnˌθjuzɪˈæstɪk/

熱衷的 *(adj)* = crazy

◀ My brother is enthusiastic about soccer.
我弟弟很熱衷足球。

entire /ɪnˈtaɪr/

完全的 *(adj)* = complete

◀ I am in entire agreement with him.
我完全同意他的看法。

✎衍生字 *entirely (adv)* 完全地

◉ MP3-E6

entitle /ɪnˈtaɪtl̩/

①定名 *(vt)*

◀ The book is entitled *The Sound and The Fury*.
該書定名為《聲音與憤怒》。

②使有權 *(vt)*

The students in this school are entitled to take any course they like.
這所學校的學生有權選修任何一門自己喜歡的課程。

entrance /ˈɛntrəns/

①入口處 *(C)* ⇔ exit

◀ Do you know where the entrance to the theater is?
你知道劇院的入口處在哪裡？

②進入權 *(U)*

I'm glad that you have passed the entrance exam.
我很高興你通過了入學考試。

entry /ˈɛntrɪ/

①進入 *(U)* = entrance

◀ She was charged with trying to gain illegal entry into the office.
她被指控企圖非法進入辦公室。

✎衍生字 *enter (vt,vi)* 進入

②條目，詞條 *(C)*

The next entry in this dictionary is the word "envelope".
本詞典中的下一個詞條是 "envelope" 這個字。

envelope /ˈɛnvəˌlop/

信封 *(C)*

◀ Put the money in an envelope.
把錢裝入信封內。

envious /ˈɛnvɪəs/

忌妒的 *(adj)* = jealous

◀ I'm very envious of your handsome salary.
我對你的豐厚收入感到非常忌妒。

✎衍生字 *envy (vt,U)* 忌妒

environment /ɪnˈvaɪrənmənt/

環境 *(C)*

◀ There's no denying that children need a pleasant home environment.
孩子們需要一個愉快的家庭環境，這是不容否認。

environmental /ɪnˌvaɪrənˈmɛntl̩/

環境的 *(adj)*

◀ Environmental conservation is a heated subject nowadays.
環境保護近來是一個熱門話題。

✎衍生字 *environmentalist (C)* 環境保護者

envy /ˈɛnvɪ/

①忌妒 *(vt)*

◀ I envy his ability to work so efficiently.
我對他如此高效率的工作能力很忌妒。

②羨慕 *(U)*

Her beautiful garden is the envy of all her friends.
她所有的朋友們都很羨慕她那美麗的花園。

epidemic /ˌɛpəˈdɛmɪk/

流行病 *(C)*

◀ A flu **epidemic** has broken out, and the elderly are advised to get an inoculation against it.

爆發了流行性感冒，老年人被建議要打預防針。

✎比　較 endemic 指 "流行在某一地區的" 疾病。
pandemic 指 "漫延於廣泛地區的" 流行病。
epidemic 指 "在某一期間流行的" 傳染病。

episode /'ɛpəˌsod/

一段經歷 (C)

◀ The most tragic **episode** in her life occurred on the trip to England. Her mother was killed in a train crash.

她生命中最爲悲慘的一段經歷發生在去英格蘭的旅途中。她的母親在火車撞車時死了。

✎衍生字 *episodic (adj)* 片段的

equal /'ikwəl/

①同等的 *(adj)* = *the same*

◀ The workers in that factory demand **equal** pay for **equal** work.

那家工廠的工人要求同工同酬。

②勝任的 *(adj)* ⇔ *unequal*

Jason is **equal** to the task of running the department.

傑生能勝任管理該部門的工作。

③相等的人 *(C)*

I treat you as **equals**.

我對你們平等相待。

④等於 *(vt)*

18 minus 5 **equals** 13.

十八減去五等於十三。

⑤與⋯相同 *(vt)*

Bob **equaled** the world record in the marathon.

鮑勃平了馬拉松世界紀錄。

equality /ɪ'kwɑlətɪ/

平等 *(U)*

◀ They are fighting for **equality** in employment.

他們正爲爭取平等就業的權利而奮鬥。

equate /ɪ'kwet/

等同於 *(vt)*

◀ Some people mistakenly **equate** porn with art.

有些人錯誤地把色情等同於藝術。

✎衍生字 *equation (C)* 方程式

✎同音字 equal (平等的)。equality (平等)。equivalent (等值的)。equilibrium (平衡)。equidistant (等距離的)。equitable (公正的)。equity (公正)。equilateral (等邊的)。equivocal (模稜兩可的)。

equator /ɪ'kwetɚ/

赤道 *(the+S)*

◀ It is very hot near the **equator**.

赤道附近是極熱的。

equip /ɪ'kwɪp/

配備 *(vt)* = *provide, furnish*

◀ The company **equips** every employee with a computer.

公司爲每位員工配置了電腦。

✎衍生字 *equipment (U)* 設備

equivalent /ɪ'kwɪvələnt/

①相當於 *(adj)*

◀ His job is roughly **equivalent** to that of the general manager.

他的職務大致相當於總經理。

②等同物 *(C)*

The Chinese word "chia" is the exact **equivalent** of the English word "home".

漢語的 "家" 完全等同於英語的 "home" 一詞。

era /'ɪrə/

紀元，時代 *(C)* = *age*

◀ The **era** of space travel has begun.

太空旅行的時代已經到來。

erase /ɪ'res/

擦去 *(vt)* = *remove, cross out*

◀ Can I **erase** my name from the list?

我可以把自己的名字從名單上除去嗎？

eraser /ɪ'resɚ/

橡皮擦 *(C)*

◀ I can't find my **eraser**. Can you lend me yours?

我的橡皮擦找不到了。你的能借我用一下嗎？

erect /ɪ'rɛkt/

豎立 *(vt)* = *put up*；⇔ *tear down*

◀ A memorial to the earthquake victims will be **erected** in the disaster area.

在地震災區將爲死難者豎立一座紀念碑。

✎衍生字 *erection (C,U)* 豎立

E

erode /ɪˈrod/

①侵蝕 **(vt)** = wear away

◀ The sea has **eroded** the rock and soil over the years.
海水年復一年地侵蝕岩石和土壤。

②損害 **(vt)**

His authority/power/confidence/credibility has been **eroded**.
他的權威 / 權力 / 自信 / 信譽受到了損害。
🔧同尾字 corrode (腐蝕)。

erosion /ɪˈroʒən/

侵蝕；削弱 **(U)**

◀ They attempted to reduce the steady **erosion** of the coastline/civil liberties.
他們試圖減少海岸線的不斷被侵蝕 / 民權的不斷受到削弱。
🔧衍生字 erosive (adj) 侵蝕的

err /ɝ/

犯錯 **(vi)** = make a mistake

◀ It may be true that to **err** is human, but to remain in error is stupid.
"凡人皆犯錯" 此話也許有理，但有錯不改則為愚昧。
🔧衍生字 error (C) 錯誤；erroneous (adj) 錯誤的

errand /ˈɛrənd/

跑腿 **(C)**

◀ Sorry, I have no time to run **errands** for you now.
抱歉，此刻我沒閒功夫去為你跑腿。

error /ˈɛrɚ/

①錯誤 **(C)** = mistake

◀ There are several spelling **errors** in your composition.
你的作文中有幾處拼寫錯誤。
🔧衍生字 erroneous (adj) 錯的

②錯誤 **(U)**

The air crash was caused by human **error**.
這起飛機失事是人為錯誤造成的。

erupt /ɪˈrʌpt/

①爆發 **(vi)**

◀ A volcano **erupted** on this small island, destroying the whole village.
火山在這座小島上爆發，毀掉了整個村莊。

②爆發 **(vi)** = break out

Gang violence/Fighting **erupted**, turning the street into a killing field.
幫派暴力 / 鬥毆爆發，把整條街變為殺戮戰場。
🔧同尾字 請參見 abrupt。

eruption /ɪˈrʌpʃən/

爆發 **(C)**

◀ A volcanic **eruption** caused the whole town to be buried under lava.
火山爆發使整座城鎮被熔岩掩埋了。

The decision to raise the insurance premiums set off an **eruption** of violent protest.
提高保險金的決定引發了一場激烈的抗議。

escalate /ˈɛskəˌlet/

升級 **(vi)**

◀ The fighting on the border **escalated** into a full-scale war.
邊境上的戰鬥升級為一場全面戰爭。
🔧衍生字 escalation (U,C) 升級

escalator /ˈɛskəˌletɚ/

電扶梯 **(C)**

◀ We can take the **escalator** over there to the second floor.
我們可搭乘那邊的電扶梯去二樓。

escape /əˈskep/

①逃脫 **(vi)** = get away

◀ He managed to **escape** from the burning building by breaking the windows.
他砸碎玻璃窗，才從燃燒的大樓裡逃脫了出來。

②逃過 **(vt)** = avoid

He **escaped** death by inches when the roof caved in.
屋頂塌下時，他幸運逃過一劫。

③逃脫 **(C,U)**

The thief made his **escape** by crawling through a pipe.
竊賊從一根管子裡爬出去逃脫了。

◉ MP3-E7

escort /ɪˈskɔrt/

①護送 **(vt)**

◀ The president was **escorted** by the motorcade to the airport.
總統由摩托車隊護送去機場。

②護送 *(C)* /'ɛskɔrt/

The prime minister arrived without an **escort**.
首相在沒有護送下抵達。

especially /ə'spɛʃəlɪ/

特別地 *(adv)* = *particularly, in particular*

◀ I bought this **especially** for you.
這是我特意爲你買的

essay /'ɛse/

小品散文 *(C)*

◀ This **essay** about autumn is written beautifully.
這篇詠秋的小品散文筆調優美。

✎衍生字 *essayist (C)* 散文作家

essence /'ɛsn̩s/

要義 *(S)* = *nitty-gritty*

◀ The **essence** of my argument is that no one can be above the law.
我的論點的要義就是任何人都不能凌駕於法律之上。

essential /ə'sɛnʃəl/

①絕對必要的 *(adj)* = *crucial*

◀ It is **essential** that we cut back on our living expenses.
降低我們的生活開支是絕對必要的。

②必需品 *(C)*

The dining room was furnished with the bare **essentials**—a table and four chairs.
飯廳擺設了最簡單的必需品——一張餐桌及四張椅子。

establish /ə'stæblɪʃ/

①建立 *(vt)* = *found, set up*

◀ That college was **established** in 1609.
那所大學成立於一六〇九年。

②確立 *(vt)*

His latest film has really **established** his reputation as a director.
他最近一部電影眞正確立了他的導演聲譽。

✎衍生字 *establishment (U,C)* 建立，建立的機構

estate /ə'stet/

遺產，房地產 *(U)*

◀ After Mr. Smith died, his **estate** was divided between his three children.
史密斯先生去世後，他的財產分給三個子女。

✎相關字 property (財產)。possessions (私人財產)。
asset (資產)。

esteem /ə'stim/

尊敬 *(U)* = *regard*

◀ Mr. Kao is held in high **esteem** by his compatriots.
高先生受到同胞的高度尊敬。

estimate /'ɛstə,met/

①估計 *(vt)* = *consider, reckon*

◀ I **estimate** that we should arrive at about 10:30.
我估計我們應在十點三十分左右抵達。

✎衍生字 *estimation (U)* 估計

②估價 *(C)* = *calculation*

You should make a rough **estimate** of how much money it will cost to repair the roof.
你應該大致估計一下修理屋頂需要多少錢。

etc. /,ɛt'sɛtərə/

等等 *(adv)* = *etcetera*

◀ We need to do some shopping today and buy some rice, meat, fruit, **etc**.
我們今天必需買東西，買些米、肉、水果等等。

eternal /ɪ'tɝnl̩/

永遠的 *(adj)* = *permanent*；⇔ *temporary*

◀ We do not have permanent enemies; neither do we have **eternal** friends.
我們沒有長久的敵人，也沒有永遠的朋友。

✎同尾字 internal (內部的)。external (外部的)。

eternity /ɪ'tɝnətɪ/

永恆 *(U)*

◀ Some Egyptian pharaohs' dead bodies are preserved for all **eternity** as mummies.
一些埃及法老的屍體被做成木乃伊以求萬世永存。

ethical /'ɛθɪkl̩/

倫理的 *(adj)*

◀ Cloning has raised some **ethical** questions.
無性繁殖技術已引發了一些倫理問題。

ethics /'ɛθɪks/

倫理道德 *(P)*

◀ Many couples live together even though they are not married. The **ethics** of their behavior are highly suspect, but technically they are within the law.
許多男女未婚同居，此一行爲就倫理道德來講大可質疑，但按法律角度看卻並未觸犯法律。

E

ethnic /'εθnɪk/
種族的 *(adj)*

◀ The brutal governance by the late dictator caused serious **ethnic** divisions in this country.
已故獨裁者的殘暴統治在這個國家內造成嚴重的民族分裂。

Europe /'jʊrəp/
歐洲，歐陸 *(U)*

◀ That British dramatist is also popular in **Europe**.
那英國劇作家在歐陸也很受歡迎。

evacuate /ɪ'vækjuˌet/
撤離 *(vt)*

◀ The flood victims in the low-lying areas were **evacuated** to the upper reaches.
居住在低窪地區的水災災民被撤離到上游地段。
◢衍生字 *evacuation (C,U)* 撤離

evade /ɪ'ved/
①規避 *(vt) = avoid*

◀ Peter often attempts to **evade** paying taxes.
彼得常常企圖逃稅。
◢衍生字 *evasion (C,U)* 規避
②逃避 *(vt) = dodge, shirk*

It is against my nature to **evade** my responsibilities.
逃避責任違背我的本性。

evaluate /ɪ'væljuˌet/
評估 *(vt) = judge, assess*

◀ Please don't **evaluate** my personal life.
請別對我的個人生活妄加評判。
◢衍生字 *evaluation (C,U)* 評估

evaporate /ɪ'væpəˌret/
①蒸發 *(vi) = vaporize*；⇔ *condense*

◀ The dewdrops on the grass **evaporated** in the sunshine.
草葉上的露珠在陽光下蒸發了。
②消失 *(vi) = disappear*

His hope/confidence is beginning to **evaporate**.
他的希望／自信開始消失了。

evasive /ɪ'vesɪv/
推托的，逃避的 *(adj)*

◀ Julia is always **evasive** about her background.
茱莉亞總是推托不談她的背景。

eve /iv/
前夕 *(U)*

◀ We have a big party every year on Christmas **Eve**.
我們每年聖誕節前夕都要舉辦大型聚會。

even /'ivən/
①甚至 *(adv)*

◀ I was so tired that I could **even** fall asleep while walking.
我累得甚至走路時都能睡著。
②偶數的 *(adj)* ⇔ *odd*

Two, four and six are **even** numbers.
二、四、六是偶數。
③均勻的 *(adj) = steady*

We are traveling at an **even** speed.
我們以均速旅行。
◢衍生字 *even (vt)* 使相等

---

even off/out
①消除 *(vt,s) = iron out*

◀We have to **even out** the differences between the rich and the poor.
我們必須消除貧富差距。
②平坦 *(vi) = become level*

The ground **evens out** on the other side of the mountain.
山的那一面地勢就平坦了。
③平穩 *(vi) = become normal*

Prices will **even out** when demand is sagging further.
需求量再降低一點後價格就會平穩了。

---

even up
使相等 *(vt,s)*

◀King hit a home run to **even up** the score.
金擊出一個全壘打，把比分拉平了。

---

evening /'ivnɪŋ/
晚上 *(C)*

◀ The meeting was held in the **evening**.
會議是在晚上舉行的。

event /ɪ'vɛnt/

① 事件 (C) = happening, occurrence

◀ The program reviewed the most important events of 2001.
這檔節目回顧了二〇〇一年發生的重大事件。
✎衍生字 eventful (adj) 多重要事件的

② 比賽項目 (C)

The next event will be the 200-meter race.
下一個比賽項目是二百公尺賽跑。

eventual /ɪ'vɛntʃʊəl/

最終的 (adj)

◀ Scott was the eventual winner of the tennis tournament.
史考特是那次網球錦標賽的最後勝利者。
✎衍生字 eventually (adv) 最後，終於

ever /'ɛvɚ/

曾經，從來 (adv)

◀ Have you ever seen her get angry?
你曾看見過她發火嗎？

evergreen /'ɛvɚ,grin/

長青樹 (C)

◀ Some evergreens have needle-shaped leaves.
有些長青樹具有針狀葉子。
✎衍生字 evergreen (adj) 長青的

everlasting /,ɛvɚ'læstɪŋ/

永久的 (adj) = eternal, permanent
⇔ transient, temporary

◀ There is no way to achieve everlasting peace if one side is intent on controlling the other.
假如一方意圖控制另一方，那就無法取得永久的和平。

◉ MP3-E8

every /'ɛvrɪ/

每一 (個，次) (adj) = each

◀ Every time he sees me, he smiles at me.
他每次看見我都會向我微笑。

evidence /'ɛvədəns/

證據 (U) = proof

◀ There was no evidence to suggest that he was on/at the scene of the crime.
沒有證據能顯示他在案發現場。

evident /'ɛvədənt/

顯然的 (adj) = plain, clear, apparent, obvious

◀ It's evident that she has no experience in this work.
她顯然缺乏做這項工作的經驗。

evil /'ivl/

① 邪惡的 (adj) = wicked, vicious

◀ The story is about an evil witch who lived in a forest.
這則故事是關於一個居住在森林中邪惡的女巫。

② 邪惡 (U)

The love of money is the root of all evil.
貪財乃萬惡之源。

evolution /,ɛvə'luʃən/

進化 (U)

◀ Darwin advanced the theory of evolution by natural selection.
達爾文以物競天擇為依據提出了進化論。
✎同尾字 revolution (革命)。convolution (盤繞)。devolution (授權)。

evolve /ɪ'vɑlv/

進化 (vi)

◀ It is believed that human beings evolved from apes.
據信人類由猿進化而來。
✎同尾字 revolve (旋轉)。involve (包含)。devolve (委任)。

exact /ɪg'zækt/

精確的 (adj) = precise, correct, accurate

◀ He gave an exact description of the thief.
他對小偷進行了精確的描述。
✎衍生字 exactly (adv) 精確地

exaggerate /ɪg'zædʒə,ret/

誇大 (vt) = overstate, blow up

◀ He exaggerated the seriousness of the situation.
他對形勢的嚴重性未免誇大了。

exaggeration /ɪg,zædʒə'reʃən/

誇張 (U) = overstatement

◀ I can say without exaggeration that he's my very best friend.
我可以毫不誇張地說，他是我最好的朋友。

E

exam /ɪgˈzæm/

考試 (C) = examination, test

◄ Did you pass your English **exam** this morning?
你通過今天上午的英文考試了嗎?

examination /ɪɡˌzæməˈneʃən/

檢查 (C) = checkup

◄ Before getting married, you should have a medical **examination**.
你要做婚前健康檢查。

examine /ɪgˈzæmɪn/

①檢查 (vt) = check

◄ The police **examined** the house for fingerprints.
警方爲尋找指紋而仔細地檢查了這棟房子。

②考試 (vt) = test

On Tuesday, I will be **examined** on biology.
星期二我要參加生物考試。

✎衍生字 examinee (C) 應考者;examiner (C) 主考人

example /ɪgˈzæmpl̩/

①榜樣 (C)

◄ The mother set a good **example** to her children.
這位媽媽爲她的孩子們樹立了一個好榜樣。

②例證 (C) = instance

Vegetables cost too much lately. The price of broccoli, for **example**, has doubled since March.
近來蔬菜很貴,比如花椰菜,自三月份來就已漲了一倍價錢。

exceed /ɪkˈsid/

超過 (vt)

◄ Lucy was caught **exceeding** the speed limit, but the police officer let her off.
露西在超速行駛時被攔下,但警察放她走了。

✎同尾字 proceed (開始)。succeed (成功)。

excel /ɪkˈsɛl/

擅長 (vi)

◄ Paul **excels** at/in sports.
保羅擅長運動。

excellence /ˈɛksləns/

卓越,優秀,傑出 (U)

◄ We all admire the **excellence** of her cooking.
我們都很佩服她高超的烹飪技術。

excellent /ˈɛkslənt/

傑出的,極好的 (adj) = first-rate

◄ The **excellent** portrait shows Jill just as she is.
這幅傑出的肖像畫把吉兒描繪得惟妙惟肖。

except /ɪkˈsɛpt/

除…之外 (prep) = save

◄ The room is quiet, **except** that a fly is buzzing against the window pane.
除了一隻蒼蠅在朝著窗玻璃嗡嗡叫之外,房間裡寂靜無聲。

exception /ɪkˈsɛpʃən/

例外 (C)

◄ I usually don't take checks, but I'll make an **exception** in your case.
通常我是不接受支票的,但你的情況我將作爲例外處理。

exceptional /ɪkˈsɛpʃənl̩/

特別的 (adj) = unusual, extraordinary

◄ It was an **exceptional** birthday party.
這是一次特別的生日聚會。

excerpt /ˈɛksɝpt/

節錄 (C)

◄ We are required to memorize an **excerpt** from a poem by Shakespeare.
我們要背出莎士比亞一首詩的節錄。

excess /ɪkˈsɛs/

①過量 (S) = surfeit

◄ An **excess** of fat in one's diet can bring about heart disease.
食物中脂肪過量會導致心臟病。

②過量的 (adj) /ˈɪksɛs/ = superfluous

You should cut **excess** fat from your diet.
你應該減少食物中過多的脂肪。

✎同尾字 recess (休假期)。access (進入)。process (過程)。

excessive /ɪkˈsɛsɪv/

過度的 (adj)

◄ Paul drank an **excessive** amount of liquor ; as a result, he got dead drunk.
保羅酒喝得過度了,結果醉得不省人事。

exchange /ɪks'tʃendʒ/

①交換 *(vt)*

◀ I **exchanged** seats with Audrey.
我和奧黛麗交換了座位。

✎衍生字 *exchangeable (adj)* 可交換的

②兌換 *(vt)*

Where can I **exchange** my NT dollars for pounds?
我在哪兒能將新台幣換成英鎊？

③交換 *(U)*

He gave me an apple in **exchange** for my banana.
他給我一個蘋果來換我的香蕉。

excite /ɪk'saɪt/

使激動 *(vt)*

◀ The arrival of the president **excited** the crowd.
總統抵達使群眾激動起來。

✎衍生字 *excitement (U)* 興奮；*excited (adj)* 興奮的

exclaim /ɪk'sklem/

①驚叫 *(vi)*

◀ The young girl **exclaimed** in fear when she saw a shadow outside the window.
那小女孩害怕地驚叫起來，當她看見窗外的黑影。

②大聲說 *(vi)*

Peter spent all his money on that woman. I could not help **exclaiming** at/over his stupidity.
彼得把錢都花在那女人身上了。我忍不住大聲指出他的愚蠢行為。

✎衍生字 *exclamation (C)* 感嘆詞

✎同尾字 請參見 acclaim。

exclude /ɪk'sklud/

①拒絕…進入 *(vt)* = *keep out, prohibit*

◀ People under 18 are **excluded** from entering pubs.
十八歲以下者不得進入酒吧。

②排除 *(vt)* = *rule out*

We can not **exclude** the possibility that the kidnappers may have killed the man.
我們不能排除綁架者已將那男子殺掉的可能性。

✎衍生字 *exclusion (U)* 拒絕；*excluding (prep)* 除…之外

✎同尾字 include (包括)。conclude (結論)。preclude (預先排除)。

exclusive /ɪk'sklusɪv/

①專用的 *(adj)* = *sole*

◀ This airplane is for the President's **exclusive** use.
這架飛機是供總統專用的。

✎衍生字 *exclusively (adv)* 專用地

②不包括 *(adj)* ⇔ *inclusive*

This meal cost me twelve hundred dollars, **exclusive** of the tip.
這頓飯掉我一千二百元，還不包括小費在內。

✎同尾字 inclusive (包括在內的)。conclusive (決定性的)。preclusive (排除的)。

excursion /ɪk'skɝʒən/

遠足 *(C)* = *outing, trip*

◀ We went on an **excursion** to Wu-Lai yesterday.
我們昨天去烏來遠足了。

excuse /ɪk'skjus/

①藉口 *(C)* = *pretext*

◀ What's your **excuse** for being late this time?
你這次遲到又有什麼藉口了？

②原諒 *(vt)* /ɪk'skjuz/ = *forgive*

Please **excuse** me for interrupting your conversation.
請原諒我打斷一下你的話。

③免除 *(vt)* = *exempt*

Can I be **excused** from attending the meeting tomorrow?
明天的會議我可以不用參加嗎？

execute /'ɛksɪ,kjut/

①處死 *(vt)* = *put sb to death*

◀ The criminal was **executed** for kidnapping and murder.
該犯人因綁架和謀殺罪而被依法處死。

②執行 *(vt)* = *implement, carry out*

The lawyer duly **executed** the tycoon's will/plan.
律師妥當地執行了那位工商鉅子的遺囑／計畫。

🔘 MP3-E9

execution /,ɛksɪ'kjuʃən/

①處決 *(C)*

◀ Over fifty **executions** were carried out last year.
去年處決了五十多名犯人。

✎衍生字 *executioner (C)* 行刑人

E

②實施 (U) = practice

His plan for traveling all over the world has never been put into **execution**.

他要環遊世界的計畫從未付諸實施過。

executive /ɪɡ'zɛkjʊtɪv/

①高階主管 (C)

◀ Some high-ranking business **executives** are blamed for lining their own pockets.

一些高級商界主管被指責中飽私囊。

②執行的 (adj)

The Secretary of State was given full **executive** powers on foreign affairs.

國務卿被授予外交事務方面的完全執行權。

E

exempt /ɪɡ'zɛmpt/

①免除 (vt)

◀ Kent's obesity **exempts** him from military service.

肯特過胖，因此免服兵役。

②豁免的 (adj) = immune

Kent is **exempt** from military service because of his obesity.

肯特因為過胖而免服兵役。

✎衍生字 exemption (C,U) 免除

exercise /'ɛksə‚saɪz/

①運動 (U)

◀ He does **exercise** to strengthen his heart.

他做運動以加強心臟功能。

②作業 (C)

He was punished for handing in his math **exercises** late.

他因遲交了數學作業而受罰。

③運動 (vi) = work out

Do you **exercise** every day?

你每天都運動嗎？

④鍛鍊 (vt)

Swimming is a good sport; it **exercises** the whole body.

游泳是一項很好的運動，能使全身得到鍛鍊。

⑤行使，運用 (vt) = use

You can **exercise** your rights as a citizen by voting.

你可以參加投票來行使你的公民權。

exert /ɪɡ'zɝt/

①運用 (vt) = use

◀ I couldn't lift the bag, even by **exerting** all my strength.

我即使用盡力氣也舉不起這個袋子。

②施加 (vt) = force

You should not **exert** pressure on yourself by trying to do everything yourself.

你不該事事都要親自做來給自己施加壓力。

✎衍生字 exertion (C,U) 努力，用力

exhaust /ɪɡ'zɔst/

①廢氣 (U)

◀ Automobile **exhaust** pollutes the air.

汽車排出的廢氣汙染了空氣。

②用盡 (vt) = use up

I've **exhausted** my money.

我的錢都花光了。

③使筋疲力竭 (vt) = tired out

I'm **exhausted**. Can we take a rest?

我累極了，我們能休息一下嗎？

✎衍生字 exhaustion (U) 用盡

exhibit /ɪɡ'zɪbɪt/

①展覽 (vt) = display, show

◀ I have **exhibited** my Chinese calligraphy in Korea and Japan.

我在韓國和日本舉行過我的書法展覽。

②展覽品 (C)

Many of the **exhibits** were flown here from Mainland China.

有許多展覽品是從中國大陸空運來的。

exhibition /‚ɛksə'bɪʃən/

展出 (U) = display

◀ Two mummies from Egypt are now on **exhibition** at the National History Museum.

從埃及運來的兩個木乃伊現在國立歷史博物館展出。

exile /'ɛgzaɪl/

①流亡 (U)

◀ After living in **exile** for years, Khomeini returned to rule Iran again.

經過多年的流亡生活，柯梅尼又回來統治伊朗。

②流放 *(vt)* = *banish, expel*

Napoleon was **exiled** from his country to the island of St. Helena.

拿破崙從祖國被流放到聖赫勒那島。

exist /ɪgˈzɪst/

① 存在 *(vi)*

◀ Do you believe that ghosts **exist**?

你相信鬼存在嗎？

② (指人艱苦地) 維持生活 *(vi)* = *live*

The only survivor of the earthquake **existed** on water for fifteen days.

地震中唯一的倖存者靠喝水生活了十五天。

existence /ɪgˈzɪstəns/

存在 *(U)*

◀ Mandy doesn't believe in the **existence** of God.

曼蒂不相信有上帝存在。

This law came into **existence** in 1983.

這項法律從一九八三年起就存在了。

✎衍生字 *existing (adj)* 目前的，現存的

exit /ˈɛgzɪt/

① 出口 *(C)* ⇔ *entrance*

◀ How many **exits** are there in this theater?

這家電影院有幾個出口？

② 離開 *(C)*

Sue made a quick **exit** when she saw her father coming.

蘇見到父親來就迅速離開了。

③ 離開 *(vi)* = *leave*

He **exited** quickly when he heard the police coming.

他聽到警察來很快就離開了。

exotic /ɪgˈzɑtɪk/

異國風情的 *(adj)* = *foreign*

◀ **Exotic** foods such as Thai cuisines and Mexican cuisines are popular in Taiwan these years.

這些年異國風情的食物如泰國和墨西哥食物在台灣流行得很。

expand /ɪkˈspænd/

① 膨脹 *(vi)* ⇔ *contract*

◀ Metals **expand** when they are heated.

金屬遇熱就會膨脹。

② 擴大 *(vt)* = *enlarge*

To **expand** your vocabulary, you have to do a lot of reading.

你要擴大詞彙量，就必須大量閱讀。

expand on

詳述 *(vt,u)* = *elaborate/enlarge on*

◀ You should **expand on** your argument.

你應詳述你的論證。

expansion /ɪkˈspænʃən/

① 擴展 *(U)*

◀ The market for computers allows room for the **expansion** of the factory.

市場對電腦的需求，使工廠有了擴展的機會。

② 擴充 *(S)*

The movie is an **expansion** of a play by Shakespeare.

這部影片是根據莎士比亞的一部劇本的內容擴充而成的。

expect /ɪkˈspɛkt/

① 預期 *(vt)*

◀ I **expect** him to pass the exam.

我預估他能通過考試。

✎衍生字 *expectant (adj)* 期待的，懷孕的

② 等待 *(vt)*

Who are you **expecting**?

你在等誰？

expectation /ˌɛkspɛkˈteʃən/

① 希望 *(U)*

◀ She has little **expectation** of passing the exam.

她不大有希望通過考試。

② 預期 *(C)*

The sales fell short of her **expectations**.

銷售情況未能達到她的預期。

expedition /ˌɛkspɪˈdɪʃən/

探險 *(C)* = *exploration*

◀ Jerry went on an **expedition** to the North Pole last year.

去年傑瑞去北極探險了。

expel /ɪkˈspɛl/

① 開除 *(vt)* = *dismiss*

◀ The boy was **expelled** from school for setting fire to the school office.

這男孩因放火燒學校辦公室而被開除出校。

◣衍生字 *expulsion (U)* 開除，驅逐

②驅逐 *(vt) = evict*

It's reported that two American reporters were **expelled** from China.

據報導兩名美國記者被驅逐出中國。

◣同尾字 請參見 compel。

expense /ɪk'spɛns/

①代價 *(U) = cost*

◀ She finished the job at the **expense** of her health.

她以犧牲健康爲代價，完成了工作。

②費用 *(P)*

My company sent me to New York and paid all my **expenses**.

我公司派我到紐約，而且代我付全部費用。

expensive /ɪk'spɛnsɪv/

昂貴的 *(adj) = costly*；⇔ *inexpensive*

◀ An Omega watch is a very **expensive** present.

一只奧米茄錶是很貴重的禮物。

experience /ɪk'spɪrɪəns/

①經驗 *(U)*

◀ He is a man of great **experience** in teaching math.

他在教數學方面有很豐富的經驗。

◣衍生字 *experienced (adj)* 有經驗的

②經歷 *(C)*

Our journey by elephant was quite an **experience**.

我們那次騎著大象旅行眞算得上是一次不凡的經歷。

③經歷 *(vt)*

I know how you feel; I have **experienced** similar problems last month.

我明白你的感受。上個月我也經歷過同樣的問題。

experiment /ɪk'spɛrəmənt/

①實驗 *(C) = test*

◀ They conducted an **experiment** on rabbits to test the new drug.

爲了試驗這種新藥，他們在兔子身上做了個實驗。

◣衍生字 *experimental (adj)* 實驗的

②做實驗 *(vi)*

Isn't it cruel to **experiment** on animals?

用動物做實驗難道不殘忍嗎？

expert /'ɛkspɜt/

①擅長 *(adj) = skillful*

◀ She's **expert** at hiding her true feelings.

她擅長掩飾自己的眞實感受。

②專家 *(C) = specialist*

She's an **expert** in psychology.

她是心理學專家。

expertise /ˌɛkspɚ'tiz/

專業知識 *(U)*

◀ Mary displayed considerable **expertise** in the field of literary criticism.

瑪莉在文學評論方面顯示了相當高的專業知識。

expiration /ˌɛkspɪ'reʃən/

截止期 *(U) = expiry*

◀ Before going abroad, check the **expiration** date on your passport.

出國前先看清楚你護照上的截止期。

expire /ɪk'spaɪr/

截止，到期 *(vi) = come to an end*

◀ The refrigerator broke down two days before the warranty had **expired**.

這台冰箱在保修期截止前兩天的時候壞了。

explain /ɪk'splen/

解釋 *(vt) = account for*

◀ The father **explained** the complicated situation to his children.

父親把這複雜的情況向幾個孩子作了解釋。

---

explain away

搪塞過去 *(vt,s)*

◀Tony tried to **explain away** the scar on his arm.

東尼試圖找藉口把手臂上的那道疤痕搪塞過去。

---

explanation /ˌɛksplə'neʃən/

①解釋 *(C)*

◀ She offered no **explanation** for her absence from the meeting.

她對開會缺席一事未作任何解釋。

✎衍生字 *explanatory (adj)* 解釋的

②辯解 *(U)*

He said nothing in **explanation** of his behavior.

他對自己的行為未作任何辯解。

explicit /ɪk'splɪsɪt/

明確的 *(adj)* = clear；⇔ *implicit, vague*

◀ I gave Joe **explicit** instructions not to fiddle with the wires.

我明確指示喬不要亂動電線。

✎同尾字 *implicit* (隱含的)。*complicit* (牽扯進入)。

🔘 MP3-E10

explode /ɪk'splod/

①爆炸 *(vi)* = blow up

◀ The bomb **exploded** at 9:45 pm.

炸彈於晚上九點四十五分爆炸。

②引爆 *(vt)* = blow up

The police took the bomb away to a safe place and **exploded** it.

警察把炸彈拿到一安全處，然後將它引爆了。

✎相關字 *implode* (向內爆炸)。

exploit /ɪk'splɔɪt/

①剝削 *(vt)* = take advantage of

◀ The boss was accused of **exploiting** his workers.

老闆被控剝削工人。

②利用 *(vt)* = use, utilize

Our country should **exploit** our natural resources more effectively.

我們國家應該更有效地利用天然資源。

✎衍生字 *exploitation (U)* 剝削，利用

③壯舉 *(P)* – feat

He performed many daring **exploits**, such as swimming across the British Channel.

他做了許多大壯舉，如橫游過英吉利海峽。

exploration /ˌɛksplə'reʃən/

探險 *(U)* = expedition

◀ Kathryn Thornton was the first woman to join a voyage of **exploration** into outer space.

凱瑟琳・桑頓是首位參加外太空航行探險的女性。

explore /ɪk'splor/

①探險 *(vt)*

◀ It's dangerous to **explore** the jungle alone.

獨自一人去叢林探險是很危險的。

✎衍生字 *explorer (C)* 探險者

②探討 *(vt)* = examine

Dr. Ho is **exploring** every possibility for the treatment for AIDS.

何醫生在探討治療愛滋病的每一種可能性。

✎相關字 *implore* (哀求)。*deplore* (譴責)。

explosion /ɪk'sploʒən/

①爆炸聲 *(C)* = blast

◀ The **explosion** was heard five miles away.

爆炸聲在五英里外也聽得見。

②爆發 *(C)* = outburst

He let out an **explosion** of anger for his son's talking back.

他兒子的回嘴惹得他一陣暴怒。

explosive /ɪk'splosɪv/

①會爆炸的 *(adj)*

◀ Never smoke when handling **explosive** materials.

處理爆裂的物品時，千萬不可吸煙。

②爆裂物 *(C)*

Dynamite is a powerful **explosive** used mostly in mining.

火藥是採礦業最常使用的一種強力爆裂物。

export /ɪk'sport/

①出口 *(vt)* ⇔ *import*

◀ What goods does your country **export** to other countries?

你們國家出口哪些物品到外國去？

②出口，出口商品 *(C)* /'ɛksport/ ⇔ *import*

Sugar is one of the chief **exports** of Taiwan.

食糖是台灣主要的出口商品之一。

expose /ɪk'spoz/

①曝露 *(vt)*

◀ Stay indoors and don't **expose** yourself to the scorching sun.

待在屋裡，別在驕陽下曝曬。

✎衍生字 *exposed (adj)* 無遮蔽的

②揭發 *(vt)* = make known

She threatened to **expose** him to the police.

她威脅說要向警察揭發他的罪行。

exposure /ɪk'spoʒɚ/

①暴露 (C)

◀ After only a short exposure to sunlight, she began to turn red.

她僅在太陽下曬了一會兒，皮膚就發紅了。

②暴露 (U)

Through TV, kids have regular exposure to sex and violence.

透過看電視小孩子常會接觸到性和暴力的內容。

express /ɪk'sprɛs/

①表達 (vt) = show

◀ I could hardly express how grateful I was.

我簡直難以表達自己的感激之情。

He expressed himself well in English.

他的英語表達能力很強。

②快速的 (adj) = prompt

I sent the letter by express delivery.

我用快遞寄出了這封信。

expression /ɪk'sprɛʃən/

①感情 (U)

◀ His voice lacks expression.

他的嗓音缺乏感情。

✎衍生字 expressive (adj) 富有表情的

②表達 (C)

He ended his letter with expressions of sincere thanks.

他在信的結尾處表達了真誠的謝意。

exquisite /'ɛkskwɪzɪt/

細膩的，精緻的 (adj) = sensitive, delicate

◀ Emily has exquisite taste in music.

艾蜜莉具有細膩的音樂鑑賞力。

extend /ɪk'stɛnd/

①延伸 (vi) = continue

◀ The river extends as far as Lake Green.

這條河流一直延伸到格林湖。

②延長 (vt)

Our teacher agreed to extend the deadline.

我們老師答應延長 (放寬) 期限。

extension /ɪk'stɛnʃən/

①延長 (C)

◀ I am planning an extension of my stay on the farm.

我打算延長一段時間，在農場多住一陣子。

②分機 (C)

My extension number is 301.

我的分機號碼是三〇一。

extensive /ɪk'stɛnsɪv/

廣泛的 (adj) ⇔ intensive

◀ Extensive reading is necessary to enlarge your vocabulary.

廣泛閱讀對擴大詞彙量是必要的。

extent /ɪk'stɛnt/

程度 (S) = degree

◀ I agree with what he said to some extent.

從某種程度上講我同意他說的話。

exterior /ɪk'stɪrɪɚ/

①外面的 (adj) = outer；⇔ interior

◀ The exterior wall of the prison is tall and thick.

該監獄的外牆又高又厚。

②外部 (C,U)

The earthquake damaged the exterior of the building.

地震破壞了建築物的外部。

③外表 (C,U)

Charles's calm exterior concealed his fury.

查爾斯平靜的外表掩蓋了他的怒氣。

external /ɪk'stɝnl̩/

①外面的 (adj) ⇔ internal

◀ This medicine is only for external use. Don't swallow it.

這種藥只能外用，切勿口服。

②外觀的 (adj)

Sue is actually very shy, despite her external appearance.

蘇其實是很害羞的，儘管她的外表看起來不是這樣。

✎同尾字 請參見 eternal。

extinct /ɪk'stɪŋkt/

絕種的 (adj)

◀ Some animals such as dinosaurs and dodos have been extinct for millions of years.

有些動物如恐龍和渡渡鳥之類已絕種幾百萬年了。

✎衍生字 extinction (U) 絕種

extinguish /ɪkˈstɪŋgwɪʃ/

熄滅 *(vt)* = put out, stub out

◀ Please **extinguish** your cigarette; this is a non-smoking area.

請你把煙熄掉，這裡是非吸煙區。

✎衍生字 *extinguisher (C)* 滅火器

✎同尾字 distinguish (區別)。

extra /ˈɛkstrə/

①額外的 *(adj)* = additional, more

◀ Do you need some **extra** money?

你需要些額外的錢嗎？

②另外 *(adv)*

They don't charge **extra** for bread.

他們這裡的麵包是不另外收費的。

③另外收費的事物 *(C)*

At this hotel, cable TV is an **extra**.

這家飯店裡有線電視是另外收費的。

④臨時演員 *(C)*

They need at least 500 **extras** for the big crowd scene.

拍攝這個群眾大場面時，他們至少需要五百名臨時演員。

extract /ɪkˈstrækt/

①榨取 *(vt)*

◀ The seeds are crushed to **extract** oil from them.

把種子壓碎了榨取油。

②套出 *(vt)* = elicit

I finally managed to **extract** the truth from my brother.

我終於設法從弟弟口中套出了實情。

③拔出 *(vt)* = pull out, remove

I had my wisdom tooth **extracted** yesterday.

我昨天去把智齒拔了。

✎衍生字 *extraction (C,U)* 抽出，拔出

④摘錄 *(C)* = excerpt

Jill read me a few **extracts** from the novel.

吉兒給我讀了幾段這本小說的摘錄。

✎同尾字 請參見 detract。

extracurricular /ˌɛkstrəkəˈrɪkjələ/

課外的 *(adj)*

◀ There are many **extracurricular** activities you can choose from.

有許多課外活動可供你選擇。

extraordinary /ɪkˈstrɔrdn̩ˌɛrɪ/

異常的，不平凡的 *(adj)* = unusual, special

◀ Maggie is a girl of **extraordinary** beauty.

瑪姬是個異常漂亮的小姑娘。

extraterrestrial /ˌɛkstrətəˈrɛstrɪəl/

地球外的 *(adj)*

◀ Many people believe that **extraterrestrial** life does exist.

許多人相信外星體 (地球以外) 的生命的確存在。

✎同首字 extramarital (婚外的)。extraterritorial (境外的)。extraneous (來自外在的，無關的)。

extravagant /ɪkˈstrævəgənt/

浪費的 *(adj)* = lavish, wasteful

◀ Don't be too **extravagant** with electricity. Turn on the air conditioner only when the temperature is above 28℃.

別太浪費電，當氣溫高於攝氏二十八度時再開冷氣機。

✎衍生字 *extravagance (U)* 奢侈

extreme /ɪkˈstrim/

①格外的 *(adj)*

◀ You must take **extreme** care when you drive in such heavy rain.

雨下得這麼大，你開車得格外小心。

②極端 *(C)*

Don't force him to go to **extremes**.

別逼他走極端。

✎衍生字 *extremely (adv)* 非常地

eye /aɪ/

眼睛 *(C)* (請參閱附錄 "身體")

◀ Four **eyes** see more than two.

四隻眼睛看的比兩隻眼睛多 (人多智多生諸葛：集思廣益)。

eyebrow /ˈaɪˌbrau/

眉毛 *(C)* (請參閱附錄 "身體") = brow

◀ He knitted his **eyebrows**.

他皺眉毛。

eyelash /ˈaɪˌlæʃ/

睫毛 *(C)*

◀ How could Maggie sit there without batting an **eyelash**?

瑪姬怎能安坐在那裡眼睛 (睫毛) 都不眨一下？

eyelid /ˈaɪˌlɪd/

眼瞼 (C)

◄ Sheila fluttered her **eyelids** at her boss.
希拉朝老闆眨了眨眼睛 (眼瞼)。

eyesight /ˈaɪˌsaɪt/

視力 (U) = vision

◄ My grandpa has good/poor **eyesight**.
我祖父視力佳 / 不佳。

F

🔵 MP3-F1

fable /ˈfebl̩/
寓言 (C)
◄ Have you heard of any story from *Aesop's Fables*?
你聽過《伊索寓言》中的故事嗎？

fabric /ˈfæbrɪk/
織品 (C)
◄ The texture of the man's trousers felt like a man-made **fabric**.
那男士的褲料摸上去像是人造織品。

fabulous /ˈfæbjələs/
①極好的 (adj) = wonderful, marvellous
◄ You look **fabulous** in this evening gown.
你穿這套晚禮服看上去棒極了。
②巨大的 (adj) = very great
Paul inherited a **fabulous** sum of wealth from his father.
保羅從父親那裡繼承了一筆巨額財產。

face /fes/
①臉 (C) (請參閱附錄 "身體")
◄ He wore a surprised expression on his **face**.
他臉上顯出驚訝的神色。
②臉 (U)
She was afraid of failure because she didn't want to lose **face** with her colleagues.
她害怕失敗，因為她不願意在同事面前丟臉。
③面向 (vt)
My house **faces** a beautiful park.
我的房子面朝一座美麗的公園。
④面臨 (vt) = confront
The main difficulty that **faces** us is the shortage of money.
我們面臨的主要困難是缺錢。

face down
①趴下 (vi)
◄ On hearing the gunfire, everyone **faced down** instinctively.
聽到槍聲，大家都本能地趴下來。
②用…氣勢壓倒 (vt,s)
The president **faced down** his opponents.
總統用他的氣勢壓倒了他的對手。

face off
當面交鋒 (vi)
◄ The two candidates will **face off** in the run-off election in December.
兩名候選人將在十二月決定勝負的那一輪競選中當面交鋒。

face out
勇敢面對 (vt,s) = deal with bravely
◄ I know the situation is rather difficult, but I am determined to **face** it/my opponent **out**.
我知道情形不妙，但我還是決心勇敢面對 (我的對手)。

face up to
面對 (vt,u) = square/shape up to
◄ We must **face up to** the fact that we have lost the election.
我們必須面對這個事實——我們已經敗選了。

facial /ˈfeʃəl/
臉部的 (adj)
◄ He bears a strong **facial** resemblance to his father.
他的面貌與他父親極為相似。

facilitate /fəˈsɪləˌtet/
使便利 (vt)
◄ The new high-speed railway line will **facilitate** north-south traffic.
這條新建的高速鐵路將便利南北向的交通。
✎衍生字 *facilitator* (C) 援助者；*facilitation* (U) 便利

facility /fəˈsɪlətɪ/
①才能 (S) = faculty
◄ He has a **facility** for (learning) languages; he speaks eight languages.
他有語言天賦，會講八種語言。
②設施 (P)
Our house is well-situated in reach of good transport **facilities**.
我們的房屋在一個好地段，有便利的交通設施。

fact /fækt/

①事實 *(C)*

◀ Don't give me a long explanation. Just tell me the **facts**.
別跟我沒完沒了地解釋了，只要把事實說給我聽。

✎衍生字 *factual (adj)* (基於) 事實的，真實的

②事實 *(U)* = *reality, truth*

I don't like her; in **fact**, I hate her.
我不喜歡她。事實上，我討厭她。

faction /'fækʃən/

派系 *(C)*

◀ There are several **factions** within the ruling party.
執政黨內有好幾個派系。

factor /'fæktə-/

①因素 *(C)*

◀ Your support is an important **factor** in the success of the project.
你的支持是這項計畫成功的一個重要因素。

②因數 *(C)*

2 and 3 are **factors** of 6.
二和三都是六的因數。

factory /'fæktərɪ/

工廠 *(C)* = *plant*

◀ He works in a car **factory**.
他在一家汽車製造廠工作。

factual /'fæktʃʊəl/

真實的 *(adj)* = *exact*

◀ Reporters should strive to provide as **factual** an account as possible.
記者應力求盡量忠實地作報導。

✎衍生字 *fact (C, U)* 事實

faculty /'fækl̩tɪ/

①心智 *(C)*

◀ Todd has lost the use of his limbs in the explosion, but he is still in full possession of his **faculties**.
陶德在爆炸中失去了控制肢體的能力，但他的心智仍然健全。

②技巧 *(C)* = *skill, knack*

He has a great **faculty** for flattering girls.
他討好女孩子很有技巧。

③全體教職員 *(C)*

The **faculty** has reached an agreement on prohibiting smoking on campus.
教職員一致同意要禁止在校園裡吸煙。

fad /fæd/

流行一時的，狂熱行為，時尚 *(C)* = *craze*

◀ Her interest in knitting is only a passing **fad**.
她對編織的興趣不過是一時的狂熱罷了。

fade /fed/

①枯萎 *(vi)* = *wither*

◀ The flowers will soon **fade** if they are cut.
這些花如果剪下來，很快就會枯萎的。

②褪色 *(vt)*

The sun has **faded** the curtains.
太陽光把窗簾曬得褪色了。

---

fade away

①逐漸淡薄 *(vi)* = *fade out, die away*

◀ Childhood memories are beginning to **fade away**.
童年的記憶開始逐漸淡薄了。

②散去 *(vi)* = *disappear, fade out*

When darkness/night fell, the crowd **faded away**.
夜幕降臨，人群散去了。

③衰弱 *(vi)*

Mrs. White has **faded away** to nothing.
懷特夫人病弱得不成樣子了。

Fahrenheit /'færən,haɪt/

華氏溫度 *(U)*

◀ The temperature today is ninety degrees **Fahrenheit**.
今天氣溫華氏九十度。

✎相關字 Celsius (攝氏)。

fail /fel/

①失敗，沒有通過 *(vt)* ⇔ *pass*

◀ Did he **fail** his road driving test again?
他這次路考又沒通過嗎？

②未能 (達到目的) *(vi)* ⇔ *succeed (in)*

She **failed** to persuade her mother.
她未能說服母親。

F

failure /ˈfelɚ/

① 失敗 (U) ⇔ success

◀ Our plan ended in **failure**.
我們的計畫最終失敗了。

② 失敗者 (C) ⇔ success

As a politician, he was a complete **failure**.
作爲一位政治家,他算是個徹底的失敗者。

faint /fent/

① 模糊不清的 (adj) = weak

◀ He spoke in a **faint** voice.
他用模糊不清的聲音說著話。

② 發暈的 (adj) = giddy

I felt **faint** with hunger.
我餓得發暈。

③ 微小的 (adj) = dim

They saw a **faint** light in the distance.
他們看到遠處有一線微光。

④ 些微的 (adj) = slight, vague

I haven't the **faintest** idea what he is talking about.
我一點都不懂他在說什麼。

⑤ 昏倒 (vi) = pass out

The girl **fainted** in the hot sun.
那女孩在炎熱的太陽下昏倒了。

⑥ 昏倒 (C)

She fell down to the ground in a **faint**.
她暈倒在地。

fair /fɛr/

① 公平的 (adj) ⇔ unfair

◀ You must be **fair** to all your children.
你必須對孩子們公平 (一視同仁)。

② 晴朗的 (adj) = clear

It'll be **fair** and warm tomorrow.
明天的天氣將會晴朗而又暖和。

③ 公正地 (adv)

You must play **fair** and square in whatever you do.
你不論做什麼都得公正磊落。

④ 商品展覽會 (C)

The book **fair** will be held in the city hall for a whole month.
這個書展將在市政廳舉行,爲期一整個月。

fairly /ˈfɛrlɪ/

① 公平地 (adv) ⇔ unfairly

◀ Are all the students treated **fairly**?
所有的學生都得到公平對待嗎?

② 相當 (adv) = rather, quite

It's **fairly** cold today.
今天相當冷。

fairy /ˈfɛrɪ/

神話的 (adj)

◀ Do you know any **fairy** tale in which there are good witches?
你聽到過哪個童話故事中有善良的女巫嗎?

衍生字 *fairy* (C) 小精靈,小仙子

faith /feθ/

① 信任 (U) = trust

◀ I've got great **faith** in her.
我對她絕對信任。

② 信仰 (U) = (religious) belief

He has lost his **faith** in God.
他已不再相信上帝。

faithful /ˈfeθfəl/

忠實的 (adj) = loyal; ⇔ faithless

◀ He is a **faithful** friend.
他是一位忠實的朋友。

fake /fek/

① 假的 (adj) = false; ⇔ genuine

◀ He was caught for using a **fake** passport.
他因使用假護照而被捕。

② 仿冒品 (C) = replica

The antique vase turned out to be a **fake**.
這隻古董花瓶結果被發現是個仿冒品。

③ 偽造 (vt) = copy, imitate

He **faked** her signature to get money from the bank.
他僞造了她的簽名從她存錢的銀行取了款。

🔘 MP3-F2

fall /fɔl/, fell (pt), fallen (pp)

① 落下 (vi) ⇔ rise

◀ He **fell** off the tree and broke his leg.
他從樹上掉下來摔斷了腿。

② 下跌 (vi) = drop

Interest rates **fell** sharply last week.
上週利率急劇下跌。

③ 掉落 (C) = drop

He had a bad **fall** and broke his leg.
他摔得很厲害,把腿都摔斷了。

④下降 *(C)*

There was a sudden **fall** in temperature yesterday.

昨天氣溫突降。

fall apart

破產 *(vi)*

◀With its debts mounting up, the company is **falling apart**.

公司債台高築，就要破產了。

fall away

減少 *(vi)* = drop/fall off, drop away

◀Student numbers have been **falling away** in the countryside.

農村的學生人數一直在減少。

fall back

撤退 *(vi)* = draw/pull back

◀Under heavy fire, our enemy **fell back**.

在猛烈的砲火之下，我們的敵人撤退了。

fall back on

轉而求助於 *(vt,u)*

◀Some people will **fall back on** herbal medicine when modern medicine does not work.

現代醫學無濟於事的時候，有些人就轉而求助於草藥治療。

fall behind

①拖欠不付 *(vi)* = get/lag behind

◀If your payment of the gas bill **falls behind**, your gas will be disconnected.

如果你拖欠不付瓦斯帳單，瓦斯就會被切斷。

②落後 *(vi)* = lag/trail behind

I **fell behind** halfway through the race and came in last.

我在賽跑中落後了，得了最後一名。

③落後 *(vt,u)*

The manufacturers have **fallen behind** schedule.

生產商已落在計畫之後了。

④落後 *(vt,u)* = drop/lag/trail/drag behind

Your work has **fallen behind** that of the other colleagues.

你的工作比其他同事落後了。

fall down

①倒塌 *(vi)* = tumble down

◀The old building **fell down** in the storm.

那棟舊樓在暴風雨中倒塌了。

②考砸 = fail (in)

Work hard. Don't **fall down** on the entrance examination.

用功點，升學考特別考砸了。

fall for

①信以為真 *(vt,u)* = be tricked into believing

◀The salesgirl told Jack that the coat was made in England and he **fell for** it!

售貨小姐對傑克說那件外套是在英國生產的，他就信以為真了！

②迷上了 *(vt,u)* = fall in love with

Nora **fell for** a man half her age.

蘿拉迷上了一個年齡小她一半的男人。

fall off

下降 *(vi)* = drop off；⇔ pick up

◀Business **fell off** in the first two quarters, but it picked up again later on.

前面兩季生意清淡，不過後來又好起來了。

fall out

①掉落 *(vi)*

◀His teeth and hair began to **fall out** when he was only forty.

他四十歲時牙齒和頭髮就開始掉了。

②吵嘴 *(vi)* = quarrel

Tony **fell out** with his girlfriend last week, but now they have made up with each other.

上個星期東尼和他的女朋友吵嘴了，不過現在已經和好。

fall through

告吹 *(vi)* = drop through, fall flat, fall down

◀The deal/plan **fell through** at the last minute.

這筆生意／這個計畫在最後一分鐘告吹了。

false /fɔls/

①假的 *(adj)* = fake

◀Is it true that he traveled on a **false** passport?

他旅行用的是張假護照，是真的嗎？

F

②錯誤的 *(adj)* = incorrect, wrong

She was given **false** information.
她得到的是錯誤的消息。

③假的，人造的 *(adj)* = artificial,

It costs a lot to get a set of **false** teeth.
裝配一付假牙費用昂貴。

falter /ˈfɔltɚ/

①步履蹣跚 *(vi)* = totter

◀ The old woman **faltered** down the stairs.
老婦下樓梯時步履蹣跚。

②結結巴巴 *(vi)* = waver

Her voice **faltered** as she was trying to speak
to the stranger.
她對那陌生人講話時結結巴巴。

③畏縮不前 *(vi)* = hesitate

You must not **falter** in your resolve to learn
English well.
你已下決心要學好英語，絕不可畏縮不前。

fame /fem/

名聲 *(U)* = reputation, renown

◀ He won overnight **fame** with his first movie.
他的首部影片使他一夜成名。

✎衍生字 *famous (adj)* 聞名的

familiar /fəˈmɪljɚ/

熟悉的 *(adj)* = well-acquainted

◀ I'm not really **familiar** with him.
我同他並不很熟。

familiarity /fəˌmɪlɪˈærətɪ/

①通曉 *(U)* = knowledge (of)

◀ Her **familiarity** with soccer rules impressed
us all.
她對足球規則的瞭如指掌給我們印象很深。

②親密 *(U)*

They greeted each other with such **familiarity**
that we thought they must be husband and wife.
他倆相互打招呼時如此親密，我們覺得肯定是
夫妻關係了。

✎衍生字 *familiarize (vt)* 使熟悉

family /ˈfæməlɪ/

①家庭 *(C)* (請參閱附錄 "親屬")

◀ My **family** is very large.
我家是個大家庭。

✎衍生字 *familial (adj)* 家庭的

②家人 *(C)*

My **family** are all very tall.
我的家人個個都長得很高。

famine /ˈfæmɪn/

饑荒 *(C)*

◀ Many people in under-developed countries die
of starvation during **famines** every year.
未開發國家在每年鬧饑荒時都會有許多人餓死。

famous /ˈfeməs/

聞名的 *(adj)* = well-known, noted

◀ Ms. Rowling is **famous** for her *Harry Potter*
book series.
羅琳以其創作的《哈利·波特》小說系列而聞名。

fan /fæn/

①風扇 *(C)*

◀ Turn on the electric **fan**; it's hot here.
請開電風扇，這裡真熱。

②迷 *(C)*

She's a faithful **fan** of Andy Lau's; she's joined
his **fan** club.
她是劉德華的忠實歌迷，還加入了他的歌迷俱
樂部。

✎衍生字 *fanatic (C)* 狂熱者

③搧 *(vt)*

We **fanned** the fire to make it burn brighter.
我們把火搧得更旺了。

---

fan out

①呈扇形散開 *(vi)* = spread out

◀ The rescue workers **fanned out** and walked
into the jungle to search for the missing
trekker.
救援人員呈扇形散開，進入叢林搜尋那位失蹤
的旅行者。

②展成扇形 *(vt,s)* = spread out

Fan the cards **out**, and then pick one of them.
把牌展成扇形，然後挑出一張。

---

fanatic /fəˈnætɪk/

狂熱分子 *(C)* = zealot

◀ The church was torn down by a crowd of
Muslim **fanatics**.
教堂被一群回教狂熱分子拆毀了。

✎衍生字 *fanatical (adj)* 狂熱的

fancy /ˈfænsɪ/

① 花俏的 **(adj)** = elaborate

◀ The hat is too **fancy** for me; I prefer a plain one.
這頂帽子對我來說太花俏了點，我喜歡素淨些的。

② 喜歡 **(C)** = liking

I have a **fancy** for detective stories.
我喜歡讀偵探小說。

③ 想像 **(U)** = imagination

Did I really hear a baby crying, or was it just **fancy**?
我聽到嬰兒哭，不知是真的還是幻覺？

✎衍生字 fanciful (adj) 富幻想的

④ 想像 **(vt)** = imagine

Fancy getting married at 16!
想像一下，十六歲就結婚！

fantastic /fænˈtæstɪk/

① 極好的 **(adj)** = wonderful

◀ What a **fantastic** meal it is!
多麼豐盛的一餐飯！

② 異想天開的，不切實際的 **(adj)** = impractical

His proposal is utterly **fantastic**; I couldn't possibly afford it.
他的建議完全異想天開，我根本就負擔不起的。

fantasy /ˈfæntəsɪ/

① 幻想 **(U)** = imagination

◀ She lives in a world of **fantasy**.
她生活在幻想世界中。

② 妄想 **(C)**

Helen used to indulge in **fantasies** about being a movie star.
海倫以前常妄想是個電影明星。

far /fɑr/

① 遙遠的 **(adj)** = distant (from)

◀ Let's walk back home; it's not **far** away from here.
我們走回家去吧，離這兒並不遠。

② 遠 **(adv)**

He traveled **far** from home.
他離家遠遊。

③ 非常，多 **(adv)** = much, even

He did **far** better than you did.
他做得比你好得多。

fare /fɛr/

車費，票價 **(C)**

◀ Are bus **fares** going up next month?
下個月公共汽車票價會漲嗎？

farewell /ˈfɛrˈwɛl/

① 再見 **(interj)** = goodbye, so long

◀ **Farewell**! See you next year.
再見了！明年再見。

② 道別 **(C)**

We bid our **farewells** to him and left.
我們與他道別後就離開了。

farfetched /ˈfɑrˈfɛtʃt/

不大可信的 **(adj)** = improbable ; ⇔ true

◀ He told us a **farfetched** story about his adventure in Africa.
他告訴我有關他在非洲時不大可信的冒險經歷。

🔘 MP3-F3

farm /fɑrm/

農場 **(C)**

◀ Mr. Lee keeps a chicken **farm** in the countryside.
李先生在鄉間開農場養雞。

✎衍生字 farm (vt, vi) 種莊稼

---

farm out

把工作包給 **(vt,s)** = contract out, outsource

◀ Most of the assembling is **farmed out** to local workers.
大部分的裝配工作都包給了當地工人。

---

farmer /ˈfɑrmɚ/

農夫 **(C)**

◀ He's a hard-working **farmer**, working in the field from sunrise to sundown.
他是個勤勞的農夫，一天到晚在田裡忙著。

fart /fɑrt/

① 放屁 **(vi)** = break wind

◀ Jerry has been **farting** all night.
傑瑞一晚上都在放屁。

② 屁 **(C)**

James felt embarrassed after letting out a loud **fart**.
詹姆斯放了個響屁後感到很窘。

farther /'fɑrðɚ/

①更遠地，far 的比較級 (adv)

◀ I'm too tired to walk any **farther**.
我太累了，再也不能往前走了。

②較遠的 (adj)

On the **farther** side of the street there is a big department store.
在街較遠的那頭有一家百貨公司。

📎相關字 請參見 further。

fascinate /'fæsn̩ˌet/

使著迷 (vt)

◀ I was **fascinated** to see how gracefully she danced.
看著她優雅地跳著舞我心醉神迷。

fascination /ˌfæsn̩'eʃən/

入迷 (S)

◀ Helen always has a **fascination** for fairy tales.
海倫對童話故事總是很入迷。

fashion /'fæʃən/

①時髦，時尚 (U) = vogue

◀ I like to keep up with **fashion**, but I won't be a slave to **fashion**.
我喜歡趕時髦，但決不會成為時髦的奴隸。

②流行款式 (C) = style

High heels are this year's **fashion**.
高跟鞋是今年的流行款式。

fashionable /'fæʃənəbl̩/

時髦的 (adj) ⇔ unfashionable

◀ It is **fashionable** to have hair dyed nowadays.
如今染髮已成時尚。

fast /fæst/

①快的 (adj) = swift

◀ He's a **fast** runner.
他是個飛毛腿 (他跑得很快)。

②快 (adv) = quickly, swiftly

He runs **fast**.
他跑得很快。

fasten /'fæsn̩/

①繫牢 (vt) ⇔ unfasten, undo

◀ **Fasten** your seat belt.
繫牢你的安全帶。

②扣上 (vi)

I've gained too much weight recently. My skirt won't **fasten**.
近來我體重增加了許多。我的裙子扣不上了。

fat /fæt/

①肥胖的 (adj) = overweight；⇔ thin

◀ Christina is worried about getting **fat**.
克莉斯蒂娜擔心自己會發胖。

📎相關字 overweight (過重的)。plump (豐滿的)。
　　　chubby (胖嘟嘟的)。stout (胖而粗壯的)。
　　　tubby (矮胖的)。obese (肥胖的)。

②大量的 (adj) = hefty

It's said that he has a **fat** bank account.
據說他有一大筆的銀行存款。

③脂肪 (U)

Please cut off all the **fat** on the pork chop.
請把豬排上的脂肪都去掉。

📎衍生字 fatty (adj) 肥胖的，含脂肪的；fatten (vt) 養肥

fatal /'fetl̩/

致命的 (adj) = deadly

◀ He died of a **fatal** illness, liver cancer.
他死於不治之症──肝癌。

📎衍生字 fatality (U) 致命性

fate /fet/

①命運 (U) = destiny

◀ It is **fate** that brought/drew us together.
是命運把我們連到一起了。

②命運 (C)

Nobody can decide our **fate** for us.
沒人可以決定我們的命運。

📎衍生字 fated (adj) 命中註定的

father /'fɑðɚ/

①父親 (C) (請參閱附錄 "親屬")

◀ Children suck the mother when they are young and the **father** when they are old.
年少孩子吸媽媽的奶，年紀大了吸父親的財產。

②神父 (C) (請參閱附錄 "職業")

Father Johnson was charged with sexual harassment.
強生神父被控性騷擾。

fatigue /fə'tig/

疲乏 (U) = exhaustion (U)

◀ Thomas was pale with **fatigue** after two sleepless nights.
湯姆斯兩夜沒睡，疲乏得臉色蒼白。

fatigued /fə'tigəd/
勞累的 ***(adj)*** = *exhausted*
◀ After a long journey, I felt **fatigued** and fell into a deep sleep.
經過長途旅行之後，我感到很累，便沈睡起來。

faucet /'fɔsɪt/
水龍頭 ***(C)*** = *tap*
◀ Please turn on/off the **faucet**.
請把水龍頭打開 / 關掉。

fault /fɔlt/
①錯誤 ***(C)*** = *mistake*
◀ It's my **fault** that we missed the train.
我們誤了這班火車是我的錯。
②小缺點 ***(C)*** = *weakness, flaw*
Your only **fault** is that you are careless.
你唯一的缺點就是粗心大意。

favor /'fevɚ/
①嘉許 ***(U)***
◀ She did all she could to win/gain **favor** with her father.
她竭力要博取父親的嘉許。
②善行 ***(S)*** = *service*
Would you do me a **favor** and turn on the light?
請幫個忙把燈打開，行嗎？
③贊同 ***(vt)*** = *support*
Most people **favor** gun control laws.
大多數人都贊同槍枝管理法。
④偏袒 ***(vt)***
My mother **favors** my younger brother over me.
我媽在我和弟弟之間偏袒我弟弟。

favorable /'fevərəbl̩/
優惠的，有利的 ***(adj)***
= *advantageous*；⇔ *unfavorable*
◀ The company will lend him money on very **favorable** terms.
這家公司將以非常優惠的條件借錢給他。

favorite /'fevərɪt/
①最喜歡的 ***(adj)***
◀ Who's your **favorite** singer?
你最喜歡的歌手是哪位？
②最愛的人或物 ***(C)***
I like all sports, but swimming is my **favorite**.
我喜歡所有的體育運動，但游泳是最愛。

fax /fæks/
①傳真 ***(vt)***
◀ Can you **fax** it to me?
你能把它傳真給我嗎？
②傳真 ***(U)***
You can send the application by **fax**.
你可以把申請書傳真過來。

fear /fɪr/
①害怕 ***(U)*** = *fright, horror*
◀ The boy trembled with **fear**.
那男孩害怕得發抖。
②擔心的事 ***(C)*** = *worries*
The announcement that 200 people would be laid off confirmed our worst **fears**.
通告說將裁員二百人，證實了我們心中最擔心的事。
衍生字 *fearless (adj)* 無畏的，大膽的
③怕 ***(vt)*** = *be afraid of*
Most people **fear** death.
絕大多數人都怕死。

fearful /'fɪrfəl/
害怕的 ***(adj)*** = *afraid*
◀ She was **fearful** of snakes.
她怕蛇。

feasible /'fizəbl̩/
可行的 ***(adj)*** = *practicable*
◀ His plan is not economically **feasible**.
他的計畫從經濟上考慮是行不通的。
衍生字 *feasibility (U)* 可行性

feast /fist/
①盛宴 ***(C)*** = *banquet*
◀ The newly-weds held a marvelous wedding **feast**.
新婚夫婦舉辦了一個很棒的結婚盛宴。

②盡情享受(美食) *(vi)*

Two crows are **feasting** on the berries.
兩隻烏鴉在大吃漿果。

feather /'fɛðɚ/

羽毛 *(C)*

◀ Birds of a **feather** flock together.
同一種羽毛的鳥聚集在一起 (物以類聚)。

▧衍生字 *feathery (adj)* 覆著羽毛的

feature /'fitʃɚ/

①容貌 *(C)*

◀ Her mouth is her best **feature**.
她的嘴是她容貌最好看的部分。

②專題報導 *(C)*

Did you read the **feature** on PCs in today's newspaper?
今天報上有關個人電腦的那篇專題報導你看過沒有？

③特點 *(C)* = *trait, characteristic*

Wet weather is a **feature** of life in that city.
天氣潮濕是那座城市生活的一個特點。

February /'fɛbru‚ɛrɪ/

二月 *(C,U)*

◀ He will come home next **February**.
他明年二月會回來。

🔘 MP3-F4

federal /'fɛdərəl/

①聯邦制的 *(adj)*

◀ Germany is a **federal** republic.
德國是一個聯邦共和國。

②美國聯邦政府的 *(adj)*

My uncle works in the **Federal** Bureau of Investigation.
我叔叔在聯邦調查局工作。

federation /‚fɛdə'reʃən/

①聯邦政府 *(C)*

◀ Some politicians proposed to form a **federation** out of China and Taiwan.
一些政客打算由中國和台灣組成一個聯邦政府。

②聯盟 *(C)* = *association*

Mandy is a member of the National **Federation** of Women's Institutes.
曼蒂是婦女協會全國聯盟的成員。

fee /fi/

專業服務費 *(C)*

◀ The tuition **fees** have been greatly raised.
學費上漲了許多。

feeble /'fibl/

①虛弱的 *(adj)* = *weak, frail*；⇔ *strong*

◀ My great grandmother is too **feeble** to sit up in bed by herself.
我的曾祖母虛弱得無法獨自坐在床上。

②站不住腳的，未經周密考慮的 *(adj)*
= *weak, flimsy*

He made a **feeble** excuse for being late.
他為遲到編了個站不住腳的藉口。

feed /fid/, fed *(pt)*, fed *(pp)*

①餵 *(vt)*

◀ Don't forget to **feed** the cat before you go out.
出門前別忘了餵貓。

▧衍生字 *feed (C)* 動物或嬰兒的一餐

②以…為食 *(vi)*

Sheep **feed** on grass.
羊以草為食。

(be) fed up with

對…厭煩 *(vt)* = *be bored with, be sick/tired/weary of*

◀ I'm really **fed up with** these boring business dinners.
我對生意上這些無聊的飯局厭煩透了。

---

feedback /'fid‚bæk/

回饋 *(U)* = *response (C)*

◀ We've received lots of positive **feedback** from the audience.
我們從觀眾那裡得到許多肯定的回饋。

feel /fil/, felt *(pt)*, felt *(pp)*

①觸摸 *(vt)* = *touch*

◀ The nurse **felt** my forehead to see if I had a fever.
護士摸我的前額，看我是不是發燒了。

②感覺 *(vt)*

He **felt** his heart beating faster.
他感覺到自己的心跳加快了。

③覺得 *(vt)* = *consider*

I **felt** it my honor to work with you.
我覺得能與你一起工作是我的榮幸。

④感覺 *(vi)*

Are you **feeling** better?

你感覺好點了嗎？

⑤摸索 *(vi)* = grope

She **felt** in her handbag for her cell phone.

她在手提包裡摸索著找她的行動電話。

⑥摸 *(S)*

Can I have a **feel** of it?

我能摸它一下嗎？

feel for

同情 *(vt,u)* = feel sympathy for

◀I really **feel for** you, Joe, but I don't know how to help you out.

喬，我對你深表同情，就是不知道怎麼幫你。

feel out

探詢意見 *(vt,s)*

◀I can **feel** Tina **out** about the roller-coaster ride.

關於坐雲霄飛車，我可以去問問蒂娜的意見。

feel up to

有能力做 *(vt,u)*

◀I don't really **feel up to** the long journey.

這樣的長途旅行我實在是力不從心。

feeling /ˈfilɪŋ/

①感覺 *(S)*

◀I had a **feeling** that we were being followed.

我感覺我們被人跟踪了。

②感情 *(P)*

You'll hurt her **feelings** if you forget her birthday

如果你忘了她的生日，那會傷害她的感情。

feet /fit/

①腳 *(pl)*

◀Quick **feet** and busy hands fill the mouth.

手腳勤快可以餬口 (勤勞才有飯吃)。

✎衍生字 foot (單數) 腳

②英尺 *(C)*

He is six **feet** tall.

他六英尺高。

fellow /ˈfɛlo/

①傢伙 *(C)* = man, guy

◀See if those **fellows** want something to drink.

看看那些傢伙是否要些喝的。

②會員 *(C)* = member

He was a **fellow** of the Royal Society.

他是皇家學會會員。

③同類的 *(adj)*

He is a **fellow** student of mine.

他是我同學。

✎衍生字 fellowship *(C,U)* 團體，參與

female /ˈfimel/

①女性的 *(adj)* = woman；⇔ male

◀That company only employs **female** workers.

那家公司只雇用女性的員工。

②雌性 *(C)*

Is your kitten a **female** or a male?

你那小貓是雌是雄？

feminine /ˈfɛmənɪn/

①女人的 *(adj)* ⇔ masculine

◀David dressed himself in **feminine** clothes and wore his hair in pigtails.

大衛穿上女人的衣服，並把頭髮梳成了辮子。

②陰性的 *(adj)* ⇔ masculine

Actress and hostess are **feminine** nouns.

"女演員" 和 "女主人" 都是陰性名詞。

fence /fɛns/

①圍牆 (欄) *(C)* (請參閱附錄 "房子")

◀Don't sit on the **fence**. Say what you really think.

別抱騎牆的態度，把真實想法說出來吧。

②用籬笆圍起來 *(vt)*

The rose garden was **fenced** from the public.

這座玫瑰花園用籬笆圍起來，與外界隔開。

ferry /ˈfɛrɪ/

渡船 *(C)*

◀You can cross the river by **ferry**.

你可以乘渡船過河。

✎衍生字 ferry *(vt)* 運送

✎相關字 boat(小船)。ship(較大的船)。canoe(獨木舟)。
steamer(汽船)。ocean liner(遠洋郵輪)。

F

fertile /'fɝtḷ/

① 肥沃的 *(adj)* = rich；⇔ *barren*

◀ The soil in this area is extremely **fertile**.
這地區的土壤異常肥沃。

② 多產的 *(adj)* = *prolific*

Most fish are **fertile**; they lay hundreds of eggs.
大部分的魚類都很多產，產卵以百計。

③ 豐富的，主意多的 *(adj)*

She has a **fertile** imagination.
她具有豐富的想像力。

fertility /fɝ'tɪlətɪ/

① 肥沃 *(U)*

◀ Experts claim that growing ginger often leads to loss of soil **fertility**.
專家們聲稱種植薑常常會導致土壤喪失肥沃。

② 生殖力 *(U)*

Lisa wanted a child so much that she took special drugs to increase her **fertility**.
莉莎極想要個孩子，就服用特殊藥物來增進生殖力。

fertilizer /'fɝtḷ͵aɪzɚ/

肥料 *(U,C)*

◀ Are organic **fertilizers** better than artificial ones?
有機肥料比人工肥料好嗎？

📝衍生字 *fertilize (vt)* 施肥，使受精

festival /'fɛstəvḷ/

節日 *(C)*

◀ Christmas and Easter are Christian **festivals**.
聖誕節和復活節都是基督教的節日。

fetch /fɛtʃ/

取來 *(vt)*

◀ Can you **fetch** me today's newspaper?
你能幫我取來今天的報紙嗎？

feud /fjud/

① 夙怨，世仇 *(C)*

◀ There is a long-standing **feud** between the Wangs and the Huangs.
王家和黃家之間長期結怨。

② 結仇 *(vi)*

The Wangs **feuded** with the Huangs over the land along the river.
王家與黃家爲河邊的土地而結仇。

fever /'fivɚ/

① 發燒 *(U)*

◀ Flu is an infectious disease often characterized by **fever**, aches, and exhaustion.
流行感冒是一種傳染性疾病，其症狀是發燒，渾身酸疼，四肢乏力。

📝衍生字 *feverish (adj)* 發燒的

② 發燒 *(C)*

I had a slight **fever** this morning.
今天早晨我有點發燒。

③ 極度激動，狂熱 *(S)* = *frenzy*

Everyone was in a **fever** of excitement when the local team won the championship.
本地球隊獲冠軍後，所有的人都極度興奮。

few /fju/

① 很少，幾乎沒有 *(adj)*

◀ He has very **few** friends there.
他在那裡幾乎沒有什麼朋友。

② 幾個 *(adj)*

We invited a **few** friends to dinner last evening.
昨晚我們邀請了幾個朋友來吃飯。

③ 幾個 *(pron)*

He invited many friends but only a **few** came.
他邀請了許多朋友，只有幾個人來。

fiancé /͵fiɑn'se/

未婚夫 *(C)*

◀ Peter is my **fiancé**.
彼得是我的未婚夫。

fiancée /͵fiɑn'se/

未婚妻 *(C)*

◀ Amy is my **fiancée**.
愛咪是我的未婚妻。

fiber /'faɪbɚ/

① 纖維 *(U)*

◀ We need **fiber** in our diet—eating fruit and vegetables every day is a must.
我們的食物裡要有纖維，每天吃些水果和蔬菜是必須的。

② 纖維 *(C)*

Cotton **fibers** are natural while nylon **fibers** are man-made.
棉花是天然纖維，而尼龍則是人造纖維。

fiction /ˈfɪkʃən/

①小説 *(U)* ⇔ *nonfiction*
◀ I enjoy reading science **fiction**.
我愛看科幻小說。

②虛構之事 *(C)*
His account of the murder was a complete **fiction**.
他對謀殺的描述純屬虛構。

✎衍生字 *fictional (adj)* 編造的；*fictitious (adj)* 虛構的

○ MP3-F5

fiddle /ˈfɪdl̩/

①小提琴 *(C)* = *violin*
◀ The **fiddle** he was playing was very old.
他拉的那把小提琴有些年代了。

✎衍生字 *fiddler (C)* 提琴手

②隨便擺弄 *(vi)*
Never **fiddle** around with that gun—it may go off.
別隨便擺弄那枝槍 ——可能會走火的。

③虛度光陰 *(vi)* = *idle, fool*
He's always **fiddling** around/about, doing nothing.
他老是虛度光陰，無所事事。

fidelity /faɪˈdɛlətɪ/

①忠貞 *(U)* = *loyalty, faithfulness*；⇔ *infidelity (U)*
◀ Philip's **fidelity** to his wife was never in question.
菲利普對他妻子的忠貞從來都無可懷疑。

②精確 *(U)* = *exactness*
That novel was translated with the greatest **fidelity**.
那部小說被譯得極爲翔實精確。

field /fild/

①田地 *(C)* = *sphere*
◀ Several farmers are working in the **fields**.
有幾個農民在田裡幹活。

②領域 *(C)*
He is an expert in the **field** of linguistics.
他是語言學領域的一位專家。

fierce /fɪrs/

①兇猛的 *(adj)* = *savage*
◀ The warehouse is guarded by a **fierce** dog.
倉庫由一隻兇猛的狗看管著。

②激烈的 *(adj)* = *intense, bitter*
Because of the economic recession, competition for jobs is **fierce** nowadays.
由於經濟衰退的原因，如今求職競爭十分激烈。

③強烈的 *(adj)* = *violent, strong*
The **fierce** storm made many people homeless.
這場強烈的暴風雨造成許多人無家可歸。

fight /faɪt/, fought *(pt)*, fought *(pp)*

①奮鬥 *(vi)* = *struggle, battle*
◀ We will **fight** for/against abortion.
我們要爲支持 / 反對墮胎而奮鬥。

②搏鬥 *(vi)* = *struggle*
She is now **fighting** with death in the hospital.
她現在正在醫院裡與死神搏鬥。

③搏鬥 *(vt)*
The firemen **fought** the fire bravely.
消防隊員勇敢地與大火搏鬥。

✎衍生字 *fighter (C)* 戰鬥者

④打架 *(C)*
Can you stop the **fight** between the two brothers?
你能讓這兄弟倆停下來別再打架嗎？

✎相關字 fight (打架、競爭)。quarrel (爭吵)。argue (爭論)。dispute (爭執、辯駁)。wrangle (激烈口角)。bicker (吵嘴)。

fight off

擊退 *(vt,s)*
◀ Tom used to take herbal medicine to **fight off** his cold.
湯姆過去習慣吃中藥治感冒。

figure /ˈfɪgjɚ/

①人物 *(C)* = *person*
◀ He's an important political **figure** in that country.
在那個國家裡他是一個舉足輕重的政治人物。

②身材 *(C)*
After getting married for 20 years, she still has a slender **figure**.
她結婚二十年，依然身材苗條。

③數字 *(C)* = *number*
Can you imagine his income is in seven **figures**?
你能想得到他的收入是七位數嗎？

F

④理解 *(vt)*

I can't **figure out** how to do it.
我弄不懂這該怎麼做。

figure on

①估計 *(vt,u)*

◀With traffic so heavy, we'd better **figure on** an extra hour.
路上車那麼多，我們最好再多預估一個小時（交通時間）。

②指望 *(vt,u) = depend/count/reckon on*

We cannot **figure on** the weather being fine for our hike.
我們不能指望遠足的時候天氣會好。

figure out

①計算 *(vt,s) = work out*

◀I am trying to **figure out** my income tax.
我正設法計算我的個人所得稅。

②理解 *(vt,s) = make/puzzle out*

I cannot **figure out** how the fight broke out.
我弄不懂怎麼會打起來的。

file /faɪl/

①檔案 *(C)*

◀I'll keep your report stored in a **file**.
我會把你的報告存放在檔案裡。

②歸檔 *(vt)*

I have **filed** all the exam papers away in my office.
我已把所有的考卷歸檔，放入我的辦公室了。

fill /fɪl/

①裝滿 *(vt)*

◀Can you **fill** the teapot with boiling water?
你可否把茶壺灌滿開水？

②裝滿某物之量 *(S)*

Do you want another **fill** of vodka?
你還要添加伏特加嗎？

fill in

①填寫 *(vt,s)*

◀In the next part of the test, **fill in** each blank with an appropriate preposition.
測驗的下一部分是用恰當的介系詞填空。

②提供資訊 *(vt,s)*

I'll **fill** you **in** on what happened last night.
我來告訴你昨天晚上發生了什麼事。

fill in for

代替 *(vt,u) = stand in for*

◀Could you **fill in for** Henry while he is in hospital?
亨利在住院，你代替他一下好嗎？

fill out

填好 *(vt,s) = make/write out*

◀**Fill out** the application form right now.
現在就把申請表填好。

fill up

①倒滿，加滿 *(vt,s)*

◀Shall I **fill up** your glass/car?
要我把你的杯子倒滿／把你的汽車加滿嗎？

②漲 *(vi)*

The pond is **filling up** after the heavy rain.
大雨之後池塘漲滿了水。

film /fɪlm/

①電影 *(C) = movie*

◀Have you seen any good **films** lately?
你近來看過什麼好電影嗎？

②底片 *(C)*

Please help me load a **film** into the camera.
請幫我在照相機裡裝個底片。

③拍電影 *(vt)*

They plan to **film** one of her novels.
他們計畫著要把她的一部小說拍成電影。

filter /ˈfɪltɚ/

①過濾器 *(C)*

◀The water in the reservoir passes through a **filter** before it is piped to our homes.
水庫裡的水在抽送到我們的家裡之前先要經過過濾器。

②過濾 *(vt) = purify*

After the flood, you need to **filter** the drinking water.
洪水過後，你得把飲用水過濾一下。

③慢慢傳開 *(vi)*

News of his scandal slowly **filtered** through to everyone in the company.
他的醜聞慢慢傳遍了公司的每一個人。

filthy /'fɪlθɪ/

①骯髒的 *(adj)* = dirty；⇔ clean

◄ Take your **filthy** shoes off!
把你的髒鞋脫掉！

②下流的 *(adj)* = obscene

Martin was telling us a **filthy** joke when his mother walked in.
馬丁正在給我們講下流笑話時，他媽媽走了進來。

✎衍生字 *filth (U)* 汙穢

fin /fɪn/

鰭 *(C)*

◄ Chinese people can make a very delicious dish with shark **fins**.
中國人能用鯊魚鰭做出極美味的菜肴。

final /'faɪnl̩/

①最後的 *(adj)* = last

◄ He was knocked out in the **final** round.
最後一個回合他被擊倒了。

②決賽 *(C)*

There were six contestants getting through to the **finals**.
共有六名參賽者進入了決賽。

finally /'faɪnl̩ɪ/

終於 *(adv)* = eventually, at last, in the end

◄ After several delays, the plane **finally** left at five o'clock.
幾經延誤，飛機終於在五點起飛了。

finance /fə'næns/

①金融，財政 *(U)* = money

◄ Mr. Cambell is an expert in **finance**.
坎貝爾先生是一位金融專家。

②資金 *(U)*

Unless we can get more **finance**, we'll have to close down the factory.
如果我們得不到更多的資金，就只好把工廠給關掉。

✎衍生字 *finances (P)* 財力

③資助 *(vt)*

The concert was **financed** by the school.
這場音樂會由學校資助。

financial /fə'nænʃəl/

①金融的 *(adj)*

The City of New York is a great **financial** center.
紐約市是一個很大的金融中心。

✎衍生字 *financially (adv)* 財政上，金融上

②財務的 *(adj)*

His **financial** help made the plan possible.
他的經濟資助使這一計畫得以實行。

find /faɪnd/, found *(pt)*, found *(pp)*

①找到 *(vt)*

◄ The police finally **found** the lost child in a deserted house.
警方最後在一所廢棄的房屋內找到了那個失蹤的小孩。

✎衍生字 *finding (C)* 結果

②覺得 *(vt)* = feel, think

I **find** it hard to communicate with him.
我覺得很難與他溝通。

fine /faɪn/

①好的 *(adj)* = good

◄ She's a very **fine** woman.
她是個很好的人。

✎衍生字 *fineness (U)* 好

②健康的 *(adj)* = healthy, well

My mother is **fine**.
我母親身體很好。

③細微的 *(adj)* = subtle

There's often a very **fine** line between genius and madness.
天才與瘋子之間的界線非常細微。

④罰款 *(C)*

You'll have to pay a NT$1,800 **fine** for speeding.
你因為超速行駛要付罰款新台幣一千八百元。

⑤處以罰款 *(vt)*

He was **fined** heavily for drunken driving.
他因酒後駕車被課以重罰。

finger /'fɪŋɚ/

手指 *(C)* (請參閱附錄 "身體")

◄ Jane ran her **fingers** through her hair.
珍手指拂拭著頭髮。

✎相關字 thumb (大拇指)。forefinger/index finger (食指)。middle finger (中指)。ring fingerfourth finger (無名指)。little finger (小指)。fingernail (指甲)。fingerprint (指紋)。

F

finish /'fɪnɪʃ/

① 完成 (vt)

◀ Can I borrow the novel when you've **finished** reading it?

這本小說你讀完後能借給我嗎？

② 結束 (vi) ⇔ start

At what time will the meeting **finish**?

會議什麼時候能結束？

③ (因上漆而) 表面光潔 (S, U)

The antique table has a beautiful **finish**.

這張古董桌子表面光潔漂亮。

finish off

① 吃完 (vt,s) = finish up

◀**Finish off** the cake and then pack your suitcase.

把蛋糕吃完，然後再打點旅行箱。

② 結束性命 (vt,s) = kill, murder, polish off, rub out

The police suspected that Anderson had **finished off** the old woman.

警方懷疑安德遜已經把那個老太太給殺了。

③ 擊敗 (vt,s) = polish off, defeat

I must **finish off** two more players before I can win the game.

我必須再擊敗兩個對手才能贏得比賽。

🔘 MP3-F6

finite /'faɪnaɪt/

有限的 (adj) ⇔ infinite

◀ We have **finite** resources on earth.

我們地球上的資源是有限的。

📝同尾字 infinite (無限的)。definite (明確的)。

fire /faɪr/

① 火 (U)

◀ The pile of papers couldn't catch **fire** by itself; there must be someone who set **fire** to it/set it on **fire** .

這麼一堆紙不會自己著火，肯定有人放火點著它的。

📝衍生字 fiery (adj) 似火的，激昂的

② 射擊，砲火 (U)

The lieutenant ordered his soldiers to open **fire**.

中尉命令士兵們開火。

③ 火 (C)

The campers made/built a **fire** to boil up some water.

野營者生火燒水。

④ 開槍 (vi, vt) = shoot

Don't **fire** (your gun) until I tell you.

我叫你開槍時才開槍。

⑤ 激發 (vt) = inspire, excite

Her story **fired** my imagination.

她的故事激發我的想像力。

⑥ 開除 (vt) = dismiss, sack, discharge

Get out! You are **fired**!

出去！你被開除了！

fire away

開始說話或問問題 (vi)

◀The journalists **fired away** at the spokesman as soon as he stopped talking.

發言人一講完話，記者就向他發問。

firecracker /'faɪrˌkrækɚ/

鞭炮 (C)

◀ It's customary for the Chinese to let/set off **firecrackers** during the Chinese New Year.

中國人在過春節時有燃放鞭炮的傳統。

fireplace /'faɪrˌples/

壁爐 (C)

◀ We used to chat beside the **fireplace**.

我們以前常在壁爐旁閒談。

fireproof /'faɪr'pruf/

防火的 (adj)

◀ The walls are made of **fireproof** materials.

牆壁是防火材料做的。

fireworks /'faɪrˌwɝks/

煙火 (P)

◀ The display of **fireworks** on Double Tenth Day was splendid.

雙十節的煙火表演真是精彩。

firm /fɝm/

① 堅固的 (adj) = strong

◀ I don't think that table is **firm** enough to stand on.

我覺得那張桌子不太堅固，不能站上去。

②商行，公司 (C) = company

She works at a law **firm**.

她在一家律師事務所 (公司) 工作。

firmly /'fɜ·mlɪ/

堅定地 (adv) = deeply

◀ I **firmly** believe that he is innocent.

我堅信他是清白的。

first /fɜ·st/

第一 (adv, adj)

◀ Janet arrived **first**; she was the **first** person to arrive.

珍妮第一個到達，她是第一個到的人。

fish /fɪʃ/

①魚 (C)

◀ We caught several **fish** in that lake.

我們在那條湖裡抓到幾條魚。

✎衍生字 fishing (U) 捕魚

②魚肉 (U)

We had **fish** for dinner tonight.

我們今天晚飯吃了魚。

✎衍生字 fishy (adj) 魚的，可疑的

③釣魚 (vi)

We are **fishing** for trout.

我們在釣鱒魚。

✎衍生字 fisherman (C) 漁夫

④尋找 (vt)

She **fished** out a handkerchief from her pocket.

她從口袋裡找出一塊手帕。

fishery /'fɪʃərɪ/

漁場 (C)

◀ Studies are being made to develop coastal **fisheries**.

正在進行調查以期開發近海漁場。

fist /fɪst/

拳頭 (C) (請參閱附錄 "身體")

◀ James shook his **fist** angrily.

詹姆斯生氣的揮舞著拳頭。

✎相關字 hand (手)。palm (手掌)。handback (手背)。finger (手指)。

✎片 語 an iron fist in a velvet glove (外柔內剛)

fit /fɪt/

①適合的 (adj) = suitable

◀ I don't think he's really **fit** for the job.

我覺得他並不適合這分工作。

②健康的 (adj) = healthy

He swims every day to keep **fit**.

他每天游泳以保持健康。

✎衍生字 fitness (U) 身體健康，適合

③適合 (S)

The dress is a beautiful **fit**.

這件衣服非常合身。

④一陣 (S) = outburst

I hit him in a **fit** of anger.

一陣憤怒下我打了他。

✎衍生字 fitful (adj) 間歇的，一陣一陣的

⑤適合 (vt) = suit

This coat **fits** me, but the skirt is too tight.

這件上衣我穿很合身，不過那條裙子太緊了些。

⑥安裝 (vt) = set up

I **fitted** a new lock on the door.

我給門安裝把新鎖。

fit in

①適應 (vi)

◀ Newcomers to the show business all had a hard time **fitting in**.

新入娛樂業的人都有一段困難的適應期。

②安排 (vt,s) = find a time for, squeeze in

Professor Lee can **fit** me **in** on Tuesday at 2:30 p.m.

李教授可以安排在星期二下午兩點半見我。

fit in with

①配合 (vt)

◀ I must change my schedule to **fit in with** Julia's.

我必須改變計畫表以便配合茱莉亞。

②安排在一起 (vt)

I must **fit** my holidays **in with** my wife's.

我必須把我的休假和妻子的安排在一起。

fit into

適應 (vt,u)

◀ I am afraid I might have trouble **fitting into** the club.

要適應俱樂部的生活，我恐怕有困難。

fit out

裝備 *(vt,s)*

◀ We must **fit** the children/the boat **out** for the voyage.

我們必須爲孩子們 / 船上準備好航行用的東西。

fix /fiks/

① 固定 *(vt)* = *fasten*

◀ I **fixed** the painting to the wall with nails.

我用釘子將畫固定到牆上。

② 安排 *(vt)* = *arrange*

If you want to meet her, I can **fix** it.

如你想見她，我會安排的。

③ 修理 *(vt)* = *repair*

My washing machine dosn't work; it needs **fixing**.

我的洗衣機不動，需要修理了。

fix up

① 修繕 *(vt,s)* = *repair, renovate*

◀ It took me a week to get my apartment **fixed up**.

我花了一個星期把我的公寓修繕了一下。

② 把⋯介紹給 *(vt,s)*

Mr. Hall keeps trying to **fix** me **up** with his daughter.

霍爾先生老是想把她的女兒介紹給我。

③ 安排 *(vt,s)* = *arrange*

Can you **fix up** a meeting with our boss?

你能安排和我們老闆見一次面嗎？

④ 安排 *(vt,s)* = *fit up*

I will **fix** you **up** for the holiday/in a hotel nearby.

我將爲你安排這次休假 / 在附近的旅館裡。

flag /flæg/

旗子 *(C)*

◀ The crowd waved their **flags** as the president appeared.

總統出現時，群眾就揮動起旗子。

✎ 衍生字 *flag (vt)* 加特殊標記，變疲倦或變弱

flake /flek/

① 小薄片 *(C)* (請參閱附錄 "量詞")

◀ Small white **flakes** of snow fell upon the trees and paths.

白色小雪片落在樹上和小徑上。

② 碎片 *(C)*

I often have corn **flakes** for breakfast.

早餐我通常都吃玉米片。

③ 剝落 *(vi)* = *peel*

The paint began to **flake** off the walls.

油漆開始從牆上剝落下來。

flame /flem/

① 火焰 *(C)* = *blaze*

◀ By the time the firemen came, the whole building was in **flames**.

消防隊員趕來時，整棟房子已成火海。

② 變得通紅 *(vi)* = *blaze*

Her cheeks **flamed** with embarrassment.

她窘得滿臉通紅。

flame up

① 燃燒起來 *(vi)* = *blaze/flare/burn up, flame out*

◀ The fire **flamed up** when every one of us thought it was out.

我們每個人都以爲火已經熄滅了，但是它又燃燒了起來。

② 爆發 *(vi)* = *blaze/fire/flare/blow up*

My father's anger **flamed up** when he learned that I had failed the exam.

父親得知我沒有通過考試，大發脾氣。

③ 臉紅 *(vi)* = *flush/color up*

Jane's cheeks **flamed up** when I praised her writing.

珍因爲我稱讚她寫的東西，羞得臉都紅了。

flap /flæp/

① 拍動 *(vt)* = *flutter*

◀ The mother bird **flapped** its wings to drive away the weasel.

雌鳥拍動翅膀來趕跑黃鼠狼。

② 飄揚 *(vi)* = *flutter*

The flags are **flapping** in the wind.

旗幟在風中飄揚。

③ 垂下的片狀物 *(C)*

In winter, you should wear a cap with **flaps** to cover your ears.

冬天你應該戴上有護耳的帽子來蓋住你的雙耳。

flare /flɛr/

①閃耀 **(vi)** = *blaze, burst into flame*

◀ The torch **flared** (up) in the darkness.
火把在黑暗中閃耀著。

②張開 **(vt)**

When the bull saw the red cloth, it **flared** its nostrils and charged.
當公牛看見紅布時，牠就張大鼻孔並向前衝去。

③信號彈 **(C)** = *signal light*

When the ship began to sink, the sailors fired off **flares** in the hope that someone would come and rescue them.
船開始下沉時，船員們發出信號彈，希望有人會來救他們。

flare up

突然爆發 **(vi)** = *break out*

◀ Trouble/Violence/The flu **flared up** again in the city.
都市裡又鬧事了／發生暴力事件了／漫延流行性感冒了。

flash /flæʃ/

①閃光 **(C)**

◀ Did you see the **flash** of lightning?
你看見閃電了嗎？

◎衍生字 *flashy (adj)* 俗麗的

②使閃光 **(vt)**

Don't **flash** the headlights at me.
別把車頭燈光朝我臉上閃。

③閃亮，一閃而過 **(vi)**

Childhood memories **flashed** across my mind.
童年的記憶在我腦海中一閃而過。

flash across/through

①掠過 **(vt,u)**

◀ Lightning **flashed across** the sky.
閃電掠過長空。

②閃現 **(vt,u)** = *come across*

Memories of Hua Lien **flashed through/across** my mind.
我腦海裡掠過了對花蓮的記憶。

flash around

炫耀 **(vt,s)** = *show off, flaunt*

◀ Susan kept **flashing** her money and jewelry **around**.
蘇珊老是到處炫耀她的錢和珠寶。

flash back

突然回想起 **(vi)**

◀ My mind **flashed back** to my childhood.
我的思緒一下子回到了童年。

flashlight /'flæʃˌlaɪt/

手電筒 **(C)**

◀ Take your **flashlight** when you go camping.
你去露營要帶上手電筒。

◎ MP3-F7

flat /flæt/

①平的 **(adj)** = *level*

◀ I need something **flat** to put the food on.
我要一塊平的東西來放食物。

◎衍生字 *flatten (vt)* 變平

②斷然的 **(adj)** = *complete, firm*

Her request was met with a **flat** refusal.
她的請求遭到斷然拒絕。

③平直地 **(adv)**

The boy lay **flat** on the floor.
那男孩平躺在地板上。

④直截了當地 **(adv)** = *directly, definitely*

My mother told me **flat** that I could not stay out after midnight.
我母親直截了當地告訴我午夜以後不准逗留在外。

⑤爆胎 **(C)**

Oh no! We've got a **flat**!
噢，天哪，我們的車胎扁（爆）了！

⑥公寓房子 **(C)** = *apartment*

They're building a block of **flats** over there.
他們正在建造一棟公寓房子。

flatter /'flætɚ/

奉承 **(vt)**

◀ He **flattered** her on her beautiful eyes.
他奉承她說她的眼睛很漂亮。

◎衍生字 *flattery (U)* 恭維的話

flavor /'flevɚ/

①口味 (C) = taste

◀ What **flavor** of ice cream do you like best?
你最喜歡哪種口味的冰淇淋？

②味道 (U)

The soup doesn't have much **flavor**.
這湯沒有多少味道。

③加味道 (vt)

She **flavored** the cake with vanilla.
她在蛋糕裡加了香草的味道。

✎衍生字 flavoring (C, U) 調味料

flaw /flɔ/

瑕疵 (C) = defect

◀ The **flaw** in this diamond ring makes it less valuable.
這枚鑽戒上的瑕疵使它掉了價。

✎衍生字 flawless (adj) 完美無瑕的

flea /fli/

跳蚤 (C) (請參閱附錄 "動物")

◀ I must have been bitten by a **flea**; my right leg is itchy.
我一定是讓跳蚤咬了；右腿好癢。

✎片語 a flea in one's ear (刺耳話；譏誚；譏諷)

flee /fli/, fled (pt), fled (pp)

①逃走 (vt) = escape from

◀ He was forced to **flee** his country.
他被迫逃往國外。

②逃走 (vi) = escape

He **fled** without taking anything.
他什麼都沒拿就逃走了。

fleet /flit/

艦隊 (C)

◀ The US Seventh **Fleet** was cruising along the Taiwan Straits.
美國第七艦隊在台灣海峽巡弋。

fleeting /'flitɪŋ/

飛快的 (adj) = brief

◀ I caught a **fleeting** glimpse of that man as he rode by.
當那男子騎車經過時我飛快地朝他瞥了一眼。

flesh /flɛʃ/

①肉 (U)

◀ The lion is a **flesh**-eating animal.
獅子是肉食動物。

②果肉 (U)

Cut the papaya in half and scoop out the **flesh**.
把木瓜切成兩半，然後把瓜肉挖出來。

flexible /'flɛksəbl̩/

有彈性的 (adj) ⇔ inflexible

◀ We can visit you this week or next week; our plans are fairly **flexible**.
我們可在這星期或者下個星期來看你，我們的計畫是相當彈性的。

flick /flɪk/

①輕彈 (vt)

◀ Sharon **flicked** the dandruff off her shoulders.
雪倫把頭皮屑從肩上彈去。

②輕彈 (C)

Joan tested the crystal wine glass with a **flick** of the thumb and middle finger.
瓊用拇指和中指彈了一下水晶酒杯作檢驗。

flicker /'flɪkɚ/

①搖曳 (vi)

◀ The candle light **flickered** in the wind.
燭光在風中搖曳。

②一陣，一閃而過的情緒 (C)

A **flicker** of excitement appeared across her face.
她臉上閃過一陣興奮。

flight /flaɪt/

①飛翔 (U)

◀ He photographed the birds in **flight**.
他拍攝了鳥飛翔時的照片。

②航班 (C)

There are several **flights** a day from Kaohsiung to Taipei.
從高雄到台北每天有好幾個航班。

✎衍生字 fly (vi,vt) 飛行

③一段樓梯 (C)

He fell down a whole **flight** of stairs and broke his arm.
他從一整段樓梯上摔下來，把手臂摔斷了。

fling /flɪŋ/, flung (pt), flung (pp)

① 扔 (vt) = throw, hurl

◄ Dissatisfied spectators **flung** bottles and cans at the losing team.

不滿的觀眾朝失利的球隊扔瓶子和罐頭。

② 猛然伸出 (vt)

Henry **flung** his arms around his son and kissed him.

亨利猛然伸出手臂挽住他兒子並親了親他。

flip /flɪp/

① 抛 (vt) = toss

◄ It's not fair to **flip** a coin to decide who the winner is.

抛硬幣來決出誰是勝者並不公平。

② 翻轉 (vt) = turn

I **flipped** the egg over in the pan.

我將平底鍋裡的蛋翻面。

🔍衍生字 flip (C) 抛，空翻

flirt /flɝt/

調情 (vi) = dally

◄ I don't like Joseph because he always **flirts** with every girl at the party.

我不喜歡約瑟夫，他總是和餐會上的每一個女孩調情。

🔍衍生字 flirtation (U,C) 調情；flirtatious (adj) 調情的

float /flot/

① 漂浮 (vi)

◄ Do all types of wood **float** on the water?

各種木頭都能浮在水上嗎？

🔍衍生字 floating (adj) 浮動的

② 飄浮 (vi) = drift

Dark clouds are **floating** across the sky.

烏雲飄過天空。

flock /flɑk/

① 畜群，鳥群 (C) (請參閱附錄 "量詞")

◄ There's a big **flock** of pigeons on the square.

廣場上有一大群鴿子。

② 聚集 (vi) = gather (vi)

Birds of a feather **flock** together.

同一種鳥聚在一起 (物以類聚)。

flood /flʌd/

① 洪水 (C) = deluge

◄ The village was totally destroyed by the **floods** after the typhoon.

颱風過後整座村莊被洪水淹了。

② 泛濫，溢出 (vt) = overflow

The river has **flooded** its banks several times.

這條河已數次泛過河堤。

③ 充滿 (vt) = fill

My room was **flooded** with sunshine.

我的屋子裡充滿陽光。

flood out

迫使流離失所 (vt,s) = drown out

◄ Many people were **flooded out** in the storm.

暴風雨使許多人流離失所。

floor /flor/

① 地板 (C)

◄ I must clean my bedroom **floor**.

我得打掃我臥室的地板了。

② 樓，層 (C)

Her office is on the 23rd **floor**.

她的辦公室在二十三樓。

floss /flɔs/

牙線 (U)

◄ After each meal, she always uses dental **floss** to clean her teeth.

她每餐後都要用牙線清潔牙齒。

flour /flaʊr/

麵粉 (U)

◄ We use **flour** to make bread.

我們用麵粉做麵包。

flourish /ˈflɝɪʃ/

興旺發達 (vi) = prosper, thrive

◄ Few businesses **flourish** without good management.

沒有優質的管理就沒有企業會興旺發達。

flow /flo/

① 水流 (S)

◄ The swift **flow** of this stream is very suitable for rafting.

小溪中湍急的水流很適合進行泛舟。

② 流出 (vi)

Tears **flowed** from his eyes.

他眼中流下淚水。

F

flower /'flauɚ/

花 (C)

◀ My mother grows **flowers** in the front garden and vegetables in the back.
我母親在前園裡種花，在後園種蔬菜。

✎衍生字 *flower (vi)* 開花

flu /flu/

流行性感冒 (U) = *influenza*

◀ Jack came down with the **flu** last week.
傑克上週得了流行性感冒。

fluency /'fluənsɪ/

流利 (U)

◀ Jessie speaks French with great **fluency**.
傑西講法語非常流利。

fluent /'fluənt/

流利的 (adj)

◀ It's amazing that he is **fluent** in six languages.
他六種語言都很流利，可真是了不起。

fluid /'fluɪd/

①流質 (C)

◀ The boy is very weak and must only be fed **fluids**.
那男孩非常虛弱，只可以吃些流質。

②液體 (U)

The doctor told me to drink at least one liter of **fluid** a day.
醫生告訴我一天至少要喝一公升液體。

flunk /flʌŋk/

①不及格 (當掉) (vt)

◀ He **flunked** physics and chemistry.
他的物理和化學不及格 (當掉)。

②當掉，打不及格分數 (vt) = *fail*

The professor **flunked** one third of the class in English.
教授當掉全班三分之一人的英文。

🔘 MP3-F8

flush /flʌʃ/

①沖水 (vt)

◀ Don't forget to **flush** the toilet after using it.
用過廁所別忘了沖水。

②臉泛紅 (vi) = *blush*

Mr. Wu **flushed** with embarrassment when he broke wind in the middle of the meeting.
吳先生開會時放屁，窘得滿臉通紅。

③沖洗 (C)

The toilet smells; give it a good **flush**.
這個馬桶真臭，好好地沖洗一下吧。

④紅暈 (S)

The sick girl has an unhealthy **flush** on her cheeks.
這生病的女孩臉上有著病態的紅暈。

flute /flut/

長笛 (C) (請參閱附錄 "樂器")

◀ Jane played a tune on the **flute**.
珍用長笛吹奏一樂曲。

flutter /'flʌtɚ/

①拍打 (vt) = *flap*

◀ The mother bird **fluttered** its wings, trying to scare away the cat from the eggs.
雌鳥拍打翅膀試圖把貓從鳥蛋旁嚇走。

②快速的動 (vt)

Maria **fluttered** her eyelashes at me at the party.
瑪莉亞在宴會上朝我眨了眨眼睛。

③飄動 (vi) = *flap*

The flags are **fluttering** in the wind.
旗幟在風中飄舞。

④興奮 (S)

The president's surprise visit to the factory put the workers in a **flutter**.
總統的意外造訪這家工廠使工人們興奮不已。

fly /flaɪ/, flew (pt), flown (pp)

①飛 (vi)

◀ Most birds **fly**.
大多數鳥都會飛。

✎衍生字 *flight (U)* 飛翔／飛行

②搭 (飛) 機 (vi)

He **flew** from Taipei to Hong Kong last night.
昨晚他從台北搭機飛往香港。

③使飛，放 (風箏) (vt)

Many children are **flying** their kites in the park.
許多孩子在公園裡放風箏。

④蒼蠅 (C) (請參閱附錄 "動物")

Several **flies** are buzzing around.
幾隻蒼蠅到處嗡嗡作響。

fly at

攻擊 *(vt,u)*

◀Helen **flew at** Tony in rage when she thought that he had told on her.
海倫認爲湯尼打她的小報告，就很憤怒地攻擊他。

foam /fom/

①泡沫 *(U)* = *froth*

◀ The breaking waves left the beach covered with **foam**.
四濺的浪花在海灘上留下一大片泡沫。

②起泡沫，吐泡沫 *(vi)*

He **foamed** at the mouth.
他口吐白沫。

focus /ˈfokəs/

①焦點 *(S)*

◀He always wants to be the **focus** of attention.
他總是想成爲別人注意的焦點。

②集中，聚焦 *(vi, vt)* = *concentrate*

He was very tired and couldn't **focus** (his attention) at all.
他非常累，根本無法集中注意力。

foe /fo/

仇敵 *(C)* = *enemy*；⇔ *friend*

◀Because of his ruthlessness, he made a lot of **foes**.
由於他冷酷無情因而結下許多仇敵。

fog /fɑg/

①濃霧 *(C)*

◀Don't drive in a thick **fog**.
別在濃霧中駕車。

②使模糊 *(vt)* = *cloud*

The steam from the hot tea **fogged** my glasses.
熱茶升起的水氣模糊了我的眼鏡。

③使困惑 *(vt)* = *confuse*

I was completely **fogged** by your question.
你的問題使我如墜五里霧中。

foggy /ˈfɑgɪ/

①有霧的 *(adj)*

◀ It was **foggy** this morning.
今天早晨有霧。

②朦朧的 *(adj)* = *unclear, vague*

I have only a **foggy** idea what it was all about.
這到底是怎麼回事，我也只朦朧的知道一些。

foil /fɔɪl/

①錫箔紙 *(U)*

◀ Wrap the chicken in **foil** and then bake it in the oven.
先把雞用錫箔紙包起來然後放到烤爐上去烤。

②襯托物，陪襯者 *(C)* = *contrast*

His uninterested silence is a perfect **foil** to his wife's energetic enthusiasm.
他那漠不關心的沈默正好襯托他妻子旺盛的熱情。

③使挫敗 *(vt)* = *thwart*

Josh's attempt to bully us was **foiled**.
喬希想欺負我們的企圖落空了。

fold /fold/

①摺疊 *(vt)* ⇔ *unfold*

◀ **Fold** the paper into quarters.
把這張紙對摺成四層。

⬎衍生字 *folder (C)* 文件夾

②交叉 *(vt)* = *cross*

He sat on the sofa with his arms **folded**, doing nothing.
他叉起雙臂坐在沙發上，什麼事都不幹。

③褶（子）*(C)*

Each **fold** in the curtain should be exactly the same width.
窗簾的每條褶都必須一樣寬。

fold up

①摺起來 *(vt,s)* = *double up/back/over*

◀Be sure to **fold up** the ironing board when you're finished.
你用完後一定要把燙衣板摺起來。

②倒閉 *(vi)* = *fall apart*

With all these increasing costs, many companies are in danger of **folding up**.
隨著這些成本的增加，許多公司都面臨倒閉。

③崩潰 *(vi)* = *break down*

When his father passed away, Bob simply **folded up**.
父親去世後，鮑勃就完全垮掉了。

folk /fok/

①家人 *(P)* = family
◀ They are my **folks**.
他們是我的家人。
②民間的，民俗的 *(adj)*
He is a popular **folk** singer.
他是一名很受歡迎的民歌手。

folklore /'fok͵lor/

民間傳說 *(U)* = legend, old wives' tales
◀ According to Chinese **folklore**, there were once nine suns in the sky.
按照中國的民間傳說，天上曾有過九個太陽。

follow /'falo/

①跟著 *(vt)* = go after
◀ My sister **follows** me wherever I go.
無論我走到哪，我妹妹都要跟著。
②明白 *(vt)* = understand
I didn't quite **follow** what he said.
我不大明白他說的話。
③遵照 *(vt)* = take, obey
Why didn't she **follow** my advice?
她爲何不遵照我建議的去做？

follow out/through

執行 *(vt,s)* = carry out
◀ It is important to **follow out** the principal's instructions down to the last detail.
不折不扣地執行校長的指示是很重要的。

follow through with

堅持下去 *(vt,u)* = complete
◀ Henry was trained as a lawyer, but he never **followed through with** it.
亨利受過律師訓練，但他根本沒有堅持下去。

follow up

①追加 *(vt,s)*
◀ You had better **follow up** your letter with a phone call.
你最好在發信後再追加一通電話。
②追蹤 *(vt,s)*
The police are **following up** any clue that they can find.
警方正在追蹤他們所能發現的一切證據。

follower /'faloɚ/

追隨者 *(C)* = supporter
◀ Don't be a blind **follower**.
別成爲盲目的追隨者。

following /'faloɪŋ/

①接著的 *(adj)* = next
◀ She gave birth to a baby girl the **following** year.
第二年她生下一個女嬰。
②下列 *(S)*
The **following** is a summary of her speech.
她的講話歸納如下。

folly /'falɪ/

①愚蠢，愚笨 *(U)* = stupidity
◀ He laughed at his own **folly**.
他爲自己的愚笨笑了笑。
②蠢事 *(C)*
He laughed at the **follies** he had committed when he was young.
他對自己年輕時做下的荒唐事只得苦笑。

fond /fand/

喜歡的 *(adj)*
◀ We're all very **fond** of her.
我們都非常喜歡她。
✎衍生字 *fondness (U)* 喜愛

food /fud/

食物 *(U)*
◀ Milk is the natural **food** for babies.
牛奶是嬰兒的天然食物。
✎衍生字 *feed (vt)* 餵食

fool /ful/

①傻瓜 *(C)*
◀ What a **fool** I was to think that he really loved me.
我曾相信他是眞愛我的，我眞是個傻瓜。
②欺騙 *(vt)* = deceive, trick
He **fooled** the old woman into believing he was a rich man.
他騙老婦人讓她相信他是有錢人。
③開玩笑 *(vi)* = joke, kid
Don't worry; I was just **fooling**.
別擔心，我只是開玩笑而已。

fool about/around

①玩弄 *(vi)* = mess/play around
◀Stop **fooling around** with that knife before you hurt yourself!
別拿著刀子玩了，你會傷著自己的！
②閒逛 *(vi)* = idle/mess about/around
We spent the day **fooling around** in the downtown area.
我們這一天就在市中心商業區閒逛。
③廝混 *(vi)* = mess around
Mark is **fooling around** with an unmarried woman.
馬克正和一個未婚女子廝混。

fool away

虛度光陰 *(vt,s)* = fiddle/loaf/idle away
◀A lot of students regret having **fooled away** their school years.
許多學生都後悔在學校時虛度時光。

foolish /ˈfulɪʃ/

傻的 *(adj)* = unwise, stupid
◀It would be **foolish** to spend money on something you don't need.
花錢買不需要的東西可真是太傻了。
✎衍生字 *foolishness (U)* 傻

foot /fut/

①腳 *(C)* (請參閱附錄 "身體")
◀Youth does not mind where it sets its **foot**. (Irish Proverb)
年輕不介意何處起步 (年輕不管入何行業都可以有作為)。
✎衍生字 *feet (pl)* 腳
②英尺 *(C)*
They put up a five-**foot** brick wall.
他們建了一道五英尺的磚牆。
✎相關字 請參見 kilometer。

football /ˈfutˌbɔl/

①足球 *(C)* (請參閱附錄 "運動")
◀The problem of water shortages has become a political **football**.
缺水問題已經變成政治的足球——互相踢。

②足球 *(U)*
I like to play **football**.
我喜歡踢足球。

for /fɔr/

①用來，為了 *(prep)*
◀The knife is **for** cutting steak.
這把刀是用來切牛排的。
②有 (段時間) *(prep)*
I haven't seen Oliver **for** at least ten years.
我至少有十年未見到奧利佛了。
③贊同 *(prep)* = in favor of, in support of
Are you **for** or against abortion?
對墮胎這種事你是贊同呢？還是反對？
④因為 *(conj)* = because
It looks like rain, **for** there are lots of dark clouds.
看來要下雨了，因為天上烏雲密布。

🔊 MP3-F9

forbid /fɚˈbɪd/, forbade *(pt)*, forbidden *(pp)*

禁止 *(vt)* = prohibit, ban
◀Smoking is **forbidden** in public places.
公共場合禁止吸煙。
✎衍生字 *forbidden (adj)* 禁止的

force /fɔrs/

①力量 *(U)* = power, strength
◀The **force** of the explosion did great damage to this building.
爆炸力使這棟建築受到了嚴重破壞。
✎衍生字 *forceful (adj)* 強有力的
②武力 *(U)* = violence
I object to using **force** to settle the dispute.
我反對用武力來解決爭端。
③軍隊，部隊 *(U)*
He's determined to join the air **force**.
他決心要加入空軍。
④強迫 *(vt)* = compel
He **forced** me to go with him.
他強迫我與他同去。

force down

硬吞下去 *(vt,s)*
◀I **forced** the bread **down** with difficulty.
我很困難地硬把那塊麵包吞下去。

forecast /ˈfɔrˌkæst/

forecast/forecasted *(pt)*, forecast/forecasted *(pp)*

①預測 *(vt)* = predict

◀ I can not **forecast** what the outcome will be.
我無法預測結果會如何。

②預報 *(C)*

The weather **forecast** said there would be heavy rain.
天氣預報說將有大雨。

forefather /ˈfɔrˌfɑðɚ/

祖先 *(C)*

= ancestor, forebear ; ⇔ descendant, offspring

◀ One of his **forefathers** was a famous poet.
他的一位祖先是著名詩人。

forego /fɔrˈgo/, forewent *(pt)*, foregone *(pp)*

放棄 *(vt)* = forgo, give up

◀ Monks and nuns are required to **forego** earthly pleasures.
僧侶和尼姑被要求放棄世俗的享樂。

foregoing /fɔrˈgoɪŋ/

上述的，剛提到的 *(adj)*

= preceding, previous ; ⇔ following

◀ The **foregoing** statement is my personal opinion.
剛才的話只是我個人的觀點。

forehead /ˈfɔrˌhɛd/

額頭 *(C)* (請參閱附錄 "身體")

◀ I wiped my hand across my **forehead**.
我用手揩額頭。

相關字 head (頭)。face (臉)。cheek (臉頰)。chin (下巴)。

foreign /ˈfɔrɪn/

外國的 *(adj)*

◀ He learned a second **foreign** language, French, in college.
他在大學裡學了第二種外國語——法語。

衍生字 foreigner *(C)* 外國人

foresee /fɔrˈsi/, foresaw *(pt)*, foreseen *(pp)*

預見，預料 *(vt)* = predict, forecast

◀ It's hard to **foresee** how much time the job would take.
這件工作需時多少很難預料。

衍生字 foreseeable *(adj)* 可預見的

同首字 foretell (預測)。foretaste (預嚐)。forestall (先發制人)。foreshadow (預示)。foreword (前言)。forehead (額頭)。forelimb (前肢)。foresight (先見)。forewarn (預先警告)。

forest /ˈfɔrɪst/

森林 *(C, U)*

◀ The northern part of that country is made up of lots of thick **forest(s)**.
那個國家的北方是由大片密密的森林構成的。

foretell /fɔrˈtɛl/, foretold *(pt)*, foretold *(pp)*

預言 *(vt)* = predict, prophesy

◀ The fortune-teller **foretold** the man's success.
算命的人預言那人會成功。

forever /fɚˈɛvɚ/

永遠 *(adv)* = for good

◀ I'll love you **forever**.
我將永遠愛你。

forget /fɚˈgɛt/, forgot *(pt)*, forgotten *(pp)*

忘記 *(vt)*

◀ Don't **forget** to give me a ring when you get there.
你到那裡後別忘了打電話給我。

forgetful /fɚˈgɛtfəl/

健忘的 *(adj)*

◀ My grandma has become rather **forgetful** in her old age.
我祖母晚年時變得很健忘。

衍生字 forgetfulness *(U)* 健忘

forgive /fɚˈgɪv/, forgave *(pt)*, forgiven *(pp)*

原諒 *(vt)* = pardon, excuse

◀ Will you **forgive** her for what she said about you?
你能原諒她說你的那些話嗎？

衍生字 forgiveness *(U)* 原諒，寬恕；forgiving *(adj)* 寬大的

fork /fɔrk/

①叉子 *(C)* (請參閱附錄 "工具")

◀ I eat with a **fork** and a spoon.
我用叉子和湯匙吃東西。

②岔路 *(vi)* = diverge

You'll see her house on the right just before the road **forks**.

你可以看到她的房子就在岔路口，還不到靠右邊的地方。

✎衍生字 *fork (vt)* 叉起，*(vi)*分叉；*forked (adj)* 叉狀的

---

fork out /over/up

交出 *(vt,s)* = pay unwillingly

◀ I had to **fork out** a large sum of money to the insurance company.

我得交出一大筆錢給保險公司。

---

form /fɔrm/

①形狀，樣子 *(C)* = shape

◀ That restaurant was built in the **form** of a castle.

那家飯店建成城堡的模樣。

②形式 *(C)* = kind, type

I dislike any **form** of exercise.

我討厭任何形式的運動。

③表格 *(C)*

Please fill in/up/out this application **form**.

請填寫這分申請表格。

④形成 *(vi)* = develop

A plan began to **form** in my mind.

我腦海裡開始形成了一個計畫。

⑤形成 *(vt)* = develop

School helps to **form** a child's character.

上學有助於孩子性格的形成。

formal /'fɔrml̩/

正式的 *(adj)* ⇔ informal

◀ As it's a **formal** dinner party, you'll have to wear a **formal** dress.

這是個正式的午餐會，所以你要穿正式的服裝。

✎衍生字 *formally (adv)* 正式地

format /'fɔrmæt/

版式 *(C)* = layout, arrangement

◀ They had a new **format** for the magazine.

他們為雜誌設計了一種新版式。

✎衍生字 *format (vt)* 為…編排格式

formation /fɔr'meʃən/

形成 *(U)*

◀ School life has a great influence on the **formation** of a child's character.

學校生活對孩子性格的形成具有很大的影響。

✎衍生字 *formative (adj)* (影響) 形成的

former /'fɔrmə/

①以前的 *(adj)*

◀ In **former** times women were not allowed to vote.

以前婦女是不許參加選舉的。

✎衍生字 *formerly (adv)* 以前，從前

②前者 *(pron)* ⇔ latter

Of leopards and tigers, the **former** run faster than the latter.

豹和老虎相比，前者比後者跑得快。

formidable /'fɔrmɪdəbl̩/

①艱巨的 *(adj)* = difficult

◀ Jean took on a **formidable** task of repaying debts for her father.

珍擔當起了艱巨的重任，得為她父親還債。

②令人畏懼的 *(adj)* = frightening

His mother is a **formidable** person.

他母親是令人望而生畏的人。

formula /'fɔrmjələ/

①方程式 *(C)*

◀ The chemical **formula** for water is H_2O.

水的化學方程式是H_2O。

②方法 *(C)* = method

What is his **formula** for success?

他是用什麼方法取得成功的？

formulate /'fɔrmjəˌlet/

制訂 *(vt)* = work out

◀ The Ministry of Education is **formulating** a new education policy.

教育部正在制訂一項新的教育政策。

✎衍生字 *formulation (C,U)* 化成公式

forsake /fə'sek/, forsook *(pt)*, forsaken *(pp)*

①放棄 *(vt)* = relinquish

◀ Sherry **forsook** her right to claim the ownership of the land and left.

雪莉放棄認領那塊土地的所有權並離開了。

②拋棄 *(vt)* = desert, abandon, give up

Forsaking his family and possessions, Alex left home and became a monk in the temple on the mountain top.

阿歷克斯拋棄了自己的家庭和財物，離家出走並成了山頂廟宇中一個僧侶。

F

forth /forθ/

向前 (adv) = forward；⇔ back

◀ He walked back and **forth**, waiting for the result.
他前後來回踱步著等待結果。

forthcoming /forθ'kʌmɪŋ/

①即將到來的 (adj) = upcoming

◀ On the bulletin board was a list of **forthcoming** activities of this month.
布告欄上有一張本月即將舉行的活動表。

②願意告知 (adj) (用於否定句)

Betty was never very **forthcoming** about her love affairs.
貝蒂對自己的愛情生活從不願多說。

fortify /'fortə͵faɪ/

①修築防禦工事 (vt)

◀ All the villagers **fortified** their village against the invasion of the bandits.
所有的村民都爲本村修築防禦工事以抵抗匪徒的襲擊。

✎衍生字 fort (C) 要塞，堡壘；fortification (U) 防禦工事

②增強 (vt) = strengthen

The basketball game **fortified** their team spirit.
籃球運動增進了他們的團隊精神。

🔘 MP3-F10

fortnight /'fortnaɪt/

兩星期 (S)

◀ I visit my grandparents about once a **fortnight**.
我大概每兩星期去看望祖父母一次。

fortunate /'fortʃənɪt/

幸運的 (adj) = lucky

◀ She's **fortunate** to have/in having a good job.
她真幸運，有一分好工作。

fortunately /'fortʃənɪtlɪ/

幸運地 (adv) = luckily

◀ **Fortunately**, they came and helped us in time.
幸運的是他們及時來到並幫助了我們。

fortune /'fortʃən/

①大筆的錢，財富 (C)

◀ Tarry won a **fortune** in a lottery.
泰利買彩票賭贏了一大筆錢。

②命運 (C) = destiny, fate

I had my **fortune** told last night by a well-known **fortune**-teller.
昨晚我找了一個有名的算命師給我算命。

forum /'forəm/

討論會 (C) = meeting

◀ We are holding an international **forum** on the environmental conservation.
我們正在開一次國際討論會，商討環境保護問題。

forward /'forwəd/

①位於前面的 (adj) = front

◀ Let's move to the **forward** part of the train; there are more vacant seats there.
我們移到火車的前面車廂去吧，那裡空位多。

②轉寄 (vt)

I'll **forward** the letter to you immediately.
我會馬上把信轉寄給你的。

forward(s) /'forwəd(z)/

向前 (adv) ⇔ backward(s)

◀ I walked **forward** to have a better look.
我走上前去以便看得更清楚。

fossil /'fasḷ/

化石 (C)

◀ They found some **fossils** of early reptiles.
他們發現了一些早期爬蟲類的化石。

✎衍生字 fossilize (vi,vt) (使) 石化

foster /'fostə/

①收養 (vt)

◀ We **fostered** a Vietnamese girl for a few months because her parents had a serious car accident.
我們收養一個越南女孩好幾個月了，因爲她父母發生了嚴重的車禍。

✎比較 foster 指暫時收養在家裡，並沒成爲有法律地位的父母。adopt 指有法律定位的領養關係，已成爲家庭一員。

②培養 (vt) = promote, develop

The new chairman tried hard to **foster** a sense of unity among all the members.
新任的主席竭力想在所有成員中培養起團結精神。

③被收養的，收養的 *(adj)*

It's sometimes difficult for a **foster** child to get along well with his/her **foster** parents.

有時候被收養的孩子很難與他 / 她的養父母相處融洽。

foul /faul/

①難聞的 *(adj)* = bad, unpleasant

◀ There's a **foul** smell in your room.

你房間裡有股難聞的氣味。

②無禮的 *(adj)* = obscene, offensive

Don't you ever use such **foul** language again!

不許你再講這種粗話！

③犯規 *(C)*

That was a **foul**—he grabbed her by the arm.

犯規了──他拉了她的手臂。

④汙染 *(vt)* = pollute

A thick column of black smoke rose from the exploded building, **fouling** the air.

一股黑煙從爆炸的建築物內升起，汙染了空氣。

⑤破壞 *(vt)* = spoil, ruin

The heavy rain **fouled** up my plan for the picnic.

這場大雨把我的野餐計畫破壞了。

foul up

汙染 *(vt,s)* = dirty/mess up

◀ The river has been **fouled up** with industrial waste.

這條河已被工業廢料汙染了。

found /faund/

成立 *(vt)* = establish, set up

◀ Our school was **founded** in 1897.

我校成立於一八九七年。

foundation /faun'deʃən/

①創建 *(U)* = establishment

◀ The **foundation** of the hospital took place over 100 years ago.

這座醫院創建於一百年之前。

②基金會 *(C)* = organization

They built up a **foundation** to help the homeless.

他們籌建了一個基金會來幫助無家可歸的人。

③根據 *(U)* = basis

The rumor has no **foundation**.

這種謠傳毫無根據。

founder /'faundɚ/

創始人 *(C)*

◀ Dr. Sun Yat-sen was the **founder** of the Republic of China.

孫逸仙博士是中華民國的創始人。

fountain /'fauntn̩/

噴泉 *(C)*

◀ There are spectacular **fountains** in Buchart Gardens.

布查花園裡有些壯觀的噴泉。

fowl /faul/

家禽 *(C)* = chicken

◀ My grandpa kept quite a lot of **fowls** on the farm.

我祖父在農場上養了許多家禽。

fox /faks/

狐狸 *(C)* (請參閱附錄 "動物")

◀ He is as sly as a **fox**.

他跟狐狸一樣狡猾。

fraction /'frækʃən/

①分數 *(C)*

◀ 1/3 and 1/2 are examples of **fractions**.

三分之一和二分之一都是分數。

🔖衍生字 *fractional (adj)* 微小的，極少的

②一點點 *(C)* = bit

Could you move a **fraction** farther?

你能否再移過去一點點？

fracture /'fræktʃɚ/

①裂縫 *(C)* = break, crack

◀ The release of the gas was caused by a **fracture** in the gas pipe.

漏氣是由於煤氣管有裂縫引起的。

②斷裂 *(vi, vt)* = break, crack

Jay's leg (was) **fractured** as a result of a fall from the ladder.

傑伊腿骨折斷是從梯子上摔下造成的結果。

F

fragile /ˈfrædʒəl/

① 易碎的 *(adj)* = delicate

◀ Be careful. The glasses are **fragile**.
當心，玻璃杯很容易碎。

② 虛弱的 *(adj)* = weak, feeble；⇔ strong

Old Mrs. Werner was very **fragile** after the operation.
年邁的沃納太太手術後身體很虛弱。

fragment /ˈfrægmənt/

① 碎片 *(C)* = piece, scrap

◀ Little John dropped the vase and it broke into tiny **fragments**.
小約翰把花瓶掉到地上摔成了小碎片。

② 打碎 *(vt)* /fræɡˈmɛnt/

The whole morning was **fragmented** by interruptions and phone calls.
整整一上午就在不斷地打斷和電話中支離破碎地過去了。

fragrance /ˈfreɡrəns/

芳香 *(U)*

◀ Did you smell the **fragrance** of those roses?
你聞到這些玫瑰花的香味了嗎？

衍生字 *fragrant (adj)* 芬芳的，有香味的

frail /frel/

虛弱的 *(adj)* = weak, fragile

◀ Old Mr. Bond is now 90, too **frail** to live alone.
老邦德先生現年九十歲了，太虛弱了無法獨立生活。

衍生字 *frailty (U, C)* 虛弱，弱點

frame /frem/

① 框架 *(C)*

◀ I broke the **frames** of my glasses while playing basketball.
我在打籃球時把眼鏡框給打碎了。

② 支架 *(C)* = structure

There was nothing wrong with the **frame** of the chair.
這把椅子的支架是完好的。

③ 裝框 *(vt)*

I'd like to **frame** this picture and hang it on the wall.
我想給這幅畫配上框，掛到牆上去。

④ 擬定 *(vt)* = devise, draw up

Together we **framed** a plan.
我們一起擬定一個計畫。

framework /ˈfremˌwɝk/

① 構架 *(C)* = structure

◀ The workers have just finished the **framework** of the building.
工人們剛完成建築物的構架。

② 架構 *(C)*

We are working within the **framework** of our financial aims.
我們正按財政目標的架構進行工作。

frank /fræŋk/

坦白的 *(adj)* = honest, candid

◀ To be **frank** with you, I don't think your plan will work.
坦白告訴你，我認為你的計畫行不通。

frantic /ˈfræntɪk/

發瘋似的 *(adj)* = distraught

◀ Pete's mother has been **frantic** with worry; she hasn't had any news from him over a whole month.
彼得的母親擔心得快瘋了。她已整整一個月沒有他任何消息。

fraud /frɔd/

① 詐欺 *(C)*

◀ Paul was arrested for committing tax **frauds**.
保羅因在稅收上詐欺而被捕。

衍生字 *fraudulent (adj)*

② 騙子 *(C)* = con man, swindler

She discovered that the salesman was an absolute **fraud**.
她發現那推銷員完全是個騙子。

🔘 MP3-F11

freak /frik/

① 對某事愛好入迷者 *(C)*

◀ Joyce is a typical health-food **freak**—she eats only organic vegetables and fruits.
喬伊斯是個典型的健康食品狂──她只吃有機蔬菜和水果。

② 畸形 *(C)*

One of the frogs was a **freak**— it has six legs.
有一隻青蛙是畸形的──牠長了六條腿。

③怪癖 *(U)*

So far as I know, Dick did it out of mere **freak**.
就我所知，狄克這麼做僅僅是出於怪癖。

④極度焦躁 *(vi)*

Beth **freaked** (out) when she learned that her
former boyfriend was coming to her wedding.
貝絲聽說她以前的男友來參加她的婚禮時變得
極度焦躁。

⑤反常的，預料不到的 *(adj)*

He was injured in a **freak** accident.
他在一次預料不到的意外事故中受傷。

free /fri/

①自由的 *(adj)*

◀ Is North Korea a **free** country?
北韓是一個自由的國家嗎？

②免費的 *(adj)*

She gave me two **free** tickets for the concert.
她給了我兩張免費的音樂會入場券。

③空閒的 *(adj)*

As a third-year student in senior high school, I
have very little **free** time for recreation.
身為一個高中三年級學生，我幾乎沒有空閒時
間來娛樂。

④大方的 *(adj)* = generous

My brother is **free** with his money.
我弟弟花起錢來很大方。

⑤釋放 *(vt)* = release

The terrorists finally **freed** the hostages.
恐怖分子最後釋放人質。

freedom /ˈfridəm/

①自由 *(U)*

◀ You have complete **freedom** to decide what to
do.
你完全有自由決定做什麼。

②解脫，免除 *(U)*

They enjoy their **freedom** from anxiety there.
他們很喜歡那裡無憂無慮的氣氛。

freelance /ˈfriˈlæns/

自由的 *(adj)*

◀ George is a **freelance** writer for the *Times*.
喬治是《時代雜誌》的自由撰稿人。

freeway /ˈfriˌwe/

高速公路 *(C)*

◀ Watch for the speed limit while driving on the
freeway.
在高速公路上駕車要注意車速限制。

freeze /friz/, froze *(pt)*, frozen *(pp)*

①結冰 *(vi)* ⇔ boil

◀ Water **freezes** at 0℃.
水在攝氏零度時結冰。

②呆住，突然停住 *(vi)* = stop

The thief **froze** when he heard footsteps
approaching.
那小偷聽到走近的腳步聲時愣住了。

③冷凍 *(vt)* ⇔ defrost, thaw

Freeze the fish in the refrigerator.
把這魚放在冰箱裡冷凍起來。

freeze out

①排擠 *(vt,s)* = discourage, prevent

◀ Microsoft was accused of **freezing out** the
competition by unfair means.
微軟被指控使用不正當手段排擠競爭對手。

②凍死 *(vt,s)*

Many old people were **frozen out** in the cold
waves.
寒流襲擊時許多老人都被凍死了。

freeze up

①凍結 *(vi)* = freeze completely

◀ The temperature dropped to ten degrees
below zero, and the river **froze up**.
氣溫下降到零下十度，河水也凍結了。

②緊張得一句話也說不出來 *(vi)*

I **froze up** completely when I was on stage.
我在台上的時候緊張得一句話也說不出來。

freezing /ˈfrizɪŋ/

結冰的 *(adj)*

◀ It's cold today; the temperature must have
dropped to **freezing** point.
今天真冷，氣溫肯定已降至冰點了。

frequency /ˈfrikwənsɪ/

頻率 *(U)*

◀ Accidents on that road are happening with
increasing **frequency**.
那條路上發生車禍的頻率正在不斷增多。

F

frequent /ˈfrikwənt/

頻繁的 *(adj)* = common

◀ Sudden thunderstorms are **frequent** in that area in summer.
突如其來的雷雨，在那個地區的夏天是很常見的。

fresh /frɛʃ/

①新鮮的 *(adj)* ⇔ stale

◀ I like the **fresh** air in the countryside.
我喜歡鄉下的新鮮空氣。

②淡的，無鹽的 *(adj)* ⇔ salt

I prefer swimming in sea water to **fresh** water.
和在淡水中相比，我更喜歡在海水中游泳。

freshman /ˈfrɛʃmən/

一年級新生 *(C)*

◀ Most **freshmen** in the English Department are girls.
英語系的大部分一年級新生都是女孩子。

fret /frɛt/

煩惱 *(vi)*

◀ Nico is always **fretting** over/about her pimples.
妮可總是爲粉刺而煩惱。

friction /ˈfrɪkʃən/

①摩擦力 *(U)* = discord, conflict

◀ Oil is applied to machinery to reduce **friction**.
給機器加油以減少摩擦力。

②磨擦 *(U)*

Disagreement on the household expenses caused some **friction** in the family.
家務開支上的意見不合在家庭中造成一些磨擦。

Friday /ˈfraɪdɪ/

星期五 *(C, U)*

◀ We have no classes on **Fridays**.
週五我們沒課。

fridge /frɪdʒ/

冰箱 *(C)* = refrigerator

◀ Put the milk in the **fridge** in case it gets sour.
把牛奶放進冰箱以免變酸。

friend /frɛnd/

朋友 *(C)* ⇔ enemy

◀ He's not easy to make **friends** with.
與他交朋友可不容易。

friendly /ˈfrɛndlɪ/

友好的 *(adj)* ⇔ unfriendly, hostile

◀ She's always **friendly** to newcomers.
她對新來乍到的人總是非常友好。

✎衍生字 *friendliness (U)* 友好

friendship /ˈfrɛndʃɪp/

①友好 *(U)*

◀ The players shook hands in **friendship** at first.
比賽開始時，球員們友好地握了握手。

②友誼 *(C)*

Emily and I struck up a **friendship** immediately.
艾蜜莉和我很快就建立起了友誼。

fright /fraɪt/

驚嚇 *(U)* = fear, terror

◀ When he saw a bear, he trembled with **fright**.
他看到一頭熊，嚇得渾身發抖。

✎衍生字 *frightful (adj)* 可怕的，令人不愉快的

frighten /ˈfraɪtn̩/

①使害怕 *(vt)* = scare

◀ The thought of losing his job **frightened** him.
想到會失去工作就使他害怕。

②威脅 *(vt)*

They **frightened** him into going with them.
他們脅迫他跟著他們走。

frisbee /ˈfrɪzbɪ/

飛盤 *(C, U)*

◀ They are playing (with a) **frisbee** in the park.
他們在公園裡玩飛盤。

frog /frɑg/

青蛙 *(C)* (請參閱附錄 "動物")

◀ The **frog** in the well knows nothing of the great ocean.
井底之蛙不知道有汪洋大海。

from /frɑm/

①自，從 *(prep)*

◀ I come **from** Taiwan.
我來自台灣。

②免於，離開 *(prep)*

I think we ought to keep the bad news **from** Teresa.

我想我們不應該讓泰莉莎知道這個壞消息。

front /frʌnt/

①前面的 *(adj)* ⇔ *back*

◀ Please come in from the **front** door; the back door is locked.

請從前門進來，後門被鎖上了。

②正面 *(C)* ⇔ *back*

The **front** of the postcard shows a picture of our school.

明信片的正面是我們學校的照片。

✎衍生字 *frontal (adj)* 正面的，前面的

frontier /frʌn'tɪr/

①邊境 *(C)* = *border*

◀ The fugitive was caught when he was trying to cross the **frontier**.

逃犯在逃越邊境時被抓獲。

②新領域 *(C)*

The **frontiers** of medical knowledge are being pushed back with every passing year.

醫學知識的新領域每年都有所拓展。

frost /frɔst/

①霜 *(U)*

◀ The lawn was covered with **frost** in the early morning.

清晨的草地上滿是白霜。

✎衍生字 *frosty (adj)* 嚴寒的，不友善的

②結霜 *(vi)*

The windows **frosted** over during the night.

夜裡窗子結霜了。

frown /fraʊn/

①皺眉頭 *(vi)*

◀ Nora **frowned** at her son as she read his school report.

蘿拉看了兒子的成績報告後對他皺起了眉頭。

②皺眉 *(S)*

She read his letter with a **frown**.

她皺著眉頭讀他的信。

---

frown on/upon

皺眉頭 *(vt,u)*

◀ Even though abortion is legal, it's often **frowned upon**.

雖然墮胎是合法的，但還是經常讓人皺眉頭。

---

fruit /frut/

①水果 *(U)*

◀ I always have some **fruit** after dinner.

飯後我總要吃些水果。

✎衍生字 *fruitful (adj)* 有成效的

②水果 *(C)*

This drink is made from five tropical **fruits**.

這種飲料是用五種熱帶水果製成的。

✎衍生字 *fruitless (adj)* 無效益的

③結果 *(C)* = *result*, **fruits** *(p)*

His success was the **fruit** of hard work.

他的成功是努力的結果。

🔘 MP3-F12

frustrate /'frʌstret/

①使沮喪 *(vt)* = *disappoint*

◀ I felt rather **frustrated** with/about my performance yesterday.

我對自己昨天的表現感到很沮喪。

②挫敗 *(vt)* = *thwart*

The bad weather **frustrated** our hopes of going on a picnic.

壞天氣使我們要去野餐的希望落空。

frustration /frʌs'treʃən/

①沮喪 *(U)* = *disappointment*

◀ Richard watched in **frustration** as his son lost again.

理查失望地看著兒子又輸了。

②挫折 *(C)*

Life is full of **frustrations**.

人生向來多挫折。

fry /fraɪ/

①炸 *(vt)*

◀ I'll **fry** the fish for dinner.

我要炸魚當晚餐。

②煎 *(vi)*

The eggs were **frying** in the pan.

鍋子裡正在煎蛋。

F

fuel /ˈfjuəl/

①燃料 (U)

◀ We are running out of **fuel**.
我們快要沒有燃料了。

②燃料 (C)

Gas is a convenient **fuel**.
瓦斯是一種方便的燃料。

③加燃料，激化 (vt)

His indifference only **fueled** my resentment.
他冷漠的態度更加深了我的怨恨。

④加油 (vi)

Airplanes sometimes **fuel** up in midair.
飛機有時在空中加油。

fulfill /fʊlˈfɪl/

履行 (vt) = carry out

◀ Everyone has his duties to **fulfill**.
每個人都有自己要履行的責任。

✎衍生字 fulfillment (U) 實現，完成

full /fʊl/

①充滿的 (adj) ⇔ empty

◀ The classroom was **full** of a pleasant atmosphere.
教室裡洋溢著愉快的氣氛。

✎衍生字 fully (adv) 充分地，完全地

②完全的 (adj) = complete

You'll have my **full** support.
你將得到我的全心支持。

fumes /fjumz/

廢氣 (P)

◀ Exhaust **fumes** from car engines pollute the air.
汽車引擎釋放出的廢氣汙染了空氣。

fun /fʌn/

樂趣 (U)

◀ It's **fun** to swim in the sea.
在海裡游泳很有趣。

✎衍生字 funny (adj) 有趣的，奇怪的

function /ˈfʌŋkʃən/

①功能 (C)

◀ What **functions** does the liver perform?
肝具有哪些功能？

②發揮作用 (vi) = work, operate

The washing machine **functions** well.
洗衣機運轉得很順利。

functional /ˈfʌŋkʃənl̩/

正常運行的 (adj)

◀ After repairs, the machine is **functional** again.
這台機器經修理後，又能正常運轉了。

fund /fʌnd/

①基金 (C)

◀ We set up a **fund** for the disabled.
我們為殘障人士建立了一項基金。

②提供資金 (vt) = finance

The research is partly **funded** by the government.
這項研究的一部分經費是由政府提供的。

fundamental /ˌfʌndəˈmɛntl̩/

①本質的，根本的 (adj) = basic

◀ There's a **fundamental** difference between your viewpoint and mine.
你我之間的看法有著本質的不同。

②最重要的 (adj) = essential

Diligence is **fundamental** to his success.
他之所以獲得成功，最重要的因素是勤奮。

funeral /ˈfjunərəl/

葬禮 (C)

◀ Mr. Lee's **funeral** will be held at the local church.
李先生的葬禮將在當地的教堂內舉行。

funnel /ˈfʌnl̩/

①漏斗 (C)

◀ Use a **funnel** to pour sesame oil into the bottle.
用漏斗把麻油倒入瓶子裡。

②用漏斗把⋯倒入 (vt)

She **funneled** sesame oil into the bottle.
她用漏斗把麻油倒入瓶子。

funny /ˈfʌnɪ/

①有趣的 (adj) = amusing

◀ What a **funny** story it is!
這故事多麼有趣啊！

②奇怪的 (adj) = strange, odd

It's **funny** that he disappeared suddenly.
他突然就不見了，真是奇怪。

F

fur /fɝ/

毛皮 (U)

◀ A mink's **fur** feels soft and warm.
貂皮摸上去又柔軟又暖和。

✎衍生字 *furry (adj)* 毛皮的，毛茸茸的

furious /'fjʊrɪəs/

憤怒的 *(adj) = angry*

◀ He was **furious** to find that they had gone without him.
發現他們自顧自地走了，讓他氣憤至極。

✎衍生字 *fury (S,U)* 盛怒

furnish /'fɝnɪʃ/

① 陳設家具 *(vt)*

◀ It cost them a fortune to **furnish** their new house.
他們布置新居花了不少錢。

② 配備 *(vt)*

My office will be **furnished** with a new computer.
我的辦公室將配備一台新電腦。

furniture /'fɝnɪtʃɚ/

家具 *(U)*

◀ That old French table is a very valuable piece of **furniture**.
那張古舊的法國桌子是件很值錢的家具。

further /'fɝðɚ/

① far 的比較級 *= more, additional*

② 進一步的 *(adj)*

◀ I need **further** help.
我需要進一步的幫助。

③ 更遠 *(adv) = farther*

I'm too tired to walk any **further**.
我實在太累，再也走不動了。

④ 再，更 *(adv) = more*

I can't help you any **further**.
我不能再幫助你了。

✎相關字 請參見 farther。

⑤ 促進 *(vt) = advance, promote*

The foundation is dedicated to **furthering** the cause of world peace.
該基金會致力於促進世界和平的大業。

furthermore /'fɝðɚ,mor/

此外 *(adv) = besides, in addition, moreover*

◀ The house is too small; **furthermore**, it is in a bad location.
這房子太小；此外，它的地段也不理想。

fury /'fjʊrɪ/

① 盛怒 *(U) = rage, anger*

◀ Dale's father was speechless with **fury**.
戴爾的父親因狂怒而說不出話來。

✎衍生字 *furious (adj)* 狂怒的

② 勃然大怒 *(S) = rage*

On hearing the news, Dick flew into a **fury**.
聽到這消息狄克勃然大怒。

fuse /fjuz/

① 保險絲 *(C)*

◀ You'll blow a **fuse** if you have too many appliances plugged into the same socket.
如果你把太多的電器都插到同一個插座上就會燒毀保險絲。

② 導火線，定時引信 *(C)*

The bomb has been set with a **fuse**.
這炸彈上裝了一個定時引信。

③ 熔合 *(vt)*

The two pieces of wire were **fused** together.
這兩條金屬線被熔合成一條。

✎同尾字 confuse (混淆)。defuse (解除)。refuse (拒絕)。interfuse (混合)。infuse (注入)。profuse (大量的；揮霍的)。transfuse (輸血)。

fuss /fʌs/

① 聲張，紛擾 *(U)*

◀ They wanted a quiet funeral without any **fuss**.
他們想不事聲張辦一個低調的葬禮。

✎衍生字 *fussy (adj)* 喜歡挑剔的

② 小題大作 *(S)*

Why are you always making a **fuss** about nothing?
你為何總是小題大作、無事自擾呢？

③ 過分愛護 *(vi)*

Simon is always **fussing** over his son.
賽門總是過分愛護自己的兒子。

---

fuss about/around

瞎忙 *(vi)*

◀ My mother **fusses about** all the time, which nearly drives me crazy.
我母親老是瞎忙，差點沒把我逼瘋了。

fuss about/over

大驚小怪，過分操心 *(vt,u)*

◀My mother is always **fussing over** an ordinary cold/us children.
我母親老是對普通感冒大驚小怪／對我們這些孩子過分操心。

fuss up

打扮得太誇張 *(vi)*

◀Sherry tends to **fuss up** for a party.
雪莉參加派對總是打扮得太誇張。

future /ˈfjutʃɚ/

①將來 *(the+S)*

◀ At some time in the **future**, more people may work at home.
將來的某個時候，也許會有更多的人在家上班。

②前途 *(C)*

She has a great **future** ahead of her as an actress.
她當演員將來是前途無量。

fuzz /fʌz/

細毛，茸毛 *(U)*

◀ Kiwis are covered with **fuzz**.
奇異果布滿了細毛。

✎衍生字 *fuzzy (adj)* 毛茸茸的，模糊的

F

G

A HANDBOOK
7000 English Core Words

◎ MP3-G1

gain /gen/

①增加 (C) ⇔ loss

◀ The baby boy showed a considerable **gain** in weight last month.

這個男嬰上個月體重增加了許多。

②利潤，收益 (U) = profit

I didn't make any **gain** when I sold my house.

我賣掉房子並未獲利。

③獲得 (vt) = obtain

Joseph **gained** a fortune from the deal.

約瑟夫在這筆交易中大賺了一筆。

④增加 (vt) ⇔ lose

I've been **gaining** weight recently.

近來我體重增加了。

gal /gæl/

女孩 (C) = girl

◀ Linda is a great **gal**.

琳達是個出色的女孩。

galaxy /'gæləksɪ/

①星系 (C)

◀ A new **galaxy** was found near Jupiter last week.

上週在木星附近發現一個新的星系。

②大批 (C) = array, multitude

A **galaxy** of world renowned scientists attended the seminar.

一大批國際著名的科學家出席了這次研討會。

gallery /'gælərɪ/

美術館 (C)

◀ Her paintings are on display at the art **gallery** on Main Street.

她的畫作在梅因街的美術館裡展出。

gallon /'gælən/

加侖 (C)

◀ I need a **gallon** of gasoline.

我需要一加侖的汽油。

gallop /'gæləp/

①(馬)飛奔 (S)

◀ Suddenly, the horse broke into a **gallop** and vanished in no time.

這匹馬突然飛奔起來，片刻間就不見了。

②匆匆，倉促 (S)

I ate my lunch at a **gallop** in order to hurry back to work.

我為了趕回去工作就匆匆吃了午餐。

③奔馳 (vi)

The horses **galloped** down the hill.

馬兒奔下了山。

✎相關字 canter (慢跑)。trot (小跑)。

gamble /'gæmbḷ/

①賭博 (vt)

◀ He **gambled** away the fortune his father left him.

他把父親留給他的財產都給賭光了。

②碰運氣 (S)

The surgery may succeed, and it may not; it's a bit of a **gamble**.

這次手術可能會成功，但也可能失敗，有點碰運氣了。

gamble away

①賭輸 (vt,s)

◀Ted **gambled away** all his money.

泰德把他所有的錢都賭輸了！

②賭博 (vi)

Susan has been **gambling away** all night.

蘇珊已經賭了一個通宵。

gamble on

①押在 (vt,u) = bet/wager on

◀I am going to **gamble** (all my money) **on** the dark horse.

我要(把所有的錢)押在那匹黑馬上。

②懷著投機的心理指望 (vt,u) = depend/figure on

We're **gambling on** the weather being nice for our trip.

我們懷著投機的心理指望出門時會有好天氣。

game /gem/

①遊戲 (C)

◀ Is hide-and-seek a popular **game** among children nowadays?

現在的孩子還愛玩捉迷藏的遊戲嗎？

②一盤，一場，一局 (C)

Ken and I had another **game** of chess, but I lost just the same.

肯和我再下了一盤棋，但我仍是輸。

③運動會 *(P)*

Olympic **Games** are held every four years.

奧林匹克運動會每四年舉辦一次。

④獵物 *(U)*

It's unlawful to shoot **game** in this season.

這季節射殺獵物是違法的。

gang /gæŋ/

①一幫不良分子 *(C)*

◀ The **gang** was/were planning a kidnapping.

這一幫不良分子在計畫綁架。

②合夥 *(vi)*

He feels that everyone's **ganging** up on him.

他覺得人人都在合夥對付他。

---

gang up with

結幫派 *(vt,u)*

◀ I am a little worried about my daughter **ganging up with** those tomboys.

我有點擔心我女兒會和那些野丫頭結幫派。

---

gangster /'gæŋstɚ/

歹徒 *(C)*

◀ The **gangster** in the movie finally killed himself.

影片中那個歹徒最後自殺了。

gap /gæp/

差距，鴻溝，裂縫 *(C)*

◀ They're trying to fill the **gap** between the rich and the poor in that country.

他們試圖縮小那個國家中的貧富差距。

garage /gə'rɑʒ/

①車庫 *(C)*

◀ Our **garage** is not big enough for two cars.

我們的車庫不夠停放兩輛汽車。

②修車廠 *(C)*

My car is at the **garage** for routine maintenance.

我的車在汽車修理廠進行例行保養。

garbage /'gɑrbɪdʒ/

①垃圾 *(U)* – *trash, rubbish*

◀ It's my job to take the **garbage** out every day.

每天把垃圾拿出去是我的事。

②無價值之物 (言詞等) *(U)* = *rubbish*

Don't talk such a load of **garbage**, Bill.

比爾，別說這麼多廢話。

garden /'gɑrdn̩/

①花園 *(C)* (請參閱附錄 "房子")

◀ She's out in the rose **garden**, pulling out weeds.

她在外面的玫瑰園裡拔草。

②種植花木 *(vi)*

She's **gardening** in the backyard.

她在後園裡種植花卉。

✎衍生字 *gardening (U)* 園藝；*gardener (C)* 園丁

gargle /'gɑrgl̩/

①漱口 *(vi)*

◀ **Gargling** with salt water is good for your sore throat.

你喉嚨痛的話用鹽水漱口是有幫助的。

✎衍生字 *gargle (C)* 漱口

②嗽口 *(S)*

He advised me to have a **gargle** with salt water to relieve the pain in my throat.

他建議我用鹽水嗽嗽口來減輕喉嚨痛。

garlic /'gɑrlɪk/

蒜 *(U)* (請參閱附錄 "食物")

◀ **Garlic** has medicinal properties.

大蒜有藥物效用。

✎衍生字 *garlicky (adj)* 有大蒜味的

garment /'gɑrmənt/

衣服 *(C)*

◀ Pearl wore a beautiful **garment** for the party.

珀爾穿了件漂亮衣服去參加聚會。

gas /gæs/

①氣體 *(C)*

◀ Oxygen and hydrogen are **gases**.

氧和氫都是氣體。

✎相關字 solid (固體)。liquid (液體)。

②瓦斯 *(U)*

The police used tear **gas** to drive the crowd away.

警察用催淚瓦斯來驅散人群。

③汽油 *(U)* = *gasoline, petrol*

I have to go to the filling station; my car is running out of **gas**.

我得去加油站，我的車快沒汽油了。

gasp /gæsp/

①摒息 *(vi)*

◀ The audience **gasped** with/in amazement when the magician sawed the girl into halves.
當魔術師將那女孩鋸成兩半時，觀眾吃驚摒住了呼吸。

✎衍生字 *gasp (C)* 摒息，喘氣

②喘息 *(vi)* = *pant*

She came out of the water **gasping** for breath/air.
她從水裡出來時大口地喘著吸氣。

gate /get/

門 *(C)* (請參閱附錄 "房子")

◀ Our flight is boarding at **Gate** 22.
我們搭乘的航班是在二十二號門登機。

gather /'gæðɚ/

①集攏 *(vt)*

◀ He **gathered** up his books and left.
他把書收好後就離開了。

②逐漸增加 *(vt)* = *gain*

The train **gathered** speed as it left the station.
火車離站後就開始加速。

③聚集 *(vi)* ⇔ *disperse*

The children **gathered** around the teacher.
孩子們聚在老師周圍。

---

gather in

收割 *(vt,s)* = *reap*

◀We must hire some workers to **gather in** the crops.
我們必須雇幾個工人來收割莊稼。

---

gather up

①收起來 *(vt,s)* = *pick up*

◀**Gather up** your scattered toys and put them in your drawers.
把你散在地上的玩具收起來放到抽屜裡去。

②鼓起 *(vt,s)* = *pluck/summon/screw/muster up*

You should **gather up** your courage and face up to reality.
你應該鼓起勇氣面對現實。

🔘 MP3-G2

gathering /'gæðərɪŋ/

聚會 *(C)* = *reunion, get-together*

◀ We have a class **gathering** next Saturday.
下週六我們班將有個聚會。

gay /ge/

①同性戀的 *(adj)* = *homosexual*

◀ Bobby and his **gay** lover have strived for **gay** rights for years.
鮑比和他那個同性戀戀人多年來一直為爭取同性戀的權力而努力。

②愉快的 *(adj)* = *cheerful, happy*；⇔ *sober, grave*

She announced the good news in a **gay** voice.
她用愉快的嗓音宣布了這個好消息。

③同性戀者 *(C)*

Many **gays** have now come out of the closet.
現在許多同性戀者都公開承認了。

✎相關字 lesbian (女同性戀者)。

gaze /gez/

①凝視 *(vi)*

◀ She sat **gazing** at the picture in the album.
她坐著凝視著相簿裡的照片。

✎相關字 gaze (指因讚賞、高興或興趣而注視某物)。
stare (指因吃驚、好奇或害怕、生氣而盯著看)。
glare (怒視)。

②注視 *(S)*

She turned her head away to avoid his **gaze**.
她轉過頭去避開他的注視。

gear /gɪr/

①排檔 *(C)*

◀ Most cars have four forward **gears**.
大多數汽車都有四個前進排檔。

②排檔 *(U)*

She changed **gear** to drive up the steep slope.
她開車上陡坡時換了排檔。

③作準備 *(vt)*

The party is all **geared** up for the coming election.
該政黨為即將來臨的競選活動作好了充分的準備。

gel /dʒɛl/

凝膠體 *(U)*

◀ Your hair will look better with some hair **gel**.
抹上些髮膠你的頭髮會好看些。

gender /'dʒɛndɚ/

性別 *(U)* = *sex*

◄ Human beings should be treated equally regardless of **gender** and race.
人類應不分性別和種族受到平等待遇。

gene /dʒin/

遺傳基因 (C)

◄ Her **genes** are good. Both her parents are doctors.
她的遺傳基因不錯，父母都是醫生。

✎衍生字 *genetic (adj)* 遺傳的； *genetics (U)* 遺傳學

general /ˈdʒɛnərəl/

①大體的，一般的，大致的 *(adj)* = *main*

◄ Did you get the **general** idea of the work?
你對這項工作是否有了大體的概念？

②籠統的 *(adj)* ⇔ *specific*

I want a specific description, not a **general** one.
我要一個詳細的描述，不要籠統的。

③將軍 *(C)*

His father is a **general** in the army.
他父親是軍隊裡的一名將軍。

generalize /ˈdʒɛnərəlˌaɪz/

歸納 *(vi)*

◄ Try to **generalize** from these examples.
從這些例子試著歸納一下。

generally /ˈdʒɛnərəlɪ/

普遍地 *(adv)* = *commonly*

◄ It's **generally** believed that smoking is bad for health.
人們普遍認為吸煙有害健康。

generate /ˈdʒɛnəˌret/

①引起 *(vt)* = *cause, give rise to*

◄ The accident **generated** a lot of public concern about workplace safety.
這次事故引起公眾對工作場所安全問題的關注。

②發電，產生 *(vt)* = *produce*

We can use flowing water to **generate** electricity.
我們可利用流動的水來發電。

✎衍生字 *generation (U)* 產生

generation /ˌdʒɛnəˈreʃən/

代 *(C)*

◄ There are three **generations** in my family: my grandparents, my parents, and myself.

我家共有三代人：我的祖父母、父母、還有我。

✎衍生字 *generate (vt)* 產生，發電，引起

generator /ˈdʒɛnəˌretɚ/

發電機 *(C)*

◄ The coal-powered **generator** has broken down.
燃煤動力發電機壞了。

generosity /ˌdʒɛnəˈrɑsətɪ/

大方，慷慨 *(U)*

◄ She showed **generosity** with the spending of her money.
她花錢大方。

generous /ˈdʒɛnərəs/

大方的，慷慨的 *(adj)*

= *liberal*； ⇔ *stingy, miserly, mean*

◄ It's very **generous** of you to forgive him his debt.
你真大方，對他欠的債不加追究。

genetic /dʒəˈnɛtɪk/

遺傳的 *(adj)*

◄ Scientists have used **genetic** engineering to protect many fruits and vegetables against the effects of freezing.
科學家們已利用遺傳工程來防止許多種類的水果和蔬菜被凍壞。

✎衍生字 *gene (C)* 基因

genetics /dʒəˈnɛtɪks/

遺傳學 *(U)*

◄ He majored in **genetics** in graduate school.
他在研究所時主修遺傳學。

✎衍生字 *geneticist (C)* 遺傳學家

genie /ˈdʒinɪ/

神怪 *(C)*

◄ Rub the kettle, and a **genie** will appear.
摩擦一下水壺神怪就會出現。

genius /ˈdʒinjəs/

①天才 *(U)*

◄ Einstein was a man of **genius**.
愛因斯坦是個天才。

②天才 *(C)*

We all regard him as a **genius**.
我們都認為他是位天才。

G

③天賦 (S) = talent, gift
She has a **genius** for music.
她具有音樂天賦。

gentle /'dʒɛntḷ/

溫和的 (adj) = tender
◀ Prof. Rough is always **gentle** with his students.
羅夫教授對待自己的學生總是態度溫和。
✎衍生字 *gently (adv)* 溫和地

gentleman /'dʒɛntḷmən/

男士，紳士 (C) ⇔ lady
◀ My father is a real **gentleman**.
我爸是個道地的紳士。

genuine /'dʒɛnjʊɪn/

①真正的 (adj) = real；⇔ fake
◀ This is a **genuine** Ming vase, not a fake.
這是真正的明代花瓶，不是假貨。
②真誠的 (adj) = sincere
My mother is a very **genuine** person.
我媽是個非常真誠的人。

geography /dʒɪ'ɑɡrəfɪ/

①地理 (U)
◀ My brother majored in **geography** in college.
我弟弟在大學裡主修地理。
✎衍生字 *geographer (C)* 地理學家
②地形 (S)
The tour guide knew the local **geography** well.
這位導遊對當地的地形瞭如指掌。
✎衍生字 *geographical (adj)* 地理 (學) 的

geometry /dʒɪ'ɑmətrɪ/

幾何 (U)
◀ I am interested in analytical **geometry**.
我對解析幾何有興趣。
✎衍生字 *geometric (adj)* 幾何學的
✎同音字 geology (地質學)。geography (地理學)。geophysics (地球物理學)。geopolitics (地政學)。geomorphology (地形學)。geomagnetism (地磁學)。

germ /dʒɝm/

細菌 (C) = bacterium
◀ Will rotten fruit spread **germs**?
腐爛的水果會散播細菌嗎？

gesture /'dʒɛstʃɚ/

①示意，動作，手勢 (C)
◀ Philip made a menacing **gesture** with his fist.
菲利普用拳頭做了個威脅性的動作。
②表示 (C)
It was a kind **gesture** to offer to drive me home.
用車送我回家是一個友善表示。
③打手勢 (vi) = beckon
She **gestured** to the waiter to bring some more tea.
她向侍者做了個手勢要些茶。

🔘 MP3-G3

get /gɛt/, got (pt), got/gotten (pp)

①得到 (vt) = receive, obtain
◀ I **got** a present I'd longed for.
我得到了心儀的禮物。
②變成 (vi) = become
The soup is **getting** cold.
湯變冷了。
③明白 (vt) = understand, grasp
I didn't quite **get** what you said.
你說的話我不大明白。
④使，促使 (vt) = have
Get it done in five minutes!
五分鐘把它做好！

get across

讓…明白 (vt,s) = get through
◀ It is obvious that you haven't **got** your idea **across** to the committee.
很顯然你還是沒讓委員會明白你的想法。

get ahead

成功 (vi) = succeed
◀ Work hard, and you will **get ahead** in your job.
好好做，你的工作會成功的。

get along with

①相處 (vt,u) = get on with
◀ Rachel doesn't **get along with** Linda at all.
蕾秋和琳達根本就處不好。
②進展 (vt,u)
How are you **getting along with** your English?
你的英語學得怎樣了？

get around

①逃避 (vt,u) = circumvent

◀Businessmen are always looking for ways to **get around** the tax laws.
做生意的人總是在想辦法逃稅。

②傳說 (vi) = circulate, get about

The news has been **getting around** that several public figures have got involved in the bedroom scandal.
有消息傳說幾個公眾人物已經牽涉入這件性醜聞中。

get around to

抽出時間做 (vt,u) = find time for, come around to

◀I meant to go to the department store, but I never **got around to** it.
我本打算到百貨公司，但就是抽不出時間。

get at

①了解 (vt,u) = discover

◀The police officer asked the man a few questions to try to **get at** the truth, but he seemed to get nowhere.
警察問了那人幾個問題想了解真相，但好像問不出什麼名堂來。

②意指 (vt,u) = mean, drive at

I couldn't understand what that speaker was **getting at**?
我聽不懂那人講的是什麼意思。

③觸及 (vt,u) = reach

I could see the eraser stuck under there, but I couldn't **get at** it.
我看到橡皮擦黏在那下面，可就是拿不著。

④數落，指責 (vt,u) = criticize, nag

Jane is always **getting at** her husband for one thing or another.
珍總是爲任何事情一再責怪她丈夫。

get away with

①放過，未受懲罰 (vt,u) = go unpunished for

◀That woman was found guilty of speeding, but the police officer just let her **get away with** it !
那女的被發現超速行駛，可是警察卻放過她。

②得到從輕發落 (vt,u) = get off with

Joe cheated on the test, but he **got away with** a slap on the wrist.
喬考試時作弊，但只是手腕上挨了一下就沒事了。

get back at

報復 (vt,u) = take revenge on, get even with, pay sb back

◀Hanna is trying to think of ways to **get back at** Paul for abandoning her.
漢娜正想辦法要報復保羅拋棄她。

get back to

以後再答覆 (vt,u) = speak to sb again

◀I'll try to **get back to** you after I finish my work.
我幹完活後再找你談。

get behind

拖欠 (vi) = fall/lag behind

◀They make you pay extra if you **get behind** with your rent.
如果你拖欠房租他們就會要你多付錢。

get by

①過日子 (vi)

= squeeze/scrape/squeak by, scrape/rub along

◀How can I **get by** on such a small income?
這麼少的收入我怎麼過日子？

②過得去 (vi)

Though your work will **get by**, there is still room for improvement.
你的工作還過得去，不過仍有改進的餘地。

G

get down

①使沮喪 *(vt,s)*

◀You can't let the defeat **get** you **down**, or you won't stage a comeback.

你不能讓這次失敗挫了銳氣，否則就不可能東山再起。

②記下來 *(vt,s)* = *write/take/put down*

Let me **get** your phone number **down** before I forget it.

讓我把你的電話號碼記下來免得忘了。

get down to

開始認真做 *(vt,u)* = *come down to*

◀By the time we finally **got down to** business/work/studies/details, it was already 11:00.

等到我們終於開始談正事 / 工作 / 學習 / 細節，已經是十一點了。

get even with

報復 *(vt,u)* = *get back at, pay sb back*

◀I would like to **get even with** the person who killed my dog.

我想要報復殺了我那條狗的人。

get in on

參加，加入 *(vt,u)* = *take part in*

◀They saw us playing tennis and wanted to **get in on** the match.

他們看到我們在打網球，就想進來比一場。

get off

①下班 *(vt,u;vi)*

◀When you **get off** (work), will you join us for a drink?

你下班後和我們一起去喝一杯，好嗎？

②得到從輕發落，沒受懲罪 *(vt,s)*

I can't believe his lawyers managed to **get** him **off** with only a fine.

我無法相信，他的律師居然讓他只需罰款而逃脫了罪責。

③下車 *(vi;vt,u)* ⇔ *get on*

I will **get off** (the bus) at the next stop.

我將在下站下車。

④讓…下車 *(vt,s)* = *let off*；⇔ *let on*

The bus pulled in to **get** the passengers **off**.

公共汽車停下來讓乘客下車。

get on

①繼續 *(vi)* = *go/carry on, continue*

◀Don't gossip. **Get on** with your work.

別說閒話了，繼續幹自己的活兒。

②相處 *(vi)* = *get along*

I **get on** with Jane very well.

我和珍相處得很好。

③上車 *(vi;vt,u)* ⇔ *get off*

We **got on** (the bus) one after another.

我們一個一個地上 (公共汽) 車。

get out

出版 *(vt,s)* = *publish*

◀They are going to **get** the book **out** next month.

他們將在下個月出版這本書。

get over

①恢復 *(vt,u)* = *recover from*

◀My doctor said it will take at least a week to **get over** a cold.

我醫生說感冒至少要一個星期才能恢復。

②結束 *(vt,s)* = *finish*

When I **get** my exam **over** (with), I will contact you.

我考完試後再和你聯繫。

get through

①把…講清楚 *(vt,s)* = *get across*

◀I finally **got** my message **through** to my grandson.

我終於讓孫子聽明白了我的意思。

②使成功 *(vt,s)* = *put through*

It is difficult to **get** the sunshine bill **through** (Congress).

陽光法案很難 (在國會) 通過。

③使通過 (考試) *(vt,s)* = *put through*

I **got** all my students **through** (the mid-term exam).

我讓所有的學生都通過了 (期中考試)。

④及格 *(vt,u)* = *pass*

I don't think Chris will ever **get through** the mid-term exam.

我認為克莉絲期中考試不可能及格。

⑤熬過一段時間 *(vt,u)*

He managed to **get through** the crisis.

他勉強熬過危機。

get through to

接通電話 **(vt,u)** = reach sb by telephone

◀I have trouble **getting through to** Mr. White; the lines are all busy.
我接不通懷特先生的電話，線路都很忙。

get through with

完成 **(vt,u)** = finish

◀When will you **get through with** the wash?
你什麼時候洗好衣服的？

get to

使難過 **(vt,u)** = upset, annoy

◀Don't let him **get to** you. He's just laughing at you.
不要因爲他而難過，他只是在拿你開心。

🔊 MP3-G4

ghost /gost/

鬼 **(C)**

◀ Do you believe in **ghosts**?
你相信有鬼嗎？

✎衍生字 *ghostly (adj)* 鬼的，像鬼的

giant /'dʒaɪənt/

①超大的 **(adj)** = huge

◀ It's a **giant** watermelon, weighing 25 kilos.
這是個超大的西瓜，有二十五公斤重。

②巨人 **(C)**

The **giant** in the fairy tale is very rude.
這個童話故事中的巨人十分粗魯。

gift /gɪft/

①禮物 **(C)** = present

◀ I gave him a cook book as his Christmas **gift**.
我送他一本烹調書作爲聖誕禮物。

②天賦 **(S)** = talent, genius

Terry has a **gift** for learning languages.
泰利有學習語言的天賦。

gifted /'gɪftɪd/

才華橫溢的 **(adj)** = talented

◀ Mozart was a very **gifted** musician.
莫札特是位才華橫溢的音樂家。

gigantic /dʒaɪ'gæntɪk/

巨大的 **(adj)** = huge

◀ A **gigantic** shopping mall is being put up/constructed over there.
一家規模巨大的購物中心在那裡建起。

giggle /'gɪgl/

①傻笑 **(vi)**

◀ Stop **giggling** at what I said, Sue. This is a serious matter.
蘇，別聽了我的話傻笑，這可是件正經事。

②傻笑 **(C)**

Jane broke into a **giggle**.
珍突然一陣傻笑。

✎衍生字 *giggle (C)* 傻笑

✎相關字 laugh (出聲的笑，最普通的用語)。giggle (小孩或年輕女孩吃吃的笑)。smile (微笑)。grin (露齒而笑)。titter (露齒而笑)。chuckle (低聲滿足的輕笑)。smirk (傻笑，得意的笑)。

gill /gɪl/

鰓 **(C)**

◀ A fish breathes through **gills**.
魚用鰓呼吸。

ginger /'dʒɪndʒɚ/

薑 **(U)** (請參閱附錄 "蔬菜")

◀ **Ginger** is used to season meat and fish.
薑用來調味肉和魚。

giraffe /dʒɚ'ræf/

長頸鹿 **(C)** (請參閱附錄 "動物")

◀ A **giraffe** has a long neck.
長頸鹿有長脖子。

girl /gɝl/

女孩 **(C)** ⇔ boy

◀ A **girl** is physically weaker than a boy.
女孩的體力比男孩要弱些。

give /gɪv/, gave **(pt)**, given **(pp)**

給 **(vt)**

◀ Our math teacher **gave** us a lot of homework last week.
我們的數學老師上週給我們大量的家庭作業。

G

give away

① 送，捐贈 (vt,s)

◀I **gave** my old clothes **away** to the orphanage.
我把舊衣服送給了孤兒院。

② 透露 (vt,s) = divulge

We promise each other not to **give away**
where we have been these days.
我們互相保證，對誰也不透露這些天我們去哪裡。

give in

讓步 (vi) = yield, give way, cave in

◀Andy had been asking Rose out for weeks, so
she finally **gave in** and agreed to go out with
him.
安迪約了羅絲好幾個星期，最後她終於心軟
了，同意和他一起出去。

give off

散發 (vt,u) = give forth, emit

◀The bread **gave off** a bad smell.
麵包發出一股臭味。

give out

① 分發 (vt,s) = distribute, hand/dish/pass out

◀She **gave** copies of her paper **out** to the
audience.
她把她的論文分發給聽眾。

② 發出 (vt,u) = give off

The lamp **gives out** dim light.
燈發出暗淡的光。

give over

繳交，遞交 (vt,s) = turn/hand over, give up

◀They **gave** the thief **over** to the police.
他們把小偷交給警方。

give up

① 停止做某事 (vt,s) = stop

◀Vincent has **given up** trying to win back
Sue's heart.
文森特已經放棄努力，不想去贏回蘇的心了。

② 放棄 (vt,s) = quit

She **gave up** a steady job, and started a
business herself.
她放棄了固定的工作，自己做起生意來。

③ 自首 (vt,s) = turn in

The robber refused to **give** himself **up** (to the
police); instead he committed suicide.
這名盜賊不願 (向警方) 自首，而自殺了。

glacier /ˈgleʃɚ/

冰河 (C)

◀ Antarctica is covered by a vast continental
glacier which is nearly 4,000 meters deep.
南極被一巨大的大陸冰河所覆蓋，冰河厚達四
千米。

✎衍生字 *glacial (adj)* 冰冷的，冰河時代的，如冰河般緩
慢的

glad /glæd/

高興的 (adj) = happy

◀ I'm **glad** about her new job.
我為她得到的這分新工作感到高興。

glamour /ˈglæmɚ/

魅力，誘惑力 (U)
= charm, attraction, enchantment, appeal

◀ Traveling abroad has never lost its **glamour**
for me.
去國外旅行一直對我很有誘惑力。

✎衍生字 *glamorous (adj)* 有魅力的

glance /glæns/

① 匆匆看一下 (vi)

◀ He **glanced** at his watch and hurried out.
他匆匆看了一下手錶就趕緊出去了。

② 瞥了一眼 (C)

I took/cast a quick **glance** at the memo pad to
see if I had missed something.
我瞥了一眼記事本，看有什麼忘掉的。

glare /glɛr/
①怒目而視 *(vi)*
◀ They **glared** at each other in anger.
他們相互怒目而視。
②耀眼 *(vi)* = blaze
I put on sunglasses because the sun was **glaring** through the car windshield.
耀眼的陽光透過汽車擋風玻璃射進來，所以我戴上墨鏡。
✎衍生字 *glaring (adj)* 耀眼的，炫目的
③瞪 *(S)*
She gave him a fierce **glare**.
她狠狠地瞪了他一眼。
④耀眼 *(the+S)*
I had to wear sunglasses because of the **glare** of the sun.
由於陽光耀眼，我只好戴上墨鏡。

glass /ˈglæs/
①玻璃 *(U)*
◀ I cut my finger on some broken **glass**.
我碰到一些碎玻璃，把手指割破了。
②玻璃杯 *(C)*
I drink several **glasses** of water a day.
我每天喝幾杯水。
③眼鏡 *(P)* = spectacles
I have to wear **glasses** because of my poor eyesight.
我視力不好，所以要戴眼鏡。

glassware /ˈglæsˌwɛr/
玻璃器皿 *(U)*
◀ She's interested in ornamental **glassware**.
她對裝飾性玻璃器皿很有興趣。

gleam /glim/
①微光 *(U)* = light
◀ They caught the **gleam** of a distant street lamp.
他們望見遠處的街燈發出微光。
②閃現 *(S)* = flicker, glimmer
A **gleam** of excitement came into her eyes.
她眼中閃現出興奮的神情。
③閃爍 *(vi)* = glisten
Moonlight was **gleaming** on the water.
月光在水面閃爍。
④閃現 *(vi)* = shine
His face **gleamed** with excitement.
他臉上閃現出激動。

glee /gli/
高興 *(U)* = joy
◀ The little boy jumped up and down in **glee** when his father bought him a new toy gun.
當爸爸給他買了一支新玩具手槍時，小男孩高興得跳上蹦下。
✎衍生字 *gleeful (adj)* 歡樂的，欣喜的

glide /glaɪd/
①滑行 *(vi)*
◀ The dancers **glided** across the floor of the ballroom.
跳舞的人們在舞廳的地板上滑步而行。
✎衍生字 *glide (C)* 滑行，滑翔
②不知不覺地溜過 *(vi)* = slip
The years **glided** by.
歲月不知不覺地溜過。

glimpse /glɪmps/
①瞥見 *(vt)*
◀ I **glimpsed** him in the crowd just before he disappeared from sight.
就在他消失在人群中的一剎那，我瞥見了他。
②瞥了一眼 *(C)*
I only caught a **glimpse** of the clock on the wall.
我只瞥了一眼牆上的鐘。

glisten /ˈglɪsn̩/
①閃現 *(vi)*
◀ His eyes **glistened** with joy.
他眼睛閃現出喜悅。
②閃閃發亮 *(vi)*
His face **glistened** with sweat.
他臉上的汗水閃閃發亮。

glitter /ˈglɪtɚ/
閃閃發亮 *(vi)* = sparkle, twinkle
◀ The diamond ring **glittered** on her finger.
那枚鑽石戒指在她指上閃著光芒。
✎衍生字 *glitter (U)* 閃爍，燦爛

◉ MP3-G5

global /ˈglobl̩/
①全球的 *(adj)*
◀ It took him six months to take a **global** tour.
他花了六個月時間做了次環球旅行。

G

② 全面的 *(adj)*

His report took a **global** view of the company's problems.

他在報告中對公司的種種問題作了全面的論述。

globe /glob/

地球，世界 *(C) = Earth, world*

◀ He has traveled all around the **globe**.

他到過世界各地。

gloom /glum/

① 愁悶 *(U) = sadness*

◀ The news of his death filled all his family with **gloom**.

他的死訊使他全家充滿愁悶。

② 憂愁 *(S)*

His death cast a **gloom** over his family.

他的死給他家人蒙上了憂愁。

gloomy /'glumɪ/

沮喪的 *(adj) = sad, despondent*

◀ When I saw his **gloomy** face, I knew immediately that something was wrong.

當我看見他那張沮喪的臉時就立刻知道出事了。

glorious /'glorɪəs/

光榮的 *(adj)*

◀ It was a **glorious** victory.

那是次光榮的勝利。

glory /'glorɪ/

① 榮譽 *(U) = honor, admiration*

◀ Those who died for their country earned everlasting **glory**.

為國捐軀者贏得不朽的榮譽。

➘衍生字 *glorify (vt)* 頌揚；*glorification (U)* 頌揚

② 輝煌 *(U) = splendor, magnificence*

They spent $20 million on restoring the old theater to its former **glory**.

他們花費了二千萬元的資金，使這家古老的劇院恢復往日的輝煌。

glove /glʌv/

手套 *(C)*

◀ You need a pair of **gloves** in such cold weather.

這麼冷的天氣你需要一副手套。

➘相關字 glove (有指手套)。mitten (連指手套)。baseball mitt (棒球手套)。boxing glove (拳擊手套)。

glow /glo/

① 發亮 *(vi) = shine*

◀ His eyes **glowed** with pride.

他的眼裡閃現出自豪的目光。

② 紅潤氣色 *(S) = radiance*

I was impressed by the healthy **glow** on the old woman's cheeks.

那老婦臉上健康的光澤給我留下了深刻的印象。

glue /glu/

① 膠水 *(U)*

◀ Buy me two tubes of **glue** at the stationer's.

幫我在文具店買兩瓶膠水。

➘衍生字 *gluey (adj)* 膠黏的，似膠的

② 黏 *(vt)*

Is it possible to **glue** the broken pieces together?

這些碎片還黏得起來嗎？

(be) glued to

① 黏在 *(vt,u)*

◀ Make sure the stamp **is glued to** the envelope.

注意一定要把郵票黏在信封上。

② 注視 *(vt,u) = fix one's eyes on*

Many children **are glued to** the computer all day long.

許多孩子都整天目不轉睛地看電腦。

gnaw /nɔ/

① 咬 *(vi)*

◀ Whenever Beth gets nervous, she **gnaws** at her fingers.

貝絲只要一緊張就咬手指。

② 啃 *(vi,vt)*

The dog is **gnawing** (away on) the bone you gave him.

那狗正在啃你給牠的骨頭。

go /go/, went *(pt)*, gone *(pp)*

① 走，去，離去 *(vi) = leave ;* ⇔ *stay*

◀ He wanted to **go**, but she wanted to stay.

他想走了，但她要留下來。

② 成為，變成 *(vi) = become*

He **went** blind at a young age.

他年紀尚小時就變成雙目失明了。

G

go about

①流傳 *(vi;vt,u)* = *go around*

◀There is a rumor **going about** (the office) that Jane is having an affair with her boss.
(辦公室裡) 有傳言說珍和她老闆有婚外情。

②傳播 *(vi;vt,u)* = *go around*

The flu is **going about** (the school).
流行性感冒在 (學校裡) 流行。

go after

①爭取 *(vt,u)* = *aim for*

◀We should **go after** tax cuts.
我們應該爭取減稅。

②爭取，追求 *(vt,u)* = *try to get*

I intend to **go after** that job/prize/girl.
我打算爭取那分工作 / 爭取那個獎項 / 追求那個女孩。

go ahead

①進行 *(vi)* = *continue*

◀In spite of the protest, the conference **went ahead** as planned.
雖然有抗議行動，會議還是按計畫進行。

②繼續 *(vi)*

We will **go ahead** with our plan even though we might run into difficulties.
儘管會遇到困難，我們還是繼續執行我們的計畫。

go along

持續 *(vi)* = *continue, go on*

◀I **went along** mistaking Jill for Linda for days.
我一連好幾天都把吉兒錯當成是琳達。

go along with

同意 *(vt,u)* = *agree with*

◀You'll never get Dad to **go along with** us/ our plan.
你是不可能讓爸爸同意我們 / 我們的計畫。

go around

①足夠分配 *(vi)*

◀Are there enough apples to **go around**?
有足夠的蘋果可以分給大家嗎？

②傳播 *(vi)* = *go about, get around*

The rumor is **going around** that he has contracted AIDS.
有傳聞說他感染了愛滋病。

go at

廝鬥，攻擊 *(vt,u)* = *attack*

◀The two dogs **went at** each other as soon as we let go.
我們一放手，這兩條狗就廝鬥起來。

go back on

違背 *(vt,u)* = *renege on*

◀He was voted out of office because he **went back on** his promises.
他落選了，因為他不履行承諾。

go by

①經過，錯過 *(vi)* = *pass*

◀I cannot afford to let any chance **go by**. I will jump at it whenever it comes.
任何機會我都不能錯過，一有機會我都會去抓住。

②遵守 *(vt,u)* = *abide by*

We must **go by** the rules; no one is above the law.
我們必須遵守規則，沒有人能超越法律之上。

go down

①記入，被記錄 *(vi)* = *be recorded*

◀He will **go down** in history as a great musician.
他將被當作一名偉大的音樂家記入史冊。

②反應，被接受 *(vi)* = *go over*

Robert's jokes didn't **go down** very well with us.
羅伯特的笑話在我們之間反應不是很好。

③被吞嚥 *(vi)*

The pill just won't **go down** very nicely.
這個藥丸很難吞嚥。

G

go for

①喜歡 (vt,u) = like

◀I think you should **go for** the yellow dress. It matches the color of your shoes.

我想你應該會喜歡這件黃色的洋裝，它和你鞋子的顏色很搭配。

②力爭 (vt,u) = strive for

Ted is **going for** first place in the 100 meter dash.

泰德將在百米賽跑中力爭第一名。

go in for

①喜歡 (vt,u) = like

◀I have **gone in for** mountain climbing for a long time.

我對爬山感興趣已有很長一段時間了。

②參加 (vt,u) = enter for

We are all **going in for** the speech contest.

我們都要參加演講比賽。

go off

①燃放 (vi) = explode

◀Fireworks **went off** all over the town all night.

城裡各處都整夜燃放煙火爆竹。

②響 (vi)

I set my alarm clock for six o'clock, but it didn't **go off**.

我把鬧鐘定在六點鐘，但是它沒有響。

③消失 (vi) = go away, wear/pass off

The pain **went off** after I applied some ointment over the wound.

我在傷口上塗了一些藥膏後，疼痛就消失了。

④進展 (vi) = come /pass off, succeed

The attempt to rescue the hostages didn't **go off** as well as we had hoped.

解救人質的行動進行得沒有想像中順利。

⑤變壞了 (vi)

The juice/meat has **gone off**.

果汁 / 肉餿掉了。

go on

①繼續 (vi) = carry on

◀We cannot **go on** spending like this!

我們不能再這樣繼續花錢了！

②發生 (vi) = happen

What's **going on** down there?

那裡出什麼事了！

③繼續說下去 (vi) = continue talking

Go on, I'm listening.

講下去，我在聽著呢。

go on at

①不斷的嘮叨 (vt,u) = keep/get after/at, repeatedly ask

◀Ted was **going on at** me to let him go swimming.

泰德纏著我讓他去游泳。

②責罵 (vt,u) = get after/at, find fault with

Why are you always **going on at** your children?

你幹嘛老是責罵你的孩子？

go on with

繼續 (vt,u) = carry on with

◀After a minute, she stopped crying and **went on with** the story.

過了一會兒，她止住不哭了，繼續講這件事。

○ MP3-G6

go out

熄滅 (vi)

◀The lights **went out** all over the city.

整個城市的燈全熄滅了。

go out with

約會 (vt,u)

◀Chris is **going out with** a new boyfriend.

克莉絲正和一位新男朋友約會。

go over

①複習 (vt,u) = review, look/read over

◀I **went over** my notes again before the speech.

演講前我把稿子再看了一遍。

②審查 (vt,u) = search for faults

The police will **go over** the department store before it is allowed to open.

警方將先對百貨商店進行審查才允許它開放。

③受歡迎 (vi) = go down

Your joke didn't **go over** well with the teenager.

你的笑話不得十幾歲小孩的好評。

go through

①經歷 *(vt,u)* = pass through, experience

◀ She's just **gone through** a hard time.
她剛經歷了一段困難時期。

②重複 *(vt,u)* = repeat

Let's **go through** the song one more time.
我們來把這首歌再唱一遍。

③檢查 *(vt,u)* = examine

I have **gone through** the account books and found nothing irregular.
我把帳冊查過了，沒發現什麼不安的。

④用完；喝完 *(vt,u)* = use/eat/drink up

I have **gone through** all the money/milk.
我已經用完錢了 / 喝完牛奶了。

⑤通過 *(vi)* = be approved

My car loan has finally **gone through**.
我的汽車貸款申請終於獲准了。

go through with

完成 *(vt,u)* = carry out

◀ We have **gone through with** our project.
我們已經完成計畫了。

go under

①倒閉 *(vi)* = fail, go broke

◀ Many small companies have **gone under** in the past two years.
許多小公司在過去的兩年內倒閉了。

②失去知覺 *(vi)*

The patient **went under** after he was anaesthetized.
病人在上了麻醉之後失去了知覺。

go with

搭配 *(vt,u)* = match, blend with

◀ Your tie **goes** well **with** your white shirt.
你的領帶和白襯衫很搭配。

go without

沒…也行 *(vt,u)* = do/manage without

◀ I can **go without** a car in the city.
我在城裡沒車也行。

goal /gol/

①目標 *(C)*

◀ The company has achieved all its sales **goals** this year.
這家公司今年完成了全部的銷售目標。

②球門，分數 *(C)*

He kicked the ball into the **goal**, and they beat the visiting team by two **goals** to one.
他將球踢進球門，他們以二比一的分數戰勝了客隊。

goat /got/

山羊 *(C)* (請參閱附錄 "動物")

◀ The **goat** must browse/bleat where she is tied.
山羊只能在被綁起來的地方吃草 / 叫喚。

📎片 📖 to separate the sheep from the goats (把好人和壞人分開)

gobble /ˈɡɑbḷ/

狼吞虎嚥地吃 *(vt)* = devour, wolf down

◀ Donald **gobbled** his lunch as if he was starving.
唐納德狼吞虎嚥地吃午餐，好像他餓壞了似的。

god /ɡɑd/

神 *(C)* ⇔ goddess

◀ Apollo is the **god** of the sun in Greek mythology.
阿波羅是希臘神話中的太陽神。

goggles /ˈɡɑɡḷz/

護目鏡 *(P)*

◀ You must put on your **goggles** while swimming.
你游泳時一定要戴上防水鏡。

gold /ɡold/

①金子 *(U)*

◀ This ring is made of pure **gold**.
這枚戒指是純金的。

②黃金的 *(adj)*

He bought a **gold** necklace for his wife.
他為妻子買了一條金項鍊。

golden /ˈɡoldṇ/

金黃色的，非常有利的 *(adj)*

◀ He missed a **golden** chance/opportunity to make a fortune.
他失去了發財的大好機會。

G

golf /gɑlf/

高爾夫球運動 (U) (請參閱附錄 "運動")

◀ Mr. Church spends his weekends playing **golf**.
週末，丘池先生都在打高爾夫球。

good /gʊd/

① 良好的 (adj)

◀ He is both a **good** husband and a **good** father.
他既是個好丈夫，又是個好父親。

② 有益的 (adj) = beneficial；⇔ bad

Milk is **good** for children.
喝牛奶對兒童有益。

③ 精巧的 (adj) = skillful；⇔ awkward, clumsy

She is **good** with her hands.
她有雙巧手。

④ 健康的 (adj) = healthy, well

I don't feel **good** now.
此刻我身體不大好。

⑤ 好處 (U) ⇔ harm

Exercise does you more **good** than harm.
鍛練身體對你是利多於弊。

good-bye /gʊd'baɪ/

再見 (U)

◀ Say **good-bye** to your mother, Johnny.
強尼，跟你媽媽說再見。

goods /gʊdz/

商品 (P)

◀ Some frozen **goods** are on sale today.
今天有些冷凍商品在降價出售。

goof /guf/

閒蕩 (vi)

◀ Denial did nothing but **goof** around all day.
丹尼爾整天什麼也不做，只是閒蕩。

---

goof around/off

閒蕩 (vi) = mess/fool/idle about/around

◀ Teenagers like to **goof around** downtown.
青少年喜歡在城裡閒蕩。

---

goof up

搞砸 (vt,s) = mess/foul/botch up

◀ To my dismay, Lisa **goofed up** her driving test again.
讓我失望的是，莉莎的駕駛考試又考砸了。

---

goose /gus/

鵝 (C) (請參閱附錄 "動物")

◀ He sets the fox to keep the geese.
讓狐狸來看管鵝 (引狼入室)。

✎衍生字 **geese (pl)** 鵝

gorge /gɔrdʒ/

① 峽谷 (C)

◀ Toroko **Gorge** is famous for its steep
mountains and deep valleys.
太魯閣峽谷以其陡峭的群山和深谷而聞名。

② 狼吞虎嚥 (vi,vt)

They **gorged** (themselves) on peaches.
他們大口吃水蜜桃。

gorgeous /'gɔrdʒəs/

極棒的 (adj) = wonderful

◀ What a **gorgeous** dinner it is!
多麼棒的晚餐啊！

gorilla /gə'rɪlə/

大猩猩 (C)

◀ He is good at imitating a **gorilla**.
他很能模仿大猩猩。

gospel /'gɑspl/

① 福音 (the+S)

◀ Mr. Wilson devoted all his life preaching the
Gospel.
威爾遜先生畢生致力於傳播福音。

② 真理 (U) = truth

Don't take everything the newspaper says as
gospel.
別把報上講的都當成真理。

gossip /'gɑsəp/

① 八卦，閒話 (U)

◀ People love hearing or reading **gossip** about
movie stars.
關於電影明星的八卦人們喜歡聽，也喜歡看。

✎衍生字 **gossipy (adj)** 愛說閒話的

② 閒聊 (C)

Frieda had a **gossip** with Lisa right in the street.
費利達就在街上與莉莎在閒聊著。

③ 閒聊 (vi)

They are **gossiping** about Julia and her boss's
affair.
他們正在閒聊著有關茱莉亞和老闆之間的韻事。

govern /'ɡʌvən/

①統治 *(vt)* = rule

◀ Britain is **governed** by the Prime Minister and the Cabinet though the queen is the formal head of state.
雖然女王是國家形式上的首腦，但英國事實上是由首相和內閣統治的。

②支配 *(vt)* = control, determine

The prices of goods are usually **governed** by supply and demand.
物價通常是由供需關係支配的。

government /'ɡʌvənmənt/

①政府 *(U)*

◀ It seems that some African countries have not always had fair **government**.
有些非洲國家似乎並不總是由公正的政府來管理。

②政府 *(C)*

The **government** is/are planning/formulating new foreign policies.
政府正在規畫新的外交政策。

✎衍生字 *governmental (adj)* 政府的

◎ MP3-G7

governor /'ɡʌvənə/

州長 *(C)*

◀ The former American president Ronald Reagan was once the **governor** of the state of California.
美國前總統羅納・雷根曾當過加利福尼亞州的州長。

gown /ɡaʊn/

禮服 *(C)* = evening dress

◀ She wore an elegant **gown** at her son's wedding.
她在兒子的婚禮上穿了件高雅的禮服。

grab /ɡræb/

①抓住 *(vt)* = take hold of, seize, grasp

◀ They **grabbed** him by the arm and forced him into the car.
他們抓住他的手臂將他強拉進汽車內。

②攫取 *(C)*

The robber made a **grab** at her bag and ran off.
那搶劫犯搶了她的皮包，然後逃之夭夭。

grace /ɡres/

①優雅 *(U)* = elegance

◀ She skated with such **grace** that we all stopped and watched.
她溜冰溜得這麼優雅，我們都停下來看著。

②恩惠 *(U)*

By the **grace** of God, he came home safely.
承蒙天恩，他平安回家了。

③雅量 *(U)*

She had the **grace** to admit that Peter had been right.
她很有雅量承認彼得是對的。

graceful /'ɡresfəl/

優美的 *(adj)* = elegant；⇔ graceless

◀ She's a **graceful** ballet dancer.
她是個舞姿優美的芭蕾舞者。

gracious /'ɡreʃəs/

禮貌的 *(adj)* = kind, polite

◀ Busy as he was, he was **gracious** enough to show us around the factory.
儘管他非常忙，還是很有禮貌的帶我們參觀了工廠。

✎衍生字 *graciously (adv)* 有禮地，*graciousness (U)* 彬彬有禮

grade /ɡred/

①等級 *(C)* = level

◀ She's not in the first **grade** as a musician.
她算不上是第一流的音樂家。

②年級 *(C)*

My little brother is in the second **grade** in elementary school.
我的小弟弟在小學二年級讀書。

③成績 *(C)*

She got very good **grades** in high school.
她在高中時成績優異。

④分等級 *(vt)*

These apples have been **graded** according to size and quality.
這些蘋果按大小和質量被分為幾個等級。

gradual /'ɡrædʒuəl/

逐漸的 *(adj)* ⇔ sharp

◀ There has been a **gradual** decrease in the death rate.
死亡率已逐漸下降。

✎衍生字 *gradually (adv)* 逐漸地

G

graduate /ˈgrædʒʊˌet/

①畢業 *(vi)*

◀ He **graduated** with honors from Harvard .
他以優異成績畢業於哈佛大學。

②畢業生 *(C)*

He was a law **graduate** from Harvard
University.
他是哈佛大學法律系的畢業生。

③研究生的 *(adj)* = *postgraduate*

He's studying in **graduate** school, majoring
in linguistics.
他正在研究所就讀，主修語言學。

graduation /ˈgrædʒʊˈeʃən/

畢業 *(U)*

◀ After **graduation**, he got a job as an electrical
engineer.
畢業後他得到了一分電機工程師的工作。

grain /gren/

①一粒 *(C)*

◀ He never wastes food; he eats up every **grain**
of rice.
他從不浪費食物，他會把每一粒米飯都吃乾淨。

②一丁點 *(C)* = *bit*

There isn't a **grain** of truth in his story.
他講的事沒有一丁點是眞實的。

gram /græm/

公克 *(C)* (請參見 kilogram)

◀ One **gram** is equal to 1/1000 of a kilogram.
一公克等於千分之一公斤。

✎相關字 centigram (毫克)。kilogram (公斤)。ton (公噸)。

grammar /ˈgræməˌ/

文法 *(U)* = *syntax*

◀ Her pronunciation is good, but her **grammar**
is terrible.
她的發音很不錯，但文法卻糟透了。

✎衍生字 *grammarian (C)* 文法學家

grammatical /grəˈmætɪkḷ/

文法上的 *(adj)*

◀ "He go to home" is not a **grammatical**
sentence.
"He go to home." 這個句子是不合文法的。

grand /grænd/

壯觀的 *(adj)* = *magnificent*

◀ How **grand** the pyramid is!
金字塔是多麼壯觀啊！

grandchild /ˈgrændˌtʃaɪld/

(外) 孫兒 (女) *(C)* (請參閱附錄 "親屬")

◀ We all hope our children and **grandchildren**
can live happy lives.
我們都希望我們的孩子和孫子能過快樂的生活。

granddaughter /ˈgrændˌdɔtəˌ/

(外) 孫女 *(C)* (請參閱附錄 "親屬")

◀ My **granddaughters** live in Taipei.
我孫女住台北。

grandfather /ˈgrændˌfɑðəˌ/

(外) 祖父 *(C)* (請參閱附錄 "親屬") = *grandpa*

◀ My **grandfather** was a worker.
我祖父是工人。

grandmother /ˈgrændˌmʌðəˌ/

(外) 祖母 *(C)* (請參閱附錄 "親屬") = *grandma*

◀ Do not try to teach your **grandmother** to suck
eggs.
不要教祖母吸吮雞蛋 (不要班門弄斧)。

grandson /ˈgrændˌsʌn/

(外) 孫子 *(C)* (請參閱附錄 "親屬")

◀ My **grandson** is only two years old.
我孫子年僅兩歲。

grant /grænt/

①同意 *(vt)* = *accede / agree to* ; ⇔ *reject*

◀ At last I **granted** his request for a loan.
我終於同意他借貸的請求。

②承認 *(vt)* = *admit*

I cannot but **grant** the truth of what you said.
我只能承認你說的沒錯。

③補助金 *(C)*

We have got a **grant** from the government for
research into the causes of cancer.
我們已經得到一筆政府的補助金來研究癌症原因。

grape /grep/

葡萄 *(C)* (請參閱附錄 "水果")

◄ We hire migrant workers to pick **grapes**.
我們雇用外勞採葡萄。

✎片 語 sour grapes (酸葡萄)

grapefruit /ˈɡrepˌfrut/

葡萄柚 *(C)* (請參閱附錄 "水果")

◄ A **grapefruit** is usually bigger than an orange in size but it has a more acid taste.
葡萄柚通常比柳橙大，但嚐起來比較酸。

✎相關字 citrus (柑橘類水果)。orange (柳橙)。tangerine (橘子)。lemon (檸檬)。lime (萊姆)。

graph /ɡræf/

圖表 *(C)* = *chart, diagram*

◄ This **graph** shows the statistics of traffic accidents in this week.
這張圖表顯示本週交通事故的各種數據。

✎相關字 請參見 diagram。

graphic /ˈɡræfɪk/

生動的 *(adj)* = *vivid*

◄ Terry gave a **graphic** account of his war time experience.
泰瑞生動地講述了他在戰爭中的經歷。

grasp /ɡræsp/

① 抓住 *(vt)* = *grab, seize, take hold of*

◄ You have to **grasp** the rope with both hands.
你得用雙手抓住繩子。

② 領會 *(vt)* = *understand*

I think I **grasped** the main idea of this article.
我覺得我已經領會了這篇文章的要義。

③ 抓住 *(S)*

Take a firm **grasp** on the rope.
牢牢抓住繩子。

④ 理解力 *(S)* = *understanding, comprehension*

The complicated account is beyond my **grasp**.
這番複雜的話我聽不明白 (超出我的理解力)。

grass /ɡræs/

① 草 *(U)*

◄ Please don't walk on the **grass**.
請勿踐踏草地。

② 大麻 *(U)* = *marijuana*

You should never ever smoke **grass**.
你千萬不能抽大麻。

grasshopper /ˈɡræsˌhɑpɚ/

蚱蜢 *(C)* (請參閱附錄 "動物")

◄ Growing up in the city, Maria had never seen a real **grasshopper** except in books.
生長在都市，因此除了書本外，瑪莉亞沒看過真正的蚱蜢。

✎相關字 insect (昆蟲)。cricket (蟋蟀)。mantis (螳螂)。locust (蝗蟲)。

grassy /ˈɡræsɪ/

有草的 *(adj)*

◄ Let's have a barbecue on the **grassy** knoll.
我們到有草的小土丘上去烤肉吧。

✎衍生字 grass *(U)* 草

🔘 MP3-G8

grateful /ˈɡretfəl/

感激的 *(adj)* = *thankful, indebted* ; ⇔ *ungrateful*

◄ I'm most **grateful** to you for lending me your car.
我十分感激你把汽車借給我用。

gratify /ˈɡrætəˌfaɪ/

使高興或滿意 *(vt)* = *please, satisfy*

◄ I was **gratified** to hear how much they liked my performance.
我很高興聽說他們非常喜歡我的表演。

✎衍生字 gratification *(C,U)* 喜悅，滿足

gratitude /ˈɡrætəˌtjud/

謝意，感激 *(U)*

◄ She showed no **gratitude** for their help.
對於他們的幫助她毫無謝意。

grave /ɡrev/

① 嚴肅的 *(adj)* = *serious, solemn*

◄ They all looked **grave** after hearing the bad news.
聽到這個壞消息後他們全都神情嚴肅。

② 墳墓 *(C)* = *tomb*

He visited his mother's **grave** very often.
他常去探視母親的墳墓。

gravity /ˈɡrævətɪ/

地心引力 *(U)* = *gravitation*

◄ Anything that is dropped falls towards the ground because of the force of **gravity**.
任何掉落的東西都因地心引力的作用往地上落下。

G

gravy /ˈɡrevɪ/

肉汁 *(U)*

◀ The boiled spinach will taste better with some **gravy** on it.

煮菠菜加些肉汁上去會好吃些。

gray/grey /ɡre/

①灰色的 *(adj)* (請參閱附錄 "顏色")

◀ All cats are **gray** in the dark.

貓在黑暗中通通都是灰色的 (意指人在暗處分不出美醜)。

②蒼白的 *(adj)* = *pale*

Her face turned **gray** when she heard the bad news.

她聽到這個壞消息後臉色變得慘白。

graze /ɡrez/

①吃草 *(vi)*

◀ The sheep are **grazing** in the field.

綿羊在田野吃草。

②擦傷 *(vt)* = *scrape*

Wally **grazed** his knee when he fell.

華利摔倒時擦傷了膝蓋。

grease /ɡris/

①油脂，油汙 *(U)*

◀ My dress was smeared with **grease**.

我的裙子上沾到油汙了。

②塗上油脂 *(vt)* = *oil*

Grease the pan before you pour the pancake batter in.

先把平底鍋塗上些油，然後倒入做薄煎餅的麵糊。

greasy /ˈɡrisɪ/

①油膩的 *(adj)* = *oily*

◀ Take off the dirty, **greasy** coat.

把這件骯髒油膩的外套脫掉。

②滑溜的 *(adj)* = *slippery*

The path is **greasy** after the rain.

這條小徑雨後變滑了。

great /ɡret/

①非常的，高度的 *(adj)*

◀ You must take **great** care when you deal with the situation.

你處理這一情況時須十分小心。

②偉大的 *(adj)* = *important*

She's a **great** novelist.

她是一位偉大的小說家。

greed /ɡrid/

貪心 *(U)* = *avarice*

◀ His **greed** for power and money led him to enter for elections again and again.

他對權和錢的貪得無厭驅使著他一次次地參加競選。

greedy /ˈɡridɪ/

①貪吃的，貪心的 *(adj)* = *avaricious*

◀ The **greedy** little boy ate up all the ice cream.

那個貪吃的小男孩把所有的冰淇淋都吃了。

②渴望的 *(adj)* = *desirous*

Mr. Lee is **greedy** for power.

李先生貪圖權力。

green /ɡrin/

①綠色 *(U)* (請參閱附錄 "顏色")

◀ The grass is always **greener** on the other side of the fence.

藩籬另一邊的草總是比較綠 (東西是別人的好)。

②經驗欠缺的 *(adj)* = *inexperienced*

It's my first week in this department. I'm still **green** at my job.

我在這個部門工作才一個星期，業務經驗欠缺。

greenhouse /ˈɡrinˌhaʊs/

溫室 *(C)*

◀ The plants grow well in the **greenhouse**.

這些植物在溫室中長得很好。

greet /ɡrit/

打招呼，歡迎 *(vt)* = *welcome*

◀ He **greeted** me with a loving kiss on my cheek.

他在我臉上充滿愛意地吻了一下表示歡迎。

✎衍生字 *greeting (C)* 招呼，祝賀

grief /ɡrif/

悲傷 *(U)* = *sorrow, sadness*

◀ She went nearly mad with **grief** after her son died.

兒子死後，她傷心得幾乎發瘋。

G

grieve /griv/

①悲痛 (**vi**) = mourn

◀ She is still **grieving** for her dead son.
她仍在爲死去的兒子悲痛。

②使難過 (**vt**) = sadden

It **grieves** me to see him begging for food on the street.
看到他在街上乞討食物，我心裡很難過。

grill /grɪl/

①烤 (**vt**) = broil

◀ **Grill** the hotdog for two minutes on each side.
把熱狗兩面各烤兩分鐘。

📝衍生字 grill (C) 烤架，烤器

②嚴厲盤問 (**vt**) = interrogate

Sandy was **grilled** by customs officers for a whole hour.
珊蒂被海關官員嚴厲盤問了整整一個小時。

grim /grɪm/

①嚴酷的，令人害怕的 (**adj**) = serious, stern

◀ I noticed a fleeting **grim** expression on his face when he came in.
他進來時我注意到他臉上閃過的嚴酷表情。

②陰森森的 (**adj**) = gloomy

He would never forget the **grim** walls of the prison.
他永不會忘記監獄裡那些陰森森的牆壁。

grin /grɪn/

①咧開嘴笑 (**vi**)

◀ The boy **grinned** with pleasure when I gave him the sweets.
我給那男孩一些糖吃，他高興得咧開嘴笑。

②笑 (C)

Maria stood there with an embarrassed **grin** on her face.
瑪莉亞站在那裡，臉上掛著尷尬的笑。

📝相關字 請參見 giggle。

grind /graɪnd/, ground (**pt**), ground (**pp**)

①磨成粉 (**vt**)

◀ You can **grind** coffee beans in a coffee grinder.
你可用咖啡研磨機磨咖啡豆。

②磨 (**vt**)

Some people **grind** their teeth while sleeping.
有些人睡覺時會磨牙。

grip /grɪp/

①緊握 (C) =clasp, grasp

◀ On seeing the policemen, the mugger finally let go his **grip** on my handbag.
看到警察，那搶劫者終於把緊抓的手從我的手提包上鬆開了。

②緊抓住 (**vt**) = hold, grasp

The little girl **gripped** her mother's hand in fear.
小女孩因害怕而緊抓住母親的手。

groan /gron/

呻吟 (**vi**) = moan

◀ The truck driver who had an accident sat **groaning** behind the wheel.
出了車禍的卡車司機坐在駕駛座位上呻吟著。

📝衍生字 groan (C) 呻吟聲，抱怨聲

grocer /ˈgrosɚ/

雜貨商 (C)

◀ I bought some eggs at the **grocer**'s shop.
我在雜貨商店裡買了些雞蛋。

grocery /ˈgrosɚɪ/

①雜物 (C)

◀ Can you give me a box to hold the **groceries**?
你能給我一個盒子放雜物嗎？

②雜貨店 (C) = grocery store, grocer's

I bought these spices at the **grocery** on the next street.
我在隔壁那條街上的雜貨店裡買了這些香料。

grope /grop/

①摸索 (**vi**) = fumble

◀ Celia **groped** about in her purse for the car key.
希莉亞在錢包裡摸著找車鑰匙。

②摸索前進 (**vt**) = feel

We **groped** our way downstairs when the lights were out.
燈滅掉後我們就摸索著下樓梯。

📝衍生字 grope (C) 摸索

gross /gros/

①總共的 (**adj**) = total

◀ The **gross** weight of the cookie box is more than that of the cookies.
餅乾盒的總重量超過了裡面的餅乾。

G

②粗魯的 **(adj)** = *rude, coarse, vulgar*

I was shocked by her **gross** language at the party.

我爲她在宴會上的粗魯言語感到震驚。

③獲得總收入 **(vt)** = *earn, bring in, rake in*

This movie **grossed** over 200 million dollars.

這部影片的總收入超過二億元。

ground /graund/

①地 **(U)**

◀ A drunkard was lying on the **ground**.

一個醉漢正躺在地上。

②理由 **(P)** = *reason*

He has no **grounds** for fear.

他沒有理由害怕。

③使停飛 **(vt)**

All aircraft have been **grounded** because of the typhoon.

因爲有颱風，所有的飛機都已停飛了。

④使 (孩子) 禁足不准出去 **(vt)**

My mother **grounded** me for misbehaving.

我因爲行爲不端母親罰我不准出去。

group /grup/

①群 **(C)** (請參閱附錄 "量詞")

◀ A **group** of children are playing hide-and-seek.

一群孩子在玩捉迷藏。

②群集 **(vi,vt)** = *gather*

The children **grouped** (themselves) around their teacher.

孩子們群集在他們老師的周圍。

◉ MP3-G9

grove /grov/

果園 **(C)**

◀ My uncle owns an orange **grove** in the countryside.

我叔叔在鄉下有一片柳丁果園。

grow /gro/, grew **(pt)**, grown **(pp)**

①生長 **(vi)**

◀ Some flowers **grow** better in a greenhouse.

有些花卉在溫室裡生長得更好。

②種植 **(vt)** = *plant*

We **grow** vegetables in our back yard.

我們在後園裡種些蔬菜。

grow out of

(因長大) 戒掉 **(vt,u)**

◀ Tina used to bite her fingernails, but now she has **grown out of** the habit.

蒂娜過去有咬指甲的習慣，但現在她已長大戒掉了。

growl /graul/

① (動物) 低聲吼叫 **(vi)** = *snarl*

◀ The dog **growls** at any stranger that passes by.

這條狗對路過的陌生人都要低聲吼叫。

②咆哮 **(vi)** = *snarl*

We shouldn't **growl** at our parents.

我們不應該對父母吼叫。

✎衍生字 *growl* **(C)** 咆哮聲，隆隆聲

growth /groθ/

①生長 **(U)**

◀ Has your cat reached its full **growth**?

你養的那隻貓已長到最大了嗎？

②增加 **(S,U)** = *increase*

There has been a sudden **growth** in the number of unemployed people these two years.

這兩年來失業人數突然增加了。

grudge /grʌdʒ/

①不滿 **(vt)** = *resent*

◀ I really **grudged** paying so much money for such poor service.

我對如此低劣的服務要收這麼昂貴的費用感到很不滿。

②妒嫉 **(vt)** = *envy*

I never **grudge** Cheryl her success.

我從不妒嫉雪洛的成功。

③懷恨 **(C)** = *grievance*

I feel he has had a **grudge** against you ever since you were promoted.

我覺得自從你得到升等後他就對你懷恨在心。

grudging /ˈgrʌdʒɪŋ/

勉強的 **(adj)** = *reluctant, unwilling*

◀ Sam was looking at the legislator with a certain **grudging** respect.

山姆很勉強表示尊敬的看著那位立委。

✎衍生字 *grudgingly* **(adv)** 勉強地

grumble /ˈɡrʌmbl̩/

①埋怨 (vi) = complain, gripe

◀ Gary is always **grumbling** about the low pay.
蓋瑞一直對低工資埋怨不已。

②作隆隆聲 (vi) = rumble

Listen to the thunder **grumbling**. It will rain soon.
聽雷聲隆隆——馬上要下雨了。

grumpy /ˈɡrʌmpɪ/

脾氣暴躁的 (adj) = bad-tempered

◀ Newman is very **grumpy** when his tooth aches.
紐曼牙疼時脾氣就很暴躁。

guarantee /ˌɡærənˈti/

①保證 (C)

◀ The computer has a one-year **guarantee**.
這台電腦有一年的保證使用期限。

②擔保 (vt)

This insurance **guarantees** you against loss in case of a fire.
這分保險保的是火災險的損失。

guard /ɡɑrd/

①警衛 (C)

◀ There were many security **guards** at the scene of the strike.
在罷工現場有許多安全警衛。

②守衛 (U)

Several military policemen stood **guard** outside the president's house day and night.
幾個憲兵晝夜守衛在總統房子的外面。

③守護 (vt) = protect

Several dogs **guard** the house against intruders.
幾條狗守護著這所房子防止有人闖入。

④保護 (vi)

Brush your teeth regularly to **guard** against tooth decay.
經常刷牙以防止蛀牙。

guardian /ˈɡɑrdɪən/

監護人 (C)

◀ Mr. Newman is the legal **guardian** of the two brothers, whose parents were killed in the fire.
紐曼先生是這兩兄弟的法定監護人，他們的父母在火災中喪生了。

📝衍生字 **guardianship** (U) 監護權

guava /ˈɡwɑvə/

芭樂 (C) (請參閱附錄 "水果")

◀ **Guavas** have many hard seeds.
芭樂有很多堅硬的種子。

guess /ɡɛs/

①猜想 (vt)

◀ You'll never **guess** how much this skirt cost.
你怎麼也猜不出這條裙子值多少錢的。

②猜測 (C)

Wilson made a wild **guess** at her age.
威爾遜對她的年齡亂猜了一下。

guest /ɡɛst/

客人 (C) ⇔ host

◀ Some uninvited **guests** came to the party.
有些未經邀請的客人也來參加晚會。

guidance /ˈɡaɪdn̩s/

指導 (U) = direction

◀ Under the **guidance** of my father, I managed to sort out /solve the problem.
在父親的指導下，我終於解決了這個問題。

guide /ɡaɪd/

①導遊 (C)

◀ The tour **guide** showed us around the city.
導遊帶領我們參觀了城市。

②準則 (C)

Opinion polls are not necessarily a reliable **guide** to the way people are likely to vote.
民意測驗對人們投票選誰並不一定是一種可靠的依據。

③引導 (vt) = lead

He **guided** us through the narrow streets to the museum.
他引導我們穿過狹窄的街道去博物館。

guidelines /ˈɡaɪdˌlaɪnz/

方針 (P) = instructions (on)

◀ The government has drawn up new **guidelines** for handling the energy crisis.
政府已擬訂出新的方針來處理能源危機。

guilt /ɡɪlt/

①罪，罪行 (U) ⇔ innocence

◀ The judge let him go free because his **guilt** could not be proved.
因無法證明他有罪，法官就將他釋放了。

G

②罪過 *(U)* = *fault, blame*

The **guilt** sometimes lies with the parents when children behave badly.

孩子行為不端有時罪在父母。

guilty /ˈɡɪltɪ/

①有罪的 *(adj)* ⇔ *innocent*

◀ The jury found him **guilty** of murder.

陪審團發現他犯有謀殺罪。

②內疚的 *(adj)* = *ashamed (of)*

I feel **guilty** about having lied to her.

對她說了謊使我感到內疚。

guitar /ɡɪˈtɑr/

吉他 *(C)* (請參閱附錄 "樂器")

◀ He plays the **guitar** in the band.

他在樂隊裡演奏吉他。

gulf /ɡʌlf/

海灣 *(C)*

◀ Have you been to the **Gulf** of Mexico?

你去過墨西哥灣嗎？

gulp /ɡʌlp/

①一口氣喝 *(vt)* = *guzzle*

◀ He **gulped** down his milk and rushed out for the school bus.

他一口氣喝下牛奶衝出去趕校車。

②一大口 *(C)*

Eric took a few **gulps** of milk and rushed to school.

艾瑞克喝了幾大口牛奶然後匆匆趕去上學了。

gum /ɡʌm/

黏膠 *(U)*

◀ These stickers have **gum** on the back.

這些貼紙背面有黏膠。

✎衍生字 *gummy (adj)* 黏性的，塗有樹膠的

gun /ɡʌn/

槍枝 *(C)*

◀ It's unlawful for a civilian to own a **gun**.

老百姓擁有槍枝是違法的。

gust /ɡʌst/

①一陣風 *(C)* = *blast*

◀ A sudden **gust** of wind blew my hat off.

忽然一陣風起把我帽子給吹掉了。

✎衍生字 *gusty (adj)* 多陣風的

②一陣 *(C)* = *burst*

A loud **gust** of laughter came from the next classroom.

隔壁教室傳來一陣大笑聲。

gut /ɡʌt/

內部焚毀 *(vt)*

◀ The whole warehouse was **gutted** by the fire.

整座倉庫內部被大火焚毀了。

guts /ɡʌts/

膽量，勇氣 *(P)* = *courage*

◀ It takes a lot of **guts** for a person to stand up to his boss.

一個人敢和老闆當面頂撞是需要很大膽量的。

✎衍生字 *guts (P)* 內臟，腸子

guy /ɡaɪ/

人 *(C)* = *man*

◀ Alex is a nice **guy**.

阿歷克斯是個好人。

gymnasium /dʒɪmˈnezɪəm/

健身房，體育館 *(C)* = *gym*

◀ The basketball game will be held in the **gymnasium**.

籃球比賽將在體育館內舉行。

✎衍生字 *gymnast (C)* 體操選手

gypsy /ˈdʒɪpsɪ/

吉卜賽人 *(C)*

◀ It is said that **gypsies** are born fortune tellers.

據說吉卜賽人是天生的算命人。

G

H

A HANDBOOK
7000 English Core Words

◉ MP3-H1

habit /ˈhæbɪt/

① 習慣 (C) = practice, rule

◀ Judy has made it a **habit** to get up early.
茱蒂已經養成早起的習慣。

② 習慣 (U)

She bites her fingernails only out of **habit**; I wish she could break the bad **habit**.
她咬手指甲是出於習慣，我希望她能改掉這個壞習慣。

habitat /ˈhæbɪˌtæt/

棲息地 (C) = home

◀ The icy waters of the Arctic are the natural **habitat** of the polar bears.
北極海域是北極熊的天然棲息地。

habitual /həˈbɪtʃuəl/

習慣的 (adj) = regular

◀ I'm a **habitual** coffee drinker—I get through about ten cups a day.
我喝咖啡已成習慣了，每天大約要喝十杯左右。

✎衍生字 habitually (adv) 習慣地

hack /hæk/

① 劈，砍 (vt) = cut, chop, hew

◀ He **hacked** the stool to pieces with an ax.
他用斧頭把凳子劈成碎片。

② 非法進入他人電腦系統 (vi)

He **hacked** into a bank computer network.
他非法進入了一家銀行的電腦網絡。

hacker /ˈhækɚ/

電腦駭客 (C)

◀ The **hacker** who changed the information in the bank computer system hasn't been caught yet.
篡改銀行電腦系統中資訊 (料) 的駭客尚未被抓獲。

✎衍生字 hacking (U) 駭客行為

hail /hel/

① 冰雹 (U)

◀ **Hail** suddenly fell yesterday afternoon and damaged some farm houses.
昨天下午忽然下起冰雹，損毀了一些農舍。

② 一陣 (S) = torrent

A **hail** of abusive/angry words came out of his mouth after he was teased.
他遭人取笑後，口中吐出一陣惡罵／怒罵。

③ 下冰雹 (vi)

I can't believe it is **hailing** outside.
我不相信外面在下冰雹。

④ 呼叫 (vt) = call

The doorman of the hotel **hailed** a taxi for us.
飯店的門衛給我們叫了一輛計程車。

⑤ 譽為 (vt) = acclaim

Dr. Ho's discovery was **hailed** as a great step forward in finding the cure for AIDS.
何醫生的發現被譽為在尋找愛滋病的療法上前進了一大步。

hair /hɛr/

① 毛髮 (C)

◀ She found a curly **hair** on her husband's shirt.
她在丈夫的襯衫上發現了一根鬈髮。

✎衍生字 hairy (adj) 多毛的，驚險的

② 頭髮 (U)

I had my **hair** cut yesterday.
我昨天理了髮。

✎衍生字 hairless (adj) 禿頭的

haircut /ˈhɛrˌkʌt/

① 理髮 (C)

◀ Where do you usually go for a **haircut**?
你通常上哪兒去理髮？

② 髮型 (C) = hairstyle

Do you like my new **haircut**?
你喜歡我這個新髮型嗎？

hairdresser /ˈhɛrˌdrɛsɚ/

美髮師 (C)

◀ I've got an appointment with my **hairdresser** at four.
我已與美髮師約定四點見。

✎衍生字 hairdressing (U) 美髮，美容

✎相關字 barber (以男性為服務對象的理髮師)。barber's shop (理髮店)。beauty shop/parlor (美容院)。hairdresser's shop (美容院)。

hairstyle /ˈhɛrˌstaɪl/

髮型 (C) = hairdo

◀ I like your new **hairstyle**. It is very modern.
我喜歡你的新髮型，非常摩登。

H

half /hæf/

①一半的 *(adj)*
◀ The students stood in a **half** circle.
學生們站成半圓型。
②半，部分地 *(adv)*
The little boy was **half** crying, **half** laughing.
這小男孩半哭半笑地。
③一半 *(pron)*
Half of the students are near-sighted.
半數的學生患近視眼。
④一半 *(C)*
My brother is in the bottom **half** of the class.
我弟弟在班上的名次是位於後一半。

hall /hɔl/

①門廳 *(C)* = hallway
◀ Please leave your raincoat in the **hall**.
請把你雨衣留在門廳裡。
②廳堂，禮堂 *(C)*
The orchestra will play at the National Concert **Hall**.
管弦樂隊將在國家音樂廳舉行演出。

hallway /ˈhɔlˌwe/

門廊 *(C)* = hall
◀ Take off your shoes and leave them in the **hallway**.
你把鞋子脫下來，把它們留在門廊。

halt /hɔlt/

①停止 *(vi)* = stop, pause
◀ The project **halted** for lack of money.
這項計畫因缺錢而停擺。
②停滯 *(vt)* = stop
The striking workers sat on the street and **halted** traffic.
罷工工人坐在街上，使交通停滯了。
③停止 *(S)* = stop
Our car came to a **halt** just in time to prevent an accident.
我們的汽車及時剎住，才算避免了一場事故。

ham /hæm/

火腿 *(C,U)* (請參閱附錄 "食物")
◀ I would like a **ham** sandwich.
我要一個火腿三明治。

hamburger /ˈhæmbɝgɚ/

漢堡 *(C)* (請參閱附錄 "食物") = burger
◀ McDonald's made the **hamburger** a standard kind of fast food.
麥當勞使漢堡成爲速食的標準食物。

hammer /ˈhæmɚ/

①錘子，榔頭 *(C)* (請參閱附錄 "工具")
◀ I hit a nail into the wall with a **hammer**.
我用鐵鎚把釘子打進牆壁。
②釘，錘打 *(vt)*
Don't **hammer** any nails into the wall.
別往牆上釘釘子。

hammer away at

賣力地做 *(vt,u)* = work hard at, keep at
◀ Tina is in her office, **hammering away at** a pile of work.
蒂娜在她辦公室裡賣力地做著一大堆工作。

hammer out

商量出 *(vt,s)*
◀ After six hours of haggling, they still could not **hammer out** an agreement.
經過六個小時的討價還價，他們還是沒能商量出個協議來。

hamper /ˈhæmpɚ/

①阻礙 *(vt)* = impede, hinder
◀ The search for the victims' bodies was **hampered** by high waves.
由於浪大，尋找遇難者屍體的工作受到阻礙。
②大籃子 *(C)* = basket
Put your dirty clothes into the laundry **hamper**.
把你的髒衣服放進洗衣籃內。

hand /hænd/

①手 *(C)* (請參閱附錄 "身體")
◀ They shook **hands** with each other.
他們彼此握手。
衍生字 *handy (adj)* 手巧的，方便的
相關字 finger (手指)。knuckle (指關節)。palm (手掌)。hand back (手背)。wrist (手腕)。

H

②指針 (C)

The second **hand** is longer than the minute **hand** and the hour **hand**.

秒針比分針和時針要長。

③方面 (C)

Our economy is picking up, but, on the other **hand**, pollution is getting serious.

我們的經濟在發展，但從另一方面看，汙染也正在加劇。

④遞給 (vt) = give

Hand me the pen, please.

請把鋼筆遞給我。

✎衍生字 **handful** (C) 一把

hand down

①傳下來 (vt,s) = pass down

◀These stories have been **handed down** from generation to generation.

這些故事是一代一代傳下來的。

②宣布 (vt,s)

The judge **handed down** a guilty verdict.

法官宣布了有罪的判決。

hand in

提交 (vt,s) = turn/give/pass in

◀Please **hand** your application **in** to my secretary by Tuesday.

請你們在星期二之前把申請書交給我的祕書。

hand on

①傳遞 (vt,s)

◀The flame is **handed on** from runner to runner.

火種由參賽選手接力傳遞過來。

②轉 (vt,s) = pass on

Can you **hand** the good news **on** to the other workers?

你把這好消息轉給其他工人好嗎？

hand out

分發 (vt,s) = give/pass out

◀They were **handing out** free T-shirts on the street.

他們在街上免費贈送T恤。

hand over

①交出 (vt,s) = turn over, give up

◀The thief was caught and **handed over** to the police.

小偷被抓起來交給警察了。

②移交 (vt,s) = hand on

Mrs. Smith won't **hand over** the directorship to anyone.

史密斯夫人是不會把董事的職位移交給任何人的。

handcuff /ˈhændˌkʌf/

①銬 (vt)

◀The police **handcuffed** the suspect to the railings.

警察將嫌犯銬在圍欄上。

②手銬 (P) = manacles

Mr. Leonardo shed tears when his son appeared with **handcuffs** on him.

當兒子戴著手銬出現在他面前時，李奧納多先生掉下淚來。

handful /ˈhændˌfʊl/

一把 (C)

◀The boy picked up/grasped a **handful** of candy out of the jar.

這男孩從罐子裡抓了一把糖果。

handicap /ˈhændɪˌkæp/

①殘疾 (C) = disability (U,C)

◀Blindness is a great **handicap** to anyone.

對任何人來說，雙目失明都是一種嚴重的殘疾。

✎衍生字 **handicapped** (adj) 殘廢的

②不利條件 (C) = disadvantage

Not being able to drive is quite a **handicap** if you live in America.

如果你住在美國而不會開車，那是很大的不方便。

③阻礙 (vt) = obstruct, frustrate

Our project was **handicapped** for lack of money.

我們的計畫因缺乏資金而受阻。

handicraft /ˈhændɪˌkræft/

手工藝品 (C)

◀ Linda makes a living by selling **handicrafts** to tourists.
琳達靠向觀光客出售手工藝品度日。

handkerchief /ˈhæŋkəˌtʃɪf/

手帕 (C)

◀ Wipe your face clean with your **handkerchief**.
用手帕把你的臉擦乾淨。

handle /ˈhændl̩/

①把手 (C)

◀ Pick up the computer case by the **handle**.
提起電腦箱時要抓把手。

②處理 (vt) = deal with

It was a difficult situation but she **handled** it very well.
那是個不好對付的處境，但她處理得相當不錯。

◎ MP3-H2

handout /ˈhændˌaʊt/

①講義，宣傳單 (C)

◀ The teacher wanted us to read the **handout** at home.
老師要我們在家裡看講義。

②施捨的錢或物 (C)

He lives on **handouts**.
他靠施捨過日子。

handsome /ˈhænsəm/

①英俊的 (adj) = good-looking

◀ My brother is a **handsome** young man.
我弟弟是個英俊的年青人。

②數量可觀的 (adj) = great, large, considerable

They made a **handsome** profit by selling the old house.
他們把舊房子賣掉賺了一大筆錢。

handwriting /ˈhændˌraɪtɪŋ/

筆跡 (U)

◀ I can't read/recognize Dick's **handwriting**.
我辨認不出迪克的筆跡。

handy /ˈhændɪ/

①靈巧的 (adj) ⇔ clumsy

◀ Maggie is very **handy** with a screwdriver.
瑪姬使用起螺絲起子來很靈巧。

✎衍生字 handyman (C) 做修補等雜活的人

②方便的 (adj) = useful

Credit cards are **handy**—we don't have to carry large sums of cash with us.
信用卡使用起來真方便，我們就不用隨身帶大筆現款了。

③附近的 (adj) = near

Our house is quite **handy** for the post office.
我們的房子在郵局附近。

hang /hæŋ/, hung (pt), hung (pp)

①掛 (vt)

◀ **Hang** your raincoat on the hook.
把你的雨衣掛在鉤子上。

②垂吊 (vi)

The lights were **hanging** from the ceiling.
燈從天花板上垂吊下來。

③緊抓住 (vi) = hold

Hang on to the rope.
抓牢繩子。

④上吊 (vt)

It's a shame that he should **hang** himself on impulse.
他一時衝動竟上吊自殺了，真可惜。

說明：當本義解時，動詞三態為 hang, hanged, hanged。

✎衍生字 hanging (U) 絞刑，絞死

hang about/around

①逗留 (vi)

◀ I **hung around** for about an hour and then left.
我等了約一個小時，然後走了。

②閒蕩 (vt,u)

There were some teenagers **hanging around** the gate of the school.
學校大門口有幾個十幾歲的孩子在閒蕩。

hang around with

混在一起 (vt,u) = spend a lot of time with sb

◀ Tim **hung around with** Jack all the night.
提姆整夜和傑克混在一起。

hang on

① 抓緊 *(vi)* = hold on

◀ **Hang on** to the handle, everybody. The road is pretty bumpy.

大家都拉好扶手，這條路很顛。

② 別掛電話 *(vi)* = wait (on the telephone)

Hang on, I'll be with you in a minute!

別掛電話，我馬上就來！

③ 堅持 *(vi)* = last out, hold on

Do you think our team can **hang on** until the end of the competition?

你認為我們這一隊能堅持到比賽最後嗎？

hang out

閒逛 *(vi)*

◀ The kids often **hang out** at the shopping mall.

孩子們經常在購物中心閒逛。

hang up

掛斷 *(vi)* ⇔ hang/hold on

◀ Don't **hang up**! I have something important to tell you.

不要掛斷電話，我有重要的事情要告訴你。

hanger /'hæŋɚ/

衣架 *(C)*

◀ Put your shirt on a **hanger**.

把你的襯衫掛在衣架上。

happen /'hæpən/

① 發生 *(vi)* = occur, take place

◀ When did the earthquake **happen**?

地震是什麼時候發生的？

② 發生作用 *(vi)* = become (of)

What would **happen** to him if he did not show up?

他不來的話會出什麼事呢？

③ 碰巧 *(vi)* = chance

I **happened** to be there at that time.

那時我恰好在那裡。

衍生字 *happening (C)* 發生

happen on

偶然發現 *(vt,u)*

= chance/blunder/tumble/stumble on, come across

◀ We just **happened on** the cabin when we were hiking one day.

我們有一天在徒步旅行的時候偶然發現這個小屋。

happy /'hæpɪ/

高興的，快樂的 *(adj)* = pleased

◀ We were all very **happy** with the good news.

那個好消息使我們大家都很高興。

衍生字 *happily (adv)* 高興地；*happiness (U)* 高興，幸福

harass /həˈræs/

騷擾 *(vt)* = irritate

◀ She quit because she'd constantly been **harassed** by her boss.

她因不斷受到老闆騷擾就辭職了。

harassment /həˈræsmənt/

騷擾 *(U)*

◀ Mr. Cop was accused of sexual **harassment**.

卡普先生被指控性騷擾。

harbor /'hɑrbɚ/

① 港口 *(C)* = seaport

◀ It is a natural/an artificial **harbor**.

那是個天然／人工港。

② 懷著 *(vt)* = nurse

Why did he **harbor** a hatred against his own father?

他為何對自己的父親心懷仇恨呢？

hard /hɑrd/

① 硬的 *(adj)* ⇔ soft

◀ This ice bar is as **hard** as rock.

這塊冰硬得像塊石頭。

② 困難的 *(adj)* = difficult；⇔ easy

Your question is too **hard** for me to answer.

你的問題太難了，我回答不了。

③ 努力的 *(adj)* = diligent

My mother is a **hard** worker.

我母親是個努力工作的人。

④ 嚴厲的 *(adj)* = tough；⇔ soft

You're too **hard** on your children.

你對你的孩子太過嚴厲了。

H

⑤努力地 (*adv*) = *diligently*

He's working **harder** than before.

他比以前努力了。

⑥猛烈地 (*adv*) = *heavily*

It rained **hard** yesterday afternoon.

昨天下午雨下得很大。

✎衍生字 *hardy (adj)* 吃苦耐勞的

hardback /'hɑrdbæk/

精裝本 (*C,U*)

◀A book in **hardback** / A **hardback** looks more valuable than one in paperback / a paperback.

精裝本看上去比平裝本的要更值錢些。

✎相關字 paperback (平裝)。

harden /'hɑrdn̩/

①硬起心腸 (*vt*) = *steel*

◀He **hardened** his heart/himself not to take any pity on beggars.

他硬起心腸，不對乞討者表示憐憫。

②變硬 (*vi*) ⇔ *soften*

You have to give the paint enough time to dry and **harden**.

你要給油漆足夠的時間去變乾變硬。

③繃緊 (*vi*) ⇔ *relax*

His face **hardened** when he heard the news.

他聽到這個消息後，臉色就繃緊了起來。

hardly /'hɑrdlɪ/

①幾乎不 (*adv*)

◀I could **hardly** believe my eyes.

我幾乎不能相信自己的眼睛。

②剛剛 (*adv*) = *scarcely*

Hardly had we entered the house when it began to rain heavily.

我們剛進門天就下起雨來。

hardship /'hɑrdʃɪp/

困難 (*C,U*) = *difficulty*

◀They are facing economic/financial **hardship(s)**.

他們正面臨經濟 / 財政上的困難。

hardware /'hɑrdˌwɛr/

硬體 (*U*) ⇔ *software*

◀In computer systems, **hardware** refers to the machines themselves as opposed to the programs.

在電腦系統中，硬體相對程式而言，指的是機器本身。

hare /hɛr/

野兔 (*C*)

◀Have you heard of a fable about a tortoise and a **hare**?

你聽過一個講烏龜和野兔的寓言故事嗎？

harm /hɑrm/

①傷害 (*U*)

◀Staying up late every day does **harm** to your health.

每天都弄到很晚不睡覺對你的健康是有害的。

②傷害 (*vt*) = *hurt*

Don't be afraid of the dog—it won't **harm** you.

別怕那條狗，牠不會傷害你的。

harmful /'hɑrmfəl/

有害的 (*adj*) ⇔ *harmless*

◀Smoking is **harmful** to health.

吸煙有害健康。

harmonica /hɑr'mɑnɪkə/

口琴 (*C*) (請參閱附錄 "樂器")

◀I can play the **harmonica**.

我會吹奏口琴。

harmony /'hɑrmənɪ/

①和諧 (*U*) = *peace*

◀My cat and dog never fight; they live in **harmony**.

我的貓和狗從不打架，牠們很和諧的住在一起。

✎衍生字 *harmonious (adj)* 和諧的

②一致 (*U*) = *agreement, concord*

His ideas were no longer in **harmony** with ours.

他的想法與我們的已不再一致了。

③協調 (*U*)

They sang in perfect **harmony**.

他們唱得十分協調。

harness /'hɑrnɪs/

①馬具 (*C,U*)

◀Be sure to put the **harness** on the horse before you ride it.

騎馬前你一定要給馬套上馬具。

H

②把…套到 *(vt)*

Mr. Robinson **harnessed** his horse to the wagon.

羅賓遜先生把馬套到馬車上。

③利用 *(vt)* = utilize, use

They worked out a new scheme to generate electricity by **harnessing** the power of the wind.

他們研發出一項利用風力來發電的新計畫。

harsh /harʃ/

①刺耳的 *(adj)* = unpleasant

◄ Her voice is **harsh** to the ear.

她的聲音很刺耳。

②嚴厲的 *(adj)* = strict

Ms. Hagan is **harsh** with her students.

海根女士對學生非常嚴厲。

harvest /'harvɪst/

收成 *(C)*

◄ We had a good/poor **harvest** this year.

今年我們收成很好／不好。

✎衍生字 *harvest (vt)* 收割

haste /hest/

匆忙 *(U)*

◄ He packed his baggage in **haste**.

他匆忙地打點好行李。

◉ MP3-H3

hasten /'hesn̩/

①匆匆忙忙 *(vi)* = hurry

◄ Jenny **hastened** home.

珍妮匆匆忙忙趕回家。

②加速 *(vt)* = accelerate, speed up

The strike **hastened** the shut-down of the factory.

這次罷工加速了工廠的倒閉。

hasty /'hestɪ/

匆忙的 *(adj)* = rash

◄ She soon regretted her **hasty** decision to get married.

她很快就為自己匆忙結婚的決定而後悔了。

hat /hæt/

帽子 *(C)* (請參閱附錄 "衣物")

◄ There is a man in a fur **hat** standing under the tree.

樹下站個戴皮毛帽的男人。

hatch /hætʃ/

①孵化 *(vi)*

◄ Four eggs have already **hatched**.

已經有四個蛋孵出來了。

②使孵化 *(vt)*

We **hatched** the eggs by keeping them under a light bulb.

我們把蛋放在燈泡下使其孵化。

hate /het/

①討厭 *(vt)* = dislike；⇔ love

◄ I **hate** carrots and green peppers.

我討厭胡蘿蔔和青椒。

②抱歉 *(vt)* = be sorry, regret

I **hate** to tell you that I must go now.

很抱歉我不得不告訴你，現在我必須走了。

③憎恨 *(U)* = resentment

She looked at him with **hate** in her eyes.

她以憎恨的目光看著他。

✎衍生字 *hateful (adj)* 可恨的，可憎的

hatred /'hetrɪd/

憎惡 *(U,S)*

◄ My father holds **hatred**/an intense **hatred** for/of dishonesty.

我爸對不誠實深惡痛絕。

haul /hɔl/

①拉 *(vt)* = pull, draw

◄ The old fisherman **hauled** in/up the fishing nets again and again.

那老漁夫一次又一次地將漁網拉上來。

②一網的漁獲量 *(C)* = catch

They made a bumper/good/big **haul** of fish.

他們拉到滿滿一網魚。

haunt /hɔnt/

①(鬼魂) 出沒 *(vt)*

◄ The castle was said to be **haunted** by the ghost of its former owner.

據傳前主人的鬼魂出沒這座城堡內。

✎衍生字 *haunt (C)* 常去的地方

②心頭縈繞著 *(vt)* = plague

Carol was **haunted** by the fear that her husband was having an affair with another woman.

卡洛心頭縈繞著擔憂，怕他的丈夫有外遇。

✎衍生字 *haunted (adj)* 鬧鬼的；*haunting (adj)* 縈繞的

have /həv；重讀 hæv/, had *(pt)*, had *(pp)*

①與過去分詞連用構成完成式 *(aux)*

◀ **Have** you ever been to New York?

你去過紐約嗎？

②有 *(vt)*

I **have** many good friends.

我有許多好朋友。

③患 (病) *(vt)* = suffer from

Ann **has** a bad cold.

安得了重感冒。

④吃 *(vt)* = eat

What did you **have** for lunch today?

你今天午飯吃了什麼？

---

have on

穿 *(vt,s)* ⇔ have off

◀Susan **had** a bikini **on**.

蘇珊穿了一件比基尼。

---

hawk /hɔk/

鷹 *(C)* (請參閱附錄 "動物")

◀ A **hawk** catches other birds and small animals with its claws for food.

老鷹用爪子抓其他鳥類或小動物為食。

Everybody knows that Jason is a **hawk**, not a dove.

大家都知道傑生是鷹派人物，不是鴿派人物。

hay /he/

乾草 *(U)*

◀ In winter, they feed their cattle with **hay**.

他們在冬季用乾草餵牛。

hazard /ˈhæzɚd/

①危險 *(C)*

◀ During the drought period, we must reduce the fire **hazard** to a minimum.

在乾旱期我們必須把火災的危險降到最低程度。

✎衍生字 *hazardous (adj)* 危險的

②冒…危險 *(vt)* = risk, endanger

Those mountain climbers **hazarded** their lives trying to reach the top of Mt. Everest.

這些登山者為爬上埃布洛斯山不惜冒生命危險。

he /hɪ；重讀 hi/

①他 *(pron)* ⇔ she

◀ "Where is John?" "**He's** in the bathroom."

"約翰在哪？" "他在浴室裡。"

②人 *(pron)*

He who respects others will be respected in return.

凡尊重別人的人也會受人尊重。

head /hɛd/

①頭 *(C)* (請參閱附錄 "身體")

◀ He bumped his **head** on the roof of the car.

他的頭撞到車頂。

②頭腦 *(S)* = talent

Jessie has a good business **head**.

傑希有很商業頭腦。

③腦筋 *(C)* = brains, intelligence

Use your **head**.

動一動你的腦筋。

④主管 *(C)* = chief

Prof. Klemp is the **head** of the English Department.

克倫普教授是英語系主任。

⑤走在…前頭 *(vt)* = lead

The general manager **headed** the procession.

總經理走在遊行隊伍的前頭。

⑥朝著…走去 *(vi)* = go (to)

He is **heading** for the market.

他正朝著市場走去。

---

head for

①朝…去 *(vt,u)* = depart for

◀The boat is **heading for** the shore.

船正在朝岸邊駛去。

②往 *(vt,u)*

They're **heading for** trouble.

他們正在自找麻煩。

H

head off

①引開 *(vt,s)*

◀ I didn't want Jim to mention Mary's divorce, so I tried to **head** him **off** onto another subject.
我不想讓吉姆提起瑪莉離婚的事，所以盡量把他的話岔到其他話題上去。

②阻止 *(vt,s)* = prevent, stave off

The president has **headed off** the financial crisis.
總統阻止了金融危機的發生。

headache /'hɛdˌek/

①頭疼 *(C)*

◀ I have a bad **headache**.
我頭疼得很。

②棘手的事 *(C)*

The naughty boy is a real **headache** to his mother.
那頑皮的男孩令他母親深感頭疼。

headline /'hɛdˌlaɪn/

①標題 *(C)*

◀ The *China Times* carried the **headline**: No Work, No Pay.
《中國時報》上刊著這樣一條標題：沒工作就沒薪水。

②頭條新聞 *(P)*

Don't make noise. I'm listening to the news **headlines**.
別出聲，我正在聽頭條新聞。

headphones /'hɛdˌfonz/

耳機 *(P)*

◀ If you wear **headphones**, you'll find the sound effect even better.
你戴上耳機的話，會發覺音響效果更好。

headquarters /'hɛd'kwɔrtɚz/

總部 *(P)*

◀ The company's **headquarters** is/are in L.A.
該公司的總部在洛杉磯。

heal /hil/

①癒合 *(vi)*

◀ The cut will soon **heal** up/over.
傷口很快會癒合的。

②癒合 *(vt)* = cure

It takes time to **heal** a broken leg.
腿骨折了，需要時間癒合。

health /hɛlθ/

健康 *(U)*

◀ My great grandpa is in good/poor **health**.
我曾祖父的健康很好 / 不好。

healthful /'hɛlθfəl/

有益健康的 *(adj)* = wholesome, healthy

◀ Does your school cafeteria provide a **healthful** diet?
你們學校的自助餐廳提供的飲食健康嗎？

healthy /'hɛlθɪ/

健康的 *(adj)* ⇔ unhealthy

◀ I keep **healthy** by taking exercise every day.
我每天鍛練身體以保持健康。

heap /hip/

堆 *(C)* = pile

◀ There's a **heap** of dirty clothes waiting to be washed.
有一大堆髒衣服等著要洗。

hear /hɪr/, heard *(pt)*, heard *(pp)*

①聽到 *(vt)*

◀ I **heard** her singing in the bathroom.
我聽到她在浴室裡唱歌。

②聽說 *(vt)* = be told

I **heard** that Peggy had married a man who was old enough to be her grandfather.
我聽說佩姬嫁了個足以當她爺爺的男人。

hear from

得到 (某人的) 來信、電話等 *(vt,u)*

◀ I have never **heard from** Jane since she left.
珍走後我就再也沒有得到過她的消息。

hear of

聽過 *(vt,u)* = hear about, learn of/about

◀ "Do you know a girl named Sherry Lee?"
"I've never **heard of** her."
"你知道一個叫雪莉·李的女孩嗎？" "我從沒聽過。"

H

hear out

聽完 **(vt,s)**

◀ Look, I know you're mad, but at least **hear** me **out**.
你聽我說，我知道你很生氣，但至少我把話講完。

heart /hɑrt/

①心，心臟 **(C)**

◀ Her **heart** beat faster when she saw her idol.
當她看到自己的偶像時，心跳就加快了。

He has a kind/warm/cold/broken **heart**.
他有一顆善良／熱情／冷漠／破碎的心。

✎衍生字 *hearty (adj)* 熱誠的；*heartless (adj)* 冷酷的

②感情 **(U)** = *feelings*

I hope that you can put more **heart** into your singing.
我希望你唱歌時再投入些感情。

hearty /'hɑrtɪ/

熱誠的 **(adj)** = *cordial, warm*；⇔ *cold, indifferent*

◀ We appreciate the **hearty** welcome you gave us.
我們很感激你對我們的熱誠歡迎。

◉ MP3-H4

heat /hit/

①熱 **(U)**

◀ The **heat** from the fire dried our wet clothes.
火散發出的熱把我們的濕衣服烤乾了。

✎衍生字 *hot (adj)* 熱的

②激烈，激動 **(U)**

The issue of abortion generates a lot of **heat**.
墮胎問題引發群情激奮。

✎衍生字 *heated (adj)* 生氣激動的

③加熱 **(vt)** = *warm*

Becky **heated** up a pie for her son.
貝琪熱了一個派給兒子吃。

④變熱 **(vi)** ⇔ *cool (down)*

The room will soon **heat** up.
房間很快就會熱起來。

heater /'hitɚ/

暖器 **(C)**

◀ Remember to turn the electric **heater** off.
別忘了把電暖器關掉。

✎衍生字 *heating (U)* 暖器系統

heave /hiv/

舒一口氣 **(vt)** = *breathe*

◀ Knowing that he was safe, we all **heaved** a sigh of relief.
當知道他處境安全時我們都舒了口氣。

heaven /'hɛvən/

①老天爺，上帝 **(U)** = *God*

◀ **Heaven** helps those who help themselves.
天助自助者。

②天空 **(P)** = *sky*

I walked out to the garden, looking up at the moon in the **heavens**.
我走到花園，抬頭望著天上的月亮。

heavenly /'hɛvənlɪ/

①宇宙 **(adj)**

◀ The sun, the moon, stars and planets are **heavenly** bodies.
太陽、月亮、星星和行星都是天體。

②極好的 **(adj)** = *pleasant*

What **heavenly** weather! Let's take a walk.
多好的天氣！我們散步去吧。

heavy /'hɛvɪ/

①重的 **(adj)** = *weighty*

◀ The bag is too **heavy** for the little girl to lift.
這個提包讓那小女孩來提是太重了。

②繁重的 **(adj)** = *busy*；⇔ *light*

The traffic is **heavy** at rush hour.
在尖峰時間交通很擁擠。

③量大的 **(adj)**

Mr. Hartman is a **heavy** smoker.
哈特曼先生是個煙癮很重的人。

✎衍生字 *heavily (adv)* 繁重地

hedge /hɛdʒ/

①樹籬 **(C)** = *shrubbery*

◀ Andy was trimming the **hedge** in front of the house.
安迪在屋前修剪樹籬。

②防範手段 **(C)**

I agree that buying real estate is a **hedge** against inflation.
我同意購置房產是對付通貨膨脹的一種防範手段。

H

③拐彎抹角 *(vi)* = beat about the bush

Stop **hedging** and tell me what you really think.

不要閃爍其詞，把你的真實想法告訴我。

heed /hid/

①重視，注意 *(vt)* = pay attention to, take notice of

◀ He didn't **heed** my advice and failed.

他沒有重視我的勸告結果失敗了。

②注意 *(U)*

Pay **heed** to/Take **heed** of my advice.

好好聽從我的勸告。

✎衍生字 *heedful (adj)* 注意的；*heedless (adj)* 不注意的

heel /hil/

①後跟 *(C)*

◀ The **heels** of my shoes are worn down.

我的鞋跟磨薄了。

②腳後跟 *(C)* (請參閱附錄 "身體")

North Korea is under the **heel** of a dictator.

北韓在獨裁者的腳跟下被完全控制。

height /haɪt/

①高，高度 *(C)*

◀ What's the **height** of the Statue of Liberty?

自由女神像有多高？

②身高，高度 *(U)*

The model is two hundred centimeters in **height**.

模特兒身高兩百公分。

✎衍生字 *high (adj)* 高的

heighten /'haɪtn̩/

鼓舞 *(vt)* = boost, raise

◀ The principal's appearance **heightened** their spirits.

校長的出現鼓舞了他們的精神。

heir /ɛr/

繼承人，嗣子 *(C)*

◀ Mr. Ford adopted the boy and made him his legal **heir** to his real estate.

福特先生收養了那男孩，並讓他成為自己房地產的法定繼承人。

helicopter /'hɛlɪˌkɑptɚ/

直升機 *(C)* (請參閱附錄 "交通工具")

◀ A **helicopter** is hovering overhead.

一架直升機在頭上盤旋。

hell /hɛl/

①地獄 *(U)* ⇔ heaven

◀ Will bad people go to **hell** after they die?

壞人死後會下地獄嗎？

②究竟，到底 (語氣加強詞) *(the+S)*

What the **hell** is that in your hand?

你手裡拿的到底是什麼東西呀？

hello /hə'lo/

喂，哈囉 (招呼詞) *(C)*

◀ I don't know his name but he always says **hello** to me when we meet.

我不知道他叫什麼名字，但每次見面時他都跟我打招呼。

helmet /'hɛlmɪt/

安全帽 *(C)*

◀ Be sure to put your **helmet** on wherever you go by motorcycle.

你騎摩托車無論上哪都要戴好安全帽。

help /hɛlp/

①幫忙 *(U)* = assistance

◀ I hope I can be of some **help** to you.

我希望能幫得上你的忙。

②救命 *(U)*

Help! A man is drowning in the river!

救命！有人掉進河裡去啦！

③幫助 *(C)*

My wife has been a great **help** to me.

我妻子對我幫助很大。

④幫助 *(vt)*

Thank you for **helping** me with my math.

謝謝你幫助我解數學題。

help out

幫助 *(vt,s)*

◀ They did everything they could to **help us out**.

他們盡其所能幫助我們。

helpful /'hɛlpfəl/

有幫助的 *(adj)* = useful

◀ This dictionary is very **helpful** to me when I study English.

這本詞典對我學英語很有幫助。

hemisphere /ˈhɛməsˌfɪr/

①半球 (C)

◀ Australia is in the southern **hemisphere**.
澳大利亞位於南半球。

②大腦半球 (C)

It's said that the left-handed use more of their right **hemisphere** of the brain.
據說左撇子較常使用右半腦。

✎同尾字 sphere (球體，領域)。atmosphere (大氣，氣氛)。stratosphere (同溫層)。biosphere (生物圈)。

hen /hɛn/

母雞 (C) (請參閱附錄 "動物")

◀ The **hen** is the poor man's but the rich man eats it.
窮人養母雞，但富人吃。

✎相關字 cock (公雞)。rooster (公雞)。

hence /hɛns/

因此 (adv) = therefore, as a result

◀ He worked hard, and **hence** came his success.
他工作努力，因此獲得了成功。

her /hɚ; 重讀 hɝ/

①她 (she 的受格) (pron)

◀ If you sell the cow, you sell **her** milk too.
把牛賣掉，就是連牛奶也賣掉 (殺雞取卵)。

②她的 (she 的所有格) (pron)

Julia gave me **her** home address.
茱莉亞給我她家的地址。

herald /ˈhɛrəld/

①預示 (vt) = usher in

◀ The talks may **herald** a breakthrough in the peace between Israelis and Palestinians.
會談可能預示了以色列和巴勒斯坦之間的和平有了突破性進展。

②預兆 (C) = forerunner, harbinger

Cuckoo birds are viewed as the **herald** of spring.
杜鵑鳥被認作是春天的預兆。

herb /hɝb/

藥草 (C)

◀ As the saying goes, "No **herb** will cure love."
正如諺語所言："治愛無良藥。"

herbal /ˈhɝbl̩/

草藥的 (adj)

◀ Whenever he doesn't feel well, he seeks out **herbal** remedies.
他只要一感到不適就去尋找草藥療法。

✎衍生字 herbalist (C) 草藥醫生，中醫師
✎同首字 herbicide (除草劑)。herbivore (草食動物)。herbivorous (草食的)。

herd /hɝd/

①一群 (C) (請參閱附錄 "量詞") = group

◀ A **herd** of cattle are grazing on the meadow.
一群牛在草原上吃草。

②驅趕 (vt)

The tourists were **herded** into their bus.
旅客們被趕進他們乘坐的大巴士裡。

here /hɪr/

這裡 (adv) ⇔ there

◀ Come over **here** immediately, please.
請馬上到這裡來。

hereafter /hɪrˈæftɚ/

①以後 (adv) = from now on

◀ **Hereafter** I will remember the lesson I've learned.
我以後會記住得到的教訓。

②來世 (S) = afterlife

Some people believe in the **hereafter**.
有些人相信來世。

heredity /həˈrɛdətɪ/

遺傳 (U)

◀ Some diseases like diabetes and hepatitis are caused by **heredity**.
有些疾病如糖尿病和肝炎是遺傳的。

✎衍生字 hereditary (adj) 遺傳的，世代相傳的

heritage /ˈhɛrətɪdʒ/

遺產 (U)

◀ We should do our best to preserve our cultural **heritage**.
我們應盡力保存我們的文化遺產。

hermit /ˈhɝmɪt/

隱士 (C)

◀ I can't see why a person likes to become a **hermit**, living away from people and society.

H

我不明白爲何會有人喜歡成爲隱士，過著遠離人群和社會的生活。

📝同尾字 admit (承認)。commit (犯、獻身於)。remit (匯款；寬恕)。permit (允許)。summit (山巔)。omit (省略)。vomit (嘔吐)。transmit (傳染)。emit (噴射)。submit (提交、屈從)。limit (限制)。

🔊 MP3-H5

hero /'hɪro/
英雄 (C)
◀ The real **hero** of the match was Roger, the goalkeeper of the team.
這場比賽中眞正的英雄是羅傑，球隊的守門員。
📝衍生字 *heroine (C)* 女英雄

heroic /hɪ'roɪk/
英勇的 (adj) = courageous, brave；⇔ cowardly
◀ Jim was awarded for his **heroic** deeds in battle.
吉姆因在戰鬥中的英勇事蹟而受到獎勵。
📝衍生字 *heroism (U)* 英勇行爲，英勇精神

heroin /'hɛro'ɪn/
海洛因 (U)
◀ He was caught trafficking in **heroin**.
他在販賣海洛因時被捕獲。

hers /hɝz/
她的 (she 的所有格代名詞) (pron)
◀ This is my scarf, and that is **hers**.
這是我的圍巾，而那是她的。

herself /hɚ'sɛlf/
她自己 (she 的反身代名詞) (pron)
◀ A crow is never the whiter for washing **herself** often.
烏鴉常洗澡也不會變白。

hesitate /'hɛzə'tet/
遲疑 (vi)
◀ Don't **hesitate** to ask questions if you are in doubt.
如果你有疑問，儘管提出，不要遲疑。
📝衍生字 *hesitatingly (adv)* 吞吞吐吐地

hesitation /ˌhɛzə'teʃən/
遲疑 (C,U) = indecision
◀ Without (a moment's) **hesitation**, he jumped into the pond to save the drowning boy.
他毫不遲疑地跳進池塘救那溺水的男孩。

📝衍生字 *hesitant (adj)* 遲疑的，吞吞吐吐的

heterosexual /ˌhɛtərə'sɛkʃuəl/
異性戀的 (adj) = straight；⇔ homosexual
◀ Most people are **heterosexual**.
大多數人都是異性戀者。
📝衍生字 *heterosexual (C)* 異性戀者
📝相關字 bisexual (雙性戀的)。transsexual (變性者)。

hibernate /'haɪbɚ'net/
冬眠 (vi)
◀ Such animals as snakes and bears **hibernate**.
蛇和熊這類動物冬眠的。
📝衍生字 *hibernation (U)* 冬眠

hiccup /'hɪkʌp/
打嗝 (C) = hiccough
◀ Don't eat so fast; you'll get/have **hiccups**.
別吃得這麼快，你會打嗝的。

hide /haɪd/, hid (pt), hidden (pp)
隱藏 (vt) = conceal
◀ You don't have to **hide** your true feelings from your family.
你不必對家人隱藏自己的眞實感情。

high /haɪ/
① 高的 (adj) ⇔ low
◀ Mt. Jade, the **highest** mountain in North Asia, is almost 4,000 meters high.
玉山是北亞洲的最高山，差不多有四千公尺高。
② 高高地 (adv)
He threw the ball **high** into the air.
他把球高高地拋入空中。
③ 高點 (C)
The index of the stock market reached a new **high** this week.
股票交易的指數本周創了新高。

highlight /'haɪ'laɪt/
① 強調，突顯 (vt) = emphasize
◀ The TV program **highlighted** the problems of the unemployed.
這檔電視節目特別強調了失業問題。
② 最精彩的部分 (C)
The performance last night was definitely the **highlight** of the workshop.
昨晚的表演無疑是該研討會的最精彩之作。

highly /'haɪlɪ/
高度地 *(adv)*

◀ Your boss speaks very **highly** of your work.
你的老闆對你的工作評價很高。

highway /'haɪ͵we/
公路 *(C)*

◀ The new **highway** will reduce the driving time to the harbor.
新建的公路將縮短開車到港口所需的時間。

hijack /'haɪ͵dʒæk/
劫持 *(vt)*

◀ An American Airlines aircraft was **hijacked** by two terrorists on its flight to Pakistan.
一架美國航空公司的飛機在飛往巴基斯坦途中被兩名恐怖分子劫持了。
✎衍生字 *hijack (C)* 劫車，劫機；*hijacker (C)* 劫持者

hike /haɪk/
①徒步旅行 *(vi)*

◀ I enjoy going **hiking** in the countryside.
我愛在鄉間徒步旅行。
②提高 *(vt)* = raise
We made a protest against the landlady's **hiking** rents, but in vain.
我們對女房東提高房租表示抗議，但未能奏效。
③遠足 *(C)*
Let's go on/take a **hike** to Yangmingshan tomorrow.
我們明天去陽明山遠足吧。
④增加 *(C)* = increase
I cannot afford another rent **hike**.
租金再漲的話我可承受不起了。

hill /hɪl/
小山丘 *(C)*

◀ The temple stands on a **hill** overlooking the town.
這廟宇坐落在一個小山上，俯瞰整個城鎮。

him /hɪm/
他 (he 的受格) *(pron)*

◀ You can lead a horse to the water, but you can't make **him** drink.
可以牽馬去水邊，不能強迫馬喝水。

himself /hɪm'sɛlf/
他自己 (he 的反身代名詞) *(pron)*

◀ The man who loses his opportunities loses **himself**. (George Moore)
失去機會的人就失去了自己。

hind /haɪnd/
後面的 *(adj)* = back, rear；⇔ front, fore

◀ My dog Lucky can walk on its **hind** legs.
我的狗 "Lucky" 會用牠的兩條後腿行走。

hinder /'hɪndɚ/
阻礙 *(vt)* = prevent

◀ Low interest rates will **hinder** people from saving money.
低利率將阻礙人們存款。
✎衍生字 *hindrance (U)* 妨礙，阻礙

hint /hɪnt/
①暗示 *(C)* = cue

◀ Thelma dropped/made/gave a few **hints** about her birthday to make sure that no one would forget it.
塞爾瑪為了確保沒人忘掉她的生日，就給了些暗示。
②暗示 *(vi)*
Josh frequently **hints** at his wealth to me.
喬希經常向我暗示他的財富。

hip /hɪp/
臀部 *(C)* (請參閱附錄 "身體")

◀ Jane stood with her hands on her **hips**.
珍站著，手放在臀部上。

hippopotamus /͵hɪpə'pɑtəməs/
河馬 *(C)* (請參閱附錄 "動物") = hippo

◀ The **hippopotamus** commonly remains underwater for three or five minutes.
河馬一般能待在水裡三至五分鐘。

hire /haɪr/
①租用 *(vt)* = rent

◀ We **hired** a car for a week when we were in France.
我們在法國時租了一輛車，用了一星期。

H

②雇用 *(vt) = employ*

We **hired** an interior designer to help decorate our new house.

我們雇了一個室內設計師來裝修我們的新房子。

③出租 *(U) = rent*

Are there any cars for **hire** in this little town?

這個小鎮裡租得到汽車嗎？

his /hɪz/

他的 (he 的所有格; 所有格代名詞) *(pron)*

◀ A man is known by **his** friends.

什麼人交什麼朋友。

hiss /hɪs/

①嘶嘶叫 *(vi)*

◀ The snake **hissed** at the raccoon.

那條蛇朝浣熊嘶嘶叫。

◥衍生字 hiss *(C)* 嘶嘶聲

②發噓聲 *(vt)*

The crowd **hissed** the speaker off the stage.

人們發噓聲將演講人轟下台去。

historian /hɪsˈtɔrɪən/

歷史學家 *(C)* (請參閱附錄 "職業")

◀ Strictly speaking, he is a keen critic rather than a **historian**.

嚴格的說，他是個尖銳的評論家，而不是歷史學家。

historic /hɪsˈtɔrɪk/

歷史性的 *(adj)*

◀ Olympia is a **historic** place in Greece.

奧林匹亞是希臘的一個歷史性遺址。

historical /hɪsˈtɔrɪkl̩/

歷史學的，基於史實的 *(adj)*

◀ Confucius is a very important **historical** figure in Chinese history.

孔子是中國歷史上一位很重要的歷史人物。

history /ˈhɪstrɪ/

①歷史 *(U)* (請參閱附錄 "學科")

◀ Neil Armstrong made **history** when he stepped on the moon.

當尼爾·阿姆斯壯踏上月球的那一刻，他創造了歷史。

②歷史 *(C)*

The English language has an interesting **history**.

英語有著有趣的歷史。

③紀錄 *(C) = record*

People are afraid of him because he has a **history** of violent assaults against women.

人們怕他是因為他曾有過暴力攻擊婦女的紀錄。

◉ MP3-H6

hit /hɪt/, hit *(pt)*, hit *(pp)*

①打 *(vt) = strike*

◀ James **hit** his roommate in the stomach.

詹姆斯打了室友的肚子。

②碰撞 *(vt) = bump into*

His car **hit** a lamppost last night.

昨晚他的車撞上了路燈柱。

③襲擊 *(vt) = strike*

The whole island was **hit** by the severe typhoon.

整座島嶼遭到了強烈颱風的襲擊。

④打擊 *(C) = blow*

How unlucky I was to receive a **hit** on the head from a flying stone.

我多麼倒楣，頭上被飛石打了一下。

⑤成功 *(C) = success*

A-mei's new album made a **hit** with the people here and even the people in Singapore.

阿妹的新專輯在這兒，甚至在新加坡，都引起了轟動。

hit back at

反擊 *(vt,u) = strike back at*

◀ I have swallowed a lot of insults. Now I have decided to **hit back at** my critics.

我已經受了不少辱罵了，現在我決定對批評我的人進行反擊。

hit on/upon

想出 *(vt,u) = strike on*

◀ I think Turner may have **hit on** a way out of our difficulty.

我想特納可能會想出辦法幫助我們解決困難。

hitchhike /'hɪtʃˌhaɪk/

搭便車 *(vi)*

◀ It's not safe for a girl to travel by **hitchhiking**.
一個女孩子一路搭便車旅行是不安全的。
◥衍生字 *hitchhiker (C)* 沿途搭便車旅行者

hive /haɪv/

蜂箱，蜂巢 *(C)*

◀ How many bees will there be in a **hive**?
一個蜂箱裡會有多少隻蜜蜂呢？

hoard /hord/

貯藏 *(vt) = store*

◀ Squirrels **hoard** (up) nuts for the winter.
松鼠貯藏堅果以備過冬。
◥衍生字 *hoard (C)* 貯藏

hoarse /hors/

嘶啞的 *(adj) = husky*

◀ His voice was **hoarse** from shouting.
他的嗓子叫喊得嘶啞了。

hobby /'habɪ/

愛好，嗜好 *(C)*

◀ Marvin has pursued his **hobby** of collecting ancient pottery for many years.
馬文多年來一直保持著收集古陶器的愛好。

hockey /'hakɪ/

曲棍球 *(U)* (請參閱附錄 "運動")

◀ I like to play ice **hockey** in winter.
我愛在冬天打冰上曲棍球。

hoist /hɔɪst/

升起 *(vt) = raise* ; ⇔ *lower*

◀ **Hoist** the flag up to the top of the pole.
把旗幟升至旗桿頂上。
◥衍生字 *hoist (C)* 向上推，起重機

hold /hold/, held *(pt)*, held *(pp)*

①拉住，握住 *(vt) = grasp, grab*

◀ Maureen **held** her daughter's hand as they crossed the street.
莫琳拉住女兒的手一起穿過街道。
②保持 *(vt) = last, continue*

How long will his good mood **hold**?
他這種好心情能維持多久呢？

③掌控，使得 *(vt) = keep*

Don't **hold** us in suspense.
別讓我們掛慮。
④容納 *(vt) = contain*

Can this box **hold** all these books?
這箱子裝得下所有這些書嗎？
⑤舉辦 *(vt) = arrange*

Denny's mother **held** a birthday party for him.
丹尼的母親為他舉辦了一個生日派對。
⑥抓，握 *(U)*

I got/took/grabbed **hold** of the soup bowl in both hands and put it onto the table.
我雙手端起湯碗將它放到桌上。

hold back

①忍住 *(vt,s) = keep back, control*

◀ I couldn't **hold** my laughter/anger **back** any longer.
我再也忍不住笑了 / 發火了。
②阻擋 *(vt,s) = keep back*

The police couldn't **hold** the crowds **back**.
警察沒法把人群擋回去。

hold by

堅持 *(vt,u) = adhere/stick/cling/cleave to, stand by*

◀ We must **hold by** our principles.
我們必須堅持原則。

hold down

①抑制 *(vt,s) = keep down*

◀ We're going to **hold down** these prices until the New Year.
這些價格我們在新年之前都不會往上調。
②壓制 *(vt,s) = bring/hold/keep under, keep down*

The dictator **held down** his people for 40 years.
獨裁者壓制人民四十年。
③保持 *(vt,s)*

Peter has never **held down** a job for longer than three months.
彼得從來沒有一份工作能保持三個月以上。
④吃下 *(vt,s) = keep down*

I am sick and haven't been able to **hold** my food **down**.
我病了，東西吃了就吐出來 (食物吃不下去)。

H

hold off

延遲 *(vi)* = delay

◀We **held off** making the decision for a month.
我們延遲了一個月才下決定。

hold on

①等著 *(vi)* = hang on

◀**Hold on** a minute/second. Let me put this luggage in my car.
等一會兒,讓我把這行李放到車上去。

②堅持到底 *(vi)* = hang on, last out

The Rangers **held on** to win the game in the final period.
騎兵隊堅持到底,在最後階段贏得了比賽。

hold on to

①緊抓 *(vt,u)* = hold tightly, seize

◀I was so scared that I **held on to** the reins as tightly as I could.
我怕得拼命緊抓繮繩。

②保留 *(vt,u)*

I think you should **hold on to** the ring. After all, your mother gave it to you.
我想你應該留著這枚戒指,畢竟這是你母親給你的。

hold out

①伸出 *(vt,s)* = stretch forward

◀**Hold out** your hand/tongue.
伸出你的手/舌頭。

②堅持 *(vi)* = hang/hold on

The gunmen are **holding out** in the old building, and refuse to yield.
持槍歹徒在破舊的大樓裡負隅頑抗,拒絕投降。

③持續 *(vi)* = hold/keep up, hang/last out

Will the water supply **hold out** until Monday?
供水能維持到星期一嗎?

hold out for

堅持要求 *(vt,u)* = hang/stand/stick out for

◀We expected him to **hold out for** more money, but he just signed the contract.
我們以為他會要求更多的錢,但他只是簽了合同。

hold over

延遲 *(vt,s)* = put off, lay/leave over

◀The game was **held over** until Saturday because of rain.
因為下雨比賽延遲到星期六舉行。

hold under

鎮壓 *(vt,s)* = hold down

◀The tyrant used cruel means to **hold** his people **under**.
這位暴君使用殘酷的手段鎮壓人民。

hold up

①耽擱 *(vt,s)* = delay

◀Sorry, I didn't mean to **hold** everybody **up**.
對不起,我不是有意耽擱大家。

②搶劫 *(vt,u)* = rob

Brad is in jail for **holding up** a bank.
布拉德因為搶劫銀行正在坐牢。

holder /'holdɚ/

①持有人 *(C)*

◀The ticket **holders** were disappointed that the concert was canceled.
持有入場券的人因音樂會被取消而感到失望。

②支架 *(C)*

My birthday present from Katrina was a beautiful candle **holder**.
卡翠娜送給我的生日禮物是一個漂亮的蠟燭架。

hole /hol/

①洞 *(C)*

◀The road workers dug a big **hole** in the middle of the road.
築路工人在路中間挖了個大洞。

②漏洞 *(C)* = fault, weakness, fallacy

We found a lot of **holes** in her theory.
我們在她的理論中發現了許多漏洞。

✎衍生字 hole (vt) 打洞

hole up

藏匿 *(vi)* = hide

◀Three convicts escaped from prison and **holed up** in an old building.
三名罪犯從監獄裡逃出來躲進了一棟破舊的大樓裡。

holiday /'hɑləˌde/

①假日，節日 *(C)*

◀ The Double Tenth Day is a national **holiday**.
"雙十節" 是一個國定假日。

②假期 *(U)* = *vacation*

The Glens are away on **holiday** in Hawaii.
葛倫一家在夏威夷度假。

hollow /'hɑlo/

①中空的 *(adj)* ⇔ *solid*

◀ The columns look solid, but in fact they're **hollow**.
這些柱子看起來實心，但實際上是中空的。

②虛假的 *(adj)* = *false*

Don't take his **hollow** compliments seriously.
別把他那些虛假的奉承話當真。

③挖空 *(vt)*

He **hollowed** out a log to make a canoe.
他把一根圓木挖空做獨木舟。

holy /'holɪ/

神聖的 *(adj)* = *sacred*

◀ The *Bible* is the **holy** book of the Christians.
《聖經》是基督教徒的聖書。

home /hom/

①家 *(U)*

◀ Their son George lives at college during the week and at **home** on the weekends.
他們的兒子喬治平時住在大學裡，週末則回家過。

✎衍生字 *homely (adj)* 家常的

②住宅 *(C)* = *house*

We have a comfortable **home** in the suburbs of Taipei.
我們在台北的郊外有一舒適的房子。

③回家，在家 *(adv)*

My mother wants me to go **home** directly after school.
我媽要我放學後直接回家。

✎衍生字 *home (vt)* 返家，歸巢

---

home in on

瞄準 *(vt,u)* = *zero in on*

◀ Our plane **homed in on** the enemy's airport and destroyed it with one bomb.
我們的飛機瞄準了敵人的機場，一顆炸彈就把它炸毀了。

---

homeland /'homˌlænd/

故鄉 *(C)* = *native land, fatherland*

◀ The Wang family are planning to return to their **homeland**.
王家正計畫著回到故鄉去。

🔘 MP3-H7

homemaker /'homˌmekɚ/

家庭主婦 *(C)* (請參閱附錄 "職業") = *housewife*

◀ Mrs. Lee is a **homemaker**.
李太太是家庭主婦。

homesick /'homˌsɪk/

思鄉的，想家的 *(adj)*

◀ While studying in America, I was **homesick** for Taipei.
住美國求學期間，我很想念台北。

✎衍生字 *homesickness (U)* 思鄉病

homework /'homˌwɝk/

家庭作業 *(U)* = *assignment*

◀ The **homework** our math teacher gave us yesterday was too much for us to do in one night.
昨天我們的數學老師規定的家庭作業多得沒法在一夜做完。

homosexual /ˌhoməˈsɛkʃuəl/

同性戀的 *(adj)* = *gay*；⇔ *heterosexual*

◀ John and Peter are often seen to walk hand in hand. They must be **homosexual**.
約翰和彼得常被人看見手拉手一起走。他倆一定是同性戀。

✎衍生字 *homesexual (C)* 同性戀者

honest /'ɑnɪst/

誠實的 *(adj)* = *frank*；⇔ *dishonest*

◀ To be **honest** with you, I don't see eye to eye with you.
說實話，我與你的看法並不完全一致。

✎衍生字 *honestly (adv)* 誠實地

honesty /'ɑnɪstɪ/

坦誠，誠實 *(U)* = *candor*

◀ I will answer your question with complete **honesty**.
我會十分坦誠地回答你的問題。

honey /'hʌnɪ/

蜂蜜 (U)

◄ Bees gather **honey** from flowers.
蜜蜂在花叢中採蜜。

honeymoon /'hʌnɪˌmun/

蜜月 (C)

◄ Where did you spend your **honeymoon**?
你是在哪兒度蜜月的？

honk /hɔŋk/

①按響 (vt)

◄ Don't **honk** the horn while driving past the school.
開車經過學校時別按響喇叭。

②鳴響 (vi)

Horns **honked** incessantly when traffic backed up for no obvious reasons.
交通莫名其妙地堵塞了起來，喇叭不停地鳴響著。

honor /'ɑnɚ/

①榮譽 (U)

◄ Patty is a girl with no sense of **honor**.
佩蒂是個缺乏榮譽感的女孩。

△衍生字 honorary (adj) 名譽的

②榮幸 (U) = pleasure

It's my great **honor** to introduce the president of the company to you.
我非常榮幸地向您介紹公司董事長。

③榮幸 (S)

It is a great **honor** to have the president here today.
今天董事長能光臨此地，真是莫大的榮幸。

④優異的成績 (P)

Helen Keller graduated with **honors** from college.
海倫・凱勒以優異的成績從大學畢業。

⑤使榮幸 (vt)

Today the president **honored** us with his presence.
今天總裁親臨此地，我們深感榮幸。

I feel **honored** to introduce the president to you.
我很榮幸地把董事長介紹給您。

honorable /'ɑnərəbļ/

光榮的，高尚的 (adj)

◄ Gary is too **honorable** a man to cheat on exams.
葛瑞是個清高的人，考試時不可能作弊。

honorary /'ɑnəˌrɛrɪ/

名譽的 (adj)

◄ Mr. Hoover is the **honorary** chairman of our club.
胡佛先生是我們俱樂部的名譽主席。

hood /hʊd/

①引擎蓋 (C)

◄ Raise the **hood** of the car and check what that noise is.
把汽車的引擎蓋掀起來，檢查一下雜音是怎麼回事。

②兜帽 (C)

In Alaska, you have to wear a coat with a fur-lined **hood**.
在阿拉斯加你要穿上有毛邊兜帽的外套。

hoof /hʊf/

蹄 (C)

◄ The horse's **hoofs** clattered over the stony road.
馬蹄在石道上得得作響。

hook /hʊk/

①鉤子 (C)

◄ You can hang your coat on the **hook** behind the door.
你可以把外套掛在門背後的鉤子上。

△衍生字 hooked (adj) 鉤狀的，成癮的

②掛 (vt)

Todd **hooked** his hat on the nail.
托德把帽子掛到釘子上。

be/get hooked on

①上癮 (vt,u) = (be) addicted to

◄Some people **are hooked on** drugs.
有些人吸毒上癮。

②迷上 (vt,u) = fall in love with

King has **got hooked on** that blonde.
金迷上了那位金髮姑娘。

hook up

電源接通 *(vt,s)* = connect

◀ Is the video **hooked up** to the TV?
錄影機和電視連接著嗎？

hoop /hup/

箍，框 *(C)*

◀ The basketball **hoop** was too high for me to even touch though I jumped as hard as I could.
籃球框太高了，我盡力往上跳也碰不到它。

hop /hɑp/

①跳 *(vi)* = jump

A yellow bird **hopped** onto my windowsill this morning.
今天早上一隻黃色的鳥跳到我的窗台上。

②跳躍 *(C)* = jump

The rabbit got up, took three **hops** and turned around.
那兔子立起身子，跳了三下後轉過身子。

③飛行一次的距離 *(C)* = flight

It's only a short **hop** from Taipei to Hong Kong.
從台北到香港只是一次短程飛行。

hope /hop/

①希望 *(vi)* = wish

◀ I **hope** for an increase in my salary.
我希望能加薪。

②希望 *(U)*

The situation looks bad, but don't give up **hope**.
情況看來不妙，但別放棄希望。

③希望 *(C)*

Mrs. Nowak expressed high/great/strong **hopes** of her son's recovery.
諾瓦克太太表示，她非常希望兒子能恢復健康。

hopeful /'hopfəl/

抱有希望的 *(adj)* ⇔ hopeless

◀ Mrs. Nowak is **hopeful** of her son's recovery.
諾瓦克太太對兒子的康復抱有希望。

衍生字 *hopefully (adv)* 有希望地

horizon /hə'raɪzn̩/

①地平線 *(the+S)*

◀ The setting sun disappeared below the **horizon**.
落日消失在地平線下。

②眼界 *(C)*

Traveling can broaden our **horizons**.
旅行可以拓寬我們的眼界。

horizontal /ˌhɑrə'zɑntl̩/

水平的 *(adj)* ⇔ vertical

◀ Draw a **horizontal** line on the blackboard.
在黑板上畫一條水平線。

hormone /'hɔrmon/

荷爾蒙 *(C)*

◀ My mother had **hormone** replacement therapy during menopause.
我母親在更年期內做了荷爾蒙取代療法。

horn /hɔrn/

①角 *(C)*

◀ The **horns** of rhinoceroses are often used as medicine in China.
犀牛角在中國常作藥用。

衍生字 *horned (adj)* 有角的

②按喇叭 *(C)*

The driver honked/blew/sounded the **horn** when a boy stepped in front of his car.
司機看到一個男孩走到車子前面就按起了喇叭。

horoscope /'hɔrəˌskop/

占星術 *(C)*

◀ I'm interested both in western zodiac and in Chinese **horoscope**.
我對西方的星相和中國的占星術都有興趣。

horrible /'hɔrəbl̩/

①恐怖的 *(adj)* = frightful, dreadful, terrible

◀ A **horrible** shriek broke the silence of the night.
一聲恐怖的尖叫刺破了夜的平靜。

②令人不愉快的 *(adj)* = disgusting, rude

What a **horrible** man Josh is!
喬希這人真讓人倒胃口！

③不祥的 *(adj)* = bad, unpleasant

I have a **horrible** feeling that my application for the job will be rejected.
我有個不祥的感覺，我的求職申請會被拒絕。

horrify /'hɔrə‚faɪ/

使震驚 (*vt*) = *shock*

◀ We were **horrified** at the news of Mr. Wu's
being murdered.
吳先生被謀殺的消息使我們深感震驚。

horror /'hɔrɚ/

恐怖 (*U*) = *shock, terror*

◀ The news of Mr. Wu being murdered filled us
with **horror**.
吳先生被謀殺的消息讓我們深感恐怖。

horse /hɔrs/

馬 (*C*) (請參閱附錄 "動物")

◀ If two men ride a **horse**, one must ride behind.
兩人共騎一馬，必有一人在後 (人有主次，位有
高低)。

hose /hoz/

①軟管 (*U*)

◀ I bought 30 feet of plastic **hose** for watering
in the garden.
我買了三十英尺長的塑膠軟管用來給花園澆水。

②澆水 (*vt*)

It's my job to **hose** the garden every day.
每天給花園澆水是我做的工作。

---

hose down

用塑膠管沖洗 (*vt,s*)

◀ I am **hosing down** my car.
我正用塑膠管沖洗車子。

◉ MP3-H8

hospitable /'hɑspɪtəbl̩/

熱情友好的，好客的 (*adj*) ⇔ *inhospitable*

◀ Tina and Andy are always very **hospitable** to
their guests.
蒂娜和安迪對待客人總是很熱情友好。

hospital /'hɑspɪtl̩/

醫院 (*C*)

◀ Janice was admitted to/discharged from (the)
hospital yesterday.
昨天珍妮絲入 / 出醫院了。

hospitality /‚hɑspɪ'tælətɪ/

殷勤款待 (*U*)

◀ During my visit in America, I accepted Kent's
hospitality and stayed over in his home for
three days.
我在美國遊訪期間受到肯特的殷勤款待，在他
那裡住了三天。

hospitalize /'hɑspɪtl̩‚aɪz/

使住院 (*vt*)

◀ Joe had a stroke and was **hospitalized** for a
month.
喬患了中風，住院了一個月。

host /host/

①主人，東道主 (*C*)

◀ At the end of the party we thanked our **host**
and hostess.
宴會結束後我們感謝男主人和女主人。

②主持人 (*C*) ⇔ *guest*

Jacky is the **host** of a TV show.
傑基是一檔電視節目的主持人。

◥同生字 *hostess* (*C*) 女主人，女主持人

③招待 (*vt*)

Last night Julie **hosted** a banquet for 30
guests.
昨晚茱莉設宴招待了三十個客人。

④主辦 (*vt*)

Do you know which country is going to **host**
the next World Cup?
你知道下一屆世界杯賽將由哪個國家主辦嗎？

hostage /'hɑstɪdʒ/

人質 (*C*)

◀ The bank robber held/took a woman
hostage/kept a woman as a **hostage**.
銀行搶劫犯將一名婦女劫作人質。

hostel /'hɑstl̩/

招待所 (*C*)

◀ Most of the time we stayed at youth **hostels**
while traveling in Europe.
我們在歐洲旅行期間，大部分時候都住在青年
招待所。

hostile /'hɑstl̩/

懷有敵意的 (*adj*) = *antagonistic* ; ⇔ *friendly, cordially*

◀ He is always **hostile** to/towards strangers.
他對陌生人總是懷有敵意。

hostility /hɑsˈtɪlətɪ/

敵意 (U)

◀ Never do or say anything to provoke **hostility** among them.
別做也別說任何會引起他們相互敵意的事。

hot /hɑt/

①熱的 (adj) ⇔ cold

◀ If you are **hot**, take your coat off.
如果你覺得熱，就把外套脫掉。

②辣的 (adj) = spicy；⇔ mild

The soup is **hot**; I put too much pepper in it.
這湯很辣，我在湯裡放了太多辣椒。

③熱衷的 (adj) = interested (in)

Many people are **hot** on Japanese products.
許多人都熱衷日本貨。

hotel /hoˈtɛl/

旅館 (C)

◀ How much do they charge for staying one night in that **hotel**?
那家旅館住一夜收費多少？

hound /haʊnd/

①獵狗 (C)

◀ My grandpa used to hunt with **hounds**.
我祖父以前常用獵狗來打獵。

②侵擾 (vt)

The lawmaker was **hounded** relentlessly by the press for his scandal.
該國會議員因醜聞而被報界無情地侵擾。

hour /aʊr/

小時 (C)

◀ They are paid by the **hour**.
他們按小時支領酬勞。

hourly /ˈaʊrlɪ/

①每一小時的 (adj)

◀ There's an **hourly** train to Hwalien.
到花蓮的火車每小時一班。

②每小時 (adv)

Take one tablet **hourly**.
每小時服用一片。

house /haʊs/

房屋，住宅 (C) (請參閱附錄 "房屋")

◀ When you enter into a **house**, leave the anger at the door.
進家門時將憤怒留在門口。勿把外面的怒氣帶回家。

household /ˈhaʊsˌhold/

①家庭的 (adj) = domestic

◀ All my family members take turns doing the **household** chores.
我們全家輪流做家事。

②家人 (C) = family

The whole **household** gets/get up early.
全家人都起得早。

housekeeper /ˈhaʊsˌkipɚ/

管家 (C) (請參閱附錄 "職業")

◀ Amy is a good **housekeeper**.
艾咪是個很好的女管家。

housewife /ˈhaʊsˌwaɪf/

家庭主婦 (C) (請參閱附錄 "職業")

◀ After I get married, I don't want to be a **housewife** only. I like to have my own career.
當我結婚後，我不要只做家庭主婦，我要有自己的事業。

housework /ˈhaʊsˌwɝk/

家事 (U)

◀ All my family members share the **housework**, and I always do the dishes after dinner.
我們全家都分擔家事，我總是在晚飯後洗盤子。

housing /ˈhaʊzɪŋ/

住屋 (U)

◀ During these two years, the number of people in poor **housing** has been increasing.
這兩年來，住屋條件差的人數在增加了。

hover /ˈhʌvɚ/

①盤旋 (vi)

◀ A hawk was **hovering** over its nest.
一頭鷹正在牠的巢上空盤旋。

②徘徊 (vi) = linger

He's so ill that he seems to be **hovering** between life and death.
他病得很重，似乎在生死間徘徊。

H

how /haʊ/

多少 (數量，程度) *(adv)*

◀ How far is it from here to the park?
從這裡到公園有多遠？

however /haʊˈɛvɚ/

①無論怎麼 *(adv)* = *no matter how*

◀ However hard he tried, he couldn't persuade his father to buy him a motorcycle.
無論他怎麼努力，都無法說服他父親給他買輛摩托車。

②不過 *(adv)* = *nevertheless*

My room is small; however, it is very comfortable.
我的房間雖小，但很舒適。

③不管用什麼方法 *(conj)* = *in whatever way*

You may solve the problem however you like.
你可任意用你喜歡的方式來解決這個問題。

howl /haʊl/

嗥叫 *(vi)*

◀ The dogs howled all night.
狗嗥叫了一夜。

✎衍生字 *howl (C)* 嗥叫，呼號

huddle /ˈhʌdl̩/

①擠作一團 *(vi)*

◀ The girls huddled together on the sofa.
女孩們在沙發上擠作一團。

②縮成一團 *(vi)*

Mary huddled under the blanket.
瑪莉在毯子下縮成一團。

③一堆 *(C)*

They sat around in huddles, watching TV.
他們坐成一堆堆的，看著電視。

hug /hʌg/

①擁抱 *(C)* = *embrace*

◀ Doug gave me a big/quick hug when we met.
道格和我見面時將我緊緊地／匆匆地擁抱了一下。

②擁抱 *(vt,vi)* = *embrace*

They hugged (each other) like long-lost lovers.
他倆擁抱在一起，一如久別重逢的情侶。

huge /hjudʒ/

巨大的 *(adj)* = *enormous, tremendous*

◀ It cost my parents a huge amount of money to buy a bigger house.
買一棟大點的房子花去我父母一筆巨款。

hum /hʌm/

哼唱 *(vt,vi)*

◀ I often unconsciously hum (songs) to myself while I'm working.
我在工作時常常不知不覺地獨自哼唱。

✎衍生字 *hum (S)* 嗡嗡聲

human /ˈhjumən/

①人的 *(adj)* ⇔ *mechanical*

◀ The accident was caused by human error—the driver fell asleep.
這起事故是人為造成的；司機睡著了。

②人類 *(C)* = *human being*

Compared to some other creatures, humans have been on the Earth for a relatively short time.
與一些別的生物相比，人類在地球上存在的時間相對要短得多。

humane /hjuˈmen/

人道的 *(adj)* = *kind* ; ⇔ *inhumane*

◀ Is there any humane method of killing livestock?
宰殺牲畜有沒有人道點的方式？

humanitarian /hjuˌmænəˈtɛrɪən/

人道主義的 *(adj)*

◀ The prisoner has been released for humanitarian reasons.
出於人道的原因該囚犯被釋放了。

✎衍生字 *humanitarian (C)* 人道主義者

humanity /hjuˈmænətɪ/

①愛心 *(U)*

◀ Miss Cruise is a person of great humanity—she's been keeping stray dogs for years.
克魯斯小姐充滿愛心，她多年來一直收養流浪狗。

②人類 *(U)* = *human beings*

Advances in science help all humanity.
科學的進步給全人類帶來福音。

H

MP3-H9

humble /ˈhʌmbl̩/

①卑微的 *(adj)* = low

◀ Mr. Wang rose from **humble** origins to become an entrepreneur.
王先生出身寒微，後來成了一名實業家。

②謙虛的 *(adj)* ⇔ proud, arrogant

Lisa is a **humble** and courteous girl.
莉莎是位謙虛有禮貌的女孩。

humid /ˈhjumɪd/

潮濕的 *(adj)* = damp, moist

◀ The climate of Taiwan is hot and **humid**.
台灣的氣候炎熱而潮濕。

humidity /hjuˈmɪdətɪ/

濕氣 *(U)* = moisture

◀ It's not the heat but the **humidity** that makes summer in Taipei so uncomfortable.
台北的夏天如此令人不舒服的原因不是炎熱，而是濕氣太重。

humiliate /hjuˈmɪlɪˌet/

使蒙羞 *(vt)* = shame, disgrace

◀ The girl **humiliated** her parents by behaving badly in front of the guests.
女孩在客人面前行為不佳，使父母蒙羞了。

✎衍生字 humiliation (U) 屈辱；humiliating (adj) 屈辱的

humor /ˈhjumɚ/

①幽默 *(U)*

◀ Mason hasn't got much of a sense of **humor**.
梅森不大有幽默感。

②心情 *(S)* = mood

Ellen came home in a very bad **humor**; her wallet was stolen on the bus.
愛倫心情惡劣地回到家，她在公共汽車上時皮夾被竊了。

humorous /ˈhjumərəs/

幽默的 *(adj)*

◀ Mark Twain was a **humorous** writer and he made humorous remarks all the time.
馬克吐溫是位很幽默的作家，字裡行間總是妙語不斷。

hunch /hʌntʃ/

①預感 *(C)* = intuition

◀ Josh, acting on a **hunch**, ran home to see if his mother had a heart attack.
喬希憑著預感，直奔家中去看看母親是否心臟病發作。

②聳起 *(vt)*

He **hunched** his shoulders and bent lower over his work.
他幹活時聳著肩彎著腰。

hundred /ˈhʌndrəd/

一百 *(adj,C)*

◀ A **hundred** tricks are not so good as one well-learned trade.
百藝不如一藝精。

hunger /ˈhʌŋgɚ/

①饑餓 *(U)*

◀ Mario satisfied his **hunger** with a big bowl of beef noodles.
馬里歐吃了一大碗牛肉麵才不覺得餓了。

②渴望 *(S)* = desire, craving

Lewis has a great **hunger** for riches.
路易斯極渴望財富。

③渴望 *(vi)* = long, yearn, crave, pine

The orphan child **hungered** for affection.
這孤兒渴望得到愛。

hungry /ˈhʌŋgrɪ/

①饑餓的 *(adj)* = starving, starved

◀ If you get **hungry** between meals, eat an apple.
如果你在兩頓飯之間感到饑餓，就吃一個蘋果。

②渴望的 *(adj)* = desirous (of)

Rita is **hungry** for a chance to work.
麗塔渴望得到一分工作機會。

hunt /hʌnt/

①打獵，打 *(vi,vt)*

◀ Jay and Owen are out **hunting** (wild geese).
傑伊和歐文出去打獵 (打野雁鴨) 了。

✎衍生字 hunt (C) 狩獵

②搜尋 *(vi)* = search

I've **hunted** high and low for my credit card.
我到處找我的信用卡。

H

hunt down

追緝 *(vt,s)* = *track/hound down*

◀The police are determined to **hunt down** the murderer.
警方下決心要把兇手捉拿歸案。

hunt out

尋出 *(vt,s)* = *search/seek out*

◀I must try and **hunt out** the old photographs.
我應該試試把舊照片找出來。

hunter /ˈhʌntɚ/

①獵人 *(C)* = *huntsman*

◀The **hunter** set several traps for the bear.
獵人設了幾處陷阱來捕熊。

②尋找的人 *(C)*

The employment agency was full of job **hunters**.
職業介紹所內擠滿了求職的人。

◣相關字 poacher (非法盜獵者)。prey (獵物)。predator (掠奪者)。

hurdle /ˈhɜˑdl̩/

①跨欄賽跑，欄架 *(C)*

◀David won the 200 m **hurdles** in the school athletic meet.
大衛在校運動會上獲得二百米跨欄賽跑冠軍。
◣衍生字 hurdler *(C)* 跨欄賽跑者

②困難，障礙 *(C)* = *obstacle*

Patty overcame many **hurdles** to become a ballet dancer.
佩蒂克服了無數困難才成為一名芭蕾舞者。

③跳跨過 *(vt)* = *jump over*

Dale **hurdled** the bush and ran into the street.
戴爾跨過灌木跑到街上。

hurl /hɜˑl/

①投擲 *(vt)* = *throw, fling*

◀The angry demonstrators **hurled** eggs at the policemen.
憤怒的示威者朝警察投擲雞蛋。

②口出 (惡言) *(vt)*

How would you act if he **hurled** abuse at you?
如果他對著你口出惡言，你會怎麼辦？

hurricane /ˈhɜˑˌken/

颶風 *(C)*

◀A violent **hurricane** struck Florida and did serious damage.
一場強烈颶風襲擊了佛羅里達，造成嚴重損失。

hurry /ˈhɜˑɪ/

①急忙 *(U)* = *rush*

◀There's no **hurry** making the decision; take your time.
別忙著決定，慢慢來。
◣衍生字 hurried *(adj)* 急忙的

②匆忙 *(S)* = *rush*

You make mistakes if you do things in a **hurry**.
假如你匆忙行事的話就容易犯錯誤。

③急急忙忙 *(vi,vt)* = *rush*

My mother **hurried** (me) across the street.
我母親急急忙忙 (催我) 穿過馬路。

hurt /hɜˑt/, hurt *(pt)*, hurt *(pp)*

①使受傷 *(vt)*

◀He **hurt** his leg when he fell.
他摔倒時傷了腿。

②感到疼痛 *(vi)* = *ache*

His leg **hurt** bitterly.
他的腿很疼。

③傷痛 *(U)* = *pain*

Your sympathy eased my **hurt**.
你的同情減輕了我的傷痛。

④傷害 *(C)* = *injury*

A scrape is not a serious **hurt**.
擦破點皮算不得重傷。

husband /ˈhʌzbənd/

丈夫 *(C)* (請參閱附錄 "親屬") ⇔ *wife*

◀A poor beauty finds more lovers than **husbands**.
可憐的美女找到的情人總比丈夫多 (美女當情人可，當老婆男人怕怕)。

hush /hʌʃ/

①使安靜 *(vt)*

◀The boy was noisy in church, but his mother **hushed** him up.
這男孩在教堂內吵鬧，但他媽媽使他安靜了下來。

②寂靜 **(S)** = silence

When the curtain went up, a **hush** fell over the room.
幕升起後，屋裡一片寂靜。

hush up

隱瞞 **(vt,s)** = cover up

◀The legislator tried to **hush** the political scandal **up**.
該立法委員試圖隱瞞這樁政治醜聞。

hustle /ˈhʌsl̩/

①推，催促 **(vt)**

◀The police **hustled** the drunkard into the police car.
警察把醉漢推上了警車。

②忙碌，熙熙攘攘 **(U)**

I've got used to the **hustle** and bustle of city life.
我已經對城市生活的熙熙攘攘習以為常了。

hut /hʌt/

棚屋 **(C)**

◀They built a bamboo **hut** at the foot of the hill.
他們在山腳下搭了個竹棚屋。

hydrogen /ˈhaɪdrədʒən/

氫 **(U)**

◀**Hydrogen** becomes water when it combines with oxygen.
氫與氧結合就成了水。

hygiene /ˈhaɪdʒin/

衛生 **(U)**

◀Be careful about your personal **hygiene**.
你要注意個人衛生。
衍生字 *hygienic (adj)* 衛生的

hymn /hɪm/

讚美詩 **(C)**

◀I like singing **hymns**.
我愛唱讚美詩。

hypertension /ˌhaɪpɚˈtɛnʃən/

高血壓 **(U)**

◀My father has suffered **hypertension** for years.
我爸患高血壓已有多年了。

同首字 hypersonic (超音速的)。hypersensitive (神經過敏的)。

hyphen /ˈhaɪfən/

連字符號 **(C)**

◀"Co-ed" can be written with or without a **hyphen**.
"Co-ed (男女同校)" 一詞寫時加不加連字符號都可。

hypnosis /hɪpˈnosɪs/

催眠 **(U)**

◀Under **hypnosis**, the man acted as if he were a superman.
那名男子在催眠下表現得似乎他是個超人。
衍生字 *hypnotize (vt)* 催眠；*hypnotist (C)* 催眠師；*hyponotic (adj)* 催眠的

hypocrisy /hɪˈpɑkrəsɪ/

虛偽 **(U)** ⇔ sincerity

◀We discerned his **hypocrisy** and distanced ourselves from him.
我們覺察到了他的虛偽，就與他疏遠了。

hypocrite /ˈhɪpəˌkrɪt/

偽君子 **(C)**

◀It takes courage to blow the whistle on a **hypocrite**.
揭露偽君子是需要些勇氣的。
衍生字 *hypocritical (adj)* 虛偽的

hypothesis /haɪˈpɑθəsɪs/

假設 **(C)** = supposition, theory

◀The manufacturer put forward different **hypotheses** to explain why GM food is better.
製造商提出種種假設來解釋為何基因改良食品更佳。
衍生字 *hypothesize (vt)* 假設；*hypothetical (adj)* 假設的

hysterical /hɪsˈtɛrɪkl̩/

歇斯底里的 **(adj)**

◀She suffered bouts of **hysterical** depression after her only son died in a traffic accident.
她的獨生子死於車禍後，她就患上了間歇性歇斯底里憂鬱症。
衍生字 *hysteria (U)* 歇斯底里病

I

A HANDBOOK
7000 English Core Words

I

◉ MP3-I1

I /aɪ/

我 (主格) *(pron)*

◀ I am from Taiwan.
我來自台灣。

ice /aɪs/

冰 *(U)*

◀ The hot sun soon melted the **ice** into water.
灼熱的太陽很快就把冰化成了水。
◥衍生字 *icy (adj)* 結冰的；*iced (adj)* 冰過的

iceberg /'aɪs͵bɝg/

冰山 *(C)*

◀ The *Titanic* hit/struck an **iceberg** and sank.
《鐵達尼號》撞上冰山後沉沒了。

icon /'aɪkɑn/

圖示 *(C)*

◀ Click on the **icon** at the bottom of the screen to open a new file.
點一下螢幕底部的圖示來打開一個新的檔案。

icy /'aɪsɪ/

① 結冰的 *(adj)* = *ice-covered*

◀ You must be very careful when driving on an **icy** road.
在結冰的路面上開車你得格外小心。

② 冷淡的 *(adj)* = *cold*；⇔ *hearty*

Vicky received an **icy** welcome.
維琪受到冷淡的接待。

ID /͵aɪ'di/

身分證 *(C)* **ID** card; an identity card

◀ You have to show your **ID** to open a new account in the bank.
在銀行新開戶需要看身分證。

idea /aɪ'diə/

觀念 *(C)*

◀ It will take a long time to persuade my father to accept/adapt to/adopt new **ideas**.
讓我爸接受新觀念可得費很長的時間。

ideal /aɪ'diəl/

① 理想的 *(adj)* = *perfect*

◀ These picture books are **ideal** for children.
這些圖畫書是孩子們的理想讀物。

② 理想 *(C)*

Ruby found it difficult to fulfill/attain/realize her **ideals**.
茹比發現要實現理想是很困難的。
◥衍生字 *idealize (vt)* 理想化；*idealist (C)* 理想主義者

identical /aɪ'dɛntɪkl̩/

完全相同的 *(adj)* = *the same (as)*

◀ Your fingerprints can never be **identical** to mine.
你的指紋與我的絕不可能相同。

identification /aɪ͵dɛntəfə'keʃən/

辨認 *(U)*

◀ The man had been badly burned, so **identification** was difficult to make.
這人已嚴重燒傷，所以很難辨認。

identify /aɪ'dɛntə͵faɪ/

① 辨認 (身分) *(vt)* = *recognize*

◀ The body was **identified** as the owner of the pawnshop.
已證實那具屍體原是當舖老闆。

② 認同 *(vt)*

While reading novels, I tend to **identify** myself with the main character in the story.
我在讀小說時總是認同自己為書中的主角。

identity /aɪ'dɛntətɪ/

身分 *(U)*

◀ He changed his name to conceal/disguise/veil his real **identity**.
他改名換姓以掩蓋真實身分。

idiom /'ɪdɪəm/

成語 *(C)*

◀ "Giving someone the sack" is an English **idiom**, meaning dismissing someone from a job.
"Giving someone the sack" 是一個英語成語，意為 "將某人炒魷魚"。
◥衍生字 *idiomatic (adj)* 合乎慣用法的

idiot /'ɪdɪət/

白痴 *(C)* = *fool, dummy*

◀ What an **idiot** I was to have believed him!
我真是白痴，竟會相信他！

idle /'aɪdl̩/

①閒散的 *(adj)*

◀ Irving is always busy; he can't bear to be **idle**.
爾文總是很忙，他閒不住。

②打發 *(vt)* = *while, fool*

Maggie and I **idled** away the whole afternoon talking.
瑪姬和我閒聊著打發了整個下午。

③閒逛 *(vi)*

Bob spent the whole morning **idling** around.
鮑勃閒逛了一個早上。

idle away

①浪費 *(vt,s)* = *fiddle/fool/loaf/fritter away*

◀Julia regrets having **idled away** her youth.
茱莉亞後悔浪費了青春。

②空轉 *(vi)*

Don't leave your car **idling away** outside the office.
不要把汽車停在辦公室外面空轉。

idol /'aɪdl̩/

偶像 *(C)*

◀ Many young people make an **idol** of their favorite singer or movie star.
許多年輕人都把自己最喜愛的歌手或影星當成偶像。

✎衍生字 *idolize (vt)* 當偶像崇拜

i.e. /'aɪ'i/

亦即；就是 *(adv)* (Latin) id est

= *that is, in other words*

◀ The pub is not open to minors, **i.e.** people under18.
那酒店不開放給未成年人，亦即十八歲以下者。

if /ɪf/

①假如 *(conj)* = *suppose, provided, supposing*

◀ Just give me a ring **if** you need any help.
假如你需要幫忙，只需給我打個電話就行。

②是否 *(conj)* = *whether*

I wonder **if** Anne is at home now.
我在想現在安妮是否在家。

ignorance /'ɪgnərəns/

①無知 *(U)* = *stupidity*

◀ Ian's argument with the policeman about speeding only exposed/displayed/exhibited his **ignorance**.
伊恩為超速行駛的事與警察爭吵僅僅暴露了他的無知。

②一無所知 *(U)*

We are in complete **ignorance** of his financial situation.
我們對他的經濟狀況一無所知。

ignorant /'ɪgnərənt/

不知道 *(adj)* = *unaware*

◀ I was totally **ignorant** of their presence.
我一點都不知道他們在場。

ignore /ɪg'nor/

忽視 *(vt)* = *pay no attention to*

◀ **Ignore** little John and he'll soon stop misbehaving.
別去理睬小約翰，他一會兒也就不搞蛋了。

ill /ɪl/

①有病的 *(adj)* = *(get) sick/unwell*

◀Matthew suddenly fell **ill**, so he didn't go to the meeting.
馬修忽然生病了，所以沒去參加會議。

✎衍生字 *illness (C,U)* 疾病

②令人不快的 *(adj)* = *bad*

There's a lot of **ill** feeling about his being promoted.
他升官一事引起了普遍的反感情緒。

③壞的 *(adv)*

I've never heard Dinah speak **ill** of others.
我從沒聽到黛娜說過別人的壞話。

illegal /ɪ'ligl̩/

違法的 *(adj)* = *unlawful*；⇔ *legal*

◀ It's **illegal** for people under 18 to ride a motorcycle or drive a car in Taiwan.
在台灣，十八歲以下的人騎摩托車或開車是違法的。

illiterate /ɪ'lɪtərɪt/

文盲的 *(adj)*

◀ I am musically **illiterate**.
我是音樂白痴 (外行)。

✎衍生字 *illiterate (C)* 文盲

illuminate /ɪ'lumə,net/

①照明 (vt) = light up

◀ His room is well/poorly illuminated.
他的房間照明很亮 / 差。

②解釋，闡明 (vt) = clarify

His explanation illuminated the mystery surrounding the girl's disappearance.
他的解釋解開了女孩失蹤的迷團。

✎衍生字 illumination (U) 照明

illusion /ɪ'luʒən/

幻想 (C) = delusion ; ⇔ disillusion

◀ Colin cherished an illusion that Erin would be his bride.
柯林抱有一個幻想，希望艾琳會成為他的新娘。

illustrate /'ɪləstret/

①插畫 (vt)

◀ Her book is richly illustrated with a lot of beautiful pictures.
她的書中插畫精美量多。

②說明 (vt) = exemplify, explain

Each word in this dictionary is illustrated with a sentence.
這本辭典中的每個生字都配有例句來詳細說明。

illustration /ɪ,ləs'treʃən/

①插圖 (C) = picture

◀ There are some hair-raising illustrations of World War II in this book.
這本書中附有一些有關第二次世界大戰的令人毛骨悚然的插圖。

②例證 (C) = example

You need to give/add/furnish more illustrations to explain the theory.
為了解釋清楚這一理論，你需要再多舉些例證。

image /'ɪmɪdʒ/

①相貌，模樣 (C) = mental picture, idea

◀ I have a clear image of how I will look in twenty years of time.
我對自己二十年後的相貌如何，心裡是一清二楚。

②形象 (C)

The government will have to improve its image if it wants to win the next election.
這個政府如果想在下次大選中獲勝就必須改善自身的形象。

③翻版 (C) = copy

Grace is the very image of her mother.
格蕾絲長得和她母親一模一樣。

🔵 MP3-I2

imaginable /ɪ'mædʒɪnəbl/

可想像的 (adj) ⇔ unimaginable

◀ I tried every means imaginable, but I couldn't convince her to go with us.
我把一切想得到的辦法都試過了，但就是無法說服她與我們同去。

imaginary /ɪ'mædʒə,nɛrɪ/

虛構的 (adj) = made-up

◀ All the characters in this story are imaginary.
這則故事中的人物全都是虛構的。

imagination /ɪ,mædʒə'neʃən/

①想像 (U)

◀ Stories of adventure often stir up/excite/stimulate children's imagination.
冒險故事常常會激發起兒童的想像。

②想像力 (C)

Novelists usually have very good/vivid/lively imaginations.
小說家通常都具有生動的想像力。

imaginative /ɪ'mædʒə,netɪv/

想像力豐富的，充滿想像力的

(adj) = creative ; ⇔ unimaginative

◀ Philip is an imaginative boy, who often gives imaginative answers to others' questions.
菲利普是個想像力豐富的男孩，對別人提出的問題常常作出充滿想像力的回答。

imagine /ɪ'mædʒɪn/

想像 (vt)

◀ I can hardly imagine Lily marrying a man younger than her by 30 years!
我想像不到莉莉竟然會和比她小三十歲的男人結婚！

imitate /'ɪmə,tet/

模仿 (vt) = mimic, copy

◀ Nicole can imitate her English teacher perfectly.
妮可能夠逼真地模仿她的英文老師。

imitation /ˌɪmə'teʃən/

①模仿 (C)

◀ Nicole does a good/brilliant/awkward **imitation** of her English teacher.
妮可很逼真地／維妙維肖地／拙劣地模仿她的英文老師。

②仿製品 (C) = copy, counterfeit

It's not real leather; it's only an **imitation**.
這不是真皮做的，只不過是仿製品。

③仿造 (U)

The museum was built in **imitation** of an ancient Chinese palace.
這座博物館是按一座古代的中國宮殿仿造的。

immature /ˌɪmə'tjʊr/

未成熟的 (adj) ⇔ mature

◀ I think David is rather **immature** for a man of 40.
我覺得大衛作為一個四十歲的男人是不夠成熟的。

immediate /ɪ'midɪɪt/

立即的 (adj) = prompt

◀ We must take **immediate** action to prevent mudslides.
我們必須立刻採取措施以防土石流。

immediately /ɪ'midɪɪtlɪ/

①馬上，立刻 (adv) = at once, right away

◀ I called him **immediately** after I got home.
我到家後馬上就打電話給他。

②一⋯就⋯ (conj) = as soon as

I came **immediately** I got the news.
我得到消息後立刻就來了。

immense /ɪ'mɛns/

極大的 (adj) = great

◀ Judy has made **immense** progress in English.
茱蒂的英語有了長足的進步。

immerse /ɪ'mɜs/

①浸泡 (vt) = bathe

◀ I enjoy **immersing** myself in the hot spring.
我愛把身子泡在溫泉裡。

②專心致志 (vt) = absorb

Hubert **immersed** himself totally in his work.
休伯特專心致志於工作。

✎衍生字 immersion (U) 浸入

immigrant /'ɪməgrənt/

移民 (C) ⇔ emigrant

◀ California has many illegal **immigrants** from Mexico.
加州有大量來自墨西哥的非法移民。

✎相關字 immigrant (外國移入的移民)。emigrant (移居他國的移民)。

immigrate /'ɪməˌgret/

移民 (vi) ⇔ emigrate

◀ Many Taiwanese **immigrate** to Canada.
許多台灣人移民來了加拿大。

immigration /ˌɪmə'greʃən/

移居 (U) ⇔ emigration

◀ There are strict controls on **immigration** into that country.
那個國家的移民入境是嚴格控制的。

immoral /ɪ'mɔrəl/

不道德的 (adj) ⇔ moral

◀ It is **immoral** to tap other people's telephones.
竊聽別人的電話是不道德的。

immortal /ɪ'mɔrtl̩/

不朽的 (adj) ⇔ mortal

◀ *Romeo and Juliet* is one of Shakespeare's **immortal** plays.
《羅密歐與茱麗葉》是莎士比亞的不朽劇作之一。

✎衍生字 immortal (C) 不朽的人物；immortality (U) 永存不朽；immortalize (vt) 使不朽

immune /ɪ'mjun/

①有免疫力的 (adj)

◀ Marcos is **immune** to hepatitis as a result of vaccination.
馬可士接種過疫苗，所以對肝炎有免疫力。

✎衍生字 immunity (U) 豁免

②不受影響的 (adj)

Confucius seemed to be **immune** to criticism.
孔夫子好像從不會因受批評而影響其人。

③免除的 (adj) = exempt

That guy bought off the judge and was **immune** from prosecution.
那傢伙買通了法官，可以免予起訴。

impact /'ɪmpækt/

①影響 *(U,S)* = influence, effect

◀ The computer has (a) great/notable/ tremendous **impact** on our life.
電腦對我們的生活產生了巨大的影響。

②撞擊力 *(U,S)* = force

The powerful **impact** of the car cracked the traffic island.
汽車巨大的撞擊力撞毀了安全島。

impair /ɪm'pɛr/

損傷 *(vt)* = damage, weaken

◀ Loud music may **impair** your hearing.
大聲的音樂可能會損傷你的聽力。

✎衍生字 *impairment (U)* 損害
✎同尾字 repair (修理)。despair (絕望)。

impatient /ɪm'peʃənt/

沒有耐心的 *(adj)* ⇔ patient

◀ Don't be **impatient** with your students.
別對你的學生缺乏耐心。

✎衍生字 *impatience (U)* 不耐煩

imperative /ɪm'pɛrətɪv/

①必要的 *(adj)* = urgent, vital；⇔ unimportant

◀ It's **imperative** that he take immediate action to stamp out crime.
他有必要立即採取行動來消除犯罪。

②必做的工作 *(C)*

Job creation has become an **imperative** for the new government.
創造就業機會已成為新政府必做的工作。

imperial /ɪm'pɪrɪəl/

帝國的 *(adj)*

◀ Britain's **imperial** expansion culminated in the 19th century.
大英帝國的擴張在十九世紀時達到了頂峰。

✎衍生字 *imperialism (U)*帝國主義；*imperialist (C)* 帝國主義者

implant /ɪm'plænt/

①植入 *(vt)*

◀ The surgeon **implanted** an artificial knee-joint in him.
外科醫生在他體內植入了一付人造膝關節。

②灌輸 *(vt)* = instill

We should **implant** a deep sense of patriotism in children while they are still young.
我們應在孩子們尚年幼時就灌輸強烈的愛國思想。

✎衍生字 *implant (C)* 灌輸；*implantation (U)* 注入
✎同尾字 transplant (移植)。supplant (代替)。

implement /'ɪmpləmənt/

①工具 *(C)* = tool

◀ Primitive people made **implements** by carving stone and bone.
遠古時的人們用切削石塊和骨頭的方法來製作工具。

②實施 *(vt)* /'ɪmplə,mɛnt/
= carry out, fulfill, put into practice

I've decided to **implement** the plan/policy/ proposal in full.
我已決定全面實施這項計畫／政策／建議。

✎衍生字 *implementation (U)* 實現
✎同尾字 請參見 complement。

implication /,ɪmplɪ'keʃən/

含意，暗指 *(C)*

◀ He misinterpreted the **implications** of my remark and thus misunderstood my intention.
他會錯我話中的含意了，因此誤會了我的意圖。

✎衍生字 *imply (vt)* 暗示
✎同尾字 請參見 complication。

implicit /ɪm'plɪsɪt/

含蓄的，未直接表明的 *(adj)* = tacit；⇔ explicit

◀ His words contained an **implicit** acknowledgement that he had made a blunder.
他的話含蓄的承認了自己犯了大錯。

✎同尾字 請參見 explicit。

imply /ɪm'plaɪ/

暗示 *(vt)* = suggest

◀ His failure to call back seemed to **imply** a lack of interest.
他不回電話似乎暗示他缺乏興趣。

✎衍生字 *implication (C)* 含意

impolite /,ɪmpə'laɪt/

失禮的 *(adj)* = rude；⇔ polite, courteous

◀ It was very **impolite** of you to shout at the old man.
你朝著那老人吼叫是非常失禮的。

import /ˈɪmport/
① 進口商品 *(C)* ⇔ *export*
◄ According to the statistics, our exports fall short of our **imports**.
根據統計數字，我們的出口商品低於進口商品。
② 進口 *(vt)* /ɪmˈport/ ⇔ *export*
We **import** wheat from America.
我們從美國進口小麥。

○ MP3-I3

importance /ɪmˈportn̩s/
重要性 *(U)*
◄ Don't ignore/exaggerate the **importance** of being modest.
別忽略 / 誇大謙遜的重要性。

important /ɪmˈportn̩t/
重要的 *(adj)* = *crucial, major*；⇔ *unimportant*
◄ The mother plays an **important** role in a family.
母親在家庭中扮演著重要的角色。

impose /ɪmˈpoz/
①徵收 *(vt)* = *levy*
◄ The government **imposed** a new tax on cigarettes.
政府對香煙徵收了一項新稅。
②強加 *(vt)*
Some parents tend to **impose** their own moral values on their children.
有些父母強加自己的道德觀在小孩上。
✎衍生字 *imposition (C,U)* 強行，強人所難
✎同尾字 請參見 dispose。

imposing /ɪmˈpozɪŋ/
氣勢雄偉的 *(adj)* = *stately, grand*
◄ The Grand Hotel is an **imposing** building.
圓山大飯店是一棟氣勢雄偉的建築。

impossible /ɪmˈpɑsəbl̩/
不可能的 *(adj)* ⇔ *possible*
◄ It's absolutely **impossible** for me to get there before two o'clock.
我絕對不可能在二點以前趕到那兒的。

impress /ɪmˈprɛs/
①使印象深刻 *(vt)*

◄ Betsy **impressed** me with her moral courage.
貝齊的道德勇氣給我留下了深刻的印象。
②使銘記 *(vt)*
My mother **impresses** on me the importance of being polite.
我母親要我牢記禮貌的重要性。

impression /ɪmˈprɛʃən/
印象 *(C)*
◄ My boyfriend made a good **impression** on my parents at their first meeting.
我的男友與我父母初次見面時給他們留下了良好的印象。
✎衍生字 *impressionist (C)* 印象派畫家

impressive /ɪmˈprɛsɪv/
感人的，令人印象深刻的 *(adj)*
◄ Glen delivered/made an **impressive** speech at the closing ceremony.
葛倫在閉幕典禮上作了一次感人的演說。

imprison /ɪmˈprɪzn̩/
監禁 *(vt)* = *intern, incarcerate*
◄ The man was **imprisoned** for smuggling guns.
那名男子因走私槍枝而遭監禁。
✎衍生字 *prison (C,U)* 監獄；*prisoner (C)* 犯人

imprisonment /ɪmˈprɪzn̩mənt/
監禁 *(U)*
◄ He was sentenced to life **imprisonment** for murder.
他因謀殺罪被判終身監禁。

impromptu /ɪmˈprɑmptu/
①即興的 *(adj)*
◄ Jerry made an **impromptu** speech at the party.
傑瑞在聚會上作了即興演說。
②即興 *(adv)*
He insisted on my speaking **impromptu**.
他堅持要我作即興發言。

improve /ɪmˈpruv/
①改進，改善 *(vt)* = *better, make better*
◄ I want to **improve** my English.
我想要改進我的英語。
②好轉 *(vi)* = *get better*
The situation will not **improve** by waiting.
光等待，情況是不會好轉的。

improvement /ɪmˈpruvmənt/

①進步 (U) = progress

◀ My English is getting better, but there is still room for **improvement**.
我的英文有了改善，但尚有進步的空間。

②進步 (C)

There is a considerable/slight/gradual **improvement** in your exam results.
你的考試成績有顯著的 / 些許的 / 逐漸的進步。

impulse /ˈɪmpʌls/

①衝動 (C) = urge, drive

◀ When I saw some of the beautiful campuses shown on TV, I had/felt a sudden **impulse** to study abroad.
當我看到電視上播放的那些美麗校園時，忽然產生了去國外留學的衝動。

②衝動 (U)

Terry bought the motorcycle on **impulse**.
泰利一時衝動買下了摩托車。

◢衍生字 *impulsive (adj)* 感情用事的

◢同尾字 pulse (脈搏)。repulse (擊退)。

in /ɪn/

①在裡面 (prep)

◀ There is nothing **in** the box.
盒子裡什麼都沒有。

②在 (一段時間) (prep)

I enjoy swimming most **in** hot summer.
在炎熱的夏天我最喜歡游泳了。

③進去 (adv)

I opened my purse and put my wallet **in**.
我打開皮包，將皮夾放了進去。

inaugurate /ɪnˈɔgjəˌret/

就職 (vt)

◀ Bush was **inaugurated** as President in 2000.
布希在二〇〇〇年就任總統。

◢衍生字 *inauguration (C,U)* 就任

inborn /ɪnˈbɔrn/

與生俱來的 (adj) = innate；⇔ acquired

◀ Mother birds have an **inborn** ability to take care of their baby birds.
雌鳥照顧雛鳥的能力是與生俱來的。

incense /ˈɪnsɛns/

①香 (U)

◀ People burn **incense** in religious services.
人們在舉行宗教禮儀時燒香。

②激怒 (vt) /ɪnˈsɛns/ = enrage, infuriate

The spectators, **incensed** by the referee's partiality, threw cans and bottles into the field.
觀眾被裁判的不公正所激怒，就把罐子瓶子扔進球場。

incentive /ɪnˈsɛntɪv/

刺激 (C) = inducement

◀ The promise of a bonus gave the workers an **incentive** to greater effort.
分發獎金的許諾刺激了工人們更加努力地工作。

inch /ɪntʃ/

英寸 (C)

◀ I am five feet and ten **inches** tall.
我身高五英尺十英寸。

incident /ˈɪnsədənt/

事件 (C)

◀ Losing keys is quite a common **incident** to Joan.
遺失鑰匙對瓊來說是家常便飯的事。

incidental /ˌɪnsəˈdɛntl̩/

①附帶的 (adj)

◀ You must take up the responsibilities that are **incidental** to the job.
你必須承擔起這個工作附帶的有關職責。

②附隨的 (adj)

You should keep a record of any **incidental** expenses on your trip.
你應該把旅途中的所有雜費 (附隨的費用) 都記下來。

◢衍生字 *incidental (P)* 偶發事件，雜費

incinerate /ɪnˈsɪnəˌret/

焚燒 (vt) = burn

◀ All the contaminated clothing must be **incinerated**.
所有受汙染的衣服都必須焚燒掉。

◢衍生字 *incinerator (C)* 焚化爐

inclined /ɪnˈklaɪnd/

易於…的 (adj) = apt, prone, disposed

◀ Wendy is **inclined** to lose her temper.
溫蒂很容易發火。

include /ɪnˈklud/

包括 *(vt)* = count in；⇔ exclude

◀ There are five of us in the family, or seven if you **include** the cat and the dog.
我家共五口，如果包括貓和狗那就是七口。

included /ɪnˈkludɪd/

包括在內的 *(adj)* ⇔ excluded

◀ It is $580, the service and the tip **included**.
一共是五百八十元，包括服務費和小費在內。

including /ɪnˈkludɪŋ/

包括 *(prep)* = inclusive of

◀ Your total expenses, **including** the tip and the service, are $1580.
你總共花去一千五百八十元，其中包括小費和服務費。

inclusive /ɪnˈklusɪv/

包括的 *(adj)* ⇔ exclusive

◀ The hotel rate is 2,500 dollars per night, **inclusive** of breakfast.
這家旅館的收費是一晚上二千五百元，包括早餐在內。

✎衍生字 include *(vt)* 包括在內；inclusion *(U)* 包括，包含

✎同尾字 請參見 exclusive。

income /ˈɪnˌkʌm/

① 收入 *(U)* = earnings

◀ I hope I can find a way to increase my **income** without increasing my outgoings.
我希望能找到一種能提高收入但開銷不會增加的方法。

② 收入 *(C)* = salary

People on fixed **incomes** are hurt by inflation.
靠固定收入生活的人受到了通貨膨脹的衝擊。

✎相關字 請參見 pay。

incorporate /ɪnˈkɔrpəˌret/

納入，包含 *(vt)* = include (in)

◀ Many environmentally-friendly features are **incorporated** into the design of the new building.
這棟建築物的設計中納入了許多環境保護的特色。

✎衍生字 incorporation *(U)* 組成公司

increase /ɪnˈkris/

① 增加 *(vi)* ⇔ decrease

◀ Smoking among young people is **increasing** to a worrisome extent.
青年人吸煙的人數已上升到令人憂慮的程度。

✎衍生字 increasingly *(adv)* 愈來愈多地

② 提高 *(vt)* ⇔ decrease, reduce

The company **increased** Amy's salary from $30,000 to $35,000.
公司將艾咪的薪水從三萬元提高到三萬五千元。

③ 增加 *(C)* /ˈɪnkris/ = raise；⇔ decrease

The strikers demanded a 30% wage **increase**.
罷工者要求增加百分之三十的工資。

④ 增長 *(U)* /ˈɪnkris/

Increase in juvenile delinquency is a serious problem.
青少年犯罪率的增長是一個嚴重的問題。

🔊 MP3-I4

incredible /ɪnˈkrɛdəbl/

難以置信的 *(adj)* = unbelievable

◀ The news that the ten-year-old boy was admitted to Harvard University sounded **incredible** to me.
那則有關十歲男孩入學哈佛大學的新聞讓我聽來覺得難以置信。

indecision /ˌɪndɪˈsɪʒən/

優柔寡斷 *(U)* = vacillation

◀ Her **indecision** lost her the chance of a new job.
她的優柔寡斷使她失去了一次獲得新工作的機會。

✎衍生字 indecisive *(adj)* 非決定性的，猶豫不決的

indeed /ɪnˈdid/

確實 *(adv)*

◀ I enjoyed the concert very much **indeed**.
我確實很喜歡這場音樂會。

indent /ɪnˈdɛnt/

縮格 *(vt)*

◀ The first line of a new paragraph is often **indented**
新的段落的第一行通常都要縮格。

independence /ˌɪndɪˈpɛndəns/

獨立 (U)

◀ India gained **independence** from Britain in 1947.

一九四七年印度脫離英國而獲得獨立。

independent /ˌɪndɪˈpɛndənt/

獨立的 (adj) ⇔ dependent (on)

◀ Winnie is **independent** of her parents by working part time in a supermarket.

溫妮在一家超市打工，所以不必依賴父母親。

index /ˈɪndɛks/

①索引 (C)

◀ The **index** is arranged in alphabetical order.

索引按字母順序排列。

◢衍生字 index (vi,vt) 編索引

②指數 (C)

The Dow-Jones **Index** is expected to show an increase.

道瓊指數有望呈現上揚趨勢。

③顯示 (C) = sign, indication

The local election gave an **index** to the national political mood.

這次地方選舉顯示出了國內的政治氣氛。

indicate /ˈɪndəˌket/

表示 (vt) = disclose, reveal, show

◀ Adam clearly **indicated** his intention of becoming a lawyer.

亞當明確表示了他想當一名律師的意圖。

indication /ˌɪndəˈkeʃən/

表徵，跡象 (C) = sign

◀ Jeremy's face gave every **indication** of his disappointment.

傑若米的臉上滿掛著失望的表情。

◢衍生字 indicative (adj) 表明，表示

indifference /ɪnˈdɪfərəns/

冷淡 (U) ⇔ concern (about)

◀ Tommy showed complete **indifference** to what his wife said.

湯米對妻子的話顯得全不在乎。

indifferent /ɪnˈdɪfərənt/

不感興趣的，冷淡的 (adj)

= lukewarm (about), uninterested (in)

◀ Many girls are **indifferent** to politics.

許多女孩子對政治不感興趣。

indignant /ɪnˈdɪgnənt/

氣憤的 (adj) = furious, incensed

◀ Jean was **indignant** at the rumor that she had secretly got married.

珍對說她偷偷結婚了的謠言感到非常氣憤。

◢衍生字 indignation (U) 憤慨之情

indirect /ˌɪndəˈrɛkt/

間接的 (adj) ⇔ direct

◀ He didn't directly tell me what he liked; he only gave me an **indirect** answer about what he didn't like.

他沒有直接告訴我他喜歡什麼，只是迂迴地回答我說他不喜歡什麼。

indiscriminate /ˌɪndɪˈskrɪmənɪt/

不加區別的 (adj)

◀ The **indiscriminate** use of chemicals is damaging to the environment.

濫用化學物對環境有害。

indispensable /ˌɪndɪsˈpɛnsəbl̩/

不可缺少的 (adj) = essential；⇔ dispensable

◀ The computer is as **indispensable** to me as the nose on my face.

電腦就像我的鼻子，對我而言是不可缺少的。

◢衍生字 dispense (vi,vt) 省掉，不用

individual /ˌɪndəˈvɪdʒuəl/

①個別的 (adj)

◀ Every child needs **individual** attention.

每個孩子都需要個別的照料。

②獨立之個體 (C)

All students want to be treated as **individuals**.

每個學生都想被當成獨立的個體來對待。

indoor /ˈɪnˌdor/

室內的 (adj) ⇔ outdoor

◀ We have an **indoor** swimming pool in our school.

我們學校有個室內游泳池。

indoors /ɪnˈdorz/

室內 (adv) ⇔ outdoors

◀ It has started raining. Let's go **indoors**.

天開始下雨了，我們進屋內吧。

induce /ɪn'djus/

說服，勸說 (vt) = persuade, influence

◀ Nothing could **induce** me to trust him again.
沒有任何辦法可以說服我再相信他了。

✎衍生字 inducement (C,U) 誘因

✎同尾字 reduce (減少)。produce (製造)。seduce (勾引)。deduce (演繹)。conduce (導致)。

indulge /ɪn'dʌldʒ/

沉溺 (vi,vt)

◀ Don't **indulge** (yourself) in gambling.
你可別沉溺於賭博。

✎衍生字 indulgence (U) 耽溺

industrial /ɪn'dʌstrɪəl/

工業的 (adj)

◀ Japan is an **industrial** nation/country.
日本是個工業國。

industrialize /ɪn'dʌstrɪəlˌaɪz/

工業化 (vt)

◀ The government is trying hard to **industrialize** its agricultural regions.
政府正在努力使農業區實行工業化。

industry /'ɪndəstrɪ/

① 業 (U)

◀ There has been a decline in manufacturing **industry** for a few years.
製造業已經衰退好幾年了。

② 產業 (C)

Taiwan is a beautiful island, suitable to develop **industries** such as tourism.
台灣是一個美麗的島嶼，適合發展旅遊業之類的產業。

③ 勤勉 (U) = diligence

A country's greatest wealth ıs the **industry** of its people.
一國最具價值之財富乃其國民之勤勉。

✎衍生字 industrious (adj) 勤勉的；industrial (adj) 工業的

inevitable /ɪn'ɛvətəbḷ/

不可避免的 (adj) = unavoidable

◀ Death is **inevitable**; all of us will die sooner or later.
死亡是不可避免的；我們都遲早要踏上黃泉路。

infant /'ɪnfənt/

嬰兒 (C) = baby

◀ My son is only six months old; he's still an **infant**.
我兒子才六個月大；他還是個嬰兒。

infect /ɪn'fɛkt/

感染 (vt)

◀ Brenda was **infected** with flu from her husband.
布倫達從她丈夫那裡感染上了流行性感冒。

infection /ɪn'fɛkʃən/

① 感染 (U)

◀ All the needles must be sterilized to keep off/prevent **infection**.
所有的注射針頭都必須消毒以防止感染。

② 感染 (C)

Heidi got a serious lung **infection** and was hospitalized for a month.
海蒂的肺部受了嚴重感染，在醫院裡住了一個月。

infectious /ɪn'fɛkʃəs/

① 傳染的 (adj)

◀ Dengue fever is an **infectious** disease.
登革熱是一種傳染病。

② 具有感染性的 (adj) = catching

Yawning can be **infectious**.
打哈欠具有感染性。

✎比 較 請參見 contagious。

infer /ɪn'fɝ/

推斷 (vt) = deduce

◀ What can we **infer** from her refusal to see us?
我們能從她拒絕見我們推斷出什麼呢？

✎同尾字 請參見 confer。

inference /'ɪnfərəns/

① 推論 (C)

◀ We drew an **inference** from the experiment.
我們根據此次實驗得出了推論。

✎衍生字 inferential (adj) 推斷的

② 推理 (U) = reasoning, deduction

Don't jump to a conclusion just by **inference**.
別單憑推理就急急地下結論。

✎同尾字 reference (參考)。conference (會議)。preference (偏好)。deference (順從)。

◎ MP3-I5

inferior /ɪnˈfɪrɪɚ/

較差的 *(adj)* = *worse (than)*；⇔ *superior*

◀ I'm **inferior** to Leslie in math, but I'm superior to him in English.
我數學不如萊斯利，但我的英文卻比他強。

✎衍生字 *inferiority (U)* 自卑感

infinite /ˈɪnfənɪt/

①無邊際的，無限的 *(adj)*

= *limitless, boundless*；⇔ *finite*

◀ The universe is **infinite**.
宇宙是無邊無際的。

②極大的 *(adj)* = *great*

Karen took care of her parents-in-law with **infinite** patience.
凱倫以極大的耐心來照料她的公婆。

✎衍生字 *infinity (U)* 永恆，無垠

✎同尾字 請參見 finite。

inflate /ɪnˈflet/

①使充氣 *(vt)* = *blow up, puff up*；⇔ *deflate*

◀ To **inflate** the life jacket, just pull the cord.
要給救生衣充氣的話只需拉一下繩子。

②使膨脹 *(vt)*

Expectations are often unduly **inflated**.
期望常常會被不恰當地誇大了。

✎同尾字 deflate (放氣；緊縮通貨)。conflate (合併)。

inflation /ɪnˈfleʃən/

通貨膨脹 *(U)* ⇔ *deflation*

◀ The government should take measures to fight/tame/control/check/reduce **inflation**
政府應採取措施來控制通貨膨脹。

influence /ˈɪnfluəns/

①影響 *(S,U)* = *effect, impact*

◀ His doctor's degree has a great **influence** on his career.
他的博士學位對他的事業很有影響。

✎衍生字 *influential (adj)* 有影響的

②影響 *(vt)* = *affect*

Owen is easily **influenced** by bad examples.
歐文很容易受壞榜樣的影響。

inform /ɪnˈfɔrm/

告知 *(vt)* = *notify*

◀ Please **inform** me of how you are getting on with your new job.
新的工作做得怎麼樣，請你要告訴我。

inform on

告發，檢舉 *(vt,u)* = *inform against, tell on*

◀ The police tried to persuade that guy into **informing on** his accomplices in the armed robbery.
警察試圖說服那個傢伙供出持槍搶劫案中的同夥。

informal /ɪnˈfɔrml̩/

非正式的 *(adj)* ⇔ *formal, official*

◀ It's an **informal** party, so you can dress yourself casually.
這是一次非正式的聚會，你可以穿得隨意些。

information /ˌɪnfɚˈmeʃən/

消息 *(U)* = *news*

◀ The **information** about the kidnapping of the tycoon was confirmed/received/reported/leaked/released.
那位商業鉅子被綁架的消息已經證實 / 收到 / 報導 / 洩漏 / 發布了。

✎衍生字 *informative (adj)* 增長知識的，提供訊息的

ingenious /ɪnˈdʒinjəs/

巧妙的 *(adj)* = *innovative*

◀ The peeler is an **ingenious** gadget.
這削皮器真是個巧妙的小玩藝。

✎比 較 ingenuous (真誠的)。

ingenuity /ˌɪndʒəˈnuətɪ/

巧思 *(U)* = *inventiveness*

◀ It requires some **ingenuity** to solve the puzzle.
要想解開這個難題是需要一些巧思。

ingredient /ɪnˈgridɪənt/

①配料，成分 *(C)*

◀ You'd better check if we've got all the **ingredients** for the cake.
你最好檢查一下我們是否把做蛋糕所需的配料都準備好了。

②因素 *(C)* = *quality, element, factor*

Vivid imagination is an important **ingredient** of the success of J. K. Rowling's novels.
生動的想像力是 J・K・羅琳的小說得以成功很重要的因素。

inhabit /ɪnˈhæbɪt/

居住 (vt) = populate

◀ That city is densely/sparsely **inhabited**.
那座城市人口居住密集 / 稀疏。

✎同尾字 habit (習慣)。cohabit (同居)。

inhabitant /ɪnˈhæbətənt/

居民 (C) = resident

◀ The **inhabitants** were forced to evacuate from the flooded village.
居民被迫從洪水淹了的村子裡撤離。

inhale /ɪnˈhel/

吸入 (vt) = breathe in；⇔ exhale

◀ Some people commit suicide by **inhaling** the exhaust fumes from their cars in an enclosed area.
有些人在不透風的地方吸入自己汽車排出的廢氣來自殺。

inherit /ɪnˈhɛrɪt/

繼承 (vt)

◀ Johnson **inherited** the farm from his father.
強生從父親那裡繼承了這個農場。

initial /ɪˈnɪʃəl/

① 初時的，開始的 (adj)

◀ Kelly overcame her **initial** shyness and really enjoyed the party.
凱莉克服了初時的羞怯，在聚會上著實開心了一番。

② 大寫首字母 (P)

My **initials** are JJB; they stand for Jay John Bramblett.
我姓名的首字母縮寫是JJB，分別代表Jay John Bramblett。

✎衍生字 initially (adv) 起初，首先

initiate /ɪˈnɪʃɪˌet/

① 創始，發起 (vt)

◀ The government has **initiated** a massive new house building program.
政府展開大規模的造屋計畫。

② 啟迪 (vt)

Mr. King **initiated** us into the use of the English dictionary.
金先生啟迪我們使用英語詞典。

initiative /ɪˈnɪʃɪˌetɪv/

① 帶頭，主動權 (the+S) = lead

◀ Jessie always takes the **initiative** in donating blood.
傑西總是帶頭捐血。

② 主動的行動 (C)

It is hoped that the government's **initiative** will help exporters.
希望政府的帶頭行動將有助於出口商。

inject /ɪnˈdʒɛkt/

① 注射 (vt)

◀ The drug is **injected** directly into the vein.
藥物被直接注射進靜脈。

② 注入 (vt)

The adoption of a child may **inject** new life into their marriage.
領養一個小孩也許會給他倆的婚姻注入新的生活內容。

✎同尾字 abject (悲慘的)。reject (拒絕)。project (計畫；突出)。deject (使灰心)。subject (科目)。object (反對；物體)。eject (噴出)。

injection /ɪnˈdʒɛkʃən/

① 打針，注射 (C) = shot

◀ The nurse gave him an **injection** on the hip.
護士給他在屁股上打了一針。

② 注射 (U)

This drug can't be swallowed; it is taken by **injection**.
這藥不能口服，應該是注射進去的。

✎同尾字 rejection (拒絕)。projection (突出)。dejection (頹喪)。objection (反對)。ejection (噴出)。subjection (征服)。

injure /ˈɪndʒɚ/

使受傷 (vt) = hurt

◀ Scott **injured** his ankle while practicing gymnastics.
史考特在練體操時傷了腳踝。

injury /ˈɪndʒərɪ/

受傷 (C)

◀ Scott suffered/sustained severe **injuries** to the ankle and leg.
史考特的腳踝和腿部受了重傷。

injustice /ɪnˈdʒʌstɪs/
①不公正 (C) ⇔ justice
◀ It would be doing Robert an **injustice** by calling him a liar.
稱羅伯特為騙子可是不公平的。
②不義行為 (U)
We'll do our best to fight **injustice**.
我們將盡全力對抗不義行為。

ink /ɪŋk/
墨水 (U)
◀ The letter was written in **ink**.
這封信是用墨水寫的。

inland /ˈɪnlənd/
①內地的 (adj)
◀ Cheng-du is an **inland** city in China.
成都是中國的一座內地城市。
②向內陸 (adv)
Our car turned away from the coast and headed **inland**.
我們的汽車調頭離開海岸向內陸駛去。

inn /ɪn/
客棧 (C)
◀ I stayed at the Holiday **Inn** for three days while I was visiting a friend in Seattle.
在西雅圖探望朋友期間，我在假日客棧住了三天。

inner /ˈɪnɚ/
①內部的 (adj) ⇔ outer
◀ Tony is talking with his girlfriend in the **inner** room.
東尼正在內室裡與女友交談。
②隱晦的 (adj) = connotative, concealed
He suspected her comment had an **inner** meaning.
他懷疑她話裡有話。

innocent /ˈɪnəsn̩t/
①無辜的 (adj) ⇔ guilty
◀ Mr. Robinson was proved **innocent** of the crime of blackmailing.
羅賓遜先生被證實沒有犯敲詐罪。
②天真的 (adj) = naive, simple-minded
Don't be so **innocent** as to believe everything he tells you.
別天真到把他告訴你的一切都當真了。
✎衍生字 innocence (U) 天真單純

innovation /ˌɪnəˈveʃən/
①創新 (U) = novelty
◀ We must encourage **innovation** if the company is to earn profits.
如果公司要營利就必須鼓勵創新。
✎衍生字 innovate (vi) 開始使用新思維或方法
②革新 (C)
With technical **innovations** in medication, people live much longer than before.
隨著藥物的技術革新，人們的壽命比過去長得多了。
✎同尾字 renovation (修繕)。

◉ MP3-16

innovative /ˈɪnoˌvetɪv/
創新的 (adj) = ingenious
◀ The company needs a manager with **innovative** ideas.
公司需要一位具有創新思想的經理。

innumerable /ɪˈnjumərəbl̩/
無數的 (adj) = countless
◀ The singer received **innumerable** letters and presents from his fans.
這位歌手從他的歌迷那裡收到無數的來信和禮物。

input /ˈɪnˌpʊt/
①輸入 (vt)
◀ Did you **input** the new data to/into my computer?
你把新資料都輸入我的電腦了嗎？
②輸入的資料 (U) ⇔ output
The more **input** your computer has, the more resources there are for you to use.
你的電腦裡輸入的資料愈多，可供你使用的資料也就愈豐富。

inquire /ɪnˈkwaɪr/
詢問 (vi,vt) = ask
◀ Make a phone call to **inquire** (about) the new product.
打個電話去詢問一下新產品的情況。
✎同尾字 acquire (獲得)。require (要求)。

inquire about

詢問 *(vt,u)* = ask about

◀I am writing to **inquire about** your advertisement in the *Taiwan News*.
因貴公司在《台灣新聞》上登了廣告，特來信詢問。

inquire after

問候 *(vt,u)* = ask after

◀My father **inquired after** you.
我父親向你問好。

inquire for

求見 *(vt,u)* = ask for

◀There is a man at the gate, **inquiring for** Professor Lee.
門口有人求見李教授。

inquire into

調查 *(vt,u)* = look/see into, investigate

◀The police are **inquiring into** the death of the salesgirl.
警方正在就女售貨員之死進行調查。

inquire of

打聽 *(vt,u)*

◀You can **inquire of** the storekeeper where the bank is.
你可以向那位店主打聽銀行在哪裡。

inquiry /ɪnˈkwaɪrɪ/

①提問 *(C)* = question

◀The teacher answered all our **inquiries**.
老師回答了我們的所有提問。

②調查 *(C)* = investigation

They launched an official **inquiry** into the incident.
他們對該事故進行了一次官方調查。

insane /ɪnˈsen/

瘋狂的 *(adj)* = crazy, mad；⇔ sane

◀What he had done almost drove me **insane**.
他做的事差不多都把我逼瘋了。

◥衍生字 *insanity* 愚昧

insect /ˈɪnsɛkt/

昆蟲 *(C)* (請參閱附錄 "動物")

◀**Insects** have lived on the earth at least 400 million years.
昆蟲在地球已經生存了至少四億年。

insecticide /ɪnˈsɛktəˌsaɪd/

殺蟲劑 *(U)* = pesticide

◀Don't spray **insecticide** toward people.
別把殺蟲劑對著人噴灑。

◥同尾字 herbicide (除草劑)。homicide (殺人)。suicide (自殺)。genocide (種族滅絕)。patricide (弒父)。matricide (弒母)。fratricide (殺害兄弟姐妹)。germicide (殺菌劑)。regicide (弒君)。

insert /ɪnˈsɝt/

插入 *(vt)*

◀**Insert** the key into/in the lock, and then the door will open.
把鑰匙插入鎖內，門就會開了。

◥衍生字 *insertion (U)* 插入

inside /ɪnˈsaɪd/

①在裡面 *(prep)* = in；⇔ outside

◀There was nobody **inside** the office.
辦公室裡沒人。

②內部 *(S)* ⇔ outside

The **inside** of the house needs painting.
房屋的內部需要粉刷了。

insight /ˈɪnˌsaɪt/

①洞察力 *(U)*

◀The teacher had unusual **insight** into her students' emotions.
這位教師對她學生的情感具有非凡的洞察力。

②了解 *(C)*

This article gave me a good **insight** into the political background of that candidate.
這篇文章使我很清晰地了解到了那個候選人的政治背景。

insist /ɪnˈsɪst/

堅持 *(vi)*

◀Melody **insisted** on my staying there for dinner.
美樂蒂堅持要我留下來吃飯。

◥衍生字 *insistent (adj)* 堅持的

◥同尾字 請參見 assist。

insistence /ɪnˈsɪstəns/

堅持 *(U)* = persistence (in)

◀ Jennifer came for dinner at my **insistence**.
珍妮佛在我的堅持下來赴了晚宴。

✎同尾字 persistence (堅持)。consistence (一致)。

inspect /ɪnˈspɛkt/

檢查 *(vt)* = examine, check up

◀ The customs officer **inspected** Stuart's suitcases carefully.
海關官員仔細地檢查了斯圖亞特的提箱。

✎同尾字 請參見 prospect。

inspection /ɪnˈspɛkʃən/

① 檢查 *(C)* = examination, check

◀ I gave the car a thorough **inspection** before I bought it.
我把這輛車徹底檢查一遍後才將它買下。

② 檢查 *(U)* = examination

On closer **inspection**, the painting was found to be fake.
再仔細檢查後，才發現此畫是偽作。

inspector /ɪnˈspɛktɚ/

驗票員，督察 *(C)*

◀ Nick works as a ticket **inspector** at the train station.
尼克在火車站當一名驗票員。

inspiration /ˌɪnspəˈreʃən/

① 靈感 *(U)*

◀ Many poets have drawn their **inspiration** from nature.
許多詩人都從大自然中獲得靈感。

② 鼓舞 *(C)*

Her hard work and optimism are a constant **inspiration** to/for everyone around her.
她工作努力，性情樂觀，對周圍所有人都是一種不斷的鼓舞。

inspire /ɪnˈspaɪr/

鼓舞 *(vt)* = encourage

◀ Ms. Van's praise **inspired** me to (make) more efforts.
凡女士的讚揚鼓勵了我去做更大的努力。

✎同尾字 請參見 aspire。

install /ɪnˈstɔl/

① 裝設 *(vt)* = set up, fit

◀ We need to **install** a new shower in the bathroom.
我們需要在浴室裡裝一個新的淋浴蓮蓬頭。

② 安裝 *(vt)*

Install the program in/into your computer.
把這程式安裝到你的電腦裡。

installation /ˌɪnstəˈleʃən/

① 安裝 *(U)*

◀ For Eric, the **installation** of a computer is a piece of cake.
對艾瑞克來說安裝一台電腦是輕而易舉的事。

② 設備 *(C)*

This fishing boat carries a wireless radio **installation**.
這艘漁船配備有一台無線電收音設備。

installment /ɪnˈstɔlmənt/

① 分期付款 *(C)*

◀ They let me pay for the car by **installments**.
他們讓我以分期付款的方式支付車款。

② 一集 (連載故事) *(C)* = episode

I look forward to the next **installment** in tomorrow's newspaper.
我迫切地想讀到明天報上的下一集連載故事。

instance /ˈɪnstəns/

實例 *(C)* = example

◀ Let me give you some **instances** about Stanley's misbehavior.
關於史坦利的不端行為，我來給你舉幾個例子。

instant /ˈɪnstənt/

① 立即的 *(adj)* = immediate

◀ The new diet was an **instant** success; Austin lost three kilos in a week.
新開始的節食計畫立刻就成功了，奧斯汀一週內體重減輕了三公斤。

② 瞬間 *(S)* = moment

I'll be back in an **instant**.
我馬上就回來。

instead /ɪnˈstɛd/

代替 *(adv)*

◀ If he doesn't want to go, I'll go **instead**.
如果他不想去，那就由我代替他去吧。

instill /ɪnˈstɪl/

灌輸 *(vt)* = *implant, inculcate*

◀ Parents should **instill** a sense of responsibility in/into their children at an early age.
父母應在孩子幼年時就逐漸灌輸責任感。

✎衍生字 *instillation (U)* 灌輸

🎧 MP3-I7

instinct /ˈɪnstɪŋkt/

①直覺 *(C)* = *intuition*

◀ Follow your **instincts** and do what you think is right.
憑你的直覺，做你認為是正確的事。

②本能 *(U)*

Birds migrate by **instinct**.
鳥兒憑本能遷徙。

institute /ˈɪnstəˌtjut/

①學院 *(C)* = *organization*

◀ The university plans to establish an **institute** for contemporary arts.
這所大學計畫建一所當代藝術學院。

②開始 *(vt)* = *start*

The police **instituted** an inquiry into the causes of the murder.
警方對謀殺的原因開始調查。

✎同尾字 constitute (構成)。destitute (貧困的)。

institution /ˌɪnstəˈtjuʃən/

①機構 *(C)* = *organization*

◀ Genesis Foundation is a charity **institution**.
創世紀基金會是一家慈善機構。

②訂立，制定 *(C)* = *establishment*

Most legislators did not approve of the **institution** of the new law.
大部分立委不贊成訂立這條新法規。

✎同尾字 constitution (憲法)。restitution (償還)。
destitution (貧困)。

instruct /ɪnˈstrʌkt/

①命令，告知 *(vt)* = *order*

◀ We were **instructed** to wait in the classroom until the bell rang.
我們被吩咐在鈴響之前在教室裡等。

②指導 *(vt)*

The coach **instructed** us in the best ways of playing basketball.
教練指導我們打籃球的最佳技巧。

instruction /ɪnˈstrʌkʃən/

①命令，指示 *(C)* = *order*

◀ Soldiers must obey **instructions**.
士兵必須服從命令。

②教育 *(U)* = *education*

We obtain/receive regular **instruction** by going to school.
我們透過上學接受正規教育。

✎衍生字 *instructive (adj)* 有教育性的，有益的

③使用說明 *(P)* = *directions*

You must follow the **instructions** (labeled) on the bottle to take your medicine.
你必須按 (貼在) 瓶子上的使用說明來服藥。

instructor /ɪnˈstrʌktɚ/

教練，講師 *(C)* = *teacher, coach*

◀ Martin is an experienced driving **instructor**.
馬丁是一位經驗豐富的駕駛教練。

instrument /ˈɪnstrəmənt/

器具 *(C)*

◀ It is essential that all surgical **instruments** must be sterilized before use.
所有的外科手術器具在使用前都必須消毒，這是絕對必要的。

insult /ˈɪnsʌlt/

①侮辱 *(C)* = *abuse*

◀ You can't shout/hurl **insults** at your brother.
你不可以侮辱自己的兄弟。

②羞辱 *(vt)* /ɪnˈsʌlt/

I seldom **insult** others in vulgar/abusive language.
我很少用粗俗的 / 侮辱性的語言來羞辱別人。

✎衍生字 *insulting (adj)* 羞辱的

insurance /ɪnˈʃʊrəns/

①保險 *(U)*

◀ All drivers in Taiwan must have third-party **insurance**.
台灣的駕車者都必須保第三者責任險。

②保險賠償金，保險費 *(U)*

When his car was damaged, he received/got $50,000 in **insurance**.
他的汽車損壞後，他得到了五萬元的保險賠償。

③保險措施 *(S)* = *protection*

I fitted another lock on the door as an additional **insurance** against thieves.
我在門上加裝了一把鎖以加強防盜措施。

insure /ɪn'ʃʊr/

保險，投保 (vt)

◀ It would be wise to **insure** your house against fire.

給你的住房保火災險是明智的做法。

≋同尾字 sure (確定的)。ensure (確定)。assure (保證)。

intact /ɪn'tækt/

完好無損的 (adj) = unimpaired, undamaged

◀ The parcel of glassware arrived **intact**.

玻璃器皿包裹寄到時完好無損。

≋同尾字 contact (接觸)。tact (圓滑)。

integrate /'ɪntə,gret/

① 融入 (vi) ⇔ segregate

◀ The new student soon **integrated** into his new class.

這位新生很快就融入了新班級。

② 整合 (vt) = combine

Our school **integrates** all the subjects with computer studies.

我們學校把所有學科都與電腦學習整合起來。

≋衍生字 integrated (adj) 整合協調的

integration /,ɪntə'greʃən/

融合 (U) ⇔ segregation

◀ Martin Luther King advocated racial **integration**.

馬丁·路德·金恩提倡種族融合。

integrity /ɪn'tɛgrətɪ/

① 正直 (U) = uprightness

◀ Mr. Burrow is a man of absolute **integrity**.

伯羅先生是位十分正直的人。

② 完整性 (U) = completeness, unity

Removing this episode will destroy the **integrity** of the story.

刪去這段插曲會損壞故事的完整性。

≋衍生字 integral (adj) 完整的

intellect /'ɪntḷ,ɛkt/

① 智力 (U) = mind

◀ Constant reading sharpened his **intellect**.

不斷閱讀使他的智力更趨敏銳。

② 才子 (C)

Some of the greatest **intellects** in the world of science will attend the annual convention.

一些國際科學界最傑出的才子將參加這次年度大會。

intellectual /,ɪntḷ'ɛktʃʊəl/

有智力的 (adj)

◀ Emery is good at math and physics; he's regarded as an **intellectual** giant in our class.

埃默里擅長數學和物理，被認為是我們班上的智力巨人。

≋衍生字 intellectual (C) 知識分子

intelligence /ɪn'tɛlədʒəns/

① 智力 (U)

◀ What food can increase our **intelligence**?

什麼食物能夠增進我們的智力？

② 情報 (U) = information

He was found guilty of revealing/leaking military **intelligence** to the press.

他被認為向報界透露／洩漏了軍事情報的罪名成立。

intelligent /ɪn'tɛlədʒənt/

聰明的 (adj) = clever, brilliant

◀ Debby is an **intelligent** student and always gives **intelligent** answers to her teachers' questions.

黛比是個聰明的學生，對老師的提問總是能作出聰明的回答。

intend /ɪn'tɛnd/

打算 (vi) = plan, mean

◀ I **intended** to go hiking with them, but I overslept.

我本打算與他們同去健行的，但我睡過頭了。

intense /ɪn'tɛns/

激烈的 (adj) = fierce, hot, keen

◀ There was **intense** competition among the candidates.

候選人之間的競爭非常激烈。

intensify /ɪn'tɛnsə,faɪ/

加強 (vt) = step up

◀ Police have **intensified** their search for the missing mountaineers.

警察加強了對失蹤的登山者的搜尋工作。

intensity /ɪn'tɛnsətɪ/

強度，強烈 (U)

◀ The pain increased in such **intensity** that I could not but go and see a doctor.

疼痛加劇至如此程度，我實在忍不住，只得找醫生看了。

intensive /ɪn'tɛnsɪv/
密集的 *(adj)* ⇔ extensive
◀ I took a one-week **intensive** course in English.
我參加了一個英語一週密集班。

intent /ɪn'tɛnt/
① 意圖 *(U)* = intention
◀ The man went to the art gallery with burglarious **intent**.
那名男子心懷竊盜的意圖進入藝術作品陳列館。
② 一心一意的 *(adj)* = keen
Maria is **intent** on studying in England.
瑪莉亞一心想去英國讀書。

intention /ɪn'tɛnʃən/
① 意圖 *(C)* = plan, aim
◀ Sharon finally declared/accomplished/abandoned her **intention** of becoming a lawyer.
雪倫終於表明／實現／放棄她要當一名律師的意圖。
✎衍生字 intentional (adj) 故意的，有計畫的
② 目的 *(U)* = goal, aim
Mary works in that private club with the **intention** of marrying a rich man.
瑪莉在那家私人俱樂部工作目的是想嫁一個闊佬。

interact /ˌɪntɚˈækt/
互動 *(vi)*
◀ The professor **interacts** with his students well.
那位教授與學生們互動很好。

interaction /ˌɪntɚˈækʃən/
互動 *(C)*
◀ There is a very good **interaction** between the teacher and her students.
那位老師與她的學生們互動很好。

intercept /ˌɪntɚˈsɛpt/
中途截取 *(vt)*
◀ An illegal shipment of drugs was **intercepted** at the harbor.
一批非法裝運的毒品在港口被截獲。
✎衍生字 interception (U,C) 中途截取

interest /'ɪntərɪst/
① 興趣 *(U)*
◀ The experiments on rabbits aroused my **interest** in genetics.
在兔子身上做的實驗引起了我對遺傳學的興趣。
② 利息 *(U)*
Dolly lent me the money at 5% **interest**.
多莉以五厘的利息借給我錢。
③ 興趣 *(C)*
Tarry showed an **interest** in painting at a young age.
泰瑞小時候就顯示出對繪畫的興趣。
④ 好處，權益 *(C)* =(to one's) profit/advantage
You may not like my advice, but it would be in your **interest(s)** to follow it.
也許你不喜歡我的建議，但照著去做對你有好處。
⑤ 引起興趣 *(vt)*
Baseball doesn't **interest** me at all.
我對棒球一點都不感興趣。
✎衍生字 interested (adj) 感興趣的；interesting (adj) 有趣的；uninterested (adj) 不感興趣的；disinterested (adj) 客觀的

🔘 MP3-18

interfere /ˌɪntɚˈfɪr/
干涉 *(vi)* = meddle
◀ It's unwise to **interfere** in other people's affairs.
干涉別人的事是不明智的。

interfere with
① 妨礙 *(vt,u)* = interrupt
◀Don't let sports **interfere with** your schoolwork.
不要讓體育運動妨礙你的課業。
② 亂動 *(vt,u)* = meddle with, mess about with
My five-year-old son often **interferes with** my papers on the desk.
我五歲的兒子經常亂動我桌上的文件。

interference /ˌɪntɚˈfɪrəns/
干涉 *(U)* = intervention
◀ I resented my mother's **interference** in my affairs all the time.
我討厭母親老是干涉我的事。

interior /ɪn'tɪrɪə/

①內部 *(S)* ⇔ *exterior*

◀ The **interior** of the house is tastefully decorated.

房子內部裝飾得品味高雅。

②內部的 *(adj)*

She has all the **interior** walls painted white.

她讓人把內牆全刷成白色。

intermediate /ˌɪntə'midɪɪt/

中等的 *(adj)*

◀ This English book is suitable for students at an **intermediate** level.

這本英文書適合中等程度的學生使用。

internal /ɪn'tɜnḷ/

內部的，體內的 *(adj)* ⇔ *external*

◀ The doctor x-rayed Simon to see if there were any **internal** injuries.

醫生給賽門照了X光片以檢查是否有內傷。

international /ˌɪntə'næʃənḷ/

國際的 *(adj)* = *worldwide*

◀ Yo-yo Ma is a cellist with an **international** reputation.

馬友友是名聞國際的大提琴家。

Internet /'ɪntəˌnɛt/

網際網路 *(U)*

◀ You can get almost any information on the **Internet**.

你在網際網路上幾乎可以找到任何資訊。

interpret /ɪn'tɜprɪt/

①口譯，翻譯 *(vi)* = *translate*

◀ We need somebody to **interpret** from Korean into Chinese.

我們需要一位韓漢口譯員。

②解釋，詮釋 *(vt)* = *explain*

Some people can **interpret** dreams.

有些人會解夢。

interpretation /ɪnˌtɜprɪ'teʃən/

①詮釋 *(U)* = *understanding, comment*

◀ What's your **interpretation** of the current political situation?

你對當前政治形勢看法如何？

②解釋 *(C)*

Can you put/place an accurate **interpretation** on the survey results?

你能對這次的調查結果作出準確的解釋嗎？

interpreter /ɪn'tɜprɪtə/

口譯員 *(C)* = *translator*

◀ The minister brought an **interpreter** along when he visited Brazil, where Portuguese is spoken.

部長訪問巴西時帶了個口譯員，那裡講葡萄牙語。

interrupt /ˌɪntə'rʌpt/

打斷 *(vi,vt)* = *cut in (on sb/sth)*

◀ Don't **interrupt** (me) with silly questions. I have an important exam tomorrow.

別用傻問題來打擾我，我明天要參加重要的考試。

✎同尾字 請參見 abrupt。

interruption /ˌɪntə'rʌpʃən/

①打擾 *(C)*

◀ Constant **interruptions** prevented me from concentrating (my attention) on my study.

接連不斷的打擾使我無法集中注意力讀書。

②中斷 *(U)*

I failed to finish my report in time because of the **interruption** of electric service.

由於斷電的原因我未能按時寫完報告。

intersection /ˌɪntə'sɛkʃən/

十字路口 *(C)* = *crossroads, junction*

◀ An old woman was hit by a taxi at the **intersection** of Chung-hwa Road and Chung Shan Road.

一位老婦人在中華路和中山路的十字路口被一輛計程車撞了。

interval /'ɪntəvḷ/

間隔 *(C)*

◀ They planted trees on both sides of the road at an **interval** of ten meters.

他們在路兩旁每間隔十公尺種一棵樹。

intervene /ˌɪntə'vin/

干涉，介入 *(vi)* = *interfere*

◀ I don't like to **intervene** in disputes between husband and wife.

我不喜歡干涉夫妻糾紛。

✎同尾字 convene (召集)。contravene (違反)。

intervention /ˌɪntɚˈvɛnʃən/

介入 (C,U)

◀ This chapter is about U.S. intervention(s) in Latin America and the Caribbean.
這一章談論到美國介入中美洲與加勒比海國家的事務。

✎同尾字 convention (代表大會；習俗)。contravention (違反)。

interview /ˈɪntɚˌvju/

①面試 (C)

◀ Besides the exam results, the interview is also very important for the admission to that school.
要進入那所學校就讀除了考試的成績外，面試也非常重要。

②訪問 (C)

The movie star refused all TV interviews on her love affair with a fashion designer.
這位電影明星拒絕電視台採訪她與一位時裝設計師之間的戀情。

③採訪 (vt)

A reporter from CNN interviewed the president about his foreign policy.
CNN新聞網的一名記者就總統的外交政策對總統進行了採訪。

④面試 (vt)

Ruth is being interviewed for the job.
茹斯正在參加那分工作的面試。

intimacy /ˈɪntəməsɪ/

①親密 (S)

◀ Daniel gradually established/formed an intimacy with Eunice.
丹尼爾逐漸與尤尼斯建立了親密的關係。

②親密的行為 (P)

There have even been closer intimacies between Daniel and Eunice.
丹尼爾與尤尼斯甚至已經有親密的行為了。

intimate /ˈɪntəmɪt/

密切的 (adj) = close

◀ Tiffany only told a few intimate friends that she was divorced.
蒂芬妮只對幾個關係密切的朋友說過她離婚了。

intimidate /ɪnˈtɪməˌdet/

恐嚇 (vt) = frighten, bully

◀ The kidnapper intimidated the victim's family into not reporting the kidnapping to the police.
綁架者恐嚇受害者家屬不許把綁架的事向警方報告。

✎衍生字 intimidation (U) 恫嚇

into /ˈɪntə; 重讀 ˈɪntu/

進入 (prep) ⇔ out of

◀ Arnold took two thousand-dollar bills out of his wallet and put them into his pocket.
阿諾從皮夾中拿出兩張千元大鈔放入他的口袋中。

intonation /ˌɪntoˈneʃən/

①語調 (U)

◀ English intonation is not hard to learn.
學好英語語調並不難。

②音調 (C)

Questions are spoken with a rising intonation.
問句用上升音調。

introduce /ˌɪntrəˈdjus/

①介紹 (vt) = present

◀ The chairman introduced the speaker to the audience.
主席向聽眾介紹演講者。

②引進 (vt) = bring ~ into use

Potatoes were introduced into Europe from South America in the 16th century.
馬鈴薯是十六世紀由南美引進歐洲的。

introduction /ˌɪntrəˈdʌkʃən/

①介紹 (C)

◀ The host made brief introductions as the guests arrived at the party.
在派對上，客人們到後，主人作了簡短的開場白。

②序文 (C) = preface

Can you write a short/general introduction to the book for me?
你能否幫我替這本書作個簡 / 總序？

intrude /ɪnˈtrud/

打擾 (vi)

◀ I'm sorry to have intruded on you when you were busy.

你正在忙，很抱歉我打擾你了。

📎衍生字 *intruder (C)* 闖入者；*intrusion (U)* 干擾，侵入；
intrusive (adj) 侵入的；冒失的

📎同尾字 protrude (伸出)。

intuition /ˌɪntjuˈɪʃən/

①直覺 *(C)* = instinct

◀ I have an **intuition** that there is trouble brewing.
我憑直覺感到要有麻煩了。

②直覺 *(U)*

A woman's **intuition** is an amazingly accurate tool when accessing a situation or person.
在了解某一情況或人的時候，女人的直覺是驚人準確的利器。

📎衍生字 *intuitive (adj)* 直覺的

invade /ɪnˈved/

①入侵 *(vt)*

◀ Hitler **invaded** Poland in 1939.
一九三九年希特勒的軍隊入侵波蘭。

📎衍生字 *invasion (C,U)* 侵略，侵佔

②入侵 *(vi)*

The enemy armies **invaded** at dawn.
敵軍拂曉時開始入侵。

📎同尾字 evade (逃避)。

invaluable /ɪnˈvæljəbl/

非常珍貴的，無價的 *(adj)*

= priceless；⇔ worthless

◀ Your advice is **invaluable** to me.
你的建議對我是非常珍貴的。

invariably /ɪnˈvɛrɪəblɪ/

不變地 *(adv)* = always

◀ Henry was, as he **invariably** is, late for the meeting this morning.
如往常一樣，今天早晨的會議亨利又遲到了。

📎衍生字 *vary (vi)* 改變；*variable (adj)* 易變的

invasion /ɪnˈveʒən/

①侵略 *(C)*

◀ Germany made/launched an **invasion** of Italy.
德國向義大利發動侵略。

②侵犯 *(C)* = violation

Reading my diary without my permission is an inexcusable **invasion** of privacy.
未經允許看我日記是對我個人隱私不可寬恕的侵犯。

invent /ɪnˈvɛnt/

①發明 *(vt)* = devise

◀ Alexander Graham Bell **invented** the telephone in 1876.
亞歷山大・格雷漢・貝爾在一八七六年發明了電話。

②杜撰，虛構 *(vt)* = make up

The excuse Leah **invented** was not convincing at all.
利亞編的藉口一點都不可信。

📎衍生字 *inventor (C)* 發明家

invention /ɪnˈvɛnʃən/

①發明 *(U)*

◀ The **invention** of the telephone brought about great convenience to human life.
電話的發明為人們的生活帶來了極大的便利。

📎衍生字 *inventive (adj)* 有發明能力的

②捏造 *(C)*

Her story is a complete **invention**.
她說的事純粹是胡編亂造的。

🔘 MP3-I9

inventory /ˈɪnvənˌtorɪ/

清單 *(C)* = list

◀ Make an **inventory** of your loss and apply for the government subsidies.
把你的損失列一分清單，然後向政府申請補助。

invest /ɪnˈvɛst/

投資 *(vt)*

◀ Don't hastily **invest** all your savings in stocks and shares.
不要草率地把所有的積蓄都投資到債券和股票上去。

📎衍生字 *investment (C,U)* 投資

investigate /ɪnˈvɛstəˌget/

調查 *(vt)* = look into

◀ The police are comprehensively **investigating** the kidnapping case.
警察正在對綁架案進行全面調查。

investigation /ɪnˌvɛstəˈgeʃən/

調查 *(C)* = inquiry

◀ The police are conducting an **investigation** into the robbery.
警方正對這次搶劫案進行調查。

📎衍生字 *investigative (adj)* 調查的

investigator /ɪnˈvɛstəgetɚ/

調查員 (C)

◀ Aaron is an experienced **investigator** of juvenile delinquency.

阿隆是青少年犯罪方面富於經驗的調查員。

invisible /ɪnˈvɪzəbl̩/

看不見的 (adj) ⇔ visible

◀ Germs are **invisible** to the naked eye.

細菌是肉眼所看不見的。

invitation /ˌɪnvəˈteʃən/

邀請 (C)

◀ My husband and I have accepted/declined the **invitation** to tomorrow's reception.

我和我先生接受 / 拒絕了出席明天招待會的邀請。

invite /ɪnˈvaɪt/

①邀請 (vt)

◀ Alison **invited** all her relatives and friends to her daughter's wedding.

艾莉森邀了她所有的親戚朋友來參加她女兒的婚禮。

②招致 (vt) = ask for

You're just **inviting** trouble if you leave without getting any permission.

你未經許可就擅自離開是在自找麻煩。

involve /ɪnˈvɑlv/

捲入 (vt) = entangle

◀ Please don't **involve** me in your personal problems.

請別把我捲入你個人的問題中去。

✎衍生字 involvement (U) 牽涉

involved /ɪnˈvɑlvd/

①與…有 (親密) 關係的 (adj) = intimate

◀ Steve is said to be **involved** with another woman.

據說史蒂夫與另一個女人過從甚密。

②涉入的，與…有關的 (adj) = implicated

Stanley is said to be **involved** in the murder of a policeman.

據說史坦利涉嫌謀殺了一名警察。

inward /ˈɪnwɚd/

內心裡的 (adj) ⇔ outward

◀ She sobbed with **inward** panic.

她內心裡驚慌得抽泣了起來。

inwards /ˈɪnwɚdz/

向內地 (adv) ⇔ outwards

◀ The wind blew the curtains **inwards**.

風把窗簾向內吹。

IQ /ˌaɪ ˈkju/

智商 (C) intelligence quotient

◀ He has an **IQ** of 120.

他智商120。

iron /ˈaɪɚn/

①鐵 (U)

◀ Heat will melt **iron**.

高溫可以將鐵熔化。

②熨斗 (C)

My electric **iron** didn't work, so I bought a new one.

我的電熨斗壞了，我就買了個新的。

③熨燙 (vt) = press

Would you like me to **iron** your shirts for you?

要我幫你燙襯衫嗎？

---

iron out

①燙平 (vt,s)

◀ I have **ironed out** the folds in my shirt.

我已經把襯衫上的皺摺燙平了。

②消除 (vt,s) = smooth out

Jim and Sharon are **ironing out** their differences.

吉姆和雪倫正在消除他們之間的分歧。

---

ironic /aɪˈrɑnɪk/

諷刺的 (adj)

◀ Peter often makes **ironic** remarks.

彼得常說諷刺的話。

✎衍生字 ironically (adv) 諷刺地

irony /ˈaɪrənɪ/

嘲諷 (U) = sarcasm

◀ He said with heavy **irony** that Pearl was "very smart."

他用極其嘲諷的語調說帕爾 "非常聰明"。

irritable /'ɪrətəbl̩/

煩躁的 *(adj)* = touchy, fretful

◀ I wonder why he was in such an **irritable** mood today.
我不懂他今天為何情緒這麼煩躁。

irritate /'ɪrə͵tet/

①使煩躁 *(vt)* = annoy

◀ I felt **irritated** at/by the delay.
延遲讓我感到煩躁。

②刺痛 *(vt)*

The smoke **irritated** my eyes.
煙熏刺痛我的眼。

irritation /͵ɪrə'teʃən/

①生氣，煩躁 *(U)* = annoyance

◀ He didn't show any **irritation** at my mistake.
對我的錯誤他一點也沒有顯示惱火。

②發炎，疼痛 *(C)*

The mosquito bite caused a skin **irritation**.
蚊叮引起皮膚發炎。

island /'aɪlənd/

島嶼 *(C)*

◀ Taiwan is a beautiful **island**.
台灣是個美麗的島嶼。

isle /aɪl/

小島 *(C)*

◀ Have you been to the British **Isles**?
你到過不列顛群島嗎？

isolate /'aɪsl̩͵et/

使隔絕，使孤立 *(vt)* = separate

◀ Several villages were **isolated** by the flood.
好幾個村莊被洪水圍住與外界隔絕了。

isolation /͵aɪsl̩'eʃən/

①孤獨 *(U)* = solitude

◀ The old man lived in **isolation** and poverty after his wife and children were killed in the earthquake.
妻子與孩子在地震中遇難後，這位老人生活在孤獨與貧困之中。

②孤立，隔離 *(U)*

You can't consider one sentence in **isolation**; the context matters a lot.
你不能把句子孤立起來理解，上下文是很重要的。

issue /'ɪʃu/

①重大的議題 *(C)*

◀ Don't complicate the **issue**.
別把問題搞複雜了。

②刊物的一期 *(C)*

The October **issue** of the magazine had the president's picture on its cover.
那本雜誌十月份那一期封面上有總統的相片。

③爭議 *(U)*

What is at **issue** is his ability, not his age.
有爭議的是他的能力，而非他的年齡。

④發行 *(U)*

The government controls the **issue** of stamps.
政府掌控著郵票的發行。

⑤發行 *(vt)* = publish

This magazine is **issued** monthly.
這本雜誌每月發行。

⑥發表 *(vt)* = send out

Fanny **issued** a statement denying involvement in the affair.
芬妮發表了一項聲明，否認自己介入那件事。

⑦發給 *(vt)* = provide, supply

All the firemen were **issued** with breathing equipment.
所有消防隊員都發到了氧氣設備。

it /ɪt/

它 (主格；受格) *(pron)*

◀ **It** is not good manners to show your learning before ladies.
在淑女面前秀自己的學問是失禮的 (女人厭惡學問)。

itch /ɪtʃ/

①發癢 *(vi)*

◀ The wound **itched** all the time.
傷口一直在發癢。

②渴望 *(vi)* = long, yearn

I'm **itching** to go to Japan with you.
我渴望能與你同去日本。

③癢 *(S)*

Don't ignore the **itch** you're suffering. Go to see a doctor.
不要忽視你那個發癢的地方，去找個醫生看一看。

④渴望 *(S)* = desire, longing, yearning
I have an **itch** to travel abroad.
我很渴望到國外去旅遊。

> ### itch for
> 渴望 *(vt,u)* = long/yearn/sigh/pine/crave/ache for
> ◀I am **itching for** a peaceful life.
> 我渴望過寧靜的生活。

item /'aɪtəm/
項目 *(C)*
◀ You'd better check the **items** in the bill before
paying.
付帳之前你最好核對一下帳單上的項目。

its /ɪts/
它的 (it的所有格) *(pron)*
◀ Men know the cost of love; women know **its**
value.
男人知道愛情的代價；女人知道愛情的價值。

ivory /'aɪvərɪ/
① 象牙 *(U)*
◀ This chop is made of **ivory**.
這個官印是象牙製成的。
② 象牙製品 *(C)*
He has a small collection of **ivories**.
他收藏了一點象牙製品。

ivy /'aɪvɪ/
常春藤 *(U)*
◀ The **ivy** has grown upon the roof.
常春藤已長到屋頂上了。

I

J

⊙ MP3-J1

jack /dʒæk/

①千斤頂 (C)

◀ I lifted the car with a **jack** to change the flat tire.

我用千斤頂把汽車抬起來換掉漏氣輪胎。

②傑克 (撲克牌) (C) =knave

I wish I had the **jack** of diamonds so I can complete my royal flush.

我希望摸到一張方塊傑克，這樣我就可配成同花大順了。

③ (用千斤頂) 頂起來 (vt)

Jack the car up so that I can get the tire off.

用千斤頂把汽車托起來，這樣我可以把輪胎拆下來。

jacket /'dʒækɪt/

夾克，短上衣 (C) (請參閱附錄 "衣物")

◀ Jack wore a leather **jacket**.

傑克穿了一件皮夾克。

jade /dʒed/

玉 (U)

◀ My mother gave me a **jade** bracelet as my birthday gift.

我媽送我一隻玉手鐲作為我的生日禮物。

jail /dʒel/

①監獄 (U)

◀ It's reported that four prisoners broke **jail** yesterday.

據報導昨天四名囚犯越獄逃跑。

②監獄 (C)

The castle was once used as a **jail**.

這座城堡一度被用來權充監獄使用。

③使入獄 (vt)

He was **jailed** for life.

他被終身監禁。

◥衍生字 jail (vt) 使入獄

jam /dʒæm/

①堵塞 (S)

◀ Jack was caught in a traffic **jam** and was late for the date with Shirley.

傑克遇上了交通堵塞，與雪莉的約會就遲到了。

②果醬 (U) (請參閱附錄 "食物") = jelly

I spread the toast with strawberry **jam**.

我在吐司上抹草莓果醬。

③用力塞 (vt)

He **jammed** all his clothes into the suitcase.

他把所有衣服都塞進手提箱。

janitor /'dʒænətə/

(大樓) 管理員，門警 (C)

◀ After retirement, he worked as a **janitor** in that office building.

退休後，他就做那棟辦公大樓的管理員。

January /'dʒænjuˌɛrɪ/

一月 (C,U)

◀ We went to Japan last **January**.

去年一月我們去日本。

jar /dʒɑr/

罐子 (C) (請參閱附錄 "容器")

◀ Martha made a **jar** of strawberry jam.

瑪莎做了一罐草莓果醬。

jasmine /'dʒæsmɪn/

茉莉花 (C,U)

◀ I ordered a pot of **jasmine** tea.

我要了一壺茉莉花茶。

jaw /dʒɔ/

①顎 (C) (請參閱附錄 "身體")

◀ His **jaw** was broken and he could not move it.

他的下顎骨折，不能動了。

②口部 (C)

How I wish Sheila could hold/stop her **jaw**. She's too nagging.

我真希望希拉能閉上嘴，她太嘮叨了。

jaywalk /'dʒeˌwɔk/

亂穿馬路 (vi)

◀ It's dangerous to **jaywalk**.

亂穿馬路很危險。

◥衍生字 jaywalking (U) 亂穿馬路

jazz /dʒæz/

爵士樂 (U)

◀ I like **jazz** more than rock 'n' roll.

比起搖滾樂，我更喜歡爵士樂。

jealous /'dʒɛləs/

嫉妒的 (adj) = envious

◀ Why is Raymond so **jealous** of Nancy's success?

雷蒙為何這麼嫉妒南茜的成功呢？

jealousy /ˈdʒɛləsɪ/

嫉妒 (U) = envy

◀ Does Nancy's success arouse/excite/raise your jealousy?
南茜的成功讓你嫉妒嗎？

jeans /dʒinz/

牛仔褲 (P) (請參閱附錄 "衣物")

◀ Jeans have become universally accepted as casual wear.
牛仔褲已經普遍被接受當作休閒服。

jeep /dʒip/

吉普車 (C) (請參閱附錄 "交通工具")

◀ Scores of soldiers sped down the hill in armored jeeps.
好多個士兵乘著裝甲吉普車飛馳下山。

jeer /dʒɪr/

嘲笑 (vi,vt) = laugh, sneer

◀ He danced awkwardly. No wonder the crowd jeered (at) him.
他笨拙地跳著舞，難怪群眾嘲笑他。

✎衍生字 jeer (C) 嘲笑聲，譏評

jelly /ˈdʒɛlɪ/

①肉凍 (S)

◀ The juices from the cooked beef have solidified into a jelly.
煮牛肉的肉汁結成了肉凍。

②果凍 (U)

Most children like to eat jelly and ice cream.
大多數小孩都愛吃果凍和冰淇淋。

③軟 (U)

Wally was so nervous that his legs turned to jelly.
華利太緊張了，雙腿都發軟了。

jerk /dʒɝk/

①笨蛋 (C) = idiot, fool

◀ Allen is such a jerk! He always says the wrong thing.
艾倫真是個笨蛋！他總是講錯話。

②猛拉 (vt)

Tommy jerked the fishing rod out of the water.
湯米把釣魚桿猛拉出水面。

③猛然一動或顫動 (vi)

The bus jerked to a stop/halt.
公共汽車猛然地刹住停下了。

Jesus /ˈdʒizəs/

耶穌基督 (U) = Christ

◀ Jesus was the founder of the Christian religion.
耶穌是基督教的創始人。

jet /dʒɛt/

①噴出 (C)

◀ The pipe burst and jets of oil shot across the street.
管子裂了，油直噴到街對面。

②噴射 (C) = airplane

It will save you a lot of time if you go there by jet.
如果你乘噴氣式飛機去那兒，可以節省許多時間。

jewel /ˈdʒuəl/

珠寶 (C) = gem

◀ Caroline never goes out without wearing jewels.
卡洛琳出門總要佩戴珠寶。

jewelry /ˈdʒuəlrɪ/

珠寶首飾 (U)

◀ This diamond ring is my most valuable piece of jewelry.
這枚鑽石戒指是我最值錢的首飾。

✎衍生字 jeweler (C) 珠寶商

jigsaw /ˈdʒɪgˌsɔ/

拼圖遊戲 (C)

◀ Doing a jigsaw (puzzle) helped me kill a lot of boring time.
做拼圖遊戲幫我打發掉大量的無聊時光。

jingle /ˈdʒɪŋgl̩/

①叮噹響 (vi) = clink

◀ The coins in my pocket jingled when I ran.
我奔跑時，口袋裡的硬幣叮噹響。

✎衍生字 jingle (S) 鈴或金屬敲擊的叮噹聲

②搖得叮噹作響 (vt) = clink

Please stop jingling those coins in your pocket.
請別把你口袋裡的硬幣搖得叮噹作響。

J

job /dʒɑb/

工作 *(C)* = *employment*

◀ The factory closed down and Sharon lost her **job**.
工廠關閉後雪倫就丟了工作。

jog /dʒɑg/

①慢跑 *(vi)*

◀ My father goes **jogging** every morning before going to work.
我父親每天早晨去上班前都進行慢跑。

②慢跑 *(S)*

I used to go for a three-mile **jog**.
我以前常常慢跑三英里。

join /dʒɔɪn/

①連接 *(vt)* = *connect*

◀ The two towns are **joined** by a highway.
一條公路將兩座城鎮連接了起來。

②加入 *(vt)*

Please **join** me in welcoming the president.
請和我一起歡迎總統。

join in with

①加入 *(vt,u)*

◀ Mary asked me to **join in with** her on her holiday abroad.
瑪莉叫我和她一起出國度假。

②和…聯手 *(vt,u)* = *share a cost with*

I **joined in with** Chris to buy the bicycle.
我和克莉絲合買了這輛自行車。

joint /dʒɔɪnt/

①關節 *(C)*

◀ His mother had an artificial hip **joint** fitted.
他母親裝了一個人造髖關節。

②共同的 *(adj)*

They did it together; it was a **joint** effort.
他們是一起做的；這是共同努力的結果。

🔘 MP3-J2

joke /dʒok/

①笑話 *(C)*

◀ He used to tell/make/crack some very funny **jokes**.
他過去常說些很有趣的笑話。

②開玩笑 *(vi)*

They often **joke** about the crazy things they did before.
他們常常拿自己過去做的瘋狂事開玩笑。

jolly /'dʒɑlɪ/

①愉快的 *(adj)* = *happy, cheerful*

◀ Molly was in a **jolly** mood when she came in.
莫莉進來時心情愉快。

②非常 *(adv)* = *very*

We had a **jolly** good time during the trip.
旅行時我們玩得非常開心。

③勸服 *(vt)* = *persuade*

We **jollied** him into going with us to the zoo.
我們勸服他和我們一起去了動物園。

journal /'dʒɝnl̩/

①日記 *(C)* = *diary*

◀ Jane kept a **journal** during her visit to mainland China.
珍在遊訪中國大陸期間記日記。

②專業期刊 *(C)*

Dr. Wang reads medical **journals** on a regular basis to enhance his professional knowledge.
王醫師定期閱讀醫學期刊以加強專業知識。

journalism /'dʒɝnl̩ˌɪzəm/

新聞業 *(U)*

◀ He pursued **journalism** as a profession after he graduated from college.
他大學畢業後以新聞業為自己的職業。

journalist /'dʒɝnl̩ɪst/

新聞記者 *(C)* = *reporter*

◀ He's a brilliant **journalist** at the *China Times*.
他是《中國時報》的一名出色的新聞記者。

✎相關字 請參考 correspondent。

journey /'dʒɝnɪ/

旅行 *(C)*

◀ It was years since she had made the **journey** to England.
自她到英格蘭旅行至今已相隔多年了。

joy /dʒɔɪ/

喜悅 *(U)* = *happiness, delight*

◀ She was filled with **joy** at the thought of seeing her son.
想到馬上要見到兒子，她心中充滿了喜悅。

joyful /'dʒɔɪfəl/

快樂的 *(adj)* = happy；⇔ *joyless*

◀ Imagine the **joyful** scene when she reunited with her lost son.
想像一下，她與失散的兒子重新團聚時，那場面多快樂啊。

joyous /'dʒɔɪəs/

歡樂的 *(adj)* = happy, joyful

◀ On that **joyous** occasion, she shed tears of joy.
在那歡樂的時刻她流下了快樂的淚水。

📖衍生字 *joy (U)* 喜悅

judge /dʒʌdʒ/

①判斷 *(vi)*

◀ **Judging** by what everyone says about her, I'd say she has a good chance of winning.
從每個人對她的說法來判斷，我敢說她的贏面很大。

②評定判斷 *(vt)*

Don't **judge** others by appearances.
不要以貌取人 (不要用外貌評定一個人)。

③審判 *(vt)*

Who will **judge** the murder case?
誰會負責審理這樁殺人案？

④法官 *(C)* (請參閱附錄 "職業")

Go before God with justice, before the **judge** with money.
帶著正義見上帝，帶著金錢見法官。

⑤評審 *(C)*

Five **judges** will judge this speech contest.
將有五名評審擔任這次演講比賽的評判。

judgment /'dʒʌdʒmənt/

判斷 *(U)*

◀ He didn't decide for his daughter; instead, he asked her to use her own **judgment**.
他沒有代替女兒作決定，而是要她自己作出判斷。

jug /dʒʌg/

壺，水罐 *(C)*

◀ Vincent spilled a whole **jug** of water on the rug.
文森把整整一壺水倒翻在地毯上。

juice /dʒus/

汁，果汁 *(U)*

◀ She drinks a glass of tomato **juice** before each meal.
她每次吃飯前都要喝一杯番茄汁。

juicy /'dʒusɪ/

多汁的 *(adj)*

◀ **Juicy** steak usually tastes more delicious.
帶汁的牛排通常吃起來更鮮美。

July /dʒu'laɪ/

七月 *(C,U)*

◀ It is very hot in **July**.
七月天氣很熱。

jumbo /'dʒʌmbo/

巨大的 *(adj)* = huge

◀ I bought a **jumbo** (-sized) packet of laundry detergent because it was on sale.
我買了一大包洗滌劑，因為正在廉價出售。

jump /dʒʌmp/

①跳躍 *(vi)* = leap

◀ The thief **jumped** over the wall/out of the window/into the river.
小偷跳過牆 / 出窗外 / 進河裡。

②跳 *(vi)* ⇔ skip

Her speech was difficult to follow because she kept **jumping** from one subject to another.
她的講話很難理解，因為她不斷地從一個話題跳到另一個話題。

jump at

抓住 *(vt,u)* = be eager to accept

◀ Ruth **jumped at** the chance to study at Harvard.
魯斯抓住了到哈佛讀書的機會。

jump on

斥責 *(vt,u)* = find fault with, tell sb off, scold

◀ Dad **jumps on** Jeff for every little mistake.
傑夫每次稍有差錯，爸爸就會罵他。

junction /'dʒʌŋkʃən/

交叉口 *(C)* = intersection, crossroads

◀ They met at the **junction** of Oak Street and Park Road.
他們在橡樹街和公園路的交叉口碰頭。

J

June /dʒun/
六月 (C,U)

◀ I stayed at my grandparents' home from **June** to August.
我從六月到八月住在我阿公阿媽家。

jungle /'dʒʌŋgl/
叢林 (C)

◀ The two explorers went through strange adventures in the **jungles** of South America.
這兩個探險者在南美洲的叢林裡經歷了一些奇遇。

✎ 相關字 forest (森林)。wood (樹林，比 forest小，常用複數 woods)。

junior /'dʒunjɚ/
①年少者 (C) ⇔ senior

◀ He is my **junior** by two years.
他比我小兩歲。

②年少的 (adj) ⇔ senior

He is **junior** to me by two years.
他比我小兩歲。

junk /dʒʌŋk/
廢舊雜物 (U)

◀ The box is filled up with **junk**. Throw it away.
這隻箱子裡裝的盡是些廢舊雜物，扔掉吧。

jurisdiction /ˌdʒʊrɪs'dɪkʃən/
裁決 (U)

◀ The prisoner finally accepted the **jurisdiction** of the court.
這囚犯終於接受了法庭的裁決。

jury /'dʒʊrɪ/
陪審團 (C)

◀ The **jury** held that the suspect was guilty.
陪審團認爲那個嫌疑犯有罪。

說明：the jury 爲集合名詞，其後可接單數或複數動詞。

just /dʒʌst/
①公正的 (adj)

◀ I don't think you were **just** in punishing him.
我認爲你對他的懲罰是不公正的。

②正，就 (adv)

That is **just** what your mother wants.
那正是你母親所要的。

③剛剛 (adv)

You are too late; the plane has **just** left.
你來得太晚了，飛機剛開走。

justice /'dʒʌstɪs/
正義，公道 (U) ⇔ injustice

◀ To do her **justice**, I must say that she is really beautiful.
說句公道話，她的確非常漂亮。

justify /'dʒʌstəˌfaɪ/
辯護 (vt)

◀ How can you **justify** the decision to call off the game?
你如何辯護取消比賽的決定呢？

juvenile /'dʒuvənl̩/
青少年的 (adj)

◀ We are all worried about the increase in **juvenile** delinquency.
我們對青少年犯罪率上升都感到擔憂。

K

🔵 MP3-K1

kangaroo /ˌkæŋɡəˈru/
袋鼠 (C) (請參閱附錄 "動物")
◀ A **kangaroo** carries its babies in its pouch.
袋鼠把牠的小袋鼠放在育兒袋裡。

keen /kin/
① 激烈的 (adj) = fierce, intense
◀ There has been **keen** competition for the first prize.
爭奪頭獎的競爭異常激烈。
② 渴望的 (adj) = eager, anxious
She is out of hospital and **keen** to get back to work.
她出院了，急於想重新開始工作。
③ 熱衷的 (adj) = fond (of), interested (in)
He was **keen** on (playing) tennis.
他很熱衷於打網球。

keep /kip/, kept (pt), kept (pp)
① 保留 (vt)
◀ You can **keep** the book if you want it.
如果你喜歡這本書的話就留著吧。
② 保持 (vt)
This sweater will **keep** you warm.
這件毛線衫能使你保暖。
③ 使不能，阻止 (vt) = prevent, stop
Please **keep** your dog from coming into my garden.
請別讓你的狗到我的花園裡來。
✎衍生字 keeper (C) 保管人，飼養員

keep abreast of
趕上 (vt,u) = remain fully informed about
◀ We read newspapers to **keep abreast of** the latest information.
我們看報紙以了解最新情況。

keep after
① 纏，緊跟著 (vt,u) = go on at, keep at, get after/at
◀ My daughter **kept after** me for one hour to buy her a Teddy bear.
我女兒纏了我一個小時，要我給她買一個泰迪熊。
② 不斷嘮叨，挑毛病 (vt,u)
= go on at, scold, find fault with
My teacher is always **keeping after** us and never lets us have a minute's peace.
老師老是挑我們毛病，從來不讓我們有片刻安寧。

keep at
繼續做 (vt,u) = work hard at, hammer away at
◀ Just **keep at** your work until you finish it.
你只管做你的事，直到完成為止。

keep back
抑制，忍住 (vt,s) = keep down/in, hold back/in
◀ Amy was unable to **keep back** her anger/tears/laughter.
艾咪控制不住她的火氣 / 淚水 / 笑聲。

keep clear of
不接觸 (vt,u) = stay/steer clear of
◀ **Keep clear of** stray dogs, which may have rabies.
別去碰流浪狗，牠們可能有狂犬病。

keep down
抑制 (vt,s) = hold down, keep back
◀ We're going to **keep down** these prices until the New Year.
這些價格我們在新年之前都不會往上調。

keep from
① 忍住 (vt,u) = avoid, prevent oneself from
◀ It was hard to **keep from** telling him to shut up.
要忍住不叫他閉嘴很難。
② 制止 (vt,s) = prevent/stop from
The US government is trying hard to **keep** the dollar **from** falling in value.
美國政府正在努力制止美元貶值。

keep in with
保持友好 (vt,u) = remain friendly/familiar with
◀ If you want to get a promotion, try to **keep in with** Mr. White, who has a lot of influence around here.
如果你想升職，就和懷特先生打好關係，他在這裡很有影響力。

keep off

①避開 *(vt,s)*

◀Wear a hat to **keep** the sun **off** your head.
戴頂帽子，別讓太陽曬到你頭上。

②(指雨、雪等) 未下 *(vi)* = be delayed
The rain may well **keep off** until after the ceremony.
這場雨很有可能拖到慶典結束才下。

keep on

①堅持 *(vi)* = continue

◀**Keep on** with your work however hard it may seem.
不管你的工作有多困難都要堅持下去。

②繼續 *(vt,u)* = go/carry on
The girls **kept on** talking even though their teacher had entered the classroom.
老師進教室了，那些女孩子還繼續講話。

keep up

①維持 *(vt,s)* = keep sth in good condition

◀I can't **keep up** a house as large as this without help.
沒人幫忙，這麼大的房子我是照料不來的。

②繼續 *(vt,s)* = continue
Keep up your work!
繼續做你的活！

③使…睡不著 *(vt,s)*
The noise next door **kept** us **up** all night.
隔壁家的吵聲使我們整夜都睡不著。

keep up with

跟上 *(vt,u)* = catch/come up with

◀Pan isn't **keeping up with** the rest of the class in writing.
潘的寫作跟不上班裡的其他同學。

kernel /'kɝnl̩/

①核 *(C)*

◀Without a proper tool, it's hard to get the **kernel** out of the hard almond shell.
沒有合適的工具就很難把堅硬的杏仁殼裡的核取出來。

②核心，要點 *(C)*
I think there may be a **kernel** of truth in what she said.
我覺得她說的話裡也許有一定的真實性。

ketchup /'kɛtʃəp/

番茄醬 *(U)* = catsup

◀Would you like to add some **ketchup** to your steak?
您要在牛排上加些番茄醬嗎？

kettle /'kɛtl̩/

茶壺 *(C)* (請參閱附錄 "容器")

◀Put the **kettle** on, David.
大衛，燒一壺開水。

　✎相關字 lid (壺蓋)。handle (把手)。spout (壺嘴)。a teapot (茶壺)。a coffeepot (咖啡壺)。

key /ki/

①鑰匙 *(C)*

◀To open the door, put the **key** in the lock and turn it.
開門時，把鑰匙插進鎖內然後轉動鑰匙。

②答案 *(C)* = answer
Nobody knows the **key** to this question.
無人知道這個問題的答案。

③重要的，關鍵的 *(adj)* = important
Mr. Wang holds a **key** position in this company/firm.
王先生在這家公司裡擔任重要的職務。

keyboard /'ki,bord/

鍵盤 *(C)*

◀When we write with our computer, we input what we want to write by typing on the **keyboard**.
我們用電腦寫東西時，把要寫的東西在鍵盤上擊鍵輸入。

kick /kɪk/

①踢 *(vt)*

◀The boy **kicked** the door open.
那男孩把門踢開。

②踢 *(C)*
The horse was shocked and it gave his trainer a **kick**.
那馬受了驚，對馴馬人踢了一腳。

K

kick about/around

①討論 *(vt,s)* = *talk about, toss around*

◀They are **kicking around** your proposal now.
他們現在正在討論你的提議。

②發號施令 *(vt,s)* = *order/push/boss about/around*

He won't be **kicking** me **around** anymore!
他決不可以再對我發號施令了！

③虐待 *(vt,s)* = *bash/knock/batter about/around*

The teacher was accused of **kicking around** the mentally-retarded child.
那位老師被指控虐待那個智障兒。

kick back

給回扣 *(vt,u)*

◀They won the bidding because they agreed to **kick back** 10% of the profit to the official.
他們得標是因為答應給那位官員百分之十的回扣。

kick off

開始 *(vi)* = *start*

◀The festivities will **kick off** with a parade.
慶祝活動將以遊行方式開場。

kick out

開除 *(vt,s)* = *throw out*

◀Jack has been **kicked out** of school.
傑克被學校開除了。

kid /kɪd/

①小孩子 *(C)* = *child*

◀They are taking the **kids** to the zoo this afternoon.
今天下午他們要帶孩子們去動物園。

②開玩笑 *(vi)* = *joke*

Don't take it too seriously; he is just **kidding**.
別把它當真了，他只不過開開玩笑而已。

kidnap /'kɪdnæp/

綁架 *(vt)* = *abduct*

◀The terrorists tried to **kidnap** the president, but in vain.
恐怖分子企圖綁架總統，但未能得逞。

✎衍生字 *kidnapper (C)* 綁匪

kidney /'kɪdnɪ/

腎臟 *(C)* (請參閱附錄 "身體")

◀Ketty has had **kidney** trouble for years.
凱蒂有腎臟病好多年了。

kill /kɪl/

①殺死，死亡 *(vt)*

◀His father was **killed** in the air crash.
他父親在空難中身亡。

②打發，消磨 *(vt)*

I usually read novels to **kill** time.
我通常看小說消磨時間。

kill off

滅絕 *(vt,s)*

◀Foot-and-mouth disease nearly **killed off** all the pigs on the farm.
口蹄疫差點讓畜牧場上所有的豬都送命。

kilogram /'kɪlə,græm/

公斤 *(C)* = *kg*

◀The box weighed 110 **kilograms**.
這箱子重一百一十公斤。

✎相關字 gram/g(公克)。pound/lb(磅，等於16 ounces或454g)。ounce/oz(盎司，等於 28.35g)。

kilometer /'kɪlə,mitɚ/

公里 *(C)* = *km*

◀This highway is about 400 **kilometers** long.
這條公路長約四百公里。

✎相關字 meter/m (公尺)。centimeter/cm (公分)。mile/m (英里，等於 1.6 kilometers)。yard/yd (碼，等於 3 feet 或 91.44 centimeters)。 foot/ft (英尺，等於 12 inches)。inch/in (英寸，等於 2.54 centimeters)。

◉ MP3-K2

kin /kɪn/

親戚 *(pl)* = *relatives, kindred*

◀We are close **kin**; he's my cousin.
我們是近親；他是我表哥。

kind /kaɪnd/

①好心的 *(adj)*

◀It was very **kind** of you to visit me when I was sick.
我生病時你來看望我，你真是太好了。

K

②種類 (*C*) = *type, sort*

What **kind** of person is Mr. Wu?

吳先生是怎樣的一個人呢？

kindergarten /ˈkɪndəˌgɑrtn̩/

幼稚園 (*C*)

◀ Her daughter is in the **kindergarten** now.

她女兒現在在幼稚園裡。

📎相關字 nursery school (托兒所)。preschool (美式英語，等於 nursery school)。day-care center (日間托兒所)。

kind-hearted /ˈkaɪndˌhɑrtɪd/

心地善良的 (*adj*)

◀ He was a warm, generous and **kind-hearted** man.

他是個熱心、慷慨、心地善良的人。

kindle /ˈkɪndl̩/

①引燃 (*vt*) = *ignite, set light to*

◀ The cigarette butt **kindled** the dry grass.

煙蒂引燃了乾草。

②引起 (*vt*) = *arouse*

Their performance of pantomime **kindled** much interest among the public.

他們的默劇表演引起了公眾極大的興趣。

king /kɪŋ/

國王 (*C*)

◀ He was a good **king** and was loved by his people.

他是個好國王，很受民眾的愛戴。

📎相關字 queen (王后、女王)。prince (王子)。princess (公主、王妃)。emperor (皇帝)。empress (皇后)。monarch (君主、帝王)。ruler (統治者)。tyrant (暴君)。

kingdom /ˈkɪŋdəm/

王國 (*C*)

◀ They have no **kingdoms** to rule, or lands to conquer.

他們無國可治理，無國可征服。

kiss /kɪs/

①吻 (*C*)

◀ She gave him a **kiss** on the cheek.

她在他臉頰上吻了一下。

②親吻 (*vt*)

He **kissed** his daughter goodbye/goodnight.

他親吻女兒，和她道再見／晚安。

kit /kɪt/

成套用具 (*C*)

◀ She puts a survival **kit** in her backpack whenever she goes mountain climbing.

每次去爬山，她都會在背包裡放個救急求生包。

kitchen /ˈkɪtʃɪn/

廚房 (*C*) (請參閱附錄 "房屋")

◀ Their apartment is too small, so they often eat in their **kitchen**.

他們住的公寓太小了，所以常常在廚房裡吃飯。

kite /kaɪt/

風箏 (*C*)

◀ All of their kids are flying **kites** on the hillside.

他們的孩子都在山腰上放風箏。

kitten/kitty /ˈkɪtn̩/ˈkɪtɪ/

小貓 (*C*)

◀ "Here, **kitty, kitty**," called the little boy to the black **kitten**.

"來，貓咪，貓咪，" 小男孩對小黑貓喚道。

knack /næk/

訣竅 (*S*) = *ability (to+v); skill (at/in)*

◀ The clown has a **knack** of saying funny things.

這個小丑有講趣話的本領。

knead /nid/

揉 (*vt*)

◀ **Knead** the dough for about five minutes.

把麵粉糰揉大約五分鐘。

knee /ni/

膝蓋 (*C*)

◀ John fell off the bike and had his **knees** scraped.

約翰從自行車上跌卜米，把膝蓋給擦破了。

kneel /nil/, knelt (*pt*), knelt (*pp*)

跪下 (*vi*)

◀ She **knelt** down on the mat and began to cry.

她跪在地毯上哭了起來。

knife /naɪf/

刀 (*C*)

◀ Westerners eat with **knives** and forks, while the Chinese people eat with chopsticks.

西方人吃東西用刀叉，而中國人則用筷子。

K

knight /naɪt/

武士 (C)

◀ Do you remember how many round-table **knights** King Arthur had?
你記得亞瑟王有幾個圓桌武士嗎？

knit /nɪt/

編織 (vt)

◀ Grandma has **knitted** two scarves for me.
祖母給我織了兩條圍巾。

knob /nɑb/

把手 (C)

◀ I turned the **knob** and opened the door.
我轉動把手將門打開。

knock /nɑk/

① 敲 (vi)

◀ You had better **knock** on/at the door before entering.
進門前你最好敲門。

② 碰撞 (vt)

She accidentally **knocked** the vase off the shelf and it shattered to pieces.
她不小心將花瓶從架上碰下來摔成了碎片。

knock about/around

虐待 (vt,s) = kick about/around

◀ The teacher was accused of **knocking around** the mentally-retarted child.
那位老師被指控虐待那個智障兒。

knock down

① 拆除 (vt,s) = tear/pull down, demolish

◀ The old theater will be **knocked down** to make way for a hotel.
舊劇院將被拆掉，騰出地方來建旅館。

② 擊倒，撞倒 (vt,s)

Ali **knocked** his opponent **down** three times in the first round.
阿里在第一回合擊倒對手三次。

③ 減價 (vt,s) = beat/mark down

Originally the storekeeper was going to charge me $500 for the coat, but he **knocked** it **down** to $350.
這件衣服店主最初開價五百元，不過他減價到三百五十元。

knock off

① 下班 (vi) = stop work；⇔ knock on

◀ It's late; let's **knock off** for the day.
不早了，我們下班吧。

② 減價 (vt,s)

I got him to **knock** $10 **off** the regular price.
我讓他從平時賣的價格上減下十元。

knock out

① 擊敗 (vt,s) = defeat

◀ David **knocked out** his opponent in the second round.
大衛在第二輪中擊敗了對手。

② 使筋疲力盡 (vt,s) = tire/wear out, do in

I really **knocked** myself **out** to finish the essay on time.
為了準時完成這篇論文，我實在是累壞了。

③ 使極為震驚，使極其欽佩 (vt,s)

Jane's beauty **knocked** me **out**.
珍的美貌讓我傾倒。

knock over

① 打翻 (vt,s) = kick over

◀ Jim **knocked over** the kettle, and the water spilt all over the floor.
吉姆打翻了水壺，水灑了一地。

② 撞倒 (vt,s) = knock down

Scott was **knocked over** by a car.
史考特被車撞了。

③ 擊敗 (vt,s) = knock out

The other team is hard to **knock over**.
對方球隊不容易擊敗。

knot /nɑt/

① 結 (C)

◀ Can you help me undo this **knot**?
你能幫我解開這個結嗎？

② 打結 (vt)

All you need to do now is **knot** the ends of the rope together.
你所要做的事，就是將繩子的兩頭結起來。

know /no/, knew (pt), known (pp)

知道 (vt)

◀ She said she didn't **know** where her boss was.
她說她不知道老闆在哪兒。

knowledge /ˈnɑlɪdʒ/

知識 *(U)*

◀ **Knowledge** is power.
知識就是力量。

knowledgeable /ˈnɑlɪdʒəbl̩/

知識豐富的 *(adj)* = *well-read, well-informed*

◀ My father is very **knowledgeable** about wines.
我爸對酒很在行 (知識豐富)。

knuckle /ˈnʌkl̩/

指關節 *(C)*

◀ He bruised his **knuckles**.
他把指節給碰傷了。

koala /kəˈɑlə/

無尾熊 *(C)* (請參閱附錄 "動物")

◀ A **koala** looks like a teddy bear, but it is not related to any kind of bear.
無尾熊看起來像泰迪熊，但跟任何種熊沒相干。

K

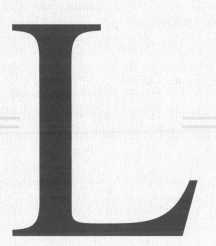

L

A HANDBOOK
7000 English Core Words

◉ MP3-L1

label /'lebḷ/

①標籤 (C) = mark

◀ The bottle got wet and the **label** came off.
瓶子被弄濕了，標籤掉了下來。

②貼上標籤 (vt)

Please **label** all the red bottles "poison."
請把所有紅瓶子都貼上 "有毒" 標籤。

③視為 (vt) = describe, classify

People who dare not fight for their own rights are often **labeled** (as) cowards.
那些不敢爭取自己權利的人常被視為懦夫。

labor /'lebə/

①勞力 (U) = toil

◀ Nowadays few people enjoy manual **labor**.
如今沒人愛做勞力的工作。

②苦幹，努力工作 (vi) = toil, work hard

They **labored** for years to build this memorial.
他們苦幹好幾年，建成了這座紀念碑。

laboratory /'læbrə,torɪ/

實驗室 (C) = lab

◀ Scientists use **laboratories** to do experiments.
科學家們用實驗室來做實驗。

lace /les/

①飾邊 (U)

◀ She especially loves a tablecloth edged with **lace**.
她特別喜歡帶飾邊的桌布。

②帶子 (C)

Make sure you have tied your shoe-**laces**.
你一定要繫好鞋帶。

lack /læk/

①缺乏 (vt)

◀ What she **lacks** is not knowledge but confidence.
她缺乏的不是知識而是自信。

②缺乏 (U) = shortage

The plants die for/through **lack** of water.
植物因缺水而死亡。

✎衍生字 lacking (adj) 不足的，缺乏的

lad /læd/

少年 (C) = boy；⇔ lass

◀ The city has changed a lot since I was a **lad**.
自我還是小孩時到現在這城市已有很大變化。

ladder /'lædə/

梯子 (C)

◀ Jimmy climbed up the rungs of the **ladder** to paint the ceiling.
傑米爬上梯子去油漆天花板。

lady /'ledɪ/

女士 (C) = woman

◀ Those **ladies** enjoy reading poetry together.
那些女士們喜歡聚在一起讀詩。

ladybug /'ledɪ,bʌg/

瓢蟲 (C) = ladybird

◀ A **ladybug** crawled up a dry stalk.
一隻瓢蟲爬上一根乾葉柄。

lag /læg/

落後 (vi) = trail

◀ John **lagged** behind the rest of the boys because he tripped and sprained his ankle.
約翰因為絆了一下扭傷了腳踝，所以就落在其他男孩子後面了。

lake /lek/

湖 (C)

◀ Let's go for a stroll around the **lake**.
我們沿湖邊蹓躂一下吧。

✎相關字 pond (池塘)。pool (水池)。puddle (雨後水窪)。

lamb /læm/

①羔羊，小羊 (C) (請參閱附錄 "動物")

◀ Crows weep for the dead **lamb** and then devour him.
烏鴉哭死羊，再吃牠 (貓哭耗子假慈悲)。

②羔羊肉，小羊肉 (U) (請參閱附錄 "食物")

We roasted **lamb**.
我們烤羔羊肉。

lame /lem/

跛的 (adj) = crippled

◀ He is **lame** in the left leg.
他左腿是跛的。

lament /ləˈmɛnt/

①哀慟 *(C)*

◀ I could hear her **laments** in her room.
我聽到她在房間裡哀慟。

✎衍生字 *lamentation (C,U)* 哀傷；*lamentable (adj)* 令人惋惜的

②哀痛 *(vt)*

She deeply **lamented** the death of her husband.
她為丈夫的去世深感哀痛。

③悲痛 *(vi)* = *mourn, grieve*

They **lamented** for their dead son.
他們為死去的兒子而悲痛。

lamp /læmp/

燈，檯燈 *(C)*

◀ A miner's **lamp** is fixed onto his helmet.
礦工用的燈是固定在頭盔上的。

✎相關字 lamppost (燈桿)。lampshade (燈罩)。

land /lænd/

①陸地 *(U)*

◀ After working at sea for two years, he got a
job on **land**.
他在海上工作了兩年後，找了一分陸上的工作。

②國家 *(C)* = *nation, country*

People from many **lands** came to attend
Mother Teresa's funeral.
許多國家都有人來參加泰瑞莎修女的葬禮。

③降落 *(vi)* ⇔ *take off*

Her plane **landed** at eight-ten.
她乘坐的飛機於八點十分降落。

④著陸 *(vt)*

The pilot **landed** the plane very skillfully.
駕駛員很熟練地駕機著陸。

landlady /ˈlændˌledɪ/

女房東 *(C)*

◀ His **landlady** keeps complaining about her pet
dog.
他的女房東不斷抱怨他那條寵物狗。

landlord /ˈlændˌlɔrd/

房東 *(C)* ⇔ *tenant*

◀ The apartment **landlord** looks as if everybody
owed him rent.
這間公寓的房東，看起來好像人人都欠他房租
似的。

landmark /ˈlændˌmɑrk/

①地標 *(C)*

◀ The Grand Hotel used to be the **landmark** of
Taipei.
圓山大飯店過去曾是台北的地標。

②里程碑 *(C)* = *milestone*

The discovery of penicillin was a **landmark**
in the history of medicine.
青黴素 (盤尼西林) 的發現是醫藥史上的一個里
程碑。

landscape /ˈlændskep/

風景 *(C)*

◀ The house is set in a beautiful **landscape** of
lush green hills.
這房子座落在風景如畫、鬱鬱蔥蔥的群山之中。

landslide /ˈlændˌslaɪd/

①山崩 *(C)*

◀ **Landslides** caused by Typhoon Toraji
seriously damaged eastern and central Taiwan.
桃芝颱風引起的山崩，嚴重破壞了台灣東部和
中部。

✎相關字 mudslide (土石流)。avalanche (雪崩)。

②壓倒性的 *(adj)* = *overwhelming*

The ruling/opposition party won a **landslide**
victory.
執政 / 反對黨獲得壓倒性的勝利。

lane /len/

①巷，小路 *(C)*

◀ Her house is in Maple **Lane**.
她的房子位於楓樹巷。

②車道 *(C)*

He changed **lanes** in order to make a right
turn.
他換了車道以便右轉。

✎相關字 alley (巷弄)。path/trail (小徑)。track (山徑)。
drive (私用車道)。street (街道)。road (大馬
路)。avenue (大道)。boulevard (林蔭大道)。
highway (公路)。freeway/superhighway (高速公
路)。

language /ˈlæŋgwɪdʒ/

①語言 *(U)*

◀ Experts disagree about the origins of **language**.
專家們對語言的起源各有不同的看法。

L

②語言 *(C)*

English isn't my first/native **language**;
Taiwanese is.

英語不是我的第一語言 / 母語，我的母語是台
語。

lantern /ˈlæntən/

燈籠 *(C)*

◀ Can you see sky **lanterns** being launched?

你看見放天燈 (燈籠) 了嗎？

lap /læp/

膝部 (坐下時) *(C)*

◀ The man was sitting on the chair with a cat on
his **lap**.

這男人坐在椅子上，膝上坐著一隻貓。

large /lɑrdʒ/

大的 *(adj)* ⇔ *small*

◀ His company is too small to manufacture hats
on a **large** scale.

他的公司太小，無法大量生產帽子。

largely /ˈlɑrdʒlɪ/

主要地 *(adv)* = *mainly, mostly, chiefly*

◀ Her success is **largely** due to her hard work.

她的成功主要歸功於她的努力。

lark /lɑrk/

雲雀 *(C)* (請參閱附錄 "動物") = *skylark*

◀ She's always as happy as a **lark**.

她總是跟雲雀一樣的快樂 (非常快樂)。

lasagna /ləˈzɑnjə/

(義大利) 千層麵 *(U)* (請參閱附錄 "食物")

◀ I hate to eat **lasagna**.

我不喜歡吃烤寬麵條。

laser /ˈlezə/

雷射 *(C)*

◀ **Lasers** are widely used in medical operations.

雷射在醫療手術中被廣泛應用。

🔘 MP3-L2

last /læst/

①前一個 *(adj)* ⇔ *next*

◀ When did you see him **last** week?

上星期你是什麼時候碰到他的？

②最後的 *(adj)* = *final* ; ⇔ *first*

I saw the **last** minutes of the movie.

這部電影我看了最後的幾分鐘。

③上次 *(adv)*

It's a long time since we **last** saw each other.

我們上次見面至今已很長時間了。

④最後 *(adv)*

John arrived after Mary, and Henry arrived
last.

約翰在瑪莉之後到，亨利是最後到。

⑤結局 *(pron)*

We shall never hear the **last** of it.

我們永遠也聽不到此事的結局了。

⑥持續 *(vi)* = *continue*

The cold weather **lasted** for the whole month
of December.

十二月嚴寒的天氣整整持續了一個月。

---

last out

①捱過 *(vt,u)* = *see out*

◀Mr. Wang is seriously ill. I don't think he can
last out another month.

王先生病得很重，我看他拖不了一個月了。

②持續 *(vi)* = *hang/hold on*

Do you think our team can **last out** until the
end of the competition?

你認為我們隊能堅持到比賽最後嗎？

---

late /let/

①遲的，晚的 *(adj)* ⇔ *early*

◀ Hurry, or you will be **late** for the train.

快點，不然你會趕火車要遲到了。

It's getting **late**, you had better go home now.

天色晚了，你現在最好回家。

②已故的 *(adj)* = *deceased, departed*

A memorial was built to commemorate the
late president.

他們修建了一座紀念碑紀念這位已故總統。

③晚 *(adv)*

She stayed up **late** to finish her history report.

為了完成歷史報告，她熬夜到很晚才睡。

④遲 *(adv)* ⇔ *early*

The plane arrived half an hour **late**.

這架飛機遲到了半小時。

lately /ˈletlɪ/

近來 *(adv)* = *recently*

◀ He hasn't heard from his best friend Larry **lately**.
近來他沒有收到過最要好的朋友賴瑞的來信。

later /ˈletɚ/

① late 的比較級

② 後來 *(adv)* = *afterwards*

◀ He lied at first, but **later** (on) he told us the truth.
開始他說了謊，但後來他告訴我們真相了。

latest /ˈletɪst/

① late 的最高級

② 最新的 *(adj)* = *newest, most recent*

◀ Her **latest** album is selling very well.
她最新的專輯賣得很好。

latitude /ˈlætəˌtjud/

① 緯度 *(C,U)*

◀ The **latitude** of the island is 23.5 degrees north.
本島的緯度是北緯二十三點五度。

✎相關字 longitude (經度)。

② 緯度 *(P)*

At these **latitudes** you often have snow in October.
在這緯度地區十月份時常會遇上下雪。

③ 自由 *(U)* = *freedom*

Students in our school are given complete **latitude** in deciding what club they want to join.
本校的學生在挑選加入哪個社團時享有完全的自由。

✎同首字 請參見 altitude。

latter /ˈlætɚ/

① 後者的 *(adj)* ⇔ *former*

◀ The novel was made into a movie in 1961 and again in 1988. The **latter** version was better than the former one.
這部小說於一九六一年拍成電影，一九八八年再次改編成電影，後一版本比前一部片子要拍得好。

② 後者 *(C)* ⇔ *former*

Though Robert and Alan are brothers, they are very different. The former is shy, while the **latter** is outgoing.
雖然羅伯特和愛倫是兄弟倆，但他們很不相同。前者很害羞，而後者卻外向。

laugh /læf/

① 笑 *(C)*

◀ He hugged her and gave a (happy) **laugh**.
他抱了抱她，開心地笑了。

② 發笑 *(vi)*

None of us **laughed** at the joke Kate told; it wasn't funny at all.
凱特講的笑話我們沒人發笑，因為它一點也不好笑。

laugh off

一笑置之 *(vt,s)* = *laugh away*

◀ I **laughed off** that woman's insults. I just turned the other cheek.
我對那女人的辱罵一笑置之，根本不予反駁。

laughter /ˈlæftɚ/

笑聲 *(U)*

◀ After the speaker told a joke, the audience roared with **laughter**.
演講者說了個笑話，聽眾哄堂大笑。

launch /lɔntʃ/

① 發射 *(vt)*

◀ A satellite was **launched** into orbit.
一顆人造衛星發射送入太空軌道。

② 使 (船) 下水 *(vt)*

The president is to **launch** a new warship today.
總統今天將下令讓一艘新的戰艦下水投入使用。

③ 開始 *(vt)* = *start*

She **launched** a campaign against second-hand smoke.
她發起反對吸二手煙的活動。

launderette /ˌlɔndəˈrɛt/

自助洗衣店 *(C)*

◀ You can have your clothes washed in the **launderette** on the street corner.
你可到街角上的自助洗衣店去洗衣服。

laundry /ˈlɔndrɪ/

① 衣物 *(U)*

◀ The washing machine usually takes about one hour to do my **laundry**.
這台洗衣機通常需要一小時左右的時間洗淨我的衣物。

✎衍生字 launder (vt) 洗錢

L

②洗衣店 (C)

Send the dress to the **laundry**. Dry-clean it.
把衣服送到洗衣店去乾洗。

📎相關字 laundry basket/hamper (放髒衣物的) 洗衣籃。

lava /ˈlɑvə/

岩漿 (U)

◀ The stream of **lava** from the volcano looked scary.
火山噴出的岩漿看起來挺嚇人的。

lavatory /ˈlævəˌtorɪ/

廁所 (C) = toilet, restroom, washroom

◀ I need to go to the **lavatory**.
我要去上廁所。

law /lɔ/

法律 (C)

◀ If you break the **law**, you'll be punished.
如果你違法就會受到懲罰。

lawful /ˈlɔfəl/

合法的 (adj) = legal, legitimate

◀ Gambling is not **lawful**.
賭博是不合法的。

lawmaker /ˈlɔˌmekɚ/

立法委員 (C) = legislator

◀ An incorruptible **lawmaker** is few and far between.
廉潔奉公的立法委員是少之又少的。

lawn /lɔn/

草坪 (U)

◀ After they did the mowing, they had tea on the **lawn**.
他們除完草，就在草坪上喝起茶來。

lawyer /ˈlɔjɚ/

律師 (C) (請參閱附錄 "職業")

◀ Joe has been dreaming of becoming a **lawyer**.
喬夢想成為律師。

📎衍生字 law (C,U) 法律

lay /le/, laid (pt), laid (pp)

①置放 (vt) = put, place

◀ The cards are **laid** face up on the table.
撲克牌正面朝上放在桌子上。

②產卵 (vt)

Last week the hen only **laid** one egg.
上星期母雞只生一個蛋。

lay aside

①放置一旁 (vt,s) = lay away/by, put/set aside/by

◀ Jane **laid** her reading **aside** when the telephone rang.
電話鈴響了，珍放下正在看的書。

②擱置 (vt,s) = put/set/place aside

I **laid aside** my new project for a month.
我把新計畫擱置了一個月之久。

③儲蓄 (vt,s) = put/set/place aside

I have to **lay** some money **aside** for my lunch.
我必須留點錢吃午飯用。

lay down

訂定 (vt,s) = set down

◀ We must **lay down** rules for the students' behavior.
我們必須制定學生的行為守則。

lay off

暫時解雇 (vt,s) = let go

◀ If business continues to be slow, we will have to **lay off** some workers.
如果生意還是這麼清淡，我們就得暫時解雇一些工人。

lay out

①陳列 (vt,s) = spread/set out

◀ Betty **laid** her dress/dishes **out** properly.
貝蒂整齊地擺出她的洋裝 / 碗碟。

②花 (錢) (vt,s) = put out

We've just **laid out** $10,000 on a new fridge.
我們剛剛花了一萬元買了台新冰箱。

lay over

延期 (vt,s) = put off, leave/hold over ; ⇔ put forward

◀ The game had to be **laid over** for several days because of rain.
因為下雨，比賽不得不延期幾個星期。

layer /'leɚ/

層 (C)

◀ There's a thick **layer** of dust on everything in that deserted house.

那棟荒廢的房子裡，每樣東西都積著厚厚一層灰。

layman /'lemən/

門外漢 (C) ⇔ expert

◀ These technical terms are all Greek to a **layman** like me.

這些專業術語對我這種門外漢而言，就像是天書般難懂。

layout /'le‚aʊt/

①布局 (C) = arrangement

◀ The architect studied the **layout** of the whole building.

建築師研究了整棟建築的布局。

②版面設計 (C)

The book designer has done the page **layouts** beautifully.

該書的設計者把版面設計弄得很漂亮。

⚪ MP3-L3

lazy /'lezɪ/

①懶惰的 (adj) = indolent, idle

◀ He is a **lazy** student; he seldom studies.

他是個懶惰的學生，很少花時間讀書。

②慢吞吞的 (adj) = relaxed

He has a **lazy** way of talking.

他說起話來慢吞吞的。

✎衍生字 lazily (adv) 懶惰地，緩緩地

lead /lid/, led (pt), led (pp)

①領導 (vt)

◀ Winston Churchill **led** his people to victory in World War II.

第二次世界大戰期間，溫斯頓‧邱吉爾領導英國人民走向勝利。

✎衍生字 leader (C) 領導者；leadership (U) 領導力，領導地位

②通往 (vi)

This path **leads** to a Japanese garden.

這條小路通往一個日本式花園。

③過 (…生活) (vt) = live

We all hope to **lead** an enriched and colorful life.

我們都希望能過一個豐富多彩的生活。

④領導 (C)

They will follow your **lead**.

他們將追隨你的領導。

⑤鉛 (U) /lɛd/

He likes pencils with soft **lead**.

他喜歡用軟鉛心的鉛筆。

lead on

①唆使 (vt,s)

◀ David kept bad company and was **led on** to steal.

大衛結交壞朋友，被教壞偷起東西來。

②上當 (vt,s)

I was **led on** to believe that I would be given a pay raise in three months.

我上當受騙，以為三個月後能提升工資。

lead up to

導致 (vt,u)

◀ All this talk about business opportunities is **leading up to** a request for more investment in the company.

有關商機的種種傳聞促使人們要求對公司追加投資。

leader /'lidɚ/

領導者 (C) ⇔ follower

◀ Learning how to be a follower is as important as learning how to be a **leader**.

學習如何做一名追隨者與學習如何做一名領導者是同等重要的。

leadership /'lidɚ‚ʃɪp/

領導地位 (S,U)

◀ Britain has lost her **leadership** in the shipbuilding industry.

英國已喪失在造船業的領導地位。

leaf /lif/

樹葉 (C)

◀ It is not common to see **leaves** turn red or yellow in winter in Taiwan.

在台灣的冬天要見到樹葉變紅或變黃並不常見。

✎衍生字 leafy (adj) 樹葉豐茂的；leaf (C) 書籍的一頁

L

leaf through

翻 (書) *(vt, u)* = *thumb/browse through*

◀I was **leafing through** an old magazine when I came across the singer's photo.
我正在翻一本舊雜誌時，偶然看到那位歌手的照片。

---

league /lig/, leant/leaned *(pt)*, leant/leaned *(pp)*

同盟 *(C)* = *alliance*

◀ The two countries formed a **league** for mutual defense.
這兩個國家結成了共同防禦同盟。
❧衍生字 *league (vi,vt)* 組織聯盟

leak /lik/

①漏 *(vi)*

◀ The roof is **leaking**.
屋頂漏了。

②洩漏 *(vt)* = *reveal*
Someone in this department has **leaked** the story to the press.
這個部門裡有人將內情洩漏給了報界。

③裂縫 *(C)*
You had better repair the **leak** in the oil pipe.
你最好將油管上的裂縫修補好。

lean /lin/, leaned/leant *(pt)*, leaned/leant *(pp)*

①傾斜，屈身 *(vi)* = *bend*

◀ We **leaned/leant** forward to hear what she said.
我們俯身向前聽她講話。

②瘦的 *(adj)* = *slim, slender, thin*
Joyce is **lean** and athletic-looking.
喬伊斯瘦瘦的，看上去像個運動員。

③瘦的，無脂肪的 *(adj)* ⇔ *fat*
To keep in shape, she only eats **lean** meat.
為保持體形，她只吃瘦肉。

lean on

依賴 *(vt,u)* = *depend/rely on*

◀You must make your own way, and not **lean on** your parents for the rest of your life.
你必須自食其力，不要一輩子依賴父母。

---

leap /lip/, leapt/leaped *(pt)*, leapt/leaped *(pp)*

①跳 *(vi)* = *jump*

◀ The thief **leapt** over the fence and ran away.
小偷跳過圍籬逃走了。

②跳躍 *(S)* = *jump*
She got over the stream with a single **leap**.
她一跳就越過了小溪。

learn /lɜn/

①學習 *(vi)*

◀ Children are usually very quick at **learning**.
小孩子學東西通常都很快。
❧衍生字 *learner (C)* 學習者

②學會 *(vt)*
April has a talent for language; she can **learn** a new language within months.
艾璞具有語言天賦，她短短幾個月就能學會一門新語言。

learned /'lɜnɪd/

博學的 *(adj)* = *knowledgeable, well-informed*

◀ Mr. Chen is wise and **learned**.
陳先生既有智慧又博學。
❧衍生字 *learning (U)* 學問，知識

least /list/

①little 的最高級

②最少的 *(adj)* ⇔ *most*

◀ Amy is the **least** beautiful girl in this room.
艾咪是這個房間裡相貌最不漂亮的女孩。

③最不 *(adv)* ⇔ *most*
The patient died just when they **least** expected it.
這病人在他們最料想不到的時候去世了。

leather /'lɛðə/

皮革 *(U)*

◀ Shoes are made of **leather**.
鞋子是皮革製的。

leave /liv/, left *(pt)*, left *(pp)*

①離去 *(vi)* = *depart, set out*；⇔ *arrive*

◀ We gave him a farewell party before he **left**.
他離去前，我們為他辦了歡送會。

②離開 *(vt)*
His father **left** Taiwan for New York last night.
昨晚他父親離開台灣去紐約了。

③遺忘 *(vt)*
He **left** his umbrella in the café.
他把雨傘遺忘在咖啡館了。

L

④使…處於某種狀態 *(vt)* = keep

Don't **leave** your boyfriend waiting in the rain. Invite him in.

別讓你男友等在外面淋雨，請他進來吧。

⑤假，休假 *(S)*

Helen was granted a week's sick **leave**.

海倫被批准可請一星期的病假。

leave off

①停止 *(vi)* = let up

◀If only the rain would **leave off** for several minutes.

雨哪怕是停幾分鐘也好。

②戒除 *(vt,s)* = stop

It is time you **left off** that bad habit of biting your fingers.

現在你該改掉啃手指的壞習慣了。

leave out

遺漏 *(vt,s)* = miss out

◀You've **left out** the date in this check.

這張支票上的日期你漏填了。

leave over

延遲 *(vt,s)* = hold over, put off；⇔ bring forward

◀The meeting will be **left over** until next week.

會議將延遲到下個星期舉行。

lecture /ˈlɛktʃɚ/

①演講 *(C)* = speech, talk

◀Prof. Wang will give a **lecture** on modern art on Saturday.

這星期六王教授要做一個有關現代藝術的演講。

②講課 *(vi)* = teach

She **lectures** at National Taiwan University.

她在國立台灣大學任教。

✎衍生字 lecturer *(C)* 講師

③訓斥 *(vt)* = scold

His teacher **lectured** him about being late.

他的老師因他遲到而訓斥他。

left /lɛft/

①左側的 *(adj)* ⇔ right

◀Take a **left** turn at the intersection.

在十字路口向左轉。

②左側 *(U)* ⇔ right

Keep to the **left**.

靠左邊去。

leg /lɛg/

腿 *(C)* (請參閱附錄 "身體")

◀Lies have short **legs**.

謊言的腿很短 (謊言不持久)。

legal /ˈligl̩/

法律的，合法的 *(adj)* = lawful；⇔ illegal

◀The best way to solve the problem is to take **legal** action against him.

解決這個問題的最佳方法就是對他採取法律行動。

legend /ˈlɛdʒənd/

①傳奇故事 *(C)*

◀People here are not familiar with Celtic **legends**.

這裡的人們不熟悉凱爾特人的傳奇故事。

②傳奇 *(U)*

Legend has it that the Greeks got into the city of Troy by hiding in a wooden horse.

有傳奇說希臘人藏在木馬裡進入了特洛伊城。

✎相關字 fables (寓言)。fairy tales (童話故事)。folk tales (民間故事)。myths (神話)。

legendary /ˈlɛdʒəndˌɛrɪ/

傳奇的 *(adj)*

◀Don Juan is a **legendary** character.

唐璜是個傳奇的人物。

legislation /ˌlɛdʒɪsˈleʃən/

法規 *(U)*

◀The government will introduce **legislation** against computer-related crime.

政府將實施打擊電腦相關犯罪的法規。

✎衍生字 legislate *(vi)* 立法

legislative /ˈlɛdʒɪsˌletɪv/

立法的 *(adj)*

◀A **legislative** institution has the power to make laws.

立法機構有權制訂法律。

◎ MP3-L4

legislator /ˈlɛdʒɪsˌletɚ/

立法委員 *(C)* = lawmaker

◀It's said that some **legislators** are involved with gangsters.

據說有些立法委員與幫派有勾結。

L

legislature /ˈlɛdʒɪsˌletʃɚ/

立法機關 (C)

◀ Only the **legislature** has the power to make or change laws.
唯有立法機關才有權制訂或修改法律。

legitimate /lɪˈdʒɪtəmɪt/

合法的 (adj) = legal, lawful；⇔ illegitimate, illicit

◀ Some underworld gangs use **legitimate** business operations as a front.
一些在地下活動的黑幫用合法生意作掩護。

◈衍生字 legitimize (vt) 合法化；legitimacy (U) 合法

leisure /ˈliʒɚ/

閒暇 (U)

◀ What do you enjoy most at your **leisure**?
你閒暇時最愛做什麼事？

leisurely /ˈliʒɚlɪ/

悠閒的 (adj)

◀ He had a **leisurely** stroll along the beach.
他沿著海灘悠閒的散步。

◈衍生字 leisurely (adv) 悠閒地

lemon /ˈlɛmən/

檸檬 (C) (請參閱附錄 "水果")

◀ **Lemons** are rich in vitamin C.
檸檬含有豐富維他命C。

lemonade /ˌlɛmənˈed/

檸檬汽水 (U) (請參閱附錄 "飲料")

◀ **Lemonade** is made from lemon juice, water and sugar.
檸檬汽水是由檸檬汁、水和糖製成。

lend /lɛnd/, lent (pt), lent (pp)

借出 (vt) = loan；⇔ borrow (fom)

◀ She **lent** Jim 1000 dollars/**lent** 1000 dollars to Jim.
她借給吉姆一千元。

◈比 較 Jim borrowed 1000 dollars from her. 吉姆向她借了一千元。

length /lɛnθ/

長，長度 (U)

◀ The **length** of this table is three feet; it is three feet in **length**.

這張桌子長三英尺。

◈比 較 It is three feet long.

◈衍生字 long (adj) 長的

◈相關字 breadth/width (寬度)。height (高度)。depth (深度)。

lengthen /ˈlɛŋθən/

①變長 (vi) ⇔ shorten

◀ The days **lengthen** as summer approaches.
夏天將至，白天變長了。

②放長，加長 (vt)

Her mother **lengthened** the skirt for her.
她母親為她把裙子放長了。

lengthy /ˈlɛŋθɪ/

冗長的 (adj) = long；⇔ brief

◀ The students became impatient with the **lengthy** speech.
學生們對這冗長的講話感到不耐煩了。

lens /lɛnz/

鏡片 (C)

◀ He wears contact **lenses**.
他戴著隱形眼鏡。

leopard /ˈlɛpɚd/

豹 (C) (請參閱附錄 "動物")

◀ A **leopard** cannot change its spots.
花豹不能改變牠的斑點 (本性難移)。

less /lɛs/

①little 的比較級

②較少的 (adj) ⇔ more

◀ Statistics show that people drink **less** beer now.
統計資料顯示，如今人們啤酒喝得較少了。

③比較不 (adv) ⇔ more

I hope the next bus will be **less** crowded than this one.
我希望下一輛公共汽車比較不擠。

lessen /ˈlɛsn̩/

①降低 (vt) = decrease, reduce

◀ Recent scientific studies indicate that garlic **lessens** the risk of cancer.
最近的科學研究顯示，大蒜可降低患癌症的危險。

L

②降低，變少 *(vi)* = abate；⇔ *mount*

Cross-strait tensions didn't **lessen** even though many Taiwanese businessmen had invested heavily in the Chinese market.
儘管台商已經大量投資於中國市場，兩岸之間的緊張情勢並沒有降低。

lesson /ˈlɛsn̩/

①課 *(C)*

◀ She gives piano **lessons** three times a week.
她一週教三堂鋼琴課。

②教訓 *(C)*

That accident taught me a **lesson**; I won't run through a red light again.
那次事故給了我一個教訓，我再也不會闖紅燈了。

lest /lɛst/

以免，免得 *(conj)* = in case

◀ Sue hid herself behind the curtain **lest** anyone (should) see her.
蘇藏在簾幕後面免得有人看到她。

let /lɛt/, let *(pt)*, let *(pp)*

①讓 *(vt)* = permit, allow (sb to V)

◀ Her father won't **let** her go out with boys.
她父親不會讓她與男孩子一起出去的。

②出租 *(vt)* = rent, lease

She **let** the house to him for NT$20,000 a month.
她把房子以每月二萬新台幣的價格出租給他。

let down

使失望 *(vt,s)* = disappoint

◀ George really **let** me **down** when he refused to give me a lift.
喬治拒絕讓我搭車，使我十分失望。

let (sb) in on (sth)

透露 *(vt,s)*

◀ Jane was annoyed because we refused to **let** her **in on** our plan for the picnic.
珍生氣了，因為我們不讓她知道野餐。

let off

①允許離去 *(vt,s)* = get off；⇔ *let on*

◀ The bus stopped at the corner to **let** passengers **off**.
公共汽車停靠在拐彎的地方，讓乘客下車。

②免除 *(vt,s)*

Since you did the household chores yesterday, I'll **let** you **off** (the chores) today.
既然你昨天做了家務，今天我就讓你休息吧。

③讓…下班 *(vt,s)*

My boss **let** us **off** early today.
老闆今天讓我們提早下班。

④從輕發落 *(vt,s)*

The teacher **let** the boy **off** (with only a reprimand).
老師對那男孩從輕發落 (只訓斥了他一頓)。

⑤爆破；燃放 *(vt,s)* = set off

They are **letting off** bombs/fireworks.
他們正在爆破炸彈 / 燃放煙火。

let on

透露 *(vt,u)* = reveal, divulge

◀ They asked me not to **let on** to Jill that we are planning the birthday party.
他們叫我不要透露給吉兒，我們正計畫開生日舞會。

let out

①洩漏 *(vt,s)* = leak out

◀ Tina accidentally **let out** our plan to hold a party
蒂娜無意間把我們要舉行派對的計畫洩漏了出去。

②放大 *(vt,s)* ⇔ take in

Jane is growing so fast that her mother has to **let out** all her clothes, especially at the waist.
珍長得很快，她媽媽不得不把她所有的衣服都放大，尤其是腰部。

let up

停止 *(vi)* = stop, abate, leave off

◀ If the rain doesn't **let up** soon, we won't be able to have our picnic.
如果雨不馬上停下來，我們就沒法野餐了。

L

letter /ˈlɛtɚ/

①信 *(C)*

◀ He got/received four **letters** this morning.
今天早晨他收到四封信。

②字母 *(C)*

"A" is a capital **letter** while "a" is a small
letter.
"A" 是大寫字母，而 "a" 是小寫字母。

lettuce /ˈlɛtəs/

萵苣，生菜 *(C,U)* (請參閱附錄 "蔬菜")

◀ **Lettuce** is a popular vegetable used in salads.
萵苣是做沙拉常用的蔬菜。

level /ˈlɛvl̩/

①平面，層面 *(C)*

◀ Hold out your arms at the same **level** as your
shoulders.
把手臂平舉成齊肩的高度。

②程度 *(C)* = amount

You'd better move out of this building at once
because high **levels** of radiation were found in
it.
你最好馬上搬出這棟房子，因為這房子裡發現
很強程度的輻射。

③層次，級 *(C)*

Students at this **level** are encouraged to take
advanced-**level** courses.
這一程度的學生被鼓勵參加高級課程。

④使平坦，變平 *(vt)*

The building was **leveled** by the earthquake.
這棟建築物被地震夷為平地。

---

level off

趨緩 *(vi)*

◀ Inflation has begun to **level off**.
通貨膨脹已經開始趨緩。

---

liable /ˈlaɪəbl̩/

① 易於…的 *(adj)* = likely, apt

◀ He's **liable** to lose his temper when he is
hungry.
他肚子一餓就容易發火。

② 應負責的 *(adj)* = responsible

Manufacturers are **liable** for any defects in
their products.
製造商對自己產品上的任何缺損都應負責。

✎衍生字 liability *(U)* 傾向，責任

liar /ˈlaɪɚ/

騙子 *(C)*

◀ Don't believe him; he is a **liar**.
別信他；他是個騙子。

✎衍生字 lie *(vi,C)* 假裝，謊言

liberal /ˈlɪbərəl/

①思想開放的 *(adj)* = open, tolerant

◀ People today take more **liberal** attitudes
towards women.
如今世人對女性的態度更趨開放了。

②大方的，慷慨的 *(adj)*

= generous；⇔ stingy, mean

Mr. Johnson is **liberal** with money.
強生先生花錢大方。

🔵 MP3-L5

liberate /ˈlɪbəˌret/

釋放 *(vt)* = free, release, set free

◀ The president-elect announced he would
liberate some dissidents from prison after his
inauguration.
總統當選人宣布，在他就職典禮後將釋放一些
異議分子。

liberation /ˌlɪbəˈreʃən/

釋放 *(U)* = release

◀ A terrorist organization demanded the
liberation of prisoners, or else they would
blow up the city hall.
恐怖組織要求釋放囚犯，不然就炸掉市政廳。

liberty /ˈlɪbɚtɪ/

自由 *(U)* = freedom

◀ The oppressed people cried out for their **liberty**.
被壓迫的人們呼籲自由。

librarian /laɪˈbrɛrɪən/

圖書館管理員 *(C)* (請參閱附錄 "職業")

◀ Kent works as a **librarian** in the City Library.
肯特在市立圖書館擔任圖書館管理員。

library /ˈlaɪˌbrɛrɪ/

圖書館 *(C)*

◀ You can borrow books from a public **library**.
你可以從公共圖書館借書。

L

license /'laɪsn̩s/

①執照 *(C)*

◀ You need to have a driving **license** before you can drive.
你需要一張駕駛執照，然後才能開車。

②批准 *(U)* = *permission*

They run a day-care center under **license** from the city hall.
他們經市政府批准，開設了一家日間托兒中心。

③獲准 *(vt)*

The bar is **licensed** to sell alcohol.
這家酒吧獲准可出售酒類。

lick /lɪk/

①舔 *(S)*

◀ Can I have a **lick** of your ice cream?
我能舔一口你的冰淇淋嗎？

②舐 *(vt)*

Her pet dog jumped up and **licked** her face.
她的寵物狗跳起來舐她的臉。

lid /lɪd/

蓋子 *(C)*

◀ Jasmine covered the jar with a **lid**.
賈斯敏用蓋子蓋住罐子。

✎相關字 請參見 kettle。

lie /laɪ/, lay *(pt)*, lain *(pp)*

①躺，平臥 *(vi)*

◀ They just **lie** on the beach sunbathing all day.
他們整天就躺在海灘上做日光浴。

②座落在 *(vi)*

The castle **lies** about one mile to the south of us.
城堡座落在我們南面的一英里處。

③說謊 *(vi)*

He **lied** to them about his age in order to get the job.
為了得到那分工作，他對他們謊報了自己的年齡。

說明：當本義解時，三態為 lie, lied, lied。

④謊話 *(C)*

It's not true; you are telling a **lie**.
這不是真的，你在說謊。

✎衍生字 liar *(C)* 騙子

lie behind

是…的原因 *(vt,u)*

◀ I wonder what **lies behind** Sherry's decision to leave her job.
我不知道雪莉決定辭去工作的原因是什麼。

lie in

在於 *(vt,u)* = *consist/reside in*

◀ Mary's glamour **lies in** her looks.
瑪莉的魅力在於她的容貌。

lieutenant /lu'tɛnənt/

中尉 *(C)*

◀ **Lieutenant** Newman ordered Sergeant Barton to scout around for enemy troops.
紐曼中尉命令巴頓中士去四處偵察敵軍。

life /laɪf/

①生命 (力) *(U)*

◀ The rose looks dry and withered, but there is still **life** in it.
這朵玫瑰看起來乾癟枯萎，但仍有著生命力。

②活力 *(U)* = *vitality, liveliness*

Anne is so full of **life**.
安妮充滿了活力。

③生命 *(C)*

Five **lives** were lost in the car accident.
這次車禍中有五人喪失生命。

④人生 *(C)*

Many people spend their **lives** worrying about money.
許多人一生都在為錢操心。

lifeboat /'laɪf‚bot/

救生艇，救生船 *(C)* (請參閱附錄 "交通工具")

◀ A **lifeboat** was sent out to rescue the people who fell off the ship.
救生艇被派出海，去救從船上落水的人。

lifeguard /'laɪf‚gɑrd/

救生員 *(C)* (請參閱附錄 "職業")

◀ There is a **lifeguard** at intervals of 50 meters along the beach.
沿著沙灘，每五十公尺就有一個救生員。

L

lifelong /ˈlaɪfˌlɔŋ/

畢生的 *(adj)* = permanent

◀ I've always regarded Maria as a **lifelong** friend.
我一直把瑪利亞看成畢生的朋友。

lifetime /ˈlaɪfˌtaɪm/

一生 *(C通常用單數)* = life

◀ During her **lifetime**, she had witnessed two world wars.
她在一生中親眼目睹了兩次世界大戰。

lift /lɪft/

①抬 *(C)*

◀ One more **lift** and the box will be up.
再抬一下這箱子就起來了。

②電梯 *(C)* = elevator

He took a **lift** to the tenth floor.
他乘電梯到了十樓。

③搭便車 *(C)* = ride

Can I give you a **lift** home?
你搭我的便車回家好嗎？

④提 *(vt)* = raise；⇔ lower, put down

I can't **lift** this box; it's too heavy.
我提不動這個箱子，太重了。

⑤解除 *(vt)* = revoke, end

The prime minister **lifted** the ban on the import of beef.
首相取消了對牛肉進口的禁令。

light /laɪt/, lighted/lit *(pt)*, lighted/lit *(pp)*

①照亮 *(vt)* = illuminate

◀ The room was **lit/lighted** by a small, dim bulb.
一隻昏暗的小燈泡照著這間屋子。

②輕的 *(adj)* ⇔ heavy

The box is so **light** that even a small child can lift it.
這箱子輕得連小孩都能拎起來。

③輕微的 *(adj)* ⇔ severe

I got Jack to clean the toilet as a **light** punishment for breaking the window.
我讓傑克去打掃廁所作為打破窗子的輕微處罰。

④淺色的 *(adj)* ⇔ dark

The room is painted **light** blue.
這房間漆成淡藍色。

⑤光線 *(U)*

It's getting dark. The **light** isn't good/strong enough to take a picture.
天色漸暗，拍照的話光線不夠亮了。

⑥燈 *(C)* = lamp

Turn off the **lights** before you go to bed.
你上床之前先把燈關掉。

---

light up

①顯露出 *(vi)*

◀ Amy's face/eyes **lit up** with joy when Tony gave her a bouquet of roses.
東尼送了艾咪一束玫瑰，她的臉上 / 眼睛裡露出喜悅的神色。

②照亮 *(vt,s)*

Fireworks were **lighting up** the night sky.
煙火照亮了夜空。

---

lighten /ˈlaɪtn̩/

①減輕 *(vt)*

◀ After hiring a secretary, her workload was **lightened**.
自從雇了一名祕書後，她的工作量減輕了。

②放鬆 *(vi)*

Her mood **lightened** after she finished the paper.
她把論文寫完後，情緒就放鬆了。

lighthouse /ˈlaɪtˌhaʊs/

燈塔 *(C)*

◀ A **lighthouse** was of great help to sailors before.
在過去，燈塔為水手們提供了極大的便利。

lightning /ˈlaɪtnɪŋ/

閃電 *(U)*

◀ The tower was struck by the **lightning** again.
這座塔又一次遭閃電襲擊。

like /laɪk/

①像 *(prep)* = in the same way as；⇔ unlike

◀ She cried **like** a baby when she heard the bad news.
她聽到這壞消息後，像嬰兒般哭了起來。

②比如 *(prep)* = such as

There are several people interested, **like** Mr. Smith and Mr. Johnson.
有好幾個人頗感興趣，比如史密斯先生和強生先生等。

L

③同類的人或物 *(the+S)*

She is interested in sports, such as swimming, running and the **like**.

她對體育有興趣，如游泳、跑步之類。

④喜歡 *(vt)* = be fond of ; ⇔ *dislike*

She is friendly; that's why everyone **likes** her.

她待人友好，所以人人都喜歡她。

likelihood /ˈlaɪklɪˌhʊd/

可能性 *(U)* = probability

◄ Eating less meat might help reduce the **likelihood** of heart disease.

少吃些肉能減少得心臟病的可能性。

likely /ˈlaɪklɪ/

可能的 *(adj)*

◄ He is **likely** to arrive a little bit late.

他可能要晚一點到。

likewise /ˈlaɪkˌwaɪz/

同樣地 *(adv)* = in the same way

◄ The mother put on a shawl and told her daughter to do **likewise**.

母親披上披肩並叫女兒也同樣地披上。

lily /ˈlɪlɪ/

百合花 *(C)* (請參閱附錄 "植物")

◄ I bought **lilies** from that florist.

我向那種花人買百合花。

limb /lɪm/

①四肢 *(C)*

◄ His **limbs** are trembling with cold.

他四肢因寒冷而顫抖。

②樹枝 *(C)*

The biggest **limb** of the tree fell from the weight of snow.

這棵樹上最大的一根樹枝因雪的重壓而斷落了。

lime /laɪm/

萊姆 *(C)*

◄ I ordered a glass of **lime** juice.

我點了一杯萊姆汁。

✎衍生字 *limeade (U)* 萊姆汽水

◉ MP3-L6

limit /ˈlɪmɪt/

①限度 *(C)*

◄ I'll do whatever I can do to help you, but there is a **limit** to my ability.

我將盡我所能來幫你，但我能力有限。

②限制 *(vt)* = confine, restrict

You had better **limit** yourself to thirty minutes when you play video games.

你要玩電動遊戲的話，最好把時間限制在三十分鐘之內。

limitation /ˌlɪməˈteʃən/

①限制 *(U)* = restriction

◄ The mayor resisted any **limitation** of his power.

對他權力上的任何限制，市長都要抗拒。

②限制 *(C)* = restriction

To help its farmers, the Japanese government imposed **limitations** on imports of rice from abroad.

為了幫助本國農民，日本政府對進口稻米加以限制。

③局限，極限 *(C)*

It's important to know our own **limitations**.

了解我們自身的局限是很重要的。

limousine /ˈlɪməˌzin/

豪華大轎車 *(C)* = limo, sedan

◄ I have never seen a six-door **limousine**.

我從未見過六門的豪華大轎車。

limp /lɪmp/

①跛行 *(S)*

◄ He sprained his ankle and walked with a **limp**.

他扭傷了腳踝，走路時一瘸一拐地。

②跛行 *(vi)* = hobble

His ankle being sprained, Bill **limped** down the hill.

比爾的腳踝扭傷了，下山時一瘸一拐的。

line /laɪn/

①線 *(C)*

◄ She drew a wavy **line** on the piece of paper.

她在紙上畫了一條波浪線。

②行 *(C)*

Pay attention to the phrase in **line** 15.

請注意第十五行上的那個片語。

L

③電話線 *(S)*

I'm sorry, but the **line** is busy/engaged. Would you call back later?

很抱歉電話佔線。請稍後再撥，好嗎？

④排隊 *(vt)*

His fans **lined** the streets waiting for him to show up.

他的影迷們夾道排隊等他出現。

⑤列隊 *(vi)*

The students **lined** up to get into the auditorium.

學生們列隊進入禮堂。

---

line up

①排隊 *(vi) = form a line, queue up*

◀The moviegoers **lined up** in front of the theater.

看電影的人在劇院前排隊等候。

②排放 *(vt,s)*

We **lined** the books **up** on the shelf.

我們把書排放在書架上。

③安排 *(vt,s)*

They've **lined up** some dancers for the show.

他們安排了幾個舞蹈演員參加演出。

---

linen /'lɪnɪn/

①亞麻布 *(U)*

◀ This handkerchief is made of **linen**.

這手帕是由亞麻布做的。

②內衣褲 *(U) = underwear*

Few people like to wash their dirty **linen** in public.

沒人喜歡當眾洗自己的內衣褲 (家醜外揚)。

liner /'laɪnə-/

班機，郵輪 *(C)*

◀ They went to the Bahamas by taking a luxurious ocean **liner**.

他們乘了艘豪華郵輪去巴哈馬群島。

linger /'lɪŋgə-/

①留連 *(vi) = loiter*

◀ Margaret often **lingered** about/around the park, doing nothing.

瑪格麗特常在公園裡留連，什麼也不做。

②停留 *(vi)*

I couldn't help letting my eyes **linger** on the girl's face.

我忍不住把眼睛停留在那美麗姑娘的臉上。

linguist /'lɪŋgwɪst/

語言學家 *(C)*

◀ What an amazing **linguist** Prof. Ing is! He speaks nine languages fluently.

英教授真是了不起的語言學家！他能流利地講九種語言。

✎衍生字 *linguistics (U)* 語言學；*linguistic (adj)* 語言的

link /lɪŋk/

①關聯，連結 *(C) = connection*

◀ Research has established a **link** between smoking and lung cancer.

研究的結果證明吸煙與肺癌之間有關聯。

②關聯 *(vt) = relate*

The police said the two murders are **linked**.

警方說這兩起謀殺之間有關聯。

③連接 *(vt) = connect*

He **linked** his PC with our network via a modem.

他借助數據機將個人電腦與我們的網絡相連接。

lion /'laɪən/

獅子 *(C)* (請參閱附錄 "動物")

◀ The whisper of a pretty girl can be heard further than the roar of a **lion**.

美女的耳語勝過獅子的怒吼。

lip /lɪp/

唇 *(C)* (請參閱附錄 "身體")

◀ My **lips** are sealed.

我嘴唇已封起來不會說出祕密。

lipstick /'lɪp,stɪk/

①唇膏 *(U)*

◀ The actress applied an enormous amount of bright-red **lipstick** to her lips.

這個女演員在嘴唇上塗了大量鮮紅的唇膏。

②唇膏 *(C)*

I envy the girls who have natural looking lips without the need to apply a **lipstick**.

我嫉妒那些唇色自然，無需上唇膏的女孩。

L

liquid /'lɪkwɪd/

液體 *(C)*

◀ Water is a **liquid**.
水是一種液體。
✎相關字 gas (氣體)。solid (固體)。

liquor /'lɪkɚ/

烈酒 *(U)*

◀ He seldom drinks **liquor**.
他很少喝烈酒。
✎相關字 liqueur ([餐後淺嚐的] 甜露酒)。spirits (烈酒，蒸餾酒)。wine (葡萄酒，水果酒)。beer (啤酒)。cider (蘋果酒，蘋果汁)。alcohol (酒精)。

list /lɪst/

①清單 *(C)*

◀ How many items are there on the shopping **list**?
購物單上有多少項貨品？
②列出 *(vt)*

Every morning, she spends a few minutes **listing** all the things she has to do that day.
每天早晨她都要花上幾分鐘時間，將一天必須做的所有事情列出來。

listen /'lɪsn̩/

聽 *(vi)*

◀ They sat there **listening** to a ghost story on the tape.
他們坐在那裡聽錄音帶裡講的鬼故事。

> ### listen in
>
> ①收聽 *(vi)* = tune in
> ◀I often **listen in** to ICRT for news.
> 我經常收聽ICRT的新聞。
> ②偷聽，竊聽 *(vi)* = eavesdrop
> I am afraid someone is **listening in** on my telephone conversation.
> 恐怕有人在偷聽我的電話。

listener /'lɪsn̩ɚ/

聽眾 *(C)*

◀ If you have got problems and need a good **listener**, I am one.
假如你遇到了困難又需要一個好聽眾，那我就是。

liter /'litɚ/

公升 *(C)*

◀ The tank of the car can hold about 45 **liters** of gasoline.
這輛汽車的油箱能裝大約四十五公升汽油。

literacy /'lɪtərəsɪ/

識字 *(U)*

◀ The **literacy** rate of Taiwan is much higher than that of China.
台灣的識字率要比中國高得多。

literal /'lɪtərəl/

①字面的 *(adj)* ⇔ figurative

◀ The **literal** meaning of "green" is a color, but it can also mean "inexperienced."
"green" 一詞的字面意思是綠色，但也有 "缺少經驗" 的意思。
②逐字的 *(adj)* = word-for-word

A **literal** translation is not always true to the original meaning.
逐字翻譯不一定總是忠實於原義的。

literate /'lɪtərɪt/

有讀寫能力的 *(adj)* ⇔ illiterate

◀ It's estimated that about half of the adult population are not fully **literate** in that country.
據估計那國家內近半數的成年人不完全掌握讀寫能力。

literature /'lɪtərətʃɚ/

文學 *(U)*

◀ She has a great interest in American **literature**.
她對美國文學非常感興趣。
✎衍生字 literary (adj) 文學的

litter /'lɪtɚ/

①垃圾 *(U)* = trash, garbage

◀ The park was full of **litter**.
公園裡滿是垃圾。
②亂扔垃圾，使零亂 *(vt)*

The park was **littered** with old cans and plastic bags.
公園裡扔滿了空罐子和塑膠袋。

little /'lɪtl̩/

①小的 *(adj)* – small

◀ They lived in a **little** hut near the woods.
他們住在樹林附近的一間小屋裡。

L

②幾乎不 *(adv)*
They knew **little** about the facts.
他們對事實的真相幾乎不知道。

live /laɪv/

①活的 *(adj)* = living；⇔ *dead*
◀ They are against experiments on **live** animals.
他們反對在活體動物身上做實驗。
②現場直播的 *(adj)* ⇔ *recorded*
This is a **live** TV show.
這是一個現場直播的電視節目。
③住 *(vi)* /lɪv/
They **live** in London.
他們住在倫敦。

live on

①靠…維生 *(vt, u)* = live off/by
◀You can not **live on** your writing. It does not
provide a good enough income.
你不能靠寫作維生，那賺不了幾個錢。
②一直活到 *(vi)*
He **lived on** until 1989, when he died aged 78.
他一直活到一九八九年去世，享年七十八歲。
③繼續存在 *(vi)*
His memory still **lives on** even though he
died in 1989.
雖然在一九八九年時他就死了，人們仍然懷念
他。

live out

過完 *(vt,u)*
◀I would like to **live out** the rest of my life in
peace and comfort.
我很想平靜舒適地過完這輩子。

live through

①經歷 *(vt,u)*
◀My parents have **lived through** two wars.
我父母經歷了兩場戰爭。
②活過，挨過 *(vt,u)* = last/see out
He is seriously ill. I doubt if he will **live
through** the night.
他病得很重，我懷疑他是否能活過今天晚上。

live up to

實現 *(vt,u)* = match/measure up to
◀I work hard to **live up to** my parents'
expectations.
我努力學習，以免辜負父母的期望。

🔘 MP3-L7

lively /'laɪvlɪ/

活潑的 *(adj)* = active, energetic
◀ John is a bright and **lively** child.
約翰是個聰明而又活潑的孩子。

liver /'lɪvɚ/

肝臟 *(C)* (請參閱附錄 "身體")
◀ Do you believe that eating a pig's **liver** can
strengthen your own **liver**?
你相信吃豬肝能增強你自己的肝臟嗎？
✎相關字 heart (心臟)。spleen (脾臟)。kidney (腎臟)。
pancreas (胰臟)。lung (肺)。stomach (胃)。gall
(膽)。

livestock /'laɪvˌstɑk/

家畜 *(pl,U)*
◀ The plague killed hundreds of **livestock**.
這場瘟疫使成百上千的牲畜喪生。

lizard /'lɪzɚd/

蜥蜴 *(C)*
◀ William kept two **lizards** as his pets.
威廉養了兩隻蜥蜴當寵物。

load /lod/

①載荷量 *(C)*
◀ Carry this **load** of wood to the basement, please.
請把這堆木頭搬到地下室去。
②裝貨 *(vt)* ⇔ *unload*
It took them two hours to **load** the truck with
oranges.
他們花了兩小時把柳橙裝上卡車。

loaf /lof/

一條 *(C)* (請參閱附錄 "量詞")
◀ We need to buy two **loaves** of bread today.
我們今天要買兩條麵包。
✎衍生字 *loaf (vi)* 虛擲光陰

L

loaf about/around

虛度光陰 (vi) = fool/goof/mess around

◀ Tom just **loafed around**, playing video games and watching television.
湯姆閒混著，不是打電動就是看電視。

loaf away

閒混 (vt,s) = idle/fool/loiter away

◀ You **loafed away** the whole day instead of doing your homework.
你整天不做功課只是瞎混。

loan /lon/

① 貸款 (C)

◀ I am repaying the bank **loan** over a ten-year period.
我打算以十年期限償還銀行貸款。

② 借 (U)

This picture is on **loan** from the Louvre to the National Gallery.
這幅畫是由羅浮宮暫借給國家美術館的。

③ 借給 (vt) = lend

Would you **loan** me NT$500?
你能借我五百元台幣嗎？

lobby /'labɪ/

大廳 (C)

◀ Let's meet at the hotel **lobby** in ten minutes.
我們十分鐘以後在旅館的大廳碰頭吧。

lobster /'labstɚ/

龍蝦 (C,U) (請參閱附錄 "動物")

◀ Mother bought a live **lobster**.
媽媽買了一隻活的龍蝦。

＼相關字 shrimp (小蝦)。prawn (明蝦，大蝦)。

local /'lokl̩/

① 當地的 (adj)

◀ The **local** government is responsible for the building of this bridge.
當地政府負責建造這座橋。

② 本地人 (C)

In general, the **locals** here are friendly to strangers.
總的來說，這兒的本地人對陌生人還是滿友好的。

locate /'loket/

① 找出位置 (vt) = discover

◀ They have **located** the town on a map.
他們已在地圖上找到了這座城鎮的位置。

② 座落 (vt) = situate

The temple is **located** on the hilltop.
廟宇座落在山頂上。

location /lo'keʃən/

地點 (C) = site, place

◀ This is a suitable **location** for camping.
這兒是理想的露營地點。

lock /lak/

① 鎖 (C)

◀ If you turn the key in the **lock**, the door will open.
你把鑰匙在鎖中轉一下，門就打開了。

② 鎖 (vt)

He **locked** his valuables in the safe.
他將值錢的東西鎖進了保險櫃。

locker /'lakɚ/

寄物櫃 (C)

◀ They put their personal belongings in the **lockers**.
他們把私人物品放入了寄物櫃。

locksmith /'lak,smɪθ/

鎖匠 (C)

◀ I locked myself out accidentally, so I sent for a **locksmith** to unlock the door for me.
我無意間把自己鎖在門外，因此我請來鎖匠幫我打開門鎖。

＼衍生字 lock (C,vt) 鎖
＼同尾字 請參見 blacksmith。

locomotive /,lokə'motɪv/

火車頭 (C)

◀ The coal-burning **locomotive** has been out-of-date.
燃煤火車頭已過時了。

＼衍生字 locomotive (adj) 動的，有運動力的

locust /'lokəst/

蝗蟲 (C)

◀ A great swarm of **locusts** came and destroyed the crop.
一大群蝗蟲飛來毀掉了莊稼。

L

lodge /lɑdʒ/

①小屋 *(C)*

◀ The Smiths had a hunting **lodge** in the mountains.
史密斯一家在山上有一所狩獵用的小屋。

②住宿 *(vi)* = *stay*

I **lodged** at a friend's house while visiting Seattle.
我在西雅圖遊訪時住宿在一位朋友家。

衍生字 *lodging (C,U)* 寄宿

③卡 *(vi)* = *be stuck*

A fishbone **lodged** in her throat.
一根魚骨卡在她喉嚨裡了。

④提出 *(vt)* = *make, file*

They **lodged** a complaint against the saleswoman for her rude attitude.
他們對那位女銷售員的粗魯態度提出投訴。

lofty /'lɔftɪ/

①高聳的 *(adj)* = *towering*

◀ They plan to build a **lofty** apartment building with 50 stories.
他們計畫建造一棟五十層樓的高層公寓建築。

②崇高的 *(adj)* = *noble*

Joe is a young man with **lofty** ideals.
喬是一位懷有崇高理想的青年。

③傲慢的 *(adj)* = *haughty, proud*

Don't treat your subordinates in such a **lofty** manner.
別對屬下採取這樣傲慢的態度。

log /lɔg/

圓木頭,原木 *(C)* = *wood*

◀ The man is chopping **logs** for the fire.
這男子在劈燒火的木柴。

logic /'lɑdʒɪk/

邏輯 *(U)*

◀ Her **logic** is hard to follow.
她的邏輯很難理解。

logical /'lɑdʒɪkl/

合理的,合邏輯的 *(adj)* = *reasonable*；⇔ *illogical*

◀ Isn't it **logical** that people who earn more should pay higher taxes?
收入愈高,納稅愈多,難道這樣不合理嗎?

衍生字 *logically (adv)* 合理地

logo /'logo/

標誌 *(C)*

◀ The **logo**, a small sailing boat, is on the cover of each Longman book.
每一本朗文版書的封面上都有一艘小帆船圖樣的標誌。

lollipop /'lɑlɪ‚pɑp/

棒棒糖 *(C)*

◀ The little girl offered a lick of her **lollipop**.
小女孩同意讓別人舔一下她的棒棒糖。

lonely /'lonlɪ/

孤獨的,寂寞的 *(adj)*

◀ He has been very **lonely** since his wife died.
妻子去世後,他一直覺得很孤單寂寞。

衍生字 *loneliness (n)* 寂寞；*lone (adj)* 孤單的,唯一的

lonesome /'lonsəm/

孤單的,寂寞的 *(adj)* = *lonely*

◀ With children leaving home one by one, Joyce felt **lonesome** sometimes.
隨著子女們一個個離家出去,喬伊斯時而會感覺孤單。

○ MP3-L8

long /lɔŋ/

①長的 *(adj)* ⇔ *short*

◀ She likes to wear **long** skirts.
她愛穿長裙。

②長久的 *(adv)*

You can stay as **long** as you like.
你愛住多久就住多久。

③渴望 *(vi)* = *yearn, desire, crave*

He **longed** to see you.
他非常想見到你。

> ### long for
>
> 渴望 *(vt,u)* = *itch/yearn/sigh/crave for*
>
> ◀It is freezing outside. I am **longing for** a cup of hot tea.
> 外面冷得要命,我很想喝杯熱茶。

longevity /lɑn'dʒɛvətɪ/

長壽 *(U)* = *long life*

◀ Mr. Anderson attributed his **longevity** to exercise and light meals.
安德森先生把他的長壽歸因於運動和清淡的飲食。

L

longitude /'lɑndʒəˌtjud/

經度 (C,U)

◀ The typhoon is at **longitude** 130° east.
這場颱風位於東經一百三十度。

✎同尾字 請參見 altitude。

look /luk/

①看 (S)

◀ She took another **look** at the coat and then bought it.
她再看了看那件外套，就把它買下了。

②表情 (C) = expression

From the **look** on her face, I knew she was worried.
從她臉上的表情看，我知道她在擔憂。

③看，注視 (vi)

He **looked** at the old photos, lost in thought.
他看著那些過去的照片，陷入沉思中。

④看起來 (vi) = appear, seem

She **looks** friendly and kind.
她看起來友好善良。

look after

照顧 (vt,u) = take care of, see after

◀My sister often **looks after** my baby when I go shopping.
我去購物的時候，經常由妹妹幫我照顧寶寶。

look ahead

展望 (vi) ⇔ look back

◀**Looking ahead** to the future, we can imagine a time when medical operations are performed through the Internet.
展望未來，我們可以想像一個透過網路動手術的時代。

look back on

回想 (vt,u) ⇔ look ahead to

◀We tend to **look back on** the old days with fondness.
我們總是回想起過去甜蜜的時光。

look down on

看不起 (vt,u) = despise；⇔ look up to

◀You cannot **look down on** Peter just because his family is poor.
你不能因為彼得家裡窮就看不起他。

look for

尋找 (vt,u) = search for

◀I have spent over an hour **looking for** the ring that I lost.
我找那隻不見了的戒指有一個多小時了。

look forward to

盼望 (vt,u)

◀I am really **looking forward to** seeing you again.
我熱切盼望再次見到你。

look in

順道看望 (vi) = drop/call in (on)

◀Tina **looked in** on me while she was passing.
蒂娜路過時來看了我一下。

look into

調查 (vt,u) = inquire/see into, investigate

◀The police are **looking into** the cause of the fire.
警方正在調查失火的原因。

look on

圍觀 (vi)

◀Hundreds of people were **looking on** as the fire-fighters rescued the passengers in the wrecked train.
當消防隊員營救失事火車上的乘客時，許多人都在圍觀。

look out

當心 (vi) = watch out

◀**Look out** for reckless drivers whenever you cross the street.
你過馬路時要當心魯莽的駕駛。

look out on

面朝 (vt,u) = face, overlook

◀My new apartment **looks out on** a park.
我的新公寓面朝一個公園。

L

look over

① 細看 (*vt,s*) = *go/read/check over, examine*
◄You should never sign a contract without **looking** it **over**.
你千萬不能沒有細看就簽合同。
② 溫習 (*vt,u*) = *go over/through*
I have **looked over** this lesson three times.
這一課我已溫習三次了。

look through

① 仔細檢查 (*vt,u*) = *check through, examine*
◄**Look through** your composition for any spelling mistakes before you turn it in to your teacher.
把作文交給老師之前，要檢查一下拼寫有沒有錯誤。
② 對…視而不見 (*vt,u*)
I said hello, but Jack **looked** straight **through** me and worked on.
我說了聲哈囉，但傑克對我視而不見，繼續做他的工作。
③ 識破 (*vt,u*) = *see through*
Don't make a fool of me, I can **look through** you/your tricks.
不要作弄我，我能識破你 / 你的把戲。

look to

① 指望 (*vt,u*) = *depend on*
◄The refugees are **looking to** the Red Cross for relief supplies.
難民們指望紅十字會的救援物資。
② 放眼 (*vt,u*)
We need to **look to** the future and put the past behind us.
我們需要拋開過去放眼未來。

look up

查 (*vt,s*)
◄**Look** the word **up** in your dictionary.
在詞典裡查一查這個單字。

look up to

尊敬 (*vt,u*) = *hold...in high esteem* ; ⇔ *look down on*
◄We **look up to** the director of our department because he is a kind and forgiving man.
我們對部門主管很尊重，因為他是一個善良寬容的人。

loop /lup/

圈，環 (*C*) = *circle*
◄To make a knot, you should make a **loop** first and then pass one end of the rope through it.
要打結你得先做個圈，然後將繩子的一端穿過去。

loophole /'lup,hol/

漏洞 (*C*)
◄Tax **loopholes** should be closed so that no one would exploit them.
稅法漏洞應堵住，才不會有人去鑽。

loose /lus/

① 鬆的 (*adj*) ⇔ *fixed*
◄The doorknob is **loose** and rattles.
球形門把手鬆動了，格格作響。
② 寬鬆的 (*adj*) = *baggy* ; ⇔ *tight*
Many teenagers like to wear **loose** pants nowadays.
如今許多青少年都愛穿寬鬆的褲子。

loosen /'lusn/

① 鬆開 (*vt*) = *unfasten*
◄He **loosened** his safety belt.
他鬆開安全帶。
② 放鬆 (*vi*) ⇔ *tighten*
The government's control over the press has **loosened** in recent years.
近年來政府對新聞界的控制放鬆了。

lord /lɔrd/

① 上帝 (*S*) = *God*
◄"Oh, **Lord**, please give me strength to hold on," he prayed.
"噢，上帝，請給我力量堅持下去吧，" 他祈求道。
② 貴族 (*C*) = *nobleman*
Dukes, earls, and barons are all **lords**.
公爵、伯爵和男爵都是貴族。

lose /luz/, lost (*pt*), lost (*pp*)

① 遺失 (*vt*) ⇔ *find*
◄He **lost** his passport the day he arrived in London.
抵達倫敦的那一天，他把護照給遺失了。

②減輕 (體重) *(vt)* ⇔ gain, put on
She is trying to **lose** some weight.
她正設法減輕些體重。
③迷失 *(vt)*
They **lost** their way and had to ask a policeman.
他們迷了路，只得去問警察。
④輸 *(vt,vi)* ⇔ win
They **lost** (the game) to the Brazil by two goals.
他們以兩球之差輸給了巴西隊。

---

lose out

①輸，被…所取代 *(vi)*
◀Television is **losing out** to the Internet.
電視正被網路所取代。
②賠錢 *(vi)*
We **lost out** on this deal.
我們在這筆交易上虧大了。

---

loser /'luzɚ/

失敗者 *(C)* ⇔ winner
◀ Nobody is a born **loser**.
沒人生來就是個失敗者。

loss /lɔs/

①傷亡 *(U)* = death
◀ The **loss** of his father was a great blow to him.
失去了父親對他是個重大的打擊。
②失去 *(U)*
Did they report the **loss** of their jewelry to the police?
他們有沒有向警方報告珠寶失竊的事？
③損失 *(C)*
Prof. Smith's retirement is a great **loss** to our university.
史密斯教授的退休對我們大學來說是一大損失。

○ MP3-L9

lot /lɑt/

①許多 *(C)*
◀ A **lot of/Lots** of people attended the meeting yesterday.
昨天許多人出席了會議。
② (有特定用途的) 一塊地 *(C)*
The children are playing on an empty **lot**.
孩子們在一塊空地上玩。

③籤 *(C)*
They drew **lots** to decide who would do the dishes.
他們以抽籤來決定由誰洗碗。

lotion /'loʃən/

乳液 *(U)*
◀ She always puts some **lotion** on before she goes outdoors.
她出門前總要塗些乳液。

lottery /'lɑtərɪ/

①彩券 *(C)*
◀ I bought a **lottery** ticket. I wish I could hit the jackpot.
我買了張彩券，希望能中到獎。
②碰運氣 *(S)* = gamble
Some people think that marriage is a **lottery**.
有些人覺得婚姻全是碰運氣。

lotus /'lotəs/

蓮花，荷花 *(C)*
◀ **Lotus** flowers/blossoms usually bloom in early summer.
蓮花常在初夏綻放。

loud /laud/

大聲的 *(adj)*
◀ The radio is too **loud**; would you please turn it down?
收音機太大聲了。請關小聲點，行嗎？
衍生字 *loudly (adv)* 大聲吵鬧地；*loud (adv)* 大聲地

loudspeaker /'laud'spikɚ/

擴音器 *(C)*
◀ The news was broadcast through a **loudspeaker**.
新聞是由擴音器廣播的。

lounge /laundʒ/

①交誼廳，休息室 *(C)*
◀ We waited in the departure **lounge** before boarding the airplane.
我們登機前在登機休息室內候機。
②閒逛 *(vi)* = idle
During the summer vacation, some students just **lounge** about/around all day.
暑假期間有些學生整天閒逛。

L

lousy /'lauzɪ/

糟糕的 *(adj)* = *bad*

◀ What **lousy** weather we are having today!
今天的天氣糟透了！

love /lʌv/

①愛 *(U)* ⇔ *hate, hatred*

◀ Parent's **love** for children can never be measured.
父母親對子女的愛是無法估量的。

②愛好，喜愛的事物 *(C)*

Music is one of her greatest **loves** in life.
音樂是她生活中最大的愛好之一。

③愛 *(vt)* ⇔ *hate*

I **love** my husband and children.
我愛我的丈夫和孩子。

lovely /'lʌvlɪ/

可愛的 *(adj)* = *cute, beautiful, attractive*

◀ What a **lovely** young lady Helen is!
海倫是個多可愛的姑娘啊！

lover /'lʌvɚ/

情人 *(C)*

◀ She is his **lover**.
她是他的情人。

low /lo/

低的，矮的 *(adj)* ⇔ *high*

◀ It is easy for him to jump over the **low** fence.
對他來說，跳過這矮籬笆真是輕而易舉的事。

lower /'loɚ/

①下面的 *(adj)* ⇔ *upper*

◀ She found the dictionary on the **lower** shelf.
她在下面的書架上找到了這本詞典。

②降低 *(vt)*

The baby is sleeping. Please **lower** your voice.
嬰兒正在睡覺，降低你的聲音，說話輕聲些。

③下降 *(vi)*

The temperature **lowered** after dark.
天黑後氣溫下降了。

loyal /'lɔɪəl/

忠誠的，忠心的 *(adj)* = *faithful*

◀ Maggie is **loyal** to her friends.
瑪姬對朋友很忠誠。

loyalty /'lɔɪəltɪ/

忠貞 *(U)* = *faithfulness*

◀ No one could ever doubt her **loyalty**.
無人可以懷疑她的忠貞。

luck /lʌk/

運氣 *(U)* = *good fortune*

◀ **Luck** was with them and they won the game with ease.
運氣在他們一邊，他們輕而易舉地贏了比賽。

lucky /'lʌkɪ/

運氣好的，幸運的 *(adj)* = *fortunate*

◀ We were **lucky** to escape injury in the car accident.
我們運氣好，車禍中沒有受傷。

luggage /'lʌgɪdʒ/

行李 *(U)* = *baggage*

◀ Put the **luggage** in the trunk. We are leaving.
把行李裝進行李箱，我們要走了。

lukewarm /'luk'wɔrm/

冷淡的 *(adj)* = *cool, tepid*；⇔ *enthusiastic, warm*

◀ His plan got only a **lukewarm** response from his wife.
他的計畫僅得到他太太冷淡的回應。

lullaby /'lʌlə,baɪ/

搖籃曲 *(C)*

◀ Do you still remember the **lullaby** your mother sang to you?
你還記得母親唱給你聽的搖籃曲嗎？

lumber /'lʌmbɚ/

①搖搖晃晃的行進，笨拙的行進 *(vi)* = *trundle*

◀ The van **lumbered** up the hill.
小貨車搖搖晃晃地開上山。

②強迫…接受不願意的東西或責任 *(vt)* = *saddle*

Last weekend I got **lumbered** with the job of babysitting with my sister's three sons.
上週末我被綁鴨子上架照顧姐姐的三個兒子。

③木材 *(U)* = *timber*

It's against the law to fell/cut down **lumber** at will.
隨意砍伐樹木是犯法的。

L

lump /lʌmp/

一塊，腫塊 (C)

◀ She felt a **lump** in her left breast.
她覺得左邊乳房有個腫塊。

lunacy /ˈlunəsɪ/

瘋狂 (U)

◀ It's sheer **lunacy** to jog in the rain.
雨中慢跑，簡直瘋狂。

lunar /ˈlunɚ/

月亮的 (adj) ⇔ solar

◀ A **lunar** eclipse happened last week.
上週發生了月蝕。
✎相關字 lunar calendar (陰曆)。

lunatic /ˈlunəˌtɪk/

①瘋子 (C)

◀ They sent the violent **lunatic** to a psychiatric institution.
他們把那狂暴的瘋子送進了精神病院。

②蠢貨 (C) = dummy, fool

You **lunatic**—you nearly drop the antique vase on the floor.
你這蠢貨——你差點把古董花瓶掉到地上去。

③瘋狂的 (adj) = crazy, foolish

Be careful of his **lunatic** behavior.
要當心他的瘋狂行為。

lunch /lʌntʃ/

午餐 (U) = luncheon

◀ They usually have **lunch** at twelve-thirty.
他們通常是十二點三十分吃午飯。

lung /lʌŋ/

肺 (C) (請參閱附錄 "身體")

◀ His **lungs** were damaged by years of smoking.
他的肺因長年吸煙而遭受損害。

lure /lur/

①誘惑 (vt) = entice

◀ The hunter tried to **lure** a fox into the trap.
獵人試圖把一隻狐狸誘入陷阱。

②誘惑 (the+S) = temptation

The **lure** of money caused him to take the bribe.
金錢的誘惑引得他受賄了。

lush /lʌʃ/

茂盛的 (adj)

◀ The cattle were grazing on the **lush** meadows.
牛群正在茂盛的草地上吃草。

luxury /ˈlʌkʃərɪ/

①奢華 (U)

◀ They live in **luxury**.
他們過著奢華的生活。
✎衍生字 luxurious (adj) 奢華的；luxuriously (adv) 奢華地
②奢侈的事，奢侈品 (C)

Eating in a fancy restaurant is a **luxury** I can't afford it now.
在豪華飯店用餐是件奢侈的事，我現在可負擔不起。

lyric /ˈlɪrɪk/

①抒情的 (adj)

◀ Wordsworth was one of the greatest **lyric** poets in English literature.
渥茲華斯是英國文學史上最傑出的抒情詩人之一。

②歌詞 (P)

The melody of the song was familiar but I forgot the **lyrics**.
這首歌的旋律我很熟的，但我忘記歌詞了。

lyrical /ˈlɪrɪkl̩/

詩情畫意的 (adj)

◀ Jack gave a **lyrical** description of his home in the countryside.
傑克詩情畫意的描述他鄉下的家。

L

M

A HANDBOOK
7000 English Core Words

🔊 MP3-M1

machine /məˈʃin/
機器 *(C)*

◀ You can operate this **machine** by using a remote control.
你可以用一個遙控裝置來操作這台機器。

machinery /məˈʃinərɪ/
機器 *(U)*

◀ To keep our factory at the cutting edge, new **machinery** needs to be installed immediately.
爲使我們廠保持領先的地位，需要立即安裝新機器。

mad /mæd/
①瘋的，精神錯亂的 *(adj)* = insane ⇔ sane

◀ He went **mad** after his mother's sudden death.
母親突然去世，他就瘋了。

②生氣的 *(adj)* = angry, furious

I was **mad** with her for her irresponsible attitude towards work.
她對工作不負責任的態度使我很生氣。

③狂熱的 *(adj)* = enthusiastic, crazy

Those teenagers are **mad** about hip-hop music.
那些青少年非常熱衷於嬉哈樂曲。

④瘋狂的 *(adj)* = crazy

No one would be **mad** enough to go out in the storm.
沒人會瘋到暴風雨天還要出去的程度。

madam /ˈmædəm/
女士，夫人 *(S)* = ma'am

◀ If you like the dress, you can try it on, **madam**.
夫人，假如你喜歡這件洋裝，你可以試穿。

madly /ˈmædlɪ/
發瘋似地 *(adv)* = wildly

◀ At the sound of gunfire, people rushed **madly** in all directions for cover.
聽到槍聲，人們發瘋似地四處奔逃尋找掩蔽所。

magazine /ˌmægəˈzin/
雜誌 *(C)*

◀ He subscribed to *Time* **magazine**.
他訂閱了《時代雜誌》。

magic /ˈmædʒɪk/
①魔法的，魔術的 *(adj)*

◀ After the witch cast a **magic** spell on the mice, they turned into horses.
女巫對老鼠施了魔法後，老鼠就變成馬了。

②魔法，魔術 *(U)*

A magician will perform **magic** at Kate's fifth birthday party.
一位魔術師將在凱特五周歲生日慶祝會上表演魔術。

magical /ˈmædʒɪkl̩/
①魔法的，法術的 *(adj)*

◀ People used to believe witches and wizards had **magical** powers.
過去人們都相信女巫師有法術。

②迷人的，浪漫的 *(adj)* = romantic

The beautiful island of Cyprus is a **magical** place to get married.
美麗的塞浦路斯島是喜結良緣的浪漫之地。

magician /məˈdʒɪʃən/
魔術師，魔法師 *(C)*

◀ The **magician** pulled a rabbit from his empty hat.
魔術師從空帽子裡拿出了一隻兔子。

magnet /ˈmægnɪt/
①磁鐵 *(C)*

◀ A **magnet** attracts iron.
磁鐵能吸鐵。

📝衍生字 *magnetic (adj)* 有磁性的；*magnetism (U)* 磁性；*magnetize (vt)* 使富有磁性，吸引 (人)

②有吸引力的人或物 *(C)*

The National Palace Museum is a great **magnet** for tourists.
國立故宮博物館對遊客來說是個具有巨大吸引力的地方。

magnificent /mægˈnɪfəsn̩t/
壯麗的 *(adj)* = splendid

◀ The view from the summit was **magnificent**.
從山頂上往下看景觀十分壯麗。

📝衍生字 *magnificence (U)* 壯麗

magnify /'mæɡnə,faɪ/

①放大 *(vt)* = enlarge

◀ The microscope **magnified** the paramecia by 1,000 times.
顯微鏡將草履蟲放大了一千倍。

②誇大 *(vt)* = exaggerate

The effectiveness of aspirin is **magnified** out of proportion.
阿斯匹靈的效能被過分誇大了。

magnitude /'mæɡnə,tjud/

①強度 *(U)* = intensity

◀ The earthquake's **magnitude** was such that hundreds of houses were destroyed and thousands of people killed.
地震的強度如此巨大，使得數以百計的房屋被毀，成千上萬人死亡。

②重要 (性) *(U)* = importance

Betty didn't seem to appreciate the **magnitude** of the problem.
貝蒂似乎不明白該問題的重要性。

✎同尾字 請參見 altitude。

maid /med/

女僕 *(C)*

◀ A **maid** brought me breakfast at eight.
八點鐘女僕給我送來了早餐。

maiden /'medn̩/

①未婚少女 *(C)* = girl

◀ The prince fell in love with a country-bred **maiden**.
王子愛上了一個鄉間長大的少女。

②首次的 *(adj)* = first

The new president is scheduled to make his **maiden** speech to all the faculty tomorrow
新校長明天按計畫要對全體教職員發表首次演說。

mail /mel/

①郵件 *(U)*

◀ Mr. Brown is the postman who delivers **mail** in this neighborhood.
布朗先生是這附近地區送郵件的郵差。

②郵寄 *(vt)*

He **mailed** the new contract to me.
他將新合約寄給我了。

main /men/

①主要的，最重要的 *(adj)* = chief, primary

◀ My **main** concern now is to protect the children.
現在我主要關心的事是保護兒童。

② (自來水或煤氣的) 總管道 *(C)*

The workers are repairing the broken water **main**.
工人們正在修理破了的總水管。

mainland /'men,lænd/

大陸 *(S)*

◀ A ferry runs regularly between the islands and the **mainland**.
一艘渡船定期在大陸與島嶼之間往返。

mainly /'menlɪ/

主要 *(adv)* = chiefly, primarily

◀ My money comes **mainly** from business investments.
我的財富主要來自於商業投資。

mainstream /'men,strim/

主流 *(the+S)*

◀ Their views lie outside the **mainstream** of the current economic theory.
他們的觀點與現行的經濟理論的主流不一致。

maintain /men'ten/

①維持，保持 *(vt)* = keep

◀ Our company **maintains** good relationships with our suppliers.
我們公司與供應商保持著良好的關係。

②維修保養 *(vt)*

Cars have to be regularly **maintained**.
汽車需要定期維修保養。

③強烈表達 *(vt)*

He **maintained** his innocence.
他強烈表達他的清白。

maintenance /'mentənəns/

維修保養 *(U)*

◀ James plans to take car **maintenance** lessons every evening after work.
詹姆斯打算每天晚上下班後去參加汽車維修保養班。

M

majestic /məˈdʒɛstɪk/

壯觀的 *(adj)* = spectacular

◀ Niagara Falls is the most **majestic** view I've ever seen.

尼加拉瓜大瀑布是我所見過最爲壯觀的景觀。

majesty /ˈmædʒɪstɪ/

雄偉，壯麗 *(U)* = grandeur

◀ I marveled at the awesome **majesty** of the snow-capped Rocky Mountains.

我不由得爲冰雪覆蓋的洛基山脈的雄偉壯觀而深感驚嘆。

major /ˈmedʒɚ/

① 主要的 *(adj)* = primary ⇔ minor

◀ The **major** reason for Mr. Chang's staying in Paris is that it is a romantic and beautiful city.

張先生在巴黎逗留的主要原因，是因爲巴黎是個浪漫而又美麗的城市。

② 主修生，主修科目 *(C)* ⇔ minor

She is an English **major**. Her **major** is literature.

她是主修英語的學生，主修科目爲文學。

③ 主修 *(vi)* ⇔ minor

He **majored** in finance at Claremont Men's College in California.

他在加州的克萊蒙男子學院就讀，主修財務管理。

majority /məˈdʒɔrətɪ/

多數 *(C)* ⇔ minority

◀ The Democrats have/hold a slim **majority** in Congress.

民主黨在國會中稍佔多數。

make /mek/, made *(pt)*, made *(pp)*

① 製做，製作，製造，建造 *(vt)*

◀ The desks are **made** of wood.

這些書桌是木頭做的。

② 使，致使 *(vt)*

Eating too much raw fish **made** him ill.

吃太多的生魚使他生病了。

③ 強迫，迫使 *(vt)*

If you won't sweep your room willingly, mother will **make** you do it.

如果你不願意打掃自己的房間，媽會強迫你做的。

make away/off

逃了 *(vi)* = escape

◀ At the sight of the police officer, the vendor **made away** in a hurry.

小販一看到警察就趕緊逃了。

make away/off with

偷了 *(vt,u)* = get/run away with

◀ The thief **made off with** Chris's bracelets and rings.

小偷偷了克莉絲的手鐲和戒指逃走了。

make for

有利於 *(vt,u)*

◀ The warm climate **makes for** good health.

溫暖的氣候有利於身體健康。

make out

① 明白 *(vt,s)* = figure/puzzle/work out, understand

◀ I cannot **make out** what you are trying to say.

我不明白你說的話。

② 寫出，開出，填寫 *(vt,s)* = write/fill out

I have **made out** a check/shopping list/bill/tax return.

我已寫了一張支票／購物單／開了帳單／填寫稅務申報單。

③ 成功 *(vi)* = succeed

The company isn't **making out** as well as was expected.

這家公司不如預期的那麼成功。

make over

① (合法地) 轉讓，移交 *(vt,s)* = pass over

◀ I intended to **make over** the apartment to my son.

我打算把公寓轉讓給我兒子。

② 重做，改做 *(vt,s)* = remake

Tina has **made** that yellow dress **over** into a skirt.

蒂娜把那件黃色的洋裝改成一條裙子。

M

make up

①編造，虛構 *(vt,s)* = invent
◀The story David **made up** is incredible.
大衛編的那個故事令人難以置信。

②化妝 *(vt,s)*
It took Amy one hour to **make up** her daughter/face.
艾咪給她女兒化妝花了一個小時 / 艾咪化了一個小時妝。

③和好，和解 *(vt,s)* = patch/stitch up
My parents usually **make up** their quarrel the same day.
一般來說我父母吵架當天就能和好。

④構成，組成，形成 *(vt,s)*
Rocks and minerals **make up** the earth's outer layer.
岩石和礦物構成了地球的表層。

⑤償還 *(vt,s)*
Tim has to leave early, but he'll **make up** the time/work next week.
提姆得提早下班，不過他下個星期會補回去。

⑥化好妝 *(vi)*
Sherry used to **make up** before going out on a date.
雪莉以前總是化好妝才出去約會。

⑦和好 *(vi)*
The couple kissed and **made up** (with each other).
那對夫妻 (互相) 親吻了一下就和好了。

make up for

彌補 *(vt,u)* = compensate for
◀Her enthusiasm **makes up for** her inexperience.
她的熱情彌補了經驗上的不足。

🔘 MP3-M2

make-up /ˈmekˌʌp/

①化妝 *(U)* = cosmetics
◀She wears (puts on) /removes (takes off) **make-up** every day.
她每天都要化妝 / 卸妝。

②組成 *(U)*
The **make-up** of the team should include young and experienced players.
這支隊伍的組成應該包括年輕的和經驗豐富的選手。

malaria /məˈlɛrɪə/

瘧疾 *(U)*
◀He was stricken with **malaria** in Vietnam 20 years ago.
他二十年前在越南患了瘧疾。

male /mel/

①男性的，雄性的 *(adj)* ⇔ female
◀Most of the demonstrators were white and male.
大部分遊行示威者爲男性白人。

②男性 *(C)* ⇔ female
She described the robbers as young **males** in their teens and twenties.
她描述說搶劫者是一些年輕男性，約在十幾到二十幾歲不等。

mall /mɔl/

商場，購物中心 *(C)*
◀She works at a shopping **mall**.
她在一家購物商場工作。

mammal /ˈmæml/

哺乳動物 *(C)*
◀Horses and cattle are **mammals**; lizards and frogs are not.
馬和牛是哺乳動物，蜥蜴和青蛙則不是。
📎同尾字 reptile (爬行動物)。amphibian (兩棲動物)。

man /mæn/

①人 *(C)*
◀I have always regarded him as a **man** of integrity.
我一直把他看作是一個很正直的人。

②人類 *(U)* = human beings, mankind, humankind
Many people are wondering if cloning really benefits **man**.
許多人都在懷疑複製技術是否眞能給人類帶來好處。

M

manage /'mænɪdʒ/

①管理 (vt)

◀ My husband **manages** his company very well.
我丈夫把自己的公司管理得很好。

②成功設法 (vt) = succeed (in)

Somehow she **managed** to see the mayor in
person and discussed the new traffic rules
with him.
她設法見到了市長本人，並與他討論了新的交
通法規。

✎衍生字 manageable (adj) 易管理的，可應付的

---

manage without

沒…也行 (vi;vt,u) = do without

◀ Even if you are not willing to lend me your
car, I still can **manage without** (it).
即使你不願把車借給我，沒車我也行。

---

management /'mænɪdʒmənt/

管理 (U)

◀ The company's failure was mainly due to bad
management.
這公司的失敗主要是由於管理不善造成的。

manager /'mænɪdʒɚ/

經理 (C)

◀ The chef, the staff and the general **manager**
in this restaurant are all Chinese females.
這家飯店的廚師、員工和總經理都是女性華
人。

✎衍生字 managerial (adj) 經理的，管理的

Mandarin /'mændərɪn/

國語，(中國) 官話，普通話 (U)

◀ **Mandarin** is the official language of Taiwan.
國語是台灣的官方語言。

mango /'mæŋgo/

芒果 (C) (請參閱附錄 "水果")

◀ Most **mangoes** are kidney-shaped, oval, or
round.
大部分的芒果是腎臟形狀、橢圓或圓形。

mania /'menɪə/

狂熱，熱衷 (C) = fever

◀ She has a **mania** for Flamingo dance.
她瘋狂的愛上跳佛朗明哥舞。

✎衍生字 maniac (C) 瘋癲的人

manifest /'mænə,fɛst/

①明顯的 (adj) = obvious, evident

◀ It is a **manifest** error of judgment.
這明顯是個判斷錯誤。

②表示，表明 (vt) = show

She **manifested** a total indifference to our
concerns.
她對我們關心的事表示完全冷漠。

✎衍生字 manifestation (U,C) 表明，顯示，明白表示之言行

manipulate /mə'nɪpjə,let/

操縱，控制 (vt) = control

◀ The government was accused of **manipulating**
stocks behind the scenes.
政府被指責幕後操縱股票。

✎衍生字 manipulation (U) 操縱，控制
✎同尾字 stipulate (規定)。

mankind /mæn'kaɪnd/

人類 (U) = humankind, man, human beings

◀ We are educated to work for the good of
mankind.
我們受教育要爲人類的幸福而努力。

manner /'mænɚ/

態度，舉止，方法，方式 (C)

◀ Prof. Lee is popular with his students because
he always treats them in a gentle and friendly
manner.
李教授因對學生態度和藹友好而深受學生們的
歡迎。

manners /'mænɚz/

禮貌，規矩 (P)

◀ It is bad **manners** to speak with your mouth
full of food.
滿嘴食物與人說話是不禮貌的。

mansion /'mænʃən/

宅第，公館，大廈，豪宅 (C)

◀ Michael owns a palatial **mansion** in Canada.
麥可在加拿大有一棟富麗堂皇的宅第。

manual /'mænjuəl/

①手的，手工的 (adj)

◀ It takes fine **manual** skills to repair that
delicate antique chair.
修理那把精緻的古董椅子需要精細的手工技術。

②手冊 (C)
Read the instruction **manual** carefully before you operate the machine.
操作這台機器前先把操作手冊細讀一遍。

manufacture /ˌmænjəˈfæktʃɚ/
①製造 (U)
◀ The **manufacture** of computer chips requires a clean, dust-free environment.
製造電腦晶片需要一個清潔無塵的環境。
②(用機器大量) 製造,生產 (vt) = produce, make
Ford is a company that **manufactures** cars.
福特公司是一家生產汽車的公司。

manufacturer /ˌmænjəˈfæktʃərɚ/
製造廠商 (C)
◀ The washing machine didn't work, so we sent it back to the **manufacturer**.
洗衣機不能用了,所以我們把它送回製造廠商。

manuscript /ˈmænjəˌskrɪpt/
手稿 (C) = draft
◀ Joan felt frustrated because her **manuscript** was rejected.
瓊因為自己的手稿被退而感沮喪。

many /ˈmɛnɪ/
①許多的 (adj) = a lot of, lots of
◀ There are **many** ways for you to improve your English. Listening to ICRT is one of them.
英語進步的方法有許多種,如收聽 ICRT,就是一種。
②許多 (pron)
The vegetables had been stored so badly that **many** (of them) had rotted.
蔬菜貯藏不當,許多都爛掉了。

map /mæp/
①地圖 (C)
◀ If you don't know where England is, consult a **map**.
如果你不知道英格蘭在哪裡,可查閱一下地圖。
②繪製地圖 (vt)
Scientists have **mapped** the surface of the moon.
科學家繪製了月球表面圖。

---

map out
(事先詳細) 計畫 (vt,s)
◀ I have **mapped out** a plan to remodel my apartment.
我已經計畫好把公寓翻新一下。

---

maple /ˈmepḷ/
楓樹 (C)
◀ Au-wan-da is famous for flaming **maples** in autumn.
奧萬大以秋季一片秋紅的楓樹而聞名。

mar /mɑr/
毀損了 (vt) = disfigure
◀ A scar on his right cheek **marred** his nice appearance.
他右面頰上一塊疤毀損了俊美的容貌。

marathon /ˈmærəˌθɑn/
馬拉松賽跑 (C)
◀ I have never run a **marathon**.
我從未參加過馬拉松賽跑。

marble /ˈmɑrbḷ/
大理石 (U)
◀ Hualien is famous for **marble**.
花蓮以出大理石聞名。

○ MP3-M3

March /mɑrtʃ/
三月 (C,U)
◀ Classes begin in **March**.
三月開始上課。

march /mɑrtʃ/
①前進 (vi)
◀ As the victorious soldiers **marched** into town, they were greeted with cheers.
勝利之師進城時,受到了人們的歡呼。
②路程 (C)
They started up their long **march** to the castle.
他們開始了去城堡的漫長路程。

margin /ˈmɑrdʒɪn/
頁邊空白 (U)
◀ Mary has the habit of scribbling notes in the **margin** of her book.
瑪莉有個習慣,就是喜歡在書頁邊空白處做筆記。

M

marginal /'mɑrdʒɪnl̩/

①頁邊空白處的 *(adj)*

◀ You can find a further explanation in the **marginal** notes.

你從頁邊空白處的註釋中可找到進一層的解釋。

②很小的，輕微的 *(adj)* = slight

There is only a **marginal** difference in the two statistics.

這兩個數據之間僅有很小的區別。

marine /mə'rin/

①海洋的 *(adj)*

◀ Bella majored in **marine** biology in college.

貝拉在大學時主修海洋生物學。

②海軍陸戰隊隊員 *(C)*

My grandfather was a **marine** when he was young.

我祖父年輕時是海軍陸戰隊隊員。

③海軍陸戰隊 *(P)*

He served in the **Marines**.

他在海軍陸戰隊服過役。

marital /'mærətl̩/

婚姻的 *(adj)*

◀ What is his **marital** status, single or married?

他的婚姻狀況如何？單身還是已婚？

📝衍生字 *marry (vt)* 結婚，嫁，娶；*marriage (C,U)* 結婚

mark /mɑrk/

①斑點，痕跡 *(C)*

◀ The mug left a wet **mark** on the table.

杯子在桌上留下一個濕漬。

②(考試的) 分數，成績，等第 *(C)* = grade

After a year's hard work, her **marks** have been much higher this semester.

經過一年的努力，這學期她的成績提高了許多。

③做記號 *(vt)*

We are told to **mark** each of our books with our names.

我們被告知說要在自己的每一本書上寫上名字做記號。

④標誌，為…的表徵 *(vt)*

The winning of the speech contest **marked** an important stage in Helen's life.

在演講比賽中獲勝標誌著海倫生活中的一個重要階段。

⑤批閱，評分 *(vt)*

I have eighty-eight exam papers to **mark** tonight.

今晚我要批閱八十八分考卷。

mark down

①記下 *(vt,s)* = write down

◀ I **marked down** the name of each student in my class.

我記下班上每一位學生的姓名。

②降價 *(vt,s)* = knock/beat down ⇔ mark up

All items in this store have been **marked down** by as much as 20%.

本店所有貨品都已降價百分之二十。

mark out

標出 *(vt,s)*

◀ They **marked out** a parking lot with white paint.

他們用白漆標出停車區。

mark up

漲價 *(vt,s)* ⇔ mark down

◀ Some CDs have been **marked up** unfairly.

有些CD不正當地被抬高了價格。

market /'mɑrkɪt/

①市場 *(C)*

◀ Instead of shopping at a supermarket, people here often go to a traditional **market** to buy what they want.

這裡的人常去傳統的市場購買所需商品，而不是去超市購物。

②銷售地區或國家 *(C)*

The sales manager wants to open up new **markets** in China.

業務經理想在中國開闢新的市場。

③推銷 *(vt)*

We need somebody to **market** our dairy products to retailers in Japan.

我們需要有人向日本的零售商推銷我們的乳製品。

marriage /'mærɪdʒ/

婚禮 *(C)* = wedding ⇔ divorce

◀ Their **marriage** was held in St. John's Church.

他倆在聖約翰教堂舉行了婚禮。

married /ˈmærɪd/

①與…結為夫妻的 *(adj)*

◀ Janet is **married** to an Englishman.
珍妮特嫁給了一個英國人。

②已婚的 *(adj)* ⇔ *divorced*

Helen has two daughters. One is **married**,
and the other is divorced and single again.
海倫有兩個女兒，一個已婚，另一個離了婚又
成了單身。

marry /ˈmærɪ/

①結婚，嫁，娶 *(vt)*

◀ Rick **married** the rich lady not for money, but
for love.
瑞克和那個富婆結婚不是為錢，乃是為了真愛。

②結婚 *(vi)*

Henry didn't **marry** until he found his true
love, Connie.
亨利直至找到了他的真愛康妮才結婚。

> ### marry off
>
> 把 (女兒) 嫁給，給 (兒子) 娶妻 *(vt,s)*
>
> ◀ Mr. Wang **married** his daughter **off** to a
> doctor.
> 王先生把女兒嫁給一個醫生。

martial /ˈmɑrʃəl/

軍事的 *(adj)*

◀ The president is empowered to declare / lift
martial law.
總統被賦與宣布 / 解除軍事 (戒嚴) 的權利。

marvel /ˈmɑrvl̩/

①感到驚奇 *(vi)*

◀ I **marveled** at the vastness of the lake.
我為這湖的廣闊無邊而感到驚奇。

✎衍生字 marvelous (adj) 奇妙的，很好的

②令人驚奇的事物，驚人的效果 *(C)* = *wonder*

Miraculously, the medicine worked/did
marvels.
這種藥奇蹟般地產生了驚人的效果。

marvelous /ˈmɑrvl̩əs/

奇妙的，很好的 *(adj)* – *wonderful, great*

◀ It is absolutely **marvelous** to have a
hot-spring bath in winter.
冬天能洗個溫泉浴可真是太棒了。

mascot /ˈmæskət/

吉祥物 *(C)*

◀ The baseball team's **mascot** was a squirrel.
這支棒球隊的吉祥物是一隻松鼠。

masculine /ˈmæskjəlɪn/

①有男子氣概的 *(adj)* = *manly* ⇔ *feminine*

◀ Little John looked very **masculine** in his judo
uniform.
小約翰穿上柔道服時看上去很有男子氣概。

②陽性的 *(adj)*

"Stallion" is the **masculine** word for "horse".
"Stallion" (種馬) 是 "horse" (馬) 的陽性詞。

mash /mæʃ/

①把…搗成泥狀 *(vt)* = *crush*

◀ **Mash** (up) the potato with a spoon.
用湯匙把馬鈴薯搗成泥。

②馬鈴薯泥，糊狀物 *(C,U)*

Beat the potatoes into a **mash** and then add
broth to it.
把馬鈴薯搗成糊狀然後加上肉湯。

mask /mæsk/

①面罩，口罩，面具 *(C)*

◀ Finally, the bank robber wearing a stocking
mask was arrested.
戴襪筒面罩，搶劫銀行的犯人，最後被抓住了。

②掩蓋 *(vt)* = *conceal*

Tina **masked** her sufferings with a cheerful
smile.
蒂娜用快樂的笑容來掩蓋她內心的痛苦。

mass /mæs/

(大) 團，塊，堆 *(C)*

◀ **Masses** of dark clouds are gathering in the
sky; soon it will rain.
大堆的烏雲聚集在空中，馬上就要下雨了。

massacre /ˈmæsəkɚ/

①大屠殺 *(C,U)* = *slaughter*

◀ The **massacre** of the Tienanmen Incident
shocked the whole world.
天安門大屠殺事件震驚了全世界。

②屠殺 *(vt)* = *slaughter*

They set fire to the village and **massacred** all
the villagers.
他們整座村子點上火並屠殺了全部村民。

M

massage /mə'sɑʒ/

①按摩，推拿 (C)

◀ Can you give me a **massage** to relax my stiff muscles?

你能給我按摩一下放鬆我僵硬的肌肉嗎？

②按摩，推拿 (U)

Massage helps ease the pain of your back.

按摩有助於減輕你的背痛。

③給⋯按摩 (vt) = rub

Judith **massaged** my aching back.

茱迪斯按摩了我疼痛的背。

massive /'mæsɪv/

①高大的，龐大的 (adj) = huge

◀ It's hard for anyone to climb over the prison's **massive** walls.

任何人想要爬過這監獄的高大圍牆都是困難重重的。

✎衍生字 *mass (C)* 團，塊，堆

②巨大的，大量的，超過常量的 (adj)

They made **massive** efforts to combat AIDS.

他們爲打擊愛滋病作出了巨大的努力。

master /'mæstɚ/

①主人 (C) ⇔ slave, servant

◀ The slaves rebelled against their **masters** for freedom.

奴隸們爲獲得自由向其主人進行反抗。

②大師 (C)

This painting is the work of a **master**.

這幅畫是大師的作品。

③碩士 (C)

Mary earned her **master's** degree in National Taiwan University and now she is a **Master** of Arts/Science.

瑪莉在國立台灣大學獲得了碩士學位，現在她是文學 / 理學碩士了。

④精通 (vt) = be good at

It takes hard work and determination to **master** a second language.

精通第二語言需要努力和決心。

masterpiece /'mæstɚ,pis/

傑作 (C)

◀ Many people visit the Louvre to appreciate the **masterpiece** Mona Lisa.

許多人參觀羅浮宮爲了觀賞到傑作《蒙娜麗莎》。

mastery /'mæstərɪ/

①精通 (U) = skill (in / at)

◀ Sean shows complete **mastery** of chess.

蕭恩非常精通西洋棋。

✎衍生字 *master (vt)* 精通

②完全控制 (U) = control (over)

Finally he acquired/gained **mastery** of/over his stage fright.

他終於能克制怯場了。

✎衍生字 *masterful (adj)* 掌握一切的，瞭如指掌的

mat /mæt/

小墊子 (C)

◀ Put the hot dish down on the **mats**, so you don't burn the table.

把燙的菜盤放在墊子上，才不會燙壞桌子。

match /mætʃ/

①比賽 (C) = game

◀ The football **match** was canceled because of the typhoon.

因爲有颱風，足球賽被取消了。

②火柴 (C)

She struck a **match** and lit (up) all the candles on the birthday cake.

她劃了一根火柴，將生日蛋糕上的所有蠟燭都點燃了。

③對手，(力量、能力等能相抗衡的) 敵手 (S)

I am no **match** for Peter when it comes to mathematics.

說到數學，我可不能跟彼得匹比。

④相配 (相似) 之物 (S)

The new curtains are a perfect **match** for the carpet.

新窗簾與地毯完全相配。

⑤和⋯相配 (vt)

The new curtains **match** the color of the carpet.

新窗簾與地毯的顏色很匹配。

⑥相配 (vi)

The new curtains and the color of the carpet **match** perfectly.

新窗簾和地毯的色彩非常相配。

M

match up

拼湊 *(vt,s)*

◀ I can hardly **match up** the torn pieces of the letter.
我幾乎無法把這封信的碎片拼湊起來。

match up to

與 (期待的事) 一樣好，比得上，達到 *(vt,u)*
= *measure/live up to*

◀ I work hard, but I still cannot **match up to** my parents' expectations/hopes.
我很努力，但仍然達不到父母的期望 / 希望。

◉ MP3-M4

mate /met/

①配偶，伴侶 (通常指動物) *(C)*

◀ The zoo is looking for a **mate** for its female panda.
動物園正在為雌熊貓找配偶。

②交配 *(vi)*

Dogs do not **mate** with cats.
狗與貓不能交配。

material /mə'tɪrɪəl/

① (寫作等所取材的) 資料，素材 *(U)*

◀ The writer is collecting **material** for her new novel.
那位作家正在為她的新小說收集素材。

②原料，材料 *(C)*

That company imports raw **materials** from Indonesia.
那家公司從印尼進口原料。

materialism /mə'tɪrɪəl͵ɪzəm/

物質主義 *(U)*

◀ The government is working hard to rectify the rampant **materialism** in the society.
政府在努力糾正社會上猖獗的物質主義。

✎衍生字 *materialistic (adj)* 物質主義的；*materialist (C)* 唯物主義者

materialize /mə'tɪrɪəl͵aɪz/

實現 *(vi)* = *come true*

◀ Their plans did not **materialize**.
他們的計畫沒有實現。

mathematics /͵mæθə'mætɪks/

數學 *(U)* = *math*

◀ Joy's **mathematics** is weak; that's why she doesn't like it.
喬伊的數學不行，所以她才不喜歡數學。

✎衍生字 *mathematical (adj)* 數學的

matter /'mætɚ/

①事情，問題 *(C)*

◀ She never discussed her private **matters** with her classmates.
她從不與同學談論自己的私事。

②重要，要緊 *(vi)*

It doesn't **matter** (to me) if I miss the bus, because there is another later.
我趕不上這輛公車也沒關係，因為稍後還有另一班車。

mattress /'mætrɪs/

床墊 *(C)*

◀ I need to buy a new **mattress** because the springs in the old one have gone.
我要買一張新床墊，因為舊的彈簧都沒彈性了。

mature /mə'tjʊr/

①成熟的 *(adj)* ⇔ *immature*

◀ Christine is very **mature** for her age.
克莉斯汀就她的年齡來說算是很成熟的。

②成熟 *(vi)*

She has **matured** a lot.
她已經成熟很多了。

maturity /mə'tjʊrətɪ/

成熟期 *(U)*

◀ Only one third of the young birds may live to reach **maturity**.
只有三分之一的幼鳥能存活到成熟期。

maximal /'mæksəməl/

最大限度的 *(adj)* ⇔ *minimal*

◀ If you study hard, you can obtain **maximal** benefit from this course.
用功的話，你可以從這課程得到最多的利益。

maximize /'mæksə͵maɪz/

使增至最大限度 *(vt)* ⇔ *minimize*

◀ They work hard to **maximize** their profit.
他們努力工作以求最大利潤。

M

maximum /'mæksəməm/
①最大值的，最大量的 *(adj)* ⇔ *minimum*
◀ The car has a **maximum** speed of 100 mph.
這部車子最大車速是每小時一百英里。
②最大量 *(C)*
Forty-five students per class is the **maximum**.
每班四十五個學生是極限。
✎衍生字 *maximal (adj)* 最大限度的

May /me/
五月 *(C,U)*
◀ May Day is the first of **May**.
五月一日勞動節。

may /me/
①可能，也許 *(aux)*
◀ "Do you know whose coat this is?"
"I'm not sure, but it **may** be John's."
"你知道這件外套是誰的嗎？"
"我不太清楚，也許是約翰的吧。"
②可以 *(aux)* = *can*
"**May** I leave now?" "Yes, you **may**."
"現在我可以走了嗎？" "可以。"

maybe /'mebɪ/
可能，也許，大概 *(adv)* = *perhaps*
◀ **Maybe** she is in love.
她可能在戀愛了。

mayonnaise /meə'nez/
蛋黃醬，美乃滋 *(U)*
◀ Spread a thin layer of **mayonnaise** on your bread.
在麵包上薄薄地塗上一層蛋黃醬 (美乃滋)。

mayor /'meə/
市長 *(C)*
◀ Anyone who is elected as **mayor** is entitled to serve a four-year term.
無論誰當選為市長都有權任職四年。

me /mi/
我(I 的受格) *(pron)*
◀ She is five years younger than **me**.
她小我五歲。

meadow /'mɛdo/
草原 *(C)*

◀ While I was traveling in New Zealand, I often saw cattle grazing in the **meadows**.
我在紐西蘭旅行時，常常看到牛兒在草原上吃草。

meal /mil/
一頓飯，一餐 *(C)*
◀ Though she is a busy career woman, she manages to cook/make a hot **meal** for her children almost every evening.
雖然她是個工作繁忙的職業婦女，她依然想辦法幾乎每天晚上為孩子們燒一頓熱菜熱飯。

mean /min/, meant *(pt)*, meant *(pp)*
①意思是，表示 *(vt)*
◀ The flashing red light **means** that there is a construction site ahead.
閃爍的紅燈表示前面有建築工地。
②有意，打算，故意 *(vt)* = *intend*
I didn't **mean** to hurt your feelings.
我當時並非故意要傷你的感情。
③小氣的，吝嗇的 *(adj)* = *stingy, cheap* ⇔ *generous*
Though he is rich, he is **mean** with his money.
他雖然有錢，用起錢來卻很小氣。
④刻薄的，不客氣的 *(adj)* = *nasty, unkind*
Nobody wants to be friends with her because she is **mean** to everyone.
由於她對任何人都很刻薄，所以沒人想跟她做朋友。

meaning /'minɪŋ/
①意義，含意 *(C)* = *definition*
◀ If you don't know the **meaning** of the new word, look it up in your dictionary.
如果你不了解這個生字的意思，可在你的詞典中查一查。
②重要性，意義 *(U)*
Since her husband died, her life has lost **meaning**.
從她先生死後，她的生活就失去意義了。

meaningful /'minɪŋfl/
意義重大的 *(adj)* = *significant* ⇔ *meaningless*
◀ It was very **meaningful** to them to attend their granddaughter's graduation ceremony.
參加孫女的畢業典禮對他們而言意義重大。

M

means /minz/

方法，手段 *(C)* = *way, method*

◀ Use whatever **means** you can to persuade him to come to my party, will you?
不論你用什麼方法，你要勸他來參加我的聚會，好嗎？

meantime /'min͵taɪm/

(與此) 同時 *(U)*

◀ They'll soon be here. In the **meantime**, let's have some coffee.
他們馬上會來這裡。趁這段時間我們喝點咖啡吧。

meanwhile /'min͵hwaɪl/

與此同時，在此期間 *(adv)* = *in the meantime*

◀ They'll soon be here. **Meanwhile**, let's have some coffee.
他們馬上就到，趁此時我們喝點咖啡吧。

measure /'mɛʒɚ/

①量尺寸 *(vt)*

◀ I want you to **measure** me for a new dress.
我想請你替我量一下尺寸做件新的洋裝。

✎衍生字 *measurable (adj)* 可以測量的

②評估 *(vt)* = *evaluate, assess*

It is hard to **measure** her ability because we haven't seen her performance.
我們尚未眼見她的表現，因此很難評估她的能力。

③測量 *(vi)*

The 921 earthquake **measured** 7.3 on the Richter scale.
"九二一" 地震測出有芮氏七點三級。

④措施，辦法 *(P)* = *steps*

The government has promised to take immediate **measures** to help the homeless.
政府作出保證會即刻採取措施幫助無家可歸者。

measure up to

夠格 *(vt,u)* = *match up to*

◀ I'm afraid you just didn't **measure up to** the job.
恐怕你還不夠格做那項工作。

measurement /'mɛʒɚmənt/

(量得的) 大小，長度，高度 *(C)*

◀ The tailor took my **measurements** carefully before he made a coat for me.
裁縫師在為我做外套之前，仔細地為我量了尺寸。

meat /mit/

肉 *(U)*

◀ The **meat** has gone bad; don't eat it.
這肉已變質了，別吃了。

🔘 MP3-M5

mechanic /mə'kænɪk/

技工 *(C)* (請參閱附錄 "職業")

◀ I have got a burst tire; I have to get a **mechanic** to change it.
我一個車輪爆了，我必須叫個技工換掉它。

mechanical /mə'kænɪkḷ/

機械的 *(adj)*

◀ Most **mechanical** devices require oil as a lubricant.
大多數機械設備需要加油作為潤滑劑。

mechanics /mə'kænɪks/

機械學 *(U)*

◀ I took some courses in **mechanics** in college.
我在大學時選修了幾門機械學課程。

mechanism /'mɛkə͵nɪzəm/

機件 *(C)*

◀ The brake **mechanism** needs to be adjusted.
煞車機件需要調整一下。

medal /'mɛdḷ/

獎牌，獎章 *(C)*

◀ Tim came in first in the marathon and won a gold **medal**.
提姆在馬拉松比賽中跑了第一名，贏得了一面金牌。

media /'midɪə/

媒體 *(n)*

◀ The **media** have launched a sharp attack on the terrorists.
媒體對恐怖分子展開激烈的抨擊。

✎衍生字 *medium (C)* 媒介，傳播媒介

M

mediate /'midɪˌet/

斡旋，調停 *(vi)* = arbitrate

◀ The union attempted to **mediate** between the workers and the employer.

工會試圖在工人和雇主間進行斡旋。

衍生字 mediation (U) 調停，斡旋；mediator (C) 調停者

medical /'mɛdɪkļ/

醫療的，醫學的 *(adj)*

◀ Several police officers received **medical** treatment for cuts and bruises.

好幾名警官因割傷和青腫接受了醫療。

medication /ˌmɛdɪ'keʃən/

藥劑，藥物 *(U)* = medicine

◀ The doctor prescribed some **medication** for my stomachache.

醫生開了些藥劑來治我胃痛。

medicine /'mɛdəsņ/

藥 *(U)*

◀ Remember to take the **medicine** three times a day.

切記此藥一日服用三次。

衍生字 medicinal (adj) 藥用的

medieval /ˌmidɪ'ivļ/

中古時代的 *(adj)*

◀ Sherry is interested in **medieval** history.

雪莉對中古時代的歷史感興趣。

meditate /'mɛdəˌtet/

①靜思，沉思 *(vi)* = muse, contemplate

◀ Every day before going to bed, I try to **meditate** for half an hour.

我每天上床之前都試著靜思半小時。

②考慮 *(vi)* = ponder

I sat quietly, **meditating** on your advice.

我默默坐著，考慮你的建議。

meditation /ˌmɛdə'teʃən/

沈思，冥想 *(U)* = contemplation

◀ I'm sorry to have interrupted your **meditation**.

很抱歉打斷了你的沈思。

medium /'midɪəm/

①中等的 *(adj)*

He was of **medium** height with blond hair and light blue eyes.

他中等身材，金髮碧眼。

②媒介 *(C)*

English is the only **medium** of instruction in the Taipei American School.

在台北美國學校裡，英語是唯一的教學媒介。

③傳播媒介 *(C)*

Most of the politicians in this country prefer to use the **medium** of television to gain massive publicity.

這個國家的大部分政客都喜歡以電視作為媒介來獲得知名度。

衍生字 media (pl) 媒體，媒介

meet /mit/, met *(pt)*, met *(pp)*

遇上 *(vt)* = encounter

◀ I have just **met** the man I want to spend the rest of my life with.

我剛剛遇上能讓我終身相託的郎君。

meeting /'mitɪŋ/

會議 *(C)*

◀ The **meeting** was held in Taipei last week. About 300 people attended it.

這次會議上週在台北舉行，約有三百人參加。

melancholy /'mɛlənˌkɑlɪ/

①憂鬱 *(U)* – sadness, gloom, despondency

◀ All at once I sank into a mood/state of deep/profound **melancholy**.

忽然間我就陷入了深深的憂鬱情緒中。

②憂鬱的 *(adj)* = sad

I noticed a **melancholy** expression on her face.

我注意到她臉上一種憂鬱的表情。

mellow /'mɛlo/

①柔和的 *(adj)* = smooth

◀ I like the **mellow** sound of a saxophone.

我喜歡薩克斯管的柔和聲音。

②成熟的 *(adj)*

Chris has become more **mellow** after having children of her own.

克莉絲自從有了自己的孩子後變得更成熟了。

③成熟 *(vi)*

Tom has **mellowed** over the years.

這些年來湯姆變成熟了。

M

④使…成熟 *(vt)*

The years have **mellowed** Tom.

這些年使湯姆變成熟了。

melody /ˈmɛlədɪ/

歌曲，旋律 *(C)*

◀ The **melody** you hummed/played/sang yesterday was beautiful.

昨天你哼 / 彈 / 唱的歌曲令人難忘。

✎衍生字 *melodious (adj)* 令人愉快的音調或聲音

melon /ˈmɛlən/

甜瓜，香瓜 *(C)* （請參見附錄 "水果"）

◀ The flesh of **melons** may be green, yellow, or red.

甜瓜的肉可能是綠的、黃的或是紅的。

melt /mɛlt/

①融化 *(vt)* = thaw

◀ The sun **melted** the snow

陽光將雪融化。

②融化 *(vi)* = thaw

The snow **melted** in the sun.

雪在陽光下融化了。

③使 (心) 軟化 *(vi)*

He shouted at his daughter, but his heart **melted** when he saw her crying.

他對女兒吼叫，但看見她在哭泣時，他的心軟下來了。

✎衍生字 *melting (adj)* 讓人憐憫疼愛的表情或聲音 (僅用在名詞之前)

---

melt away

①融化 *(vi)*

◀ When the sun rose, the ice began to **melt away**.

太陽升起後冰開始融化了。

②慢慢消下，慢慢減輕 *(vi)* = gradually disappear

Dole's anger/doubt/weight slowly **melted away**.

多爾的怒氣 / 疑慮慢慢消下去了 / 體重慢慢減輕了。

---

melt down

熔化掉 *(vt,s)*

◀ The workers are **melting down** iron to make knives.

工人們把鐵熔化掉打製刀具。

---

member /ˈmɛmbɚ/

會員 (國) *(C)*

◀ Britain is a full **member** of NATO.

英國是北約組織的正式會員國。

membership /ˈmɛmbɚˌʃɪp/

會員的資格 *(U)*

◀ He has to renew his **membership** of the sailing club by paying the membership fee before October 1.

他要延續其航海俱樂部會員的資格就必須於十月一日前付清會費。

memorial /məˈmorɪəl/

①紀念的 *(adj)*

◀ A **memorial** service was held for Princess Diana at St. Paul's Cathedral last week.

黛安娜王妃的紀念會上週在聖保羅大教堂內舉行。

②紀念碑 *(C)* = monument

They put up/erected/built a war **memorial** in honor of those who died for their country.

他們修建了一座戰爭紀念碑紀念那些為國捐軀的烈士。

memorize /ˈmɛməˌraɪz/

記住 *(vt)* = learn sth by heart

◀ He studied his map, trying to **memorize** the way to Rose Street.

他研究了一下地圖，試圖記住去羅斯大街的路。

memory /ˈmɛmərɪ/

①紀念 *(U)*

◀ The ceremony is held in **memory** of the 921 earthquake.

這次紀念活動是為紀念 "九二一" 地震而舉辦的。

✎衍生字 *memorable (adj)* 值得回憶 (紀念) 的

M

②回憶 *(C)*

We had many happy **memories** of our graduation trip to Hualien.

我們去花蓮的畢業旅行給我們留下許多美好的回憶。

③記性 *(C)*

I've got a good/bad **memory** for faces and names.

我對別人的臉和姓名記性好／不好。

📝同首字 memento (紀念品)。memo (便箋)。
memorandum (備忘錄)。memoir (回憶錄)。
memorabilia (名人或事的紀念物)。

menace /'mɛnɪs/

①威脅 *(C) = threat*

◀ The heavy traffic constitutes a **menace** to the children's safety.

繁忙的交通對兒童的安全構成了威脅。

②威脅 *(vt) = threaten*

The bank robber **menaced** the clerks with a gun.

那個銀行搶劫犯用槍來威脅職員。

📝衍生字 menacing (adj) 威脅的

mend /mɛnd/

修理，修補 *(vt) = repair, fix*

◀ The sink is leaking. I should have it **mended**.

洗滌槽漏水了，我該請人來修理。

mental /'mɛntl̩/

精神的，心理的，心智的 *(adj)* ⇔ *physical*

◀ Her **mental** illness resulted from her son's sudden death.

她的精神病是由她兒子的猝死引起的。

mentality /mɛn'tælətɪ/

①心態 *(C)*

◀ Using the term "non-white" promotes an "us and them" **mentality**.

使用 "非白人" 一詞加深了一種 "我們與他們" 的心態。

📝衍生字 mental (adj) 心理的，精神的

②心態 *(C) = mindset*

I can't understand the **mentality** of that woman who always goes on a shopping spree.

我無法理解那女人的心態，她總是狂買亂購。

③智力 *(U)*

It takes lots of love and patience to teach a person of weak **mentality** to learn.

教弱智者學習要花很多愛心與耐心。

mention /'mɛnʃən/

①提到 *(U,C)*

◀ I just had a meeting with the president, but he made no **mention** of your proposal.

我剛和總裁一起開會，但他沒有提到你的建議。

②提到 *(vt)*

Did John **mention** to you that he would bring a guest speaker to the meeting this Saturday?

約翰是否跟你提到過這星期六的會上他要帶一個特邀演講人來參加？

🔘 MP3-M6

menu /'mɛnju/

菜單 *(C)*

◀ Before Sally read the **menu**, she asked the waiter if there was fish on it today.

莎莉在看菜單之前，問服務生今天是否有魚。

merchandise /'mɜtʃən͵daɪz/

①貨物 *(U) = goods*

◀ They initiated a movement to boycott Japanese **merchandise**.

他們發起了一場抵制日貨的運動。

②買賣 *(vt) = buy and sell*

Almost everything can be **merchandised** through the Internet.

通過網路幾乎可買賣到任何東西。

merchant /'mɜtʃənt/

商人 *(C) = trader*

◀ It's no use bargaining with that **merchant**; he will not give you any discount.

跟那商人討價還價是白費口舌，他才不會給你任何折扣呢。

mercy /'mɜsɪ/

憐憫之心 *(U) = pity (for)*

◀ The terrorists showed no **mercy** to the hostages and killed them one by one.

恐怖分子對人質絲毫不存憐憫之心，將他們一個個地殺害了。

📝衍生字 merciful (adj) 仁慈的，寬大的； merciless (adj)
無情的，冷酷的

mere /mɪr/

僅僅 *(adj)*

◀ He lost the election by a **mere** 30 votes.
他僅以三十票之差落選。

✎衍生字 *merely (adv)* 僅僅是，只是

merge /mɝdʒ/

① (使) 合併 *(vt)*

◀ They decided to **merge** the two small companies into a larger one.
他們決定將那兩個小公司合併成一個大公司。

✎衍生字 *merger (C)* 合併

② 匯合 *(vi)*

Many rivers **merge** into the Yangtze Kiang.
許多條河流匯入揚子江。

✎同尾字 emerge (從水中浮出)。submerge (淹沒)。

merit /ˈmɛrɪt/

優點 *(C)* = strength ⇔ demerit

◀ The committee will judge each plan on its **merits**.
委員會將根據每項計畫的優點對其進行評判。

mermaid /ˈmɝˌmed/

美人魚 *(C)*

◀ There are several stories about **mermaids** in all countries.
所有國家都流傳著幾個不同版本的美人魚的故事。

merry /ˈmɛrɪ/

愉快的 *(adj)* = happy

◀ She is an optimist and always wears a **merry** smile on her face.
她是個樂天派，臉上總是掛著愉快的笑容。

✎衍生字 *merrily (av)* 愉快地；*merriment (U)* 愉快

mess /mɛs/

雜亂不堪 *(S)*

◀ "Your room is in a **mess**. Clean it up now," the mother said.
"你的房間雜亂不堪，現在就把它整理乾淨。" 母親說道。

✎衍生字 *messy (adj)* 不整潔的；*mess (vt,vi)* 粗暴地對待，胡鬧，瞎忙

mess about/around

① 閒混 *(vi)* = fool/idle about/around

◀ We spent our vacation **messing around** on the beach.
我們的假期時間都在沙灘上閒混。

② 亂弄 *(vi)* = fool around (with), meddle (with)

Don't **mess around** with matches.
別亂弄火柴。

③ 鬼混 *(vi)* = fool around (with), meddle (with)

King often **messes around** with married women.
金總是和有夫之婦鬼混。

mess up

① 弄髒，弄亂 *(vt,s)* = dirty/foul up

◀ Don't **mess up** your shirt/hair/kitchen.
別弄髒你的襯衫 / 弄亂頭髮 / 廚房。

② 砸了，沒有把握好，打亂 *(vt,s)* = botch/goof up, spoil

John **messed up** his driving test/life/plans.
約翰駕駛考試考砸了 / 沒有把握好生活 / 把計畫打亂了。

message /ˈmɛsɪdʒ/

消息，口信，音訊，通報 *(C)*

◀ Let's leave John a **message** to meet us at the airport.
我們給約翰留個訊息吧，叫他到機場跟我們碰面。

messenger /ˈmɛsn̩dʒɚ/

信差 *(C)*

◀ The **messenger** has already sent the document to your lawyer.
信差已將文件送給你的律師了。

messy /ˈmɛsɪ/

① 髒亂的 *(adj)*

◀ I hate to see a **messy** kitchen.
我很討厭看到髒亂的廚房。

② 事後需要大量清潔工作的，會造成髒亂的 *(adj)*

It is a **messy** business repairing a car.
修車是件髒活。

M

metal /'mɛtl̩/

① 金屬 *(U)*

◀ The gate is made of **metal**.
這扇門是金屬做的。

② 金屬 *(C)*

Metals expand when heated.
金屬加熱後就膨脹。

metaphor /'mɛtəfɚ/

① 象徵 *(C)*

◀ In poetry, the rose is often a **metaphor** for love.
在詩歌中，玫瑰常常是愛情的象徵。

② 隱喻，暗喻 *(U)*

Emily's poetry was brought alive by her masterful use of **metaphor**.
艾蜜莉的詩由於高妙地使用隱喻而充滿了生機。

✎相關字 simile (明喻)。

meter /'mitɚ/

表，計，儀，計量器 *(C)*

◀ The gasman comes and reads the gas **meter** every other month.
瓦斯抄表員每隔一個月來抄一次瓦斯表。

method /'mɛθəd/

方法 *(C)*

◀ A problem can be solved very quickly if we apply/adopt/use the right **method**.
如果我們採用正確的方法就能很快解決問題。

✎衍生字 *methodical (adj)* 有條不紊的；*methodology (U,C)* 方法學，一套方法

metropolitan /ˌmɛtrə'pɑlətn̩/

大都會的，首都的 *(adj)*

◀ The **metropolitan** area of Los Angeles is densely-inhabited.
洛杉磯的都會區居住人口很密集。

✎衍生字 *metropolis (S)* 大都會，首都

microphone /'maɪkrəˌfon/

麥克風 *(C)* = mike

◀ The speaker used a **microphone** so that the audience could hear him clearly.
演講者使用麥克風以便讓聽眾聽清楚。

microscope /'maɪkrəˌskop/

顯微鏡 *(C)*

◀ The student is examining bacteria under a **microscope**.
這學生在顯微鏡下觀察細菌。

microwave /'maɪkrəˌwev/

微波 *(C)*

◀ It's a good idea to use a **microwave** oven to defrost frozen food.
用微波爐給冷凍食品解凍可是個好主意。

Microwaves are very short waves of electromagnetic energy that travel at the speed of light.
微波是以光速前進，波長非常短的電磁能源。

middle /'mɪdl̩/

① 中間的，中央的，居中的 *(adj)*

◀ On the **middle** finger of her left hand, she wore a gold ring.
她在左手中指上戴了個金戒指。

② 中間，中央，中部 *(the+S)*

Here's a photo of her together with her high school classmates; she is the one in the **middle**.
這是一張她和高中同學一起的合影，中間的那個人就是她。

③ (正在做…的) 當中 *(the+S)*

Can I call you back later? I'm in the **middle** of a meeting.
我過一會兒給你回電話行嗎？此刻我正在開會當中。

midst /mɪdst/

深處 *(the+S)* = middle

◀ We walked into the **midst** of the forest.
我們步入了密林深處。

might /maɪt/

① 可能 *(aux)*

◀ Without his parents' financial support, he **might** have gone bankrupt.
要不是他父親給予經濟資助，他可能都已經破產了。

John said that he **might** not be able to finish his paper on Wednesday.
約翰說他星期三可能無法完成他的論文。

M

②力氣，力量，權力 (U) = strength

Linda was so angry that she threw the book at Mike's head with all her **might**.

琳達氣憤至極，將書用盡全力朝麥克頭上扔過去。

mighty /'maɪtɪ/

強大的，強有力的 (adj) = powerful, strong

◀ It thundered. First came a flash and then a **mighty** bang. Many people got scared.

雷聲隆隆。先是一下閃電，然後一聲巨響，許多人嚇到了。

migrant /'maɪɡrənt/

①流動的，移動的，有移居性的 (adj)

◀ Because of recession, **migrant** workers are found everywhere.

因爲經濟蕭條，到處都可見到流動工人。

②候鳥，移居者 (C)

Scores of **migrants** fly to Taiwan each winter.

每年冬天都有幾十種候鳥飛到台灣來。

✎相關字 請參見 emigrant。

migrate /'maɪɡret/

遷徙 (vi) = move

◀ Most birds have to fly long distances to **migrate** to warmer places.

大多數鳥都得長途遷徙到較溫暖的地方去。

✎相關字 請參見 emigrate。

migration /maɪ'ɡreʃən/

遷徙，移居，洄游 (C)

◀ Drought often causes great animal **migrations**.

乾旱常導致動物大遷徙。

✎衍生字 migratory (adj) 移居性的，移動性的

mild /maɪld/

①溫順的，溫和的 (adj) = gentle, kind

◀ She has so **mild** a nature that everyone finds it easy to get along with her.

她的天性是如此溫順，大家都覺得很容易與她相處。

✎衍生字 mildly (adv) 溫和地；mildness (U) 溫和

②不太冷的，不嚴重的，輕微的 (adj)

The weather was **mild** last winter; people didn't need to wear heavy clothes.

去年冬天不太冷，人們不必穿上厚重的衣服。

③ (食物、飲料等) 不濃烈的，不苦的 (adj)

⇔ strong

This is a very **mild** cheese; it has a delicate taste and hardly has any smell.

這種奶酪味道清淡，吃起來很可口，也沒有怪味。

mile /maɪl/

英里 (C)

◀ She lives just half a **mile** away.

她住在僅半英里遠的地方。

🔘 MP3-M7

mileage /'maɪlɪdʒ/

①里程，英里數 (S)

◀ Does it really pay to buy a used car with a low **mileage**?

買一輛行駛里數少的二手車真值得嗎？

②益處，好處 (U) = benefit, profit

The company got a lot of **mileage** out of the advertisement promoting their new product.

公司從推廣新產品的廣告中獲益匪淺。

milestone /'maɪl,ston/

里程碑 (S) = landmark

◀ The invention of the airplane was a **milestone** in human history.

發明飛機是人類歷史上的里程碑。

militant /'mɪlətənt/

好戰的 (adj)

= warlike, trigger-happy, belligerent；⇔ peace-loving

◀ The more **militant** leaders there are, the more wars there will be.

好戰的領袖人物愈多，戰爭也會愈頻繁。

✎衍生字 militant (C) 好戰分子

military /'mɪlə,tɛrɪ/

①軍事的 (adj)

◀ The US government has decided to take **military** action against the terrorists.

美國政府決定對恐怖分子採取軍事行動。

✎衍生字 militarism (U) 軍國主義，黷武主義

②軍人，軍隊 (C)

Did you serve in the **military**?

你服過兵役嗎？

M

milk /mɪlk/

①牛奶 (U)

◀ He bought a bottle of whole/low-fat/skim **milk**.

他買了一瓶全 / 低 / 脫脂牛奶。

✎衍生字 *milky (adj)* 乳製的，乳白色的

②擠奶 (vt)

The farmer **milks** the cows twice a day with a milking machine.

這農夫用擠奶器一天兩次給牛擠奶。

mill /mɪl/

①磨坊，工廠 (C) = *factory*

◀ The flour/lumber/steel **mill** was built 30 years ago.

這家麵粉 / 木材 / 鋼鐵廠建於三十年前。

②磨碎，磨細 (vt) = *grind*

The wheat is **milled** into flour.

小麥被磨成麵粉。

miller /'mɪlɚ/

磨坊主人 (C)

◀ The **miller** used a donkey to grind corn for him.

磨坊主人用一頭驢子爲他磨穀物。

million /'mɪljən/

百萬 (C)

◀ Over three **million** people live in Taipei.

有三百多萬人住在台北。

說明：接在數字之後時，million 與 hundred 或 dozen
　　　一樣不加 "s"，但若指數百萬，則用 "millions of
　　　" + 名詞。

millionaire /ˌmɪljən'ɛr/

百萬富翁 (C)

◀ Ben worked very hard and spent very little. That was how he became a **millionaire** before 25.

班工作努力花錢又省，就這樣他二十五歲不到就成了百萬富翁。

mimic /'mɪmɪk/

①模仿 (vt) = *imitate, copy, mime*

◀ Debby is good at **mimicking** our English teacher.

黛比很善於模仿我們英文老師。

✎衍生字 *mimic (C)* 善於模仿的人或物，模仿秀演員

②偽裝的 (adj)

The **mimic** coloring of this insect protects it from predators.

這種昆蟲的偽裝色保護其免遭捕食者的攻擊。

mind /maɪnd/

①心，意圖，意向 (C)

◀ They have made up their **minds** to study English for an hour a day.

他們決心每天花一小時來學英語。

②介意 (vt)

Do you **mind** my opening the window?

你會介意我把窗戶打開嗎？

mine /maɪn/

①礦，礦井 (C)

◀ The coal **mine** has been closed down.

煤礦被關閉了。

②地雷 (C)

The tank was destroyed by a buried **mine**.

坦克被埋在地下的地雷炸毀了。

③開採 (vt)

They **mined** the hillside for gold.

他們在山坡上開採金子。

④布雷 (vt)

All the roads leading to the city have been heavily **mined**.

所有通往該城的路上都已布滿了地雷。

⑤我的 (pron)

May I borrow your CD player? **Mine** is broken.

我可以借用一下你的CD唱機嗎？我的那個壞了。

miner /'maɪnɚ/

礦工 (C)（請參閱附錄 "職業"）

◀ A lot of coal **miners** were laid off.

很多煤礦工遭到遣散。

mineral /'mɪnərəl/

礦物 (C)

◀ They dug out quite a few **minerals** such as coal, copper, and iron in this area.

他們在這一地區挖出不少礦物如煤、銅和鐵。

mingle /'mɪŋgl̩/

①混入，混合 *(vi)*

◀ The pickpocket **mingled** in/with the crowd and was soon out of sight.

扒手混入人群，馬上就不見了。

②混合，兼有 *(vt)* = mix

He made a wonderful speech containing praise **mingled** with blame.

他做了一次精彩的發言，其中表揚和責難兼有。

miniature /'mɪnɪətʃɚ/

①縮影 *(U)*

◀ Jody's face is her mother's in **miniature**.

喬迪的臉是她母親的縮影。

✎衍生字 *miniature (C)* 袖珍畫

②微型的 *(adj)* = diminutive, tiny

Stanley bought a **miniature** train set for his son.

斯坦利給兒子買了一套迷你型火車。

minimal /'mɪnɪml̩/

最小的，極小的 *(adj)* = slight ⇔ maximal

◀ The typhoon caused only **minimal** damage.

這次颱風僅造成輕微損失。

minimize /'mɪnəˌmaɪz/

①將…減至最少或最小，盡可能減少 *(vt)* ⇔ maximize

◀ The bank installed a good alarm system to **minimize** the risk of burglary.

銀行安裝了一套優良的警報系統來盡可能減少夜盜的威脅。

②輕視 *(vt)* = belittle, play down

The manager **minimized** Mary's contribution to the company.

經理輕視瑪莉對公司作出的貢獻。

minimum /'mɪnəməm/

①最低數 *(S)* ⇔ maximum

◀ Staffing levels at this school have been slashed to a bare **minimum**.

這所學校的人員數被刪到最低數。

②最低的 *(adj)*

The **minimum** requirements for the job are a bachelor's degree, three years' experience, and an advanced level of English.

擔任這分工作的最低要求是大學畢業、三年經驗及高水準英文。

minister /'mɪnɪstɚ/

①部長 *(C)*

◀ The Interior **Minister** is doing everything she can to help the flood survivors to rebuild their homes.

內政部長正盡一切努力幫助水災的倖存者們重建家園。

✎衍生字 *ministry (C)* (政府的) 部

②牧師 *(C)* = priest

They were married by a **minister** at a church in this neighborhood.

他倆在本區教堂內由一位牧師主持儀式成婚。

minor /'maɪnɚ/

①小的，較少的，次要的 *(adj)* ⇔ major

◀ He made some **minor** changes to his original design after he discussed it with his adviser.

他和他的顧問討論過後，對原設計作了些小變動。

②未成年人 *(C)*

The bar doesn't serve **minors**, so you can't go there.

這家酒吧不對未成年人開放，所以你不能去那裡。

③輔系，副修 (科目) *(C)* ⇔ major

Alan added a **minor** of computer graphics to his major, English literature.

愛倫在主修科目英國文學之外加了一門副修電腦製圖。

④副修 *(vi)* ⇔ major

He **minored** in economics.

他副修經濟學。

minority /mə'nɔrətɪ/

少數族群 *(C)* ⇔ majority

◀ They finally succeeded in passing a bill to protect the religious **minorities** in their country.

他們最後成功地通過了一項保護國內信仰不同的少數族群的法案。

mint /mɪnt/

①薄荷 *(U)*

◀ I ordered roasted lamb with **mint** sauce.

我要了薄荷醬汁烤羊肉。

M

②鑄 (幣) *(vt)*

I've not seen the recently **minted** 50-dollar coins.

我還沒見過新鑄的五十元面值的硬幣呢。

minus /ˈmaɪnəs/

①減去 *(prep)*

◀ 20 **minus** 5 is/equals 15.

二十減去五等於十五。

②零下 *(prep)*

The temperature went as low as **minus** 10.

氣溫降到零下十度。

③減號的 *(adj)* ⇔ *plus*

He got an A for his last essay, but only a B **minus** for this one.

他上次的論文得了個A，但這次只得了B減。

④不利條件 *(C)* = *disadvantage* ⇔ *plus*

Traffic noise is one of the **minuses** of living in the city.

交通噪音是都市生活的不利條件之一。

minute /ˈmɪnɪt/

①分鐘 *(C)*

◀ It takes ten **minutes** to walk from the post office to the bus stop.

從郵局走到公車站需十分鐘。

②極小的 *(adj)* /maɪˈnjut/

There has been a **minute** change in the weather.

天氣有一微小的變化。

miracle /ˈmɪrəkl̩/

奇蹟 *(C)*

◀ It's a **miracle** that you survived the plane crash.

你從飛機撞毀事故中存活了下來簡直是個奇蹟。

miraculous /məˈrækjələs/

奇蹟般的 *(adj)* = *wondrous*

◀ It was amazing that she made a **miraculous** recovery from leukemia.

她患白血病後又奇蹟般的康復，真令人難以置信。

✎衍生字 *miraculously (adv)*奇蹟地

mirror /ˈmɪrɚ/

①鏡子 *(C)*

◀ He checked his side **mirrors** and saw a dark colored van behind him.

他朝側視鏡裡看去，只見一輛深色車跟隨在後。

②反映 *(vt)* = *reflect*

Do you think these opinion polls really **mirror** what people are thinking about?

你覺得這些民意測驗真能夠反映出人們的想法嗎？

mischief /ˈmɪstʃɪf/

惡作劇 *(U)*

◀ The naughty boy was a real pain in the neck. He was always up to **mischief**.

這個調皮的男孩子真討厭，他總是在惡作劇。

mischievous /ˈmɪstʃɪvəs/

頑皮的 *(adj)* = *naughty, impish*

◀ The little boy looked at me with a **mischievous** expression.

小男孩用頑皮的表情看著我。

miser /ˈmaɪzɚ/

吝嗇鬼 *(C)*

◀ He is a typical **miser**; he's mean and hates spending money.

他是個典型的吝嗇鬼。他生性小氣，捨不得花錢。

✎衍生字 *miserly (adj)* 吝嗇的

miserable /ˈmɪzərəbl̩/

難過的，痛苦的，悲慘的 *(adj)* = *unhappy*

◀ Having nothing to eat, the poor girl went to bed, feeling hungry and **miserable**.

沒什麼東西可吃，那可憐的女孩上床去了，她覺得又餓又難過。

🔘 MP3-M8

misery /ˈmɪzərɪ/

①苦難 *(U)*

◀ Many people in Africa still live in **misery**.

在非洲有許多人仍然生活在苦難之中。

②痛苦的事，大不幸 *(P)* = *sufferings*

Don't turn a deaf ear to the **miseries** of the homeless.

別對無家可歸的人的痛苦採取充耳不聞的態度。

M

misfortune /mɪs'fɔrtʃən/

①不幸，厄運 *(U)* = bad luck

◀ He had the **misfortune** to have his driver's license taken away for a minor offense.
他運氣不佳，因一個小小的過失而被沒收了駕照。

②不幸事故，災難，災禍 *(C)*

The earthquake victims bore their **misfortunes** bravely.
地震受災者勇敢地面對災難。

mislead /mɪs'lid/, misled *(pt)*, misled *(pp)*

誤導，使人產生錯誤想法或印象 *(vt)*

◀ Jack was furious with his doctors for having **misled** him into thinking his illness was not so serious.
傑克對醫生很生氣，因為他們誤導他以為自己的病情不很嚴重。

✎衍生字 misleading *(adj)* 使人誤解的，欺騙的

Miss /mɪs/

小姐 *(C)*

◀ **Miss** Brazil was voted **Miss** World in 1986.
巴西小姐在一九八六被選為世界小姐。

miss /mɪs/

①想念，思念 *(vt)*

◀ Her son has gone to America for further study; she **misses** him very much.
她的兒子去美國深造了，她很想念他。

②沒打中，錯過 *(vi,vt)*

The hunter shot at the deer, but **missed** (it).
獵人向鹿開了一槍，但沒打中。

miss out

①沒有把握好 *(vi)*

◀ Mimi got married very young and now she feels she is **missing out** on life.
咪咪結婚得早，現在她覺得自己沒有把握好生活。

②遺漏 *(vt,s)* = leave out

His account of his early life **misses out** one or two important facts.
他敘述自己早期的生活時，漏掉了一兩項重要事實。

missile /'mɪsl̩/

飛彈 *(C)*

◀ The government troops launched **missiles** at the rebels.
政府軍向叛亂者發射飛彈。

missing /'mɪsɪŋ/

找不到的，丟失的 *(adj)* = lost

◀ After the typhoon, several people were reported **missing**, presumed dead.
颱風過後據稱有數人失蹤，可能已死亡。

mission /'mɪʃən/

任務 *(C)*

◀ Without a moment of hesitation, the brave soldiers accepted the bombing **mission**.
這些勇敢的戰士們毫不遲疑地接受了轟炸任務。

missionary /'mɪʃən,ɛrɪ/

傳教士 *(C)*

◀ The **missionary** went to China to convert people to Christianity.
這個傳教士到中國去勸人改信基督教。

mist /mɪst/

霧 *(U)*

◀ The mountains were hidden in **mist**.
群山掩映在霧中。

✎衍生字 misty *(adj)* 多霧的，被霧籠罩的

mistake /mə'stek/

錯誤 *(C)* = error

◀ The police officer made a big **mistake** in letting the real murderer go.
警官犯了個大錯，把真正的殺人犯給放跑了。

mister /'mɪstɚ/

先生 *(C)*

◀ The little boy said, "Please, **mister**, can I have my ball back?"
小男孩說："求求你，先生，把球還給我吧。"

mistress /'mɪstrɪs/

情婦 *(C)*

◀ Alex's wife left him when she discovered he had a **mistress**.
阿歷克斯的妻子發現他有個情婦後就離他而去了。

M

misunderstand /ˌmɪsʌndəˈstænd/

misunderstood (pt), misunderstood (pp)

誤解 (vt)

◀ They simply **misunderstood** what I said.

他們根本就是誤解了我的話。

✎衍生字 misunderstanding (C,U) 誤解

mix /mɪks/

①混合 (vt) = combine, blend

◀ You can **mix** blue and yellow paint to make green.

藍色顏料和黃色顏料混合就成了綠色。

②相處融洽 (vi) = get along

Kelly is easy-going. She often **mixes** well with people around her.

凱莉為人隨和,她常與周圍的人相處融洽。

mixture /ˈmɪkstʃə/

混合 (C) = blend

◀ This tobacco is a **mixture** of three different sorts.

這種煙草是由三種不同煙草混合而成的。

---

mix up

①搞錯,混淆 (vt,s)

◀ The twins look so much alike that I often **mix** one **up** with the other.

這兩個雙胞胎長得太像了,我經常把他們搞錯。

②使混亂 (vt,s) = jumble/muddle/scramble up

My note cards are all **mixed up**. I have to put them in order.

我的名片全搞亂了,我得把它們整理一下。

③使困惑 (vt,s) = confuse

Don't **mix** me **up** by asking so many questions at the same time.

不要一下子問那麼多問題,都把我搞糊塗了。

---

moan /mon/

①呻吟 (C) = groan

◀ The wounded soldier lay on the ground, uttering **moans** of pain.

那位傷兵躺在地上,痛得直呻吟。

②呻吟 (vi) = groan

The sick man was **moaning** (away) all night.

病人整晚都在不停地呻吟。

③抱怨 (vi) = complain, gripe, grumble

Lisa never stopped **moaning** about her marriage.

莉莎對自己的婚姻從未停止過抱怨。

mob /mɑb/

暴民 (C)

◀ An angry **mob** is attacking the palace.

一群憤怒的暴民正在攻擊王宮。

✎衍生字 mobster (C) 犯罪集團的成員,歹徒

mobile /ˈmobl̩/

易於移動的 (adj)

◀ **Mobile** phones are very useful, especially in emergencies.

行動電話很有用,尤其在緊急情況下更是如此。

✎衍生字 mobility (U) 可動性,流動性

mobilize /ˈmobl̩ˌaɪz/

(為某目的) 組織,集合,動員 (資源等) (vt)

= muster

◀ Oscar was trying to **mobilize** support for the upcoming election.

奧斯卡正在為即將來臨的選舉動員爭取支持。

mock /mɑk/

①嘲笑 (vt) = poke fun at

◀ You should not **mock** other people's appearances.

你不該嘲笑別人的外貌。

②嘲笑 (vi) = laugh

It's wrong to **mock** at his fear of height.

嘲笑他的懼高症是不對的。

③假裝的 (adj) = pretended, feigned

I glared at him in **mock** indignation.

我假裝氣憤地瞪著他。

④模擬的 (adj) = simulated

My father had given me a **mock** interview before I went to see the personnel manager.

我去見人事經理之前父親給我做了次模擬面試。

mockery /ˈmɑkərɪ/

嘲笑 (U) = derision

◀ He continued with his plans to build a talking computer in spite of the **mockery** of his colleagues.

儘管同事嘲笑,他繼續做會說話的電腦計畫。

M

mode /mod/

方式 *(C)* = way, style

◀ The death of his only son changed his whole **mode** of life.
他的獨子去世改變了他整個的生活方式。

model /'madl/

①模特兒 *(C)*

◀ His wife served as the **model** for many of his early paintings.
他的許多早期畫作都是由他妻子充當模特兒的。

②模範的 *(adj)*

Linda is considered a **model** student; she is diligent, polite and willing to help other students.
琳達被視為模範學生。她勤奮，有禮貌，並且願意幫助其他學生。

moderate /'madərit/

①溫和的，有節制的 *(adj)* ⇔ excessive

◀ The employees made **moderate** wage demands; they only asked for a 3% wage increase.
員工們提出了溫和的加薪要求，他們只要求增加百分之三。

②中庸的，穩健的，不走極端的 *(adj)* ⇔ extreme

His views on abortion represent the **moderate** wing of the party.
他對墮胎的觀點代表了黨內溫和派的看法。

modern /'madən/

現代的，近代的 *(adj)* ⇔ ancient

◀ In **modern** times, the data is often analyzed by computer.
在現代，數據資料通常由電腦進行分析。

modernization /ˌmadənə'zeʃən/

現代化 *(U)*

◀ They embarked on the **modernization** of the post office.
他們著手郵局的現代化工作。

modernize /'madən,aɪz/

現代化 *(vt)*

◀ The government decided to **modernize** its military forces.
政府決定使軍隊現代化。

modest /'madɪst/

謙虛的 *(adj)* ⇔ proud (of)

◀ The young writer is **modest** about her success.
那年輕的作家對她的成功表現得很謙虛。

modesty /'madɪstɪ/

謙遜 *(U)*

◀ **Modesty** helps one to get ahead in one's career.
謙遜助人在事業上取得進步。

🔘 MP3-M9

modify /'madə,faɪ/

①修訂 *(vt)*

◀ The law has recently been **modified** to reflect the changes in the modern society.
法律已於近日得到修訂以反映現代社會的變化。

②修飾 *(vt)*

In the phrase "sit quietly", the adverb "quietly" **modifies** the verb "sit".
在詞組 "sit quietly" (安靜的坐著) 中，副詞 "quietly" (安靜地) 修飾動詞 "sit" (坐)。

✎衍生字 modification *(U,C)* 修改，修飾

moist /mɔɪst/

潮濕的 *(adj)* = wet, damp ⇔ dry

◀ In the early morning, you will find grass often **moist** with dew.
清晨時分，你會發現青草經常被露水打濕。

moisture /'mɔɪstʃə/

水氣，濕氣 *(U)*

◀ The servant wiped off the **moisture** from the windowpanes.
僕人將窗玻璃上的水氣擦去。

mold /mold/

①發霉 *(U)* = mould

◀ Throw the bread away; it is covered with **mold** all over.
把這麵包扔了，它全發霉了。

②模子 *(C)* = mould

I made the mousse in the jelly **molds** shaped like a heart.
我在心形果凍模子裡做甜點慕思。

③模式 *(C)* = mould

Prof. Santos doesn't fit into the traditional **mold** of a university professor.
桑托斯教授與大學教授的傳統模式不符。

M

④ 用模子做 *(vt)*

She **molded** a dog in/from/out of clay.
她用模子壓出黏土狗。

◣衍生字 *molding (C)* 鑄造物，模製品

⑤ 塑造 *(vt)* = shape

I enjoy working with students and helping
mold their characters.
我喜歡和學生一起工作，並幫助塑造他們的性
格。

molecule /ˈmɑləˌkjul/

分子 *(C)*

◀ A **molecule** of water consists of two atoms of
hydrogen and one atom of oxygen.
水分子由兩個氫原子和一個氧原子組成。

◣衍生字 *molecular (adj)* 分子的

moment /ˈmomənt/

一會兒，片刻，瞬間，一剎那 *(C)*

◀ I will be ready in a **moment**.
我一會兒就好了。

◣衍生字 *momentary (adj)* 瞬間的，短暫的

momentum /moˈmɛntəm/

衝力，動力 *(U)* = impetus

◀ As the hill got steeper, the sled gained
momentum.
隨著山坡愈來愈陡，雪橇的衝力愈來愈大。

mommy /ˈmɑmɪ/

媽媽 *(C)* = mummy, mom, mamma, ma

◀ "**Mommy**, will you take us to the zoo this
weekend?" asked the little girl.
"媽媽，這個週末你帶我們去動物園好嗎？" 小
女孩問道。

monarch /ˈmɑnɚk/

帝王，君主 *(C)* = king

◀ They crowned the little prince **monarch** after
the king's sudden death.
國王突然駕崩後他們將小王子加冕為王。

◣衍生字 *monarchy (U)* 君主政體

Monday /ˈmʌndɪ/

星期一 *(C,U)*

◀ She came back on **Monday** morning.
週一早上她回來。

money /ˈmʌnɪ/

錢 *(U)*

◀ He makes/earns enough **money** to live
comfortably.
他賺的錢夠他過舒適的日子。

monitor /ˈmɑnətɚ/

① 監視器 *(C)*

◀ The heart **monitor** showed that the patient
was at risk.
心臟監視器顯示病人情況危急。

② 監聽 *(vt)*

They **monitor** the enemy's radio broadcasts
for political information.
他們監聽敵台廣播以收集政治情報。

monk /mʌŋk/

和尚 *(C)* ⇔ nun

◀ A Buddhist **monk**, not a Catholic father, built
this orphanage.
修建這所孤兒院的是一位和尚，而不是天主教
神父。

monkey /ˈmʌŋkɪ/

猴子 *(C)* （請參閱附錄 "動物"）

◀ A **monkey** never thinks her baby's ugly.
(Haitian Proverb)
母猴從不覺得自己的寶寶醜 (孩子是自己的好)。

monopoly /məˈnɑpl̩ɪ/

專賣權 *(C)*

◀ The government holds a **monopoly** on the
sale of tobacco and wine.
政府擁有煙草和酒類的專賣權。

◣衍生字 *monopolize (vt)* 獨佔，專賣；*monopolization (U)*
獨佔，專賣

monotonous /məˈnɑtṇəs/

單調的 *(adj)* = tedious, boring

◀ He quit his **monotonous** job on the assembly
line at the car factory.
他辭去了在汽車廠裝配線上的單調工作。

monotony /məˈnɑtṇɪ/

單調 *(U)* = boredom

◀ Many retired people do some voluntary work
to relieve the **monotony** of everyday life.
許多退休人員當義工以打發日常生活的單調。

✎相關字 monolingual (一種語言的)。monograph (專題論文)。monomania (偏執狂)。monogamy (一夫一妻制)。monolog (獨白)。monocular (單眼望遠鏡)。monolith (大而有權力的機構)。

monster /'mɑnstɚ/

鬼怪 *(C)*

◀ Last night, Henry dreamed that a **monster** with sharp teeth was chasing him.
昨晚亨利夢見一個長著尖利牙齒的鬼怪在追他。

monstrous /'mɑnstrəs/

令人髮指的，極可惡的 *(adj)* = shocking, abhorrent

◀ He should be hanged for the **monstrous** crime he committed.
他幹了那些令人髮指的罪行，應該被吊死才對。

month /mʌnθ/

月 *(C)*

◀ I haven't seen him for **months**.
我有好幾個月沒見著他了。

monthly /'mʌnθlɪ/

①每月的 *(adj)*

◀ The speech club issues a **monthly** newsletter to each member.
演講社每月都會向會員發一分簡報。

②每月 *(adv)*

They meet **monthly** to discuss the progress they have made.
他們每月碰一次面以討論進展情況。

monument /'mɑnjəmənt/

紀念碑 *(C)*

◀ They built a **monument** to commemorate those firefighters who died saving others.
他們建一座紀念碑以紀念爲救人而捐軀的消防人員。

✎衍生字 *monumental (adj)* 紀念的，紀念碑的，雄偉的

mood /mud/

心情 *(C)*

◀ The sunny morning put him in a good **mood**.
陽光明媚的早晨使他心情很好。

✎衍生字 *moody (adj)* 喜怒無常的，情緒多變的

moon /mun/

月亮，月球 *(C)*

◀ Look, there is a crescent/full **moon** just above the horizon.
看，地平線上掛著一彎新月 / 一輪滿月。

mop /mɑp/

①用拖把拖 (地) *(vt)*

◀ The maid **mops** the kitchen floor twice a week.
女僕每週兩次拖廚房地板。

②拖把 *(C)* (請參閱附錄 "工具")

I saw Jim carrying a **mop** and a bucket.
我看見吉姆帶著拖把和水桶。

mop up

用拖把拖乾淨 *(vt,s)*

◀Please **mop up** the pool of water on the floor.
把地上的這灘水拖掉。

moral /'mɔrəl/

①道德的，倫理的 *(adj)*

◀ You don't know why Jack and Jean were divorced, so don't make **moral** judgments about it.
你不知道傑克和珍爲何離婚的，所以就不要從道德上對這事作評判。

✎衍生字 *morality (U)* 道德，倫理

②寓意，(事件、故事等的) 教育意義，教訓 *(C)*

The **moral** of the fable "The Hare and the Tortoise" is that being slow and steady will win you the race.
〈龜兔賽跑〉這則寓言故事的啓示是穩步向前並能堅持不懈就可在比賽中獲勝。

morale /mo'ræl/

士氣 *(U)*

◀ The visit of the president did a great deal to boost/raise/heighten the **morale** among the troops.
總統的訪問大大地增進了部隊的士氣。

morality /mɔ'rælətɪ/

道德 *(U)* ⇔ *immorality*

◀ The minister called upon the public to make efforts to preserve traditional **morality**.
部長要求公眾都來努力保存傳統道德。

M

📝衍生字 *moral (adj)* 道德的；*moralist (c)* 執著道德對錯的人；*moralistic (adj)* 執著道德對錯的；*moralize (vi)* 教訓

more /mor/

①更多的 *(adj)*

◀ We stayed in Danville two **more** days.
我們在丹維爾多逗留了兩天。

②較多的 *(adj)* ⇔ *fewer*

More tourists visit Yosemite in summer than in winter.
夏天去優勝美地國家公園的遊客比冬天時要多。

③更，更加 *(adv)* ⇔ *less*

His illness was **more** serious than we had expected.
他的病比我們原先估計的更嚴重。

④更多 *(pron)*

A lot of houses are being built, but many **more** are needed.
大量住房已在建造了，但還需要更多。

moreover /mɔr'ovɚ/

再者 *(adv)* = *besides, furthermore*

◀ This room commands a good view, and **moreover**, the rent is reasonable.
這間房望出去景觀不錯，再者，租金也合理。

morning /'mɔrnɪŋ/

早晨 *(C)*

◀ He goes jogging every **morning**.
他每天早晨都慢跑。

🔊 MP3-M10

mortal /'mɔrtl̩/

①死 *(adj)* ⇔ *immortal*

◀ All human beings are **mortal**; they'll die sooner or later.
人都有一死，早些遲些終會死的。
📝衍生字 *mortality (U)* 死亡，死亡人數

②致命的 *(adj)* = *fatal*

He got a **mortal** wound in the heart.
他心臟受了致命傷。

③凡人 *(C)* = *human*

We are all **mortals**, with strengths and weaknesses.
我們都是凡人，有優點也有缺點。

mosquito /mə'skito/

蚊子 *(C)* （請參閱附錄 "動物"）

◀ Only female **mosquitoes** bite.
只有母蚊子才會叮人。

moss /mɔs/

苔 *(U)*

◀ A rolling stone gathers no **moss**.
滾石不生苔。（轉業不聚財。）

most /most/

①大部分的 *(adj)*

◀ **Most** high school students in Taiwan wear uniforms.
台灣的大部分中學生都穿校服。

②最多的 *(adj)* ⇔ *fewest*

The president himself won the **most** votes.
總統本人得票最多。

③最 *(adv)* ⇔ *least*

What she feared **most** was failing to pass the entrance exam.
她最怕的是通不過這次的入學考試。

④大部分 *(pron)*

Some apples have been picked, but **most** are still on the trees.
已被摘了一些蘋果，但大部分仍掛在樹上。

mostly /'mostlɪ/

大部分，主要地，多半，通常 *(adv)*
= *generally, usually*

◀ Sometimes he takes a taxi, but **mostly** he drives to work.
他有時搭計程車，但大部分情況是自己開車去上班的。

motel /mo'tɛl/

汽車旅館 *(C)*

◀ They checked in/out of the **motel** near the highway.
他們住進 / 退房離開靠公路的那家汽車旅館。

mother /'mʌðɚ/

母親 *(C)* （請參閱附錄 "親屬"）

◀ A **mother**'s love never changes.
母愛永恒。

motherhood /ˈmʌðɚˌhʊd/

母親身分 *(U)*

◀ Scarlet shouldn't have had children; **motherhood** doesn't suit her.
斯嘉莉不該有孩子，她不適合為人母。

📎相關字 brotherhood (兄弟關係)。fatherhood (父親身分)。parenthood (親子關係)。sisterhood (姐妹關係)。

motion /ˈmoʃən/

①動，運動，移動 *(U)*

◀ Denny set the engine of his car in **motion**.
丹尼發動了汽車的引擎。

②動作，姿勢 *(C) = movement*

With a **motion** of her hand, she summoned the waiter.
她打了個手勢招呼侍者過來。

📎衍生字 *motionless (adj)* 靜止的，不動的

③提議，動議 *(C)*

The committee passed a **motion** to reduce income tax.
委員會通過了一項降低所得稅的動議。

📎衍生字 *move (vt)* 提議

motivate /ˈmotɪˌvet/

激勵，使…產生動機 *(vt)*

◀ A special bonus is set up to **motivate** the staff to work harder.
一筆特別紅利設立的目的是激勵員工更努力的工作。

motivation /ˌmotəˈveʃən/

動機 *(U)*

◀ The stronger **motivation** you have, the better you will learn a foreign language.
你的動機愈強，外語就會學得愈好。

motive /ˈmotɪv/

①用心，動機 *(C) = motivation (C)*

◀ He may have an ulterior **motive** for being kind and hospitable to me.
他對我善意和友好也許有別有用心 (動機) 的。

②動力的 *(adj) = activating*

The wind provides the **motive** power to operate machinery.
風給操作機械提供了動力。

motor /ˈmotɚ/

馬達 *(C)*

◀ This lawn mower is driven by a small electric **motor**.
這台割草機是用一個小電動馬達來驅動的。

motorcycle /ˈmotɚˌsaɪkl̩/

摩托車 *(C) = motorbike*

◀ My sister rides a **motorcycle** to work every day.
我妹妹每天騎著摩托車去上班。

motto /ˈmɑto/

格言，箴言，座右銘 *(C) = maxim*

◀ He's good at quoting fitting **mottos** in his speeches.
他很擅於在演講中恰當地引用格言。

mound /maʊnd/

土堆 *(C) = pile, heap*

◀ The bulldozer piled up a huge **mound** of dirt on the roadside.
推土機在路邊堆起了一個大土堆。

mount /maʊnt/

①跨上 *(vt,vi) = get on ⇔ dismount (vt,vi)*

◀ I **mounted** (my bicycle) and rode off.
我跨上自行車就騎走了。

②增加 *(vi) = increase*

The tension began to **mount** as we waited for the result.
我們等待結果時緊張氣氛開始增加 (即氣氛開始緊張起來)。

📎同尾字 surmount (戰勝；克服)。paramount (至上的)。

mount up

增加 *(vi) = increase*

◀ His debts continued to **mount up**; in fact, he was teetering on the brink of bankruptcy.
他的債務繼續增加，事實上已經快破產了。

mountain /ˈmaʊntn̩/

山 *(C)*

◀ They climbed (up) to the top of the **mountain** to admire the grand view.
他們爬上山頂去觀賞那壯觀的景色。

📎衍生字 *mountaineer (C)* 登山家

M

mountainous /ˈmauntn̩əs/

多山的 *(adj)*

◀ Typhoon Toraji caused great damage to many **mountainous** areas in Taiwan.

桃芝颱風給台灣的許多山區造成了重大破壞。

mourn /mɔrn/

①哀悼 *(vi)* = grieve

◀ All the flags in that country were at half-mast, as a sign of **mourning** for the deceased president.

該國所有旗幟均降半旗以哀悼去世的總統。

②哀悼 *(vt)*

We **mourned** our friend's death.

我們哀悼朋友去世。

✎衍生字 *mourning (U)* 哀痛，哀悼，悲痛

mournful /ˈmɔrnfl̩/

哀傷的 *(adj)* = sad, sorrowful

◀ I discovered a **mournful** expression on her face.

我發現她臉上有一種哀傷的表情。

mouse /maus/

老鼠 *(C)* （請參閱附錄 "動物"）

◀ Burn not your house to frighten the **mouse** away.

不要為了嚇走老鼠而燒毀自己房子 (勿以大砲轟小鳥；投鼠忌器)。

✎衍生字 *mice (pl)* 老鼠

mouth /mauθ/

口，嘴 *(C)*

◀ My **mouth** waters at the thought of ice cream.

想到冰淇淋我就流口水。

✎衍生字 *mouthful (C)* 一口之量

mouthpiece /ˈmauθ‚pis/

①吹口 *(C)*

◀ Please clean the **mouthpiece** of the clarinet.

請把單簧管的吹口清潔一下。

②發言人，代言人 *(C)* = spokesperson

Miss Chang is the official **mouthpiece** of the Department of Foreign Affairs.

張小姐是外交部的正式發言人。

movable /ˈmuvəbl̩/

可移動的 *(adj)* ⇔ immovable

◀ The wooden fence is **movable**.

這個木頭柵欄是可移動的。

move /muv/

①行進 *(vi)* ⇔ stop

◀ Don't get off the bus while it is still **moving**.

別在公共汽車還在行進時下車。

②搬家 *(vi)*

Their house is too small, so they've decided to **move** to a bigger one.

他們的住房太小了，因此他們決定搬到一棟大些的房子去住。

③搬，移動 *(vt)*

Let's **move** this table to the dining room.

我們把這張桌子搬到餐廳去吧。

④感動 *(vt)*

It was such a touching story that many people were **moved** to tears.

這故事如此感人，許多人都被感動得落淚。

⑤提議 *(vt)* = propose

I **move** that we form a committee to study the effect of GM food on health.

我提議成立一個委員會來研究基因改造食物對健康的影響。

⑥行動 *(C)* = action

I'm still thinking about my next **move**.

我還在考慮下一步的行動。

movie /ˈmuvɪ/

電影 *(C)*

◀ The old man never goes to the **movies**, but he enjoys watching a **movie** on TV.

那老人從不出去看電影，但他喜歡看電視中播放的電影。

mow /mo/

割草 *(vt)*

◀ Mr. Kale is **mowing** his lawn.

凱爾先生正在自家草坪上割草。

mower /ˈmoɚ/

割草機 *(C)*

◀ Can you fix/repair my (lawn) **mower**? It broke down this morning.

你能修一下我的割草機嗎？今早上它壞了。

M

MRT /ˌɛmˈɑrti/

大眾捷運系統 (C) = mass rapid transit, subway

◀ More and more Taipei residents take the **MRT** to work or to school.
愈來愈多的台北居民乘坐大眾捷運系統去上班或上學。

much /mʌtʃ/

①很多的，大量的 (adj)

◀ Hurry up! We don't have **much** time.
趕快！我們時間不多了。

②很大程度地 (adv)

My hairstyle hasn't changed **much** since I was five.
我的髮型從我五歲起沒有很多變化。

③很多 (pron)

We didn't believe **much** of what he said; we found him dishonest.
他說的話我們相信的不多，我們發覺他不老實。

◉ MP3-M11

mud /mʌd/

泥，爛泥 (U)

◀ Their truck got stuck in the **mud**.
他們的卡車陷在泥地裡了。

✎相關字 mudslide (C) (土石流)。

muddle /ˈmʌdl̩/

瞎忙 (vi)

◀ I have been **muddling** around all day, and got nothing done.
我一整天都在瞎忙，什麼事也沒做成。

muddy /ˈmʌdɪ/

沾滿泥的，泥濘的，多泥的 (adj)

◀ Take off your **muddy** shoes before you enter.
你進門前先把滿是泥汙的鞋子脫掉。

mug /mʌg/

馬克杯 (C)

◀ He spooned instant coffee into two of the **mugs**.
他用匙把即溶咖啡舀進兩個馬克杯內。

mule /mjul/

騾子 (C) (請參閱附錄 "動物")

◀ He is as stubborn as a **mule**.
他跟騾子一樣頑固。

multiple /ˈmʌltəpl̩/

①多處的，多重的，多樣的 (adj)

◀ Oliver was rushed to the hospital with **multiple** injuries.
奧利佛多處受傷被急速送往醫院。

②倍數 (C)

3×5 = 15, so 15 is a common **multiple** of 3 and 5.
三乘以五等於十五，因此十五是三和五的最小公倍數。

✎同首字 multilingual (使用多種語言的)。multipurpose (多目標的)。multicolored (多色的)。multifold (多樣的)。multimedia (多媒體)。

multiply /ˈmʌltəˌplaɪ/

①乘 (vt)

◀ If you **multiply** 4 by 6, you'll get 24.
你如果把四去乘以六的話，就會得到二十四。

②使大大增加 (vi) = increase

Our chances of success have greatly **multiplied**.
我們成功的機會大大增加了。

③繁殖 (vi) = breed

When animals have more food, they tend to **multiply** faster.
動物得到更多的食物就會繁殖得更快的。

mumble /ˈmʌmbl̩/

咕噥 (vt,vi) = mutter, grumble

◀ Go find out what your son is **mumbling** about. Is he **mumbling** something about his birthday present?
去看看你兒子在咕噥什麼。是不是咕噥他生日禮物的事？

✎衍生字 mumble (S) 咕噥

mummy /ˈmʌmɪ/

木乃伊 (C)

◀ An Egyptian **mummy** is on display in the museum.
一具古埃及木乃伊正陳列在博物館裡。

municipal /mjuˈnɪsəpl̩/

市政府的 (adj)

◀ The mayor is busy with **municipal** affairs.
市長正忙於市政公務。

✎衍生字 municipality (C) 市，自治城市

M

murder /ˈmɝdɚ/

①謀殺 *(C)* = killing

◀ He was charged with the cold-blooded **murder** of two young boys.
他被指控殘殺了兩個小男孩。

②謀害 *(vt)* = kill

Jack **murdered** his sister for her money.
傑克為得到姐姐的錢財而將她謀害了。

murderer /ˈmɝdərɚ/

兇手 *(C)*

◀ The witness was helping the police to identify who the real **murderer** was.
證人在協助警方指認誰是真正的兇手。

murmur /ˈmɝmɚ/

①連續而輕柔的聲音 *(C)*

◀ The teacher asked Cindy a question, but Cindy replied in a low **murmur**.
老師問辛蒂一個問題,但辛蒂低聲咕嚕了幾下算是回答。

②私下埋怨,發牢騷 *(vi)*
= complain (about), grumble (about)

With the economic downturn, more and more people **murmured** against the government.
隨著經濟的下滑,愈來愈多的人對政府私下埋怨起來。

muscle /ˈmʌsl̩/

肌肉 *(C)*

◀ My brother develops his arm **muscles** by lifting weights.
我弟弟用練舉重來鍛練手臂肌肉。

muscular /ˈmʌskjələ/

肌肉的,肌肉發達的 *(adj)*

◀ Look at his powerful **muscular** arms.
看看他肌肉發達的有力手臂。

muse /mjuz/

①冥想,沉思 *(vi)* = ponder

◀ She used to sit **musing** on/over the meaning of life for hours.
她以前常連續幾小時坐著冥想生活的意義何在。

②靈感 *(C)* = inspiration

I sat down to write my essay, but found my **muse** had deserted me.
我坐下來寫文章,但發覺靈感已不見蹤影。

museum /mjuˈziəm/

博物館 *(C)*

◀ They visited the Taichung Science **Museum** last Sunday.
上個星期天他們去參觀了台中科學博物館。

mushroom /ˈmʌʃrum/

①草,菇,蘑菇 *(C)* (請參閱附錄 "蔬菜")

◀ Soak dried **mushrooms** in hot water until soft.
將乾燥的香菇浸在熱水中一直到變軟。

②發展迅速 *(vi)*

New housing developments have **mushroomed** on the outskirts of the city over the past decade.
過去的十年來市郊的新住宅區發展得十分迅速。

music /ˈmjuzɪk/

音樂 *(U)*

◀ He has the habit of listening to classical **music** while having dinner with his family.
他習慣在同家人一起用餐時聽古典音樂。

musical /ˈmjuzɪkl̩/

①音樂的 *(adj)*

◀ I'm glad to know that we share the same **musical** tastes.
我很高興地發現我們有相同的音樂喜好。

②音樂劇 *(C)*

I saw the **musical** *Miss Saigon* when I was in London last year.
我去年在倫敦時去看了音樂劇《西貢小姐》。

musician /mjuˈzɪʃən/

音樂家 *(C)* (請參閱附錄 "職業")

◀ He is a born **musician**.
他是天生的音樂家。

must /məst; 重讀 mʌst/

①必須 *(aux)* = have to

◀ All drivers **must** wear safety belts while driving.
開車時所有的駕駛員都必須繫上安全帶。

②一定 *(aux)*

He looks very old. He **must** be over sixty years old.
他看起來年紀很大了,一定已年過六十了。

③必需品,必需做的事 *(S)*

Warm clothes are a **must** when you visit Canada in winter.
冬天去加拿大遊訪的話,保暖的衣服是必需品。

mustache /'mʌstæʃ/

髭鬚 *(C)* = moustache

◀ He has shaved off his **mustache**.
他把鬍鬚剃掉了。

✎相關字 請參見 beard。

mustard /'mʌstəd/

芥末 *(U)*

◀ I want more **mustard** in my hot dog.
我的熱狗還要多加些芥末。

mute /mjut/

①說不出話的，緘默的 *(adj)*

◀ I glared at Helen in **mute** anger.
我怒目瞪視海倫，氣得說不出話來。

✎衍生字 mute *(C)* 啞巴，樂器的弱音器

②不讓⋯叫出來 *(vt)* = silence

The man placed a hand across my mouth to
mute my screams.
那男士將一隻手掌堵住我的嘴，不讓我尖叫出
來。

mutter /'mʌtə/

①低聲 *(vt)* = mumble

◀ Is he **muttering** a threat at us?
他低聲威脅我們了嗎？

②嘀嘀咕咕地埋怨 *(vi)* = complain, grumble

Some lawmakers began to **mutter** about the
premier.
有些立委開始嘀嘀咕咕地埋怨行政院長。

③嘀咕，咕噥，私下抱怨 *(S)*

Her voice subsided to a **mutter**.
她的聲音壓低至嘀咕聲。

mutton /'mʌtn̩/

羊肉 *(U)*

◀ My mother cooked my favorite dish today—
stewed **mutton**.
我母親今天燒了我最愛吃的菜──燉羊肉。

✎相關字 pork (豬肉)。beef (牛肉)。chicken (雞肉)。
venison (鹿肉)。

mutual /'mjutʃuəl/

共同的 *(adj)*

◀ We should work together for our **mutual**
benefit.
為了共同的利益我們應攜手合作。

my /maɪ/

我的 (I的所有格) *(adj)*

◀ Don't get in **my** way.
不要擋我的路。

myself /maɪ'sɛlf/

我 (I的反身代名詞) *(pro)*

◀ I finished the work **myself**.
我自己完成這工作。

mysterious /mɪs'tɪrɪəs/

①祕密的 *(adj)* = secretive

◀ Helen is very **mysterious** about her future
plans.
海倫對她未來的計畫很神祕。

②神祕的 *(adj)*

My brother's **mysterious** disappearance upset
everyone.
我弟弟神祕失蹤一事使大家都很難過。

mystery /'mɪstrɪ/

①祕密，神祕的事，難以理解的事物 *(C)* = puzzle

◀ The general's sudden death remains a
mystery.
將軍的突然死亡仍是一個謎。

②神祕 *(U)*

The colonel's death was shrouded/veiled in
mystery.
那上校之死罩在神祕的面紗之中。

myth /mɪθ/

神話 *(C)*

◀ The research exploded the **myth** of racial
superiority.
該項研究戳穿了種族優越的神話。

mythology /mɪ'θɑlədʒɪ/

神話 *(U)*

◀ My mother is interested in Greek and Roman
mythology.
我母親對希臘羅馬神話有興趣。

✎衍生字 mythological *(adj)* 神話 (中) 的，神話學 (中) 的；
mythologist *(C)* 神話學研究者

M

N

A HANDBOOK
7000 English Core Words

N

🔘 MP3-N1

nag /'næg/

嘮叨 *(vt)*

◀ Linda's been **nagging** her husband to fix the faucet.

琳達一直嘮叨要丈夫修水龍頭。

✎衍生字 *nagging (adj)* 嘮嘮叨叨的

nail /nel/

①釘子 *(C)*

◀ To fix the door, I need a hammer and some **nails**.

修理這扇門我需要一把鎯頭和一些釘子。

②指甲 *(C) = fingernails*

Amy was so nervous that she kept biting her **nails**.

艾咪很緊張，所以就不停地咬指甲。

③釘 *(vt) = pin, tack*

Please **nail** this notice to the bulletin board.

請把這張告示釘到布告牌上。

④捉到 *(vt) = catch*

The police finally **nailed** the thief.

警方最終捉到了那個賊。

---

nail down

①釘子釘牢 *(vt,s)*

◀ **Nail** the lid **down** lest the children get it off.

把蓋子用釘子釘牢，以免小孩子揭開。

②迫使 (某人) 明確表態，強迫 (某人) 明確說出意圖或心願 *(vt,s) = tie/pin/peg down*

I must **nail** him **down** to his promise/contract.

我必須敦促他履行諾言／合同。

③講清楚 *(vt,s) = pin down*

I have trouble **nailing down** the main idea of his paper.

我很難講清楚他這篇論文的主旨。

---

naive /naɪ'iv/

天真的 *(adj) = simple-minded；⇔ sophisticated*

◀ She was so **naive** as to believe a politician.

她竟天真的相信政客。

✎衍生字 *naivety (U)* 天真，幼稚

naked /'nekɪd/

赤身裸體的 *(adj) = nude, unclothed*

◀ Scott enjoyed swimming **naked** in the pool.

史考特喜歡赤身裸體在池中游泳。

✎衍生字 *nakedness (U)* 赤身裸體

name /nem/

①姓名 *(C)*

◀ May I have your **name**?

請告訴我你的姓名好嗎？

②聲譽 *(S) = reputation*

The restaurant has a good **name**.

這家餐館享有良好的聲譽。

③起名 *(vt) = call*

She **named** the baby Jean.

她給這嬰兒起名叫 "珍"。

④任命 *(vt) = choose, appoint*

Helen was **named** as the new director.

海倫被任命為新董事。

✎相關字 *family name/last name/surname*(姓)。*first name/given name*(名)。

---

name after

以⋯名字命名 *(vt,u) = name for*

◀ The ship was **named after** Queen Mary.

這艘船以女王瑪莉的名字命名。

---

namely /'nemlɪ/

也就是 (說) *(adv) = that is (to say)*

◀ Only one person can solve the problem, **namely**, Joe.

只有一個人能解決這個難題，他就是喬。

nap /næp/

①小睡 *(C) = snooze, doze*

◀ I usually take/have a **nap** after lunch.

我午飯後通常小睡一會兒。

②打盹 *(vi) = snooze, doze*

Mother was **napping** in front of the television.

媽媽在電視機前打起盹來。

nape /nep/

頸背 *(S)*

◀ Hubert kissed Miki on the **nape** of her neck.

休伯特親吻米基的頸背。

napkin /'næpkɪn/

餐巾 *(C)*

◀ The waiter handed each of us a **napkin**.

侍者給我們每人一塊餐巾。

narrate /næˈret/

講 (故事)，描述，敘述 *(vt)* = recount, describe

◀ Martha vividly **narrated** the story of Little *Red Riding Hood* to her kids.

瑪莎生動地給孩子們講《小紅帽》的故事。

narration /næˈreʃən/

描述 *(U)* = description

◀ She did the **narration** of the trip vividly.

她生動地描述了旅途的經過。

narrative /ˈnærətɪv/

敘述 *(C)* = description, account

◀ Jason gave a vivid **narrative** of his journey in Greece.

賈森生動地敘述了他的希臘之旅。

✎衍生字 *narrative (adj)* 敘事的

narrator /næˈretɚ/；/nəˈretɚ/

解說員 *(C)*

◀ Suhwa, the **narrator** of the documentary, speaks fluent English.

紀錄片解說員蘇華說得一口流利的英語。

narrow /ˈnæro/

①狹窄的 *(adj)* ⇔ wide

◀ The tunnel is too **narrow** for a truck to get through.

這條隧道太窄，連一輛卡車都無法通過。

②狹隘的 *(adj)* = restricted, limited

I am afraid that you are taking too **narrow** a view on this subject.

我覺得你對這個問題的看法恐怕太狹隘了點。

③變窄 *(vi)*

The road **narrows** at this point.

道路在這裡變窄了。

④使變狹窄，縮小 *(vt)*

She **narrowed** her eyes against the sun.

她的眼睛在太陽的照耀下瞇了起來。

---

narrow down

縮減 *(vt,s)*

◀We **narrowed** the list of candidates **down** to just three.

我們把候選人名單縮減到三個人。

---

nasty /ˈnæstɪ/

①嚴重的 *(adj)* = severe

◀ Being fired without reason gave me a **nasty** shock.

無緣無故就被辭退使我非常震驚。

②惡意的，卑鄙的 *(adj)* = unkind, mean, malicious

Don't be **nasty** to your own sister.

不要對你自己的妹妹那麼兇。

③難聞的 *(adj)* = bad, unpleasant

This place has a **nasty** smell.

這地方有股難聞的氣味。

nation /ˈneʃən/

國家 *(C)* = country

◀ All across the **nation** people are doing what they can to help clean the rivers and lakes.

全國上下大家都在出力清理河流和湖泊。

national /ˈnæʃənḷ/

①國家的 *(adj)*

◀ We stand with respect when we hear the **national** anthem playing.

聽見國歌奏響我們都恭敬地站立著。

✎衍生字 *nationally (adv)* 全國地

②僑民 *(C)*

American **nationals** were advised to stay home.

美國僑民被告知要留在家中。

nationalism /ˈnæʃənḷˌɪzəm/

①愛國情操 *(U)* = patriotism

◀ They preached **nationalism**, which helped them win the war.

他們宣揚愛國情操，這幫助他們打贏了這場戰爭。

②民族主義 *(U)*

The rising tide of Scottish **nationalism** is hard to stem.

蘇格蘭民族主義的潮流勢不可擋。

✎衍生字 *nationalist (C,adj)* 民族主義者，民族主義的；*nationalistic (adj)* 民族主義的

nationality /ˌnæʃənˈælətɪ/

①國籍 *(C)*

◀ The staff are of different **nationalities** but all of them can speak English.

員工們有各種國籍的，但大家都會說英語。

N

② 國籍 *(U)*

Anyone who has dual **nationality** is not
allowed to run for office.

具有雙重國籍的人是不能參加競選的。

native /'netɪv/

①出生地的 *(adj)*

◀ English isn't my **native** language.

英語不是我的母語。

②土生土長的人 *(C)*

He is a **native** of New York, not a visitor.

他是土生土長的紐約人，不是遊客。

③土著 *(P)*

The **natives** were forced to leave their fertile
land.

土著被迫離開他們的肥沃土地。

natural /'nætʃərl/

①天然的，自然的 *(adj)* ⇔ *manmade*

◀ Typhoons are **natural** disasters.

颱風是天然災害。

②天生的 *(adj)* = *born*

She is a **natural** leader.

她是個天生的領袖人物。

③天生就有的 *(adj)* = *innate, inherent*

He has a **natural** talent for music.

他天生就有音樂天分。

④很自然的，很平常的 *(adj)*

= *normal*；⇔ *unnatural, abnormal*

It is **natural** to feel nervous when you are in a
new environment.

當你身處一個全新的環境時感到神經緊張是自
然的現象。

naturalist /'nætʃərəlɪst/

博物學家 *(C)*

◀ Dr. Chuck is a renowned **naturalist** in the
academic world.

查克博士在學術界是一位知名的博物學家。

nature /'netʃɚ/

①自然 *(U)*

◀ We stopped to admire the beauty of **nature**.

我們駐足欣賞自然美景。

②特性 *(C)* = *quality*

It is the **nature** of fire to burn.

燃燒是火的特性。

③性情 *(C)* = *disposition, temperament*

Maria has a sweet **nature**.

瑪莉亞具有溫柔的性情。

naughty /'nɔtɪ/

調皮的 *(adj)* = *rude, disobedient*

◀ Tom is so **naughty** a boy that few people like
him.

湯姆這男孩太調皮了，沒有幾個人喜歡他。

naval /'nevl/

海軍的 *(adj)*

◀ Mr. Hamilton was a **naval** officer.

哈密爾頓先生是一位海軍軍官。

✎衍生字 *navy (C)* 海軍

navel /'nevl/

肚臍眼 *(C)* = *belly button*

◀ My mother often warned me not to dig in my
navel with my fingers when I was young.

我小時候母親經常告誡我不要用手指摳肚臍眼。

✎相關字 umbilical cord (臍帶)。

◎ MP3-N2

navigate /'nævə͵get/

①駕駛 *(vt)* = *steer*

◀ The captain **navigated** the ship to the nearest
port for food and supplies.

船長把船駕駛到最近的港口增補食物和補給品。

②橫渡 *(vt)* = *sail over*

I have no idea who first **navigated** the Pacific
Ocean.

我不知道是誰首次橫渡太平洋的。

③導航 *(vi)*

Without any map, early explorers **navigated**
by the stars.

早期的探險家沒有地圖，他們靠星辰導航。

✎衍生字 *navigator (C)* (船或飛機的) 領航員

navigation /͵nævə'geʃən/

航線 *(U)*

◀ It seems impossible to establish/resume aerial
navigation between Taipei and Seoul.

台北和首爾（漢城）之間似乎不可能建立 / 重
建空中航線。

navy /ˈnevɪ/
海軍 (C)
◀ Her only son is serving in the **Navy**.
她的獨生子在海軍裡服役。

near /nɪr/
①不久的，近的 (adj) = closest
◀ Jane will be promoted to senior manager in the **near** future.
珍在不久的將來就要被提升為高級經理一職。
②近的 (adj) ⇔ distant
She is one of his **nearest** relatives.
她是他最近的親戚之一。
③近 (adv) = close
She stood **near** enough to hear what they said.
她站得夠近，聽得清他們說的話。
④接近，靠近 (prep) = close to
He was so angry with her that he wouldn't even sit **near** her.
他對她很生氣，甚至都不願坐在她近旁。
⑤ (時間或空間上) 接近，靠近，臨近 (vi)
= approach, draw near
He became happier and happier as the day of his wedding **neared**.
隨著婚期的接近，他變得愈來愈開心了。

nearby /ˈnɪrˈbaɪ/
①鄰近的 (adj)
◀ Arthur knows everything about the **nearby** village.
亞瑟對鄰近那座村子的情況是一清二楚的。
②附近 (adv)
A basketball match was played **nearby** last week.
上週附近舉行了一場籃球賽。

nearly /ˈnɪrlɪ/
幾乎 (adv) = almost
◀ I've **nearly** finished the songs for your new album.
我幾乎已快把你新專輯中的歌做完了。

nearsighted /ˈnɪrˈsaɪtɪd/
近視眼的 (adj)
= shortsighted, myopic；⇔ longsighted, farsighted
◀ I am **nearsighted** and have to wear glasses for driving.
我是近視眼，開車時要戴眼鏡。

neat /nit/
整齊的 (adj) ⇔ messy, sloppy
◀ Ann likes to keep her room **neat** and tidy.
安喜歡將自己的房間弄得乾淨整齊。
衍生字 neatly (adv) 整齊地；neatness (U) 整齊

necessary /ˈnɛsəˌsɛrɪ/
必需的 (adj) = essential；⇔ unnecessary,
◀ Air and water are **necessary** for life.
空氣和水是生命所必需的。
衍生字 necessarily (adv) 必定，必然

necessity /nəˈsɛsətɪ/
①必要，需要 (U) = need
◀ They won't buy a car unless **necessity** arises.
除非有必要，他們是不會去買汽車的。
②必需品 (C) = must
A computer is a **necessity** for this job.
對這分工作而言，電腦是必需品。
③必需品 (C) ⇔ luxury
Food and clothing are the **necessities** of life.
食品和衣服是生活必需品。

neck /nɛk/
脖子 (C)
◀ The girl threw her arms around her father's **neck** and hugged him warmly.
女孩將雙臂繞在父親的脖子上，熱情地擁抱他。

necklace /ˈnɛklɪs/
項鍊 (C)
◀ She bought a diamond **necklace** for herself.
她給自己買了條鑽石項鍊。

necktie /ˈnɛktaɪ/
領帶 (C) = tie
◀ Terry bought his father a **necktie** on Father's Day.
泰利在父親節時為他父親買了條領帶。

need /nid/
①需要 (vt)
◀ You **need** patience to teach young children.
教小孩子需要耐心。
②需要 (aux)
Need we go there?
= Do we **need** to go there?
我們需要去那裡嗎？

N

③必要 *(aux)*

You **needn't** go there.

= You don't **need** to go there.

你們不必去那裡。

④必要，需要 *(U)*

Charles has never felt the **need** to compete with anyone.

查爾斯從未感到有必要去與人競爭。

needle /ˈnidl/

針 *(C)*

◀ I need some thread and a **needle** for sewing.

我需要些線和一根針來縫衣物。

needy /ˈnidɪ/

貧窮的 *(adj)* = poor

◀ The charity is distributing food and medicine to the **needy**.

這家慈善機構在分發食品和藥物給窮人。

negative /ˈnɛgətɪv/

①否定的 *(adj)* ⇔ affirmative

◀ She gave a **negative** answer to their request.

對他們的請求她給了否定的回答。

②負面的 *(adj)* = harmful

Today many TV programs have a **negative** effect on the teenagers.

如今的許多電視節目對青少年都具有負面的影響。

③消極的 *(adj)* ⇔ positive

His **negative** attitude really annoyed me.

他消極的態度真使我惱火。

neglect /nɪˈglɛkt/

①疏忽 *(vt)* = ignore, pay no attention to

◀ They **neglected** their duties/students/children /health.

他們疏忽了自己的責任／學生／孩子／健康。

②（由於疏忽或遺忘等）漏掉（做某事）*(vt)*

George **neglected** to lock the door when he left.

喬治出門時忘了鎖上門了。

③疏忽，忽略，玩忽 *(U)* = negligence

His **neglect** of his homework caused trouble for him.

他漏做回家作業給他帶來了麻煩。

◣衍生字 *neglectful (adj)* 疏忽的，不在意的

negligence /ˈnɛglədʒəns/

疏忽 *(U)* = neglect

◀ The accident was caused by the taxi driver's **negligence**.

這件意外事故是由於計程車司機的疏忽所造成的。

negligent /ˈnɛglədʒənt/

玩忽的，疏忽的，粗心大意的 *(adj)*

= careless, neglectful

◀ I heard that he was **negligent** of his duties.

我聽說他玩忽職守。

negligible /ˈnɛglɪdʒəbl/

沒有什麼嚴重的，微不足道的，無足輕重的，可以忽視的 *(adj)* = slight

◀ The damage that the earthquake has done to the bridge is **negligible**.

地震對這座橋樑造成的損壞沒有什麼嚴重。

negotiate /nɪˈgoʃɪˌet/

談判 *(vi)*

◀ The government refused to **negotiate** with the terrorists for release of the hostages.

政府拒絕與恐怖分子談判讓他們釋放人質。

◣衍生字 *negotiable (adj)* 可以談判的，可以協商的

negotiation /nɪˌgoʃɪˈeʃən/

談判 *(C,U)*

◀ To resolve the employees' wage grievances, the employer entered into/started **negotiation(s)** with them.

為了解決員工對工資不滿的問題，雇主開始和他們進行談判。

◣衍生字 *negotiator (C)* 談判的人

neighbor /ˈnebɚ/

鄰居 *(C)*

◀ David often chats with his next-door **neighbor**.

大衛常與隔壁的鄰居閒聊。

◣衍生字 *neighborly (adj)* 友好的，睦鄰的；*neighboring (adj)* (地點) 鄰近的，附近的

neighborhood /ˈnebɚˌhʊd/

①四鄰，街坊，地區 *(C)*

◀ Sue lives in a quiet **neighborhood** with beautiful parks.

蘇居住在一個安靜的社區，那裡有幾座美麗的公園。

②附近地區 *(S)*

Excuse me, is there a gas station in this
neighborhood?

對不起，請問這附近地區有加油站嗎？

neither /'niðɚ/

①兩者都不的 *(adj)*

◀ **Neither** parent cares about what happens to
the child.

父母親對孩子發生的事均不加關心。

②也沒，也不 *(adv)* = *nor*

Tom hasn't been to Paris and **neither** has Bill.

湯姆沒去過巴黎，比爾也沒去過。

③兩人都沒 *(pron)*

Both students were told to come, but **neither**
showed up.

兩個學生都被通知要來，但兩人都沒來。

④既不，…也不… *(conj)* (與nor連用)

The food there is **neither** fresh nor delicious.

那裡的食物既不新鮮也不可口。

neon /'niɑn/

霓虹 *(U)*

◀ The **neon** lights of Las Vegas are dazzling.

拉斯維加斯霓虹燈令人目眩。

nephew /'nɛfju/

姪子 *(C)* (請參閱附錄 "親屬") ⇔ *niece*

◀ My **nephew** practices as a lawyer.

我姪子執業當律師。

nerd /nɝd/

笨蛋 *(C)* = *jerk*

◀ What a **nerd** he is! He's always rubbing me
the wrong way.

他真是個笨蛋，老是把我惹火。

nerve /nɝv/

①膽量，勇氣 *(U)* = *courage*

◀ I don't have the **nerve** to tell him the truth.

我沒膽子告訴他真實情況。

②神經緊張，焦慮不安 *(P)* = *nervousness, anxiety*

Before the speech, I drank some water to
steady my **nerves**.

開始發言前我喝了些水穩定一下緊張的心情。

◉ MP3-N3

nervous /'nɝvəs/

緊張的 *(adj)*

◀ Mr. Wilson felt very **nervous** before the
interview.

面試前威爾遜先生感到非常緊張。

✎衍生字 *nervousness (U)* 緊張；*nervously (adv)* 緊張地

nest /nɛst/

①巢 *(C)*

◀ The eagle made/built a **nest** on the rocks.

那隻老鷹在岩石上築了個巢。

②築巢 *(vi)*

Most birds **nest** in trees.

大部分鳥都在樹上築巢。

net /nɛt/

①網 *(C)*

◀ They are weaving a fish **net**.

他們正在織一張漁網。

②用網捕 *(vt)* = *bring in*

John **netted** a small fish and then let it go.

約翰的網裡兜進了一條小魚，他把牠放了。

③淨賺 *(vt)*

The deal has already **netted** half a million
dollars.

這筆生意已經淨賺了五十萬元。

network /'nɛt,wɝk/

網狀系統，網絡 *(C)*

◀ It's easy to travel in Taipei because it has a
network of MRT and public buses.

在台北旅遊很方便，因為台北擁有大眾捷運系
統和公共汽車組成的交通網。

neutral /'njutrəl/

①中立的 *(adj)* = *impartial*

◀ You'd better remain **neutral** in their argument.

他們吵架你最好保持中立。

②中立國 *(C)*

Switzerland is noted as a **neutral**.

瑞士以中立國著稱。

✎衍生字 *neutrality (U)* (尤指戰爭時) 中立，中立地位

N

never /'nɛvɚ/

永遠不要 (adv) ⇔ always

◀ The golden rule is **never** to turn a deaf ear to your elders.
有一條金科玉律，那就是永遠不要不聽長輩的話。

nevertheless /ˌnɛvɚðəˈlɛs/

但是 (adv) = however, nonetheless

◀ She is young; **nevertheless**, she is rather experienced in this field.
她雖然年輕，但是在這一領域她已相當有經驗了。

new /nju/

①新的 (adj) ⇔ old

◀ Their **new** house is located on the hilltop.
他們的新房子座落在山頂上。

②不熟悉的，沒經驗的，陌生的 (adj) ⇔ familiar

As a beginner, everything is **new** to me.
作為初學者，一切對我來說都是新的。

newlywed /'njulɪˌwɛd/

新婚的 (adj)

◀ Mr. and Mrs. Glen are a **newlywed** couple.
格倫先生和格倫太太是一對新婚夫婦。

newlyweds /'njulɪˌwɛdz/

新婚夫婦 (pl)

◀ Mr. and Mrs. Glen are **newlyweds**.
格倫先生和格倫太太是新婚夫婦。

news /njuz/

消息 (U)

◀ Jenny burst into tears when she heard the **news** of her father's death.
聽到父親去世的消息，珍妮頓時失聲痛哭起來。

newscast /'njuzˌkæst/

新聞廣播 (C)

◀ Quiet! We are watching the **newscast**.
別吵！我們在看新聞廣播呢。

newscaster /'njuzˌkæstɚ/

新聞播音員 (C) = newsreader

◀ She works as a **newscaster** on TV.
她是電視台的新聞播音員。

✎相關字 請參見 correspondent。

newspaper /'njuzˌpepɚ/

報紙 (C)

◀ They put an advertisement in the **newspaper**.
他們在報上登了一則廣告。

next /nɛkst/

①下一個的，緊接著的 (adj)

◀ The man in the **next** chair was sound asleep.
坐在隔壁座位上的男子睡得正熟。

②然後，下一步，其次 (adv) = then

My son swept the floor. **Next**, he mopped it.
我兒子先是掃地，然後再拖地。

③幾乎 (adv) = second

To me, swimming in this river is the **next** best thing to do in summer.
對我來說，夏天在這條河裡游泳幾乎是最最有趣的事。

nibble /'nɪbl/

①啃 (vt) = gnaw

◀ The rabbit has **nibbled** the whole carrot away.
兔子把整個胡蘿蔔都啃光了。

✎衍生字 nibble (C) 輕咬

②小口小口地吃 (vi)

Since I was not hungry, I **nibbled** at my sandwich.
我不餓，所以就小口小口地吃三明治。

nice /naɪs/

和善的，友好的，很好的 (adj)

◀ It is **nice** of you to say so.
你這麼說真是太客氣了。

✎衍生字 nicely (adv) 很好地

nickel /'nɪkl/

①鎳 (U)

◀ Coins are made from an alloy of **nickel** and other metals.
硬幣由鎳和其他金屬的合金鑄成。

②五分錢 (C)

This piece of candy costs only a **nickel**.
這塊糖只要五分錢。

nickname /'nɪkˌnem/

①綽號 (C)

◀ Red got his **nickname** for his red hair.
"紅毛" 的綽號是由他的紅頭髮而來的。

②起綽號 *(vt)*

They **nicknamed** Peter "Monkey" because he loved eating bananas.

他們給彼得起綽號叫 "猴子"，因為他特別愛吃香蕉。

niece /nis/

姪女 *(C)* (請參閱附錄 "親屬")

◀ My **niece** went on a trip to Japan.

我姪女到日本旅行。

night /naɪt/

晚上 *(C)* ⇔ *day*

◀ Denis took Catherine to dinner the following **night**.

丹尼斯第二天晚上帶凱瑟琳去吃飯。

nightingale /ˈnaɪtɪŋˌgel/

夜鶯 *(C)*

◀ The **nightingale** my grandmother kept sang beautifully.

我奶奶養的那隻夜鶯叫聲很動聽。

nightmare /ˈnaɪtˌmɛr/

惡夢 *(C)*

◀ I often have **nightmares** about falling off a cliff.

我常常做惡夢從懸崖上摔下來。

no /no/

①沒有 *(adj)*

◀ **No** words can express my gratitude.

沒有言辭能表達我的感激之情。

②沒有 *(interj)* = *nope*；⇔ *yes*

"Is it raining?" "**No**, it isn't."

"天在下雨嗎？" "沒有。"

noble /ˈnobl̩/

①高尚的 *(adj)* ⇔ *mean*

◀ It was **noble** of him to save his enemy's daughter.

他很高尚，救了敵手的女兒。

②貴族的 *(adj)*

Although he was not of **noble** birth, he lived like a king.

他雖非貴族出身，卻生活得像個國王。

◣衍生字 *nobly (adv)* 高尚地；*nobility (U)* 高尚

③貴族 *(C)* = *nobleman, aristocrat*

Many **nobles** make London their home.

許多貴族選擇倫敦為居家之所。

◣相關字 the nobility (集合名詞) 貴族。

nobody /ˈnoˌbɑdɪ/

①沒有人 *(pron)* = *no one*

◀ **Nobody** in the neighborhood helped the poor family.

這附近沒有人幫助那貧困家庭。

②無名小卒 *(C)* ⇔ *somebody*

He was nothing but a **nobody** before he met Mr. White.

他在遇上懷特先生之前只不過是個無名小卒。

nod /nɑd/

①點頭 *(C)*

◀ He gave Sabrina a **nod** as she passed.

莎賓娜經過時，他朝她點了下頭。

②點頭 *(vt)*

She **nodded** her head/approval.

她點了下頭／點頭表示同意。

③點點頭 *(vi)*

Our neighbor **nodded** to us as he walked by.

我們的鄰居走過時朝我們點點頭。

---

nod off

打瞌睡 *(vi)* = *doze/drop off*

◀ Many children **nodded off** in the middle of Mr. Wang's speech.

王先生講話時許多學生都打瞌睡了。

◉ MP3-N4

noise /nɔɪz/

①吵雜聲，噪音，雜音 *(C)*

◀ She tried not to make a **noise** because the baby was sleeping.

她設法不發出吵雜聲，因為嬰孩在睡覺。

②響聲，聲音，噪音 *(U)*

The **noise** of thunder kept me awake.

雷聲讓我無法入睡。

noisy /ˈnɔɪzɪ/

吵嚷的，吵鬧的 *(adj)* ⇔ *quiet*

◀ His daughter was very **noisy** in the morning.

他女兒在早晨時很吵嚷。

◣衍生字 *noisily (adv)* 吵鬧地

N

nominate /'nɑmə,net/

任命 *(vt)* = *appoint*

◀ The President **nominated** the Minister of Finance as his representative at the conference.
總統任命財政部長代表他出席這次會議。

nomination /,nɑmə'neʃən/

提名 *(C)*

◀ Bill Clinton got the **nomination** for President in 1993.
一九九三年比爾‧柯林頓被提名競選總統。

nominee /,nɑmə'ni/

提名的人選 *(C)*

◀ Whoopi Goldberg was one of the Academy Award **nominees** for the best leading actress.
琥碧‧戈柏是獲奧斯卡最佳女主角提名的人選之一。

none /nʌn/

無人 *(pron)* = *nobody, no one*

◀ The boy cried out for help but **none** came to his rescue.
男孩哭叫著求救但無人前來幫他。

nonetheless /,nʌnðə'lɛs/

不過 *(adv)* = *nevertheless, however*

◀ Sun Moon Lake is not the best holiday destination, but is worth considering **nonetheless**.
日月潭不算最好的度假去處，不過仍然值得考慮。

nonsense /'nɑnsɛns/

胡說八道 *(U)* = *rubbish*

◀ You are talking **nonsense**.
你在胡說八道。

nonviolent /nɑn'vaɪələnt/

非暴力的 *(adj)* ⇔ *violent*

◀ Gandhi took **nonviolent** action to seek India's independence.
甘地採取非暴力行動爭取印度的獨立。

衍生字 *nonviolence (U)* 非暴力主義，非暴力政策

noodle /'nudl̩/

麵 *(C)*

◀ Her favorite food is beef **noodles**.
她最愛吃的是牛肉麵。

noon /nun/

中午 *(U)*

◀ They will hold a meeting at **noon** tomorrow.
明天中午他們將開個會。

nor /nɔr/

也不 *(conj)*

◀ They can neither read **nor** write.
他們既不會讀也不會寫。

norm /nɔrm/

準則 *(C)* = *standard, criterion*

◀ We must adapt to the **norms** of the society we live in.
我們必須遵循我們這個社會的行為準則。

normal /'nɔrml̩/

①發育正常的 *(adj)* ⇔ *abnormal*

◀ Don't worry. Your daughter is a **normal** child in every way.
別擔心，你女兒從各方面看都是個正常的孩子。

②正常的 *(adj)* ⇔ *unusual*

It is **normal** for you to want a steady job.
你想找分穩定的工作，這是正常的。

north /nɔrθ/

①北方的 *(adj)* ⇔ *south*

◀ They entered the palace from the **north** gate.
他們由北門入宮。

②向北，朝北 *(adv)* ⇔ *south*

Anita drove **north** up Pacific Highway.
安妮塔沿太平洋公路駕車北上。

③北方 *(U)* ⇔ *south*

Birds usually migrate from **north** to south.
鳥兒通常都由北向南遷徙。

northern /'nɔrðən/

北方的 *(adj)* ⇔ *southern*

◀ The temperature dropped to 10℃ in several **northern** cities.
在一些北方城市氣溫降至攝氏十度。

nose /noz/

鼻子 *(C)* (請參閱附錄 "身體")

◀ He blew/picked his nose.
他擤 / 挖鼻子。

nostril /ˈnɑstrəl/
鼻孔 *(C)*

◀ In order not to inhale the dust into my lungs, I pinched my **nostrils** together for at least twenty seconds.
爲了不把灰塵吸入肺部，我把鼻孔捏住了至少有二十秒鐘。

not /nɑt/
不，不是 *(adv)*

◀ I'm **not** satisfied with his job.
我對他的工作不滿意。

notable /ˈnotəbl̩/
明顯的 *(adj)* = remarkable

◀ Kevin made a **notable** improvement in English.
凱文的英語有了明顯的進步。
✎衍生字 notable *(C)* 顯要人物

note /not/
①字條 *(C)* = message

◀ Joe left a **note** for Karen before he went to work.
喬在出去上班前給凱倫留了張字條。
②紙幣 *(C)* = bill

He gave me a twenty-dollar **note**.
他給了我一張二十美元的紙幣。
③筆記 *(C)*

You don't need to take **notes**. I'll give you a handout at the end.
你不必記筆記了。結束時我給你一分講義。
④注意 *(vt)* = notice

Please **note** that you need to pay the bill before Friday.
請注意了，你在週五前得付帳單。

note down
記下來 *(vt,s)* = write/take/put/mark down

◀ I **noted down** every word my teacher said.
我把老師說的每一句話都記下來。

notebook /ˈnotˌbʊk/
筆記本 *(C)*

◀ He took out his **notebook** and started taking notes.
他取出筆記本開始記筆記。

nothing /ˈnʌθɪŋ/
沒有任何事(物) *(pron)*

◀ He enjoys reading novels, but **nothing** gives him more pleasure than reading a thriller.
他喜歡讀小說，但沒有任何事比看恐怖小說使他更快樂的。

notice /ˈnotɪs/
①通告，布告，啟事 *(C)*

◀ There is a **notice** saying, "Beware of Flooding."
有張通告上寫著 "小心有洪水"。
②通知，預告 *(U)* = warning

She was transferred to the branch office in Seattle without **notice**.
她未經預先通知就被轉派到了西雅圖的分公司。
③注意到 *(vt)* = observe

If you **notice** anything strange, please inform me at once.
如你注意到有不正常情況，請馬上通知我。
④注意到 *(vi)*

She was wearing a new dress, but her husband didn't even **notice**.
她穿了件新衣服，但她丈夫甚至都未注意到。

noticeable /ˈnotɪsəbl̩/
顯著的 *(adj)* = perceptible, conspicuous

◀ There is a **noticeable** drop in crime rates.
犯罪率顯著下降。

notify /ˈnotəˌfaɪ/
通知 *(vt)* = inform, advise

◀ Please **notify** me of any changes in the contract.
合同內容如有變更就請通知我。
✎衍生字 notification *(C,U)* 通知

notion /ˈnoʃən/
觀念 *(C)* = idea, concept

◀ Val disapproved of the old **notion** that human beings are basically good.
瓦爾不贊成人性本善這個老觀念。
✎衍生字 notional *(adj)* 概念上的，理論上的

notorious /noˈtorɪəs/
臭名遠揚的 *(adj)* = infamous；⇔ famous

◀ That area is **notorious** for muggings.
那地區以行兇搶劫而臭名遠揚。
✎衍生字 notoriety *(S,U)* 惡名昭彰，惡名

noun /naʊn/

名詞 (C)

◀ Words such as "plant" and "animal" are **nouns**.

像 "plant" 和 "animal" 之類的詞都是名詞。

🔘 MP3-N5

nourish /ˈnɝɪʃ/

提供營養 (vt)

◀ The food we eat **nourishes** us.

我們吃的食物提供我們營養。

📝衍生字 *nourishing (adj)* 營養的

nourishment /ˈnɝɪʃmənt/

營養 (U)

◀ Plants obtain **nourishment** from soil.

植物從土壤中獲取營養。

novel /ˈnɑvl̩/

①嶄新的 *(adj) = new, innovative*

◀ Dr. Ho found a **novel** way to treat AIDS.

何醫生找到了一種治療愛滋病的嶄新方法。

📝衍生字 *novelty (U,C)* 新穎，新奇的事物

②小說 *(C)*

He wrote many historical **novels** about Egypt.

他寫了許多本有關埃及的歷史小說。

novelist /ˈnɑvl̩ɪst/

小說家 *(C)* (請參閱附錄 "職業")

◀ A **novelist** has a very good imagination.

小說家有豐富的想像力。

November /noˈvɛmbɚ/

十一月 *(C,U)*

◀ **November** is the eleventh month of the year.

十一月是一年的第十一個月。

novice /ˈnɑvɪs/

新手 *(C) = beginner*

◀ Jill was a **novice** at skiing then.

那時吉兒還是個滑雪新手。

now /naʊ/

①現在 *(adv)*

◀ If I don't do it **now**, I am afraid I won't have another chance to do it.

如果我現在不做的話，恐怕我不會再有機會做了。

②既然 *(conj)*

Now (that) everyone is here, we can start the meeting.

既然大家都到了，我們可以開會了。

nowadays /ˈnaʊəˌdez/

現今 *(adv) = at present；⇔ in the past*

◀ **Nowadays**, children prefer watching TV to reading.

現今孩子們喜歡看電視勝於閱讀。

nowhere /ˈnoˌhwɛr/

①沒有地方 *(adv) = no place*

◀ The poor old woman has **nowhere** to live.

這可憐的老太太沒有地方住。

②不知哪裡 *(adv)*

A bear appeared from **nowhere**.

一頭熊不知從哪裡冒了出來。

③無處 *(adv)*

Taking that kind of attitude will get you **nowhere**.

你持這種態度對你沒好處。

nuclear /ˈnjuklɪɚ/

核能的，核子的 *(adj)*

◀ They disapproved of building another **nuclear** power plant.

他們不同意再建一座核電廠。

nucleus /ˈnjuklɪəs/

① (原子) 核 *(C)*

◀ The **nucleus** of an atom is made up of protons, neutrons, and other elementary particles.

原子核由質子、中子等基本粒子構成。

📝衍生字 *nuclei (pl)* 原子核

②核心 *(C) = core, foundation*

The family is the **nucleus** of the community.

家庭是社區的核心。

nude /ˈnjud/

①赤裸的 *(adj) = naked*

◀ He was **nude** to the waist.

他赤裸上身。

📝衍生字 *nudity (U)* 裸露，裸體

②裸體狀態，赤裸身體 *(the+S)*

Mike enjoys swimming in the **nude**.

麥克喜歡裸泳。

📝衍生字 *nudism (U)* 裸體主義；*nudist (C)* 裸體主義者

N

nuisance /'njusn̩s/
妨害 (S) = annoyance
◀ Sonia caused a **nuisance** to her neighbors with her stereo on at full volume.
桑妮亞把音響開到最大音量，妨害了鄰居。

numb /nʌm/
①麻木的 (adj)
◀ My fingers were so **numb** that I could hardly grip the pen.
我的手指麻木得差點連筆也握不住了。
②呆掉了的 (adj)
She sat there speechless, **numb** with terror.
她坐在那裡啞口無言，嚇呆了。
③失去感覺，麻木 (vt)
My fingers were **numbed** with cold.
我的手指凍僵了。
④呆掉 (vt) = stun
She was completely **numbed** by the shock of her son's death.
兒子去世的打擊使她完全呆掉了。

number /'nʌmbɚ/
①號碼 (C)
◀ My phone **number** is 2323-6758.
我的電話號碼是二三二三六七五八。
②編號 (vt)
We will **number** the candidates from one to twenty.
我們將給候選人按一到二十編號。
③總計 (vt) = add up to
The tourist group **numbered** 150 in all.
這個旅行團總計有一百五十人。

numerous /'njumərəs/
很多的，許多的 (adj) = many
◀ Despite **numerous** attempts to diet, her weight soared.
雖然她多次嘗試著節食，但體重依然急增。

nun /nʌn/
修女 (C) ⇔ monk
◀ Mr. Thomas was taught by Catholic **nuns**.
湯姆斯先生受到天主教修女的教誨。
✎衍生字 nunnery (C) 女修道院，尼姑庵

nurse /nɝs/
①護士 (C) (請參閱附錄 "職業")
◀ Jane is a student **nurse**.
珍是實習護士。
②餵奶 (vt) = breastfeed
The woman was **nursing** her baby.
這女人在為嬰兒餵奶。
③照料 (vt)
She **nursed** her daughter back to health.
女兒在她的照料下恢復了健康。
④摟抱著 (vt) = hold
The child **nursed** the kitten all evening.
這孩子整夜都摟抱著小貓。
⑤懷著 (vt) = harbor
He is **nursing** a hatred in the heart.
他心中懷著怨恨。

nursery /'nɝsərɪ/
托兒所 (C)
◀ Her company ran its own workplace **nursery**.
她的公司辦有自己的托兒所。

nurture /'nɝtʃɚ/
①培養，教養，培育，訓練 (vt)
◀ Children **nurtured** in an overprotected family may not adapt to a competitive society.
在寵愛過分的家庭裡培養出來的孩子不一定適應得了競爭激烈的社會。
②教養，訓練，培育 (U)
Nurture has a great infiuence on how a child develops.
後天的教養對孩子的發展有極大的影響。

nut /nʌt/
堅果 (C)
◀ **Nuts** and seeds are rich in vitamin E.
堅果和種籽富含維生素E。

nutrient /'njutrɪənt/
養分 (C)
◀ Plants absorb **nutrients** from the soil.
植物從土壤中吸取養分。

nutrition /nju'trɪʃən/
營養 (U) = nourishment
◀ A balanced diet provides **nutrition** for our bodies.
均衡的飲食為我們人體提供營養。

N

nutritious /njuˈtrɪʃəs/

有營養的，滋養的 *(adj)* = nourishing

◀ Milk is **nutritious** to bodies.

牛奶對人體很有營養。

nuts /nʌts/

發瘋的，發狂的 *(adj)* = mad, crazy

◀ I'll go **nuts** if I have to go out with him again.

如果再讓我和他出去，我會發瘋的。

nylon /ˈnaɪlɑn/

①尼龍 *(U)*

◀ This dress is 70 % **nylon**.

這件衣服百分之七十的成分是尼龍。

②尼龍長襪 *(P)*

She put on a new pair of **nylons**.

她穿了一雙新的尼龍長襪。

A HANDBOOK
7000 English Core Words

◎ MP3-O1

oak /ok/

橡樹，橡木 (C,U)

◀ We have several **oaks** in our yard and all our furniture is made of **oak**.

我們的園子裡有好幾棵橡樹，我們所有的家具也都是橡木做的。

oar /or/

槳 (C)

◀ Carl can't swim but pulls a good **oar**.

卡爾不會游泳，但槳划得很好。

oasis /o'esɪs/

①綠洲 (C)

◀ They stopped for the night at an **oasis**.

他們停在一片綠洲上過夜。

✎衍生字 *oases (pl)* 綠洲

②宜人的地方，舒適之處 (C)

The library is an **oasis** of calm in this noisy city.

在這個喧囂的城市裡，圖書館可謂寧靜之一隅。

oath /oθ/

宣誓 (C) = *vow*

◀ All the ministers took an **oath** of loyalty to their country.

所有部長都宣誓要效忠國家。

oatmeal /'ot͵mil/

燕麥 (U)

◀ I often have **oatmeal** porridge for breakfast.

我早餐經常吃燕麥粥。

obedience /ə'bidɪəns/

服從 (U)

◀ The general expected blind/unquestioning **obedience** from his men.

這位將軍希望部下絕對服從他。

obedient /ə'bidɪənt/

順從 (adj) ⇔ *disobedient*

◀ The child is **obedient** to his parents.

這孩子對父母很順從。

obey /ə'be/

①遵守 (vt) = *follow, observe*；⇔ *violate, break*

◀ To have better traffic, it is everybody's business to **obey** traffic regulations.

為使交通更順暢，人人都有責任遵守交通規則。

②服從 (vi, vt) ⇔ *disobey*

Soldiers are expected to **obey** (their orders/their officers) without question.

士兵必須絕對服從 (命令 / 長官)。

object /'ɑbdʒɪkt/

①物體 (C)

◀ UFOs are mysterious **objects** seen in the sky.

幽浮是出現在空中的神祕物體。

②目的 (C) = *aim, goal, intention*

He came with the **object** of better understanding the needs of the children there.

他來的目的是更了解那裡的孩子們的需要。

③受詞 (C) ⇔ *subject*

In the sentence "John kicked the dog," "the dog" is the **object**.

在 "John kicked the dog" 這句句子裡， "the dog" 是受詞。

④反對 (vi) /əb'dʒɛkt/ = *be opposed*

Many people **objected** to building another nuclear power plant.

許多人反對再建一座核電廠。

objection /əb'dʒɛkʃən/

反對 (C)

◀ If anyone has any **objection** to their marriage, voice it now.

如果誰對他倆的婚姻有反對意見的，請現在就說出來。

objective /əb'dʒɛktɪv/

①客觀的 (adj) ⇔ *subjective*

◀ You definitely need some **objective** advice from someone who is not involved in this case.

你很需要有個不涉及此事的人來提供些客觀的建議。

②目標 (C) = *aim, goal*

He finally succeeded in achieving his **objective** of being a Nobel Prize winner in literature.

他終於成功地達到了自己的目標，榮獲了諾貝爾文學獎。

obligation /ˌɑbləˈgeʃən/
義務 (C)
◀ The employees were asked to meet/fulfill their contractual **obligations**.
員工們被要求履行合同規定的義務。
衍生字 *obligatory (adj)* 義務的

oblige /əˈblaɪdʒ/
迫使，使有義務做⋯，使必須 (vt) = force
◀ As a result of falling profits, they were **obliged** to declare bankruptcy.
由於利潤下降，他們被迫宣布破產。
衍生字 *obliging (adj)* 熱心的，樂於助人的

obliged /əˈblaɪdʒd/
感謝的 (adj) = grateful, thankful
◀ I'm much **obliged** to you for your support.
我非常感謝你的支持。

oblong /ˈɑblɔŋ/
① 長方形的 (adj) = rectangular
◀ Put the vase in the middle of the **oblong** table in the dining room.
把花瓶放在餐廳裡長方形桌子的中央。
② 長方形 (C) = rectangle
The math teacher drew an **oblong** on the blackboard and taught us how to find its area.
數學老師在黑板上畫了一個長方形，教我們如何求出面積。

obscure /əbˈskjʊr/
① 不清楚的 (adj) = indistinct, unclear
◀ The exact meaning of what he said is still **obscure** to me.
他的話到底是什麼意思我還是不清楚。
② 遮住 (vt) = blur
Thick clouds **obscured** the moon.
烏雲遮住了月亮。
③ 掩蓋 (vt) = hide, conceal
His eloquence **obscured** the fact that he did make a mistake.
他的口才掩蓋了他確實犯了錯的事實。
衍生字 *obscurity (C,U)* 隱晦，晦澀或不明的事物

observation /ˌɑbzɚˈveʃən/
① 觀察 (U) = perception
◀ He has keen powers of **observation**.
他具有敏銳的觀察力。

衍生字 *observant (adj)* 觀察敏銳的，機警的
② 觀察 (U)
Raymond was kept/put under **observation** in the hospital.
雷蒙被留在醫院裡進行觀察。
③ 觀察紀錄 (C)
The doctor examined the patient and wrote down his **observations**.
醫生對病人進行檢查之後寫下了病情觀察紀錄。
④ 評論 (C) = comment, remark
He made some valuable **observations** on the recent style of management.
他對近來的管理方式做出了一些很有價值的評論。

observe /əbˈzɝv/
① 觀察 (vt) = watch
◀ The team spent weeks **observing** the path of the comet.
研究小組費了數週來觀察彗星的路徑。
② 看到，注意到 (vt) = see, notice
Did you **observe** anything unusual in these monkeys' behavior?
你注意到這些猴子的舉止有何異常嗎？
③ 遵守，奉行 (法律、習俗等) (vt)
Do people here still **observe** Lantern Festival?
這裡的人們還慶祝元宵節嗎？
衍生字 *observance (U)* 遵守，奉行

observer /əbˈzɝvɚ/
觀察者 (C) = watcher
◀ Ms. Lee is a keen **observer** of the current political scene.
李女士是當今政治局面的敏銳觀察者。

obstacle /ˈɑbstəkl̩/
① 障礙物 (C)
◀ Bats can sense the **obstacles** in their way by using their noses.
蝙蝠可以靠鼻子來感覺前面是否有障礙物。
② 障礙 (C) = hindrance
He didn't think his family were an **obstacle** to his success; instead, he thought them a booster.
他不認為自己的家人是他成功的障礙。相反地，他認為他們是個推動力。

obstinate /'ɑbstənɪt/

固執的，頑固的，倔強的 **(adj)**

= stubborn, persistent；⇔ pliable

◀ Janice is always **obstinate** in her conduct—she never listens to others.
賈妮絲做事總是很固執——她從來不聽別人的話。

✎衍生字 obstinacy (U) 頑固，倔強

obtain /əb'ten/

獲得 **(vt)** = get

◀ You can **obtain** further information from our headquarters through the Internet.
你可以透過網路從我們的總部獲得更多的資訊。

obvious /'ɑbvɪəs/

顯然的，顯而易見的 **(adj)** = apparent, evident

◀ It was obvious that she was disappointed in you.
顯然她對你感到失望。

✎衍生字 obviously (adv) 明顯地，顯而易見地

occasion /ə'keʒən/

① (特殊) 場合 **(C)**

◀ I have met that woman on several **occasions**.
我在幾次不同的場合見過那位女士。

② 機會，時機 **(S)** = time

Be serious! This is not an **occasion** for jokes.
認真點，這不是開玩笑的時候。

occasional /ə'keʒənl̩/

偶爾的 **(adj)**

◀ **Occasional** rain will be possible in northern Taiwan.
台灣北部可能偶爾有雨。

✎衍生字 occasionally (adv) 偶爾，有時候

occupation /ˌɑkjə'peʃən/

① 職業 **(C)**

◀ Please state your **occupation** on the form.
請在表格上填寫上你的職業。

✎衍生字 occupational (adj) 職業的

② 佔領 **(U)**

England didn't come under German **occupation** during World War II.
第二次世界大戰期間英國未被德國佔領。

occupied /'ɑkjəˌpaɪd/

① 使用中的，已佔用的 **(adj)** ⇔ vacant

◀ I saw three chairs, two of which were **occupied**.
我看見三張椅子，其中有兩張已有人佔坐了。

② 忙碌的 **(adj)** = busy

The woman was **occupied** with her two children.
這女子忙於管她的兩個孩子。

occupy /'ɑkjəˌpaɪ/

① 佔用，居住 **(vt)** = live in

◀ His family has **occupied** that house for years.
他家在那棟房子裡已居住多年。

② 擔任 (某職) **(vt)**

My father **occupies** a senior position in this company.
我父親在這家公司擔任高級職位。

③ 佔領 **(vt)** = take over, seize

The enemy **occupied** the city.
敵人佔領了該城。

④ 忙於 **(vt)** = busy (oneself with)

For most of the day, he **occupied** himself in writing letters.
這一天大部分時間他都在忙於寫信。

occur /ə'kɝ/

發生 **(vi)** = happen, take place

◀ Many accidents **occur** in the kitchen or the bathroom.
許多意外事故都發生在廚房或浴室。

occurrence /ə'kɝəns/

發生 **(C)** = happening

◀ So far nobody can predict precisely the **occurrence** of an earthquake.
迄今仍無人能準確預測地震的發生。

✎同尾字 recurrence (復發)。concurrence (贊同)。incurrence (蒙受)。

ocean /'oʃən/

大海，海洋 **(n)**

◀ She stood on the beach, gazing at the **ocean**.
她站立在海灘上，凝望著大海。

o'clock /ə'klɑk/

點鐘 **(adv)**

◀ What time is it? It's ten **o'clock**.
幾點了？十點鐘了。

October /ɑk'tobɚ/

十月 (C,U)

◀ He has lived in Taipei since early **October**.
自從十月初他就住在台北。

octopus /'ɑktəpəs/

八爪章魚 (C) (請參閱附錄 "動物")

◀ An **octopus** uses its eight tentacles to hold things.
八爪章魚用八個觸手抓東西。

◎ MP3-O2

odd /ɑd/

①異常的，古怪的，奇特的 (adj)

= strange, unusual, peculiar

◀ Before an earthquake, some animals are said to have **odd** behavior.
據說地震前一些動物出現異常的行為。

②奇數的，單數的 (adj) ⇔ even

One, three, five and seven are **odd** numbers.
一、三、五和七都是奇數。

odds /ɑdz/

①機會 (P)

◀ Though the **odds** were against him, he won an overwhelming victory in the election.
儘管當初的機會不大，他在選舉中還是取得了壓倒性的勝利。

②困難 (P) = difficulties, disadvantages

Philip has overcome enormous **odds** to get where he is today.
菲利浦為取得今天的成就克服了巨大的困難。

③賠率 (P)

I'll lay/give **odds** of three to one that our team will win.
我提出以三比一的賠率打賭我們隊獲勝。

④不和 (P) = loggerheads

Ruby and Crystal are always at **odds** with each other about some little thing.
茹比和克麗絲特總是為一些小事鬧紛爭。

odor /'odɚ/

氣味，臭氣 (C) = smell, stench；⇔ aroma

◀ The rotten fish give out/give off/emit a foul **odor**.
這腐爛的魚發出一股臭味。

衍生字 odorous (adj) 有臭味的

of /əv/

(屬於…) 的 (prep)

◀ The color **of** your hair is black.
你頭髮的顏色是黑色。

off /ɔf/

①離開 (觸及或靠著的表面) (prep) = away from

◀ The local police warned visitors to keep **off** the beach at night.
當地警察告誡遊客晚上遠離 (不要靠近) 海灘。

②離去 (adv)

They got into the car and then drove **off**.
他們進了汽車然後駕車離去。

③ (尤指機器或電氣) 不在運轉/工作 ⇔ on

Turn **off** the TV if you don't want to watch any more.
如果你不想再看了，就把電視機關掉。

offend /ə'fɛnd/

①使…生氣 (vt)

◀ Cruelty to stray dogs **offends** many people.
殘忍對待流浪狗使許多人生氣。

②違反 (vi, vt)

His behavior **offended** (against) common decency.
他的舉止違反了一般的禮儀規範。

offense /ə'fɛns/

①使人不悅、討厭或生氣的事物 (C)

= offence, annoyance

◀ The shabby old hat is an **offense** to the eye.
那頂破舊的帽子看著真不舒服 (刺眼)。

②不高興，惱怒 (U)

My wife takes **offense** at everything I say.
我說什麼都會讓我老婆不高興。

offensive /ə'fɛnsɪv/

①有冒犯意味的 (adj) = unpleasant

◀ His remarks were **offensive** to women.
他的話對女性來說有冒犯意味。

②攻擊的 (adj) ⇔ defensive

The troops took **offensive** position.
這支軍隊佔到攻擊位置。

offer /'ɔfɚ/

①提議 (C)

◀ He accepted/declined/refused my **offer**.
他採納／婉拒／拒絕了我的提議。

②出價 (C)

Mr. Smith made a reasonable **offer** for their house.
史密斯先生爲他們的房子出了個合情合理的價格。

③表示願意 (做某事) (vi) = volunteer

He **offered** to drive her to the airport.
他主動提出開車送她去機場。

④提供，給予 (vt) = give

The booklet **offers** practical advice to people with financial problems.
這本小冊子爲遇到財務困境的人提供實用的建議。

offering /'ɔfərɪŋ/

供品，祭品 (C) = tribute

◀ He presented a pious **offering** to his ancestors.
他虔誠地向祖先祭獻了供品。

office /'ɔfɪs/

①辦公室 (C)

◀ Both of them work in the same **office**.
他倆在同一間辦公室工作。

②公司，辦事處 (C)

They set up a new branch **office** in New York.
他們在紐約新成立了一家分公司 (辦事處)。

officer /'ɔfəsɚ/

官員，軍官，警官 (C)

◀ He works as a police **officer**.
他的職業是一名警官。

official /ə'fɪʃəl/

①官方的，正式的 (adj) ⇔ unofficial

◀ The **official** language of Taiwan is Mandarin Chinese.
台灣的官方語言是漢語。

✎衍生字 *officially (adv)* 正式地，官方地

②官員 (C)

A senior UN **official** hopes to visit Tokyo this month.
一名聯合國高級官員希望本月訪問東京。

offspring /'ɔf,sprɪŋ/

後代 (C) = descendant

◀ He is the **offspring** of a physicist and an artist.
他是一位物理學家和一位畫家的後代。

✎衍生字 *offspring (pl)* 後代

often /'ɔfən/

常常 (adv) = frequently

◀ Typhoons **often** happen in summer in Taiwan.
在台灣常常在夏天刮颱風。

oil /ɔɪl/

油 (U)

◀ The price of olive **oil** has gone up again.
橄欖油的價格又上漲了。

O.K./OK /'o'ke/

可以，行，好 (adj) = okay

◀ The plan for the outing is **OK** with me.
這個外出遠足的計畫我看可以。

old /old/

年老的 (adj) ⇔ young

◀ He was too **old** for the job.
他做這工作太老了些。

olive /'alɪv/

橄欖 (C)

◀ I use **olive** oil in a salad instead of thousand-island dressing.
我在沙拉裡放橄欖油，而不用千島沙拉醬。

omit /o'mɪt/

①遺漏 (vt) = leave out

◀ We apologize to David for **omitting** his name from the guest list.
我們向大衛道歉，因爲我們把他的名字從來賓名單裡遺漏了。

✎衍生字 *omission (U)* 遺漏，省略

②忘了，疏忽 (vt) = forget, fail

She **omitted** to tell me when the guests would arrive.
她忘了 (疏忽) 告訴我客人何時到達。

on /an/

①在…上 (prep)

◀ The curtains were light blue to match the Chinese rug **on** the floor.
爲了配地板上的中國式地毯，窗簾的顏色選用淡藍色。

②登上 *(adv)* ⇔ *off*

We showed our tickets to the conductor and got **on**.

我們把票給售票員看過後就上車了。

once /wʌns/

①一次，一回，一趟 *(adv)*

◀ They come to see me **once** a week.

他們每週來看我一次。

②曾經，從前 *(adv)*

This house **once** belonged to Mr. Wang.

這棟房子曾經是王先生的。

③一旦 *(conj)* = *as soon as*

Once she arrives, we can start the meeting.

一旦她來，我們就能開會。

one /wʌn/

①一個，單個 *(adj)*

◀ They had three sons and **one** daughter.

他們有三個兒子和一個女兒。

②一 *(pron)* (用於代替表示單個的事或人的名詞或名詞片語)

Do you have any books on birds? I'd like to borrow **one**.

你有關於鳥的書嗎？我想借一本。

③(有) 一個，(有) 一件 *(pron)*

One of my regrets is that I didn't spend enough time studying English.

我心感遺憾的事之一就是沒有多花些時間學習英語。

onion /ˈʌnjən/

洋蔥 *(C)* (請參閱附錄 "蔬菜")

◀ David is a man who knows his **onions**.

大衛是知道他是什麼蔥的人 (精通本行)。

only /ˈonlɪ/

①只有 *(adv)*

◀ **Only** in Taiwan can you eat this kind of bell fruit, Black Pearl.

你只有在台灣才能吃得到這種名叫 "黑珍珠" 的蓮霧。

②唯一的 *(adj)*

You are the **only** person I can turn to.

你是唯一能幫我的人。

③只是 *(conj)* = *but*

I want to go, **only** I don't have enough money.

我想去，只是錢不夠。

onto /ˈɑntu/

(到…) 上去 *(prep)*

◀ He put the dictionary **onto** the shelf.

他把辭典放到架子上去了。

open /ˈopən/

①開 (著) 的 *(adj)* ⇔ *closed*

◀ Please leave the door (wide) **open**.

請把門 (敞) 開著。

②開 *(vi)*

This door **opens** outwards, not inwards.

這門是向外開的，而不是向內開的。

③打開 *(vt)* ⇔ *close, shut*

It was cold outside, but Sally still **opened** the window a crack/bit/little to let some fresh air in.

外面很冷，但莎莉還是把窗開了條縫，讓一些新鮮空氣進來。

④開始 *(vt)* = *start*

As the chairperson, she **opened** the conference with a welcoming speech.

她以主席的身分致歡迎詞，展開會議。

衍生字 opening *(C)* 開口，開頭，開張，空缺

open up

①開業，開張 *(vt,s)*

◀ We have decided to **open up** a new retail outlet in this town.

我們已決定在這個鎮上開一家新的零售店。

②開拓，開發 *(vt,s)*

Some businessmen entertain a hope that a move to China will **open up** all kinds of opportunities.

有些商人抱著這樣的希望，即向中國邁進就會帶來各種機會。

③出現 *(vi)*

We must examine all possibilities that are **opening up** in foreign affairs.

我們必須研究外交事務中可能出現的所有問題。

opera /ˈɑpərə/

①歌劇 *(C)*

◀ Government subsidies help to stage the **opera**.

靠著政府津貼，這齣歌劇搬上了舞台。

②歌劇作品，歌劇藝術 *(U)*

We're very fond of **opera**.

我們非常喜愛歌劇。

📎相關字 musical (美國百老匯之音樂劇)。soap opera (電視或廣播上的連續劇)。chinese opera (中國京劇)。Taiwanese opera (台灣歌仔戲)。

operate /ˈɑpəˌret/

①操作 *(vt)*

◀ Only Sam knows how to **operate** this heating system.

只有山姆知道怎麼操作這套供熱系統。

②動手術 *(vi)*

The surgeon **operated** on her for appendicitis.

外科醫生爲她動闌尾切除手術。

operation /ˌɑpəˈreʃən/

①操作 *(U)*

◀ It takes about a week to learn the **operation** of the new machine.

學會操作這台新機器大約需要一週時間。

②手術 *(C)*

She had/underwent an **operation** for appendicitis.

她接受了闌尾切除手術。

operational /ˌɑpəˈreʃənḷ/

即可使用的 *(adj)*

◀ The new studio is fully **operational** and open for business.

新的電影廠已全面投入使用，開始拍片了。

operator /ˈɑpəˌretɚ/

接線生 *(C)*

◀ In this hotel, you have to dial 100 for the **operator** if you need room service.

在這家飯店你如果需要客房服務可撥打一○○找接線生。

opinion /əˈpɪnjən/

意見 *(C)*

◀ What is your **opinion** of/about the new economic policies?

你對新的經濟政策有什麼意見？

🔘 MP3-O3

opponent /əˈponənt/

①對手 *(C)* = *competitor, rival, adversary*

◀ The boxer beat/defeated his **opponent** easily.

這位拳擊手輕而易舉地擊敗了對手。

②反對者 *(C)* ⇔ *proponent, supporter*

Jay is a fierce **opponent** of any nuclear power plant.

傑伊是核電廠的強烈反對者。

📎同尾字 請參見 component。

opportunity /ˌɑpɚˈtjunətɪ/

機會 *(C)* = *chance*

◀ As a member of the debate club, Joan has a great **opportunity** to polish her public speaking skills.

作爲辯論社的成員，瓊有很好的機會鍛練演講的技巧。

oppose /əˈpoz/

反對 *(vt)* = *object to*

◀ Many residents strongly **oppose** building an incinerator in this neighborhood.

許多居民強烈反對在這附近建造焚化爐。

📎衍生字 opposition *(U)* 反對

opposed /əˈpozd/

反對的 *(adj)* = *averse*

◀ Many environmentalists are **opposed** to the use of pesticides.

許多環境保護主義者反對使用殺蟲劑。

opposite /ˈɑpəzɪt/

①相反的 *(adj)*

◀ Leo turned and walked in the **opposite** direction.

利奧轉身朝相反的方向走去。

②在…對面 *(prep)*

The Lins' House is **opposite** ours.

林家的房子在我們家對面。

③反義詞 *(C)*

Black is the **opposite** of white.

黑是白的反義詞。

opposition /ˌɑpəˈzɪʃən/

①反對 *(U)* = *disagreement*

◀ The appointment of the new minister met with fierce **opposition** from all the lawmakers.

新部長的任命遭到所有立法委員的強烈反對。

②對手 *(the+S)* = *rivals, competitors*

Gary passed the ball to the **opposition** by mistake.

蓋瑞把球誤傳給了對手。

✎同尾字 position (立場；位置)。imposition (徵收)。supposition (假設)。composition (作文)。preposition (介系詞)。proposition (主張)。presupposition (預先的假定)。

oppress /ə'prɛs/

迫害 *(vt)* = persecute

◀ The Jews were **oppressed** by the Nazis during the Second World War.
第二次世界大戰期間猶太人遭到了納粹分子的迫害。

✎同尾字 請參見 compress。

oppression /ə'prɛʃən/

迫害 *(U)*

◀ They fled in an attempt to escape political/religious **oppression**.
他們逃跑為了逃避政治／宗教迫害。

✎衍生字 oppressive *(adj)* 暴虐的，殘酷的；oppressor *(C)* 壓迫者，暴君

✎同尾字 impression (印象)。expression (表達的表情)。repression (壓制)。compression (壓縮)。suppression (壓制)。depression (沮喪)。

optimism /'ɑptə,mɪzəm/

樂觀 *(U)* ⇔ pessimism

◀ Her **optimism** blinded her to many problems.
她的樂觀使她看不到許多問題。

✎衍生字 optimist *(C)* 樂觀主義者

optimistic /,ɑptə'mɪstɪk/

樂觀的 *(adj)* ⇔ pessimistic

◀ He is **optimistic** about his future.
他對他的未來持樂觀態度。

option /'ɑpʃən/

①選擇 *(U)* = choice

◀ Because of the snowstorm, I had no **option** but to stay overnight.
由於暴風雪，我沒有選擇餘地，只得留下來過夜。

②可供選擇的事物，選擇 *(C)* = choice

There are many **options** open to me.
我有很多選擇。

✎衍生字 opt *(vi)* 選擇，挑選

optional /'ɑpʃənl/

可選擇的，非強制性的 *(adj)*

= elective；⇔ compulsory

◀ A second foreign language such as German or French is an **optional** subject at school.
學校裡第二外語如德語或法語，是選修課。

or /ɚ; 重讀 ɔr/

①或，還是 *(conj)*

◀ He said he would either write to Helen **or** call her as soon as he reached London.
他說一到倫敦後，他就會給海倫寫信或給她打電話的。

②要不然，否則 *(conj)*

Hurry up, **or** you will miss the train.
趕快，不然你會趕不上火車的。

oral /'orəl/

①口頭的，口述的 *(adj)*

◀ Our history teacher gave us an **oral** test on the Tang Dynasty.
歷史老師對唐朝的歷史給我們作了口試。

②口腔的 *(adj)*

Brush your teeth after each meal to ensure good **oral** hygiene.
每頓飯後要刷牙，以保證口腔衛生。

③口試 *(C)*

Fortunately, I passed my **oral**.
真走運，我口試通過了。

✎相關字 aural (聽覺的)。acoustic (聲波的)。visual (視覺的)。verbal (言辭的；口頭的)。

orange /'ɔrɪndʒ/

柳丁，橘色 *(C)* (請參見附錄 "水果"；"顏色")

◀ I am peeling an **orange**.
我正在剝柳丁的皮。

orbit /'ɔrbɪt/

①繞…運行 *(vt)* = move around

◀ In 1957 the Soviet Union launched the first satellite to **orbit** the earth.
一九五七年蘇聯發射了第一顆繞地球運行的人造衛星。

②軌道 *(U)*

The planet is probably (moving) in **orbit** around a small star.
這顆行星也許在環繞一顆小恆星的軌道上 (運行)。

③繞軌道運行一圈 *(C)*

The US spaceship made five **orbits** around/ of the moon.
這艘美國的太空船繞月球軌道運行了五圈。

orchard /'ɔrtʃəd/

果園 (C)

◀ My uncle owns an apple **orchard** in the mountains.
我的叔叔在那座山上有座蘋果園。

orchestra /'ɔrkɪstrə/

樂團 (C)

◀ He conducts a symphony **orchestra**.
他指揮一個交響樂團。

ordeal /ɔr'dil/

痛苦的經驗，嚴酷的考驗 (C) = tribulation

◀ The Simpsons went through a terrible **ordeal** when their daughter was seriously hurt in a traffic accident.
女兒在車禍中嚴重受傷後，辛普森一家經歷了一場痛苦的磨難。

order /'ɔrdə/

①順序 (U)

◀ The names of the guests are listed in alphabetical **order**.
客人的姓名按字母順序排列。

②秩序 (U)

Some teachers find it hard to keep **order** in class.
有些教師覺得很難維持班上的秩序。

③命令 (C) = command

Many Jews were arrested and executed on the **orders** of Stalin during World War II.
第二次世界大戰期間按史達林的命令逮捕並處決了許多猶太人。

④點 (菜) (vt)

I **ordered** myself coffee, but tea for Peter.
我自己點了杯咖啡，但爲彼得點了茶。

⑤下令 (vt) = command

The king **ordered** that the prisoner (should) be hanged at once.
國王下令立即將那囚犯吊死。

orderly /'ɔrdəlɪ/

①井然有序的 (adj)

= neat, tidy；⇔ disorderly, untidy

◀ We all thank our mother for an **orderly** household.
家裡井然有序，我們都得感謝母親。

②勤務兵 (C)

The general's **orderly** delivered a message to you.
將軍的勤務兵給你送了信來。

ordinary /'ɔrdn̩ˌɛrɪ/

平凡的，普通的 (adj) = usual；⇔ extraordinary

◀ Yesterday was another **ordinary** day for us.
對我們來說，昨天又是一個平凡的日子。

organ /'ɔrgən/

①器官 (C)

◀ The surgeon removed the affected **organ**.
外科醫生將那受感染的器官割除了。

②風琴 (C)

She used to play the **organ** in church.
她以前是在教堂裡彈奏風琴的。

organic /ɔr'gænɪk/

有機體的，生物的 (adj)

◀ After realizing how chemicals do harm to our environment, more and more people buy **organic** fruits and vegetables.
了解到化學物對我們居住的環境造成多大的破壞後，愈來愈多人購買有機水果和蔬菜。

organism /'ɔrgənˌɪzəm/

生物 (C)

◀ They are studying the minute **organisms** in water.
他們正在研究水裡的微生物。

organization /ˌɔrgənə'zeʃən/

①組織，協調，統籌 (安排) (U)

◀ Thanks to her good **organization**, several projects were efficiently carried out.
多虧她組織得當，好幾個計畫已經有效率地完成。

②機構，團體，組織 (C)

After days of hard work, they founded/ established/ set up a charitable **organization** for the needy.
經過多天的辛勤工作後，他們建立了一個幫助窮人的慈善機構。

organize /ˈɔrgənˌaɪz/

①組織，安排 (vt) = arrange

◀ To make yourself better understood, you'd better **organize** your thoughts before you speak.

為了使講話更明白易懂，你在開講前最好把自己的思路組織好。

✎衍生字 *organized (adj)* 有組織 (條理) 的

②籌辦 (vt) = make preparations for

Jim is ordered to **organize** the annual Christmas party.

吉姆受命籌辦一年一度的聖誕晚會。

organizer /ˈɔrgənˌaɪzɚ/

籌辦人 (C)

◀ The **organizer** of the conference did a good job.

這次會議的籌辦人做得很好。

orient /ˈorɪˌɛnt/

①東方 (S) ⇔ occident

◀ You can find a lot of spices from the **Orient** in this store.

在這家店裡可以買到許多從東方來的香料。

②(根據地圖或指南針而) 確定位置，定位 (vt) = orientate

They stopped to **orient** themselves before ascending the mountain.

他們停下來確定自己所在的位置，然後開始登山。

③為⋯⋯而設計，因⋯⋯而調整 (vt) = orientate

Many colleges offer language courses **oriented** towards the needs of businessmen.

許多學校都開設針對商業人士需要的語言課程。

✎衍生字 *orientation (C, U)* 方位，方向，認識環境，新生訓練

oriental /ˌorɪˈɛntl̩/

東方的 (adj) ⇔ occidental

◀ Mr. Chaplan is very interested in **oriental** culture.

查普蘭先生對東方文化非常感興趣。

origin /ˈɔrədʒɪn/

①起源，開端 (C)

◀ The **origins** of life are unknown.

生命的起源是個謎。

②源頭 (U)

Kowtow is a word of Chinese **origin**.

"Kowtow" (叩頭) 一詞源自漢語。

original /əˈrɪdʒənəl/

①原先的 (adj) = earliest

◀ The **original** plan was to hold the concert in Taipei this July. But now it has been postponed to next March.

原先計畫今年七月在台北舉辦這場音樂會，現在延遲到明年三月了。

✎衍生字 *originally (adv)* 原先，最初

②富創意的 (adj) = creative

Her design is highly **original**.

她的設計極富創意。

③原作 (C) ⇔ fake, copy, replica

The copy is seldom as good as the **original**.

複製品總比不上原作。

originality /əˌrɪdʒəˈnælətɪ/

創造性 (U) = creativity

◀ His new novel displays/lacks **originality**.

他的新小說具有 / 缺乏創造性。

originate /əˈrɪdʒəˌnet/

①由⋯⋯引起 (vi)

◀ The quarrel between Mary and John **originated** in a misunderstanding.

瑪莉和約翰的爭吵由誤會引起。

②開啟 (vt) = initiate, start,

Ms. Skidmore **originated** a new style of writing.

斯基德莫爾女士開啟了新的寫作風格。

✎衍生字 *originator (C)* 創始人，發起人

🔘 MP3-O4

ornament /ˈɔrnəmənt/

①飾品 (C) = decoration

◀ Whenever you see her, she's always wearing **ornaments** such as earrings, a necklace, a ring, and the like.

你每次看到她，她都是戴著飾品，如耳環啦，項鏈啦，戒指啦等等。

✎衍生字 *ornamental (adj)* 裝飾 (用) 的

②增加光彩 (重要性，美麗) 的人或東西 (C)

Dr. Lee, a Nobel prize winner in chemistry, is a bright **ornament** to his family.

諾貝爾化學獎得主李博士為他家裡增了光。

③裝飾 *(vt)* = decorate, embellish

Her dress is **ornamented** with gold beads.

她的洋裝裝飾著金串珠。

orphan /ˈɔrfən/

孤兒 *(C)*

◀ Oliver was an **orphan** and he was brought up by his aunt.

奧利佛是個孤兒，由他姑媽扶養成人。

✎衍生字 *orphan (vt)*使成為孤兒

orphanage /ˈɔrfənɪdʒ/

孤兒院 *(C)*

◀ The church set up an **orphanage** for the children who lost their parents in the earthquake.

教會為在地震中失去雙親的兒童辦了一個孤兒院。

ostrich /ˈɔstrɪtʃ/

駝鳥 *(C)*

◀ You should never bury your head in the sand like an **ostrich**.

絕不要像駝鳥一樣埋起頭來不願正視現實。

other /ˈʌðɚ/

①另一個 (的) *(det)*

◀ She held a pen in one hand and a ruler in the **other** (one).

她一手拿鋼筆，另一手拿尺。

②其他的，另外的或別的人 (事物) *(pron)*

Some of these methods will work. **Others** will not.

這些方法中有些是可行的，其他的就行不通了。

otherwise /ˈʌðɚˌwaɪz/

①否則 *(adv)*

◀ You'd better go now; **otherwise**, you will miss your train.

你最好現在就走，否則會趕不上火車的。

②除此之外，在其他方面 *(adv)* = apart from that

The soup was too salty, but **otherwise** the meal was excellent.

湯太鹹了。除此之外，飯菜做得非常好。

ought to /ˈɔt tu/

應該 *(aux)* = should

◀ You **ought to** be ashamed of having lied to your parents.

你對自己的父母撒謊，真該感到羞愧才對。

ounce /aʊns/

①盎司 *(C)*

◀ Cheese is sold by the **ounce** in some traditional stores.

在一些老店裡乳酪按盎司出售。

②少量，少許 *(S)* = bit

There isn't an **ounce** of truth in what he said.

他的話裡沒有一點點的實話。

our /aʊr/

我們的 (we的所有格) *(adj)*

◀ **Our** school is located on Nan Hai Road.

我們學校位在南海路。

ours /aʊrz/

我們的 (we的所有格代名詞) *(pron)*

◀ Your room is on the third floor. **Ours** is on the seventh.

你的房間在三樓。我們的在七樓。

out /aʊt/

在 (到) 戶外 *(adv)*

◀ Sam went **out** (of the house) for some fresh air.

山姆走出 (屋子) 去透透新鮮空氣。

outbreak /ˈaʊtˌbrek/

爆發 *(C)*

◀ The filthy surroundings in that area led to a typhoid **outbreak**.

那地區骯髒的環境導致了傷寒病的爆發。

outcome /ˈaʊtˌkʌm/

結果 *(C)* = result

◀ It is too early to know the **outcome** of her illness.

要知道她這場病的結果還為時尚早。

outdo /aʊtˈdu/, outdid *(pt)*, outdone *(pp)*

勝過 *(vt)* = surpass

◀ James made up his mind to **outdo** his father at work.

詹姆斯下決心要在工作上勝過他父親。

outdoor /'aʊtˌdor/

戶外的 *(adj)*

◀ There were outdoor cafés on almost every block.
幾乎每個街區上都有戶外露天咖啡館。

outdoors /ˌaʊt'dorz/

戶外 *(adv)*

◀ Their wedding ceremony was held outdoors.
他倆的婚禮在戶外舉行。

outer /'aʊtɚ/

外面的 *(adj)* ⇔ inner

◀ The outer walls collapsed in the earthquake.
外牆在地震時倒塌了。

outfit /'aʊtˌfɪt/

全套裝備，全套用品 *(C)*

◀ Danny bought a white tennis outfit for his sister as her birthday present.
丹尼買了一套白色網球裝備給妹妹作生日禮物。

outgoing /'aʊtˌgoɪŋ/

①外向的 *(adj)*

◀ Mandy has a warm, outgoing personality.
曼迪性格熱情外向。

②即將離任的 *(adj)* ⇔ incoming

They held a farewell party for the outgoing president.
他們為即將離任的總統舉行歡送會。

outing /'aʊtɪŋ/

遊玩，遠足 *(C)* = excursion

◀ We went on an outing to the beach last Saturday.
上個星期六我們去海濱遊玩了。

outlaw /'aʊtˌlɔ/

①不法分子 *(C)* = fugitive

◀ They organized a posse to track down the gang of outlaws.
他組織了一個民防團追蹤這夥不法分子。

②宣布 (某事) 不合法 *(vt)*

The government outlaws the sale of "happy pills".
政府把出售 "快樂丸" 定為不法行為。

outlet /'aʊtˌlɛt/

①出口 *(C)* = channel

◀ He killed himself because he couldn't find an outlet for his suppressed feelings.
他自殺是因為找不到發洩壓抑情感的出口。

②經銷商店 *(C)*

President has retail outlets in every town.
統一公司在每個城鎮都有零售商店。

outline /'aʊtˌlaɪn/

①輪廓 *(C)*

◀ In the twilight, I could only see the outlines of the mountains.
薄暮時分，我僅看得見群山的輪廓。

②大綱 *(C)*

He spent about ten minutes preparing an outline for his speech.
他花了十分鐘準備一分演講大綱。

③概述 *(vt)*

They outlined their plan for the trip.
他們概述了一下這次旅行的計畫。

outlook /'aʊtˌlʊk/

①看法 *(C)* = view, perspective

◀ His father profoundly affected his outlook on life.
他父親深深影響他對生活的看法。

②前景 *(C)* = prospect

Miranda's encouragement gave me an optimistic outlook upon life.
米蘭達的鼓勵使我看到了生活樂觀的前景。

③景色 *(C)* = view

The skyscraper affords a magnificent outlook of the whole city.
這摩天大樓上能看到整個城市的壯麗景色。

outnumber /aʊt'nʌmbɚ/

在數量上超過，比…多 *(vt)*

◀ It is estimated that in the teaching profession, women still outnumber men by three to one.
據估計，在教書行業，女教師在人數上仍以三比一超過男教師。

output /'aʊtˌpʊt/

①生產 *(U)* = production

◀ The shoe factory hopes to increase its output by 20% next year.
鞋廠希望明年能增加生產百分之二十。

②產量 (C)

Mass-production resulted in an increased **output** and a decreased cost.

大量生產使得產量提高，成本下降。

outrage /'aʊtˌredʒ/

①憤慨，義憤 (U) = resentment, indignation

◀ His boss's bias against him filled him with a sense of **outrage**.

老闆對他的偏見使他滿腔憤慨。

②暴行 (C) = cruelty

The escaped prisoner committed several **outrages** on innocent people.

那個越獄的逃犯多次對無辜民眾犯下暴行。

③使滿腔怒火 (vt) = incense

People were **outraged** at the idea of the rapist being released.

想到強姦犯被釋放人們滿腔怒火。

outrageous /aʊt'redʒəs/

①粗暴的 (adj) = violent, offensive, shocking

◀ His **outrageous** language towards his wife shocked everybody.

他對太太用粗暴的語言令每個人震驚。

②奇形怪狀的 (adj) = unusual

Molly has a large collection of **outrageous** hats.

莫莉有許許多多奇形怪狀的帽子。

outright /ˌaʊt'raɪt/

①坦率地，率直地 (adv) = honestly, frankly, openly

◀ Tell her **outright** what you want.

你想要什麼跟她坦率地說吧。

②徹底地 (adv) = completely

The twin towers were destroyed **outright**.

雙子星大廈徹底被毀。

③立即 (adv) = instantly

The bank teller was killed **outright** by a single gunshot.

那銀行櫃員當場被一槍打死。

④斷然的 (adj) = flat, absolute

Esther gave Kent an **outright** refusal.

埃絲特斷然拒絕了肯特。

outset /'aʊtˌsɛt/

開始 (the+S) = beginning

◀ It was clear at/from the **outset** that he was a trouble maker.

從一開始就很清楚他是個製造麻煩的人。

outside /ˌaʊt'saɪd/

①在…外 (prep) ⇔ inside

◀ He stood in the narrow hallway just **outside** the door.

他站在門外那條狹窄的過道上。

②外面的，外部的 (adj) ⇔ inside

We can't do it ourselves; we must get **outside** help.

我們自己做不了，我們必須要得到外援。

③在外面 (adv) ⇔ inside

She heard the dog barking **outside**.

她聽見狗在外面吠叫。

④外部 (C) ⇔ inside

Peace cannot be imposed from the **outside** by the United States or anyone else.

和平是不能由美國或別的什麼人從外部強加的。

outsider /ˌaʊt'saɪdə/

①外人 (C) = stranger

◀ It is wrong to discriminate against **outsiders** without grounds.

毫無理由地歧視外人是不對的。

②圈外人 (C) ⇔ insider

To everyone's surprise, the job went to an inexperienced **outsider**.

令大家吃驚的是，這分工作給了一個沒有經驗的圈外人。

outskirts /'aʊtˌskɜts/

郊區 (pl)

◀ They live on the southern **outskirts** of Seattle.

他們住在西雅圖南部郊區。

outstanding /aʊt'stændɪŋ/

傑出的，出色的 (adj) = excellent, wonderful

◀ Her **outstanding** performance impressed us all.

她出色的表演給我們留下深刻的印象。

◯ MP3-O5

outward /'aʊtwəd/

①表面上的，外表的 (adj) ⇔ inward

◀ In spite of my **outward** calm, I was very nervous at heart.

我表面上很鎮靜，內心其實非常緊張。

✎衍生字 outwardly (adv) 表面上地，外表地

②出航，出海 *(adv)* = outwards；⇔ *homeward*
The ship was **outward** bound.
船出航了。

outwards /'aʊtwəⁿdz/
朝外，往外，向外 *(adv)* ⇔ *inwards*
◀ The door opens **outwards**.
這門是朝外開的。

oval /'ovl/
①橢圓形的，卵形的 *(adj)*
◀ He was a man in his late thirties, with fine, dark hair and a pale **oval** face.
他是個近四十歲的人，長著很好的黑髮和一張蒼白的鵝蛋臉。
②橢圓 *(C)*
The table is a large **oval**.
這餐桌是個大橢圓。

oven /'ʌvən/
烤箱 *(C)*
◀ Put the salmon steaks in the **oven** and let them roast for thirty minutes.
把鮭魚排放進烤箱內烤三十分鐘。

over /'ovəⁿ/
①越過 (某物) 到另一邊 *(prep)*
◀ The horse jumped **over** the fence/bush/stream.
那匹馬跳過柵欄 / 灌木叢 / 小溪。
②超過 *(prep)* = *more than*
They have lived in Taipei for **over** ten years.
他們住在台北超過十年了。
③翻倒，(從直立位置向外和向下) 倒 *(adv)*
The strong wind blew the vase **over**.
一陣疾風把花瓶吹翻了。
④翻過 (從一邊到另一邊) *(adv)*
Remember to turn the steak **over** after five minutes.
記住五分鐘後要把牛排翻個身。
⑤結束的 *(adj)* = *finished, ended*
It's all **over** between them.
他們的關係結束了。

overall /,ovəⁿ'ɔl/
①全部的 *(adj)* = *all-inclusive*
◀ The **overall** cost of the repair is extremely high.
全部的修理費非常貴。

②總的來說 *(adv)* = *generally, on the whole*
Overall, the economic conditions are still worsening.
總的來說，經濟狀況仍在惡化。
③寬大罩衫 *(C)*
Theodore wore a white **overall** when conducting experiments.
做實驗的時候西奧多穿了件白色大罩衫。
④附有圍裙的工作褲，(上下連身的) 工作服 *(P)*
Whenever you see him, he's wearing a pair of blue **overalls**.
你每次看到他，他都穿一條藍色的工作褲。

overcoat /'ovəⁿ,kot/
大衣 *(C)* (請參閱附錄 "衣物")
◀ He put on his **overcoat** and pulled the collar up about his ears.
他穿上大衣，然後把領子拉近耳朵。

overcome /,ovəⁿ'kʌm/
overcame *(pt)*, overcome *(pp)*
克服，解決 *(vt)*
◀ Don't just cry! Find a way to **overcome** your difficulties/problems.
別只管哭！想辦法克服困難 / 解決問題。

overdo /,ovəⁿ'du/, overdid *(pt)*, overdone *(pp)*
把…做得過頭 *(vt)*
◀ Don't **overdo** your preparations.
不要準備得過頭了。

overeat /,ovəⁿ'it/, overate *(pt)*, overeaten *(pp)*
吃得太多 *(vi)*
◀ Shelly has gained a lot of weight lately because she can't stop **overeating**.
雪莉因為控制不住吃得太多，最近重了不少。

overflow /,ovəⁿ'flo/
①滿出來 *(vi, vt)*
◀ Turn the faucet off. The bath is **overflowing** (the edge).
把水龍頭關掉，浴缸裡的水滿出來了。
②滿懷，充滿，洋溢 *(vi)*
My heart **overflowed** with gratitude for your kindly help.
我對你的熱心幫助滿懷感激。
③溢出，溢出物 *(U)* /'ovəⁿ,flo/
The **overflow** from the bath ran to the floor.
浴缸裡溢出的水流到了地上。

④泛濫，充斥 *(C) = flood*

There is an **overflow** of cheap watches on the market.

市場上廉價的手錶泛濫。

overhead /'ovɚˌhɛd/

①高架的 *(adj)*

◀ They plan to build an **overhead** railway.

他們計畫造一條高架鐵路。

②在頭上 *(adv)*

A helicopter was hovering **overhead**.

一架直升飛機在頭上盤旋。

overhear /ˌovɚ'hɪr/

overheard *(pt)*, overheard *(pp)*

無意中聽到 *(vt)*

◀ I **overheard** part of their gossip about you.

我無意中聽到他們在說你閒話。

✎相關字 請參見 eavesdrop。

overlap /ˌovɚ'læp/

①重疊 *(vi)*

◀ Some subjects such as sociology and economics **overlap** with each other.

有些學科如社會學和經濟學有部分內容重疊。

②重疊 *(vt)*

Your responsibility **overlaps** mine, so we'll be sharing some of the work.

你的責任和我的責任有重疊，所以有些工作可以分著做。

③重疊 *(C)* /'ovɚˌlæp/

There is a large **overlap** between the two subjects.

這兩個學科有很大一部分內容重疊。

overlook /ˌovɚ'lʊk/

①眺望俯視，俯瞰 *(vt)*

◀ The temple **overlooks** the bay.

從這座廟宇能眺望整個海灣。

②忽視，沒注意到 *(vt) = neglect, ignore*

He **overlooked** all sorts of warning signs about his health.

他忽視了各種有關他健康的警訊。

overnight /'ovɚ'naɪt/

一夜之間 *(adv)*

◀ The writer became famous **overnight**.

這位作家一夜之間成名了。

overpass /'ovɚˌpæs/

天橋 *(C)*

◀ It is safer for pedestrians to take an **overpass** or an underpass when crossing a street.

行人過馬路時走天橋或地下道是更安全的選擇。

overseas /'ovɚ'siz/

①海外的，在國外的 *(adj)*

◀ He made a profit by investing in **overseas** stocks and shares.

他靠投資海外公債和股票賺了一筆。

②在海外 *(adv)*

More and more Taiwanese students travel **overseas**.

愈來愈多的台灣學生到海外去旅行。

oversleep /ˌovɚ'slip/

overslept *(pt)*, overslept *(pp)*

睡過了頭 *(vi)*

◀ I **overslept** that morning and was late for school.

那天早上我睡過了頭，上學遲到了。

overtake /ˌovɚ'tek/

overtook *(pt)*, overtaken *(pp)*

①超車，追過 *(vi)*

◀ It's dangerous to **overtake** on a bend.

在拐彎處超車是危險的。

②趕上並超過 *(vt)*

We **overtook** some slow hikers on the way up the hilltop.

我們在爬向山頂的途中超過了一些速度慢的健行者。

overthrow /ˌovɚ'θro/

overthrew *(pt)*, overthrown *(pp)*

推翻 *(vt)*

◀ That government was **overthrown** in a military coup three years ago.

那個政府在三年前的一次軍事政變中被推翻了。

overturn /ˌovɚ'tɝn/

①翻覆 *(vi)*

◀ The boat **overturned**, and two of them fell into the water.

船翻了，他們中有兩個人落進了水裡。

②推翻 (vt) = overrule, override
The decision was **overturned** by the president.
這個決定被總統推翻了。

overwhelm /ˌovɚˈhwɛlm/

①打敗，壓倒 (vt) = defeat
◀ The opposition party **overwhelmed** the ruling party in the presidential election.
在總統競選中，反對黨打敗了執政黨。
✎衍生字 *overwhelming (adj)* 巨大的，勢不可擋的
②使突然沒入或侵入 (vt)
They were **overwhelmed** by/with grief.
他們陷入了悲痛之中。

overwork /ˌovɚˈwɝk/

①工作過度 (vi)
◀ Take a day off; you've been **overworking** these days.
休假一天吧，最近你工作過度。
②使超負荷工作 (vt)
The boss **overworked** his employees mercilessly.
老闆無情地讓員工超負荷工作。
③工作過度 (U)
Overwork brought on his heart attack.
工作過度導致他心臟病發作。

owe /o/

①欠 (債) 等 (vt)
◀ He **owed** the garage 1,000 dollars for the new tire.
他因換上了新輪胎而欠那家汽車修理廠一千元錢。
②歸功於 (vt) = attribute
She **owed** her success to her parents' support.
她的成功歸功於父母親的支持。

owl /aʊl/

貓頭鷹 (C) (請參閱附錄 "動物")
◀ Pan is a night **owl**.
潘是夜間貓頭鷹 (夜貓子)。

own /on/

①自己的 (det)
◀ Mind your **own** business!
管好你自己的事吧！(別多管閒事！)

②擁有 (vt)
His father **owns** a local pub.
他父親在本地擁有一家小酒館。

own up

承認 (vi) = admit/confess (to)
◀ Peter **owned up** to smashing my car.
彼得承認撞壞了我的車。

owner /ˈonɚ/

業主，所有人 (C)
◀ He is now a rightful **owner** of the mansion.
他現在是這棟大廈的合法業主 (所有人) 了。

ownership /ˈonɚˌʃɪp/

所有權 (U)
◀ The restaurant is under new **ownership**.
這家飯店的所有權已重新易手了。

ox /ɑks/

(閹) 牛 (C) (請參閱附錄 "動物")
◀ An **ox** is taken by the horns and man by the tongue.
抓牛要抓角，抓人要抓舌。(意指人往往因失言而被人抓住把柄)
✎衍生字 *oxen (pl)* (閹) 牛
✎相關字 ox (閹過的公牛)。bull (公牛)。cow (母牛)。buffalo (水牛)。calf (小牛)。

oxygen /ˈɑksədʒən/

氧 (U)
◀ The man died from lack of **oxygen**.
那男子因缺氧而死。

oyster /ˈɔɪstɚ/

牡蠣 (C)
◀ We can eat **oysters** either cooked or uncooked.
牡蠣可以煮熟吃，也可以生吃。

ozone /ˈozon/

臭氧 (U)
◀ **Ozone** can screen the earth from harmful ultraviolet rays from the sun.
臭氧可以給地球擋住太陽發出的有害的紫外線。

P

A HANDBOOK
7000 English Core Words

◉ MP3-P1

pace /pes/

① 步調 (S) = rate, speed

◀ I like to work at the pace that suits me.
我喜歡以自己覺得適宜的步調來工作。

② 一步，步子 (C) = step

To stand side by side with him, I moved forward a couple of paces.
為了與他並排站立我就向前移動了幾步。

③ 踱步 (vi) = walk

Joey paced nervously up and down the hospital, waiting for the news.
喬伊在醫院裡焦慮地踱步等候消息。

④ 以步數測量某物 (vt)

I think the auditorium is 50 meters long; I'll pace it out.
我想這禮堂是五十米長，我來步測一下。

pacific /pə'sɪfɪk/

愛好和平的 (adj) = peaceful

◀ The Conservatives were traditionally viewed as the more pacific party.
保守黨一般被認為更愛好和平。

✎衍生字 pacify (vt) 使平靜；pacifier (C) 安撫奶嘴

pack /pæk/

① 小包，一群 (狼犬)，一副 (紙牌) (C) (請參閱附錄 "量詞")

◀ He smokes a pack of cigarettes a day.
他一天抽一包香煙。

A pack of dogs/reporters are roaming around.
一群狗／記者在到處逛。

② 整理，打包 (行李) (vt,vi) ⇔ unpack

I'm off to China tomorrow and I haven't even started packing (my suitcase) yet.
我明天要去中國大陸，但我還沒有開始整理行裝呢。

③ 擠進，擠滿 (vi) = crowd

When the door was opened, people began to pack onto the bus.
車門打開後，人們開始朝公共汽車擠上去。

✎衍生字 packed (adj) 擠滿人的

④ 把…裹起來 (vt) = wrap

Pack the tissue paper around the dish so that it won't break.
用餐巾紙包住盤子，這樣它就不會碰碎了。

⑤ 擠滿 (vt) = crowded

The stadium was packed with thousands of spectators watching the football game.
運動場內擠滿了數以千計的觀眾看這場足球比賽。

pack off

打發 (vt,s)

◀ Some parents cannot wait to pack their children off to bed/camp/school.
一些家長迫不及待地打發孩子們上床／去露營／上學。

pack up

① 收拾 (vt,s)

◀ I have packed up my belongings ready to leave.
我已收拾好東西準備出發。

② 收工，停工 (vi) = finish work

It is getting darker and darker. Let's pack up and go home.
天愈來愈黑了，我們收拾收拾回家吧。

package /'pækɪdʒ/

① 包，包裹 (C) = parcel

◀ I gave her a large package of clothes which I've outgrown.
我給了她一大包我已經穿不下的衣服。

② 一套 (東西) (C)

The bank is offering a special financial package for teachers.
這家銀行為教師提供了一套特別的金融服務。

③ 把…包成一包 (紮成一捆) (vt)

I packaged (up) some clothes to send to my sister.
我包了一些衣服以便給我妹妹送去。

packet /'pækɪt/

① 小包，小盒 (C) = pack

◀ He's a heavy smoker; he smokes two packets of cigarettes a day.
他煙癮很重，一天要抽兩包。

② 一大筆錢 (S)

The house cost me a pretty packet.
這房子花了我一大筆錢。

pact /pækt/

條約 (C) = treaty, agreement

◀ The two countries made/signed a non-aggression **pact** last week.
上週兩國締結 / 簽署了互不侵犯條約。

◈相關字 請參見 accord。

pad /pæd/

①護墊 (C)

◀ When you skate, be sure to put **pads** on your knees.
溜冰時一定要在膝蓋上套一個護墊。

◈衍生字 pad (vt) 加墊子於

②便條簿 (C)

John scribbled a note on the **pad** by the telephone and left hurriedly.
約翰在電話機邊的便條簿上草草地寫了張條子，然後匆匆離開。

paddle /'pædl/

①槳 (C) = oar

◀ He used a piece of driftwood as a **paddle** to push himself across the river.
他用一塊浮木當槳划過河。

②划過 (vi,vt) = row

We **paddled** (the boat) slowly across the lake.
我們慢慢地 (把船) 划過湖面。

page /pedʒ/

①書頁 (C)

◀ You should never rip/tear any **page** out of the books borrowed from the library.
你千萬不能從圖書館借來的書上撕書頁。

②版 (C)

The headline "AMERICA UNDER ATTACK" was on the front **page** of almost every newspaper.
幾乎每家報紙的頭版頭條都是 "美國遭到攻擊"。

pain /pen/

①痛苦 (U) = suffering

◀ Her behavior caused her parents a great deal of **pain**.
她的行為給她的父母造成了巨大的痛苦。

②痛 (C) = ache

I've got a terrible **pain** in my chest.
我胸口很痛。

③辛苦 (P) = effort

The factory owner gave some of the workers a bonus for their **pains**.
工廠老闆發給一些工人獎金，獎勵他們的辛苦。

④令人討厭的人或事物 (S)

That naughty boy is really a **pain** in the neck.
那頑皮小鬼真是個討厭鬼。

painful /'penfəl/

痛苦的 (adj) ⇔ painless

◀ It was a **painful** decision to turn off their father's life support system.
切斷他們父親的維生系統是一個痛苦的決定。

paint /pent/

①油漆，塗料 (U)

◀ There is a "Wet **Paint**" sign on the bench.
長凳上有塊 "油漆未乾" 的牌子。

②漆成 (vt)

Sherry had the walls of her bedroom **painted** pink.
雪莉叫人把她臥室的牆漆成粉紅色。

③畫 (vi)

My daughter **paints** nicely in water colors.
我女兒水彩畫畫得很不錯。

painter /'pentɚ/

畫家 (C) (請參閱附錄 "職業")

◀ **Painters** and poets have the right to lie.
畫家和詩人有權撒謊。

painting /'pentɪŋ/

①繪畫 (U)

◀ Louis has a talent for **painting**.
路易斯具有繪畫的天分。

②油畫 (C) = picture

I've always admired Monet's **paintings**.
我一直很欣賞莫內的畫。

pair /pɛr/

①雙 (C)

◀ I bought a new **pair** of shoes yesterday.
昨天我買了雙新鞋。

②關係密切或共做某事的兩人 (C)

The happy **pair** is/are going to France for their honeymoon.
這幸福的一對將去法國度蜜月。

P

P

pajamas /pə'dʒæməz/
睡衣褲 *(pl)* (請參閱附錄 "衣物")
◀ I seldom sleep in **pajamas**.
我很少穿男用睡衣睡覺。
✎比 較 nightgown/nightdress (女用連身寬鬆的睡衣)

pal /pæl/
友 *(C)* = friend
◀ Joseph and I are pen **pals**.
約瑟夫和我是筆友。

palace /'pælɪs/
宮殿 *(C)*
◀ The queen of the United Kingdom lives in Buckingham **Palace**.
英國女王住在白金漢宮。

pale /pel/
① 蒼白的 *(adj)* = bloodless, white
◀ His face is deadly **pale** with fear.
他嚇得臉色如死人般蒼白。
② 變蒼白 *(vi)*
Her face **paled** at the sight of blood.
她一看到血臉就發白。

palm /pɑm/
① 棕櫚樹 *(C)* (請參閱附錄 "植物")
◀ **Palms** grow near beaches or in deserts.
棕櫚樹生長在沙灘附近或沙漠中。
② 手掌 *(C)* (請參閱附錄 "身體")
Alice greased the judge's **palm**, so he let her off.
愛麗絲在法官手掌上抹油 (賄賂法官)，所以法官放她一馬。

pamphlet /'pæmflɪt/
手冊 *(C)*
◀ They issued several propaganda **pamphlets** during the election.
選舉期間他們分發了好幾種宣傳手冊。

pan /pæn/
平底鍋 *(C)* (請參閱附錄 "工具")
◀ I have jumped out of the frying **pan** into the fire.
我跳出油鍋又落火坑。
✎片 語 a flash in the pan (曇花一現)

pancake /'pænˌkek/
薄煎餅 *(C)* (請參閱附錄 "食物")
◀ To make **pancakes**, combine flour and water and stir constantly until all the water is absorbed.
要做薄煎餅，就得把麵粉和水混在一起，一直攪拌到水全被麵粉吸收。

panda /'pændə/
熊貓 *(C)* (請參閱附錄 "動物")
◀ A **panda** will hold a piece of bamboo up to its mouth.
熊貓會把一支竹子拿到牠的嘴子。

pane /pen/
(尤指窗格上的) 一塊玻璃 *(C)*
◀ He broke a **pane** of glass accidentally.
他不小心打破了一格窗玻璃。

panel /'pænl/
小組 *(C)* = team
◀ An advisory **panel** of experts was organized to solve the financial problems.
(他們) 成立了一個專家顧問小組來解決金融問題。

panic /'pænɪk/
① 驚慌失措，慌亂 *(S)*
◀ The audience was thrown into a **panic** when the theater caught fire. They fled out in a **panic**.
劇院著火時觀眾驚慌失措，都慌亂地往外逃。
② 恐慌 *(vi)*
The crowd **panicked** at the sound of the explosion.
人群聽到爆炸聲都慌亂起來。
③ 讓…驚慌失措 *(vt)* = frighten, scare
The financial crisis **panicked** the manager into taking rash measures.
財務上的危機讓經理驚慌失措採取了輕率的行動。

pants /pænts/
褲子 *(pl)* (請參閱附錄 "衣物") = trousers
◀ I've known Sam since he was in **short pants**.
山姆自從穿短褲我就認識他了 (從他還是小男孩就認識他了)。

🔘 MP3-P2

papaya /pə'paɪə/
木瓜 *(C)* (請參閱附錄 "水果")
◀ I usually eat **papayas** for dessert.
我通常吃木瓜當點心。

paper /'pepɚ/
①紙 *(U)*
◀ The present was wrapped in red **paper**.
禮品用紅紙包著。
②報紙 *(C)* = newspaper
Jason has made it a habit to clip **papers**.
傑生養成了剪報的習慣。
③論文 *(C)*
Prof. Chang will give/read a **paper** on her latest research.
張教授將遞交／宣讀一篇她最新的研究論文。
④考卷 *(C)*
The teacher wanted his students to hand in their **papers** after class.
老師要求學生下課後把考卷交上來。

paper over
掩飾 *(vt,s)*
◀ The need to defeat international terrorism did allow the two countries for a time to **paper over** their differences.
擊敗國際恐怖主義的需要，讓兩國有段時間能掩飾他們的歧見。

parachute /'pærə,ʃut/
降落傘 *(C)*
◀ Their colorful **parachutes** opened almost at the same time and made a beautiful scene in the sky.
他們的彩色降落傘幾乎同時打開，在空中構成了一幅美景。

parade /pə'red/
①列隊 *(C)* = procession
◀ The athletics meet(ing) began with a **parade** of all the competing teams.
運動會開幕時所有參賽隊一起列隊進場。
②炫耀 *(C)* = display
I hate the way Paula makes a **parade** of her wealth.
我很討厭寶拉炫耀財富的那種樣子。

③遊行 *(vi)*
The circus **paraded** through the town to advertise its forthcoming performance.
馬戲團遊行通過城鎮爲其即將舉行的演出做廣告。
④吹噓 *(vt)* = show off, flaunt
I dislike the way Mark **parades** his success.
我不喜歡馬克吹噓他成功的樣子。

paradise /'pærə,daɪs/
①天堂 *(U)* = Heaven
◀ After we camped in the open air for two weeks, the hotel felt like **paradise**.
我們在野外紮營兩個星期之後，再住飯店就像是進了天堂。
②理想的或完美的地方，樂土，樂園 *(S)*
Hong Kong is said to be a **paradise** for shoppers.
香港被說成是購物者的天堂。

paradox /'pærə,dɑks/
似非而是的雋語，看似矛盾而實際 (或可能) 正確的說法或事情 *(C)*
◀ It is a **paradox** that the prohibition of liquor causes an increase in alcoholism.
眞是矛盾的事，禁酒反而使酗酒的人增多了。
📎衍生字 *paradoxical (adj)* 自相矛盾的

paragraph /'pærə,græf/
段落 *(C)*
◀ Our assignment is to condense three **paragraphs** into one.
我們的作業是將三個段落縮成一段。

parallel /'pærə,lɛl/
①平行的，並行的 *(adj)* = side by side (with)
◀ The highway runs **parallel** to/with the railway.
這條公路和鐵路平行。
②類比，比較 *(C)* = analogy, comparison
The prosecutor drew a **parallel** between the two kidnapping cases.
檢察官對這兩宗綁架案作了個類比。
③與…相似 *(vt)* = be similar to
His story closely **paralleled** what she told me.
他講的和她告訴我的十分相似。

paralyze /ˈpærəˌlaɪz/

①使癱瘓，使麻痺 *(vt)* = disable

◀ Mr. Wang has been **paralyzed** from the neck down since the accident last year.
自從去年的事故以後，王先生頸部以下部位就癱瘓了。

✎衍生字 *paralysis (C,U)* 癱瘓，中風

②使無法正常運作，使癱瘓 *(vt)* = cripple, disrupt

The electricity failure **paralyzed** the MRT service.
斷電使大眾捷運系統陷入了癱瘓。

parcel /ˈpɑrsl̩/

包裹，郵包 *(C)* = package

◀ He tied up the **parcel** with string and then sent it to Mr. Cop.
他用繩子將包裹紮好，然後把它寄給考普先生。

pardon /ˈpɑrdn̩/

①原諒 *(U)* = forgiveness

◀ If I have offended you, I beg/ask your **pardon**.
如果我冒犯了你，敬請原諒。

②原諒 *(vt)* = excuse

Please **pardon** me for interrupting you.
對不起原諒我打擾您了。

parent /ˈpɛrənt/

父母 *(C)*

◀ Do you always obey your **parents**?
你一向都聽從父母嗎？

✎衍生字 *parental (adj)* 父母的；*parenting (U)* 父母對孩子的關懷照顧

park /pɑrk/

①公園 *(C)*

◀ Let's go for a walk in the **park**.
我們去公園散散步吧。

②停車場 *(C)* = parking lot

There's a big car **park** in front of the supermarket.
超市前有一個很大的停車場。

③停 *(vt,vi)*

You can't **park** (your car) here; it's private property.
你不能把車停在這裡。這兒是私人產業。

✎衍生字 *parking (U)* 停放

parliament /ˈpɑrləmənt/

國會 *(C)*

◀ Ian was elected to **Parliament** in his early adulthood.
伊恩剛成年就進被選入了國會。

✎衍生字 *parliamentary (adj)* 議會的，國會的

parrot /ˈpærət/

鸚鵡 *(C)* (請參閱附錄 "動物")

◀ You talk like a **parrot**.
你像鸚鵡學講話 (沒創意)。

part /pɑrt/

①部分 *(C)* = portion；⇔ whole

◀ After retirement, Mr. Huang has devoted (a) **part** of his time to doing voluntary work in the community.
黃先生退休後把部分時間用來為社區做些義工。

②角色 *(C)* = role

Bill played the **part** of Hamlet.
比爾扮演哈姆雷特的角色。

③零件 *(C)*

To fix the machine, I need some repair/spare **parts** to replace the broken ones.
要修好這台機器我需要一些換修 / 備用零件把這些損壞的換下來。

④拉開 *(vt)* = pull apart

The sunlight flooded the room when she **parted** the curtains.
她把窗簾拉開後，陽光灑滿了整個房間。

⑤分離 *(vi)* = separate

I hope we will never **part**.
我希望我們永不分離。

✎衍生字 *parting (C,U)* 分離，離別

✎相關字 **part** (零件)。**component** (組成部分)。**ingredient** (食品成分)。**element** (元素)。

part with

放棄，捨棄，賣掉 (東西) *(vt,u)*

◀ I am reluctant to **part with** my bracelets and rings, but I am strapped for cash now.
我也不願意割捨我的鐲子和戒指，但是我現在缺錢。

partial /ˈpɑrʃəl/

①不完全的，部分的 *(adj)*
= incomplete；⇔ complete

◀ Though he only made a **partial** recovery, he left the hospital.

雖然他還未完全恢復健康，他還是出院了。

②偏袒的 *(adj)* ⇔ *impartial*

Patty is always **partial** to her little daughter.

帕蒂總是偏袒她的小女兒。

participate /par'tɪsə,pet/

參加 *(vi)* = *partake*

◀ Everyone in the class is expected to actively **participate** in sports activities.

班上每個人都被要求積極參加體育活動。

✎衍生字 *participation (U)* 參加

participle /'partəsəpl̩/

分詞 *(C)*

◀ The present **participle** of the verb "give" is "giving" , and the past **participle** is "given."

動詞 give 的現在分詞是giving，過去分詞是 given。

particle /'partɪkl̩/

①塵粒，微粒 *(C)*

◀ You can see dust **particles** floating in the sunlight.

在太陽下你能看到飄浮的塵粒。

②極少量 *(C)* = *bit*

There isn't a **particle** of truth in her story.

她說的沒有一點是真的。

particular /pə'tɪkjələ/

①特別的 *(adj)* = *special*

◀ There was nothing of **particular** importance in his report.

他的報告中沒有什麼特別重要之處。

②挑剔講究的 *(adj)* = *fussy, choosy, picky*

Susan is very **particular** about her dressing.

蘇珊對自己的服飾十分挑剔講究。

partly /'partlɪ/

部分地，有幾分 *(adv)* = *in part, partially*

◀ His problem is **partly** due to dishonesty.

他的問題一部分是不誠實造成的。

✎衍生字 *part (C)* 部分

partner /'partnə/

①伴侶 *(C)* = *spouse*

◀ You must be prudent in choosing your life **partner**.

在挑選終身伴侶時你必須十分審慎。

②合夥人 *(C)* = *co-owner*

Mary is a **partner** in an accounting firm.

瑪莉是一家會計事務所的合夥人。

partnership /'partnə,ʃɪp/

①合夥，合夥關係 *(U)* = *co-ownership*

◀ Trevor's gone/entered into **partnership** with three of his classmates in college.

特雷弗與大學時的三位同學合夥。

②合夥，合夥企業 *(C)* = *co-ownership*

Lily has formed a **partnership** with Dr. Lewis to run a weight watch center.

莉莉與陸易斯醫師合夥開了家減肥中心。

party /'partɪ/

①舞會 *(C)*

◀ Peter gave/held/threw a **party** while his parents were away.

彼得在父母外出時開了一個舞會。

②政黨 *(C)*

The ruling **party** lost the presidential election and now the opposition **party** is in power.

執政黨在總統選舉時失利，現在由反對黨掌權。

③一隊 *(C)* = *team*

They sent out a rescue **party** to bring back the injured hiker.

他們派出一支救難隊去找回受傷的遠足者。

pass /pæs/

①通過，考試及格 *(C)*

◀ Johnny was delighted with his **pass** in the college entrance examination.

強尼因為通過了大學入學考試感到很高興。

②通行證 *(C)*

If you want to get into the military camp, you have to show your **pass** to the security guard.

如果你要進入軍營，就得向警衛出示通行證。

③路過，經過 *(vi)*

A foreigner **passed** by and asked me about the National Palace Museum.

一個外國人路過向我打聽國立故宮博物院。

④通過（考試）*(vt)*

I have **passed** my driving test.

我已通過了駕駛考試。

⑤遞，傳給 *(vt)* = *hand*

Pass me the pepper, please—I can't reach it.

請把胡椒粉遞給我——我拿不著。

✎衍生字 *passable (adj)* 尚可的，可通過的

pass away

過世 *(vi)* = *pass on/over, die*

◀My father **passed away** last year.

我父親去年過世了。

pass by

①走過，經過，飄過 *(vi)*

◀We lay on the lawn, looking at the clouds **passing by**.

我們躺在草坪上看著白雲飄過。

②對…無影響或不起作用 *(vt,s)*

I feel that life is **passing** me **by**.

我覺得生活未眷顧我 (未能從生活中得到好處、機會與樂趣)。

③忽視，不理會 *(vt,s)* = *overlook*

We'll **pass** that guy/matter **by** for the moment.

我們暫時不去理會那個傢伙 / 問題。

pass down

傳下來 *(vt,s)* = *hand down*

◀The custom of giving a red envelope to a child on New Year's day is **passed down** from one generation to the next.

新年那天發紅包給小孩子的習俗一代一代地傳下來。

pass off

①成功 *(vi)* = *come /go off*

◀Her performance **passed off** well.

她的表演很成功。

②停止 *(vi)* = *go/pass away, wear/go off*

The storm/pain soon **passed off**.

暴風雨 / 疼痛很快就停止了。

③冒充 *(vt,s)* = *palm off*

That man tried to **pass** the painting **off** as an original.

那人試圖把這幅畫冒充真跡。

pass on

①轉給 *(vt,s)* = *hand on, pass along/down*

◀Can you **pass** the message **on** to Mr. Lee?

你能把這個消息轉給李先生嗎？

②轉嫁 *(vt,s)*

Any increase in the oil prices will be **passed on** to the customers.

油價每上升一點都會轉嫁到消費者頭上。

pass out

①發 *(vt,s)* = *give/hand/dish out, distribute*

◀I was **passing out** the test papers at that time.

那時我正在發考卷。

②暈倒 *(vi)* = *black out, faint*

Several pupils **passed out** in the searing sun.

在炎炎烈日下有幾個學生暈倒了。

pass over

①沒被考慮 *(vt,s)*

◀Mr. Hall was **passed over** for the directorship.

霍爾先生沒被考慮當董事。

②忽視，不理會 *(vt,s)* = *pass by*

Try to get the gist of his speech and **pass over** all the details.

盡量抓住他講話的大意，不要理會細節。

pass up

放棄 *(vt,s)* = *pass over*

◀I wonder why Gary **passed up** the opportunity to go to Harvard University.

我不知道蓋瑞為什麼放棄進哈佛大學的機會。

🔘 MP3-P3

passage /'pæsɪdʒ/

①通道 *(C)*

◀The prisoner secretly dug an underground **passage**.

囚犯偷偷地挖了條地下通道。

②(講話、文章、樂曲的) 一節，一段 *(C)*

The newspaper quoted a long **passage** from his speech.

這家報紙從他的演說引用了一大段話。

③通行，通過 *(U)*

The bridge is not strong enough to allow the **passage** of heavy vehicles.

這座橋不夠堅固，不能通行重型車輛。

passenger /'pæsn̩dʒɚ/

乘客 (C) = commuter, rider

◀ The MRT train can accommodate hundreds of **passengers** at a time.
大眾捷運系統的列車一次能載客數百人。

passion /'pæʃən/

①愛情，熱情，激情 (U)

◀ George dare not express his burning **passion** for the woman he loves.
喬治不敢表白他對自己所愛女人的火熱愛情。

②熱衷，熱愛 (S) = liking

My sister has a **passion** for painting.
我妹妹熱衷於繪畫。

passionate /'pæʃənɪt/

①熱情的 (adj)

◀ He gave me a **passionate** kiss.
他給我一個熱吻。

②興趣強烈的 (adj) = enthusiastic

Joey is **passionate** about basketball.
喬伊對籃球興趣強烈。

passive /'pæsɪv/

消極的，被動的 (adj) ⇔ active

◀ If you take a **passive** attitude toward studying, you will never learn well.
你如果對學習採取消極態度的話，那是永遠不可能學好的。

passport /'pæs,port/

①護照 (C)

◀ Apply to the Ministry of Foreign Affairs for your **passport**, and then you can travel abroad.
向外交部申請一本護照，你就能去國外旅行了。

②關鍵 (C) = key

You are wrong to think that money is a **passport** to happiness.
你覺得金錢是獲得幸福的關鍵，這是錯誤的看法。

password /'pæs,wɚd/

口令，密碼 (C)

◀ Nobody can use my computer without knowing my **password**.
不知道我的口令 (密碼) 誰都無法使用我的電腦。

past /pæst/

①過去的 (adj) = previous

◀ Judging from his **past** performance, I'd say Eric should do very well.
根據艾瑞克過去的表現，我敢說他應該能做得很好。

②前任的 (adj) = former

Vicky is the **past** president of our club.
維基是我們這個社團的前任主席。

③在…的更遠處 (prep)

The library is just up this road about a mile **past** the school on your right.
圖書館就在這條路上，學校過去一英里左右，在你的右手邊。

④過去，往事 (S)

I want to bury/forget my **past** and turn over a new leaf.
我想告別 / 忘卻過去，重新做人。

pasta /'pɑstɑ/

義大利麵食 (U) (請參閱附錄 "食物")

◀ Jimmy likes to eat **pasta**.
吉米喜歡吃義大利麵食。

paste /pest/

①漿糊 (U)

◀ You can stick the notice with **paste** or glue on the bulletin board.
你可以用漿糊或膠水把通知貼到告示板上。

②貼 (vt) = stick, glue

A notice was **pasted** (up) on/to the door.
門上貼著一張通知。

pastime /'pæs,taɪm/

消遣 (C) = amusement, recreation

◀ Whenever I'm free, my favorite **pastime** is listening to music.
我閒暇時，最喜歡的消遣就是聽音樂。

pastry /'pestrɪ/

①油酥麵團，油酥點心 (U,C) (請參閱附錄 "食物")

◀ You eat too much **pastry**. Aren't you on a diet?
你油酥點心吃太多了，你不是在節食嗎？

②油酥小甜點蛋糕 (C)

I boutht several Danish **pastries**.
我買了幾個丹麥油酥蛋糕。

P

pat /pæt/
①輕拍 *(vt)*
◀ Doris **patted** her daughter affectionately on the back.
桃樂絲慈愛地輕拍她女兒的背。
②輕拍 *(C)*
Doris gave her daughter a gentle **pat** on the back.
桃樂絲在她女兒的背上輕拍了一下。

patch /pætʃ/
①補丁 *(C)*
◀ He had a **patch** at the knee of his jeans.
他牛仔褲的膝部有塊補丁。
②一小塊地 *(C)*
My mother had a potato **patch** in the backyard.
我母親在後院有一小塊地種馬鈴薯。
③一段 (困難或不幸的) 時期 *(C)*
Tourism is going through a bad/difficult **patch** right now.
眼下旅遊業正處在困難時期。
④修補 *(vt)*
She's **patching** up her husband's trousers which were torn on a nail.
她正在給丈夫補褲子，那褲子在釘子上鉤破了。
⑤和解 *(vt)*
You should **patch** up your quarrels as soon as possible.
你們應該盡快和解不要吵了。

patch together
制定出來 *(vt,s)*
◀A new plan to merge with the company was quickly **patched together**.
和這家公司合併的新計畫很快就制定出來了。

patch up
①和好，消除 *(vt,s)* = make/stitch up
◀We finally **patched up** our quarrel/differences.
我們吵架後終於和好了 / 終於消除了歧見。
②縫 *(vt,s)*
Mrs. Wang **patched up** a costume for the play.
王太太為演出縫了件戲服。

patent /'petṇt/
①專利權 *(C)*
◀ He took out/obtained a **patent** on/for the new peeling gadget.
他給這新的削皮器申請到了專利權。
②明顯的 *(adj)* = obvious, noticeable
His **patent** lack of dishonesty disgusted me.
他明顯的缺乏誠信，這令我反感。
③給…申請了專利 *(vt)*
He **patented** his invention lest someone steal his idea.
他給自己的發明申請了專利，以免有人竊取。

path /pæθ/
小道 *(C)* = trail
◀ The **path** zigzagged up the hill.
這條小道曲曲折折地通往山上。

pathetic /pə'θɛtɪk/
①悲慘可憐的 *(adj)* = pitiful, pitiable
◀ The **pathetic** sight of starving children evoked the public's concern.
飢童悲慘可憐的樣子引起了公眾的關注。
②徒勞無功的，無用的 *(adj)*
= unsuccessful, fruitless, futile
I made a **pathetic** attempt to learn German.
我嘗試了想學德語，卻徒勞無功。

patience /'peʃəns/
耐心 *(U)*
◀ Erin doesn't have/show enough **patience** with her brother.
艾琳對她弟弟沒有足夠的耐心。

patient /'peʃənt/
①有耐心的 *(adj)* ⇔ impatient
◀ Teachers must be **patient** with their students.
教師對待學生必須要耐心。
②病人 *(C)*
You must have patience to take care of/look after a **patient**.
照顧病人必須要有耐心。

patriot /'petrɪət/
愛國者 *(C)* ⇔ traitor
◀ Barney was praised as a true **patriot**.
巴尼被讚譽為是真正的愛國者。
同尾字 **compatriot** (同胞)。

patriotic /ˌpetrɪ'ɑtɪk/
愛國的 *(adj)*

◀ We sang "There Are Chinese Worldwide" and other **patriotic** songs.
我們唱了〈四海都是中國人〉等愛國歌曲。

✎衍生字 *patriotism (U)* 愛國心，愛國情操

patrol /pə'trol/
①巡查 *(C)*

◀ During the night, security guards carry out/make regular **patrols** in the community.
夜間警衛人員在社區裡進行例行巡查。

②巡邏 *(U)*
The policemen are now on **patrol**.
警察現在在巡邏。

③巡邏 *(vt)*
Armed policemen with dogs **patrolled** the mountain area to search for the escaped criminal.
武裝警察攜狗在山區巡邏，搜捕逃犯。

patron /'petrən/
①贊助者 *(C)* = *benefactor, sponsor*

◀ Nora was lucky enough to find a wealthy arts **patron** for her concert.
蘿拉運氣很好，為她的音樂會，找到一位有錢的藝術贊助者。

✎衍生字 *patronage (U)* 贊助

②(老)顧客 *(C)* = *customer*
This store is giving a special offer to their regular **patrons** these days.
最近這家商店正在為老顧客提供優惠活動。

pattern /'pætɚn/
①模式 *(C)* = *format, mold*

◀ Romantic novels tend to follow a set/fixed **pattern**.
浪漫愛情小說通常都有一套固定的模式。

②圖案 *(C)* = *design*
The carpet has a pretty **pattern**.
這塊地毯有美麗的圖案。

③圖樣，紙樣 *(C)* = *example*
Meg is good at paper cutting; she can cut almost any object without a **pattern**.
梅格擅長剪紙；她不需要圖樣幾乎什麼都能剪出來。

pause /pɔz/
①停頓 *(C)* = *stop*

◀ Stella made a short **pause** and then went on with her speech.
斯特拉停頓了一會兒，然後繼續說下去。

②停下來 *(vi)* = *stop*
He **paused** for breath, almost choking with rage.
他停下來喘口氣，氣得差點沒氣了。

pave /pev/
①用石或磚鋪(路) *(vt)*

◀ My grandpa **paved** a path with pebbles in the garden.
我祖父用鵝卵石在花園裡鋪了條小道。

②為(某人或某事)創造條件，做準備 *(vt)*
I doubt the peace talks will **pave** the way for a lasting peace in the Middle East.
我懷疑這次和談是否能為中東的長久和平鋪路。

pavement /'pevmənt/
人行道 *(C)* = *sidewalk*

◀ **Pavements** in Taipei city are made of large paving-stones.
台北市區內的人行道是用大塊的鋪路石鋪成的。

paw /pɔ/
①爪子 *(C)* = *claw*

◀ Watch out for the cat's **paws**! She may scratch you.
當心貓的爪子！牠可能會抓傷你的。

②手 *(C)* = *hand*
Get your dirty **paws** off me!
把你那髒手從我身上拿開。

③用手去抓 *(vi)*
The cat is **pawing** at the door.
貓王用牠的爪抓門。

🔘 MP3-P4

pay /pe/, paid *(pt)*, paid *(pp)*
①付錢 *(vt)*

◀ Who **pays** the bill when you and your boyfriend eat out together?
你和男友在外面一起吃飯時誰付帳？

✎衍生字 *payment (U,C)* 報酬，支付

②付錢 *(vi)*

He tried to leave the shop without **paying** for the CD.

他想不付光碟片的錢就離開那家商店。

③有回報，有好處，值得，划得來 *(vi)*

It **pays** to study hard.

努力學習是會得到回報的。

④工資 *(U)*

It's interesting work but the **pay** isn't good.

這分工作很有趣，但工資不高。

🖎相關字 pay (工資，薪資的一般用語)。income (經常得到的收入)。salary (薪水)。wages (工資)。fee (專業人員如律師的服務費)。

pay away

付 *(vt,s)*

◀I have to **pay away** one third of my income per month on the house.

我每個月不得不拿出三分之一的收入去付房租。

pay back

①償還 (欠款) *(vt,s)*

◀I'll **pay** the money **back** to you in one month.

我一個月之後把錢還給你。

②向…報復 *(vt,s)* = get even with, get back at, pay off

I will **pay** him **back** for the trick he played on me.

他愚弄我，我一定要報復他。

pay down

①付 *(vt,s)*

◀Sherry **paid** $1,500 **down** for the new dress.

雪莉當場付了一千五百元買下那套新禮服。

②先付 *(vt,s)* = put down

You can buy this computer by **paying** 20% **down** and the rest over 5 years, at interest, of course.

你買這台電腦可以先付百分之二十的貨款，餘下的分期五年付清，當然這是要算利息的。

pay off

①還清 *(vt,s)*

◀It took me ten years to **pay off** the loan.

我花了十年時間還清貸款。

②付清工資解雇 *(vt,s)*

Some workers were **paid off** because their work was unsatisfactory.

因為工作成果不令人滿意，一些工人被付清工資解雇。

③收受 *(vt,s)*

Mr. Lee was reportedly **paid off** with a large bribe.

據報導李先生收受了大筆賄賂。

④有賺頭 *(vi)*

It is a risk to invest in the stock market, but it might just **pay off** for us.

投資股票市場是有風險的，但對我們來說也會有賺頭。

pay out

付出大筆款項 *(vt,s)*

◀I **paid out** a large sum of money for that house.

那房子我花了很大一筆錢買下來。

pay up

結清，付清 *(vt,s)*

◀You must **pay up** all these debts by the end of this year.

年底前你必須把這些債務都結清。

pea /pi/

豌豆 *(C)* (請參閱附錄 "蔬菜")

◀We roasted chicken with **peas** and carrots.

我們把豌豆和紅蘿蔔隨雞一起烤。

🖎片語 like two peas in a pod (一模一樣)

peace /pis/

①和平 *(U)* ⇔ war

◀People in Taiwan hope that they can always be at **peace** with China.

台灣人民希望能永遠與中國大陸和平共處。

②寧靜 *(U)* = quiet, tranquility

I love the **peace** of the countryside.

我喜歡鄉村的寧靜。

peaceful /'pisfəl/

①和平的 *(adj)*

◀ I want my children to be brought up in a **peaceful** world.

我希望我的孩子在一個和平的世界上長大。

②平靜的 *(adj)* = *quiet, calm*

I long to live a **peaceful** life.

我渴望過平靜的生活。

peach /pitʃ/

桃子 *(C)* (請參閱附錄 "水果")

◀ **Peaches** are picked by hand to avoid bruising.

桃子用手摘以避免損傷。

peacock /'pi,kɑk/

孔雀 *(C)* ⇔ *peahen*

◀ The **peacock** spread out its tail like a big fan.

孔雀展開尾部就像一面很大的扇子。

peak /pik/

①山頂，山峰 *(C)* = *summit, top*

◀ We finally climbed to/ascended the mountain **peak**.

我們終於爬到了山頂。

②高峰，最高點 *(C)* = *high*

Sales have reached a new **peak**.

銷售達到了一個新的高峰。

peanut /'pi,nʌt/

①花生 *(C)* (請參閱附錄 "食物")

◀ **Peanuts** grow underground.

花生長在地下。

②小數額 *(C)*

I got paid **peanuts** for writing books.

我寫書報酬甚微。

pear /pɛr/

梨 *(C)* (請參閱附錄 "水果")

◀ You have to remove the tougher peel of a **pear**.

你必須去除梨子的硬皮。

pearl /pɝl/

珍珠 *(C)*

◀ Genuine **pearls** are more expensive than cultured pearls.

天然珍珠比人工養殖的要貴。

peasant /'pɛsn̩t/

佃農 *(C)*

◀ He was once a tenant **peasant**, but now he owns his own fields.

他以前是佃農，但現在有了自己的田地。

pebble /'pɛbl̩/

鵝卵石 *(C)*

◀ The paths in the park are paved with **pebbles**.

公園裡的小徑是用鵝卵石鋪就的。

peck /pɛk/

①啄，啄食 *(vi)*

◀ Several sparrows flew down and **pecked** at the breadcrumbs on the ground.

幾隻麻雀飛下來啄地上的麵包屑。

②輕吻 *(vt)* = *kiss*

When we met, he **pecked** me on the cheek.

我們相遇時，他在我臉上親了一下。

③一點一點地吃 *(vi)*

Without any appetite, I **pecked** listlessly at my lunch.

我沒有一點胃口，午飯就無精打采地一點一點地吃。

④啄，啄傷 *(C)*

The hawk gave him a sharp **peck** on the wrist.

老鷹在他手腕上狠狠地啄了一下。

peculiar /pɪ'kjuljɚ/

①奇怪的 *(adj)* = *strange*

◀ The soup tastes **peculiar**; I hope it's all right.

這湯喝起來有股怪味，但願它沒壞。

②獨有的 *(adj)* = *unique*

The problem of racism is not **peculiar** to that country.

種族問題不是那個國家獨有的。

pedal /'pɛdl̩/

①腳踏板 *(C)*

◀ One of the **pedals** has come off my bicycle. Can you fix it?

我的自行車掉了一塊腳踏板。你能修好嗎？

②踩踏 *(vt,vi)*

I **pedaled** (my bicycle) slowly up the hill.

我踏著 (自行車) 緩緩地上山。

P

peddle /ˈpɛdl̩/

①叫賣 (vt) = hawk

◀ That girl often **peddles** chewing gum on the street corner.
那女孩常在街角叫賣口香糖。

②販賣 (vt) = push

He was arrested for **peddling** illegal drugs in the pub.
他因為在酒館裡販賣毒品而被捕。

③散布 (vt) = spread

That magazine is known for **peddling** scandal and gossip.
那家雜誌以散布八卦醜聞聞名。

peddler /ˈpɛdlɚ/

小販 (C) = vendor

◀ Gable is a street **peddler**, selling rice dumplings all year round.
蓋伯是個街頭小販，常年叫賣湯圓。

pedestrian /pəˈdɛstrɪən/

①行人 (C)

◀ His car skidded and hit two **pedestrians** who were talking by the curb.
他的車子打滑，撞了兩個在路緣邊講話的行人。

②行人的，為行人而設的 (adj)

No vehicles may enter the **pedestrian** precinct.
行人區內禁止車輛進入。

peek /pik/

①偷看 (vi) = peep

◀ They caught Neal **peeking** through the keyhole at what was going on in Jean's room.
他們正好撞見尼爾從鑰匙孔內偷看珍房內的活動。

②一瞥，偷看 (C) = peep

Moira took a quick **peek** at herself in the mirror.
莫伊拉匆匆地照了照鏡子。

peel /pil/

①剝去 (外皮) (vt) = strip

◀ The monkey **peeled** the skin off the banana.
這猴子把香蕉皮剝去。

②剝落 (vi)

The wallpaper **peeled** off the wall.
壁紙從牆上剝落下來。

③外皮，皮 (U)

Orange **peel** can be made into Chinese medicine.
柳橙皮可用來製成中藥。

◥衍生字 **peelings** (P) 削下的皮

peep /pip/

①偷看 (vi) = peek

◀ Mrs. Briton often **peeps** at her neighbors from behind the curtains.
布里頓太太常從窗簾後偷看鄰居的活動。

②偷看 (C) = peek

Martin was caught on the spot when he took a **peep** at Luke's exam paper.
馬丁在偷看路克的考卷時被當場抓住。

peer /pɪr/

同齡夥伴 (C)

◀ To teenagers, the opinions of their **peers** are more important than their parents' ideas.
對青少年來說，同齡夥伴的看法比自己父母的意見更為重要。

peg /pɛg/

①釘鉤 (C)

◀ My apron hung on a **peg** in the kitchen.
我的圍裙掛在廚房的釘鉤上。

②樁 (C)

The first step to pitch a tent is to hammer the tent **pegs** into the ground.
搭帳篷第一步就是把帳篷樁敲進地裡。

③用夾子夾 (vt)

Your mother is **pegging** clothes on the line in the back yard.
你母親在後院用夾子夾衣服晾起來。

🔘 MP3-P5

pen /pɛn/

筆 (C)

◀ I threw away the **pen** that didn't write well and bought a new one which wrote smoothly.
我把那支不好寫的筆扔掉，新買了支寫起來很順暢的筆。

penalty /ˈpɛnl̩tɪ/

懲罰，刑罰 (C) = punishment

◀ He has paid/suffered the **penalty** for robbery.
他因搶劫而受罰。

pencil /ˈpɛnsl̩/

鉛筆 (C)

◀ Nora cut her finger when she sharpened her **pencil** with a knife.
蘿拉在用小刀削鉛筆時割傷了手指。

penetrate /ˈpɛnəˌtret/

① 刺進 (vt) = pierce

◀ The knife **penetrated** his chest.
刀子刺進了他的胸部。

② 滲入 (vt) = infiltrate

The secret police had **penetrated** several underground organizations.
祕密警察已滲入了幾個黑幫組織。

✎衍生字 penetration (U) 穿透，突入；penetrating (adj) 滲透的

③ 滲入 (vi)

The rain **penetrated** through the cracks on the wall.
雨水從牆上的裂縫滲了進來。

penguin /ˈpɛngwɪn/

企鵝 (C) (請參閱附錄 "動物")

◀ Jill walks like a **penguin**.
吉兒走起路像企鵝。

peninsula /pəˈnɪnsələ/

半島 (C)

◀ The **peninsula** juts out into the sea.
這半島伸入海裡。

✎衍生字 peninsular (adj) 半島的

penny /ˈpɛnɪ/

一文，一分 (C) = cent

◀ He doesn't even have a **penny** to his name. He is as poor as a church mouse.
他一文不名 (名下一分錢都沒有)，窮光蛋一個。

✎衍生字 penniless (adj) 一文不名的，窮困的

pension /ˈpɛnʃən/

① 退休金 (C)

◀ Both of the couples are retired and live on their **pensions** now.
那兩對夫妻都已退休，靠退休金生活。

② 退休 (vt)

Janet was **pensioned** off at the age of 55.
珍妮特五十五歲就退休了。

people /ˈpipl̩/

① 人們 (P)

◀ The stadium was packed with **people** watching the World Cup.
體育場裡擠滿了觀看世界杯足球賽的人們。

② 民族 (C)

The Chinese are a peace-loving **people**.
中國人是熱愛和平的民族。

pepper /ˈpɛpɚ/

① 胡椒粉 (U)

◀ Pass the salt and **pepper**, please.
請把鹽和胡椒粉遞給我。

② 椒類植物 (C) (請參閱附錄 "蔬菜")

I bought two green **peppers** and two red **peppers** for the salad.
我買了兩個青椒和兩個紅椒做沙拉用。

per /pɚ; 重讀 pɝ/

每 (prep) = for each

◀ My motorcycle goes about 50km **per** liter.
我的摩托車每公升汽油大約能跑五十公里。

perceive /pɚˈsiv/

① 察覺，感到 (vt) = notice, spot

◀ On stepping into the classroom, I **perceived** a change in Annette's manner.
走進教室，我感到安妮塔的態度有了變化。

② 認為 (vt) = regard, think of, view

I always **perceive** my mother as the most important person in the family.
我一直認為母親是家裡最重要的人。

✎衍生字 perception (U,C) 知覺；
perceptible (adj) 可看得到的

✎同尾字 deceive (欺騙)。receive (接收)。conceive (想出，懷孕)。

percent /pɚˈsɛnt/

① 百分之… (U)

◀ 90 **percent** (90%) of the students in our school are near-sighted.
我校學生中有百分之九十是近視眼。

② 百分之…的 (adj)

You're supposed to give the waiters a 10 **percent** (10%) tip.
一般情況下你應該給侍者百分之十的小費。

percentage /pɚˈsɛntɪdʒ/

百分比率 (S)

◀ The liquor contains a high (large) /low (small) **percentage** of alcohol.
這種酒含有高 / 低百分比率的酒精。

perception /pɚˈsɛpʃən/

①感知能力，感覺，知覺 (U)

◀ This drug is said to alter **perception**.
這藥據說能改變感知能力。

✎衍生字 *perceptible (adj)* 可感覺到的

②理解 (C) = *understanding*

His **perception** of the problem was not clear.
他對這個問題理解不透徹。

✎衍生字 *perceptive (adj)* 感覺靈敏的，有洞察力的

✎同尾字 **deception** (欺騙)。**reception** (招待)。**conception** (概念；懷孕)。

perch /pɝtʃ/

①棲木 (C)

◀ The parrot standing on the **perch** was beautiful.
歇在棲木上的這隻鸚鵡很漂亮。

②高處 (位置) (C)

From our **perch** on the top floor of the skyscraper, we can see the whole city.
從摩天樓的頂層位置我們能鳥瞰全市。

③棲息 (vi) = *rest*

Look at the pigeons **perching** on the TV antennas.
看那些棲息在電視天線上的鴿子。

④坐著 (尤指坐在高處或窄物上) (vt)

Hilda **perched** herself on a tall stool.
希爾達危坐在一張高凳上。

perfect /ˈpɝfɪkt/

①完美的，理想的，最適合的 (adj) = *best, ideal*

◀ This kind of weather is **perfect** for a picnic.
這種天氣最適合去野餐了。

✎衍生字 *perfectly (adv)* 完美地

②使完美 (熟練，精通) (vt) /pɚˈfɛkt/

Marian practiced hard to **perfect** her English.
瑪莉安勤奮練習以使自己的英語更趨完美。

perfection /pɚˈfɛkʃən/

完美 (U)

◀ His dancing skills have come to/attained/ reached considerable **perfection**.
他的舞蹈技巧已達到相當完美的地步。

✎衍生字 *perfectionist (C)* 力求完美者，完美主義者

perform /pɚˈfɔrm/

①演出 (vt) = *present*

◀ They will **perform** *Hamlet* in the National Theater next month.
他們將於下月在國家劇院演出《哈姆雷特》。

②履行 (vt) = *fulfill*

Everybody should **perform** his duty.
每個人都應履行好自己的職責。

③表演 (vi) = *act*

All of the players **performed** admirably.
所有參賽者的表演都令人欽佩。

④表現 (vi) = *do*

He didn't **perform** well under pressure.
他在壓力下表現不佳。

performance /pɚˈfɔrməns/

①演出 (C) = *presentation*

◀ The orchestra will give a free **performance** Saturday afternoon.
週六下午這支樂隊將舉行一場免費演出。

②表現，成績 (U) = *achievement*

Michael's **performance** in the exams was very disappointing.
麥可的考試成績很令人失望。

performer /pɚˈfɔrmɚ/

演員 (C)

◀ The clown is the most popular **performer** in the circus.
這小丑是馬戲團裡最受歡迎的演員。

perfume /ˈpɝfjum/

①香味 (U) = *fragrance, scent*

◀ I enjoy the **perfume** of the flowers.
我喜歡花的香味。

②香水 (U)

Gill never wears **perfume**, but she sometimes puts **perfume** on her handkerchief to make it smell good.
吉兒從不擦香水，但她有時會倒一些在手帕上使它聞起來香些。

perhaps /pɚˈhæps/

也許 (adv) = *maybe*

◀ Kelly is not in her office. **Perhaps** she's gone home.
凱莉不在辦公室，也許她已回家去了。

peril /'pɛrɪl/

①危險 (U) = danger

◀ We can avert/avoid the **peril** of inadequacy by making preparations in advance.

我們可以事先作好準備，以避免不足的危險。

✎衍生字 perilous (adj) 危險的

②招致危險之事物 (C) = danger, hazard

Wet roads are a **peril** to motorcyclists.

濕的道路對摩托車騎士來說很危險。

period /'pɪrɪəd/

①期間 (C)

◀ We have had no news of him for at least a **period** of two years.

我們至少已經有兩年的期間沒有他的消息了。

✎衍生字 periodic (adj) 週期的，定時的

②一節 (課)

We have four 50-minute **periods** of lessons every morning.

每天早晨我們要上四節五十分鐘的課。

perish /'pɛrɪʃ/

①死 (vi) = die

◀ A large number of people **perish** from hunger in Africa each year.

非洲每年都有許多人死於飢餓。

✎衍生字 perishable (adj) (尤指食品) 易腐爛的

②腐爛，損壞 (vi)

The rubber hose has **perished** with age.

這橡膠水管已經年久腐爛了。

perm /pɜm/

①燙頭髮 (C)

◀ I had a **perm** yesterday.

昨天我去燙了頭髮。

②燙髮 (vt)

I usually have my hair **permed** at the beauty shop on that street.

我通常去那條街上的美容院燙髮。

permanent /'pɜmənənt/

永久的 (adj) ⇔ temporary

◀ Is this your **permanent** address?

這是你的永久地址嗎？

permissible /pə'mɪsəbl̩/

可允許的，容許的 (adj)

= allowable, admissible；⇔ impermissible

◀ Smoking is not **permissible** in public places.

公共場所不允許抽煙。

permission /pə'mɪʃən/

同意，許可 (U)

◀ Did your father give you **permission** to use his car?

你爸同意你用他的車嗎？

permit /pə'mɪt/

①允許 (vt) = allow

◀ Does your boss **permit** you to leave earlier?

你老闆允許你早走嗎？

②許可 (vi)

I'll visit London next month if my health **permits**.

如果健康許可的話，下個月我將去倫敦。

③許可證 (C) /'pɜmɪt/

A migrant worker has to get a work **permit** to work in Taiwan.

外勞在台灣工作需要有一張工作許可證。

🔘 MP3-P6

perplex /pə'plɛks/

使困惑 (vt) = confuse, puzzle, bewilder

◀ The speaker knelt down abruptly, which **perplexed** the crowd.

那個演講者突然下跪令群眾困惑。

✎衍生字 perplexity (U) 困惑

✎同尾字 complex (複雜的)。

perseverance /ˌpɜsə'vɪrəns/

毅力，堅持 (不懈) (U) = persistence, determination

◀ Emily showed great **perseverance** in the face of hardship.

面對困難艾蜜莉表現出很大的毅力。

persevere /ˌpɜsə'vɪr/

不懈努力，堅持到底 (vi) = persist

◀ Terry keeps **persevering** in his effort to learn English.

泰利堅持不懈地努力學習英語。

persist /pə'sɪst/

堅持 (vi) = persevere, insist (on)

◀ In whatever weather, Catherine **persisted** in going jogging in the park.

不管什麼樣的天氣，凱瑟琳都堅持到公園慢跑。

✎同尾字 insist (堅持)。consist (由…組成；在於)。desist (停止)。resist (抗拒)。assist (幫助)。

persistence /pəˈsɪstəns/

堅持 (U) = insistence, perseverance

◀ Her **persistence** was rewarded when her parents finally allowed her to travel alone in Europe.

她的堅持終於有了結果：父母終於同意她一個人到歐洲旅遊。

✎同尾字 insistence (堅持)。consistence (一貫性)。

persistent /pəˈsɪstənt/

堅持的，執意的 (adj)

◀ I don't understand why he was **persistent** in offering me help.

我不明白他為什麼堅持要幫我。

✎同尾字 insistent (堅持)。consistent (一致的)。

person /ˈpɝsn̩/

人 (C) = man/woman

◀ Jeff is a difficult **person** to work with.

傑夫是個很難共事的人。

personal /ˈpɝsn̩l/

隱私的，私人的 (adj) = private

◀ Their sex life is too **personal** to be discussed in public.

他們的性生活是絕對隱私的事，不該公開進行討論。

✎衍生字 personally (adv) 親自

personality /ˌpɝsn̩ˈælətɪ/

①個性，性格 (C) = character

◀ Maureen has a strong/weak/double **personality**.

莫林個性很強 / 個性軟弱 / 具有雙重性格。

②性格 (U)

Hilda is different from her twin sister in **personality**.

希爾達與她那位孿生妹妹性格不同。

personnel /ˌpɝsn̩ˈɛl/

①全體人員，全體職員 (pl) = staff

◀ Owing to a bad business environment, they decided to reduce the **personnel** of the company.

由於經濟環境不利，他們決定削減公司人員。

②人事部門 (U)

My sister works in **personnel**.

我姐姐做人事工作。

perspective /pəˈspɛktɪv/

①全景，(由近而遠的) 景，遠景 (C) = view

◀ On the mountain top, you can get a **perspective** of the whole valley.

在山頂上可以看到峽谷的全景。

②(對事物的) 正確判斷 (U)

Can't you put this defeat into **perspective** and see that it really is for the best?

你難道不能正確判斷這次挫敗而看出它實際上是有好處的？

persuade /pəˈswed/

①勸說，說服 (vt) = convince ⇔ dissuade

◀ My father **persuaded** me to go to graduate school for advanced studies.

我爸勸說我去上研究所深造。

②使相信 (vt) = convince

Ian was finally **persuaded** of her innocence.

伊安終於相信了她是無辜的。

persuasion /pəˈsweʒən/

說服力 (U)

◀ Your argument lacked **persuasion**.

你的論據缺乏說服力。

persuasive /pəˈswesɪv/

具有說服力的 (adj) = convincing

◀ There are many **persuasive** arguments in your report.

你的報告中有許多具有說服力的論點。

pessimism /ˈpɛsəˌmɪzəm/

悲觀 (U) ⇔ optimism

◀ Somehow, his **pessimism** affected us all.

不知怎的，他的悲觀影響了我們所有人。

pessimistic /ˌpɛsəˈmɪstɪk/

悲觀的 (adj) ⇔ optimistic

◀ There is no reason to be **pessimistic** about your future.

沒有理由對你自己的將來抱悲觀的態度。

✎衍生字 pessimist (C) 悲觀主義者

pest /pɛst/

有害的小動物或昆蟲 *(C)*

◀ To farmers, rabbits are great garden **pests**.
對農民來說，野兔是庭園裡的大害。

pesticide /'pɛstɪsaɪd/

殺蟲劑 *(C)* = insecticide

◀ The farmers are spraying **pesticides** on their
crops now.
農民們現在正在給莊稼噴殺蟲劑。

✎同尾字 請參見 insecticide。

pet /pɛt/

寵物 *(C)*

◀ It's not convenient to keep a **pet** in an
apartment house.
在公寓大樓內養寵物可不是件方便的事。

petroleum /pə'trolɪəm/

石油 *(U)*

◀ **Petroleum** provides light, heat, and power for
automobiles, tractors, planes, and ships.
石油為汽車、牽引機、飛機和輪船提供照明、
熱量和動力。

petty /'pɛtɪ/

微不足道的，不重要的 *(adj)* = small, unimportant

◀ My problem with acne seems **petty** when
compared to her breast cancer.
我的粉刺和她的乳癌相比顯得微不足道。

phantom /'fæntəm/

魅影，幽靈 *(C)*

◀ Have you read the novel *Phantom of the
Opera*?
你讀過《歌劇魅影》這部小說嗎？

pharmacist /'fɑrməsɪst/

藥劑師 *(C)* = druggist, chemist

◀ The **pharmacist** won't get you any medicine
unless you show him your prescription.
如果你不出示處方，藥劑師是不會賣藥給你的。

pharmacy /'fɑrməsɪ/

①藥房 *(C)* = drugstore

◀ It's convenient to have an all-night **pharmacy**
in the neighborhood.
鄰近地區有一個日夜服務的藥房很方便。

②藥劑學 *(U)*

Margaret majored in **pharmacy** in medical
school.
瑪格麗特在醫學院主修藥劑學。

phase /fez/

①層面 *(C)* = aspect

◀ The general manager received a report
covering all **phases** of the project.
總經理收到一分報告，報告上寫到了這個項目
的各個層面。

②階段 *(C)* = stage

The election campaign has entered its final
phase.
競選活動已進入了最後階段。

③階段性實施 *(vt)*

The modernization of the industry was **phased**
over a 20-year period.
工業現代化分二十年逐步實現。

phase in

逐步實施 *(vt,S)* ⇔ *phase out*

◀The government plans to **phase in** the new
pension scheme over 15 years.
政府計畫在十五年內逐步實施新的退休金計
畫。

phase out

逐漸裁撤 *(vt,s)* ⇔ *phase in*

◀The bus service to the mountainous areas is
being **phased out**.
到山區的公車服務正逐漸裁撤。

phenomenon /fə'nɑmə‚nɑn/

現象 *(C)*

◀ Typhoons are a natural **phenomenon**.
颱風是一種自然現象。

✎衍生字 *phenomena (pl)* 現象

philosopher /fə'lɑsəfəʳ/

哲學家 *(C)*

◀ Plato and Socrates were great **philosophers** of
ancient Greece.
柏拉圖和蘇格拉底都是古希臘的偉大哲學家。

P

philosophy /fə'lɑsəfɪ/

①哲學 (U)

◀ I enjoy reading the book which analyzes the **philosophy** of Aristotle.
我很喜愛讀那本分析亞里士多德哲學的書。

◣衍生字 *philosophical (adj)* 哲學的

②人生觀，生活的信念或原則 (C)

After he recovered from his illness, he had a new **philosophy** of life—health goes before everything.
他病癒後產生了一個新的人生觀——健康重於一切。

◉ MP3-P7

phone /fon/

①電話 (the+S) = telephone

◀ The **phone** was ringing so I answered it.
電話鈴響了，我就去接了。

②打電話 (vt) = call

Phone me when you get home.
你到家後就給我打個電話。

photograph /'fotə,græf/

①照片 (C) = picture

◀ I took a **photograph** of my son when his mother was bathing him.
當孩子他媽在給兒子洗澡時，我給兒子拍了張照片。

②拍攝 (vt)

I enjoy **photographing** the country scenery.
我喜歡拍攝鄉間景色。

photographer /fə'tɑgrəfɚ/

攝影師 (C) (請參閱附錄 "職業")

◀ This competition is open to fashion/press/ amateur/professional **photographers**.
這比賽開放給時裝／新聞／業餘／職業攝影師參加。

photographic /,fotə'græfɪk/

攝影 (用) 的 (adj)

◀ He bought a set of very expensive **photographic** equipment.
他買了一套很貴的攝影器材。

photography /fə'tɑgrəfɪ/

攝影 (U)

◀ Mike goes in for **photography**.
麥克喜愛攝影。

phrase /frez/

片語 (C)

◀ The teacher wanted his students to practice expanding **phrases** into clauses.
教師要學生練習把片語擴寫成子句。

physical /'fɪzɪkl̩/

身體的 (adj) ⇔ mental

◀ The doctor will give you a thorough **physical** examination.
醫生將會給你做一個徹底的身體檢查。

physician /fə'zɪʃən/

醫生 (C) = doctor

◀ If you have any question about your stomachache, consult a **physician**.
你如果對胃痛有什麼疑問，可以問一下醫生。

physicis /'fɪzɪks/

物理學 (U) (請參閱附錄 "學科")

◀ I am studying the **physics** of the electron.
我正研究電子物理學。

physicist /'fɪzəsɪst/

物理學家 (C)

◀ Newton was a great **physicist**.
牛頓是一位偉大的物理學家。

piano /pɪ'æno/

鋼琴 (C)

◀ Sally practices playing the **piano** every afternoon.
莎莉每天下午都要練習彈鋼琴。

◣衍生字 *pianist (C)* 鋼琴演奏者，鋼琴家

pick /pɪk/

①挑選，選擇 (vt) = choose, select

◀ The boy looked at all the cakes and **picked** the smallest one.
這個男孩看了看所有的蛋糕後挑了塊最小的。

②摘 (取)，採 (vt)

Michel is **picking** flowers in the back yard.
蜜雪兒在後院裡摘花。

③挑選，選擇 *(U) = choice*

There are all together five different fruits—take your **pick**.

共有五種不同的水果，自己挑吧。

pick apart

分清 *(vt,s) = tell apart*

◀The two brothers look so much alike that few people can **pick** them **apart**.

這兄弟倆長得非常像，沒幾個人能分清他們。

pick at

①挑挑揀揀地吃，一點一點地吃 *(vt,u)*
　= *peck/nibble at*

◀Joe never eats his dinner; he just **picks at** it.

喬從來不好好吃飯，總是挑挑揀揀的。

②數落 *(vt,u) = nag at*

Mary kept on **picking at** her husband until he blew up.

瑪莉老是數落他丈夫，終於把他惹火了。

③隨便處理 *(vt,u) = peck at*

There is no point in **picking at** the question; it deserves special mention.

這個問題隨便處理一下是沒有用的，需要特別注意。

pick on

①選中某人做某事 (尤指厭惡的事) *(vt,u)*
　= *drop/fasten/pitch on*

◀My teacher always **picks on** me to answer his questions.

老師總是要我來回答他的問題。

②抓住 *(vt,u)*

It is easy to **pick on** the weak points in your argument.

很容易抓住你論證中的弱點。

pick out

① (精心) 挑選 *(vt,s) = choose, select*

◀Ann **picked out** a good necktie to give to her father as a birthday present.

安挑了一條很好的領帶送給他父親當生日禮物。

②認出 *(vt,s) = recognize*

Can you **pick** her **out** in this photograph/crowd?

你能在這張照片中 / 人群中認出她嗎？

pick up

①接 (人)，載 (人) *(vt,s)* ⇔ *let/put/drop off*

◀My brother will **pick** me **up** at the airport.

我哥哥會到機場接我。

②提神 *(vt,s) = liven up*

Sally often drinks coffee to **pick** herself **up**.

莎莉經常喝咖啡提神。

③恢復，好轉 *(vi)* ⇔ *drop off*

With the economic upturn, business is **picking up**.

由於經濟好轉，生意也上揚了。

pickle /ˈpɪkl̩/

醃製蔬菜，泡菜，醋漬黃瓜 *(C)* (請參閱附錄 "食物")

◀Pickles are a good appetizer.

醃黃瓜是很好的開胃小菜。

　片 語 **in a pickle** (處於困境)

pickpocket /ˈpɪkˌpɑkɪt/

扒手 *(C)*

◀Mother warned me to beware of/look out for **pickpockets** while on a crowded bus.

母親提醒我在擁擠的公共汽車上要當心扒手。

　相關字 **thief** (小偷)。**burglar** (闖入他人屋內偷東西的竊賊)。**robber** (搶匪)。**shoplifter** (商店中順手牽羊的人)。

picnic /ˈpɪknɪk/

①野餐 *(C)*

◀Let's take/have a **picnic** in the park this afternoon.

今天下午我們到公園裡去野餐吧。

②野餐 *(vi)*

Let's go **picnicking** tomorrow.

我們明天去野餐吧。

picture /ˈpɪktʃɚ/

①圖畫 *(C)*

◀Audrey is fond of drawing **pictures**.

奧黛麗喜愛畫圖畫。

②照片 *(C) = photograph*

Please take a **picture** of me and my baby.

請為我和嬰兒拍張照片。

③想像 *(vt)* = imagine

I really can't **picture** Cheng marrying Lily, who is older than him by almost 30 years.
我實在難想像鄭會和莉莉結婚，她要比他大三十歲呢。

picturesque /ˌpɪktʃəˈrɛsk/

①景色如畫的 *(adj)* = attractive

◀ My grandparents live in a **picturesque** fishing village on the island.
我祖父母住在島上一個景色如畫的漁村裡。

②有聲有色的，生動的 *(adj)* = vivid, graphic

Denise gave a **picturesque** account of her trip to Disneyland.
丹妮絲有聲有色的講述了她的迪士尼樂園之行。

pie /paɪ/

餡餅，派 *(U,C)* (請參閱附錄 "食物")

◀ It is just **pie** in the sky.
這簡直是空中的派 (說的很美實際不可能發生)。

piece /pis/

一片 / 張 / 塊 / 件 / 首 *(C)* (請參閱附錄 "量詞")

◀ It's a **piece** of cake!
這是一塊蛋糕 (簡單的事)！

pier /pɪr/

①碼頭 *(C)*

◀ The floating **pier** was washed away when a violent typhoon struck the area.
強烈颱風襲擊該地區時浮碼頭被沖走了。

②橋墩，(建築物的) 角柱 *(C)*

There are 16 **piers** supporting the bridge.
這橋由十六個橋墩支撐著。

pierce /pɪrs/

①鑽，刺穿 *(vt)* = puncture

◀ I **pierced** another hole in my belt.
我在皮帶上又鑽了一個洞。

②(聲音) 劃破 *(vt)*

A sudden scream **pierced** the still air.
一聲突然的尖叫聲劃破了沉寂。

✎衍生字 *piercing (adj)* (聲音) 刺耳的，尖聲的

piety /ˈpaɪətɪ/

虔誠 *(U)* ⇔ impiety

◀ The reformers attached great importance to personal hygiene, industriousness and **piety**.
這些改革者強調個人衛生、勤奮及虔誠。

pig /pɪg/

豬 *(C)* (請參閱附錄 "動物")

◀ It is the quiet **pigs** that eat the meal. (Irish Proverb)
安靜的豬吃掉這餐飯 (不動聲色的人才可怕)。

pigeon /ˈpɪdʒən/

鴿子 *(C)* (請參閱附錄 "動物")

◀ Paul put the cat among the **pigeons** at home.
保羅在家把貓放在一群鴿子中 (惹出亂子)。

pile /paɪl/

①堆，疊 *(C)* = stack, heap

◀ There's a **pile** of newspapers in the corner of the room.
屋角有一堆報紙。

②堆 *(C)* = lot

I've got a **pile** of work to do this afternoon.
我今天下午有一大堆工作要做。

③堆疊，堆起 *(vt)* = stack

I **piled** the newspapers up against the wall.
我把報紙靠牆堆起來。

🔊 MP3-P8

pilgrim /ˈpɪlgrɪm/

朝聖者 *(C)*

◀ Each year, thousands of people go as **pilgrims** to Jerusalem and Mecca.
每年都有數千名朝聖者前往耶路撒冷和麥加。

pill /pɪl/

藥丸 *(C)*

◀ Occasionally, I had to take sleeping **pills** for a good night's sleep.
偶爾我得吃安眠藥丸才能讓自己睡好覺。

✎相關字 **tablet** (藥片)。**capsule** (膠囊)。**drop** (滴劑)。**liquid** (藥水)。**syrup** (糖漿)。**ointment** (藥膏)。

pillar /ˈpɪlə/

①柱子 *(C)*

◀ Twelve immense **pillars** supported the cathedral roof.
十二根大柱支撐教堂的屋頂。

②支柱 *(C)*

We regard our mother as the **pillar** of the family.
我們把母親看成是家庭的支柱。

✎相關字 **beam** (橫樑)。**column** (圓柱)。

pillow /ˈpɪlo/

枕頭 *(C)*

◀ I was so tired that I fell asleep as soon as my head touched the **pillow**.

我太累了，頭一碰上枕頭便睡著了。

pilot /ˈpaɪlət/

① 飛行員 *(C)* (請參閱附錄 "職業")

◀ The airline **pilots** are on strike.

航空公司的飛行員在罷工。

② 帶領 *(vt)* = guide, lead

The usher **piloted** me through the audience to my seat.

領座員帶領我穿過觀眾來到我的座位上。

③ 試銷 *(adj)*

They are doing a **pilot** survey on this toothpaste.

他們正為這牙膏進行試銷調查。

pimple /ˈpɪmpl̩/

粉刺 *(C)*

◀ He's annoyed because **pimples** begin to come/ break out on his face.

他很煩，因為臉上開始長粉刺了。

✎衍生字 *pimpled (adj)* 有粉刺的

pin /pɪn/

① 大頭針，別針 *(C)*

◀ Before cutting the cloth, Maria used several **pins** to fasten the pattern to the cloth, and then cut it.

在剪布之前，瑪莉亞先用幾個大頭針將圖樣固定到布上，然後才開始裁剪。

② 把…釘住 *(vt)*

The map was **pinned** onto the wall.

地圖被釘到牆上。

pin down

敦促 *(vt,s)* = nail/tie/peg down

◀We should **pin** the politician **down** to his promise.

我們應該敦促這位政治家履行他的諾言。

pinch /pɪntʃ/

① 捏 *(vt)* = tweak

◀ I hate others **pinching** my cheek even though they do it playfully.

我討厭有人捏我的臉，雖然他們是鬧著玩的。

② 掐 *(vt)* = nip, pluck

She **pinched** the dead flowers off.

她把枯萎的花掐下來。

③ 捏 *(C)* = squeeze

She gave the boy a playful **pinch** on the cheek.

她好玩地捏了一把那小男孩的臉。

④ 撮 *(C)*

Add a **pinch** of pepper to the soup.

在湯裡放一撮胡椒。

pine /paɪn/

松樹 *(C)* (請參閱附錄 "植物")

◀ I like to linger in a **pine** forest listening to the hissing of pine needles.

我喜歡徘徊在松樹林，傾聽松針絲絲的聲音。

pineapple /ˈpaɪnˌæpl̩/

鳳梨，菠蘿 *(C)* (請參閱附錄 "水果")

◀ The **pineapple** is often eaten in salads.

鳳梨經常被放在沙拉裡食用。

ping-pong /ˈpɪŋˌpɑŋ/

乒乓球，桌球 *(U)* (請參閱附錄 "運動")
= table tennis

◀ I like to play **ping-pong**.

我喜歡打桌球。

pink /pɪŋk/

粉紅色 *(U,adj)* (請參閱附錄 "顏色")

◀ My mother is in the **pink**.

我媽媽臉色粉紅色 (身體健康)。

pint /paɪnt/

品脫 *(C)* (請參閱附錄 "量詞")

◀ Tony admitted to drinking up to 10 **pints** of vodka.

東尼承認喝了十品脫的伏特加。

pioneer /ˌpaɪəˈnɪr/

① 拓荒者 *(C)*

◀ The early **pioneers** of the American West had a hard time living with Indians.

美國西部的早期拓荒者與印第安人處得不很愉快。

② 先驅者，先鋒 *(C)*

Dr. Chang was a **pioneer** of heart transplant operations in Taiwan.

張博士是台灣心臟移植手術的先驅。

P

P

③率先研發，開創 *(vt)*

Dr. Ho **pioneered** a new treatment for AIDS ten years ago.

何醫生於十年前率先研發了一種對付愛滋病的新治療法。

pious /'paɪəs/

①篤信宗教的，虔誠的 *(adj)* = devout

◀ Tracy was brought up by **pious** parents and they were proud that she became a nun.

崔西由一對篤信宗教的父母撫養成人，他們很自豪她當了修女。

✎衍生字 *piousness (U)* 虔誠

②虛情假意的 *(adj)* = insincere

What a fool you are to have believed his **pious** talk.

你真傻，相信他那番虛情假意的話。

pipe /paɪp/

①管線 *(C)*

◀ They are laying new gas **pipes** under the road.

他們在路面下埋設新的煤氣管線。

②煙斗 *(C)*

Mr. Wang is a **pipe**-smoker. Every now and then he fills his **pipe** and lights.

王先生抽煙斗，他不時地把煙斗裝滿點起來。

③用管線輸送 *(vt)*

Water is **piped** to all the houses in town.

水通過管線送往鎮上的家家戶戶。

pipeline /'paɪp`laɪn/

管道 *(C)*

◀ They plan to build a natural-gas **pipeline** from the South to the northern counties.

他們打算從南往北部各縣修一條天然氣管道。

pirate /'paɪrət/

①海盜 *(C)*

◀ The **pirates** who robbed the fishing boat were finally arrested.

搶劫漁船的海盜最後被抓住了。

✎衍生字 *piracy (U)* 海盜行為，非法翻印

②非法翻印 *(vt)*

Jaren was sent to prison for **pirating** the CDs of many popular singers.

傑倫因非法翻印許多名歌星的光碟片被關進監獄。

piss /pɪs/

①撒尿 *(vi)* = urinate

◀ Go **piss** in the men's room.

到男廁所去撒尿。

②下傾盆大雨 *(vi)*

It is **pissing** down outside.

外面下傾盆大雨。

③笑得不可開交 *(vt)*

When Allen slipped on banana peel, we all **pissed** ourselves.

艾倫踩香蕉皮滑倒了，我們都笑得不可開交。

④撒尿 *(S)*

I need to have/take a **piss**.

我要撒尿了。

pistol /'pɪstḷ/

手槍 *(C)* = handgun

◀ Never aim/point/fire a **pistol** at people.

千萬不要把手槍對著別人 / 朝人開槍。

pit /pɪt/

坑 *(C)* = hole

◀ He dug a **pit** and buried a box in it.

他挖了個坑把盒子埋了進去。

pitch /pɪtʃ/

①搭 (帳篷) *(vt)* = put up；⇔ take down

◀ Let's **pitch** our tents near the river.

我們在把帳篷搭在河邊吧。

②為…定音高 (音調) *(vt)*

This song is **pitched** too high/low for my voice.

這首歌的音調定得太高 / 低了，我的嗓子唱不起來。

③擲，投，扔 *(vt)* = throw

James can **pitch** the ball to the other end of the field.

詹姆斯能將球擲到球場的另一端。

④音高 *(C)*

Her voice has a very high **pitch**.

她的嗓音很高。

⑤頂點 *(U)*

Our excitement reached fever **pitch** when our team won the game.

我們的球隊贏了以後，我們的激情達到了頂點。

pitcher /ˈpɪtʃɚ/

①投手 (C)
◀ The **pitcher** threw a curve ball.
投手投了個弧線球。
②大水罐 (C) = jug, jar
The **pitcher** can hold two liters of water.
這大水罐能裝兩公升水。
◇相關字 **catcher** (捕手)。**fielder** (外野手)。

pity /ˈpɪtɪ/

①同情 (U) = sympathy, compassion
◀ His miserable life aroused everybody's **pity**.
他悲慘的生活引起了每個人的同情。
②可惜 (S) = shame
It's a **pity** that you can't come to our wedding.
你不能來參加我們的婚禮真可惜。
◇衍生字 **pitiful** (adj) 可憐的
③難過 (vt) = feel sorry for
I **pity** Vivian having to live with her stepfather,
who is very mean to her.
我真為薇薇安覺得難過,她不得不與待她很壞
的繼父同住。

pizza /ˈpitsə/

披薩 (U,C) (請參閱附錄 "食物")
◀ Various **pizza** toppings can be put on a **pizza**
base.
各種的披薩上層裝飾可放在披薩大餅上。

place /ples/

①地方 (C)
◀ Make sure you keep these documents in a safe
place.
你一定要將這些檔案保存在一個安全的地方。
②位子 (C) = seat
Can I change **places** with you?
我能與你換個位子嗎?
③名次 (U)
My sister finished/came in second **place** in
the race.
我妹妹在賽跑中獲得第二名。
④放置 (vt) = put
I **placed** the book back on the shelf.
我把書放回書架上。
⑤使 (某人) 處在 (某環境或環境) (vt) = put
Ann's request **placed** me in a very difficult/
embarrassing position.
安的請求使我處在很困難 / 尷尬的境地。

⑥定出 (選手的) 名次 (vt)
She was **placed** second in the race.
她在比賽中獲得第二名。

plague /pleg/

①傳染 (C) = epidemic
◀ The government is trying hard to stamp
out/exterminate the **plague** of AIDS.
政府正在努力消滅愛滋病的傳染。
②煩,使煩惱 (vt) = annoy, bother, pester
Don't **plague** me with silly questions all the
time.
別老是拿一些愚蠢的問題來煩我。

plain /plen/

①簡易的 (adj) = simple
◀ He tried to explain the theory in **plain** English
to his students.
他試圖用簡易的英語向學生解釋這一理論。
②顯而易見的 (adj) = clear, obvious
It was **plain** that they were deeply moved.
顯而易見,他們深深地感動了。
③草原,平原 (C) = prairie
On the top of the mountain, you can see cattle
and sheep wandering over the **plains**.
在山頂上你能看到牛羊在草原上漫遊。

plan /plæn/

①計畫 (C)
◀ Andy drew up a **plan** to study abroad to get a
degree in economics in two years.
安迪擬訂一個計畫,打算去國外留學,兩年內
拿個經濟學學位。
②計畫,安排 (vt) = arrange
I've been **planning** this visit for months; it's
all **planned** out.
這次出訪我已經計畫了好幾個月,現在一切都
已安排就緒。
③打算,計畫 (vi)
We're **planning** for a picnic next week if the
weather permits.
下週如果天氣好,我們打算辦一次野餐。

plane /plen/

①飛機 (C) (請參閱附錄 "交通工具")
◀ Our **plane** will land in thirty minutes.
我們的飛機三十分鐘之後要降落。

P

P

②刨子 *(C)*

I use a **plane** to make wooden surfaces smooth.

我用刨子刨平木頭表面。

③平面 *(adj)*

Put the washing machine on a **plane** surface.

把洗衣機放在平面上。

④刨 *(vt)*

I **planed** the edge of the desk.

我刨書桌的邊邊。

🔘 MP3-P9

planet /'plænɪt/

星球 *(C)*

◀ In addition to the Earth, people are wondering whether there's life on other **planets**.

人們一直在猜測除了地球以外，其他星球上是否也有生命。

plant /plænt/

①植物 *(C)*

◀ Mr. Friendly waters his **plants** twice a day.

弗蘭德利先生每天給植物澆兩次水。

②廠，工廠 *(C) = factory*

The villagers protested against the construction of a nuclear power **plant** in their neighborhood.

村民們抗議在他們的附近建造核電廠。

③種植 *(vt) = grow*

Grandma has **planted** lots of tomatoes in the back yard.

祖母在後園種了許多番茄。

④播下…的種子 *(vt) = sow*

The rumor **planted** the seeds of doubt in his mind.

流言在他心中種下了懷疑的種子。

plantation /plæn'teʃən/

(尤指熱帶地區的) 種植園/場 *(C)*

◀ He owns/establishes a rubber **plantation** in Malaysia.

他在馬來西亞有一個 / 創建了一個橡膠園。

plastic /'plæstɪk/

①塑膠 *(U)*

◀ These toys are made of **plastic**.

這些玩具是塑膠做的。

②塑膠的 *(adj)*

She packed her books in a **plastic** bag so that they wouldn't get wet.

她把書裝進一個塑膠袋以免被弄濕。

plate /plet/

盤子 *(C)* (請參閱附錄 "容器")

◀ Our team was given the first prize on a **plate**.

我們這一隊得到盤子上的第一獎 (輕取冠軍)。

platform /'plæt‚fɔrm/

①講台 *(C) = podium, rostrum*

◀ Our principal climbed on to the **platform** and began lecturing us.

我們校長走上講台開始訓誡我們。

②月台 *(C)*

We waited on **Platform** Two for the train to come.

我們在二號月台上等火車來。

play /ple/

①玩耍 *(U)*

◀ The happy laughter of children at **play** reminded me of my childhood.

那些正在玩耍的孩子們發出的歡笑聲使我想起自己的童年。

② (比賽) 表現 *(U)*

I admire Jordan's fine **play** throughout the game.

我佩服喬丹在整場比賽中表現都很出色。

③戲劇 *(C) = drama*

The drama club of our school is going to put on/perform a **play**.

我校的戲劇社準備上演一齣戲。

④打 (球) *(vt)*

Most boys enjoy **playing** ball.

大多數男孩子都愛打球。

⑤扮演 *(vt) = perform*

The princess was **played** by Audrey.

公主的角色由奧黛麗扮演。

⑥彈奏 *(vt)*

Molly **plays** the piano very well.

莫莉鋼琴彈得很好。

⑦與…比賽 *(vt) = compete with*

Italy are **playing** England at football tomorrow.

明天的足球比賽將由義大利對英格蘭。

⑧玩 *(vi)*

The girl is **playing** with her dolls.

女孩正在玩洋娃娃。

play down
淡化，減低，縮小 *(vt,s)* ⇔ *play up*
◀Robert tends to **play down** his own mistakes.
羅伯特總是淡化自己的錯誤。

play off against
使相鬥，使對立，使衝突 *(vt, U)*
◀Jane often **plays** one colleague **off against** another.
珍經常在同事之間挑撥離間。

play on
利用 *(vt,u)*
◀The writer made a lot of money by **playing on** the public's taste for erotic stories.
這位作家利用公眾喜歡色情故事這一特點賺了許多錢。

play up
誇大 *(vt,s)* ⇔ *play down*
◀Salespeople always **play up** the good qualities of a product and fail to mention its disadvantages.
銷售人員總是誇大一個產品的好處而不提它的缺點。

play up to
討好 *(vt,u)* = *make/shine/suck up to*
◀Alice is always **playing up to** her father in order to get more pocket money.
愛麗絲為了要零用錢老是討好她爸爸。

player /'pleə/
運動員 *(C)*
◀Charles wants to be a baseball **player** when he grows up.
查爾斯希望長大後當一名棒球運動員。

playground /'ple͵graund/
操場 *(C)*
◀Students have their PE classes in the **playground**.
學生們在操場上上體育課。

playwright /'ple͵rait/
劇作家 *(C)* = *dramatist*
◀The **playwright** wrote several famous comedies.
這位劇作家寫過幾部很出色的喜劇。

plea /pli/
懇求 *(C)* = *request, appeal, entreaty*
◀The missing mountaineers' parents made a **plea** for their rescue.
失蹤登山隊員的父母懇求營救他們。

plead /plid/
pleaded/pled *(pt)*, pleaded/pled *(pp)*
①央求 *(vi)* = *appeal (to)*
◀She wept and **pleaded** with her teacher for forgiveness.
她哭著央求老師原諒。
②推說，以…為藉口 *(vt)*
Jessie **pleaded** illness for her absence.
潔西沒有出席，推說是生病了。

pleasant /'plɛzn̩t/
悅耳動聽的 *(adj)* = *nice*
◀Her voice is **pleasant** to the ear.
她的嗓音悅耳動聽。

please /pliz/
使…滿意 *(vt)* = *satisfy*；⇔ *displease*
◀He who tries to **please** everybody **pleases** nobody.
想讓人人滿意，結果無人滿意。

pleasure /'plɛʒə/
①樂趣 *(U)* = *satisfaction, happiness*
◀I've derived much **pleasure** from books.
我從書本中獲得了許多樂趣。
②令人愉快的事物 *(C)*
It's been a great **pleasure** to work with you.
和你一起工作真讓人愉快。
③榮幸 *(S)* = *enjoyment, honor*
May I have the **pleasure** of the next dance with you?
我有此榮幸和你跳下一支舞嗎？

pledge /plɛdʒ/
①承諾，誓言，保證 *(C)* = *promise*

P

◀ Not many politicians fulfill their **pledges** made during an election.
能兌現競選時許下的承諾的從政者不多。
②信物 **(C)**
Take this ring as a **pledge** of our love.
收下這枚戒指，作爲我們愛情的信物。
③誓言，承諾 **(vt)** = commit
The police **pledge** themselves to a tough stand against crime.
警方誓言要嚴厲打擊犯罪。

plentiful /ˈplɛntɪfəl/
豐盛的 **(adj)** = abundant
◀ The food for the party was well cooked and incredibly **plentiful**.
餐會吃的東西燒得很好，而且非常豐盛。

plenty /ˈplɛntɪ/
大量，充足 **(U)**
◀ The doctor advised her to drink **plenty** of water.
醫生建議她多喝水。

plight /plaɪt/
困境 **(S)**
◀ They established a fund trying to improve the **plight** of the homeless.
他們成立了一個基金會，想改善無家可歸者的困境。

plot /plɑt/
①情節 **(C)**
◀ The **plot** of *Dynasty* was too complicated for me to follow.
《朝代》一劇的情節過於複雜，我看不懂。
②陰謀 **(C)** = conspiracy, scheme
The FBI uncovered a **plot** to overthrow the government.
聯邦調查局破獲了一起企圖顛覆政府的陰謀。
③圖謀 **(vi)**
The general is **plotting** against the government.
這將軍正圖謀打倒政府。
④密謀 **(vt)** = conspire
It was said that they had **plotted** to blow up the Pentagon.
據說他們密謀要炸毀五角大樓。

plow /plaʊ/
①犂 **(C)** = plough
◀ He used a **plow** to turn over the soil and then planted the seeds.
他用犂翻土，然後播下種子。
②犂（地）**(vt)**
He's **plowing** the field.
他正在用犂翻土。

pluck /plʌk/
①鼓起 **(vt)**
◀ I finally **plucked** up enough courage to ask for his forgiveness.
我終於鼓起勇氣請求他的原諒。
②扯 **(vt)** = pull
Don't **pluck** the notice down from the bulletin board.
不要把布告板上的通知扯下來。
③採 **(vt)** = pick
John **plucked** a rose for his girlfriend.
約翰給女朋友採了一朵玫瑰。
④勇氣 **(U)** = courage
Harold showed a lot of **pluck** to propose to Jenny.
哈羅德向珍妮求婚，表現了極大的勇氣。

plug /plʌg/
①插頭 **(C)**
◀ Please put/insert the **plug** in the socket.
請把插頭插入插座內。
②塞子 **(C)**
Pull the **plug** out of the bath and the dirty water will drain away.
把浴缸內的塞子拔掉，髒水就會流走。
③塞住 **(vt)** = block；⇔ unplug
Use this towel to **plug** the hole.
用這塊毛巾把洞塞住。
④用插頭接通 **(vt)** = connect (to)
The TV was **plugged** into the stereo system.
這台電視機和立體聲音響連線。

plum /plʌm/
李子，梅子 **(C)** (請參閱附錄 "水果")
◀ Stewed **plums** are delicious.
燜李子很可口。
✎片語 a plum job (肥缺)

plumber /ˈplʌmɚ/

鉛管工人，水管工人 *(C)* (請參閱附錄 "職業")

◀ A **plumber** fits and repairs water pipes.
水管工人裝配合修理水管。

◎ MP3-P10

plunge /plʌndʒ/

① 伸進 *(vt)* = dip

◀ Gloria boldly **plunged** her hands into the hot water.
葛洛麗亞大膽地把手伸進熱水裡。

② 跌落 *(vi)* = drop

The stock market index **plunged** to a new low.
股市指數又落了新低。

③ 投，落，大膽果斷措施 *(S)*

After going out together for only two months, they decided to take the **plunge** and get married.
他們只交往了兩個月就斷然決定結婚。

plural /ˈplurəl/

① 複數的 *(adj)* ⇔ singular

◀ Most **plural** nouns in English end in "s."
英語中的大部分複數名詞以 "s" 結尾。

② 複數 *(C)* ⇔ singular

"Maps" is the **plural** of "map."
"Maps" 是 "map" 的複數形式。

plus /plʌs/

① 加 *(prep)* ⇔ minus

◀ Four **plus** six is/equals ten.
四加六等於十。

② 有利條件 *(C)* = advantage；⇔ minus

There are both **pluses** and minuses to living in the countryside.
住在鄉村有利有弊。

pneumonia /njuˈmonjə/

肺炎 *(U)*

◀ He caught **pneumonia** and was hospitalized for two weeks.
他得了肺炎，在醫院裡住了兩個星期。

poach /potʃ/

① (用少量水) 煮，煨 *(vt)*

◀ I prefer **poached** eggs to boiled eggs.
比起白煮蛋 (有殼) 我更喜歡水煮荷包蛋 (無殼)。

② 偷獵，盜獵 *(vt)*

Two men were caught **poaching** a baby panda.
兩名男子偷獵一頭小熊貓時被抓住。

③ 竊取 *(vt)* = steal

It's immoral to **poach** ideas from others.
竊取別人的思想是不道德的。

poacher /ˈpotʃɚ/

偷竊者，盜獵者 *(C)*

◀ Security cameras are installed to guard against wildlife **poachers**.
安裝防盜攝影機是為了防止偷竊野生動物者。

pocket /ˈpɑkɪt/

① 口袋 *(C)*

◀ The police officer made him empty his **pockets**.
警官叫他把口袋裡的東西全拿出來。

② 放入口袋 *(vt)*

After Bill shut the door of his car, he **pocketed** the key.
比爾把汽車門關上後就把車鑰匙放入口袋。

③ 侵吞，據為己有 *(vt)* = steal

We gave Steve ten thousand dollars to buy gifts for the staff, but he **pocketed** one third of it.
我們給史提夫一萬美金為職工購買禮物，但他把這筆錢的三分之一裝進了自己的口袋。

pocketbook /ˈpɑkɪtˌbuk/

① 小筆記本 *(C)*

◀ I always keep my **pocketbook** close to me.
我總是把小筆記本放在身邊。

② 錢包 *(C)* = wallet

After finishing my lunch, I found I had forgotten to take my **pocketbook** with me.
吃完午飯，我發現自己忘了帶錢包了。

poem /ˈpoɪm/

詩 *(C)*

◀ He told his children to recite/memorize a **poem** a week.
他要孩子們每週背誦一首詩。

poet /ˈpoɪt/

詩人 *(C)*

◀ He was a painter and **poet**.
他是畫家也是詩人。

P

poetic /poˈɛtɪk/

詩意 *(adj)* = poetical

◀ The diction of her readings is full of **poetic** feeling.
她寫的讀物裡的措辭很有詩意。

poetry /ˈpoɪtrɪ/

詩歌 *(U)*

◀ I have been interested in **poetry** since childhood.
我從小就對詩歌有興趣。

point /pɔɪnt/

① 點 *(C)*

◀ Line X crosses line Y at **point** Z.
直線X和直線Y在Z點相交。

✎衍生字 *pointed (adj)* 尖的，(言語) 尖銳的，犀利的

② 觀點 *(C)*

If you still don't understand, I will give you another example to illustrate my **point**.
如果你還是不明白，我再給你舉一個例子來說明我的觀點。

✎衍生字 *pointless (adj)* 無意義的，無目標的

③ 指著 *(vi)*

He **pointed** to a chair, signaling to us to sit down.
他指著一把椅子，示意我們坐下。

✎衍生字 *pointer (C)* (儀器的) 指針

④ 瞄準 *(vt)* = aim

Jack **pointed** his gun at the bird in the tree.
傑克舉槍瞄準樹上那隻鳥。

point out

指出 *(vt,s)* = indicate

◀ My English teacher **pointed out** the mistakes in my composition.
我的英語老師指出我作文中的錯誤。

poison /ˈpɔɪzn̩/

① 毒藥 *(C)*

◀ The farmer committed suicide by taking/ swallowing arsenic, a deadly **poison**.
那農夫吞下了致命的毒藥—砒霜自殺了。

② 下毒，用毒藥毒死或毒害 *(vt)*

He **poisoned** his wife with arsenic.
他用砒霜毒死了自己的老婆。

✎衍生字 *poisoning (C,U)* 下毒，中毒

poisonous /ˈpɔɪzn̩əs/

有毒的 *(adj)*

◀ He was bitten by a **poisonous** snake and died a few minutes later.
他被一條毒蛇咬了，幾分鐘後身亡。

poke /pok/

① 戳 *(vt)* = jab, stick

◀ Be careful! Don't **poke** her in the eye with your pencil.
小心不要把鉛筆戳到她眼睛裡。

② 探 (頭) *(vt)* = stick

Shirley **poked** her head through the window.
雪莉從窗子裡探出頭來。

③ 戳 *(C)* = push

Grace gave the little boy a playful **poke** in the ribs.
格蕾絲好玩地戳了一下小男孩的肋骨。

polar /ˈpolɚ/

北極的，極區的 *(adj)*

◀ A **polar** bear is a large white bear which is found near the North Pole.
北極熊是一種體型碩大的白熊，生活在北極附近。

✎衍生字 *pole (C)* 南北極，極端

pole /pol/

柱 *(C)*

◀ Some Indian tribes put up totem **poles** to commemorate their ancestors.
一些印第安部落豎起圖騰柱來紀念祖先。

police /pəˈlis/

① 警方 *(pl)*

◀ Tim reported the burglary to the **police**.
提姆向警方報案遭竊。

② 進行管制 *(vt)*

The army will **police** this riot-torn city until order is restored.
軍隊將對這個遭受暴亂創傷的城市進行管制直至它恢復秩序。

policeman /pəˈlismən/

警察 *(C)* = police officer, cop

◀ The brave **policeman** arrested the violent murderer by himself.

這位勇敢的警察單槍匹馬抓獲了那個兇殘的殺人犯。

✎衍生字 *policemen (pl)* 警察

policy /ˈpɑləsɪ/

①政策 *(C) = plan*

◀ The government must adopt a firm **policy** on unemployment.

政府必須對失業問題採取堅定的政策。

②方針 *(C) = principle*

It is the company's established **policy** to pay all workers on their performance.

按勞計酬是這家公司的一貫方針。

polish /ˈpɑlɪʃ/

①擦亮 *(vt)*

◀ He makes it a habit to **polish** his car with wax every other week.

他養成習慣，每隔一週就給汽車打蠟一次。

✎衍生字 *polished (adj)* 精緻的，完美的，優雅的；
　　　 polishing (U) 擦亮

②亮光蠟 *(U)*

He bought a tin of **polish**.

他買了一罐亮光蠟。

③擦亮 *(S)*

These shoes need a thorough **polish**.

這雙鞋需要徹底擦一擦。

polish off

①吃完，處理 *(vt,s) = finish off*

◀I have **polished off** the whole cake/a pile of letters.

我吃完了整個蛋糕／處理了一大堆信件。

②殺死 *(vt,s)*

　= *kill, murder, rub out, knock off, do away with*

That guy **polished off** his mistress.

那傢伙殺死了他的情婦。

③打敗 *(vt,s) = finish off, defeat*

I must **polish off** two more players before I can win the tennis tournament.

我必須再打敗兩名選手才能奪得這次網球錦標賽的冠軍。

polish up

①擦亮 *(vt,s)*

◀**Polish up** the floor before our guests come.

客人來之前把地板擦亮。

②(透過練習) 改善 *(vt) = brush/rub up*

I have to **polish up** my English before I go on a trip to New York.

我去紐約之前得補一補英語。

polite /pəˈlaɪt/

有禮貌的 *(adj) = courteous*；⇔ *impolite, rude*

◀ It is not **polite** to speak with your mouth full of food.

嘴裡塞滿食物講話是不禮貌的。

✎衍生字 *politeness (U)* 禮貌；*politely (adv)* 有禮貌地

political /pəˈlɪtɪkl̩/

政治 *(adj)*

◀ The new government is facing another **political** crisis.

新政府又一次面臨政治危機。

politician /ˌpɑləˈtɪʃən/

政客，政治人物 *(C)* (請參見附錄 "職業")

◀ She was naive enough to take a **politician** at his word.

她竟然天真地相信政客的話。

politics /ˈpɑləˌtɪks/

①政治 *(U)*

◀ Mr. Wang went into **politics** in his early thirties.

王先生三十歲出頭開始從政。

②政治學 *(S)* (請參見附錄 "科目")

He is studying for a degree in **politics**.

他正攻讀政治學的學位。

✎搭配詞 to play politics (玩弄權術)。to talk politics (談論政治)。

🔘 MP3-P11

poll /pol/

①民意調查 *(C)*

◀ We are conducting a **poll** to find out how many people are against building a nuclear power plant.

我們在進行一項民意調查以了解有多少人反對建造核電廠。

P

②對…做民意調查 *(vt)*

Two thirds of the people who were **polled** opposed the new policy.

接受民意調查的人中有三分之二反對這項新政策。

pollutant /pə'lutn̩t/

汙染物質 *(C)*

◀ Cars release **pollutants** such as carbon monoxide into the air.

汽車向空氣排放一氧化碳等汙染物質。

pollute /pə'lut/

汙染 *(vt)*

◀ That factory **polluted** our rivers with chemical waste.

那家工廠排出的化學廢料汙染了我們的河流。

pollution /pə'luʃən/

汙染 *(U)*

◀ Drastic measures should be taken to cut **pollution**.

需要採取果斷措施來阻止汙染。

pond /pɑnd/

池塘 *(C)*

◀ Several swans are swimming in the **pond**.

好幾隻天鵝在池塘中游水。

ponder /'pɑndɚ/

①想 *(vt)* = consider

◀ I **pondered** what he said thoroughly.

我把他的話從頭至尾想了一遍。

②思考 *(vi)* = think (about), brood, muse

I **pondered** over the whole incident, unable to figure out how it happened.

我把整個事思考了一遍，想不出這事是怎麼發生的。

pony /'ponɪ/

小馬 *(C)* (請參見附錄 "動物")

◀ These **ponies** are wild animals and shouldn't be approached.

這些小馬是野生動物，不應該接近牠們。

pool /pul/

①池 *(C)*

◀ Swimming **pools** are crowded with people in summer here.

這兒的夏天游泳池內人滿為患。

②一灘液體 *(C)*

The wounded man was lying in a **pool** of blood.

受傷的男子躺在血泊中。

poor /pur/

①貧困的 *(adj)* ⇔ rich

◀ He was born into a **poor** family, but he worked his way up from an office boy to general manager.

他出生在貧困家庭，但經由努力，他從辦公室小弟一直升至總經理。

✎衍生字 *poverty (U)* 貧窮；*poorly (adv)* 很差地

②貧乏的 *(adj)* ⇔ rich

Taiwan is **poor** in natural resources.

台灣的天然資源很貧乏。

③差的，不佳的 *(adj)* ⇔ good

I have a **poor** memory for names.

我對人名的記性很差。

pop /pɑp/

①流行樂 *(U)* = pop music

◀ I know nothing about classical music; I prefer **pop**.

我對古典音樂一無所知，我比較喜歡流行樂。

②啪的一聲 *(C)*

The cork came out of the bottle with a loud **pop**.

瓶塞 "啪" 的一聲從瓶子裡出來。

③啪啪作響 *(vi)*

Champagne corks were **popping** throughout the celebrations.

整個慶祝活動中香檳酒瓶塞的啪啪聲不絕於耳。

④拍破 *(vt)*

Billy blew up a bag and **popped** it, which shocked some people around him.

比利把袋子吹鼓後用手拍它拍破了，響聲把周圍一些人嚇了一跳。

popcorn /'pɑp,kɔrn/
爆米花 *(U)*
◀ He used to eat bowls of **popcorn** while watching TV.
過去他看電視時會吃好幾碗爆米花。

popular /'pɑpjələ/
①受…喜愛的 *(adj)* ⇔ *unpopular*
◀ He was not only talented but also **popular** with his colleagues.
他不僅很有才華,而且還深受同事們的喜愛。
②普遍的 *(adj)* = *common*
It's a **popular** misconception that women are weaker than men.
認為女子不如男子是一個普遍的錯誤觀念。

popularity /,pɑpjə'lærətɪ/
受歡迎,聲望,流行 *(U)* ⇔ *unpopularity*
◀ That lawmaker enjoys widespread **popularity** with his voters.
那位立法委員受到選民的普遍歡迎。

populate /'pɑpjə,let/
(指一群人) 居住於…中 *(vt)* = *inhabit*
◀ That area is thickly/densely/thinly/sparsely **populated**.
那地區人口密集 / 稀少。

population /,pɑpjə'leʃən/
人口 *(C)*
◀ Taiwan now has a **population** of more than 20 million.
台灣現在有二千多萬人口。
✎衍生字 *populous (adj)* 人口稠密的

porch /portʃ/
門廊 *(C)*
◀ They stood on the **porch** chatting happily.
他們站在門廊裡聊得很開心。

pork /pɔrk/
豬肉 *(U)* (請參閱附錄 "食物")
◀ Beef costs more than **pork**.
牛肉比豬肉貴。
✎相關字 bacon (燻豬肉)。ham (火腿)。sausage (香腸)。meat (肉的總稱)。beef (牛肉)。veal (小牛肉)。mutton (羊肉)。lamb (小羊肉)。venison (鹿肉)。chicken (雞肉)。duck (鴨肉)。

port /pɔrt/
①港埠,港市 *(C)*
◀ Kaohsiung used to be a little fishing **port** in southern Taiwan, but now it has become a big harbor city.
高雄以前是台灣南部的一個小漁港,但如今已成為一大港市。
②港口 *(U)* = *harbor*
The fishing boat finally left/reached **port** at sunrise.
漁船在日出時終於離開 / 抵達港口。

portable /'pɔrtəbl̩/
手提式的 *(adj)*
◀ I always carry a **portable** computer with me.
我總是隨身攜帶手提式電腦。
✎衍生字 *portability (U)* 輕便

porter /'pɔrtə/
門房,腳伕 *(C)* (請參見附錄 "職業")
◀ I got a **porter** to carry my luggage.
我請了一個腳夫幫我提行李。

portion /'pɔrʃən/
①部分 *(C)*
◀ Mr. Hanson donated a **portion** of his savings to the orphanage.
漢森先生把一部分儲蓄拿出來捐給孤兒院。
②一分 *(C)*
He was so hungry that he ordered two portions of **potatoes**.
他太餓了,所以要了兩分馬鈴薯。

portrait /'pɔrtrət/
①畫像 *(C)*
◀ Vincent Van Gogh often painted **portraits** of himself during his lifetime.
文森・梵谷生前常常畫自畫像。
②描述 *(C)* = *description*
His novel paints a very vivid **portrait** of life in medieval England.
他的小說十分生動地描述了中世紀英格蘭的生活。

P

portray /por'tre/

描述 (vt) = describe

◀ King Arthur was often **portrayed** as a brave knight.

亞瑟王常被描述成是一個勇敢的武士。

✎衍生字 *portrayal (C,U)* 描述

pose /poz/

①姿勢 (C)

◀ Jane adopted a relaxed **pose**.

珍妮擺出一個閒適的姿勢。

②擺姿勢 (vi)

After the wedding, we all **posed** for a photograph.

婚禮結束後我們大家一起擺好姿勢拍了張照。

③造成 (vt) = present

Water pollution **poses** a serious threat to the environment.

水汙染對環境造成嚴重的威脅。

position /pə'zɪʃən/

①位置 (C) = location

◀ Can you find our **position** on this map?

你能從這張地圖上找到我們所在的位置嗎?

②職位 (C) = job

Mrs. Chang applied for the **position** of general manager.

張太太應徵總經理的職位。

positive /'pɑzətɪv/

積極正面的 (adj) ⇔ negative

◀ We should take a **positive** attitude toward life.

我們應對生活採取一種積極正面的態度。

possess /pə'zɛs/

擁有 (vt) = own

◀ It's illegal to **possess** a gun.

擁有槍枝是犯法的。

possession /pə'zɛʃən/

擁有 (U)

◀ That pop singer was found in **possession** of dangerous drugs.

那位歌星被發現擁有危險性毒品。

✎衍生字 *possessions (C)* 私人財物,財產;*possessor (C)* 擁有者,持有人

possibility /ˌpɑsə'bɪlətɪ/

①可能性 (U) ⇔ impossibility (U)

◀ A hundred years ago few people believed in the **possibility** of flying.

一百年前幾乎沒人相信人有可能飛上天。

②可能發生的事 (C)

War is now a strong **possibility**.

戰爭很可能要爆發。

possible /'pɑsəbl̩/

可能的 (adj) ⇔ impossible

◀ He promised to finish the project as soon as **possible**.

他答應盡可能快點完成該項計畫。

🔘 MP3-P12

post /post/

①郵政 (U) = mail

◀ Martin sent the parcel by **post**.

馬丁將包裹郵寄出去了。

✎衍生字 *postman (C)* 郵差;*postcard (C)* 明信片

②柱子 (C)

The dog was chained to a **post** outside the house.

狗被拴在屋外的一根柱子上。

③郵寄 (vt) = mail

I'll **post** the tickets to you as soon as I receive your check.

我一收到你的支票就會把票寄給你的。

postage /'postɪdʒ/

郵資 (U)

◀ How much is the **postage** for an airmail letter to France?

寄一封航空信到法國要多少郵資?

poster /'postə/

海報 (C)

◀ They put up **posters** all around town advertising the circus.

他們在鎮上到處張貼海報為馬戲團的到來作廣告。

postpone /pos'pon/

延遲 (vt) = put off

◀ He decided to **postpone** the trip until May.

他決定把這次旅行延遲到五月。

posture /'pɑstʃɚ/

①姿勢 (C) = pose, position

◀ The artist asked the model to take a seated **posture**.

畫家請模特兒取坐著的姿勢。

②(裝出…的) 樣子 (S) = attitude, manner, stance

Jerry is unpopular because he always assumes a **posture** of superiority.

傑利不受人歡迎，因為他老是裝出高人一等的樣子。

③擺姿勢 (vi) = pose

Stop **posturing** in front of the mirror.

別在鏡子前擺姿勢了。

✎衍生字 *posturing* (C,U) 裝模作樣的行為，(尤指) 言不由衷

pot /pɑt/

(陶製的) 鍋、罐、壺、瓶、盆 (C) (請參閱附錄 "容器")

◀ The **pot** is calling the kettle black.

鍋子笑水壺黑 (五十步笑百步)。

potato /pə'teto/

馬鈴薯 (C) (請參閱附錄 "蔬菜")

◀ Plagiarism is a hot **potato**.

剽竊抄襲是熱馬鈴薯 (燙手山芋)。

✎搭配詞 roast potatoes (烤馬鈴薯)。mashed potatoes (馬鈴薯泥)。fried potatoes (炸馬鈴薯)。boiled potatoes (水煮馬鈴薯)。potato chips (洋芋片)。potato salad (馬鈴薯沙拉) a couch potato (長沙發上的馬鈴薯，指常坐在電視機前的人)。

potential /po'tɛnʃə/

①可能的，潛在的 (adj) = prospective

◀ The car dealer was eager to impress the **potential** buyers.

汽車經銷商急於打動可能的 (潛在的) 買主。

✎衍生字 *potentiality* (C,U) 潛在性

②潛在的 (adj)

Beware of the **potential** dangers.

小心隱患。

③潛能，潛力 (U)

You haven't realized your full **potential** yet.

你還沒有完全實現自己的潛能。

pottery /'pɑtərɪ/

陶器 (U)

◀ She has a very valuable collection of Japanese **pottery**, which consists of 99 pieces.

她收藏有一些極有價值的日本陶器，總計有九十九件。

✎衍生字 *potter* (C) 製陶工人

poultry /'poltrɪ/

①家禽 (pl) (請參閱附錄 "動物")

◀ We used to keep **poultry** when we lived in the country.

住在鄉下時，我們養家禽。

②家禽肉 (U) (請參閱附錄 "食物")

Poultry is rather cheap now.

家禽肉現在相當便宜。

pound /paund/

①磅 (C)

◀ This bag of sugar weighs ten **pounds**.

這袋糖有十磅重。

②英鎊 (C)

The dictionary costs twenty **pounds** and thirty pennies.

這本辭典售價二十英鎊三十便士。

③(砰砰地) 敲打 (vt) = hit

Someone is **pounding** the door.

有人在砰砰地敲門。

④猛烈跳動 (vi) = beat

His heart **pounded** with excitement when he saw the girl he loved.

他看到自己所愛的女孩時，心裡激動得砰砰直跳。

pour /pɔr/

①倒 (vt)

◀ Please **pour** some water into my glass.

請給我的杯裡倒些水。

②(雨) 傾盆而下 (vi)

The rain is really **pouring** down. You'd better stay indoors until it clears up.

雨傾盆而下，你最好待在屋裡等天晴吧。

③不斷湧現 (vi)

After the earthquake, rescue workers and donations **poured** in from all over the world.

地震過後，從世界各地湧入救難人員與捐獻物資。

poverty /ˈpɑvɚtɪ/

貧困，貧窮 *(U)*

◀ Garvey lived in **poverty** and died in loneliness.
加維過著貧困的生活，最後孤寂而終。

✎衍生字 *poor (adj)* 貧困的

powder /ˈpaʊdɚ/

①粉末 *(U)*

◀ On closer examination, the white **powder** turned out to be heroin/cocaine.
再仔細一查，原來這白色粉末是海洛因／古柯鹼。

②粉 *(C)*

These soap **powders** are all the same.
這些洗衣粉都是一樣的。

③擦 (爽身) 粉 *(vt)*

Howard **powdered** the baby after his bath.
霍華德給嬰兒洗完澡後爲他擦了些爽身粉。

power /ˈpaʊɚ/

①能力 *(U)* = *ability (to + V)*

◀ He was so drunk that he had lost the **power** of speech.
他醉得失去說話能力了。

②權力，政權 *(U)*

The Republicans came into/to **power** in the last election.
上次選舉的結果是共和黨上台掌權。

powerful /ˈpaʊɚfəl/

強而有力的 *(adj)* ⇔ *powerless (adj)*

◀ Children believe that their parents are **powerful** enough to protect them from harm.
孩子們總是相信父母有足夠的能力保護他們不受傷害。

practical /ˈpræktɪkl̩/

實際的 *(adj)* ⇔ *impractical*

◀ As a green hand, he lacks **practical** experience.
他是新手，所以缺乏實際經驗。

✎衍生字 *practically (adv)* 實際地，實際上

practice /ˈpræktɪs/

①練習 *(U)*

◀ It takes not only talent but also years of **practice** to play the violin well.
要把小提琴演奏得好，不僅需要天賦還需要多年的練習。

②實行 *(U)* ⇔ *theory*

Your idea won't work in **practice**.
你的想法實行起來是行不通的。

③習慣 *(C)*

It is a common **practice** for the Chinese to eat moon cakes on Mid-autumn Festival.
中秋節中國人習慣上要吃月餅。

④練習 *(vt)*

You need to **practice** parking the car in a small space.
你需要練習如何把汽車停放在一塊小地方。

⑤執業 *(vi)*

My best friend has passed her law examination and is now **practicing** as a lawyer.
我最要好的朋友已通過了法律考試，現在正在執業當律師。

prairie /ˈprɛrɪ/

大草原 *(C)*

◀ Buffalos live on the **prairie** of North America.
北美野牛生活在北美的大草原上。

praise /prez/

①讚揚 *(U)*

◀ The president received high **praise** for his efforts to wipe out crime.
總統因在消除犯罪方面作出的努力而受到高度讚揚。

②稱讚 *(vt)*

The actor was **praised** for his outstanding performance on the stage.
該演員因在舞台上的出色表演而受稱讚。

pray /pre/

祈禱 *(vi)*

◀ Kelly **prayed** to God for her husband's safety.
凱莉向上帝祈禱保佑她丈夫的安全。

prayer /prɛr/

禱告 *(C)*

◀ He says his **prayers** every night before he goes to bed.
他每晚上床之前都要做禱告。

preach /pritʃ/

布道 *(vt)*

◀ The priest **preached** a sermon on the need of fidelity.
牧師在布道時談到了忠貞的必要性。

precaution /prɪˈkɔʃən/

預防 *(C)*

◀ It is necessary to take **precautions** against fire.
預防火災是必要的。

✎衍生字 *precautionary (adj)* 預防性的

precede /prɪˈsid/

之前 *(vt)* ⇔ *follow*

◀ Mr. White's appointment as finance minister was **preceded** by several weeks of negotiation.
懷特先生被任命為財政部長之前經過了好幾週的協商。

✎同尾字 請參見 concede。

precedence /prɪˈsidn̩s/

優先 *(U)* = *priority*

◀ Enjoying good health takes **precedence** over wealth.
享受健康比擁有財富更為優先。

precedent /ˈprɛsədənt/

先例 *(C)* = *example*

◀ The September 11th terrorist attacks on the World Trade Center set/created a horrible **precedent**.
"九一一" 恐怖分子襲擊世貿中心大樓開創了一個可怕的先例。

✎同尾字 antecedent (先行詞；在先的)。

preceding /prɪˈsidɪŋ/

前面的 *(adj)* ⇔ *following*

◀ In the **preceding** chapter, the author touches on verb tenses.
在前面的一章裡作者講述了動詞的時態。

precious /ˈprɛʃəs/

貴重 *(adj)* = *valuable*

◀ This gold ring is **precious** to me because it was handed down to me by my mother.
這隻金戒指對我來說很貴重，因為它是我母親傳給我的。

precise /prɪˈsaɪs/

精確的 *(adj)* = *exact*

◀ Tina gave me a clear and **precise** description of the accident.
蒂娜向我清楚精確的描述了事故的經過。

precision /prɪˈsɪʒən/

精準 *(U)* = *exactness, accuracy*

◀ Paul can choose his words with great **precision**.
保羅能夠極精準地選用詞語。

✎同尾字 incision (切開)。decision (決定)。

🔘 MP3-P13

predecessor /ˌprɛdɪˈsɛsɚ/

前任 *(C)* ⇔ *successor*

◀ The president elect inherited his financial woes from his **predecessor**.
新當選的總統接過了前任遺留下的財政難題。

✎相關字 incumbent (現任者)。

predict /prɪˈdɪkt/

預言 *(vt)* = *forecast*

◀ The banker **predicted** that interest rates would be cut again.
這位銀行家預言利率又要降低了。

✎衍生字 *predictable (adj)* 可預言的

prediction /prɪˈdɪkʃən/

預測 *(C)* = *forecast*

◀ It is very hard to make a **prediction** about the results of the election.
很難對選舉結果作出預測。

✎同尾字 contradiction (自相矛盾)。diction (措辭)。

preface /ˈprɛfɪs/

序言 *(C)* = *introduction, forward*

◀ As a rule, I will write a **preface** to my new book.
照往例，我會給我的新書寫個序言。

✎同尾字 face (臉)。deface (毀容)。surface (外表)。

prefer /prɪˈfɝ/

更喜歡 *(vt)*

◀ I **prefer** walking in the woods to cycling along the beach.
和在海灘邊騎自行車相比，我更喜歡在林中漫步。

preferable /ˈprɛfrəbl̩/

更適合的 *(adj)*

◀ A dark suit is **preferable** to a light one for formal occasions.
在正式場合深色服裝比淺色的更適合。

preference /ˈprɛfərəns/

偏愛 *(C)*

◀ I have a **preference** for Chinese food.
我偏愛吃中餐。

✎同尾字 conference (會議)。difference (不同)。reference (參考)。inference (推論)。deference (順從)。transference (調職)。circumference (圓周)。

preferential /ˌprɛfəˈrɛnʃəl/

優惠的 *(adj)*

◀ Sherry receives **preferential** treatment from her boss because she is his sister-in-law.
雪莉從老闆那裡享受優惠的待遇，因爲她是他的弟媳。

✎同尾字 deferential (順從的)。

pregnancy /ˈprɛgnənsɪ/

懷孕 *(U)*

◀ She gave up smoking during her first **pregnancy**.
她第一次懷孕時戒了煙。

pregnant /ˈprɛgnənt/

懷孕的 *(adj)*

◀ Tina was **pregnant** with her second child.
蒂娜懷了第二個孩子。

prehistoric /ˌprihɪsˈtɔrɪk/

① 史前的 *(adj)*

◀ Some archaeologists take a keen interest in the **prehistoric** burial grounds.
一些考古學家對史前的墓葬場深感興趣。

✎衍生字 *prehistory (U)* 史前時期

② 過時的，陳舊的 *(adj)* = old-fashioned

My father's ideas about marriage are **prehistoric**. He adheres to the belief that an arranged marriage is better than one based on love.
我父親的婚姻觀已過時了。他堅信父母安排的婚姻要比自由戀愛的婚姻好。

prejudice /ˈprɛdʒədɪs/

偏見 *(C)* = bias

◀ Mr. Right was accused of having a **prejudice** against male workers.
萊特先生被控對男性員工有偏見。

prejudiced /ˈprɛdʒədɪst/

抱有偏見的 *(adj)* = biased

◀ Ben denied being **prejudiced** against mentally-retarded people.
班否認對弱智人士抱有偏見。

preliminary /prɪˈlɪməˌnɛrɪ/

初步的 *(adj)*

◀ The **preliminary** draft of my speech has been finished, but more details need to be worked out.
我的演講初稿已完成，但還要擬訂出更多細節。

premature /ˌpriməˈtjʊr/

① 過早的 *(adj)* = early

◀ Linda's **premature** death at the age of 23 was a great loss to her family.
琳達年方二十三歲就早逝了，對她的家人眞是重大的損失。

② 太早的，過快的 *(adj)* = rash

Mr. Cooper made a **premature** announcement that he had won the presidential election.
古柏先生太早宣布他已在總統競選中獲勝。

③ (嬰兒) 早產的 *(adj)*

The baby is two months **premature** and is on total life support.
這孩子早產兩個月，完全靠維生系統存活。

premier /ˈprimɪɚ/

① 閣揆 *(C)* = prime minister

◀ The **premier** of the Republic of China is to pay an official visit to Panama in August.
中華民國閣揆將於八月正式訪問巴拿馬。

✎衍生字 *premiership (C,U)* 任閣揆

② 最好的 *(adj)* = foremost

Irene longs to attend Japan's **premier** university.
愛琳很想上日本最好的大學。

preparation /ˌprɛpəˈreʃən/

①準備 (U)

◀ Paul is studying hard in **preparation** for his college entrance exam.

保羅在為準備大學入學考試而努力學習。

②準備 (C)

We are making **preparations** for the opening ceremony.

我們在為開幕式作準備。

prepare /prɪˈpɛr/

①準備 (vt)

◀ My mother is **preparing** a meal for us.

我母親正在為我們準備飯菜。

②幫助…作準備 (vt)

The teacher is **preparing** their students for the college entrance examination.

那老師正在幫助學生為大學入學考試作準備。

prescribe /prɪˈskraɪb/

開處方 (vt) = administer

◀ The doctor **prescribed** some aspirin for my headache.

醫生開一些阿斯匹靈治我頭痛。

✎同尾字 請參見 subscribe。

prescription /prɪˈskrɪpʃən/

處方 (C)

◀ A doctor writes (out) a **prescription**, and the pharmacist fills it.

醫生開處方，藥劑師配出處方藥。

✎衍生字 prescribe (vt) 開藥

✎同尾字 description (描述)。subscription (訂閱費；捐款)。transcription (標音)。inscription (碑文)。circumscription (限制)。proscription (禁止)。

presence /ˈprɛzn̩s/

面前 (U) ⇔ absence

◀ I feel uncomfortable in the **presence** of strangers.

我在陌生人面前感到不自在。

present /ˈprɛzn̩t/

①現在的 (adj)

◀ I moved to another apartment last week. Here is my **present** address.

上週我搬到另一間公寓去了，這是我現在的地址。

②出席的，在場的 (adj) ⇔ absent

How many people were **present** at their wedding ceremony?

有多少人出席了他們的婚禮？

③目前，現在 (the+S) ⇔ past

We are working out a plan for the **present**.

目前我們在制訂一個計畫。

④禮物 (C) = gift

My husband gave me a necklace as a birthday **present**.

我丈夫送我一條項鍊作為生日禮物。

⑤提交 (vt) /prɪˈzɛnt/

The research team decided to **present** the result of their investigation to the committee next Monday.

研究小組決定在下週向委員會提交調查結果。

presentation /ˌprɛzn̩ˈteʃən/

①報告 (C) = report

◀ The sales manager will give a short **presentation** on the new sales campaign.

業務經理將簡要報告一下新的促銷宣傳活動。

②頒獎 (C)

The **presentation** of the Academy Awards will begin at seven o'clock this evening.

奧斯卡獎的頒獎活動將於今晚七點開始。

preservation /ˌprɛzɚˈveʃən/

維護 (U)

◀ The police are responsible for the **preservation** of law and order.

警察有責任維護法律與秩序。

preserve /prɪˈzɝv/

①保存，維護 (vt)

◀ The tribal leaders work very hard to **preserve** their unique traditions.

部落首領努力要想保存他們獨特的傳統。

②醃製，保存食物 (vt)

In the past, people used salt and spices to **preserve** meat.

過去人們用鹽和香料來醃製肉類。

✎衍生字 preservative (C,U) 防腐劑

preside /prɪˈzaɪd/

①主持 *(vi)*

◀ Mr. Ma will **preside** over the meeting/
seminar.

馬先生將主持這次會議 / 研討會。

②負責處理 *(vi)*

President Bush **presided** over the worst
economic downturn in a decade.

布希總統負責處理十年來最嚴重的經濟衰退。

✎同尾字 aside (靠一邊)。reside (居住)。inside (內部)。
subside (平息)。

presidency /ˈprɛzədənsɪ/

總統 *(the+S)*

◀ Bill Clinton was elected twice to the
presidency of the U.S.

比爾·柯林頓兩次當選為美國總統。

president /ˈprɛzədənt/

總統 *(C)*

◀ The White House said the **president** would
veto the bill.

白宮有消息說總統將否決該項議案。

presidential /ˌprɛzəˈdɛnʃəl/

總統的 *(adj)*

◀ The Labor Party is expected to field its own
candidate in the next **presidential** election.

工黨有可能在下次總統選舉時推出自己的候選
人。

press /prɛs/

①新聞界 *(U)*

◀ The terrorist attack was widely reported in the
press.

新聞界對這次恐怖襲擊進行了廣泛的報導。

②貼 *(vt)* = push

The little boy **pressed** his nose against the
shop window to have a better look at the toy
he liked.

小男孩把鼻子貼到櫥窗上仔細看看他喜歡的那
個玩具。

③力勸 *(vt)* = urge

She **pressed** her guest to have another cake.

她力勸客人再吃一塊蛋糕。

---

press for

迫切要求 *(vt,u)* = push for

◀The workers are **pressing for** a pay raise.

工人們正要求加薪。

---

press on

加緊進行 *(vi)* = push/press ahead/forward, push on

◀We must **press on** with our plan to beef up
production.

我們必須把改進產品的計畫加緊執行下去。

pressure /ˈprɛʃɚ/

壓力 *(U)*

◀ Under great **pressure** from the public, the
minister finally agreed to resign from the post.

在民眾巨大的壓力下，部長最後同意辭職。

🔘 MP3-P14

prestige /ˈprɛstɪdʒ/

聲望 *(U)*

◀ Dr. Lee, a Nobel laureate, enjoys **prestige** in
his country.

諾貝爾獎得主李博士在他國內享有聲望。

✎衍生字 *prestigious (adj)* 有聲望的，有威信的

presume /prɪˈzum/

推測 *(vt)* = assume, suppose

◀ I **presume** the temple dates from the Ching
dynasty.

我推測這座廟宇建於清朝。

✎衍生字 *presumption (C)* 推測，假定

✎同尾字 assume (假設)。resume (重新開始)。
consume (消費；消耗)。subsume (納入)。

pretend /prɪˈtɛnd/

假裝 *(vt)*

◀ My ex-girlfriend **pretended** that she didn't
know me when we met in the street the other
day.

前幾天我和以前的女友在街上遇到時，她假裝
不認識我。

✎衍生字 *pretense (U)* 假裝

pretty /ˈprɪtɪ/

①很好看 *(adj)* = beautiful

◀ She looks **pretty** in that hat.

她戴那頂帽子看上去很好看。

②相當，很 *(adv)* = *very*

The teacher seemed **pretty** satisfied with my work.

看起來老師對我的作業相當滿意。

prevail /prɪ'vel/

①盛行 *(vi)*

◀ Belief in ghosts even **prevails** among scientists.

相信鬼魂也盛行於科學家間 (許多科學家甚至也信鬼)。

②戰勝 *(vi)* = *triumph*

Justice **prevailed** over evil in the end.

正義終於戰勝邪惡。

prevailing /prɪ'velɪŋ/

普遍流行的 *(adj)* = *popular*

◀ The **prevailing** view seems to be that the death penalty will be preserved.

普遍流行的看法是死刑仍將保留。

prevalent /'prɛvələnt/

盛行的，普遍的 *(adj)* = *common*

◀ Premarital sex is **prevalent** among young people.

婚前性行為盛行於年輕人之間。

prevent /prɪ'vɛnt/

①預防，阻止 *(vt)*

◀ These rules are intended to **prevent** accidents.

這些規章旨在預防事故發生。

②使…不能，阻擋 *(vt)* = *keep, stop*

The floods caused by the typhoon **prevented** him from attending school.

颱風引發的大水使他不能去上學。

📝衍生字 *preventable (adj)* 可以預防的

prevention /prɪ'vɛnʃən/

預防 *(U)*

◀ **Prevention** is better than cure.

預防勝於治療。

preventive /prɪ'vɛntɪv/

預防的 *(adj)*

◀ We must take **preventive** measures to reduce the risk of dengue fever.

我們必須採取預防措施來減少登革熱的危害。

preview /'pri,vju/

①預演 *(C)*

◀ Only reviewers were invited to the **preview** of that new film.

只邀請了影評家們去觀看這部新影片的預演。

②預先了解 *(C)*

Some people consider that living together before getting married can give them a **preview** of marriage.

有些人覺得婚前同居能使他們預先了解婚姻。

③先看，看…的試映 *(vt)*

Parents are advised to **preview** a video before they let their kids watch it.

父母親被建議說要先看一下錄影帶然後再給小孩看。

📝同尾字 view (視野；看)。review (複習)。overview (綜覽)。interview (面談)。

previous /'priviəs/

以前的，在前的，先前的 *(adj)*

◀ Frank got the job though he had no **previous** experience.

雖然法蘭克以前沒有這種經歷，他依然得到那分工作。

📝衍生字 *previously (adv)* 先前地

prey /pre/

①獵物 *(U)* ⇔ *predator*

◀ Mice are the **prey** of cats.

老鼠是貓的獵物。

②獵物 *(U)*

Alice is easy **prey** for smooth-tongued men.

愛麗絲是花言巧語男士們的易取獵物。

③捕食 *(vi)*

Cats **prey** on mice.

貓捕食老鼠。

④剝削，使…成受害者 *(vi)*

Loan sharks **prey** on the disadvantaged.

放高利貸者剝削弱勢團體。

price /praɪs/

①價錢 *(C)*

◀ What **price** did you pay for the car?

你這輛車是多少價錢買的？

②定價，標價 *(vt)*

The hat is **priced** very reasonably, at only 20 dollars.

這頂帽子定價很合理，只賣二十元。

priceless /'praɪslɪs/

無價的，貴重的 *(adj)*

= *invaluable, valuable* ; ⇔ *valueless, worthless*

◀ Mr. White has a magnificent collection of **priceless** antiques and artworks.

懷特先生收藏有一大批無價的 (價值連城的) 古玩和藝術品。

prick /prɪk/

①扎 *(vt)*

◀ I **pricked** my finger with a needle.

我手指被針扎了下。

②扎 *(vi)*

The thorns **prick** if you touch them.

如果你觸碰這些荆棘就會扎痛手。

③刺痛 *(C)*

I felt the **prick** of the needle.

我感到針扎的刺痛。

pride /'praɪd/

①驕傲 *(U)*

◀ She takes great **pride** in her son's success.

她爲兒子的成功感到十分驕傲。

◥衍生字 *proud (adj)* 自豪的

②自尊 *(U)* = *self-respect*

I think you hurt his **pride** by laughing at the way he walks.

我覺得你嘲笑他走路的樣子傷害了他的自尊。

③感到自豪 *(vt)*

Doyle **prided** himself on his ability to speak ten languages.

多伊爾爲自己能講十種語言而感到自豪。

priest /prist/

牧師 *(C)* (請參閱附錄 "職業")

◀ Several **priests** were accused of molesting children.

有幾位牧師被控猥褻兒童。

primary /'praɪˌmɛrɪ/

主要的 *(adj)* = *main, chief*

◀ The **primary** purpose of his visiting China is to improve trading relations.

他訪問中國主要的目的是改善貿易關係。

prime /praɪm/

①最佳的，最好的 *(adj)* = *best*

◀ The **prime** candidate to take over his job is Margaret Ramsay.

接替他工作的最佳人選是瑪格麗特 · 萊姆西。

②主要的，首要的 *(adj)* = *most important, chief, primary*

Smoking is the **prime** cause of lung cancer.

吸煙是引發肺癌的主要原因。

primitive /'prɪmətɪv/

①原始的，遠古的 *(adj)*

◀ **Primitive** men used sharpened stones or animal bones as tools.

原始人用鋒利的石塊或獸骨作爲工具。

②原始的 *(adj)* = *crude*

The **primitive** tools were made of stones and animal bones.

原始工具是用石塊和獸骨製成的。

prince /prɪns/

王子 *(C)*

◀ Being the crown **prince**, **Prince** Charles has naturally attracted a lot of press attention.

身爲王儲，查爾斯王子自然吸引了新聞界的大量關注。

princess /'prɪnsɪs/

公主，王妃 *(C)*

◀ As the only daughter of a rich family, Anne has been treated like a **princess** since she was born.

作爲富貴人家的獨生女，安妮自出生之日起就得到公主般的待遇。

principal /'prɪnsəpl̩/

①首要的 *(adj)* = *chief, main, primary*

◀ The ruling party's **principal** concern now is that it does not have an overall majority.

執政黨目前面臨的首要問題是未能贏得壓倒性多數。

②校長 *(C)*

Donald King is the **principal** of Dartmouth High School.

唐納德 · 金是達特茅斯高級中學的校長。

P

principle /'prɪnsəpl̩/

①原則 *(C)* = belief

◀ We adhere to the **principle** that everyone should be treated fairly.
我們堅持這樣一個原則：人人都應該得到公平待遇。

②原則，原理 *(C)* = rule

Einstein's theories form the basic **principles** of modern physics.
愛因斯坦的理論構成了現代物理學的基本原則。

print /prɪnt/

①印刷 *(vt)*

◀ The title of the song is **printed** in italics.
這首歌的曲名是用斜體印刷的。

◥衍生字 *printing (U)* 印刷，印刷術

②用印刷體書寫 *(vt)*

When filling out this form, please **print** your name and address clearly in capitals.
填寫這分表格時請用印刷體大寫字母清晰地填上你的姓名地址。

③字體 *(U)*

My father is too old to read small **print** without glasses.
我父親年紀太大，不戴眼鏡就無法閱讀小的字體了。

④刊出，印出 *(U)*

He was very excited to see his article in **print**.
看到他的文章刊出了他感到非常興奮。

printer /'prɪntɚ/

印刷工人 *(C)*

◀ The manuscript was sent off to the **printers**.
文稿被送往印刷工人那裡。

prior /'praɪɚ/

在…之前的 *(adj)*

◀ **Prior** to this job I had taught English in a cram school.
在做這分工作之前，我曾在一家補習班教過英文。

🔘 MP3-P15

priority /praɪ'ɔrətɪ/

優先考慮的事 *(C)*

◀ Learning English is seen as the top **priority** in this school.
在這所學校中，學習英文被看作頭等大事。

◥衍生字 *prioritize (vt)* 使優先，給…優先權

prison /'prɪzn̩/

①監獄 *(U)*

◀ The robber was sent to **prison** for five years.
搶劫犯被送往監獄服五年徒刑。

②監獄 *(C)*

The thief was locked in the **prison**.
這小偷被關在監獄裡。

prisoner /'prɪznɚ/

囚犯 *(C)*

◀ Two **prisoners** escaped from prison yesterday.
昨天有兩名囚犯越獄逃跑了。

privacy /'praɪvəsɪ/

①獨處 *(U)*

◀ He preferred to read in the **privacy** of his room.
他喜歡獨處在自己的房裡看書。

②隱私 *(U)*

The movie star's **privacy** was invaded by paparazzi.
這位影星的隱私受到狗仔隊的侵犯。

private /'praɪvɪt/

①隱私的，私人的 *(adj)* ⇔ public

◀ I don't like the way newspapers snoop into people's **private** lives.
我不喜歡報紙窺探人們隱私生活的做法。

◥衍生字 *privately (adv)* 私底下

②私下 *(U)* ⇔ public

The secret agent asked to see Mr. Johnson in **private**.
這名特務要求私下會見強生先生。

privilege /'prɪvl̩ɪdʒ/

①特權 *(C)*

◀ High-ranking officials enjoy many **privileges** which junior officials don't have.
高級官員可享受許多級別低的官員享受不到的特權。

◥衍生字 *privileged (adj)* 享有特權的

②榮幸 *(S)* = (an) honor

I had the **privilege** of talking to the poet when she visited our school.
那位女詩人訪問我校時我有幸和她講了幾句話。

prize /praɪz/

①獎品，獎賞，獎 *(C)*

◀ The principal will award the **prizes** to winners after the school sports competition.
學校運動會結束後校長將頒獎給優勝者。

P

P

②獎 *(C)*

She won first **prize** in the English speech contest.

她在英語演講比賽中得到一等獎 (第一名)。

③珍視，珍愛 *(vt) = treasure, value, cherish*

The diamond ring is the possession that Jennifer **prizes** most.

這枚鑽石戒指是珍妮佛最珍愛的財產。

probable /ˈprɑbəbl̩/

可能的 *(adj) = likely*

◀ Judging from their recent performances, it doesn't seem very **probable** that they will win the game.

從他們最近的表現來看，他們似乎不大可能在這次比賽中獲勝。

✎衍生字 *probability (U)* 可能性

problem /ˈprɑbləm/

問題 *(C)*

◀ The biggest **problem** we face is the shortage of highly- trained staff.

我們面臨的最大問題是缺少受過高品質培訓的員工。

procedure /prəˈsidʒɚ/

手續，步驟 *(C)*

◀ You should follow the normal **procedure** for opening a deposit account.

開存款帳戶你應按一般的手續去辦。

proceed /prəˈsid/

繼續 *(vi) = continue*

◀ The lawyer paused to consult her notes and then **proceeded** with her questions.

律師停下來看了看筆記，然後繼續提問。

process /ˈprɑsɛs/

①過程 *(C)*

◀ We have begun the difficult **process** of reforming the education system.

我們開始了改革教育制度的艱難過程。

②方法 *(C) = method*

The research team has developed a new **process** for making steel.

研究小組已研究出一種煉鋼的新方法。

③加工 *(vt) = treat*

Fish is **processed** in this factory. After being cooked and seasoned, it is canned.

魚在這座工廠內加工，經烹煮加調料後裝罐。

✎衍生字 *processor (C)* 資訊處理機，加工機器

④處理 *(vt) = deal with*

Your application for a loan is now being **processed**.

你的貸款申請現在正在處理。

procession /prəˈsɛʃən/

①隊伍 *(C)*

◀ The funeral **procession** made its way down the road.

殯葬隊伍沿馬路行進。

②列隊 *(U)*

We entered the auditorium in **procession**.

我們列隊進入禮堂。

✎同尾字 **cession** (財產轉讓)。**recession** (經濟衰退期)。**concession** (讓步；特許權)。

prod /prɑd/

①捅，刺，戳 *(vt) = poke*

◀ Jack **prodded** me sharply in the stomach.

傑克重重地在我肚子上捅了一下。

②激勵，刺激 *(vt) = urge, spur, goad*

A teacher needs something to **prod** his students into studying harder.

教師需要找些辦法來激勵學生更努力地學習。

prodigy /ˈprɑdədʒɪ/

天才 *(C)*

◀ Mozart was a child **prodigy**. He could compose music at the age of 3.

莫札特是天才兒童，三歲便能作曲。

produce /prəˈdjus/

①生產，產生，出產 *(vt)*

◀ The farmer works very hard to **produce** good crops.

這農民工作十分努力以生產出好莊稼。

②製作 *(vt)*

The movie was **produced** on a very small budget.

這部影片是以很低的預算製作成的。

✎衍生字 *producer (C)* 製作人，生產者，製造者

③農產品 *(U)* /'prɑdjus/
You can buy all kinds of farm **produce** at the food fair.
你可以在食品展覽會上買到各種農產品。

product /'prɑdəkt/

①產品 *(C)*
◀ We launched an advertising campaign to promote the latest **products** of our factory.
我們進行了一場廣告宣傳活動以推廣我們工廠的最新產品。
②結果，產物 *(C)* = consequence, result
Today's environmental problems are the **product** of years of neglect.
如今的環境問題是多年來疏忽的結果。

production /prə'dʌkʃən/

①生產，製造 *(U)*
◀ The invention of many new tools has greatly reduced the cost of **production**.
許多新工具的發明大大降低了生產成本。
②作品 *(C)*
They staged a new **production** of *Hamlet* .
他們上演了一部新的作品《哈姆雷特》。

productive /prə'dʌktɪv/

①多產的 *(adj)* = prolific ; ⇔ unproductive
◀ She is a very **productive** novelist; she has already written five novels in three years.
她是個多產的小說作家，三年內已創作出五本長篇小說。
②有成果的 *(adj)*
That was a **productive** meeting, at which many important decisions were made.
這是一次成效卓著的會議，會上作了許多重要的決定。

productivity /ˌprɑdʌk'tɪvətɪ/

生產力 *(U)*
◀ Our boss adopts the carrot-and-stick approach to increase worker **productivity**.
我們老闆採取軟硬兼施的辦法來提高工人的生產力。

profession /prə'fɛʃən/

界，行業 *(C)*
◀ She wants to go into the **profession** of journalism.
她想進入新聞界 (行業) 工作。

professional /prə'fɛʃənl̩/

①專業的 *(adj)*
◀ One of a lawyer's jobs is to give people **professional** advice.
律師的工作內容之一就是為人們提供專業的建議。
②職業性的 *(adj)*
She turned **professional** after she won first place in the race.
她在比賽獲得了第一名以後就轉為職業選手。
③專業人員，職業選手 *(C)* = pro ; ⇔ amateur
When it comes to eco-tourism, she is a real **professional**.
說到生態保護旅遊，她可是真正的專業 (人員)。
◎衍生字 *professionalism (U)* 專業精神

professor /prə'fɛsɚ/

教授 *(C)*
◀ Robert Dunn is a **professor** of economics at George Washington University.
羅伯·鄧恩是喬治華盛頓大學的一名經濟學教授。

proficiency /prə'fɪʃənsɪ/

精通 *(U)*
◀ We need a person with a high level of **proficiency** in English.
我們需要一位精通英文的人。
◎同尾字 請參見 deficiency。

proficient /prə'fɪʃənt/

精通的 *(adj)*
◀ Linda is **proficient** in Japanese; besides, she is a **proficient** marketing manager.
琳達精通日語，此外她還是個精通業務的銷售經理。
◎同尾字 請參見 deficient。

profile /'profaɪl/

①側面 *(C)*
◀ Helen has a beautiful **profile**.
海倫的側面很漂亮。
②簡介 *(C)* = short description
The journalist gave a **profile** of the president and his rise to power.
該記者簡單介紹了總統的情況及他登上權力寶座的過程。

P

③姿態 *(C)*

Mike tried hard to keep a low/high **profile**.

麥克盡量採取低／高姿態。

profit /ˈprɑfɪt/

①利潤 *(C)*

◀ He made a handsome **profit** from the sale of his antique furniture.

他把古董家具賣掉後賺到一大筆利潤。

②獲益 *(vi)*

We can certainly **profit** from others' mistakes and avoid making them ourselves.

我們定能從別人的錯誤中獲益而避免犯同樣錯誤。

profitable /ˈprɑfɪtəbl̩/

有利可圖的 *(adj)* = *lucrative*

◀ Is it **profitable** to invest in the IT industry now?

現在對資訊科技業進行投資有利可圖嗎？

profound /prəˈfaʊnd/

①深處的 *(adj)* = *abysmal*

◀ They reached the **profound** depths of the ocean.

他們抵達大洋深處。

②深刻的 *(adj)* = *deep*

Martha expressed her **profound** grief at the loss of her father.

瑪莎對父親的去世表達哀痛。

📝衍生字 *profundity (U)* 深刻，深奧

📝同尾字 found (建立)。confound (使困惑)。

program /ˈprogræm/

①節目 *(C)*

◀ They will put on a **program** about current events on TV tonight.

今晚他們將在電視上推出一個有關時事的節目。

②程式 *(C)*

The engineer wrote a new computer **program** for predicting the rise and fall of the Dow Jones Index.

這位工程師寫了一套新的電腦程式來預測道瓊指數的漲跌情況。

③設定好，調好 *(vt)*

The central heating system is **programmed** to start working at seven o'clock each morning.

中央暖氣系統設定好每天早上七點開始運轉。

progress /ˈprɑgrɛs/

①進步 *(U)*

◀ The student made little **progress** in English.

該學生的英語幾乎沒有進步。

②進步 *(vi)*

Chris is **progressing** in her studies.

克莉絲在學業方面一直在進步。

③康復 *(vi)* = *recover*

The nurse told me that my father was **progressing** quite well.

護士告訴我父親正在很快地康復。

progressive /prəˈgrɛsɪv/

①逐漸的 *(adj)* = *gradual*

◀ The year when World War II ended saw Britain's **progressive** decline as a world power.

第二次世界大戰結束後，世人看到英國作為一個世界強國是逐漸地衰弱了。

②先進的 *(adj)*

The government formulated a **progressive** and forward-looking policy on education.

政府製訂出一項先進的，具有前瞻性的教育政策。

📝衍生字 *progression (C)* 前進，進步

📝同尾字 請參見 aggressive。

🔘 MP3-P16

prohibit /proˈhɪbɪt/

禁止 *(vt)* = *forbid*

◀ Students are **prohibited** from smoking and gambling.

學生被禁止吸煙賭博。

📝同尾字 inhibit (抑制)。exhibit (展示)。

prohibition /ˌproəˈbɪʃən/

禁止 *(C)* = *ban*

◀ The school imposes a **prohibition** on smoking.

該校禁止吸煙。

project /ˈprɑdʒɛkt/

①作業 *(C)*

◀ The pupils are required to do a **project** on dinosaurs.

學生們被要求做一篇關於恐龍的作業。

②發射 *(vt)* /prəˈdʒɛkt/ = *launch*

The Chinese government successfully **projected** a weather satellite into space.

中國政府成功地將一顆氣象衛星發射入太空。

③投射 *(vt)* /prəˈdʒɛkt/

During his speech, he **projected** many slides onto the screen to help illustrate his points.

演講中他在螢幕上投射了許多幻燈片來說明他的觀點。

✎衍生字 *projector (C)* 投影機；*projection (U)* 投射

projection /prəˈdʒɛkʃən/

①預測 *(C)* = estimate, prediction

◀ Early **projections** show a ten point lead for the ruling party.

早先的預測顯示執政黨領先十個百分點。

②凸出物 *(C)*

The insect has spiny **projections** on its back.

這隻昆蟲背上有刺狀凸出物。

prolong /prəˈlɔŋ/

延長 *(vt)* = extend；⇔ curtail

◀ There is no point in **prolonging** your visit when you begin to feel bored.

假如你感覺乏味的話就沒有必要再延長訪問日程了。

prominence /ˈprɑmənəns/

突出，顯著，重要 *(U)* = eminence

◀ Gandhi first came to **prominence** in South Africa in the 1920s.

甘地最先是在一九二〇年代在南非時引起人們注意的。

✎同尾字 eminence (卓越)。imminence (急迫)。

prominent /ˈprɑmənənt/

傑出的，卓越的 *(adj)* = outstanding

◀ Dr. Lee is a **prominent** Taiwanese scientist. He plays a **prominent** role in Taiwan's academic circles.

李博士是一位傑出的台灣科學家，他在台灣的學術界扮演卓越的角色。

✎同尾字 eminent (卓越的)。imminent (即將發生的)。

promise /ˈprɑmɪs/

①諾言 *(C)*

◀ Don't make **promises** that you have no intention to keep.

不要隨口許下不想去履行的諾言。

②答應 *(vt)*

My father **promised** to pick me up after school today.

我爸爸答應今天放學後來接我。

promising /ˈprɑmɪsɪŋ/

有前途的 *(adj)*

◀ Marvin is a **promising** young musician.

馬文是一位很有前途的青年音樂家。

promote /prəˈmot/

①提升 *(vt)* = foster

◀ You don't have to sacrifice environmental protection to **promote** economic growth.

提升經濟成長並非一定要以犧牲環境保護來作為代價。

②升遷 *(vt)* = elevate；⇔ demote

Mrs. Black was **promoted** from a branch manager to the general manager of the company.

布萊克太太由分公司經理被升遷到總公司的總經理一職。

promotion /prəˈmoʃən/

拔擢 *(C)* = elevation；⇔ demotion

◀ Because of his excellent performance, he got a **promotion** very quickly.

他因出色的表現而迅速得到拔擢。

prompt /prɑmpt/

立刻的，迅速的 *(adj)*

◀ Jim is popular because he is always **prompt** in offering help.

吉姆因總是立即伸出援手而受大家歡迎。

prone /pron/

很容易的 *(adj)* = liable, apt, inclined

◀ Kent is clumsy with his hands. He is **prone** to prick his finger when handling sharp objects.

肯特手很笨，他擺弄尖的東西時很容易扎破手指。

pronounce /prəˈnaʊns/

①發音 *(vt)* = sound

◀ You don't need to **pronounce** the "b" in the word "climb".

"climb" 一字中的 "b" 不發音。

✎衍生字 *pronounceable (adj)* 可發音的，讀得出的

②宣布 *(vt)* = declare

The doctor **pronounced** the man dead.

醫生宣布該男子已死亡。

✎衍生字 *pronouncement (U)* 聲明，公告

pronunciation /prəˌnʌnsɪ'eʃən/

發音 (U)

◀ Her English **pronunciation** is not good, but it is improving.

她的英語發音不佳，但正在進步。

proof /pruf/

證據 (C,U)

◀ The prosecutor has offered convincing **proof**(s) that the accused could have been at/on the scene of the murder.

檢察官提出了令人信服的證據說明被告有可能在謀殺案的現場。

✎衍生字 *prove (vt)* 證明；*proven (adj)* 被證實的

prop /prɑp/

①支撐物 (C)

◀ I used a bar to serve as a **prop**.

我用一根木棒作支撐物。

②靠在…上 (vt)

I **propped** my bicycle against a wall.

我把自行車靠在牆上。

---

prop up

支持 (vt,s)

◀The government should stop **propping up** state-run enterprises.

政府應停止支持國營企業。

---

propaganda /ˌprɑpə'gændə/

宣傳 (U)

◀ They are spreading vicious **propaganda** against the newly-formed government.

他們四處散播惡意宣傳來反對新組成的政府。

propel /prə'pɛl/

推進 (vt)

◀ We **propelled** our boat with oars.

我們划槳推動小船前進。

✎衍生字 *propeller (C)* 推進器，螺旋槳

✎同尾字 請參見 compel。

proper /'prɑpɚ/

合適的 (adj) = *right, suitable*

◀ Mini skirts are not **proper** for this formal occasion.

在這樣正式的場合穿迷你裙是不合適的。

✎衍生字 *properly (adv)* 合適地

property /'prɑpɚtɪ/

①財產，資產 (U) = *possessions, belongings*

◀ This house is my **property**; you can't use it without my permission.

這棟房子是我的資產，未經我的許可你不可以使用。

②性能，特性 (C) = *feature, quality*

Many plants have medicinal **properties**.

許多植物都有醫藥性能。

prophecy /'prɑfəsɪ/

預言 (C)

◀ The **prophecy** that the world would be destroyed was not fulfilled.

世界將遭毀滅的預言未應驗。

✎衍生字 *prophesy (vt)* 預言，預示

prophet /'prɑfɪt/

先知 (C)

◀ It is stupid to take a **prophet** at his word.

別傻乎乎的聽了他的話就當他是個先知。

proponent /prə'ponənt/

贊同的人 (C) = *advocate*；⇔ *opponent*

◀ I have always been a strong **proponent** of euthanasia.

我一直都是個竭力贊同安樂死的人。

✎同尾字 請參見 component。

proportion /prə'porʃən/

比例 (C) = *ratio*

◀ The **proportion** of men to women in the population is 1.5 : 1.

人口中男女比例為一點五比一。

proportional /prə'porʃənl̩/

成比例的 (adj)

◀ Salary raises are **proportional** to the cost of living.

工資的漲幅與生活費用成比例增長。

proportionate /prə'porʃənɪt/

相應的，與…成比例的 (adj) ⇔ *disproportionate*

◀ I took a harder job with a **proportionate** increase in pay.

我承擔了一分更為艱苦的工作，工資也相應的提高了。

proposal /prəˈpozl̩/

提議 *(C)* = *plan, suggestion*

◀ The **proposal** to build another nuclear power plant was rejected by a large majority.
另造一座核電廠的提議被絕大部分人否決。

propose /prəˈpoz/

①提議 *(vt)* = *suggest*

◀ George **proposed** that we (should) go on a picnic this Sunday.
喬治提議這星期天我們去野餐。

②求婚 *(vi)*

Daniel **proposed** to his girlfriend on Valentine's Day.
丹尼爾在情人節那天向他的女友求婚了。

proposition /ˌprɑpəˈzɪʃən/

①主張 *(C)*

◀ We debated/discussed/accepted the **proposition** that liberalization can revitalize the economy.
我們爭論 / 討論 / 接受了關於開放政策能夠重新激活經濟的主張。

②建議 *(C)* = *suggestion, proposal*

Any **proposition** you make will be considered.
你提出的任何建議都將列入考慮。

✎同尾字 請參見 opposition。

◎ MP3-P17

prose /proz/

散文 *(U)*

◀ I like to read clear and simple **prose**.
我愛讀簡潔明快的散文。

prosecute /ˈprɑsɪˌkjut/

起訴 *(vt)*

◀ David was **prosecuted** tor murder.
大衛被起訴犯謀殺罪。

✎同尾字 execute (處決；執行)。

prosecution /ˌprɑsɪˈkjuʃən/

起訴 *(C)*

◀ The mob leader's **prosecution** was hampered by the disappearance of key witnesses.
對暴民領頭者的起訴因關鍵證人的失蹤而受阻。

✎同尾字 execution (處決；執行)。

prospect /ˈprɑspɛkt/

①前景 *(C)* = *possibility*

◀ There are good **prospects** for car sales this year.
今年汽車銷售的前景看好。

②有希望的人選 *(C)*

Rick is the brightest baseball **prospect** in years.
瑞克是未來幾年裡最有希望的棒球人選。

③前景 *(U)*

There is little **prospect** of employment in Mexico, so many Mexicans sneak across the border to find jobs.
墨西哥的就業市場前景慘淡，所以許多墨西哥人偷越邊境尋找工作。

④指望，希望 *(S)*

Investing money in the stock market is a bleak/rosy **prospect**.
在股票市場投資是毫無指望 / 充滿希望的。

⑤勘採，尋找 *(vi)* /prəˈspɛkt/

Many people trekked across the desert to **prospect** for oil/gold.
許多人在沙漠上艱苦跋涉去勘採石油 / 金礦。

✎同尾字 respect (尊敬)。inspect (檢查)。circumspect (謹慎的)。retrospect (回顧)。aspect (方面)。

prospective /prəˈspɛktɪv/

有可能的，預期的 *(adj)*

◀ I try to find **prospective** buyers for the cars.
我試圖尋找可能購買汽車的買主。

✎同尾字 introspective (內省的)。respective (個別的)。

prosper /ˈprɑspɚ/

興旺 *(vi)*

◀ My uncle is **prospering** in his business and has opened another store.
我舅舅生意興旺，又另開了一家商店。

prosperity /prɑsˈpɛrətɪ/

繁榮 *(U)*

◀ Taiwan's **prosperity** depends on foreign trade.
台灣的繁榮是依靠外貿取得的。

prosperous /ˈprɑspərəs/

富有的，繁榮的 *(adj)* = *wealthy*

◀ After years of hard work, my uncle has bccomc a **prosperous** businessman.
經過多年的辛勤工作，我叔叔成了一名富有的商人。

P

protect /prə'tɛkt/

保護 *(vt)* = defend

◀ He raised his arms to **protect** his face from the blow.

他舉起雙臂保護臉部免被擊中。

✎衍生字 *protector (C)* 保護者

protection /prə'tɛkʃən/

保禦，保護 *(U)*

◀ Your thin coat gave/provided little **protection** against the cold.

你的薄外套無法禦寒。

protective /prə'tɛktɪv/

保護的 *(adj)*

◀ The mother is too **protective** towards/of her son.

這位母親對兒子過分保護了。

protein /'protiɪn/

蛋白質 *(U)*

◀ The doctor advised me to go on a diet that is high in vegetable **protein**.

醫生建議我多吃些富含植物蛋白質的食物。

protest /'protɛst/

①抗議書 *(C)*

◀ The local people entered/made/registered a **protest** to the minister about the new incinerator.

當地居民向部長遞交了一分抗議書，反對新建的焚化爐。

②抗議 *(U)*

The minister of education resigned in **protest** against the decision to stop education(al) reforms.

教育部長以辭職來抗議停止教育改革的決定。

③抗議 *(vi)* /prə'tɛst/

They **protested** strongly against the government's new housing policy.

他們強烈抗議政府新推出的住房政策。

④抗議 *(vt)* /prə'tɛst/

A strike was planned to **protest** the mistreatment of workers.

已計畫好一次罷工以抗議工人所受到的惡劣待遇。

proud /praʊd/

自豪的 *(adj)*

◀ Derek is very **proud** of his daughter, who is mature and independent.

德里克爲他那既成熟又獨立的女兒而深感自豪。

✎衍生字 *pride (U)* 驕傲

prove /pruv/

證明 *(vt)*

◀ The fingerprints on the gun **proved** conclusively that Jack was the murderer.

槍上的指紋無可辯駁地證明傑克就是兇手。

✎衍生字 *proof (C,U)* 證據

proverb /'prɑvɝb/

格言，諺語 *(C)*

◀ An old Arab **proverb** goes/runs, "The enemy of my enemy is my friend."

阿拉伯有句老話說："敵人之敵即爲我友。"

provide /prə'vaɪd/

提供 *(vt)* = supply

◀ The government **provided** the typhoon victims with food and drink.

政府爲颱風的受災者提供了食品和飲料。

province /'prɑvɪns/

省 *(C)*

◀ This country is composed of 10 **provinces**, each of which has its own capital.

這國家由十個省組成，每個省都有自己的省會。

provincial /prə'vɪnʃəl/

省的 *(adj)*

◀ The former **provincial** governor was accused of buying off local chiefs with public money.

那位前任的省長被指控動用公款來收買地方官員。

provoke /prə'vok/

激起 *(vt)* = excite, arouse, kindle

◀ The decision to build an incinerator in the village **provoked** storms of protests.

在村裡建造一座焚化爐的決定激起了抗議浪潮。

✎衍生字 *provocative (adj)* 挑釁的，令人生氣的；

provocation (C,U) 激怒

✎同尾字 *evoke* (喚起)。*convoke* (召集)。*invoke* (援用)。

revoke (廢除)。

P

prowl /praʊl/

①四處覓食 *(vi)*

◀ Several cats **prowled** around the garbage cans all day.

幾隻貓整天在垃圾箱周圍走動覓食。

②鬼鬼祟祟地走動 *(vt)*

A gang of skinheads **prowled** the streets.

一群光頭族在街上鬼鬼祟祟地走動。

prune /prun/

修剪 *(vt)* = trim

◀ The rose bush needs to be **pruned**.

這玫瑰叢需要修剪了。

psychological /ˌsaɪkəˈlɑdʒɪkl̩/

心理的 *(adj)* ⇔ physical

◀ Ruby's loss of memory is a **psychological** problem, not a physical one.

茹比失去記憶力是屬於心理問題，而非生理問題。

✎衍生字 *psychologically (adv)* 心理上

psychologist /saɪˈkɑlədʒɪst/

心理學家 *(C)*

◀ Mr. Brown is an educational **psychologist**.

布朗先生是教育心理學家。

psychology /saɪˈkɑlədʒɪ/

①心理學 *(U)*

◀ Dr. Piaget is an expert in child **psychology**.

皮亞傑醫生是兒童心理學專家。

②心理 *(U)*

Many parents find it hard to understand the **psychology** of their children during their adolescence.

許多父母都覺得很難了解自己的孩子在青少年時期的心理狀態。

pub /pʌb/

酒館 *(C)*

◀ He went down to the **pub** for a drink.

他去小酒館喝上一杯。

public /ˈpʌblɪk/

①公眾的 *(adj)*

◀ The president is attempting to drum up **public** support for his economic program.

總統在設法儘量爭取公眾支持自己的經濟計畫。

②公開的 *(adj)*

On second thought, the scientist decided to make his findings **public**.

經仔細考慮，這位科學家決定將其發現公諸於眾。

③公立的 *(adj)* ⇔ private

Another new **public** vocational high school will be set up this summer in Taipei city.

台北市今年夏天將成立另一所公立高職。

④民眾 *(the+S)*

This museum is open to the **public**.

這家博物館向民眾開放。

說明：the public 當主詞，可接單數或複數動詞。

publication /ˌpʌblɪˈkeʃən/

①出版 *(U)*

◀ It was clear, even before **publication**, that the novel would be a best seller.

即使未出版時情況就已清楚：那部小說將是本暢銷書。

✎衍生字 *publish (vt)* 出版

②書刊 *(C)*

Peter is searching the bookshelves for **publications** on bird watching.

彼得在書架上尋找有關野鳥生態觀察的書刊。

publicity /pʌbˈlɪsətɪ/

①公眾的關注 *(U)*

◀ The movie received enormous **publicity** in Taiwan.

這部影片在台灣受到公眾極大的關注。

②宣傳 *(U)*

The **publicity** for her latest book was poor and sales were low.

她最新出版的書宣傳做的不好，所以銷售情形不佳。

publicize /ˈpʌblɪˌsaɪz/

宣傳，宣揚，張揚 *(vt)*

◀ The former councilor's sex scandal was widely **publicized**. Ironically, she benefited a lot from the publicity.

前議員的性醜聞被廣爲傳播。諷刺的是，她倒反而因此露臉而得益不少。

✎衍生字 *publicity (U)* 公眾的注意

P

publish /'pʌblɪʃ/

①出版 (vt)

◀ His latest book of poetry will be **published** in May.

他創作的最新詩作將於五月出版。

↘衍生字 *publishing (U)* 出版

②公布，宣布 (vt) = *announce*

The latest unemployment figures will be **published** tomorrow.

最新的失業人數將於明天公布。

publisher /'pʌblɪʃər/

出版者 (C) (請參閱附錄 "職業")

◀ Editorials tend to reflect the views of the **publisher**.

社論往往反映發行人的觀點。

pudding /'pʊdɪŋ/

布丁 (C,U) (請參閱附錄 "食物")

◀ The proof of the **pudding** is in the eating.

布丁好不好吃，吃了才知道 (好壞只能實踐證明)。

◎ MP3-P18

puff /pʌf/

①吸煙 (vi)

◀ I saw Mike **puffing** at/on his pipe on the doorstep.

我看見麥克在台階上吸煙斗呢。

②氣喘呼呼 (vi)

By the time I got to the top of the mountain, I was huffing and **puffing**.

我登上山頂時氣喘呼呼。

pull /pʊl/

①拉 (vt) ⇔ *push*

◀ A horse was **pulling** a heavy cart up a steep slope.

一匹馬正在把一輛沉重的板車往陡坡上拉。

②拉 (vt) ⇔ *push*

The door is stuck; I can't **pull** it open.

門卡住了，我拉不開。

③拉 (vi) ⇔ *push*

In a tug-of-war, the competitors **pull** as hard as they can.

在拔河比賽時，參賽者全都盡力地拉繩。

④拉一下 (C)

I felt a **pull** at my sleeve and turned around to see who it was.

我覺得袖子被拉了一下，就轉過身去看是誰。

pull back

①撤軍 (vt,s) = *put out (of)*

◀ Israel decided to **pull back** its forces from Lebanon.

以色列決定從黎巴嫩撤軍。

②往後退縮 (vi) = *draw back*

The cat **pulled back** in terror as the dog jumped at it.

狗撲過來時貓驚恐地往後退縮。

pull down

①拆掉 (vt,s) = *tear/knock down*

◀ They **pulled down** the old bridge.

他們拆掉這座舊橋。

②使…病倒 (vt,s) = *drag down*

The flu has **pulled** Chris **down**. She looks older and her face is haggard.

流行性感冒使克莉絲病倒了，她看起來比較老，臉色也很憔悴。

pull in

進站 (vi) = *draw in, arrive*；⇔ *pull/draw out*

◀ The train/bus **pulled in** and all the passengers got off.

火車 / 公共汽車進站，所有乘客都下車了。

pull off

①談下 (vt,s) = *carry/bring off*

◀ They have decided to buy 5,000 copies of this new book. How did you **pull off** this big deal?

這本新書他們已經決定購買五千本，這筆大生意你是怎麼談下的？

②路邊停下來 (vi; vt,u) = *pull over*

We **pulled off** (the road) to get some food and stretch our legs.

我們準備在路邊停下來，弄點吃的，活動活動筋骨。

pull out

①駛出 *(vi)* = *draw out*；⇔ *pull in*

◀The train was **pulling out** (of the station).
火車駛出車站。

②撤出 *(vi)*

Our soldiers are **pulling out** (of the island).
我們的士兵正從島上撤出。

③撤回 *(vi)*

The Bush administration would **pull out** of the 1994 agreement with North Korea.
布希政府將撤回一九九四年與北韓的協定。

④撤出 *(vt,s)* = *pull back (from)*

American forces will be **pulled out** of this war-ravaged country.
美軍將撤出這個飽受戰火的國家。

pull over

讓到一邊 *(vi;vt,s)* = *draw/pull in, pull off*

◀I **pulled** (my car) **over** to the side to let a truck pass.
我把車讓到一邊讓卡車通過。

pull through/around

①醫好 *(vt,s)* = *bring/carry through*

◀The doctor assured me that he could **pull** my father **through** (the serious illness).
醫生向我保證能醫好我父親的重病，讓他活下去。

②使…度過 *(vt,s)* = *carry/bring through*

The loan might **pull** the company **through** (its financial troubles).
這筆貸款也許能使公司度過財務難關。

③挺下來 *(vi)* = *come through*

The doctor assured me that my father will **pull through**.
醫生叫我放心，說我父親能挺下來的。

pull together

①搜集 *(vt,s)* = *collect, gather*

◀I **pulled together** information from several sources in preparing the speech.
我在準備講稿的時候從幾處地方搜集資料。

②恢復過來 *(vt,s)*

I was frightened by the dog jumping at me. It took me several minutes to **pull** myself **together**.
我被撲來的狗嚇了一跳，好長一段時間才恢復過來。

pull up

①停了下來 *(vt,s)* = *draw up*

◀The driver **pulled** the bus **up** at a red light.
司機在紅燈亮起來的時候把公共汽車停了下來。

②停了下來 *(vi)* = *draw up*

The bus **pulled up** when the light turned red.
紅燈亮起來的時候公共汽車停了下來。

pulse /pʌls/

①脈搏 *(C)*

◀The nurse took/felt Betty's **pulse** and found it was faster than normal.
護士給貝蒂按了脈搏，覺得它跳得比正常的快。

②沸騰 *(vi)*

The blood **pulsed** through her vein.
她熱血沸騰。

③充滿…的情緒 *(vi)*

Excitement **pulsed** through the football fans.
足球迷們充滿了激動的情緒。

📎同尾字 請參見 impulse。

pump /pʌmp/

①打氣筒 *(C)*

◀Nelson blew up the flat tire with a bicycle **pump**.
尼爾森用一隻自行車打氣筒給癟了的車胎充氣。

②幫浦壓送的動作 *(C)*

After several **pumps**, the water began to flow.
幫浦打了數下之後，水就流動了。

P

P

③抽出 *(vt)*

After the typhoon, many people became busy **pumping** water out of their flooded basement.

颱風過後，許多人開始忙於把地下室裡的水抽出去。

pumpkin /ˈpʌmpkɪn/

南瓜 *(C)* (請參閱附錄 "蔬菜")

◀ We used to make lanterns out of **pumpkins**.
我們以前常將南瓜做成燈籠。

punch /pʌntʃ/

①用拳頭打 *(vt)*

◀ Roger **punched** the pickpocket on the nose when he caught him stealing his wallet.
羅傑發現扒手在偷他錢包於是對著他的鼻子打了一拳。

②打洞 *(vt)*

The ticket-collector **punched** a hole in my ticket.

檢票員在我的票上打了個洞。

③一拳 *(C)*

Out of anger, Roger gave the man a **punch** in the stomach.

羅傑氣得往那男子肚子上打了一拳。

punch in

打卡上班 *(vi)* = clock/ring in；⇔ punch out

◀The workers are supposed to **punch in** by nine o'clock.
工人們按規定在九點打卡上班。

punch out

打卡下班 *(vi)* = clock/ring out；⇔ punch in

◀We **punch out** at six o'clock.
我們六點鐘打卡下班。

punctual /ˈpʌnktʃʊəl/

準時的 *(adj)* = on time

◀ As usual, Jill was **punctual** for the appointment.
吉兒像往常一樣準時赴約了。

✎衍生字 *punctuality (U)* 準時

punish /ˈpʌnɪʃ/

懲罰 *(vt)* = discipline

◀ His mother **punished** him for his rudeness.
他母親因他粗魯無禮而懲罰他。

punishment /ˈpʌnɪʃmənt/

①懲罰 *(U)*

◀ We are determined that the terrorists will not escape **punishment**.
我們決心不讓恐怖分子逃脫懲罰。

②懲罰 *(C)* = penalty

Rita sent her son to bed early as a **punishment** for breaking the vase.
麗塔讓兒子早早上床睡覺作爲對他打碎花瓶的懲罰。

pupil /ˈpjupl/

小學生 *(C)*

◀ This class has about 30 **pupils**.
這個班約有三十名學生。

puppy /ˈpʌpɪ/

小狗 *(C)* (請參閱附錄 "動物")

◀ Jane has a crush on her teacher, but it is only **puppy** love.
珍狂戀她的老師，但那只不過是小犬之愛 (少女懷春)。

purchase /ˈpɜtʃəs/

①買 *(vt)* = buy

◀ I don't have enough money to **purchase** a new car.
我沒有足夠的錢買輛新汽車。

②買東西 *(C)*

I pulled over to make a few **purchases**.
我把車子靠了邊，去買了點東西。

③買下 *(U)*

Our company has run up huge debts after the **purchase** of a new warehouse.
我公司買下一座新倉庫後欠下了大筆債務。

pure /pjʊr/

①純淨的 *(adj)*

◀ In this remote mountainous area, the air is fresh and **pure**.
在這個邊遠的山區空氣清新純淨。

②純的 *(adj)*

This sweater is made of **pure** wool.
這件毛線衫是純羊毛的。

purify /'pjʊrəˌfaɪ/

過濾 *(vt)* = *filter*

◀ The water from the stream is **purified** by passing it through charcoal and sand.
小溪的水通過木炭和沙子進行過濾。

✎衍生字 *purifier (C)* 潔淨器

purity /'pjʊrətɪ/

純淨度 *(U)* ⇔ *impurity (U,C)*

◀ The **purity** of running water is tested regularly to ensure safety.
自來水的純淨度會定期進行檢測以保證安全。

purple /'pɝpl/

紫色 *(U,adj)* (請參閱附錄 "顏色")

◀ His face turned **purple** with anger.
他氣到臉發紫。

purpose /'pɝpəs/

① 目的 *(C)*

◀ We arranged the meeting for the **purpose** of preventing a strike.
我們安排這次會議，其目的是為阻止罷工。

✎衍生字 *purposeful (adj)* 有明確目標的；*purposeless (adj)* 無目標的

② 目的 *(U)*

I need to find meaning and **purpose** in my life.
我需要尋找生活的意義和目的。

purse /pɝs/

錢包 *(C)*

◀ I left my **purse** in your car.
我把錢包忘在你的車裡了。

◎ MP3-P19

pursue /pɚ'su/

① 追捕 *(vt)* = *chase*

◀ The police are **pursuing** an escaped prisoner.
警方正在追捕一名逃犯。

② 追求 *(vt)*

Sonia had come to England to **pursue** an acting career.
桑尼亞來英國是為了追求演藝事業。

pursuit /pɚ'sut/

追趕 *(U)*

◀ The police car raced through the streets in **pursuit** of another car.
警車在街上急馳，追趕著另一輛小汽車。

push /pʊʃ/

① 推 *(vt)* ⇔ *pull*

◀ He **pushed** the door open.
他推開門。

② 推擠 *(vt)*

Peter **pushed** his way to the front of the crowd.
彼得推擠到人群前面。

③ 逼 *(vt)* = *force (sb to V)*

His father is **pushing** him into studying law.
他父親逼他去學法律。

④ 推一把 *(C)*

The shy boy needs a **push** to take the first step.
這個害羞的男孩子需要有人推他一把才敢跨出第一步。

push about/around

支使來支使去 *(vt,s)*

= *boss/order/ kick/shove about/around*

◀I hate to be **pushed around**.
我討厭被人支使來支使去的。

push through

① 讓…通過 *(vt,s)*

◀We must **push** the Sunshine Bill **through** (Congress).
我們一定要讓《陽光法案》(在國會) 通過。

② 讓…通過 *(vt,s)*

Tim was a great help in **pushing** me **through** (my driving test).
提姆為讓我通過 (駕駛考試) 幫了很大的忙。

put /pʊt/, put *(pt)*, put *(pp)*

放 *(vt)* = *place*

◀ Mike **put** the shopping bag on the table.
麥克把購物袋放到桌上。

put across

使…理解 *(vt,s)* = *get across*

◀I tried hard to **put** my message **across** to my students.
我努力使學生理解我的意思。

P

P

put aside

①留出，撥出 (vt,s) = lay /set aside

◀I have to **put** a little money/time **aside** for a trip to my hometown.

我得留出一點錢／時間準備回故鄉一遊。

②擱置 (vt,s) = lay/set aside

I **put** my new book **aside** for two months while I went on vacation.

我在度假時把新書擱置了兩個月。

put away

①收起來 (vt,s) = pack away

◀Our guests will arrive soon; please **put away** your dirty clothes.

我們的客人馬上就要到了，請把你的髒衣服收起來。

②存 (vt,s) = save

My son has **put away** over ten thousand dollars.

我兒子存了一萬多元。

③吃 (vt,s)

The amount that the child can **put away** is quite amazing.

這孩子能吃那麼多很令人吃驚。

put down

①鎮壓 (vt,s) = suppress, quell

◀The riot police was called in to **put down** the riot.

鎮暴警察被召來鎮壓暴亂。

②批評 (vt,s) = criticize, call/dress down

Alice has tried her best at playing the flute. You should not **put** her **down** like that.

愛麗絲吹笛已經盡了她最大的努力了，你不該這樣批評她。

put forward

提出 (vt,s) = put forth

◀I **put forward** the plan, but it was turned down.

我提出了這個計畫，但是被駁回了。

put off

①使延期 (vt,s) = hold/leave/lay over

◀The game has been **put off** till next week.

比賽已被延期到下個星期舉行。

②使心煩 (vt,s) = turn off

The idea of moving house again **put** me **off**.

想到再一次要搬家我就心煩。

③使…下車 (vt,s) = let/drop off；⇔ pick up

I will **put** you **off** at the corner of the street.

我在街角讓你下車。

④使…入睡 (vt,s)

A cup of hot milk will **put** you **off** (to sleep).

一杯熱牛奶能讓你很快入睡。

put on

①增加 (體重) (vt,s) = gain；⇔ lose

◀Jane has **put on** at least ten pounds recently.

珍最近起碼重了十磅。

②穿上 (vt,s) ⇔ take off

Put your coat **on** before you go outside.

你出去之前要穿上外套。

③安排上演 (戲劇等) (vt,s)

We are **putting on** a concert/play to raise money for the earthquake victims.

我們正準備舉行一場音樂會／演出為震區災民募款。

④欺騙，愚弄 (vt,s)

Dad can't be serious about what he said. He must be **putting** you **on**.

爸爸說的話不會是真的，他一定是在跟你開玩笑。

put out

①撲滅 (vt,s) = extinguish

◀The fire fighters **put** the fire **out** in half an hour.

消防隊員在半小時裡就把火撲滅了。

②使…失去意識 (vt,s) = put under

The doctor **put** Amy **out** with an anaesthetic.

醫生用麻醉藥使艾咪失去意識。

put over

使(想法、感情等) 被了解 (vt,s) = get/put across

◀The program is intended to help you **put over** your ideas more effectively.

這個課程旨在使你的觀點更容易為別人所理解。

put through

①順利完成 *(vt,s)*

◄We **put** the deal **through** very quickly.
我們很快就做成了這筆生意。

②幫…接通 *(vt,s)*

Operator, can you **put** me **through** to this number?
接線員，請你幫我接通這個號碼，好嗎？

③使…通過 *(vt,s) = push through*

I **put** two thirds of my students **through** (the exam).
我讓三分之二的學生通過了 (這次考試)。

④使…通過 *(vt,s) = push through*

We still need two votes to **put** the law **through** (Congress).
我們還需要兩票才能讓這個法案 (在國會) 通過。

put together

裝配，組裝 *(vt,s) = assemble*；⇔ *take apart*

◄I managed to **put** the bike **together** properly by following the directions.
我照著說明書終於把這輛自行車裝配起來了。

put up

①建造 *(vt,s) = erect*；⇔ *tear/knock down, demolish*

◄The workers are tearing down the condemned building in order to **put up** a new one.
工人們正把這棟被列為危樓的建築拆掉，以準備造一棟新的。

②安置 *(vt,s)*

As a gesture of good will, I **put** my distant relative **up** in my home for the night.
為了表達善意，我把遠房親戚安置在我家過夜。

put up with

忍受 *(vt,u) = bear, endure*

◄I cannot **put up with** any noise while I am studying.
我在看書時受不了一點吵聲。

puzzle /ˈpʌzl̩/

①拼圖遊戲 *(C)*

◄My nephew likes to work on **puzzles**.
我姪子愛做拼圖遊戲。

②使困惑 *(vt) = baffle*

My sister's behavior **puzzled** me and caused me anxiety.
我妹妹的行為讓我困惑，使我擔心。

✎衍生字 *puzzled (adj)* 感困惑的；*puzzling (adj)* 令人困惑的

puzzle out

想出 *(vt,s) = figure/work out*

◄I cannot **puzzle out** a way out of our trouble.
我想不出怎樣解決我們的困難。

puzzle over

猜測 *(vt,u)*

◄You don't need to waste effort **puzzling over** her motive for standing you up.
你沒必要浪費精力去猜測她為什麼不赴約。

pyramid /ˈpɪrəmɪd/

金字塔 *(C)*

◄The ruins of 35 major **pyramids** still stand near the Nile River in Egypt.
三十五座大金字塔的遺跡仍聳立在埃及的尼羅河岸附近。

A HANDBOOK
7000 English Core Words

🔵 MP3-Q

quack /kwæk/
密醫 *(C)*

◀ Some people would rather go to see a **quack** doctor and take **quack** medicine.
有些人寧願去看密醫吃假藥。

📝衍生字 *quackery (U)* 密醫行為

quake /kwek/
①地震 *(C)* = earthquake

◀ The **quake** destroyed many buildings in seconds.
地震頃刻間摧毀許多建築物。

②震動 *(vi)* = shake, vibrate

The ground **quaked** as the big truck passed.
大卡車開過時地面在震動。

③發抖 *(vi)* = shiver, tremble

His legs **quaked** with fear.
他害怕得雙腿發抖。

qualification /ˌkwɑləfəˈkeʃən/
資格條件 *(C)*

◀ Cindy has all the right **qualifications** to become a good teacher.
辛蒂具備成為一名優秀教師的一切資格條件。

qualified /ˈkwɑləˌfaɪd/
合格的，適合的 *(adj)*

◀ Roy is a highly **qualified** English professor, but he doesn't feel **qualified** to teach children.
羅伊是一名完全合格的英語教授，但他覺得自己不適合教小孩子。

qualify /ˈkwɑləˌfaɪ/
①使⋯有資格 *(vt)* ⇔ disqualify *(...from)*

◀ Fluency in English **qualifies** Linda for work in the Foreign Ministry.
流利的英語使琳達有資格在外交部工作。

②取得資格 *(vi)*

Mark **qualified** as a lawyer.
馬克取得了律師資格。

quality /ˈkwɑlətɪ/
①品質 *(U)*

◀ This store sells only clothes of the highest **quality**.
這家店只賣最高品質的衣服。

②特質，特性 *(C)* = attribute, trait, characteristic

She lacks/posseses many good **qualities**, including sympathy, persistence, and leadership.
她缺少 / 具有許多優良特質，包括同情心、毅力和領導才能。

quantity /ˈkwɑntətɪ/
①量 *(U)*

◀ It was a bad year for crops, both in quality and **quantity**.
那一年莊稼收成欠佳，質和量都不好。

②量 *(C)*

Natural gas was discovered in large **quantities** beneath the North Sea.
北海下面發現大量的天然氣。

quarrel /ˈkwɔrəl/
①爭吵 *(C)* = wrangle, dispute

◀ She had a **quarrel** with her husband about/over who should do the dishes.
她為誰應該洗碗和丈夫爭吵。

②爭吵 *(vi)* = wrangle, dispute, argue

The couple often **quarreled** with each other over trifles before they broke up.
這對夫妻經常為小事爭吵，後來就分手了。

quarrelsome /ˈkwɔrəlsəm/
愛爭吵的 *(adj)*

◀ Ben is a **quarrelsome** busybody. He tends to pick quarrels with anyone.
本是個愛爭吵的好事者，他老是和別人爭吵。

quart /kwɔrt/
夸脫 *(C)*

◀ Four **quarts** is equal to one gallon.
四夸脫等於一加侖。

quarter /ˈkwɔrtɚ/
①一刻，十五分鐘 *(C)* = 15 minutes

◀ What time is it? It's a **quarter** to ten.
現在幾點了？十點差一刻。

②二角五分 *(C)* = 25 cents

How much does a cup of coffee cost? A **quarter**.
一杯咖啡多少錢？二角五分。

③四分之一 *(C)* = *(one) fourth*
Kevin ate a **quarter** of the cake.
凱文吃了四分之一個蛋糕。

quay /ki/
碼頭 *(C)*
◀ The **quay** was lined with fishing boats.
碼頭上排列著漁船。

queen /kwin/
女王 *(C)* ⇔ *king*
◀ **Queen** Elizabeth II rules her kingdom wisely.
女王伊麗莎白二世治國英明。

queer /kwɪr/
怪異的 *(adj)* = *strange, odd*
◀ The bread has a **queer** smell. Don't eat it.
這麵包有股怪味，別吃了。

quench /kwɛntʃ/
①解渴 *(vt)* = *relieve, satisfy*
◀ Lemon juice can really **quench** your thirst.
檸檬汁真能替你解渴。
②撲滅 *(vt)* = *put out, extinguish*
I used sand to **quench** the fire.
我用沙子滅火。

query /'kwɪrɪ/
①疑問 *(C)* = *question*
◀ I have a **query** for the doctor.
我有個疑問要醫生解答。
②提出疑問 *(vt)*
I would **query** Betty on her future plans.
我想對貝蒂的未來計畫提出疑問。
③對…有疑問，質疑 *(vt)* = *question*
I am **querying** the truth of what Sandy said.
我對珊蒂說的話有疑問。

quest /kwɛst/
①尋找 *(C)* = *search*
◀ They set out on a **quest** for the hidden treasure.
他們出發去尋找寶藏了。
②探尋 *(vi)* = *seek*
They are **questing** after the hidden treasure.
他們正在探尋寶藏。
⊠同尾字 request (要求)。conquest (征服)。

question /'kwɛstʃən/
①問題 *(C)*
◀ Students ask **questions** of their teacher.
學生們向老師提問題。
②疑問 *(U)* = *doubt, problem*
There's no **question** about her ability to do the job.
她做這分工作的能力是毫無疑問的。
③提出質疑 *(vt)* = *doubt*
The speaker is challenging his audience to **question** their own beliefs.
演講者激勵聽眾對他們自己的信仰提出質疑。
⊠衍生字 questionable *(adj)* 可疑的，不確定的
④盤問 *(vt)*
The police **questioned** Miss Wang about her relationship with the dead man.
警察向王小姐盤問她和死者的關係。

questionnaire /ˌkwɛstʃən'ɛr/
問卷調查 *(C)*
◀ The workers are asked to fill in a **questionnaire** about/on their working conditions.
工人們被要求填寫一分有關工作條件的問卷調查。

queue /kju/
①隊伍 *(C)* = *line*
◀ I was stuck in a **queue** for one hour.
我卡在隊伍中一個小時。
②排隊 *(vi)*
The bank is really busy— I am afraid that we'll have to **queue** for ages to get served.
銀行確實很忙——我恐怕我們得排隊很久才能得到服務。

quick /kwɪk/
①很快的，迅速的 *(adj)* = *rapid, swift, fast*
◀ Alice's reply to the question was **quick** and precise.
愛麗絲對這個問題的回答既快又精準。
②容易生氣的 *(adj)*
Watch your diction when you talk to Mary; she is **quick** to take offense.
你和瑪莉說話時要注意措辭，她很容易生氣。
③反應很快的 *(adj)* ⇔ *slow*
My brother is **quick** at math.
我弟弟學數學反應很快。

④快 **(adv)** = *quickly*

Come **quick**; young Ted has fallen into a pond.
快來，小泰德掉進池塘了。

quiet /'kwaɪət/

①輕聲的 **(adj)** = *low, soft*

◀ Since the baby was sleeping, we talked in a **quiet** voice.
因為嬰兒在睡覺，我們輕聲的談話。

②悄悄的 **(adj)**

Can I have a **quiet** word with you?
我能和你說句悄悄話嗎？

✎衍生字 *quietly (adv)* 輕聲地，悄悄地；*quietness (U)* 平靜，沉著

③平靜 **(vi)** = *calm down*

The wind dropped and the sea **quieted**.
風勢減弱了，海面平靜了下來。

quilt /kwɪlt/

被褥 **(C)** = *covering, comforter*

◀ Her mother made a beautiful patchwork **quilt** for her.
她母親給她做了一條漂亮的百衲被褥。

quit /kwɪt/, quit/quitted **(pt)**, quit/quitted **(pp)**

①停止 (做某事) **(vt)** = *stop*

◀ **Quit** bothering me. Leave me alone.
不要煩我，讓我一個人待著。

②辭職 **(vi,vt)**

He would **quit** (his job) before his boss fired him.
他不等老闆炒魷魚他就會辭職。

quite /kwaɪt/

①十分，非常 **(adv)** = *rather*

◀ David **quite** enjoyed living alone in the countryside.
大衛十分喜歡在鄉下獨居。

②完全 **(adv)** = *completely, entirely*

I'm not **quite** ready. Please give me some more time.
我還沒完全準備好，請再給我一些時間。

quiver /'kwɪvə/

發抖 **(vi)** = *tremble, shudder*

◀ Julia **quivered** with excitement/rage.
茱莉亞因激動 / 憤怒而發抖。

quiz /kwɪz/

①小測驗 **(C)** = *test*

◀ We usually have a **quiz** at the end of the class.
我們一堂課結束時通常要做一個小測驗。

②測驗 **(vt)** = *test*

The teacher is **quizzing** her students on biology.
老師在讓學生做生物測驗。

③詢問 **(vt)** = *question*

Linda's parents **quizzed** her about the party.
琳達的父母詢問她晚會上的事。

quota /'kwotə/

限額，配額 **(C)**

◀ This country sets a strict **quota** on imports of rice.
該國對進口稻米有嚴格限額。

quotation /kwo'teʃən/

引述，引文 **(C)** = *quote, citation*

◀ Helen illustrated her argument with **quotations** from several experts.
海倫引用幾個專家的話來闡述她的論點。

quote /kwot/

①引述 **(vt)** = *cite*

◀ The president was **quoted** as saying that he would do everything to boost our economy.
報導引述總統的話，說他將盡一切努力來刺激經濟的發展。

②引述，引文 **(C)** = *quotation*

This is the **quote** that he is fond of using: "Look before you leap."
他非常喜歡引用這句："三思而後行。"

R

A HANDBOOK
7000 English Core Words

◉ MP3-R1

rabbit /'ræbɪt/
兔子 (C) (請參閱附錄 "動物")
◀ People used to breed like **rabbits**.
人們以前像兔子一樣大量生產。

race /res/
①賽跑 (C)
◀ Miss Plumer won the ten-mile **race**.
普魯茉小姐贏了十英里賽跑。
②種族 (C)
The college welcomes students of all **races** and faiths.
這所大學歡迎各種種族及信仰的學生。
③比賽 (vi)
The boys **raced** to see who would get to school first.
男孩子們賽跑，比誰第一個到學校。
④急速送往 (vt) = rush
Harry was **raced** to the hospital.
哈利被急速送往醫院。

racial /'reʃəl/
種族的 (adj)
◀ Some blacks in America suffer **racial** discrimination.
美國的一些黑人遭受種族歧視。

racism /'resɪzəm/
種族歧視，種族主義 (U) = racialism
◀ **Racism** must be stamped out.
種族歧視必須徹底消除乾淨。

rack /ræk/
①架子 (C)
◀ Put the clean dishes on the dish **rack**.
把乾淨的盤碟放到碗碟架上。
②折磨 (vt) = torture
Candy was **racked** with/by guilt.
凱蒂受良心的折磨。

radar /'redɑr/
雷達 (U)
◀ The airplane disappeared from the **radar** screen.
這架飛機從雷達螢幕上消失了。

radiant /'redɪənt/
①喜氣洋洋的，容光煥發的 (adj)
◀ The bride was **radiant** with joy and flashed a **radiant** smile.
新娘喜氣洋洋，容光煥發地笑了笑。
◥衍生字 radiance (U) 容光煥發
②發光的 (adj)= bright
Our kite is flying in the **radiant** blue sky.
我們的風箏在陽光普照的藍天上飛翔。

radiate /'redɪˌet/
①輻射 (vi)
◀ Energy **radiates** from the sun.
太陽輻射出能量。
②散發 (vi)
Self-confidence **radiates** from Mark.
馬克渾身散發出自信。
③發射 (vt) = give off, emit
The sun **radiates** heat and light.
太陽發射出熱和光。
④散發 (vt) = exude
Mark **radiates** self-confidence.
馬克散發出自信。

radiation /ˌredɪ'eʃən/
輻射 (U)
◀ Before you go to the beach, you had better apply some suntan lotion over the skin. It can filter out harmful ultraviolet **radiation**.
你去沙灘時最好先塗些防曬乳液在皮膚上。它能濾掉有害的紫外線輻射。

radiator /'redɪˌetɚ/
暖氣裝置 (C)
◀ The cat is sleeping on a mat in front of the **radiator**.
貓睡在暖氣裝置前面的一塊小地毯上。

radical /'rædɪkl̩/
徹底的，激進的 (adj)
◀ The government carried out a **radical** reform of the education system.
政府對教育體制進行徹底改革。

radio /'redɪˌo/
收音機，無線電 (U)

R

◀ The announcement was broadcast on the **radio** and on television.
這個宣告在收音機及電視上播出。

radish /'rædɪʃ/
蘿蔔 *(C)*

◀ I bought a bunch of **radishes**.
我買了一把蘿蔔。

radius /'redɪəs/
半徑 *(C)*

◀ Draw a circle with a **radius** of five centimeters.
畫一個半徑為五厘米的圓。
✎相關字 diameter (直徑)。circumference (圓周)。arc (弧線)。chord (弦)。

raft /ræft/
筏 *(C)*

◀ The crew of the sinking ship climbed into a rubber **raft**.
沉船上的船員爬上一艘橡皮筏。

rag /ræg/
① 舊布 *(C,U)*

◀ She cleaned her bicycle with a **rag**/a piece of **rag**.
她用一塊舊布擦自行車。
② 破舊衣服 *(P)*

Some of the beggars were dressed in **rags**.
有些乞丐衣衫襤褸。
✎衍生字 ragged (adj) 衣衫襤褸的

rage /redʒ/
① 盛怒 *(U,C)* = fury, wrath, anger

◀ He admitted beating his son in a fit of **rage**.
他承認盛怒之下打了兒子。
② 非常生氣 *(vi)* = fume

She **raged** at her parents for not allowing her to go out.
她很生父母的氣，因為他們不讓她出去。
③ 肆虐 *(vi)*

The typhoon **raged** for four hours and caused great damage.
颱風肆虐了四個小時，造成了嚴重的破壞。

ragged /'rægɪd/
① 破爛的 *(adj)* = tattered

◀ Little children in **ragged** clothes can be seen asking for handouts on the streets.
可以看見身穿破爛衣衫的小孩在街上行乞。
✎衍生字 rag (U,C) 破布，破舊衣服
② (邊緣) 參差不齊的，(表面) 凹凸不平的 *(adj)* = uneven, rough

The coast is lined with **ragged** rocks.
海岸邊是參差不齊的岩石。

raid /red/
① 突襲，襲擊 *(C)* = attack, assault

◀ Hundreds of Japanese bombers carried out/launched **raids** on American battleships in Pearl Harbor.
數百架日本轟炸機突襲了珍珠港內的美國軍艦。
② 臨檢 *(C)*

The police conducted a **raid** on an illegal casino.
警方臨檢了一家非法賭場。
③ 襲擊 *(vt)* = attack

Israeli soldiers **raided** Palestine camps, killing several civilians.
以色列士兵襲擊了巴勒斯坦營地，殺了幾位平民。
④ 臨檢 *(vt)*

The police **raided** the pub, searching for anyone who was taking illegal drugs.
警方臨檢了那家酒吧，搜尋吸毒者。

rail /rel/
欄杆 *(C)*

◀ The elderly are advised to hold tightly on to the **rail** as they climb the stairs.
建議老年人上樓梯時要緊扶欄杆。

railroad /'rel,rod/
鐵路 *(C)* = railway

◀ The goods are sent on the **railroad**.
貨物經鐵路運送。

rain /ren/
① 雨 *(U)*

◀ The **rain** has been pouring all night.
下了整夜的大雨。

R

②下雨 *(vi)*

It was **raining** hard outside, and she didn't have an umbrella.
外面雨下得很大，而她又沒帶雨傘。

rainbow /'ren,bo/

彩虹 *(C)*

◀ A **rainbow** appears in the sky when there is both sun and rain.
又出太陽又下雨的時候，天空中會出現一道彩虹。

rainfall /'ren,fɔl/

降雨量 *(C,U)*

◀ This area has (a) very low **rainfall**.
這地區降雨量稀少。

rainy /'renɪ/

多雨的，下雨的 *(adj)*

◀ The **rainy** season in the Andes normally starts in December.
安地斯山脈的雨季通常從十二月開始。

raise /rez/

①舉起 *(vt)* ⇔ lower

◀ Before asking a question, you have to **raise** your hand first.
提問之前你得先舉手。

②提高 *(vt)* = increase ⇔ lower

The boss **raised** the worker's salary.
老闆提高了工人的薪水。

③養育 *(vt)* = bring up

They **raised** four children.
他們養育了四個孩子。

④加薪 *(C)*

Within two months, Kelly got a **raise**.
凱莉在二個月內就獲得加薪。

raisin /'rezn̩/

葡萄乾 *(C)*

◀ Mary added **raisins** to her porridge.
瑪莉在麥片粥裡加了些葡萄乾。

rally /'rælɪ/

①集會 *(C)* = gathering

◀ The villagers held a big anti-nuclear **rally**.
村民們舉行了一次盛大的反核集會。

②集結 *(vt)* = assemble, gather, mobilize

The candidate **rallied** his supporters to advance his cause.
這位候選人集結他的支持者來鼓吹他的理念。

③聚集 *(vi)* = gather together

Dozens of activists **rallied** against abortion.
幾十名積極分子聚集在一起反對墮胎。

④恢復，重新振作 *(vi)* = recover

Share prices **rallied** today after five consecutive days' slumps.
股票價格經過連續五天的暴跌今天開始回升。

ramp /ræmp/

斜坡，坡道 *(C)*

◀ A **ramp** is built at the entrance and the exit of this building for wheelchair users.
這棟建築物的出入口都修有斜坡供坐輪椅者使用。

ranch /ræntʃ/

(美國西部和加拿大的) 大牧場，(美) 專業性的農場 *(C)*

◀ Last summer I worked on a huge cattle/fruit **ranch**.
去年夏天我在一家很大的畜牧場 / 果園工作。

✎衍生字 *rancher (C)* 牧 (農) 場主人

random /'rændəm/

隨機的 *(adj)* ⇔ deliberate

◀ The police are cracking down on drunken driving and conducting **random** alcohol testing on drivers.
警方正在取締酒後駕車並對駕車者做隨機酒精量檢測。

✎片 語 at random (隨機取樣地)

range /rendʒ/

①變化幅度，變動範圍 *(S)*

◀ Mainland China is a country with a wide **range** of temperature.
中國大陸的氣候變化幅度很大。

②在某範圍內變化 *(vi)*

The students' ages **range** from 16 to 18/ between 16 and 18.
學生的年齡分布在十六到十八歲之間。

🔘 MP3-R2

rank /ræŋk/
①軍階 (C)
◀ The general was stripped of his **rank** and privileges.
這名將軍被剝奪了軍階和特權。
②社會階層 (U)
He was treated as a person of high **rank** at the dinner party.
在宴會上他被當作上階層的貴賓來招待。
③排名，屬…等級 (vi) = rate
Susan **ranks** first in her class.
蘇珊在班裡排名第一。
④評價，認為 (vt) = rate
Mr. Hsu is **ranked** among the country's best musicians.
徐先生被歸入該國最優秀的音樂家之列。

ransom /'rænsəm/
贖金 (C)
◀ One man claimed to have taken Russ hostage and tried to exact a **ransom** from his family.
一名男子聲稱把魯斯扣作了人質並企圖向其家屬索取贖金。

rapid /'ræpɪd/
快速的 (adj)
◀ People are worried about the **rapid** growth in tuition fees.
人們對學費的快速提高感到憂慮。
✎衍生字 rapidly (adv) 快速地

rare /rɛr/
稀有的 (adj)
◀ They work hard to protect **rare** animals.
他們努力保護稀有動物。
✎衍生字 rarely (adv) 不常

rascal /'ræskl/
壞蛋 (C) = villain
◀ Two police officers dragged a **rascal** out of the department store.
兩名警官將一名壞蛋從百貨公司拉出去。

rash /ræʃ/
①疹子 (C)

◀ Jenny comes out in a **rash** if she eats shrimps.
珍妮吃了蝦就會出疹子。
②輕率的 (adj) = hasty
It was rather **rash** of you to accept that man's offer for your house. You will regret your **rash** decision.
你也太輕率了，就這麼接受了那男人買你房子的報價。你會為此草率的決定後悔的。

rat /ræt/
老鼠 (C) (請參閱附錄 "動物")
◀ **Rats** know the ways of **rats**.
耗子了解耗子的習性 (賊最知賊性)。

rate /ret/
① (運動、變化等的) 速度，進度 (C) = speed
◀ The world's tropical forests are disappearing at an alarming **rate**.
世界上的熱帶森林正以驚人的速度消失。
②排名，列…等級 (vi) = rank
This movie **rates** as the best of the year.
這部電影被列為年度最佳影片。
③評價，認為 (vt) = rank, consider
He is often **rated** (as) the best basketball player in history.
他常被人視為是有史以來最佳籃球運動員。

rather /'ræðɚ/
①更準確地說 (adv) = more exactly
◀ He is a businessman, or **rather**, a banker.
他是個商人，或者更準確地說，是個銀行家。
②相當地 (adv) = quite
He was **rather** surprised to see his ex-wife here.
他相當意外在這裡看見前妻。

ratio /'reʃo/
比例 (C) = proportion
◀ The **ratio** of land to water on earth is roughly 1 to 3.
地球上陸地和水域的比例約為一比三。

ration /'ræʃən/
①配給 (C)
◀ During the war, the citizens received food **rations** once a week.
戰爭期間市民每週領取一次食品配給。

R

②配給，限量供應 *(vt)*

During the war, rice was **rationed**. People were **rationed** to five kilos of rice a month.
戰爭期間米要配給供應。每人每月限量供應五公斤。

rational /ˈræʃən!/

①有推理能力的，理性的 *(adj)*

◀ After the accident, Peter was no longer **rational**.
那次事故之後彼得就失去了推理能力。

📖衍生字 *rationality (U)* 理性，合理性，推理能力

②合理的 *(adj) = reasonable, sensible* ⇔ *irrational*

When asked how he gets five splendid houses in the U.S., Mr. Clean could not give a **rational** response.
當克林先生被問及他是如何在美國置下五間豪華住宅時，他給不出一個合理的解釋。

rattle /ˈræt!/

①發出嘎啦聲 *(vi)*

◀ The rattlesnake **rattled** as it approached its prey.
響尾蛇在靠近獵物時會搖響尾巴。

②格格響聲 *(S)*

During the earthquake, I heard the **rattle** of the windows.
地震發生時我聽見窗戶的格格響聲。

ravage /ˈrævɪdʒ/

肆虐，毀壞 *(vt) = devastate*

◀ The strong typhoon **ravaged** northern Taiwan, and Taipei was submerged by the flood.
那場強烈颱風肆虐了台灣北部，台北陷入洪澤之中。

📖同尾字 *savage* (殘暴的)。

raw /rɔ/

生的，未加工過的 *(adj)*

◀ Many vegetables can be eaten **raw** or cooked.
許多蔬菜可以生吃，也可以煮熟吃。

ray /re/

光線，光束 *(C)*

◀ The sun's **rays** can penetrate water up to 10 feet.
太陽光線可以穿透水面十英尺深。

razor /ˈrezɚ/

刮鬍刀 *(C)* (請參閱附錄 "工具")

◀ I shave with an electric/disposable/safety **razor**.
我用電動 / 可拋棄式 / 安全刮鬍刀刮鬍子。

reach /ritʃ/

①伸手可及的範圍 *(U)*

◀ The dictionary is within/out of her **reach**.
字典在她伸手可及的範圍以內 / 以外。

②抵達 *(vt) = get to, arrive at*

After driving four hours, they finally **reached** Tainan.
開了四小時的車，他們終於抵達了台南。

③聯繫 *(vt) = get in touch with*

You can always **reach** him on this telephone number.
用這個電話號碼你都能聯繫上他。

---

reach for

拿 *(vt,U)*

◀He put his hand into his pocket and **reached for** his money.
他把手伸進口袋拿錢。

---

react /rɪˈækt/

反應 *(vi) = respond*

◀ How did your boyfriend **react** to your suggestion?
對你的建議，你男友有何反應？

reaction /rɪˈækʃən/

反應 *(C) = response*

◀ His **reaction** to the news that he failed his driving test was calm.
對駕駛考試未能通過的消息，他的反應是平靜的。

read /rid/, read *(pt)*, read *(pp)*

①閱讀 *(vt)*

◀ Perry **read** the instructions carefully before he took the medicine.
吃藥之前裴瑞仔細地看一遍說明。

📖衍生字 *reader (C)* 讀者；*reading (U)* 閱讀

②閱讀 *(vi)*

Jenny **reads** very well for a five-year-old.
珍妮的閱讀能力算是相當不錯了，她才五歲呢。

read over/through

仔細看過 (*vt,s*) = *look/go/check over*
◀ **Read** the contract **over/through** before you sign it.
仔細看過了合同再簽字。

ready /'rɛdɪ/

①樂意的 (*adj*)
◀ Paul is such a kind person that he is always **ready** to help.
保羅真是個好人，他總是樂於幫助別人。
◊衍生字 *readily (adv)* 樂意地，很快地。
  readiness (U) 準備就緒。
②準備好的 (*adj*)
Are you **ready** to go?
你準備好要走了嗎？

real /'riəl/

①真的 (*adj*) = *genuine* ⇔ *fake*
◀ Is your necklace made of **real** gold?
你的項鍊是真金做的嗎？
②真正的 (*adj*) = *true*
What was the **real** reason for your coming late?
你遲到的真正原因是什麼？
◊衍生字 *really (adv)* 真正地

realism /'riəl,ɪzəm/

①栩栩如生 (*U*)
◀ The sound effects lend **realism** to the scene.
音響效果使畫面顯得栩栩如生。
②現實主義 (*U*) = *pragmatism*
Sam has a strong streak of **realism**; it is not typical of him to be romantic .
山姆具有極強的現實精神，他可不會羅曼蒂克。

realistic /,riə'lɪstɪk/

①實事求是的，現實的 (*adj*)
= *sensible, reasonable* ; ⇔ *unrealistic*
◀ We've got to be **realistic**—we can't afford to buy another car now.
我們必須要現實些，現在我們是買不起另一輛車的。
②逼真的 (*adj*) = *life-like*
Her drawing of the horse is not very **realistic**.
她畫的那匹馬不夠逼真。
◊衍生字 *realistically (adv)* 現實地

reality /rɪ'ælətɪ/

①現實 (*U*) ⇔ *fantasy*
◀ Some young children can't tell fantasy from **reality**.
有些小孩子分辨不清幻想與現實。
②真實的事物 (*C*) = *fact*
Her dream of becoming a journalist became a **reality**.
她要成為新聞記者的夢想已實現。

realization /,riələ'zeʃən/

意識，領悟 (*U*)
◀ Carol came to the **realization** that changes are badly needed in the management if her company is to avert bankruptcy.
卡洛意識到如要自己的公司避免破產，管理上極需做改革。

realize /'riə,laɪz/

①了解，意識到 (*vt*) = *understand,know*
◀ Most people don't **realize** how serious the economic situation is.
大多數人不了解經濟狀況有多麼嚴重。
②實現 (*vt*) = *carry out, fulfill*
She **realized** her dream of becoming a lawmaker.
她實現了當一名立法委員的夢想。

realm /rɛlm/

①王國 (*C*) = *kingdom*
◀ The king ruled his **realm** high-handedly.
國王專橫跋扈地統治自己的王國。
②領域 (*C*) = *field*
Dr. Lee is distinguished in the **realm** of chemistry.
李博士在化學領域出類拔萃。

reap /rip/

①收割 (*vt*) = *gather in, harvest*
◀ The migrant workers were hired to **reap** the rice in the field.
外勞被僱來收割田裡的稻子。
②獲取 (*vt*) = *gain*
After several years of hard work, Ray began to **reap** the benefit/reward/profit of his labor.
經過幾年的辛勤勞作，雷伊開始獲取勞動成果了。

R

③收成 *(vi)*

As you sow, so shall you **reap**.
種什麼果苗結什麼果。

🔘 MP3-R3

rear /rɪr/

①養育 *(vt)* = bring up, raise

◀ My parents **reared** ten children.
我父母養育了十個子女。

②後面的 *(adj)* = back

I found several scratches on the **rear** door of
my new car.
我在我那車的後門上發現有幾條刮痕。

③屁股 *(C)* = buttocks, bottom

I spanked my son on the **rear** for
misbehaving.
我因為兒子不聽話而打了他屁股。

④後面 *(C)* = back ⇔ front

There is a yard at the **rear** of my house.
我房子後面有個院子。

reason /'rizṇ/

①理由 *(C)*

◀ I'd like to know the **reason** why you fired the
manager.
我想知道你解雇那名經理的理由。

②理由 *(U)*

I see no **reason** to question his loyalty.
在我看來懷疑他的忠誠是沒有理由的。

③理性，推理思考能力 *(U)*

The power of **reason** separates humans from
other animals.
推理思考能力是人和其他動物之所以不同之
處。

④推理，推斷 *(vt)* = infer

The detective **reasoned** from experience that
the man was shot by a pro.
偵探根據以往的經驗作出推斷，這人是被職業
殺手槍殺的。

📝衍生字 *reasoning (U)* 推理

⑤說服 *(vt)* = persuade

They tried to **reason** John out of/into going
there alone, but to no avail.
他們設法說服約翰不要 / 要獨自一人去那裡，
但未能成功。

reason out

分析 *(vt,s)*

◀ You should **reason** this problem **out** instead
of quarreling.
這個問題你們應該分析，而不是爭吵。

reasonable /'riznəbl/

①合理的 *(adj)* = sensible ⇔ unreasonable

◀ Be **reasonable**—you can't expect her to write
a book a day.
講點道理吧，你總不能期望她一天就寫出一本
書吧。

②公道的，不貴的 *(adj)*= fair ⇔ expensive

The price of apples is quite **reasonable** this
week.
這星期的蘋果價格很公道。

rebel /'rɛbḷ/

①反叛者，叛逆者 *(C)*

◀ Kirk joined the **rebels** after his father was killed.
父親被人殺死後，寇克就加入了反叛分子。

②反抗 *(vi)* /rɪ'bɛl/

Children who **rebel** against their parents are
often considered trouble-makers.
反抗父母的孩子常常被認為是搗蛋鬼。

rebellion /re'bɛljən/

①叛亂 *(C)* = revolt

◀ An armed **rebellion** against the newly-elected
government has been crushed.
一場反抗新政府的武裝叛亂遭到鎮壓。

📝衍生字 *rebellious (adj)* 反叛的

②叛逆 *(U)*

Teenagers might go through a stage of
rebellion.
青少年可能會經歷一段叛逆期。

recall /rɪ'kɔl/

①回憶，回想，記得 *(vt)* = remember, recollect

◀ I don't **recall** dancing with the man sitting
over there.
我不記得和坐在那邊的男子跳過舞。

②收回，召回 *(vt)*

The company **recalled** the cars that were not
safe.
這家公司把那些缺乏安全性的汽車都收回了。

📝衍生字 *recall (U)* 召回，喚回，記憶力

receipt /rɪ'sit/

收據 *(C)*

◀Remember to get a **receipt** from the salesman.
別忘了從售貨員那兒拿一張收據。

receive /rɪ'siv/

①收到 *(vt)* = get

◀I've **received** her letter/call.
我已收到她的信／電話。

②遭受，經歷 *(vt)* = undergo

Jack is **receiving** special medical treatment in
a hospital.
傑克在一家醫院接受特殊醫療。

receiver /rɪ'sivɚ/

無線電接收機 (收音機)，受話器 (電話聽筒)，
接受者 *(C)*

◀Auto-tuning VHF **receivers** are now common
in cars.
自動選台的甚高頻收音機如今在汽車裡很常見
了。

recent /'risn̩t/

最近的 *(adj)*

◀Sales have fallen by 35 percent in **recent**
years.
最近幾年來銷售下降了百分之三十五。

➘衍生字 *recently (adv)* 最近

reception /rɪ'sɛpʃən/

①接待 *(S)*

◀We got a very warm/friendly **reception**.
我們受到非常熱情的／友好的接待。

②接待會 *(C)*

The government gave/held a **reception** to
welcome the new ambassador.
政府舉辦了一次接待會歡迎新大使。

➘衍生字 *receptionist (C)* 接待員

recession /rɪ'sɛʃən/

經濟衰退 *(C)* = downturn

◀Like many other countries, Taiwan still has
not recovered from the **recession**.
台灣同許多別的國家一樣，尚未從經濟衰退中
恢復過來。

➘同尾字 請參見 procession。

recipe /'rɛsəpɪ/

食譜，烹煮法 *(C)*

◀Her mother gave me a **recipe** for chicken
soup.
她母親告訴我一種雞湯的烹煮法。

recipient /rɪ'sɪpɪənt/

接受者，獲得者 *(C)*

◀The **recipient** of the lottery's grand prize has
decided to donate some of the money to
charities.
彩券大獎獲得者決定將一部分獎金捐給慈善機
構。

➘同尾字 incipient (早期的)。

recite /rɪ'saɪt/

背誦 *(vt)*

◀The teacher asked her pupils to **recite** a poem
a week.
老師要求她的學生每星期背誦一首詩。

➘衍生字 *recitation (U)* 背誦

reckless /'rɛklɪs/

魯莽的，不顧危險的 *(adj)* = foolhardy

◀When crossing a street, you have to watch out
for **reckless** drivers.
你過馬路時得要小心魯莽開車的人。

reckon /'rɛkən/

估計 *(vt)* = estimate

◀The likely cost of building a mansion is
reckoned to be 50 million dollars.
造一棟豪宅的大致費用估計為五千萬元。

recognition /ˌrɛkəg'nɪʃən/

①承認 *(U)*

◀The new government did not receive
diplomatic **recognition** from other countries
until 1961.
新政府直到一九六一年才得到其他國家外交上
的承認。

②辨認，認出 *(U)*

Her face was bruised and swollen beyond
recognition.
她的臉又青又腫，簡直無法辨認了。

R

③肯定，表彰 *(U)* = acknowledgement
The government awarded him a medal in **recognition** of his forty years' service.
政府頒給他一枚獎章以表彰他四十年的服務。

recognize /ˈrɛkəɡˌnaɪz/

①認出 *(vt)* = identify

◀ Though I haven't seen Jimmy for twenty years, I **recognized** him the moment I saw him.
雖然我有二十年未見吉米了，但我一看到他就認出他來了。

②表彰 *(vt)* = acknowledge
The government **recognized** his forty years' service by awarding him a medal.
政府頒給他一枚獎章以表彰他四十年的服務。

recoil /rɪˈkɔɪl/

①畏縮 *(vi)* = step/shrink back

◀ I **recoiled** from the snake.
我見到蛇就會退縮。

②退怯，躊躇不前 *(vi)* = flinch
Sam tends to **recoil** from advancing his ideas.
山姆每當要把構想付諸實現時便要躊躇不前了。

recommend /ˌrɛkəˈmɛnd/

建議，推薦 *(vt)* = suggest, advise

◀ Doctors **recommend** drinking a little red wine to avoid heart disease.
醫生建議喝點紅酒以預防心臟病。

recommendation /ˌrɛkəmɛnˈdeʃən/

建議，推薦 *(C)* = proposal

◀ The panel made a number of **recommendations** for privatizing state-run companies.
專家小組針對國營公司私有化提出了許多建議。

reconcile /ˈrɛkənˌsaɪl/

調解，使和解 *(vt)* = iron out, settle

◀ I tried to **reconcile** the differences between Paul and Linda, but to no avail.
我想調解保羅與琳達之間的分歧，但未能如願。

衍生字 *reconcilable (adj)* 可調解的

record /ˈrɛkəd/

①紀錄 *(C)*

◀ The first step for time management is to keep a **record** of how you spend your time.
妥善利用時間的第一步是做一個你怎麼安排時間的紀錄。

②唱片 *(C)*
If you don't like the music, I'll play another **record**.
如果你不喜歡這種音樂，我來放另一張唱片吧。

③記錄 *(vt)* /rɪˈkɔrd/ = write down
When she traveled in China, she **recorded** whatever happened to her there in detail in her diary.
在中國旅行期間，她在日記中詳細地記錄了她在那裡所發生的一切。

④錄 (音)，錄 (影) *(vt)* /rɪˈkɔrd/
The pop singer has **recorded** two albums this year.
這位流行樂歌手今年灌錄了兩張專輯。

衍生字 *recording (C)* 錄製 (品)

recorder /rɪˈkɔrdə/

錄音機 *(C)* = tape recorder

◀ Roy put the **recorder** on the desk and pushed the play button.
羅伊將錄音機放到書桌上，然後按下放音鍵。

recover /rɪˈkʌvə/

①找回 *(vt)* = get back

◀ The police only **recovered** some of the stolen jewelry.
警方僅找回了被盜珠寶中的一部分。

②復元，恢復 *(vi)* = recuperate
He has fully **recovered** from his bad cold.
他患了重感冒，現已完全復元了。

recovery /rɪˈkʌvərɪ/

①找回 *(U)*

◀ The **recovery** of the stolen car took two weeks.
找回被竊的汽車花了兩個星期。

②復甦，恢復 *(U)*
Sad to say, hopes of economic **recovery** are fading.
不幸的是，經濟復甦的希望漸趨渺茫。

recreation /ˌrɛkrɪˈeʃən/

休閒，娛樂 *(C)* = pastime

◀ My **recreations** are reading and listening to music.
我的娛樂是閱讀和聽音樂。

recreational /ˌrɛkrɪˈeʃənḷ/

娛樂的 *(adj)*

◀ The park provides a lot of **recreational** facilities.
這座公園提供許多娛樂設施。

recruit /rɪˈkrut/

①招募，招聘 *(vt)*

◀ Some private schools are having trouble **recruiting** highly qualified teachers.
一些私立學校不容易招到高水準的教員。

✎衍生字 *recruitment (U)* 招募，招聘

②新生，新兵，進進人員 *(C)*

Some private schools are trying to find ways to attract new **recruits**.
一些私立學校試圖尋找吸引新生的辦法。

rectangle /ˈrɛktæŋgḷ/

長方形 *(C)*

◀ Each side of a **rectangle** is the same length as the one opposite to it.
長方形的每一條對邊的長度都是相等的。

✎衍生字 *rectangular (adj)* 長方形的

✎相關字 square (方形)。diamond (菱形)。triangle (三角形)。circle (圓形)。oval (橢圓形)。

recur /rɪˈkɝ/

一再發生，重現 *(vi)* = reappear

◀ The same nightmare/pain **recurred** night after night.
同樣的惡夢／痛苦夜復一夜地重現。

✎衍生字 *recurrent (adj)* 一再重現的；*recurrence (U,S)* 重現

✎同尾字 incur (蒙受)。occur (發生)。concur (同意)。

🔘 MP3-R4

recycle /rɪˈsaɪkḷ/

回收再利用 *(vt)*

◀ **Recycle** whatever can be **recycled** such as paper, plastic, bottles, etc.
回收一切能回收利用的東西，如紙張、塑膠、瓶子等。

✎衍生字 *recyclable (adj)* 可回收的

red /rɛd/

①紅色的 *(adj)* (請參閱附錄 "顏色")

◀ She was **red** with embarrassment.
她窘得滿臉通紅。

②紅色，紅衣服 *(U)*

Red is her favorite color. That's why she always dresses in **red**.
她最喜歡紅色，難怪她總是穿著紅色的衣服。

reduce /rɪˈdjus/

減少，降低 *(vt)* = lower ⇔ increase

◀ To our surprise, the landlady **reduced** the rent by ten percent.
讓我們吃驚的是，女房東將房租減了百分之十。

reduction /rɪˈdʌkʃən/

①減少 *(U)*

◀ Do you have strategies for noise **reduction**?
對減少噪音你有什麼行動計畫嗎？

②減價 *(C)*

We can make a **reduction** if you buy in bulk.
如果你大量購買我們就能減價。

redundant /rɪˈdʌndənt/

多餘的 *(adj)* = superfluous

◀ My English teacher removed the **redundant** words from my composition.
我的英文老師把我作文中多餘的詞給刪去了。

✎衍生字 *redundancy (U)* 多餘

reef /rif/

暗礁 *(C)*

◀ The fishing boat was wrecked on a **reef**, but fortunately, no one was injured.
漁船在暗礁上撞毀了，但幸好沒人受傷。

reel /ril/

繞線輪，卷軸 *(C)*

◀ The **reel** on my fishing rod has jammed.
我魚桿上的繞線輪卡住了。

refer /rɪˈfɝ/

①提及 *(vi)*

◀ In his speech, he **referred** to a recent trip to Canada.
他在演講裡提及近期的加拿大之行。

②視為 *(vi)* = think (of)

The computer is often **referred** to as the greatest invention of this century.
電腦常被視為本世紀最大的發明。

R

③查閱，參考 *(vi)*

Refer to a dictionary if you don't know the meaning of the word.

假如你不知道這個詞的意思可以查閱詞典。

④提交 (某人或某機構) 作處理 *(vt)*

Dr. Wang **referred** his son to the best heart specialist in his hospital for treatment.

王醫生把兒子交給他醫院裡最出色的心臟病專家來治療。

referee /ˌrɛfəˈri/

裁判員 *(C)*

◀ The football **referee** blew his whistle to signal a foul—one player touched the ball with his hand.

足球裁判員吹哨示意有犯規，一名球員手觸球了。

✎比 較 umpire 指羽毛球、棒球、游泳、網球、排球的裁判。而 referee 指籃球、足球、拳擊、曲棍球必須跟著球員移動的裁判。

reference /ˈrɛfərəns/

①提及 *(U)* = mention (of)

◀ When I spoke to him about the tour, he made no **reference** to your coming with us.

我和他講起這次旅行時，他並未提及你會和我們一起去。

②參考 *(U)*

You can keep the articles for future **reference**.

你可將這些文章留作日後參考之用。

③附註，參考書目 *(C)*

You have to make a list of **references** at the end of your paper.

你必須在報告最後列出參考書目。

refine /rɪˈfaɪn/

①精煉，使純淨 *(vt)*

◀ The machine is used to **refine** oil/sugar.

這機器是用來煉油 / 加工糖的。

✎衍生字 refinery *(C)* 精煉廠

②改進 *(vt)* = improve

Your theory needs to be **refined**.

你的理論尚需改進。

✎同尾字 define (定義)。confine (限制)。

refinement /rɪˈfaɪnmənt/

①精緻的改良品 *(C)*

◀ This new car is a **refinement** of an earlier model.

這種新汽車是原先那種型號的改良型。

②高雅 *(U)*

Mrs. Chen is a lady of great **refinement**.

陳太太是位極高雅的女性。

reflect /rɪˈflɛkt/

①反射，倒映 *(vt)* = mirror

◀ The forests were **reflected** in the lake.

樹林倒映在湖中。

②反映 *(vt)* = show

Concern about the economic situation was **reflected** in the government's budget.

對經濟狀況的憂慮，在政府的預算上得到了反映。

③考慮 *(vi)* = ponder

After **reflecting** on/upon his future, he decided to go on to college.

對自己的將來仔細考慮過後，他決定再上大學。

reflection /rɪˈflɛkʃən/

①反射出來的影像 *(C)*

◀ I looked at my **reflection** in the lake.

我望著自己在湖中的倒影。

②反映 *(C)*

The rising rate of crime is a **reflection** of an unstable society.

犯罪率上升是社會不穩定的反映。

③考慮 *(U)*

At first, I thought Tina's ideas were crazy, but on **reflection**, I realized there was some truth in what she said.

起初，我認爲蒂娜的想法瘋狂，但考慮之後，我認爲她說的有些道理。

reflective /rɪˈflɛktɪv/

①沉思的 *(adj)* = thoughtful

◀ Tina fell into a **reflective** mood.

蒂娜陷入了沉思狀。

②反映的 *(adj)*

How you feel about something is **reflective** of your personality.

你對事物的感受反映出你的性格。

③反光的 *(adj)*

It is safer to wear **reflective** clothes when riding a bicycle at night.

夜裡騎自行車時穿上反光的衣服較為安全。

reform /rɪˈfɔrm/

①改革 *(vt)* = improve

◀ The Minister of Education is doing everything he can to **reform** the education(al) system.

教育部長正盡其所能來改革教育體制。

②改革 *(C)*

We need to carry out **reforms** in education.

我們需要施行教育改革。

③改革 *(U)*

Many teachers make demands for education **reform**.

許多老師要求教育改革。

refrain /rɪˈfren/

①克制 *(vi)*

◀ Please **refrain** from making noise.

請克制不要發出聲音。

②(詩歌的)反覆句，疊句 *(C)*

I can only remember the **refrain** of the song.

我只記得這歌的副歌。

refresh /rɪˈfrɛʃ/

提神，使恢復活力 *(vt)*

◀ I **refreshed** myself with a cup of coffee.

我喝了杯咖啡提神。

✎衍生字 *refreshing (adj)* 令人振奮精神的

refreshment /rɪˈfrɛʃmənt/

恢復活力 *(U)*

◀ I had a short stop for **refreshment** on my way home.

我在回家途中小歇了一會兒恢復一下活力。

refreshments /rɪˈfrɛʃmənts/

茶點 *(P)* = snacks

◀ **Refreshments** will be served during the break.

休息時供應茶點。

refrigerator /rɪˈfrɪdʒəˌretɚ/

冰箱 *(C)*

◀ Keep food in your **refrigerator** lest it should decay.

把食物放在冰箱以免腐爛。

✎相關字 freezer (商家使用的大型冷凍櫃)。fridge (冰箱)。ice box (冰桶)。

refuge /ˈrɛfjudʒ/

①避難所 *(C)* = shelter

◀ The temple serves as a **refuge** during the storm.

這廟宇在暴風雨時用作避難所了。

②避難，避護 *(U)* = shelter

We took/sought **refuge** in a temple during the storm.

我們在暴風雨時躲進一座廟宇避難。

✎衍生字 *refugee (C)* 難民

refund /ˈriˌfʌnd/

①退款 *(C)*

◀ You can demand a **refund** on the broken radio.

你這收音機是壞的，可要求退款。

②退錢 *(vt)*

I took the computer back, and the shopkeeper **refunded** my money.

我退回電腦，店主退錢給我。

✎比較 reimburse (償還)。

refuse /rɪˈfjuz/

①拒絕 *(vt)* = reject, turn down

◀ She **refused** my offer.

她拒絕了我的提議。

✎衍生字 *refusal (C,U)* 拒絕

②拒絕 *(vi)*

He **refused** to have anything to do with the scheme.

他拒絕與那個陰謀產生任何關連。

refute /rɪˈfjut/

①駁斥，反駁 *(vt)* = rebut ⇔ confirm

◀ Doctors **refute** the argument/theory that the AIDS virus can be transmitted through air or food.

醫生駁斥了愛滋病毒會通過空氣或食物傳播的說法／理論。

✎衍生字 *refutation (C,U)* 駁斥；*refutable (adj)* 可駁斥的

②否認 *(vt)* = deny

Linda **refuted** the allegation that she had an affair with her boss.

琳達否認了她與老闆有曖昧關係的指控。

regard /rɪˈgɑrd/

①認為 *(vt)* = view, look upon, see, think of

◀ W. B. Yeats is **regarded** as one of the best poets of the 20th century.

W. B. 葉慈被認為是二十世紀最傑出的詩人之一。

②敬重 (U) = esteem
We hold him in high/low **regard**.
我們很 / 不敬重他。

regarding /rɪˈgɑrdɪŋ/

關於，對於 (prep) = in/with regard to, as regards

◀ **Regarding** your application, we are afraid we can't offer you the job.
對於您的求職申請，恐怕我們無法提供您這分工作。

regardless /rɪˈgɑrdlɪs/

不顧，不管怎樣 (adv) = irrespective

◀ They decorated the house **regardless** of cost.
他們不顧工本地裝修這棟房子。

regime /rɪˈʒim/

政權 (C)

◀ The dictator established his **regime** by killing his rivals.
這獨裁者靠殺害政敵建起了自己的政權。

region /ˈridʒən/

地區 (C) = area

◀ The typhoon will hit the southern **region** of Taiwan.
颱風將襲擊台灣的南部地區。
衍生字 regional (adj) 地區的

register /ˈrɛdʒɪstɚ/

①註冊，登記 (vi)

◀ Where can I **register** for the English course?
參加英語課程我該在哪裡註冊 (登記) ？
衍生字 registration(U) 註冊

②掛號 (vt)

You'd better **register** the letter.
你最好把這信寄掛號。

regret /rɪˈgrɛt/

①後悔 (vt)

◀ We've always **regretted** selling/having sold the house.
我們一直後悔把房子賣了。
衍生字 regretful (adj) 感到遺憾的，感到後悔的；
regrettable (adj) 令人遺憾的，令人後悔的

②遺憾 (vt) = be sorry

We **regret** to say that the patient has just passed away.
很遺憾地告訴你，病人剛才已去世了。

③懊悔 (U) = repentance, remorse
They showed no **regret** for their mistakes.
他們對所犯的錯誤沒有表示懊悔。

🔘 MP3-R5

regular /ˈrɛgjəlɚ/

規律 (adj) ⇔ irregular (adj)

◀ Her pulse is not very **regular**.
她的脈搏不是很有規律。
衍生字 regularly (adv) 規律地

regulate /ˈrɛgjəˌlet/

規範，以規則約束或管理 (vt)

◀ Let's lay down rules **regulating** the use of telephones.
我們作些規定來規範電話的使用。

regulation /ˌrɛgjəˈleʃən/

規定 (C) = rule

◀ Students should obey the school **regulations**.
學生應該遵守學校規定。

rehearse /rɪˈhɝs/

預演，排練 (vt,vi)

◀ The students **rehearsed** (the play) until midnight.
(這齣戲) 學生們排練到午夜。
衍生字 rehearsal (C,U) 預演，排練

reign /ren/

①(君主的)統治 (C)

◀ During the **reign** of terror, people lived in fear.
恐怖統治期間人民生活在恐懼之中。

②當政，統治 (vi)

Queen Victoria **reigned** from 1837 to 1901.
維多利亞女王於一八三七至一九○一年間當政。

rein /ren/

①韁繩 (C)

◀ Feeling nervous, the rider pulled forcibly on the **reins**.
騎馬人因感到緊張就重重地拉住韁繩。

②控制 (vi)

With the economic downturn, we have to **rein** in our spending.
由於經濟滑落，我們得控制花費了。

reinforce /ˌriɪn'fors/

①加固 (vt) = strengthen

◄ The building was found leaning to one side, so the workers were **reinforcing** it with tons of concrete.
該建築被發現已經傾斜，於是工人們用了許多噸水泥來加固。

②加強 (vt)

India is **reinforcing** its military presence along its border with Pakistan.
印度在與巴基斯坦接壤處的邊境上加強駐軍力量。

③強化 (vt)

Jokes about blacks only **reinforce** racial stereotypes.
有關黑人的笑話只強化了種族觀念的舊框框。

✎衍生字 reinforcement (U) 強化，加強，增強

reject /rɪ'dʒɛkt/

拒絕 (vt) = turn down

◄ They **rejected** my suggestion.
他們拒絕了我的提議。

✎衍生字 rejection (U) 拒絕

rejoice /rɪ'dʒɔɪs/

高興 (vi)

◄ We **rejoiced** at/over the news that share prices had been soaring these days.
我們聽到這幾天股票價格上揚的消息很高興。

relate /rɪ'let/

①聯繫 (vt)

◄ You'd better **relate** what you're learning to what you already know.
你最好把正在學的內容與你已知的東西聯繫起來。

②講述 (vt) = describe

He **related** (to us) what happened last night.
他 (向我們) 講述了昨晚所發生的事。

related /rɪ'letɪd/

①有親戚關係的 (adj)

◄ I am **related** to John by marriage.
我和約翰是姻親。

②有關係的 (adj) = linked

The legend is closely **related** to the origin of the country.
這則傳奇與該國的起源有著緊密的關係。

relation /rɪ'leʃən/

①親戚，親屬 (C) = relative

◄ My husband's **relations** are my **relations** by marriage.
我丈夫的親戚是我的姻親。

②關連，關係 (U) = connection

His story bears no/some **relation** to what we expected.
他的故事和我們想的沒有 / 有些關連。

relations /rɪ'leʃənz/

(朋友/兩國之間的) 關係 (pl)

◄ We broke off/established diplomatic **relations** with their country.
我們與他們國家斷絕 / 建立了外交關係。

relationship /rɪ'leʃənˌʃɪp/

①關連 (C) = connection

◄ There is a strong **relationship** between industry and trade.
工業和貿易之間有著密切的關連。

②關係 (C)

We have a good working **relationship** with our boss.
我們和我們的老闆之間保持著良好的工作關係。

relative /'rɛlətɪv/

①比較的 (adj)

◄ After her financial troubles, she's now living in **relative** comfort.
度過經濟難關後，她現在過得比較舒服了。

✎衍生字 relatively (adv) 相較之下，相對地

②親戚 (C)

My aunt is my close/distant living **relative**.
我姑媽是我仍在世的近 / 遠親。

relax /rɪ'læks/

①放鬆 (vi)

◄ Sit down and **relax** a while.
坐下來放鬆一會兒。

✎衍生字 relaxed (adj) (人) 感到輕鬆的，(環境) 輕鬆的

②放鬆 (vt)

Taking a deep breath will help to **relax** you.
深呼吸一下有助於放鬆你自己。

Some people suggest **relaxing** controls on video game parlors.
有些人建議對電玩遊樂場的控制可放鬆些。

✎衍生字 relaxing (adj) 令人輕鬆的

R

relaxation /ˌrɪlæksˈeʃən/

消遣，娛樂 *(U)* = amusement

◀ Mary plays the piano for **relaxation**.
瑪莉彈鋼琴是為了消遣。

relay /rɪˈle/

轉告，轉播 *(vt)*

◀ On hearing that our team had notched up
another win, I quickly **relayed** the news to my
colleagues.
聽到我隊又獲勝利，我立刻就把這一消息轉告
同事們。

✎同尾字 delay (延期)。outlay (開銷)。

release /rɪˈlis/

①釋放 *(vt)* = set free

◀ I **released** the poor rabbit from the trap.
我將那隻可憐的兔子從夾子裡放走了。

②發行 *(vt)*

Maria will **release** her first album this summer.
瑪莉亞今年夏天將發行她的第一張專輯。

③發行的專輯 *(C)*

The singer's latest **release** is not as popular as
those before.
這位歌手最新發行的專輯不如以前的那麼受歡
迎。

④釋放 *(U)*

After his **release** from prison, he came home.
他從監獄裡被釋放後就回家了。

relevant /ˈrɛləvənt/

與…有關的 *(adj)* = pertinent ⇔ irrelevant

◀ Issues to be brought up for discussion are
most interesting when they are **relevant** to
students' lives.
提交討論的問題與學生的日常生活有關是最為
有趣。

✎衍生字 relevance *(U)* 關係

reliable /rɪˈlaɪəbl̩/

可靠的，可信賴的 *(adj)* = dependable ⇔ unreliable

◀ I got the news from a **reliable** source of
information.
我從可靠的消息來源得到這一消息。

reliance /rɪˈlaɪəns/

依賴 *(U)* = dependence

◀ Heavy **reliance** on imported oil makes this
country easy prey for oil producers.
完全依賴進口石油使這個國家受制於石油產商。

✎衍生字 rely *(vi)* 依靠，依賴

reliant /rɪˈlaɪənt/

依賴的 *(adj)* = dependent

◀ Though he has come of age, he is still **reliant**
on his parents for financial support.
雖然他已到了法定年齡，但還是要依賴父母提
供經濟支持。

relic /ˈrɛlɪk/

遺跡，遺物，遺俗 *(C)* = vestige

◀ The building stands as the last remaining **relic**
of the colonial days.
這棟建築已成為殖民時期留下的最後遺跡。

relief /rɪˈlif/

① (焦慮、痛苦等的) 減輕或解除 *(U)*

◀ I gave/heaved a sigh of **relief** when I heard he
was safe.
聽到他安然無恙後，我鬆了一口氣。

②如釋重負 *(S)*

It's a great **relief** to hear that he came back
safe and sound.
聽說他安然無恙地回來了，我感到如釋重負。

relieve /rɪˈliv/

①減輕或解除 (痛苦、焦慮等) *(vt)* = ease

◀ The drug can **relieve** headaches.
這種藥可以減輕頭疼。

②解除 (某人的職務或責任) *(vt)*

He was **relieved** of his duties.
他被解除了職務。

relieved /rɪˈlivd/

感到寬慰的，放心的 *(adj)*

◀ I felt much **relieved** to learn that he came
back safe and sound.
知道他平安地回來了我感到十分寬慰。

religion /rɪˈlɪdʒən/

宗教 *(C)*

◀ What **religion** do you believe in？
你信什麼宗教？

religious /rɪˈlɪdʒəs/

宗教的，篤信宗教的，虔誠的 *(adj)*

◀ Mr. Lee is a very **religious** man.
李先生是非常篤信宗教的。

✎衍生字 *religiously (adv)* 虔誠地

relish /ˈrɛlɪʃ/

①喜歡 *(vt)*

◀ I really didn't **relish** the thought of sunbathing on the beach.
我實在不喜歡去海灘曬日光浴的想法。

②享用 *(vt)* = *enjoy*

Richard is so hungry that he will **relish** plain food.
理查德太餓了，連粗食都會吃得津津有味 (即享用粗茶淡飯)。

③熱切，喜愛 *(U)* = *zest*

We are looking forward with **relish** to camping by the river for the night.
我們熱切地盼著去河邊紮營過夜。

reluctant /rɪˈlʌktənt/

不情願的 *(adj)* = *unwilling, grudging*

◀ He is **reluctant** to help.
他不大願意幫助人。

✎衍生字 *reluctance (U)* 不情願

rely /rɪˈlaɪ/

指望，依賴 *(vi)* = *depend, count*

◀ Don't **rely** too much on the bank lending you the money.
別太指望銀行會貸款給你。

✎衍生字 *reliance (U)* 依賴；*reliable (adj)* 可靠的

🔘 MP3-R6

remain /rɪˈmen/

維持，停留 *(vi)*

◀ John **remained** single for the rest of his life after his wife died.
妻子死後，約翰後半生一直是一個人過。

remainder /rɪˈmendɚ/

剩餘物，其餘 (的人) *(S)* = *rest*

◀ Ten students are required to attend the meeting, and the **remainder** of the class should use this time for study in the classroom.
十名學生去開會，班裡其餘的同學應利用這段時間在教室讀書。

✎比 較 remains (遺址)。remnant (剩餘)。leftover (剩飯剩菜)。

remaining /rɪˈmenɪŋ/

剩餘的，留下來的 *(adj)*

◀ The only **remaining** question is whether we can raise the money.
僅剩的問題是我們能否籌集到這筆款子。

remark /rɪˈmɑrk/

①說 *(vt)* = *say*

◀ He **remarked** that we'd better hurry.
他說我們要趕緊些。

②評論 *(vi)* = *comment*

Everyone **remarked** on/upon his appearance.
每個人都在評論他的外貌。

③評論，談論 *(C)*

Don't make **remarks** about/on his appearance.
別對他的外貌品頭論足。

remarkable /rɪˈmɑrkəbl/

不尋常的，出眾的 *(adj)* ⇔ *unremarkable*

◀ Mt. Ali is **remarkable** for its beautiful sunrise and scenery.
阿里山以美麗的日出景象和優美的風景著稱。

✎衍生字 *remarkably (adv)* 出眾地

remedy /ˈrɛmədɪ/

①治療法，補救法 *(C)* = *cure*

◀ Lemonade can be a **remedy** for colds.
檸檬汁可以治療感冒。

②彌補，糾正 *(vt)* = *make up for*

How can we **remedy** the loss?
我們怎樣可以彌補損失呢？

remember /rɪˈmɛmbɚ/

記得 *(vi,vt)*

◀ **Remember** to turn off the lights before you leave the classroom.
離開教室前記得關燈。

remind /rɪˈmaɪnd/

①提醒 *(vt)*

◀ Will you **remind** me about/of the appointment?
你能提醒我一下約會的事嗎？

②使⋯回想起 *(vt)*

The picture **reminds** me of the happy days we had in college.
這張照片使我回想起我們在大學時美好時光。

R

reminder /rɪ'maɪndɚ/

提醒物 *(C)*

◀ Smokers need constant **reminders** of the dangers of smoking.
吸煙者需要不斷用吸煙有危害之類來提醒。

remorse /rɪ'mɔrs/

悔恨 *(U) = regret*

◀ I was full of **remorse** for what I had done in the past.
我對昔日的所作所爲充滿悔恨。

📝衍生字 *remorseful (adj)* 感到悔恨的；*remorseless (adj)* 殘酷無情的

remote /rɪ'mot/

偏遠的 *(adj) = distant, faraway*

◀ Joseph comes from a **remote** village in the hills.
約瑟夫來自山區裡一個偏遠村子。

removal /rɪ'muvl̩/

移除 *(C) = disposal*

◀ I will arrange for the **removal** of the old furniture as soon as possible.
我會盡快安排移除舊家具的事。

remove /rɪ'muv/

①脫掉，移走 *(vt) = take off*

◀ **Remove** your raincoat before you come in.
進來前先把雨衣脫掉。

②免除職務 *(vt) = dismiss*

The police officer must be **removed** (from his position).
這個警察必須免除職務。

renaissance /ˌrɛnə'sɑns/

(藝術、人文等某一領域的) 復興 *(U) = revival*

◀ Miniskirts have seen/enjoyed something of a **renaissance** lately.
近來迷你裙又見興起了。

render /'rɛndɚ/

使⋯變得，致使 *(vt)*

◀ Computers have **rendered** typewriters virtually useless.
電腦使打字機幾乎變得無用了。

renew /rɪ'nju/

重新開始 (某個行動，動作)，更新 *(vt) = resume*

◀ The enemy may **renew** their attack early in the morning.
敵軍清晨時可能再次進攻。

📝衍生字 *renewal (C,U)* 更新；*renewable (adj)* 可更換的

renowned /rɪ'naʊnd/

著名的 *(adj) = well-known, famous*

◀ Mr. Johnson is **renowned** for his eloquence.
強生先生以好口才著稱。

rent /rɛnt/

①租 *(v)*

◀ I **rent** a room from Mrs. Jones.
我從瓊斯太太那兒租了間房。

②租金 *(C)*

He lets the house to a young couple at a **rent** of NT$20,000 a month.
他把房子租給了一對年輕夫婦，租金每月二萬新台幣。

③租金 *(U)*

We'll have to pay more/less **rent**.
我們得多付 / 少付租金。

rental /'rɛntl̩/

①租金 *(S)*

◀ This telephone bill includes line **rental**.
這分電話帳單包含線路租金在內。

②出租的 *(adj)*

We had a **rental** car when we vacationed in Keng Ting National Park.
我們在墾丁國家公園度假時使用一輛出租汽車。

repair /rɪ'pɛr/

①修理，修補 *(vt)*

◀ I had my car **repaired** last week.
上週我將汽車送去修理了。

②整修，修補 *(U)*

The theater is under **repair** but the building next to it is beyond **repair**.
劇院正在整修，但旁邊那棟建築卻無法修復了。

repay /rɪˈpe/

償還 (vt) = pay back

◀ I am **repaying** the bank loan over a twenty-year period. The interest on the loan is 8% per year.

我在還為期二十年的銀行貸款。貸款利息為每年百分之八。

✎衍生字 *repayment (C,U)* 償還

repeal /rɪˈpil/

廢除 (vt) = rescind, annul, revoke

◀ Laws that discriminate against the disabled must be **repealed**.

凡歧視殘疾人的法律都必須廢除。

repeat /rɪˈpit/

重複，複述，複誦 (vt)

◀ Please **repeat** the dialog after the tape.

跟著錄音帶將對話複誦一遍。

✎衍生字 *repeated (adj)* 一再的，重複出現的

repel /rɪˈpɛl/

①擊退 (vt) = drive off, repulse

◀ Our forces have **repelled** the invaders/the enemy's attack.

我軍擊退入侵者／敵人的進攻。

②使厭惡 (vt) = put/turn off, disgust

That woman's heavy make-up **repelled** me.

那女人重彩濃妝真倒我胃口。

✎衍生字 *repellent (adj)* 令人厭惡的，*(U)* 驅蟲劑
✎同尾字 請參見 compel。

repetition /ˌrɛpɪˈtɪʃən/

重複 (C,U)

◀ This event is a **repetition** of the one that happened ten years ago.

這事件是十年前發生過的那次事件的重演。

replace /rɪˈples/

取代，替換 (vt)

◀ He **replaced** the badly worn tires with/by new ones.

他用新輪胎替換了嚴重磨損的舊輪胎。

✎衍生字 *replacement (C,U)*

reply /rɪˈplaɪ/

①回答 (vi) = respond

◀ He didn't **reply** to me/my question.

他沒有回答我／我的問題。

②回答 (vt) = answer

She **replied** that she would like very much to come.

她回答說她很樂意來。

report /rɪˈpɔrt/

報導 (C)

◀ Did you read the newspaper **reports** about the legislator's scandal?

你看過那位立委醜聞的報導了嗎？

✎衍生字 *report (vt)* 報導；*reporter (C)* 記者

represent /ˌrɛprɪˈzɛnt/

①代表 (vt)

◀ She **represented** our company at the meeting.

她代表我們公司出席會議。

✎衍生字 *representation(U,C)* 代表，演出

②表示，象徵 (vt) = stand for, symbolize

The letter X on the map **represents** danger.

地圖上的字母X表示 "危險"。

representative /ˌrɛprɪˈzɛntətɪv/

①代表…的，典型的 (adj) ⇔ unrepresentative

◀ Are the opinions **representative** of those of the other students?

這些意見是否也代表其他學生的意見呢？

②代表 (C) = delegate

A **representative** will attend the meeting on behalf of me.

一位代表將代我參加會議。

repress /rɪˈprɛs/

抑制，克制 (vt) = control, suppress

◀ I could hardly **repress** my laughter/fury/sigh.

我難以抑制大笑／怒氣／嘆息。

✎衍生字 *repression (U)* 抑制；*repressive (adj)* 鎮壓的，殘酷的
✎同尾字 請參見 compress。

reproduce /ˌriprəˈdjus/

①繁殖 (vi) = breed

◀ Frogs **reproduce** by laying eggs.

青蛙以產卵的方式進行繁殖。

✎衍生字 *reproduction (U)* 繁殖，複製

②翻印，複製 (vt) = copy

It is illegal to **reproduce** any part of a publication without permission from the publisher.

未經出版者的同意，翻印作品的任何一部分均為違法。

⊙ MP3-R7

reptile /ˈrɛptl̩/

爬蟲類 *(C)*

◀ **Reptiles** such as snakes and frogs lay eggs and their body temperature changes in response to the temperature around them.
爬蟲類動物如蛇與青蛙都會產卵，且體溫隨周圍氣溫而變化。

✎相關字 fish (魚類)。bird (鳥類)。mammal (哺乳類)。amphibian (兩棲類)。

republic /rɪˈpʌblɪk/

共和國 *(C)*

◀ We hope to establish a **republic** of the people, by the people and for the people.
我們希望建立一個民有、民治和民享的共和國。

republican /rɪˈpʌblɪkən/

①擁護共和政體者 *(C)* ⇔ *monarchist*

◀ A **republican** believes in government by elected representatives.
擁護共和政體者相信經由選舉產生的代表組成的政府。

②共和的，共和國的 *(adj)*

Some Australians think that their country's political system should be transformed into a **republican** government.
有些澳洲人認為他們的國家政體應改為共和政府。

reputation /ˌrɛpjəˈteʃən/

名聲 *(C)*

◀ The hotel has gained/acquired a **reputation** for good service.
這家旅館因服務好贏得了名聲。

request /rɪˈkwɛst/

①請求 *(C)*

◀ He made a **request** to the government for financial aid.
他向政府請求經濟援助。

②請求 *(vt)* = *ask*

We **requested** that he (should) reconsider his decision.
我們請求他重新考慮一下他的決定。

require /rɪˈkwaɪr/

①需要 *(vt)*

◀ It **requires** patience to be a teacher.
當一名教師需要具備耐心。

✎衍生字 *required (adj)* 必要的

②要求 *(vt)*

All passengers are **required** to show their passports.
所有乘客都被要求出示護照。

requirement /rɪˈkwaɪrmənt/

必需品，要求 *(C)*

◀ If you don't meet/satisfy/fulfill the **requirements** of the job, don't apply.
如果你不符合該項工作的要求就不要應徵。

rescue /ˈrɛskju/

①拯救，救援 *(U)* = *aid*

◀ We were caught in the crossfire, and they came to our **rescue**.
我們被封在交叉火力網內，後來他們來救我們了。

②拯救，救援 *(vt)* = *save*

He **rescued** the little boy from drowning.
他救了溺水的小男孩。

research /ˈrisɝtʃ/

①研究 *(U)*

◀ They are carrying out/doing some **research** into/on the effects of acid rain.
他們正在對酸雨造成的影響進行研究。

✎衍生字 *researcher (C)* 研究者

②研究 *(vi,vt)* /rɪˈsɝtʃ/

They are **researching** (into/on) the effects of acid rain.
他們在研究酸雨造成的影響。

resemblance /rɪˈzɛmbləns/

相像 *(C)* = *similarity*

◀ Alice bears a remarkable **resemblance** to Diana.
愛麗絲與黛安娜非常相像。

resemble /rɪˈzɛmbl̩/

相似，像… *(vt)* = *look like*

◀ I **resemble** my father in appearance but not in character.
我外表像我父親，但性格不像。

resent /rɪˈzɛnt/

對…感到不滿或怨恨 *(vt)* = *be angry at*

◀ Bill strongly/bitterly/greatly **resented** his wife holding/controlling the purse strings.
比爾非常不滿他老婆獨攬 / 控制家庭經濟大權。
◎衍生字 *resentful (adj)* 感到怨恨的
◎同尾字 請參見 assent。

resentment /rɪˈzɛntmənt/

怨恨 *(U,S)* = *grudge*

◀ Sam could not conceal the deep **resentment** he felt/harbored/bore against his boss.
山姆無法掩飾他對老闆的深切怨恨。

reservation /ˌrɛzɚˈveʃən/

① 保留 *(C)*

◀ Some people expressed/had **reservations** about the truth of this report.
有些人對這分報告的眞實性有所保留。
◎衍生字 *reserved (adj)* 拘謹的
② 預訂 *(C)* = *booking*

Have you made **reservations** for the hotel rooms?
旅館房間你預訂了嗎？
③ 保護區 *(C)* = *reserve*

Hunting is not allowed in a game **reservation**.
在野生動物保護區內是不許打獵的。
④ 保留 *(U)* = *reserve*

We accepted his offer without **reservation**.
我們毫無保留地接受了他的提議。

reserve /rɪˈzɝv/

① 保留 *(vt)*

◀ These seats are **reserved** for the VIPs.
這些座位是保留給貴賓的。
② 預訂 *(vt)*

Have you **reserved** tickets for the concert?
音樂會入場券你預訂了嗎？

reservoir /ˈrɛzɚˌvɔr/

水庫 *(C)*

◀ A new **reservoir** is going to be constructed in the mountains.
將在山區建成一座新水庫。
◎相關字 dam (水壩)。dyke (堤壩)。

reside /rɪˈzaɪd/

居住 *(vi)* = *live, dwell*

◀ Since I returned from the U.S., I have been **residing** in this small town.
我從美國回來後就一直住在這個小鎮上。
◎同尾字 請參見 preside。

residence /ˈrɛzədəns/

住宅 *(C)* = *house, dwelling, abode*

◀ We have decided to put our comfortable **residence** up for sale, and are planning to put down roots in the countryside.
我們已決定把我們那間舒適的住宅賣掉並打算到鄉下去落戶。

resident /ˈrɛzədənt/

居民 *(C)* = *dweller*

◀ The **residents** of Taipei always complain about traffic congestion.
台北的居民總在抱怨交通堵塞。

residential /ˌrɛzəˈdɛnʃəl/

住宅的 *(adj)*

◀ Setting off firecrackers is not allowed in **residential** areas.
在住宅區燃放爆竹是不許可的。

resign /rɪˈzaɪn/

① 辭職 *(vi)*

◀ He **resigned** from office.
他辭職了。
◎衍生字 *resigned (adj)* 認命的，逆來順受的；
resignedly (adv) 認命地
② 辭職 *(vt)*

He **resigned** the post because he had been offered a better job.
他因爲有了一分更好的工作，就辭去了原來的職務。

resignation /ˌrɛzɪgˈneʃən/

辭職，辭呈 *(C)*

◀ The officer handed/sent in his **resignation**.
這位官員遞上了辭呈。

resist /rɪˈzɪst/

① 抵抗 *(vt)* = *fight against*

◀ They have **resisted** the enemy/the attack for two weeks.
他們對敵人 / 進攻已抵抗了兩週。

R

②不受…的損害或影響，抗，防 *(vt)*
The material can **resist** heat/ damp/ frost/ corrosion.
這種材料可抗高溫 / 防潮 / 抗寒 / 防侵蝕。
③忍住，抗拒 *(vt)* = help
I couldn't **resist** laughing.
我忍不住笑出來。

resistance /rɪ'zɪstəns/
①抵抗 *(S,U)*
◀ They put up (a) **resistance** to the enemy.
他們抵抗敵人。
②抵抗力 *(U)*
Good nutrition builds up our **resistance** to diseases.
營養好可增強我們對疾病的抵抗力。

resistant /rɪ'zɪstənt/
對抗的 *(adj)*
◀ The AIDS virus is **resistant** to antibiotics.
愛滋病毒對抗生素有抗藥力。

resolute /'rɛzə,lut/
有決心的，堅決的 *(adj)* ⇔ irresolute
◀ Steve became **resolute** in his decision to go abroad for study.
史蒂夫已決心去國外讀書。

resolution /,rɛzə'luʃən/
①決議，決定 *(C)*
◀ They have passed/adopted/rejected a **resolution** to set up a new company.
他們通過 / 採納 / 否決了關於建立一個新公司的決議。
②決心，堅決 *(U)* = determination
He shows/lacks **resolution**.
他顯示出 / 缺乏決心。

resolve /rɪ'zɑlv/
①解決 *(vt)* = solve, settle
◀ They've finally **resolved** the problem.
他們終於解決了這個問題。
②決心，決定 *(vt)* = make up one's mind
He **resolved** to work harder/ that he would work harder.
他決心更努力地工作。

③決心 *(C)* = resolution
I've made/shown a firm **resolve** to go on a diet.
我已下定決心要節食了。

resort /rɪ'zɔrt/
①度假勝地，度假 *(C)*
◀ We vacationed at a seaside/mountain/beach **resort** north of Taipei because my son runs a **resort** hotel there.
我們在台北北部的一處海濱 / 山區 / 沙灘度假勝地度假，因為我的兒子在那兒經營一家度假旅館。
②採取…手段，訴諸…事物 *(vi)*
There is no point in trying to stop violence by **resorting** to violence.
採用暴力手段來制止暴力是不對的。

resource /rɪ'sors/
資源 *(P)*
◀ This country is rich in natural **resources**, such as oil, coal, water, etc.
該國自然資源豐富，如石油、煤、水資源等。

respect /rɪ'spɛkt/
①尊重 *(vt)* = consider
◀ I will **respect** her wishes/ opinions/ feelings.
我會尊重她的意願 / 意見 / 感情。
②尊敬 *(vt)*
Students should **respect** their teachers.
學生應尊敬老師。
③尊敬 *(U)* ⇔ disrespect
Students should show/have **respect** for their teachers.
學生應該尊敬老師。
④方面 *(C)* = aspect, way
I resemble my father in many **respects**.
我在許多方面都像父親。
⑤致意 *(P)* = regards
Give my **respects** to your wife.
請代我向你太太問好。

respectable /rɪ'spɛktəbl/
①受人尊敬的，體面的 *(adj)*
◀ Mr. Lee is a **respectable** gentleman.
李先生是位受人尊敬的紳士。

②相當好的 *(adj)* = *decent*

NT$70,000 a month is quite a **respectable** income.

每月七萬元新台幣是相當好的一分收入。

○ MP3-R8

respectful /rɪ'spɛktfəl/

表示尊重 (敬) 的 *(adj)* ⇔ *disrespectful*

◀ Please be **respectful** of other people's opinions.

請尊重別人的意見。

respective /rɪ'spɛktɪv/

個別的 *(adj)*

◀ All the contestants have their **respective** merits, which presents a big headache for the judges.

所有的參賽者皆有其個別的優點，這使得裁判相當難以評分。

respectively /rɪ'spɛktɪvlɪ/

分別地 *(adv)*

◀ My two children, Tim and Alice, are seventeen and fourteen **respectively**.

我的兩個孩子提姆和愛麗絲分別為十七歲和十四歲。

respond /rɪ'spɑnd/

①回信 *(vi)* = *reply*

◀ I'll **respond** to your letter as soon as possible.

我會盡快給你回信的。

②反應 *(vi)* = *react*

He **responded** (to my suggestion) with a laugh.

他 (對我的建議) 一笑應之。

response /rɪ'spɑns/

回答 *(U)* = *reply*

◀ I asked him a question but he made/gave no **response**.

我問了他一個問題，但他沒有回答。

✎衍生字 *responsive (adj)* 反應熱烈的

responsibility /rɪ,spɑnsə'bɪlətɪ/

責任 *(U)*

◀ I take full **responsibility** for losing the money.

對丟錢這件事，我負全部責任。

responsible /rɪ'spɑnsəbl̩/

① (在法律上或道義上) 須負責的 *(adj)*

= *accountable, answerable* ⇔ *irresponsible*

◀ Who's **responsible** for the project?

誰負責這項計畫？

②作為 (某事物的) 原因 *(adj)*

The earthquake is **responsible** for hundreds of deaths and injuries.

這次地震造成數百人死傷。

rest /rɛst/

①休息 *(S)*

◀ If you're tired, take/have a **rest**.

如果你累了就休息一下。

②剩餘的部分 *(U)*

I'll stay in this lovely small town for the **rest** of my life.

我將在這個可愛的小鎮上度過餘生。

③休息 *(vi)*

I always **rest** a while after dinner.

我吃過飯總是休息一會兒。

④使休息 *(vt)*

Sit down and **rest** your feet.

坐下歇歇腳。

rest on

靠 *(vt,u)* = *depend on*

◀ Success **rests** partly **on** good luck.

成功有一半靠的是機遇。

rest with

由⋯決定 *(vt,u)*

◀ The decision to buy this house **rests with** my wife.

這房子買不買由我妻子決定。

restaurant /'rɛstərənt/

餐廳 *(C)*

◀ We ate lunch at a fast-food **restaurant**.

我們在一家速食餐廳吃了午飯。

restoration /,rɛstə'reʃən/

整修，恢復 *(C)*

◀ The villagers are mounting a campaign for the **restoration** of the historic building.

村民們正在為修復這棟歷史性建築而發起一場活動。

R

restore /rɪ'stor/

①恢復 (vt)

◀ Law and order were quickly **restored**.
法律和秩序很快就恢復了。

②歸還 (vt) = return

The stolen property must be **restored** to its former owner.
贓物必須歸還原主。

restrain /rɪ'stren/

約束，抑制 (vt) = prevent, hold back

◀ I have to **restrain** my children from plunging into the stock market.
我得約束我的子女，不讓他們涉足證券市場。

✎同尾字 請參見 constrain。

restraint /rɪ'strent/

①限制，管制措施 (C) = constraint, restriction

◀ The government imposes **restraints** on the high-tech export.
政府對高科技出口實施限制。

②克制，約束 (U)

When confronted with the jeers and catcalls from the crowd, the speaker exercised great **restraint**.
面對人群的譏諷和噓聲，演講人顯示了極大的自我克制。

✎同尾字 constraint (限制)。

restrict /rɪ'strɪkt/

限制 (vt) = limit, confine

◀ I **restrict** myself to two cigarettes a day.
我限制自己每天只能抽兩根煙。

✎衍生字 restricted (adj) 有限的，受限的

restriction /rɪ'strɪkʃən/

限制，約束 (C) = restraint

◀ The government imposes/places **restrictions** on the import of produce.
政府對進口農產品加以限制。

restroom /'rɛstrum/

洗手間 (C) (請參閱附錄 "房子")

◀ Peter went into the **restroom**.
彼得去洗手間。

result /rɪ'zʌlt/

①結果 (C) = consequence

◀ She was late as a **result** of traffic jams.
由於交通堵塞的結果，她遲到了。

②產生，是…的結果 (vi)

If these two substances are combined, an enormous explosion will **result**.
這兩種物質如果結合在一起，將會產生巨大的爆炸。

result from

起因於 (vt,u) = arise/ spring from

◀ The flood **resulted from** the heavy rain.
水災是暴雨引起的。

result in

造成 (vt,u) = bring about, cause

◀ The car crash **resulted in** two deaths.
這次車禍造成兩人死亡。

resume /rɪ'zum/

重新開始，恢復 (vt) = restart, renew

◀ Pakistan was under pressure from America to **resume** peace talks with India.
巴基斯坦受到來自美國的壓力，迫使它重新與印度進行和平談判。

✎衍生字 resumption (U) 恢復
✎同尾字 請參見 presume。

retail /'ritel/

①零售 (vt)

◀ The instant noodles are **retailed** through a big chain of 7-11 stores.
由大型連鎖超商七—十一零售速食麵。

✎衍生字 retailer (C) 零售商

②零售 (U) ⇔ wholesale

The rice is for **retail** only.
這種米只供零售。

✎同尾字 tail (尾巴)。detail (細節)。curtail (縮短)。

retain /rɪ'ten/

保持，保留 (vt) = keep

◀ I tried to **retain** my self-control.
我試圖保持自制。

retaliate /rɪ'tælɪˌet/

反擊，報復 *(vi)*

◀ I think I must **retaliate** against the attack/ injustice.

我覺得我必須反擊這一攻擊／不公。

✎衍生字 *retaliation (U)* 報復；*retaliatory (adj)* 報復的

retard /rɪ'tɑrd/

阻礙，使遲緩 *(vt)* = hinder, hamper, stunt

◀ Malnutrition **retards** children's growth, physical and mental alike.

營養不良會阻礙兒童身心兩方面的成長發育。

✎衍生字 *retardation (U)* 遲緩

retire /rɪ'taɪr/

退休 *(vi)*

◀ She **retired** (from her job) at the age of 60.

她六十歲時退休了。

✎衍生字 *retirement (U)* 退休

retort /rɪ'tɔrt/

①反駁 *(vt)* = refute, rebut

◀ When accused of corruption, Mr. Clean **retorted** that the money in his bank account was bequeathed to him by an elder.

當克林先生被控貪汙時，他反駁說他銀行帳戶中的存款是一位長輩遺贈的。

②反駁 *(C)* = rebuttal

When questioned about the patronage in his term of office, Mr. Right made a sharp **retort**.

當被問及任職期間的任命權時，萊特先生強烈反駁。

✎同尾字 請參見 distort。

retract /rɪ'trækt/

撤回或撤銷 (聲明) *(vt)* = withdraw, take back

◀ Mr. Black said in public numerous times that he would never run for a mayoral election , but later on he **retracted** his own words.

布萊克先生在公開場合無數次地講他永遠也不會去競選市長，可是後來他又收回了自己的聲明。

✎同尾字 請參見 detract。

retreat /rɪ'trit/

①撤退 *(vi)* = withdraw

◀ The army **retreated** a few kilometers.

軍隊撤退了幾公里。

②撤退 *(U)*

The army fell back in full **retreat**.

部隊全面撤退。

③遠離塵囂的去處，靜居處 *(C)*

My favorite **retreat** is a small café near my home.

我最喜歡的遠離塵囂的去處是我家附近的一家小咖啡館。

retrieve /rɪ'triv/

重新找到，取回 *(vt)* = regain

◀ The wreckage of the crashed car was **retrieved** from the river.

撞毀的汽車殘骸從河裡找到了。

✎衍生字 *retrieval (U)* 取回；*retrievable (adj)* 可檢索的

retrospect /'rɛtrəˌspɛkt/

回顧 *(U)* ⇔ prospect

◀ In **retrospect**, it was a wrong decision to abolish the joint entrance examination.

回顧過去，當初取消入學聯考的決定是錯誤的。

✎同尾字 請參見 prospect。

🔊 MP3-R9

return /rɪ'tɝn/

①返回 *(vi)* = come back

◀ What time does your mother **return** home (from work)?

你媽什麼時間 (下班) 回家？

②恢復 *(vi)*

The bus service will **return** to normal tomorrow.

公車服務明天會恢復正常。

③歸還 *(vt)* = give back

Remember to go to the library and **return** the books.

別忘了去圖書館還書。

④返回 *(S)*

Keep some food to eat on the **return** journey.

留些東西在回來的路上吃吧。

reunion /ri'junjən/

團聚，再聯合 *(C)*

◀ We had a family **reunion** at Christmas.

聖誕節時我們全家團聚。

R

reveal /rɪ'vil/

①洩漏，透露 (vt) = disclose, let out ⇔ conceal

◀ I won't **reveal** the secret.
我不會洩漏這祕密的。

②顯示 (vt) = show

A closer examination **revealed** a crack in the glass.
再仔細一看，顯露玻璃上有條裂紋。

✎衍生字 *revelation (n)* 透露，顯示；*revealing (adj)* 揭露 (事實) 的，(衣服) 曝露的

revelation /ˌrɛvl'eʃən/

披露，透露 (C) = disclosure

◀ The sensational **revelations** about her private life grabbed/hit the headlines.
對她私生活聳人聽聞的披露佔據了頭版新聞。

revenge /rɪ'vɛndʒ/

①報復，復仇 (U)

◀ He took **revenge** on his boss for firing him.
他因為老闆炒了他魷魚而對老闆進行了報復。

✎衍生字 *revengeful (adj)* 復仇的

②報復，復仇 (vt) = avenge

He **revenged** himself on his boss for firing him.
他因老闆開除他而對老闆進行報復。

revenue /'rɛvəˌnju/

歲入，收入 (U) = revenues (P)

◀ The country's annual **revenues** fell by 10%.
該國的年度稅收下滑了百分之十。

reverse /rɪ'vɝs/

①使翻面，使逆轉 (vt)

◀ We should take necessary action to **reverse** the present trend of rising interest rates.
我們應採取必要措施來扭轉當前利率上漲的趨勢。

✎衍生字 *reversal (C,U)* 扭轉，顛倒

②挫折，逆轉 (U)

The political upheaval and economic slowdown made it possible that the movement towards democracy in Latin America would go into **reverse**.
政治動盪加上經濟衰退使拉丁美洲的民主運動有可能受挫。

✎同尾字 請參見 averse。

revert /rɪ'vɝt/

恢復 (vi)

◀ After released from prison, Cindy **reverted** to her old habit of taking illegal drugs.
辛蒂出獄後又恢復舊習慣吸起毒品來。

✎衍生字 *reversion (U,S)* 恢復

✎同尾字 請參見 avert。

review /rɪ'vju/

①書評，影評等 (C)

◀ The book got excellent/favorable/unfavorable **reviews**.
這本書受到了極佳的 / 很好的 / 不好的評價。

②檢閱，閱兵式 (C)

Our country will hold a grand **review** of the troops.
我國將舉行一場盛大的部隊檢閱。

③檢討，回顧 (vt)

The committee is **reviewing** its decision.
該委員會正在檢討作出的決定。

④評論 (書，影片等) (vt)

The play was well/favorably **reviewed**.
這齣戲得到很好的評價。

⑤複習 (vt)

I'm **reviewing** my English textbook for tomorrow's exam.
我正在複習英文課本，為明天的考試作準備。

revise /rɪ'vaɪz/

①修改 (vt)

◀ Please **revise** your composition before handing it in.
交作文前請先修改一下。

②修正，改變 (vt) = change

I'll have to **revise** my opinion of Joseph; he's quite humorous after all.
我得修正對約瑟夫的看法，畢竟他還是很幽默的。

revision /rɪ'vɪʒən/

①修改，修正 (U)

◀ The book needs a lot of **revision**.
這本書需作很多修改。

②修訂 (C)

The book has already had three **revisions**.
這書已修訂過三次。

revival /rɪ'vaɪvl̩/

①復甦，恢復 (C)

◀ The central bank cut the interest rates again to stimulate an economic **revival**.
中央銀行又降低利率以期刺激經濟復甦。

②重新流行 (C) = renaissance (S)

Taiwanese folk songs are enjoying a **revival**.
台灣民謠正再度流行起來。

✎同尾字 survival (生還)。

revive /rɪ'vaɪv/

①恢復健康、活力或知覺 (vi)

◀ The plant is withering away, but it will **revive** if you water it.
植物枯萎了，但你給它澆些水就會再活的。

②救活，使甦醒 (vt)

The doctor **revived** the patient by administering mouth-to-mouth resuscitation.
醫生用嘴對嘴人工呼吸救活了那位病人。

③喚起 (vt) = evoke

The movie **revived** memories of my childhood.
這部影片喚起了我的童年回憶。

✎同尾字 survive (生還)。

revolt /rɪ'volt/

①叛亂，反叛 (C) = rebellion

◀ The president crushed/quelled an armed **revolt** against his government.
總統鎮壓／制止了一場反政府的武裝叛亂。

②反叛，反抗 (vi) = rebel

Thousands of peasants **revolted** against the local government in Shi Chuan.
在四川數千名農民起義反對當地政府。

③憎惡，討厭 (vi)

My stomach **revolts** at pizza.
我對披薩餅一點沒胃口。

revolution /ˌrɛvə'luʃən/

①革命 (C)

◀ The French **Revolution** took place in 1789.
一七八九年爆發了法國大革命。

②徹底改變，重大變革 (C)

The invention of air travel brought about/caused a **revolution** in our way of living.
航空旅行的興起爲我們的生活方式帶來了徹底變革。

revolutionary /ˌrɛvə'luʃənˌɛrɪ/

全新的，革命性的 (adj)

◀ It's a **revolutionary** new way of growing fruits.
這是一種種植水果全新的方法。

revolve /rɪ'vɑlv/

① (指行星等) 在軌道上運轉 (vi) = rotate

◀ The earth **revolves** around the sun.
地球繞太陽旋轉。

②旋轉 (vi) = turn around

The wheel **revolved** at high speed.
輪子高速旋轉。

③使旋轉 (vt) = rotate

Jack **revolved** a ball on his fingertip.
傑克指尖上轉著個球。

✎同尾字 請參見 evolve。

reward /rɪ'wɔrd/

①獎賞，報酬 (C)

◀ I got a new computer from my parents as a **reward** for passing the Joint College Entrance Examination.
我因爲通過了大學聯考而得到一台新電腦，這是父母給的獎賞。

②酬謝，獎賞 (vt)

They **rewarded** the boy with NT$100 for bringing back the lost dog.
他們酬報那男孩一百元新台幣，因爲他帶回了走失的狗。

rhetoric /'rɛtərɪk/

修辭 (學) (U)

◀ Politicians' speeches are full of empty **rhetoric**, but lack substance.
政客的演說充滿華麗詞藻卻空洞無物。

✎衍生字 rhetorical (adj) 修辭的，詞藻華麗的

rhinoceros/rhino /raɪ'nɑsərəs; 'raɪno/

犀牛 (C)

◀ **Rhinoceros** are in danger of extinction.
犀牛有絕種的危險。

rhyme /raɪm/

①韻，韻腳 (C)

◀ "Tree" and "sea" are **rhymes**.
"Tree" 和 "sea" 是押韻的。

R

②押韻 *(vi)*

"Tree" **rhymes** with "sea".

"Tree" 與 "sea" 同韻。

rhythm /ˈrɪðəm/

節律，節奏 *(U)*

◀ The **rhythm** of her heart is a bit irregular.

她心律稍有些不整。

rhythmic /ˈrɪðmɪk/

有節奏的，規律的 *(adj)*

◀ I tried to find out the **rhythmic** pattern of the raindrops on the roof.

我試圖找出雨滴打在屋頂上時的節奏模式。

rib /rɪb/

肋骨 *(C)*

◀ Paul broke a **rib** in the car crash.

保羅在撞車時斷了一根肋骨。

ribbon /ˈrɪbən/

緞帶 *(C)*

◀ She wore purple **ribbons** in her hair.

她頭髮上紮著紫色的緞帶。

rice /raɪs/

稻穀，米 *(U)* (請參閱附錄 "食物")

◀ We live on **rice**.

我們以米為生。

rich /rɪtʃ/

①富有的 *(adj)* = wealthy, well-off

◀ The **rich** get **richer** and the poor get poorer.

富者愈富，貧者愈貧。

②豐富的 *(adj)* = abundant

The country is **rich** in natural resources.

這個國家自然資源豐富。

③肥沃的 *(adj)* = fertile

The soil is **rich** here.

此地土壤肥沃。

◣衍生字 *richness (U)* 豐富，肥沃

riches /ˈrɪtʃɪz/

財富 *(P)* = wealth

◀ His success has brought him vast/great **riches**.

他的成功為他帶來了巨額財富。

rid /rɪd/, rid/ridded *(pt)*, rid *(pp)*

①革除 *(vt)*

◀ It's hard to get **rid** of bad habits.

革除壞習慣是困難的。

②去除，擺脫 *(vt)*

How can I **rid** the house of cockroaches?

我怎樣把房子裡的蟑螂消除呢？

riddle /ˈrɪdl̩/

①謎語 *(C)*

◀ Do you know the answer to the **riddle**?

你知道這個謎語的答案嗎？

②奧祕，費解之事 *(C)* = mystery

It's still a complete **riddle**.

這事仍是一個謎。

🔘 MP3-R10

ride /raɪd/, rode *(pt)*, ridden *(pp)*

①騎乘，搭乘 *(C)*

◀ We went for a **ride** in the new car.

我們乘著新車去兜了一圈。

②乘車的旅行 *(C)*

The museum is only a ten-minute bus **ride** away.

乘車去博物館僅十分鐘。

③騎 *(vt)*

Can you **ride** a bicycle/a horse/ a motorcycle?

你會騎自行車 / 馬 / 摩托車嗎？

④搭乘 *(vi)*

It's convenient to **ride** in a bus/on a train.

搭乘公共汽車 / 火車真是方便。

ride on

取決於 *(vt,u)* = depend/hinge/hang on

◀ I know I have to win the game—my fame is **riding on** it.

我知道這場比賽我必須贏——我的名聲就看這一次了。

ride out

(船隻) 挺過 (惡烈天氣等)，平安度過 *(vt,s)*

◀ Jane finally **rode out** the political crisis/ scandal.

珍終於平安度過了這場政治危機 / 醜聞。

ridge /rɪdʒ/

山脊，屋脊，脊 *(C)*

◄ I saw several backpackers walking along the windswept **ridge** of Mount Chi Shin.
我看見幾名揹背包的旅行者沿著迎風的七星山山脊行走。

ridicule /'rɪdɪkjul/

① 嘲弄 *(vt) = make fun of, jeer (at)*
◄ Ted tends to **ridicule** politicians/their ideas.
泰德老愛嘲弄政客／他們的想法。

② 嘲笑 *(U) = derision*
Jack's crazy ideas were met with **ridicule**.
傑克的瘋狂念頭遭人嘲笑。

ridiculous /rɪ'dɪkjələs/

荒唐可笑的 *(adj) = silly, absurd*
◄ Pokey looks **ridiculous** in that hat.
波基戴那頂帽子看起來很可笑。

rifle /'raɪfḷ/

來福槍，步槍 *(C)*
◄ Taylor aimed his **rifle** at the bird in the tree.
泰勒舉起來福槍瞄準樹上的鳥。

right /raɪt/

① 右邊的 *(adj)* ⇔ *left*
◄ Take a **right** turn at the crossroads.
在十字路口朝右轉。

② 對的，正確的 *(adj)*
It's sometimes hard to tell what is **right** from what is wrong.
有時候要辨明是非很難。

③ 恰當的 *(adj) = suitable*
I'm sure you're the **right** person for this job.
我敢肯定你是做這工作的恰當人選。

④ 正確地 *(adv) = correctly*
Am I doing it **right**?
我做得對嗎？

⑤ 準確地，就在 *(adv)= exactly, precisely*
You're standing **right** in the middle of the building.
你站在房子的正中央。

⑥ 右邊 *(U)* ⇔ *left*
Keep to the **right**!
靠右邊！

⑦ 正確，對 *(U)*
He's old enough to know the difference between **right** and wrong.
他大了，能夠懂得是非了。

⑧ 權利 *(C,U)*
You have no **right** to treat me like this.
你無權這樣對待我。

rigid /'rɪdʒɪd/

① 嚴格的 *(adj) = strict*
◄ Some of the school's rules are quite **rigid**.
該校有些規定十分嚴格。

② 固執的 *(adj) = inflexible*
My teacher is very **rigid** and stuffy.
我的老師極固執而陳腐。

③ 僵硬的 *(adj) = stiff*
Sue sat bolt upright, her body **rigid** with fear.
蘇僵直地坐著，身體因恐懼而僵硬。

rigorous /'rɪgərəs/

① 嚴格的 *(adj)*
◄ University students are required to receive **rigorous** army training.
大學生要接受嚴格的軍訓。
✎衍生字 *rigor (U)* 嚴格

② 嚴密的 *(adj) = thorough*
Travelers must undergo **rigorous** safety checks at an airport.
在機場旅客必須通過嚴密的安全檢查。

rim /rɪm/

外緣，邊緣 *(C)*
◄ There is a small crack at the **rim** of the glasses.
眼鏡外緣上有一條小裂口。

ring /rɪŋ/, rang *(pt)*, rung *(pp)*

① 按響 *(vt)*
◄ I **rang** the doorbell but no one answered.
我按響了門鈴，但無人應答。

② 打電話 *(vt)*
I'll **ring** you (up) tomorrow.
我明天給你打電話。

③ 戒指 *(C)*
The diamond **ring** is worth a lot of money.
鑽石戒指值很多錢。

④ 黑眼圈 *(C)*
He's got **rings** round his eyes.
他眼睛周圍有黑眼圈。

R

⑤電話 (C) = call

I'll give you a **ring** tomorrow.

我明天給你打電話。

ring in

打卡上班 (vi) = clock/punch in

◀You are supposed to **ring in** in the office by nine.

你們應在九點鐘到達辦公室打卡上班。

ring out

打卡下班 (vi) = clock/punch out

◀I often **ring out** at five o'clock.

我經常在五點鐘打卡下班。

R

ring up

打成 (vt,s)

◀The bill came to $88, but the salesgirl **rang up** $98 by mistake.

帳單是八十八元,但售貨員錯打成九十八元了。

riot /'raɪət/

暴動,騷亂 (C)

◀King was arrested for stirring up a **riot**.

金因煽動暴亂被捕。

rip /rɪp/

①撕裂,扯開 (vt) = tear

◀I have **ripped** my trousers on a nail.

我的褲子被釘子撕破了。

②撕裂,扯開 (vi)

My pants **ripped** on a nail.

我的褲子被釘子鉤破了。

rip off

敲竹槓 (vt,s)

◀The salesgirl certainly **ripped** me **off** when I paid over $500 for this coat.

我花了五百多元買這件衣服,售貨員肯定是敲我竹槓。

ripe /raɪp/

①成熟的 (adj) ⇔ unripe

◀The bananas are **ripe** enough to eat.

香蕉已經熟了,可以吃了。

②時機成熟的,適宜的 (adj) = suitable

The time is **ripe** for political reform.

政治改革時機已成熟了。

✎衍生字 ripen (vi,vt) (使) 成熟

ripple /'rɪpl̩/

①漣漪 (C)

◀A sudden gust of wind made **ripples** on the surface of the lake.

忽然一陣風起把湖面吹起漣漪。

②起漣漪,起皺痕 (波痕) (vi)

The curtain **rippled** in the wind.

窗簾在風中蕩起皺痕。

③興起 (一陣陣的⋯) (vi)

A thrill of pleasure **rippled** through Sue when she heard that she had won the first prize.

蘇聽到自己獲得頭獎時興起一陣喜悅。

④使起漣漪 (vt)

A breeze **rippled** the water.

一陣微風吹皺水面。

rise /raɪz/, rose (pt), risen (pp)

①上漲,上升 (S) ⇔ drop

◀There's been a sharp **rise** in the cost of living.

生活費急劇上漲。

②興起,發展 (U) ⇔ fall, decline

The article is about the **rise** and fall of the Roman Empire.

這篇文章談的是羅馬帝國的興亡。

③上升,升起 (vi) ⇔ set

The sun **rises** in the east.

太陽從東方升起。

④上漲 (vi) ⇔ drop

The price of land has **risen** sharply by 30%.

土地價格暴漲了百分之三十。

⑤起身,站起來 (vi) = stand up

He **rose** to greet the guests.

他起身迎客。

risk /rɪsk/

①冒危險 (U) = (in) danger

◀You're putting your own life at **risk**.

你在拿自己的生命冒險。

②風險 (C)

You'll have to run/take a lot of **risks** if you want to succeed in business.

你想經商成功就得冒許多風險。

③冒…的危險 *(vt)*

She **risked** her life trying to save the little boy.

她冒了生命危險想救那小男孩。

✎衍生字 *risky (adj)* 冒險的

rite /raɪt/

儀式，典禮 *(C)* = *ceremony*

◀ A priest was asked to perform the funeral **rites**.

牧師被請去主持葬禮儀式。

ritual /ˈrɪtʃuəl/

①儀式 (程序) *(C)*

◀ A monk usually performs a religious **ritual**.

僧侶常要執行宗教儀式。

②例行習慣 *(C)*

I am performing the bedtime **ritual** of brushing my teeth.

上床前我正在照慣例刷牙。

rival /ˈraɪvl̩/

①對手 *(C)* = *competitor*

◀ Mark and I are **rivals** for the championship, but we are still friends.

馬克和我是爭奪冠軍時的對手，但我們依然是朋友。

②與…匹敵，比得上 *(vt)* = *match*

The equipment of my clinic **rivals** that of a hospital.

我牙科診所內的設備可與醫院的相比。

rivalry /ˈraɪvl̩rɪ/

競爭，對抗 *(C)* = *competition (U)*

◀ There is a keen/intense/fierce/friendly **rivalry** between the two teams for the championship.

這兩支隊在激烈地 / 劇烈地 / 兇猛地 / 友好地爭奪冠軍。

river /ˈrɪvɚ/

河流 *(C)*

◀ It is dangerous to swim in the **river**.

在這條河裡游泳是危險的。

✎相關字 stream (溪流)。brook (小溪)。puddle (下雨後形成的水窪)。pond (池塘)。pool (池子)。lake (湖)。sea (海)。ocean (洋)。

road /rod/

道路，公路 *(C)*

◀ Many of the **roads** in this city are not wide enough.

這座城市中的許多馬路都不夠寬。

✎相關字 street (街)。lane (巷)。alley (弄)。avenue (大街)。boulevare (林蔭大道)。path, track (小徑)。trail (人或動物踏出來的步道)。

roam /rom/

①漫步，徘徊 *(vi)* = *wander, rove, stroll*

◀ Several cows **roam** freely in the field.

幾頭牛在田野上漫遊。

②閒逛 *(vt)*

Children are not allowed to **roam** the streets after midnight if they are not accompanied by an adult.

午夜後如果沒有成年人陪伴，孩童是不允許在街上閒逛的。

roar /rɔr/

①吼聲，咆哮聲，呼嘯聲 *(C)*

◀ The sudden **roar** of the lion made me jump.

獅子忽然吼叫，驚得我跳了起來。

②吼叫，咆哮 *(vi)*

The lion **roared**.

獅子發出了吼叫聲。

③高聲叫 *(vi)*

He **roared** with laughter/pain/rage.

他高聲大笑起來 / 痛得叫起來 / 憤怒得叫起來。

roast /rost/

①烤 (肉等) *(vt)*

◀ The wife **roasted** a chicken for dinner.

妻子烤了隻雞在晚餐上吃。

②烘烤的 *(adj)*

I ordered **roast** beef for dinner.

晚飯時我點了烤牛肉。

③烤肉 *(C)*

Let's have a nice **roast** for Sunday dinner.

我們週日晚餐好好吃一頓烤肉吧。

✎相關字 請參見cook。

rob /rɑb/

搶劫 *(vt)*

◀ I was **robbed** (of my cash/ Rolex watch).

我 (的現金 / 勞力士錶) 被搶了。

✎衍生字 *robber (C)* 搶劫犯，強盜

R

robbery /'rɑbərɪ/

搶劫 (案) (C)

◀ He committed several **robberies**.

他作下好幾件搶劫案。

✎相關字 請參見crime。

robe /rob/

長袍，禮袍，晨衣 (C) (請參閱附錄 "衣物")

◀ Paul raced on the beach, his **robe** flapping in the wind.

保羅在沙灘上跑，他的浴袍在風中擺動。

◉ MP3-R11

robin /'rɑbɪn/

知更鳥 (C)

◀ **Robins** frequently return to the same place each year to build their nests.

知更鳥經常每年回到同個地方築巢。

robot /'robət/

機器人 (C)

◀ Is there a **robot** which can do all the housework?

是否有會做所有家務的機器人？

robust /ro'bʌst/

①體格強健的，結實的 (adj) = healthy, sturdy

◀ Mr. Green, a **robust** 76-year-old, walks briskly and still works on the farm.

格林先生年紀七十六，體格強健步履輕快，仍在農場上幹活。

②有活力的 (adj) = strong

The US economy is now much more **robust** than it looks.

美國經濟如今遠比表面看起來要有活力。

rock /rɑk/

①搖滾樂曲 (U) = rock and roll

◀ Her husband is a **rock** and roll (rock 'n' roll) singer.

他丈夫是個搖滾樂歌手。

②岩石 (C)

The house is as solid as a **rock**.

那房子像岩石般牢固。

✎衍生字 rocky (adj) 多岩石的，由岩石所形成的

③搖晃，使擺動 (vt)

She **rocked** the baby to sleep in her arms.

她把嬰孩放在臂中搖睡著了。

④使震驚 (vt) = shock

The bad news **rocked** all of us.

那壞消息使我們全部很震驚。

rocket /'rɑkɪt/

①火箭 (C)

◀ A space **rocket** will be launched tomorrow.

太空火箭將於明天發射。

②飛漲，急速上升 (vi) = soar

House prices are **rocketing** (up).

房價在飛漲。

rod /rɑd/

竿，棍，棒 (C)

◀ Spare the **rod**, and spoil the child.

棍棒省著不用，小孩就被寵壞了。(不打不成器。)

role /rol/

① (戲劇、電影中的) 角色 (C) = part

◀ I will play/take the **role** of Snow White.

我將扮演白雪公主的角色。

② (在某項活動或生活領域中的) 角色，職務 (C) = part

She plays an important **role** in the decision making.

她在作決策時擔當重要角色 (職務)。

roll /rol/

①打滾，滾動 (C)

◀ The dog is having a **roll** on the grass.

狗在草地上打滾。

②一卷 (C)

Please buy me a **roll** of film.

請給我買一卷底片。

③名冊 (C)

The teacher will call the **roll** in the first class.

老師在上第一節課時會按名冊點名。

④滾動 (vi)

Tears **rolled** down her cheeks.

眼淚從她雙頰上滾下來。

⑤蜷，使捲成筒狀 (vt)

The girl **rolled** herself into a ball and fell asleep.

那女孩蜷作一團睡著了。

✎衍生字 roller (C) 滾軸

romance /ro'mæns/
羅曼史，愛情故事 *(C)* = *love story*
◀ **Romances** between rich men and beautiful women always appeal to young girls.
有錢人和漂亮女人的羅曼史對少女們總是很有吸引力。

romantic /ro'mæntɪk/
浪漫的，多情的 *(adj)*
◀ The dim light and soft music created a **romantic** atmosphere.
暗淡的燈光和柔和的音樂營造出一層浪漫氣氛。

roof /ruf/
屋頂 *(C)*
◀ Although divorced, they continued to live under the same **roof**.
他倆雖然已離了婚，但仍共住一個屋簷 (屋頂) 下。

room /rum/
①房間 *(C)* (請參閱附錄"房屋")
◀ I have booked a single/double **room** for one night.
我已經訂了一單 / 雙人房間過一夜。
②空間 *(U)*
Guys, move along and make **room** for this young lady.
夥計們，往前一點給這位年輕女士挪點空間。
③餘地 *(U)* = *margin*
Your composition is not bad but there's still **room** for improvement.
你的作文寫得不壞，不過仍有改進的餘地。

rooster /'rustɚ/
公雞 *(C)* (尤其用於美國，請參閱附錄 "動物")
◀ A **rooster** will crow at dawn.
公雞黎明會啼叫。
✎相關字 hen (母雞)。cock (公雞)。chicken (小雞)。

root /rut/
①根 *(P)*
◀ The tornado pulled the trees up by the **roots**.
龍捲風將樹木連根拔起。

②根 *(U)*
How did these strange ideas take **root**?
這些怪念頭究竟是怎麼變得根深柢固的？
③生根 *(vi)*
Does this kind of plant **root** easily?
這種植物容易生根嗎？
④使生根 *(vt)*
The idea that number 4 is unlucky is **rooted** in some people's mind.
認為數字 "四" 不吉利這種觀念在一些人的心裡已根深柢固。

> ### root for
> 為…加油 *(vt,u)* = *cheer for, cheer sb on*
> ◀ We went to the sports meeting to **root for** our team.
> 我們到運動會上為自己的隊伍加油。

> ### root out
> 去除 *(vt,s)* = *get rid of*
> ◀ We must **root out** outdated ideas/sexism.
> 我們必須去除陳舊的觀念 / 性別歧視。

rope /rop/
粗繩，繩索 *(C,U)*
◀ They tied him up with (a) **rope**.
他們用繩將他綁了起來。

rose /roz/
玫瑰花 *(C,U)* (請參閱附錄 "植物")
◀ Life is not all **roses**.
人生並不都是玫瑰 (人生並非都是美好)。

rot /rɑt/
①腐爛 *(vi)*
◀ The fish will **rot** if it isn't kept cool.
魚假如不冷藏的話就會腐爛。
②使蛀壞，使腐爛 *(vt)* = *decay*
Too much sugar will **rot** your teeth away.
吃糖過多會蛀壞你的牙齒。
✎衍生字 rotten *(adj)* 腐爛的，變質的

rotate /'rotet/
①旋轉 *(vi)* = *revolve*
◀ The earth **rotates** once every twenty-four hours.
地球每二十四小時自轉一圈。

R

②輪流，交替 *(vi)*

Nurses **rotate** in shifts.

護士們輪流職班。

③使旋轉 *(vt)* = *revolve*

Joe **rotated** a ball on his fingertip.

喬的指尖上轉著個球。

④輪種 *(vt)*

In order to preserve the quality of the soil, farmers are advised to **rotate** crops.

為了保護土質，農民被指導要輪種莊稼。

rotation /roˈteʃən/

輪流 *(U)*

◀ The three directors are the panel's chairmen, serving in **rotation**.

這三位理事是顧問團的主席，大家輪流主持工作。

✎衍生字 *rotary (adj)* 旋轉的，轉動的

rotten /ˈrɑtn̩/

腐爛的，變質的 *(adj)*

◀ The apple is **rotten** to the core.

這隻蘋果已爛到果心了。

rough /rʌf/

①粗糙的，不平的 *(adj)* ⇔ *smooth*

◀ My hands have got **rough** from work.

我雙手因做工而變粗糙。

②粗俗的，粗暴的 *(adj)* = *impolite, rude*

I can't endure your **rough** behavior.

我受不了你粗魯的行為。

③粗略的 *(adj)*

Give me a **rough** idea of your plans.

請把你的計畫告訴我個大概。

✎衍生字 *roughen (vi)* 使變粗，使不平；*roughness (U)* 粗糙，不平

rough out

草擬 *(vt,s)* = *sketch out*

◀Let's **rough out** a plan for the hike.

我們為遠足擬個計畫吧。

rough up

①使…不平整 *(vt,s)*

◀**Rough up** the surface of the wall before you paint it.

上塗料之前要先把牆壁表面磨毛。

②使…變亂 *(vt,s)* = *ruffle up*

The strong wind **roughed up** my hair.

大風吹亂了我的頭髮。

③對…動粗 *(vt,s)*

That guy **roughed** me **up** and ran away.

那傢伙狠狠揍了我一頓然後逃跑了。

roughly /ˈrʌflɪ/

①粗暴地 *(adv)* = *rudely* ⇔ *tenderly, gently*

◀ He treated his wife **roughly**.

他對待妻子很粗暴。

②約略地 *(adv)* = *about, approximately, around*

Roughly 2,000 people attended her concert.

大約有二千名聽眾參加了她的音樂會。

round /raund/

①圓 (形) 的 *(adj)*

◀ The little girl's eyes grew **round** with delight.

小女孩高興得眼睛睜得圓圓的。

②圍繞地，繞圈地 *(adv)* = *around*

The dancer turned **round** and **round**.

舞蹈者轉了一圈又一圈。

③圍繞 *(prep)* = *around*

The moon goes **round** the earth.

月亮繞著地球轉。

④大約 *(prep)* = *around, about*

The ring costs somewhere **round** 10,000 dollars.

這隻戒指約值一萬元。

⑤(高爾夫球賽的) 一局，(拳擊或摔角比賽的) 一回合 *(C)*

We hope the next **round** of peace talks will be more successful.

我們希望下一回合的和談會更有成效些。

round off

①使…磨圓 (vt,s)

◀I **rounded off** the edges of the desk.
我把桌子的邊磨圓了。

②使圓滿結束 (vt,s) = top off

We **rounded off** the farewell party with a drink/ by singing a song.
我們最後喝了一杯／唱了一首歌圓滿地結束了歡送會。

round up

①使…集合 (vt,s) = gather together

◀Jack **rounded up** the cattle/boys and counted them.
傑克把牛群／男孩子們集合起來點數。

②抓獲 (vt,s)

The police **rounded up** the robbers and put them in custody
警方抓獲竊賊，把他們拘留了起來。

route /rut/

路線 (C)

◀The museum is on a bus **route**.
這座博物館在公共汽車路線上。

routine /ruˈtin/

①定期的，例行的 (adj) = regular

◀**Routine** maintenance can keep the machines in better condition.
定期保養可使機器保持更佳狀態。

②例行公事，慣例 (U)

I'm tired of the same old **routine**—classes and tests, nothing else.
我對這千篇一律的例行生活感到厭煩了——上課啦，考試啦，再也沒別的了。

row /ro/

①一橫排 (C)

◀Please stand in a **row**.
請站成一排。

②划船 (C)

Let's go for a **row**.
們去划船吧。

③划船 (vi,vt)

They **rowed** (the boat) across the river.
他們划船過河。

royal /ˈrɔɪəl/

皇室的 (adj)

◀Stories about the **royal** family can always arouse people's interest.
有關王室家庭的傳聞總是能引起公眾的興趣。

royalty /ˈrɔɪəltɪ/

①皇室成員 (U)

◀The concert was held for **royalty** in the court.
這場音樂會是為宮廷中的皇室舉辦的。

②版稅 (C)

James received two hundred thousand dollars in **royalties**.
詹姆斯拿到二十萬元版稅。

rub /rʌb/

①摩擦，揉搓 (vt)

◀Joyce **rubbed** her hands to warm them.
喬伊斯揉搓自己的雙手使它們暖和起來。

②摩擦 (vi)

If you keep **rubbing**, the paint will come off.
如果你不斷地擦下去，油漆會被擦掉的。

rub out

①把…擦掉 (vt,s) = rub away/off

◀I tried hard to **rub out** the dirty mark, but to no avail.
我使勁想把汙漬擦掉，但是沒有用。

②殺害 (vt,s)
= bump/finish/polish/knock off, do away with

During the reign of terror, many dissidents were **rubbed out**.
恐怖統治時期，許多異議分子都遭殺害。

rubber /ˈrʌbɚ/

橡皮，橡膠 (U)

◀The gloves are made of **rubber**.
這手套是橡皮做的。

rubbish /ˈrʌbɪʃ/

垃圾 (U)

◀Can't you clear the **rubbish** from your desk?
你不會把書桌上的垃圾收拾乾淨嗎？

相關字 garbage (垃圾)。junk (廢舊雜物)。
waste (廢棄物)。refuse (垃圾；廢料)。
trash (廢物)。litter (紙屑；廢紙)。

R

ruby /'rubɪ/

紅寶石 (C)

◀ The ring set with two **rubies** caught my eye.
那枚鑲嵌有兩粒紅寶石的戒指吸引了我的目光。

✎相關字 diamond (鑽石)。sapphire (藍寶石)。
crystal (水晶)。amber (琥珀)。jade (玉)。
emerald (翡翠)。

rude /rud/

粗魯的，無禮的 (adj) = impolite, bad-mannered

◀ It was **rude** of you to ask a lady about her age.
問一位女士的年齡是粗魯的行為。

rug /rʌg/

小地毯 (C)

◀ He placed a new, colorful **rug** in front of the fire.
他在火爐前鋪了條色彩鮮豔的新地毯。

rugby /'rʌgbɪ/

(英式) 橄欖球 (C) (請參閱附錄 "運動")

◀ I hate to play **rugby**.
我不喜歡打橄欖球。

rugged /'rʌgɪd/

①崎嶇的，不平的 (adj)

◀ The **rugged** coastline looks splendid.
崎嶇的海岸看上去極壯觀。

②粗獷的，堅固的 (adj)

Alice fell for Tony's **rugged** good looks.
愛麗絲深愛上了東尼那粗獷而英俊的容貌。

ruin /'ruɪn/

①毀滅 (U) = destruction

◀ His addiction to drugs led to his **ruin**.
他吸毒上癮終於毀了他。

②廢墟 (C)

The **ruins** of the castle attract lots of tourists.
城堡的廢墟吸引了大量遊客。

③毀壞 (vt) = destroy, devastate

The earthquake **ruined** hundreds of buildings.
這場地震毀壞了數百棟建築。

rule /rul/

①規章，規則 (C) = regulation

◀ We should obey/observe the **rules**, rather than break them.
我們應遵守規章，而不是破壞規章。

②習慣 (S) = habit, practice

He makes it a **rule** to eat an apple every day.
他養成每天吃一個蘋果的習慣。

③統治 (U)

India was once under British **rule**.
印度曾受英國的統治。

④統治 (vt,vi) = govern

It's not easy to **rule** (over) a country.
統治一個國家絕非易事。

✎衍生字 ruling (adj) 統治的，支配的

⑤控制，支配 (vt) = influence

Don't let your heart **rule** your head.
你可別讓情緒左右了理智。

---

rule out

取消 (vt,s)

◀ The government has **ruled out** any trade subsidies.
政府已取消了所有的貿易津貼。

---

ruler /'rulɚ/

①尺 (C)

◀ I used a **ruler** to measure the height of the cupboard.
我用尺來量櫥櫃的高度。

②統治者 (C)

A **ruler** would rather be respected than feared.
君主寧受人敬而非受人畏。

rumble /'rʌmbl̩/

①隆隆作響 (vi)

◀ Thunder is **rumbling** in the distance.
雷聲在遠處隆隆作響。

②咕嚕嚕叫 (vi)

My stomach is **rumbling** from hunger.
我肚子餓得咕嚕嚕叫。

③隆隆聲 (S)

The **rumble** of the plane drowned (out) my voice.
飛機的隆隆聲淹沒了我的聲音。

rumor /'rumɚ/

①傳聞，謠言 (U) = rumour (BrE)

◀ **Rumor** has it that their company has gone bankrupt.
謠傳說他們的公司破產了。

②謠言，傳聞 (C)

There's a **rumor** circulating that their company has gone bankrupt.
謠言四起說他們的公司已破產了。

run /rʌn/, ran (*pt*), run (*pp*)

①跑 (*vi*)

◀ He came **running** all the way.
他一路跑來。

✎衍生字 *runner (C)* 參加賽跑的人或動物

②競選 (*vi*)

He has decided to **run** for president.
他決定競選總統。

③流，流動 (*vi*)

Tears **ran** down his face.
淚水流下他的臉龐。

④經營 (*vt*) = manage

He **runs** a big business.
他經營著一家大企業。

✎衍生字 *running (adj)* 流動的；*runny (adj)* 流淚 (涕) 的

run across

偶遇 (*vt,u*)

= come across, run/bump into, chance/happen on

◀ It took me by surprise to **run across** an old friend of mine on foreign soil.
他鄉遇故知，令我倍感意外。

run after

追求 (*vt,u*) = chase (after)

◀ Some men spend a lot of money and time **running after** women.
有些人花許多金錢和時間追求女人。

run away/off with

①把…偷走，帶著…潛逃 (*vt,u*)

= make away/off with, get away with

◀ A thief **ran away with** Linda's jewels.
一個小偷把琳達的珠寶偷走了。

②輕易贏得 (比賽等) (*vt,u*)

= walk away/off with, waltz off with

Our team **ran away with** the championship.
我們隊輕而易舉地獲得了冠軍。

③和…私奔 (*vt,u*)

David **ran away with** a married woman.
大衛和一個有夫之婦跑了。

run down

①撞倒 (*vt,s*) = run/knock over, knock/strike down

◀ The poor boy was **run down** by a bus and was hospitalized.
這可憐的小男孩被一輛公共汽車撞了，被送進醫院。

②追捕，找到 (*vt,s*) = hunt/track down

The police **ran down** the robber after a long chase.
警方經過長期搜尋，追捕到了那個搶匪。

③挑毛病 (*vt,s*) = find fault with

I don't know why my boss keeps **running me down**.
我不知道老闆為什麼老是挑我毛病。

④疲勞 (*vt,s*)

I have been **run down** recently.
我最近很疲勞。

⑤ (鐘) 停了，(電池) 用完 (*vi*)

The clock/motor/battery must have **run down**.
鐘的發條一定是走完了 / 發動機一定是不行了 / 電池一定是用完了。

⑥衰退，(規模) 縮小 (*vi*)

The manufacturing industry is **running down**.
製造業正在衰落。

run into

①撞到 (*vt,u*) = bump/crash into

◀ The drunk driver was seriously injured when he **ran into** a lamppost.
那位喝醉酒的司機把車撞到路燈柱上去，受了重傷。

②偶遇 (*vt,u*) = bump into, come/run across

I **ran into** Amy in town this afternoon.
今天下午我在鎮上碰到了艾咪。

run out

結束，耗盡 (*vi*)

◀ Time is **running out**.
時間到了。

run out of

用完，耗盡 (*vt,u*)

◀ I have **run out of** patience.
我已經沒有耐心了。

R

run over

①撞倒並輾過 *(vt,s)*

= *run/strike down, knock down/over*

◀ That car **ran over** this cat and the driver sped off.

那輛車撞著了這隻貓，司機就加速開走了。

②溫習，複習 *(vt,u)*

= *go/look/read over, go/run through*

I **ran over** the English words so I would remember them for the test.

我把英語單字溫習了一遍，以便記住以應付考試。

run through

①把…揮霍掉 *(vt,u)* = *spend recklessly*

◀ The rich man's son quickly **ran through** his money and was reduced to begging on the streets.

富人的兒子很快就把錢揮霍掉，而淪落到以街頭乞討為生。

②瀏覽 *(vt,u)* = *go/look/read over, go through*

I **ran through** my notes before giving a presentation on time management.

我在做有關時間管理方面的報告之前再看了一遍報告要點。

run up

積欠 *(vt,s)*

◀ Linda **ran up** a big bill at the dress shop.

琳達在服裝店欠下了很大一筆帳款。

runny /ˈrʌnɪ/

流鼻涕的，流淚的 *(adj)*

◀ Wipe your **runny** nose.

把流出的鼻涕擦掉。

🖎衍生字 *run (vi)* 流動

rural /ˈrʊrəl/

鄉間的 *(adj)* ⇔ *urban*

◀ Life is more leisurely in **rural** areas.

鄉間生活比較悠閒。

rush /rʌʃ/

①猛衝，急速行進 *(vi)* = *dash*

◀ They **rushed** out of the house when the fire broke out.

起火時他們衝出房子。

②催促 *(vt)* = *hurry (sb) up*

Don't **rush** me; let me think about it.

別催我，讓我考慮一下。

③匆忙，著急 *(U)*

There's still plenty of time; what's all the **rush**?

時間有的是，急什麼呀？

④熱潮 *(S)*

The gold **rush** began in 1849.

"淘金熱潮" 始於一八四九年。

⑤猛衝 *(S)* = *dash*

He made a **rush** for the exit.

他衝向出口處。

rust /rʌst/

①鐵鏽，鏽 *(U)*

◀ Iron gathers **rust** easily.

鐵易生鏽。

🖎衍生字 *rusty (adj)* 生鏽的

②生鏽 *(vi)*

Stainless steel does not **rust**.

不鏽鋼是不生鏽的。

rustle /ˈrʌsl̩/

①沙沙作響 *(vi)*

◀ The leaves of the tree **rustled** in the breeze.

樹葉在微風吹拂下沙沙作響。

②沙沙聲 *(S)*

We were frightened by a **rustle** of leaves.

我們被樹葉的沙沙聲嚇壞了。

S

A HANDBOOK
7000 English Core Words

🔘 MP3-S1

sack /sæk/

①麻袋，大口袋 **(C)** (請參閱附錄 "量詞")
◀ He bought a **sack** of potatoes.
他買了一袋馬鈴薯。
②解雇，開除 **(S)** = dismissal
If you don't work hard enough, you'll get the **sack**/the boss will give you the **sack**.
如果你工作不夠賣力，你會被炒魷魚的 (老闆會把你開除的)。

sacred /'sekrɪd/

宗教的，神聖的 **(adj)** = holy
◀ Hindus hold cows **sacred**.
印度教徒認爲牛是神聖的。

sacrifice /'sækrə‚faɪs/

①犧牲 **(vt)** = give up
◀ She **sacrificed** her career to take care of her kids.
她爲了照顧孩子犧牲了自己的事業。
②獻祭，供奉 **(vt)**
The priest **sacrificed** the lamb to the gods.
祭司把羔羊祭獻給諸神。
③代價 **(U)** = cost, expense, price
It must be done at any **sacrifice**.
這事必須不惜代價來完成。
④犧牲 **(C)**
My parents made a lot of **sacrifices** so that I could go to university.
爲了讓我能上大學，父母作出了很多犧牲。
⑤供品 **(C)**
She killed a lamb as a **sacrifice**.
她殺了一隻羔羊作供品。

sad /sæd/

難過的，悲傷的 **(adj)** ⇔ happy
◀ I was **sad** to hear about the bad news.
聽到這壞消息我心裡很難過。
✎衍生字 sadness (U) 悲傷；sadly (adv) 悲傷地；sadden (vt) 使悲傷

saddle /'sædl/

馬鞍，鞍座 **(C)**
◀ Upon seeing a police officer, the vendor swung himself into the **saddle** and rode off.
小販看到警察，就縱身跳上鞍座騎走了。

safe /sef/

①安全的 **(adj)** ⇔ unsafe, dangerous
◀ Is the tap water **safe** for drinking?
這自來水生飲安全嗎？
✎衍生字 safely (adv) 安全地；safety (U) 安全
②保險箱 **(C)**
The thief broke into/cracked a **safe** and took away all the money.
小偷撬開保險箱拿走了所有的錢。

safeguard /'sef‚gɑrd/

①保障條款，保護措施 **(C)**
◀ The law contains important **safeguards** against plagiarism.
法律中包括有防止剽竊的重要保障條款。
②保護，捍衛 **(vt)** = protect
New laws should be laid down to **safeguard** children against abuse.
應該制訂出新的法律以保護兒童免受虐待。

safety /'seftɪ/

安全 **(U)** = security
◀ Can you ensure the **safety** of the children?
你能保證孩子們的安全嗎？

sail /sel/

①帆 **(C)**
◀ They hoisted/lowered the **sails**.
他們升起 / 降下了帆。
✎衍生字 sailboat (C) 帆船
②帆 **(U)**
The ship went in full **sail**.
船張滿帆全速行駛。
③乘帆船出遊 **(S)**
They went for a **sail** this afternoon.
今天下午他們乘帆船出遊了。
④駕船，航行 **(vi,vt)**
They **sailed** (the ship) through the narrow channel.
他們駕著船駛過狹窄的海峽。
✎衍生字 sailing (U) 航海術

sailor /'selɚ/

水手 **(C)** (請參閱附錄 "職業")
◀ **Sailors** go round the world without going into it.
水手周遊世界都是走馬看花。

saint /sent/

①聖徒，聖者 *(C)*

◀ He was made a **saint** when he died in 1968.
他在一九六八年去世後被追封爲聖徒。

✎衍生字 *saintly (adj)* 似聖徒般高尚的；*sainthood (U)* 道德
高尚

②聖人，道德高尚的人 *(C)*

You must be a real **saint** to be able to tolerate
that woman's insult.
你肯定是個聖賢之輩，不然怎麼能夠忍受那婦
人的侮辱。

sake /sek/

①目的 *(C)* = *purpose*

◀ He moved to the countryside for the **sake** of
his health.
他爲了健康的目的搬到了鄉下。

②看在…的分上 *(U)*

For Christ's/God's/goodness' **sake**, what are
you doing now?
看在老天分上，你在幹什麼呀？

salad /ˈsæləd/

沙拉 *(C,U)* (請參閱附錄 "食物")

◀ Would you like some **salad** with your bread?
你的麵包要加一些沙拉嗎？

✎相關字 沙拉醬稱為 salad dressing。主要有 thousand
island (千島)、French (法式)、Ranch (鄉村)、
oil and vinegar (油醋) 等。

salary /ˈsælərɪ/

薪水 *(C)*

◀ He earns a high **salary** as a sales manager.
他是業務經理，薪水很高。

✎衍生字 *salaried (adj)* 有拿固定薪水的
✎相關字 請參見 pay。

sale /sel/

出售，銷售 *(U)*

◀ I'm sorry this painting is not for **sale**.
很抱歉，這幅畫不賣。

sales /selz/

①銷售 *(pl)*

◀ **Sales** of ice cream are up in hot weather.
天氣熱的時候冰淇淋的銷量就上升了。

②銷售，推銷 *(U)*

The boss asked for this month's **sales** figures.
老闆要求我們給他這個月的銷售額。

salesperson /ˈselzˌpɝsn̩/

售貨員 *(C)* (請參閱附錄 "職業")

◀ Nora works as a **salesperson** in that shoe store.
蘿拉在那家鞋店當店員。

說明：salesperson 是女權運動興起後，為免性別歧視
而產生的中性字。

✎相關字 salesman (男推銷員)。saleswoman (女推銷
員)。salesgirl (女店員)。salesclerk (店員)。

salmon /ˈsæmən/

鮭魚 *(C)*

◀ **Salmon** swim up the river to lay their eggs.
鮭魚游到河的上游來產卵。

說明：複數為 salmon 或 salmons。

salt /sɔlt/

①鹽 *(U)*

◀ Please pass the **salt**.
請將鹽遞給我。

✎衍生字 *salty (adj)* 鹹的，含鹽的

②用鹽醃 *(vt)*

She **salted** most of the meat for later use.
她把大部分的肉用鹽醃了留著以後吃。

③鹽醃的 *(adj)*

I don't like **salt** beef.
我不喜歡吃鹽醃的牛肉。

salute /səˈlut/

①(軍隊的) 舉手，行禮 *(C)*

◀ I gave a **salute** to an officer at the gate of the
presidential building and he returned it.
我在總統府大門口向一名官員行禮，他也回了
個禮。

②行舉手禮 *(vi,vt)*

When a soldier sees an officer, he must **salute**
(him).
士兵見到軍官必須敬禮。

salvage /ˈsælvɪdʒ/

①搶救 *(vt)* = *save*

◀ I managed to **salvage** a few books from the
flood.
我設法從大水中搶救幾本書。

②救援 *(U)* = *rescue*

We mounted a **salvage** operation after the
flood.
洪水發生後我們展開了救援行動。

S

salvation /sæl'veʃən/
解救 (U)

◀ Several banks are in trouble, but any plan for their **salvation** is often greeted with criticism.
幾家銀行陷入困境，但是解救計畫通常都遭到抨擊。

same /sem/
①相同的 (adj)

◀ She is the **same** age as her husband.
她和她丈夫同年。

②同樣的人事物、狀況 (pron)

Thanks for helping me; I'll do the **same** for you sometime.
謝謝你幫我，以後我也會為了你做同樣的事。

sample /'sæmpl/
①樣本，標本 (C)

◀ The nurse took a blood/urine **sample**.
護士取了血樣／尿樣。

②試用品 (C)

They're giving away free **samples** of a new shampoo.
他們正在免費贈送新推出洗髮精的試用品。

③試嚐，體驗 (vt) = taste

I **sampled** the soup before serving it.
我在把湯端上去之前自己先試嚐了一口。

sanction /'sæŋkʃən/
①批准，認可 (U) = permission

◀ The shopping mall opened without government **sanction**.
這家購物中心未經政府批准就開張營業。

②批准，認可 (vt) = approve

The UN was reluctant to **sanction** the attack on Iraq.
聯合國不大願意批准對伊拉克的進攻。

sanctions /'sæŋkʃənz/
(國際) 制裁 (pl)

◀ The U.S. has decided to impose trade **sanctions** against any country which harbors terrorists.
美國決定對任何庇護恐怖分子的國家實施貿易制裁。

sanctuary /'sæŋktʃu͵ɛrɪ/
①避難 (所)，庇護 (所) (U) = shelter, refuge

◀ Refugees who sought/found **sanctuary** in Pakistan were beginning to go home.
在巴基斯坦避難的難民開始陸續回家。

②保護區，禁獵區 (C) = reservation

Mount Jade is the largest wildlife **sanctuary** in Taiwan.
玉山是台灣最大的野生動物保護區。

sand /sænd/
沙，沙灘 (U)

◀ The girls are playing happily on the **sand**.
女孩子們在沙灘上玩得很開心。

衍生字 *sandy (adj)* 沙質的，多沙的

sandal /'sændl̩/
涼鞋，拖鞋 (C)

◀ People are not permitted to wear **sandals** on some formal occasions.
有些正式的場合是不允許穿涼鞋 (拖鞋) 的。

sandwich /'sændwɪtʃ/
①三明治 (C) (請參閱附錄 "食物")

◀ I had a **sandwich** for breakfast.
我早餐吃三明治。

②夾在 (vt)

The motorcycle was **sandwiched** between two cars.
摩托車被夾在兩部車子之間。

◎ MP3-S2

sane /sen/
神志正常的 (adj) ⇔ insane

◀ She was **sane** at the time of her attempted suicide.
她試圖自殺時神志正常。

衍生字 *sanity (U)* 神志正常

sanitary /'sænə͵tɛrɪ/
(有關) 衛生的 (adj)

◀ Bacteria thrive in poor **sanitary** conditions.
衛生條件差細菌就大量繁殖。

sanitation /͵sænə'teʃən/
公共衛生 (設施) (U)

◀ Diseases are mostly the result of poor environmental **sanitation**.
大多數疾病都是由環境衛生不良所引起的。

衍生字 *sanitize (vt)* 減少…的有害成分

sanity /'sænətɪ/

神志正常 *(U)* ⇔ *insanity*

◀ Her **sanity** was in question after her divorce.
她離婚後精神不太正常。

📝衍生字 *sane (adj)* 神志正常的

sarcasm /'sɑrkæzəm/

挖苦，諷刺 *(U)*

◀ David often talks to me with bitter **sarcasm**.
大衛經常用挖苦口氣跟我說話。

📝比 較 irony (反諷)。

sarcastic /sɑr'kæstɪk/

諷刺的，挖苦的 *(adj)*

◀ James always pokes fun at my shortcomings with **sarcastic** comments.
詹姆斯老是用諷刺的評語嘲笑我的缺失。

📝比 較 ironic (反諷的)。

satellite /'sætḷˌaɪt/

①衛星 *(C)*

◀ The moon is a **satellite** of the Earth.
月球是地球的衛星。

②人造衛星 *(C)*

A communications and weather **satellite** was launched.
一顆通訊氣象衛星發射升空。

satisfaction /ˌsætɪsˈfækʃən/

①滿足，滿意 *(U)* = *pleasure* ; ⇔ *dissatisfaction*

◀ I'm not a workaholic, but I do take great **satisfaction** in my work.
我並非工作狂，但是我能從我的工作中得到很大的滿足。

②令人滿足或帶來樂趣的事物 *(C)* = *delight*

Being able to work with you is one of the greatest **satisfactions** of this job.
和你共事是這分工作最大的樂趣之一。

satisfactory /ˌsætɪsˈfæktərɪ/

令人滿意的 *(adj)* = *acceptable* ; ⇔ *unsatisfactory*

◀ We still can't figure out a **satisfactory** solution.
我們仍然找不到一個令人滿意的解決辦法。

satisfy /'sætɪsˌfaɪ/

①使…滿意 *(vt)* = *please*

◀ His performance didn't **satisfy** his boss.
他的工作表現不能令他老闆滿意。

②滿足 (需要，願望等) *(vt)* = *gratify*

Nothing can **satisfy** his appetite/desire/curiosity.
沒有什麼可以滿足得了他的胃口／慾望／好奇心。

③符合 *(vt)* = *meet* ⇔ *dissatisfy*

Does the candidate **satisfy** all the requirements?
這位候選人符合所有條件嗎？

📝衍生字 *satisfying (adj)* 令人滿意的；*satisfied (adj)* 感到滿足的

Saturday /'sætɚdɪ/

星期六 *(C,U)*

◀ We are going on a picnic this **Saturday**.
這週六我們要去野餐。

sauce /sɔs/

調味汁，醬汁 *(C)*

◀ What **sauces** go best with lamb?
羊肉用什麼調味汁最好？

saucer /'sɔsɚ/

茶杯碟，茶托 *(C)* (請參閱附錄 "容器")

◀ She put a delicate china cup on a **saucer**, and then poured some coffee into it.
她將精緻的磁杯放在茶托上，然後倒些咖啡在杯子裡。

sausage /'sɔsɪdʒ/

香腸 *(C,U)* (請參閱附錄 "食物")

◀ Pork **sausages** are my daughter's favorite food.
豬肉香腸是我女兒最喜歡吃的食物。

savage /'sævɪdʒ/

①兇猛的 *(adj)* = *fierce*

◀ That **savage** dog will tear you apart.
那隻兇猛的狗會把你撕碎的。

②猛烈的 *(adj)* = *violent*

Congressmen from the opposition parties made a **savage** attack on the prime minister's extramarital affair.
來自反對黨的國會議員對首相的婚外情展開猛烈抨擊。

③野蠻人 *(C)* = *barbarian*

In colonial times, blacks in Africa were often regarded as **savages**. "Civilized" white people shot them at will as they did beasts.
在殖民地時代非洲的黑人常被看作野蠻人。"文明的" 白種人像對待野獸般將他們任意射殺。

save /sev/

①拯救 *(vt)* = rescue

◀ He **saved** the little boy from drowning.
他救起了落水的小男孩。

②節省 *(vt)*

It will **save** money if we learn how to fix the machine ourselves.
如果我們學會自己修理這台機器就可以省點錢。

③儲存 *(vi)*

We're **saving** for a new car.
我們在存錢準備買輛新車。

④除了 *(prep)* = except

We know nothing about him **save** that he is a doctor.
我們除了知道他是個醫生外，對他的其他方面一無所知。

✎衍生字 *savior (c)* 救助者

savings /'seviŋz/

積蓄 *(pl)*

◀ People nowadays don't keep all their **savings** in the bank.
現在的人不會把所有積蓄都存在銀行裡。

saw /sɔ/

①鋸子 *(C)* (請參閱附錄 "工具")

◀ We cut wood with a **saw**.
我們用鋸子鋸木頭。

②see 的過去式。

③鋸 *(vt)*

He **sawed** the tree down.
他把這棵樹鋸倒了。

④鋸，鋸開 *(vi)*

The wood **saws** easily.
這木料鋸起來很容易。

say /se/, said *(pt)*, said *(pp)*

①說，講 *(vt)*

◀ Don't believe what he **said**; it's not true.
不要相信他說的話，那不是真的。

②(用言語、行為、手勢等) 表達，顯示 (思想，情感等) *(vt)* = show

He was smiling but his eyes **said** he was unhappy.
他臉上是在笑，但是他的眼神說明他並不快樂。

③說 *(vi)*

Where did she go? I don't know. She didn't **say**.
她去哪裡了？我不知道，她沒說。

scale /skel/

①刻度 *(C)*

◀ The ruler has one **scale** in centimeters and another in inches.
這把尺有一個公分的刻度，還有一個英寸的刻度。

②等級，級別 *(C)*

The force of the wind is measured on a standard **scale** of 0-12.
風力是按零至十二標準等級測量的。

③天平 (秤) *(C)*

Put them on/in the **scales**.
把它們放在天平 (秤) 上稱一稱。

④鱗，鱗片 *(C)*

He scraped the **scales** from the fish.
他把魚鱗刮下來。

⑤規模 *(S)*

The project will be promoted on a large **scale**.
這項工程將大規模進行。

scale down

縮減 *(vt,s)* ⇔ *step up*

◀ With the demand for chips subsiding, we have decided to **scale down** the chip production.
矽片的需求量減少了，我們決定縮小矽片的生產規模。

scan /skæn/

①掃描 *(C)*

◀ The doctor gave her an ultrasonic brain **scan**, and the results showed a brain tumor.
醫生給她做了腦部超音波掃描，結果顯示有腦腫瘤。

✎衍生字 *scanner (C)* 掃描器

②仔細檢查 *(vt)* = examine

I **scanned** every corner of the room for the missing key.
我仔細檢查房間的每個角落想找到鑰匙。

③ (為尋找某事物而迅速) 翻閱 *(vt)* = look over

She **scanned** the newspaper for information about the typhoon.
她翻閱報紙看看有沒有颱風的消息。

✎比 較 **skim** (瀏覽)。

scandal /'skændl̩/

醜聞 (C)

◀ The minister resigned after being implicated in a financial scandal.
部長因與一起金融醜聞有牽連而辭職。

scant /skænt/

不足的，缺少的 (adj) = insufficient

◀ Jack paid scant attention/regard/consideration to the details of the contract.
傑克對合同的細節未加足夠的注意 / 關注 / 考慮。

scar /skɑr/

①疤痕 (C)

◀ The little boy bears a scar on his forehead.
小男孩額頭上有一道疤。

②使留下創傷 (vt)

The terrible experience had scarred him for life.
那次可怕的經歷給他留下終身的創傷。

scarce /skɛrs/

稀少的，不足的 (adj) = rare

◀ Peaches are scarce this year.
今年桃子很少。

✎衍生字 scarcity (U) 不足，缺乏

scarcely /'skɛrslɪ/

幾乎不 (adv) = hardly

◀ I could scarcely believe my eyes. A large group of whales swam and jumped out of the water just in front of us.
我簡直不敢相信自己的眼睛，一大群鯨就在我們眼前游動並跳出水面。

scare /skɛr/

①使驚嚇，恐嚇 (vt) = frighten

◀ Some animals make loud noises to scare the enemy away.
一些動物會發出巨大的聲音把敵人嚇跑。

✎衍生字 scared (adj) 受到驚嚇的；scary (adj) 可怕的

②受驚嚇 (vi)

Little children scare easily.
小孩子很容易受驚嚇。

③驚嚇 (S)

You did give me a scare, appearing suddenly in the dark.
你突然從黑暗中冒出來，真的嚇到了我。

scarecrow /'skɛrˌkro/

稻草人 (C)

◀ Farmers set up scarecrows in the field to scare away the crows.
農民們在田裡豎起稻草人嚇走烏鴉。

◯ MP3-S3

scarf /skɑrf/

圍巾 (C)

◀ She wore a red scarf around her neck.
她脖子上圍了一條紅色的圍巾。

scary /'skɛrɪ/

可怕的 (adj)

◀ This is the scariest story I have ever heard.
這是我聽過的最可怕的故事。

scatter /'skætɚ/

①散開 (vi) = disperse；⇔ gather

◀ The children scattered and found hiding places.
孩子們散開來，找地方藏起來。

②撒，散布 (vt) = spread

He scattered his garden with rose seeds.
他在花園裡撒了玫瑰花籽。

scene /sin/

①場景 (C)

◀ When the curtain rose, the audience applauded the beautifully-designed scene.
帷幕升起了，觀眾們一起為設計精美的場景鼓起掌來。

②風景 (C) = view, sight

The boats in the lake make a beautiful scene.
湖裡的小船構成了一道美麗的風景。

③現場 (S) = spot

The police were on the scene shortly after the accident.
事故發生後，警察立即趕到了現場。

scenery /'sinərɪ/

景色 (U)

◀ The scenery here is breathtaking.
這裡的景色令人嘆為觀止。

scenic /'sinɪk/
風景優美的 (adj)
◁ The pamphlet contains full details of Taiwan's **scenic** attractions.
這本小冊子詳盡介紹了台灣的風景名勝。

scent /sɛnt/
① 氣味，香味 (C) = smell, fragrance, perfume
◁ In the park the morning air was full of the **scent** of laurels .
公園裡的早晨空氣中滿是月桂樹的香氣。
② 嗅出，聞到 (vt)
The rabbit **scented** my presence and hopped back into the bush.
兔子嗅出我在那裡就跳回灌木叢中去了。
✎相關字 aroma (香味)。stench (臭味)。stink (惡臭)。odor (臭味)。

schedule /'skɛdʒul/
① 行程，進度表 (C)
◁ Our boss usually has a very full **schedule**.
我們老闆的行程通常排得很滿。
② 進度 (U)
They finished their job ahead of/on/behind **schedule**.
他們提前 / 按照 / 落後進度完成任務。
③ 預訂行程 (vt) = arrange
The wedding is **scheduled** for next month.
婚禮訂定在下個月。

scheme /skim/
方案 (C) = plan
◁ Mark devised a **scheme** for boosting sales.
馬克想出一個增加銷售的方案。

scholar /'skɑlɚ/
學者 (C)
◁ She is a distinguished history **scholar**.
她是一名傑出的研究歷史的學者。
✎衍生字 scholarly (adj) 博學的

scholarship /'skɑlɚʃɪp/
① 獎學金 (C)
◁ She won a **scholarship** to Harvard.
她獲得一項到哈佛去唸書的獎學金。
② 學識 (U) = learning, knowledge
She is a teacher of great **scholarship**.
她是一位學識淵博的老師。

school /skul/
① 學校 (C)
◁ This **school** was completed in 1970.
這所學校在一九七〇年落成。
✎衍生字 scholastic (adj) 學校的
② 上學 (U)
He began **school** at the age of 6.
他六歲開始上學。

science /'saɪəns/
① 科學 (U)
◁ He has more interest in **science** than in art.
和藝術相比，他對科學更感興趣。
② 某一門科學，學科 (C)
In her opinion, cooking is an art as well as a **science**.
在她看來，烹飪既是一門藝術，又是一門科學。

scientific /ˌsaɪən'tɪfɪk/
科學的 (adj)
◁ He is now doing **scientific** research.
他現在正在做科學的研究。
✎衍生字 scientifically (adv) 科學地

scientist /'saɪəntɪst/
科學家 (C) (請參閱附 "職業")
◁ **Scientists** are still divided on why dinosaurs died out.
恐龍為何絕種，科學家仍然意見紛歧。

scissor /'sɪzɚ/
剪刀 (P) (請參閱附錄 "工具")
◁ His paper is just a **scissors**-and-paste job.
他的論文只不過是剪刀和漿糊的工作。

scold /skold/
責備 (vt) = call down, dress down
◁ She was severely **scolded** for being careless.
她因為粗心大意受到了嚴厲的責備。
✎衍生字 scolding (C,U) 責備

scope /skop/
範圍 (C) = range
◁ The police decided to widen/broaden the **scope** of their inquiry into the murder.
警方決定擴大對此謀殺案的詢查範圍。
✎同尾字 telescope (望遠鏡)。horoscope (根據占星術算命)。microscope (顯微鏡)。

score /skor/

①分數 *(C)* = mark

◀ I got a high/ low **score** on the reading test.
我閱讀測驗得了高分 / 低分。

②二十 *(C)*

Three **score** years have passed since I came here.
我來這裡已經六十年 (三個二十年) 了。

③許多 *(P)* = a lot

Scores of people gathered in front of the City Hall.
市政廳前聚集了許多人。

④得分 *(vi,vt)*

He **scored** 90/ well/ highly on the English test.
他英語測驗得了九十分 / 考得很好 / 得了高分。

⑤進球得分 *(vi,vt)*

He **scored** (two goals) before half-time.
上半場他進了 (兩個) 球。

scorn /skɔrn/

①鄙視，輕蔑 *(U)* = contempt

◀ They showed **scorn** for my ideas.
他們對我的想法表示不屑。

②鄙視 *(vt)* = despise

They **scorned** my ideas.
他們對我的想法表示不屑。

scornful /'skɔrnfəl/

鄙視的，輕蔑的 *(adj)* = contemptuous

◀ I am **scornful** of people who talk big and do little.
我看不起那些只說大話而不幹事的人。

scout /skaut/

①童軍 *(C)*

◀ My daughter is a girl **scout**.
我女兒是女童軍。

② (運動員，明星等的) 球探，星探 *(C)*

He works as a talent **scout**.
他的工作是物色人才 (人才探子)。

③偵察 (員，艦，機) *(C)*

A **scout** plane was shot down by the enemy.
一架偵察機被敵人擊落。

④到處尋找 *(vi)* = search, look

We'd better **scout** around/about for a better apartment.
我們最好到處找找，看看有沒有好一點的公寓。

scramble /'skræmbḷ/

①炒蛋 *(vt)*

◀ Would you like your egg **scrambled** or fried?
你要吃炒蛋還是煎蛋？

②翻亂，弄亂 *(vt)*

Who has **scrambled** the files (up)?
誰把文件翻亂了？

③攀登，爬 *(vi)*

We **scrambled** over the hills and came to a beautiful valley.
我們翻過山，來到一個美麗的山谷。

scrap /skræp/

①一小片 *(C)*

◀ He wrote his telephone number on a **scrap** of paper and handed it to me.
他在一小片紙上寫下他的電話號碼，把它遞給了我。

②一點兒，少量 *(C)* = bit

There wasn't a single **scrap** of information about that woman's background.
有關這女子的背景沒有一丁點的信息。

③剩下的食物 *(p)*

Mike fed **scraps** to his cat.
麥克拿些零碎食物餵他的貓。

④廢棄材料 *(U)*

His motorcycle was sold for **scrap**.
他的摩托車被當作廢鋼鐵賣了。

⑤拋棄，放棄 *(vt)* = give up

The city government decided to **scrap** their plan to build an incinerator.
市政府決定取消建一座焚化爐的計畫。

scrape /skrep/

①擦傷 *(vt)*

◀ I **scraped** my knee when I fell.
我摔倒時擦傷了膝蓋。

②刮掉 *(vt)*

I **scraped** the paint off.
我把油漆刮掉。

③擦傷 *(C)*

I just got a few cuts and **scrapes**, nothing serious.
我只不過有幾處割傷和擦傷，沒什麼大礙。

④困境 *(C)*

How come you get into **scrapes** so often?
你怎麼會經常陷入困境的呢？

S

scrape by/along
勉強過活 *(vi)*

◀I can't **scrape by** on this meager income.
靠著這微薄收入，我無法過活。

scrape up
勉強或賣力湊足 *(vt,s)*

◀We **scraped up** enough money to buy a computer.
我們勉強湊足錢買了一部電腦。

scratch /skrætʃ/

①抓，搔癢 *(vt)*

◀ Stop **scratching** your head.
不要抓你的頭。

✎衍生字 scratchy *(adj)* 使皮膚發癢的，刺激皮膚的

②刻，割，刮 *(vt)*

He **scratched** their names in the bark of the tree.
他把他們的名字刻在樹皮上。

③抓、刮、割的傷痕 *(C)*

I got these **scratches** on my arm from picking roses.
我手臂上的割傷是摘玫瑰的時候劃破的。

scream /skrim/

①尖叫聲 *(C)* = shriek

◀ He was awakened by the sound of **screams**.
他被尖叫聲驚醒了。

② (因恐懼、興奮、痛苦而) 尖叫 *(vi)*
= shriek, cry out, yell

She **screamed** with excitement/pain/laughter.
她激動 / 疼 / 笑得尖聲叫了出來。

screen /skrin/

①屏風 *(C)*

◀ She changed her dress behind a **screen**.
她在屏風後面換了衣服。

②螢幕 *(C)*

She first appeared on the **screen** five years ago.
她五年前在螢幕上首次露面。

③紗門，紗窗等 *(C)*

Please close the **screen** door.
請關上紗門。

🔘 MP3-S4

screw /skru/
螺絲，螺絲釘 *(C)*

◀ Please tighten the **screws**.
請上緊螺絲。

screw up

①用螺絲釘把…上緊 *(vt,s)*

◀The handle is falling off again. I will **screw** it **up**.
把手又掉下來了，我來把它上緊。

②弄糊塗 *(vt,s)* = confuse

I have trouble making out what Tim means to say because his poor handwriting **screws** me **up**.
我很難弄清楚提姆想說什麼，因為他模糊的字跡把我給弄糊塗了。

③把…弄糟，攪亂 *(vt,s)* = mess up

Instead of fixing my computer, Henry **screwed** it **up** even more.
亨利沒有修好我的電腦，反而把它弄得更加一團糟。

screwdriver /'skru,draɪvɚ/
螺絲起子 *(C)* (請參閱附錄 "工具")

◀ I need a **screwdriver** to take the electric fan apart.
我需要一把螺絲起子來拆卸這台電扇。

✎相關字 wrench (扳手)。pliers (老虎鉗)。pincers (鉗子、拔釘鉗)。hammer (釘錘)。nail (釘子)。saw (鋸子) chisel (鑿子)。drill (鑽子)。

scribble /'skrɪbl̩/

①塗鴉 *(vi)*

◀ Ted was **scribbling** in his notebook when his teacher was demonstrating how to operate a computer.
老師在演示如何操作電腦時，泰德在自己的筆記本上亂塗亂畫。

②草草書寫 *(vt)*

She **scribbled** a note to me.
她草草地寫了一張便條給我。

script /skrɪpt/

(戲劇、電影、廣播、演講等) 劇本，腳本 (C)

◀ As a director, I have to remind all the members of the cast to keep to the **script**.
作爲導演我得提醒所有演員按腳本講台詞。

📝同尾字 manuscript (手稿)。postscript (附筆；後記)。conscript (徵召)。transcript (副本；抄本；成績單)。

scripted /ˈskrɪptɪd/

照稿子唸的 (adj) ⇔ unscripted

◀ The best way to bore your audience to death is to read from a **scripted** speech.
把聽眾厭煩死的最佳辦法是照原稿宣讀。

scroll /skrol/

①上下移動 (vi)

◀ The reason why I hate to use computers is that I have to **scroll** up and down to find what I am looking for.
我不喜歡使用電腦的原因在於我得上下移動來尋找想要的東西。

②紙卷，羊皮紙卷 (C) = roll

The Egyptians began using **scrolls** of papyrus during around 2000 BC.
埃及人大約在公元前二千年時就開始使用紙莎草紙卷了。

scrub /skrʌb/

①刷洗 (vi,vt)

◀ He **scrubbed** (the floor) hard to get the stain out.
他使勁地刷洗 (地板)，想把汙跡去掉。

②刷洗 (S)

Give that floor a good hard **scrub**.
把那地板好好地刷一刷。

sculptor /ˈskʌlptɚ/

雕塑家 (C)

◀ Zu Ming is the most famous Taiwanese **sculptor**.
朱銘是台灣最著名的雕塑家。

sculpture /ˈskʌlptʃɚ/

①雕塑，雕刻 (U)

◀ Fred is skilled in **sculpture**.
佛瑞德擅長雕塑。

②雕塑 (刻) 作品 (C)

The museum is displaying **sculptures** by Zu Ming.
博物館正在展出朱銘的雕塑作品。

③雕刻 (vt) = carve

The statue is **sculptured** in wood/marble.
這尊塑像是用木頭／大理石雕刻的。

scurry /ˈskɝɪ/

小步疾跑 (vi)

◀ People **scurried** for shelter when hearing gunshots.
聽到槍聲，人們趕緊奔逃尋求掩護。

sea /si/

①海，海洋 (U)

◀ The **sea** was calm and there was no wind.
海面上風平浪靜。

②海 (C)

Several arms of the Mediterranean are large enough to be called "**seas**".
地中海的幾條海灣也大得足可稱得上 "海" 了。

seagull /ˈsiˌɡʌl/

海鷗 (C) (請參閱附錄 "動物") = gull

◀ Most **seagulls** make their home near the ocean.
大多數的海鷗以海濱爲家。

seal /sil/

①海豹 (C) (請參閱附錄 "動物")

◀ **Seals** eat fish and live around coasts.
海豹吃魚，並在海岸周圍生活。

②印章，圖章 (C)

The document carries the presidential **seal**.
文件蓋有總統大印。

③封印，封條 (C)

The **seal** of the envelope has been broken.
信封已被拆封過了。

④蓋章，加封印 (vt)

The document has been signed and **sealed**.
文件已經簽字蓋章。

⑤封牢 (vt)

Seal the parcel firmly with tapes.
用膠帶把包裹封牢。

S

search /sɜtʃ/

①搜尋，搜查 (vt,vi)

◀ They've been **searching** (the woods) for the missing boy.

他們一直在 (林子裡) 搜尋失蹤的男孩。

②搜查，搜尋 (C)

The police made a thorough **search** of the suspect's house but found no evidence against him.

警方徹底搜查了嫌犯的家，但是沒找到不利於他的證據。

search out

找出 (vt,s) = seek out

◀ It took me a long time to **search out** the right man for the job.

我花了很長時間才找到適合做這工作的人。

search through

到處尋找 (vt,u)

◀ The police are **searching through** the house for any clue about the murder.

警察在房子裡到處尋找有關兇殺案的線索。

season /'sizn̩/

①季節 (C)

◀ In America, all four **seasons** are clearly defined.

在美國四季分明。

✎衍生字 seasonal (adj) 季節 (性) 的，當季的

②旺季，當令 (U)

Fruit is cheaper in **season** and more expensive out of **season**.

當季水果比較便宜，過季的水果比較貴。

③調味 (vt)

The meat is **seasoned** with salt and mustard.

這肉加了鹽和芥茉醬調味。

✎衍生字 seasoning (C) 調味料

seat /sit/

①座位 (C)

◀ We have reserved/booked **seats** for tonight's concert.

我們已經訂好了今天晚上音樂會的位子。

②席位 (C)

She won a **seat** in the Legislative Yuan in the election.

她在選舉中獲得了立法院的一個席位。

③使…就座 (vt)

Please **seat** yourself/be seated.

請就座。

second /'sɛkənd/

①第二的，其次的 (adj,adv)

◀ Custom is a **second** nature.

習慣是第二天性。

He came **second** in the race.

他賽跑跑第二。

✎衍生字 secondly (adv) 第二，其次

②秒 (C)

The computer solved the complicated math problem in **seconds**.

電腦用幾秒鐘的時間就解出了這道複雜的數學題。

secondary /'sɛkənˌdɛrɪ/

①中等的 (adj)

◀ **Secondary** education in the U.S. is compulsory.

在美國中等教育是義務教育。

②次要的，第二的 (adj)

All other considerations are **secondary** to your safety.

相對於你的安全來說，其他因素都是次要的。

secret /'sikrɪt/

①祕密的，保密的 (adj)

◀ The famous actor has decided to keep his marriage **secret** from the public for fear that he may lose his fans.

這位著名演員決定把他的婚事向公眾保密，以免失去影迷。

✎衍生字 secrecy (U) 保密

②祕密 (C)

Can you keep a **secret**?

你能保守祕密嗎？

③祕訣 (S) = trick, knack

He promised to tell me the **secret** of making good coffee.

他答應告訴我泡出好咖啡的祕訣。

④奧祕 *(C)* = *mystery*

What I'm most interested in is to explore the
secrets of nature.

我最感興趣的是探究大自然的奧祕。

secretary /ˈsɛkrəˌtɛrɪ/

祕書 *(C)* (請參閱附錄 "職業")

◀ Jane got a job as a personal **secretary** to Sam.

珍找到一份擔任山姆的私人祕書。

section /ˈsɛkʃən/

①區域，部分 *(C)* = *area*

◀ The city is divided into three **sections**: the
residential area, the commercial area, and the
industrial area.

該城市分三個區：住宅區、商業區或工業區。

②(組織、機構的)部門 *(C)*

My **section** of the office deals with customer
service.

在公司裡我這個部門負責的是客戶服務。

③(文件、書、報的)節，款，段，版 *(C)*

Who has the sports **section** of today's
newspaper?

誰拿了今天報紙的體育版？

sector /ˈsɛktɚ/

部門，領域 *(C)*

◀ We have to cut down on the public spending
in the financial/manufacturing/public
service **sector.**

我們須得在金融 / 製造 / 公共服務部門上減少
公共開支。

secure /sɪˈkjʊr/

①安全的 *(adj)* = *safe*

◀ Stay here and you'll be **secure** from attack.

待在這裡，你會很安全，不會受到攻擊。

②牢固的 *(adj)*

Be careful! The ladder doesn't seem **secure**
enough.

當心！梯子好像不是很牢固。

③關緊，使牢固 *(vt)* = *fasten*

Secure all the doors and windows before a
typhoon comes.

颱風到來之前要關緊所有的門窗。

④取得 *(vt)* = *gain, obtain*

The refugees finally **secured** visas to the U.S.

難民們終於拿到去美國的簽證。

◥同尾字 cure (治療)。procure (獲得)。

security /sɪˈkjʊrətɪ/

①安全 *(U)* = *safety*

◀ The government has tightened airport **security**
after the terrorist attack.

受到恐怖襲擊之後，政府加強了機場安全措施。

②保障 *(U)*

Insurance is **security** against loss.

買保險是為了防備損失有保障。

③抵押品 *(U)* = *mortgage*

He got a big loan from the bank, but he had to
put up his house as **security**.

他向銀行借了一大筆貸款，但他必須拿自己的
房子作抵押。

seduce /sɪˈdjus/

引誘 *(vt)* = *entice, lure*

◀ Mark was **seduced** into an affair with his
secretary.

馬克受引誘後與他的祕書搞婚外情。

◥衍生字 *seduction (C,U)* 引誘；*seductive (adj)* 有誘惑力的

◥同尾字 請參見 induce。

see /si/, saw *(pt)*, seen *(pp)*

①看 *(vi)*

◀ My mom doesn't **see** very well in/with her
right eye.

我媽右眼看不大清楚。

②看見，看到 *(vt)*

I **saw** the old lady cross/crossing the street.

我看見那位老太太過了馬路 / 正在過馬路。

③明白 *(vi)* = *understand, figure out*

I can't **see** why Jack is against our suggestion.

我不明白傑克為什麼反對我們的建議。

④認為 *(vt)* = *regard, think of, view*

Do you **see** John as a hard-working student?

你認為約翰是個用功的學生嗎？

---

see about

安排，處理 *(vt,u)* = *see/look/attend to, deal with*

◀It is time for you to **see about** getting theater
tickets.

你現在該去辦買戲票的事了。

S

see after

照顧 *(vt,u)* = *look after, take after of*

◀Please **see after** your sister while I go to the store.

我去商店的時候請你照顧好你妹妹。

see into

調查 *(vt,u)* = *look/inquire/dig into*

◀The police are **seeing into** the murder.

警方正在調查這樁兇殺案。

see off

送行 *(vt,s)* = *send off*

◀I went to the airport to **see** my wife **off** on her trip to Paris.

我去機場為我妻子送行，她要去巴黎。

see out

①將⋯送出去 *(vt,s)* = *show out*

◀I'll **see** you **out** to the bus stop.

我送你出去到公共汽車站。

②持續到⋯結束 *(vt,s)*

We **saw** the movie **out**, but it wasn't as good as was expected.

我們把電影看完了，但是沒有預料中的好。

③維持 *(vt,s)*

With the water shortage, I doubt our supplies can **see** us **out** for the whole summer.

現在缺水，我懷疑我們的供應量是否能維持整個夏天。

see through

①識破 *(vt,u)* = *look through*

◀I know what that guy is up to! I can **see through** him/his trick!

我知道那傢伙在搞什麼名堂！我能識破他／他的詭計！

②使得以度過 *(vt,s)*

The bank loan should be able to **see** you **through** until the end of this year.

那筆銀行貸款應該夠你用到今年年底。

③維持到⋯結束 *(vt,s)* = *sit out/through*

Did you **see** the movie **through** from the beginning?

那部電影你從頭看到尾了嗎？

see to

處理，關照 *(vt,u)*

= *look/attend to, see about, deal with*

◀My father will **see to** all the travel arrangements.

我父親將負責安排所有的旅行。

◉ MP3-S5

seed /sid/

種子 *(C)*

◀The **seeds** that he sowed last month are coming up.

他上個月播下的種子發芽了。

His reaction planted/sowed the **seeds** of doubt in my mind.

他的反應在我心中播下了懷疑的種子。

seek /sik/, sought *(pt)*, sought *(pp)*

①尋找 *(vi,vt)* = *look (for)*

◀The CEO (Chief Executive Officer) is **seeking** (for) solutions to the financial problem.

執行總裁正在尋找辦法解決財務的問題。

②尋求 *(vt)* = *ask for*

If you have any problem, **seek** advice/ help from your teacher.

如果有什麼問題，向你的老師尋求建議／幫助。

seem /sim/

似乎 *(vi)* = *appear*

◀It **seems** (as if) there will be a storm soon.

暴風雨似乎很快要來了。

✎衍生字 *seeming (adj)* 表面的，似乎的；*seemingly (adv)* 表面上

seesaw /ˈsiˌsɔ/

蹺蹺板 *(C)* = *teeter-totter*

◀The children are playing on the **seesaw**.

孩子們在玩蹺蹺板。

✎相關字 slide (溜滑梯)。swing (鞦韆)。

segment /ˈsɛgmənt/

①部分 *(C)* = *part*

◀People of Latin origins make up the fastest-growing **segment** of the U.S. population.

來自拉丁語系的移民構成美國人口中增長最快的一部分。

②畫分，切割 *(vt)* /sɛgˈmɛnt/ = *divide*

Businessmen often **segment** the market on the basis of sex, age, and social class.

商人常常按性別、年齡和社會階層來畫分市場。

seize /siz/

①抓住 *(vt)* = *grab, grasp, take hold of*

◀John **seized** his wife by the arm and dragged her into the room.

約翰抓住妻子的胳膊，把她拉進房間。

②沒收 *(vt)*

The weapons found in Mr. Black's office were **seized** by the police.

在布萊克先生辦公室發現的武器被警方沒收了。

　衍生字 *seizure (U)* 沒收

③抓住，把握 *(vt)* = *grasp, grab* ; ⇔ *miss*

You should **seize** the opportunity to study abroad.

你應該抓住出國留學的機會。

---

seize up

(機器) 停止轉動，卡住 *(vi)*

◀The engine **seized up**.

發動機停止了轉動。

---

seldom /ˈsɛldəm/

很少 *(adv)* = *rarely* ; ⇔ *usually*

◀To lose weight, I **seldom** eat dinner.

為了減肥，我很少吃晚飯。

select /səˈlɛkt/

選拔，挑選 *(vt)* = *choose*

◀Joseph was **selected** to take part in the English speech contest.

約瑟夫被選拔去參加英文演講比賽。

selection /səˈlɛkʃən/

①挑選 *(C)*

◀As for the leading actors, they will make **selections** from the student players.

他們將從實習演員中挑選主角演員。

②選集 *(C)*

I'm reading a **selection** from the works of W. B. Yeats.

我正在看一本葉慈的作品選集。

selective /səˈlɛktɪv/

仔細挑選的 *(adj)* = *careful*

◀Parents should be **selective** about what they let their children read.

家長給孩子選讀物時要仔細挑選。

　同尾字 請參見 collective。

self /sɛlf/

自己 *(pron)*

◀She put her whole **self** into her marriage.

她把自己全部都投到婚姻生活中去了。

selfish /ˈsɛlfɪʃ/

自私的 *(adj)* ⇔ *selfless*

◀I don't want to make friends with a **selfish** person like him.

我不想跟他這樣自私的人交朋友。

sell /sɛl/, sold *(pt)*, sold *(pp)*

①賣，銷售 *(vi)*

◀His latest book **sells** well.

他最近出的書賣得很好。

　衍生字 *best-seller (C)* 暢銷書

②賣，銷售 *(vt)* ⇔ *buy*

I **sold** him the car for $250,000.

這輛車我賣給他二十五萬元。

---

sell off

廉價拍賣 *(vt,s)*

◀The dress shop is **selling off** its old-fashioned clothes.

那家服裝店正在廉價拍賣過時的衣服。

---

sell out

①賣完 *(vt,s)*

◀All the milk is **sold out**.

所有的牛奶都賣完了。

②出賣，背叛 *(vt,s)* = *betray*

Peter tends to **sell out** his friends.

彼得往往會背叛自己的朋友。

③賣完 *(vi)*

All the tickets for the performance have **sold out**.

這場演出的票都已賣完了。

S

semester /sə'mɛstər/
學期 (C)

◀ In some places, the school year is divided into two **semesters** while in others it is divided into three or four terms.
有些地方一學年分兩個**學期**，有些地方則分三或四個**學期**。

seminar /'sɛmə,nɑr/
研討會 (C)

◀ The class is planning to hold/conduct a **seminar** on Taiwanese history.
該班計畫開一次有關台灣歷史的研討會。

senator /'sɛnətər/
參議員 (C)

◀ **Senator** Smith will introduce a bill to shore up the struggling economy.
史密斯**參議員**將提出一項法案以挽救步履維艱的經濟狀況。
📖衍生字 senate (S) 參議院

send /sɛnd/, sent (pt), sent (pp)
①寄 (vt)

◀ Remember to **send** Celia an invitation to the wedding.
記著要給西莉亞寄一分結婚請柬。
②派 (vt)

His mother **sent** him to the shop to get some milk.
他媽媽派他到店裡去買些牛奶。

send off
①寄發 (vt, s)

◀Tina has **sent** the parcel **off**.
蒂娜已經把包裹寄走了。
②送…到另一地方 (vt, s)

I must **send** my child **off** to school/work every day.
我每天都必須打發孩子上學 / 上班。
③送行 (vt, s) = see off

We all went to the airport to **send** our boss **off**.
我們都去機場給老闆送行。
④使…入睡 (vt, s) = put off

Taking some exercise will **send** you **off** (to sleep).
做些運動能使你很快入睡。

senior /'sinjər/
①年長的 (adj) ⇔ junior

◀ George is **senior** to me by three years/ is three years **senior** to me.
喬治比我大三歲。
②年長者 (C) ⇔ junior

George is my **senior** by three years.
喬治比我年長三歲。
③學長，學姊 (C) ⇔ junior

You can ask school **seniors** for help if you have any problem getting accustomed to school life.
你如果適應不了學校的生活，可以找學長們提供幫助。
④大四生 (C)

I'm a **senior** now, going to graduate.
我現在是大四生，就要畢業了。
📖相關字 freshman (大一新鮮人)。sophomore (大二生)。junior (大三生)。

sensation /sɛn'seʃən/
①轟動，騷動 (C) = excitement

◀ The singer caused/created a **sensation** among her admirers when she announced that she would form a big band.
那位歌手宣布她將組建一個大樂團，這在她的崇拜者中引起了轟動。
📖衍生字 sensational (adj) 引起轟動的，聳動的
②知覺 (U) = feeling

The cold caused a loss of **sensation** in the child's fingers.
嚴寒使那孩子的手指失去了知覺。

sense /sɛns/
①感覺 (C)

◀ Jason has a keen **sense** of hearing/sight/touch/smell/taste.
傑森聽覺 / 視覺 / 觸覺 / 嗅覺 / 味覺很靈敏。
②感受 (C) = feeling

Realizing I was lost in the mountains left me with a **sense** of helplessness.
我發現自己在山上迷了路時，產生了一種孤苦無助的感覺。
③道理 (U)

What he says makes no **sense**.
他說的話沒有道理。

④感覺 *(vt)* = feel

I could **sense** the tension in the room.
我感覺到了房間裡的緊張氣氛。

✎衍生字 *sensor (C)* 感應器

sensible /'sɛnsəbḷ/

明智的 *(adj)* ⇔ silly

◀ It was **sensible** of you to take the MRT here instead of driving.
你到這兒乘坐大眾捷運系統而不是自己開車是明智的。

sensitive /'sɛnsətɪv/

①敏感的 *(adj)*

◀ Our eyes are **sensitive** to light.
我們的眼睛對光很敏感。

②神經敏感的，易生氣的 *(adj)*

Don't mention that she's put on weight; she's very **sensitive** about it.
不要說她長胖了，她對這個很敏感。

sensitivities /ˌsɛnsə'tɪvətɪz/

敏感心理 *(P)*

◀ Journalists are often blind to the **sensitivities** of the victims' families when they are reporting a tragedy.
新聞記者對慘案進行報導時常常會無視受害人家屬的敏感心理。

sensitivity /ˌsɛnsə'tɪvətɪ/

①敏感 *(U)*

◀ These eye drops can cause **sensitivity** to sunlight.
這種眼藥水會使眼睛對太陽光敏感。

②敏感性 *(U)*

Politicians should be aware of the **sensitivity** of the ethnic issue.
從政者理應意識到種族問題的敏感性。

sentence /'sɛntəns/

①句子 *(C)*

◀ Please make a **sentence** by using the phrase "at once."
請用片語 "at once" 造一個句子，好嗎？

✎相關字 letter (字母)。word (字)。phrase (片語)。
paragraph (段)。passage (節錄的一小段)。
article (文章)。

②徒刑 *(C)*

He is serving a life **sentence**.
他正在服無期徒刑。

③判刑 *(vt)*

The criminal was **sentenced** to death/to ten years in prison.
罪犯被判了死刑 / 十年徒刑。

sentiment /'sɛntəmənt/

①感情用事，多愁善感 *(U)*

◀ There is no place for **sentiment** in justice.
正義面前容不得感情用事。

②觀點，意見 *(U)*

It seems that public/popular **sentiment** is shifting in favor of restoring the joint entrance examination.
公眾的意見似乎正轉向支持恢復入學聯考制度。

③情操，感情 *(C)* = feeling

Overseas Taiwanese display a patriotic **sentiment**.
在海外的台灣人展現出愛國主義情操。

sentimental /ˌsɛntə'mɛntḷ/

多愁善感的，感情用事的 *(adj)*

◀ People often become **sentimental** about the passing of the good old days.
人們經常感懷過去的美好時光。

🔘 MP3-S6

separate /'sɛpərɪt/

①各自的 *(adj)* = individual, respective

◀ The three children sleep in **separate** rooms.
三個孩子都睡在各自的房間裡。

②隔開，分開 /'sɛpəˌret/ *(vt)* = divide

Taiwan is **separated** from Mainland China by the Taiwan Strait.
台灣由台灣海峽與中國大陸隔開。

③分居 *(vi)*

After two years of marriage, the couple have decided to **separate** and may consider divorce.
結婚兩年後，這對夫妻決定分居，並且可能考慮離婚。

✎衍生字 *separated (adj)* 分居的，分離的

separation /ˌsɛpəˈreʃən/

隔離，分離 *(U)*

◀ **Separation** from his family and friends made him lonely and sad.
與家人和朋友相隔離，他感到孤獨和傷心。

September /sɛpˈtɛmbɚ/

九月 *(C,U)*

◀ He was born in **September** 1968.
他生於一九六八年九月。

sequence /ˈsikwəns/

①順序 *(C)*

◀ You should follow a particular **sequence** if you want to perform a task well.
假如你想把一件事做好就應該遵循一定的順序。

②順序 *(U)* = *order*

Please keep the numbered papers in **sequence**.
請把編了號的考卷按順序放好。

◥同尾字 consequence (結果)。

serene /səˈrin/

安詳的 *(adj)* = *calm, tranquil*

◀ Mr. Smith died, **serene** and peaceful.
史密斯先生安詳平靜地仙逝了。

serenity /səˈrɛnətɪ/

平靜，冷靜，安詳 *(U)* = *calmness*

◀ Paul is capable of retaining his **serenity** in the midst of chaos.
保羅能夠在混亂之中保持冷靜。

sergeant /ˈsɑrdʒənt/

陸軍中士 *(C)*

◀ A **sergeant** saluted me.
有一位陸軍中士向我敬禮。

series /ˈsɪrɪz/

一連串 *(C)*

◀ Last month a **series** of bank robberies plagued the downtown district.
上個月一連串銀行搶劫案攪亂了市區的安寧。

serious /ˈsɪrɪəs/

①重大的，嚴重的 *(adj)* = *severe*

◀ The typhoon caused **serious** damage to the island.
颱風給本島造成了重大損失。

②認真的 *(adj)*

Is he **serious** about quitting the job?
他說要辭職是認真的嗎？

◥衍生字 *seriously (adv)* 重大地，認真地

sermon /ˈsɝmən/

①布道 *(C)*

◀ Several children were dropping off while the priest was preaching/delivering a **sermon**.
牧師在布道時有幾個孩子打起瞌睡來。

②訓誡，申斥 *(C)* = *lecture*

Joe got a **sermon** on his misconduct from his father.
喬因行為不端受到父親的訓誡。

servant /ˈsɝvənt/

佣人 *(C)*

◀ I'm considering employing/hiring a Filipino **servant** to take care of the twin babies.
我正在考慮雇一名菲佣照顧這對雙胞胎。

serve /sɝv/

①服務 *(vt)*

◀ Mr. White retired from his post last month. He had loyally **served** his country for 30 years.
懷特先生上個月從他的職位退休了。他為國忠誠地服務了三十年。

②供應 *(vt)*

Breakfast is **served** from 8 to 10 in the Rose Hall.
早餐供應時間從八點到十點，地點在玫瑰廳。

③服刑 *(vt)*

She has **served** her sentence and should be released.
她已服刑期滿，應該被釋放了。

④服役 *(vi)*

Jack **served** in the army before going to graduate school.
傑克讀研究所之前在軍隊服役。

---

serve out

做滿 (任期)，服完 (刑期) *(vt,s)*

◀ The president is entitled to **serve out** his four-year term.
總統有權做滿四年任期。

server /'sɜˑvɚ/

伺服器 (C)

◀ A **server** controls or supplies information to several computers linked together.

伺服器控制或提供資料給幾台聯在一起的電腦。

service /'sɜˑvɪs/

①服務 (U)

◀ Our company gives customers prompt and satisfactory after-sales **service**.

本公司給顧客提供快速又令人滿意的售後服務。

②服役 (U)

George was exempted from military **service** for poor health.

喬治因為身體不好而免服兵役。

serving /'sɜˑvɪŋ/

分量 (C) = helping

◀ The recipe will be enough for five **servings**.

這分食譜足夠供五個人的分量。

session /'sɛʃən/

會議 (C) = meeting

◀ We held a special **session** on the problem of water shortages.

我們就水源短缺問題舉行了一次特別會議。

set /sɛt/, set (pt), set (pp)

①放 (vt) = put

◀ I **set** the newspaper aside and was lost in memories.

我把報紙放在一邊，陷入了回憶之中。

②設定，調整 (儀器等) (vt)

I usually **set** my alarm clock for 6 a.m.

我通常把鬧鐘設定在早上六點鐘。

✎衍生字 setting (C) (儀器的) 調節裝置

③(日、月、星等) 落，下沉 (vi) ⇔ rise

The sun rises in the east and **sets** in the west.

太陽從東邊升起，西邊落下。

④一套，一組，一副 (C) (請參閱附錄 "量詞")

A complete **set** of gold chess pieces costs around NT$50,000 now.

一套完整的黃金西洋棋子現在需要台幣五萬元。

⑤(電視或收音機的) 接受裝置 (C)

My TV **set** is out of order.

我的電視機壞了。

⑥準備妥當的 (adj) = ready

I'm (all) **set** for the journey.

我已準備妥當去旅行。

⑦規定的 (adj) = scheduled

Our wedding is **set** for May 2.

我們的婚禮定在五月二日。

⑧固定的，不變的 (adj) = fixed

There is usually a **set** procedure for promotion in big companies.

大公司通常升遷有一定的程序。

---

set about

開始，著手 (vt,u) = begin

◀ We will **set about** fixing the roof when this rain lets up a little.

雨小一點後我們就開始修屋頂。

---

set apart

使有別於 (vt,s)

◀ His righteousness **sets** him **apart** from his colleagues.

他的正直有別於他的同事。

---

set aside

放置一旁，擱置，儲蓄 (vt,s) = lay aside

◀ Jane **set** her reading **aside** when the telephane rang.

電話鈴響了，珍放下正在看的書。

---

set back

①延期 (vt,s) = put off

◀ The meeting had to be **set back** to Friday.

會議不得不延期到星期五舉行。

②撥慢 (vt,s) ⇔ put/set forward

My watch was fast, so I **set** it **back** five minutes.

我的手錶快了，所以我把它撥慢五分鐘。

---

set down

規定 (vt,s) = lay down

◀ We should **set down** price/speed limits.

我們應該把價格定下來 / 規定時速限制。

set forth

詳細說明 *(vt,s)* = put/set forward

◀The details of the peace talks are **set forth** in the treaty.
和平會談的細節在條約裡有詳細說明。

set in

(疾病、壞天氣等) 開始降臨 *(vi)* = settle in

◀Darkness/Rain/Decay **set in**.
夜幕開始降臨 / 開始下雨了 / 開始腐爛了。

set off

① 出發，動身 *(vi)* = set out, start off/out

◀As we **set off** for school, it started to rain heavily.
我們出門去上學的時候，天下起了大雨。

② 引爆，燃放 *(vt,s)* = let off

They were **setting off** bombs/fireworks.
他們在引爆炸彈 / 燃放煙火。

③ 引發 *(vt,s)* = spark/touch/trigger off

His incendiary speech **set off** a massive race riot.
他那煽動性的演講引發了一場大規模的種族暴動。

set out

① 出發，動身 *(vi)* = start off/out, set off

◀We **set out** on a camping/business trip.
我們出發去露營 / 動身出差。

② 打算 *(vi)* = intend, start out/ off, set off

I **set out** to take an intensive course in English.
我打算去上一門英語密集課程。

③ 陳列，擺出 *(vt,s)* = lay out

Dinner is ready, so my mother wants me to **set out** the dishes on the table.
晚餐做好了，所以媽媽要我擺上碗盤。

set up

① 搭起 *(vt,s)* = put up

◀We **set up** a tent by the river.
我們在河邊搭起帳篷。

② 設立，創辦 *(vt,s)* = start, establish

We are raising money to **set up** a school/our own business.
我們在籌款辦學 / 開辦自己的公司。

setback /ˈsɛtˌbæk/

挫敗，失敗 *(C)* = defeat

◀Mr. Green suffered a serious **setback**. It was the first time he had lost an election.
格林先生遭受嚴重失敗。這是他首次在選舉中失利。

setting /ˈsɛtɪŋ/

背景，環境 *(S)*

◀We checked into an old farm house located in the middle of a beautiful **setting**.
我們住進位於優美環境之中的一座舊農舍。

◉ MP3-S7

settle /ˈsɛtl̩/

① 解決 *(vt,vi)*

◀The two companies **settled** (their dispute) out of court.
兩家公司在庭外私下解決 (糾紛)。

🖊衍生字 *settlement (U)* 解決

② 定居 *(vi)*

Bill and Hilda got married and **settled** (down) in Taichung.
比爾和希爾達結婚後在台中定居下來。

🖊衍生字 *settler (C)* 移民者

③ 決定 = decide

We've **settled** that we'll subscribe to an English newspaper to improve our English.
我們決定訂英文報紙，以增進我們的英文。

settle down

① 坐下來 *(vi)*

◀It is high time we **settled down** to work on our book.
我們現在實在應該坐下來看書。

② 安頓下來 *(vi)*

It is time you got married and **settled down**.
你現在應該結婚，安下心來過日子。

③ 安靜下來 *(vi)*

Have the noisy girls **settled down** yet?
這些吵吵嚷嚷的女孩子安靜下來了沒有？

④ 讓…安靜下來 *(vt,s)*

I am afraid I must go to the classroom and **settle** the noisy boys **down**.
恐怕我得去教室讓那些吵吵嚷嚷的男孩子安靜下來。

settle for

將就 *(vt,u)*

◀That hat may not go with my dress, but I guess I'll **settle for** it.
那頂帽子可能和我的洋裝不相配，不過我還是將就戴它。

settle in

開始，開始降臨 *(vi)* = set in

◀Rain/Darkness **settled in**.
天開始下雨了／夜幕開始降臨。

settle on

決定 *(vt,u)* = decide on

◀My wife **settled on** yellow paint for the living room.
我妻子決定客廳用黃色的塗料。

several /'sɛvərəl/

①幾個，一些 *(det)*

◀The damage will cost **several** thousand dollars to repair.
損壞的地方需要花幾千元的錢加以修復。

②幾個 *(pron)*

Several of the orphans will be adopted by foreign families.
有幾個孤兒將被一些外國家庭收養。

severe /sə'vɪr/

①嚴重的 *(adj)* = serious

◀Paul received **severe** head injuries in the accident.
保羅在車禍中頭部嚴重受傷。

②嚴厲的 *(adj)* = strict, stern

Our teacher is **severe** with students.
我們的老師對學生很嚴厲。

③天氣嚴熱或嚴寒 *(adj)*

We had a **severe** winter last year.
去年冬天嚴寒。

sew /so/, sewed *(pt)*, sewn/sewed *(pp)*

①(用針線)縫，(用縫紉機)車 *(vi)*

◀Mom is **sewing** over the seams down the side of the trousers.
媽媽正在車褲子的邊縫。

②縫製，縫上 *(vt)*

I'm **sewing** the button onto my shirt.
我正在給我的襯衫縫鈕扣。

✎衍生字 sewing *(U)* 縫紉

sewage /'sjuɪdʒ/

汙水 *(U)*

◀After treatment, the **sewage** is pumped into the sea.
汙水經處理後被抽放入大海。

sewer /'sjuə/

下水道 *(C)*

◀The **sewers** were completely blocked, so the entire city was submerged by the ensuing flood.
下水道完全堵塞了，因此整座城市都沒入隨後而來的洪水之中。

sex /sɛks/

①性別 *(U)*

◀In the space marked "**sex**", put an "M" for male or an "F" for female.
在 "性別" 這一欄裡，男的填 "M"，女的填 "F"。

✎衍生字 sexism *(U)* 性別歧視；sexist *(C)* 性別歧視者

②男性或女性 *(C)*

Studying in a co-educational school, students can learn how to deal with the opposite **sex**.
在男女共校的學校讀書的學生可以學習如何與異性相處。

sexual /'sɛkʃuəl/

性的 *(adj)*

◀The boss assures new employees that **sexual** harassment in the office will not be tolerated.
老闆向新來的員工保證，辦公室裡的性騷擾是決不能容忍的。

sexy /'sɛksɪ/

性感的 *(adj)*

◀You look **sexy** in that dress.
你穿那件衣服看上去很性感。

shabby /'ʃæbɪ/

①破爛的 *(adj)* = tattered, ragged

◀Several migrant workers in **shabby** jackets huddled together in a corner of the airport.
幾名身穿破爛上衣的流動工人在機場的一角擠在一起。

S

②破舊的 *(adj)* = *decrepit*

The **shabby** old building is going to be torn down to make way for a new restaurant.
這棟破舊的建築將被拆除以便留出地方來建造一座新飯店。

shade /ʃed/

①蔭，陰涼處 *(U)*

◀I lay in the **shade** of the tree and took a nap.
我躺在樹蔭下打了個盹。

✎衍生字 *shady (adj)* 有遮蔭的，陰涼的

②窗簾，遮光物 *(C)*

Please pull up/down the **shades** of the window.
請把窗簾拉起來／放下來。

③擋住 *(vt)*

I put my hand over my eyes to **shade** them from the bright sun.
我把手搭在眼睛上擋住耀眼的太陽光。

shadow /'ʃædo/

①影子 *(C,U)*

◀The tree cast its/a **shadow** on the wall.
樹影映在牆上。

✎衍生字 *shadowy (adj)* 有陰影的

②陰影 *(U)*

For years I lived in the **shadow** of my famous father.
有許多年我都生活在名人父親的陰影下。

shake /ʃek/, shook *(pt)*, shaken *(pp)*

①發抖 *(vi)* = *tremble*

◀Whenever I recall the time of being trapped in the fallen house, I still **shake** with terror.
我每次回想起被困在倒塌的房子裡的時候還是心驚肉跳。

✎衍生字 *shaky (adj)* 顫抖的，搖晃的

②搖晃 *(vt)*

Shake the bottle before taking the medicine.
服藥之前搖晃藥瓶。

③震驚 *(vt)* = *shock*

I was **shaken** by her suicide.
她的自殺令我震驚。

④搖 *(S)*

When asked if she would go dancing, Lisa answered "no" with a **shake** of her head.
問她是不是要去跳舞，莉莎搖頭說"不"。

shake off

甩開 *(vt,s)* = *get rid of*

◀It is still hard for Germans to **shake off** the burdens of their past.
德國人還是很難甩開過去的包袱。

shake up

①搖一搖 *(vt,s)*

◀**Shake up** the bottle before drinking the orange juice.
喝柳橙汁前先搖一搖瓶子。

②嚇壞 *(vt,s)*

Many people were severely **shaken up** by the earthquake.
許多人都被地震嚇壞了。

③改組 *(vt,s)*

The prime minister **shook up** his cabinet.
首相改組了他的內閣。

shall /ʃəl; 重讀 ʃæl/

可以 *(aux)*

◀**Shall** I set the table now?
我現在可以擺桌子了嗎？

shallow /'ʃælo/

淺的 *(adj)* ⇔ *deep*

◀I'm not good at swimming so I can only stay at the **shallow** end of the swimming pool.
我不大會游泳，所以就只待在游泳池水較淺的那一頭。

shame /ʃem/

①恥辱 *(U)*

◀Your bad behavior brings **shame** on our family.
你的惡劣行為給我們一家人帶來了恥辱。

②可惜，遺憾 *(S)* = *pity*

It's a **shame** that I couldn't go to your wedding yesterday.
很可惜我昨天沒能參加你的婚禮。

③讓…感到羞愧 *(vt)*

The teacher **shamed** Jack into behaving himself.
老師讓傑克感到羞愧，使他規矩起來。

✎衍生字 *ashamed (adj)* 感到羞愧的

shameful /'ʃemfʊl/
丟臉的 *(adj)*

◀ I have to apologize for my **shameful** bad temper just now in the meeting.
我剛才在會上發脾氣真是丟臉，我必須為此道歉。

shameless /'ʃemlɪs/
無恥的 *(adj)*

◀ He is a **shameless** liar.
他是個無恥之徒，謊言連篇。

shampoo /ʃæm'pu/
洗髮精 *(U)*

◀ Don't use too much **shampoo** when washing your hair.
洗頭髮的時候不要使用太多的洗髮精。

shape /ʃep/
①形狀 *(C)*

◀ The sculptures on display come in all **shapes** and sizes.
展出的雕塑品有各種形狀和大小。

②狀態 *(U)* = condition, repair

With regular servicing, our car is kept in good **shape**.
由於經常保養，我們的汽車仍然處於良好狀態。

③塑形，使具…形狀 *(vt)*

You'll have to **shape** the clay before it dries out.
你必須在黏土乾掉之前把它塑造成型。

④影響 *(vt)* = influence

He intends to go abroad for further study. I wonder what has **shaped** his decision.
他打算出國深造，不知道是什麼影響了他的決定。

share /ʃɛr/
① (屬於某人的或他該得或該做的) 一分 *(C)*

◀ Everybody should do his fair **share** of the work.
每個人都應該做好屬於自己的那分工作。

②股票 *(C)*

I told my stockbroker to sell my **shares** in IBM.
我讓經紀人把IBM的股票賣了。

③分享 *(vi,vt)*

Children should be taught to **share** (their toys) with others.
應該教育孩子們和別人分享自己的玩具。

> **share out**
> 平分 *(vt,s)*
> ◀ They **shared** money **out** equally.
> 他們平分金錢。

shark /ʃɑrk/
鯊魚 *(C)* (請參閱附錄 "動物")

◀ A **shark** has several rows of very sharp teeth.
鯊魚有好幾排銳齒。

sharp /ʃɑrp/
①鋒利的 *(adj)* ⇔ blunt

◀ To cut a steak, you need a knife with a **sharp** blade/edge.
切牛排需要一把鋒利的刀。

②急劇的 *(adj)* = sudden, abrupt

There will be a **sharp** drop in temperature tonight.
今晚氣溫將急劇下降。

③聰明的，機靈的 *(adj)* = clever, bright

Mary is a **sharp** student. She can make out what the teacher means in no time.
瑪莉是個機靈的學生，老師是什麼意思她一聽就懂。

④明顯的 *(adj)* = distinct, clear

On a clear day, the mountains stand in **sharp** contrast to the blue sky.
在晴朗的天氣，群山映著藍天形成明顯的對比。

sharpen /'ʃɑrpən/
①磨利 *(vt)* = hone

◀ The knife is blunt. You had better **sharpen** it before you use it to slice meat.
這刀已鈍了，用來切肉片之前你最好把它磨利。

②使敏銳，磨鍊 *(vt)* = hone

This book is intended to help readers **sharpen** their reading skills.
這本書的目的是幫助讀者磨鍊閱讀技巧。

③加劇 *(vt)* = intensify

The plane crash has **sharpened** people's fear of air travel.
此次飛機失事加劇了人們對乘飛機旅行的恐懼感。

S

◎ MP3-S8

S

shatter /ˈʃætɚ/

① 摔碎，破碎 (vi) = break, smash

◀ The bottle rolled across the table, dropping onto the floor and **shattering** into pieces.
瓶子滾過桌面，掉到地上摔成了碎片。

② 使破滅 (vt) = dash

His illusions about love were **shattered** when he learned that his girlfriend had deserted him and married a rich old man.
得知女朋友拋棄他去嫁給一個富有的老頭以後，他對愛情的幻想破滅了。

shave /ʃev/

① 刮，剃 (vt)

◀ After **shaving** off his beard/mustache, Mr. Carter looks much younger.
卡特先生剃掉鬍鬚看上去年輕多了。

✎衍生字 shaver (C) 刮鬍刀

② 刮鬍子 (vi)

He cut himself when he was **shaving** this morning.
他早上刮鬍子的時候把臉給刮破了。

③ 刮鬍子 (S)

A sharp razor gives you a close **shave**.
鋒利的刮鬍刀可以把鬍子刮得很乾淨。

she /ʃɪ; 重讀 ʃi/

她 (主格) (pron)

◀ Experience keeps no school, **she** teaches her pupils singly.
經驗不開學堂，她只是各別教導學生 (經驗要各人親身體驗)。

shear /ʃɪr/, sheared (pt), sheared/shorn (pp)

① 剪 (羊毛) (vt)

◀ Mark has learned to **shear** sheep and milk cows.
馬克已學會剪羊毛和擠牛奶。

② 剝奪 (vt) = strip

British monarchs, though **shorn** of all real power, still can wield some influence on the government's policies.
英國的君王雖然被剝奪了一切實權，卻仍能對政府的政策具有一定的影響。

shed /ʃɛd/, shed (pt), shed (pp)

① 擺脫，去掉 (vt) = get rid of

◀ With its market shrinking, the company has decided to **shed** about a third of its workforce.
隨著市場的萎縮，公司已決定裁削約三分之一的人力。

② (植物、動物) 使 (外皮、果子、毛髮等) 脫落 (vt) = throw off

As it grows, a rattle snake will regularly **shed** its skin.
響尾蛇在成長的過程中會定期地蛻皮。

③ 脫下 (vt) = take off

The boys raced down to the stream, **shedding** their clothes as they went.
男孩子們跑向下邊的小溪，邊跑邊脫下衣服。

④ (光) 流瀉 (vt) = cast

The moon **shed** a ghostly light over the lawn.
幽幽的月光瀉在草地上。

⑤ 流 (vt)

Mike did not **shed** a single tear when he paid his last respects to his step father.
麥克與他的繼父作最終告別時未流一滴淚。

⑥ 小屋，棚屋 (C)

They have a tool/cattle/garden **shed** on their farm.
他們的農場上有一間工具房 / 牲畜棚 / 園具棚。

sheep /ʃip/

羊，綿羊 (C) (請參閱附錄 "動物")

◀ If one **sheep** leaps over the ditch, all the rest will follow.
一羊跳過水溝，眾羊相繼跟隨 (羊群走路靠頭羊，人群要有帶頭人)。

✎衍生字 sheepish (adj) (如綿羊般) 溫馴的；sheep (pl) 綿羊

sheer /ʃɪr/

完全的 (adj) = complete

◀ It was **sheer** luck that I passed my driving test.
我通過了駕照考試完全是運氣好。

sheet /ʃit/

① 床單 (C)

◀ You'd better change the **sheets** every week.
你最好每個禮拜換床單。

② 一張，一片 (C) (請參閱附錄 "量詞")

He tore a **sheet** of paper from his notebook.
他從筆記本上撕下一張紙。

shelf /ʃɛlf/

架子 (C)

◀ The workers are putting up some new kitchen **shelves** for me.
工人們正在幫我安裝幾個廚房裡用的新架子。

shell /ʃɛl/

①殼 (C)

◀ When enemies come near, turtles will retreat into their **shells**.
敵人靠近時，烏龜就會縮到殼裡去。

②砲彈 (C)

Shells were bursting all around and killed numerous people.
砲彈四處爆炸，死者不計其數。

✎相關字 bullet (子彈)。

shell out

(尤指不情願地) 付款，花錢 (vt,s)

◀I was forced to **shell out** a large sum of money for this old car.
我被迫花了很大一筆錢買下這輛舊車。

shelter /ˈʃɛltɚ/

①掩避，庇護 (U) = refuge

◀ In a thunder storm, don't take **shelter** under a tree.
下雷雨時不要在樹下避雨。

②收容所 (C) = refuge

A **shelter** for the homeless is badly needed.
現在急需一個無家可歸者的收容所。

③提供遮蔽 (vt)

The pavilion **sheltered** us from the rain.
亭子為我們提供了遮蔽不受雨淋的地方。

④躲避 (vi)

We stayed in the basement, **sheltering** from the tornado.
我們待在地下室裡，躲避龍捲風的襲擊。

shepherd /ˈʃɛpɚd/

①牧羊人 (C) (請參閱附錄 "職業")

◀The **shepherd** who cried wolf was finally devoured by wolves.
謊報狼來了的牧羊人最後被狼吞掉。

②引導 (vt)

The tour guide **shepherded** the tourists onto a sightseeing bus/into a castle.
導遊引導觀光客上遊覽車 / 進入城堡。

sheriff /ˈʃɛrɪf/

(美國的) 縣治安官 (C)

◀ A **sheriff** is an elected officer in a local area.
縣治安官是經由選舉出來的。

shield /ʃild/

①盾牌 (C)

◀ In the past, soldiers used **shields** to protect themselves against attacks.
過去的戰士使用盾牌來保護自己抵擋攻擊。

②遮擋 (vt) = protect, defend

I opened my umbrella to **shield** myself from the sun.
我打開傘遮擋陽光。

shift /ʃɪft/

①轉變 (vi) = turn

◀ The wind **shifted** from the west to the south.
風向從西轉向南。

②轉移 (vt)

Don't try to **shift** the blame onto me. It's you that made the decision to invest.
別把責任推 (轉移) 到我身上。是你決定要投資的。

③轉向，轉變 (C) = change

There's been a **shift** in public opinion about whether to build another nuclear power plant.
關於是否要再造一個核能發電廠，公眾的興論已經出現了轉向。

④輪班 (C)

I'm on the night **shift** this week.
這個星期我上夜班。

shilling /ˈʃɪlɪŋ/

先令 (C)

◀ The **shilling** was used in Britain until 1971.
先令在英國使用到一九七一年止。

✎相關字 pound (英鎊)。pence (便士)。

shine /ʃaɪn/, shone (pt), shone (pp)

①發光 (vi)

◀ The servant polished the silverware till it **shone** brightly.
佣人把銀器擦得閃閃發光。

②擦亮 (vt) = polish

Shine your shoes before you go out.
你出去之前把皮鞋擦一擦。

說明：當「擦亮」之意時，其三態為 shine, shined (pt), shined (pp)。

S

③擦亮 (S) = polish

Give your shoes a good **shine** before you go out.

把你的皮鞋好好擦一擦再出去。

shiny /'ʃaɪnɪ/

有光澤的 (adj)

◀ The new shampoo leaves my hair soft and **shiny**.

新的洗髮精使我的頭髮柔軟有光澤。

ship /ʃɪp/

船 (C) (請參閱附錄 "交通工具")

◀ Rats desert a sinking **ship**.

船沉了，老鼠就跑了 (樹倒猢猻散)。

shirt /ʃɜt/

襯衫 (C) (請參閱附錄 "衣物")

◀ I never iron my **shirts**.

我從不燙襯衫。

shiver /'ʃɪvə/

①發抖 (vi) = tremble, shake, shudder

◀ The boy dressed in rags is **shivering** with cold.

穿著破爛衣衫的男孩凍得發抖。

②發抖 (C)

A **shiver** ran through me.

我全身發抖。

shock /ʃɑk/

①震驚 (C)

◀ His death came as a great **shock** to us all.

他的死使我們大家都大為震驚。

②震動 (C)

The **shock** of the explosion shattered many windows.

爆炸引起的震動震碎了許多窗子。

③觸電 (C)

Don't touch the wire! You'll get a **shock**.

不要碰電線！你會觸電的。

④休克 (U)

The old man died of **shock** in the car crash.

車禍中那位老人死於休克。

⑤使…震驚 (vt) = rock

The death of Mother Teresa **shocked** the whole world.

德蕾莎修女的逝世令全世界震驚。

shoddy /'ʃɑdɪ/

劣質的 (adj)

◀ This piece of furniture cannot stand up to close examination; it is fairly **shoddy** considering how expensive it is.

這件家具經不起細看；就其昂貴的價格而言，可算得是相當劣質。

shoe /ʃu/

鞋子 (C) (請參閱附錄 "衣物")

◀ Dry **shoes** won't catch fishes.

怕鞋濕的人是捉不到魚的。

shoot /ʃut/, shot (pt), shot (pp)

①開槍 (vt)

◀ She **shot** the fierce lion dead with three bullets.

她開三槍打死這頭兇猛的獅子。

②投籃，射門 (vt)

Jordan **shot** the winning basket in the last second.

喬丹在最後一秒裡投進了決定勝負的一球。

③拍攝 (照片、電影等) (vt)

A group of people was **shooting** a film in our school today.

今天有一群人在我們學校拍攝電影。

④開槍 (vi)

I **shot** at the bird but missed.

我對著鳥開槍，但沒有打中。

⑤突然冒出 (vi)

I cut myself and blood **shot** out of the wound.

我割到自己，傷口頓時冒出了血。

⑥筍，嫩芽 (C)

The farmers are digging for bamboo **shoots**.

農民們正在挖竹筍 (嫩芽)。

shoot up

突然飛漲 (vi) = rise suddenly

◀ Oil prices have **shot up** recently.

油價最近突然飛漲。

shop /ʃɑp/

①店 (C) = store

◀ Mrs. Yang makes her living by operating a florist **shop**.

楊太太是靠經營花店生活的。

②逛街 *(vi)*

I went **shopping** this afternoon for a present for my father.
下午我去逛街給父親買禮物了。

shoplift /'ʃɑp‚lɪft/

在商店裡偷竊，順手牽羊 *(vi)*

◀ The beautiful lady was caught **shoplifting**.
這位美麗的婦人在店裡偷竊時當場被抓。

✎衍生字 *shoplifter (C)* 順手牽羊者

shore /ʃor/

海岸 *(C,U)*

◀ A ship sank off the **shore** of Keelung.
一艘船在基隆的海岸外沉沒。

> ### **shore up**
> 支撐 *(vt,s) = support*
> ◀The government has decided to **shore up** the flagging economy by spending lavishly.
> 政府決定花巨資支撐萎縮的經濟。

◯ MP3-S9

short /ʃɔrt/

①短暫的 *(adj) = brief*；⇔ *long*

◀ We'll take a **short** break in the middle of the lesson.
我們將在課堂中間短暫休息一會兒。

✎衍生字 *shorten (vt)* 縮短

②矮的 *(adj)* ⇔ *tall*

Compared with his brother, Joseph is rather **short**.
約瑟夫和他哥哥比較來顯得相當矮。

③短缺的 *(adj)*

We've got most of the equipment we need, but we're still **short** of a thermometer.
大部分裝備我們都有了，就是還少一個溫度計。

shortage /'ʃɔrtɪdʒ/

短缺 *(C)*

◀ The brain drain led to a serious **shortage** of skilled labor in this country.
人才外流給這個國家造成了技術勞動力的嚴重短缺。

shortcoming /'ʃɔrt‚kʌmɪŋ/

缺點 *(C) = defect, drawback*

◀ The joint entrance examination, despite its **shortcomings**, has worked well for decades. Moreover, it is fair and valid.
入學聯考雖然有缺點，但幾十年來都運作良好。而且，它是公平且有效力的。

shorten /'ʃɔrtṇ/

①縮短 *(vt)* ⇔ *extend*

◀ We **shortened** our stay in New York.
我們縮短了在紐約的停留日程。

✎衍生字 *short (adj)* 短的

②使⋯變短 *(vt) = take in*；⇔ *let out*

I am afraid I must have my skirt **shortened**.
恐怕我必須把裙子改短了。

shortly /'ʃɔrtlɪ/

不久，很快 *(adv) = soon*

◀ We got their phone call **shortly** after we arrived home.
我們到家後不久就接到了他們的電話。

shorts /ʃɔrts/

短褲 *(pl)* (請參閱附錄 "衣物")

◀ Joe showed up in **shorts**.
喬穿著短褲出現。

short-sighted /'ʃɔrt'saɪtɪd/

①近視的 *(adj) = near-sighted, myopic*；⇔ *far-sighted*

◀ Two-thirds of the students in our class are **short-sighted**.
我們班上有三分之二的學生是近視眼。

②缺乏遠見的 *(adj)*

You need to think of the future; don't make a **short-sighted** decision.
你要為將來想一想，不要作出缺乏遠見的決定。

✎衍生字 *short-sightedness (U)* 近視，缺乏遠見

shot /ʃɑt/

①shoot的過去式與過去分詞 *(vt,vi)*

②槍聲，射擊 *(C)*

◀ He fired three **shots** but still missed the bird.
他開了三槍，但還是沒打中那隻鳥。

③(注射) 一針 *(C) = injection*

The doctor gave me a **shot** and prescribed some medicine for me.
醫生給我打了一針，還開了一些藥。

should /ʃəd; 重讀 ʃud/

①應該 *(aux)*

◀ You **should** have warned me of the risks!
你早應該警告我有這些風險的！

②竟然，居然 *(aux)*

It's odd that you **should** mention her.
很奇怪你竟然提到她。

shoulder /'ʃoldɚ/

①肩膀 *(C)* (請參閱附錄 "身體")

◀ He shrugged his **shoulders**.
他聳聳肩膀。

②肩負，承擔 *(vt)* = take on, bear, assume

After his father died, Alec had to **shoulder** the responsibility for supporting his family.
父親去世後，艾利克只得挑起了養家糊口的重擔。

He **shouldered** the responsibility/blame/burden/cost.
他承擔責任／責備／擔子／費用。

shout /ʃaut/

①呼喊，大叫 *(vi)* = yell, cry out

◀ They **shouted** at each other in anger.
他們憤怒地相互吼叫。

②大叫聲 *(C)*

The winner gave a great **shout** of joy at the end of the match.
比賽結束後獲勝者高興地大叫了一聲。

shout down

大喝 (某人) 倒采 *(vt,s)* = roar down

◀ The speaker was **shouted down** by the audience.
演講人的話被聽眾的喊叫聲壓下去了。

shove /ʃʌv/

推擠，推撞 *(vi)* = push

◀ The crowd **shoved** and pushed, trying hard to get on the train.
人群又推又擠地竭力想上火車。

shovel /'ʃʌvl̩/

①鏟子 *(C)* (請參閱附錄 "工具")

◀ Paul put his **shovel** aside and wiped the sweat away.
保羅把鏟子放在一邊，擦掉汗水。

②(用鏟子) 鏟 *(vt)*

He **shoveled** concrete into the bucket.
他把混凝土鏟進桶裡。

③胡亂地塞 *(vt)*

Hearing someone approaching, I **shoveled** the papers into the drawer and sneaked away.
聽到有人來了，我把文件胡亂地塞進抽屜，偷偷地溜了出去。

show /ʃo/, showed *(pt)*, shown *(pp)*

①演出 *(C)*

◀ Serena gave her debut **show** last night, which amazingly caused a sensation.
莎雷娜昨晚首次登台演出，引起大轟動。

②把…給 (人) 看 *(vt)* = indicate

I **showed** them the pictures I shot/took on vacation.
我把在度假時拍的照片拿給他們看。

③顯示 *(vt)* = demonstrate

The report **shows** that the air crash was due to human error.
報告顯示，這次飛機失事是由人為因素造成的。

show off

①炫耀，使引人注目 *(vt,s)* = flaunt, flash around

◀ That woman is always **showing off** her wealth.
那女人老是炫耀她的財富。

②賣弄，炫耀 *(vi)*

Don't take any notice of that woman, she is just **showing off**.
別去理會那女人，她只不過是在賣弄自己。

show out

引領…出去 *(vt,s)* = see/usher out

◀ I will **show** you **out** (of the building).
我送你出去 (出大樓)。

show up

(照預定或安排) 到達，出現 *(vi)* = turn up

◀ Only ten people **showed up** for the meeting.
只有十個人到會。

shower /'ʃaʊɚ/

①淋浴 *(C)*

◀ I'll just have/take a quick **shower**.
我就很快沖個澡。

②陣雨 *(C)*
Scattered **showers** are expected this afternoon.
今天下午將有零星陣雨。

shred /ʃrɛd/
①碎片，細條 *(C)* = *piece, bit*
◀ My shirt was ripped/torn to **shreds** when I took it out of the washing machine.
我把襯衫從洗衣機裡拿出時，它已被撕成碎片了。
②切或撕成碎片 *(vt)* = *tear up*
All the legal papers have been **shredded**.
所有法律文件都已 (在碎紙機內) 切碎了。
✎衍生字 *shredder (C)* 碎紙機，(食品) 磨碎機

shrewd /ʃrud/
精明的，判斷準確的 *(adj)* = *astute, canny*
◀ It is **shrewd** of you to bet on the dark horse.
你在那匹深色的馬上下注可真精明。
✎衍生字 *shrewdness (U)* 精明

shriek /ʃrik/
①尖叫 *(C)* = *scream*
◀ The woman let out a **shriek** of terror/joy/fright/pain.
那女子發出恐怖 / 歡樂 / 驚恐 / 痛苦的尖叫聲。
②尖叫 *(vi)* = *scream*
Susan looked the man in the eye, **shrieking** with fright/laughter.
蘇珊看著那男子的眼睛，害怕地尖叫 / 尖聲大笑起來。
③尖聲叫 *(vt)*
Ann **shrieked** abuse at her colleague who had blown the whistle on her under-the-table dealing.
安因為同事揭發了她的賄賂行為而尖聲辱罵起同事來。

shrill /ʃrɪl/
尖銳的，刺耳的 *(adj)* = *piercing*
◀ I heard a **shrill** whistle/voice at midnight.
半夜裡我聽到一聲尖銳的口哨聲 / 說話聲。

shrimp /ʃrɪmp/
蝦 *(C)* (請參閱附錄 "動物")
◀ Some people raise **shrimps** in ponds.
有些人在池塘養殖小蝦。

shrine /ʃraɪn/
寺廟，聖壇 *(C)*
◀ One of Tao's most sacred **shrines** in Taiwan is Tsao Tien Kong at Bei Kang.
台灣境內最受人尊崇的道教聖壇是北港的朝天宮。

shrink /ʃrɪŋk/, shrank *(pt)*, shrunk *(pp)*
①縮小，收縮 *(vi)*
◀ Wool sweaters often **shrink** in the wash.
羊毛衫洗的時候經常縮水。
②退縮 *(vi)*
He is labeled as a coward because he often **shrinks** from danger.
他面對危險時經常退縮，所以被人稱為懦夫。

shrub /ʃrʌb/
灌木 (叢) *(C)* = *bush*
◀ I am planning to plant some flowering **shrubs** and use them as a hedge.
我正打算種些會開花的灌木當作樹籬。

shrug /ʃrʌg/
①聳 (肩) *(vt)*
◀ He **shrugged** his shoulders and wouldn't reply to my question.
他聳聳肩，不願回答我的問題。
②聳肩 *(S)*
When asked if he would remarry, the superstar just gave a **shrug**.
有人問他是否要再結婚，那位超級巨星只是聳了聳肩。

shrug off
①抖落 *(vt,s)*
◀ Chris **shrugged off** her scarf carelessly and let it fall to the floor.
克莉絲不小心抖落圍巾，讓它掉在地上了。
②對…不予理會，不屑一顧 *(vt,s)* = *shrug away*
A salesperson cannot afford to **shrug off** a customer's complaints.
銷售員不能對顧客的投訴置之不理。

shudder /'ʃʌdɚ/
戰慄，發抖 *(vi)* = *tremble, quiver, shiver*
◀ I **shudder** at the thought/sight/memory of the charred bodies in the fire.
我一想到 / 看見 / 回想起那些在火中燒焦的屍體就戰慄。
✎衍生字 *shudder (c)* 戰慄，發抖

MP3-S10

shun /ʃʌn/

躲開，避開 *(vt)* = *keep away from, avoid*

◀ Gays tend to **shun** publicity, and they are **shunned** by common people. But now some gays pluck up their courage and come out of the closet.
同性戀者通常會躲開公眾的注意，一般人也會避開他們。但現在有些同性戀者鼓起勇氣公開亮相了。

shut /ʃʌt/, shut *(pt)*, shut *(pp)*

① 關閉，合上 *(vt)* = *close*

◀ He went in and **shut** the door after him.
他進屋隨手關上了門。

② 關閉，合上 *(vi)*

The door **shut** off itself with a bang and startled all of us.
門 "砰" 的一聲自己關上了，我們大家都嚇了一跳。

shut down

(使) 停業，歇業 *(vi;vt,s)* = *close down*

◀ The chemical plant was forced to (be) **shut down**.
化工廠被迫關門。

shut off

① 關掉 *(vt,s)* = *turn/switch off*

◀ Please **shut** the radio **off** if you are not really listening to it.
如果你沒在聽收音機，就請把它關掉。

② 隔離，隔絕 *(vt,s)*

Gary gets hooked on video games and **shuts** himself **off** from his friends and even his family members.
蓋瑞沉迷於電動遊戲，不見朋友，甚至不見家人。

shut out

排除在外 *(vt,s)*

◀ Jim felt he was being **shut out** from all the business affairs.
吉姆感到所有業務自己都被排除在外。

shut up

(非正式、不禮貌) 閉嘴，住嘴 *(vi)*

◀ If only the journalists could **shut up** about her sexual scandal!
要是新聞記者閉上嘴巴，不談她這樁性醜聞就好了！

shutter /ˈʃʌtɚ/

百葉窗 *(C)* = *blinds*

◀ The moonlight is streaming in through the window. Please close/open the **shutters**.
月光從窗口照進來了。請拉上 / 拉開百葉窗。

shuttle /ˈʃʌtl̩/

① 往返接駁的交通工具 *(C)*

◀ There is a **shuttle** (bus/service) between the station and the museum.
車站和博物館之間有往返接駁的班車。

② 往返運送 *(vt)*

The trains **shuttle** passengers between Osaka Station and the Universal Studios.
大阪火車站和環球影城之間有火車來回運送乘客。

shy /ʃaɪ/

① 害羞的 *(adj)* = *timid*

◀ Little girls are usually **shy** with strangers.
小女孩見到陌生人通常會害羞。
衍生字 *shyness (U)* 害羞

② 害怕的，膽怯的 *(adj)* = *afraid*

He didn't pass the entrance exam but he was **shy** of telling his parents the truth.
他沒有通過入學考試，但是他害怕把真相告訴父母。

shy away from

迴避，退縮 *(vt,u)* = *stay/steer clear of*

◀ Don't **shy away from** any challenge. Instead, you should rise to it.
不要迴避挑戰，要站起來迎接挑戰。

sibling /ˈsɪblɪŋ/

手足，兄弟姐妹 *(C)*

◀ I have ten **siblings**—three brothers and seven sisters.
我有十個兄弟姐妹——三個兄弟和七個姐妹。

sick /sɪk/

①生病的 (adj) = ill

◀ He has been **sick** for several days.
他已經病了好幾天了。

📝衍生字 sickness (U) 生病

②反胃作嘔的 (adj)

I began to feel **sick** shortly after the ship started to move.
船開動沒多久我就開始暈船反胃作嘔了。

📝衍生字 sicken (vt) 使作嘔；sickening (adj) 令人作嘔的

③厭煩的 (adj) = tired, weary

I'm **sick** of your flattery.
你的奉承我已經厭煩了。

📝相關字 homesick (思鄉的)。lovesick (相思病的)。carsick (暈車的)。airsick (暈機的)。seasick (暈船的)。

side /saɪd/

邊，側面 (C)

◀ Standing on either **side** of her were her sons.
站在她兩邊的是她的兒子。

sidewalk /'saɪdˌwɔk/

人行道 (C) = pavement (BrE)

◀ Your car will be towed away if you park it on the **sidewalk**.
如果你在人行道上停車，汽車會被拖走的。

siege /sidʒ/

包圍，圍攻 (U)

◀ Our soldiers laid **siege** to the town in order to starve the enemy into submission.
我軍將士包圍了這座城鎮要讓敵人餓得只好投降。

sieve /sɪv/

①濾網，格篩，細篩 (C)

◀ When making soybean milk, you can put it through a **sieve** to remove any lumps.
做豆漿時你可以用一個濾網除去粗塊。

②濾，篩 (vt)

You have to **sieve** out any lumps when making soybean milk.
做豆漿時你得濾去粗塊。

sift /sɪft/

篩，濾 (vt)

◀ Linda sat on the sand dune, **sifting** the sand through her fingers.
琳達坐在沙丘上，讓沙子從指縫裡漏過去。

sigh /saɪ/

①嘆息，嘆氣 (聲) (C)

◀ We all gave/heaved a **sigh** of relief/contentment after she left.
她走後我們大家都寬慰 / 滿意地鬆了一口氣。

②嘆息 (vi)

The man sat on the bench **sighing** for/over his unhappy fate.
那人坐在長凳上，為自己不幸的身世嘆息。

sight /saɪt/

①視力 (U) = vision, eyesight

◀ She lost her **sight** in a car accident but it was restored after surgery.
她曾在一次車禍中喪失視力，但經過一次手術後視力恢復了。

②(觀) 看，(瞥) 見 (U)

You may catch **sight** of the castle when you turn the corner.
你在轉彎時可以看到這個城堡。

③景觀，風景 (C) = view

There are breath-taking **sights** to see in the Grand Canyon.
在大峽谷可以看到令人嘆為觀止的景觀。

④看見，發現 (vt) = see

A lighthouse was **sighted** in the distance.
遠處可以看到一個燈塔。

sightseeing /'saɪtˌsiɪŋ/

觀光 (U)

◀ We plan to do some **sightseeing** and shopping in London.
我們打算在倫敦觀光，逛逛街。

sign /saɪn/

①告示牌，符號，記號 (C)

◀ A **sign** has been put up by the lake, saying "No Swimming."
湖邊立著一塊告示牌，上面寫著 "禁止游泳"。

②跡象，徵兆 *(C)*

The man found lying on the beach bore no **signs** of life.

那人被發現躺在沙灘上已經死亡 (沒有生命跡象)。

③星座 *(C)*

"What's your **sign**?" "I'm a Sagittarius."

"你屬於哪個星座？" "我是人馬座的。"

④簽 (名)，簽 (字) *(vt)*

Please **sign** your full name. Initials are not legally valid.

請簽全名，簽首字母於法無效。

✎衍生字 *signature (C)* 簽名

---

sign away

簽字放棄或讓與 *(vt,s)*

◀I refused to **sign away** all claims to the land.

我拒絕簽字放棄對這片土地的所有權。

---

sign in

簽到 *(vi)* ⇔ *sign out*

◀We have to **sign in** in the office.

我們必須簽到進辦公室。

---

sign out

簽退 *(vi)* ⇔ *sign in*

◀Students are required to **sign out** as they leave.

學生離開時必須簽退。

---

sign up

報名參加，選修，簽約受雇 *(vi)*

◀Many students **signed up** for the army/this course.

許多學生報名入軍隊／選修這門課。

---

signal /ˈsɪgn̩/

①信號 *(C)*

◀This hi-tech machine is used to send out/receive/transmit **signals**.

這台高科技機器用來發送／接收／傳遞信號的。

②暗號，示意 *(C)* = *gesture*

He raised his arm as a **signal** for us to stop.

他舉起手臂示意我們停下。

③表示 *(C)*

Her yesterday's speech was a **signal** that her views have changed.

她昨天那番話表示她的看法有了轉變。

④發信號，示意 *(vt)*

The policeman **signaled** the traffic to move forward.

警察示意車輛往前開。

⑤發信號，示意 *(vi)* = *gesture, beckon*

The police officer **signaled** to me to go away.

警察示意我走開。

---

signature /ˈsɪgnətʃɚ/

簽字，簽名 *(C)*

◀He showed me the contract bearing the **signatures** of the late president and vice-president.

他向我出示那分有已故總裁和副總裁簽字的合同。

✎衍生字 *sign (vt)* 簽名

✎比較 *signature* (一般人的簽名)。

     autograph (名人的簽名)。

---

significance /sɪgˈnɪfəkəns/

意義，重要性 *(U)* = *importance*

◀The discovery of oil is of great **significance** to the country's economy.

石油的發現對該國的經濟有著重大的意義。

---

significant /sɪgˈnɪfəkənt/

①有意義的，重要的，重大的 *(adj)* = *important*

◀July 4, 1776 is a date most **significant** for Americans.

一七七六年七月四日是美國人最有意義的一個日子。

②明顯的 *(adj)* = *considerable*

There has been a **significant** increase in crime in recent years.

近年來犯罪率有明顯的上升。

---

signify /ˈsɪgnəˌfaɪ/

表明，代表，象徵 *(vt)* = *mean, represent*

◀Life is full of sound and fury but they **signify** nothing.

生活裡諸多聲光喧囂，到頭來全都毫無意義。

✎衍生字 *sign (C)* 符號，跡象，徵兆

MP3-S11

silence /'saɪləns/

①寂靜，沈默 (U) = quiet

◀ The silence was broken by a loud cry.
一聲大叫打破了寂靜。

②使安靜 (vt)

Sue did all she could to silence the crying baby but in vain.
蘇想盡辦法讓那哭叫的嬰兒安靜下來，但沒有用。

silent /'saɪlənt/

沉默的 (adj) = quiet, mute

◀ She kept silent for the whole meeting.
她在會上一直保持著沉默。

So far the Prime Minister has remained prudently silent on foreign policy.
至今為止首相在外交政策上還是保持著審慎的沉默。

silicon /'sɪlɪkən/

矽 (C)

◀ Silicon occurs only in combination with other elements.
矽只有在與其他元素結合時才會產生。

silk /sɪlk/

絲 (U)

◀ The costumes are made of the finest silk.
這些服裝是用最好的絲綢做的。

衍生字 silky (adj) 如絲一般的，光滑的

相關字 請參見 wool。

silkworm /'sɪlk,wɝm/

蠶 (C)

◀ A silkworm is a caterpillar which produces a cocoon of silk.
蠶是會吐絲結繭的毛毛蟲。

silly /'sɪlɪ/

愚蠢的，可笑的 (adj)

◀ It was pretty silly of me to forget my lunchbox.
我真蠢，把便當給忘了。

silver /'sɪlvɚ/

①銀 (U)

◀ The handle of the knife is made of sterling silver.
刀柄是用標準純銀做的。

②銀幣 (U)

Could you give me one pound in silver?
你能給我一枚一英鎊的銀幣嗎？

③銀製的 (adj)

She poured the tea from a silver pot.
她從銀茶壺裡倒出茶。

similar /'sɪmələ/

相似的 (adj) ⇔ different (from)

◀ You are similar to your father in personality.
你的性格跟你父親很像。

衍生字 similarly (adv) 相似地

similarity /,sɪmə'lærətɪ/

相似 (處) (C) = resemblance

◀ Though they're twins, they bear no similarities to each other.
他們雖然是雙胞胎，但是沒有一點相像的地方。

simmer /'sɪmɚ/

①慢火燉煮 (vi)

◀ I left the chicken soup simmering.
我把雞湯放在火上慢慢燉。

②沸騰 (vi)

The villagers were simmering with rage/fury by the time the oilman arrived. They demanded compensation for the contamination of their rice fields.
石油商到達時村民們的情緒因憤怒而沸騰起來。他們要求對被汙染的稻田進行補償。

③慢火燉 (vt)

Simmer the onion soup until it becomes thick.
把洋蔥湯慢慢燉直到變稠。

相關字 fry (炸；煎)。roast (烘烤)。toast (烘)。smoke (燻)。broil (燒)。steam (蒸)。stew (燉)。boil (涮煮)。saute (炒煎)。bake (焙)。grill (烤)。

simple /'sɪmpl̩/

①簡單的，樸素的 (adj) ⇔ elaborate, complicated

◀ I prefer furniture simple in shape.
我喜歡款式簡單的家具。

②單純的，天真的 (adj) - naive

It was really simple of you to believe in the tall tale he told.
你也太單純了，居然相信他的大話。

simplicity /sɪmˈplɪsətɪ/

簡單，樸素，天真 (U) ⇔ complexity

◀ For the sake of **simplicity**, bureaucracy and red tape will be eliminated.

為簡便易行起見，官僚和繁文縟節都將被根除。

✎同尾字 complicity (串通)。

simplify /ˈsɪmpləˌfaɪ/

簡化 (vt) ⇔ complicate

◀ The government is making an attempt to **simplify** tax returns.

政府正試著簡化納稅申報表。

✎衍生字 simplification (U,C) 簡化

simply /ˈsɪmplɪ/

①僅僅，只不過 (adv) = only

◀ I took the job **simply** because I had no other choice.

我接受這分工作只是因為我別無選擇。

②簡樸地，簡單地 (adv)

We have to live **simply** on my small income.

靠我微薄的收入我們只得簡樸度日。

simultaneous /ˌsaɪmḷˈtenɪəs/

同時發生的 (adj)

◀ There is a **simultaneous** broadcast of the football game on TV and radio.

電視台和電台同時轉播這場足球賽。

sin /sɪn/

①(冒犯上帝或宗教法律的) 罪，罪惡 (C)

◀ He confessed a **sin** he committed to the Father.

他向神父懺悔他犯的一個罪過。

✎衍生字 sinful (adj) 有罪，犯罪的；sinner (C) 罪人

②違反戒律，違反教規 (vi)

I'm afraid we have **sinned** against God.

恐怕我們已經違背上帝，犯了戒律。

since /sɪns/

①自從 (conj)

◀ Where have you been **since** I last saw you?

自從上次我見到你以後，你都去哪裡了？

②既然 (conj) = now that, because

Since you can't answer the question, I'll have to ask someone else.

這個問題既然你回答不了，那我就只能問別人了。

③從…起 (prep)

The house has remained deserted **since** 1980.

從一九八〇年起這房子就一直空著沒人住了。

④從此，從那時以來 (adv)

Jill left home two weeks ago and we haven't heard from her **since**.

吉兒兩個星期前離開家，從此我們就沒有聽到過她的消息。

sincere /sɪnˈsɪr/

①真誠的 (adj) = genuine；⇔ insincere

◀ **Sincere** friendship is more valuable than money.

真誠的友誼比金錢更可貴。

②誠心誠意的，由衷的 (adj) = honest

I'm utterly/completely **sincere** in my promises.

我的許諾完全是誠心誠意的。

✎衍生字 sincerely (adv) 真誠地，由衷的

sincerity /sɪnˈsɛrətɪ/

真誠，誠意 (U)

◀ We apologize in all **sincerity** for our mistakes.

我們為自己所犯的錯誤表示真誠的道歉。

sinew /ˈsɪnju/

肌腱 (C,U)

◀ A **sinew** is a strong cord in the body connecting a muscle to a bone.

腱是連接骨與肌肉的堅強帶子。

✎衍生字 sinewy (adj) (肉) 多筋的，肌肉發達的

sing /sɪŋ/, sang (pt), sung (pp)

①唱歌 (vi)

◀ She **sang** beautifully.

她唱得很動聽。

②歌唱 (vt)

She was **singing** a lullaby to her baby.

她在給她的寶寶唱催眠曲。

✎衍生字 song (C) 歌曲

singer /ˈsɪŋɚ/

歌手，歌唱家 (C) (請參閱附錄 "職業")

◀ She is a popular/opera/jazz/folk **singer**.

她是流行 / 歌劇 / 爵士 / 民謠歌手。

single /ˈsɪŋgḷ/

①單一的，單個的 (adj)

◀ You don't have to write down every **single** word I say.

你不需要把我說的每一個字都記下來。

②單身的 *(adj)* = *unmarried*

After her husband died, she remained **single** for the rest of her life.

丈夫死後，她後半輩子一直保持單身。

③單打比賽 *(P)*

I prefer to play doubles; **singles** are too exhausting.

我喜歡雙打，單打太累了。

---

single out

挑出，選出 *(vt,s)*

◀His paper/son was **singled out** for criticism/ praise.

他的論文 / 兒子被挑出來批評 / 表揚。

---

singular /'sɪŋgjələ/

單數的 *(adj)* ⇔ *plural*

◀The **singular** form of "mice" is "mouse".

"mice" 的單數形式是 "mouse"。

---

sink /sɪŋk/, sank *(pt)*, sunk *(pp)*

①下沉，沉沒 *(vi)*

◀The sun **sank** below the horizon.

太陽沉到了地平線下。

②(數目、價值、力量等的) 減少，減弱 *(vi)*

= *drop, go down*

The value of money **sinks** as inflation edges up.

通貨膨脹加劇了，貨幣就會貶值。

③擊沉 *(vt)*

We **sank** the enemy's ship with bombs.

我們用炸彈擊沉了敵艦。

④流理台，洗臉槽 *(C)*

The **sink** is leaking badly. We need to call for a plumber.

流埋台漏得厲害，我們需要叫水管工人來。

---

sip /sɪp/

①啜飲 *(vt,vi)*

◀We slowly **sipped** (at) the wine and chatted in front of the fireplace.

我們在壁爐前慢慢地啜飲著葡萄酒，聊著天。

②一小口 *(C)*

I'll just take a **sip** of the wine; otherwise, I'll get drunk.

我只要喝一小口酒，不然我會醉的。

---

sir /sə; 重讀 sɜ/

先生，長官 *(U)*

◀Are you ready to order, **Sir**?

先生，你要點菜了嗎？

---

siren /'saɪrən/

警報器，汽笛 *(C)*

◀The **siren** went off suddenly. I wondered who had sounded it.

警報器突然響了起來。不知道究竟是誰把它弄響。

---

sister /'sɪstə/

姊，妹 *(C)* (請參閱附錄 "親屬")

◀Catherine is our **sister** company.

凱瑟琳是我們的姊妹公司。

◎ MP3-S12

sit /sɪt/, sat *(pt)*, sat *(pp)*

①坐 *(vi)*

◀She **sat** with her legs crossed on the sofa.

她雙腿盤起坐在沙發上。

②座落 *(vi)*

The village **sits** on top of a small hill.

這村子座落在一座小山的山頂上。

③使就座 *(vt)*

She picked her daughter and **sat** her on a chair.

她抱起女兒，讓她坐在椅子上。

---

sit back/by

袖手旁觀，一旁閒著 *(vi)*

= *stand aside/back/by, step back*；⇔ *step in*

◀Peter just **sat back** while other people were busy cleaning up the classroom.

其他人都忙著打掃教室，彼得卻只是袖手旁觀。

---

sit in

①列席，旁聽 *(vi)*

◀You can **sit in** on the meeting/interview/ class.

你可以列席這次會議 / 旁聽這次面談 / 旁聽這堂課。

②代替 (某人) 主持會議或公務 *(vi)*

The principal was ill, so Mr. Wang **sat in** for him.

校長生病了，所以王老師代他主持會議。

S

sit out

坐到…結束 *(vt,s)* = *see/sit/hear through*
◀ We **sat out** the rest of the concert.
我們坐著把餘下的音樂會聽完。

sit through

① 坐到…結束 *(vt,u)*
◀ I **sat through** the meeting and never yawned.
我一直坐到會議結束，沒打過一個呵欠。
② 坐著…看完 *(vt,u)* = *sit out, see through*
I **sat through** the rest of the movie though I wasn't enjoying it very much.
我一直坐著把餘下的電影看完，雖然我不是很喜歡它。

sit up

熬夜 *(vi)* = *stay up*
◀ I **sat up** very late preparing for the test.
為了準備考試我熬夜到很晚。

site /saɪt/

地址，用地，場所 *(C)* = *position, location*
◀ They're choosing the **site** for a new business center.
他們正在選址建一個新的商務中心。

situated /'sɪtʃuˌetɪd/

① 座落…的，位於…的 *(adj)* = *located*
◀ The temple is beautifully **situated** on top of the mountain.
這座廟宇優雅地座落在山頂上。
② 處於…立場 *(C)*
Saudi Arabia is well **situated** to dominate the oil market.
沙烏地阿拉伯處境優勢而控制石油市場。

situation /ˌsɪtʃu'eʃən/

① 處境，情況，局勢 *(C)*
◀ With no rain for the last two years, the country is in a desperate **situation**.
連續兩年無雨，該國處境艱難。
② 地點 *(C)* = *position, location*
The cottage is in a beautiful **situation**.
小屋處在一個風景優美的地點。
🖎衍生字 *situate (vt)* 使位於，找出…的地點

size /saɪz/

① 尺寸 *(C)*
◀ I take **size** 8 shoes. Do you have any in stock?
我要八號大小的鞋子，你們有貨嗎？
② 大小 *(U)*
European countries vary in **size** and population.
歐洲國家大小及人口各有不同。
③ 依大小分類或標示
The apples have been **sized** and priced.
這些蘋果已經按大小分類，也標示價格了。

size up

① 估計 *(vt,s)*
◀ **Sizing up** the floor, I decided that we would need two hundred tiles.
我估計了一下地板的面積，確定我們應該需要兩百塊地磚。
② 評估，判斷 *(vt,s)*
I can't **size up** Mary's chance of getting the job. In fact, I can't even **size** her **up**; she is a bit of a mystery to me.
我無法評估瑪莉有多少把握能得到這分工作。事實上，我甚至無從判斷她是個什麼樣的人；對我而言，她有點捉摸不透。

skate /sket/

① 溜冰鞋 *(C)*
◀ When Serena is on her **skates**, she radiates confidence.
莎雷娜穿上溜冰鞋的時候顯得自信十足。
② 溜冰 *(vi)*
The ice is not strong enough to **skate** on/upon.
這冰不夠堅固，不能在上面溜冰。
🖎衍生字 *skating (U)* 溜冰

skeleton /'skɛlətn̩/

① 骨架，骷髏 *(C)*
◀ A human **skeleton** was found in the coffin.
在棺材內發現一具人的骨架。
🖎衍生字 *skeletal (adj)* 骨架的，提綱式的
② 架構 *(C)* = *framework*
I showed my teacher the **skeleton** of my paper and ask him for advice.
我給老師看了我那篇論文的架構並徵求他的意見。

skeptical /ˈskɛptɪkl̩/

懷疑的，不相信的 *(adj)* = sceptical, doubtful

◀ I am **skeptical** of/about the news that a top official sexually harassed a young man.
我對一名高級官員性騷擾一位年輕男子的新聞持懷疑態度。

✎衍生字 *skepticism (C,U)* 懷疑 (態度)，懷疑論

sketch /skɛtʃ/

①素描 *(C)*

◀ The **sketch** he made of the city appealed to all the art professors.
他畫的那幅城市素描引起了所有美術教授的興趣。

②概述 *(C)*

He gave me a **sketch** of his plans for the promotion of the new product.
他跟我講了個大概有關他如何推廣新產品的計畫。

✎衍生字 *sketchy (adj)* 粗略的

③概略描述 *(vt)* = describe

The president briefly **sketched** out the company's plans for the coming year.
總裁對公司下年度的計畫概略的描述。

④寫生 *(vi)*

We went **sketching** in the park this morning.
今天早上我們到公園去寫生了。

---

sketch out

草擬 *(vt,s)* = rough out

◀ My boss **sketched out** a business plan this morning.
今天早上我的老闆草擬了一分業務計畫。

---

ski /ski/

①滑雪 *(vi)*

◀ You can't imagine how thrilled I was the first time I **skied** down the hill.
我第一次滑雪衝下山坡時有多少興奮你是無法想像的。

②滑雪板 *(C)*

I bought a new pair of **skis** because the old one was worn out.
我買了一副新的滑雪板，舊的用壞了。

skill /skɪl/

技巧，技能 *(C)*

◀ You can attain/acquire good writing **skills** through extensive reading and constant practice.
通過大量閱讀和經常練筆你就可以掌握良好寫作技巧。

skillful /ˈskɪlfəl/

有技巧的，靈巧的 *(adj)* = adept

◀ Although new teachers are not **skillful** at/in teaching, their enthusiasm makes up for it.
新進教師教學上雖然技巧不夠好，但他們的熱情足以彌補這個不足。

skim /skɪm/

①瀏覽，略讀 *(vt)* = thumb/leaf/browse through

◀ I **skimmed** the paper to find the main ideas in it.
我瀏覽了這篇論文以找出其中心思想。

②從液體表面撇去 (油脂) *(vt)*

I **skimmed** the cream from the milk.
我從牛奶上撇去奶脂。

③瀏覽，略讀 *(vi)* = browse

Just **skim** through the article. You don't need to read it carefully.
把文章瀏覽一下就行了，你不需要仔細讀它。

④掠過 *(vi)*

Birds **skimmed** over the waves searching for food.
鳥掠過波浪尋找食物。

skin /skɪn/

① (動物或人體的) 皮，皮膚 *(U)*

◀ Thomas fell off his bicycle. Fortunately, he only bruised the **skin**.
湯馬斯從自行車上摔下來，幸好只擦破了皮。

② (蔬菜或水果的) 外皮，果皮 *(U)*

I usually peel the **skin** before I eat an apple.
我吃蘋果一般都要削皮。

③擦傷 *(vt)* = scrape, scratch

I slipped on banana peel and **skinned** my palm and elbow.
我踩到香蕉皮滑了一跤，擦破了手掌和手肘。

✎相關字 表 "皮" 的一般用語是skin。leather (硝過的熟皮，皮革)。fur (柔軟帶有長毛的毛皮)。hide (大型動物的粗皮)。

skinny /'skɪnɪ/

皮包骨的 (adj) ⇔ plump

◀ In my opinion, plump girls are more beautiful than skinny ones.
在我看來，胖胖的女孩比骨瘦如柴的女孩漂亮。
✎相關字 請參見 thin。

skip /skɪp/

① 跳 (C)

◀ Hearing that I made the school swimming team, I gave a little skip of joy.
聽說我加入游泳校隊了，我高興得跳了起來。

② 跳過，略過 (vt)

We can skip chapter 4; It's not relevant.
我們可以跳過第四章，這一章無關緊要。

③ 蹦蹦跳跳地走 (vi)

The little boy skipped along at his mother's side.
小男孩在母親身邊蹦蹦跳跳地走著。

skip off/out

溜走 (vi)

◀ Jack skipped off when father was blaming Tom for breaking the window.
父親在責罵湯姆打破窗戶的時候傑克溜走了。

skip over

跳過，略過 (vt,u)

◀ We had better skip over the details and get to the main point.
我們最好跳過細節，看主要問題。

skip through

瀏覽，略讀 (vt,u) = skim over/through

◀ Skip through this article and find its main idea.
把這篇文章瀏覽一下，找出它的大意。

skirt /skɜt/

裙子 (C) (請參閱附錄 "衣物")

◀ Short skirts are fashionable again this summer.
今年夏天，短裙又再度流行了。

skull /skʌl/

頭顱骨，頭蓋骨 (C)

◀ James fractured his skull in a car accident and fell into a coma. But miraculously, he revived.
詹姆斯在一次車禍中頭顱骨折昏迷過去。但神奇的是他又甦醒了過來。

sky /skaɪ/

① 天色，天空 (U)

◀ The sky is darkening. It may rain anytime.
天色變暗了，隨時可能下雨。

② 天空 (P)

We had clear and blue skies throughout our holiday.
我們假期裡天天都晴天碧空。

skyscraper /'skaɪˌskrepɚ/

摩天大樓 (C)

◀ Towering skyscrapers make up the fascinating skyline of New York City.
高聳的摩天大樓造成紐約市美麗的天際輪廓線。

◉ MP3-S13

slam /slæm/

① 使勁關上 (vt) = bang

◀ Please don't slam the door. Close it carefully.
請別使勁關門，要小心輕關。

② 砰地一聲關上 (vi) = bang

The door slammed shut.
門砰地一聲關上了。

✎衍生字 slam (S) 砰的一聲 (關上)

slang /slæŋ/

俚語 (U)

◀ I am interested in student/underworld slang. Therefore I write down every slang expression I hear.
我對學生／黑幫俚語有興趣，於是就把聽到的每一條俚語都筆錄了下來。

slap /slæp/

① 打耳光 (vt) = smack

◀ That wicked woman slapped him across the face.
那惡婦打了他一耳光。

②一巴掌，(用手掌) 拍 (C)

Sam gave me a friendly **slap** on the shoulder.
山姆友善地在我肩上拍了一下。

> ### slap down
>
> 責罵 (vt,s) = dress/call down, tell off
> ◀Father **slapped** Tom **down** for knocking over the teacup.
> 父親責罵湯姆把茶杯打翻了。

slash /slæʃ/

①猛砍，揮砍 (vt) = cut

◀ The sofas in the office have been **slashed**.
辦公室裡的沙發都給劃破了。

②大幅削減 (vt) = cut, reduce

Over the last year interest rates have been **slashed** by 5%.
去年利率大幅下跌了百分之五。

③砍痕，傷痕 (C) = cut

He was taken to the hospital with **slashes** across his face.
他滿臉傷痕被送往醫院。

slaughter /'slɔtɚ/

①屠殺，殘殺 (vt) = massacre

◀ Hundreds of civilians were **slaughtered** in the ethnic cleansing.
在種族淨化時數百名平民被殘殺了。

②大屠殺 (U) = massacre, butchery

Only a few people could escape the **slaughter** after the communists invaded the capital city in Cambodia.
共黨分子進佔柬埔寨首都以後，僅少數人逃脫了那次大屠殺。

📎相關字 請參見 butcher。

slave /slev/

①奴隸 (C)

◀ **Slaves** used to be traded from Africa to the New World.
過去奴隸從非洲被販賣到美洲新大陸。

②奴隸 (C)

My uncle is no less than a **slave** of/to money. All he thinks about all day is how to make even more money.
我叔父不過是個金錢的奴隸，他整天想的都是怎麼樣去賺更多的錢。

📎衍生字 enslave (vt) 使成為奴隸

slavery /'slevərɪ/

①奴隸制度 (U)

◀ **Slavery** was abolished in the U.S. after its civil war.
美國內戰結束後廢除了奴隸制度。

②奴隸身分 (U)

Thousands of women and children were reported to have been sold into **slavery**.
據報導成千上萬的婦女兒童被賣為奴。

slay /sle/, slew (pt), slain (pp)

殘殺，殺害 (vt) = kill, slaughter

◀ The prince drew his sword and **slew** the wolf.
王子拔劍將那頭狼殺了。

sledge /slɛdʒ/

① (載人或貨物的) 雪橇 (C) = sled

◀ I saw a young man racing down the snow-covered hill on a **sledge**.
我看見一個青年男子乘著雪橇從大雪覆蓋的山上飛快地滑下。

②滑雪橇 (vi)

I feel like going **sledging**.
我想去滑雪橇。

sleep /slip/, slept (pt), slept (pp)

①睡眠 (U)

◀ Many high school students have to cut down on **sleep** to prepare for numerous tests.
為了應付不計其數的考試，許多中學生都不得不縮短睡眠時間。

📎衍生字 sleepless (adj) 無眠的；asleep (adj) 睡著的；sleepy (adj) 想睡的

②睡，睡覺 (S)

With the help of medication, he finally fell into a sound/profound **sleep**.
在藥力的作用下，他終於沉睡了。

③睡覺 (vi)

I have a habit of **sleeping** late on the weekend.
我週末習慣睡懶覺。

④睡覺 (vt)

I didn't **sleep** a wink all night.
我一夜沒合眼睡覺。

sleep away

①還在沉睡 *(vi)*

◀Joe is still **sleeping away**.
喬還在沉睡。

②把…睡掉了 *(vt,s)*

Tina **slept away** the whole afternoon.
蒂娜把整個下午都睡掉了。

③以睡覺來擺脫 *(vt,s) = sleep off*

I used to **sleep** my troubles **away**.
我以前經常以睡覺來擺脫煩惱。

sleep out

①睡在外面 *(vi)*

◀It was so hot that we **slept out** in the yard.
天氣很熱，我們就睡在外面院子裡。

②沒回家睡覺 *(vi)*

I **slept out** last night. I stayed over at my
friend's home.
昨天晚上我沒回家睡覺，我睡在朋友家。

sleepy /'slipɪ/

想睡的 *(adj) = dozy*

◀I feel very **sleepy** now since I didn't get much
sleep last night.
我昨晚睡得很少，現在非常睏。

sleeve /sliv/

袖 *(C)*

◀Jane wore a dress with long **sleeves**.
珍穿著一件長袖洋裝。

sleigh /sle/

(馬拉的) 雪橇 *(C)*

◀I saw a **sleigh** sliding along snow.
我看見雪橇沿著雪地滑行。

slender /'slɛndɚ/

①細長的 *(adj)*

◀Pianists usually have **slender** fingers.
鋼琴家通常手指都很細長。

②苗條的 *(adj) = slim*

My roommate is a **slender**, graceful ballet-
dancer.
我的室友是身材苗條、舉止優雅的芭蕾舞者。

✎衍生字 *slenderness (U)* 細長，苗條

slice /slaɪs/

片，薄片，切片 *(C)* (請參閱附錄 "量詞")

◀He cut a thin/thick slice of beef and put it
between **slices** of bread.
他切了一片薄薄的 / 厚厚的牛肉，把它夾在兩
片麵包中間。

slide /slaɪd/, slid *(pt)*, slid *(pp)*

①滑行 *(vi)*

◀The kids are **sliding** on the ice.
孩子們在冰上滑行。

②悄悄移動 *(vi) = sneak, slip*

A thief **slid** into the house when everyone was
sleeping soundly last night.
昨晚小偷趁大家都睡得很沉的時溜了進來。

③悄悄塞 *(vt)*

A note was **slid** under the door for me.
有人從門下面塞進了一張條子給我。

④滑，滑動 *(S)*

The car went into a **slide** on the ice.
汽車在冰上打滑。

⑤溜滑梯 *(C)*

The children are playing joyfully on the **slide**.
孩子們在滑梯上玩得很高興。

⑥幻燈片 *(C)*

They showed us the **slides** of their holiday.
他們給我們放了他們度假時拍的幻燈片。

⑦下降 *(C) = fall*

How can we stop the **slide** in living standards?
我們怎樣才能遏止生活水準的下降呢？

slight /slaɪt/

稍微的，輕微的 *(adj)*

◀Mr. Jackson suffered from a stroke last month,
but there's a **slight** improvement in his
condition now.
傑克遜先生上月突然中風，不過現在情況稍有
好轉。

✎衍生字 *slightly (adv)* 稍微

slim /slɪm/

苗條的 *(adj)*

◀My new girlfriend is pretty, with a lovely **slim**
figure.
我新交的女朋友長得很美，身段苗條優美。

✎相關字 請參見 thin。

slip /slɪp/

①滑，溜，失足 (C) = slide

◀ One **slip** and you could fall off the cliff.
你一滑就會墜落懸崖。

②小紙條 (C) = piece, sheet

He scribbled his telephone number on a **slip** of paper.
他把自己的電話號碼草草地寫在一小條紙上。

③悄悄移動 (vi) = sneak, slide

She **slipped** into the room when no one was looking.
她趁人不注意的時候溜進了房間。

④滑跤 (vi)

I **slipped** on banana peel.
我踩在香蕉皮上滑了一跤。

⑤悄悄地塞 (vt)

Mom **slipped** thousands of dollars into my hand before I left.
我走之前媽媽悄悄地往我手裡塞了幾千元錢。

slip up

弄錯 (vi)

◀ Someone must have **slipped up**—the letters should have been forwarded to Mr. Lee.
肯定是有人搞錯了——這些信應該是寄給李先生的。

slipper /'slɪpɚ/

拖鞋，便鞋 (C) (請參閱附錄 "衣物")

◀ Students are not allowed to wear **slippers** on campus.
學校禁止學生們在校園內穿拖鞋。

slippery /'slɪpərɪ/

滑的 (adj)

◀ Drive carefully; the roads are wet and **slippery** after rain.
天雨路滑，小心駕駛。

slogan /'slogən/

口號，標語 (C)

◀ The demonstrators chanted **slogans** to lift up their own spirits.
示威遊行的人群高喊口號為自己鼓勁。

slope /slop/

①斜坡 (C)

◀ We have to go down/up a slight/steep **slope** before reaching the gate of the castle.
我們必須先走一段緩坡 / 陡坡才能到達城堡的大門。

②傾斜 (vi)

The house **slopes** gently to the east after the earthquake.
地震後房子微微向東傾斜。

sloppy /'slɑpɪ/

馬虎的，草率的 (adj)

◀ A **sloppy** writer always writes **sloppy** articles.
馬虎的作家總是寫出草率的文章。

slot /slɑt/

投幣口 (C)

◀ Before you use this telephone, you must first put two one-dollar coins into the **slot**.
你使用這台電話之前必須先在投幣口內投兩個一元的硬幣。

🔘 MP3-S14

slow /slo/

①緩慢的 (adj) ⇔ fast

◀ My watch is **slow** by ten minutes. I have to reset it.
我的手錶慢十分鐘，我得重新設定。

②遲鈍的，愚笨的 (adj) ⇔ quick

He is **slow** at arithmetic.
他學算術的反應很慢。

③緩慢地 (adv) ⇔ fast

You're going too **slow**. Please hurry up.
你走得太慢了，快點兒。

④減速 (vi) ⇔ speed (up)

The train **slowed** down and stopped.
火車減速停了下來。

slow down

①慢一點 (vi) = slow up

◀ **Slow down** a bit! You're eating too fast.
慢一點！你吃得太快了。

②放慢速度 (vt,s) ⇔ speed up

We are on a road with many abrupt turns, so we must **slow** our car **down**.
我們走的這條路有許多急轉彎，所以必須放慢車速。

S

slump /slʌmp/
① 突然倒下，突然下跌 *(vi)* = *drop*
◀ Share prices **slumped** dramatically last year.
去年股價暴跌。
② 突然下降，蕭條 *(C)* = *decline*
A **slump** in demand for computers pushed down their prices.
電腦需求量的突然下降使得他們的售價下跌了。

sly /slaɪ/
① 狡猾的 *(adj)* = *cunning, wily*
◀ A **sly** grin was creeping around the corners of her mouth.
她嘴角上微微露出狡猾的笑容。
② 狡詐的 *(adj)* = *slick*
Mike played a **sly** merchant in the play.
麥克在這出戲中飾演一個狡詐的商人。

smack /smæk/
① 用手掌摑，拍打 *(vt)* = *slap*
◀ Joe's father **smacked** him on the bottom.
喬的老爸打他屁股。
② 重擊，拍打 *(C)* = *slap*
Joe's father gave him a **smack** on the bottom.
喬的父親在他屁股上打了一下。

small /smɔl/
小的 *(adj)* ⇔ *big*
◀ Size 6 is too **small** for me. I take size 7 shoes.
六號我穿太小了，我要七號的鞋子。

smallpox /'smɔl,pɑks/
天花 *(U)*
◀ Children are supposed to be vaccinated against **smallpox**.
兒童都要接種預防天花。

smart /smɑrt/
① 精明的，聰明的 *(adj)* = *clever*
◀ She's quite **smart** about business.
她做生意很精明。
② 時髦的 *(adj)* = *stylish, fashionable*
You look quite **smart** in that dress.
你穿那件裙子很時髦。

smash /smæʃ/
① 打破，使⋯粉碎 *(vt)*

◀ In the fire David **smashed** the window with a chair and jumped out of the building.
火災時大衛用一把椅子砸碎了玻璃窗，從大樓裡跳了出去。
② 破碎 *(vi)* = *break*
I dropped my glass and watched it **smash** to pieces on the floor.
我把杯子掉在地上，眼看著它摔成碎片。
③ 破碎（聲）*(S)*
I was awakened by the **smash** of plates in the kitchen.
我被廚房裡盤子打碎的聲音吵醒了。

smear /smɪr/
① 塗抹 *(vt)*
◀ Jill **smeared** her face with sun tan lotion.
吉兒在她臉上抹防曬油。
② 汙漬 *(C)* = *smudge*
There is a lipstick **smear** on the brim of the glass.
玻璃杯口上有一處口紅的汙漬。

smell /smɛl/
smelt/smelled *(pt)*, smelt/smelled *(pp)*
① 發出⋯的氣味 *(vi)*
◀ The drunkard **smelled** horribly of tobacco and wine.
醉漢身上的煙味和酒味真難聞。
② 聞，嗅 *(vt)*
Come and **smell** these roses. They're wonderful.
來聞聞這些玫瑰花，真香。
③ 氣味 *(C)*
The trash can give off a disgusting/nasty/ bad **smell**.
垃圾桶發出一股難聞的氣味。

---

smell out
① 弄得很難聞 *(vt,s)* = *smell up, stink out/up*
◀ Please don't smoke; your cigarettes will **smell out** the office.
請不要抽煙，你的香煙會把辦公室弄得很難聞。
② 嗅出 *(vt,s)* = *nose/sniff out*
Dogs can be trained to **smell out** illegal drugs.
狗經過訓練能嗅出非法毒品。

smile /smaɪl/

①微笑 (C)

◀ Janet is a sweet girl, always wearing a radiant smile on her face.
珍妮特是個可愛的姑娘，臉上總是洋溢著微笑。

②笑 (vi)

She smiled faintly/bitterly at me.
她對我淡淡地笑了一下 / 苦笑了一下。

③微笑 (vt)

Listening to her fantastic English speech, all the judges smiled their approval.
聽著她出色的英語演講，所有評審都微笑著表示讚賞。

smog /smɑg/

煙霧 (U)

◀ Smog is hanging low over Taipei City.
台北市的天空瀰漫著煙霧。

smoke /smok/

①煙 (U)

◀ The smoke the fireplace gave forth/off/out almost choked me.
壁爐裡冒出的煙差點讓我窒息了。

衍生字 smoky (adj) 多煙的

②香煙 (C)

There's a ten-minute break; it's time to have a cup of coffee and a smoke.
有十分鐘時間休息，喝杯咖啡抽支煙吧。

③抽 (香煙、煙斗、雪茄等) (vt)

My dad used to smoke a pack of cigarettes a day but now he has quit smoking.
我爸爸以前總是每天抽一包香煙，不過現在他已經戒了。

④冒煙 (vi)

The chimney of the plant smoked heavily, causing serious pollution.
工廠的煙囪冒出濃煙，造成嚴重的汙染。

smoke out

用煙燻出來 (vt,s)

◀ The thief is hiding in a cave, and the police are planning to smoke him out.
小偷躲在山洞裡，警察打算用煙把他燻出來。

smooth /smuð/

①柔順的，平滑的 (adj) ⇔ rough

◀ Her hair is shiny and as smooth as silk.
她的頭髮閃閃發亮，如絲般柔順。

②使…光滑，平順 (vt)

She smoothed the wrinkles out of the tablecloth and spread it over.
她把桌布上的皺褶弄平鋪開來。

smooth away

①使…平順，光滑 (vt,s)

◀ I tried to smooth these folds away, but to no avail.
我想把這些皺摺弄平，但是不行。

②消除，排除 (vt,s) = get rid of

We must smooth away any difficulties/objections.
我們必須克服任何困難 / 排除任何反對意見。

smooth out

①燙平 (vt,s)

◀ Before you go to school, smooth out your shirt.
你上學之前把襯衫燙平。

②解決 (vt,s) = iron out

There are some technical problems to be smoothed out before we can hit the road.
我們上路之前還有些技術問題需要解決。

smooth over

①平息 (vt,s)

◀ I managed to smooth their quarrel over.
我好不容易平息了他們之間的爭吵。

②掩飾 (vt,u) = gloss/slur over

He was trying to smooth over his fault, instead of accepting it.
他不承認自己的缺點，相反地還試圖掩飾。

smother /'smʌðɚ/

①悶熄 (vt) = extinguish

◀ Julia grabbed a lid to smother the flames on the stove.
茱莉亞抓起一只蓋子去悶熄爐子上的火。

②壓制，壓抑 (vt) = hold back, repress

Marvin was struggling to smother his cough/anger/jealousy.
馬文在盡力壓制咳嗽 / 憤怒 / 嫉妒。

S

③悶死，使…窒息 *(vt)* = suffocate

A woman **smothered** her husband with a
pillow when he fell asleep.

一名婦女在她丈夫睡著時用一個枕頭把他悶死
了。

smuggle /'smʌgl/

走私 *(vt)*

◀ He was found guilty of **smuggling** cocaine
and marijuana into this country.

他被人發現犯有走私古柯鹼和大麻到這個國家
的罪行。

衍生字 *smuggler (C)* 走私者

snack /snæk/

點心 *(C)*

◀ I took a hasty/quick **snack** of cold meat and
bread before class.

上課前我匆忙地吃了點麵包夾冷肉當點心。

snail /snel/

蝸牛 *(C)* (請參閱附錄 "動物")

◀ They are walking at a **snail's** pace.

他們正用蝸牛的速度緩慢而行。

snake /snek/

蛇 *(C)* (請參閱附錄 "動物")

◀ A **snake** darted out of the grass.

一條蛇從草叢飛快爬出來。

snap /snæp/

①啪的一聲，突然折斷的聲音 *(C)*

◀ The branch broke with a **snap**.

樹枝啪的一聲折斷了。

②快照，快相 *(C)* = snapshot

I took a **snap** of my daughters when they
were playing on the beach.

女兒在沙灘上玩的時候我給她們拍了一張照片。

③突然折斷 *(vi)* = break

The branch **snapped** under the weight of the
snow.

樹枝在積雪的重壓之下折斷了。

④使…折斷 *(vt)* = break

He **snapped** the stick in half.

他把棍子從中間折斷。

snare /snɛr/

①陷阱 *(C)*

◀ The hunter set a **snare** for hares.

獵人設下陷阱捕野兔。

②誘捕 *(vt)* = trap

A woman **snares** fat cats as a hunter does
rabbits.

女子釣大亨猶如獵人捕野兔。

snarl /snɑrl/

咆哮，吼叫 *(vi)* = growl

◀ The dog/drunkard was **snarling** at passers-by.

那狗／醉漢朝過往行人吼叫。

snatch /snætʃ/

搶，強奪 *(vt)* = grab

◀ While I was reading a newspaper, Tom
snatched it from me.

我正在讀報，湯姆一把就搶了去。

衍生字 *snatch (C)* 搶奪；*snatcher (C)* 搶奪者

sneak /snik/

①偷溜 *(vi)* = slip, slide

◀ David **sneaked** out of the classroom when the
teacher's back was turned .

大衛趁老師轉身的時候偷偷溜出了教室。

衍生字 *sneaky (adj)* 偷偷摸摸的

②偷 *(vt)* = steal, slide

Bob **sneaked** some cigarettes from the
grocery store.

鮑勃從雜貨店裡偷了些香煙。

③走私 *(vt)* = smuggle

Mr. Smith was caught **sneaking** drugs
through customs.

史密斯先生把毒品偷偷帶過海關時被抓獲。

④偷看 *(vt)*

I **sneaked** a look/glance at Mike's testing
paper.

我朝麥克的考卷偷看了一眼。

🔘 MP3-S15

sneaker /'snikɚ/

帆布面運動鞋 *(C)* (請參閱附錄 "衣物")

◀ Sam walked towards the lady, dressed in jeans
and **sneakers**.

山姆身穿牛仔褲和一雙膠底運動鞋，朝那女士
走過去。

sneer /snɪr/

嘲笑 *(vi)* = *scoff, jeer*

◀ Sam often **sneers** at my taste in food.
山姆常常嘲笑我的飲食口味。

sneeze /sniz/

打噴嚏 *(vi)*

◀ I'm allergic to pollen. It makes me **sneeze** violently.
我對花粉過敏，嗅到花粉我會一個勁兒地打噴嚏。

sneeze at

輕視，小看 *(vt,u)* = *sniff at*

◀ My special offer of $1,000 is not to be **sneezed at**.
我出的一千元特價是不能小看的。

sniff /snɪf/

① 吸，吸入 *(vt)*

◀ Some teenagers were found **sniffing** glue in an empty building.
一些青少年被發現在無人的大樓裡吸膠。

② (以鼻) 吸氣，抽氣 *(vi)* = *sniffle*

Jane is **sniffing** continuously. She seems to be crying.
珍不停的抽泣。她看來在哭。

③ 嗅，聞 *(vi)*

The hound **sniffed** at the ground.
獵犬在地上嗅著。

④ 以鼻吸氣 *(C)*

While strolling in the woods, I took a deep **sniff** of the morning air.
在林中漫步時我深吸了一口清晨的空氣。

sniff out

① 嗅出，聞出 *(vt,s)* = *nose/smell out*

◀ Dogs are used to **sniff out** illegal drugs.
狗被用來搜尋非法毒品。

② 察覺到 *(vt,s)* = *nose/smell out*

I can **sniff out** the troubles we are going to have.
我可以察覺到我們要遇上麻煩了。

snore /snor/

① 打鼾 *(vi)*

◀ Sam fell asleep, and quickly began **snoring**.
山姆睡著了，很快就打起鼾來。

② 鼾聲 *(C)*

A **snore** is coming out of his wide-open mouth.
他張大的嘴裡發出鼾聲。

snort /snɔrt/

① 噴鼻息 *(vi)*

◀ The pigs were grunting and **snorting** in the pen.
豬在豬圈裡呼哧呼哧地噴著鼻息。

② 哼鼻子表示 (不滿、不耐煩等) *(vi)* = *grunt*

My boss **snorted** with contempt at my proposal.
我的老闆對我的提議不屑地哼了下鼻子。

③ 噴鼻息 (聲) *(C)*

Billy made a little suppressed **snort**, and then burst into laughter.
比利抑制不住輕哼了一聲，然後突然放聲大笑起來。

snow /sno/

① 雪 *(U)*

◀ Many roads are blocked by deep **snow** now.
現在許多道路都被厚厚的積雪封住了。

✎衍生字 *snowy (adj)* 下雪的，積雪的

② 下雪 *(vi)*

It is **snowing** thick and fast outside. You'd better not go out in this kind of weather.
外面下著大雪，這種天氣你最好別出去。

✎相關字 snowball (雪球)。snowflakes (雪花)。snowman (雪人)。snowstorm (暴風雪)。snowy (下雪的)。

so /so/

① 如此，這麼 *(adv)*

◀ I'm **so** hungry (that) I could eat a horse.
我太餓了，連馬都能吃得下。

② 如此 (用以代替已經陳述的事物) *(adv)*

"Will it snow at Christmas?" "I hope **so**."
"聖誕節會下雪嗎？" "我希望如此。"

③ 所以 *(conj)*

It was dark, **so** I couldn't see what was happening.
那裡很黑，所以我看不見發生了什麼。

S

soak /sok/

①浸，泡 *(vt)* = steep

◀ **Soak** the soybeans in water overnight before you cook them.
先把黃豆浸在水裡過夜然後再煮。

②浸，泡 *(vi)*

Put some detergent in the washing machine, and then leave your clothes to **soak** for a while before you set the machine in motion.
在洗衣機裡倒些洗衣粉，把衣服浸泡一會兒然後啟動洗衣機。

③浸，泡 *(C)*

A long, relaxing **soak** in the bath can be even more pleasurable if you use bubble bath soap.
如你洗的是泡泡浴，那麼放鬆地多泡一會兒會更舒適。

soap /sop/

肥皂 *(U)*

◀ Mom, give me a new cake of **soap**, please.
媽媽，請給我一塊新的肥皂。

soar /sor/

猛升 *(vi)* = rocket

◀ We watched the value of our shares **soar** and then plunge to a record low.
我們眼看著自己股票的價值先是猛增，後又跌至創紀錄的最低點。

sob /sab/

①抽噎，啜泣 *(vt)*

◀ After breaking up with her boyfriend, she **sobbed** herself to sleep.
和男朋友分手後，她哭著睡著了。

②啜泣 *(vi)*

A little girl sat **sobbing** in the corner.
一個小女孩坐在角落裡啜泣。

③啜泣聲 *(C)*

The girl's **sobs** finally died down.
女孩的啜泣聲終於慢慢停了下來。

sober /'sobɚ/

①清醒的，未醉的 *(adj)* ⇔ drunk

◀ Nobody but James stayed **sober** after the feast was over.
盛宴結束之後除了詹姆斯沒有人保持清醒。

②嚴肅的 *(adj)* = serious

Mr. Right assumed a **sober** air, as if he had already seen the years ahead.
賴特先生擺出一付嚴肅的神情，好像他已經看到了未來的歲月。

衍生字 sobriety *(U)* 清醒，嚴肅

③使酒醒 *(vt)*

A cup of tea might help **sober** you up.
喝上一杯茶也許會幫你醒酒。

④ (從酒醉中) 清醒過來 *(vi)*

When he **sobered** up, he found himself lying on the sidewalk.
他酒醒來時發現自己躺在人行道上。

soccer /'sakɚ/

足球 *(U)* (請參閱附錄 "運動")

◀ The **soccer** match ended in a tie.
這場足球賽打成平手。

sociable /'soʃəbl̩/

愛好交際的 *(adj)*

◀ Though previously **sociable**, I no longer enjoy large gatherings.
雖然過去我曾愛好交際，現在我已不喜歡大型聚會了。

social /'soʃəl/

①社會的 *(adj)*

◀ He devoted all his life to **social** and political reforms.
他把自己的一生都投入社會和政治改革。

②社交的 *(adj)*

Diplomats usually have an active **social** life.
外交官的社交生活通常都很活躍。

socialism /'soʃəl,ɪzəm/

社會主義 *(U)*

◀ The concept of democratic **socialism** is rooted in the equal worth of all mankind.
民主社會主義的概念根植於全人類具有平等的價值。

socialist /'soʃəlɪst/

社會主義者 *(C)*

◀ A **socialist** adheres to the principle that each person is equal.
社會主義者堅守人類平等的原則。

socialize /ˈsoʃəˌlaɪz/

聯誼 *(vi)*

◀ I find it difficult to **socialize** with strangers at a party.
我覺得在聚會上很難與陌生人聯誼。

society /səˈsaɪətɪ/

社會 *(U)*

◀ We should try every possible means to maintain law and order in our **society**.
我們應該盡一切可能維護法律和社會秩序。

sociology /ˌsoʃɪˈɑlədʒɪ/

社會學 *(U)*

◀ I majored in **sociology** in university.
我大學時主修社會學。

sock /sɑk/

襪子 *(C)* (請參閱附錄 "衣物")

◀ Pull your **socks** up, boys.
孩子們，拉起你們的襪子 (加緊努力)。

✎相關字 sock (短襪)。stocking (女用長統襪)。nylons (婦女的尼龍長襪)。panty hose (肉色、透明的女用褲襪)。knee-length socks (齊膝的襪子)。ankle-socks (只到腳踝的襪子)。

socket /ˈsɑkɪt/

插座 *(C)*

◀ Never put a finger or anything wet into a wall **socket** or you may get a shock.
千萬不能把手指或其他濕的東西放入牆上的插座裡，否則會觸電的。

soda /ˈsodə/

① 蘇打 *(U)*

◀ **Soda** can be used to make soap, glass, etc.
蘇打可用來製造肥皂、玻璃等。

② 汽水，蘇打水 *(U)* = soda water

Add some **soda** to the whisky, please.
請在威士忌裡加一些汽水 (蘇打水)。

③ 汽水 *(C)* = soda pop

Two lime **sodas**, please.
請來兩分萊姆汽水。

sodium /ˈsodɪəm/

鈉 *(C)*

◀ **Sodium** is a soft metal, and can easily be molded or cut with a knife.
鈉是一種軟金屬，便於鑄模和用刀切割。

sofa /ˈsofə/

沙發 *(C)* (請參閱附錄 "家具")

◀ She is lying on the **sofa**.
她躺在沙發上。

soft /sɔft/

① 軟的，柔軟的 *(adj)* ⇔ hard

◀ I didn't sleep well last night. The pillow of the hotel room was too **soft** for me.
我昨晚沒睡好，旅舍房間的枕頭太軟了。

② 柔滑的 *(adj)* = smooth

Velvets are **soft** to the touch.
天鵝絨摸起來很柔滑。

③ 柔和的，輕柔的 *(adj)*

This restaurant always plays **soft** music during the mealtime.
這家飯店在用餐時間總是播放柔和的 (輕) 音樂。

soften /ˈsɔfən/

① 使柔軟 *(vt)*

◀ You can apply some lotion to **soften** and soothe the dry skin.
你可以塗些乳液使你乾燥的皮膚柔軟嫩滑。

② 使減輕，使緩和 *(vt)*

The government tried to **soften** the blow/impact of entry into the WTO by providing subsidies for farmers.
政府試圖用提供農民補貼來減輕加入世界貿易組織所帶來的衝擊。

③ 使柔和 *(vt)*

You need to **soften** the light/color/sound.
你要把光線 / 色彩 / 聲音調柔和一些。

④ 變軟 *(vi)* ⇔ harden

Butter will **soften** if heated.
奶油加熱後會變軟。

⑤ (態度) 軟化 *(vi)* ⇔ harden

The American position on steel imports never **softened**.
美國在鋼進口問題上的立場從未軟化過。

⑥ 變柔和 *(vi)*

His voice **softened** when he spoke to his daughter.
他對女兒說話時嗓音變得柔和了。

software /ˈsɔftˌwɛr/

軟體 *(U)* ⇔ hardware

◀ There's a wide variety of educational **software** available now.
現在市場上可以買到各種各樣的教育軟體。

S

⊙ MP3-S16

soggy /'sɑgɪ/
濕透的 *(adj)*

◀ The ground is **soggy** from the downpour.
傾盆大雨過後，地上濕透了。

soil /sɔɪl/
①土壤，土地 *(U)*

◀ No crops will grow in/on such poor **soil**.
這麼貧瘠的土壤上什麼莊稼都長不了。

②地方，國土 *(U)*

It was my first experience of setting foot on foreign **soil**.
那是我第一次踏上異國的土地。

③弄髒 *(vt)*

Be careful not to **soil** the carpet with drinks or something.
當心不要把飲料什麼的滴到地毯上把地毯弄髒。

solar /'solɚ/
太陽的 *(adj)*

◀ We should make full/good use of the inexhaustible **solar** energy.
我們應該好好利用取之不盡，用之不竭的太陽能。

◣相關字 the solar system (太陽系)。lunar (月球的)。

soldier /'soldʒɚ/
士兵 *(C)* (請參閱附錄 "職業")

◀ Old **soldiers** never die, but fade away.
老兵不死，只是在凋謝。

sole /sol/
①唯一的 *(adj)* = single, only

◀ In the past, men were the **sole** wage earners, but now two-income families are very common.
過去男人是唯一掙錢養家的人，但如今雙薪家庭已很普遍。

◣衍生字 solely (adv) 唯一地，僅僅

②鞋底 *(C)*

You should choose shoes with a firm **sole** and soft upper.
你應當選擇鞋底堅固鞋面柔軟的鞋子。

solemn /'sɑləm/
①鄭重的，認真的，嚴肅的 *(adj)* = serious

◀ I am afraid I must take a moment for **solemn** consideration of your offer.
恐怕我必須花些時間對你的提議鄭重考慮一下。

②莊嚴的 *(adj)* = grave, somber

The priest was delivering a touching eulogy to the deceased's family with **solemn** and mournful music playing.
在莊嚴的哀樂聲中，牧師正在對死者家屬發表感人的頌辭。

◣衍生字 solemnity (U) 嚴肅，莊重

solid /'sɑlɪd/
①固體的 *(adj)*

◀ Ice is water in the **solid** form.
冰是水的固體形式。

◣衍生字 solidify (vt) 使成固體，使堅固

②結實的，牢固的 *(adj)*

The table looks weak but in fact it's as **solid** as rock.
這桌子看上去不牢，但其實它非常結實。

③可靠的 *(adj)* = concrete

We need **solid** evidence to convict the murderer.
我們需要確鑿的證據才能判兇手有罪。

④固體 *(C)*

Water becomes a **solid** when it freezes.
水結冰後就成了固體。

solidarity /ˌsɑlə'dærətɪ/
團結，一致 *(U)*

◀ The president demonstrated **solidarity** with the earthquake victims.
總統表示出與地震災民團結一致的態度。

solitary /'sɑləˌtɛrɪ/
獨居的，孤獨的 *(adj)*

◀ After he retired, he lived a **solitary** life in the countryside.
他退休後在鄉下過著獨居生活。

solitude /'sɑləˌtjud/
獨居，孤獨 *(U)*

◀ Mike longed to live in **solitude**.
麥克渴望獨居。

solo /'solo/

①獨奏曲 **(C)**

◀ Karen will perform a piano **solo** tonight.
今晚凱倫將表演一首鋼琴獨奏曲。

②單獨 (表演) 地 **(adv)**

Sherry performed/danced/sang **solo**.
雪莉表演了一段獨奏 / 跳了段獨舞 / 唱了首獨唱歌曲。

◥衍生字 *soloist (C)* 獨奏者，獨唱者

solution /sə'luʃən/

①解決，解答 **(C)**

◀ We have to come up with a **solution** to the garbage problem.
對垃圾問題我們必須想出一個解決辦法來。

②溶液 **(C)**

The teacher is making a **solution** of ammonia for use in class.
老師正在調製一分氨溶液，準備在課堂上使用。

solve /salv/

解決 **(vt)** = *resolve, work out*

◀ The government is trying to **solve** the problem of unemployment.
政府正在想辦法解決失業問題。

some /sʌm/

①一些 **(det)**

◀ **Some** people in this small village make their living by fishing.
這個小村子裡有些人靠打漁爲生。

②某個 **(det)**

There must be **some** reason for her sudden change of mind.
她突然改變主意肯定是有某個原因的。

③一些 **(pron)**

Our son asked for money this morning and I gave him **some**.
我們兒子早上向我要錢，我就給了他一些。

somebody /'sʌm,badɪ/

①某人 **(pron)** = *someone*

◀ We'd better get **somebody** to clean the stuffed sewers.
我們最好找個人來把堵住的下水道通一下。

②大人物 **(U)** ⇔ *nobody*

Mr. Lee is **somebody** in his circle.
李先生在他這個圈子裡算是個大人物。

someday /'sʌm,de/

將來總有一天，有朝一日，改天 **(adv)**

◀ **Someday** I'll climb to the top of Mt. Everest.
總有一天我要登上埃洛佛斯山峰。

somehow /'sʌm,hau/

①以某種方法，不知怎麼地 (還是) **(adv)**
   = *in some way, by some means*

◀ Though security was tightened, **somehow** the thieves sneaked into the museum and stole the crown jewels.
雖然保全措施加強了，但小偷不知怎麼地還是溜進博物館，偷走了御寶。

②不知爲什麼 **(adv)** = *for some reason*

Mr. Dellaware seems to be a nice person in every aspect but **somehow** I can't trust him completely.
達羅韋爾先生從每個方面來看都是個不錯的人，但不知怎麼我就是不能完全信任他。

something /'sʌmθɪŋ/

某事，某物 **(pron)**

◀ We've lost contact with Jonathan for three days. We're worried **something** might have happened to him.
我們和強納生失去聯繫已經有三天了，真擔心他會出什麼事兒。

sometime /'sʌm,taɪm/

將來某個時間 **(adv)**

◀ We'll visit Uncle Bill **sometime** next week.
我們將於下個星期某個時間去探望比爾叔叔。

sometimes /'sʌm,taɪmz/

有時候 **(adv)** = *at times, on some occasions, occasionally*

◀ **Sometimes** Celia drives to work and **sometimes** she takes the MRT.
西莉亞有時開車去上班，有時乘坐大眾捷運系統。

somewhat /'sʌm,hwat/

稍微，有點 **(adv)** = *a bit*

◀ The experience of being in prison has changed him **somewhat**.
坐牢的經歷使他有了一些改變。

S

somewhere /'sʌmˌhwɛr/

某個地方 *(adv)*

◄ My parents are on vacation **somewhere** in central Taiwan.
我父母正在台灣中部的某個地方度假。

son /sʌn/

兒子 *(C)* (請參閱附錄 "親屬")

◄ Great men's **sons** seldom do well.
大人物的兒子通常事情做不好。

song /sɔŋ/

歌曲 *(C)*

◄ Whenever my dad is happy, he hums a **song**.
我爸一高興就哼起歌來。

✎衍生字 *sing (vt, vi)* 唱歌

soon /sun/

很快，不久 *(adv)*

◄ Please come as **soon** as possible tomorrow morning.
明天早上請盡快過來。

soothe /suð/

① 使平息 *(vt)* = placate

◄ I tried to **soothe** Anne by offering to treat her to a big meal.
我向安妮提出要請她好好吃一頓，試圖讓她平息下來。

② 撫平，減輕 *(vt)* = ease

Her apology didn't seem to **soothe** his hurt feelings.
她的道歉看來並未撫平他被傷害的感情。

✎衍生字 *soothing (adj)* 鎮定的，撫慰的

③ 舒緩 *(vt)*

The cream can **soothe** and lubricate your dry skin.
這種乳霜能夠舒緩滑潤你的乾燥皮膚。

sophisticated /sə'fɪstɪˌketɪd/

① 精密的 *(adj)*

◄ The development of **sophisticated** computer technology has led to an expansion of the information industry.
精密電腦科技的發展使資訊業得到了擴大。

② 世故的 *(adj)*

Some young people try to appear **sophisticated** but are really very naive.
一些年輕人想故作老成，其實卻非常天真。

✎衍生字 *sophistication (U)* 精密，世故

sore /sor/

疼痛的，酸痛的 *(adj)*

◄ I have a **sore** throat, a runny nose and a bad headache. I must have got a cold.
我喉嚨痛，流鼻涕，頭也疼，一定是感冒了。

sorrow /'saro/

① 悲痛 *(U)* = grief

◄ People all over the world felt great **sorrow** at Mother Teresa's death.
全世界的人都對德蕾莎修女的逝世感到巨大的悲痛。

✎衍生字 *sorrowful (adj)* 悲傷的

② 令人悲痛的事 *(C)*

His sudden death was a great **sorrow** to everyone.
他的突然離世令我們大都十分悲痛。

sorry /'sɔrɪ/

① 遺憾的，難過的 *(adj)*

◄ I'm so/terribly/awfully **sorry** for/about the accident.
我對發生這起事故感到十分遺憾。

② 抱歉的，後悔的 *(adj)*

I'm **sorry** to have kept you waiting.
對不起，讓你久等了。

🔘 MP3-S17

sort /sort/

① 種類 *(C)* = kind

◄ There are all **sorts** of colors to choose from.
有各種顏色可供選擇。

② 分類 *(vt)*

The pears are **sorted** according to size before going to the market.
梨子根據大小分類後流入市場。

sort out

①解決 (*vt,s*) = *straighten out*

◀ My teacher has **sorted out** the dispute/
problems/situation.
我老師已經把這個糾紛 / 問題 / 情況解決了。

②整理出來 (*vt,s*)

It took me a long time to **sort** the papers **out**.
我花了很長的時間才把論文整理出來。

③挑揀出來 (*vt,s*) = *sift/separate out*

You should **sort out** the small stones from
the rice.
你應該把稻米裡的小石子挑揀出來。

sort through

翻遍 (*vt,u*) = *sift through*

◀ I **sorted though** a pile of newspapers,
looking for all the articles about the
earthquake.
我翻遍了一大堆報紙，想把有關地震的報導都
找出來。

SOS /ˈɛsˌoˈɛs/

緊急求救信號，國際通用呼救信號 (*S*)

◀ The captain sent an **SOS** to the coastguard.
船長向海岸防衛隊發出求救信號。

so-so /ˈsoˌso/

馬馬虎虎 (*adj*)

◀ "How's it going?" "**So-so**."
"怎麼樣？" "還好。"

soul /sol/

①靈魂 (*C*) = *spirit*

◀ Some people believe in the immortality of the
soul.
有些人相信靈魂永遠不滅。

②精髓 (*C*)

You will find the **soul** of impressionism in
Monet's paintings.
在莫內的畫作中你可以找到印象主義的精髓。

③內涵 (*U*)

You played the music well but it lacked **soul**.
這樂曲你彈奏的技巧很好，但沒有彈出它的內
涵。

sound /saʊnd/

①聲音 (*C*)

◀ Don't make a **sound**, or else we will be found.
別發出聲音，不然我們會被發現的。

②聲音 (*U*)

Sound travels at 340 meters per second in the
air.
聲音以每秒三百四十公尺的速度在空氣中傳播。

③聽起來 (*vi*) = *seem, appear*

Your plan **sounds** impracticable.
你的計畫聽起來不切實際。

④使發出聲音 (*vt*)

Sound the alarm in case of emergency.
遇到緊急情況拉響警鈴。

⑤健全的 (*adj*) = *healthy*

Developing a **sound** mind is more important
than seeking high grades.
培養健全的心智比追求高分更為重要。

⑥酣睡的，深沉的 (*adj*) = *deep*

I had a **sound** sleep last night.
昨晚我睡得很沉。

sound out

探詢 (*vt,s*) = *feel out*

◀ Tina tried to **sound** her boss **out** about/on the
salary raise.
蒂娜試圖探詢老闆對加薪問題的看法。

soup /sup/

湯 (*U*)

◀ I would like chicken/tomato **soup**.
我要雞 / 番茄湯。

sour /saʊr/

①酸的 (*adj*)

◀ Lemons are **sour**.
檸檬是酸的。

②餿的，酸腐的 (*adj*)

Milk will go/turn **sour** if not kept in the
refrigerator.
牛奶如果不放在冰箱裡會變酸。

③不高興的，不友善的 (*adj*) = *unpleasant, unfriendly*

Erin gave me a **sour** look when I asked
whether I could use her English dictionary.
我問艾琳是否可以借她的英語詞典用一用，她
不高興的看了我一眼。

S

source /sɔrs/

①來源，出處 *(C)*

◀ We should locate the **source** of the water pollution and stop it.

我們應該找出水的汙染源，然後把它消滅掉。

②溪流的發源地 *(C)*

We followed the river back to discover its **source**.

我們溯流而上，尋找它的源頭。

③消息來源 *(C)*

I've heard from a reliable **source** that this company is going bankrupt.

根據一個可靠的消息來源，這家公司要破產了。

south /sauθ/

①南方的 *(adj)* ⇔ *north*

◀ The commercial area is located on the **south** side of the city.

商業區位於城市的南部。

②向南 *(adv)* ⇔ *north*

Migratory birds fly **south** before the cold winter comes.

候鳥冬天來臨之前往南飛。

③南方 *(U)* ⇔ *north*

England is to the **south** of Scotland.

英格蘭在蘇格蘭南方。

southern /'sʌðən/

南方的 *(adj)* ⇔ *northern*

◀ Australia is in the **southern** hemisphere.

澳大利亞位於南半球。

souvenir /ˌsuvə'nɪr/

紀念品 *(C)*

◀ I will keep your letters as a **souvenir** of our love.

我將保存你的信件，作為我們這段愛情的紀念品。

sovereign /'sɑvrɪn/

①具有獨立主權的 *(adj)*

◀ The rights of a **sovereign** country must be respected.

獨立主權國家的權利必須得到尊重。

②君主，元首 *(C)* = *monarch, emperor*

The **sovereign** has no authority/power over the government in Japan.

在日本天皇沒有高於政府的權力。

sovereignty /'sɑvrɪntɪ/

主權，統治權 *(U)*

◀ It is against international law to violate a country's **sovereignty**.

侵犯一國的主權是違反國際法的。

sow /so/, sowed *(pt)*, sowed/sown *(pp)*

①播種 *(vi)*

◀ As you **sow**, so shall you reap.

播什麼種子結什麼果。

②播種 *(vt)*

Farmers **sow** seeds in spring.

農夫在春天播種。

③種下…的種子，挑起 *(vt)*

President Saddam Hussein is adept in **sowing** dissension among the US allies.

海珊總統善於在美國的盟友之間挑起不和。

soybean /'sɔɪbin/

大豆 *(C)* = *soy bean*

◀ **Soybeans** are rich in protein and considered health food.

大豆富含蛋白質，被認為是健康食品。

✎相關字 soy sauce (醬油)。soy oil (沙拉油)。
soy milk (豆漿)。soy flour (黃豆粉)。

spa /spɑ/

水療，水療中心 *(C)*

◀ Mr. Dela runs a famous **spa** in Japan.

達羅先生在日本開設一家著名的水療中心。

space /spes/

①空間 *(U)* = *room*

◀ I don't think we should buy a whole set of sofas; it will take up too much **space**.

我覺得我們不應該買全套沙發，那樣太佔空間。

✎衍生字 *spacious (adj)* 空間寬敞的

②太空 *(U)*

The satellite has been in (outer) **space** for 2 years.

這顆人造衛星在 (外) 太空已有兩年。

③空位，位子 *(C)*

It's hard to find a parking **space** in downtown Taipei.

在台北的市中心區很難找到停車位。

✎相關字 spacecraft (太空船)。spaceman (太空人)。
space shuttle (太空梭)。space station (太空
站)。spacesuit (太空裝)。

spacecraft /'spes,kræft/

太空飛船 (C) = spaceship, space shuttle

◀ The **spacecraft** can not travel close to the speed of light.
太空飛船的飛行速度無法接近光速。
說明：spacecraft 的單複數數同形。

spacious /'speʃəs/

寬敞的 (adj) = roomy

◀ I used to live in a cramped apartment, but now I live in a **spacious** house.
過去我住的是擁擠的公寓，但現在住在一棟寬敞的房子裡。
✎比 較 spatial (空間的)。

spade /sped/

鏟，鐵鍬 (C) (請參閱附錄 "工具")

◀ A **spade** lay half-buried in sand.
一隻鏟子半埋在沙堆中。

spaghetti /spə'gɛtɪ/

義大利麵 (U) (請參閱附錄 "食物")

◀ I don't like to eat **spaghetti**.
我不喜歡吃義大利麵。

span /spæn/

①(事情持續或順利進展的) 一段時間 (C)

◀ The experiment was designed to test a five-year-old's attention **span**.
這一實驗旨在測試五歲兒童注意力的集中時間。
②兩個界限間的距離，尤指時距，期間 (C) = period

Over a **span** of just two years, the film industry has been flourishing again under the mayor's leadership.
在這位市長的領導之下，僅僅兩年的時間電影業就再度興旺起來。

spare /spɛr/

①備用的，多餘的 (adj) = extra

◀ We've got a flat tire; we need to change it with the **spare** tire.
我們的車爆胎了，需要用備用胎換上去。
✎衍生字 spare (C) 備用品
②空閒的 (adj) = free

What do you do in your **spare** time?
你空閒時間做什麼？

③挪出，撥出 (vt)

Excuse me, Mr. Lin. Could you **spare** me five minutes?
對不起，林先生，你能挪出五分鐘時間嗎？
④饒命 (vt)

The woman pleaded with the killer to **spare** her children.
那女人懇求殺手饒了她幾個孩子的命。
⑤節省，捨不得 (vt)

Many parents **spare** no cost/efforts to educate their children.
許多父母在培養孩子這件事上都不惜工本 / 不遺餘力。

spark /spɑrk/

①火花，火星 (C)

◀ **Sparks** flew into the air as the burning building collapsed.
燃燒中的大樓倒塌了，火星飛散著飄向空中。
②一點點 (C) = bit

No publisher has a **spark** of interest in my book.
沒有一家出版商對我的書有一點的興趣。
③冒出火花 (vi)

The campfire is **sparking** dangerously.
營火火花四濺，十分危險。
④導致，引起 (vt) = cause, result in, set off

A dropped cigarette may have **sparked** the fire.
可能是掉在地上的一個煙頭引起這場火災的。

sparkle /'spɑrkl̩/

①閃閃發光，閃耀 (vi) = shine

◀ Her diamond ring **sparkled** in the sunlight.
她的鑽石戒指在陽光下閃閃發光。
②閃爍著 (的光芒) (vi) = shine

Her eyes **sparkled** with delight when we sang "Happy Birthday" to her.
我們給她唱〈生日快樂歌〉的時候，她的眼裡閃爍著喜悅的光芒。
✎衍生字 sparkling (adj) 閃閃發光的
③光芒 (U)

The dazzling **sparkle** of the diamond caught the eye of everyone present.
鑽石閃爍出的耀眼光芒吸引了在場每一個人的注意。

S

sparrow /'spæro/

麻雀 (C) (請參閱附錄 "動物")

◀ I saw a **sparrow** hopping about on the lawn.
我看到一隻麻雀在草坪上跳來跳去。

◎ MP3-S18

speak /spik/, spoke (pt), spoken (pp)

①說話 (vi) = talk

◀ The teacher **spoke** to me about the speech contest. She hoped I could take part.
老師和我說起了演講比賽的事。她希望我能參加。

衍生字 *spoken (adj)* 口說的；*speech (U,C)* 演說

②演講 (vi) = make a speech

A famous writer was invited to **speak** to the students on/about how to sharpen the writing skills.
一位著名作家應邀給學生演講如何錘煉寫作技巧。

衍生字 *speaker (C)* 演說家，演講者

③說，講，使用 (某種語言) (vt)

How many languages can you **speak**?
你會說幾種語言？

speak up

大聲說 (vi) = speak out

◀ **Speak up**, I can't hear you.
說大聲一點，我聽不見。

speak up for

為…辯護 (vt,u)

◀ No one dare **speak up for** the poor girl.
沒有人敢為這個可憐的女孩辯護。

spear /spɪr/

①矛 (C)

◀ The hunter thrust a **spear** into a deer.
獵人把矛擲入了一頭鹿的身體。

②用矛刺 (vt)

We learned how to **spear** fish in the stream.
我們學會了如何在小河裡叉魚。

special /'spɛʃəl/

①特別的，有特色的 (adj) = unusual

◀ What's **special** about this restaurant?
這家飯店有什麼特色？

②特別的事物 (C)

There is a two-hour television **special** on the presidential election.
電視上有一檔長達兩個小時的報導總統競選的特別節目。

③特價 (C)

The supermarket has a **special** on beef today.
超市裡今天牛肉特價。

specialist /'spɛʃəlɪst/

專家 (C) = expert；⇔ layman

◀ Dr. Huang is a **specialist** in agriculture.
黃博士是一位農業專家。

specialize /'spɛʃəl͵aɪz/

專精於 (vi)

◀ Mr. Smith **specializes** in international law.
史密斯先生專門研究國際法。

specialty /'spɛʃəltɪ/

①特產 (C) = speciality

◀ The restaurant's **specialty** is dumplings.
餃子是這家飯店的特色食品。

②專業 (C) = speciality

Dr. Lee's **specialty** is Taiwanese history.
李博士的專業是台灣歷史。

species /'spiʃɪz/

(動、植物的) 物種 (C)

◀ Many **species** of animals are either endangered or extinct nowadays.
如今許多種動物不是瀕臨滅絕就是已經滅絕了。

說明：species 的單複數同形。

specific /spɪ'sɪfɪk/

①明確的 (adj) = exact；⇔ general

◀ You say your factory is in the U.S.; can you be more **specific**?
你說你的工廠在美國，你能說得更明確一點嗎？

②特定的 (adj) = particular

The money is set aside for one **specific** purpose: the relief work of the typhoon.
這筆錢被挪作特定用途：颱風後的救援工作。

specify /'spɛsə͵faɪ/

指明 (vt)

◀ The doctor only said that the patient had died of exhaustion without **specifying** the root cause.
醫生只說病人死於衰竭，並未指明病因。

specimen /'spɛsəmən/

樣本，取樣 *(C)* = sample

◀ A **specimen** of the patient's blood is needed for the HIV test.
作愛滋病病毒檢驗需要病人的血樣。

spectacle /'spɛktəkḷ/

盛大的場面，壯觀的景象 *(C)*

◀ We enjoyed the **spectacle** of the military parade on the Double Tenth Day.
我們愛看"雙十節"的盛大軍事檢閱場面。

spectacles /'spɛktəkḷz/

眼鏡 *(P)* = glasses

◀ Sam must get a new pair of **spectacles**.
山姆必須買一付新的眼鏡。

✎衍生字 *bespectacled (adj)* 戴眼鏡的

spectacular /spɛk'tækjələ/

壯觀的 *(adj)* = impressive, breathtaking

◀ There was a **spectacular** fireworks display on Independence Day.
獨立紀念日有壯觀的煙火表演。

spectator /'spɛktetə/

觀眾 *(C)*

◀ The **spectators** shouted, "Go! Go!" when the runners were rushing to the finish line.
當賽跑選手向終點衝刺時觀眾高喊 "加油！加油！"

spectrum /'spɛktrəm/

①光譜 *(C)*

◀ The colors of the **spectrum** can be seen in a rainbow.
從彩虹裡可以看到光譜。

②範圍，幅度 *(C)*

It is virtually impossible for the legislators from both ends of the political **spectrum** to meet each other halfway.
要兩個政治極端派別的立委相互妥協幾乎是不可能的。

speculate /'spɛkjə͵let/

推測 *(vi)*

◀ Before the black box was recovered, the police refused to **speculate** on the cause of the plane crash.
警方在找到黑盒子之前拒絕對飛機的失事原因作出推測。

✎衍生字 *speculation (C,U)* 推測；*speculative (adj)* 推測的

speech /spitʃ/

①說話 *(U)*

◀ He has lost the power of **speech** since a stroke.
他自從一次中風後就喪失了說話能力。

②演講 *(C)* = talk, lecture

The principal will deliver/give/make a short **speech** on how to make efficient use of time.
校長將發表演講，談談如何有效率的利用時間。

✎衍生字 *speak (vt, vi)* 說話，演講

speed /spid/

speeded/sped *(pt)*, speeded/sped *(pp)*

①疾馳，急行 *(vi)* = race

◀ We saw patrol cars **speeding** by, not knowing what had happened.
我們看到巡邏車疾馳而過，不知道發生了什麼事。

✎衍生字 *speeding (U)* 超速駕駛

②加速 *(vt)* ⇔ slow (down)

Exercise **speeded** up his recovery.
運動加速他身體的恢復。

③速度 *(U)*

The train pulled out of the station and started to pick up/gather **speed**.
列車開出車站開始加速。

④速度 *(C)*

We drove at a slow but steady **speed** of about 30 mph.
我們以每小時大約三十英里的緩慢而穩定的速度行駛。

---

speed up

①使提高，使加快，使提升 *(vt,s)* = quicken up

◀The computer will **speed up** the rate/process/production.
電腦會使效率提高 / 使過程加快 / 使生產率提升。

②加快速度 *(vi)* = quicken up

We have to **speed up** if we want to catch the first train.
我們想趕頭班火車的話就得趕快了。

---

spell /spɛl/, spelled/spelt *(pt)*, spelled/spelt *(pp)*

①拼 (字) ，拼寫 *(vt)*

◀ The Americans **spell** some words differently from the British.
美國人有些單詞的拼法和英國人不同。

✎衍生字 *spelling (U)* 拼寫，拼法

②拼寫 *(vi)*

Children learn to **spell** in elementary school.
小孩子在小學裡學習拼寫。

③符咒，咒語 *(C)*

The witch put the princess under a **spell** and she fell asleep for 10 years.
女巫給公主念了符咒，讓她昏睡了十年。

---

spell out

明確說明 *(vt,s)* = *explain clearly*

◀The mayor declared that he would curb crime, but he never **spelt out** exactly how he would do it.
市長聲稱他將打擊犯罪，但是從未明確說出他將如何行動。

---

spend /spɛnd/, spent *(pt)*, spent *(pp)*

①花費 (金錢) *(vt)*

◀Would you **spend** $30,000 on a coat?
你會花三萬元買一件外套嗎？

◢衍生字 *spender (C)* 花費者

②度過，消磨 (時間) *(vt)*

You should **spend** more time with your family.
你應該多花點時間陪陪家人。

sphere /sfɪr/

①球體，球狀體 *(C)* = *globe*

◀The Earth is a **sphere**.
地球是個球體。

②範圍 *(C)* = *area*

Cars expand our **sphere** of activity and our scope.
汽車擴大了我們的活動範圍和天地。

◢同尾字 請參見 hemisphere。

spice /spaɪs/

①香料 *(C)*

◀Pepper and cinnamon are **spices**.
胡椒和肉桂是香料。

②調味品 *(U)*

The stew needs a bit more **spice**.
這鍋燉的菜需要再加點調味品。

③情趣，風味 *(U)* = *excitement*

Adventures added **spice** to her life.
冒險經歷為她的生活增添了情趣。

spicy /ˈspaɪsɪ/

①用香料調味的 *(adj)*

◀I added parsley to give the stew a **spicy** flavor.
我加了點西芹，給這鍋燉菜添點香味。

②辛辣的 *(adj)* = *hot*

I don't like **spicy** food. It upsets my stomach.
我不喜歡吃辛辣的東西，吃了我的胃會不舒服。

spider /ˈspaɪdɚ/

蜘蛛 *(C)* (請參閱附錄 "動物")

◀A **spider** can make silk threads and spin them into a web.
蜘蛛能製造絲然後織成網。

spike /spaɪk/

①尖狀物 *(C)*

◀Jim's villa is surrounded by high iron **spikes**.
吉姆的別墅周圍繞著一圈高高的尖頭鐵柵欄。

◢衍生字 *spiky (adj)* 尖的，帶刺的

②(用尖狀物) 刺傷 *(vt)*

When the thief was trying to climb over the fence, he was **spiked** with a stick.
竊賊在翻圍牆時被一根枝條刺傷了。

spill /spɪl/, spilled/spilt *(pt)*, spilled/spilt *(pp)*

①灑，濺 *(vt)*

◀Be careful not to **spill** the coke on the carpet.
當心不要把可樂灑到地毯上去。

②灑 *(vi)*

I knocked over the bottle and the milk **spilt** all over the table.
我把瓶子打翻，牛奶灑了一桌子。

③湧出 *(vi)*

The crowd from the gymnasium **spilt** into the streets after the game was over.
比賽結束後，從體育館裡出來的人群湧到了街上。

④灑出之量 *(C)*

How come there are water **spills** all over the floor?
怎麼會有水灑得地板上到處都是？

◯ MP3-S19

spin /spɪn/, spun *(pt)*, spun *(pp)*

①旋轉 *(vi)* = *turn*

◀The Earth **spins** on its own axis.
地球繞地軸自轉。

②旋轉 *(vt)*

Tom could **spin** the top into the air and catch it.
湯姆能把陀螺旋入空中，然後再把它接住。

③將 (棉花、羊毛等) 紡成 (紗、線) *(vt)*

Before weaving, we **spin** the wool into thread.
織布前我們先要把羊毛紡成線。

✎的生字 *spinner (C)* 紡紗工

④旋轉 *(C)* = *turn*

The basketball player gave a **spin** to the ball.
該籃球員把球轉了一下。

spinach /'spɪnɪdʒ/

菠菜 *(U)* (請參閱附錄 "蔬菜")

◀ **Spinach** contains a lot of iron.
菠菜含有很多鐵質。

spine /spaɪn/

①脊椎 *(C)* (請參閱附錄 "身體") = *backbone*

◀ The shriek sent a chill down my **spine**.
尖叫讓我脊椎一陣寒意。

②刺 *(C)*

Be careful about the **spines** of the cactus.
當心仙人掌的刺。

✎的生字 *spinal (adj)* 脊椎的；*spiny (adj)* 多刺的

spiral /'spaɪrəl/

①螺旋形的 *(adj)* = *winding*

◀ Pokey sat on the low rung of the **spiral** stairs, reading a newspaper.
波基坐在螺旋形樓梯的橫檔下面看報紙。

②螺旋形上升或下降，循環 *(C)*

The dot.com industry entered a **spiral** of decline and became a dot. gone.
電子商務產業持續滑落 (呈螺旋形持續下降)，終成無可奈何花落去的慘狀。

spire /spaɪr/

(教堂的) 尖頂，塔尖 *(C)* = *steeple*

◀ The glorious **spire** of the church stands out among the modern buildings around it.
教堂那巍峨壯麗的尖頂傲立於四周的現代建築之中。

spirit /'spɪrɪt/

①意志 *(U)* = *will*

◀ He was tortured by the secret police but they couldn't break his **spirit**.
他受到祕密警察的嚴刑拷打，但是他們摧不垮他的意志。

②鬼魂 *(C)*

It was believed that people could be possessed by evil **spirits**.
據信人有時會被惡鬼纏住。

③精神 *(C)* = *soul*

He is dead, but his **spirit** lives on.
他死了，但是他的精神不滅。

④烈酒 *(C)* = *liquor*

I never drink **spirits** like whisky or brandy.
我從不喝威士忌或白蘭地這類烈酒。

⑤士氣 *(P)*

The coach gave the team a pep talk on the morning of the game to raise their **spirits**.
比賽那天的早上，教練給隊員們精神講話，提振他們的士氣。

spiritual /'spɪrɪtʃuəl/

精神的 *(adj)* ⇔ *physical*

◀ She prayed for **spiritual** strength.
她祈求上帝給她的力量。

spit /spɪt/, spat *(pt)*, spat *(pp)*

①吐痰 *(vi)*

◀ In many countries it is considered rude to **spit** in public.
在許多國家，在公共場所隨地吐痰被認為是粗魯的行為。

②吐 *(vt)*

Bob took one sip of the wine and **spat** it out. He had never tasted anything worse than that.
鮑勃啜了一口酒，又馬上吐了出來。從來沒嚐過比這更難喝的東西。

③口水 *(U)* = *saliva*

She wiped the **spit** from the corner of the baby's mouth.
她擦掉嬰兒嘴角的口水。

spite /spaɪt/

儘管 *(U)*

◀ I went out in **spite** of the rain.
儘管下雨，我還是出去了。

splash /splæʃ/

①飛濺 (聲)，潑灑 (聲) *(C)*

◀ They dived into the water with a **splash**.
他們噗通一聲跳進水中。

S

② (指液體) 濺落 (vi)

Drops of rain **splashed** on/against the window.
雨點嘩嘩地打在窗戶上。

③ 使 (液體) 濺起，濺濕 (vt)

A car sped by and **splashed** water and mud over my dress.
一輛汽車疾馳而過，把水和汙泥濺到我的裙子上。

splendid /'splɛndɪd/

① 壯觀的 (adj) = magnificent

We were impressed by the **splendid** sunrise on the top of the mountain.
我們被山頂上壯觀的日出景象深深的吸引住了。

② 出色的 (adj) = wonderful, superb, excellent

The artist painted a **splendid** portrait of my mother.
畫家給我母親畫了張出色的肖像。

splendor /'splɛndɚ/

壯觀，華麗 (U) = magnificence

Tina was lost in admiration of the **splendor** and beauty of the cathedral.
蒂娜出神地欣賞著大教堂的雄偉壯麗。

split /splɪt/, split (pt), split (pp)

① 分開，分叉，分裂 (vi) = diverge

The river **splits** into three smaller streams at this point.
這條河在這裡分成了三條細流。

② 使分裂 (vt)

The quarrel **split** the party into two opposing groups.
這次爭吵使這個黨分裂成對立的兩派。

③ 裂縫 (C)

Can the **split** in the tabletop be mended?
桌面上的這條裂縫能修補嗎？

④ 分裂 (C) = division

Arguments over the policy on China led to a **split** in the party.
對中國大陸政策上的爭吵造成了黨內的分裂。

spoil /spɔɪl/

spoiled/spoilt (pt), spoiled/spoilt (pp)

① 破壞 (vt) = ruin, destroy

We've had a wonderful day out; let's not **spoil** it by having a quarrel.
我們今天出來玩得很開心的，別讓吵架給破壞了吧。

② 寵壞，溺愛 (vt)

Don't **spoil** your children with praise.
別老是稱讚你的孩子，把他們給寵壞了。

③ 變壞，腐敗 (vi) = rot

The food will **spoil** if you don't keep it cool.
這些食品如果不冷藏會壞掉。

✎衍生字 *spoilage* (U) 變壞，腐敗

spokesperson /'spoks,pɝsn̩/

發言人 (C) = mouthpiece (請參閱附錄 "職業")

Mr. Clark has been appointed as the government's **spokesperson** because he is an excellent spin doctor.
克拉克先生被指定為政府發言人，因為他是個出色的政策化妝師。

✎相關字 *spokesman* (男性發言人)。*spokeswoman* (女性發言人)。

sponge /spʌndʒ/

① 海綿 (C)

Jane rubbed her baby's back with a soapy **sponge**.
珍用一塊塗了肥皂的海綿給她的嬰兒擦背。

✎衍生字 *sponger* (C) 依賴他人生存者；*spongy* (adj) 似海綿的

② 用海綿擦 (vt)

Beth tried to **sponge** the juice off her skirt.
貝絲想用海綿把她裙子上的汁水擦乾淨。

sponsor /'spɑnsɚ/

① 贊助 (vt)

On learning that Jackson was indicted for molesting children, Pepsi stopped **sponsoring** his concert.
百事可樂公司知道傑克遜被起訴犯有猥褻兒童罪後，就停止贊助他的演唱會。

② 贊助商，贊助人 (C) = patron

Acer was the **sponsor** of the sports event.
宏碁公司是這次運動比賽的贊助商。

spontaneous /spɑn'tenɪəs/

自發的，自然的 (adj) = impulsive

Her consummate performance inspired a **spontaneous** standing ovation.
她完美的表演使觀眾深受感動，自發地起立歡呼。

✎衍生字 *spontaneity* (U) 自發，自動

spoon /spun/

①匙，勺 (C)

◀ I bought a gorgeous silver **spoon** in a souvenir shop.

我在紀念品商店買了一隻非常漂亮的銀匙。

②一匙之量 (C) = spoonful

I usually add two **spoons** of sugar to my coffee.

我喝咖啡一般加兩匙糖。

sport /sport/

①運動 (U)

◀ Tom is very keen on **sport**.

湯姆對運動很熱衷。

②運動 (C)

More and more young people are taking part in risky **sports** such as bungee jumping.

愈來愈多年輕人參加像高空彈跳之類的冒險運動。

sportsman /'sportsmən/

運動員，運動家 (C) (請參閱附錄 "職業")

◀ A good **sportsman** won't play unfairly.

好的運動員會公平競賽。

➴衍生字 sportsmanlike (adj) 有運動家風範的

sportsmanship /'sportsmən.ʃɪp/

運動家精神 (U)

◀ I admire the **sportsmanship** the loser showed.

我佩服輸了比賽的那個人所表現出來的運動家精神。

spot /spɑt/

①斑點 (C) = mark

◀ It's not easy to remove grease **spots** from clothing.

衣服上的油跡斑點很難洗掉。

➴衍生字 spotless (adj) 無瑕的

②(皮膚上的) 紅斑，丘疹 (C)

With measles you get **spots** all over your skin.

得麻疹全身皮膚都會長紅斑。

③地點 (C) = place

On the map X marks the **spot** where the treasure is buried.

地圖上X表示的是金銀財寶的埋藏地點。

④看到 (vt) = catch sight of, notice, spy

William is a very tall man, easy to **spot** in a crowd.

威廉個子非常高，在人群裡一眼就能看到。

⑤散布，點綴 (vt)

The table cloth was **spotted** with paint.

桌布上滴滿了油漆。

spotlight /'spɑt.laɪt/

①聚光燈 (C)

◀ The **spotlight** followed the singer round the stage.

聚光燈的光圈隨著歌手在舞台上轉。

②突顯 (vt) = highlight

The smear campaign **spotlighted** the abuse of the legislators' immunity from prosecution.

這次誹謗浪潮突顯了立委濫用免受起訴的特權。

spouse /spauz/

配偶 (C) = husband/wife

◀ All of the teachers in this school were invited to the party together with their **spouses**.

學校所有的老師都被邀請攜配偶參加這個聚會。

sprain /spren/

①扭傷 (vt) = twist

◀ I **sprained** my ankle/wrist yesterday.

昨天我的腳踝 / 手腕扭傷了。

②扭傷 (C) = twist

You've got a nasty/bad **sprain** of your ankle. You'd better not walk these two days.

你的腳踝嚴重扭傷，這兩天最好不要走路。

sprawl /sprɔl/

①攤開手腳 (vi)

◀ Candy **sprawled** on the sofa, tired and listless.

凱蒂攤開手腳倒在沙發上，累得無精打采。

②(雜亂無章地) 擴展，蔓延 (vi) = extend

The slums **sprawl** over hundreds of acres, and is an obvious eyesore in the bustling city.

貧民窟綿延數百英畝之廣，是這個繁忙城市中礙眼的醜陋之物。

③攤開四肢 (S)

Dennis lay in a **sprawl** on the sofa, feeling like doing nothing.

丹尼斯伸開四肢躺在沙發上，什麼都不想做。

S

④ (雜亂的) 大片地方 *(S)*

Poppies are grown in a vast **sprawl** across the hillside.

山坡上種著大面積的罌粟花。

sprawling /'sprɔlɪŋ/

綿延的 *(adj)*

◄ From the helicopter we looked down on miles of **sprawling** rice fields.

我們從直升飛機上往下看著綿延數英里的稻田。

spray /spre/

①噴 (霧) *(vt)*

◄ Farmers **spray** insecticide over the plants/spray the plants with insecticide at regular intervals.

農民們定期給作物噴殺蟲劑。

②水花 *(U)*

The fountain throws its silver **spray** into the air.

噴水池向空中噴射出銀色的水花。

③噴霧劑 *(U)*

I use hair **spray** to smooth my hair.

我用頭髮定型噴霧劑把頭髮梳理平順。

spread /sprɛd/, spread *(pt)*, spread *(pp)*

①蔓延，擴散 *(U)*

◄ We should do something to halt the rapid **spread** of the foot-and-mouth disease.

我們應該採取措施遏止口蹄疫的迅速蔓延。

②廣度，幅度，範圍 *(S)*

Though tiny, the hummingbird has a wide **spread** of wings.

蜂鳥雖然很小，但是牠雙翼展開的範圍很寬。

③鋪開，攤開 *(vt)*

We **spread** the map out on the floor and studied which direction we should go.

我們把地圖攤開在地板上，研究應該朝哪個方向走。

④塗抹 *(vt)*

You can **spread** your toast with butter/ spread butter on/over your toast.

你可以把奶油塗抹在吐司上。

⑤傳播，流傳 *(vi)*

The news that a war would break out **spread** like wildfire.

戰爭即將爆發的消息火速傳開。

spring /sprɪŋ/, sprang *(pt)*, sprung *(pp)*

①跳躍，彈跳 *(vi)* = *jump*

◄ The cat **sprang** over the fence and disappeared.

貓跳過籬笆，便不見了蹤影。

②春天 *(C,U)*

It was a sunny day in early **spring**.

那是一個初春有陽光的日子。

③泉，泉水 *(C)*

This hot **spring** is believed to be able to cure arthritis.

這處溫泉據信能治癒關節炎。

④發條，彈簧 *(C)*

The toy works by a **spring**.

這玩具是靠發條啟動的。

⑤跳，撲 *(S)*

The cat made a sudden **spring** at the mouse.

這隻貓突然向老鼠跳撲過去。

◉ MP3-S20

sprinkle /'sprɪŋkl̩/

①撒 *(vt)*

◄ He **sprinkled** pepper on his soup/**sprinkled** his soup with pepper.

他在湯裡撒了胡椒粉。

②撒 *(S)*

I only put a **sprinkle** of salt in the soup.

我在湯裡只撒了點鹽。

sprinkler /'sprɪŋklɚ/

灑水器 *(C)*

◄ I use a **sprinkler** to water my plants.

我用灑水器來給植物澆水。

sprint /sprɪnt/

①全速衝 *(vi)* = *dash*

◄ Rick **sprinted** downstairs to answer the telephone.

瑞克全速衝到樓下去接電話。

②短跑 *(S)*

Miller came in first in the 100 meter **sprint**.

米勒在百米短跑中跑了個第一名。

spruce /sprus/

打扮得漂亮 *(vt)*

◄ You need to **spruce** yourself/your house up a bit.

你應該把自己 / 你的房子打扮得漂亮一些。

0

spur /spɝ/

① 刺激 *(vt)* = stimulate

◀ A cut in the interest rate is needed to **spur** economic growth.

爲了刺激經濟增長，有必要降低利率。

② 激勵 *(vt)* = urge

Her words of encouragement **spurred** me on to greater efforts.

她鼓勵的話激勵了我更加努力。

③ 刺激，獎勵 *(C)* = incentive

The one-million-dollar bounty on the murderer's head is really a **spur**.

懸賞一百萬元取殺人犯的人頭的確很具誘惑力。

spurt /spɝt/

迸出，竄出 *(vi)* = burst

◀ Flames began **spurting** from the windows of the hotel.

熊熊烈火開始從飯店的窗口竄出來。

spy /spaɪ/

① 間諜 *(C)*

◀ The police have uncovered/exposed/captured a foreign **spy**.

警方查獲／揭發／捕獲了一名外國間諜。

② 擔任間諜 *(vi)*

She was accused of **spying** for Russia.

她被指控爲俄羅斯充當間諜。

③ 看見，發現 *(vt)* = spot, catch sight of, notice

I suddenly **spied** my friend in the crowd.

我忽然在人群裡發現了我的朋友。

squad /skwɑd/

小組，小隊 *(C)*

◀ Two members of the death **squad** hauled Mr. White out of his office in broad daylight and executed him on the spot.

殺手隊的兩名成員在光天化日之下，將懷特先生從辦公室裡拉出來當場槍斃了。

square /skwɛr/

① 正方形的 *(adj)*

◀ A handkerchief is usually **square**.

手帕一般是方形的。

② 平方的 *(adj)*

The forest covers an area of 1,000 **square** kilometers.

這片森林佔地一千平方公里。

③ 正方形 *(C)*

The teacher drew a **square** on the blackboard.

老師在黑板上畫了個正方形。

④ 廣場 *(C)*

People gathering in front of the Times **Square** counted down together to greet the New Year.

人們聚集在時代廣場一起倒數時間，迎接新年的到來。

square away

把…整理好 *(vt,s)* = put...in order

◀ We must **square** those documents **away** before the mayor comes.

我們必須在市長到來之前把那些文件整理好。

square off

① 做成方形 *(vt,s)*

◀ The desk should be **squared off** to fit the wall.

桌子應該做成方形，可以靠牆放。

② 擺架勢 *(vi)*

Those two guys are **squaring off**; they seem to be determined to fight.

那兩個傢伙正在擺架勢，看來他們是決意要打一架了。

square with

一致 *(vt,u)* = correspond to/with

◀ What you do does not **square with** what you say.

你的言行不一致。

squash /skwɑʃ/

① 壓扁 *(vt)* = crush

◀ I saw a motorcycle **squashed** between a truck and taxi on the highway.

我在公路上看到一輛摩托車在一輛大卡車和一輛計程車之間被壓扁了。

② 擠進，塞進 *(vt)* = crowd

Six of us were **squashed** in the back seat of my uncle's car.

我們六個人擠進我叔叔的汽車後座上。

squat /'skwɑt/
蹲坐，蹲 (vi)

◀ We **squatted** down under a tree, listening to our teacher tell a story.
我們蹲坐在一棵樹下聽老師講故事。

✎比　較 crouch (蹲伏)。

squeeze /skwiz/
①擠出，壓出，榨出 (vt) = press

◀ I **squeezed** the last of the toothpaste onto my brush.
我把最後一點牙膏擠到牙刷上。

②擠，榨，壓 (vi)

Mr. Huang was so fat that he could only **squeeze** through the door.
黃先生胖得只能剛剛好擠過這扇門。

③捏，擠 (C)

He gave her hand a gentle **squeeze** to show his sympathy.
他輕輕地捏了一下她的手表示同情。

squirrel /'skwɝrəl/
松鼠 (C) (請參閱附錄 "動物")

◀ A **squirrel** has a long furry tail.
松鼠有條長長毛茸茸的尾巴。

stab /stæb/
①刺 (C)

◀ The drunkard made a **stab** at me with a broken bottle.
醉漢用打破的酒瓶刺向我。

②一陣 (C)

I felt a **stab** of pain/fear/remorse.
我感到一陣劇痛 / 恐懼 / 內疚。

③刺 (vt)

The man got mad and **stabbed** his wife to death with a kitchen knife.
那名男子發瘋了，用菜刀刺死自己的妻子。

stability /stə'bɪlətɪ/
穩定 (U) ⇔ instability

◀ Unable to accept the humiliating defeat in the last presidential election, the opposition parties tried to undermine the country's political **stability**.
反對黨不能接受上次總統大選時有失顏面的慘敗，於是企圖要破壞國家的政治穩定。

✎衍生字 stabilize (vt,vi) (使) 穩定；destabilize (vt) 不穩定

stable /'stebl̩/
①穩定的 (adj) ⇔ unstable

◀ The patient in room 303 is in **stable** condition now.
三〇三號房間的病人現在病情穩定了。

②馬廄 (C)

The groom fed the horses in the **stable**.
馬伕在馬廄裡餵馬。

stack /stæk/
① (整齊的) 一疊，一堆 (C)

◀ There are **stacks** of dishes waiting to be washed.
有一疊疊的盤碟等著要洗。

②整齊地堆放 (vt)

The floor is **stacked** with books and magazines.
地上堆放著書和雜誌。

✎比　較 pile (較整齊堆放成一堆的同類物品)。heap (一大堆雜亂不一定是同類的物品)。stack (仔細堆放，同一形狀大小組成的大量物品)。

stadium /'stedɪəm/
運動場 (C)

◀ Thousands of people packed into the **stadium** to watch the baseball final.
數千人湧進運動場看棒球決賽。

staff /stæf/
①員工 (P)

◀ It's good to have such an aggressive manager on our **staff**.
我們員工中有這麼一位有進取心的經理是件好事。

②手杖 (C)

The old man leant on a long wooden **staff**.
老人靠在一根長長的木製手杖上。

③為配備…人員 (vt)

The refugee center is **staffed** mainly by/with volunteers.
難民中心所配人員大部分都是志願者。

stage /stedʒ/
①舞台 (C)

◀ On the **stage** she is a dazzling star but off the **stage** she is an ordinary woman.
舞台上她是一位耀眼的明星，下了舞台她卻是個普通女子。

②階段 *(C)* = phase

The negotiations have reached the final **stage**.

談判到了最後的階段。

③上演 *(vt)* = perform, present

The Drama Club of our school will **stage** *Romeo and Juliet* tonight.

我們學校的戲劇學會今晚將上演《羅密歐與朱麗葉》。

stagger /'stægə/

蹣跚而行，搖搖晃晃地走 *(vi)* = totter

◀ Feeling dizzy, I **staggered** to the nearest sofa and sprawled on it.

我感到眩暈，便搖搖晃晃地走到最靠近的沙發，伸開四肢躺在上面。

stain /sten/

①污跡 *(C)*

◀ I tried to wash away the wine/ink/blood **stains** out of my pants, but to no avail.

我想把褲子上的酒／墨水／血污跡洗去，但沒能洗掉。

②沾污 *(vt)*

Mike's teeth were **stained** with nicotine from years of smoking.

麥克的牙齒因長年吸煙而被尼古丁染黃了。

③染上污點 *(vt)* = blot

The female legislator falsely accused a high ranking official of sexual harassment and nearly ruined him. Now her reputation has been **stained** for life.

女立委誣告一名高階官員有性騷擾行為，幾乎將他給毀了。現在她的名譽永遠染上了污點。

stair /stɛr/

樓梯 *(C)*

◀ We ascended/climbed the steep spiral **stairs**.

我們爬上陡峭蜿蜒的樓梯。

stake /stek/

①押賭 *(vt)* = bet

◀ Harry **staked** his reputation/fortune on this race.

哈利把名譽／財富押在此次比賽上。

②樁，柱 *(C)*

The construction site was marked out with wooden **stakes**.

這塊建築工地用木樁標出。

③賭注 *(C)* = bet

Gino doubled his **stakes** in an attempt to win back lost money.

吉諾把賭注加了倍，想把輸了的錢贏回來。

stale /stel/

①不新鮮的 *(adj)* = unfresh

◀ The bread has gone **stale**. Don't eat it.

麵包不新鮮，別吃了。

②老掉牙的，陳舊的 *(adj)*

Grandma told the same **stale** old jokes that I had heard fifty times before.

奶奶老是講那些老掉牙的笑話，我已聽過五十遍了。

stalk /stɔk/

①潛近，潛步跟蹤 *(vt)*

◀ A tiger **stalked** its prey, and then suddenly it jumped on it.

老虎偷偷潛近獵物，然後猛然撲了上去。

②大踏步走 *(vi)* = stride

The peace talks broke down, and both sides **stalked** out of the room in anger. It could spell trouble for the civilian population.

和平談判破裂了，雙方怒氣衝衝地大踏步走出房間。這對老百姓可不是個好兆頭。

③梗，柄 *(C)* = stem

Remove the cabbage **stalks** before you cook it.

先把高麗菜梗去掉然後再煮。

stall /stɔl/

①攤子，攤位 *(C)* = stand

◀ Mr. Holton has run this fruit **stall** for several years.

赫頓先生經營這個水果攤已好幾年了。

②搪塞，敷衍 *(vi)*

She **stalled** for a moment and then admitted that she had trumped up a false charge against the government official.

她先支吾了一會，然後承認了自己捏造了假證來指控這名政府官員。

③熄火 *(vi)* = stop

My car **stalled** on the bumpy road.

我的汽車在起伏不平的路上熄火了。

④停滯 *(vi)* = stagnate

If the economy **stalls**, those poverty numbers will almost certainly worsen.

如果經濟停滯不前，窮困的狀況幾乎肯定會惡化。

⑤拖延，妨礙 *(vt)*

The ban on cloning has **stalled** the recent advances in genetics.

禁止無性繁殖使遺傳學的新進展受阻。

stammer /ˈstæmɚ/

①口吃 *(vi)* = stutter

◀ When Dick becomes nervous, he begins to **stammer**.

狄克一緊張就開始口吃起來。

②口吃 *(S)* = stutter

Paul has suffered from a **stammer** since childhood.

保羅自兒時起就患有口吃。

◉ MP3-S21

stamp /stæmp/

①郵票 *(C)*

◀ New (postage) **stamps** will be issued next month.

下個月將發行新的郵票。

②圖章 *(C)*

He has a rubber **stamp** with his name on it.

他有一個橡皮圖章，上面刻有他的名字。

③蓋印，蓋章 *(vt)*

The immigration officer **stamped** my passport.

移民官在我的護照上蓋了印。

④跺腳，用力踩 *(vt)*

He **stamped** his foot in anger.

他憤怒地跺著腳。

stamp out

①把…踩滅 *(vt,s)* = trample/tread out

◀ Make sure that you **stamp** the fire **out** before you leave.

你走之前一定要把火踩滅。

②消除 *(vt,s)*

The President is determined to **stamp out** crime and violence.

總統下決心消除犯罪和暴力。

stand /stænd/, stood *(pt)*, stood *(pp)*

①站著 *(vi)* ⇔ sit

◀ **Stand** still while I fasten your shoe.

站著別動，我幫你繫鞋帶。

②忍受 *(vt)* = bear, endure

I can't **stand** seeing children smoking.

我無法忍受小孩子抽煙。

③攤子 *(C)* = stall

There's a nice beef noodle **stand** around the corner.

角落裡有個不錯的牛肉麵攤子。

stand aside/by

袖手旁觀 *(vi)* = sit/stand/step back, sit by；⇔ step in

◀ How could you **stand by** while your brother was being beaten?

你兄弟正挨人打，你怎麼能袖手旁觀呢？

stand aside/down

退出 *(vi)* = step aside/down

◀ At the last moment, King **stood aside** and decided to retire.

在最後一刻，金退出(競選)而決定退休。

stand by

①支持 *(vt,u)* = support, stick by

◀ I will **stand by** you and help in any way that is needed.

我支持你，在你需要的時候給你幫助。

②信守 *(vt,u)* = stick/cling/cleave/adhere to

Can you **stand by** your promise to keep the secret?

你能信守諾言保守祕密嗎？

stand for

代表 *(vt,u)* = represent

◀ Each star on the American flag **stands for** a state.

美國國旗上的每顆星都代表一個州。

stand in for

代替某人執行職務 *(vt,u)* = sit/fill/step in for

◀ Joe will **stand in for** me while I am away.

我不在的時候喬會代替我。

stand out

①顯眼，突出 *(vi)* = *stick out*

◀His large head makes him **stand out** from others in this class.
他的大頭使他在班上同學當中顯得很突出。

②堅決要求 *(vi)* = *hold/stick/hang out (for)*

They are determined to **stand out** for a day off.
他們決定堅決要求休息一天。

stand up

①讓 (某人) 乾等，放 (某人) 鴿子 *(vt,s)*

◀Tina **stood** her new boyfriend **up** on their third date.
蒂娜在第三次約會的時候讓新男朋友乾等了。

②耐用 *(vi)*

The old engine has **stood up** well for several years.
這台舊發動機已經用了好幾年了。

③站得住腳，可信 *(vi)*

I doubt her story will **stand up** in court.
我懷疑她的說法在法庭上能不能站得住腳。

stand up for

維護，支持 *(vt,u)* = *stick up for*

◀You should **stand up for** your rights/family members.
你應該維護你的權利 / 支持你的家人。

stand up to

①和…對抗 *(vt,u)* = *stand up against*

◀Do you dare to **stand up to** your boss if he or she doesn't treat you well?
如果老闆對你不公，你敢和他對抗嗎？

②經得起 *(vt,u)*

I am wondering how he/the plant can **stand up to** the bad weather.
我很好奇他 / 植物是如何經得起風吹雨打的。

standard /'stændɚd/

①標準的 *(adj)*

◀The nails come in three different **standard** sizes.
這種釘子有三種不同的標準規格。

②水準 *(C)*

How can we raise/elevate the living **standard** in Taiwan?
我們怎樣來提高台灣的生活水準？

③標準 *(C)* = *criterion*

Robert is a good student by any **standard**.
羅伯特從哪個標準來講都是個好學生。

stanza /'stænzə/

(詩的) 節，段 *(C)*

◀I'll recite the first **stanza** of the poem.
我將吟誦這首詩的第一節。

staple /'stepl/

①釘書針 *(C)*

◀A **staple** is used to fasten pieces of paper together.
釘書針是用來釘紙張的。

②主要產品 *(C)*

Rice and sugar used to be the **staples** of Taiwan, but now computer chips and software are its main product.
過去稻米和蔗糖是台灣的主要產品，但現在的主要產品卻是電腦微片和軟體。

③主要的 *(adj)* = *chief*

Oil is the **staple** source of income in Saudi Arabia.
石油是沙烏地阿拉伯的主要收入來源。

④用釘書針釘 *(vt)*

I **stapled** the pages together.
我把這幾頁用釘書針釘起來。

stapler /'steplɚ/

釘書機 *(C)*

◀A **stapler** is a tool for driving staples into paper.
釘書機用來將釘書針釘進紙張內。

star /stɑr/

①星星 *(C)*

◀Oh, there goes a shooting **star**!
噢，有顆流星！

②明星 *(C)*

She will be a shining **star** in the future. She is not only photogenic but also good at acting.
她以後將是一名耀眼的影星，不但上鏡頭，而且演技也很好。

✎衍生字 *stardom (U)* 明星地位

S

③主演 *(vi)* = feature

Almost every movie Julia Roberts has **starred** in has become a hit.

茱莉亞‧羅伯茲主演的電影幾乎每一部都能走紅。

starch /stɑrtʃ/

①澱粉 *(U)*

◀ Foods high in **starch** include corn, rice, and potatoes.

高澱粉的食物包括玉米、稻米和馬鈴薯。

✎衍生字 *starchy (adj)* 含澱粉的

②漿粉 *(U)*

I like a little **starch** in my shirts.

我喜歡一些漿粉漿我的襯衫。

③含澱粉的食物 *(C)*

I am getting too fat; I should avoid **starches**.

我太胖了我應該避免吃含澱粉的食物。

stare /stɛr/

凝視，瞪視 *(vi)*

◀ When Vivian said she had quit her job, we all **stared** at her in disbelief.

薇薇安說她要辭職時，我們大家都不相信地瞪著她看。

✎相關字 請參見 gaze。

start /stɑrt/

①開始 *(vt,vi)* = begin

◀ Let's **start** (the meeting) by electing a chairman.

我們先選一位主席來開始 (會議) 吧。

✎衍生字 *starter (C)* (一頓飯的) 第一道菜，開胃菜

②開始 *(C)*

The **start** of the game had to be delayed because of the sudden rain.

因為突然下雨，比賽開始的時間不得不延遲。

start off

①出發 *(vi)* = set out/off

◀ We **started off** for the castle at dawn and arrived after sunset.

我們黎明時分出發去城堡，太陽下山後到達那裡。

②開始 *(vi)* = begin

The match **started off** after the parade.

運動員列隊進場後比賽開始了。

startle /ˈstɑrtl̩/

使驚跳，嚇 (某人) 一跳 *(vt)* = alarm

◀ Bending over the little girl, he whispered her name, not wanting to **startle** or frighten her.

他對著小女孩彎下腰輕輕地叫她名字，以免驚嚇了她。

starvation /stɑrˈveʃən/

飢餓 *(U)* = hunger

◀ Owing to war, drought, and corrupt governments, thousands of Africans have died from **starvation**.

由於戰爭、乾旱和政府腐敗，成千上萬的非洲人死於飢餓。

starve /stɑrv/

①挨餓，餓死 *(vi)*

◀ The man got lost in the forest and **starved** to death.

那人在森林裡迷路餓死了。

②使挨餓 *(vt)*

The model tried to **starve** herself into shape.

那位模特兒想讓自己餓肚子來保持體型。

state /stet/

①狀況，情況 *(C)* = condition

◀ The buildings are in a bad **state** of repair.

這些建築物的修繕狀況很糟。

②州 *(C)*

The US is made up of 50 **states**.

美國由五十個州組成。

③國家 *(C)* = government

The railways in Taiwan are run by the **state**.

台灣的鐵路是由國家經營的。

④敘述 *(vt)* = assert

The witness **stated** that the man with a beard was the robber.

證人說那個留鬍子的男人就是搶劫犯。

✎衍生字 *statement (C)* 敘述

statesman /ˈstetsmən/

政治家 *(C)*

◀ A politician is a **statesman** who approaches every question with an open mouth.

—Stevenson

政客就是靠著動動嘴來處理所有的問題的政治家。——史蒂文森

station /ˈsteʃən/

①公車總站，火車站 (C)

◀ The bus leaves the bus **station** at an interval of 10 minutes.

公共汽車每隔十分鐘從公車總站開出。

②電台 (C)

I can't pick up/get many foreign **stations** on this little radio.

這台小收音機收不到許多外國電台。

③駐守 (vt) = post

Guards were **stationed** at all entrances to the building to ensure the safety of the president.

大樓各入口均駐守著衛兵，以保證總統的安全。

stationary /ˈsteʃənˌɛrɪ/

不動的 (adj) = immobile

◀ The students stood in a **stationary** position.

學生靜止不動地站立著。

stationery /ˈsteʃənˌɛrɪ/

文具 (U)

◀ It is cheaper to buy **stationery** in bulk.

大批地購買文具價格就便宜。

✎的生字 stationer (C) 文具商

statistical /stəˈtɪstɪkl̩/

統計的 (adj)

◀ This course is intended to sharpen students' conceptual, logical, **statistical**, and analytic skills.

這門課旨在提高學生的構思、邏輯、統計和分析技巧。

statistics /stəˈtɪstɪks/

①統計數字 (pl)

◀ **Statistics** show/suggest/indicate that the divorce rate in Taiwan has been on the increase.

統計數字顯示，台灣的離婚率呈上升趨勢。

②統計學 (U) (請參閱附錄 "學科")

Statistics is a branch of mathematics.

統計學是數學的一個分支。

◎ MP3-S22

statue /ˈstætʃu/

雕像，塑像 (C)

◀ The government has decided to put up/erect a bronze **statue** in memory of the great teacher.

政府決定豎立一尊銅製雕像，紀念這位偉大的教師。

stature /ˈstætʃɚ/

①身高 (U)

◀ Paul was 180 cm tall when he reached his full **stature**.

保羅身高長足後是一百八十公分。

②名望 (U)

Dr. Lee is a chemist of world **stature**.

李博士是具有國際名望的化學家。

status /ˈstetəs/

①社會地位 (U) = position

◀ Teachers used to have high social **status** in our country.

過去在我們國家，教師的社會地位很高。

②狀況，身分 (U)

Please state your name, age and marital **status**.

請說出你的姓名、年齡和婚姻狀況。

staunch /stɔntʃ/

①止血 (vt) = stem, stanch

◀ Peter's nose was bleeding, so he pinched his nose to **staunch** the bleeding.

彼得的鼻子在流血，於是他就捏住鼻子來止血。

②可靠的 (adj) = faithful, firm

Tony Blair, a **staunch** ally of Bush, is determined to stake his political life on the removal of Saddam Hussein.

東尼·布萊爾是布希的堅定可靠的盟友，他決心不惜將自己的政治生涯作冒險也要除掉海珊。

stay /ste/

①留下，停留 (vi)

◀ Why don't you **stay** for dinner?

為什麼不留下來吃飯呢？

②保持 (vi) = remain

She **stayed** single for the rest of her life after her husband died.

丈夫死後她後半生一直守寡 (保持單身)。

S

③留宿 (vi)

We **stayed** in the Hilton Hotel for a week.

我們在希爾頓酒店留宿了一個星期。

④逗留 (C)

We decided to extend/prolong our **stay** in Paris.

我們決定延長在巴黎的逗留時間。

stay in

待在家裡 (vi) ⇔ stay out

◀I like to **stay in** and watch movies on TV.

我喜歡待在家裡看電視上播放的電影。

stay over

在…過夜 (vi) = stop over

◀Because of the heavy rain, I **stayed over** at my friend's home.

因為下大雨，我就在朋友家過夜了。

stay out

很晚回家 (vi) ⇔ stay in

◀James always **stays out** late at night and gets very little sleep.

詹姆斯夜裡總是很晚回家，睡得很少。

stay up

熬夜 (vi) = sit up

◀I **stayed up** until after two o'clock, preparing for the exam.

我熬夜到兩點以後，以準備考試。

steady /ˈstɛdɪ/

①牢固的 (adj) ⇔ unsteady

◀ Don't worry; the ladder is very **steady**.

別擔心，梯子很牢固的。

✎衍生字 steadily (adv) 牢固地

②穩定的，平穩的 (adj)

It's not easy to find a **steady** job nowadays.

現在找一分穩定的工作不容易。

③使穩固 (vt)

On the deck, he **steadied** himself by holding on to the rail.

在甲板上，他抓住欄杆讓自己站穩。

④穩定 (vi)

Prices didn't **steady** until two weeks after the typhoon.

颱風過後兩個星期物價才穩定下來。

steak /stek/

牛排 (C,U) (請參閱附錄 "食物")

◀ I would like my **steak** rare/medium/well-done.

我的牛排要生 / 半生熟 / 全熟的。

steal /stil/, stole (pt), stolen (pp)

偷 (vt)

◀ He **stole** money from his father.

他從父親那裡偷了錢。

steam /stim/

①蒸汽 (U)

◀ Boiling water gives off **steam**.

燒開的水會冒出蒸汽。

②冒蒸汽 (vi)

The pot of boiling water is **steaming**.

燒開的水壺在冒著蒸汽。

③蒸 (vt)

The vegetables should be **steamed** for 10 minutes.

蔬菜應該蒸十分鐘。

steamer /ˈstimɚ/

①汽船 (C) = steamship

◀ A **steamer** moves by steam power.

汽船靠蒸汽行駛。

②蒸籠 (C)

I put five buns in a **steamer**.

我在蒸籠中放了五個包子。

steel /stil/

①鋼，鋼鐵 (U)

◀ My sister bought me a set of stainless **steel** knives and forks as a wedding gift.

我姐姐買給我一套不鏽鋼刀叉作為結婚禮物。

✎衍生字 steely (adj) 鋼鐵 (般) 的，冷冰冰的

②使堅強，使冷酷 (vt)

He **steeled** himself to tell her about her father's death.

他硬起心腸把她父親的死訊告訴她。

steep /stip/

陡峭的 (adj)

◀ Climbing up the **steep** slope made me out of breath.

這個陡坡爬得我氣喘吁吁。

✎衍生字 steepen (vt) 使陡峭；(vi) 變陡峭

S

steer /stɪr/

①駕 (vt)

◀ He **steered** the boat carefully between the rocks.

他小心翼翼地駕船在岩石間穿行。

②引領 (vt)

I managed to **steer** the discussion away from the subject of Susan's sexual scandal.

我設法將討論的話題從蘇珊的性醜聞上引開。

stem /stɛm/

①柄，莖 (C)

◀ Maria bought a bunch of roses with long **stems**.

瑪莉亞買了一束長柄玫瑰。

②起源 (vi) = arise, result

The workers' discontent **stemmed** from low pay and poor working conditions.

工人的不滿起源於工資低，工作條件差。

③阻止擴散或發展 (C)

America has been trying hard to **stem** the flow of nuclear weapons into the so-called rogue countries.

美國向來一直設法阻止核子武器流入所謂的流氓國家。

step /stɛp/

①步 (C)

◀ She took a big **step** toward the door and rang the bell.

她朝門口跨了一大步，按響了門鈴。

②台階 (C)

We walked up the **steps** to the entrance.

我們上了台階走向入口處。

③措施，步驟 (C)

We must take **steps** to help the victims of the typhoon.

我們必須採取措施 (步驟) 幫助受到颱風襲擊的災民。

④跨步 (vi)

The winner **stepped** forward to receive her prize.

得獎者走上前去領獎。

⑤踩 (vi)

I **stepped** on a loose stone and sprained my ankle.

我踩在一塊鬆動的石頭上，扭傷了腳踝。

step down

①下台 (vi) = step/stand aside, stand down

◀ The mayor **stepped down** because of the political scandal.

市長因為這樁政治醜聞而下台了。

②減少 (vt,s) = reduce ; ⇔ step up

You can **step down** the quantity of the medicine once you are getting better.

一旦病情好轉你就可以減少用藥劑量。

step in

①進來 (vi)

◀ You can **step in** for a chat with us.

你可以進來和我們聊聊。

②介入 (vi) ⇔ stand/sit by

When children start fighting in the classroom, a teacher has to **step in**.

孩子們在教室打起架來就需要老師介入。

step on

①踐踏，傷害 (vt,u) = tread/trample on

◀ You should not **step on** her feelings.

你不應該傷害她的感情。

②斥責 (vt,u) = tell off, scold

I **stepped on** Helen for being late for work again.

我斥責海倫上班又遲到了。

step up

提高 (vt,s) = increase ; ⇔ step down

◀ With the economic upturn, we have to **step up** production to meet the increased demand.

經濟復甦了，我們得提高生產以滿足上升的需求量。

stepfather /'stɛpˌfɑðɚ/

繼父 (C)

◀ Jane is the apple of her **stepfather's** eye.

珍是她繼父的掌上明珠。

stepmother /'stɛpˌmʌðɚ/

繼母 (C)

◀ Amy's **stepmother** is two years senior to Amy.

艾咪的繼母比艾咪大二歲。

S

stereo /'stɛrɪo/

①立體聲 (U)

◀ This program is broadcast in **stereo**.
這節目是用立體聲播放的。

②立體聲音響 (C)

He turned on his car **stereo**.
他打開了汽車上的立體聲音響。

stereotype /'stɛrɪə͵taɪp/

①刻板印象 (C)

◀ Linda doesn't conform to/fix/fill the gender **stereotype** of a Chinese woman.
琳達並不符合中國婦女的刻板印象。

②定型為，用僵化的觀點看待 (vt)

Japanese girls were once **stereotyped** as compliant and devoted.
日本女孩子曾被定型為是順從而忠貞的。

sterile /'stɛrəl/

①不能生育的 (adj) ⇔ fertile

◀ Traditionally, a Chinese woman who is childless has to deal with all the shame even if it is her husband that is **sterile**.
按傳統，中國婦女如不生育就得承受一切羞辱，即使是她丈夫不能生育也依然。

②無菌的 (adj) = aseptic

Surgery must be performed in a **sterile** environment.
外科手術必須在無菌的環境下進行。

✎衍生字 _sterilize (vt)_ 不孕，使無菌，消毒；
sterilization (C,U) 消毒

stern /stɜn/

嚴格的 (adj) = strict, harsh, severe

◀ The teacher is **stern** with his pupils.
這老師對他的學生很嚴格。

stew /stju/

①燉 (C)

◀ We had a lamb/beef **stew** for dinner.
我們晚飯吃燉羊肉 / 牛肉。

②燉 (vt)

Mom **stewed** an apple and blackberries for dessert.
媽燉了個蘋果和一些黑莓當甜點。

steward /'stjuwəd/

男服務員 (C)

◀ **Stewards** and stewardesses serve passengers on a ship, plane or train.
男女服務員在船、飛機或火車上服務乘客。

✎衍生字 _stewardship (U)_ (服務員的) 職責

🔘 MP3-S23

stick /stɪk/, stuck (pt), stuck (pp)

①黏，固定 (vi) = adhere

◀ The chewing gum **stuck** to my shoe.
口香糖黏在我的鞋子上。

②卡住 (vi)

The drawer **sticks** badly/fast.
這抽屜卡得很緊。

③伸出 (vt)

Don't **stick** your head out of the car window.
別把頭伸到汽車窗外。

④扎 (vt) = push, thrust

Be careful or you will **stick** the needle in your finger.
當心，不然你會把針扎進手指的。

⑤使困住 (vt) = trap

Sorry, I'm late. I was **stuck** in a traffic jam.
對不起，我遲到了，困在車陣裡了。

⑥柴枝 (C)

The boys picked up/gathered some **sticks** to build a fire.
男孩子們撿來一些柴枝生火。

⑦手杖 (C)

Since the accident Mrs. Longfellow has had to walk with a **stick**.
自從遭遇車禍，朗費羅太太只能靠手杖走路。

⑧棍棒 (C)

The children were fighting with **sticks**.
孩子們用棍棒打架。

---

stick about/around

逗留 (vi)

◀I **stuck around** at the bus stop for half an hour, but Sherry still didn't show up.
我在公共汽車站逗留了半個小時，可是雪莉還是沒來。

stick out

①顯眼，突出 *(vi)* = stand out

◀Her bright red hair makes her **stick out** in the crowd.
她鮮亮的紅髮使她在人群中顯得很突出。

②堅持下去 *(vt,s)*

We have decided to **stick** it **out** until we get a pay raise.
我們決定堅持下去，直到加薪爲止。

stick out for

堅持要求 *(vt,u)* = hang/hold/stand out for

◀We must **stick out for** our pay raise.
我們必須堅持要求增加工資。

stick to

①堅守，堅持，遵守 *(vt,u)* = adhere/cling/cleave to

◀You should **stick to** your promise/principles/ work rules.
你應堅守諾言／堅持原則／遵守勞動守則。

②黏，固定 *(vt,u)*

The chewing gum **stuck to** my trousers.
口香糖黏在我的褲子上了。

stick up

持槍搶劫 *(vt,s)* = hold up

◀A masked man **stuck up** the bank/passengers.
一個蒙面人持槍搶劫了銀行／乘客。

sticky /'stɪkɪ/

黏的 *(adj)*

◀Yuck! Your fingers are **sticky** with jam.
噁心！你手指都是黏糊糊的果醬。

stiff /stɪf/

①僵硬的 *(adj)*

◀My fingers are **stiff** with cold.
我的手指都凍僵了。

📝衍生字 *stiffen (vt)* 使僵硬

②嚴厲的 *(adj)* = severe

He was given a **stiff** punishment for stealing his father's money.
他因爲偷了父親的錢而受到嚴厲的懲罰。

still /stɪl/

①不動的 *(adj)* = motionless

◀Please stand **still** while I take your photograph.
請站好不動，我給你拍照片。

②寂靜的 *(adj)* = quiet, silent

It's deadly/completely/absolutely **still** outside.
外面死一般寂靜。

📝衍生字 *stillness (U)* 死寂，靜止

③還是，依然 *(adv)*

The baby was **still** sound asleep even though we had the TV on.
儘管我們開了電視，嬰兒還是睡得很熟。

④甚至 *(adv)* = even

It's cold now, but it'll be **still** colder tonight.
現在很冷，但晚上還會更冷。

stimulate /'stɪmjə,let/

刺激 *(vt)* = spur

◀Interest rates were cut to **stimulate** the economy, but consumers still refused to spend.
爲了刺激經濟，利率已經調降，但消費者依然不肯花錢。

stimulation /,stɪmjə'leʃən/

激發 *(U)*

◀Children, if deprived of intellectual **stimulation**, might become underachievers.
兒童如被剝奪了智力上的激發就可能成爲學習成就差的人。

stimulus /'stɪmjələs/

刺激 *(C)*

◀Some people doubt that a drop in interest rates can act as a **stimulus** to the sagging economy.
有些人不相信降低利率就能刺激下滑的經濟狀況。

📝衍生字 *stimuli (pl)* 刺激

sting /stɪŋ/, stung *(pt)*, stung *(pp)*

①螫針 *(C)*

◀A bee will die when it loses its **sting**.
蜜蜂沒有了螫針就會死。

②螫 *(C)*

The bee gave me a nasty **sting**.
蜜蜂狠狠地螫了我一下。

S

③叮，螫 *(vt)*

She was **stung** on the cheek by a bee.
她臉上被蜜蜂叮了一下。

④螫 *(vi)*

Bees can **sting**.
蜜蜂會螫人。

stingy /'stɪndʒɪ/

吝嗇的，小氣的 *(adj)* = *mean, cheap*；⇔ *generous*

◀ Rich as he is, he is very **stingy** with his money.
他雖然富有，但在花錢上卻很吝嗇。

📝相關字 miser (小氣鬼；守財奴)。

stink /stɪŋk/, stank/stunk *(pt)*, stunk *(pp)*

①發出臭味 *(vi)* = *reek*

◀ The kitchen **stinks** of fish.
廚房裡散發出魚腥臭味。

②臭味 *(C)*

The **stink** of garlic is unpleasant.
大蒜的臭味真難聞。

📝相關字 請參見 scent。

stir /stɜ/

①攪拌 *(vt)*

◀ **Stir** the soup with a spoon.
用匙子把湯攪一攪。

②引起 *(vt)* = *arouse, excite*

His story **stirred** my sympathy/interest.
他的故事引起了我的同情 / 興趣。

③產生 *(vi)*

Sympathy/Interest began to **stir** among the listeners.
聽眾開始產生了同情 / 興趣。

④ (輕輕地) 移動 *(vi)* = *move*

The sleeping patient had not **stirred** for an hour.
病人睡了一個小時沒動彈。

⑤攪拌 *(C)*

Give the paint a **stir** before using it.
油漆使用之前先攪拌一下。

⑥騷動 *(S)*

The appearance of the princess caused/created/made quite a **stir** in the crowd.
公主的出現在人群中引起了一陣騷動。

stir up

①攪拌 *(vt,s)*

◀ **Stir up** the eggs with the milk.
雞蛋加入牛奶後攪拌一下。

②使生氣 *(vt,s)* = *annoy*

Father is in a bad mood, so don't **stir** him **up**.
爸爸心情不好，別去惹他。

③挑起，煽動 *(vt,s)*

He was accused of **stirring up** violence/feelings of dissatisfaction among the workers.
他被指責挑起暴力事件 / 在工人中煽動不滿情緒。

stitch /stɪtʃ/

①縫 *(vt)* = *sew*

◀ Please **stitch** a button on my shirt.
請給我的襯衫縫顆鈕扣。

②縫一針 *(C)*

I'll just put/make a couple of **stitches** in that tear and it'll be as good as new.
我只要在那個撕破的地方縫幾針，它就會跟新的一樣了。

stitch up

圓滿完成 *(vt,s)*

◀ Peter has got the whole deal **stitched up**.
彼得已經圓滿完成整件事情了。

stock /stɑk/

①儲備品 *(C)* = *supply*

◀ The convenience store built up a good **stock** of canned goods for sale during the typhoon.
便利商店儲備了大量罐頭食品在颱風期間出售。

②公債 *(P)*

He invested a lot of money in **stocks** and shares.
他在公債和股票上投入了大量資金。

③儲備 *(vt)* = *keep...in stock*

Our store **stocks** batteries and candles all year round.
我們商店常年儲備有電池和蠟燭。

📝相關字 stock market (股票市場)。stockbroker (股票經紀人)。stockholder (股票持有人)。

stocking /ˈstɑkɪŋ/

女用長筒襪；絲襪 *(C)* (請參閱附錄 "衣物")

◀ Julia pulled on another **stocking** and heard
someone knocking on the door.
茱莉亞拉上另一隻女用長筒襪，而聽到有人在
敲門。

✎相關字 socks (短襪)。tights (= pantyhose 女用連褲
　　襪)。

stomach /ˈstʌmək/

① 胃 *(C)* (請參閱附錄 "身體") = tummy

◀ You shouldn't take medicine on an empty
stomach.
胃空的時候不要吃藥。

✎片語 to turn my stomach (某事令人厭惡)

② 胃口，慾望 *(U)* = desire

I have no **stomach** for a quarrel now.
我現在沒胃口吵架。

stone /ston/

① 石頭 *(C)*

◀ A rolling **stone** gathers no moss.
滾石不生苔 (轉業不聚財)。

✎衍生字 stony (adj) 石質的，多石的

② 石頭 *(U)*

The house was made of **stone**.
那房子是用石頭建成的。

stool /stul/

凳子 *(C)*

◀ I have to stand on a **stool** to reach the top shelf.
我必須站到凳子上才夠著架子的最高一層。

stoop /stup/

① 駝背 *(vi)*

◀ He **stooped** with age.
他隨著年齡的增加背都駝了。

② 彎腰 *(vi)* = bend

I **stooped** (down) to pick up the paper.
我彎腰把紙撿起來。

③ 駝背 *(S)*

He used to walk with a **stoop**, but he did
exercise to make his shoulders straight.
他以前走路時經常彎腰駝背，但他通過鍛練把
肩膀挺起來了。

stop /stɑp/

① 停止 *(C)*

◀ The bus came to a sudden **stop** when the light
turned red.
跳到紅燈時公共汽車突然停了下來。

② 停止 *(vi)*

Don't jump off the train before it **stops**.
火車沒停穩別跳下來。

③ 停止 *(vt)* = cease

The company has **stopped** trading in Asia.
這家公司已經停止在亞洲做生意了。

④ 阻止 *(vt)* = prevent

We must **stop** the foot-and-mouth disease
(from) spreading.
我們必須阻止口蹄疫的蔓延。

stop by

順道到 *(vt,u)*

◀ Can you **stop by** the bakery and pick up a
loaf of bread?
你順道到麵包店買條麵包好嗎？

stop by/in/off

順道拜訪 *(vi)* = drop in

◀ You can **stop by** for a drink on your way
home.
你在回家路上可以進來喝一杯。

stop over

① 歇腳 *(vi)* = stay over

◀ We **stopped over** at a five-star hotel on the
way.
路途中我們在一家五星級旅館歇腳。

② 中途停留 *(vi)*

The plane/passengers **stopped over** at Hong
Kong.
飛機 / 乘客中途在香港停留。

storage /ˈstorɪdʒ/

存放 *(U)*

◀ The most efficient **storage** is placing clothing
or covers in an air-free plastic bag. Vacuum
packing takes up far less space.
最好的存放辦法是把衣被等物放入真空塑膠袋
內。真空存放佔的空間小得多。

✎衍生字 store (vt) 儲存

S

⊙ MP3-S24

store /stor/

①店 *(C)* = shop

◀ Mr. Pete makes a living by running a toy **store**.
彼特先生靠經營一家玩具店爲生。

②儲備 *(C)* = stock, supply

They kept a large/vast **store** of food in the kitchen for the severe winter.
他們爲度過這個嚴冬在廚房裡儲備了大量的食物。

③儲存 *(vt)*

Ants **store** (up) food for the winter.
螞蟻儲存食物過冬。

store away/up

儲存起來 *(vt,s)* = lay up

◀ Animals will **store** their food **away** for the winter.
動物會把食物儲存起來過冬。

store up

積壓 *(vi)*

◀ The bitterness which Tim has been **storing up** against Jane at last broke out into a brawl.
提姆積壓在心頭對珍的怨恨終於爆發出來，引起了一場激烈的爭吵。

storm /stɔrm/

①暴風雨 *(C)*

◀ Wilson braved a **storm** to school.
威爾遜冒著暴風雨去學校。

✎衍生字 stormy *(adj)* 暴風雨的

②一陣 *(C)*

The legislator's proposal to build a stadium near the downtown area was met by a **storm** of protest/criticism.
議員提出在市中心附近建一座體育館的提議招來了一陣抗議／批評。

③氣沖沖地走 *(vi)*

Joseph **stormed** out of the office after a quarrel with the manager.
約瑟夫與經理吵了一架後氣沖沖地走出了辦公室。

storm out

衝出 *(vi)* = burst out

◀ Betty got up and **stormed out** of the coffee shop.
貝蒂起身衝出咖啡館。

story /'stɔrɪ/

①故事 *(C)* = tale

◀ My father is good at making up/telling **stories**.
我父親很會編／講故事。

②傳聞 *(C)* = rumor

The **story** goes that our general manager has run away with his secretary.
傳聞說我們的總經理和他的祕書私奔了。

③樓層 *(C)*

The Empire State Building is 102 **stories** high.
帝國大廈有一○二層樓高。

stout /staʊt/

粗壯的 *(adj)*

◀ Kohl, the former chancellor of Germany, is rather **stout**, and towers over other political leaders.
德國前總理科爾相當粗壯，比其他政黨領袖高出許多。

stove /stov/

爐子 *(C)* (請參閱附錄 "工具")

◀ The soup is simmering on the **stove**.
雞湯在爐子上燉。

✎相關字 stove (爐子，美式英語)。cooker (爐具，英式英語)。

straight /stret/

①直的 *(adj)* ⇔ crooked

◀ The teacher drew a **straight** line on the board.
老師在黑板上畫了一條直線。

②誠實的，坦率的 *(adj)* = honest

I don't think you're being **straight** with me.
我覺得你跟我講的不是實話。

③不摻水的 *(adj)* ⇔ on the rocks

I'd like my whisky **straight**.
我要不摻水的威士忌。

④直地 *(adv)*

Sit up **straight**!
坐直！

⑤直接地 **(adv)** = *directly*

The plane flew **straight** to New York.

這架飛機直飛紐約。

straighten /'stretn̩/

①把…弄直 **(vt)** ⇔ *bend*

◀ Before I entered the conference room, I looked into the mirror to **straighten** my necktie and brush my hair.

我進入會議室之前照照鏡子，把領帶弄直，梳理一下頭髮。

②變直 **(vi)**

The road **straightened** out, and then it twisted and turned again.

路變直了，然後又開始彎彎曲曲起來。

straighten out

①消除 **(vt,s)** = *sort out*

◀ You should **straighten out** the misunderstanding/difficulties.

你應該消除誤會 / 困難。

②使改邪歸正 **(vt,s)**

It is time that you got yourself **straightened out**.

你應該改邪歸正了。

straighten up

①直起身子 **(vi)**

◀ Jim **straightened up** and put on a show of sobriety.

吉姆直起身子裝出清醒的樣子。

②收拾 **(vt,s)** = *tidy up*

I must **straighten** myself/my living room **up** before my guests come.

我必須在客人到之前把自己 / 客廳收拾一下。

straightforward /ˌstret'fɔrwəd/

①直截了當的 **(adj)** = *clear-cut*

◀ It is important to realize that the **straightforward** choice is often the best choice.

意識到這一點很重要，那就是直截的選擇常常就是最佳選擇。

②坦率的 **(adj)** – *frank*

Straightforward and fair, Sam hates under-the-table dealings.

山姆為人坦率公正，最恨的就是檯下交易。

strain /stren/

①重壓 **(U)** = *weight*

◀ The bridge collapsed under the **strain** of heavy traffic.

大橋在繁忙的交通壓力下倒塌了。

②壓力 **(U)** = *stress*

The mental **strain** of continuously working in a foreign language cannot be underestimated.

持續用外語進行工作產生的精神壓力不容低估。

③負擔 **(C)**

An increase in the population has put a heavy **strain** on this country's resources.

人口增加給這個國家的自然資源造成了極大的負擔。

④緊張 **(C)** = *tension*

The current **strain** in relations between the U.S. and Europe was caused by President Bush's policy on the import of steel.

當前美國與歐洲的緊張關係是由布希總統在鋼鐵進口方面的政策所引起的。

⑤扭傷，拉傷 **(vt)**

You will **strain** the muscles in your feet by squeezing them into high-heeled shoes.

你把腳硬塞進高跟鞋裡會扭傷足部肌肉。

⑥緊繃 **(vt)**

My patience has been **strained** to the limit!

我的耐心已經緊繃到了極限！

⑦使…緊張 **(vt)**

Chancellor Gerhard Schroder's objection to President Bush's plan to attack Iraq has **strained** relations between the two countries.

格哈德・施羅德總理反對布希總統的攻擊伊拉克的計畫使兩國關係緊張起來。

strait /stret/

海峽 **(C)**

◀ Cross-**strait** trade and traffic have been thriving since China opened up its market.

自從中國開放市場之後，海峽兩岸的貿易和交通都已興旺頻繁起來。

strand /strænd/

一絡，一股 (髮、線、繩) **(C)**

◀ I found a **strand** of hair in the tomato soup.

我在番茄湯裡發現有一絡毛髮。

S

stranded /ˈstrændɪd/

擱淺的 (adj)

◀ The tide has gone out, leaving the yacht **stranded** on the sand.
潮水已退去，留下遊艇擱淺在沙灘上。

strange /strendʒ/

① 奇怪的 (adj) = odd, unusual

◀ It's **strange** that such an optimistic person like him should have committed suicide.
奇怪，像他這樣樂觀的人居然會自殺。

② 陌生的 (adj) = unfamiliar

The surroundings were **strange** to him.
他對周圍的環境感到很陌生。

stranger /ˈstrendʒɚ/

陌生人 (C)

◀ We warned our children not to let **strangers** in.
我們告誡孩子們不要讓陌生人進來。

strangle /ˈstræŋgl/

① 勒死 (vt) = throttle

◀ The young man tried to **strangle** the old man with a hose.
這年輕人企圖用褲襪勒死那個老人。

② 扼殺 (vt) = throttle

Individual initiative and creativity will be **strangled** by the central planning policy.
個人的主動性和創造力會被中央統籌計畫政策所扼殺。

strap /stræp/

① 背帶 (C)

◀ I fastened the **strap** around my backpack and went on a trek into the mountains.
我扣上背包背帶，就到山區作徒步旅行了。

② 用帶子固定 (vt)

After ensuring my child was **strapped** in, I hit the road.
確信我的孩子已繫好安全帶後，我就出發了。

strategic /strəˈtidʒɪk/

戰略的 (adj)

◀ The Taiwan Strait is of great **strategic** importance both to Japan and to the U.S. Thus, the two countries go to great lengths to preserve peace there.
台灣海峽對日、美兩國均具有巨大的戰略重要性，因此兩國都不遺餘力地維持那裡的和平。

strategy /ˈstrætədʒɪ/

① 戰略 (U)

◀ Kung Ming was a master of **strategy**.
孔明是個戰略家。

✎衍生字 strategist (C) 戰略家

② 策略 (C)

We have to work out a **strategy** for dealing with/to deal with our difficult situation.
我們必須想出一個策略來應付這困難的局勢。

straw /strɔ/

① 稻草 (U)

◀ The farmer covered the barn floor with **straw**.
這位農民在牲口棚的地上鋪了稻草。

② 吸管 (C)

She drank her soda through a **straw**.
她用吸管喝汽水。

strawberry /ˈstrɔˌbɛrɪ/

草莓 (C) (請參閱附錄 "水果")

◀ **Strawberries** grow best in a cool, moist climate.
涼而潮溼的氣候，最適合草莓生長。

stray /stre/

① 走失 (vi)

◀ Some of the sheep have **strayed** from the flock/into the neighboring fields.
一些羊走失了，離開羊群 / 到了附近的田裡。

✎衍生字 astray (adv) 迷途的，誤入歧途的

② 流浪的 (adj)

We badly need a shelter for **stray** dogs.
我們急需一個地方收容流浪狗。

③ 流浪狗 (C)

She always wanted a dog so she has adopted a **stray**.
她一直想要有條狗，所以收養了一隻流浪狗。

streak /strik/

① 條紋 (C)

◀ My car was smeared with red **streaks** of paint.
我的汽車被亂塗上了一條條紅色的油漆。

② 傾向 (C)

Jack has a mean/sadistic **streak** in him.
傑克有小氣 / 虐待狂的傾向。

③ 快速劃過 (vi)

I saw a jet **streaking** across the sky.
我看見一架噴氣飛機快速劃過天空。

④使布滿條紋 *(vi)*

Sally's face was **streaked** with tears.
薩莉臉上有一條條淚痕。

stream /strim/

①小溪 *(C)* = *brook*

◀ There's a tiny **stream** meandering through the meadow.
草地上有一條小溪蜿蜒流淌。

②奔流，湧流 *(vi)*

The riverbank broke and water **streamed** into the town, flooding most of the houses.
河堤決口了，河水奔流到鎮上，淹了大部分房子。

③不斷地流，流淌 *(vi)*

His face **streamed** with blood/sweat/tears.
他血／汗／淚流滿面。

street /strit/

街道 *(C)*

◀ To cross the **street**, you'd better take the underpass or the overpass.
過街時你最好地下人行通道或人行天橋。

◯ MP3-S25

strength /strɛŋθ/

①體力，力量 *(U)*

◀ You need to exercise to build up/regain your (physical) **strength**.
你需要鍛練以增強／恢復體力。

✎衍生字 *strengthen (vt)* 增加；*strong (adj)* 強壯的

②優點 *(C)* ⇔ *weakness*

Please evaluate the **strengths** and weaknesses of our new product.
請評估一下我們新產品的優點和缺點。

stress /strɛs/

①壓力 *(U)* = *strain*

◀ She's under a lot of **stress** because her husband is very ill.
她丈夫病得很重，所以她壓力很大。

✎衍生字 *stressful (adj)* 有壓力的

②強調 *(U)* = *emphasis*

Our boss lays/puts/places great **stress** on honesty.
我們老闆非常強調誠信。

③重音 *(C)*

The **stress** of the word "strategic" is/falls on the second syllable.
"strategic" 的重音落在第二個音節上。

④強調 *(vt)* = *emphasize, put stress on*

Our teacher **stressed** the importance of environmental protection.
我們老師強調環境保護的重要性。

stretch /strɛtʃ/

①四肢伸展，伸懶腰 *(U)*

◀ After working an hour, you'd better stop and take/have a **stretch**.
工作一小時以後，你最好停下來四肢伸展一下。

②彈性 *(U)* = *elasticity*

This rubber band has lost its **stretch**.
這根橡皮筋已經沒有彈性了。

③延伸 *(vi)* = *extend, spread out*

The beach **stretches** for miles.
沙灘綿延數英里。

④有彈性，可伸縮 *(vi)* = *be elastic*

Don't worry if this sweater seems small; the material can **stretch**.
這件羊毛衫看上去小不要擔心，這質料是有彈性的。

⑤伸展，伸懶腰 *(vt)*

He woke up, yawned and **stretched** his arms.
他醒過來打了個呵欠，伸個懶腰。

stricken /'strɪkən/

①患病的 *(adj)*

◀ He was **stricken** by/with polio in his childhood and has had trouble walking ever since.
他小時候患過小兒麻痺症，後來走路就一直有困難。

②被襲擊的 *(adj)*

Supplies of food and medicine were rushed to the war-**stricken** city.
食物和藥品被急速送往遭受戰爭襲擊的城市。

strict /strɪkt/

嚴格的 *(adj)* = *stern*

◀ James is very **strict** with his children.
詹姆斯對孩子們要求非常嚴格。

✎衍生字 *strictness (U)* 嚴格；*strictly (adv)* 嚴格地

stride /straɪd/, strode *(pt)*, stridden *(pp)*

①大步走 *(vi)* = march

◀ I watched Mr. Johnson **striding** across the playground towards the administration building.

我看著強生先生大步穿過操場，朝行政大樓走去。

②大步 *(C)*

Gary took long **strides** when he was running.

蓋瑞跑步時步伐很大。

③進展 *(C)* = progress *(U)*

We have made great **strides** in information technology.

我們在資訊科技領域有了很大進展。

strike /straɪk/, struck *(pt)*, struck *(pp)*

①打，敲 *(vt)* = hit

◀ The mountaineer was **struck** on the head by a falling stone.

登山者被掉下來的一塊石頭打中了頭部。

②襲擊 *(vt)* = hit

A typhoon **struck** Taiwan last month and caused great damage.

上個月颱風襲擊台灣，造成巨大損失。

③攻擊 *(vi)* = attack

A rattlesnake makes noises before it **strikes**.

響尾蛇進行攻擊前會發出響聲。

④罷工 *(U)*

The workers are (going) on **strike** for higher pay.

工人們在 / 將要罷工，要求增加工資。

⑤罷工 *(C)* = walkout

The union has voted to call a **strike**.

工會已投票決定發動罷工。

⑥攻擊 *(C)* = attack

The U.S. will carry out a **strike** on/against the enemy's military bases.

美國將對敵人的軍事基地發動攻擊。

strike on

突然想出 *(vt,u)* = hit on

◀ Peter **struck on** a way out of our difficulty.

彼得突然想出了一個解決我們困難的方法。

strike up

①開始演奏 *(vi;vt,u)*

◀ The band **struck up** (the national anthem) as soon as the national flag was being raised.

國旗升起的時候樂隊開始演奏 (國歌)。

②結交，開始 *(vt,u)*

I **struck up** a friendship/conversation with that woman.

我和那女人交起朋友來 / 開始交談了起來。

striking /ˈstraɪkɪŋ/

驚人的 *(adj)* = conspicuous, marked

◀ Chris bears a **striking** resemblance to her mother.

克莉絲與她母親長得驚人的相像。

string /strɪŋ/, strung *(pt)*, strung *(pp)*

①用線串起來 *(vt)*

◀ The beads were **strung** on very fine nylon.

珠子串在一跟很細的尼龍繩上。

②細繩 *(U)*

Dad tied the parcel up with a piece of **string**.

爸爸用繩子把包裹捆起來。

③串 *(C)*

Ted bought his wife a beautiful **string** of pearls on their wedding anniversary.

結婚紀念日那天泰德為妻子買了一串漂亮的珍珠。

④琴弦 *(C)*

She tightened the **strings** of her violin.

她給小提琴上緊弦。

strip /strɪp/

①條，帶狀物 *(C)* = slip

◀ He wrote his name and number on a **strip** of paper.

他在一條紙上寫下自己的名字和號碼。

②脫 *(vi)*

She **stripped** to her bathing suit/her skin.

她把衣服脫到只剩游泳衣 / 脫得精光。

③剝 *(vt)* = remove

Before decorating your room, you should first **strip** the wallpaper from the walls.

裝修房子前你應該先把壁紙剝下來。

stripe /straɪp/

條紋 *(C)*

◀ The flag of the United States has seven red **stripes** and six white ones.
美國國旗有七條紅色條紋，六條白色條紋。

strive /straɪv/, strove *(pt)*, striven *(pp)*

努力 *(vi)* = *struggle*

◀ We must **strive** for success/to finish the job.
我們必須努力取得成功／完成這項工作。

stroke /strok/

① (以武器鋒利部分) 擊，打 *(C)* = *hit*

◀ Dad split the log with one **stroke** of the ax.
爸爸斧頭一擊就把那塊原木給劈開了。

② 撫摸 *(vt)* = *caress*

Mr. Potter **stroked** the dog/his beard.
波特先生撫摸著狗／他的鬍子。

③ 撫摸 *(C)* = *caress*

I gave the dog a **stroke**.
我撫摸了一下那條狗。

④ 中風 *(C)*

The **stroke** Mr. Jefferson had last month left him paralyzed on one side of his body.
傑佛遜先生上個月中風造成半身癱瘓。

stroll /strol/

① 散步 *(vi)* = *ramble*

◀ The couple **strolled** in the park arm in arm.
那對夫妻臂挽臂在公園裡散步。

✎衍生字 *stroller (C)* 閒逛者，嬰兒手推車

② 散步 *(S)* = *ramble*

The couple went for/took a **stroll** in the park.
那對夫妻去公園散步。

strong /strɔŋ/

① 強壯的 *(adj)* ⇔ *weak*

◀ That guy must be **strong** enough to lift that car.
那傢伙一定夠強壯才能抬起那輛車。

✎衍生字 *strength (C,U)* 力量，優點；*strengthen (vt)* 加強

② 濃的 *(adj)* ⇔ *weak*

The tea is too **strong** for me.
這茶我喝太濃了。

③ 結實的 *(adj)*

We need a **strong** chain for the dog.
我們需要一根結實的鏈條把狗拴住。

structural /ˈstrʌktʃərəl/

結構上的 *(adj)*

◀ The earthquake caused **structural** damage to the bridge.
地震給這座橋樑造成了結構上的損壞。

structure /ˈstrʌktʃɚ/

① 結構 *(U)*

◀ The professor analyzed the **structure** of English for us.
教授替我們分析英語的結構。

② 建築 *(C)* = *building*

A postmodern **structure** was erected in the downtown area.
市中心區建了一座後現代主義風格的建築。

struggle /ˈstrʌgl/

① 努力 *(C)*

◀ Whatever the doctor said, I wouldn't give up the **struggle** for life.
不管醫生說什麼，我都不會放棄求生的努力。

② 鬥爭 *(C)* = *fight*

Several people were killed in the armed **struggle**.
有數人死於這場械鬥。

③ 掙扎 *(vi)*

The magician **struggled** out of the net which had trapped her.
魔術師從罩住她的網裡掙脫出來。

④ 搏鬥 *(vi)* = *fight*

He **struggled** bravely with his enemy.
他勇敢地和敵人進行搏鬥。

⑤ 努力，奮鬥 *(vi)* = *strive*

We have to **struggle** for survival.
我們必須努力求生存。

stubborn /ˈstʌbɚn/

固執的 *(adj)* = *obstinate*

◀ Kurt is too **stubborn** to change his mind.
科特太固執了，不會改變主意的。

student /ˈstjudn̩t/

學生 *(C)* (請參閱附錄 "職業")

◀ Many a **student** won't wear uniforms.
很多學生不喜歡穿制服。

S

studio /'stjudɪ‚o/
① 工作室 (C)
◀ Lane's **studio** is filled with paintings.
藍恩的工作室裡全是畫。
② 攝影棚 (C)
We visited a television/movie **studio** during our vacation.
我們休假的時候參觀了一個電視／電影攝影棚。

study /'stʌdɪ/
① 學習 (U)
◀ I spend the entire morning in **study**.
我整個早上都在學習。
② 研究 (C) = research (U)
Professor Willie has done a **study** of the effect of different occupations on the heart.
威利教授對不同職業對於心臟的影響作了一個研究。
③ 書房 (C)
Dad retreated to his **study** after dinner to continue his writing.
吃完飯爸爸又鑽進書房繼續寫他的東西。
④ 就學，讀書 (vt,vi)
My brother's **studying** medicine/in a medical school.
我弟弟在學醫。
⑤ 研究 (vt) = examine
Scientists are **studying** the photographs of Mars for signs of life.
科學家們在研究火星上的照片看看是否有生命的跡象。

stuff /stʌf/
① 東西 (U) = matter
◀ What's this sticky **stuff** on the floor?
地板上這黏乎乎的是什麼東西？
② 塞 (vt) = fill
He **stuffed** the shoe with newspaper.
他在鞋子裡塞報紙。

stuffy /'stʌfɪ/
悶悶的，不通風的 (adj)
◀ The windows were closed and the room was **stuffy**.
窗戶都關著，房間裡空氣不好，悶悶的。

stumble /'stʌmbl̩/
① 絆跌 (vi) = trip
◀ I **stumbled** over a branch.
我被一根樹枝絆了一跤。
② 跟蹌 (vi) = lurch, stagger
I was drunk, so I **stumbled** upstairs and dropped into bed.
我喝醉了酒，就跟跟蹌蹌地上了樓，倒在床上。

stump /stʌmp/
① 樹椿，殘幹 (C)
◀ Susan tied her dog to a withered old tree **stump** in the park.
蘇珊把她的狗拴在公園裡一段枯樹椿上。
② 殘肢 (C)
His leg was amputated and reduced to a **stump**.
他的腿被截肢僅留下一段殘肢。
③ 難倒 (vt)
The question of how the convict in handcuffs managed to escape had the police **stumped**.
囚犯戴著手銬是如何設法逃跑的，這個問題把警方難倒了。

stun /stʌn/
使目瞪口呆，使震驚 (vt) = shock, petrify
◀ The news that Mary had got cancer **stunned** everyone present.
瑪莉得癌症的消息使我們在座的每一個人都驚呆了。
✎衍生字 *stunning (adj)* 令人大為震驚的；*stunned (adj)* 感到震驚的

stunt /stʌnt/
① 阻礙 (vt) = hamper, retard
◀ Malnutrition will **stunt** a child's growth.
營養不良會阻礙兒童的發育。
② 特技 (C)
Mr. Hall plummeted to his death this morning when a skydiving **stunt** went wrong.
今天上午豪爾先生在特技跳傘表演中出事，一頭栽下摔死了。

stupid /'stjupɪd/
愚蠢的 (adj) = foolish；⇔ smart, clever
◀ It was **stupid** of him to make such a mistake.
他真愚蠢，犯了這樣的錯誤。
✎衍生字 *stupidity (U)* 愚蠢

sturdy /'stɚdɪ/

①堅固的 (adj) = strong

◀ Furniture has to be **sturdy** enough to take some hard knocks.
家具必須要足夠堅固以經得起強力碰撞。

②強健的 (adj) = robust, strong

King is **sturdy** and can sustain the weight of the refrigerator.
金身體強健能承受冰箱的重量。

stutter /'stʌtɚ/

①口吃 (vi) = stammer

◀ When Lingo flies into a fury, he begins to **stutter**.
林哥發起火來就開始口吃。

②口吃 (S) = stammer

Tod has a slight **stutter**, so he tries to speak slowly to avoid **stuttering**.
陶德有輕微的口吃，因此他盡量講得慢些以免口吃。

🔘 MP3-S26

style /staɪl/

①方式，模式 (C) = manner, way

◀ Different students have different learning **styles**.
不同的學生有不同的學習方式。

②風格 (C)

The author's elegant writing **style** appeals to me.
作者典雅的寫作風格吸引了我。

③款式 (C) = fashion

This fashion magazine introduces the latest **styles** in clothes, hats, shoes, etc.
這分時裝雜誌介紹衣服、帽子、鞋子等最近流行的款式。

stylish /'staɪlɪʃ/

時髦的 (adj) = chic, classy, fashionable

◀ Sandy designs a wide selection of **stylish** dresses with prices ranging from $5,000 to $20,000.
珊蒂設計出多種款式的時髦服裝，價格從五千到二萬元不等。

subdue /səb'dju/

制服，使屈服 (vt) = crush

◀ The guard managed to **subdue** the robber.
警衛設法制服了搶劫者。

subject /'sʌbdʒɪkt/

①主題 (C)

◀ The **subject** of her latest book is how to lose weight.
她最近出的這本書的主題是如何減肥。

②科目 (C)

English writing is an elective **subject** in senior high school, not a required one.
高中裡英文寫作是一門選修科目，不是必修課。

③主詞 (C) ⇔ object

In the sentence "The boys went fishing," "the boys" is the **subject**.
在 "The boys went fishing" 這個句子中 "the boys" 是主詞。

subjective /səb'dʒɛktɪv/

主觀的 (adj) ⇔ objective

◀ Beauty is in the eye of the beholder, and is a highly **subjective** issue.
情人眼裡出西施，美是一個非常主觀的問題。

submarine /'sʌbməˌrin/

潛水艇 (C)

◀ The **submarine** rose to the surface of the sea.
潛水艇升上海面。

submission /səb'mɪʃən/

屈服 (U)

◀ The robber was forced/starved/frightened into **submission**.
搶劫者被迫 / 餓得 / 嚇得屈服了。

✎衍生字 *submissive* (adj) 順從的

submit /səb'mɪt/

①繳交 (vt) = hand/turn in

◀ You are required to **submit** your application for the position to Personnel by Friday.
你按要求應於週五之前將求職申請繳交到人事部門。

②屈服 (vi) = give/cave in, yield

The Interior Minister would not **submit** to the hijackers' demand for a ransom of $5 million.
內政部長不願對劫機者提出的五百萬元贖金的要求表示屈服。

✎同尾字 請參見 emit。

S

subordinate /sə'bɔrdṇɪt/

①屬下 (C) = inferior；⇔ superior

◀ Mr. White treats his **subordinates** as equals.
懷特先生對屬下平等相待。

②次於的，次要的 (adj)

Paul considers that his wishes are **subordinate** to his family's welfare.
保羅認為他的個人願望不及家庭幸福重要。

🖉同尾字 coordinate (協調)。

③把…置於…之下 (vt) /sə'bɔrdṇet/

A soldier must **subordinate** his personal interests to his country's security.
一名戰士必須把自己個人利益置於國家安全之下。

🖉衍生字 subordination (U) 從屬，附屬

subscribe /səb'skraɪb/

①訂閱 (vi)

◀ They **subscribe** to several weekly magazines, such as *Time* and *Newsweek*.
他們訂閱了好幾分週刊，如《時代》雜誌和《新聞週刊》。

🖉衍生字 subscriber (C) 訂閱者

②簽名 (vt)

Make sure that you **subscribe** your name to the contract.
別忘了在合約上簽上你的姓名。

③捐 (vt)

I **subscribed** ten thousand dollars to the disaster fund.
我捐了一萬元給賑災基金。

🖉同尾字 prescribe (開藥方)。inscribe (銘刻)。circumscribe (約束)。transcribe (抄寫；標音標)。ascribe (歸因於)。proscribe (禁止)。describe (描述)。

subscription /səb'skrɪpʃən/

訂閱，訂 (C)

◀ I am planning to cancel/renew my **subscription** to *Time*.
我打算取消訂閱／續訂《時代》週刊。

🖉同尾字 prescription (處方)。inscription (銘文)。circumscription (限制)。transcription (抄寫；注音)。proscription (禁止)。

subsequent /'sʌbsɪˌkwɛnt/

①在…之後的 (adj) ⇔ previous

◀ The car crash must have been **subsequent** to our departure.
車禍肯定是在我們離開之後發生的。

②隨後的 (adj) = following

The legend was then passed down to **subsequent** generations.
這個傳說於是傳給後代。

🖉同尾字 consequent (隨之發生的)。

subside /səb'saɪd/

平息 (vi) = ease off, abate

◀ I stopped and waited until the pain/storm **subsided**.
我停下來一直等到疼痛／風暴平息下來。

🖉同尾字 請參見 preside。

subsidiary /səb'sɪdɪˌɛrɪ/

①附帶的 (adj) = secondary

◀ The seminar is **subsidiary** to the main symposium.
這次研討會是主要專題研究會的一次附帶會議。

②子公司 (C) = affiliate

Mr. Green is general manager of a **subsidiary** of a US parent company.
格林先生是美國總公司下的一個子公司的總經理。

subsidize /'sʌbsəˌdaɪz/

補貼 (vt)

◀ Some people consider it unfair to **subsidize** farming.
一些人覺得對農業進行補貼是不公平的。

subsidy /'sʌbsədɪ/

津貼，補助款 (C)

◀ The government provides food/housing **subsidies** for the earthquake victims.
政府為地震中的受災者提供食物／房屋津貼。

substance /'sʌbstəns/

物質 (C)

◀ Water and ice are the same **substance** in different forms.
水和冰是同一種物質的不同形式。

substantial /səb'stænʃəl/

實質的，重大的 (adj) = considerable

◀ The slump in share prices has created a **substantial** change in attitudes towards work.
股票價格的突然下跌導致人們對工作的態度產生重大的轉變。

📎衍生字 *substance (C)* 物質
📎同尾字 *circumstantial* (按照情況推測的)。

substitute /'sʌbstəˌtjut/

①代替品 *(C)* = *replacement*
◀ Nylon is used as a **substitute** for silk in stockings.
尼龍被用來當作絲襪中絲的代用品。
②代替 *(vt)*
Those on slimming diets should **substitute** saccharin for sugar.
減肥節食的人應該用糖精代替食用糖。
③代替 *(vi)*
Sarah will have to **substitute** for the sick manager at the meeting.
莎拉將代替生病的經理出席會議。
📎同尾字 *institute* (制定)。*constitute* (構成)。*destitute* (窮困的)。

substitution /ˌsʌbstə'tjuʃən/

替換 *(C)*
◀ I made a few **substitutions** in tonight's line-up.
在今晚的出場陣容裡我替換了幾個人。
📎同尾字 *restitution* (歸還原主)。*constitution* (憲法；體格)。*institution* (制定；機構)。

subtle /'sʌtl̩/

①細微的，微妙的 *(adj)* = *slight*
◀ The two words are similar, but there are **subtle** differences between them.
這兩個詞很相似，但兩者之間有細微的區別。
②敏銳的，敏感的 *(adj)* = *sensitive*
Lisa has a **subtle** mind.
莉莎具有敏銳的頭腦。
③機伶的 *(adj)*
Sam is a nice man, but he is not **subtle** about what he really wants to do.
山姆是個不錯的人，但在選擇該做的事情上卻不夠機伶。
④巧妙的 *(adj)* = *clever*
A **subtle** approach is needed to persuade my father to abstain from alcohol.
要勸我父親戒酒還得採取巧妙的辦法。
📎衍生字 *subtlety (U)* 微妙，敏銳，巧妙

subtract /səb'trækt/

減去 *(vt)* ⇔ *add (A to B)*
◀ If you **subtract** two from five, you get three.
五減去二等於三。
📎衍生字 *subtraction (U)* 減，減去

suburb /'sʌbɝb/

郊區 *(C)*
◀ My family moved to a **suburb** of Taipei three years ago, but I find I am not cut out for suburban life.
三年前我家搬到台北郊區，但我覺得自己不適應郊區的生活。
📎衍生字 *suburban (adj)* 郊區的

subway /'sʌbˌwe/

地鐵 *(C)* = *underground (BrE), metro*
◀ The **subway** was tied up for two days because of the flood.
因為淹水地鐵停開了兩天。

succeed /sək'sid/

①成功 *(vi)* ⇔ *fail (to V)*
◀ I have finally **succeeded** in solving this complicated math problem.
最後我終於成功解出了這道複雜的數學題。
②繼任 *(vt)*
When Nixon was forced to resign in disgrace, Ford **succeeded** him as president of the U.S.
尼克森不體面地被迫辭職以後，福特繼任他成為美國總統。
📎衍生字 *successor (C)* 繼任者；*succession (U)* 繼承，連續

success /sək'sɛs/

①成就，成功 *(U)* ⇔ *failure*
◀ He attained/achieved much **success** in his work.
他在工作中取得了重大的成就。
②成功的事蹟 *(C)* ⇔ *failure*
Her new album was a great **success**.
她的新專輯非常成功。

successful /sək'sɛsfəl/

成功的 *(adj)*
◀ Were you **successful** in persuading her to change her mind?
你說服她改變主意成功了嗎？

S

succession /sək'sɛʃən/

①連續 *(U)*

◀ Brazil won the football championship three times in **succession**.

巴西隊連續三次榮獲足球比賽冠軍。

②繼承 *(U)*

When Emperor Kang Hsi died, the **succession** passed to his son Yuan Zhen.

康熙皇帝駕崩後由其子雍正繼承皇位。

successive /sək'sɛsɪv/

連續的 *(adj)* = consecutive, straight

◀ It has rained for five **successive** days.

連續下了五天的雨。

successor /sək'sɛsɚ/

繼任者 *(C)* ⇔ predecessor

◀ After Mr. Lee was ousted from power, his **successor** as chairman of KMT took over and quickly severed the ties with him.

李先生下台後，他的國民黨主席一職的繼任者接過大權並立刻與他割斷關係。

✎衍生字 succeed *(vt)* 繼承

✎相關字 incumbent (現任者)。

such /sʌtʃ/

①如此，這麼 *(det)*

◀ It was **such** a lovely day (that) we decided to go on a picnic.

那天天氣如此美好，於是我們決定去野餐。

②這類的 *(det)*

People **such** as Jane/**Such** people as Jane shouldn't be allowed in here.

像珍這樣的人不應該允許進入這裡。

suck /sʌk/

①吸吮 *(vt)*

◀ He is **sucking** up milk through a straw.

他正在用麥管吸牛奶。

②吸吮 *(vi)*

The baby is **sucking** at its mother's breast.

嬰兒正在吸母乳。

③吸吮 *(C)*

He took a **suck** at his ice lolly.

他吮了一口冰棒。

◉ MP3-S27

sudden /'sʌdn̩/

突然的 *(adj)* = unexpected

◀ There was a **sudden** bang and smoke poured out of the engine.

突擎砰的一聲，引擎裡冒出了濃煙。

✎衍生字 suddenly *(adj)* 突然地

suffer /'sʌfɚ/

①感到痛苦，遭受損失，受 (疾病) 之苦 *(vi)*

◀ My mother **suffered** from stomachache when she was young.

我母親年輕時就受胃痛之苦了。

✎衍生字 sufferer *(C)* 受苦者，患病者；suffering *(C,U)* 痛苦，艱難

②遭受，承受 *(vt)* = experience, incur

The army **suffered** heavy losses in the battle.

這場戰役中部隊遭受巨大傷亡。

sufficient /sə'fɪʃənt/

足夠的 *(adj)* = enough, adequate；⇔ insufficient

◀ There isn't **sufficient** food for ten people; I need to make some purchases.

東西不夠十個人吃，我需要再去買一些。

✎衍生字 sufficiency *(U)* 足夠

suffocate /'sʌfəˌket/

①悶死，使窒息 *(vt)* = smother

◀ The thief tried to **suffocate** the old woman with a pillow.

盜賊想用枕頭把老婦人悶死。

✎衍生字 suffocation *(U)* 窒息，悶死

②窒息 *(vi)*

Please open the windows. I am **suffocating**.

請開開窗。我快窒息了。

sugar /'ʃugɚ/

糖 *(U)*

◀ She stirred some **sugar** into her coffee.

她在咖啡裡拌了一些糖。

✎衍生字 sugar *(vt)* 加糖；sugary *(adj)* 含糖的，甜的

suggest /sə(g)'dʒɛst/

①建議 *(vt)* = propose

◀ I **suggest** leaving now/that we (should) leave now.

我建議現在就走 / 我們現在就走。

②顯示，暗示 *(vt)* = indicate

Dad's facial expression **suggested** anger/that he was angry.

爸爸臉上的表情顯示他生氣了。

✎衍生字 *suggestive (adj)* 暗示的，示意的

suggestion /sə(g)'dʒɛstʃən/

①建議 *(C)* = proposal

◀ I'd like to make one **suggestion** about how we can promote our new product.

我想就如何來推廣我們的新產品提一個建議。

②暗含 *(S)*

I detected a **suggestion** of malice in his remarks.

我聽出他的話中暗含一絲惡意。

suicide /'suə,saɪd/

自殺 *(U)*

◀ The man committed **suicide** by hanging himself.

那人上吊自殺了。

✎衍生字 *suicidal (adj)* 自殺的，有自殺傾向的

suit /sut/

①一套衣服 *(C)*

◀ She attended a friend's funeral in a black **suit**.

她穿著一襲黑衣參加朋友的喪禮。

②訴訟 *(C)* = lawsuit

He filed a **suit** against a fitness center.

他對一家健身中心提出訴訟。

✎衍生字 *sue (vt,vi)* 控告

③合身，適合 *(vt)* = fit

The blouse **suits** you very much.

這襯衫你穿非常合身。

suitable /'sutəbl/

合適的 *(adj)* = fit, appropriate

◀ Is the movie *Jurassic Park* **suitable** for young children to watch?

電影《侏羅紀公園》小孩子看合適嗎？

suitcase /'sut,kes/

行李箱 *(C)*

◀ What's most troublesome about a trip is to pack and unpack the **suitcase**.

旅行最大的麻煩是收拾行李箱。

suite /swit/

套房 *(C)*

◀ We spent the night in a honeymoon **suite**.

我們在蜜月套房內度過良宵。

sulfur /'sʌlfɚ/

硫 *(U)*

◀ **Sulfur** melts at 120℃ if it is heated slowly, and 113℃ if it is heated rapidly.

硫如果慢慢加熱會在攝氏一百二十度時熔化，假如快速加熱則在一百一十三度時熔化。

sulk /sʌlk/

①生悶氣 *(vi)*

◀ Susan is **sulking** because her father won't allow her to go out.

蘇珊因為她爸不讓她外出而正在生悶氣呢。

②生悶氣 *(C)* = huff

Susan was in a **sulk** because she was grounded.

蘇珊因為被罰不准出去而生悶氣。

sulky /'sʌlkɪ/

生悶氣的，繃著臉的 *(adj)* = sullen

◀ Jane looked at me with a **sulky** frown.

珍生氣地皺眉看著我。

sullen /'sʌlɪn/

①鬱鬱寡歡的，生悶氣的 *(adj)* = sulky

◀ Linda has a **sullen** disposition.

琳達性格鬱鬱寡歡。

②陰沉的 *(adj)* = gloomy

Through the windows we can see a **sullen** landscape.

從窗外看去我們看見一片陰沉的景色。

sultry /'sʌltrɪ/

①悶熱的 *(adj)* = stifling, muggy

◀ I am dripping with sweat and gasping for air on such a **sultry** day.

這悶熱的天氣讓我汗流不止，大口喘氣。

②性感的 *(adj)* = sexy

Sherry has a good figure and a **sultry** look.

雪莉長著一副好身材和一張性感的臉。

S

sum /sʌm/

①一筆金額 *(C)*

◀ A large **sum** of money was invested in a space project.

一大筆錢投入了太空計畫。

②和，總數 *(S)* = total

The **sum** of two and three is five.

二加三之和 (總數) 為五。

③總結，概述 *(vt)*

You should **sum** up your main idea in the last paragraph.

在最後一段你應該把主旨總結一下。

---

sum up

總結 *(vt,s)*

◀ Can you **sum up** her speech in one sentence?

你能用一句話總結她的講話內容嗎？

---

summary /'sʌmərɪ/

概要，摘要 *(C)*

◀ You're required to write a one-page **summary** of the novel.

你要寫一篇一頁長的小說概要。

✎衍生字 *summarize (vt)* 概述，總結

summer /'sʌmɚ/

夏天 *(C,U)*

◀ My father was born in the **summer** of 1952.

我父親是在一九五二年夏天出生的。

summit /'sʌmɪt/

①頂峯，山頂 *(C)* = top, peak

◀ The climbers finally reached the **summit** of Mt. Everest.

登山者終於到達埃佛勒斯峯的頂峯。

②高峯會議 *(C)*

Presidents from several countries will attend a **summit** (meeting) held in Washington D.C.

好幾個國家的總統將參加在華盛頓舉行的高峯會議。

summon /'sʌmən/

召喚，召見 *(vt)*

◀ All the ministers were **summoned** to a meeting with the premier.

所有的部長被召集來與首相一起開會。

sun /sʌn/

①太陽 *(U)*

◀ The **sun** rises in the east.

太陽從東方升起。

✎衍生字 *solar (adj)* 太陽的

②陽光 *(U)* = sunshine

Don't stand in the **sun** too long. You'll get sunstroke.

不要在陽光底下站得太久，你會中暑的。

✎衍生字 *sunny (adj)* 陽光充足的，令人愉快的

Sunday /'sʌndɪ/

星期日 *(C,U)*

◀ Late on **Sunday** evening, we chatted at my uncle's.

週日很晚我們在叔叔家閒聊。

superb /su'pɝb/

超好的 *(adj)* = excellent

◀ The troupe put on a **superb** performance and the audience gave them a thunderous ovation.

劇團作了超好的表演，觀眾報之以雷鳴般的喝采。

superficial /ˌsupɚ'fɪʃəl/

①表面的 *(adj)*

◀ Oranges bear a **superficial** resemblance to tangerines.

柳丁表面看起來很像橘子。

②膚淺的 *(adj)*

Paul is too **superficial** to appreciate classical music.

保羅太膚淺了沒辦法欣賞古典音樂。

superior /sə'pɪrɪɚ/

①比較好的，優秀的 *(adj)* = better (than)；⇔ inferior

◀ Of the two books, I think this one is **superior** to that one in content.

在這兩本書中，我認為這本書的內容比那本書好。

②上級的 *(adj)*

The soldiers obeyed their **superior** officer without question.

戰士們對他們的上級長官絕對服從。

③上級 *(C)* ⇔ subordinate

He always does what his **superiors** tell him.

他對上級總是言聽計從。

superiority /səˌpɪrɪˈɔrətɪ/

優勢 (U) ⇔ inferiority

◀ The U.S. enjoys **superiority** over many other countries in technology.
美國在科技上與許多其他國家相比佔有優勢。

supermarket /ˈsupɚˌmɑrkɪt/

超級市場 (C)

◀ You can probably find everything you need to make this recipe at the **supermarket**.
這個食譜所需要的東西在超級市場都可能買到。

supersonic /ˌsupɚˈsɑnɪk/

超音速的 (adj)

◀ A **supersonic** plane can fly faster than the speed of sound.
超音速飛機能夠飛得比音速更快。

superstition /ˌsupɚˈstɪʃən/

迷信 (C)

◀ It's a common **superstition** that breaking a mirror brings seven years of bad luck.
認為打破一面鏡子會帶來七年厄運是一種很普遍的迷信。

superstitious /ˌsupɚˈstɪʃəs/

迷信的 (adj)

◀ Dolly has become a **superstitious** idiot, watching for any sign from God.
桃莉已變成一個迷信的白痴，總是在期待上帝顯神蹟。

supervise /ˌsupɚˈvaɪz/

督導，指導 (vt) = watch over, oversee

◀ My duty is to **supervise** construction workers/the distribution of relief supplies.
我的職責是督導建築工人 / 分發救災物資。
📎同尾字 revise (修訂)。devise (設計)。improvise (即席表演或創作)。

supervision /ˌsupɚˈvɪʒən/

指導，督導 (U) = guidance

◀ I drove the car under the **supervision** of an approved trainer.
我在一名經認可的教練指導下開車。

supervisor /ˌsupɚˈvaɪzɚ/

指導，督導 (C)

◀ Each research student has a personal academic **supervisor** who guides his research.
每一名研究生都配有一名學術指導來指導其研究工作。

🔘 MP3-S28

supper /ˈsʌpɚ/

晚餐 (U)

◀ We had pizza for **supper**.
我們晚飯吃了披薩。

supplant /səˈplænt/

替換，取代 (vt) = replace

◀ After car sales hit an all-time low, the shareholders demanded that Mr. Hall be **supplanted** as president.
汽車銷售跌入歷史上最低點後，股東們要求把豪爾先生從總裁一職上換下來。
📎同尾字 transplant (移植)。implant (植入；灌輸)。

supplement /ˈsʌpləˌmɛnt/

① 補充 (vt) = add

◀ I **supplement** my regular salary by writing articles for a newspaper.
我為一家報紙撰文來補充固定收入。

② 補充 (C) /ˈsʌpləmənt/

Some people take daily vitamin **supplements**, mostly in the form of vitamin tablets.
有些人每天補充維生素，大多服用維生素藥片。
📎同尾字 implement (履行)。complement (相輔相成)。

supplementary /ˌsʌpləˈmɛntərɪ/

補充的 (adj) = additional

◀ There is a **supplementary** fuel supply lest the main supply should fail.
備有補充燃料供應以防主燃料供應出問題。

supply /səˈplaɪ/

① 供應 (U) ⇔ demand

◀ The water/electricity **supply** to this district has been cut off/disrupted for days.
該地區的水 / 電力供應已經中斷好幾天了。

② 供應 (C) = number, amount

The oceans offer an inexhaustible **supply** of fish.
海洋供應取之不盡的魚。

③供應品 *(P)*

Helicopters dropped relief **supplies** for the stranded villagers.

直升機給被困的村民投下救濟物品。

④提供 *(vt) = provide*

A charity organization **supplied** the earthquake victims with food and clothing.

一個慈善機構提供食品和衣物給地震的災民。

support /sə'port/

①支撐 *(vt) = sustain, hold up*

◀ The middle part of the bridge is **supported** by two huge towers.

橋身中間由兩根巨大的塔柱支撐著。

②供養（家庭等）*(vt) = take care of*

My father works day and night to **support** the family.

我父親爲了養這個家而日夜工作。

③支持 *(vt) = stand up for*

I will **support** you in your bid for the presidency.

我將支持你競選總統。

衍生字 *supporter (C)* 支持者

④支撐物 *(U)*

The roof may cave in unless given extra **support**.

房頂如果不另加一個支撐物可能會坍塌下來。

衍生字 *supportive (adj)* 支撐的

⑤支持 *(U) = approval*

The local people gave us hearty/full **support** in our campaign.

在我們的活動中，當地人們給了我們眞誠的／全力的支持。

suppose /sə'poz/

①想 *(vt) = think, believe, guess, assume*

◀ It's getting dark; I **suppose** it's going to rain.

天黑下來，我想要下雨了。

②應該，有義務做… *(vt)*

Students are **supposed** to wear uniform(s) to school in Taiwan.

在台灣學生應該穿學校制服上學。

③假如 *(conj) = if, supposing*

Suppose you were the judge, would you convict Tony Taylor of murder?

假如你是法官，你會判東尼·泰勒犯謀殺罪嗎？

suppress /sə'prɛs/

①鎭壓 *(vt) = put down, crush*

◀ The riot police were called in to **suppress** the revolt.

鎭暴警察被召來鎭壓叛亂。

衍生字 *suppression (U)* 鎭壓

②忍住，壓抑 *(vt) = repress, hold back*

I could hardly **suppress** my laughter/sneeze/anger.

我簡直忍不住笑出來／打噴嚏／生氣。

同尾字 請參見 press。

supremacy /sə'prɛməsɪ/

至高地位，霸權 *(U) = superiority*

◀ America has achieved unchallenged **supremacy** in the field of information technology.

美國在資訊科技領域取得了無可質疑的至高地位。

supreme /sə'prim/

①最高的 *(adj)*

◀ Eisenhower, the **supreme** allied commander in Europe during World War II, rode a wave of popularity as a war hero to become president of the U.S.

艾森豪威爾作爲第二次世界大戰時歐洲戰場的盟軍最高指揮官，藉著戰爭英雄的知名度一舉榮登美國總統的寶座。

②極致的 *(adj)*

David can perform magic with **supreme** skill.

大衛能以極致的技巧表演魔術。

衍生字 *supremely (adv)* 極爲，極其

sure /ʃʊr/

①確信的 *(adj) = certain, convinced*

◀ I am **sure** of his honesty/ that he is honest.

我確信他是誠實的。

②一定的 *(adj) = certain, bound*

He is **sure** to attend our wedding tomorrow.

他明天一定會來參加我們的婚禮。

衍生字 *surely (adv)* 想必，確實地，穩當地

③當然 *(adv) = certainly, of course*

"Will you take Professor Connery's English writing this semester?" "**Sure**."

"你這學期要修康納利教授的英文寫作課嗎？" "當然。"

surf /sɝf/

①衝浪 (vi)

◀ If the waves are big enough, we'll go **surfing**.

如果浪夠大的話，我們就去衝浪。

✎衍生字 *surfer (C)* 衝浪者

②瀏覽 (vt) = *browse through*

I spent hours **surfing** the Internet to gather information about the 911 terrorist attacks.

我上網瀏覽了好幾個小時，收集關於九一一恐怖襲擊事件的資料。

surface /'sɝfɪs/

①水面，表面 (C)

◀ Leaves were floating on the **surface** of the pond.

樹葉漂浮在池塘的水面上。

②浮出水面，浮現 (vi) ⇔ *submerge*

A school of whales **surfaced** from time to time.

一群鯨魚不時地冒出水面。

surge /sɝdʒ/

①陡增 (S) = *rise*

◀ Stores expect an unprecedented **surge** in demand as New Year approaches.

新年來臨之際各商店都期待著出現前所未見的需求量陡增。

②洶湧，澎湃 (S)

I was overwhelmed by a **surge** of rage.

我突然怒火中燒。

③洶湧向前 (vi)

Whenever the bus comes, the crowd **surges** forward, pushing and shoving.

每當公共汽車開到時，人群就推呀擠呀地湧向前去。

④湧起 (vi)

Rage/Hope/Sympathy/Remorse **surged** up within me.

我內心湧起憤怒 / 希望 / 同情 / 悔恨。

⑤猛漲 (vi)

Profits/Prices/The tides are **surging**.

利潤 / 價格 / 潮汐在猛漲。

surgeon /'sɝdʒən/

外科醫生 (C) (請參閱附錄 "職業")

◀ As a plastic **surgeon**, he made a lot of money by improving people's unsatisfactorily shaped parts.

身為整形外科醫生，他靠著為人們改善不滿意的身體部位而賺了很多錢。

✎衍生字 *surgery (U)* 外科手術；*surgical (adj)* 外科的

surgery /'sɝdʒərɪ/

手術 (U)

◀ The patient underwent 10 hours of heart **surgery**.

病人做了十個小時的心臟手術。

✎衍生字 *surgical (adj)* 手術的

surpass /sə'pæs/

①超出 (vt) = *go beyond, exceed*

◀ Her performance **surpassed** all expectations/hopes/dreams.

她的表演超出了所有人原先的預料 / 期望 / 夢想。

②超越 (vt) = *outstrip, outshine*

You can emulate Lee Pou, a Chinese poet, but it is hard to **surpass** him.

你可以模仿中國詩人李白，但極難超越他。

✎同尾字 overpass (天橋)。underpass (地下道)。compass (羅盤)。trespass (非法侵入某地)。

surplus /'sɝplʌs/

盈餘 (C) ⇔ *deficit*

◀ In the financial year ending March 2002, the public sector ran a huge **surplus** of $16 billion.

當二○○二年三月財政年度結束時，公營部門有一百六十億元的盈餘。

✎衍生字 *surplus (adj)* 多餘的，剩餘的

surprise /sə'praɪz/

①驚訝 (U) = *astonishment*

◀ We felt little **surprise** at the delay of the plane since the weather was so bad.

天氣這麼不好，所以飛機誤點我們幾乎不感到驚訝。

S

②驚訝之事 *(C)*

News of the company's financial difficulties came as an unpleasant **surprise** to the shareholders.

這家公司財政困難的消息對股東來說是件不愉快的意外之事。

③使驚訝 *(vt)* = astonish

It **surprised** me to see so many people here.

我看到這麼多人在這裡感到很驚訝。

✎衍生字 *surprising (adj)* 令人驚訝的；*surprised (adj)* 感到驚訝的

surrender /səˈrɛndɚ/

①投降，屈服 *(vi,vt)* = yield

◀ After three days, the hijackers **surrendered** (themselves) to the police.

三天之後，劫機者向警方投降。

②放棄 *(vt)* = abandon, give up

He **surrendered** his rights to the property.

他放棄了對財產的各項權利。

③投降，放棄 *(U)* = submission

The defeat forced the **surrender** of our enemies.

我們的敵人失敗後被迫投降。

surround /səˈraʊnd/

圍繞 *(vt)* = enclose

◀ The prison camp is **surrounded** by a high wall.

戰俘營四面高牆圍繞。

✎衍生字 *surrounding (adj)* 周圍的

surroundings /səˈraʊndɪŋz/

環境 *(pl)*

◀ The house is situated in very pleasant **surroundings**.

房子座落在一個環境非常宜人的地方。

surveillance /sɚˈveləns/

監視 *(U)* = watch

◀ Police are keeping the gang/casino under constant **surveillance**.

警方一直在監視著這夥歹徒 / 這家賭場。

survey /ˈsɚve/

①調查 *(C)*

◀ A **survey** conducted last month shows a majority in support of the economic reform.

上個月的一個調查顯示，多數人都支持經濟改革。

②眺望 *(vt)* /səˈve/ = look over

We **surveyed** the city from the top of the hill.

我們從山頂放眼眺望城市景色。

③調查 *(vt)* /səˈve/ = ask

Almost 60% of those **surveyed** said they supported the government's foreign policy.

接受調查的人中，差不多有百分之六十的人說他們支持政府的外交政策。

survive /sɚˈvaɪv/

①存活，倖存 *(vi)*

◀ She **survived** in the jungle for a month on fruits and rain water.

她在叢林裡靠水果和雨水存活了一個月。

✎衍生字 *survivor (C)* 倖存者；*survival (U)* 倖存，生存

②倖免於難 *(vt)* = come through

Few buildings in this neighborhood **survived** the 921 earthquake.

九二一地震中這個附近幾乎沒有建築物倖免於難。

sushi /ˈsuʃɪ/

壽司 *(U)* (請參閱附錄 "食物")

◀ We often go to that **sushi** bar.

我們經常到那家壽司店。

suspect /səˈspɛkt/

①懷疑 *(vt)*

◀ The police **suspect** him of murder/giving false evidence.

警方懷疑他殺人 / 作偽證。

✎衍生字 *suspicion (C,U)* 懷疑；*suspicious (adj)* 懷疑的

②猜想 *(vt)* = think, suppose, guess

I **suspect** he may be right.

我猜想他也有可能是對的。

③嫌疑犯 *(C)* /ˈsʌspɛkt/

The police have arrested two **suspects** in connection with a murder.

警方逮捕了兩名與一椿謀殺案有關的嫌疑犯。

suspend /səˈspɛnd/

①懸掛 *(vt)* = hang

◀ The swing was **suspended** from the branch of a tree.

鞦韆懸掛在樹枝上。

②暫緩，暫停 *(vt)*

Sales of a new drug will be **suspended** until more tests are performed.

新藥品在進行過更多的試驗之前暫緩出售。

③ (因行為不軌或犯規等) 責令 (某人) 暫停隊 (會) 籍或暫時停學 (*vt*)

The boy was **suspended** from school for a week because of misconduct.

這男孩因行為不檢而被停學一週。

✎同尾字 expend (花費)。depend (依賴)。

suspense /səˈspɛns/

焦慮，懸而未決的狀況 (*U*)

◀ We were kept in **suspense** waiting for the exam results.

我們焦慮地等待著考試結果。

suspension /səˈspɛnʃən/

①停學，停止隊 (會) 籍 (*C*)

◀ Robert is set to return to school after a five-month **suspension**.

羅伯特停學五個月之後準備回校上課。

②中止，暫停 (*U*)

North Korea faces **suspension** of the 1999 trade agreement if it refuses to scuttle its nuclear buildup.

北韓如不放棄核武器研製就將面臨中止一九九九年貿易協定的制裁。

suspicion /səˈspɪʃən/

①涉嫌 (*U*)

◀ Lieutenant Lee was arrested on **suspicion** of spying.

李中尉因涉嫌從事間諜活動而被捕。

②懷疑 (*C,U*) = *doubt*

His strange behavior raised/aroused **suspicion(s)** in my mind.

他的奇怪行為使我心裡起了懷疑。

✎衍生字 suspect (*vt*) 懷疑

suspicious /səˈspɪʃəs/

①可疑的 (*adj*) = *dubious*

◀ If you see anything **suspicious**, inform the police at once.

如果發現可疑行跡，立刻報警。

②懷疑的 (*adj*) = *distrustful*

The police were **suspicious** of what the witness said.

警察懷疑證人所說的話。

sustain /səˈsten/

①維持 (*vt*) = *maintain, keep up*

◀ Russia has become both economically and militarily too weak to **sustain** its role as a superpower.

俄羅斯在經濟及軍事兩方面都已衰弱至無法再維持其超級大國的地位。

✎衍生字 sustainable (*adj*) 可維持的；sustenance (*U*) 維持，營養

②遭受 (傷害或損失) (*vt*) = *suffer*

Mr. Cook **sustained** a defeat in the last election.

庫克先生在上次的選舉中遭受挫敗。

✎同尾字 請參見 detain。

swallow /ˈswɑlo/

①燕子 (*C*) (請參閱附錄 "動物")

◀ One **swallow** does not make a summer.

一燕不成夏。

②吞，嚥 (*vt*) = *gulp*

Chew your food properly before **swallowing** it.

吃東西要好好咀嚼後再吞嚥下去。

③吞，嚥 (*vi*)

He **swallowed** hard and walked into the interview room.

他使勁嚥了一下口水，然後走進面試的房間。

swamp /swɑmp/

①沼澤地 (*C*) = *marsh, wetland*

◀ We waded for hours in a **swamp**.

我們在一塊沼澤地裡跋涉了好幾個小時。

②淹沒 (*vt*) = *submerge, flood inundate*

The coast was **swamped** by the high tides.

海岸邊被洶湧的潮汐淹沒了。

③使…應接不暇 (*vt*) = *flood, inundate*

Mrs. White was **swamped** with calls and cards of congratulations.

懷特夫人被無數的賀電賀卡弄得應接不暇。

swan /swɑn/

天鵝 (*C*) (請參閱附錄 "動物")

◀ This performance will be the singer's **swan** song.

這場演奏會是那位歌手的天鵝歌曲 (平生最後一次演出)。

S

MP3-S29

swap /swɑp/
①交換 (vt) = exchange
◀ I **swapped** my coat for Tim's/**swapped** coats with Tim.
我把外套和提姆的外套作了交換。
②交換 (S)
I like Tina's ice cream, and she likes my chocolate bar, so we did a **swap**.
我喜歡蒂娜的冰淇淋，她喜歡我的巧克力，因此我們作了交換。

swarm /swɔrm/
①群 (C) = colony
◀ They managed to escape from **swarms** of flying bees.
他們設法擺脫了大群飛舞的蜜蜂。
②群 (C) = multitude, host
After school, **swarms** of pupils jostled through the gate.
放學後一群群小學生推擠走過校門。
③湧往，成群結隊地移動 (vi)
The spectators **swarmed** across the street, disrupting traffic.
觀看的人群湧滿了街道，堵塞了交通。
④擠滿 (vi)
The memorial hall was **swarming** with tourists.
紀念堂擠滿了成群的遊客。

sway /swe/
①搖曳 (vi) = swing
◀ The palm tree is **swaying** gently in the breeze.
棕櫚樹在微風中輕輕搖曳。
②影響 (vt) = influence
They launched a campaign to **sway** voters in favor of the euro.
他們發起了一場宣傳活動以影響選民來支持歐元。
③影響力 (U)
Though retired from public office, Lee Kuan Yew still holds considerable **sway** over every aspect of Singapore's political life.
雖然李光耀已從公職上退下，但他對新加坡政治生活的每一方面仍具有相當的影響力。

swear /swɛr/, swore (pt), sworn (pp)
①罵粗話 (vi) = curse
◀ He often **swears** when he is angry.
他生氣的時候經常罵粗話。
②發誓 (vt) = vow
I **swore** that I would never drink or smoke again.
我發誓再也不喝酒，不抽煙了。

---

swear in
宣誓就職 (vt,s)
◀ The newly elected President has been **sworn in**.
新當選的總統已經宣誓就職。

---

swear off
宣布停用某事物 (vt,u)
◀ I have **sworn off** smoking.
我已經發誓戒煙了。

---

sweat /swɛt/
①汗水 (U) = perspiration
◀ **Sweat** dripped/rolled from the jogger's forehead.
汗水從慢跑者的額頭滴下來 / 滾下來。
◆衍生字 *sweaty (adj)* 有汗的，汗水，濕透的
②流汗 (vi) = perspire
I was **sweating** heavily after the marathon.
跑完馬拉松我大汗淋漓。

sweater /'swɛtɚ/
毛衣或線衫 (C) (請參閱附錄 "衣物")
◀ Put on your **sweater**. It is quite cold.
穿上毛衣。天氣相當冷。

sweep /swip/, swept (pt), swept (pp)
①掃，打掃 (C)
◀ The floor is really dirty. We should give it a thorough **sweep**.
地板實在很髒了，我們應該徹底掃一下。
②掃 (vt)
He **swept** the floor clean.
他把地板掃得很乾淨。
◆衍生字 *sweeper (C)* 打掃的人，掃除機
③(掃過似地) 沖走，吹走，席捲 (vt)
The current **swept** the logs down the river.
河水把木頭沖向下游。

④橫掃 (vi)

Strong winds **swept** across the plain.
強勁的風橫掃整個平原。

---

sweep away

①掃掉 (vt,s)

◀**Sweep away** the dirt immediately.
馬上把髒東西掃掉。

②把…吹走 (vt,s)

A high wind **swept** the clouds **away**.
一陣大風把雲吹走了。

③消除 (vt,s)

We should **sweep away** old-fashioned values/ideas.
我們應該消除過時的價值觀／思想。

---

sweet /swit/

①甜的 (adj)

◀This tea is too **sweet** for me.
這茶我喝太甜了。

✎衍生字 sweeten (vt) 使變甜；sweetener (C) 甜料

②甜美的 (adj) = pleasant, charming

The singer's **sweet** voice fascinated all the audience.
歌手甜美的歌喉把所有觀眾都迷住了。

③貼心的 (adj) = nice, kind

How **sweet** of you to remember my birthday.
你真貼心，還記得我的生日。

④糖果 (C) = candy

Eating **sweets** is bad for your teeth.
吃糖果對牙齒不好。

⑤甜點 (U) = dessert

What do we have for **sweet**?
我們甜點吃些什麼？

---

swell /swɛl/, swelled (pt), swollen (pp)

腫 (vt)

◀Her face was **swollen** (up) with toothache.
她的臉因牙疼腫起來了。

✎衍生字 swelling (C,U) 腫塊；swollen (adj) 腫的

---

swift /swɪft/

快速的 (adj) = quick, prompt

◀The teacher was **swift** to act in the emergency.
這位老師在緊急情況下反應很快。

---

swim /swɪm/, swam (pt), swum (pp)

①游 (vi)

◀We had to **swim** across the river at that time.
那時候我們只能游過河去。

✎衍生字 swimmer (C) 泳者；swimming (U) 游泳運動

②游泳 (S)

Let's go for a **swim**!
我們去游泳吧！

---

swing /swɪŋ/, swung (pt), swung (pp)

①擺動 (vi,vt)

◀His arms **swung**/He **swung** his arms as he walked.
他走路時擺動手臂。

②轉彎 (vi) = turn

A car **swung** sharply around the corner.
一輛汽車在拐角的地方急轉彎。

③揮動 (C)

The farmer took a **swing** at the tree with an ax.
農夫揮動斧頭在樹上砍了一下。

④鞦韆 (C)

The children are playing on the **swings** in the park.
孩子們在公園裡盪鞦韆。

⑤明顯改變 (C) = change

There has been a big **swing** in public opinion as to the construction of the nuclear power plant.
在建造核電廠一事上，公眾的輿論有了極大的轉向。

---

switch /swɪtʃ/

①開關 (C)

◀Press the on/off **switch** of the light and you can control the brightness.
按住電燈的開關就可以調整光的亮度了。

②改變 (C) = change

There's been a **switch** in our plans for the camping.
我們去野營的計畫有了改變。

③轉向，改變 (vi) = change

The wind has **switched** from south to west.
風向已由南轉向西。

④轉換 (vt) = exchange

Our glasses have been **switched**—these are mine.
我們的眼鏡調換了——這副才是我的。

⑤開關 *(vt) = turn*

Please **switch** the light on/off.
請把燈開關打開 / 關上。

sword /sord/

劍 *(C)*

◀ The knight drew his **sword** from the sheath and thrust it through his enemy's body.
騎士拔劍出鞘，刺穿敵人的身體。

syllable /'sɪləbḷ/

音節 *(C)*

◀ The stress of the word "sympathetic" falls on the third **syllable**.
"sympathetic" 的重音落在第三個音節上。

symbol /'sɪmbḷ/

①象徵 *(C)*

◀ The snake is regarded by many people as a **symbol** of evil.
蛇被許多人認為是邪惡的象徵。

✎衍生字 *symbolism (C)* 象徵主義

②符號 *(C)*

The **symbol** for pound is £.
英鎊的符號是£。

symbolic /sɪm'bɑlɪk/

象徵的 *(adj) = emblematic, representative*

◀ A rose is **symbolic** of love.
玫瑰象徵愛情。

symbolize /'sɪmbḷˌaɪz/

象徵 *(vt) = represent*

◀ A serpent **symbolizes** evil.
蛇象徵邪惡。

symmetry /'sɪmɪtrɪ/

對稱 (美)，勻稱 (美) *(U)* ⇔ *asymmetry*

◀ His paintings are perfect in their **symmetry**.
他的畫作具有無懈可擊的勻稱之美。

✎衍生字 *symmetrical (adj)* 對稱的

sympathetic /ˌsɪmpə'θɛtɪk/

①同情的 *(adj) = compassionate*

◀ They are/feel **sympathetic** to/toward the orphans and have decided to donate $1,000,000 to the orphanage.
他們非常同情孤兒，決定向孤兒院捐款一百萬元。

②贊同的 *(adj)*

The board are not **sympathetic** to/toward his proposal to invest in the stock market.
董事會不贊同他投資股市的提議。

sympathize /'sɪmpəˌθaɪz/

①有同感，表示同情 *(vi)*

◀ I **sympathize** with you; I've had a similar unhappy experience myself.
我和你有同感，我自己也有相似的不幸經歷。

②贊同 *(vi)*

It's hard to **sympathize** with her political opinions.
她的政治觀點是很難使人贊同的。

sympathy /'sɪmpəθɪ/

①同情 *(U) = compassion, pity*

◀ We feel great/much **sympathy** for your sufferings.
我們非常同情你的遭遇。

②贊同 *(U)*

I have a lot of **sympathy** for the goals of the Green Peace.
我十分贊同綠色和平組織的目標。

symphony /'sɪmfənɪ/

交響樂 *(C)*

◀ The music I am listening to is a **symphony** of Mozart, played by the New York Philharmonic Orchestra.
我在聽的是莫札特的一部交響樂，由紐約愛樂樂團演奏。

symptom /'sɪmptən/

症狀 *(C)*

◀ I am afraid I have started to develop the **symptoms** of a cold—a runny nose, a sore throat, and coughing.
恐怕我已開始有感冒症狀了——流鼻涕、喉嚨痛，再加咳嗽。

✎衍生字 *symptomatic (adj)* 具有⋯症狀的，具有⋯跡象的

syndrome /'sɪndrom/

症候群 *(C)*

◀ SARS, Severe Acute Respiratory **Syndrome**, is a highly fatal infectious disease.
SARS，嚴重急性呼吸道症候群，是一種高度致命性的傳染病。

synonym /'sɪnə,nɪm/

同義詞 (C) ⇔ antonym

◀ The words "sway" and "swing" are **synonyms**.
"sway" 和 "swing" 這兩個單詞是同義詞。
✎同尾字 請參見 antonym。

synonymous /sɪ'nɑnəməs/

與…同義的 (adj)

◀ I don't think that being rich is **synonymous**
with being callous.
我並不認為富有就等同於冷漠無情。

synthesis /'sɪnθəsɪs/

綜合體 (C) = combination

◀ His political beliefs are a **synthesis** of
Confucianism and socialism.
他的政治信仰是孔子學說和社會主義的綜合體。
✎同尾字 hypothesis (假設)。

synthesize /'sɪnθə,saɪz/

合成，綜合 (vt)

◀ Vitamins can be **synthesized** chemically.
維生素可用化學方法合成。

synthetic /sɪn'θɛtɪk/

合成的 (adj) = man-made, artificial；⇔ natural

◀ Most clothes are now made of **synthetic**
fibers.
現在大部分的衣服都是由合成纖維做成的。
✎衍生字 synthetically (adv) 合成地

syrup /'sɪrəp/

糖漿 (U)

◀ He liked maple **syrup** on his biscuits.
他喜歡在餅乾上抹上楓葉糖漿。

system /'sɪstəm/

① 系統 (C)

◀ The government should do all it can to build a
good public transportation **system**.
政府應盡力建立一個良好的公共交通系統。

② 體系 (C)

The democratic **system** of government is
adopted by many countries in the world.
世界上許多國家都實行民主政治體系。

③ 條理 (U)

You need some **system** in your work if you
want to succeed.
如果你想成功，工作應有些條理。
✎衍生字 systematize (vt) 使有條理

systematic /,sɪstə'mætɪk/

有條理的，有系統的 (adj) = well-organized

◀ My mother is **systematic** in doing her
housework.
我母親做家務很有條理。

S

T

A HANDBOOK
7000 English Core Words

table 630

MP3-T1

table /'tebl̩/

①餐桌 *(C)* (請參閱附錄 "家具")

◀ John cleared the **table**.
約翰清理餐桌。

②目錄 *(C)*

Look at the **table** of contents in/at the front of the book.
看一看書前面的目錄部分。

tablet /'tæblɪt/

①藥，藥片 *(C)* = *pill*

◀ She can't sleep without taking sleeping **tablets**.
她不吃安眠藥 (藥片) 就無法入睡。

②碑，牌，區 *(C)*

The teacher's great feat is carved on that stone **tablet**.
這位教師的偉績鐫刻在石碑上。

tack /tæk/

①大頭釘 *(C)*

◀ Dad hammered a **tack** into the wall and hung a small picture from it.
爸爸將一枚大頭釘釘在牆上，然後往上掛了一幅小畫。

②策略 *(U,S)* = *policy*

The fast food restaurant is trying a different **tack** to win back its lost customers.
這家快餐店正嘗試一種不同的策略，以期把失去的顧客爭取回來。

③把…釘上 *(vt)*

They **tacked** a notice up on the board.
他們在告示牌上釘了一張通知。

tackle /'tækl̩/

解決 *(vt)* = *deal with*

◀ Knowledge is valuable when it can be used to **tackle** real world problems.
當知識可用來解決現實世界中的諸多問題時是有價值的。

tact /tækt/

機智 *(U)*

◀ Billy mustered enough **tact** to untangle this love triangle.
比利運用了足夠的機智解決了這場三角戀愛。

✎ 衍生字 *tactful (adj)* 機智的

tactic /'tæktɪk/

戰術，策略 *(P)* = *strategy*

◀ We employed all sorts of clever **tactics** to entice the enemy soldiers into the valley and killed them all.
我們施出各種高妙的戰術引誘敵軍進入山谷並將其殲滅。

tactical /'tæktɪkl̩/

策略性的 *(adj)* = *strategic*

◀ We beat a **tactical** retreat after facing heavy fire.
我們面臨強大火力時實施了策略性的撤退。

tag /tæg/

①標籤 *(C)*

◀ There is no price **tag** on the dress but I'm sure it costs much more than I can afford.
這件衣服上沒有價錢的標籤，但我敢肯定我是買不起的。

②貼上標籤 *(vt)*

Please help me **tag** all the goods.
請幫我把這些貨物都貼上標籤。

③貼上標籤，視為 *(vt)* = *label*

He has often been **tagged** as a failure ever since he failed the entrance examination.
自從他入學考試失敗後就常被貼上失敗者的標籤。

tail /tel/

①尾巴 *(C)*

◀ The dog wagged his **tail** to welcome his owner back.
這條狗搖動尾巴歡迎主人歸來。

②跟蹤 *(vt)* = *follow, track, trail*

The police have **tailed** the suspect to his hiding place.
警方跟蹤嫌犯至他的藏匿處。

tailor /'telɚ/

①裁縫師 *(C)* (請參閱附錄 "職業")

◀ The **tailor** is working on my father's shirt.
裁縫師正在做我父親的襯衫。

②定造 *(vt)*

The course is **tailored** to suit the student's needs/ to the student's needs.
這個課程是為學生需要而量身定造。

take /tek/, took *(pt)*, taken *(pp)*

①帶，拿，取 *(vt)*

◀ Be sure to **take** some money with you.
別忘了隨身帶些錢。

②花費，需要 (時間) *(vt)*

It **took** me days to finish the report.
完成這分報告花了我好幾天。

take after

與…相像 *(vt,u)* = *look like, resemble*

◀ Betty looks like her mother in appearance, but she **takes after** her father in personality.
貝蒂外表長得像母親，但性格像父親。

take apart

拆開 *(vt,s)* = *disassemble* ; ⇔ *put together*

◀ It took too much time to **take** a bicycle **apart**.
拆開一輛自行車太費時了。

take back

收回，承認說錯 *(vt,s)* = *withdraw, retract*

◀ Bill won't **take back** what he said about that woman's dishonesty.
比爾不願收回他說那女人不誠實的話。

take down

①從…拿下 *(vt,s)* = *remove*

◀ Jack **took** the clock **down** from the wall.
傑克把鐘從牆上拿下來。

②把…記下來 *(vt,s)* = *write/note down*

You should **take down** everything that your teacher says.
你應該把老師說的每一句話都記下來。

take in

①改小 *(vt,s)* ⇔ *let out*

◀ You look thinner than before. I am afraid you must have your skirts **taken in**.
你看上去比以前瘦，恐怕得把裙子改小了。

②欺騙 *(vt,s)* = *deceive*

That salesgirl **took** all of us **in** with her sincere manner.
那位售貨員用她真誠的態度騙了我們所有人。

take off

①脫掉 *(vt,s)* = *remove* ; ⇔ *put on*

◀ Please **take off** your shoes before you enter the living room.
進客廳之前請把鞋子脫下來。

②起飛 *(vi)* ⇔ *land*

The plane is about to **take off**, so please buckle your seatbelt.
飛機馬上就要起飛，請繫好安全帶。

③迅速增加 *(vi)*

Sales of cars have **taken off** in recent months.
汽車銷售最近幾個月迅速增加。

take on

①雇用 *(vt,s)* = *employ, hire*

◀ The factory **took** several new workers **on** for its assembly line.
工廠生產線上又雇了幾個新的工人。

②接受，承擔 *(vt,s)* = *undertake*

Tina is willing to **take on** the task of arranging a meeting.
蒂娜很樂意承擔安排會議的任務。

③與…較量，抗爭 *(vt,s)*

I dare not **take** you **on** at tennis.
打網球我不敢和你較量。

④呈現 *(vt,u)*

Some animals can **take on** the color of their background.
有些動物能呈現與牠們背景相應的顏色。

take over

接過 *(vt,s)*

◀ When the Nationalist Party was voted out of power, no one was willing to **take over** the leadership.
國民黨敗選以後沒人願意接過領導權。

take to

①開始養成 *(vt,u)* = *form the habit of*

◀ I **took to** writing novels when I was in university.
我讀大學的時候開始養成寫小說的習慣。

②喜歡上 *(vt,u)* = *begin to like*

I **took to** Julia/skiing at once.
我一下子就喜歡上茱莉亞 / 滑雪。

take up

① 佔用 (vt,s) = occupy

◀The refrigerator **takes up** too much space in the kitchen.

冰箱在廚房裡佔的地方太多了。

② 開始學習 (vt,s) = begin to learn

Betty **took up** gardening at twelve.

貝蒂十二歲開始學習園藝。

take up with

① 結識 (vt,u)

◀Susan **took up with** a sugar daddy.

蘇珊結識了一位闊老爹。

② 忙於 (vt) = be busy with

These days I have been **taken up with** my new project.

這些天我一直忙於我那個新計畫。

tale /tel/

① 故事 (C)

◀ Fairy **tales** like *Snow White* appeal to children all over the world.

《白雪公主》之類的童話故事受到全世界兒童的喜愛。

② 故事 (C) = story

My father is good at making up/telling **tales**.

我父親很會編／講故事。

talent /ˈtælənt/

① 天賦 (S,U)

◀ My sister has/shows a great **talent** for learning languages. But I have musical **talent**.

我姐姐有很高的學習語言的天賦。但我很有音樂天分。

② 人才 (U)

They're always looking for new/fresh **talent**.

他們總是在尋覓新的人才。

talented /ˈtæləntɪd/

有才華的 (adj) = gifted

◀ Vincent was described as a **talented** and dedicated musician.

文森被說成是一位很有才華、全心投入的音樂家。

✎衍生字 talent (C,U) 天賦，人才

talk /tɔk/

① 談話，說話 (vi)

◀ I was **talking** to/with the teacher about the test.

我當時正在和老師談考試的事。

② 談話 (S) = chat

Mom and I had a long **talk** about my job last night.

昨晚我媽同我就我工作進行了一次長談。

③ 演講 (C) = lecture, speech

She will give a **talk** on feminism next week.

下週她將以女權主義為題做一個演講。

talk around

說服 (vt,s) = talk/win over

◀After a long talk with her, I still could not **talk** Betty **around**.

我和貝蒂長談了一回後，還是不能說服她。

talk away

一直講 (vi) = continue talking

◀That woman **talked away** for over an hour until I lost my patience.

那女人一直講了一個多鐘頭，直到我失去耐心為止。

talk back

頂嘴 (vi)

◀I won't let my children **talk back** to me like that.

我是不會讓孩子這樣跟我頂嘴的。

talk out

透過協商解決 (vt,s)

◀I think we should **talk out** our differences instead of taking legal action against each other.

我認為我們應該透過協商來解決我們的分歧，而不應對簿公堂。

talk over

①商量 *(vt,s)* = *discuss, talk out/through*

◀Before I cut the deal with you, I must **talk it over** with my boss.
我和你做這筆生意之前必須先跟老闆商量一下。

②說服 *(vt,s)* = *talk around, win over*

In the end, I **talked** Teddy **over**, and he promised to give me a loan.
最後我終於說服泰迪同意貸款給我。

🔘 MP3-T2

talkative /ˈtɔkətɪv/

多言的 *(adj)*

◀ A **talkative** person often lacks wisdom.
多言者寡智。

tall /tɔl/

高的 *(adj)*

◀"How **tall** are you?" "I'm 170 cm **tall**."
"你多高？" "我高一七〇公分。"

tame /tem/

①溫馴的 *(adj)* = *docile*；⇔ *wild*

◀The lion is so **tame** that the lion-tamer can sit on its back.
這獅子太溫馴了，馴獅員可以坐到牠背上。

②馴服 *(vt)* = *domesticate*

His job is to **tame** wild animals and teach them tricks.
他的工作是馴服野獸並教牠們耍把戲。

✎衍生字 *tamer (C)* 馴獸者

tan /tæn/

①曬黑，曬成棕褐色 *(vi)*

◀Judy has fair skin and never **tans** no matter how long she spends in the sun.
茱蒂皮膚白皙，不管在太陽底下曬多久都不會曬黑。

②曬成棕褐色，曬黑 *(C)*

Some people would like to get a **tan** at any cost.
有些人願意花任何代價把皮膚曬成棕褐色。

tangerine /ˌtændʒəˈrin/

橘子 *(C)* (請參閱附錄 "水果")

◀ **Tangerines** look like oranges, but their skin comes off easily.
橘子狀若柳丁，但皮較容易剝。

tangle /ˈtæŋgl/

①糾纏 *(C)*

◀We cut our way through a **tangle** of scrub.
我們從枝條糾纏的灌木叢中砍出一條路來。

②糾纏，亂成一團 *(vi)*

Lily's hair **tangled** in the wind.
莉莉的頭髮被風吹得亂成一團。

③纏住 *(vt)* ⇔ *untangle*

My leg got **tangled** in a mass of ropes.
我的腿被一團繩子纏住了。

tank /tæŋk/

①缸，大容器 *(C)* (請參閱附錄 "容器")

◀The gas/water **tank** is leaking.
瓦斯／水槽漏了。

②坦克 *(C)*

In 1944, the Allies **tanks** swept into Germany, helping to win victory in Europe.
一九四四年同盟國的坦克橫掃德國，幫助歐洲戰場獲勝。

tap /tæp/

①輕敲 *(vt)*

◀He **tapped** his fingers on the desk impatiently.
他不耐煩地用手指敲著書桌。

②竊聽 *(vt)*

Is our phone being **tapped**?
我們的電話被人竊聽了嗎？

③輕敲 *(C)*

She heard a **tap** on the window.
她聽到有人輕輕地敲了一下窗戶。

④水龍頭 *(C)* = *faucet*

Turn on the **tap** and water will come out.
打開龍頭水就會流出來的。

tape /tep/

①錄‧音‧帶 *(U)*

◀Jack recorded his performance on **tape**.
傑克將他的演唱錄在錄音帶上。

②錄音帶 *(C)*

They listened to some **tapes** of her songs.
他們聽了幾捲她唱的錄音帶。

③錄音，錄影 *(vt)*

Mom has **taped** the TV program for me to watch after the test.
媽媽為我將那電視節目錄了下來，讓我考完試後再看。

④用繃帶包紮 *(vt)*

The doctor has **taped** up my swollen ankle.
醫生用繃帶將我腫起的腳踝紮了起來。

taper /ˈtepɚ/

(使) 一端逐漸變細/變尖 *(vi)*

◀ Her touser legs are slightly **tapered**.
她的褲管逐漸收窄了一些。

---

taper off

逐漸減弱，逐漸變小 *(vi)* = tail/trail off

◀ Her interest/voice seems to be **tapering off**.
她的興趣好像逐漸減弱了 / 聲音好像逐漸變細
了。

---

tar /tɑr/

①柏油，瀝青 *(U)*

◀ The temperature rose up to 38℃, and the **tar**
on the road melted.
氣溫上升到攝氏三十八度，馬路上的柏油都融
化了。

衍生字 *tarry (adj)* 鋪柏油的

②塗焦油於，鋪柏油 *(vt)*

The **tarred** body was burned beyond
recognition.
塗了焦油的人體被燒得無法辨認。

target /ˈtɑrgɪt/

①射擊的靶子 *(C)*

◀ I fired and hit/but missed the **target**.
我開了槍擊中 / 但未擊中標靶。

② (攻擊) 對象，靶子 *(C)*

Her latest book has become a **target** of
criticism.
她最新出版的書已成為批評的靶子。

③目標 *(C)* = goal

I've set myself a **target** of losing one kilo a
week.
我給自己定了個目標：一週減肥一公斤。

④針對 *(vt)* = aim

His criticism is **targeted** at me.
他的批評是針對我來的。

tariff /ˈtærɪf/

關稅 *(C)* = customs duty

◀ The government has decided to impose a stiff
tariff on imported tobacco products.
政府已決定對進口的煙草產品嚴格徵收關稅。

tarnish /ˈtɑrnɪʃ/

使晦暗，使蒙上陰影 *(vt)* = taint

◀ The violent fight has **tarnished** the image of
football.
這次野蠻的打鬥使足球的形象蒙上了陰影。

tart /tɑrt/

①蛋塔類糕餅 *(C)*

◀ I would like a strawberry **tart**.
我要一個草莓塔。

②尖酸刻薄的 *(adj)* = sharp, sarcastic

Gary made a **tart** remark about the female
legislator who often trumped up false charges.
蓋瑞對那個經常捏造罪證誣告別人的女立委評
價很刻薄。

task /tæsk/

任務 *(C)*

◀ I will quickly perform/fulfill the **task** I have
been assigned.
我將迅速著手 / 完成指派給我的任務。

taste /test/

①味覺 *(U)*

◀ A chef needs to have a keen sense of **taste**.
要當主廚必須擁有敏感的味覺。

衍生字 *tasteless (adj)* 無味的

②味道 *(S)* = flavor

Sugar has a sweet **taste**.
糖有甜味。

③品嚐 (食物、飲料等) 一口，少量 *(S)*

Have a **taste** of my cake and see if it is too
sweet.
嚐一口我的蛋糕，看看是不是太甜了。

④愛好 *(C)* = liking

Perry has a **taste** for classical music.
裴瑞有欣賞古典樂的愛好。

衍生字 *tasteful (adj)* 有品味的

⑤嚐起來 *(vi)*

The soup **tastes** delicious.
這湯喝起來味道真鮮美。

⑥品嚐 *(vt)*

My mother always **tastes** food before adding
salt.
我媽媽在給食物加鹽之前總要先嚐一嚐。

tasty /ˈtestɪ/

美味的 *(adj)* = delicious ⇔ tasteless

◀ The smoked salmon is **tasty**. Would you like a
try?
燻鮭魚真鮮美，你要嚐嚐嗎？

tattoo /tæ'tu/

①刺青，紋身 (C)

◀ Billy has a **tattoo** of an eagle on his chest.
比利胸口上有一隻老鷹刺青。

②刺青，紋身 (vt)

Greg's back was heavily **tattooed**.
格雷格的背上刺了好多花紋。

taunt /tɔnt/

①嘲笑 (vt) = tease, ridicule, deride

◀ The other children often **taunted** Mike about his stuttering.
其他孩子經常嘲笑麥克口吃。

②嘲諷 (P)

Susan hurled cruel **taunts** at Sam about his weight.
蘇珊冷酷無情地嘲諷山姆的體重。

tax /tæks/

①稅，稅額 (C)

◀ The income **tax** I have to pay this year is 30,000 dollars.
今年我要付的所得稅是三萬元。

📝衍生字 *tax-free (adj)* 免稅的；*taxpayer (C)* 納稅者

②負擔 (S)

The long walk would be too much of a **tax** on my strength.
長途步行對我的體能將是一個過重的負擔。

📝衍生字 *taxing (adj)* 費力的，累人的

③課稅 (vt)

Luxuries are heavily **taxed** in Taiwan.
在台灣奢侈品被課以重稅。

📝衍生字 *taxation (U)* 課稅

④造成沉重負擔，使超過極限 (vt) = strain

The endless noise is beginning to **tax** my patience.
無休無止的噪音快要便找失去耐性 (超過我的耐性的極限)。

taxi /'tæksɪ/

計程車 (C) = cab

◀ He hailed a **taxi** and got in.
他招呼了一輛計程車坐了上去。

tea /ti/

茶 (U)

◀ While we were chatting, Mom made **tea** for us.
我們閒談時，媽媽給我們泡茶。

teach /titʃ/, taught (pt), taught (pp)

教 (vt)

◀ I **teach** my cousin English in my leisure time.
我閒暇時教表弟英語。

📝相關字 指教導某人學習事物時，teach 是最常用的字。instruct 比較正式。train (訓練)。coach (教練，教導)。tutor (家教)。

teacher /'titʃɚ/

教師 (C) (請參閱附錄 "職業")

◀ Experience is a great **teacher**.
經驗是良師。

team /tim/

隊伍 (C)

◀ He joined/organized/disbanded the school basketball **team**.
他參加 / 組織 / 解散了學校籃球隊。

---

team up with

與…合作 (vt,u)

◀It is impossible for me to **team up with** that irresponsible woman.
要我和那個不負責任的女人合作是不可能的。

---

tear /tɛr/, tore (pt), torn (pp)

①撕，裂 (vi)

◀ The material **tears** easily.
這種質料很容易撕破。

②撕，裂 (vt) = rip

How come you **tore** the paper into pieces?
你怎麼把紙撕成碎片了呢？

③眼淚 (C, usu. P) /tɪr/

All of us shed/wept/dropped **tears** when Ms. Kernan left.
柯南女士離去時我們全都掉下了眼淚。

📝衍生字 *tearful (adj)* 淚眼汪汪的

---

tear down

拆掉 (vt,s) = knock/pull down, demolish

◀The earthquake caused a lot of damage to the building, so the owner decided to **tear** it **down**.
地震給這棟大樓造成很大的破壞，所以房主決定將它拆掉。

T

tear off

① 炸毀 (vt,s) = rip off

◀ The blast **tore off** the railroad station.
這次爆炸把火車站炸毀了。

② 衝 (vi) = dash away/off/out, tear away/out

After grabbing a quick breakfast, Jack **tore off** to school.
傑克匆匆忙忙地吃了頓早飯就衝向學校。

tear up

撕碎 (vt,s) = rip up, rip into pieces

◀ Jim **tore** his paper **up** and scattered the pieces all over the floor.
吉姆撕碎了他的報告，把紙片撒了一地。

◉ MP3-T3

tease /tiz/

嘲笑，尋開心 (vt) = make fun of

◀ Don't **tease** the poor little boy about his weight.
別拿那可憐小男孩的體重來尋開心。

technical /'tɛknɪkl̩/

① 專業的 (adj)

◀ The book is hard to read; there are too many **technical** terms.
這本書很難讀懂，專業術語太多了。

② 技術的 (adj)

We need a **technical** expert to help us.
我們需要一名技術專家的幫助。

technician /tɛk'nɪʃən/

技師，技術人員 (C) (請參閱附錄 "職業")

◀ Sam worked as an aircraft **technician**.
山姆是個飛機技師。

說明：字根 tech 的意思為 "技巧"。具有此字根的單字還有：technology (科技)。technique (技巧)。architect (建築師)。technical (技術上的)。

technique /tɛk'nik/

技術 (C,U)

◀ He acquired **techniques** /the **technique** for carving from his father.
他從父親那裡學得了雕刻技術。

technology /tɛk'nɑlədʒɪ/

① 科技 (U)

◀ The Ford company has decided to transfer high **technology** to local companies.
福特公司決定把高科技轉讓給各地區子公司。

✎衍生字 technological (adj) 科技的

② 科技 (C)

We should apply modern **technologies** to agriculture.
我們應該將現代科技應用於農業。

tedious /'tidɪəs/

乏味的 (adj) = boring

◀ His **tedious** lecture dragged on until every one of us dozed off and began to snore.
他那乏味的演講沒完沒了，後來我們每個人都打起瞌睡，還打起鼾來。

teenage /'tin,edʒ/

十幾歲的，青少年的 (adj)

◀ The singer is very popular with **teenage** girls.
這位歌手在十幾歲的小女孩中很受歡迎。

✎衍生字 teenager (C) (十三到十九歲間的) 青少年

teens /tinz/

十幾歲的時候 (P)

◀ I fell in love for the first time in my **teens**.
我在十幾歲的時候第一次墜入情網。

telegram /'tɛlə,græm/

電報 (C)

◀ We received/sent a **telegram**.
我們收到 / 發出一分電報。

telegraph /'tɛlə,græf/

電報 (U)

◀ The news came by **telegraph**.
這消息是透過電報傳送來的。

telephone /'tɛlə,fon/

① 電話 (C) = phone

◀ If the **telephone** rings, could you answer it?
如果電話鈴響，你去接一下好嗎？

② 打電話 (vi,vt) = call

I **telephoned** (my mom) to say I would arrive home late.
我 (給我媽) 打電話說我會晚回家。

telescope /'tɛlə,skop/

望遠鏡 (C)

◀ You can observe the stars through a **telescope**.
你可以用望遠鏡來觀察星星。

✎相關字 microscope (顯微鏡)。binoculars (雙筒望遠鏡)。

television /'tɛlə,vɪʒən/

①電視機 (C) = television set
◀ We bought a new color **television**.
我們買了一台新的彩色電視機。
②電視 (U)
Don't watch too much **television**.
電視別看得太多了。

tell /tɛl/, told (pt), told (pp)

①告訴 (vt)
◀ **Tell** me about your trip to Japan.
跟我說說你的這次日本之行。
②表示 (vt) = show
The green light **tells** you that the air-conditioner is on.
綠燈亮著表示冷氣機開著。
③分辨，區別 (vt) = distinguish
I can't **tell** John from his twin brother. They look too much alike.
我分不清約翰和他那孿生兄弟。他倆看上去太像了。

tell apart

區別 (vt,s) = pick apart
◀The replica of the vase is so good that I can't **tell** it and its original **apart**.
這花瓶複製得非常好，我都無法區別它和原件。

tell off

責罵 (vt,s) = call/dress down, come down on
◀My teacher **told** me **off** for breaking the window.
我的老師責罵我打破了窗戶。

tell on

揭發 (vt,u) = inform against/on
◀Jimmy cheated on the test, and Pan **told on** him.
吉米考試作弊，潘揭發了他。

teller /'tɛlə/

出納員 (C) = bank clerk
◀ That **teller** cashed the check for me.
那位銀行出納員為我將支票兌換成現金。
✎相關字 automatic teller machine (自動提款機)。

temper /'tɛmpə/

①脾氣 (C)
◀ Joe has a hot/bad/good **temper**.
喬的脾氣暴躁 / 很壞 / 很好。
②心情 (C) = mood
Lisa is always in a good **temper**.
莉莎的心情總是很好。

temperament /'tɛmprəmənt/

①氣質，性情 (C) = disposition
◀ Stewart has a poetic/nervous/excitable/fiery/cheerful/mild **temperament**.
史都華性情有如詩人 / 帶點神經質 / 容易激動 / 暴烈 / 開朗 / 溫和。
②稟性，本性 (U)
Chris is cheerful/quiet by **temperament**.
克莉絲稟性開朗 / 安靜。

temperamental /,tɛmprə'mɛntl̩/

情緒化的 (adj) = moody
◀ It is difficult to get along well with a person who is so **temperamental**.
這麼情緒化的人很難相處。

temperate /'tɛmprɪt/

① (氣候) 溫和的 (adj) = mild
◀ Taiwan's climate is **temperate**—neither too hot nor too cold.
台灣氣候溫和——不太冷也不太熱。
②溫和的，不偏激的 (adj) = sensible；⇔ intemperate
A **temperate** person expresses **temperate** criticism.
性格溫和的人批評也溫和。

temperature /'tɛmprətʃə/

體溫，溫度 (C)
◀ The nurse took my **temperature** with a thermometer.
護士用體溫計給我量了體溫。

tempest /'tɛmpɪst/

風暴，暴風雨 (C) = storm
◀ Many huts were ripped open under the force of the **tempest**.
許多茅屋被風暴掀翻了。

temple /'tɛmpl̩/

廟宇 (C)
◀ The **temple** was built 300 years ago.
這座廟宇建於三百年前。

T

tempo /ˈtɛmpo/

拍子，速度 (C) = pace, beat

◀ We should step up/slow down the tempo.
我們應該加快／放慢速度。

temporary /ˈtɛmpəˌrɛrɪ/

暫時的 (adj) ⇔ permanent

◀ The arrangement is only temporary.
這個安排只是暫時的。

✎衍生字 temporarily (adv) 暫時地

tempt /tɛmpt/

誘使 (vt) = allure

◀ The advertisement struck a chord in the hearts of teenagers; therefore, it could tempt them into buying its brand of sneakers.
這則廣告打動了青少年的心弦，因而會誘使他們購買這個品牌的運動鞋。

✎衍生字 tempting (adj) 誘人的

● MP3-T4

temptation /tɛmpˈteʃən/

誘惑 (C) = attraction, allure

◀ The boys gave in to/resisted the temptation to take a bite out of the cake.
這些男孩頂不住誘惑，咬了一口蛋糕／這些男孩抗拒了誘惑，沒有去吃這蛋糕。

tenant /ˈtɛnənt/

房客 (C) ⇔ landlord/landlady

◀ A tenant is supposed to pay rent on a monthly basis .
房客應每月繳付房租。

tend /tɛnd/

往往，常常，傾向於 (vi) = be inclined, be prone, be apt

◀ She tends to go to bed late.
她常常很晚睡覺。

tendency /ˈtɛndənsɪ/

趨勢，傾向 (C) = inclination

◀ I have a tendency to get fat. I'd better go on a diet.
我有發胖的趨勢，最好節食。

tender /ˈtɛndɚ/

①溫柔的 (adj) = gentle

◀ Our teacher is always tender with us.
我們老師對我們總是很溫和。

✎衍生字 tenderness (U) 溫柔

②嫩的 (adj) ⇔ tough

The beef is tender and delicious.
這牛肉又嫩又可口。

tennis /ˈtɛnɪs/

網球 (U) (請參閱附錄 "運動")

◀ Mike is no match for David in tennis.
打網球，麥克不是大衛的對手。

✎相關字 a tennis racket (網球拍)。a tennis court (網球場)。

tense /tɛns/

①緊張的 (adj) = nervous

◀ Mary was so tense the night before her exams that she couldn't sleep.
瑪莉考試前夜緊張得無法入睡。

②僵硬的 (adj) = stiff, tight

My neck is tense. I need a massage.
我脖子僵硬了，需要按摩一下。

③ (使) 僵硬 (vi,vt) = tighten；⇔ flex (vt)

All the muscles of my body (were) tensed.
我全身肌肉都僵硬了。

tension /ˈtɛnʃən/

緊張 (U)

◀ The U.N. is trying every possible means to relieve/ease/reduce the international tension.
聯合國正試用各種方法來紓解國際緊張局勢。

tent /tɛnt/

帳篷 (C)

◀ We put up/pitched our tent near the waterfall and took it down the next day.
我們把帳篷搭在瀑布邊，第二天把它拆了下來。

tentative /ˈtɛntətɪv/

暫定的 (adj)

◀ We have made a tentative plan to hold a class reunion. The tentative date for the reunion has also been fixed.
我們暫定計畫開一個同學會。暫定的日期也已安排好了。

term /tɝm/

①任期 (C)

◀ The president served out his four-year term.
總統四年任期屆滿。

②學期 (C) = semester

In South Africa, a school year is divided into three terms.
在南非，一學年分成3個學期。

③術語 *(C)* = jargon

The article is hard to understand; there're too many technical **terms**.

這篇文章很難懂，術語太多了。

④條款 *(P)* = condition

Read the **terms** carefully before signing a contract.

簽合同之前要仔細讀一讀其中的條款。

⑤措辭 *(P)*

We need to protest in the strongest **terms**.

我們要用最強烈的措辭進行抗議。

terminal /'tɜmɪn̩l/

①末期的 *(adj)*

◀ Mr. Green has got **terminal** cancer, and he knows his days are numbered.

格林先生已到了癌症末期，他知道自己來日無多了。

✎衍生字 *terminally (adv)* 末期地

②(公車) 總站，(機場) 航站大樓 *(C)*

I will meet you at the bus **terminal** tomorrow.

我明天在公車總站和你碰面。

terminate /'tɜmə,net/

終止 *(vt)* = end

◀ We have decided to **terminate** the contract because the construction company has never fulfilled its terms to the letter.

我們已決定終止合約，因為建設公司從未嚴格履行合約的條款。

✎衍生字 *termination (C,U)* 終止，結束

terrace /'tɛrɪs/

露台 *(C)*

◀ My wife grows some plants on the **terrace**.

我太太在露台上種了一些植物。

terrible /'tɛrəbl̩/

①糟糕的 *(adj)* = awful, bad

◀ I've had a **terrible** day.

這一天我過得很糟。

②可怕的 *(adj)* = severe

It was a **terrible** accident.

這場事故真可怕。

terrific /tə'rɪfɪk/

極棒的，極好的 *(adj)* = very good, excellent

◀ Your performance was **terrific** today.

今天你的表現真是太棒了。

terrify /'tɛrə,faɪ/

威嚇，使驚恐 *(vt)* = scare, frighten

◀ The man in black **terrified** me into dealing in drugs for him.

穿黑衣的男子威嚇我為他做毒品生意。

✎衍生字 *terrifying (adj)* 令人驚恐的；*terrified (adj)* 感到驚恐的；*terror (S,U)* 害怕，恐懼

territory /'tɛrə,torɪ/

①國土，領土 *(C,U)*

◀ We should defend our **territory**.

我們要保衛國土。

②領域 *(C)* = field

He is an authority in the **territory** of physics.

他是物理領域內的一名權威。

terror /'tɛrə/

①恐懼 *(U)* = fear

◀ I've never felt so much **terror** in my life.

我生平從未感覺到如此巨大的恐懼。

②可怕的人物 *(C)*

The giant man is a **terror** to the children.

這個巨人對孩子們來說是個可怕的人物。

terrorist /'tɛrərɪst/

恐怖分子 *(C)*

◀ The police sprayed the garage with a fusillade of bullets, killing all the **terrorists**.

警察向車庫排槍齊射，打死了所有的恐怖分子。

✎衍生字 *terrorism (U)* 恐怖主義

terrorize /'tɛrə,raɪz/

脅迫，恐嚇 *(vt)*

◀ Many civilians were **terrorized** into leaving their own homes when Cambodian communists occupied the capital.

柬浦寨共產黨佔領首都時許多平民被嚇得逃離家園。

✎衍生字 *terror (U)* 恐懼

test /tɛst/

①考試 *(C)* = exam

◀ We'll take a **test** tomorrow.

明天我們要參加一場考試。

②檢查 *(C)* = examination

I can't see very clearly. I may need an eye **test**.

我看不太清楚。我的眼睛可能需要做一次檢查。

③考驗 (C)

Our product can stand the **test** of time.

我們的產品能經得起時間的考驗。

④測試 (vt)

The teacher is **testing** the kids on their reading ability.

老師在測試孩子們的閱讀能力。

testament /'tɛstəmənt/

證明 (C)

◀ The high success rates are a **testament** to this school's high teaching standards.

成功率高證明了該校教育水準高。

testify /'tɛstə,faɪ/

作證 (vi)

◀ I would like to **testify** for/against the accused.

我想爲被告作證 / 我想作不利於被告的證言。

testimony /'tɛstə,monɪ/

證詞 (U)

◀ I am willing to offer/retract my **testimony** against the plaintiff.

我願意作 / 收回對原告不利的證詞。

📎相關字 evidence (證據)。witness (證人)。

📎同尾字 alimony (贍養費)。patrimony (祖傳財產)。
matrimony (婚姻生活)。

text /tɛkst/

課文 (U)

◀ Please preview the **text** of Lesson Two at home.

請在家預習第二課的課文。

textbook /'tɛkst,bʊk/

教科書 (C)

◀ Prof. Lin is looking for a **textbook** on English grammar.

林教授在找一本英文文法教科書。

📎同尾字 reference books (參考書)。outside reading (課外閱讀)。

textile /'tɛkstl̩/

紡織品 (C)

◀ With its low labor cost, China has captured most of the **textile** market.

中國勞動力成本低，所以它佔領了大部分的紡織市場。

texture /'tɛkstʃɚ/

質地，質感 (C)

◀ The synthetic fabric has a delicate/smooth/rough/coarse **texture**.

這合成纖維質地很細 / 很滑 / 很粗。

than /ðən; 重讀 ðæn/

①比 (conj)

◀ John is taller **than** me/I am.

約翰比我高。

②不願 (conj)

I'd rather stay home **than** go out on such a hot day.

這麼炎熱的天氣，我是寧願待在家裡，不願出去的。

③除了 (conj) = except, but, other than

He leaves me no option **than** to quit.

他使我除了放棄別無選擇。

thank /θæŋk/

①謝意 (P) = gratitude (U)

◀ Here I'd like to give my heartfelt **thanks** to you all.

此時我要向你們所有人表達衷心的謝意。

②幸虧 (P) = owing (to)

Thanks to your help, I've overcome the difficulties.

幸虧你的幫助我才算度過了難關。

③感謝 (vt)

I have to **thank** the doctor for saving my life.

我要感謝那位醫生救了我的命。

thankful /'θæŋkfəl/

感謝的 (adj) = grateful

◀ You should be **thankful** to Winnie for all this help.

你應向溫妮表示感謝，謝謝她提供的所有這些幫助。

📎衍生字 thankfully (adv) 感謝地

🔘 MP3-T5

that /ðət; 重讀 ðæt/

① (用以引入各種子句) (conj)

◀ I know **that** he will quit.

我知道他會放棄的。

② (關係代名詞) (rel pron) = which

Have you seen the car **that** John bought last month?

你看見約翰上個月買的那輛汽車了嗎？

③那個 *(det)* ⇔ *this*

You look in this room and I'll look in **that** one over there.

你在這間屋子看看，我去那裡的那間屋子看看。

④那*(pron)*

I've got a meeting at 9 o'clock, but I'll be free after **that**.

我九點鐘有個會議，但那之後我就有空了。

⑤那麼 *(adv)* = *so*

The weather is scorching outside but it isn't **that** hot inside here.

外面天氣熱得很，但這裡面倒不那麼熱。

thaw /θɔ/

解凍 *(vi)* = *melt*；⇔ *freeze*

◀ The river begins to **thaw** in April.

到了四月，小河開始解凍。

the /ðə/

這，那 (用以指出已知或唯一存在的某事物) *(art)*

◀ I saw a movie last night. **The** movie was a romance between a doctor and a nurse.

昨晚我看了一部影片，這部片子講的是一個醫生和一名護士之間的羅曼史。

theater /ˈθiətɚ/

①劇院 *(C)* = *theatre*

◀ The audience packed the **theater** in which the famous play *Phantom of the Opera* was shown.

劇院內坐滿了觀眾，那裡正上演名劇《歌劇魅影》。

②戲劇 *(U)* = *theatre*

I'm interested in (the) **theater**. How about you?

我對戲劇很有興趣。你呢？

theatrical /θɪˈætrɪkḷ/

①戲劇的 *(adj)*

◀ Jane works hard to hone her **theatrical** skills.

珍為了提高演技勤學苦練。

②誇張的，戲劇性的 *(adj)* = *dramatic*

Mimi made a very **theatrical** display of being grateful.

咪咪很誇張的表示感激。

theft /θɛft/

①偷竊 *(C,U)*

◀ James committed a **theft** and was held in police custody.

詹姆斯偷東西被警方拘留。

✎衍生字 *thief (C)* 小偷

②偷竊 *(U)*

While car **theft** is on the decrease, carjacking is on the increase.

竊車的作案率下降了，而劫持汽車的作案率卻上升。

✎衍生字 *thievish (adj)* 有偷竊行為的

their /ðɚ; 重讀 ðɛr/

他們的 (they的所有格) *(det)*

◀ Men's natures are all alike; it is **their** habits that set them far apart.

人的本性生而相似；習慣致使人迥異 (性相近習相遠)。

theirs /ðɛrz/

他們的 (they的所有格代名詞) *(pron)*

◀ My store is number 8, and **theirs** is just opposite.

我的店在八號，他們的在對面。

them /ðəm; 重讀 ðɛm/

他們 (they的受格) *(pron)*

◀ Weak men wait for opportunities; strong men make **them**.

弱者等待機會，強者創造機會。

theme /θim/

主題 *(C)*

◀ The **theme** of our discussion today is "How to Lead a Healthier Life."

我們今天討論的主題是 "怎樣過一個更健康的生活"。

themselves /ðəmˈsɛlvz/

他們自己 (they的反身代名詞) *(pron)*

◀ Quiet people are well able to look after **themselves**. (Irish Proverb)

沉默的人才有能力照顧自己。(愛爾蘭諺語)

then /ðɛn/

①那時候，當時 *(adv)* = *at that time*

◀ I was an elementary school student **then**.

那時候我是個小學生。

②然後 *(adv)* = *afterwards*

We went for a drink and **then** went home.

我們去喝了一杯，然後就回家了。

③那樣的話 *(adv)* = *in that case*

They may not offer me a high salary. **Then** I won't take the job.

他們可能不會付我高薪，那樣的話我就不接受這分工作了。

theoretical /ˌθɪəˈrɛtɪkl̩/

理論上的 *(adj)* = hypothetical；⇔ *practical*

◀ It is a **theoretical** possibility that a person could fly if he had wings.
人如果有翅膀就能飛，這在理論上是可能的。
◈衍生字 *theoretically (adv)* 理論上

theory /ˈθɪərɪ/

① 理論 *(C)*

◀ The professor put forward a new **theory** to explain why dinosaurs became extinct.
這位教授提出了一種新的理論來解釋恐龍絕種的原因。
◈衍生字 *theorize (vt,vi)* 建立理論

② 理論 *(U)* ⇔ *practice*

In **theory**, the project sounds practicable. But in practice, you'll have a lot of problems with it.
理論上，這計畫聽起來可行。實際上，你會發現有不少問題。

therapist /ˈθɛrəpɪst/

治療師 *(C)*

◀ Jimmy is a highly-trained speech **therapist**.
吉米是個受過嚴格訓練的語言治療師。

therapy /ˈθɛrəpɪ/

① 療法 *(U)*

◀ When someone suffers from shock, a doctor will employ electro-shock **therapy**.
如果有人休克，醫生會採用電擊療法。

② 治療 *(U)*

Linda was found seized with melancholy, and therefore is in **therapy**.
琳達被查出患有憂鬱症，因而在接受治療。

there /ðɛr/

在那裡 *(adv)* ⇔ *here*

◀ The man standing over **there** is my uncle.
站在那裡的男人是我的叔叔。

thereafter /ðɛrˈæftɚ/

從那時以後 *(adv)*

◀ Mr. Smith left the publishing company, and went abroad to study shortly **thereafter**.
史密斯先生離開了出版公司，不久以後出國留學了。

thereby /ðɛrˈbaɪ/

因此，藉以 *(adv)* = *as a result, hence*

◀ John was adopted by the couple, **thereby** gaining the right to inherit the land from them.
約翰是這對夫婦收養的，因而享有土地的繼承權。

therefore /ˈðɛrˌfor/

因此 *(adv)* = *thus, accordingly*

◀ It rained hard, and **therefore** the game was put off.
雨下得很大，因此比賽延期了。

thermometer /θɚˈmɑmətɚ/

溫度計 *(C)*

◀ The oral **thermometer** reads 38 degrees.
口腔溫度計上顯示三十八度。

these /ðiz/

這些 *(det)* (this 的複數) ⇔ *those*

◀ **These** books are mine; those are yours.
這些書是我的，那些是你的。

they /ðe/

他們 (主格) *(pron)*

◀ All things are difficult before **they** are easy.
萬事起頭難。

thick /θɪk/

① 厚的 *(adj)* ⇔ *thin*

◀ The book is **thick** and heavy.
這本書又厚又重。

② 滿布的 *(adj)* = *filled*

The air was **thick** with smoke.
空氣中滿是濃濃的煙霧。

③ 茂密的，濃密的 *(adj)* ⇔ *thin*

How I envy your long **thick** hair!
我多羨慕你那濃密的長髮啊！

④ 茂盛地 *(adv)*

The flowers grew **thickest** near the lake.
近湖的花兒生長得最茂盛。

◈衍生字 *thicken (vi,vt)* 加厚，使濃密；*thickness (C,U)* 厚度，稠密度

thief /θif/

小偷 *(C)*

◀ A **thief** broke into his house, but fortunately he was arrested by the police.
一名小偷破門進入他的屋子，所幸的是警察抓住了他。

🖊衍生字 *theft (C,U)* 偷竊

🖊相關字 robber (搶匪)。burglar (闖空門的竊盜)。pickpocket (扒手)。shoplifter (商店裡順手牽羊的人)。

thigh /θaɪ/

大腿 *(C)*

◀ The stranger lurked around, looking for his prey. He stabbed a lone woman in her **thigh**, and then disappeared in the dark.

那陌生人在四處活動，尋找他的獵物。他會朝獨行的女子大腿上捅一刀，然後就消失在夜色之中。

thin /θɪn/

①薄的 *(adj)* ⇔ *thick*

◀ The ice over the lake is still too **thin** to stand on.

湖面上的冰仍然太薄，不能往上站。

②稀薄的 *(adj)* ⇔ *thick*

The sauce is too **thin**.

這調味汁太稀了。

③瘦的 *(adj)* ⇔ *fat, overweight*

You're too **thin**. You need to eat more.

你太瘦了，需要多吃點。

🖊比 較 slim (苗條的)。slender (苗條的)。lean (瘦而健美的)。skinny (皮包骨的)。underweight (過輕的)。emaciated (瘦的不成樣子的)。

thin out

散去 *(vi)* = *disperse*

◀ After the movie star left, the crowd started to **thin out**.

那位電影明星離開後，人群便開始散去。

thing /θɪŋ/

①東西 *(C)* – *stuff, object*

◀ What's that **thing** on the floor?

地板上那個是什麼東西？

②事情 *(C)*

The first **thing** I thought of was my daughter's safety.

我首先想到的事是女兒的安全。

think /θɪŋk/, thought *(pt)*, thought *(pp)*

①思考 *(vi)*

◀ With so much noise, I can't **think**.

這麼多噪音我無法思考。

🖊衍生字 *thinking (U)* 思考；*thought (U,C)* 思考，想法

②認為 *(vt)* = *suppose*

I don't **think** it will rain tomorrow.

我認為明天不會下雨。

③明白 *(vt)* = *imagine, understand*

I can't **think** why Janice did this.

我不明白珍妮斯為什麼這麼做。

think out/through

全盤考慮 *(vt,s)* = *think over*

◀ Before you make a decision, you should **think** all things **out**.

你做決定之前應該把事情全盤考慮一下。

think over

考慮 *(vt,s)* = *consider*

◀ Before I decide to accept your offer, I must **think** it **over**.

我必須認真地考慮再決定是否接受你的提議。

think up

想出 *(vt,s)* = *dream/cook up*

◀ Jane **thought up** an excuse for being late for the meeting.

珍為開會遲到想了個藉口。

🔊 MP3-T6

thirst /θɝst/

①口渴 *(U)*

◀ He quenched his **thirst** with a large glass of iced tea.

他喝下一大杯冰茶才算解了渴。

②慾望 *(S)* = *desire, craving, longing*

Hermione is a student who has a **thirst** for knowledge.

荷妙妮是個對知識有著強烈求知慾的學生。

③渴望 *(vi)* = *desire, long, crave, hunger*

Teenagers usually **thirst** for independence.

青少年常常都渴望獨立。

thirsty /'θɝstɪ/

①口渴的 *(adj)*

◀ I drink only water when I feel **thirsty**.

我渴時只喝水。

②渴望的 *(adj)* = *hungry*

Many people are **thirsty** for power.

許多人都渴求權力。

this /ðɪs/

①這個的 *(det)*

◀ I will take the children to the zoo **this** week.
這星期我將帶孩子們去動物園。

②這個 *(pron)*

We're getting some new machines next month, and **this** will help us increase production.
下個月我們就會有一些新機器，而這能幫助我們提高產量。

③這麼 *(adv)* = so

I've never been **this** tired before.
我過去從沒有這麼累過。

thorn /θɔrn/

刺 *(C)*

◀ I stepped on a sharp **thorn** and tried to remove it from my sole.
我踩到一根很尖的刺，想把它從腳底上拔出來。

thorny /ˈθɔrnɪ/

①棘手的 *(adj)* = complicated, intractable

◀ How to improve cross-strait relations is a **thorny** problem.
如何改善海峽兩岸的關係是一個棘手的問題。

②多刺的 *(adj)*

Roses grow on a **thorny** bush.
玫瑰長在多刺的短樹叢上。

thorough /ˈθɝo/

①徹底的 *(adj)* = complete

◀ The Chinese usually give their house a **thorough** cleaning before the Chinese New Year.
中國人在春節前會把屋子徹底打掃一遍。

▸衍生字 *thoroughly (adv)* 徹底地

②細心的 *(adj)* = careful

She's a slow worker but very **thorough**.
她做事較慢但很細心。

those /ðoz/

①那些 *(det)* (that的複數)

◀ Why are **those** people waiting here?
那些人為何事在此等候？

②那些 *(pron)* = people

Heaven helps **those** who help themselves.
天助(那些)自助者。

though /ðo/

①雖然 *(conj)* = although

◀ **Though** he is rich, he is not happy.
他雖然富有，卻並不快樂。

②不過，然而 *(adv)* = however, nevertheless

He is rich. He is not happy, **though**.
他很有錢，不過他並不快樂。

thought /θɔt/

① (think的過去式和過去分詞) *(vi,vt)*

②考慮，思考 *(U)* = consideration

◀ I will give your suggestion some serious **thought**.
你的建議我會認真考慮的。

③思緒，想法 *(C)*

When I'm unwell, I find it hard to collect my **thoughts**.
我身體不適時會發現自己難以集中思緒。

▸衍生字 *think (vi,vt)* 思考

thoughtful /ˈθɔtfəl/

①沉思的 *(adj)* = pensive

◀ Mom looked **thoughtful** for a moment and then answered my question.
媽媽沉思了一會兒，然後回答了我的問題。

②體貼的，周到的 *(adj)* = considerate ; ⇔ thoughtless

It was very **thoughtful** of you to remember my birthday.
你太周到了，還記得我的生日。

thrash /θræʃ/

①輾轉反側，翻滾 *(vi)* = toss and turn

◀ The wounded soldier **thrashed** about in his sleep.
那位受傷的士兵睡覺時輾轉反側。

②(鞭)打 *(vt)* = hit, strike

The farmer **thrashed** his cow with a whip.
那農民用鞭打他的牛。

③擊敗 *(vt)* = defeat, beat

We **thrashed** the visiting/home team 3-0.
我們以三比〇擊敗客／主隊。

---

thrash out

討論出 *(vt,s)*

◀ We spent several hours **thrashing out** a solution to the problem.
我們花了幾個小時討論出解決這個問題的辦法。

---

thread /θrɛd/

①線 *(U)*

◀ We use a needle and **thread** for sewing.
我們用針線來縫衣服。

②穿針 *(vt)*

My vision is so poor that it's very difficult for me to **thread** the needle.
我視力太差，穿針很困難。

threat /θrɛt/

①威脅 *(C)* = menace

◀ The giant gas tank poses a **threat** to our safety.
這個巨大的瓦斯槽對我們的安全構成了威脅。

②威脅 *(U)* = duress, coercion

The boy obeyed, but only under **threat** of punishment.
那男孩在懲罰的威脅之下才算服從了。

threaten /'θrɛtn̩/

威脅 *(vt)*

◀ The man **threatened** to kill the hostage if his demand for money was rejected.
那個男子威脅說假如他對錢的要求遭拒絕，他就把人質殺掉。

衍生字 *threatening (adj)* 具威脅性的，嚇人的

threshold /'θrɛʃold/

門檻 *(C)*

◀ Before you enter the living room, you have to cross a **threshold**.
你進客廳得先跨過門檻。

thrift /θrɪft/

節儉 *(U)* = economy；⇔ lavishness

◀ With no economic recovery in sight, we must practice **thrift**.
經濟看不到復甦的現象，我們必須節儉。

thrifty /'θrɪftɪ/

節約的 *(adj)* = economical, frugal；⇔ lavish

◀ We should be **thrifty** in using money.
我們應該節約用錢。

thrill /θrɪl/

①使激動，狂喜 *(vt)* = excite

◀ It **thrilled** me to watch the man crossing Niagara Falls on a tightrope.
看那人走在鋼索上跨越尼加拉瓜瀑布，我非常激動。

衍生字 *thrilling (adj)* 令人激動的

②快感 *(C)* = excitement *(U)*

Jack gets a **thrill** out of traveling at high speed.
傑克能從高速行駛中得到一種快感。

thriller /'θrɪlɚ/

驚悚小說、電影等 *(C)*

◀ Never did I enjoy reading a **thriller**.
我從不喜歡看驚險小說。

thrive /θraɪv/

繁榮 *(vi)* = flourish, prosper

◀ Business can only **thrive** in a free-market economy.
只有在自由市場的經濟中商業才能繁榮。

throat /θrot/

喉嚨 *(C)*

◀ I might have got a cold. I have a sore **throat**, a runny nose and a severe headache.
我可能是感冒了。我喉嚨疼，流鼻涕，頭也痛得厲害。

throb /θrɑb/

(心臟、脈搏的) 跳動，抽搐 *(vi)*

◀ My head is starting to **throb** with pain.
我的頭痛得開始抽搐了。

throne /θron/

①王位 *(S)*

◀ After the king died, his eldest son succeeded to the **throne**.
國王駕崩後，他的長子繼承了王位。

②御座 *(C)*

The king sat on his magnificent gold **throne**.
國王坐在他華麗的金御座上。

throng /θrɔŋ/

①蜂擁至，擠滿 *(vi)* = crowd

◀ All the movie fans **thronged** around the movie star, asking for her autograph.
所有的影迷都擠在這位影星的周圍，要求她簽名。

②一大堆 (人或東西) *(C)* = groups

Throngs of passengers stood around the platform, waiting for the delayed train.
成群的乘客擠在月台上，等候誤點的火車。

through /θru/

①穿過 *(prep)*

◀ The bird flew out **through** the window.
這鳥穿過窗口飛出去了。

②經由 *(prep)* = by means of

She got the job **through** an employment agency.
她經由職業介紹所得到了這分工作。

③因為 *(prep)* = because of, as a result of

I lost my job **through** sickness.

我因病失去了工作。

④從頭至尾地 *(adv)* = from the beginning to the end

Have you read the article **through**?

你把這篇文章從頭至尾都看了嗎？

⑤完成的 *(adj)* = finished

Are you **through**?

你做完了嗎？

throughout /θru'aʊt/

①遍及 *(prep)* = all over

◀ The news spread **throughout** the country.

這則消息傳遍了全國。

②四處，到處 *(adv)* = all over

The house has been repainted **throughout**.

這棟房子被整個重新刷了一遍。

throw /θro/, threw *(pt)*, thrown *(pp)*

扔，丟，拋 *(vt)* = fling, cast

◀ Someone **threw** an egg at the police officer.

有人朝那警官扔了個雞蛋。

---

throw off

①甩掉 *(vt,s)* = cast off

◀**Throwing off** their clothes, the children jumped into the pool.

孩子們甩掉衣服跳進游泳池。

②擺脫，改掉 *(vt,s)* = fling off

It is very difficult to **throw off** my former girlfriend/old habits.

我很難擺脫以前的女朋友 / 改掉老習慣。

---

throw up

嘔吐 *(vt,s)* = vomit

◀I felt sick and **threw up** all the food I had eaten.

我感到噁心，把吃的東西都吐了出來。

🔘 MP3-T7

thrust /θrʌst/, thrust *(pt)*, thrust *(pp)*

①挺進，突然前進，猛推 *(C)*

◀ After the army crossed the river, it made a sudden **thrust** to the south.

部隊渡過河以後，突然向南挺進。

②攻勢 *(C)*

The foreign company is planning a new **thrust** into the local market.

這家外國公司正計畫對當地市場發動新一波的攻勢。

③推擠 *(vt)*

We **thrust** our way through the large audience.

我們在這麼多的觀眾中推擠往前走。

④ (用力) 塞進 *(vt)*

My grandmother **thrust** a one-thousand-dollar bill into my hand.

祖母塞了一張千元大鈔在我手裡。

thumb /θʌm/

大拇指 *(C)* (請參閱附錄 "身體")

◀ Tim just sat there, twiddling his **thumbs**.

提姆坐在那兒捻弄大拇指 (閒得無聊)。

📝片語 to be all thumbs (笨拙)。to give the thumbs up/down (給予贊成 / 反對)。be under somebody's thumb (受到完全控制)。

thunder /'θʌndɚ/

①雷 *(U)*

◀ Last night the lightning flashed and the **thunder** roared.

昨晚電光閃閃雷聲隆隆。

📝衍生字 thunderbolt *(C)* 雷電，霹靂

②打雷 *(vi)*

My little daughter always cries for mom when it **thunders**.

我的小女兒打雷時總是哭著叫媽媽。

③發出隆隆聲 *(vi)*

The huge airplane **thundered** along the runway.

巨大的飛機轟隆隆地沿著跑道滑行。

Thursday /'θɝzdɪ/

星期四 *(C,U)*

◀ New Year's Day is on a **Thursday** this year.

新年在今年的某個週四。

thus /ðʌs/

因此 *(adv)* = therefore, hence, accordingly

◀ He was stuck in a traffic jam, and **thus** he was late for work.

他因交通堵塞而上班遲到了。

tick /tɪk/

①滴答聲 (S)

◀ The **tick** of the clock kept me wide awake.
鐘聲滴答使我一點睡意也沒有。

②滴答響 (vi)

The clock **ticks** loudly at night.
夜裡，鐘大聲地滴答響。

tick away

①滴答過去 (vt,s)

◀The clock **ticked away** the hours of waiting.
鐘聲滴答，時間就在等待中過去。

②滴答滴答地過去 (vi)

Time is **ticking away**.
時間滴答滴答地過去。

ticket /'tɪkɪt/

①入場券 (C)

◀ I've booked two **tickets** for the concert.
我訂了兩張音樂會入場券。

②罰單 (C)

John got a **ticket** for illegal parking.
約翰因違規停車而收到一張罰單。

tickle /'tɪkl̩/

①搔癢 (vt)

◀ I **tickled** my daughter in the ribs.
我在女兒的肋部搔她癢。

🖊衍生字 ticklish (adj) 怕癢的，棘手的

②發癢 (vi) = itch

My foot is **tickling**.
我的足部有點癢。

③癢 (S)

I've got a slight **tickle** in my throat.
我的喉嚨有點發癢。

tide /taɪd/

①潮水，潮汐 (C)

◀ The **tide** is rising/falling.
潮漲 / 落了。

②趨向，趨勢 (C)

The **tide** of public opinion turned in our favor/turned against us.
公眾輿論的趨向對我們有利 / 不利了。

tide over

撐過，熬過 (vt,s) = see through

◀My uncle lent me some money to **tide** me **over** until the end of this month.
我叔叔借了我一些錢讓我撐到這個月底。

tidy /'taɪdɪ/

①整齊的 (adj) = neat ; ⇔ messy

◀ Helen's room is always clean and **tidy** while mine is in a mess.
海倫的屋子總是乾淨整齊，而我的屋子卻一團糟。

🖊衍生字 tidiness (U) 整齊

②整理 (vt)

When are you going to **tidy** your room up?
你準備什麼時候把屋子整理一下？

tie /taɪ/

①領帶 (C) = necktie

◀ He took off his jacket and loosened his **tie**.
他脫下外套，解開領帶。

②平手 (C) = draw

The game ended in a **tie**.
這場比賽打成了平手。

③關係 (P) = link

Our country will cut/strengthen **ties** with your country.
我國將與貴國斷絕 / 加強關係。

④拴，綁，固定 (vt) ⇔ untie

The farmer **tied** his ox to the tree.
農夫把牛拴在樹下。

⑤打成平手 (vt)

Britain is **tied** with France for second place.
英國隊與法國隊平手並列第二。

⑥與⋯相關連 (vt) = link

Our salary is **tied** to the sales figures.
我們的工資與銷售額相關連。

tie down

束縛 (vt,s) = bind/chain down

◀A teacher should not **tie** his students **down**. Instead, he should let them feel free to use their creativity.
老師不應把學生束縛起來，相反地，應該讓他們自由發揮創造力。

tie in/up

與⋯有關係 (vi)

◀Does her story **tie in** with what your brother said yesterday?
她說的情況和你哥哥昨天說的有關係嗎？

tie up

①紮好 *(vt,s)* = *bind up*

◀ **Tie** the parcel **up** properly and send it to Mr. Wang.

把包裹紮好寄給王先生。

②(資金) 用於某項用途，以致不能隨便動用，(資金) 套牢 *(vt)*

Joe's money is all **tied up** in the car.

喬的錢全都投在這輛車上了。

③阻礙，使動彈不得 *(vt,u)*

Traffic is often **tied up** at rush hour.

尖峯時間交通總是很阻塞。

④使忙碌 *(vt,u)*

I was **tied up** all morning.

我一早上都忙得不可開交。

tiger /ˈtaɪgɚ/

老虎 *(C)* (請參閱附錄 "動物")

◀ Do not blame God for having created the **tiger**, but thank him for not having given it wings.

不要抱怨上帝創造了老虎，而要感謝上帝沒讓老虎長出翅膀 (不要抱怨上帝造一些壞蛋在世上，而要感謝上帝沒讓他們為所欲為)。

✎衍生字 *tigress (C)* 母老虎

tight /taɪt/

①緊的 *(adj)* ⇔ *loose*

◀ The dress is too **tight** for me.

這條裙子我穿太緊了。

②緊湊的 *(adj)* = *full*

The boss has got a very **tight** schedule these days.

近些日子來老闆的日程排得很緊湊。

③旗鼓相當的 *(adj)* = *close*

It was indeed a **tight** match. Both sides played well.

這場比賽的確算是旗鼓相當。雙方都發揮得很出色。

④緊緊地 *(adv)* = *tightly, firmly, closely*

She held her baby **tight** in her arms.

她將嬰兒緊緊地抱在懷裡。

tighten /ˈtaɪtn̩/

①上緊，使變緊 *(vt)* ⇔ *loosen*

◀ We must **tighten** the screws so that the bottle won't leak.

我們須將螺絲上緊，這樣瓶子就不漏了。

②加強 *(vi)* ⇔ *loosen*

Security controls have **tightened** to ensure the safety of the president.

為了確保總統的安全，安全管制得到了加強。

tile /taɪl/

①瓷磚 *(C)*

◀ The workers are putting **tiles** on the wall.

工人們在貼瓷磚。

②貼上瓷磚 *(vt)*

I am going to have my bathroom **tiled**.

我打算叫人給我的浴室貼上瓷磚。

tilt /tɪlt/

①傾斜 *(vi)*

◀ Mike leaned forward, and the table **tilted** suddenly, spilling the juice.

麥克把身體向前傾，桌子突然傾斜，把果汁都灑出來了。

②使傾斜，使側 (頭) *(vt)* = *incline*

Tina **tilted** her head and shouted at her daughter, "Don't interrupt me while I am talking on the phone."

蒂娜把頭側過來，對著女兒嚷道："我在打電話的時候別插嘴。"

③傾向於 *(vt)* = *tip*

Jill's testimony **tilted** the balance of opinion in my favor.

吉兒的證詞使看法傾向於對我有利。

timber /ˈtɪmbɚ/

木料，木材 *(U)*

◀ The workers are felling **timber** in the forest.

工人們在林中伐木。

time /taɪm/

①時間 *(U)*

◀ It takes **time** to heal a broken heart.

平復傷痛的心是需要時間的。

②次數 *(C)*

I've seen the movie *Life is Beautiful* three **times**.

我把《美麗人生》這部電影看了三次了。

③倍數 *(C)*

This box is three **times** larger than that one.

這個盒子是那個的三倍大。

④安排時間 *(vt)*

You've **timed** your vacation cleverly; the weather's best at this time of the year.
你的休假時間安排得真妙，一年中這個時候的天氣是最好的。

✎衍生字 *timing (U)* 時機；*timer (C)* 計時器

timely /'taɪmlɪ/

及時的 *(adj)* = opportune

◀ Just when the two children were starting to fight with each other, their teacher's **timely** intervention eased the tension.
那兩個孩子正要打起來，老師及時干預，緩和了緊張氣氛。

timetable /'taɪmˌtebl̩/

①日程表 *(C)*

◀ Your delay has upset the **timetable**.
你的拖延把日程表打亂了。

②定於 *(vt)* = schedule, set

The dinner party has been **timetabled** for 6 o'clock.
宴會已定於六點鐘開始。

timid /'tɪmɪd/

膽小的，膽怯的 *(adj)* = shy

◀ The **timid** little girl just sat in the corner without saying a word.
這膽小的女孩只是一言不發地坐在角落裡。

tin /tɪn/

錫 *(U)*

◀ **Tin** cans are used for packaging food.
錫罐用於包裝食品。

tinge /tɪndʒ/

①使微帶…顏色 *(vt)* = tint

◀ The sunset **tinged** the sky with a brilliant orange.
夕陽使天空染上了燦爛的橘紅色。

②使帶有一絲…性質 *(vt)*

His praise was **tinged** with jealousy.
他的讚揚裡流露出一絲嫉妒。

③一絲 *(C)*

There is a **tinge** of pain in her smile.
她的笑容裡帶著一絲痛苦。

tingle /'tɪŋgl̩/

感到刺痛 *(vi)*

◀ My hand **tingled** when I dipped it in the ice water.
我把手浸入冰水時感到有點刺痛。

tinker /'tɪŋkɚ/

修補 *(vi)* = tamper

◀ James has been **tinkering** with his bike for three hours.
詹姆斯在修補他的自行車有三個小時了。

🔘 MP3-T8

tinkle /'tɪŋkl̩/

①叮噹聲 *(S)*

◀ The **tinkle** of glasses came from the next room.
隔壁房間傳來了碰杯的叮噹聲。

②叮噹，搖 *(vi,vt)*

A **tinkling** bell awakened me. I wondered who was **tinkling** the bell so early in the morning.
鈴聲叮噹，把我從睡夢中喚醒，這麼早，不知道誰在搖鈴。

tiny /'taɪnɪ/

小巧的，極小的 *(adj)* = small

◀ New-born babies are **tiny** and cute.
新出生的嬰兒真是小巧又可愛。

tip /tɪp/

①尖端，端點 *(C)*

◀ We live on the northern **tip** of the island.
我們住在島的最北端。

②小費 *(C)*

You're supposed to leave a 15% **tip** for the waiter when eating at an American restaurant.
在美國餐館用餐你應該留百分之十五給侍者作小費。

③建議，勸告 *(C)*

Here are some useful **tips** for tourists on how to save money.
這裡有些給旅遊者關於如何省錢的實用建議。

④塗…在尖端 *(vt)*

They **tipped** the arrows with poison.
他們給箭頭都蘸上了毒藥。

⑤給…小費 *(vt)*

Each of us **tipped** the tour guide $1 a day for his service.
我們每個人都給導遊一天一美元的小費。

⑥翻倒 *(vi)* = turn

The vase **tipped** over and crashed to the floor.

花瓶翻倒在地板上打碎了。

---

tip off

通風報信 *(vt,s)*

◀Someone must have **tipped off** the police; otherwise, the robbers might have still been at large.

肯定有人給警方通風報信了，不然歹徒可能仍然逍遙法外。

---

tiptoe /'tɪp,to/

①腳尖 *(U,C)*

◀I walked out on **tiptoe(s)** lest I awaken the baby.

我踮著腳尖走出去，免得把寶寶吵醒。

②踮著腳尖走 *(vi)*

I **tiptoed** downstairs to see who was watching TV in the living room.

我踮著腳尖走下樓去看誰在客廳看電視。

tire /taɪr/

①車胎 *(C)* = tyre

◀You've got a flat **tire**. Do you have a spare one to change it?

你的車胎爆了。你有沒有備用胎把它換下來？

②使疲倦 *(vt)*

The lengthy discussion **tired** all of us.

冗長的討論讓我們都感到累了。

✎衍生字 tiring (adj) 令人疲倦的；tired (adj) 感到疲倦的

---

tire out

使累壞 *(vt,s)* = wear/knock out, exhaust, do in

◀The long journey has **tired** me **out**.

這次長途旅行把我累壞了。

---

tiresome /'taɪrsəm/

煩人的 *(adj)* = annoying

◀The children can be rather **tiresome** sometimes.

孩子們有時會很煩人。

tissue /'tɪʃu/

①紙巾 *(C)*

◀Give me a box of **tissues**, will you?

給我一盒紙巾行嗎？

②組織 *(U)*

The lung **tissue** of the patient has been destroyed.

這個病人的肺組織已經損壞了。

title /'taɪtl/

①書名 *(C)*

◀The **title** of the novel is *The Old Man and the Sea*.

這部小說的書名是《老人與海》。

②(體育比賽的) 冠軍 *(C)* = championship

They are competing for the world **title**.

他們在爭奪世界冠軍。

③頭銜 *(C)*

After divorcing Prince Charles, Diana still kept the **title** "Princess of Wales."

與查爾斯王子離異後，黛安娜仍保留了 "威爾士王妃" 的稱號 (頭銜)。

to /tə/

往，到 *(prep)*

◀All roads lead **to** Rome.

條條道路通往羅馬。

toad /tod/

蟾蜍 *(C)*

◀A **toad** looks like a large frog.

蟾蜍看起來像大青蛙。

toast /tost/

①(烤過的) 吐司 *(U)*

◀I had nothing but a slice of **toast** for breakfast this morning.

今天早晨我早飯只吃了一片吐司。

②乾杯 *(C)*

Let's drink a **toast** to the bride and groom.

我們來為新娘新郎乾一杯。

③烤 *(vt)*

Mom is **toasting** a turkey for dinner.

媽在為晚餐烤火雞。

④祝酒，乾杯 *(vt)*

We **toasted** the success of our shoe store.

我們為我們的鞋店生意成功乾杯。

tobacco /tə'bæko/

煙草 *(U)*

◀My dad likes to smoke **tobacco** in his pipe.

我爸喜歡用煙斗抽煙草。

today /tə'de/

①今天 (*adv*)

◄ Never put off until tomorrow what you can do **today**.

今天能做的事絕不要拖到明天做 (今日事今日畢)。

②今天 (*U*)

Have you seen **today's** newspaper?

你看了今天的報紙嗎？

toe /to/

腳趾 (*C*) (請參閱附錄 "身體")

◄ I didn't mean to tread on your **toes**.

我不是有意要踏你的腳趾 (傷你的感情)。

tofu /'tofu/

豆腐 (*U*) (請參閱附錄 "食物") = bean curd

◄ **Tofu** is my favorite food.

豆腐是我喜歡的食物。

together /tə'gɛðɚ/

一起 (*adv*)

◄ Mom put away the letter, **together** with the pictures.

媽媽將信和照片放在一起。

toil /tɔɪl/

①勞累，苦役 (*U*) = labor

◄ Years of hard **toil** has reduced him to a complete wreck.

多年的勞累使他元氣大傷。

②辛苦工作 (*vi*) = labor

He **toiled** away day and night for a living.

他為了生計日夜辛苦工作。

toilet /'tɔɪlɪt/

①馬桶 (*C*)

◄ Flush the **toilet** after using it.

如廁後請沖水。

②廁所 (*C*)

Excuse me. Can you tell me where the **toilet** is?

對不起，請告訴我哪兒有廁所？

✎相關字 「廁所」在英式英語最常用的字是 toilet，也有用 lavatory 和 WC 的。public conveniences (公廁)。the ladies (女廁)。the gents (男廁)。美式英語則用 washroom, restroom, bathroom 代替 toilet。

token /'tokən/

象徵，信物 (*C*) = expression

◄ I gave Lily a bracelet as a **token** of my love.

我送給莉莉一條手鏈，作為我愛情的信物。

tolerable /'tɑlərəbl̩/

①可以忍受的 (*adj*)

= endurable；⇨ intolerable, unbearable

◄ The weather here is too hot during the day but **tolerable** at night.

這兒的天氣白天太熱，但晚上還可忍受。

②可以接受的，尚可的 (*adj*) = fairly good

After the surgery last month, he's in **tolerable** health now.

上個月做完手術之後，他身體現在還可以。

tolerance /'tɑlərəns/

寬容 (*U*)

◄ He has no **tolerance** for ideas different from his.

他對不同意見不夠寬容。

✎衍生字 tolerant (*adj*) 寬容的

tolerate /'tɑlə‚ret/

①忍受 (*vt*) = bear, endure, put up with

◄ Mr. Lee can't **tolerate** his wife's untidiness any more.

李先生再也無法忍受他妻子的雜亂無章。

②容忍 (*vt*) = allow

I will not **tolerate** your behaving badly.

我是不會容忍你的惡劣行為的。

toll /tol/

①傷亡，損失 (*C*)

◄ The earthquake took a heavy **toll** on the town.

這次地震造成鎮上重大傷亡。

②通行費 (*C*)

You have to pay a **toll** when crossing this bridge.

過橋的時候要付通行費。

③敲，鳴 (鐘) (*vi,vt*) = ring

The bell **tolled** in the distance. I wondered who was **tolling** the bell.

遠處鐘聲鳴響，我不知道誰在敲鐘。

tomato /tə'meto/

番茄 (*C,U*) (請參閱附錄 "蔬果")

◄ The crowd pelt the politician with rotten **tomatoes**.

群眾向那位政客丟擲爛番茄。

tomb /tum/

墳墓 *(C)* = *grave*

◄ His body will be buried in a **tomb** near his farm.
他的遺體將安葬在他農場附近的一個墳墓內。

tomorrow /tə'mɔro/

①明天 *(adv)*

◄ I hope everything will be fine **tomorrow**.
我希望明天一切都會安好。

②未來 *(U)*

What's your plan for **tomorrow**?
你對未來有何打算？

ton /tʌn/

頓 *(C)*

◄ We need a **ton** of coal.
我們需要一噸煤。

tone /ton/

①口氣，腔調，語氣 *(C)*

◄ Our boss has never spoken in such an angry/impatient **tone**.
我們老闆從未用這樣惱怒 / 不耐煩的口氣說過話。

✎衍生字 *toneless (adj)* 單調的，平板的

②音色，音調 *(C)*

The violin has an excellent **tone**.
這把小提琴音色很美。

③基調，氣氛 *(S)*

His friendly opening speech set the **tone** for the whole meeting.
他那友善的開幕辭為整個會議定下了基調。

---

tone down

①降低 *(vt,s)*

◄Can you **tone down** your voice? The baby is sleeping.
把你的聲音降低可以嗎？娃娃在睡覺。

②婉轉 *(vt,s)*

You had better **tone down** your criticism/remark. It is quite provocative.
你的批評 / 言語最好婉轉點，那樣讓人聽了很不舒服。

③變柔和，變暗淡 *(vi)*

Over the years, his voice/the bright red has **toned down**.
過了這些年，他的嗓音變柔和了 / 鮮紅的顏色變暗淡了。

---

tongue /tʌŋ/

①舌頭 *(C)* (請參閱附錄 "身體")

◄ Don't stick out your **tongue**.
不要把舌頭伸出來。

✎片語 a slip of the tongue (口誤)

②語言 *(C)* = *language*

My native **tongue** is not Mandarin but Taiwanese.
我的母語不是國語而是台語。

tonight /tə'naɪt/

①今晚 *(adv)*

◄ I'll pick you up at 7:00 **tonight**.
我今晚七點來接你。

②今晚 *(U)*

Tonight will be a special occasion. Don't mess it up.
今晚是個非同尋常的日子。別搞砸了。

too /tu/

①太 *(adv)*

◄ One is never **too** old to learn.
學習永不嫌太老 (活到老，學到老)。

②也 *(adv)* = *as well*

John will attend the meeting and I will, **too**.
約翰將參加這個會議，我也參加。

tool /tul/

工具 *(C)*

◄ Jack didn't have the right **tool** to repair his bike.
傑克沒有適當工具修理他的腳踏車。

tooth /tuθ/

牙 *(C)*

◄ The dentist pulled out my decayed **tooth**.
牙醫把我的蛀牙拔了。

✎衍生字 *toothless (adj)* 無牙的；*teeth (pl)* 牙齒

✎相關字 toothbrush (牙刷)。toothpaste (牙膏)。
toothpick (牙籤)。toothache (牙疼)。

top /tɑp/

①最重要的，頂端的 *(adj)*

◄ Health is always my **top** priority.
健康總是我最為關心的事。

②頂部，上端 *(C)* ⇔ *bottom*

Daisy is always at the **top** of the class.
黛茜總是在班上名列前茅。

③ (小容器的) 蓋子 (C)

George can't unscrew the **top** of the bottle.
喬治旋不開瓶蓋。

④超過 (vt)

The profits of our company have **topped** one million this year.
今年我們公司的利潤已超過一百萬元。

⑤加蓋，形成…的頂部 (vt)

The cake is **topped** with cream.
蛋糕上面加了一層奶油。

topic /'tɑpɪk/

話題，題目 (C)

◀ We discussed a wide range of **topics** at the seminar.
我們在研討會上探討了廣泛的話題。

topple /'tɑpl̩/

①倒塌，翻覆 (vi) = fall

◀ A pile of plates **toppled** over.
一疊盤子倒下來。

②使翻覆，顛覆 (vt) = overthrow

They are hatching a plot to **topple** the government.
他們正在密謀顛覆政府。

torch /tɔrtʃ/

①火炬 (C)

◀ Billy bore the Olympic **torch**.
比利傳遞奧運會火炬。

②放火燒 (vt) = set fire to

Some demonstrators ran amok and began to **torch** abandoned cars.
一些示威者發狂起來，開始放火把廢棄的汽車燒了。

torment /'tɔrmənt/

①痛苦，折磨 (U) = distress

◀ Lisa didn't get a wink of sleep. She lay awake all night in **torment**.
莉莎沒合過一眼，她躺著痛苦得一夜沒睡。

②折磨，使痛苦 (vt) /tɔr'mɛnt/ = afflict

The toothache **tormented** me day and night.
牙痛整日整夜地折磨著我。

③使心煩 (vt) /tɔr'mɛnt/ = annoy

Sherry kept **tormenting** me with stupid questions.
雪莉一直拿愚蠢的問題來煩我。

tornado /tɔr'nedo/

龍捲風 (C) = twister

◀ A **tornado** struck the town, causing a lot of damage.
龍捲風襲擊鎮上造成許多損失。

torrent /'tɔrənt/

①急流，湍流 (C)

◀ The downpour turned the river into a rushing **torrent**.
傾盆大雨使河水變成奔騰的急流。

②傾盆，大量 (C)

The rain fell in **torrents**.
大雨傾盆而下。

③不絕，不止 (C)

That woman let out a **torrent** of abuse/criticism.
那女的罵不絕口／抨擊不止。

torrential /tɔ'rɛnʃəl/

傾盆的，大量的 (adj)

◀ The **torrential** rain caused a lot of damage.
傾盆大雨造成許多損失。

tortoise /'tɔrtəs/

陸龜 (C) (請參閱附錄 "動物")

◀ The **tortoise** unexpectedly won the race by moving slowly but steadily.
出乎意料的，陸龜以穩健緩慢的行動贏得賽跑。

◥相關字 turtle (海龜)。shell (龜殼)。

torture /'tɔrtʃɚ/

①嚴刑拷打 (U) = torment

◀ The police resorted to **torture** to get the information.
警察為獲取情報嚴刑拷打。

②拷打，折磨 (vt) = torment

The suspect was **tortured** into confessing.
嫌疑犯被屈打成招。

toss /tɔs/

①扔硬幣決定某事 (C)

◀ Their team won the **toss** so they played first.
他們球隊扔硬幣猜中了，所以由他們先開球。

②甩，拋，擲，投 (C)

Joseph stood up and left with an angry **toss** of his head.
約瑟夫站起來，憤怒地將頭一甩就離開了。

③拋，擲，投，甩 *(vt)* = *throw*

After winning the game, the players **tossed** their hats into the air excitedly.

比賽獲勝後，隊員們興奮地將帽子拋向空中。

④扔硬幣決定 *(vi)*

Let's **toss** up.

我們扔硬幣決定吧。

toss around

反覆討論 *(vt,s)* = *kick around*

◀ We **tossed** your proposal **around** for over an hour.

我們對你的提議反覆討論了一個多小時。

total /ˈtotḷ/

①完全的，絕對的 *(adj)* = *complete, absolute*

◀ They sat in **total** silence.

他們完全不發一聲地坐著。

②全部的 *(adj)*

The **total** death toll during this typhoon is 25.

這場颱風中的全部死亡人數是二十五人。

✎衍生字 *totally (adv)* 全部地，完全地

③總數 *(C)*

A **total** of 200 students will take part in the summer camp.

總共將有二百名學生會參加夏令營。

④總計 *(vt)* = *amount to*

The company has debts **totaling** 50 million.

這家公司總共負債五千萬元。

touch /tʌtʃ/

①觸摸 *(vt)*

◀ Visitors are requested not to **touch** any of the exhibits.

參觀者請勿觸摸展品。

②使…感動 *(vt)* = *move*

The orphan's sad story **touched** us all deeply.

這個孤兒的悲慘故事使我們所有人都深為感動。

③觸，碰，摸 *(S)*

I felt a **touch** on my shoulder.

我感到肩上被人碰了一下。

④少量，些微 *(S)*

The snow adds a **touch** of beauty to the scene.

白雪為景致平添了一些美感。

⑤聯繫 *(U)* = *contact*

Let's keep in **touch** with each other.

我們相互間要保持聯繫。

touch off

觸發 *(vt,s)* = *set/trigger/spark off*

◀ The murder of the president **touched off** a civil war.

總統遇害觸發了一場內戰。

touch on

簡略地談到 *(vt,u)*

◀ The chapter only **touches on** the effect of smoking.

這一章只簡略地談到了吸煙的影響。

tough /tʌf/

①堅強的，能吃苦耐勞的 *(adj)* = *strong*

◀ We need to be **tough** in the face of difficulties.

面對困難時我們要堅強。

✎衍生字 *toughness (U)* 堅強；*toughen (vt)* 變堅強，使堅韌

②(肉) 硬的，老的 *(adj)* ⇔ *tender*

What a **tough** steak!

這牛排多老啊！

③困難的 *(adj)* = *difficult*

Learning English is a **tough** job to many students.

對許多學生來說，學習英語可謂難事。

④粗暴的，凶惡的 *(adj)*

I don't think you have the guts to ask the **tough** guy to put out his cigarette.

我認為你是沒膽量去叫那個惡棍把煙熄滅的。

⑤(態度) 強硬的 *(adj)* = *strict*；⇔ *soft*

Joseph will never hand in his homework in time unless the teacher gets **tough** with him.

除非老師態度強硬，否則約瑟夫是從不會按時交作業的。

tour /tur/

①旅遊 *(C)* = *trip*

◀ We will go on/make a **tour** around Europe this summer.

今年夏天我們要去歐洲旅遊一圈。

②旅遊 *(vi)* = *travel*

My parents are **touring** in China.

我父母正在中國旅遊。

✎相關字 tour guide (導遊)。tour bus (遊覽車)。tourist attraction (旅遊景點)。package tour (旅行社辦的團體旅遊)。self-guided tour (自助旅行)。

tourism /'tʊrɪzəm/

旅遊業 *(U)*

◄ The island country's economy relies much on **tourism**.

這個島國的經濟大部分靠旅遊業。

tourist /'tʊrɪst/

遊客 *(C)*

◄ The Statue of Liberty is a famous **tourist** attraction in New York, which attracts millions of **tourists** every year.

自由女神像是紐約市著名的遊客景點，每年吸引著千百萬的遊客。

tournament /'tɝnəmənt/

錦標賽 *(C)*

◄ We held a tennis **tournament**.

我們舉行了網球錦標賽。

tow /to/

①拖，拉 *(vt)*

◄ If you double park your car, the police may **tow** it away.

假如你將車並排停靠，警察會將它拖走的。

②拖，拉 *(S)*

My car's broken down. Can you give me a **tow**?

我的車拋錨了，能用你的車幫忙拖一拖嗎？

toward(s) /tordz/

朝向 *(prep)* = *to*

◄ They sat on the rock with their faces **toward(s)** the sea.

他們面朝大海坐在岩石上。

towel /taʊl/

毛巾 *(C)*

◄ After the shower, she wrapped herself up with a bath **towel**.

淋浴後她用塊浴巾將自己裹起來。

tower /taʊr/

①塔 *(C)*

◄ The **tower** rises 50 meters.

這塔高五十米。

②高踞於，高聳 *(vi)*

The skyscraper **towers** above the other buildings.

這座摩天大樓高踞於其他建築物之上。

◎ MP3-T10

town /taʊn/

①小鎮 *(C)*

◄ I live in a small **town** in eastern Taiwan.

我住在台灣東部的一個小鎮上。

✎衍生字 *townspeople* (P) 市鎮居民

②小鎮 *(U)*

Dad is out of **town** on business today.

爸爸今天離開小鎮外出辦事了。

toxic /'tɑksɪk/

有毒的 *(adj)* = *poisonous*

◄ The chimney emits **toxic** fumes.

煙囪排放出有毒廢氣。

toy /tɔɪ/

①玩具 *(C)*

◄ Bill is playing with **toys** in his room.

比爾在自己房間裡玩玩具。

②玩弄 *(vi)*

Some students like to **toy** with their pens in class.

有些學生喜歡在上課時玩弄他們的筆。

trace /tres/

①痕跡，跡象 *(C)* = *sign*

◄ The room where his body was found bore **traces** of a fierce struggle.

在發現他屍首的房間內有激烈搏鬥過的跡象。

②線索 *(U)*

The police have been unable to find any **trace** of the bank robbers.

警察未能找到搶劫銀行者的任何線索。

③追溯 *(vt)*

His fear of darkness can be **traced** back to a childhood experience.

他對黑暗的恐懼可以追溯到童年的一段經歷。

④追蹤 *(vt)* = *follow, track*

The murderer was **traced** to Tainan and was finally arrested.

謀殺者一直被追蹤到台南，最後被逮捕。

track /træk/

① 足跡 (C) = footprint

◀ We hope to find the missing boy by following his **tracks**.

我們希望依靠跟那失蹤男孩的足跡來找到他。

② 軌道 (C)

The train ran off/jumped/left the **track** and caused dozens of injuries.

那火車開出 / 跳出 / 脫離軌道，造成幾十人受傷。

③ 小道，小徑 (C) = path

The narrow mountain **track** is the only way to the small village.

這條狹窄的山間小道是通往小村子的唯一通道。

✎相關字 請參見 road。

④ 跟蹤 (vt) = follow

The police **tracked** the kidnappers to their hiding place.

警方跟蹤綁匪至其藏匿處。

track down

① 查出 (vt,s)

◀ Doctors have **tracked down** the cause of AIDS.

醫生已經查出了愛滋病的病因。

② 追捕到 (vt,s) = hunt/hound down

The police have **tracked down** the escaped prisoners.

警方已經追捕到越獄的犯人。

trade /tred/

① 貿易 (U)

◀ What can we do about our declining foreign **trade**?

我們對外貿易走下坡，有何辦法？

② 職業 (U) = occupation

He is a tailor by **trade**.

他的職業是裁縫。

③ 貿易，做生意 (vi)

Our company **trades** mainly with the U.S.

我們公司主要同美國做生意。

④ 交換 (vt)

She **traded** her Barbie doll for Lisa's 500-piece puzzle.

她用她的芭比娃娃換來莉莎的五百片裝的拼圖。

trade in

① 折價換購 (vt,s) = trade up；⇔ trade down

◀ I won't **trade** my old computer **in** for a new model.

我不會把舊電腦折價換購新的。

② 做生意 (vt,u) = deal in

Tim made a great fortune **trading in** antiques.

提姆做骨董生意賺了大錢。

trade off

換取 (vt,s)

◀ My boss agreed to **trade off** a pay raise for longer working hours.

我的老闆同意增加工資，以換取延長工時。

trade on/upon

利用 (vt,u) = take advantage of

◀ It is unfair of you to **trade on** that boy's honesty.

你利用那男孩的誠實，這樣做是不公平的。

trademark /'tred,mɑrk/

商標 (C)

◀ We have registered the **trademark**. Any one who infringes upon it will be taken to court.

這個商標我們已經註冊，任何人侵權盜用都將受到起訴。

trader /'tredɚ/

貿易商 (C)

◀ The fur **trader** displayed an exotic selection of furs.

皮衣商人展示精選異國的皮衣。

tradition /trə'dɪʃən/

① 傳統 (U)

◀ Bill intends to break with/continue/follow the family **tradition** and seek a career in politics.

比爾打算不顧 / 繼承 / 按照家庭傳統在政界謀職。

② 傳統 (C)

This magazine has a long **tradition** of attacking corruption.

這分雜誌有著抨擊腐敗的悠久傳統。

traditional /trə'dɪʃənl̩/

傳統的 (adj) = conventional

◀ The aborigines will dance in their **traditional** costume.

這些原住民將穿上他們傳統的服飾跳舞。

✎衍生字 traditionally (adv) 傳統地

traffic /'træfɪk/

① 交通 (U)

◀ I was stuck in the heavy **traffic** this morning, and so I was late for work.

今天早晨我遇上了嚴重的交通堵塞，所以上班遲到了。

② 交易 (vi) = deal, trade

He was arrested by the police for **trafficking** in illegal drugs.

他因進行毒品交易被警方逮捕。

tragedy /'trædʒədɪ/

① 悲劇 (C) ⇔ comedy

◀ *Hamlet* is one of Shakespeare's best known **tragedies**.

《哈姆雷特》是莎士比亞最著名的悲劇之一。

② 慘事，悲劇 (C)

It was a great **tragedy** that so many people had died in the fire.

這麼多的人死於火災，這真是一場嚴重的慘劇。

③ 悲劇，慘事 (U)

Their honeymoon ended in **tragedy** when their hotel caught fire.

他們住的旅館失火，蜜月以一場悲劇告終。

tragic /'trædʒɪk/

① 悲劇的 (adj) ⇔ comic

◀ Oedipus is a well-known **tragic** character.

伊底帕斯王是個著名的悲劇性人物。

② 不幸的，悲慘的 (adj) = miserable

It was **tragic** that so many people had died in the fire.

這麼多人死於這場火災真是不幸。

trail /trel/

① 足跡 (C) = track

◀ The hunters followed the bear's **trail**.

獵人們跟著熊的足跡。

② 步道 (C)

More than ten **trails** have been laid out on the hill for hikers.

在山丘上為徒步旅行者開闢了十幾條步道。

✎相關字 請參見 road。

③ 跟蹤 (vt) = follow, track, trace

The police **trailed** the thief to his hiding place.

警察跟蹤小偷至他的藏身處。

④ 落後 (vi)

Taiwan **trails** far behind America in biotechnology.

台灣在生物技術領域比美國落後很多。

trail off

漸漸變小 (vi) = tail/taper off

◀ Her interest/voice seems to be **trailing off**.

她的興趣／聲音好像漸漸變小了。

train /tren/

① 火車 (C) (請參閱附錄 "交通工具")

◀ I took a **train** to Kaohsiung.

我搭火車到高雄。

② 訓練 (vt)

The seals are **trained** to do tricks in a circus.

海豹經訓練後在馬戲場內表演把戲。

✎衍生字 trainer (C) 訓練者；trainee (C) 受訓者

③ 訓練 (vi)

He **trained** as a singer under a famous professor of music.

他師從一位音樂名教授接受過聲樂訓練。

✎衍生字 training (U) 訓練

✎相關字 請參見 teach。

trait /tret/

(尤指人的) 特點，特性，性質 (C) = quality

◀ Mike's sense of humor is one of his most pleasing **traits**.

麥克的幽默感是他最可愛的特點之一。

traitor /'tretɚ/

賣國賊，叛國者 (C) ⇔ patriot

◀ Some officers are suspected of providing classified information for the enemy. If found guilty, they will be hanged as **traitors**.

一些軍官被懷疑為敵人提供機密情報。如果罪證查實，他們將以作為賣國賊被絞死。

tramp /træmp/

① 重踩，重踏 (vi) = stamp, stomp

◀ I was frightened by someone **tramping** up the stairs at night.

夜裡有人踩著重重的腳步走上樓梯，把我嚇了一跳。

②步行 *(vt)*

We have **tramped** the streets all day looking for the missing boy.
一整天我們走遍大街小巷，尋找失蹤的男孩。

③長途步行 *(C)*

It was a long **tramp** to the convenience store through the mud.
到便利店要在爛泥地走很長一段路。

④流浪漢 *(C) = vagrant*

I saw a **tramp** in a bunker.
我在煤倉裡看到一個流浪漢。

trample /ˈtræmpl̩/

①踩，踐踏 *(vt) = tramp*

◀ Two persons were **trampled** to death in the rush to get out of the theater.
在蜂擁逃出劇院的時候有兩人被踩死。

②重踩，重踏 *(vi) = tramp*

The child was crying because you **trampled** on his toys.
那小孩在哭，因為你踩到了他的玩具。

tranquil /ˈtræŋkwɪl/

平靜的 *(adj) = serene, placid, peaceful*

◀ I long to live a **tranquil** life.
我渴望過平靜的生活。

tranquility /træŋˈkwɪlətɪ/

寧靜 *(U) = quiet*

◀ The piercing whistle shattered the **tranquility**.
刺耳的汽笛聲打破了寧靜。

tranquilize /ˈtræŋkwɪˌlaɪz/

使鎮靜 *(vt)*

◀ The doctor **tranquilized** the patient with an injection.
醫生用注射針劑，使病人鎮靜下來。

📝衍生字 *tranquilizer (C)* 鎮定劑

transact /trænzˈækt/

處理，辦理，做 (交易等) *(vt)*

◀ More and more deals are **transacted** through the Internet.
愈來愈多的生意是在網路上做成的。

transaction /trænˈzækʃən/

交易 *(C) = deal*

◀ I have just conducted a business **transaction**.
我剛做了一筆交易。

📝同尾字 action (活動)。interaction (互動)。

transcend /ˌtrænˈsɛnd/

超越 *(vt) = go beyond*

◀ Ensuring national security **transcends** political interests and differences.
保證國家的安全超越於政治利益和分歧。

📝衍生字 *transcendent (adj)* 卓越的
📝同尾字 請參見 ascend。

🔘 MP3-T11

transcribe /trænˈskraɪb/

(用音標) 記錄 *(vt)*

◀ I **transcribed** every word the aborigine uttered. I was studying the phonetic system of his language.
我用音標把這土著說的話一字一句都記錄下來，我在研究他這種語言的語音系統。

📝衍生字 *transcription (U,C)* 抄寫，紀錄
📝同尾字 請參見 subscribe。

transcript /ˈtrænˌskrɪpt/

抄本，文字記錄 *(C)*

◀ The defendant presented a **transcript** of the tapes in court as convincing evidence against the plaintiff.
被告在法庭上出示錄音帶的文字本，作為針對原告的有力證據。

📝同尾字 請參見 script。

transfer /ˈtrænsfɚ/

①調職 *(C)*

◀ She asked for/got a **transfer** to the branch office in New York.
她要求 / 被調職到紐約的分公司去。

②轉隊，轉校，轉到另一部門 *(vt)*

The basketball player is hoping to be **transferred** to another team soon.
這位籃球選手希望能很快轉到另一個球隊去。

③轉機，轉車 *(vi) /trænsˈfɚ/*

We'll **transfer** from the bus to the MRT at Taipei Railway Station.
我們乘公共汽車至台北火車站轉乘大眾捷運系統。

transform /trænsˈfɔrm/

改變 *(vt) = turn, change*

◀ The witch **transformed** the prince into a frog with a wave of her hand.
女巫手一揮將王子變成了一隻青蛙。

transformation /ˌtrænsfɚˈmeʃən/

變革，改變 (S) = change

◀ Since 1996, when the president was, for the first time in history, directly elected by the people, Taiwan has undergone a complete political **transformation**.
一九九六年台灣有史以來第一次產生了由人民直接選舉的總統，從那以後，台灣經歷了徹底的政治變革。

transistor /trænˈzɪstɚ/

電晶體 (C)

◀ A **transistor** is used in radios for controlling the flow of an electrical current.
電晶體使用在收音機來控制電流。

transit /ˈtrænsɪt/

運輸 (U)

◀ Some of the goods might have been damaged in **transit**.
有些貨物可能在運輸過程中遭到損壞。

transition /trænˈzɪʃən/

過渡 (C)

◀ Since the 1996 presidential election, Taiwan has made a remarkable **transition** from autocracy to democracy.
自從一九九六的總統競選，台灣已令人矚目地從獨裁政體過渡到了民主政體。
✎衍生字 transitional (adj) 過渡的

translate /trænsˈlet/

翻譯 (vt)

◀ He **translated** the novel from English into Chinese.
他將這部英文小說翻譯成中文。

translation /trænsˈleʃən/

①翻譯 (C)

◀ I'm doing a Chinese **translation** of a novel by Agatha Christie.
我正把阿嘉莎·克莉斯蒂的一部小說譯成中文本。

②翻譯作品 (U)

I've only read Shakespeare's works in **translation**.
我只讀過莎士比亞作品的翻譯本。

translator /trænsˈletɚ/

翻譯員 (C)

◀ We need a French **translator**.
我們需要一個法語翻譯員。
✎相關字 translator (筆譯人員)。interpreter (口譯人員)。

transmission /trænsˈmɪʃən/

①傳播 (U)

◀ The only way to stop the **transmission** of foot-and-mouth disease is to cull the infected hogs.
阻止口蹄疫傳播的唯一途徑是宰殺受感染的豬。

②播出 (節目) (U)

We apologized for the interruption in **transmission** earlier in the program.
本節目前面一段的播出中斷，我們爲此表示歉意。
✎同尾字 請參見 commission。

transmit /trænsˈmɪt/

①播出 (節目) (vt) = broadcast

◀ The World Cup will be **transmitted** live via satellite.
世界杯賽將通過衛星現場直播。

②傳播 (vt)

AIDS is a sexually **transmitted** disease, so avoid engaging in unsafe sex.
愛滋病是一種性傳播疾病，所以要避免無保護措施的性生活。
✎同尾字 請參見 emit。

transparent /trænsˈpɛrənt/

①透明的 (adj)

◀ The fish are in a **transparent** container, so children can see them swimming.
魚裝在透明的容器裡，所以孩子們可以看到牠們在游動。
✎衍生字 transparency (U) 透明

②清楚的，易懂的 (adj)

It is illegal to cook the books, so you have to make sure that your accounting practices are **transparent**.
做假帳是非法的，所以帳目登記要清楚易懂。
✎同尾字 apparent (明顯的)。

transplant /træns'plænt/; /'trænsplænt/

移植 *(vt,C)*

◀ Doctors tried to **transplant** a pig's liver into a human patient, but all attempts were fruitless. Her body continually rejects the **transplant**.

醫生試圖把豬的肝臟移植到一個病人身上，但是這一切的努力都毫無成果。她的身體對移植器官不斷地產生排斥反應。

➤同尾字 請參見 supplant。

transportation /ˌtrænspɚ'teʃən/

運輸方式 *(U)* = transport

◀ The MRT is a very convenient means of **transportation**.

大眾捷運系統是一種非常便利的運輸方式。

➤衍生字 transport *(vt)* 運輸，運送

trap /træp/

①陷阱 *(C)* = snare

◀ The hunters set a **trap** to catch the bear.

獵人們設下一個捕熊的陷阱。

②用陷阱捕獵 *(vt)*

The bear was **trapped**.

這頭熊被落入陷阱。

③困住 *(vt)* = stick

Ten miners were **trapped** underground after the fire.

起火後十名礦工受困地下。

trash /træʃ/

①垃圾 *(U)* = garbage, rubbish

◀ Honey, would you take the **trash** out?

親愛的，你把垃圾拿出去，行嗎？

②廢物 *(U)* = nonsense

What you're saying is absolute **trash**.

你說的全是廢話。

trauma /'trɔmə/

創傷 *(C)*

◀ Julia suffered a psychological/physical **trauma**.

茱莉亞的心靈 / 身體受到了創傷。

➤衍生字 traumatic *(adj)* 經歷創傷的，痛苦的

travel /'trævl̩/

①旅遊 *(vi)* = tour

◀ I dream of **traveling** around the world one day.

我夢想著有一天能環遊世界。

➤衍生字 traveler *(C)* 旅行者

②行進，移動 *(vi)* = move

At what speed does light **travel**?

光速行進有多快？

③旅行 *(U)*

I'd like to experience more foreign cultures, but I hate **travel**.

我想要有更多的外國文化經驗，但是我不喜歡旅行。

➤相關字 請參見 journey。

tray /tre/

淺盤，托盤 *(C)*

◀ I put the toast on the breakfast **tray**.

我把吐司放入早餐用的盤子中。

tread /trɛd/, trod *(pt)*, trodden *(pp)*

踩 *(vi)* = step

◀ Rick **trod** on a piece of broken glass, and the cut was bleeding.

瑞克踩到了一塊碎玻璃，傷口在流血。

treason /'trizn̩/

叛國罪 *(U)* = sedition

◀ Sam committed **treason** against his country.

山姆犯了叛國罪。

treasure /'trɛʒɚ/

①寶藏 *(U)*

◀ They set out for the island to look for the buried **treasure**.

他們出發至島上去尋找埋在地下的寶藏。

②珍品，珍寶 *(C)*

The museum houses many art **treasures**.

這座博物館裡收藏著許多藝術珍品。

③寶貴人材 *(C)*

Mr. Lee is a real **treasure** to our company; he has increased sales by 50% so far this year.

李先生是我們公司的寶貴人材。今年以來他已將銷售額提高了百分之五十。

④珍惜 *(vt)* = cherish, prize

I will **treasure** our friendship forever.

我將永遠珍惜我們的友誼。

treasury /'trɛʒərɪ/

①金庫 *(C)*

◀ The priest was arrested on suspicion of siphoning millions of dollars from the church **treasury** for private business ventures.

那位牧師因涉嫌從教會金庫挪用幾百萬美元於私人商業投資而遭到拘捕。

②財政部 *(U)*

There will be a reshuffle in the **Treasury**.
財政部將進行人事改組。

treat /trit/

①對待 *(vt)*

◀ He always **treats** children with patience.
他對待孩子總是很有耐心。

②處理 *(vt)* = deal with, handle

Our request for a pay increase was unfairly **treated**.
我們加薪的要求，受到不公平的處理。

③治療 *(vt)*

My dad is being **treated** for heart disease in hospital.
我爸爸正在醫院裡接受心臟病的治療。

④請客 *(vt)*

Our boss **treated** us to a big meal as a reward for our hard work.
我們老闆請我們吃了一頓大餐作為對我們辛勤工作的嘉獎。

⑤請客 *(C)*

The drink is my **treat**, so put your money away.
這杯飲料我請客，你把錢拿回去。

treatment /'tritmənt/

①做法，處理方式 *(U)*

◀ Many people don't approve of the magazine's sensational **treatment** of the story.
許多人對該雜誌將這條新聞用聳動的方式處理表示異議。

②治療 *(U)*

She's receiving/undergoing **treatment** for cancer.
她在接受癌症治療。

③對待 *(U)*

The prisoners complained of ill **treatment** by their guards.
囚犯們投訴獄卒虐待他們。

treaty /'tritɪ/

條約 *(C)*

◀ The representatives from the two countries have worked out a peace/trade **treaty**, and are waiting for their respective congresses to ratify it.
兩國代表已擬出一個和平 / 貿易條約，正等待各自的國會核准。

✎相關字 請參見 accord。

tree /tri/

樹 *(C)*

◀ Tom sat in the shade of the apple **tree**.
湯姆坐在蘋果樹蔭下。

trek /trɛk/

①徒步 *(C)*

◀ We went on a **trek** to the castle.
我們徒步旅行到城堡。

②徒步旅行 *(vi)*

We **trekked** across the field.
我們徒步穿過田野。

tremble /'trɛmbl̩/

①發抖 *(vi)* = shake, shudder, quiver, shiver

◀ With only a ragged coat on, Mary was **trembling** with cold.
瑪莉只穿了一件破爛的外套，因此被凍得發抖。

②搖動，震動 *(vi)* = shake, vibrate

The windows **trembled** as the train passed by.
火車開過時，窗子搖動起來。

③顫抖 *(S)* = tremor

There was a **tremble** in his voice as he told me the sad news.
他告訴我這不幸的消息時聲音在顫抖。

◉ MP3-T12

tremendous /trɪ'mɛndəs/

①巨大的 *(adj)* = great, immense

◀ Typhoon Toraji did **tremendous** damage to Taiwan.
桃芝颱風給台灣造成了巨大的損失。

②絕佳的 *(adj)* = wonderful, superb, extraordinary

We went to a **tremendous** party last night.
昨天晚上我們去參加了一個絕佳的派對。

tremor /'trɛmɚ/

①震動 *(C)* = vibration

◀ The earth **tremor** was centered in central Taiwan, but was felt as far as 250 miles away.
震央在台灣中部，但二百五十英里外的地方也都感覺到了。

②發抖 *(C)* = shiver

A **tremor** ran through her body as she was listening to the ghost story.
她聽鬼故事時渾身發抖。

T

trench /trɛntʃ/

溝，渠 *(C)*

◀ I dug a **trench** and then planted my roses in it.
我挖了一條溝，然後種上玫瑰。

trend /trɛnd/

潮流 *(C)*

◀ Don't blindly follow the latest **trends** in fashion.
別盲目追求時裝新潮流。

✎衍生字 *trendy (adj)* 時髦的

trespass /'trɛspəs/

①未經許可進入，擅入 *(vi)*

◀ The children **trespassed** on a neighbor's property, and were driven off.
那些孩子未經許可進入鄰家產業，被趕了出來。

②擅闖私宅 *(U)*

I will sue you for **trespass**.
我要告你擅闖私宅。

✎同尾字 請參見 surpass。

trial /'traɪəl/

①審判 *(U)*

◀ He is (going) on **trial** for robbery.
他將因搶劫受審。

✎衍生字 *try (vt)* 審判

②試用，嘗試 *(C)*

The new drug is undergoing clinical **trials**.
這種新藥正在臨床試用階段。

triangle /'traɪ,æŋgl/

三角形 *(C)*

◀ Do you know how to calculate the area of a **triangle**?
你知道怎麼算出三角形的面積嗎？

✎衍生字 *triangular (adj)* 三角形的

tribal /'traɪbl/

部落的 *(adj)*

◀ **Tribal** warfare claimed over 2,500 lives. Now both sides have decided to bury the hatchet.
部落戰爭奪去了二千五百人的生命，現在雙方已決定息爭言和。

tribe /traɪb/

部落 *(C)*

◀ Some primitive **tribes** in the jungles still live on fishing and farming.
生活在叢林中的一些原始部落至今仍以捕魚和農耕爲生。

tribute /'trɪbjut/

(表示敬意或稱讚的) 行動、言語或禮物 *(C)*

◀ Floral **tributes** from his friends poured in for Mr. Smith, who died of lung cancer last week.
史密斯先生上週死於肺癌，朋友們的花圈敬輓不斷湧入。

trick /trɪk/

①惡作劇 *(C)* = *practical joke*

◀ John is a naughty student. He likes to play **tricks** on his classmates.
約翰是個頑皮的學生，愛對同班同學搞些惡作劇。

②把戲 *(C)*

Animals in the circus are trained to do **tricks** to amuse the audience.
馬戲團的動物經過訓練後會耍把戲來娛樂觀眾。

③訣竅 *(S)* = *knack*

Could you teach me the **trick** of making good coffee?
你能教教我煮出好味道的咖啡的訣竅嗎？

④欺騙 *(vt)* = *deceive*

The man **tricked** me into buying an expensive machine.
那男人騙我買下了那台昂貴的機器。

tricky /'trɪkɪ/

①耍花招的 *(adj)* = *deceitful*

◀ I don't like to deal with him. He's a **tricky** person.
我不喜歡同他打交道，他是個慣於耍花招的人。

②詭詐的，易上當的 *(adj)*

Be careful when you answer the questions. Some of them might be quite **tricky**.
回答問題時要小心，其中有些很詭詐。

③棘手的 *(adj)* = *sticky, tough, awkward*

I'm in a rather **tricky** situation; can you help me out?
我現在處境十分棘手，你能幫我一把嗎？

trifle /'traɪfl/

①小事 *(C)* = *trivia (P)*

◀ The couple often quarrel with each other over **trifles**.
這對夫妻經常爲一些小事吵架。

✎衍生字 *trifling (adj)* 微不足道的

②小看，輕視 *(vt)*

Though diminutive, Miss Lee is not a woman to be **trifled** with.

李小姐雖然長得小巧，卻是個不可小看的女子。

trigger /ˈtrɪgɚ/

①引發 *(vt)*

◀ The shooting of a cigarette vendor **triggered** (off) a riot.

一名煙販遭槍殺引發了一場暴動。

②扳機 *(C)*

I aimed my shot gun at the bird in the tree, and pulled the **trigger**.

我把獵槍瞄準樹上的鳥，扣動了扳機。

③引發 *(C)*

Even a trifling matter could act as a **trigger** for a fight.

即使是件很小的事也會引發一場爭鬥。

trim /trɪm/

①修剪 *(vt)* = cut, prune

◀ The workers are **trimming** the branches off the trees.

工人們正在修剪樹枝。

②削減 *(vt)* = reduce

In order to **trim** their costs, some companies reduce their administrative staff.

為了削減開支，一些公司裁減了行政人員。

③修剪 *(S)*

My hair/beard needs a **trim**.

我的頭髮／鬍子需要修剪一下。

trio /ˈtrio/

三人一組 *(C)*

◀ A jazz **trio** from America will put on its first performance in Taiwan.

來自美國的一個爵士樂三重奏組將在台灣舉行首演。

📝相關字 duet (二重唱／奏)。quartet (四重奏／表演組)。

trip /trɪp/

①旅行 *(C)*

◀ We went on/made a **trip** to Japan last month.

我們上個月去日本旅行。

②絆到 *(vi)* = stumble

He **tripped** over a root and fell.

他絆到樹根上，摔倒了。

---

trip up

①迷惑 *(vt,s)*

◀ These questions are designed to **trip** students **up**.

這些問題是為了迷惑學生。

②使絆倒 *(vt,s)*

Tom put his foot out to **trip** Jack **up**.

湯姆伸出腳把傑克絆倒了。

triple /ˈtrɪpl̩/

①使增至三倍 *(vt)* = treble

◀ Our company **tripled** its profits last year.

我們公司的利潤去年增加了三倍。

②增至三倍 *(vi)* = treble

Car sales **tripled** last year.

去年汽車銷售增至三倍。

③三倍的 *(adj)* = treble

The number of unemployed people reached three hundred thousand in 2001, nearly **triple** that of 2000.

二〇〇一年失業人數達到了三十萬，幾乎是二〇〇〇年的三倍。

📝相關字 double (兩倍)。quadruple (四倍)。

triumph /ˈtraɪəmf/

①勝利 *(C)* = victory

◀ We won/scored/secured/achieved a **triumph** over the home team.

我們勝了地主隊。

②凱旋，勝利 *(U)*

The troops returned in **triumph**.

部隊凱旋而歸。

③戰勝 *(vi)* = prevail

Sooner or later justice will **triumph** over evil.

正義遲早總會戰勝邪惡。

triumphant /traɪˈʌmfənt/

凱旋的 *(adj)* = victorious

◀ He made a **triumphant** return to his home town after he won a gold medal in the Olympic Games.

他在奧運會上奪得金牌後凱旋而歸回到鎮上。

📝衍生字 *triumphantly (adv)* 得意洋洋地

trivial /ˈtrɪvɪəl/

小事的，瑣碎的 *(adj)* = *unimportant*

◀ You should not dwell on **trivial** problems; otherwise, you will not see the wood for the trees.

你不應該老是想著一些小問題，否則你會見樹不見林，因小失大。

✎衍生字 *triviality (U,C)* 瑣碎，平庸；*trivialize (vt)* 使瑣碎，使平庸

trolley /ˈtrɑlɪ/

手推車 *(C)*

◀ There are shopping **trolleys** at the entrance of the supermarket for customers to use.

超市入口有購物推車可供顧客使用。

troop /trup/

①軍隊 *(P)*

◀ If the police can't keep order, the government must send/call in the **troops**.

如果警察無法維持秩序，那麼政府必須派出／召來軍隊了。

②一群 *(C)*

We met with a **troop** of deer when walking in the woods.

我們在林中步行時遇到了一群鹿。

trophy /ˈtrofɪ/

①獎品，獎杯 *(C)*

◀ We won first place in the race and were awarded a gold cup as a **trophy**.

我們比賽得了第一，獲得的獎品是一只金杯。

②戰利品 *(C)*

Paintings, medieval pottery, and other antiques were among the **trophies** of Britain's incursion into China in the 19th century.

英國十九世紀入侵中國的戰利品中有繪畫作品、中古時代的陶器和其他古代文物等。

tropic /ˈtrɑpɪk/

回歸線 *(C)*

◀ Two imaginary lines around the world are the **Tropic** of Cancer and the **Tropic** of Capricorn.

環繞地球的兩條假想線是北回歸線和南回歸線。

tropical /ˈtrɑpɪkl̩/

熱帶的 *(adj)*

◀ A **tropical** hurricane has formed over the ocean and might threaten the western coast the day after tomorrow.

海面上已形成熱帶風暴，後天將可能威脅西海岸。

✎衍生字 *the tropics (P)* 熱帶

trot /trɑt/

① (馬的) 小跑 *(vi)*

◀ A horse may **trot** or gallop.

馬會小跑，也會飛奔。

②小跑 *(vi)*

Before we played basketball, we **trotted** around the field to warm up.

打籃球之前，我們沿著場地小跑熱身。

③快步 *(S)*

The boy broke into a **trot** when he heard the whistle.

那男孩聽到哨子的聲音，突然快步起來。

trouble /ˈtrʌbl̩/

①困難，麻煩 *(U)* = *difficulty*

◀ Did you have any **trouble** finding your way here?

你找到這裡有困難嗎？

②麻煩的人、事、物 *(C)*

The child was a big **trouble** to his parents.

這孩子是他父母的一大麻煩。

③使煩心，使困擾 *(vt)*

Don't **trouble** yourself about such a trifle.

別為這種小事煩心了。

④費事 *(vi)* = *bother*

Don't **trouble** to make coffee for me. I'm leaving right away.

不用麻煩為我準備咖啡了，我馬上就要走的。

troublesome /ˈtrʌbl̩səm/

引起麻煩的，費心神的 *(adj)*

◀ The engine problem of your car is **troublesome** this time. It may take days to fix.

這次你的汽車引擎可出麻煩了，可能要幾天才

🔘 MP3-T13

trousers /'traʊzəz/

長褲 *(P)* (請參閱附錄 "衣物") = pants

◀ The police managed to catch the robbers with their **trousers** down.

搶匪連褲子都來不及穿就被警方捉住了。

trout /traʊt/

鱒魚 *(C)*

◀ Most species of **trout(s)** spend their entire lives in freshwater streams and lakes.

大部分鱒魚在淡水溪和湖泊度過一生。

說明：複數為 trout 或 trouts。

truant /'truənt/

逃學的學生 *(C)*

◀ There are many **truants** in the cyber café.

網咖裡有許多逃學的學生。

✎衍生字 *truancy (U)* 逃學

truce /trus/

休戰 (協議) *(C)* = armistice, cease-fire

◀ The rebels and the government have agreed upon a **truce**, though an uneasy one.

叛軍和政府之間已達成休戰協議，雖然這個協議來之不易。

truck /trʌk/

卡車 *(C)* (請參閱附錄 "交通工具")

◀ The **truck** skidded off the road and crashed into a wall.

這部卡車滑離馬路，撞上了牆壁。

true /tru/

① 真實的 *(adj)* ⇔ false, untrue

◀ What you're going to hear is a **true** story.

你將聽到的是真實的故事。

✎衍生字 *truly (adv)* 真實地；*truth (U)* 事實

② 忠誠的 *(adj)* = loyal, faithful

His wife is always **true** to him.

他妻子總是對他保持著忠誠。

trumpet /'trʌmpɪt/

小喇叭 *(C)* (請參閱附錄 "樂器")

◀ He is always blowing his own **trumpet**.

他老愛吹自己的喇叭 (自吹自擂)。

✎衍生字 *trumpeter (C)* 小喇叭手

trunk /trʌŋk/

① 樹幹 *(C)*

◀ The **trunk** of the oak is huge.

這棵橡樹的樹幹很粗大。

② 旅行箱 *(C)*

I will pack/unpack my **trunk** tonight.

今晚我會整理好 / 打開旅行箱。

③ 象鼻 *(C)*

The elephant uses its **trunk** to drink water.

大象用鼻子吸水喝。

trust /trʌst/

① 信任 *(U)* = faith

◀ He is a dishonest person. I have/place/put no **trust** in him.

他是個不誠實的人。我不信任他。

② 託管，信託 *(U)*

The money will be held in **trust** for you until you're 20.

這筆錢將託人為你代管，直至你二十歲。

③ 信任 *(vt)*

You can **trust** me to fulfill the task.

你可以信任我來完成這項任務。

④ 相信 *(vi)* = have faith, believe

We **trust** in God.

我們信上帝。

truth /truθ/

① 真相，事實 *(U)* ⇔ lie

◀ If you tell the **truth**, you won't be punished.

如果你說出真相就不會受罰了。

② 真實性 *(U)* ⇔ falsehood

There isn't any **truth** in what he said.

他說的話沒有一點真實性。

truthful /'truθfəl/

① 如實的，真實的 *(adj)* = true

◀ The boy gave a **truthful** account of what had happened.

那男孩將發生的事如實的講了一遍。

② 誠實的 *(adj)* = honest

He is a **truthful** student; he never tells lies.

他是個誠實的學生，從不說謊。

try /traɪ/

① 試圖，嘗試 *(vi)* = attempt

◀ The doctor **tried** to save his life but in vain.

醫生試圖拯救他的生命，但未能成功。

T

②試一試，試做 *(vt)*

If you can't reach him at the office, **try** phoning his home number.

假如在辦公室裡找不到他，可試著打他家的電話。

③審判 *(vt)*

They're going to **try** him for robbery.

他們打算以搶劫罪審判他。

✎衍生字 *trial (C,U)* 審判

④嚐試 *(C)*

Since bungee jumping is so exciting, I'll give it a **try**.

既然高空彈跳如此有刺激性，我也要試著跳一下了。

---

try on

試穿 *(vt,s)*

◀ I had **tried on** several shirts before I settled on this white one.

我試穿了好幾件襯衫，最後決定買這件白的。

---

try out

試用 *(vt,s)*

◀ I was allowed to **try out** this bike for half an hour before I decided to buy it.

在我決定購買這輛自行車之前他們讓我試用了半個小時。

T-shirt /'ti,ʃɝt/

T恤 *(C)* (請參閱附錄 "衣物")

◀ Mary likes to wear jeans and **T-shirts**.

瑪莉喜歡穿牛仔褲和圓領汗衫。

tub /tʌb/

盆，缸 *(C)* (請參閱附錄 "容器")

◀ My husband grows jasmines in the **tubs**.

我先生把茉莉花種在盆子裡。

tube /tjub/

管子，軟管，筒 *(C)* (請參閱附錄 "容器")

◀ All my work has gone down the **tubes**.

我一切的努力已經流入管子中 (都完蛋了)。

tuberculosis /tjuˌbɝkjəˈlosɪs/

肺結核 *(U)*

◀ It is believed that the number of people who have contracted **tuberculosis** is on the increase.

據認為，患肺結核的人數正在上升。

tuck /tʌk/

塞進 *(vt)*

◀ **Tuck** your shirt into your trousers before you leave.

把襯衫塞到褲子裡面再走。

Tuesday /'tjuzdɪ/

星期二 *(C,U)*

◀ The check/baby is due next **Tuesday**.

支票下週二到期 / 嬰孩在下週二會生下來。

tuft /tʌft/

一簇 *(C)*

◀ You have a few **tufts** of hair on your chin. Shave them off.

你下巴上有幾簇毛，把它們剃掉。

tug /tʌg/

①拉 *(vi)*

My daughter **tugged** at my sleeve/elbow to get my attention when I was talking to a friend.

我與一個朋友交談時，我女兒拉我的袖子 / 手肘來引起我的注意。

②拉 *(vt) = pull*

The fishermen **tugged** the boat out of the water.

漁民將船拉出水面。

③拉 *(C) = pull*

Tom gave my hair a hard/gentle **tug**.

湯姆重重 / 輕輕地拉了一下我的頭髮。

tug-of-war /'tʌg əv 'wɔr/

拔河比賽 *(U)*

◀ We topped off the school anniversary with a game of **tug-of-war** between the teachers and the students.

我們的校慶以師生間的拔河比賽圓滿結束。

tuition /tjuˈɪʃən/

①教學 *(U)*

◀ Mr. White often gives private **tuition** to slow students.

懷特先生經常給功課落後的學生作個別教學。

②學費 *(U)*

The **tuition** is thirty thousand dollars and is a real heavy burden on me.

學費三萬美元，對我來說實在是一個沉重的負擔。

tulip /'tjuləp/

鬱金香 (C) (請參閱附錄 "植物")

◀ A **tulip** is a brightly colored flower that is shaped like a cup.
鬱金香顏色明亮，形狀像杯子。

tumble /'tʌmbḷ/

①跌倒，倒下 (vi) = fall

◀ The little girl tripped and **tumbled** down the stairs.
小女孩絆了一下，跌下了樓梯。

②下跌 (vi) = plunge

Stock market prices **tumbled** after rumors of a rise in interest rates.
股票市場的價格因利率上漲的謠傳而下跌。

③摔跤 (C) = fall

He had/took a nasty **tumble** and sprained his ankle.
他重摔了一跤，扭傷了腳踝。

tumor /'tjumɚ/

腫瘤 (C)

◀ The doctor removed a benign/malignant **tumor** from the patient's brain.
醫生給病人的腦部切除了一個良性 / 惡性腫瘤。

tuna /'tunə/

①鮪魚 (C) (請參閱附錄 "動物")

◀ **Tuna** sometimes migrate long distances and can cross oceans.
鮪魚有時候遷移很長的行程，而且能越過海洋。

②鮪魚肉 (U)

I ate a **tuna** sandwich for breakfast.
我早餐吃了一個鮪魚三明治。

tune /tjun/

①曲調，調子 (C)

◀ Sam strolled along humming a **tune**.
山姆邊走邊哼著曲子。

衍生字 tuneless (adj) 不成調的

②調音 (vt)

Have your piano **tuned** at least once a year.
你的鋼琴每年至少要調一次音。

③調到…頻道 (vt,vi)

We **tuned** (the radio) in to BBC for the latest news.
我們調頻道到英國國家廣播電台收聽最新消息。

tunnel /'tʌnḷ/

隧道 (C)

◀ The villagers dug a **tunnel** through the mountain.
村民們挖了條穿山隧道。

◯ MP3-T14

turkey /'tɝkɪ/

火雞 (C) (請參閱附錄 "動物")

◀ Let's begin to talk **turkey**.
我們開始說火雞吧 (談正經事)。

turmoil /'tɝmɔɪl/

混亂 (U) = chaos

◀ The earthquake threw the whole country into complete **turmoil**.
地震使全國上下一片混亂。

turn /tɝn/

①轉彎 (vi)

◀ **Turn** left at the next intersection.
到下一個十字路口就左轉。

衍生字 turning (C) 轉彎處

②使翻轉 (vt)

The wind **turned** my umbrella inside out.
風把我的雨傘吹得翻了上去。

③轉變 (vt) = change, transform

The witch **turned** the prince into a beast.
女巫將王子變成了一頭野獸。

④轉彎，旋轉 (C)

Don't pull the handle; give it a **turn**.
別拉把手。把它轉一下。

⑤輪到的機會，順次 (C)

It's your **turn** to wash the dishes tonight.
今晚輪到你洗碗了。

⑥轉變 (C)

I'm afraid things have taken a **turn** for the worse.
我覺得事情恐怕轉變得更糟了。

turn around

①好轉 (vi)

◀With the economy revised up by one percent, we expect housing sales will **turn around** this year.
隨著經濟復甦了一個百分點，我們期待房屋銷售今年會好轉。

②改變主意 (vt)

After a long discussion with his wife, Bob **turned around**.
鮑勃與妻子商量了很長的時間以後改變了主意。

T

turn away

打發走 *(vt,s)*

◀Mrs. Wang steeled herself to **turn away** the beggars who had been squatting in her stable for several days.

王太太硬起心腸把在她馬房蹲了好幾天的乞丐打發走了。

turn down

①把…聲音調低 *(vt,s)* = tone down；⇔ turn up

◀Can you **turn down** the radio? I am preparing for my test.

你把收音機聲音調低點好嗎？我在準備考試呢。

②拒絕 *(vt,s)* = reject

Jack's application for the job was **turned down** because he could not speak English.

傑克的求職申請被回拒了，因為他不會說英語。

turn in

繳交 *(vt,s)* = hand in

◀You are supposed to **turn** your homework **in** to me by Friday.

你們要在星期五之前把家庭作業交上來給我。

turn off

①關掉 *(vt,s)* = switch/shut off；⇔ switch/turn on

◀**Turn** the gas **off** before you go to bed.

上床之前把煤氣關掉。

②使…倒胃口，厭煩 *(vt,s)* = put off；⇔ turn on

Having dinner with a talkative woman really **turns** me **off**.

和一個喋喋不休的女人一起進餐實在讓我倒胃口。

turn on

①打開 *(vt,s)* = switch on；⇔ turn/shut/switch off

◀**Turn** the tap **on**, and water will come out.

把龍頭打開，水就會流出來。

②讓…覺得有趣 *(vt,s)* ⇔ turn off

Does window-shopping really **turn** you **on**?

逛街看看櫥窗真的讓你覺得有趣嗎？

turn out

①結果 *(vi)*

◀As it has **turned out**, there was no cause for concern.

結果證明，沒有理由擔心。

②製造，生產 *(vt,s)* = produce

The factory has **turned out** a political leader/30,000 computers.

這家工廠出了一位政治領袖/生產了三萬台電腦。

turn over

移交，交給 *(vt,s)*

◀I have decided to **turn over** my enterprise to my son.

我已決定把企業交給我兒子管理。

turn up

①到達，出現 *(vi)* = show up

◀Less than 40 percent of the voters **turned up** for the election.

不到百分之四十的選民前來參加選舉。

②開大聲 *(vt,s)* ⇔ turn down

Turn the radio **up**; I can't hear it very well.

把收音機開大聲；我聽不太清楚。

turtle /ˈtɝtl̩/

烏龜，海龜 *(C)* (請參閱附錄 "動物")

◀It takes more than a year for a **turtle's** shell to become hard.

烏龜殼要一年多才能變硬。

tutor /ˈtjutɚ/

①家庭教師 *(C)*

◀I'm poor at math so my mom has decided to hire me a **tutor**.

我的數學很糟，因此我媽決定為我請個家庭教師。

②教導 *(vt)* = coach

My cousin will **tutor** me in math.

我表哥將教導我數學。

◣相關字 請參見 teach。

twice /twaɪs/

① 兩遍 *(adv)*

◀ "How many times have you seen the movie?" "**Twice**."

"這部電影你看過幾遍了？" "兩遍。"

② 兩倍 *(adv)*

Mr. Lee is **twice** as old as me.

李先生的年齡是我的兩倍。

twiddle /'twɪdl̩/

捻弄 *(vt,vi)*

◀ Tony was **twiddling** (with) a pencil. It seemed that he was bored.

東尼在捻弄一支鉛筆，看來他感到無聊。

twig /twɪg/

細樹枝 *(C)*

◀ The bird built a nest from **twigs**.

這隻鳥用細樹枝搭了個窩。

twilight /'twaɪ‚laɪt/

① 黃昏，暮色 *(U)*

◀ We sat on the riverbank, admiring the beautiful sights in the thickening **twilight**.

暮色漸濃，我們坐在河岸上欣賞著這美麗的景色。

② 晚期 *(U)*

Beethoven became blind in the **twilight** of his career.

貝多芬在他事業的晚期眼睛失明。

twin /twɪn/

① 雙胞胎 *(C)*

◀ My wife gave birth to **twins** in hospital yesterday.

昨天我妻子在醫院產下一對雙胞胎。

② 雙胞胎的 *(adj)*

I can't tell John from his **twin** brother; they look too much alike.

我分不清約翰和他的雙胞胎兄弟。他倆看上去太相像了。

twinkle /'twɪŋkl̩/

① 閃爍，閃耀 *(S)*

◀ "I'm only teasing you," she said with a **twinkle** in her eyes.

"我只不過和你開個玩笑，" 她說著，眼裡閃著亮光。

② (星星) 閃耀，閃爍 *(vi)*

On summer nights I like to lie down on the grass and look at the stars **twinkling** in the sky.

夏天的夜裡我喜歡躺在草地上看著天空中閃耀的群星。

③ (眼睛因高興、愉快等) 閃耀，閃閃發光 *(vi)*

When she handed the gift to me, her eyes **twinkled** with mischief.

她把禮物給我的時候，眼中閃爍著淘氣的目光。

✎衍生字 *twinkling (S)* 一瞬間，一剎那

twirl /twɝl/

① 旋轉 *(vi)* = *spin*

◀ Cindy danced and **twirled** around the floor.

辛蒂在舞池裡跳舞，旋轉著。

② 轉動，使旋轉 *(vt)*

Mr. Lee **twirled** his stick as he strutted across the street.

李先生轉動著手杖闊步走在街上。

twist /twɪst/

① 扭，扭傷 *(C)*

◀ He gave my arm a **twist**.

他將我的手臂扭了一下。

② 轉折，意外的發展 *(C)*

There's an unusual **twist** at the end of the book—the detective is murdered.

該書的結尾處來了個意外的轉折——偵探被謀殺了。

③ 使扭曲，扭動，扭彎 *(vt)*

The little boy **twisted** the wire into the shape of a star.

那小男孩把電線扭成一顆星星的形狀。

④ 扭傷 = *sprain (vt)*

Peggy tripped and **twisted** her ankle.

佩姬絆了一下扭傷了腳踝。

⑤ 扭曲，扭動 *(vi)*

She **twisted** and turned, trying to free herself from the ropes.

她扭動身體，企圖掙脫捆著她的繩子。

type /taɪp/

① 種類，型式 *(C)* = *kind, sort*

◀ Which **type** of tea do you like best?

你最愛喝哪 種茶？

✎衍生字 *typical (adj)* 典型的

②印刷字體 *(U)*

The headlines are printed in bold **type**.

標題是用黑色印刷字體刊印的。

③打字 *(vt,vi)*

Don't disturb her. She's **typing** an important letter.

別去打擾她。她正在打一分重要信件。

衍生字 *typist* 打字員 *(C)*

typewriter /'taɪpˌraɪtɚ/

打字機 *(C)*

◀ **Typewriters** have been replaced by computers.

打字機已被電腦所替代了。

typhoon /taɪ'fun/

颱風 *(C)*

◀ A **typhoon** struck/hit central Taiwan and caused great damage.

颱風襲擊了中台灣，造成了重大損失。

typical /'tɪpɪkl̩/

典型的 *(adj)* = *characteristic*

◀ Heat and humidity is **typical** of the climate in Taiwan.

台灣的氣候以炎熱潮濕為典型的特徵。

衍生字 *typically (adv)* 典型地

typist /'taɪpɪst/

打字員 *(C)* (請參閱附錄 "職業")

◀ She makes a living by working as a **typist**.

她靠打字員的工作謀生。

衍生字 *type (vt)* 打字

tyranny /'tɪrənɪ/

①暴政 *(U)*

◀ People refused to submit to the **tyranny** of the dictator and rose up against him.

人民不願屈從獨裁者的暴政，起來反抗。

衍生字 *tyrannize (vt)* 對…實施暴政

②暴行，殘暴統治 *(C)*

Downtrodden people took the streets and overthrew his **tyranny**.

受欺壓的人民佔領街道，推翻了他的殘暴統治。

tyrant /'taɪrənt/

暴君 *(C)*

◀ Nero, a Roman **tyrant**, set Rome on fire and destroyed much of it in A.D. 64.

公元六十四年，羅馬暴君尼祿放火燒毀羅馬的很多地方。

U

A HANDBOOK
7000 English Core Words

🔊 MP3-U1

UFO /ˈjuɛfˈo/
幽浮，不明飛行物體 (C)
Unidentified Flying Object
◀ I have never seen a UFO.
我從未看過幽浮。

ugly /ˈʌglɪ/
醜陋的 (adj) ⇔ beautiful
◀ This is the ugliest place I've ever seen.
這是我所見過的最醜陋的地方。
🔖衍生字 ugliness (U) 醜陋

ulcer /ˈʌlsə/
潰瘍 (C)
◀ Alice got a stomach ulcer.
愛麗絲患了胃潰瘍。

ultimate /ˈʌltəmɪt/
最終的 (adj) = final
◀ The ultimate goal of the U.S. is to bring rogue countries like Iraq under its control.
美國的最終目的是要控制住那些像伊拉克無賴國家。
🔖衍生字 ultimately (adv) 最後，終於

umbrella /ʌmˈbrɛlə/
雨傘 (C)
◀ Take an umbrella with you in case it rains.
為防天下雨，你帶把雨傘。

umpire /ˈʌmpaɪr/
裁判 (C)
◀ Korean umpires are often biased in favor of their country's teams.
韓國的裁判常常會為了幫自己國家的運動隊而不公平執法。
🔖比 較 請參見 referee。

unanimous /juˈnænəməs/
一致的，無異議的 (adj) ⇔ divided (over)
◀ The committee members were unanimous in their decision that interest rates should be cut to revitalize the economy.
委員會成員一致同意為重振經濟而降低利率的決定。
🔖衍生字 unanimity (U) 一致

uncle /ˈʌŋkl̩/
伯父，叔父，舅舅 (C) (請參閱附錄 "親屬")
◀ Uncle Sam refers to the United States.
山姆叔叔指美國。

uncover /ʌnˈkʌvə/
揭露，破獲 (vt) = disclose, expose
◀ The police uncovered a plot to destabilize the government.
警方破獲了一次妄圖動搖政府的陰謀。

under /ˈʌndə/
① 在…之下 (prep) ⇔ over
◀ We took a nap under the tree.
我們在樹下打了個盹。
② 在下面的 (adv)
He could stay under for more than two minutes.
他能在水下待兩分鐘以上。

underestimate /ˈʌndəˈɛstəˌmet/
低估 (vt) ⇔ overestimate
◀ Some people tend to underestimate the harmful effect of TV on children.
有些人會低估電視對兒童的不良影響。

undergo /ˌʌndəˈgo/
underwent (pt), undergone (pp)
經歷 (vt) = experience
◀ Paul has just undergone heart surgery, and it may take him several weeks to recover.
保羅剛經歷心臟手術，可能需要幾星期時間才能康復。

underground /ˈʌndəˈgraʊnd/
① 在地下，在下面 (adv)
◀ The treasure has been buried underground.
財寶已埋入地下。
② 地下的 (adj)
There should be an underground car park near here.
這兒附近應該有個地下停車場。
③ 地鐵 (U) = subway
Let's go by underground.
讓我們搭地鐵去。

underline /ˌʌndɚˈlaɪn/
①在…之下畫線 (*vt*) = underscore
◀ While reading, **underline** the words you do not know and try to figure out their meanings from context.
閱讀時在生詞之下畫線並從上下文裡試著猜出其詞義。
②突顯 (*vt*) = underscore
Low efficiency and low morale **underline** the need for immediate privatization of the state-run industry.
低效率和低士氣更突顯國有企業私有化的必要。

undermine /ˌʌndɚˈmaɪn/
①削弱 (*vt*) = weaken
◀ The piers are unsafe since the foundations were **undermined** by floods.
橋墩由於洪水侵蝕削弱了基座而變得不安全了。
②損害 (*vt*)
They tried to **undermine** my authority/ reputation.
他們千方百計損害我的權威 / 名譽。

underneath /ˌʌndɚˈniθ/
①在…之下 (*prep*) = beneath
◀ Rachel put each saucer **underneath** a cup.
瑞秋在每個杯子下放了一個碟子。
Underneath Mark's bluster is a timid nature.
在馬克那咋咄咄逼人的表象下，其實掩蓋著膽怯的天性。
②在…之下 (*adv*)
For each sentence, a translation was written **underneath**.
在每句句子下都寫有譯文。
③骨子裡 (*adv*)
Race seems outgoing, but **underneath** he is pretty shy and timid.
雷斯看上去外向，其實骨子裡卻是很害羞和膽小的。

underpass /ˈʌndɚˌpæs/
地下道 (*C*) ⇔ overpass
◀ Don't jaywalk. Use the **underpass**.
別亂穿馬路，請走地下道。

understand /ˌʌndɚˈstænd/
understood (*pt*), understood (*pp*)
懂得，明白 (*vt*)
◀ The professor tries his best to make himself **understood** but in vain.
這位教授盡力要使別人聽懂他的話但失敗了。
◥衍生字 understanding (*U*) 理解 (力)

understandable /ˌʌndɚˈstændəbl̩/
①可理解的 (*adj*) = comprehensible；⇔unintelligible
◀ That man's halting speech is barely **understandable**.
那男子吞吞吐吐的發言很難聽得懂。
②合理的 (*adj*)
It is **understandable** that you are upset about the delay.
你為延誤一事生氣是合理的。

undertake /ˌʌndɚˈtek/
undertook (*pt*), undertaken (*pp*)
擔當 (*vt*) = take on, assume
◀ Teresa is willing to **undertake** the job of editing the school newspaper.
泰瑞莎願意擔當起編輯校報的工作。

underwear /ˈʌndɚˌwɛr/
內衣 (*U*) (請參閱附錄 "衣物") = underclothes
◀ She stripped to her **underwear**.
她把衣服脫到只剩下內衣。

undo /ʌnˈdu/, undid (*pt*), undone (*pp*)
①鬆開，解開 (*vt*) ⇔ do up
◀ Karen **undid** her coat because it got warmer.
凱倫鬆開外套，因為天氣熱了起來。
②恢復 (*vt*) = repair
The damage caused by the earthquake can't be **undone**.
地震造成的破壞是無法完全恢復的。

undoubtedly /ʌnˈdaʊtɪdlɪ/
無疑地 (*adv*) = doubtless
◀ Sherry was **undoubtedly** hurt by her boss's insult.
雪莉無疑是被老闆的侮辱傷害了。

U

unease /ʌnˈiz/

不安 (U) = anxiety

◀ Jane's mother waited up for her return with **unease**.

珍的母親不安地等待她的回來，而徹夜未眠。

uneasy /ʌnˈizɪ/

①感到不安的 (adj) = nervous, anxious

◀ Sam feels **uneasy** about what he has done.

山姆對他做的事情感覺不安。

➤衍生字 uneasiness (U) 不安

②不穩定的，令人不安的 (adj)

After the riot police dispersed the crowd, an **uneasy** calm settled over the city.

鎮暴警察驅散群眾後，這個都市處於一種令人不安的平靜中。

unemployment /ˌʌnɪmˈplɔɪmənt/

失業 (U) ⇔ employment

◀ The rate of **unemployment** has risen more rapidly than expected to 5%.

失業率增加得比預計的要快，達到了百分之五。

➤衍生字 employ (vt) 雇用

unfold /ʌnˈfold/

展開 (vt) ⇔ fold

◀ Jack **unfolded** the newspaper and spread it on the table.

傑克展開報紙，將其攤在桌上。

uniform /ˈjunəˌfɔrm/

①一樣的 (adj)

◀ The boats are **uniform** in size.

這些船都一樣大小。

➤衍生字 uniformity (U) 單調

②制服 (C,U)

Students are supposed to wear **uniform**(s) in school.

學生在學校裡應穿上制服。

➤衍生字 uniformed (adj) 穿制服的

unify /ˈjunəˌfaɪ/

統一 (vt) ⇔ break up

◀ Germany's economy has been floundering since it was **unified** in 1990.

德國經濟自一九九〇年兩德統一後一直步履艱難。

➤衍生字 unification (U) 統一；unity (S,U) 團結，一致

union /ˈjunjən/

①工會 (C)

◀ Do they belong to a **union**?

他們同屬一個工會嗎？

②融合，結合 (U,S) = combination

The art work shows a **union** of imagination and reality.

這幅藝術作品表現了想像與現實的融合。

unique /juˈnik/

獨有的，獨一無二的 (adj) ⇔ common

◀ Ancestor worship is not **unique** to our country.

祭拜祖先並非我們國家所獨有的。

➤衍生字 uniqueness (U) 獨一性；uniquely (adv) 獨有地

unit /ˈjunɪt/

單元 (C)

◀ This book consists of 12 **units**.

這本書共有十二單元。

unite /juˈnaɪt/

團結 (vt) ⇔ divide

◀ **United**, we stand; divided, we fall.

團結則存，分則亡。

➤衍生字 united (adj) 團結的

unity /ˈjunətɪ/

①團結一致 (U)

◀ The president appealed to his people for **unity**.

總統呼籲國民要團結一致。

➤衍生字 unify (vt) 統一；unification (U) 統一

②一致 (U)

There isn't **unity** in this paragraph. Delete those unrelated sentences.

這一段內容不一致，把那些不相關的句子刪去。

universe /ˈjunəˌvɝs/

宇宙 (the+S) = cosmos

◀ The earth was once believed to be the center of the **universe**.

過去人們曾相信地球是宇宙的中心。

➤衍生字 universal (adj) 全宇宙的，全體的

university /ˌjunəˈvɝsətɪ/

①大學 (C)

◀ A new **university** will be set up in our neighborhood.

我們附近將建一所新的大學。

②大學 **(U)**

Did you go to **university**?

你上過大學嗎？

unless /ən'lɛs/

除非 **(conj)**

◀ You'll miss the school bus **unless** you hurry up.

你若不趕快的話就趕不上校車了。

unlock /ʌn'lɑk/

把鎖打開 **(vt)** ⇔ lock

◀ Someone **unlocked** the door.

有人把門鎖打開了。

🔘 MP3-U2

unpack /ʌn'pæk/

打開 **(vt)** ⇔ pack

◀ Mike **unpacked** his suitcase.

麥克打開了手提箱。

unprecedented /ʌn'prɛsə,dɛntɪd/

空前的，史無前例的 **(adj)**

◀ The project has been hailed as an **unprecedented** success.

這個計畫被譽為空前的成功。

unrest /ʌn'rɛst/

動亂 **(U)**

◀ Mr. King was accused of fomenting social **unrest**.

金恩先生被控煽動社會的動亂。

until /ən'tɪl/

①直到 **(prep)** = till

◀ I stayed **until** midnight.

我一直待到半夜。

②直到 **(conj)** = till

We waited **until** the police came.

我們一直等到警察來。

up /ʌp/

①往上 **(prep)** ⇔ down

◀ He climbed **up** the ladder to fix the light.

他爬上梯子去修燈。

②起來 **(adv)** ⇔ down

Stand **up**, please.

請站起來。

upbringing /'ʌp,brɪŋɪŋ/

教養 **(S)**

◀ Sue had a strict/religious/good **upbringing**.

蘇接受過嚴格的 / 宗教的 / 良好的教養。

upcoming /'ʌp,kʌmɪŋ/

即將來臨的 **(adj)** = forthcoming

◀ Candidates are intensifying their war of words for the **upcoming** election.

為了即將來臨的選舉，候選人之間的唇槍舌箭更趨白熱化。

update /ʌp'det/

①更新 **(vt)**

◀ Dictionaries need to be regularly **updated**.

詞典需要定期加以更新。

②最新情況 **(C)**

Each newspaper gave an **update** on the First Lady's trip to the U.S.

各報都提供了第一夫人訪美的最新情況。

upgrade /,ʌp'gred/

①改善 **(vt)** = improve

◀ Some money will be set aside for **upgrading** the city's leisure facilities.

將保留部分款項作改善該城市的休閒設施之用。

②提升，升級 **(vt)** = promote；⇔ downgrade

Jack's position in the company has been **upgraded** to marketing director.

傑克在公司的職位已提升至銷售部主管。

uphold /ʌp'hold/, upheld **(pt)**, upheld **(pp)**

堅守 **(vt)** = defend

◀ My teacher **upholds** his three-no policy: no smoking, no littering, and no truancy.

我老師堅守他的 "三不" 政策：不許吸煙，不許亂扔雜物，不許逃課。

upon /ə'pɑn/

在…之上 **(prep)** = on

◀ They sat **upon** the ground.

他們坐在地上。

U

upper /'ʌpɚ/

① 上面的 *(adj)* ⇔ *lower*

◀ Customers like to sit on the **upper** floor of the restaurant to have a nicer view of the city.
顧客都喜歡坐在飯店的樓上就餐，可看到城市更好的景觀。

② 上流 (階層) 的 *(adj)* ⇔ *lower*

She was born into an **upper** class family.
她出生於上流社會家庭。

➷相關字 middle class (中產階級)。working class (工人階級)。

upright /'ʌp,raɪt/

① 挺直的 *(adj)*

◀ Students are required to sit **upright** at their desks.
要求學生挺直坐在課桌前。

② 正直的 *(adj)* = *honest, righteous*

An **upright** civil servant won't line his pockets.
一名正直的公務員是不會中飽私囊的。

upset /ʌp'sɛt/, upset *(pt)*, upset *(pp)*

① 使生氣，使難過 *(vt)* = *distress, trouble*

◀ Do what Dad wants, or you'll **upset** him.
照你爸說的去做，不然你會惹他生氣的。

② 打亂 *(vt)* = *disrupt*

Our plans were **upset** by the coming of the typhoon.
我們的計畫因颱風的到來而被打亂了。

③ 使…不舒服 *(vt)*

Sweets often **upset** my stomach.
吃糖果常常使我的胃不舒服。

➷衍生字 upset (C) (胃的) 不適

④ 打翻 *(vt)* = *overturn, capsize*

The boat was **upset** by the huge waves.
小舟被巨浪打翻了。

upstairs /ʌp'stɛrz/

上樓地 *(adv)* ⇔ *downstairs*

◀ He ran **upstairs** to get money.
他跑上樓去取錢。

➷衍生字 upstair (adj) 樓上的

up-to-date /,ʌptə'det/

最新的 *(adj)* = *the latest* ; ⇔ *out-of-date*

◀ The magazine offers **up-to-date** information about fashion.
這分雜誌提供了時尚的最新信息。

➷衍生字 update (vt) 更新

upward /'ʌpwɚd/

① 向上的 *(adj)* ⇔ *downward*

◀ Nana gave me an **upward** glance.
娜娜眼睛向上瞄了我一眼。

② 往上的 *(adj)* ⇔ *downward*

The yen is still on an **upward** trend.
日元仍在往上漲。

upwards /'ʌpwɚdz/

① 往上 *(adv)* = *upward* ; ⇔ *downwards*

◀ Paula pointed **upwards** and said the brightest star in the sky was the Polar Star.
寶拉往上指著說天空中最亮的星是北斗星。

② 往上 *(adv)* ⇔ *downwards*

Some economists are taking a cautiously optimistic attitude, thinking that the economy will be revised **upwards** by 1%.
一些經濟學家正持一種審慎的樂觀態度，認為經濟將被往上調整一個百分點。

uranium /ju'renɪəm/

鈾 *(U)*

◀ **Uranium** is radioactive, and is used to produce nuclear power and weapons.
鈾具有放射性，被用於生產核能及核武。

urban /'ɝbən/

都會的 *(adj)* ⇔ *rural*

◀ I don't like to live in **urban** areas.
我不喜歡居住在都會區。

urge /ɝdʒ/

① 衝動 *(C)* = *desire, impulse*

◀ I had a sudden **urge** to go diving.
我突然產生了去跳水的衝動。

② 力勸 *(vt)* = *press*

He **urged** me to accept the job offer.
他力勸我接受這分工作。

urgency /'ɝdʒənsɪ/

急迫，緊急 *(U,S)*

◀ The cross-border gunfire added (a new) **urgency** to the peace talks.
越境砲擊使得和平會談顯得更為急迫了。

urgent /'ɝdʒənt/

緊急的 *(adj)* = pressing

◀ The patient is in **urgent** need of medical treatment.

這位病人急需醫治。

✎衍生字 *urgently (adv)* 緊急地

urine /'jʊrɪn/

尿 *(U)*

◀ Sam took a **urine** test, and his doctor told him that blood appeared in his **urine**.

山姆做了尿樣檢查，醫生告訴他尿裡有血。

✎衍生字 *urinate (vi)* 排尿

us /əs; 重讀 ʌs/

我們 (we的受格) *(pron)*

◀ Every one of **us** has to work hard.

我們每個人都必須努力。

usage /'jusɪdʒ/

使用 *(U)*

◀ With normal **usage**, a computer can last for five years.

正常使用的話，一部電腦可用上五年。

use /jus/

① 用，使用，利用 *(S,U)*

◀ You should make good **use** of the knowledge you learn.

你應該充分利用我們學到的知識。

② 用，使用 *(vt)* /juz/

He has **used** up all his money.

他把錢全用光了。

✎衍生字 *user (C)* 使用者

③ 利用 *(vt)* /juz/ = take advantage of

He's just **using** you to get what he wants.

他只不過是在利用你去達到他的目的。

used /juzd/

① 過去習慣於 *(aux)*

◀ I **used** to do a lot of fishing, but now my job occupies too much of my time.

過去我常去釣魚，但現在我的工作佔用了我太多的時間。

② 舊的，二手的 *(adj)* = second-hand

I could only afford a **used** car.

我只買得起舊／二手車。

③ 習慣的 *(adj)* = accustomed

I'm not **used** to getting up so early.

我不習慣這麼早起床。

useful /'jusfəl/

有用的 *(adj)* ⇔ useless

◀ The computer is very **useful** in modern life.

電腦在現代生活中非常有用。

user-friendly /ˌjuzɚ'frɛndlɪ/

易操作的 *(adj)*

◀ The computer is more **user-friendly** than before.

電腦比起以前是更易操作了。

usher /'ʌʃɚ/

① 引領 *(vt)* = lead

◀ A receptionist **ushered** me along the corridor into a conference room.

接待員領我穿過走廊進入一間會議室。

② 領座員 *(C)*

An **usher** showed me to my seat at the theater.

劇場領座員將我帶到我的座位上。

usher in

開創 *(vt,s)*

◀ Bill Gates has **ushered in** an era of information technology.

比爾·蓋茲開創了一個資訊科技的時代。

usual /'juʒʊəl/

平常的 *(adj)* ⇔ unusual

◀ Your academic performance this semester isn't up to your **usual** standard.

這個學期你的學習成績沒有達到平常水準。

✎衍生字 *usually (adv)* 通常

utensil /ju'tɛnsl̩/

用具，器皿 *(C)*

◀ Pans, spatulas, and ladles are examples of cooking **utensils**.

平底鍋、鏟和勺都是烹調用具。

utility /ju'tɪlətɪ/

① 公共事業 *(C)*

◀ In some countries, public **utilities** have been privatized.

在一些國家裡，公共事業已經私有化。

②功用，效用 *(U)*

The **utility** of the office equipment has yet to be assessed.

辦公用品的功用還有待評估。

utilize /ˈjutḷ͵aɪz/

使用，利用 *(vt)* = use

◀ We should **utilize** our limited natural resources in a sensible way.

我們應該理智地使用有限的天然資源。

utmost /ˈʌt͵most/

①最高的，極端的 *(adj)* = most, greatest

◀ To assert our independence is a matter of the **utmost** importance.

維護我們的獨立乃是最為重要的事。

②全力 *(U)*

We did our **utmost** to win the soccer match, but the match ended in a tie.

我們竭盡全力想贏得足球賽，但比賽結果是平手。

③極限 *(U)*

My patience has been tried to the **utmost**; in fact, I am about to blow up.

我的耐心已到極限了，事實上，我就要發火了。

utter /ˈʌtɚ/

①說 *(vt)* = speak

◀ Jenny was stunned and wasn't able to **utter** a word.

珍妮目瞪口呆，一個字都說不出來。

②發出 *(vt)* = give out

Jim **uttered** a sign/scream/groan.

吉姆發出了信號 / 尖叫 / 呻吟。

③完全的，全然的，十分的 *(adj)* = extreme

We all looked at the falls in **utter** amazement.

我們都十分驚奇地看著瀑布。

utterly /ˈʌtɚlɪ/

十分地，全然地 *(adv)* = completely, totally

◀ Shirley looked **utterly** comical in that dress.

雪莉穿著那件洋裝看起來十分滑稽可笑。

V

MP3-V1

vacancy /'vekənsɪ/

①空房 *(C)*

◀ The sign outside the hotel said, "No **Vacancy**".
旅館外的牌子上寫著 "沒有空房" (客滿)。

②空缺 *(C)* = opening

The **vacancy** for the sales manager has to be filled up.
業務經理一職的空缺得補上。

vacant /'vekənt/

空的，未被佔用的 *(adj)* = empty；⇔ occupied

◀ The hotel has no **vacant** rooms tonight.
這家旅館今晚沒有空房。

vacation /ve'keʃən/

①休假 *(C)* = holiday (BrE)

◀ I'll take a **vacation** in January and take my family abroad for a trip.
我打算一月份休假，帶全家一起去國外旅行一次。

②度假 *(U)* = holiday (BrE)

He's in Hawaii on **vacation**.
他正在夏威夷度假。

vaccinate /'væksn̩‚et/

接種疫苗，打預防針 *(vt)*

◀ All children must be **vaccinated** against measles.
所有兒童都必須接種疫苗預防麻疹。

◥衍生字 vaccination (C,U) 接種疫苗，打預防針

vaccine /'væksin/

疫苗 *(C)*

◀ The nurse gave a **vaccine** to the baby.
護士給嬰兒接種疫苗。

vacuum /'vækjʋəm/

①真空 *(C)*

◀ The sudden death of the president created a power **vacuum** in this country.
總統的突然身亡在這個國家造成權力的真空。

②空虛 *(C)* = void

The loss of her husband left a **vacuum** in her life.
失去了丈夫，她的生活變得空虛了。

③用吸塵器吸 *(vt)*

It is important to **vacuum** the carpets every day.
每天用吸塵器吸地毯是重要的。

vague /veg/

①(影像) 模糊的 *(adj)*

◀ We could only see the **vague** outline of the Statue of Liberty in the thick fog.
濃霧中，我們只看到自由女神像的模糊輪廓。

②含糊其辭的 *(adj)* ⇔ candid

Maria was very **vague** and evasive about her past.
瑪莉亞對自己的過去含糊其辭，避而不談。

③不明確的，不清楚的 *(adj)*
    = ambiguous, equivocal, nebulous

Sam made a **vague** reply to my question.
山姆含糊回答我的問題。

vain /ven/

①虛榮的，自負的 *(adj)* = conceited

◀ She is a **vain** and self-centered girl.
她是個虛榮又自我為中心的女孩。

◥衍生字 vanity (U) 自負，虛榮

②徒勞無功的 *(adj)* = fruitless, futile

They made a **vain** attempt to rescue the drowning boy.
他們徒勞無功的試圖去救那溺水的男孩。

valiant /'væljənt/

勇敢的 *(adj)* = brave, courageous

◀ The **valiant** sailor killed the sea monster.
勇敢的水手殺死了海怪。

valid /'vælɪd/

①有效的 *(adj)* ⇔ invalid

◀ The passport is **valid** for five years.
這護照五年有效。

②有充分根據的 *(adj)* = well-founded

Dr. King presented a **valid** argument against abortion.
金醫師有根有據的提出了反對墮胎的理由。

validity /və'lɪdətɪ/

合理性 *(U)*

◀ Many parents questioned the **validity** of the entrance examination
許多家長對入學考試的合理性提出了質疑。

valley /'vælɪ/

山谷 (C)

◀ A small **village** is located in the valley.

一座小村莊座落在山谷下。

valuable /'væljuəbl/

貴重的 (adj) = precious

◀ This painting is extremely **valuable**.

這幅畫極爲貴重。

✎衍生字 valuable (P) 貴重物品

value /'vælju/

①重要性，益處，實用性，有價值 (U) = help

◀ Your advice is of great **value** to me.

你的建議對我來說十分寶貴。

②價值 (C)

The share **values** have dropped.

股票的價格下跌了。

③價值觀 (P)

Different generations hold different **values**.

不同年齡的人有著不同的價值觀。

④重視 (vt) = think highly of, prize

He has always **valued** my advice.

他一向重視我的建議。

⑤估價 (vt) = estimate

The painting by Monet is **valued** at $1,000,000.

莫內的這幅畫作估價爲一百萬元。

valve /vælv/

①閥門 (C)

◀ Jimmy was putting air into a bicycle tire through the **valve**.

吉米從閥門向自行車胎內充氣。

②瓣膜 (C)

The **valves** of the heart allow the blood to pass in one direction only.

心瓣膜只允許血液朝一個方向流動。

van /væn/

廂型車 (C) (請參閱附錄 "交通工具")

◀ Paul backed his car through the gate and hit a passing **van**.

保羅倒車駛出大門，撞上了經過的廂型車。

vanilla /və'nɪlə/

香草 (U)

◀ I would like **vanilla** - flavored ice cream.

我要香草口味的冰淇淋。

vanish /'vænɪʃ/

消失 (vi) = disappear；⇔ show up, appear

◀ He walked away and **vanished** into the crowd.

他走了，消失在人群中。

vanity /'vænətɪ/

虛榮 (U) ⇔ humility

◀ She showed off her wealth out of **vanity**.

她出於虛榮而炫耀財富。

✎衍生字 vain (adj) 虛榮的，自負的

vapor /'vepɚ/

蒸汽 (U) = steam

◀ Water changes into **vapor** when heated.

水加熱後變成蒸汽。

vaporize /'vepə‚raɪz/

蒸發 (vi) ⇔ freeze

◀ Water **vaporizes** when it boils.

水沸騰後就蒸發了。

✎衍生字 vaporization (U) 蒸發

variable /'vɛrɪəbl/

①多變的 (adj) = changeable；⇔ constant

◀ We have **variable** weather in autumn.

我們這兒秋季天氣多變。

②可變動的 (adj)

Prices are **variable** according to the exchange rates.

價格按匯率是可變動的。

variation /‚vɛrɪ'eʃən/

變化，變更，變動 (的程序) (C) = difference

◀ There are wide **variations** in children's interests.

兒童們的興趣很廣泛，不一而足。

variety /və'raɪətɪ/

①變化 (U)

◀ The food my mother cooks lacks **variety**.

我媽燒的飯菜花色缺乏變化。

②種類，種種 (S)

Department stores offer a (wide) **variety** of shopping choices for customers.

百貨商店爲顧客購物提供了豐富的種類。

V

various /ˈvɛrɪəs/

各種不同的，各種各樣的 *(adj)*

◀ The motorcycle is popular in Taiwan for **various** reasons.
在台灣摩托車很常見，這有著多種原因。

✎衍生字 *variously (adv)* 不同地，各種各樣地

varnish /ˈvɑrnɪʃ/

清漆，罩光漆 *(U)*

◀ I spent the whole afternoon putting **varnish** on the floor.
我花了一整個下午往地板上塗清漆。

vary /ˈvɛrɪ/

呈現不同 *(vi)* = differ

◀ The attitude towards life **varies** from person to person.
對待生活的態度人各有不同。

vase /ves/

花瓶 *(C)* (請參閱附錄 "容器")

◀ On the table was a **vase** holding three pink roses.
桌上的花瓶有三朵粉紅玫瑰花。

vast /væst/

巨大的，廣大的 *(adj)* = huge

◀ Henry earned a **vast** sum of money by investing in the stock market.
亨利投資股票市場，賺了大筆錢。

vegetable /ˈvɛdʒətəbḷ/

① 蔬菜 *(P)*

◀ I grow a lot of different **vegetables** in my garden.
我種了很多不同的蔬菜在菜園裡。

② 植物人 *(C)*

Jennifer has been a **vegetable** since the accident.
珍妮佛自那次事故後就成了植物人。

vegetarian /ˌvɛdʒəˈtɛrɪən/

素食者 *(C)*

◀ My mother is a strict **vegetarian**; she doesn't even eat eggs or drink milk.
我媽是個嚴格的素食者，她甚至不吃蛋，不喝牛奶。

✎衍生字 *vegetarianism (U)* 素食主義

vegetation /ˌvɛdʒəˈteʃən/

草木，植物 *(U)*

◀ The park is covered in thick **vegetation**.
公園裡覆蓋著厚厚的草木。

🔘 MP3-V2

vehicle /ˈviɪkḷ/

① 車輛 *(C)*

◀ The only **vehicle** on this small island is a used bus.
這個小島上唯一的車輛是一部二手公車。

② 媒介 *(C)* = medium

Television has become an important **vehicle** for spreading political ideas.
電視已經成為散布政治理念的重要媒介。

veil /vel/

① 面紗 *(C)*

◀ Jane wore a beautiful **veil** in the wedding ceremony.
珍在婚禮上披了條漂亮的面紗。

② (以面紗) 掩蓋，掩飾 *(vt)*

The peace talks were **veiled** in secrecy.
和談祕密進行不為人知。

veiled /veld/

隱含的 *(adj)* = implicit ⇔ explicit

◀ The gangster's **veiled** threat was understood by everyone in the room.
匪徒隱含的威脅，屋子裡的每個人都聽懂了。

vein /ven/

靜脈 *(C)*

◀ **Veins** carry blood toward the heart.
靜脈將血液輸送至心臟。

✎相關字 *artery (動脈)。vessel (血管)。capillary (微血管)。*

velvet /ˈvɛlvɪt/

天鵝絨 *(U)*

◀ Lightweight **velvet** is generally made into clothing .
輕輕的天鵝絨通常用來做衣服。

vend /vɛnd/

販賣 *(vt)* = peddle, hawk

◀ After his factory was shut down, Peter **vended** fruit on a street corner to support his family.
彼得的工廠關閉後，他就在街角賣水果以養家餬口。

vendor /'vɛndɚ/

小販 (C) = hawker, peddler

◀ The police are cracking down on street **vendors**.
警察正在取締街頭小販。

venture /'vɛntʃɚ/

①冒險 (vi)

◀ I dare not **venture** out after dark.
天黑以後我就不敢冒險出門了。

②以…為賭注，拿…去冒險 (vt)

Sam **ventured** the remainder of his money on one throw of the dice.
山姆以剩下的錢為賭注擲一次骰子來碰碰運氣。

③冒險 (C)

Mr. Wang undertook a business **venture** and made a killing.
王先生做了一次商業冒險，發了一筆橫財。

verb /vɝb/

動詞 (C)

◀ The word "come" is a **verb**.
"come" 一詞是個動詞。

verbal /'vɝbḷ/

口頭的，言辭的 (adj) = oral；⇔ nonverbal

◀ If **verbal** communication doesn't work, try body language.
如果口頭溝通無法進行，試試用肢體語言。

✎相關字 請參見 oral。

verdict /'vɝdɪkt/

裁決 (C)

◀ The jury handed down a **verdict** of not guilty.
陪審團作出無罪的裁決。

✎同尾字 請參見 addict。

verge /vɝdʒ/

①邊緣，邊界 (C) = brink

◀ He was driven to the **verge** of bankruptcy.
他被逼到了破產的邊緣。

②接近，瀕於，近乎 (vi) = border

Sue's emotional state **verged** on hysteria.
蘇的感情狀態已近乎於歇斯底里。

verify /'vɛrəˌfaɪ/

證實 (vt) = confirm

◀ Before you can **verify** Julia's story, you had better keep it to yourself.
你在證實茱莉亞講的事之前，最好先別聲張。

versatile /'vɝsətḷ/

多才多藝的 (adj)

◀ Susan is a **versatile** performer. She can play several musical instruments.
蘇珊是位多才多藝的表演者，她會演奏好幾種樂器。

verse /vɝs/

①詩歌 (U)

◀ Joseph wrote the composition in **verse**.
約瑟夫那篇作文是用詩歌形式寫的。

②一節歌詞 (C)

The song has three **verses**.
這首歌有三節歌詞。

version /'vɝʒən/

①說法 (C)

◀ The two newspapers gave different **versions** of the train crash.
兩分報紙對火車撞車事故的說法不一。

②版本 (C)

A Chinese **version** of the English novel is available in bookstores.
這本英文小說的中文版本書店裡有賣。

versus /'vɝsəs/

與…相對，與…對抗，對 (prep)

◀ The government must weigh the benefits of economic growth **versus** those of increased public spending.
政府必須將經濟成長的益處與增加的公共開支作出權衡比較。

vertical /'vɝtɪkḷ/

垂直的 (adj) ⇔ horizontal

◀ Draw a **vertical** line and make it cross a horizontal line.
畫一條垂直線，並使其與水平線相交。

very /'vɛrɪ/

①非常 (adv)

◀ *The Scarlet Letter* is a **very** good book.
《紅字》是一本非常好的書。

②正是那一個的 (adj)

Thank goodness! He's the **very** person I'm looking for.
謝天謝地！他正是我要找的人。

V

vessel /'vɛsl/

①船舶 (C) (請參閱附錄"交通工具")

◀ There is an American naval **vessel** about 45 miles off the coast in international waters.
距離海岸外四十五英里的國際公海上,有一艘美國海軍軍艦。

②血管 (C)

He cut his hand on a piece of glass and broke a blood **vessel**.
他的手割到玻璃而破了一根血管。

✎相關字 artery (動脈)。vein (靜脈)。

vest /vɛst/

①背心 (C) (請參閱附錄"衣物")

◀ Police officers are required to wear their bulletproof **vests** before they raid a casino.
警察臨檢賭場前,必須穿上防彈背心。

②給予 (vt)

The constitution **vested** legislators with the power to create laws, not to enforce them.
憲法僅給予立法委員訂立法律的權力,卻未給予其執法權。

veteran /'vɛtərən/

老兵 (C)

◀ Dozens of **veterans** of World War II came to Normandy to commemorate D-Day.
幾十名二次大戰時的老兵來到諾曼地緬懷諾曼地登陸進攻日。

veterinarian /ˌvɛtərə'nɛrɪən/

獸醫 (C) = vet

◀ I took my cat to the **veterinarian**.
我帶我的貓去找獸醫看病。

veto /'vito/

①否決 (vt)

◀ President Bush threatened to **veto** any tax increase.
布希總統威脅要否決任何增稅的立法。

②否決 (U)

Russia declares that it will exercise its right of **veto** in the Security Council to prevent the U.S. from attacking Iraq.
俄羅斯宣稱要在安理會行使否決權以阻止美國攻擊伊拉克。

③否決 (C)

Congress can override a presidential **veto** if it can muster up enough support.
國會如能獲得足夠票數的支持就可以不理睬總統的否決。

via /'vaɪə/

①經由,取道 (prep) = by way of

◀ We flew to the U.S. **via** Japan.
我們經由日本飛往美國。

②透過 (prep) = through

I sent a message to Sally **via** the Internet.
我透過網路給莎莉寄了封信。

viable /'vaɪəbl/

可行的 (adj) = feasible

◀ The tunnel project to connect Taipei with Yi-lan is economically **viable**.
修建隧道將台北與宜蘭相聯接的計畫從經濟上看是可行的。

✎衍生字 viability (U) 可行性

vibrate /'vaɪbret/

震動 (vi) = shake

◀ I can feel the floor **vibrating** every time a truck speeds by.
每次大卡車快速駛過時我都能感覺到地在震動。

vibration /vaɪ'breʃən/

震動 (C)

◀ I could feel the **vibrations** from a tank rumbling along.
我能感覺到坦克隆隆駛過時的震動。

vice /vaɪs/

惡行 (C) ⇔ virtue

◀ Greed is a terrible **vice**, which corrupts men and women alike.
貪婪是可怕的惡行,無論男女都可能受其腐蝕。

vice-president /'vaɪs,prɛzədənt/

副總統 (C)

◀ The **vice-president** will pay a visit to the U.S.
副總統將訪問美國。

◎ MP3-V3

vicious /ˈvɪʃəs/

惡性的 *(adj)* ⇔ *virtuous*

◀ Poor education causes poverty, which in turn causes crime. We must break this **vicious** cycle.

缺乏教育會導致貧窮，貧窮又會引致犯罪。我們必須打破這個惡性循環。

victim /ˈvɪktɪm/

受害者 *(C)*

◀ Several charities gave out food and clothing to the **victims** of the flood.

幾個慈善團體向水災的受害者散發食品和衣物。

victimize /ˈvɪktɪmˌaɪz/

使受害 *(vt)*

◀ Many senior citizens living in Taipei have been **victimized** by a con man selling them worthless medicine.

許多居住在台北的老年人成了一名男騙子的受害者，那人將無效的假藥賣給他們。

✎衍生字 *victimization (U)* 迫害

victor /ˈvɪktɚ/

勝利者 *(C)* = *winner*；⇔ *loser*

◀ History books are written by **victors**; thus history is subject to bias.

史書是勝利者寫的，因此免不了帶有偏見。

victorious /vɪkˈtorɪəs/

獲勝的 *(adj)* = *triumphant*

◀ The **victorious** team held the trophy aloft, while a deafening cheer rose from its fans.

獲勝的球隊把獎盃高高舉起，支持它的球迷們發出一陣震耳欲聾的歡呼聲。

victory /ˈvɪktərɪ/

①勝利 *(C)* ⇔ *defeat*

◀ We gained/scored a **victory** over the home team.

我們擊敗了地主隊，贏得勝利。

②勝利 *(U)*

The ruling party claimed **victory** in the general election.

執政黨宣稱在大選中贏得勝利。

video /ˈvɪdɪˌo/

①錄影帶 *(C)*

◀ We watched a **video** of *Jurassic Park*.

我們看了一捲《侏羅紀公園》的錄影帶。

②錄影 *(U)*

I've got your show on **video**.

我把你的表演錄影了。

✎衍生字 *video (vt)* 錄影

videotape /ˈvɪdɪoˌtep/

①錄影帶 *(C)*

◀ You can record television programs on **videotapes**.

你可以將電視節目錄在錄影帶上。

②錄在錄影帶上 *(vt)*

I have **videotaped** the football game for you.

我為你把足球賽錄在錄影帶上了。

view /vju/

①視線，視野，視界，視力 *(U)*

◀ A cloud hid the moon from **view**.

月亮被一片雲彩遮住，看不見了。

②景觀 *(C)*

The house commands a fine **view** of Taipei City.

從這棟房子可以很好地觀賞到台北市的景觀。

③觀點 *(C)* = *viewpoint, point of view, opinion*

We have different **views** on how to solve the problem.

對如何解決這個問題我們持不同的觀點。

④視為 *(vt)* = *see, regard*

He is **viewed** as a good-for-nothing.

他被視為一無是處的人。

viewer /ˈvjuɚ/

觀眾 *(C)*

◀ The soap opera doesn't seem to appeal to younger **viewers**.

這部肥皂劇看來並未吸引年輕觀眾。

viewpoint /ˈvjuˌpɔɪnt/

觀點 *(C)* = *point of view, standpoint*

◀ From an educational **viewpoint**, learning by doing is the best way to develop the writing skill.

從教育的觀點來看，從做中學習是提高寫作技巧的最佳途徑。

V

vigor /'vɪgɚ/

活力 (U) = vitality, stamina

◀ King pursued his acting career with renewed vigor.

金以新的活力繼續演藝生涯。

◈衍生字 invigorate (vt) 使精力充沛

vigorous /'vɪgərəs/

充滿活力的 (adj) = energetic, vital

◀ Though over 80 years old, Mr. Marcos is still as vigorous as he used to be.

馬可仕先生雖然已年過八十，仍依然像過去那樣充滿活力。

villa /'vɪlə/

別墅 (C)

◀ The former councilor's adultery was secretly videotaped in her villa; ironically, it earned her more publicity and wealth.

前議員的通姦醜事被人偷偷地在她的度假別墅內攝錄下來。諷刺的是，此事竟使她名利雙收。

village /'vɪlɪdʒ/

村 (C)

◀ I was born in a small village in the mountains.

我出生在山區的一個小村裡。

◈衍生字 villager (C) 村民

villain /'vɪlən/

惡徒 (C) = scoundrel

◀ Some lawmakers blackmail officials into changing policies. They are nothing more than villains.

一些立法委員恐嚇官員使其改變政策。這些傢伙完全是惡徒。

vine /vaɪn/

爬藤類植物，葡萄藤 (C)

◀ Some vines can climb walls or other plants; other vines creep along the ground.

有些爬藤能爬牆或其他植物，而有些則沿著地面爬。

vinegar /'vɪnɪgɚ/

醋 (U)

◀ You can add some vinegar to your soup. It can improve its taste.

你可加一些醋在湯上，可使味道更好。

vineyard /'vɪnjɚd/

葡萄園 (C)

◀ Grapes are grown in the vineyards.

葡萄種植在葡萄園裡。

violate /'vaɪə,let/

①干擾，侵犯 (vt) = disturb

◀ I don't like people to violate my privacy.

我不喜歡有人干擾我的私事。

②違反 (vt) = break；⇔ obey, observe

Don't violate school regulations, or you'll be punished.

別違反校規，不然的話你會受罰的。

violation /,vaɪə'leʃən/

違法 (U)

◀ The hotel was built in violation of the law.

造這家旅館是違法的。

violence /'vaɪələns/

①暴力 (行為) (U)

◀ Janet divorced her husband because of his violence to her.

珍妮特因丈夫對她施暴而與他離婚了。

②強烈的力量，猛烈 (U) = force

The wind blew with violence.

風颳得很猛。

violent /'vaɪələnt/

①暴力的 (adj)

◀ Violent programs should be banned from running on TV.

充斥暴力鏡頭的節目應禁止在電視上播放。

②狂暴的，猛烈的 (adj) = fierce, strong

A violent typhoon hit central Taiwan, causing great damage.

一場狂暴的颱風襲擊了台中地區，造成重大損失。

violet /'vaɪəlɪt/

①紫羅蘭，紫羅蘭色 (C,U) (請參閱附錄 "顏色")

◀ A corsage of violets was pinned to the lapel of her gray suit.

一束紫羅蘭別在她灰色套裝的翻領上。

②紫色的 (adj)

The doll has beautiful violet eyes

這個洋娃娃有漂亮的紫色眼睛。

violin /ˌvaɪə'lɪn/

小提琴 *(C)* (請參閱附錄 "樂器")

◀ The **violin** is played with a bow.
小提琴是用弓拉奏。

violinist /ˌvaɪə'lɪnɪst/

小提琴家 *(C)*

◀ Mr. Lin, a well-known **violinist**, will perform a violin concerto tonight.
著名小提琴家林先生今晚將演奏一曲小提琴奏曲。

virgin /'vɝdʒɪn/

①處女 *(C)*

◀ Do you care if your bride is not a **virgin**?
假如你的新娘子不是處女，你會在乎嗎？
🖊衍生字 *virginity (U)* 童貞，貞潔

②未被破壞的，未開發的 *(adj)*

Environmentalists were up in arms about the felling of **virgin** forest.
環保人士嚴厲抗議砍伐處女森林地。

virtual /'vɝtʃuəl/

①實際的 *(adj)* ⇔ *nominal*

◀ He is the president of the company in name only; the **virtual** leader is the sales manager.
他只是這家公司名義上的總裁，實際的領導人是業務經理。

②實質上的 *(adj)*

Because jobs are difficult to find, some unemployed people have been reduced to a state of **virtual** poverty.
由於工作難找，有些失業者已幾乎淪落到貧困的境地了。
🖊衍生字 *virtually (adv)* 簡直，實際上

③虛擬的 *(adj)*

Information technology makes it possible to develop an online "**virtual** library".
資訊科技能開發出一種網上 "虛擬圖書館"。

virtue /'vɝtʃu/

①美德 *(C)* ⇔ *vice*

◀ Diligence is a **virtue**.
勤奮是一種美德。
🖊衍生字 *virtuous (adj)* 有美德的，品德高的

②優點 *(C)* = *advantage* ；⇔ *drawback*

This method has the **virtue** of saving a lot of money.
這個方法的優點是節省了許多錢。

virus /'vaɪrəs/

病毒 *(C)*

◀ The disease is caused by a **virus**.
這病是病毒感染引起的。

visa /'vizə/

簽證 *(C)*

◀ You need to apply for an entry **visa** if you want to go to the U.S.
你如想去美國就需申請入境簽證。

🔘 MP3-V4

visible /'vɪzəbl̩/

看得到的 *(adj)* ⇔ *invisible*

◀ The star is not **visible** to the naked eye.
這顆星星用肉眼是看不到的。
🖊衍生字 *visibility (U)* 能見度

vision /'vɪʒən/

①視力 *(U)* = *sight, eyesight*

◀ I have poor/perfect **vision**.
我視力很差 / 好。

②遠見，願景 *(U)* = *foresight*

We need a leader of **vision**.
我們需要一個有遠見的領袖。
🖊衍生字 *visionary (adj)* 有遠見的；*(C)* 有遠見的人

visit /'vɪzɪt/

①參觀，遊覽，探望，訪問 *(C)*

◀ I'd like to pay a **visit** to your country in the future.
我很想以後到你們國家去一次。

②拜訪 *(vt)* = *call on*

We will **visit** Uncle Chen when we're in New York.
我們到紐約後將去拜訪陳叔叔。

visitor /'vɪzɪtɚ/

遊客 *(C)*

◀ Millions of **visitors** come to this island every year on vacation.
每年有成百萬的遊客到這島上來度假。

V

visual /'vɪʒʊəl/

視覺的 *(adj)*

◀ Can you find any **visual** images in the poem?
你能從這首詩中看出什麼視覺意象嗎？

❧衍生字 *vision (U)* 視力

visualize /'vɪʒʊəl͵aɪz/

想像 *(vt) = imagine*

◀ It is hard to **visualize** what the farm is going
to look like in a few years.
很難想像幾年後這農場會是什麼樣子。

vital /'vaɪt!/

①極其重要的 *(adj) = important, essential*

◀ Exercise is **vital** for our health.
運動對健康很重要。

②充滿活力的 *(adj) = energetic*

I'm impressed by her **vital** and cheerful
manner.
她那充滿活力而樂觀的樣子給我留下了深刻的
印象。

vitality /vaɪ'tælətɪ/

①活力 *(U) = energy, vigor*

◀ Despite his seventy years, Mr. Chang is athletic
and full of **vitality**.
儘管張先生年屆七十，他還是運動員般的敏
捷，充滿活力。

②活力，生命力 *(U)*

The new incentive program has injected some
much-needed **vitality** into the government
agencies.
這項新的獎勵計畫給政府各部門注入了極需的
活力。

vitamin /'vaɪtəmɪn/

①維生素 (丸)，維他命 (丸) *(C)*

◀ To avoid **vitamin** deficiency, the old man
takes **vitamins** every day.
避免缺乏維他命，那老人吃維他命丸。

②維生素 (以英語字母命名的) 特定種類 *(U)*

Fresh oranges are rich in **vitamin** C.
新鮮柳橙含有豐富維生素C。

vivid /'vɪvɪd/

生動的 *(adj) = graphic*

◀ She gave a **vivid** description of her adventures.
她很生動的描述了她的冒險經歷。

❧衍生字 *vividly (adv)* 生動地

vocabulary /və'kæbjə͵lɛrɪ/

① (某人掌握的或某書、某學科中使用的) 詞彙 *(S)*

◀ As a learned man, he has an extensive
vocabulary.
博學多聞，所以他的詞彙豐富。

②詞彙 (量) *(U)*

You can do a lot of reading to enlarge/
increase/widen your English **vocabulary**.
你可以通過廣泛的閱讀來擴大你的英語詞彙。

vocal /'vok!/

①直言的 *(adj) = outspoken*

◀ The dictator asserted his authority by silencing
vocal critics.
這個獨裁者靠壓制直言的批評者來維護自己的
權威。

②發聲的，聲音的 *(adj)*

I don't think the song suits the **vocal** range of
a fifteen-year-old boy.
我覺得這首歌並不適合十五歲男孩發聲的音域。

vocation /vo'keʃən/

①職業，行業 *(C) = calling*

◀ You should be a fashion designer—you've
missed your **vocation**.
你應該當時裝設計師——你入錯行了。

②天職，使命感 *(C) = calling*

Teaching isn't just a job; it is a **vocation**.
Therefore, the claim that teachers are entitled
to boycott classes fails to strike a chord in the
hearts of all teachers.
教書並非僅是一種工作；教書是一種天職 (使命
感)。因此那種老師有權罷課的說法未能引起所
有教師的心底共鳴。

vocational /vo'keʃən!/

職業的 *(adj)*

◀ Students who are not interested in academic
pursuits should be encouraged to take a
vocational course.
那些對學術研究沒興趣的學生應被鼓勵參加職
業培訓課程。

vogue /vog/

流行 *(U) = fashion*

◀ Miniskirts are no longer in **vogue**.
迷你裙已不再流行。

voice /vɔɪs/

①聲音 (C)

◀ She usually speaks in a high/low/deep voice.
她通常說話的聲音很高 / 低 / 深沉。

②以言語表達，發表 (vt) = express

Our teacher encouraged us to voice our opinions.
我們老師鼓勵我們發表意見。

void /vɔɪd/

①空虛 (the+S) = vacuum

◀ The death of Susan's husband left a great vacuum in her life. Her friends advised her to re-enter the workforce to fill the void.
蘇珊的丈夫去世給她的生活留下巨大的空白。她的朋友建議她去再就業以填補空虛。

②無的，空的 (adj) = lacking (in)

His mind went completely blank, and his eyes were void of all expression.
他心裡完全空白，雙眼目無神情。

volcanic /vɑlˈkænɪk/

①火山的 (adj)

◀ The volcanic eruptions destroyed the whole village.
火山爆發毀掉了整個村莊。

②火爆的 (adj) = explosive

Jim has a volcanic temper.
吉姆脾氣火爆。

volcano /vɑlˈkeno/

火山 (C)

◀ This volcano may erupt at any time.
這座火山隨時都會爆發。

✎相關字 an active volcano (活火山)。a dormant volcano (休火山)。an extinct volcano (死火山)。

volleyball /ˈvɑlɪˌbɔl/

排球 (U) (請參閱附錄 "運動")

◀ Volleyball can be played on an indoor court.
排球可以在室內球場打。

volume /ˈvɑljəm/

①音量 (U)

◀ The music is too loud; turn the volume down.
音樂聲太響了，把音量調低些。

②冊 (C)

I bought a set of picture books in 10 volumes.
我買了十冊一套的圖畫書。

voluntary /ˈvɑlənˌtɛrɪ/

①義務的，自願的，自發的 (adj)

◀ I'll do voluntary social work after I retire.
我退休以後會從事義務社會工作。

②自願的 (adj) ⇔ compulsory

Voluntary donations are welcome.
歡迎自願捐款。

volunteer /ˌvɑlənˈtɪr/

①自告奮勇者，表願者 (C)

◀ Is there any volunteer to do the job for me?
有沒有自告奮勇者要幫我做這件事？

②自願 (vi)

John volunteered for the clean-up after the party.
約翰自願在聚會後留下來收拾打掃。

vomit /ˈvɑmɪt/

嘔吐 (vi,vt) = throw up

◀ Sherry didn't feel well and vomited (her dinner).
雪莉感覺不適而嘔吐了 (她吃下的飯菜)。

vote /vot/

①投票所作的選擇 (C)

◀ In the election, I will cast my vote for Janette Lee.
選舉時我將投票給李珍妮。

②投票 (vi)

If we can't agree on the matter, we'll have to vote on it.
假如我們無法在這件事上取得一致，我們將投票表決。

③選上，選出 (vt)= elect (as)

He was voted president of the company.
他被選為公司的總裁。

vote down

投票否決 (vt,s)

◀The committee voted your proposal down.
委員會投票否決了你的提議。

vote through

投票通過 *(vt,s)*

◀Congress **voted** the bill **through**.

國會投票通過了這項議案。

---

voter /ˈvotɚ/

選民 *(C)*

◀ They're planning to reduce taxes to please the **voters**.

他們打算通過減稅來取悅選民。

vow /vaʊ/

①發誓 *(vt) = promise, swear*

◀ The police **vowed** to bring the serial killer to justice.

警方發誓要將這個連環殺手捉拿歸案。

②誓言 *(C) = promise*

After you make a **vow**, you have to keep it and never break it under any circumstances.

你起誓後就得守信，在任何情況下都不可失信。

vowel /ˈvaʊəl/

母音 *(C)* ⇔ *consonant*

◀ She doesn't know how to tell **vowels** from consonants.

她分不清母音和子音。

voyage /ˈvɔɪˌɪdʒ/

(海上) 長途旅行 *(C)*

◀ I dream of going on/making/taking a long sea **voyage**.

我夢想能在海上作一次長途旅行。

✎衍生字 *voyager (C)* 航海者，航海探險者

vulgar /ˈvʌlgɚ/

粗俗的 *(adj)*

◀ Many TV programs are intended to cater to **vulgar** interests.

許多電視節目有意在迎合粗俗趣味。

vulnerable /ˈvʌlnərəbl̩/

容易受傷害的，脆弱的 *(adj)*

◀ Most people are **vulnerable** to ridicule.

大多數人很容易受嘲諷所傷害。

✎衍生字 *vulnerability (U)* 脆弱

V

W

A HANDBOOK
7000 English Core Words

🔊 MP3-W1

wade /wed/

涉水 *(vi)*

◀ The stream was knee deep, but we still **waded** across it.

小溪齊膝深，但我們還是涉水過去了。

wag /wæg/

①搖擺，搖動 *(vt)* = shake, waggle

◀ My teacher **wagged** his finger at Rick to convey his total disapproval.

我老師對瑞克搖手指，以示很不贊成。

②搖擺，搖動 *(vt)*

Upon seeing me, my dog **wagged** its tail in delight.

我的狗見到我就搖起尾巴表示高興。

③搖 *(vi)*

My dog's tail **wagged** in delight.

我的狗高興得搖尾巴。

wage /wedʒ/

工資 *(P)*

◀ The workers demanded an increase in **wages**.

工人們要求增加工資。

✎相關字 請參見 pay。

wagon /'wægən/

馬車 *(C)*

◀ Pioneers set out for the wild west in **wagons**.

拓荒者乘坐著馬車向著荒蠻的西部前進。

wail /wel/

①嚎啕大哭 *(vi)* = cry

◀ Every time a body was retrieved from the rubble, the relatives gathered around it and began to **wail**.

每當廢墟中有屍體被找到，其親友就會聚攏來嚎啕大哭。

②呼嘯聲 *(C)*

The **wail** of police sirens in the middle of the night awakened me from sleep.

深夜時警笛的呼嘯聲把我從睡夢中驚醒。

waist /west/

腰部 *(C)* (請參閱附錄 "身體")

◀ I measure 32 inches around my **waist**.

我腰圍三十二吋。

wait /wet/

①等待，等候，等 *(vi)*

We're **waiting** for the bus.

我們在等公共汽車。

②等待，等候，等 *(S)*

I had a long **wait** for the bus.

我等公共汽車等了好久。

wait on

伺候 *(vt,u)*

◀ A polite waitress **waited on** us in that restaurant.

那家飯店裡有一位彬彬有禮的女服務員伺候我們進餐。

wait up for

沒睡等候著… *(vt,u)*

◀ I **waited up for** my son until mid-night.

我沒有睡，一直等我兒子到半夜。

waiter /'wetɚ/

服務生 *(C)* (請參閱附錄 "職業")

◀ The **waiter** brought our orders at once.

那位男服務生立刻送上我們點的菜來。

waitress /'wetrɪs/

女服務生 *(C)* (請參閱附錄 "職業")

◀ A **waitress** came to take my order.

一位女服務生來要我的點單。

wake /wek/, woke *(pt)*, woken *(pp)*

①醒 *(vi)*

◀ I **woke** (up) early this morning.

今天早晨我很早就醒了。

②叫醒 *(vt)*

Please **wake** me up at seven.

請在七點鐘叫醒我。

waken /'wekən/

叫醒 *(vt)* = wake

◀ I **wakened** him up at seven o'clock.

我在七點時叫醒了他。

walk /wɔk/

①散步 *(S)*

◀ Let's go for/take a **walk**.

我們去散步吧。

②步行 *(vi)*

He **walks** to school every day.

他每天步行去學校。

③牽 (動物) 散步，遛 *(vt)*

I usually **walk** the dog in the evening.

我通常在晚上遛狗。

---

walk away/off with

①偷走 *(vt,u)* = *get/run/make with away with*

◀Someone **walked away with** the notebook computer in broad daylight.

有人在光天化日之下偷走了那台筆記型電腦。

②輕易奪得 *(vt,u)*

Bill **walked away with** the championship.

比爾輕易奪得了冠軍。

---

walk out

罷工 *(vi)* = *go on strike*

◀The workers **walked out** in protest against the bad working conditions.

工人們罷工抗議工作條件太差。

---

walk over

欺侮 *(vt,u)*

◀Bob is so kind that his colleagues **walk** (all) **over** him.

鮑勃太善良了，同事都欺侮他。

---

wall /wɔl/

牆 *(C)*

◀ Don't lean against the **wall**. The paint is still wet.

別靠在牆上。油漆還未乾呢。

---

wallet /'wɑlɪt/

皮夾 *(C)*

◀ I lost my **wallet**.

我的皮夾丟了。

---

walnut /'wɔlnət/

核桃 *(C)*

◀ I ordered a **walnut** cake.

我訂了一個核桃蛋糕。

---

wander /'wɑndɚ/

漫遊 *(vi)*= *roam, stroll*

◀ I enjoy **wandering** through the countryside on the weekend.

我愛在週末到鄉村去漫遊。

➥衍生字 *wanderer (C)* 漫遊者，流浪者

---

want /wɑnt/

①要，想要 *(vt)* = *would like*

◀ Dad **wants** me to become a doctor in the future.

爸爸要我將來做個醫生。

②通緝 *(vt)*

He's **wanted** by the police.

他正受到警方通緝。

③需要 *(vt)* = *need, require*

The car **wants** repairing.

這車需要修理了。

④缺乏，缺少 *(vt)* = *lack*

After the disaster, many people **wanted** food and shelter.

災後許多人都缺東西吃，缺地方住。

⑤缺乏 *(U)* = *lack*

The plants died for **want** of water.

這些植物因為缺水枯死了。

---

want out

不想做，想要擺脫 *(vi)*

◀Jim **wanted out** of the deal/marriage.

吉姆不想做 這筆生意 / 想要擺脫這樁婚姻。

---

war /wɔr/

戰爭 *(C,U)*

◀ (A) **war** broke out between the two countries.

兩國間爆發了戰爭。

---

ward /wɔrd/

①病房 *(C)*

◀ Miss Wang is in charge of a maternity/ children's **ward**.

王小姐負責管理婦產科 / 兒科病房。

➥衍生字 *warden (C)* 管理人，看守員

②避開，擋開 *(vt)*

It is widely believed that chicken soup can help **ward** off colds.

一般人普遍認為喝雞湯能夠避免感冒。

W

wardrobe /'wɔrd‚rob/

① (個人的) 全部衣物 (S) = clothing
◀ Put away your winter/summer **wardrobe**.
把你的冬 / 夏服裝都收起來。

② 衣櫃 (C)= closet
Hang your clothes in the **wardrobe** instead of scattering them on the bed.
把你的衣服都放入衣櫃，不要亂丟在床上。

ware /wɛr/

貨品 (P) = goods
◀ The vendors spread their **wares** out on the pavement, and began to shout for attention.
小販把貨品攤在人行道上並開始叫賣。

warehouse /'wɛr‚haus/

倉庫 (C)
◀ The goods in the **warehouse** were submerged by the flood.
倉庫裡的貨物都被洪水淹了。

warfare /'wɔr‚fɛr/

戰爭 (U) = war
◀ A confrontation on the border erupted into global **warfare**.
邊境上的一次衝突爆發為全球性的戰爭。

warm /wɔrm/

① 暖和的 (adj) ⇔ cool
◀ The weather is **warmer** today.
今天天氣暖和些了。
✎衍生字 **warmth** (U) 溫暖

② 熱烈的，熱情的 (adj) = hearty
The city gave their hero a **warm** welcome.
整座城市熱烈歡迎英雄的歸來。

③ 使暖和 (vt) ⇔ cool (down)
A mug of hot chocolate will **warm** you up.
喝杯熱巧克力會使你暖和起來的。

warm up

① 熱 (vt,s) = heat up
◀ You had better **warm up** your dinner. It has gotten cold.
你得把飯菜熱一下，都已經涼了。

② 熱絡，健談 (vi)
Jill is friendly, and she can quickly **warm up** to any stranger/subject.
吉兒很友善，碰到陌生人很快就能熱絡起來 / 什麼話題都很快就能健談起來。

warn /wɔrn/

警告 (vt) = caution...about
◀ He has **warned** me of possible danger, but I will go all the same.
他警告我可能會有危險，但我還是會去。

warning /'wɔrnɪŋ/

警告 (C)
◀ The police issued a **warning** against speeding.
警方發了一分禁止超速行駛的警告。

 MP3-W2

warrant /'wɔrənt/

① 拘捕令 (C)
◀ The attorney general issued a **warrant** for the arrest of the legislator who was connected with organized crime.
首席檢查官發出拘捕令去將與組織犯罪有關聯的立委逮捕歸案。

② 作…保證 (vt) = guarantee
The retailer **warranted** his product and agreed to pay a refund if I was not satisfied with his product.
零售商對商品作了品質保證，並答應如果我對他售出的商品不滿意他就退款。

warranty /'wɔrəntɪ/

保證書 (C)= guarantee
◀ The manufacturer gives a one-year **warranty** on the computer. It covers mechanical failures.
廠商給了這台電腦為期一年的保證書，其中包含機械故障的保修。

warrior /'wɔrɪɚ/

勇士，戰士，武士，壯士 (C)= fighter
◀ Hundreds of **warriors** were killed in the battle.
幾百名勇士在此戰鬥中被殺身亡。

warship /'wɔr‚ʃɪp/

軍艦，戰艦 (C)
◀ The **warship** went up in flames when it was hit by the missile.
軍艦被飛彈擊中後熊熊燃燒起來。

wary /'wɛrɪ/

謹防的，謹慎的，小心的 (adj) = cautious, watchful
◀ You should be **wary** of the hidden dangers.
你要謹防潛在的危險。

W

wash /waʃ/

①洗，洗刷，洗澡，沖洗 (S)

◀Give the dog a good **wash**.
把狗好好洗一洗。

②洗，洗刷，洗滌 (vt)

Wash your hands before eating anything.
吃東西前要洗手。

wash down

吞下去 (vt,s)

◀**Wash** food **down** with a drink.
喝飲料將食物吞下去。

waste /west/

①浪費 (S)

◀It's a **waste** of time and money chatting on the cell phone.
在手機上聊天既浪費時間又浪費錢。

◎衍生字 wasteful (adj) 浪費的，揮霍的

②浪費 (U)

Eat as much as you can. Don't let the food go to **waste**.
儘量吃，別把食物浪費掉。

③廢料，廢棄物 (U)

Where should the nuclear **waste** go?
核廢料該弄到哪兒去處理掉呢？

◎衍生字 waste (adj) 廢棄的，無用的

④浪費 (vt) = squander；⇔ save

Don't **waste** your money on things you don't need.
別浪費錢買不需要的東西。

waste away

日漸消瘦，日益衰弱 (vi) = wear/fade/pine away

◀She **wasted away** with grief/cancer.
她因為悲痛 / 癌症而日漸消瘦。

watch /watʃ/

①手錶 (C)

◀My **watch** doesn't keep time. I have to set it.
我的錶走得不準，我得把它撥準。

②監視 (S,U)

The police are keeping (a) close **watch** on the warehouse.
警方在嚴密監視著這家倉庫。

◎衍生字 watchful (adj) 警惕的，提防的，留心的；
    watchman (C) 警衛

③看著，觀看 (vt)

I **watched** my son do his homework for fear that he might make mistakes.
我看著兒子做作業，生怕他做錯。

④注意 (vt) = pay attention to

You'd better **watch** your weight.
你得注意一下自己的體重了。

watch out

當心 (vi) = look out

◀I am always **watching out** for any mistake /pickpocket.
我總是很當心犯錯 / 扒手。

watch over

看管 (vt,u) = take care of

◀Can you **watch over** the children/money while I am eating out?
我出去吃飯，你能看管一下小孩 / 錢嗎？

water /'wɔtɚ/

①水 (U)

◀We can't live without **water**.
沒有水我們就無法生存。

②澆水 (vt)

Don't forget to **water** the plants.
別忘了給植物澆水。

③流口水 (vi)

My mouth **watered** at the sight of the cake.
看到蛋糕我饞得直流口水。

water down

給…打了折扣 (vt,s) = dilute

◀Congress **watered down** the sunshine bill before passing it.
國會在通過陽光法案之前給它打了折扣。

waterfall /'wɔtɚˌfɔl/

瀑布 (C)= falls

◀The roaring **waterfall** dashed/gushed over the edge of the cliff.
瀑布轟鳴著從山崖邊奔瀉而出。

W

watermelon /ˈwɔtəˌmɛlən/
西瓜 *(C,U)* (請參閱附錄 "水果")
◀ **Watermelons** are juicy fruit.
西瓜是多汁水果。

waterproof /ˈwɔtəpruf/
防水的 *(adj)*
◀ My watch is **waterproof**.
我的錶是防水的。
📝同尾字 **rainproof** (防雨的)。**windproof** (擋風的)。
　bulletproof (防子彈的)。**soundproof** (隔音的)。

watertight /ˈwɔtəˈtaɪt/
不透水的 *(adj)*
◀ Make sure that the computer is put in a
watertight container.
務必要將電腦放在不透水的容器內。
📝同尾字 **airtight** (不透氣的)。**skintight** (緊身的)。

wave /wev/
①海浪 *(C)*
◀ The huge **waves** crashed into/pounded on the
seashore.
巨大的海浪拍打著海岸。
②揮手，招手 *(C)*
With a **wave** of the hand, she went away.
她揮揮手轉身離去了。
③揮手 *(vt,vi)* = flap
She **waved** (her hand) when she saw us.
她看到我們時揮揮手。
④飄揚 *(vi)*
The flag **waved** in the wind.
旗幟在風中飄揚。

> **wave aside**
> 對…置之不理 *(vt,s)* = brush aside/away
> ◀My boss **waved aside** all criticism of the
> project and decided to carry on as scheduled.
> 我的老闆對所有批評這個計畫的意見置之不
> 理，決定按計畫進行。

wax /wæks/
①蠟 *(U)*
◀ Candles are made of **wax**.
蠟燭是用蠟做成的。
②打蠟 *(vt)*
We **wax** the floor every month.
我們每月給地板打蠟。

way /we/
①路，路途 *(C)*
◀ On our **way** home, he told me what happened
in school today.
回家路上他把今天在學校裡發生的事講給我聽。
②方式 *(C)* = manner
The teacher started the new lesson in a
different **way** today.
今天老師用一種新的方式開講新課。
③方面 *(C)* = aspect, respect
I resemble my father in many **ways**.
我在許多方面都像我爸爸。

we /wɪ; 重讀 wi/
我們 (主格) *(pron)*
◀ Since **we** cannot get what we like, let us like
what we can get.
既然我們無法得到自己喜歡的，就喜歡我們可
得到的。

weak /wik/
①體弱的 *(adj)* = fragile；⇔ strong
◀ My job is to take care of a **weak** old lady.
我的工作是照料一個體弱的老太太。
②(能力) 差的 *(adj)* ⇔ good
I'm **weak** at math.
我數學很差。
📝衍生字 **weakness** *(U)* 弱，軟弱
③淡的，不濃的 *(adj)* ⇔ strong
The coffee is good, neither too strong nor too
weak.
這咖啡很好，濃淡適宜。

weaken /ˈwikən/
①削弱，使變衰弱 *(vt)* ⇔ strengthen
◀ I was **weakened** by hunger; I couldn't even
walk for more than ten minutes.
飢餓削弱了我的體力，連十多分鐘的路我都走
不動。
②減弱 *(vi)*
The force of the typhoon **weakened** after
raging through the island.
颱風肆虐過北島後，威力便減弱。

wealth /wɛlθ/
財富 *(U)* = riches
◀ **Wealth** does not necessarily bring people
happiness.
財富未必給人帶來幸福。

wealthy /ˈwɛlθɪ/

富裕的 *(adj)* = *rich*

◀ He was born into a **wealthy** family.
他出生於富裕之家。

weapon /ˈwɛpən/

武器 *(C)*

◀ In my opinion, nuclear **weapons** should be banned.
我認為核子武器應該禁止。

wear /wɛr/, wore *(pt)*, worn *(pp)*

①穿戴 *(vt)*

◀ She's **wearing** a blue dress today.
今天她穿了條藍裙子。

②留 (髮)，蓄 (鬚) *(vt)*

She **wears** her hair long.
她留了長髮。

③磨成 *(vt)*

The stones have been **worn** smooth by the constant flow of water.
這些石頭因常年流水而磨得圓光光的。

④磨破 *(vi)*

The collar of my shirt has **worn**.
我襯衫領子磨破了。

⑤服裝 *(U)* = *clothing*

She likes to be dressed in men's **wear**.
她喜歡穿男裝。

⑥磨破，磨損 *(U)*

The carpet is already showing signs of **wear**.
地毯已快磨破了。

wear away

①變模糊 *(vi)* = *wear down/off*

◀ The words on the tablet have **worn away** with time.
匾額上的文字隨著時間的流逝變模糊了。

②使磨損 *(vt,s)* = *wear down*

The pounding of waves has **worn away** the rock.
海浪的拍擊磨損了岩石。

③使衰弱不堪 *(vt,s)* = *wear down*

Betty has been **worn away** by cancer.
貝蒂已經被癌症折磨得衰弱不堪。

wear off

逐漸消失 *(vi)* = *pass/go off, go/pass away*

◀ The pain in my back is **wearing off**.
我背上的疼痛逐漸消失了。

wear out

①穿破 *(vt,s)*

◀ I have **worn out** my shoes.
我已經把鞋子穿破了。

②使累垮 *(vt,s)* = *tire/knock out, do in*

The climb up to the peak of the mountain **wore** every one of us **out**.
爬到這座山的頂峯把我們每個人都累垮了。

③用壞 *(vi)*

It is better to **wear out** than rust out.
與其鏽壞不如用壞。

④磨損 *(vi)*

The shoes **wore out** quickly.
鞋子很快就磨損了。

wear through

磨出洞 *(vt,s/u)*

◀ Henry often crawls on the floor, and he has **worn through** the knees of his trousers and the elbows of his sweaters.
亨利經常在地上爬，已經把褲子的膝蓋和毛衣的肘部都磨出洞來了。

◉ MP3-W3

weary /ˈwɪrɪ/

①厭倦的 *(adj)* = *tired, sick*

◀ I am **weary** of eating pizza all the time.
我對老是吃披薩已感厭倦了。

②疲倦的 *(adj)* = *tired, exhausted*

We all felt **weary** after three hours' negotiation.
經過三小時的談判我們都感疲倦了。

weather /ˈwɛðɚ/

天氣 *(U)*

◀ We'll have a barbecue party, **weather** permitting.
大氣好的話我們將舉辦一個烤肉餐會。

✎衍生字 *weatherman (C)* 天氣預報員

W

weave /wiv/, wove *(pt)*, woven *(pp)*

①織，編 *(vt)*

◀ My mother **wove** a wool sweater for me.
我媽媽爲我織了件羊毛套衫。

✎衍生字 *weaver (C)* 織布工

②編造 *(vt) = piece together*

He **wove** an interesting story from pieces of fairy tales.
他用幾個童話故事的片斷編了一個有趣的故事。

③穿梭 *(vi)*

During the rush hour, you can see motorcycles **weave** in and out of the traffic.
在交通尖峰期間你能看到摩托車在車流中穿梭。

web /wɛb/

(蛛) 網 *(C)*

◀ The spider is spinning a **web**.
這隻蜘蛛在織一張網。

website /'wɛb,saɪt/

網站 *(C)*

◀ On the Internet, you can find many kinds of interesting **websites**.
在網際網路上你能看到各種各樣有趣的網站。

wed /wɛd/, wed/wedded *(pt)*, wed/wedded *(pp)*

結婚 *(vi) = marry*

◀ We are going to **wed** in June.
我們六月要結婚了。

wedding /'wɛdɪŋ/

婚禮 *(C)*

◀ Will you attend his **wedding**?
你會去參加他的婚禮嗎？

wedge /wɛdʒ/

①楔子，三角木 *(C)*

◀ I put a **wedge** under the door.
我在門下面墊了塊楔子。

②楔形物 *(C)*

Judy ate a **wedge** of cake.
茱蒂吃了一塊切成楔形的蛋糕。

③用楔子…抵緊 *(vt)*

I **wedged** the windowpane so that the glass could fit tight against the frame.
我用楔子將窗玻璃抵緊，這樣就牢牢地嵌在窗框裡了。

Wednesday /'wɛnzdɪ/

星期三 *(C,U)*

◀ **Wednesday** is the day between Tuesday and Thursday.
週三在週二和週四之間。

weed /wid/

雜草 *(C)*

◀ Do you think we can pull out all the **weeds** this afternoon?
你認爲我們今天下午能把雜草全拔完嗎？

✎衍生字 *weed (vt)* 除去雜草

> **weed out**
>
> 裁掉，清除，淘汰 *(vt,s) = get rid of*
>
> ◀We have to **weed out** all the incompetent workers.
> 我們必須把所有不稱職的工人裁掉。

week /wik/

週，星期 *(C)*

◀ She works a 35-hour **week**.
她一週工作三十五小時。

✎衍生字 *weekly (adj)* 每週的，一週一次的

weekday /'wik,de/

非週日，工作日 *(C)* ⇔ *weekend*

◀ The museum is open from 9:00 to 6:00 on **weekdays**, 10:00 to 5:00 on weekends.
這家博物館平時的開放時間是九點至六點，週末爲十點至五點。

weekend /'wik'ɛnd/

週末 *(C)* ⇔ *weekday*

◀ I hate to work on/at the **weekend**.
我不喜歡在週末工作。

weep /wip/, wept *(pt)*, wept *(pp)*

哭泣 *(vi,vt) = cry*

◀ She **wept** (bitter tears) over her son's death.
她爲兒子的死痛苦的哭泣。

weigh /we/

①重 *(vt)*

◀ "How much do you **weigh**?" "I **weigh** 50 kilos."
"你有多重？" "我重五十公斤。"

②衡量 *(vt)* = consider
You should **weigh** the risks before you take any action.
你在採取行動之前應先衡量一下有多少風險。

---

weigh against
帶來不利的影響 *(vt,u)*
◀Being short **weighed** heavily **against** his chances of becoming a basketball player.
個子矮對他成為籃球員的可能性帶來不利的影響。

---

weigh down
使憂心忡忡 *(vt,s)*
◀Chris seemed **weighed down** with all her concerns.
克莉絲看上去憂心忡忡。

---

weigh in
提出 *(vi)*
◀You have the right to **weigh in** with your opinion.
你有權提出自己的觀點。

---

weigh out
秤出指定重量的某物 *(vt,s)*
◀The shopkeeper **weighed out** one pound of flour for me.
店主給我秤了一磅麵粉。

---

weigh up
權衡 *(vt,s)*
◀I am **weighing up** the pros and cons of the two proposals.
我正在權衡這兩個建議的正反意見。

---

weight /wet/
①重量 *(U)*
◀He is twice my **weight**.
他比我重一倍。
✎衍生字 *weightless (adj)* 沒有重量的；*weighty (adj)* 重的，沉重的
②影響，分量 *(U)*
Don't worry about what she thinks. Her opinion doesn't carry much **weight**.
別擔心她怎麼想。她的意見沒多大影響 (分量)。

③重物 *(C)*
The doctor said she must not lift heavy **weights**.
醫生說她不可舉重物。
✎衍生字 *weight-lifting (U)* 舉重

weird /wɪrd/
古怪的 *(adj)* = eccentric
◀Mark is a little **weird** in the way he dresses.
馬克的穿著有點古怪。
✎衍生字 *weirdo (C)* (衣著、行為等) 古怪的人

welcome /'wɛlkəm/
①歡迎 *(interj)*
◀**Welcome** to Taipei!
歡迎到台北來！
②歡迎 *(S)*
The spectators gave last year's champion a warm **welcome**.
觀眾對去年的冠軍表示熱烈歡迎。
③歡迎 *(vt)*
The school **welcomes** any suggestions.
學校歡迎任何形式的建議。
④受歡迎的 *(adj)*
Any suggestions will be **welcome**.
歡迎提意見。

weld /wɛld/
焊接 *(vt)*
◀The worker **welded** two metal plates together.
工人把兩塊金屬板焊接起來。

welfare /'wɛlˌfɛr/
福利 *(U)* = well-being
◀The government should care more about the **welfare** of the people.
政府應對人民的福利多加關心。

well /wɛl/
①身體健康的 *(adj)* = healthy, good
◀I'm not feeling very **well**.
我感覺不太舒服。
②好，令人滿意地 *(adv)*
She speaks English very **well**.
她英語說得很好。
③哦 *(interj)*
Well, where was I?
哦，我說到哪兒啦？

W

④井，水井 *(C)*

The villagers dug a **well** to get water but it has dried up now.

村民們挖了口井取水用，但現在這口井已乾涸了。

west /wɛst/

①在西方的，朝西的 *(adj)* ⇔ *east*

◀ We'll go to **West** Germany.

我們要去西德。

②往西，朝向 *(adv)*

We'll fly **west** this time.

這次我們要往西飛行。

③西，西方 *(U)*

The sun sets in the **west**.

夕陽西沉。

≈相關字 east (東)。north (北)。south (南)。

western /'wɛstɚn/

西部的，西方的 *(adj)* ⇔ *eastern*

◀ The typhoon will hit **western** Taiwan.

颱風將襲擊台灣西部地區。

wet /wɛt/, wet/wetted *(pt)*, wet/wetted *(pp)*

①弄濕 *(vt)*

◀ John, would you **wet** the towel and wipe the table clean?

約翰，你把毛巾弄濕，把桌子擦乾淨，好嗎？

②濕的，潮的 *(adj)* ⇔ *dry*

His face was **wet** with sweat.

他的臉被汗水濕透。

whale /hwel/

鯨魚 *(C)* (請參閱附錄 "動物")

◀ The ring is a sprat to catch a **whale**.

這個戒指就像是小魚餌，用來釣鯨魚。

◎ MP3-W4

wharf /hwɔrf/

碼頭 *(C)* = *pier*

◀ A lot of goods are being unloaded at the **wharf**.

大批貨物正在碼頭上卸下。

what /hwɑt/

什麼事 *(interrog)*

◀ Not knowing **what** to do, the father walked up and down the hall.

這位父親在大廳裡來回走動，不知該做什麼好。

whatever /hwɑt'ɛvɚ/

無論…什麼 *(conj)* = *no matter what*

◀ **Whatever** you do, I'll support you.

無論你幹什麼我都會支持你。

whatsoever /ˌhwɑtso'ɛvɚ/

無論如何 *(adv)* = *whatever*

◀ Some officials dared not voice their objections **whatsoever** to the plan for a tax cut.

一些官員無論如何都不敢對減稅計畫發表反對意見。

wheat /hwit/

麥 *(U)*

◀ This bread is made from whole **wheat**.

這種麵包是用全麥做成的。

wheel /hwil/

①輪子 *(C)*

◀ One of the truck's **wheels** came off so the truck lost control and smashed into a tree.

卡車的一隻輪子掉了下來，因此它失控撞到了一棵樹上。

②方向盤 *(S)* = *steering wheel*

Who was at the **wheel** when the car crashed?

汽車失事時誰開車 (誰握方向盤) ？

③推 (有輪子的東西) *(vt)*

The nurse **wheeled** the trolley up to the bed.

護士將小推車推到床前。

wheelchair /'hwil'tʃɛr/

輪椅 *(C)*

◀ He has been confined to a **wheelchair** since he suffered a stroke.

他自中風後就一直坐在輪椅上。

when /hwɛn/

何時 *(interrog)*

◀ **When** will the plane take off?

飛機何時起飛？

whenever /hwɛn'ɛvɚ/

每次 *(conj)* = *every time, no matter when*

◀ **Whenever** Mom comes, she brings food.

媽每次來總是帶來吃的東西。

where /hwɛr/

哪裡 *(interrog)*

◀ **Where** did you receive your college education?

你在哪裡讀的大學？

whereabouts /ˌhwɛrə'baʊts/

去向，行蹤，下落 *(U)*

◀ I tried hard to contact Susan, but her family refused to reveal her **whereabouts**.
我竭力想與蘇珊聯繫上，但她家人拒絕透露她的去向。

whereas /hwɛr'æz/

而 *(conj) = while*

◀ The rates of attempted suicides have stayed flat in recent years, **whereas** accidental death rates have soared.
試圖自殺的比率近年來持原狀，而意外死亡率卻急劇上升。

wherever /hwɛr'ɛvə/

無論哪裡 *(conj) = no matter where*

◀ **Wherever** you go, I will follow you.
無論你去哪裡我都會跟著你。

whether /'hwɛðə/

是否 *(conj)*

◀ I wonder **whether** it will rain tomorrow.
我擔心明天是否會下雨。

which /hwɪtʃ/

哪一個 *(interrog)*

◀ Ask her **which** she prefers.
問問她喜歡哪一個。

while /hwaɪl/

①當…的時候 *(conj)*

◀ **While** I was cleaning the house, my husband was washing the dishes.
當我打掃房間的時候，我先生在洗碗。

②雖然 *(conj) = although*

While I understand what she says, I can't agree with her.
雖然我明白了她的意思，但我不同意她的說法。

③而 *(conj) = whereas, but*

I like spring, **while** my sister likes summer.
我喜歡春天，而我姐姐喜歡夏天。

④一會兒 *(S) – moment*

Just wait (for) a **while** and she'll be back.
稍等一會兒她就會回來了。

while away

打發 (時間) *(vt,s) = idle away*

◀ I **whiled away** the time that I was waiting for the bus by thumbing through the magazine.
我等車的時間就靠看雜誌來打發。

whim /hwɪm/

一時興起 *(C)*

◀ I dropped in on Chris on a **whim**.
我一時興起就去克莉絲那兒坐坐。

✎衍生字 *whimsical (adj)* 突發奇想的，稀奇古怪的

whimper /'hwɪmpə/

①嘀嘀咕咕 *(C) = whine*

◀ I have never heard a **whimper** of complaint from Jack.
我從未聽到過傑克發過嘀嘀咕咕的怨言。

②啜泣 *(vi)*

Jane was found **whimpering** in her room.
珍被人發現在自己房間裡啜泣。

whine /hwaɪn/

①哀叫 *(vi)*

◀ The frightened boy began to **whine** pitifully.
那受驚嚇的男孩開始很可憐的哀叫。

②嘀咕抱怨 *(vi) = complain*

My son **whines** every time we ask him to do his homework.
每當我們叫兒子做作業他都要嘀咕抱怨。

✎衍生字 *whine (C)* 哀叫聲

whip /hwɪp/

①鞭子 *(C)*

◀ He urged his horse on with a **whip**.
他揮鞭策馬而行。

②鞭笞 *(vt)*

In Singapore, you might be **whipped** for wrongdoing.
在新加坡你會因幹了不法勾當而遭鞭笞。

whip up

鼓動，激發，激起，煽動起來 *(vt,s)*

◀ The speaker **whipped up** our support/interest/anger/enthusiasm/audience.
那位演講者鼓動我們的支持 / 激發我們的興趣 / 激起我們的怒火 / 激起我們的熱情 / 把聽眾煽動起來。

W

whirl /hwɝl/

旋轉 (vi) = turn, swirl

◀ The feather **whirled** around until it settled on the ground.
這羽毛旋轉著直至落到地上。

whisk /hwɪsk/

①冷不防地拿走 (vt)

◀ The waitress **whisked** away my dessert before I finished it.
女侍冷不防地把我未吃完的甜點拿走了。

②甩動 (vt)

The horse **whisked** its tail.
這匹馬甩動牠的尾巴。

whiskers /'hwɪskɚz/

連鬢鬍子 (P) = sideburns

◀ Some men like to grow **whiskers** and they hate to shave them off.
有些男人愛蓄連鬢鬍子，不願刮掉。

whisper /'hwɪspɚ/

①輕聲低語，耳語 (S)

◀ Nancy told me in a **whisper** that she was pregnant, so that others wouldn't hear it.
南希輕聲告訴我說她懷孕了，以免別人聽到。

②輕聲低語，耳語 (vt)

Jean leaned over to **whisper** something to her mother.
珍靠過來，輕聲的與她媽媽交談。

③瑟瑟作響 (vi)

Leaves **whispered** in the breeze.
樹葉在微風中瑟瑟作響。

whistle /'hwɪsl̩/

①哨子 (C)

◀ The police officer blew his **whistle** to stop the traffic.
警察吹著哨子讓來往車輛停下來。

②吹口哨 (vi)

The boy **whistled** to his dog and it ran to him.
那男孩朝他的狗吹了聲口哨，牠就朝他跑過來。

③用口哨吹出 (vt)

She can **whistle** "Yesterday Once More".
她能用口哨吹出〈昨日再來〉的曲調。

white /hwaɪt/

①白色，白色的 (adj,U,C) (請參閱附錄 "顏色")

◀ A crow is never the **whiter** for washing herself often.
烏鴉常洗澡也不會變白。

Two blacks do not make a **white**.
兩黑重疊一起也成不了白。

②發白的，蒼白的 (adj) = pale

Her face was **white** with fear.
她被嚇得臉色發白。

③白色衣服 (U) = white clothes

She likes to dress herself in **white**.
她喜歡穿白色的衣服。

④白人 (C)

Blacks or **whites**, whatever race, should be treated equally.
不論黑人白人，任何人種都應受到平等的待遇。

who /hu/

誰 (interrog)

◀ **Who** will take over your job when you're on vacation?
你去度假時誰來接替你的工作呢？

whoever /hu'ɛvɚ/

不管…是誰 (conj) = no matter who

◀ **Whoever** you are, I won't go with you.
不管你是誰，我不會跟你走的。

whole /hol/

①完整的，全部的 (adj)

◀ I spent the **whole** day doing my English assignment.
我花了一整天做英語回家作業。

②整體，整個，全部 (S,U) ⇔ part

Two halves make a **whole**.
兩個一半合成一個整體。

wholesale /'hol,sel/

①批發 (U) ⇔ retail

◀ Henry ran a **wholesale** business.
亨利做批發生意。

衍生字 wholesaler (C) 批發商

②大批地 (adv)

We bought flour **wholesale**.
我們大批購買麵粉。

W

wholesome /'holsəm/

促進健康的 *(adj)* = healthy, healthful

◄ The restaurant serves **wholesome** natural food.
這家飯店供應天然的健康食品。

◎ MP3-W5

whom /hum/

誰 *(interrog)*

◄ **Whom** did you talk to just now?
你剛才和誰在說話？

whose /huz/

誰的 *(interrog)*

◄ **Whose** car is this?
這輛車是誰的？

why /hwaɪ/

為什麼 *(interrog)*

◄ **Why** was the meeting canceled?
會議為什麼取消？

wicked /'wɪkɪd/

邪惡的 *(adj)* = evil

◄ The **wicked** witch planned to eat the two innocent kids.
那個邪惡的女巫謀畫著要吃掉那兩個天真無邪的小孩。

wide /waɪd/

①寬的 *(adj)* ⇔ narrow

◄ The road is not **wide** enough.
這條路不夠寬。

✎衍生字 widely *(adv)* 廣泛地
②充分地，完全地，(張得)大大地 *(adv)*

He stood with his legs **wide** apart.
他兩腿張得大大的站著。

widen /'waɪdn/

①拓寬，使變寬 *(vt)* ⇔ narrow

◄ The road is too narrow. The government is planning to **widen** it.
這條路太窄了，政府計畫把它拓寬。

②變寬，加大 *(vi)*

The gap between the rich and the poor is **widening**.
貧富差距日益加大。

widespread /'waɪd'sprɛd/

廣泛的，遍布的 *(adj)* = extensive

◄ Environmentalists showed concern about the **widespread** use of chemicals in agriculture.
環保人士對農業生產中廣泛使用農藥表示憂慮。

widow /'wɪdo/

寡婦 *(C)* ⇔ widower

◄ After her husband died, she remained a **widow** for the rest of her life.
丈夫去世後，她後半生一直守寡。

widowed /'wɪdod/

成為寡婦的 *(adj)*

◄ Mrs. Smith was **widowed** at the age of 35.
史密斯夫人三十五歲時成寡婦。

widower /'wɪdəwɚ/

鰥夫 *(C)*

◄ Mr. White found it very hard to adjust to being a **widower**.
懷特先生發覺要適應鰥夫生活很難。

width /wɪdθ/

寬度 *(U)*

◄ The river is 20 meters in **width**.
這條河寬度有二十米。

wife /waɪf/

妻子 *(C)* ⇔ husband

◄ I'm sure Susan will make a good **wife**.
我敢肯定蘇珊會成為好妻子的。

wig /wɪg/

假髮 *(C)*

◄ Mr. Green wears a **wig**; I think he must be bald.
格林先生戴假髮，我想他一定是禿頭了。

wild /waɪld/

①野生的 *(adj)* ⇔ domesticated

◄ We should protect **wild** animals.
我們應該保護野生動物。

②狂暴的，強烈的 *(adj)* = violent

Wild winds roared on that night.
那一夜狂風不停地怒吼。

W

③狂熱的，感情強烈的 *(adj)*

He went **wild** with delight when he heard that he'd passed the exam.

他聽到自己通過了考試時欣喜若狂。

④對…狂熱的 *(adj)* = crazy, enthusiastic

My son's **wild** about basketball.

我兒子對打籃球入了迷。

wilderness /'wɪldɚnɪs/

荒蕪之地 *(C)* = wasteland

◀ The garden has become a **wilderness**.

那個花園變成了荒蕪之地。

wildlife /'waɪld͵laɪf/

野生生物 *(U)*

◀ Children like to watch National Geographic **wildlife** documentaries.

兒童都愛看國家地理雜誌拍攝的野生生物資料片。

will /wɪl/

①意願 *(U)*

◀ Are you doing this out of your own **will**?

你做這事是出於自己的意願嗎？

②遺囑 *(C)*

You'd better make your **will** before you die.

你最好去世前立個遺囑。

③將會 *(aux)*

Will it rain tomorrow?

明天會下雨嗎？

④願意 *(aux)* = be willing to

I'm sure no one **will** take the job.

我敢肯定沒人願意幹這分工作的。

willing /'wɪlɪŋ/

樂意的，願意的 *(adj)* = ready；⇔ unwilling

◀ Whenever we get into trouble, the teacher is **willing** to help.

無論我們何時遇到困難，老師總是樂意幫忙。

📝衍生字 *willingness (U)* 願意，樂意

willow /'wɪlo/

柳樹 *(C)* (請參閱附錄 "植物")

◀ We sat under the **willow** trees, looking at the lake.

我們坐在柳樹下看著湖。

win /wɪn/, won *(pt)*, won *(pp)*

①贏 *(vi,vt)* ⇔ lose

◀ Who do you think will **win** (the game)?

你認為誰會贏？

②勝 *(C)* ⇔ defeat

Our basketball team had two **wins** and three defeats.

我們的籃球隊勝兩場輸三場。

📝衍生字 *winner (C)* 贏家，勝利者

win out/through

成功 *(vi)* ⇔ lose out

◀ I am sure you will **win out** in spite of the difficulties.

我相信你一定會克服困難取得成功。

win over

爭取過來 *(vt,s)* = win around

◀ I will try hard to **win** Mr. Wang **over**. We need his support.

我會努力把王先生爭取過來的，我們需要他的支持。

wind /waɪnd/, wound *(pt)*, wound *(pp)*

①圍繞，纏繞 *(vt)* ⇔ unwind

◀ Mary **wound** a scarf around her son's neck.

瑪莉在她兒子的脖子上圍了條圍巾。

②上緊發條 *(vt)*

The clock has stopped. You'd better **wind** it (up).

鐘停了。你最好上上發條。

③蜿蜒，迂迴，彎曲前進 *(vi)*

The highway **winds** its way along the coast.

公路沿海岸蜿蜒。

④風 *(U)* /wɪnd/

The **wind** blew my hat away.

風把我帽子吹走了。

📝衍生字 *windy (adj)* 多風的

📝相關字 breeze (微風)。gust (陣風)。gale (強風)。

wind down
①發條鬆了 *(vi)*
◀My watch has been **winding down**.
我的手錶發條鬆了。
②情緒平靜下來 *(vi)*
The crowd didn't **wind down** until the game was over.
到比賽結束觀眾的情緒才平靜下來。
③逐漸結束 *(vt,s)*
Our company is **winding down** its business in Tokyo.
我們公司正逐漸結束它在東京的業務。

wind up
①上緊發條 *(vt,s)*
◀**Wind** your watch **up**; otherwise, it will stop.
給你的錶上緊發條,否則它會停的。
②落得…下場,結果… *(vi)* = end up
That guy **wound up** in prison.
那像伙落得個坐監牢的下場。

window /ˈwɪndo/
窗戶 *(C)*
◀ Please open the **window** to get some fresh air.
請打開窗戶透透新鮮空氣。

windshield /ˈwɪndˌʃild/
擋風玻璃 *(C)*
◀ Mike found his car damaged. The **windshield** was broken and there was a dent in the front door.
麥克發覺他的汽車被撞壞了。擋風玻璃碎了,前門撞了一個凹痕。

windy /ˈwɪndɪ/
風大的 *(adj)*
◀ It's too **windy** for us to play badminton today.
今天風太大,我們不能打羽毛球了。

wine /waɪn/
葡萄酒 *(U)*
◀ Which do you prefer, red **wine** or white **wine**?
你喜歡紅酒還是白酒?

wing /wɪŋ/
①翅膀,翼 *(C)*
◀ The little bird finally spread/fluttered its **wings** and flew away.
最後小鳥展翅飛走了。
②(建築物的) 側翼,邊房 *(C)*
Her room is in the east **wing** of the house.
她的房間在房子的東翼廂房。
③飛行 *(vi)* = fly
Look at the plane **winging** across the sky!
看,有飛機飛過天空!

🔘 MP3-W6

wink /wɪŋk/
①眨眼睛 *(vi)*
◀ He **winked** at me to show that he was joking.
他朝我眨眼睛表示他是開玩笑的。
②眨眼 *(C)*
She gave me a meaningful **wink** and then left.
她朝我意味深長地眨了眨眼然後離去了。

winter /ˈwɪntɚ/
冬天 *(U)*
◀ The weather is not cold here in **winter**.
這兒的冬天天氣不很冷。

wipe /waɪp/
擦 *(vt)*
◀ Mother **wiped** the table clean with a damp cloth.
母親用一塊濕布把桌子擦乾淨了。

wipe out
徹底消滅,使滅絕 *(vt,s)*
◀AIDS might **wipe out** all the villagers.
愛滋病可以使所有的村民都死光。

wire /waɪr/
①金屬絲 *(U)*
◀ We used **wire** as the frame of the lantern and then attached paper to it.
我們用金屬絲做燈籠的框架,然後糊上紙。
②電線 *(C)*
Don't touch the **wire**, or you could be killed.
別碰電線,不然你會丟性命的。
✎衍生字 *wireless (adj)* 無線的

W

③接上線 *(vt)*

Make sure that the plug has been **wired** up properly.
確定插頭接上線了。

wisdom /ˈwɪzdəm/

智慧 *(U)*

◀ We need a man of **wisdom** to lead our country.
我們需要一位有智慧的人來領導我們的國家。

wise /waɪz/

明智的 *(adj)* = sensible

◀ It was **wise** of you to change your mind not to buy that house.
你改變主意不去買那房子是很明智的。

✎衍生字 *wisely (adv)* 明智地

wish /wɪʃ/

①願望 *(C)*

◀ On my birthday, I made three **wishes** and they all came true.
我在自己生日那天許了三個願望，結果都實現了。

②希望 *(vt)*

How I **wish** I could fly!
我多麼希望自己能飛！

③祝福 *(vt)*

We **wish** you a merry Christmas and a happy New Year.
祝你聖誕快樂，新年愉快。

wish away

希望…走開，消失 *(vt,s)*

◀He **wished** her/the pain **away**.
他希望她走開／疼痛消失。

wit /wɪt/

機智 *(U)*

◀ His quick/sharp **wit** and humor impressed me deeply.
他的機智幽默令我留下深刻的印象。

✎衍生字 *witty (adj)* 機智的

witch /wɪtʃ/

女巫 *(C)* ⇔ wizard

◀ I seemed to have seen a **witch** on a broomstick.
我似乎看到一個女巫騎在掃帚柄上。

✎衍生字 *witchcraft (U)* 巫術，魔法

with /wɪð/

①和（…一起）*(prep)* = along with

◀ Will you go **with** me?
你願意和我一起去嗎？

②具有 *(prep)* ⇔ without

Have you seen a book **with** a red cover?
你看見一本有紅色封面的書嗎？

③用 *(prep)*

Cut it **with** a knife.
用刀把它切開。

withdraw /wɪðˈdrɔ/

withdrew *(pt)*, withdrawn *(pp)*

①提取 *(vt)* ⇔ save, deposit

◀ I **withdrew** $20,000 from my bank account.
我從銀行帳戶中提了二萬元。

②撤出，使撤退 *(vt)*

The general **withdrew** his army as it was suffering so many casualties.
由於軍隊傷亡慘重，將軍就把他們撤了回來。

③撤退 *(vi)* = retreat

The army **withdrew** two miles.
軍隊後撤二英里。

✎衍生字 *withdrawal (U)* 取出，撤回

wither /ˈwɪðɚ/

①枯萎 *(vi)*

◀ The plants in my yard **withered** away in the searing sun.
我家院子裡的植物在烈日下枯萎了。

②枯萎 *(vt)*

The scorching heat **withered** the plants on my balcony.
灼熱的高溫使我陽台上的植物枯萎了。

withhold /wɪðˈhold/

withheld *(pt)*, withheld *(pp)*

拒絕給予，保留 *(vt)* = hold back

◀ Mr. Smith was accused of **withholding** payment/information from the police.
史密斯先生被指控拒絕付款／向警方提供情報。

within /wɪðˈɪn/

在…之內 *(prep)*

◀ We have to set off **within** an hour.
我們必須在一小時內出發。

without /wɪð'aut/

沒有 *(prep)* ⇔ *with*

◀ Don't ride your motorcycle **without** a helmet.
沒有戴好安全帽，不要騎車。

withstand /wɪθ'stænd/

withstood *(pt)*, withstood *(pp)*

①抵擋 *(vt)* = *resist*

◀ The fort is strong enough to **withstand** the severe storms and attacks.
要塞很堅固，足以抵擋大風暴和敵人的攻擊。

②力抗 *(vt)* = *resist*

Yeltsin clung on to power, **withstanding** the pressure on him to resign.
葉爾辛大權緊握，力抗要求他辭職的壓力。

witness /'wɪtnɪs/

①目擊者 *(C)* = *eyewitness*

◀ The only **witness** to/of the accident was a little boy.
這起事故的唯一目擊者是個小男孩。

②目擊 *(vt)*

Did anyone **witness** the accident?
有誰目擊這次意外事件？

witty /'wɪtɪ/

機智的，妙趣橫生的 *(adj)*

◀ A **witty** speaker can make a **witty** remark on an appropriate occasion.
一個機智的演說者能夠在適當的時機說出妙趣橫生的話。

◥衍生字 *wit (U)* 機智

wizard /'wɪzɚd/

男巫師 *(C)* ⇔ *witch*

◀ The **wizard** cast/put a spell on the town to send all its people to sleep.
巫師對這個小鎮施了妖術，讓全鎮的人都睡著了。

◥衍生字 *wizardry (U)* 魔法，法術

woe /wo/

①哀傷 *(U)* = *sadness*

◀ Today was a day of **woe** for the German football team because it lost the final game 2-0.
今天是德國足球隊的哀傷日，因為它以二比零輸掉了決賽。

◥衍生字 *woeful (adj)* 悲傷的，悲哀的

②困難，困境，災難 *(P)* = *trouble*

Some developing countries are beset by economic and financial **woes**.
一些開發中國家遇到經濟和財政困難。

wolf /wulf/

狼 *(C)* (請參閱附錄 "動物")

◀ Beware of that guy. He is a **wolf** in sheep's clothing.
小心那傢伙。他是披羊皮的狼。

◥衍生字 *wolves (pl)* 狼

◥搭配詞 a lone wolf (獨來獨往的人)。to cry wolf (發假警報)。to keep the wolf from the door (賺足夠錢買必須品)。

woman /'wumən/

婦女，女人 *(C)* ⇔ *man*

◀ Men and **women** should be treated equally.
男女應受到同等待遇。

◥衍生字 *women (pl)* 婦女，女人

wonder /'wʌndɚ/

①不知道而想知道 *(vt)*

◀ I **wonder** when the bus will come.
我想知道公共汽車什麼時候會來。

②感到好奇 *(vi)* = *be amazed*

Little kids **wonder** at everything around them.
小孩子對周圍的一切都感到好奇。

③驚嘆 *(U)*

The sight of the Niagra Falls filled us with **wonder**.
去尼加拉瓜瀑布使我們驚嘆不已。

④奇觀 *(C)*

The Great Wall is one of the Seven **Wonders** of the World in modern times.
長城是近代的世界七大奇觀之一。

⑤奇蹟 *(C)* = *miracle*

No cosmetics can really work **wonders**.
沒有哪種化妝品是能真正產生奇蹟的。

wonderful /'wʌndɚfəl/

絕佳的 *(adj)* = *marvelous, great, superb*

◀ The conference offers a **wonderful** opportunity to meet foreign scholars.
這次會議為與外國專家接觸提供了絕佳的機會。

woo /wu/

爭取，尋求支持 *(vt)*

◀ Politicians try to **woo** voters by making empty promises.
政客們用滿口空洞的許諾來爭取選民。

wood /wʊd/

① 木頭 *(U)*

◀ The boy was chopping/cutting/splitting **wood** with an ax.
男孩在用斧子劈木頭。

✎衍生字 *wooden (adj)* 木製的； *woody (adj)* 木質的，木本的

② 樹林 *(C,P)* = *forest*

They went for a walk in the **wood(s)**.
他們去樹林裡散步了。

woodpecker /'wʊd,pɛkɚ/

啄木鳥 *(C)*

◀ A **woodpecker** has a long beak.
啄木鳥有一長長的喙。

wool /wʊl/

羊毛 *(U)*

◀ These sheep are bred for their **wool**.
飼養這些綿羊是爲了取羊毛。

✎衍生字 *woolen (adj)* 羊毛製的； *woolly (adj)* 羊毛製的，像羊毛的

✎相關字 **cotton** (棉)。**linen** (麻)。**silk** (絲)。**nylon** (尼龍)。**rayon** (人造絲)。

word /wɝd/

字 *(C)*

◀ The French **word** for "good" is "bon."
"good" 一字的法語對應語是 "bon"。

✎衍生字 *wordy (adj)* 冗長的； *wordless (adj)* 無話的，沉默無言的

 MP3-W7

work /wɝk/

① 工作 *(U)*

◀ Many young people go to **work** by motorcycle.
許多年青人騎摩托車去工作。

✎衍生字 *workaholic (C)* 工作狂

② 作品 *(C)*

Some modern **works** of art are on exhibition in the museum.
有一些現代藝術作品在博物館內展出。

③ 工作 *(vi)*

She **works** for the company as an accountant.
她在這家公司工作任會計。

✎衍生字 *worker (C)* 工人

④ 運轉 *(vi)* = *operate, function*

The machine is not **working** very well.
這台機器運轉得不是很好。

work at/on

致力於，辦理，從事 *(vt,u)*

◀ I am **working on** my new book. It is going to come out next month.
我正忙著寫一本書，下個月就要出版了。

work off

① 發洩，減去 *(vt,s)*

◀ Pan **worked off** his anger/the fat around his waist.
潘發洩怒火 / 減去了腰部的脂肪。

② 賺錢來償還 *(vt,s)*

David is **working off** a bank loan.
大衛正賺錢來償還銀行貸款。

work out

① 制定出，作出 *(vt,s)* = *devise*

◀ Jim has **worked out** a plan to step up production.
吉姆制定了一個增產計畫。

② 運動 *(vi)* = *exercise*

I **work out** at the fitness center every week.
我每個星期都到健身中心去運動。

workshop /'wɝk,ʃɑp/

研討會 *(C)* = *seminar*

◀ The school will conduct/run a three-day **workshop** on time management chaired by the principal.
學校將主辦爲期三天主題爲 "時間管理" 的研討會，由校長主持。

world /wɝld/

① 世界 *(the+S)*

◀ I hope I can travel around/all over the **world** one day.
我希望自己有一天能周遊全世界。

✎衍生字 *worldly (adj)* 世上的，塵世的

②界，(某個) 領域 (the+S) = field
Bill Gates is an influential figure in the business **world**.
比爾‧蓋茲在商界是一個有影響力的人物。

worm /wɜˑm/

蟲，蠕蟲，(尤指) 蚯蚓 (C)
◀ An early bird catches the **worms**.
早起的鳥兒有蟲吃 (捷足先登)。
✎衍生字 **wormy** (adj) 蟲的，似蟲的

worry /'wɜˑɪ/

①擔心 (U) = anxiety
◀ The parents of the missing child were frantic with **worry**.
失蹤孩子的父母擔心得發狂。
②令人憂慮的人或事物 (C) = problem
My son is a big **worry** to/ for me.
我兒子是我的一大憂慮。
③擔心 (vi)
Don't **worry** about him. He's all right.
別為他擔心，他很好。
④擔心 (vt) = bother
What **worries** me is your father's poor health.
我擔心的是你父親的健康狀況。
✎衍生字 **worried** (adj) 擔憂的

worse /wɜˑs/

①更糟的，更壞的 (adj)
◀ Last year's harvest was bad, but this year's may be even **worse**.
去年的收成不好，但今年可能更糟。
②更糟地，更壞地 (adv)
The conductor asked the pianist why he played **worse** than the night before.
指揮問鋼琴手為何演奏比前一晚差。
③更糟的事物，情況 (U)
We didn't expect that things could change for the **worse**.
我們未曾料到情況會更糟。

worsen /'wɜˑsn̩/

①惡化 (vi)
◀ The economic crisis is **worsening**.
經濟漸趨惡化。
②使變得更壞，使惡化 (vt)
The flood **worsened** our difficulties.
那場洪水加深我們的困難。

worship /'wɜˑʃəp/

①敬拜，禮拜，崇拜 (U)
◀ We knelt down and bowed our heads in **worship**.
我們跪下並低頭敬拜。
✎衍生字 **worshipful** (adj) 尊敬的，可敬的
②敬慕，崇拜 (vt)
Confucius was **worshipped** by his followers as a god.
孔子被他的追隨者當作神明來敬奉。

worst /wɜˑst/

①最壞的，最糟的 (adj)
◀ It is one of the **worst** cases of child abuse I've ever seen.
這是我見過情況最糟的虐兒案例。
②最壞地，最糟地 (adv)
I'm afraid I'm the **worst** dressed woman in the party.
恐怕我是宴會裡衣著最糟的女人。
③最壞的情況 (the+S)
We can only hope the **worst** is over.
我們只能祈求最壞的情況已經過去。

worth /wɜˑθ/

①值 (prep)
◀ The car is **worth** $500,000.
這輛車值五十萬元。
✎衍生字 **worthless** (adj) 無價值的，無用的；
　　　　 worthwhile (adj) 值得 (花時間、精力、金錢) 的
②價值 (U) = value
He gave her a necklace of great **worth** as a birthday gift.
他送了她一條價值不菲的項鍊作為生日禮物。

worthwhile /'wɜˑθ'hwaɪl/

值得的 (adj) ⇔ worthless
◀ It doesn't seem **worthwhile** to invest your money in real estate.
你把錢投進房地產看來不值得。

worthy /'wɜˑðɪ/

值得的 (adj) = deserving
◀ Her bravery is **worthy** of praise.
她的勇敢值得稱讚。

W

would /wʊd/

will的過去式 *(aux)*

◀ When the belly is full, the bones **would** be at rest.
肚子飽了，骨頭就不想動了。

wound /wund/

①傷，傷口 *(C)*

◀ He received a fatal/serious **wound** in the chest.
他胸部受了致命／重傷。

②傷害 *(C)*

The loss of my job was a **wound** to my pride.
失去工作對我的自尊心造成了傷害。

③使受傷，傷害 *(vt)*

A bomb exploded at the station, killing two people and **wounding** another five.
車站上一顆炸彈爆炸，炸死兩人，傷五人。

✎衍生字 *wounded (adj)* 負傷的，受傷的

wrap /ræp/

①圍巾、披肩、斗篷等罩在外面的衣物 *(C)*
(請參閱附錄 "衣物")

◀ Amy wore a **wrap**.
艾咪披著一條圍巾／披肩。

✎衍生字 *wrapper (C)* 包裝紙

②包裹 *(vt)*

Please **wrap** the present up in tissue paper.
請用紙巾把禮物包裝起來。

✎衍生字 *wrapping (C,U)* 用於包裹的材料

---

wrap up

①包裝 *(vt,s)*

◀Can you **wrap up** this present for me?
你能幫我把這禮物包裝一下嗎？

②完成，結束 *(vt,s)*

I will **wrap up** the investigation in a few days.
過幾天我會完成這次調查。

---

wreath /riθ/

花圈 *(C)*

◀ The president laid a **wreath** at the Tomb of the Unknown Soldier.
總統在無名戰士墓前獻上一只花圈。

wreck /rɛk/

①殘骸 *(C)*

◀ The **wreck** of the *Titanic* was finally found.
《鐵達尼》號的殘骸終於找到了。

✎衍生字 *wreckage (U)* 殘餘，碎片，殘骸

②發生船難，撞壞 *(vt)*

The *Titanic* was **wrecked** on the iceberg.
"鐵達尼" 號是觸了冰山後發生船難的。

③破壞 *(vt)* = ruin, spoil

The typhoon **wrecked** all our plans.
這場颱風破壞了我們的一切計畫。

wrench /rɛntʃ/

①扭傷 *(C)*

◀ Sam has given his knee a bad **wrench**.
山姆的膝蓋扭傷得很厲害。

②猛然搶走 *(vt)* = snatch, wrest

A young man **wrenched** the handbag from the woman.
一名年輕男子猛然從這婦女手上搶走了手提包。

③扭傷 *(vt)* = sprain

Jane **wrenched** her back and was hospitalized.
珍妮扭傷了背住進了醫院。

④使悲痛 *(vt)*

Katy was **wrenched** by the huge losses in the stock market crash.
凱蒂在股票崩盤中損失巨大，心感悲痛。

wrest /rɛst/

搶去，奪下 *(vt)* = snatch, wrench

◀ Scott **wrested** the notebook from my grasp.
史考特從我手裡猛力搶去了筆記本。

wrestle /ˈrɛsl̩/

①扭打，摔角 (尤指運動) *(vi)*

◀ The school boys were **wrestling** with each other in the classroom.
男學童們在教室裡相互扭打著。

②使摔倒在地 *(vt)*

The guard **wrestled** the robber to the ground and subdued him.
警衛將搶劫者摔倒在地並將其制伏。

✎衍生字 *wrestle (C)* 摔角比賽，艱苦奮鬥；*wrestling (U)* 摔角運動；*wrestler (C)* 摔角選手

wring /rɪŋ/, wrung *(pt)*, wrung *(pp)*

絞乾 *(vt)* = wrench

◀ I **wrung** out my towel and hung it on the rack.
我將毛巾絞乾然後掛到架子上。

wrinkle /'rɪŋkl̩/

①皺紋 *(C)* = line

◀ I'm beginning to get **wrinkles** around my eyes.
我的眼睛邊上開始起皺紋了。

②皺起 *(vt)*

She **wrinkled** her nose at the bad smell.
她聞到臭味皺起了鼻子。

③起皺紋 *(vi)*

Our skin **wrinkles** as we get old.
我們上了年紀後皮膚就會皺起來。

wrist /rɪst/

手腕 *(C)* (請參閱附錄 "身體")

◀ I grabbed/took the shoplifter by the **wrist**.
我抓住偷竊者的手腕。

✎片語 to receive a slap on the wrist (接受輕罰)

write /raɪt/, wrote *(pt)*, written *(pp)*

①寫 *(vi)*

◀ Kids learn how to read and **write** in elementary school.
孩子們在小學裡學習讀和寫。

✎衍生字 writing (U) 寫作，作文；written (adj) 書面的

②寫 *(vt)*

He **wrote** a letter to me every other day.
他每隔一天給我寫封信。

---

write off

①認為…不可行 *(vt,s)*

◀ The committee has **written** your project **off**.
委員會認為你的計畫不可行。

②小看 *(vt,s)*

You cannot **write** him **off**. He is still a man to be reckoned with.
你不可以小看他，還是必須認真對付的。

---

write out

書寫 (正式文件) *(vt,s)* = make out

◀ I **wrote out** a check for $1 million and handed it to the salesman.
我開了一張一百萬元的支票給銷售員。

---

writer /'raɪtɚ/

作者 *(C)* = author

◀ J. K. Rowling is the **writer** of the famous *Harry Potter* series.
J・K・羅琳是著名的《哈利・波特》系列故事的作者。

wrong /rɔŋ/

①錯誤的，不正確的 *(adj)* = incorrect；⇔ right

◀ You were completely/utterly **wrong** in supposing that they would come.
你估計他們會來，真是大錯特錯了。

②不正常的，不適的 *(U)*

The car won't start. There must be something **wrong** with it.
車子無法啟動，一定是哪裡有問題 (不正常)。

③壞事，錯誤 *(U)* ⇔ right

You're too young to know right from **wrong**.
你太小，還搞不清是非。

X

A HANDBOOK
7000 English Core Words

◯ MP3-X

xerox /ˈzirɑks/

複印 *(vt)*

◀ I will **xerox** a copy of my essay for you.

我會把我的論文複印一分給你的。

X-ray /ˈɛksˈre/

①X光，X光片，X光檢查 *(C)*

◀ The doctor took an **X-ray** of my arm to see if
there was anything wrong with the bones.

醫生給我手臂拍了張X光片以檢查骨頭是否有問
題。

②拍X光片 *(vt)*

The doctor **X-rayed** her arm to find out if the
bone was broken.

醫生給她的手臂拍了X光片，以了解是否骨折
了。

A HANDBOOK
7000 English Core Words

● MP3-Y

yacht /jɑt/
遊艇 **(C)**

◀ We rented a **yacht** and cruised around the lake.
我們租了一艘遊艇在湖上漫遊。

yam /jæm/
甘薯**(C,U)** (請參閱附錄 "蔬菜") = *sweet potato*

◀ **Yams** are tasty.
甘薯味道好。

yard /jɑrd/
①碼 **(C)** (請參閱附錄 "量詞")

◀ Give knaves an inch and they will take a **yard**.
給惡棍一吋，他們就會要一碼 (得寸進尺)。
②院子 **(C)**
He is working in the **yard**.
他在院子裡幹活。

yarn /jɑrn/
紗，線 **(U)**

◀ My mother used woolen **yarn** to knit a sweater.
我母親用羊毛線織了一件毛衣。

yawn /jɔn/
①呵欠 **(S)**

◀ She said she was tired and then gave a big **yawn**.
她說她累了，然後打了個大呵欠。
②打呵欠 **(vi)**
I **yawned** all through the boring speech.
我聽那個乏味的演講時一直在打呵欠。

year /jɪr/
年 **(C)**

◀ We haven't seen each other for **years**.
我們已多年沒見了。
↘衍生字 **yearly** *(adj,adv)* 每年的，一年一次的

yearn /jɜn/
渴望，嚮往 **(vi)** = *long*

◀ Most people **yearn** for a peaceful life.
大多數人都嚮往過太平的生活。

yeast /jist/
酵母 **(U)**

◀ We use **yeast** to make bread dough rise.
我們用酵母給麵糰發酵。

yell /jɛl/
大吼 **(vi)** = *shout*

◀ She **yelled** angrily at her husband.
她對丈夫憤怒地大吼。

yellow /'jɛlo/
黃色的，黃色 **(adj,U)** (請參閱附錄 "顏色")

◀ They tied **yellow** ribbons around the oak trees.
他們把黃絲帶綁在橡樹上。
↘衍生字 **yellow** *(vi)* 變黃，發黃

yes /jɛs/
是，對 **(adv)** = *yeah* ⇔ *no*

◀ "Will you go to the party?" "**Yes,** I will."
"你要去參加派對嗎？" "對，我要去。"

yesterday /'jɛstɚdɪ/
①昨天 **(adv)**

◀ It was only **yesterday** that I saw this guy.
我昨天還看見過那傢伙呢。
②昨天 **(U)**
Where's **yesterday**'s newspaper?.
昨天的報紙在哪裡？

yet /jɛt/
①還，已經 **(adv)**

◀ "Have you eaten breakfast **yet**?"
"No, not **yet**."
"你已經吃過早飯了嗎？" "還沒哪。"
↘比較 當 "已經" 解時，already 用於肯定句。如：
I have already eaten breakfast. yet 則用於疑問句和否定句。
②但是 **(adv)**
He is rich, **yet** unhappy.
他雖然有錢但是並不開心。
③仍然，還是 **(adv)** = *still*
She is **yet** a child.
她還是個孩子。
④但 **(conj)** = *but*
He is rich, **yet** he is unhappy.
他有錢但並不幸福。

Y

yield /jild/

①生產 (vt) = produce

◄ The land is fertile and **yields** a good rice crop every year.

這片土地很肥沃，每年生產的稻米都有好收成。

②產生 (vt) = produce

My effort didn't **yield** any result.

我的努力未產生任何結果。

③屈服 (vi) = give in, submit

Our boss refused to **yield** to our demand for a 10% pay raise.

我們老闆拒絕屈服於我們加薪百分之十的要求。

yoga /'jogə/

瑜伽 (U)

◄ Patty practices **yoga** every day.

佩蒂每天都練瑜伽。

yogurt /'jogət/

優酪乳 (U) = yoghurt, yoghourt

◄ I bought a carton of **yogurt** for breakfast.

我買了一盒優酪乳當早餐。

yolk /jok/

蛋黃 (C,U)

◄ Beat up the **yolk(s)** and add the flour.

把蛋黃攪打一下再加麵粉。

⟍相關字 egg (雞蛋)。egg white (蛋白)。egg shell (蛋殼)。

you /ju; 重讀 ju/

你 (主格，受格) (pron)

◄ When **you** enter into a house, leave the anger at the door.

你進門時將憤怒留在門口 (勿把外面的怒氣帶回家)。

young /jʌŋ/

①年輕的 (adj) ⟺ old

◄ He may be 65, but he's **young** at heart.

他也許六十五歲了，但是心態很年輕。

⟍衍生字 youngster (C) 年輕人

②幼鳥，幼小動物 (P)

The mother bird fought to protect her **young**.

那隻母鳥為保護幼鳥而戰。

your /jur/

你的 (you的所有格) (adj)

◄ You cannot eat **your** cake and have it too.

你不可能吃了你的蛋糕，還擁有蛋糕 (魚與熊掌，不可得兼)。

yours /jurz/

你的 (you的所有代名詞) (pron)

◄ I met a friend of **yours**.

我遇到你的一個朋友。

yourself /'jur'sɛlf/

你自己 (you的反身代名詞) (pron)

◄ It is better to rely on **yourself** than on others.

求人不如求己。

youth /'juθ/

①年輕時，青年時期 (U)

◄ In (his) **youth**, he did a lot of painting.

他年輕時畫了不少畫。

②青春 (U)

She is full of **youth** and vitality.

她充滿了青春和活力。

⟍衍生字 youthful (adj) 年輕的

③年青人 (the+S)

The **youth** is/are not interested in politics.

年青人對政治不感興趣。

④小伙子 (C)

A gang of **youths** hung around the theater.

一幫小伙子在那家戲院附近閒逛。

yoyo /'jojo/

溜溜球 (C)

◄ Have you ever played with a **yoyo**?

你玩過溜溜球嗎？

yucky /'jʌkɪ/

難吃的 (adj) = disgusting, nasty ⟺ yummy

◄ The lunch today was really **yucky**.

今天的午飯真難吃。

Y

A HANDBOOK

7000 English Core Words

◉ MP3-Z

zeal /zil/

熱忱 **(U)** = *enthusiasm*

◀ Tim shows enthusiasm for work; he always works with **zeal**.

提姆對工作表現出熱情。他總是以很高的熱忱工作。

✎衍生字 *zealous (adj)* 熱心的，熱切的；*zealot (C)* 狂熱者

zebra /ˈzibrə/

斑馬 **(C)** (請參閱附錄 "動物")

◀ I saw a **zebra** in the zoo.

我在動物園看到一匹斑馬。

zero /ˈzɪro/

零 **(U)**

◀ It was five degrees below **zero** last night.

昨晚溫度零下五度。

zero in on

①瞄準 **(vt,u)** = *home in on*

◀Our missiles have **zeroed in on** the enemy airports and harbors.

我們的導彈已經瞄準了敵人的機場和港口。

②把注意力集中在…上 **(vt,u)**

We should **zero in on** the pollution problem.

我們應該把注意力集中在汙染問題上。

zinc /zɪŋk/

鋅 **(U)**

◀ **Zinc**, a chemical element, can be combined with other metals to form many alloys.

鋅是一種化學元素，可用來與其他金屬熔合成許多種合金。

zip /zɪp/

①拉上拉鏈 **(vt)** ⇔ *undo, unzip*

◀ **Zip** your coat up; it is quite cold.

拉上外套的拉鏈；天氣很冷。

②拉鏈 **(C)** = *zipper (AmE)*

The **zip** sticks.

拉鏈卡住了。

zip code /ˈzɪpˌkod/

郵遞區號 **(C)**

◀ Remember to write down your **zip code** on the envelope.

記得在信封上寫上郵遞區號。

zipper /ˈzɪpə/

拉鏈 **(C)**

◀ The **zipper** on my jacket has broken. I can neither zip it up nor unzip it.

我夾克上的拉鏈壞了。我無法把它拉上或拉開。

zone /zon/

區域，地區，地帶 **(C)**

◀ 10,000 refugees escaped from the war **zone**.

一萬名難民逃離了戰區。

zoo /zu/

動物園 **(C)**

◀ Our class went to the **zoo** to see the penguins.

我們班同學去動物園看企鵝。

✎衍生字 *zoology (U)* 動物學；*zoologist (C)* 動物學家

zoom /zum/

①呼嘯著飛馳 **(vi)** = *speed*

◀ Nora **zoomed** past on her motorcycle.

蘿拉駕著摩托車呼嘯著飛駛而過。

②飛快地做 **(vi)**

Maggie is very efficient. She can **zoom** through her work in a couple of hours.

瑪姬做事很有效率。她能用幾個小時就把工作飛快地做好了。

③激漲，激增 **(vi)** ⇔ *soar*

Interest rates once **zoomed** up to 10%, but now they stand at only 2%.

利率曾經激漲至百分之十，但現在僅僅停在百分之二。

④ (攝影機)推進，拉遠 **(vi)**

My camera **zoomed** in on Sherry's face/ **zoomed** out.

我的相機向雪莉的臉推進 / 拉遠。

Z

附録

A HANDBOOK
7000 English Core Words

附錄（一）── 親屬

aunt 姑媽
brother 兄弟
brother-in-law
大伯（小叔）；姐（妹）夫
children 子女
cousin 表兄弟姐妹
daughter 女兒
daughter-in-law 媳婦
father 爸爸

father-in-law 岳父（公公）
grandchildren 孫輩
granddaughter（外）孫女
grandfather 祖父
grandmother 祖母
grandparents 祖父母
grandson（外）孫
husband 丈夫
mother 媽媽

mother-in-law 岳母（婆婆）
nephew 姪
niece 姪女
parents 父母
sister 姐（妹）
sister-in-law 妯娌
son 兒子
son-in-law 女婿
uncle 姑丈

附錄（二）── 身體

ankle 腳踝
arm 手臂
breast 乳房
calf 小腿
cheek 頰
chest 胸部
chin 下巴
ear 耳朵
elbow 手肘
eye 眼睛
eyebrow 眉毛
eyelashes 睫毛
face 臉
finger 手指
fingernail 手指甲
fingerprint 指紋
fist 拳頭
foot/feet (pl) 腳

forefinger/index finger 食指
forehead 額頭
hair 頭髮
hand 手
head 頭
heel 腳後跟
hips/buttocks 臀部
knee 膝蓋
leg 腿
limb 四肢
lips 唇
little finger 小指
middle finger 中指
mouth 嘴
navel 肚臍
neck 頸子
nipple 乳頭
nose 鼻子

palm 手掌
ring finger/nameless finger
無名指
shin 脛
shoulder 肩膀
sole 腳底
stomach 腹部
thigh 大腿
throat 喉嚨
thumb 大拇指
toe 腳趾
toenail 腳趾甲
tongue 舌頭
tooth/teeth (pl) 牙齒
waist 腰
wrist 手腕

附錄（三）── 職業

accountant 會計
actor/actress 男 / 女演員
architect 建築師
artist 藝術家
astronaut 太空人
athlete 運動員
baker 麵包師傅
banker 銀行家
barber 理髮師
butcher 屠夫
captain 船長
carpenter 木匠
clerk 職員
clown 小丑
composer 作曲家
computer programmer 電腦程式設計員
conductor 指揮，車掌
construction worker 建築工人
cook/chef 廚師
cowboy 牛仔
dentist 牙醫師
designer 設計師
detective 偵探

director 導演
doctor 醫生
driver 司機
electrician 電工
farmer 農夫
firefighter 消防隊員
fisherman 漁民
florist 花商
grocer 雜貨商
hairdresser 美髮師
homemaker/housewife 家庭主婦
journalist/reporter 新聞記者
librarian 圖書館管理員
lifeguard 救生員
mailman 郵差
mechanic 技工
miner 礦工
model 模特兒
novelist 小說家
nurse 護士
operator 總機
painter 油漆工
photographer 攝影師

pilot 飛行員
plumber 水管工人
policeman 警察
politician 政客
priest 牧師
professor 教授
publisher 出版者
sailor 水手
salesman 售貨員
sanitation worker 清潔工人
scientist 科學家
seamstress 女縫紉工
secretary 祕書
shepherd 牧羊人
soldier 軍人
student 學生
surgeon 外科醫生
tailor 裁縫師
teacher 老師
technician 技術人員
typist 打字員
veterinarian 獸醫
waiter/waitress 男 / 女服務生
writer 作家

附錄（四）── 學科

accounting 會計學
architecture 建築學
art 美術
arts and crafts 工藝
astronomy 天文學
biology 生物
chemistry 化學
Chinese 中文
civics 公民
counseling 輔導

economics 經濟學
engineering 工程學
English 英文
geography 地理
health education 健教
history 歷史
home economics 家政
linguistics 語言學
math 數學
music 音樂

natural science 自然學科
physical education 體育
physics 物理
politics 政治學
psychology 心理學
scout training 童軍
social science 社會學科
statistics 統計學
the humanities 人文學科

附錄（五）—— 家具

armchair 扶手椅
bath tub 浴缸
bathroom cabinet
浴室置物櫃
bed 床
bench 長板凳
bookcase/bookshelf
書架 / 書櫥
chair 椅子
chest of drawers 五斗櫃
closet/wardrobe 衣櫥
coat stand 衣帽架
coffee table 咖啡桌
couch 長沙發

cupboard 碗櫥
cushion 椅墊
desk 書桌
dresser/dressing table
梳妝台
end table 茶几
florescent light 日光燈
footrest 腳凳
gas stove 瓦斯爐
lamp shade 燈罩
lamp 檯燈
mirror 鏡子
night table/nightstand
床頭櫃

shower curtain 浴簾
sink 洗滌槽
smoke exhaust fan
抽油煙機
sofa 沙發
stereo cabinet 音響櫃
stool 板凳
stove 爐子
table 桌子
toilet 沖水馬桶
towel rack 毛巾架
wash basin 洗臉台

附錄（六）—— 運動

——球類——

badminton 羽毛球
baseball 棒球
basketball 籃球
bowling 保齡球
cricket 板球
football 美式足球

golf 高爾夫球
handball 手球
hockey 曲棍球
rugby 橄欖球
soccer 英式足球
softball 壘球

table tennis (ping pong)
桌球 / 乒乓球
tennis 網球
volleyball 排球

——其他——

archery 射箭
boxing 拳擊
cycling 騎自行車
fencing 擊劍
gymnastics 體操
horseback riding 騎馬

jogging 慢跑
rowing 划船
shooting 射擊
skating 溜冰
skiing 滑雪
surfing 衝浪

swimming 游泳
water skiing 滑水
weightlifting 舉重
windsurfing 滑浪風帆
wrestling 摔角

附錄（七）——樂器

accordion 手風琴
bass 低音提琴
bassoon 低音管
bugle (軍隊的)號角
cello 大提琴
clarinet 單簧管 / 黑管
concertina 六角形手風琴
cymbal 鈸
drum 鼓

electric guitar 電吉他
flute 長笛 / 橫笛
French horn 法國號
guitar 吉他
harmonica 口琴
harp 豎琴
oboe 雙簧管
piano 鋼琴
recorder 直笛

saxophone 薩克斯風
triangle 三角鐵
trombone 伸縮喇叭
trumpet 小喇叭
tuba 低音喇叭
viola 中提琴
violin 小提琴
xylophone 木琴

附錄（八）——衣物

——女用——

blouse 女用襯衫
bra 胸罩
dress 洋裝
high heeled shoes 高跟鞋

nightgown 女睡衣
panties 內褲
pantyhose 褲襪
purse 皮包

scarf 圍巾 / 絲巾
skirt 裙子
swimsuit 泳裝
wrap 披肩

——其他——

apron 圍裙
bathrobe 浴袍
boots 靴子
briefs（男用）內褲
cap
（無邊的）便帽；鴨舌帽
cape 斗篷 / 披肩 / 披風
coat 外衣 / 外套 / 大衣
glove 手套
hat（有邊的）帽子
jacket 夾克
jeans 牛仔褲

overalls 連身工作褲
overcoat 長大衣
pajamas 睡衣
raincoat 雨衣
robe 睡袍
sandals 涼鞋
shirt 襯衫
shoes 鞋子
shorts 短褲
slippers 拖鞋
sneakers 球鞋
socks 短襪

stockings 長襪
suit 套裝
sweater 毛衣
trousers/pants 長褲
T-shirt 圓領衫
underpants
內褲（男女通用）
undershirt 汗衫
underwear 內衣褲
vest 背心
windbreaker 擋風外套

附錄（九）—— 顏色

apricot 杏黃色
azure/sky blue
天藍色 / 蔚藍
black 黑色
blue 藍色
brown 棕色 / 咖啡色
golden 金色 / 金黃色
gray 灰色

green 綠色
indigo 靛 / 藏青色
lilac 淡紫色
navy blue 深藍色
orange 橙色 / 橘色
pink 粉紅色
purple 紫色
red 紅色

rose 玫瑰紅
scarlet 猩紅色 / 鮮紅色
silver 銀色 / 銀白色
turquoise 藍綠色
violet 紫羅藍色
white 白色
yellow 黃色

附錄（十）—— 房屋（I）

apartment building
公寓大樓
apartment
大樓中的一戶公寓
attic 閣樓
balcony 陽台
basement 地下室
blinds 百葉窗
bungalow 平房
castle 城堡
cellar 地窖

chimney 煙囪
condominium/condo
各戶產權獨立的公寓
cottage 鄉間小屋
farm house 農舍
fence 圍牆
garage 車庫
garden 花園
gate 大門
hedge 樹籬
hut 簡陋的小屋

mansion 大廈
palace 皇宮
porch 門廊
roof 屋頂
skyscraper 摩天大樓
trailer house/mobile home
拖車活動房屋
villa 別墅
windowsill 窗台
yard 院子

附錄（十）—— 房屋（II）

bath tub 浴缸
bathroom 浴室
bedroom 臥室
ceiling 天花板
curtain 窗簾
dining room 飯廳
door 門

downstairs 樓下
faucet 水龍頭
floor 地板
hall/hallway 玄關
kitchen 廚房
living room 客廳
rug 地毯

sliding glass door 落地窗
stairs 樓梯
study 書房
toilet 馬桶
upstairs 樓上
wall 牆壁
window 窗戶

附錄（十一）── 食物

(chewing) gum 口香糖
bacon 培根
beef 牛肉
betel nut 檳榔
biscuit 餅乾
bread 麵包、吐司
bun 餐包
butter 奶油
cake 蛋糕
candy 糖果
cheese 起司
chicken nuggets 雞塊
chicken 雞肉
chocolate 巧克力
cookie 餅乾
curry 咖哩
dessert 甜點
doughnut 甜甜圈
duck 鴨肉
dumpling 餃子、肉餡麵食
egg 蛋
french fries 薯條

fried dumpling 鍋貼
goose 鵝肉
ham 火腿
hamburger 漢堡
hot dog 熱狗
ice cream 冰淇淋
jam 果醬
jelly 果凍
lamb 小羊肉
lasagna 義大利千層麵
macaroni 義大利通心麵
mutton 羊肉
noodle 麵
onion rings 洋蔥圈
pancake 薄餅
pasta 麵食
pastry (麵糊做的)糕餅食物
peanut butter 花生醬
peanut 花生
pickle 醃菜、泡菜
pie 派
pizza 披薩

popcorn 爆米花
pork chop 豬排
pork 豬肉
potato chips 洋芋片
poultry 家禽肉
pudding 布丁
rice noodle 米粉
rice 飯
salad 沙拉
sandwich 三明治
sausage 香腸
soup 湯
spaghetti 義大利麵條
steak 牛排
steamed dumpling 蒸餃
sushi 壽司
toast 烤過的吐司
tofu 豆腐
venison 鹿肉
wonton 餛飩

beverage 飲料

alcohol 酒
apple cider 蘋果西打
beer 啤酒
champagne 香檳
cocktail 雞尾酒
coffee 咖啡
coke 可樂
hard drink 含酒精飲料

juice 果汁
lemonade 檸檬水
liquor 烈酒
martini 馬丁尼
milk shake 奶昔
milk 牛奶
mineral water 礦泉水
sherry 雪利酒

soda 汽水
soft drink 不含酒精的飲料
tea 茶
vodka 伏特加
whisky 威士忌
wine 葡萄酒

附錄（十二）—— 蔬菜

agaric 木耳
asparagus 蘆筍
bamboo shoot 竹筍
bean sprouts 豆芽
bean 豆（類）
bitter gourd 苦瓜
broccoli 綠花椰菜
cabbage 包心菜
carrot 胡蘿蔔
cauliflower 白花椰菜
celery 芹菜
chili 紅番椒
chives 蔥

corn 玉蜀黍
cucumber 小黃瓜
eggplant 茄子
garlic 蒜
ginger 薑
green pepper 青椒
leek 韭菜
lettuce 萵苣
lotus root 蓮藕
mushroom 洋菇
mustard 芥菜
okra 秋葵
onion 洋蔥

pea 豌豆
potato 馬鈴薯
pumpkin 南瓜
rape 油菜
spinach 菠菜
sweet corn 甜玉米
taro 芋頭
tomato 番茄
turnip 白蘿蔔
white gourd 冬瓜
yam/sweet potato 甘薯

附錄（十三）—— 水果

apple 蘋果
apricot 杏桃
avocado 鱷梨，酪梨
banana 香蕉
berry 漿果／莓
blackberry 黑莓
blueberry 小藍莓
cantaloupe 甜瓜，哈密瓜
cherry 櫻桃
coconut 椰子
cranberry 越橘／蔓越莓
date 棗子
durian 榴槤
gooseberry 醋栗
grape 葡萄
grapefruit 葡萄柚
guava 芭樂／番石榴

honeydew melon
甜瓜／蜜瓜
jackfruit 菠蘿蜜
kiwi 奇異果
lemon 檸檬
lichee/lychee 荔枝
lime 萊姆
longan 龍眼
mango 芒果
mangosteen 山竹
nectarine 油桃
olive 橄欖
orange 柳丁
papaya 木瓜
passion fruit 百香果
peach 桃子
pear 梨子

persimmon 柿子
pineapple 鳳梨
pitahaya 火龍果
plum 李子
pomegranate 石榴
pomelo 柚子
raspberry 覆盆子
star fruit 楊桃
strawberry 草莓
sugar cane 甘蔗
sweetsop/sugar apple 釋迦
tangerine 橘子
tomato 番茄
watermelon 西瓜
wax apple/bell fruit 蓮霧

附錄（十四）── 工具

──一般工具──

ax 斧頭
chisel 鑿子
electric drill 電鑽
file 銼刀
folding rule 摺尺
hacksaw 弓鋸
hammer 鐵鎚
hand drill 手鑽
hatchet 短柄小斧
hook 掛鉤
nail 釘子
pickaxes 十字鎬
pincers 拔釘鉗
plane 鉋刀
pliers 鉗子
pneumatic drill 風鑽
power saw 電鋸
saw 鋸子
scissors 剪刀
screw 螺絲釘
screwdriver 螺絲起子
shovel 鏟子
spade 鏟，鍬
tape measure 捲尺
vise 老虎鉗
wrench 扳手

──清潔用具──

bleach 漂白劑
broom 掃把
brush 刷子
comb 梳子
dental floss 牙線
detergent 清潔劑
dishwasher 洗碗機
dust cloth 抹布
dustpan 畚箕
feather duster 雞毛撣子
garbage can 垃圾桶
iron 熨斗
mop 拖把
paper towels 紙巾
plunger 通廁器
razor 刮鬍刀
shampoo 洗髮精
soap 肥皂
sponge 海綿
toilet brush 馬桶刷
toilet paper 衛生紙
toothbrush 牙刷
toothpaste 牙膏
toothpick 牙籤
towel 毛巾
vacuum cleaner 吸塵器
washing machine 洗衣機

──廚房用具──

bamboo steamer 蒸籠
bottle opener 開瓶器
can opener 開罐器
casserole 燉鍋
chopping board 切菜板
chopsticks 筷子
egg beater 打蛋器
electric rice cooker 電鍋
electromagnetic stove
電磁爐
fork 叉子
frying pan/skillet
煎鍋／平底鍋
knife 刀子
ladle 長柄杓子
microwave oven 微波爐
oven 烤爐
pan 平底鍋
peeler 削皮刀
pot 烹飪鍋
shredder/grater 磨碎器
spatula 鍋鏟
spoon 湯匙
stove/cooker 火爐
toaster oven 烤箱

附錄（十五）—— 容器

aquarium 水族箱
backpack 背包
bag 袋子
barrel 圓木桶
basin 洗臉盆
basket 籃子
bottle 瓶子
bowl 碗
box 盒子、箱子
briefcase 公事包
bucket 水桶
can/tin 罐
carton 紙盒

canister（裝茶葉，咖啡，香煙等有蓋的）金屬小罐
container 容器，貨櫃
crate 木格箱
cup 咖啡杯；茶杯
dish 盤子
glass 玻璃杯
handbag（女用）手提包
jar 廣口瓶、罐
kettle 燒水用的水壺
mug 馬克杯
package 包、盒
pail 提桶

pitcher 有柄帶嘴的水壺
plate 淺盤子
pot（陶製的）罐、壺、盆、桶
sack 大麻袋
saucer 茶托；小碟子
sink 廚房水槽
suitcase 手提箱
teapot 茶壺
thermos 保溫瓶
tub 盆、缸、浴缸
tube 管子、試管
vase 花瓶

附錄（十六）—— 交通工具

——陸——

ambulance 救護車
bicycle/bike 腳踏車
bus 公車
cab/taxi 計程車
car 轎車
carriage 車輛，四輪馬車
cart（二輪）手推車；（馬牛拉的二或四輪）貨車
coach 大型遊覽車

container car 貨櫃車
convertible 敞篷車
jeep 吉普車
motorcycle/motorbike 摩托車
pick-up truck 敞篷運貨小客車
sedan 大轎車
shuttle 接駁公車

station wagon 旅行車
stroller/baby carriage/baby buggy 嬰兒車
train 火車
trolley 購物用手推車
truck 大卡車
van（客貨兩用）小型有蓋貨車
vehicle 車輛

——海——

barge 平底載貨船
boat 小船
canoe 獨木舟
cargo ship/freighter 貨輪
carrier 運輸艦，航空母艦
ferry/ferryboat 渡船，渡輪
lifeboat 救生艇

motorboat 汽船
ocean liner 遠洋定期客輪，郵輪
raft 木筏，皮筏
rowboat 划艇
sailboat/sailing boat 帆船
ship 船

steamer 汽船
submarine 潛水艇
tanker/oil tanker 運油輪
vessel 大型的船或艦
yacht 遊艇

——空——

aircraft/airplane/plane 飛機

helicopter 直升機

spaceship/space shuttle 太空船

附錄（十七）── 動物

哺乳類

ape 人猿
bat 蝙蝠
bear 熊
buffalo 水牛
bull 公牛
camel 駱駝
cat 貓
cattle 牛
cow 母牛
deer 鹿
dog 狗
dolphin 海豚
donkey 驢
elephant 象
fox 狐狸
giraffe 長頸鹿
goat 山羊
gorilla 大猩猩
horse 馬
kangaroo 袋鼠
koala 無尾熊
leopard 豹
lion 獅子
pig 豬
rabbit/hare 兔子
rat/mouse 鼠
rhinoceros 犀牛
sheep 綿羊
squirrel 松鼠
tiger 虎

whale 鯨
wolf 狼
zebra 斑馬

昆蟲類

ant 螞蟻
bee 蜜蜂
beetle 甲蟲
bug 蟲
butterfly 蝴蝶
caterpillar 毛毛蟲
cockroach 蟑螂
cricket 蟋蟀
dragonfly 蜻蜓
flea 跳蚤
fly 蒼蠅
grasshopper 蚱蜢
ladybug 瓢蟲
mosquito 蚊子
spider 蜘蛛

鳥類

chicken 小雞
crane 鶴
crow 烏鴉
dove/pigeon 鴿
duck 鴨
duckling 小鴨
goose 鵝
hawk 鷹
hen 母雞
lark 雲雀

ostrich 鴕鳥
owl 貓頭鷹
parrot 鸚鵡
peacock 孔雀
penguin 企鵝
rooster 公雞
seagull 海鷗
sparrow 麻雀
swallow 燕子
turkey 火雞
woodpecker 啄木鳥

爬蟲／兩棲類

crab 螃蟹
crocodile/alligator 鱷魚
dinosaur 恐龍
frog 青蛙
lizard 蜥蜴
snail 蝸牛
snake 蛇
turtle/tortoise 烏龜

魚蝦貝類

bass 鱸魚
clam 蛤
eel 鰻魚
lobster 龍蝦
octopus 章魚
salmon 鮭魚
shark 鯊魚
shrimp 小蝦
tuna 鮪魚

附錄（十八）—— 植物

acacia 相思樹
azalea 杜鵑花
bamboo 竹
banyan 榕樹
betel tree 檳榔樹
birch 樺樹
bush 灌木
cactus 仙人掌
carnation 康乃馨
cherry 櫻花
chrysanthemum 菊花
clover 苜蓿
coconut tree 椰子樹
cypress 柏樹
daffodil 水仙
daisy 雛菊
dandelion 蒲公英

elm 榆樹
fir 樅樹
forget-me-not 勿忘我
ivy 常春藤
jasmine 茉莉花
laurel 月桂樹
lavender 薰衣草
lilac 紫丁香，丁香花
lily 百合花
linden 菩提樹
lotus 蓮花
magnolia 木蘭花
maple 楓樹
mimosa 含羞草
mulberry 桑樹
narcissus 水仙
oak 橡樹

oleander 夾竹桃
orchid 蘭花
palm 棕櫚
peony 牡丹
pine 松樹
plum blossom 梅花
plum 梅、李樹
poppy 罌粟
rose 玫瑰花
sunflower 向日葵
thistle 薊
tulip 鬱金香
violet 紫羅蘭
water lily 睡蓮
weed 野草
willow 柳樹

附錄（十九）—— 單位詞

I. 數字

1. 基數

one (1)　two (2)　three (3)
four (4)　five (5)　six (6)
seven (7)　eight (8)　nine (9)
ten (10)　eleven (11)
twelve (12)　thirteen (13)
fourteen (14)　fifteen (15)
sixteen (16)　seventeen (17)
eighteen (18)　nineteen (19)
twenty (20)　twenty-one (21)
thirty (30)　forty (40)
fifty (50)　sixty (60)
seventy (70)　eighty (80)
ninety (90)　one hundred
(100)　one thousand
(1,000)　one million (一百
萬)　one billion (十億)

2. 序數

first（第一）second（第二）
third（第三）fourth（第四）
fifth（第五）sixth（第六）
seventh（第七）
eighth（第八）
ninth（第九）
twelfth（第十二）
thirteenth（第十三）
fourteenth（第十四）
twentieth（第二十）
twenty-first（第二十一）
thirty-second（第三十二）
fortieth（第四十）
fiftieth（第五十）
hundredth（第一百）
thousandth（ 第一千）

3. 分數

one half (1/2)
a/one third (1/3)
a/one quarter (1/4)
two thirds (2/3)
three quarters (3/4)

II. 量詞

a bar of soap (chocolate, gold)
一條肥皂 (巧克力, 黃金)

a bout of drinking 一番狂飲

a burst of laughter (thunder, applause)
一陣大笑 (雷鳴, 掌聲)

a busload of passengers
一部滿載乘客的巴士

a drop of blood (water)
一滴血 (水)

a drove of horses (sheep, sightseers)
一群馬 (綿羊, 觀光客)

a fit of anger (coughing, laughter)
一陣憤怒 (咳嗽, 大笑)

a flake of snow (bone)
一片雪花 (骨片)

a flight of geese (birds, pigeons, sparrows)
一群鵝 (鳥, 飛鴿, 麻雀)

a flock of sheep (birds, ducks, goats,
tourists)　一群綿羊 (鳥, 鴨, 山羊, 遊客)

a gang of robbers
一幫強盜

a grain of sand (salt)
一粒沙 (鹽)

a group of people
一群人

a handful of soil (nuts)
一把泥土 (硬殼果)

a heap of toys (books)
一堆雜亂的玩具 (書)

a herd of cattle (deer, cows, elephants)
一群牛 (鹿, 母牛, 象)

a loaf of bread
一條麵包

a pack of cigarettes
一包香煙

a pack of dogs (wolves, hounds)
一群 (狗, 狼, 獵狗)

a pair of shoes
一雙鞋

a piece of music (news)
一首音樂 (一則新聞)

a pile of work (books, plates)
一堆工作 (書, 碟子)

a pinch of salt (pepper)
一撮鹽 (胡椒粉)

a pride of lions
一群獅子

a school of fish
一群魚

a set of chairs
一組椅子

a sheet of glass (paper)
一片/張玻璃 (紙)

a shoal of fish (tourists)
一大群魚 (遊客)

a slice of bread (cake)
一片麵包 (蛋糕)

a swarm of bees (ants, flies, locusts,
tourists)
一群蜜蜂 (螞蟻, 蒼蠅, 蝗蟲, 遊客)

a troop of monkeys (deer, children)
一群猴子 (鹿, 孩子)

a troupe of dancers (singers, actors)
一團舞者 (歌手, 演員)

a yard of cloth
一碼布

附錄（二十）── 英文構詞

英文新字的形成有一定的規則可循，了解這些規則能幫助我們猜新字的意義，也可依此自己造字。以下就是這些規則的總匯。

1. 複合詞 (Compounding)

1.1 複合名詞 **(compound nouns)**

(a) N+N

i. 第一個名詞標示第二個名詞的性別。

boyfriend（男朋友）, girlfriend（女朋友）, woman president（女總統）, she-goat（母山羊）, he-goat（公山羊）

〔註〕woman president 的複數為 women presidents

ii. 第二個名詞標示做第一個名詞的功用或目的。

bookcase（書架）, sheep dog（牧羊犬）

iii. 第一個名詞標示第二個名詞的結果。

a death blow = a blow which causes death（致命的打擊）

iv. 第一個名詞標示第二個名詞的地方。

bank safe（銀行保險箱）, lap dog（膝狗, 哈巴狗, 奉承者）, house arrest（軟禁）, kitchen sink（廚房水槽）

v. 第一個名詞標示第二個名詞的所有者。

car key（汽車鑰匙）, door knob（門旋鈕）

vi. 第一個名詞標示第二個名詞的材料。

gold watch（金錶）, plastic bag（塑膠）, rubber stamp（橡皮圖章）

vii. 第一個名詞標示第二個名詞的類別。

bath towel（浴巾）, dish towel（擦碟布）, tea towel（擦拭杯盤用的抹布）, safety/seat belt（安全帶）, conveyor belt（傳送帶）, green belt（城市綠化帶）, horror movie（恐怖片）, science fiction movie（科幻電影）, war movie（戰爭片）, action movie（動作片）, animated movie（動畫電影）, factory worker（工廠工人）, chemistry teacher（化學老師）, tea shop（茶館）, vacuum cleaner（吸塵器）

viii. 第二個名詞標示第一個名詞的容器。

coffee cup（咖啡杯）, teapot（茶壺）, rice bowl（飯碗）

ix. 第一個名詞標示第二個名詞的時間。

afternoon tea（下午茶）, evening dress（晚禮服）, night clothes（睡衣）, night life（夜生活）, night club（夜總會）, morning paper（早報）

x. 第二個名詞是 man, woman, person。

policeman（警察）, policewoman（女警察）, chairman（主席）, chairwoman（女主席）, chairperson（主席）, freshman（新生）

xi. 第一個名詞是專有名詞。

Oedipus complex（伊底帕斯情結, 戀母情結）

Electra complex（伊雷克特拉情結, 戀父情結）

Ford car（福特汽車）, IBM computer（IBM 電腦）

xii. 其他

brain death（腦死）, brain drain（人才外流）, latchkey child（鑰匙兒）, junk food/mail（垃圾食物／郵件）, bread basket（產糧區）, breast milk（母奶）, think tank（智囊團）, hunger strike（絕食）, pillow talk（枕邊細語）, interest group（利益集團）, top dog（勝利者）

(b) V-ing+N

i. 動名詞 V-ing 標示第二個名詞的結果。

sleeping sickness = sickness which causes sleeping（昏睡病）

ii. 動名詞 V-ing 標示第二個名詞的目的。

washing machine= a machine for washing（洗衣機）

swimming pool（游泳池）, dining room（飯廳）, bathing suit（游泳衣）, stepping-stone（踏腳石, 手段）, breathing space（喘息或考慮的時間）

iii. 其他

walking dictionary（活字典）, selling point（賣點）, boiling point（沸點）, freezing point（冰點）, turning point（轉捩點）, running dog（走狗）

(c) V+N

 i. 動詞－受詞的關係

  breakfast = to break the fast（停止齋戒期，引申爲早餐的意思）

  pickpocket（扒手）, call girl（應召女郎）, scarecrow（稻草人）, sunshine（陽光）, jump rope（跳繩）

 ii. 動詞－主詞的關係

  flashlight = A light flashes.（手電筒）

  playboy（花花公子）, watchdog（看門狗, 監察人員, 監督人員）

(d) N+V

 i. 主詞－動詞的關係

  nosebleed = The nose is bleeding.（鼻出血）

  sunrise（日出）, sunset（日落）, headache（頭痛）, earthquake（地震）, landslide（山崩）, mudslide（土石流）, heartbeat（心跳）, heartbreak（難忍的悲傷或失望）

 ii. 受詞－動詞的關係

  birth control = to control birth（節育）

  blood test（驗血）, brain trust（智囊團）, man hunt（對逃犯等的搜捕）, class boycott（罷課）, witch-hunt（追查懲罰社會或機構中被認爲危險的壞分子）

(e) V+V

make-believe（虛構）, kick-start（起動, 發動）

(f) Adj + N（重音落在形容詞上, 形成一特殊意義的詞）

比較：a white house = a house which is white（白色的房子）

   White House（白宮, 美國的總統府）

fast food（速食）, software（軟體）, hardware（硬體）, fat cat（有錢有勢的人）, dark horse（黑馬, 出人意外得勝之馬）, black sheep（害群之馬）, white elephant（累贅物）, black coffee（黑咖啡）, black humor（黑色幽默）, hot dog（熱狗）, blue print（藍圖, 方案）, greenhorn（生手）, greenhouse（溫室）, green card（綠卡）, greenback（美鈔）, red tape（繁文縟節）, whitewash（掩飾）, heavyweight（重量級人物）, cold shoulder（冷淡, 輕視）, dead end（死胡同）

(g) N + Adj

secretary general（祕書長）, auditor general（主計長）, court martial（軍事法庭）, the president elect（總統當選人）

(h) N-er + Adv

passer-by（過路人）, runner-up（亞軍隊）, hanger-on（趨炎附勢者）, stander-by（旁觀者）, looker-on（旁觀者）

(i) Prep + N

underdog（失敗者）, inpatient（住院病人）, outpatient（門診病人）, underwear（內衣褲）, underworld（黑社會）, overload（超載）, outlaw（不法之徒）, inroad（襲擊, 入侵）

(j) Adv + V

upstart（新貴）, outbreak（戰爭的爆發, 疾病的發作）, outcast（被遺棄者）, outcome（結果）, intake（攝取）, income（收入）, doublespeak（故弄玄虛的欺人之談）

(k) V + Adv

breakthrough（突破）, comeback（東山再起）, cover-up（掩飾）, sit-in（靜坐抗議）, sit-up（仰臥起坐）, sellout（背叛, 出賣）, walk-on（跑龍套角色）, walk-out（罷工, 退席表示抗議）, drop-out（輟學學生）, fallout（輻射微塵）, breakdown（崩潰）, crackdown（鎮壓）

(l) N+V-ing（名詞是動名詞的受詞）

horse-riding（騎馬）, decision making（決策）, brain washing（洗腦）, sight-seeing（觀光）, horse-trading（討價還價）

(m) N + V-ing（= V + prep + N）

handwriting = write with one's hand（筆跡）
sunbathing = bathe in the sun（日光浴）

(n) N + V-er（做某事的行為者）

tax payer（納稅人）, crime buster（犯罪剋星）, baby boomer（嬰兒潮出生的人）, day dreamer（做白日夢者）, city dweller（都市居民）, globetrotter（世界旅行者）, garbage collector（收垃圾的人）, dishwasher（洗碗機）, painkiller（止痛藥）, CD player（CD 放音機）, fire fighter

（打火員）, head hunter（挖角的人）, woman chaser（追求女人的人）, baby-sitter（代人臨時照顧嬰孩者）, can-opener（開罐器）, chain smoker（老煙槍）

(o) N + Prep + N

father-in-law（岳父, 家翁）, mother-in-law（婆婆, 岳母）, son-in-law（女婿）, daughter-in-law（媳婦）, brother-in-law（小舅子, 小叔, 大伯）, sister-in-law（小姑, 小姨子）, lady-in-waiting（宮女）, comrade in arms（戰友）

(p) N + to + be

bride-to-be（準新娘）

1.2 複合動詞 (compound verbs)

(a) N + V

brainwash（洗腦）, proofread（校對）, baby-sit（臨時照顧別人的幼兒）, bottle-feed（用牛乳餵嬰兒）, breast-feed（用母乳餵嬰兒）, headhunt（挖角）, chain-smoke（連續抽煙）, nosedive（價值暴跌）, roller-skate（用滾輪溜冰）

(b) V + V

typewrite（打字）, sleepwalk（夢遊）, crosscheck（反覆查對）, stir-fry（炒）, jump-start（起動, 發動）, kick-start（起動, 發動）, crossbreed（異種交配）, spin-dry（利用離心力脫水）, dry clean（乾洗）

(c) Adj + V

whitewash（粉飾, 掩飾）, fine-tune（調整）, short-change（給顧客少找錢）

(d) Adj + N

bad-mouth（苛刻批評）, cold shoulder（冷淡, 輕視）

(e) Adv/Prep + V

underwrite（背書）, understate（輕描淡寫）, underestimate（低估）, undertake（承擔）, overlook（俯瞰, 忽略）, oversee（監督）, overhear（無意中聽到）, overcome（克服）, overrule（駁回, 否決）, overstate（誇大的敘述）, overestimate（高估）, outweigh（在重量或價值等超過）,

outnumber（數目超過）, outlive（比...長命）, uproot（連根拔起）, uphold（支持）, withstand（抵擋, 禁得起）, withhold（拒給, 抑制）, downplay（不與重視）, backpedal（倒踏腳踏板）, double-park（並列停車）, double-check（再度檢查）, deep-fry（油炸）

1.3 複合形容詞 (compound adjectives)

(a) N + N

world-class（世界級的）

(b) N + Adj

capital intensive（資本密集的）, labor-intensive（勞力密集的）, health conscious（有健康意識的）, safety-conscious（有安全意識的）, fashion-conscious（有流行意識的）, care-free（無憂無慮的）, trust worthy（值得信任的）, seasick（暈船的）, homesick（思家的）, lovesick（害相思病的）, razor-thin（極薄的）, knee-deep（深及膝的）, rock solid（岩石般的堅硬）, world famous（世界聞名的）, worldwide（全世界的）, sky-high（極高的）

(c) Adj + Adj

deaf-mute（聾啞的）, bittersweet（苦樂參半的）, red-hot（熾熱的, 非常激動的）, white-hot（白熱的, 狂熱的）

(d) Adv + Adj

uptight（心情焦躁的）, downright（顯明的, 率直的）, ever-present（經常存在的）

(e) Adj + N

blue-collar（藍領階級的）, white-collar（白領階級的）, pink-collar（粉領階級的）, long-distance（長途的）, plain-clothes（便衣的）, right-hand（右手的, 得力的）, high-level（高階層的, 高級的）, high-class（高級的, 一流的）, high-grade（高級的）, low-class（低級的, 品質低劣的）, low-fat（低脂肪的）, double-digit（兩位數的）

(f) Adv/Prep + N

in-depth（深入的）, before-tax（在付稅前所獲得收益的）, overnight（過夜的）, offhand（即時地）, downhill（下坡的）, downtown（市區的）, outdoor（戶外的）, indoor（室內的）, overtime（超時的, 加班的）

(g) V + V

go-go（經濟活絡的）, stop-go（收放的應變經濟政策的）

(h) Adv + V

high-rise（超高層的, 高樓的）

(i) V + Adv

see-through（透明的）, walk-in（僅可供一人走進的, 未經預約就可來的）, live-in（住在雇主家的, 同居的）

(j) V + Adj

fail-safe（自動防故障裝置的）

(k) V + N

cross-border（邊界兩國間的）, cross-strait（海峽兩邊的）, cut-price（打折扣的, 廉價的）, cut-throat（拼命激烈的）, breakneck（非常危險速度的）

(l) Adj + N-ed

cold-blooded（無情的）, red-blooded（精力充沛的）, high-minded（高尚的）, absented-minded（心不在焉的）, old-fashioned（老式的）

(m) Adj + V-ed

clean-shaven（鬍子刮得乾乾淨淨的）, white-painted（漆成白色的）, native-born（土生土長的）, American- born（美國出生的）

(n) Adv + V-ed

well-educated（受過良好教育的）, well-balanced（均衡的）, long-awaited（等待很久的）, much-praised（深受讚美的）, well-behaved（規矩的）, softly- spoken（輕聲細語的）, outspoken（坦率直言的）, downtrodden（被蹂躪的, 被壓制的）, understaffed（人手不足的）

(o) N + V-ed

poverty-stricken（貧困不堪的）, time-honored（悠久傳統的）, land-locked（內陸的）, war- torn（戰亂不安的）, time-proven（經過時間證明的）, home-grown（自家種植的, 國產的）, homemade（自製的）, man-made（人工的）, self-made（白手起家的）, outdated（過時的, 不流行的）

(p) N+V-ing

peace-loving（愛好和平的）, face-saving（保全面子的）, time-consuming（費時的）, breathtaking（壯麗的）, eye-catching（引人注目的）, eyebrow-raising（令人驚訝的）

(q) Adj + V-ing

nice-looking（美麗的）, worried-looking（貌似憂慮的）, easy-going（隨合的）, ill-fitting（不適合的）, harsh-sounding（刺耳的）, foul-smelling（惡臭的）

(r) Adv + V-ing

hard-working（用功的）, fast-moving（快速移動的）, fast-growing（迅速成長的）, slow-moving（緩慢移動的）, forth-coming（即將來臨的）, outstanding（突出的, 顯著的）

(s) Adj + V-ed

plain-spoken（說話坦率的）, blunt-spoken（說話不客氣的）

(t) 數字 + 年齡／時間／長度／價格／距離／重量

five-year-old（五歲的）, multi-million dollar（數百萬的）, five-day（五天的）

(u) 序數 + N

first rate（一流的）, third-floor（第三層樓的）, eighteenth-century（十八世紀的）, firsthand（第一手的）, secondhand（二手的）

(v) 片語

down-and-out（一敗塗地）, out-and -out（完全的, 徹底的）, well-to-do（富裕的）, out-of-date（過時的）, up-to-date（新式的）, up-to-the-minute（最新的, 最近的）, down-to-earth（實際的）, across-the-board（全盤的, 全面的）, around-the-clock（連續不斷的）, over-the-counter（無需醫師處方即可出售的, 店面交易的）

1.4 複合副詞 **(compound adverbs)**

(a)　Adv + N

overnight（過夜）, downhill（下坡的, 每況愈下）, downtown（在市區, 往市區）, downstream（下游地）, downstairs（在樓下, 往樓下）, uphill（上坡地, 向上地）, upstairs（向樓上, 在樓上）, upstream（向上游, 溯流, 逆流地）, overleaf（在背面, 在次頁）

(b)　Adv + Adj

double quick（儘速）, flat-out（以最高速, 直率地）

1.5 字尾押韻的複合詞 **(rhyme-motivated compounds)**

hotchpotch（n 雜燴）, hodge-podge（n 雜燴）, willy-nilly（adv 不管願意或不願意）, nitty-gritty（n 事實眞相, 本質）, pooh-pooh（vt 呸, 表示藐視嘲笑）, tittle-tattle（n 東家長西家短）, ticky-tacky（adj/n 低值廉價）, whippersnapper（n 自以爲了不起的年輕人）, humdrum（adj 單調的）, namby-pamby（adj 柔弱溫和的）, lovey-dovey（adj 過分浪漫的）, hobnob（vi 與有地位的人交談）, higgledy-piggledy（adj 雜亂的）, fuddy-duddy（n 守舊者）, hanky-panky（n 性行爲）

1.6 母音變化複合詞 **(vowel change or alternation between two elements)**

(a)　/ ɪ /-/ æ /　shilly-shally（vi 猶豫不決）, zigzag（v/adj/adv/n 成 Z 字形）, dilly-dally（三心二意地浪費時間）, mishmash（vt 使成爲雜亂的一堆／n 混雜物）

(b)　/ ɪ /-/ ɑ /　flip-flop（vi/n 改變想法）, wish-washy（adj 缺乏主見或決心的）, crisscross（vi/n 交叉往來）

2. 詞性轉變 (Conversion)

2.1 名詞轉變成動詞

a hammer（鐵錘）---to hammer（錘打）

weather（天氣）---to weather（安全度過）

milk（牛奶）---to milk（擠 [奶]）

water（水）---to water（澆水）

flower（花）---to flower（開花）

a bridge（橋）---to bridge（縮小差距）

plant（植物）---to plant（種植）

voice（聲音）---to voice（表達）

silence（安靜）---to silence（使沉默, 壓制）

a husband（丈夫）---to husband（節儉）

a doctor（醫生）---to doctor（篡改, 攪混食物或飲料）

2.2 動詞轉變成名詞

to guess（猜測）---a guess（猜測）

to polish（擦亮）---a polish（擦亮）

to cut（切割, 刪減）---a cut（切割, 刪減）

to broadcast（廣播）---broadcast（廣播）

to kick（踢）---a kick（踢）

to call（打電話）---a call（打電話）

to wash（洗）---a wash（洗）

to divide（隔開）--- divide（隔閡）

2.3 形容詞轉變成名詞

given（贈予的）---a given（基本的事實）, gay（同性戀的）---a gay（同性戀
的人）

2.4 形容詞轉變成動詞

brave（勇敢的）---to brave（勇敢處理困難危險的事）

better（較好的）---to better（改善）

dirty（骯髒的）---to dirty（弄髒）

right（正確的）---to right（改正）

2.5 助動詞轉變成名詞

must（必須）---a must（必須之事物）

will（將, 願意）---a will（遺囑）

has been --- has-been（過時的人）

2.6 副詞轉變成動詞

up（向上）---to up（增加）

down（向下）---to down（很迅速的吃喝, 打倒在地）

further（更進一步地）---to further（增進, 助長）

2.7 可數轉變成不可數名詞

a chicken（雞）--- chicken（雞肉）

a lamb（羔羊）---lamb（小羊肉）

an egg（蛋）---egg（煮食的蛋）

3. 剪裁 (Clipping)

pornography（色情文學）---porn

advertisement（廣告）---ad

veteran（退伍軍人）---vet

veterinarian（獸醫）---vet

photograph（照片）---photo

automobile（汽車）--auto

4. 混和 (Blends)

breakfast + lunch---brunch（早午餐）

international + network---internet（網路）

work + alcoholic---workaholic（工作狂）

smoke + fog---smog（煙霧）

stagnation + inflation---stagflation（不景氣狀況下之物價上漲）

news + broadcast---newscast（新聞廣播）

5. 只取首字母的縮寫詞 (Acronyms)

compact disk---CD（光碟）

Acquired Immune Deficit Syndrome---AIDS（愛滋病）

light amplification by stimulated emission of radiation---laser（雷射）

the United Nation---the UN（聯合國）

identification card---ID card（身分證）

unidentified flying objects---UFOs（幽浮）

6. 專有名詞普通化 (Proper Noun-->Common Noun)

Xerox --> Xerox (n 影印備分), to Xerox (v 影印)

Levi--> Levi's (牛仔褲 =jeans)

Walkman--> walkman（隨身聽）

7. 借字 (Loan words)

kowtow（磕頭－借自中文）, alma mater（母校－借自拉丁文）,
blitzkrieg（閃電戰－借自德文）, fiasco（大失敗－借自義大利文）,
coups d'etat（政變－借自法文）, glasnost（准予自由討論國家問題－借自俄
文）

8. 衍生字 (Derivation)

衍生字的形成是在原字加上字首或字尾。了解字首和字尾能擴充字彙量。以
下列舉常用字首和字尾。

8.1 字首（Prefixes）

8.1.1 正反異同

8.1.1.1 表示相反或否定

(a) a~　asymmetry（不對稱）, apolitical（不關心政治的）, asexual（無性
的）

(b) ab~　abnormal（不正常）, abuse（濫用, 虐待）

(c) anti~　antonym（反義詞）, antipathy（厭惡）, antidote（解毒劑）

(d) contra~　contradict（同…矛盾）, contrary（相反的）

(e) counter~　counterattack（反擊）, counter-productive (反效果), counteract
（抵消）

(f) de~　depreciate（貶值）, decompose（分解）, defrost（除霜）

(g) dis~　disarm（解除某人武裝）, disband（解散）, disfigure（損毀外型）

(h) dys~　dysfunction（功能失常）, dyspeptic（消化不良的）, dystrophy（營
養失調）

(i) il~　illegal（違法的）, illiterate（文盲）, illogical（不合邏輯的）

(j) im~　immortal（不朽的）, impractical（不切實際的）, impartial（公正
的）

(k) in~　indescribable（難以形容的）, infallible（絕對正確的）, infirm（體弱
的）

(l) ir~　irregular（不規則的）, irresponsible（不負責任的）, irreconcilable
（不能和解的）

(m) mal~　maltreat（虐待）, malpractice（誤診）, malnutrition（營養失調）

(n) mis~　mishandle（虐待）, misuse（誤用）, misbehave（行為不端）

(o) non~　nonsense（廢話）, nonfiction（非小說類）, nonstop（不停的）

(p) pseudo~ pseudonym （假名）, pseudoscience （偽科學）

(q) un~ unveil （揭幕）, unwanted （無用的）, unconditional （無條件的）

8.1.1.2 相同

(a) equi~ equilateral（等邊的）, equiangular （等角的）, equivocal（模稜兩可的）

(b) homo~ homograph （同形義異字）, homonym （同音義異字）, homogeneous（同類的）

(c) iso~ isobar （等壓線）, isothermal（等溫的）

(d) sym~ symphony（交響樂）, symbiotic（共生的）, symbiosis （共生）

(e) syn~ synonym（同義字）, syndrome （併發症狀）, synchronic（同時的）

8.1.1.3 不同

hetero~ heterosexual（異性戀的人）, heterogeneous （異類的）

8.1.1.4 一起

(a) co~ coincidence （巧合）, cohabitation （同居）, coeducation（男女同校）

(b) col~ collaborate （合作, 通敵）, collateral （旁系的, 附屬的）, collocate (並列)

(c) com~ compassion （同情）, compress（壓縮）, commemorate (紀念)

(d) con~ concord （一致）, consensus （一致）, concurrent （同時發生的）

(e) cor~ correspond （符合）, correlate （相互關聯）

8.1.2 時間與空間

8.1.2.1 之前

(a) ante~ antecedent（先輩）, antedate（比正確日期早的日期）, antenatal （出生前的）

(b) ex~ ex-wife（前妻）, ex-president（前總統）

(c) fore~ foretell（預言）, foresee（預見）, forehead（前額）

(d) pre~ preface（前言）, prewar（戰前的）, preview（事先查看）

(e) pro~ prologue（序言）, prognosis（對生病過程的預測）, proclaim（宣布）

8.1.2.2 之後

(a) post~ postwar（戰後）, postscript（附言, 後記）, postnatal（出生後的）

(b) retro~ retroactive（有追溯力的）, retrograde（倒退的）, retrocede（交還）

8.1.2.3 中央

(a) medi~ medieval（中世紀的）, medium（中間的, 半生熟的）, medial（中間的, 平均的）

(b) mid~ midway（中途）, midday（正午）, midsummer（仲夏）

8.1.2.4 之間／穿過

(a) inter~ interchange（交換）, international（國際的）, interact（互相作用）

(b) trans~ transplant（移植）, transform（變形）, transsexual（變性者）

(c) dia~ diameter（直徑）, diagonal（對角線）

(d) cross~ crossbred（雜種的）, crossroads（十字路口）

8.1.2.5 之內

(a) em~ embed（使嵌入）, empathy（移情作用）, embankment（堤防）

(b) en~ entrap（誘陷）, encase（裝入）, encamp（紮營）

(c) im~ immigrate（移入）, imprison（監禁）, import（進口）

(d) in~ insert（插入）, inhale（吸入）, inbreeding（近親交配）

(e) intra~ intrastate（州內的）, intravenous（進入血管內的）

(f) intro~ introspective（內省的）, introvert（格性內向的人）, introduce（介紹）

8.1.2.6 之外

(a) e~ emigrate（移出）, evoke（喚起）, emerge（浮現）

(b) ex~ exit（出口）, exclude（把…排除在外的）, extrovert（性格外向者）

(c) extra~ extracurricular（業餘的）, extramarital（婚姻外的）, extraterrestrial（地球外的）

(d) out~ outgoing（即將離職的）, outline（大綱）, outcast（被驅逐者）

(e) ultra~ ultrasonic（超音速的）, ultraviolet（紫外線的）

8.1.2.7 之上

(a) epi~ epicenter（震央）, epidermis（表皮）

(b) over~ overhead（在頭上的）, overpass（路橋）, overflow（泛濫）

(c) super~ superstructure（上部構造）, supervise（監督）

(d) up~ upland（高地）, upstream（逆流地）, uphill（上坡的）

8.1.2.8 之下

(a) down~ downhill（下坡的）, downstream（下游的）, downstairs（往樓下）

(b) sub~ subway（地鐵）, submerge（淹沒）, substratum（下層土壤地基）

(c) under~ underpass（地下道）, undercurrent（潛流）, underworld（黑社會）

8.1.2.9 周圍

(a) circum~ circumspect（慎重的）, circumference（圓周）, circumscribe
（限制）

(b) peri~ periscope（潛望鏡）, perimeter（周長）, perihelion（近日點）

8.1.2.10 全部到處

(a) omni~ omnipresent（無所不在的）, omnivore（雜食動物）, omnipotent
（全能的）

(b) pan~ pan-American（泛美洲）, panorama（全景）

8.2 字尾 (Suffixes)

8.2.1 行為者

(a) ~aire millionaire（百萬富翁）, billionaire（億萬富翁）

(b) ~an American（美國人）, Mexican（墨西哥人）, republican（共和黨
人）

(c) ~ant servant（僕人）, assistant（助手）, participant（參加者）

(d) ~ar liar（騙子）, beggar（乞丐）

(e) ~ard drunkard（醉漢）, Spaniard（西班牙人）

(f) ~ary beneficiary（受益人）, secretary（祕書）, adversary（對手）

(g) ~ate electorate（選民）, inspectorate（巡視員等之總稱）

(h) ~ean European（歐洲人）, Korean（韓國人）

(i) ~ee employee（受雇者）, refugee（難民）, nominee（被提名者）

(j) ~eer engineer（工程師）, mountaineer（登山者）, volunteer（志願者）

(k) ~ent resident（居民）, correspondent（通訊記者）, opponent（反對者）

(l) ~er supporter（支持者）, reporter（記者）, interpreter（口譯員）

(m) ~ese Taiwanese（台灣人）, Portuguese（葡萄牙人）, Japanese（日本人）

(n) ~ess actress（女演員）, princess（公主）, goddess（女神）

(o) ~i Pakistani（巴基斯坦人）, Iraqi（伊拉克人）, Israeli（以色列人）

(p) ~ian musician（音樂家）, physician（內科醫生）, magician（魔術師）

(q) ~ic　critic（批評家）, mechanic（技工）, skeptic（懷疑宗教的人）

(r) ~ine　heroine（女英雄）

(s) ~ist　psychologist（心理學家）, idealist（理想主義者）, novelist（小說家）

(t) ~ite　Laborite（英國工黨黨員）, socialite（社交名流）, favorite（喜歡的事物）

(u) ~ling　weakling（虛弱者）, underling（下屬）, princeling（幼年王子）

(v) ~monger　warmonger（好戰者）, rumormonger（造謠者）, scaremonger（製造恐慌者）

(w) ~nik　peacenik（反戰分子）

(x) ~o　Negro（黑人）, politico（政客）, Latino（拉丁美洲人）

(y) ~ocrat　democrat（民主黨人）, aristocrat（貴族）, technocrat（技術官僚）

(z) ~or　educator（教育家）, visitor（訪客）, savior（救星）

(aa) ~phile　Anglophile（親英派的人）, pedophile（戀童癖者）, xenophile（親外者）

(bb) ~philiac　necrophiliac（戀屍狂者）

(cc) ~phobe　xenophobe（仇外者）, claustrophobe（患幽閉恐怖症的人）

(dd) ~smith　goldsmith（金匠）, blacksmith（鐵匠）, wordsmith（文字匠）

(ee) ~ster　gangster（歹徒）, youngster（少年）

(ff) ~tive　detective（偵探）, captive（俘虜）

(gg) ~wright　playwright（劇作家）, shipwright（造船工人）, wheelwright（車輪製造人）

8.2.2 修飾行為／狀態／特質／事物的形容詞

8.2.2.1 具有某一特質的形容詞

(a) ~able　comfortable（舒服的）, reasonable（合理的）, profitable（有利可圖的）

(b) ~ful　respectful（恭敬的）, beautiful（美麗的）, useful（有用的）

(c) ~ant　triumphant（勝利的）, pleasant（愉快的）, resistant（抵抗的）

(d) ~ent　different（不同的）, consistent（一致的）, insistent（堅持的）

(e) ~ate　affectionate（摯愛的）, considerate（體貼的）, passionate（充滿熱情的）

(f) ~ory advisory（諮詢的）, explanatory（說明的）, contradictory（矛盾的）

(g) ~wise weather-wise（善於預測天氣的）, street-wise（熟悉民間疾苦的）, penny-wise（對小錢斤斤計較的）

8.2.2.2 表示「與…有關」的形容詞

(a) ~al / ~ial national（國家的）, social（社會的）, financial（財經的）

(b) ~ar muscular（肌肉的, 強健的）, circular（圓形的）, singular（單一的）

(c) ~ary customary（習慣的）, primary（主要的）, visionary（幻想的）

(d) ~ic / -ical political（政治的）, historical（歷史的）, diplomatic（外交的）

8.2.2.3 表示「喜歡或傾向」的形容詞

(a) ~ative talkative（多嘴的）, combative（好戰的）, argumentative（好辯的）

(b) ~y sleepy（欲睡的）, angry（生氣的）, hungry（饑餓的）

(c) ~some quarrelsome（喜歡吵架的）, venturesome（愛冒險的）, meddlesome（愛管閑事的）

8.2.2.4 表示「充滿」的形容詞

(a) ~ful eventful（充滿大事的）, fruitful（果實結得多的）, mournful（悲哀的）

(b) ~y icy（冰冷的）, noisy（吵雜的）, flowery（多花的, 絢麗的）

(c) ~ous anxious（擔憂的）, glorious（光榮的）, spacious（寬敞的）

(d) ~ose verbose（冗長的）

8.2.2.5 表示「典型或像似」的形容詞

(a) ~ish childish（幼稚的）, selfish（自私的）, womanish（像女人的, 柔弱的）

(b) ~like womanlike（像女人的）, dreamlike（夢一般的）, godlike（似神的）

(c) ~esque picturesque（像圖畫般的）, Romanesque（羅馬式）, grotesque（奇形怪狀的）

(d) ~ly friendly（友善的）, neighborly（睦鄰的）, brotherly（充滿情誼的）

(e) ~oid humanoid（有人的特點的）, Negroid（黑人似的）

8.2.2.6 表示「限制」的形容詞

~bound　snow-bound（被雪困住的）, fog-bound（爲濃霧所圍困的）

8.2.2.7 表示「方便使用」的形容詞

~friendly　user-friendly（用戶容易掌握使用的）, reader-friendly（讀者用起來方便的）

8.2.2.8 表示「能夠」的形容詞

(a)　~able, ~ible　respectable（可敬的）, visible（看得見的）, audible（聽得見的）

(b)　~ive　explosive（爆炸性的）, inventive（善於創造的）, expansive（易膨脹的）

(c)　~some　cuddlesome（令人想擁抱的）

8.2.2.9 表示「不能夠」的形容詞

~less　countless（數不盡的）, priceless（無價的）, ceaseless（不停的）

8.2.2.10 表示「沒有」的形容詞

~less　harmless（無害的）, lifeless（無生命的）, voiceless（無聲的）

~free　care-free（無憂無慮的）, duty free（免稅的）

8.2.2.11 表示「稍微」的形容詞

~ish　youngish（頗年輕的）, tallish（稍高的）, darkish（微暗的）

8.2.2.12 表示「固定期間」的形容詞

~ly　hourly（每小時的）, daily（每日的）, weekly（每周的）

8.2.2.13 表示「由…製成的」的形容詞

~en　golden（金黃色的）, wooden（木製的）, earthen（土製的）

8.2.2.14 表示「防範」的形容詞

~proof　bullet-proof（防彈的）, water-proof（防水的）, fire-proof（防火的）

8.2.2.15 表示「引起」的形容詞

(a)　~ful　fearful（嚇人的）, frightful（可怕的）, hurtful（有害的）

(b)　~some　troublesome（有害的）, awesome（引起敬畏的）, burdensome（繁重的）, lonesome（寂寞的）

8.2.2.16 表示「方向」的形容詞

(a) ~ern　eastern（東方的）, western（西方的）, southern（南方的）

(b) ~ward　homeward（在歸途上的）, outward（向外的）, upward（向上的）

(c) ~ bound　house-bound（回家的）, southbound（往南的）, college-bound（即將就讀大學的）

(d) ~wise　clockwise（順時針方向的）, counterclockwise（反時針方向的）, endwise（末端朝前或向上的）

(e) ~ways　sideways（向一旁的）, endways（向著兩端）, lengthways（縱向地）

8.2.3 行為／狀態／特質的名詞

(a) ~ade　escapade（異常出軌的行為）, blockade（阻塞, 封鎖）, barricade（路障）

(b) ~age　marriage（婚姻）, passage（通過）, shortage（缺乏）

(c) ~al　arrival（到達）, proposal（建議）, survival（倖存）

(d) ~ance　annoyance（煩惱）, tolerance（容忍）, ignorance（無知）

(e) ~ancy　expectancy（期待）, stagnancy（停滯）, vacancy（空缺）

(f) ~cy　accuracy（精確性）, privacy（隱私）, intimacy（親密）

(g) ~dom　freedom（自由）, wisdom（智慧）, boredom（無聊）

(h) ~ence　excellence（卓越）, reference（提及）, inference（推論）

(i) ~ency　emergency（緊急情況）, deficiency（缺乏）, proficiency（熟練）

(j) ~ery　slavery（奴隸身分）, bravery（勇敢）, robbery（搶奪）

(k) ~hood　motherhood（母性）, falsehood（謬誤）, likelihood（可能性）

(l) ~ia　aphasia（失語症）, anemia（貧血症）, paranoia（妄想狂）

(m) ~ice　justice（正義）, sacrifice（犧牲）, cowardice（怯懦）

(n) ~ics　athletics（運動）, gymnastics（體操）, aerobics（有氧運動）

(o) ~ism　heroism（英勇）, magnetism（磁力）, patriotism（愛國心）

(p) ~(i)tude　gratitude（感謝）, servitude（奴隸狀態）, certitude（確實）

(q) ~ity　inability（無能）, security（安全）, density（密度）

(r) ~ment　agreement（同意）, punishment（處罰）, advertisement（廣告）

(s) ~ness　smoothness（平滑）, cleverness（聰明）, shyness（害羞）

(t) ~osis　hypnosis（催眠狀態）, metamorphosis（變形）

(u) ~philia　hemophilia（血友病）, necrophilia（戀屍狂）

(v) ~phobia　xenophobia （仇外）, claustrophobia （幽閉恐怖症）, homophobia （對同性戀的憎惡或恐懼）

(w) ~poly　monopoly （壟斷）, duopoly （由兩家買主獨攬的局面）, oligopoly （寡頭壟斷）

(x) ~ship　friendship （友誼）, hardship （困苦）, leadership （領導能力）

(y) ~sion　decision （決定）, expression （表達）, expansion （擴充）

(z) ~th　length （長度）, truth （事實）, growth （成長）

(aa) ~tion　explanation （解釋）, perfection （完美）, modernization （現代化）

(bb) ~ty　poverty （貧窮）, frailty （虛弱）, liberty （自由）

(cc) ~ure　pressure （壓力）, moisture （濕氣）, composure （鎮靜）

(dd) ~y　discovery （發現）, modesty （謙虛）, honesty （誠實）

8.2.4　事物

8.2.4.1　成本價錢

~age　postage （郵資）

8.2.4.2　甜飲料

~ade　lemonade （檸檬水）, orangeade （橘子水）

8.2.4.3　頭銜／身分／工作

(a) ~age　baronage （男爵勛位）, peerage （貴族 [總稱]）

(b) ~ate　doctorate （博士頭銜）, consulate （領事的職位）

(c) ~dom　dukedom （公爵爵位）, stardom （演員的身分）, chiefdom （首領的地位）

(d) ~hood　knighthood （武士的地位, 身分）, priesthood （僧侶）

(d) ~ship　championship （主席的身分）, ownership （所有權）, professorship （教授之職）

8.2.4.4　政府制度

(a) ~archy　monarchy （君主政體）, anarchy （無政府狀）

(b) ~ ocracy　democracy （民主政治）, autocracy （獨裁政治）, bureaucracy （官僚）

8.2.4.5　地方

(a) ~age　orphanage （孤兒院）, anchorage （停泊地點）

(b) ~ery, ~ory　nursery （托兒所）, bakery （麵包店）, laboratory （實驗室）

(c)　~dom　kingdom（王國）

(d)　~ium　gymnasium（健身房, 體育館）, auditorium（禮堂）, aquarium（水
族館）

(e)　~hood　neighborhood（附近）

8.2.4.6 說話

~logue　monologue（獨白）, prologue（序言）, epilogue（結語）

8.2.4.7 書寫

~graph　photograph（照片）, autograph（簽名）

8.2.4.8 信息

~ gram　epigram（警句）, telegram（電報）, ideogram（表意文字）

8.2.4.9 聲音

~phone　telephone（電話）, microphone（麥克風）, megaphone（擴音器）

8.2.4.10 語言

(a)　~ese　Taiwanese（台語）, Chinese（中文）, Japanese（日語）

(b)　~ish　Spanish（西班牙語）, English（英文）

8.2.4.11 理論學科

(a)　~ics　economics（經濟學）, physics（物理學）, mathematics（數學）

(b)　~ism　socialism（社會主義）, capitalism（資本主義）, individualism（個
人主義）

(c)　~graphy　geography（地理）, biography（傳記）, photography（攝影術）

(d)　~logy　biology（生物）, psychology（心理學）, geology（地質學）

8.2.4.12 殺

~cide　pesticide（殺蟲劑）, herbicide（除草劑）, suicide（自殺）

8.2.4.13 技巧

(a)　~craft　handicraft（手工藝）, witchcraft（魔法）

(b)　~ (e)ry　fishery（養魚術）, cookery（烹調術）, wizardry（巫術）

(c)　~ship　scholarship（學識）, horsemanship（馬術）

8.2.4.14 期間

~hood   childhood（童年）, girlhood（少女時代）

8.2.4.15 物品

(a) ~ant   pollutant（汙染物質）, deodorant（除臭劑）

(b) ~ent   deterrent（威懾物）

(c) ~er/ ~or   lighter（打火機）, detector（探測器）,   hairdryer（吹風機）

(d) ~ive   additive（添加劑）, preservative（防腐劑）, adhesive（粘合劑）

(e) ~ure   mixture（混合物）, fixture（[機]裝置器）

(f) ~ware   silverware（銀器）, software（軟體）, hardware（硬體）

8.2.5   表行爲的動詞**(vt)**

8.2.5.1 使變成

(a) ~ate   necessitate（成爲必要）, regulate（管制）, differentiate（區別）

(b) ~en   strengthen（加強）, weaken（削弱）, blacken（使變黑）

(c) ~ize   modernize（使現代化）, westernize（使西化）, legalize（使合法化）

(d) ~fy   beautify（美化）, simplify（簡單化）, unify（統一）

8.2.5.2 變成(vi)

(a) ~en   darken（變暗）, thicken（變濃）, worsen（惡化）

(b) ~ize   crystallize（明確）, vaporize（蒸發）

8.2.5.3 連續或經常做某事

(a) ~er   chatter（喋喋不休的談）, batter（猛擊）, mutter（嘀咕）

(b) ~le   sizzle（嘶嘶的響）, twinkle（閃爍）, dazzle（使目眩）

朗文英文核心字彙【精裝版】

Wordsmith — A Handbook: 7000 English Core Words

總 編 著	陳明華
協 力 編 著	方巨琴、謝美子、黃雯娟
發 行 人	Isa Wong
主 編	李佩玲
責 任 編 輯	鄭麗寶
協 力 編 輯	丘慧薇
美 編 印 務	楊雯如
行 銷 企 畫	朱世昌
發行所／出版者	台灣培生教育出版股份有限公司
	地址／231 新北市新店區北新路三段 219 號 11 樓 D 室
	電話／02-2918-8368　　傳真／02-2913-3258
	網址／www.pearson.com.tw
	E-mail／reader.tw@pearson.com
香 港 總 經 銷	培生教育出版亞洲有限公司
	地址／香港鰂魚涌英皇道 979 號（太古坊康和大廈十八樓）
	電話／(852)3181-0000　　傳真／(852)2564-0955
	E-mail／hkcs@pearson.com
台 灣 總 經 銷	創智文化有限公司
	地址／23674 新北市土城區忠承路 89 號 6 樓（永寧科技園區）
	電話／02-2268-3489　　傳真／02-2269-6560
	博訊書網／www.booknews.com.tw
學 校 訂 書 專 線	02-2918-8368 轉 8866
版 次	2012 年 9 月四版一刷
書 號	TL056
C　O　D　E	978-916-001-030-2
定 價	新台幣 780 元

本書相關內容資料更新訊息，請參閱本公司網站：www.pearson.com.tw

| 廣　告　回　信 |
| 板橋郵局登記證 |
| 板橋廣字第877號 |

23143
新北市新店區北新路三段219號11樓D室

台灣培生教育出版股份有限公司　收
Pearson Education Taiwan Ltd.

ALWAYS LEARNING　　　　　　　　　　**PEARSON**

★資料請填寫完整，謝謝！

書名：＿＿＿＿＿＿＿＿＿＿＿＿＿＿＿＿＿＿＿＿＿＿＿＿＿＿＿＿

ISBN: ＿＿＿＿＿＿＿＿＿＿＿＿＿＿＿＿＿＿＿＿＿＿＿＿＿＿＿＿

讀者資料

姓名：＿＿＿＿＿＿＿＿＿＿＿＿ 性別：＿＿＿＿ 出生年月日：＿＿＿＿＿＿＿＿＿.

電話：(O)＿＿＿＿＿＿＿＿ (H)＿＿＿＿＿＿＿＿＿ (Mo)＿＿＿＿＿＿＿＿＿.

傳真：(O)＿＿＿＿＿＿＿＿ (H)＿＿＿＿＿＿＿＿ .

E-mail：＿＿＿＿＿＿＿＿＿＿＿＿＿＿＿＿＿＿＿＿＿＿＿＿＿＿.

地址：＿＿＿＿＿＿＿＿＿＿＿＿＿＿＿＿＿＿＿＿＿＿＿＿＿＿＿.

教育程度：□國小　□國中　□高中　□大專　□大學以上

職業：1.學生　□

　　　2.教職　□教師　□教務人員　□班主任　□經營者　□其他：＿＿＿＿＿＿

　　　　任職單位：□學校　□補教機構　□其他：＿＿＿＿＿＿

　　　　教學經歷：□幼兒英語　□兒童英語　□國小英語　□國中英語　□高中英語

　　　　　　　　　□成人英語

　　　3.社會人士　□工　□商　□資訊　□服務　□軍警公職　□出版媒體　□其他＿＿＿＿.

從何處得知本書：

　□逛書店　□報章雜誌　□廣播電視　□親友介紹　□書訊　□廣告函　□其他＿＿＿＿.

對我們的建議：

＿＿＿＿＿＿＿＿＿＿＿＿＿＿＿＿＿＿＿＿＿＿＿＿＿＿＿＿

＿＿＿＿＿＿＿＿＿＿＿＿＿＿＿＿＿＿＿＿＿＿＿＿＿＿＿＿

＿＿＿＿＿＿＿＿＿＿＿＿＿＿＿＿＿＿＿＿＿＿＿＿＿＿＿＿

＿＿＿＿＿＿＿＿＿＿＿＿＿＿＿＿＿＿＿＿＿＿＿＿＿＿＿＿